U0532470

上爷台

郭群 著

人民东方出版传媒
东方出版社

图书在版编目（CIP）数据

上爷台 / 郭群 著. —北京：东方出版社，2023.8
ISBN 978-7-5207-3420-2

Ⅰ.①上⋯　Ⅱ.①郭⋯　Ⅲ.①长篇小说—中国—当代　Ⅳ.①I247.5

中国国家版本馆 CIP 数据核字（2023）第 071661 号

上爷台

（SHANG YE TAI）

作　　者：	郭　群
责任编辑：	朱　然
出　　版：	东方出版社
发　　行：	人民东方出版传媒有限公司
地　　址：	北京市东城区朝阳门内大街 166 号
邮　　编：	100010
印　　刷：	北京明恒达印务有限公司
版　　次：	2023 年 8 月第 1 版
印　　次：	2023 年 8 月第 1 次印刷
开　　本：	710 毫米×1000 毫米　1/16
印　　张：	39.5
字　　数：	600 千字
书　　号：	ISBN 978-7-5207-3420-2
定　　价：	90.00 元

发行电话：(010) 85924663　85924644　85924641

版权所有，违者必究

如有印装质量问题，我社负责调换，请拨打电话：(010) 85924602　85924603

我去朝圣，乞灵拔俗。

——郭　群

献给一座山
献给一群人
献给我的父母
我的根脉和泥土

淳化民谣
———

代献辞

爷台山　爷台山
天老地荒没个边
昂昂的爷　顶天立地男子汉
深沟巨壑大胸廓
起火带炮　激荡不息风雷电
呼呼地　呼呼地
吼过千万遍　万千遍
点燃我的血
吹老我咸涩的泪水苦臭的汗
是哭　是笑　是唱　还是喊
哦（我）的个神吔
多少年　多少年

本书故事背景资料

不久以前，国民党调了六个师来打我们关中分区，有三个师打进来了，占领了宽一百里、长二十里的地方。我们也照他的办法，把在这宽一百里、长二十里地面上的国民党军队，干净、彻底、全部消灭之。我们是针锋相对，寸土必争，绝不让国民党轻轻易易占我们的地方，杀我们的人。当然，寸土必争，并不是说要像过去"左"倾路线那样"不放弃根据地的一寸土地"。这一回我们就放弃了宽一百里、长二十里的地方。七月底放弃，八月初收回。

——毛泽东：《抗日战争胜利后的时局和我们的方针》（《毛泽东选集》第四卷）

《毛泽东选集》第四卷原注：

一九四五年七月二十一日，国民党第一战区司令长官胡宗南所属的暂编第五十九师和骑兵第二师，突向我陕甘宁边区淳化县的爷台山发起攻击。二十三日又以预备第三师加入进攻。我军于七月二十七日主动撤出爷台山及其以西四十一个村庄。国民党军队继续向旬邑、耀县等地袭击。我军于八月八日对进犯的国民党军队进行反击，收复了爷台山地区。

目录

第一章 / 001

　　人称岁爷 / 001
　　打开天窗 / 005
　　赚取大名 / 012

第二章 / 019

　　很久以前 / 019
　　村上人说 / 026
　　说村上人 / 036

第三章 / 045

　　恍然大悟 / 045
　　世事要变 / 048
　　去豹子沟 / 055

第四章 / 063

　　岁爷的爷 / 063
　　边区的边 / 069
　　岁爷的窑 / 077

第五章 / 086

　　我的逆旅 / 086
　　我的梦乡 / 089
　　我的岁爷 / 095

第六章 / 100

　　"娘家"兄弟 / 100
　　时光之尊 / 104
　　羊的祭献 / 110

第七章 / 118

　　岁爷的"鬼" / 118
　　接上了火 / 122
　　屁大个事 / 126

第八章 / 132

　　营长同志 / 132
　　歌唱的人 / 139
　　战争与痛 / 148

第九章 / 159

　　李特派员 / 159
　　第五良虎 / 166
　　父子兄弟 / 171
　　第二支笔 / 177

第十章 / 181

　　另一个人 / 181
　　别有洞天 / 186
　　粮食、粮食！ / 190

第十一章 / 198

　　我又是谁 / 198
　　有诗为证 / 203
　　魂兮梦兮 / 208
　　在地之上 / 212
　　在天之下 / 217

第十二章 / 223

　　封锁线上 / 223
　　意外之外 / 229
　　银色月光 / 235

第十三章 / 241

　　超凌"三界" / 241
　　终身大事 / 247
　　心授魂予 / 255

第十四章 / 264

　　"二怪"斗鬼 / 264
　　随机应变 / 271
　　春蚕到死 / 274
　　"哥俩好啊" / 279

第十五章 / 286

　　以进为退 / 286
　　桃子请缨 / 290
　　梦回连营 / 296

第十六章 / 304

　　甜蜜的痛 / 304
　　心灵黑洞 / 312
　　后路在前 / 321

第十七章 / 331

    人间俗常 / 331
    大雾清晨 / 340
    支前之前 / 346

第十八章 / 353

    天生女人 / 353
    饮食男女 / 357
    去意徘徊 / 360

第十九章 / 365

    桃子回家 / 365
    说不清楚 / 374
    生死契阔 / 380

第二十章 / 389

    事先死去 / 389
    意味深长 / 394
    惊悚一刻 / 397

第二十一章 / 403

    小白马呀 / 403
    白马非马 / 406
    红嘴白牙 / 412

第二十二章 / 419

    根在泥土 / 419
    于无声处 / 426
    借助"天目" / 434
    神圣的神 / 438

第二十三章 / 447

    喋血染庄 / 447
    虎、豹罹难 / 450
    不共戴天 / 454

第二十四章 / 460

    老天有眼 / 460
    应允之地 / 468
    曾几何时 / 476

第二十五章 / 481

　　杀人诛心 / 481
　　黑白人间 / 484
　　让心去哭 / 490
　　死里穿行 / 495

第二十六章 / 503

　　夜色温柔 / 503
　　风流云散 / 509
　　心比天大 / 515

第二十七章 / 523

　　咱们的山 / 523
　　反正"殇"啦 / 528
　　兵结祸连 / 533
　　归于尘凡 / 541

第二十八章 / 546

　　瞎了狗眼 / 546
　　寻找光亮 / 553
　　沾亲带故 / 560
　　心形杏仁 / 566
　　爱情之墓 / 572

第二十九章 / 577

　　恍惚百年 / 577
　　颠沛诗魂 / 583
　　被梦勾留 / 592

第三十章 / 601

　　乡村道场 / 601
　　八月十五 / 604
　　许多年后 / 612

附：我《上爷台》/ 615

/ 第一章 /

人称岁爷

岁爷在他娘肚子里那会儿,就有人叫他爷了。岁爷的娘就是任大木匠的媳妇,天生俏丽,脸蛋粲然,身条也顺溜,只是一双粽子小脚不给力,走起路来有点不稳。每当她腆着日渐隆起的便便大腹,风摆杨柳般穿过灰秃秃的村中街巷,那些爱跟她打趣的老少爷们儿,都要善意地调侃她一番。

"木匠婆,这回……生男……还是生女娃呀?"木匠婆红嘴白牙,"扑哧"一乐,总是将两片妖娆的薄嘴唇抿成一道迷人的弯月状唇线,闪亮耀眼地笑着,无一例外地肯定回答:"这还用问?要顶门立户哟,保准儿带把儿的——嘿嘿,给你们生一个'碎爷'。"村人开心,笑逐颜开,便竞相逗乐:"那敢情好,你老人家就准备掏赏银吧,到你这'碎爷'娶媳妇时,大伙儿还不八抬花轿,还不给他迎'碎婆'?"

岂止是别人,就连岁爷这俊眉秀眼的娘自己也冷不丁叫过他爷。妊娠八个多月,他在他娘肚子里躁动不安,动不动就伸胳膊撂腿儿地踢蹬。这当儿,他娘就会抚摩着自个儿胀鼓鼓的大肚皮,爱嗔中不乏娇嗲地惊呼:"咦,看这爷,咋就不抬个闲呢?"每当此刻,一个豁牙漏气的黄脸婆婆总要喜上眉梢地凑过来,把一张皱纹横斜的硬核桃脸骤然笑成一朵尽情绽放的霜天大菊花,随即十拿九稳地口出断言:"看他心急火燎、厚厚实实的样儿,没错儿,一准儿是个爷们儿……"

老太太一言既出,几乎就是天算笃定,谁让她是岁爷家说一不二的太上皇,也是岁爷未曾出世就注定日后要百依百顺的老祖母呢?时日既长,任家堡子人戏谑调笑的闲谝唠嗑中,似是而非、弄不清真假虚实——但都确凿无疑地流传着岁爷的大名,就是他父亲那个忠厚老实的任大木匠,也叫过他刚刚降生的儿子"碎爷"。

人们都说，少言寡语、沉稳达观的岁爷，起根发苗，却是天生毛焦、内里躁乱的急性子。他的父母也不得不承认，这是他打胎里带来的隐疾。腊月里那个风雪交加的深夜，尚不足月的他不知咋的，迫不及待要出世，突然便急急慌慌闹腾他娘。这给那个盼子心切、颇不平静的农家地坑院子，带来了一次怎样悲欣交集、堪称史无前例的命运大冲击啊！岁爷当然不是头生娃娃，在他之前，他娘亦即任大木匠那个标致的小脚媳妇，尽管年年开花、岁岁结果，可惜只是"品种"单调，一色儿的女娃。如果把生娃也看作结果，那时的女娃充其量不过一朵小花。只有生了儿子，那才真算收获了果实。有果实才等于有了种子，有种子自然才会有收成。这在庄户人世俗观念通行的普遍认知中是秃子头上的虱子，也是傻子都明白的常理。旧时庄户人家，特别看重传宗接代的一个"代"字，一代人就是家族登天梯上那一根不得断档格的横木。儿子，只有儿子正宗归嗣继替，才是乡村字典名正言顺的传人；女儿呢，喀，天生就缺了一份儿荣幸的资格。她们约定俗成，毫无例外只被叫作——"货"。也许，就是男性主宰的架板上的那个"货"吧。

"生了个啥？""女娃。""喀，赔钱的——货！"一般都这样说。在"赔钱"二字的发音后面有意无意把那个"货"字还拖泥带水地轻描淡写、鄙夷不屑，又牙根痒痒、恨铁不成钢般的模样，愤愤地甩出口，抛掷得又疼又重。由此，宗族谱上一概排斥不列女性。只为这个不受待见的柔弱性别，女儿家一出世就天生注定成了别家的人。岁爷前头，他娘生了几胎女孩，自己都不好意思说与别人。夭折的不算，反正活下来的都不怎么纳悦于人。十四岁的大姐青儿在六岁就离开家，去别人家预备开花结果，给人当童养媳了。剩下十岁的二姐翠儿和八岁的三姐叶儿，在这个缺吃少穿的家里面黄肌瘦，一色儿霜打蔫茄子，活得病病恹恹、叽叽歪歪，实在不怎么舒坦跳脱，四只透着祈愿与渴盼的少女眼睛总是眼巴巴地渴望母亲快点儿结一个"正果"，好让她们不再遭受祖母石匠婆动辄训呵。祖母袁氏自打石匠爷爷过世，就在男人手中接过了标志家法威严的龙头拐杖，不消说，同时也就自然地接过了在这个家的顶级权威。老人家一声"臭女子"的呵斥与叱骂，就足以让她们噤若寒蝉，哆嗦半天。更不消说，时不时地会被揪头发、撕耳朵，偶尔脑壳顶上会被"砸硬核儿"——岁爷做石匠的爷爷传到岁爷的祖母手中的那根威风凛凛的龙头拐杖，稍不留神就会惊心动魄地闪击下来，清脆响亮地砸出姐姐们吱里哇啦的一片鬼哭狼嚎。

也许岁爷命里感应，富有超常的恻隐之心吧！他大概不想让姐姐们备受委屈而黯然神伤，于是就急头绊脑地忙着赶着要出世。可是，他毕竟是个还没有成熟的生瓜蛋子，一旦长成，谁又会想到将是怎样一场躲不过去的风险和灾难呢？

早产下来的小岁爷果然骇异，不哭也不动，如同死婴般了无声息。黑乎乎的窑里，一家人在暗淡煤油灯下屁股大一块儿昏黄的光晕里，手足无措地围拢着这个稀罕的幸运儿，长吁短叹呼天抢地。他们灼心了半宿，只见他青梨大的小脸蛋儿蜡黄，一对小眯缝眼闭得紧紧的，死活不愿睁开，而他细若游丝的微弱鼻息则似有似无——眼瞅着，也只是有出的气而无进的气。他那因盼孙子心切已经望穿了双眼的石匠婆祖母，既是儿媳低眉顺眼孝敬有加的婆婆，又是任家堡子无师自通手法老到的接生婆。老人家这阵儿因为蒙对了——儿媳果然生了个孙子，而喜出望外，可定神凝视，看到刚来人世的岁爷奄奄一息、半死不活的样子，倏尔又乐极生悲、六神无主，忍不住大声疾呼，连连叫苦："小祖宗啊，这是……咋啦，你……睁开眼啊！"

她把那疙瘩湿漉漉、肉乎乎的小人儿托在手里抚摩、拍打，一会儿捏捏鼻子，一会儿按按肚子，一会儿又拎起两条小腿儿倒提起来拍拍后背，好一阵子折腾，只见那岁爷要么装死吓人，要么一出生就想死去拉倒，反正死活不愿给人一点希望的气息，害得老祖宗不停地唉声叹气，哭求老天慈悲保佑，全不顾岁爷的娘躺在土炕上的血泊中已然不省人事。这情景太出乎意料，别说岁爷的两个姐姐噤若寒蝉、欲哭无泪，就连平日稳健厚道、见多识广的大木匠也方寸大乱，木头桩子似的僵立在一旁，一张苍白转而青黄的脸上，分不清热汗还是冷泪恣肆汪洋，手忙脚乱没有了章法。

须臾，连声咳嗽的病老太太挤出两滴混浊的老泪，一屁股跌坐在炕沿上，衰老的身躯微微颤抖，一只青筋暴凸的手吃力地抓起旱烟锅子长长地叹了口气，无奈地摇晃着她白发披拂枣核般干瘪的脑袋。"命啊！命里没有，难强求啊！"她深长地呼一口浊气，用烟锅一指炕头的褪褓，幽怨地颤声道，"算了，早早……送他……上路，也免了他……来这乱世……活活受苦。"她要儿子提一笼碎麦秸过来，把那一动不动的猫崽样的岁爷放进去，接着哽咽不止，恓恓惶惶，要她盼子心切的木匠儿子和他那昙花一现的小不点儿……就此别过。"出去，再掩些干净黄土，'吊'上崖背后头。"她说，"送他走吧，他不该来搅扰咱这穷家的安宁，去埋了，就算个……完吧。"

大木匠好像没有听到，要么他真的是木了——木头木脑，没有听懂，像木橛一样直愣愣地杵在那儿发呆。寒风搅雪，呼啸着执拗地拍打着窑屋对掩的两扇糟朽的木门，晶莹的雪花和凛冽的冷气，意兴阑珊，紧贴门缝，沸沸扬扬，争先恐后地往窑里探头探脑。"这天气……"大木匠不禁打了个寒战，凄凉地嗫嚅，"又冷，又黑……"

威严的母亲却为难了。岁爷那慈祥的石匠婆祖母，斜睨儿子，一双昏花老眼当即云翳蒸腾，湿雾朦胧。她怎么会体察不到儿子的心情呢？这实在难为她老人家，只能让她踌躇不决了。只见她擤一把鼻涕，抬手一抹皱纹密织的婆婆眼角，一时徘徊，竟至于陷入进退无据、束手无策的缄默中了。

这是个严重的时刻，也是个得丧存亡危难的时刻。老人家再明白不过，乡里传承百年不成文的陈规陋习、未成年人的夭折亡故断不能从大门洞送出地坑院。盛殓他们微缩版的棺椁或者陋俗的筐笼只能从崖背顶上用绳索吊出院子，唯其如此，方才被认为他们子虚乌有，一如无踪无影的野风，不过是到人世虚晃一趟，云游星散，却并不分享和带走这一家今后的繁盛，也不影响命中注定的人丁旺势乃至宏运大福。任大木匠还不死心，迟疑不动，口中含混不清地咕哝："可惜、可惜啊！好不容易……整出个带把儿的，你说……咱咋就……这样命苦，偏偏……他一生下，唉！就一步到底……赶到了人世尽头，连世事……是啥模样，瞅都没瞅一眼哪！"

他老婆也就是岁爷的娘，但愿是心有灵犀，就在男人任大木匠一筹莫展之时，突然恰到好处地蓦地从产后昏迷中惊厥醒转。她瞅见男人拎着草笼立在门口，平地惊雷一声，喉咙里突兀地爆出了瓶炸帛裂的尖锐嘶叫——立马镇住了一家老小："不……不要！"她伸着手，像要抓住救命的空气，死人样惨白的脸上目光发直，死盯着草笼里被尿布裹缠得一动不动的岁爷，再次喊出与她内心强烈呼喊的真实内容——截然相反的那两个字："不……要！"

大木匠一时愣神，但很快从女人的神情举动之中掂清了关键时的生死抉择——谁能说，这其实不正是他夫妻息息相通的隐秘期许？他吞吞吐吐，再一次怯懦地试探他母亲的裁定："娘！这黑天……半夜呀，要不……等天……亮了……"老太太心领神会，她何尝不想留住这根独苗？沉思良久，老人家断然将烟锅撇下，扔上炕，随即挺起僵硬的身板，胸口山峦般起伏，剧烈粗重地喘息着，极力挪动着一双小脚，东倒西歪地站了起来。她转过身就在炕对面的桐木板柜上头抱起了一只覆满灰土的大肚子陶罐，手伸进去，窸窸窣窣地摸索了半天，抠出一疙瘩黑黢黢鸡屎样的胶状物质。谁也弄不清楚，到底是狗宝还是牛黄，反正她先把它塞自个儿嘴里艰涩地咀嚼了几下，接着又吐在手上，用拇指与食指搓成了一粒老鼠屎样的小丸。回转身来，又见她颤巍巍地抵近大木匠跟前，接着俯下身去，从容镇静地掰扯开了岁爷乌青的小嘴，不容分说地就将米粒大那点东西强硬地塞了进去。"死马……当活马医吧！"岁爷的祖母，老脸冷酷凄郁的袁氏频频摇头，念念有词："但求老天开恩，给咱老任家留一根苗吧……"

大木匠几乎要哭了:"娘啊,他真的……是……死了吗?"

"先别号丧!"老太太不理睬儿子的惊颤恓惶,只是指了指青烟袅袅的炕洞,铁青着脸,威严地说:"把他放进去吧,那里头暖和。"她绷紧嘴唇,孤注一掷、说一不二地决绝道:"任他听天由命,撞神运吧!若是能缓过气来,他就是咱家洪福齐天的爷;活不过来,那就是……老任家,命中注定……怕是要……绝根、断后……"一语未了,只见她身子摇晃,一个趔趄晕了过去。

翌日寅时,鸡叫头遍,天麻麻亮,炕洞里忽然飘出一阵阵气息微弱的哼唧啼鸣,一家人如同叩见活佛大神,全都滚下炕聚拢过来。大木匠闻声赶紧抱出了岁爷,但见他微微蠕动瘦小的身躯,居然焕发出坚韧的活力:那蚌壳似的两片嘴唇艰难涩滞地翕动着,而柿子大小憋得泛红的小脸蛋上终于透出了一抹生动的血色。他总算活过来了,奇怪的是,他却一直不睁眼。除了落草剪脐带时勉强猫叫样细若游丝地"喵呜"一声,随后就敛声止息装死过去,眼看好不容易从炕洞里活过来,居然又百般耍赖,不仅不再哼吱一声,还得寸进尺地连眼皮都懒得动了。

"说到底,喀,先人的害啊!"老祖母不屈不挠勇敢接受挑战,先是用花椒和辣子水刺激,而后以手揉搓掰扯,那小眼皮依然绷得严紧,勉强露出微乎其微的一线目光,立即又决绝地紧闭、誓死不睁开了。"看来,他像是铁心不想看这乱哄哄的世界吧。"老太太无奈,终于下了狠心,捡起一只破旧的细泥瓷碗,果断地敲下一角锐利的薄片,轻盈熟稔地执于手上,就要在那柔嫩细眯的眼睑上大显身手。"总不能……养个天生的瞎子!"老祖母的手正要抵近眼睛,那对细眯小眼却忽然奇迹般睁开了。再看那黑眼珠子葡萄似的,滴溜溜,贼亮贼亮,居然久别重逢一般盯着他眼前的一张张陌生的面孔。大木匠见此情状,一把抱起了他,喜极而泣,活像捧了个鲜活的元宝,情不自禁哆嗦着疾呼不止:"爷哟,我的个……碎碎的……碎爷……你这般半死不活地折腾,可真要把我们一家人都吓死哩!"

打开天窗

当地方言,"碎"即小,或曰"蕞"。岁爷的"碎",尚不一般。随着他的出生和长大成人,神不知鬼不觉地——谁也拎不清何年何月何日何时,到底在啥时辰,潜移默化地暗度陈仓,突然就由"碎"而"岁"了。这情景形如沧桑巨变、乾坤反转,硬生生衍化出"大"和"老"的意思。任大木匠老八辈在村中占高辈分,这岁爷得天独厚便自娘胎顺水推舟地享有一份令人仰视的尊崇。至少，在他们村一辈子都不欠缺被人拥戴的居高临下。这种先天俯视凡尘的优越造化，乡下人毫无例外地一概认为这就是命，上一辈积德行善造就的命运，必然成其所是也就见怪不怪了，就好比命中注定他在村中辈分高，却身材矮小，到老都没长出个高大魁梧的样儿来。

这也是天命难违既成的事实吧，不可逆转，也不可抗拒。与"碎爷"名副其实的"碎"个头相反，命运倒也慷慨，不悭吝地赐他一个"老不死"的高龄。谁也说不清这一生下来就死过一回，接着又罕见地在土炕洞里活了过来的人，是怎样延年益寿修成正果的。他居然被岁月恩宠，由"碎"而"岁"，实至名归地当上了四邻八乡妇孺皆知的"寿星佬儿"——106岁啊，乖乖，实在是凤毛麟角，让多少人龇牙咧嘴、唏嘘不已，直听得大瞪双眼惊掉下巴。问世间芸芸众生，苍茫大地，浩瀚烟火，曾有几人能如许高寿，终老天年？或许由此，不仅父母和村里人，甚至连同他的子女侄孙也都随声附和，习惯成自然地一律叫他"岁爷"了。除了他的老伴儿第五花儿，独自一人唤他"活鬼"，他们的众多子女则一概以"你们的先人"称他。

转眼就是一辈子，他也确实老了。自个儿都感觉活腻了，烦了，烦得透透的了。"活得多，受罪多，有个啥好？"他经常挂在嘴边的一句话是"把他个什，阎王爷日怪，到哪腐化去了，把我都给忘了"。岁爷就这样巍巍乎高居岁月顶端，人人仰慕，个个艳羡。似水流年，几代人流水落花春去也，从他眼皮子底下不知不觉地川流不息，匆匆来去泯然烟尘。人们口口相传，只听说任家堡子有个老不死的精灵鬼怪活神仙，谁还有心刨根问底地去探究他老人家曾经拥有过的那个响当当、硬邦邦、脆生生的大名？

任仲魁。

不错，岁爷的大名果然霸气，就是说至少岁爷自个儿没老糊涂，也没忘记自己。他知道自己是谁，不仅至死记得自己的名讳，还应该说某种意义上，他其实也是任家堡子最早"认识"和"雕塑"自己的人——这话虽然有些文绉绉的，但也许就是他的故事——源远流长的故事如影随形地陪伴着他的形象，足以让他显山露水、流连忘返，不想记也得记一辈子。

岁爷不足八岁，刚能背动一大一小两只牛头刨子，就影子般跟随父亲外出揽活儿了。雇主宽宏包容也往往直言不讳，道是大木匠拖了根形影不离的尾巴。事实上，谁也不曾料想其实还多了一双眼睛，一双特别的眼睛。那双当初出世之际赖兮兮、懒洋洋死活不愿睁开的眼睛，大概是因了追随父亲走村串户的脚步，忽然变得异乎寻常，老是不无好奇地左顾右盼、东张西望——他的识辨力与洞察力往往出其不意，大大超过了他的年龄而让人惊奇不已。"耳聪目明"这个成语几乎是为他量身打造的，不舍昼夜地伴随了他曲折漫长的一生，而"心中有数"则是他少年老成给人留下的最初印象。一个沉默寡言的碎娃娃，且具有蔫驴踢死人不爱说话的天赋禀性，可一旦开了金口，说出的话不但掷地有声，往往还让人诧异错愕，丈二和尚——摸不着头脑。"这世道啊，真真个……差了窍呢！"这句话曾经把他大（父亲）任大木匠劈头盖脸，擂得怎样龇牙咧嘴！"天，你这碎脑瓜子整天胡思乱想，尽琢磨些啥呀？"

岁爷却长睫闪闪，目炬熠熠，眼珠子亮得能晃见人影，他似乎觉得其父慌遽太有点矫情夸张——完全是不应该有的大惊小怪。于是，他便疑惑不解地望他的父亲一眼，不再吱声。这孩子过早醒世，更通情达理，难怪任大木匠要愁肠百结了。在缺吃少穿的家里，他每每节食，有意让大人吃饱，自己的肚子却经常瘪塌塌、咕咕叫地欠着必需的饭量，可他心里却出乎意料地宽泛复杂，饱满到令人后怕。天晓得他怎么会装着那么多与他的年龄实在不相称的东西，而这些稀奇古怪的想法又是那么倔强、固执而又尖锐硬朗，几乎钻牛角尖样充塞在他的脑瓜子里，简直是铁核桃，砸都砸不开来。任大木匠惊悚过后，隐约有了恐骇的心病。他用那抡斧子、斫木头而结满了厚茧的大手，摩挲着儿子秃瓢样光溜溜的小脑瓜子，小心翼翼地再三启悟，一次次不舍追询，岁爷才皱皱眉头，沉思默想，许久——简直是历尽岁月沧桑，提早了百年时光，揣着悠悠万事千年隐忧——才忧心忡忡地说："为啥……有人肥头大耳，富得浑身流油；有人缺吃少穿，穷得一个个精猴？"

他眨巴着锥子样目光犀利而透澈深思熟虑的双眸，差不多正儿八经破天荒地开始了第一次怨天尤人的"天问"："这世道……不公平嘛，老天……"

"别胡说八道，祸从口出哇，瓜（傻）娃！"任大木匠暗自觳觫，不由得为儿子的话心惊肉跳，"我的儿呀，你可要给我把嘴把严！咱们人穷，这都是命，懂吗？"

这小毛孩儿除了与生俱来的愤懑不平，最主要的还是他的年龄——牙口不全，胡楂子还没冒芽，一个穿开裆裤玩尿和泥的碎娃娃咋会有这些不着边际的想法？这些话实在引起了任大木匠的惶恐，不仅让他不知所措，更加让他忐忑不安了。

"这娃娃……该不会是个怪物吧？"大木匠想起岁爷还在他老婆肚子里的时候，就不太安分来着。有天夜里，他的老婆忽然听到娃在肚子里面啼哭，哀号的声音清晰悲戚，可把他们俩吓得不轻。"他这是……咋啦，急着要出世吗？"任大木匠翻了个身，耳朵贴近媳妇的肚皮谛听少顷，说："我看未必。"他忍不住摇头，忧心忡忡地皱紧了眉头，"这可是古怪事，没听说过呀，未出生的娃娃会在肚子里哭叫,听他的哭声还蛮委屈,也许……是不想到这个世界上来吧?"

"也许是吧。"他的老婆倒没想得那么严重,相反她居然显得非常欣慰,还一副欢天喜地的样儿,"我看啦,八成……他是个爱说话的娃娃,将来……就算当不了发号施令的人王,也许还能当个摇头晃脑的教书先生、娃娃头,也很难说。"

事实证明,这话还真的应验了一半,后来的岁爷确实在乡校做过几天代课先生。尤其是他对读书识字——这一类与庄稼人隔山架岭离得百十里全然无用的闲事,天生却有一份饱满的热情和与生俱来的亲和,用他后来的话说就是"前世造化,上一辈子的缘分"。可惜,除了教娃娃们认字和说一些非说不可的话,他却实在是个喜欢沉思默想而绝少摇唇鼓舌的严谨(言噤)之人。这一点,也许是他记住了父亲大木匠的耳提面命,而且还把那份农民式的谨言慎行生动鲜活地身体力行到了极致。"要注重内心,言多必失,沉默是金呀,娃!"都说三岁看大、七岁看老,后来的岁爷不只这样约束自律,还动辄训诲他的儿女:"话说三遍淡如水,再说三遍打皮嘴。没用的憨话说多了,不只徒费口舌唾沫,还会招惹是非,耗损精神。"

岁爷的不爱废话还在于他心里揣着一个特重大的问题,一个随着他的年龄不断增长而横亘于心头的问号,那就是父亲大木匠所说的命。"天意从来高难问呀!"其实,父亲未必懂得——命又是啥,啥又是命,更不懂命为啥偏要他们父子一年到头东山日头背到西山,苦吃苦做、流血流汗仍然入不敷出、捉襟见肘,还要受穷。

那次做工的东家姓常,是远近闻名的农商大户,传说老根儿自蜀地锦官之城迁徙而来。起先的祖辈也只在渭北旱塬一带单一务农,后来兼营商务做起买卖竟日渐丰裕崛起,经年累月居然商铺激增富甲一方了。暴富起来的常家,老掌柜和他的几个儿子分别散布,常年驻足泾(阳)三(原)咸(阳)长(安),以至放射苏浙赣渝外埠多处经管生意,家里边只有一个老三儿子协助他的大嫂主事。此间,他们正大兴土木扩建宅邸。岁爷父亲的木工手艺此时已日臻完美,驰誉乡间,幸被邀来专事雕梁画栋的技巧活计。岁爷人小,随人指使跑前跑后地打下手,不挣工钱,只混口饭吃。这家大嫂当为名副其实内大当家、出自当地大家富户,经多见广、精明睿智,把一个男女老幼二三十口人的乡间大户打理得有条不紊、妥帖有序。偏这老三二五不挂,却不担沉,大小家务既不过问也不沾手。这个"甩手掌柜"游手好闲,够得上一个标准懒汉"浪荡公子"。据说,他不但走南闯北,游历了许多中国名山大川等胜景,还漂洋过海到过日本、俄罗斯、法兰西……大概是奔波劳累疲惫已极吧,一俟回家就闭门谢客,懒得动弹，整日猫在老宅旧屋饭来张口，衣来伸手——手里除了吃饭，总见着捧起一本又一本、一天到晚老是翻看不完的啥书。

伙计们私下里窃窃谔谔有声，只说他是个"两耳不闻窗外事"的书痴、行迹反常的怪人，要么就是神经错乱、脑子有病也未可知。亏得当家做主、贤妻良母型的大嫂襟怀大度，真实应验了"长嫂如母"那句俗语，不仅毫不责烦三少爷纨绔子弟无所事事逍遥赋闲，还见得岁爷乖巧勤快，有意差他亲近啃书虫的三小叔子，任其呼来唤去沏茶端饭，随时遣使。起初接触，岁爷尚且腼腆怯懦。听说这少东家最好独处安静，每到老屋门前他总蹑步，探头探脑，闪在门后窥视一番。仔细看了，却见众人口中这位"闲汉怪人"并不见得悠闲懒惰，活得轻松。相反，他在一张红木八仙桌前俯而仰之，忙个不停——时而捧读书卷，琅琅有声；时而埋头疾书，龙飞凤舞；偶尔掷笔伸展腰肢，昂首伫立沉思良久；时而似见心烦意乱，倒剪双手踱步不止；继而又远眺窗外情不自禁，喃喃自语——蓦地，甚至会亢奋激动地挥舞拳头，像要跟人决斗，压着嗓门儿叽里咕噜念念有词，以至于含混不清，哼唱不止。

岁爷听到的，全是他听不懂的一嘴咕咕哝哝。"应得哪寻……那儿……团在一起……叽里咕噜……"

那份"神经"，神经兮兮全神贯注；那份神往，一往情深如入无人之境，对于出入老屋、侍奉在他身边的岁爷，压根儿视而不见、听而不闻——仿佛他们不是活在同一个世间。他不同寻常的放诞之举，若磁石吸铁，让岁爷提心吊胆的同时愈加心生好奇，身不由己得更加殷勤备至，动不动就钻到他的屋子里去。不是因为他的呼唤、邀约，实在是因为那种说不清的怪诞之举的魅惑与引诱。时日既久，岁爷便在日渐切近的交往之中已经对这位少东家有了新印象。他不穿长袍马褂，倒喜欢雇工伙计一般利利索索的一袭短衫长裤，看起来对衣着很不讲究；虽然有一头被人称作"洋奴头"的乌黑长发，却没有剃光脑门儿而编一根猪尾巴样的辫子，晃里晃荡地吊在脑后，平日里更没见他头戴财东们喜欢的那种圆的西瓜帽，引人瞩目的倒是高挺的鼻梁上闪闪烁烁、架着一副玳瑁框的近视眼镜。他虽然晨昏颠倒地闭门读书，却并不自恃清高而目中无人和难亲近接触。总之，他既不痴呆也不"神经"，除了时或似有重重心事才下心头、又上眉头，倒是旷达洒脱蛮随和的一个人儿，偶尔会显露那种童真不染的无邪天性。

终于有这么一天，当岁爷把一杯茗香袅绕热气腾腾的龙井小心翼翼轻轻摆上他的案头，他好不容易睡醒似的，从打开的书卷上缓缓抬起头，随即欠起腰身，打了个长长的呵欠，摘下眼镜，一边抓起一块白富绸方巾，不停地擦拭镜片；一边犹如刚自远方归来而发现了新大陆般惊奇地眯起眼又睁大眼，喜眉笑脸地瞅着岁爷，语气里竟不由自主地透出一种毫无来由、取悦于人的谄媚味。"咦，你个小东西，悄无声息地……啥时候……钻进来的？"

岁爷甚是委屈。是啊，他在他的眼皮子底下晃了这许多天，怎么才"目中无人"地看到他？"我不是小东西。"他认真纠正，理直气壮地滴溜着明光闪闪的眼珠子，勇敢地瞪视着他，昂昂乎，杠杠地，很有点无所畏惧敢于挑战的气势。"嘿……"常少东家愕然，少顷呵呵笑着，把眼镜重新架上他那笔挺高耸的鼻梁，好像为了看得更清楚真切一点，俯下身子仔细端详起岁爷，"噢，对，你不是东西。那你……是啥？"

"我是……岁爷。"岁爷自报家门，说得凛然大气、堂堂正正。"咦……"少东家真正给吓了一跳，讶然之余忍不住张大了嘴。他歪起脑袋，上下左右地重新打量了一番，忍不住"扑哧"一声再一次乐了："天，真没看出来！你个人精，这不，活活的一个'黏怪'！"

"黏怪？"岁爷不明其意，这个乡村俗语虽然耳熟，但要细论详解，怕是许多人也还半懂不懂哩。这是个褒贬不一的"含混其词"，其中激赏称道甚至多于训斥讨嫌，誉美溺爱也许胜过厌弃不屑。常少东家随口而道，无意中给了岁爷一个非正式的命名，他自己也想不到这会是贯穿岁爷一生一世的一个鲜明的个性特征，从而给他的形象打上了一个永不出脱乡俗文化的深刻烙印。

"咋，你不懂得'黏怪'？"他眉飞色舞，乐呵呵地做了一番通俗易懂的解释，"看你不吭不哈的闷葫芦一个，居然还能不鸣则已，一鸣惊人嘛！"接着，他又文白参半，庄谐混搅，情不自禁地抒发了一大篇"倚老卖老"的慨叹。"一个……碎崽娃子……嘴上没毛的黄口小儿竟敢胆大妄为，自诩为'爷'！"说着连连点头，又啧啧有声，也不知是褒扬还是讥讽，倒是麻利爽快地伸出一只手来，把一根高高翘起的大拇指直戳戳地伸到岁爷眼前晃来晃去。

"村里人全都这样叫我。"

"哟，是吗？行，小子，算你个'黏怪'……有种！"轮到岁爷询问他了："你呢，是不是个……"岁爷的问话毕竟有些唐突，挖空心思，颇费斟酌。稍许，他继续滴溜着葡萄黑滚圆眼珠子绞尽脑汁，吞吞吐吐，显出欲言又止的样子。"你是要问……我是个啥人，对不？"岁爷点头："是不是……四个眼的，四肢不勤，五谷不分，六亲不认……那种闲人……懒汉……二流子……"

"嘿！"三少东家乐不可支，如同意外得到褒奖，这一次是酣畅淋漓哈哈大笑。看来他十分开心，难得一次纵情爽意。"我嘛，既不是懒汉、二流子，也不是浪荡公子，要说是叛臣逆子还差不多。"

"叛啥……啥子……?"

"噢,你暂时还听不懂。"他看见岁爷茫然得一头雾水,立即变换口气,随即煞有介事地绷紧了脸,装出一副恼羞成怒的严肃神情,"这个……'黏怪'啊,你可得给我说说清楚,是谁……嚼烂舌头,这样瞎编排我?"岁爷瞪大了眼,一梗脖子,出乎意料地依然硬挺刚毅,毫不怯生。他似乎早已胸有成竹,振振有词,当即便理直气壮、有根有据……说出了一番大道理来:"你看你,啥活儿也不干,整天就是看书、看书,大门不出,二门不迈,那书……能吃,还是能喝?"

三少东家像被噎住,无言以对,被问住了。"原来,是这么回事?"他心里说,我这个二门不出的三少东家,四只眼又五谷不分,对啦,还六亲不认,是不是还有一个七窍不通、八面玲珑什么的……难道,这就是我给别人留下的印象?他颇费心机地思忖半晌,终于缓缓地挺直身板,扶了扶滑下鼻梁的大片眼镜,然后叉开五指,向后捋了捋他一头蓬乱浓密的黑发。"天,这个事嘛……怎么说呢?学习是治心愚,看书是点心灯啊!噢,这样说你可能不明白,但是我可以明确无误——嗯,就是明明白白地告诉你,这看书认字嘛,不只能吃喝,还能让你——怎么说呢,让你活得明白、敞亮,懂吗?"

这回,岁爷老老实实地摇头。他是真的不懂,听不懂呀。

"这样吧,你试着想想,假如你在一片荒草连天的野地里踽踽独行,就是说一个人行走,突然发现前方一条宽敞明亮的道路;假如你在伸手不见五指的夜里提心吊胆地摸黑儿回家,猛一抬头看到前方一盏闪闪烁烁的明灯;假如……噢……你过来……"三少东家不容分说,突然牵起岁爷的小手,将其推到桌子旁的窗前,霍然推开糊着麻纸和剪纸窗花的窗户。顿时一阵清风徐来,无数道阳光活蹦乱跳蜂拥而入。岁爷神清气爽,感到一种扑面而来的敞亮与适意:"告诉我,你看到了啥?"

"……树,庄稼。"

"再看看,还有些啥?"

"花,草,野地……"

"再往远处、高处看看?"岁爷不说话了。他已被窗外的鸟语花香吸引住了。对,还有最为常见的那些山川与白云,怎么"突然"都在他的眼前变得清新而惊奇了,宛若头一次看见它们?"看书和认字嘛,就等于给你打开一扇窗。那里头有多少风景啊,有山,有路,有灯,心灯啊……"

岁爷收回目光,不错眼珠直愣愣地盯着三少东家明光闪闪的眼镜片子。他看见他的眼睛正在那副眼镜背后飞快地眨动、弹跳,炯炯有神,好像有什么东西无法掩藏,就要喷射出来,熠熠生辉。"怎么,现在你告诉我,我究竟是几只眼?"不等岁爷回答,他却乐呵呵地自我炫耀显摆起来,"我还不止四只眼哩,因为看书我还有一只最重要的眼睛,你大概没看见吧?"

岁爷老实承认,轻轻点头。他果然没有看见,确实也看不到。三少东家指了指自己的胸口,他说:"在这里呢——心眼儿,这可是最要紧的眼睛,你想不想也要一只?"

岁爷不假思索就郑重其事地点了点头。从此,"心眼儿"这个种子就深深地根植进了他的心田。半个世纪之后,在他阻挡不住地渐入暮年老境,就像他刚诞生的那四十多天不愿睁开眼睛一样,又喜欢和习惯于闭着眼睛看世界了。"这样子看得更清。"他说,"耳朵和脑袋,总归比眼睛还管用呢。"因为他一直记得,三少东家当时是怎样频频摇头告诉他,"拥有'心眼儿',可不是朝夕之间轻而易举的事"。

"我要问你,你为啥到我家里来做活儿?"岁爷永远记得,他当时是咋样眨巴着眼,虽然天真幼稚,倒也回答得直言不讳,坦白实情:"你家不是富嘛,我们要挣钱养家糊口呢。"

"可是……你想过没有你家为啥会穷,是你们懒惰,怕吃苦,还是像我这样啥活儿不干,不去劳动?"岁爷低头沉思了一阵颇不服气地反驳道:"你就是啥活儿不干,不劳动嘛。"三少东家并不生气,反倒宽容地笑了。正笑着,他扬起了头,喃喃自语:"种地的饿肚肠,纺织娘没衣裳,编席子的溜精(光)炕,卖木炭的冻得慌,泥瓦匠住的是庵(草)房……哦,对了,你家住的是啥房?"

"我们家嘛……是窑洞,地坑院子,土窑洞。"

"为啥……不住我们家这样宽敞阔气、一砖到顶的大房子呢?"岁爷有点羞涩语滞,一时口吃回答不上来了,他只管眨巴着眼,静静地看那三少东家。"喀,你还小,不懂得哟!"三少东家叹了口气,"打开天窗——我给你说亮话吧,这世上穷人养富人,空空脑子榨(诈)的是实诚心哪……你想要知道咋回事儿,那就明天……跟着我先来学认字,你看咋一个向(怎么样)?"

"好哩,好哩。"岁爷满心悦意地一口应承,小脸蛋儿不由自主地绽放出一抹受宠若惊的喜亮颜色,"那当然好。"

赚取大名

在常家大户,岁爷不期然地从一个"睁眼瞎子"变成了一个识文断字的"时髦人",尽管他认识的字还极其有限,但无论如何这也是他和他的大木匠足够回味一辈子且极其珍贵而奢侈的收获了。父子俩的不同之处，无非一个属于甜滋滋地亲口吃梨的人，另一个只是眼巴巴，当然也喜眯眯地欣赏吃梨人的人罢了。他们听说三少东家的一个四叔曾在光绪年间陕西的恩科乡试中考中举人，此后延师礼泉"烟霞草堂"的关学大儒刘古愚一心治学，鞠躬尽瘁，随师致力于爱国教育实践，直至最后倒在讲堂上。这三少东家怕是血缘中承袭了他四叔的某些基因，酷爱读书且诲人不倦，他将传授知识看得神圣至上，每每教诲岁爷认字必先净手、焚香一炷，闭目少顷，面向案牍摊开的诗书大礼如仪，抱拳作揖，深深一拜。岁爷依样学样。转身，尚须尊嘱，向三少东家作揖一拜，而常先生亦必恭恭敬敬地还礼岁爷一拜。如此这般，像极了旧戏台上一番古香古色、古韵悠长的现实演义。

岁爷当然记得——想必永远铭记，颇具家塾教师风范的三少东家，正经教习他的第一个中国汉字。当时，他在案头铺开一张薄如蝉翼的宣纸，饱蘸手中的狼毫毛笔，一笔一画工工整整地先写了一个"人"字。

"嗯，认识它吗？"三少东家盯视着岁爷求知若渴、明亮如炽的眼睛，等待他鸿蒙大开、无师自通的回答。岁爷居然信心十足、自以为是地点了点头。"柯杈。"他说，说得毫不置疑，更是惊世骇俗。师生二人不约而同瞪大了眼睛，大概他们同时都想到乡下人烧炕捅火的那根圆木棍子，虽不宝贝，但家家必备，乌溜溜被火燎烟熏的顶端确实有两根大步分杈的枝丫。"倒是很像。"三少东家并没有笑，他认真地摇头，表情诚挚而又肯切，"记住，你不认识它，但它……认识你，当然……也包括我，它的名字叫——'人'"。

"人？"

"是的。"

岁爷却忍不住笑了，笑得轻松惬意，眼里尽是清澈见底的纯洁无瑕，够得上名副其实小孩子气："就这么简单？"三少东家一扶眼镜，缓缓摇头："你可记住了，写'人'一撇一捺，就这两画；做'人'呢，从生到死，可是一辈子的事啊！"

"一辈子？"

"不错。"三少爷执笔，饱蘸浓墨，一边玩味，在一张宣纸上细心挥毫，一边孤芳自赏地絮絮而道，"这个简单的'人'啊，单就这毛笔书写，一撇一捺之间就大有乾坤呢！首先是逆锋起笔，藏而不露；然后是中锋用笔，不偏不倚；最后是停滞迂回，缓缓出头。需要行正笔直一笔一画，才会写得圆满俊秀、飘逸不凡。"俄然抬头，只见岁爷一脸懵懂，他先自"扑哧"一声，乐了。"噢，我这样说，你更丈二的和尚了。总之，这个字嘛，是须你穷其一生——对，就是你从小到老、时时刻刻都要直面并不断认识的大学问哩。"

"大学……问……"岁爷念念有词地重复,眼珠子骨碌碌地转,他开始动脑筋了。许多年后,当他稀世百岁,正是暮气沉沉的一具衰朽活尸的时候,他还记得这句话是如何像刚出笼屉热气腾腾的鲜肉包子,曾怎样天长日久地撩拨着他的胃口,又是怎样经久不息地滋养着他备受磨难和摧残的生命。只有活到这个份儿上,他才明白——差不多是恍然大悟:做人,你首先必须努力活着,只要一直活着,那就是继续在深造这门远没结业的功课。"你是人,首先你要爱人,懂吗?"三少东家就是这样孜孜不倦地教诲他的,"做人要立,立人要正,端端正正的'正',就像房子里的顶梁柱,顶天立地、岿然不动。把他个什!你笑啥哩?(原来,岁爷一辈子挂在嘴边的口头禅,源自此处!)你可给我记好了呀,你不能是风中的树梢、墙头的草,不能是下到锅里的软面条,做人嘛,早晚是一定要硬扎起来的哟!"

"硬扎?"岁爷瞪大了眼睛,不甚明白"硬扎"是啥。"就是天塌下来,也要站直了,咬紧牙关也要顶住,别稀松邋遢,垮下来哟!"那三少东家气宇轩昂,说起话来江河滔滔、磅礴奔放。"当然,"他说,"你要和人相处,认识和交往人,男人女人、老人孩子、好人坏人、善人恶人、穷人富人、今人古人、中国人、外国人……你要尽力帮助和爱护人,也要坚决反对人剥削、压迫和残害人。"总之,这位义务教学的人生导师循循善诱、一脸和气的蔼然告诫,让他永世不泯,难以忘怀:"这人生一世,一个'人'字的包含,谅你一生一世——对,就是你一辈子都无法穷尽哩!瞧瞧,这是一本多么宏大无边的书啊,你还觉得……它简单吗……"

岁爷默默颔首,再也笑不出声了。"好好学吧。"先生见他用功,专心致志,很快认真起来,就有意让他放松心情,又半开玩笑地说,"反正,我也不收你的学费,只要你勤学好问、刻苦努力,说不定我还会给你一个惊喜,给你一个攒劲的鼓励也未可知。"

也是从那天起,岁爷终生不渝、乐此不疲地迷上了读书、认字,开始有了不为人知的另一种生活,一种连他自己也是许多年后才恍然大悟的——叫作学习(文化)的生活。难得三少东家郑重其事、严格而且准时,每天都一丝不苟地规定他认会、写会,还须熟背那些课文:从《百家姓》《千字文》到《少年中国说》。对,还有他当时并不能领悟多少的《共产党宣言》和《阶级斗争》等。"人之初,性本善;性相近,习相远。""少年智,则中国智;少年强,则中国强……"有时读,有时写,有时还唱。三少东家虽然不露声色,毕竟对他有些偏宠偏爱,便送他一个本子和一支铅笔,让他端坐在自己的对面,一遍遍地读写。每天,他必仔细检查批改他的作业,隔三岔五地还让他背诵学过的课文。诚然如他所说,他这是搂草打兔子——顺便的事情。他在教习岁爷的时候并不耽误自己读书,相反常常一头埋进自己正在研读的书里,有时甚至如入无人之境,浑然忘记身边岁爷的存在。岁爷果然聪慧,学问长进得很快,小脑瓜子开始开窍,就有了惊奇重大的收获。有一天他忽然发现,有文字的地方,就会有自己存在;有自己存在的地方,也会有相关的文字与他撞脸。他恍然觉得他和中国汉字这种母语的天然关系,简直与他和母亲大木匠婆之间的那种血肉联系好有一比,而最直接现实的证据莫过于他脖颈上红线绳系的那个木质的"锁命"牌儿。

"先生,你瞧,"他把那个木牌儿从胸前绣花的裹兜里掏出来,不胜惊喜地拿给三少东家看,"原来,我身上也是有字的呢。"先生接过他手中的那个木牌儿,见是一块掌心大小云纹形状的木片,认出那是桃木,由于手掌摩挲,已经十分光滑圆润,颜色暗红深紫如血。他的学生说得没错,那上头正反两面,果然镌刻着几个触目的汉字:"平安富贵""长命百岁"。岁爷告诉他,这宝物出自他父亲大木匠的手艺——在乡下,有给孩子专门打制"长命锁"的不老风习。有钱人会打造金锁、银锁和铜锁,显而易见,也许是顺了个方便,也许是为了省钱,大木匠的儿子戴一块木头做的"长命锁",似乎也顺理成章不算意外。果不其然,岁爷说父亲买不起金质银质的正宗"长命锁"牌,便别出心裁,求别人写了这八个字来,然后自己埋头,用一晚上的点灯熬油将其镌刻在了桃木牌的正反两面。"你知道,为啥用桃木吗?"

"桃木可以辟邪驱鬼。"岁爷居然不假思索地张口就答上来,"他们说,我想要'长命百岁',就得靠菩萨神灵保佑。"

"是吗?"三少东家忍俊不禁,默然一笑,笑得非常含蓄又那么明显。他将那块木牌在手里翻来覆去地把玩一阵,随即若有所思地点了点头又摇了摇头,"神灵保佑?咯,你可记清楚了,求神不如求自己。别说活百岁,要想活得好,全靠自己保自己啊!"

他好像突然想到了什么,让岁爷去把他父亲大木匠请过来见他。

旋即,大木匠就被儿子拽到了三少东家的书房。但见这常先生满面春风,沏茶让座,客客气气,倒让大木匠于心不安、诚惶诚恐起来。三少东家等他们父子双双坐定,又拿起岁爷那块桃木"长命锁"在手里端详,神情一本正经,开口却又像半开玩笑。"任师傅,我想给咱们的'黏怪'——不,对不起,就是你儿子,我不能再胡乱地叫他绰号,大丈夫男子汉得正儿八经地起个大名,不知道……你意下如何?"

"咦咦……"任大木匠受宠若惊，慌得手足无措，愕然醒悟，赶紧站起来抱拳拱手，"不敢、不敢，他是什么爷哟，一个碎娃娃罢了！只是在村里辈分儿高，加上石头、毛娃、铁蛋的一串方便名字早有了主儿，也就顺着村中人胡乱叫喊，算不得……正经名字。"

任大木匠看见三少东家正襟危坐，听得认真专注，频频点头之余满脸透出真诚无欺的表情，心中难免又多出一份受人恩惠的感动。许久以来，他心里那个隐秘的期许被少东家无缘无故的一个善举给点化出来，正如初春枝头的花苞得宠于和煦东风的吹拂，一夜就绽开了。当地风俗，男娃的大名一般都是在十二周岁之后须得花费银两，请教有学问的先生赏赐。他没想到幸运骤然提早降临，更没料到少东家会如此高看和抬举他们父子，就这样轻而易举地让他不花一分钱，就给儿子赚来一个正儿八经的名字。大木匠丁是丁、卯是卯，实诚人说不出虚情假意的多余话："难为东家错爱，愿意给他赐个大名，这个……可是烧了高香，求之不得的啊！"

三少东家微微一哂，既不生分隔膜，也不虚情客套。显然，饱读诗书的他早已成竹在胸，伸手从案头扯起一张黄薄麻纸，便递到了目炬放光的任大木匠面前。那上面赫然在目，原来是三个墨迹未干的大字：任仲魁。大木匠和他的儿子不无好奇，兴冲冲凑近看了半天，大眼瞪小眼，只见那三个字堂而皇之，也正陌生畏怯地注视着他们父子。"这个……"岁爷先按捺不住，急切地指着那个他不认识的"魁"字说："是啥？"

三少东家莞尔一笑，径直拉过他的一只手来，轻轻地掰起他的大拇指说，"这个……就是'魁'，最棒的哟——首屈一指，你懂不懂？"岁爷遂将手抽回，不认识似的，望着自己的那个受到宠幸的大拇指，随即也将它跷起晃了一晃，忽然忍不住笑道："我知道了，就是老大，对不对呢，先生？"

"是的。"自打开始跟着少东家学习认字，这个坊间难得一见不俗的怪人就要求岁爷以"先生"称呼他了。常先生点头，夸他聪慧灵性，一边举起自己的手，一根一根扳着指头，竟随口道出了一首朗朗上口的诀来："大拇哥老大没商量/二姆哥站在顶头上/老三、老四挑大梁/老五嘛，跟着出溜跑跑堂……"

任大木匠听罢，豁然开朗，脸上如同涂蜡般大放异彩，他再次抱拳拱手，连声作揖，感激不尽，直说："这名字忒好，听起来浑劲，忒有力道。"

"那倒不假。"常先生用手比画，"任师傅，你试试看不用大拇指，看你还能不能抡得起一把斧头。"他说着，回身在桌子上又捡起一块一寸见方的贺岁名牌，递给了任大木匠，"这是块黄花梨木，送给咱们的任仲魁了。我看过他脖子上的项圈，那上面的长命锁还是人老八辈儿的'长命百岁''平安富贵'，这种祈福祈寿的陈词滥调老掉牙了，咱换他个新鲜的，咋样？"常先生征询地望着他道，"我的意思……让他自己动手，用心将这三个字镌刻上去，也算是我给他的一点念想、一点奖赏。"

岁爷怯生生地接过那张纸，喜不自胜，翻看不已，反复"相面"，犹如对着镜子欣赏自己稚气未脱的面容。镜子不会说谎，实打实地照出了他的爱不释手、心满意足和自恋。父子俩你看看我，我看看你，激动得面色赤红，诺诺半天，却说不出一句像样的谢忱话。

"对了，你不是喜欢我唱的这首歌吗？"常先生又从桌子上捡起一张黄薄麻纸，对岁爷说，"你要愿意，不妨将这个也刻在它的背面，有空看看，就可以想起我给你唱的这首歌了。"岁爷欣然点头。只是不解纸上的那个稀奇古怪的符号，再看他"睁眼瞎子"不识一字的父亲，也忍不住好奇之心，伸着脖子小心翼翼地探询："这……又是个啥……符……"

"噢，这个嘛，CPC（共产党），它的意思嘛，唉……我一下子还真给你说不明白，你就当我和你儿子共有的一个秘密，一支太阳花儿样，等待着在阳光下开放的歌谣……"说着，他还忍不住哼唱了一句"英特……纳雄耐尔……"

任大木匠听得云山雾罩，越发犯迷糊了。但他相信，这不是什么坏话，随即捕风捉影，逮住了常先生半句话把儿，也鹦鹉学舌机械地重复了一声："应得哪寻……那儿，团在一起……"那份憨厚、窘迫和勉强，逗得三个人开怀大笑。自此，岁爷不仅拥有和认识了自己的大名，而且终生不易，拥有了一个乡下农民让人不可置信和匪夷所思的爱好——读书识字，外加沉思默想。起码在他那个年龄段和生活空间的人群，不敢说是读书识字最多，至少也是读书识字最早，尤其是最爱读书识字的人了。遗憾的是，尽管他似懂非懂、一知半解，记住了常先生结合认字给他讲解的不少新鲜的名词：平等、自由、公正、民主……可惜，他当时怎么也不该忽略，怎么也应该想到先问清楚三少东家——噢，也就是常先生真实的姓名啊！

"一个幽灵，共产主义的幽灵，在欧洲大陆徘徊。为了对这个幽灵进行神圣的'围剿'……"

"啥叫作幽灵？"

"噢，就是魂灵，或者灵魂……魂，你懂吗？"

"我懂，不就是……鬼嘛。"

"唉！算了……你还太小……"常先生合上书页，每每怅然若失，都会无助地抚摩着岁爷那颗还没长大成熟、生瓜蛋样的脑壳，失望地摇荡起自己一头马鬃般飞扬的黑发。显然，对于一个七岁的农家子弟、木匠的儿子，给他朗诵这些理论阐述过于高深的经典文献，虽不至于对牛弹琴，至少也是失之抽象而艰涩难懂了。尽管他十分投入，尽可能地绘声绘色又通俗易懂地解释，仍然没有他那声情并茂、灵动活现（激情迸发和手势并用）的哼唱，更吸引小小的岁爷了。

"你还是唱吧！"岁爷的央求倒是不乏热情和虔诚哩，"先生，就唱你那'起来……应得哪寻……团在一起，叽里咕噜……'。"常先生苦笑。他知道自己太急于求成，怕是有点揠苗助长。正像他一时无法让这个"任仲魁同志"比关心一本《共产党宣言》封面上的人物头像，更甚于热衷那书里深邃丰赡的内容。他真的还无能为力、束手无策呢。"这个大毛胡子的……双头人……是一个……啥爷？"

"爷？"常先生愕然，愣了半天方才顿悟：任仲魁——这个小木匠，原来满脑袋装的还是"爷"，仍然是"爷"啊——一个农民后代，满脑子众神纷纭的神佛世界，什么时候他那份与生俱来、陈陈相因的因循观念，才能在人间的太阳光下鲜花一样焕然一新地绽放呢？庄户人把神都唤作"爷"，那是过年时大门上伴随春联一同现身的门神爷，是富人家院子照壁上灰尘满面、愁眉不展的土地爷，是山神庙里寂寞孤独以至潦倒昏暗的山神爷，还有家家户户案头灶口、昼夜不挪位置的闻香嗅辣的灶王爷……难怪，他会问出这样的话来。"是的，他们——也算是……爷。"常先生神秘莫测地笑着，他眨了眨眼，一道闪光灵动乍现，热烈奔放地从眼镜背后喷薄而出，像要大放光彩点亮整个房间。只见他习惯性地伸出右手，不无自信地又跷起了那个大拇哥，情不自禁地摇晃着它："但愿……你以后会懂……他们确实是爷，还是祖师爷呢！"

/ 第二章 /

很久以前

几十年来，有关我是"野种"的传言由来已久且如影随形，可都不得虚实真假。这个羞于启齿的话题，穗子还是悄悄地耳语——"用心"告诉了我。他说得委屈、压抑、低沉，很不想说——但仍然迫不得已、无数遍十二分纠结地告诉过我。我知道这是他的心语，也是心病，只好心领神会，暗自将其掖藏于心底，让它慢慢生根发芽。

"掐来的娃，长不大。长大了，还是掐来的娃……"儿时的童谣，打我记事起就深深刺伤过我，让我郁闷至极而不得释然开怀。初识文墨，根据发音，我将这个乡土语汇的"掐"字反复多次翻检字典、用心琢磨，最终在"抢""换""抱"一系列近义词里，还是回避不开地挑选和确认了它，就像确定花儿是我的娘，而岁爷不得不是我大（父）一样。"掐"，动词，通常指萌芽或呈尖状成长的生物形态突然被巧取豪夺，像两个指头强势捏合，蛮不讲理地攫取掠夺，犹如掐走刚冒出地面的嫩苜蓿芽。顺便说明一句，这是苜蓿菜最娇嫩萌态，也是最调动食欲的初生代际，若需类比，大概形同皇帝御厨满汉全席中的烤乳猪吧。当然，苜蓿原本是天赐牲口的青饲料，长到半人高盛开紫花的时候才用镰刀收割；只有发芽，冒出地面一拃高，人们尝鲜才下锅当菜。采集苜蓿只是用手撅取，那个动作叫"撅"，而"掐"这个特定动作更其先行一步，大多特定地指涉它的"襁褓"时期。春荒三月，口粮不济瓜菜代的日子里在苜蓿地这块特殊的漠野荒地，我和儿时的伙伴争先恐后地挤破脑袋扑进光秃秃空旷的苜蓿地里，在一片尘土飞扬中睁大眼睛，搜索寥若晨星、米粒儿大小的苜蓿芽儿，然后饿虎扑食般抢上前去，"掐"那一株（有时是一丛）幼芽。那些尚未脱去鹅黄色调的小绿苗儿，在我手疾眼快旋风式的猎取之中往往比别人要收获得多。于是乎，弱肉强食的丛林法则就难免在这种残酷无情的竞争和博弈中不时上演，风云突变，攻讦排挞，你死我活，反目成仇。不得手的一方，犹如两军对垒中胜者手下的残兵败将，不自觉地就使出惯常的反咬一口，攻陷、"抹黑"、"揭短"乃至"戳伤疤"。故技重演的一伙儿穿开裆裤的"刮民党"（我如此称呼他们一如他们挑衅和欺负我的污名，均为时代烙在我们身上不可磨灭的印记），此时他们就会口无遮拦，肆意骂我"野种"，或者说我是"掐来的娃"……

"我真的是……'野种'吗？"我曾经小心翼翼地打问我的花儿娘，"他们说，我不是你生的，这是真的吗？"这问题虽说幼稚可笑，根本不成问题，但也具有不可轻视的杀伤力。首先，它曾在我的脑海风轮样打转，让我树欲静而风不止地无端揣测自己的来历——是呀，是人都有来历，谁也不会"扑通"从天上掉到地下。如果我不是花儿娘生的，难道……会是从石头缝里蹦出来的？就像人们常说的孙悟空，可我没有孙大圣的本事，别说七十二变，即使像杏子和梅子姐姐那样用手指头变猫变狗，我也变不出一个来。听说，还有一本啥"红"书，里面有个很值钱的公子哥儿，也是从石头里蹦出来的，出生时口里还衔着一块价值连城的玉石。可我呢？按照杏子和梅子，我的两个贴身保镖似的姐姐的话——全家最值钱的"宝贝"也就是我，既不是那个什么宝玉，连一颗石子儿也没有在嘴里含过——当然，含它或者将它狗项圈般戴在脖颈子上，其实也是没有用的，是吧？"那我，到底是被从哪儿……'掐'来的呢？"

我无论如何没有想到，当我这样有口无心、不经意地甚而还有些邀宠撒娇地问询花儿娘的时候，平日绵羊一样温柔和善的她骤然色变，顿时红脖子涨脸，以致花容凋残，肃然失色。"胡说，放他×的……狗屁！"

在我寸草未生处女地般的记忆田畴，从来不会凶狠骂人和像泼妇村夫那样满口脏话的花儿娘，不知缘何突然变成了一头怒发冲冠的母狮，她忽地站起，"噔噔"地，一口气冲上地坑院的坡道，昂昂乎挺胸抬头，迎风卓立在我们崖背顶那个土包包的大杏树下面，衣袂扯动满村流窜飘忽的悠悠野风，野风吹着她的一绺头发，呼呼地吹得十二分悲愤。她一蹦一蹶，浑身发抖地跳脚吵嚷起来："任家堡子……所有的人都给我伸长耳朵听着，打今个儿起，谁再敢烂嚼舌头，说我穗子不是我生的，小心老娘……撕他的臭嘴，挂在那南墙上……喂狗……"

那一刻，往日鸡飞狗跳的村子鸦雀无声了，全都死一样肃然沉寂了，所有的窑洞门户也都一个个变成洗耳恭听、静止放大的耳郭。这叫骂还不算非常震撼唬人，只是突兀而起，首先是吓坏了我。我一个激灵，毂觫发抖，当即甩开了一左一右牵着我手的杏子和梅子姐姐，猛然扑了过去，就势抱住花儿娘的双腿。

"娘……"我这一声哭叫，引信样燃爆了自己的号啕大哭，更点着了花儿娘的满腔悲怆。她弯下腰，轻轻地拍了拍我的肩膀，又抚了抚我的脑壳儿，接着拦腰将我抱起。"穗子呀,别信他们胡说八道,你就是娘……亲亲的亲蛋蛋儿。"花儿娘说到这儿,不由自主地哽咽起来,紧接着就是一阵泣不成声的自我咕哝,吐出了一长串我当时全然不解、莫名其妙的颤声哽咽,"我的虎子、豹子、桃子、虎崽娃呀……啊,红霞姐,你能知道我难场(作难)吗……"

这话余音袅袅,渐渐低沉,几乎低落细微到了无声,却晴天霹雳炸裂在我的心头,那一连串陌生的名字,携着哭诉的凛凛旋风,像不讲情面的子弹一颗颗地冲我来,一直穿透了我半世纪的人生旅程。这一阵龙卷风般的躁乱骚动,大概惊动了窑院里我的岁爷,他口叼一根烟锅,急步匆匆地赶上了崖背。在杏子和梅子姐姐你一言我一语不完整的惶遽转述之中,岁爷静静地听着,既没有火冒三丈暴跳如雷,也没有义愤填膺地像花儿娘那样不胜悲凄、伤心欲绝,与此相反,静待少许,他缓步走向花儿娘,嘴里继续吧嗒、吧嗒闷抽着他的旱烟,继而伸出双手,把惊魂未定的我从花儿娘的怀里接过来放在地上,居然不疼不痒地说了一句压根儿算不上安抚的安慰话:"把他个什……碎碎个事嘛。"他说着,抚摩我的脑壳儿,近乎调侃地盈盈一笑,"穗子啊,你是不是我儿,我是不是你大……都没有啥,反正你个碎崽娃子赖不掉的,总得叫我岁爷,得是?"

几十年来,我总认为不老的岁爷,这绝对是被父爱给蒙蔽了心眼儿。要么,"父爱"这种东西也跟母爱一样,大概都是这世上兼备了伟大和糊涂的一种特殊崇高的激情。这种爱来了,小事也是大事,大事也是小事。但我一直觉得岁爷所说的"碎碎个事"实在非同寻常,并不像他说得那么不足挂齿,那么平常简单、区区小事。比如,他对我绕口令般说的那个谜语般的称呼,就在我的心里沉淀了许久,却怎么也不得澄清,抓不住要领:那就是……既然他是我大,咋又会让我叫他爷呢?不错,当他粗大的手掌摩挲着我木瓜样的小脑袋时,我呢,可是真的丈二和尚——摸不着头脑了。我的疑惑宛若从他强大的视线里一直挣脱不出来的自己那微弱的目光,眼前全是扑朔迷离、恍惚不清的一片迷茫空旷,而且越是不明所以、不知就里,就越是诱惑和吸引我去一探究竟,不遗余力地想弄清楚。许多年过去,花儿娘呢喃自语中的那些遥远和生疏的名字,始终经久不息地在我的脑子里萦绕。那些名字和称呼——尤其是花儿娘口中的"红霞姐姐",在日常的我们家里类似一种唯恐复发的旧伤暗疾,全家人(除了我)几乎心知肚明,但又默契闭口,成了一些共同遵守的禁忌。岁月累添,物是人非,渐渐长大的我无意中从村人口中零星寥落的只言片语中偶尔邂逅和我有关的风言风语,包括那些在家里压根儿听不到的敏感字眼儿,突如其来、防不胜防地钻进我的耳朵,又无形中增加了我欲知究竟、不断增强暴涨的欲望。就像一本你看不懂的带插图的啥书,就像村口饲养室那儿若隐若现的谈笑风生,时有时无的板胡或者竹箫的起伏奏鸣，就像来自沟畔土崖那儿老羊棍荒腔走板低沉婉转的酸曲野调，反正被人们私下里议论却又本能地排斥很不待见的那一切，全都暗暗地勾魂摄魄，吸引着你。

对，应该是我。

老羊棍，那可是任家堡子村几乎无所不知的活字典，是仅次于岁爷的另一个大伙儿公认的能人。除了岁爷，村子里他能够看得过眼的人好像还没出生。他居高临下地讽喻别人的现成话，一针见血，往往就像上一辈子都给你准备好了一样——"大姑娘生娃娃，你能得太离谱了吧？"

"能人"因为经常用这句话顶棱（能）——"噎"人、"呛"人，自己也顺便廉价赚得了个"能不够"的绰号。很长一段时间，他白天是村上的拦羊倌，晚上又是队里的饲养员，一身兼二职，不为多挣工分，图的是夜里有一铺一天到晚恒温不凉的热炕。他烧炕用的，就是他放羊收获的副产品——随手捡拾扒拉下的羊屎蛋："羊粪煨炕，暖和不烫，大爷有话，欢迎来逛。"

有言在先，大伙儿就把饲养室当成了"官窑"——乡村理所当然的俱乐部了，不但队上在此召开社员大会，大人小孩儿有事没事地"宾至如归"，都爱往这里蹭一脚热炕，顺便也是凑个热闹。这个五十出头全村最孤单的"热闹人"读过书、经过商、打过仗、走州过县，也算个见过大世面的人物，上知天文，下懂地理，能说会道，还能掐会算女人生男还是生女、老人何时寿终正寝，他自称会看麻衣相，常常真的准确无误，预卜个一二三四半斤八两。不算大食堂"吃大锅饭"那短促的一年半载，不用说，这个老光棍儿一辈子都得自己动手管自己的吃穿。

"喀，对不起了，你还得伺候本大爷呀！"每当肚子空瘪感到要吃东西，这话可不是给别人说——也没别人理他——他是正儿八经、水到渠成地将第一人称顺势而为、天衣无缝地自然转化成第二人称对自己说——那态度蔼然和婉、真诚不欺，很够得上相敬如宾。他的饭食其实也很简单，无非蒸几个馍馍、烧一碗糊糊，居常都是吃个冷馍、喝几口凉水就算打发了事。如果在夏天，至多在自己的那点自留地里摘几个辣椒，就着石头样硬的杂合面馍馍有滋有味地咀嚼一阵。他原本有两孔冷落空寂的窑洞，但很少回去光顾，就是做饭，也是在饲养室窑洞外的窑碹子下面，用几块泥坯子支起来的简易锅台上完成。

"一人吃饱，全家不饿。一人穿暖，子孙安然啊。"他就是这样自娱自乐逗自己高兴。对他来说，缝缝补补压根儿不算难事，尽管粗针大线没那么熨帖好看，总算都能够对付得过去。他的绝活儿是会编织毛衣、毛袜——在当时上千人众的任家堡子，唯独他有毛线衣穿——那可是让人眼馋艳羡的奢侈品。最惊奇不已的，是他编织毛活儿的毛线，全是变魔术似的来自他的空空手掌。有一个暑假期间，穗子和村里的几个半大小子，跟着他在沟道里放羊割柴，不经意间发现了他的秘密所在：他坐在山坡上歇息，先点着烟锅慢悠悠地抽着，一边从腰间摸出他用羊拐骨自制的捻线砣儿，然后轻唤一声，将一头绵羊鬼使神差地召唤到他的身边，随之从身旁抽出一把嫩草贿赂过去，接着变戏法般地只在那只俯首帖耳的绵羊身上从头至尾、轻柔地爱抚几下，伸开巴掌，就会看到手心里多出了一团羊毛。

经过一段时间，那个名叫穗子的我，才惊奇地发现他的掌心原来有不同寻常的特殊内容——准确地说，那样子真的不是存心占羊的便宜和揩羊的"油水"，更不是薅社会主义羊毛和挖人民公社墙脚，那种爱抚包含的怜悯和惜护之情几乎让你能清楚地感知到他恨不得让自己的手多长出几根手指头出来，可是偏偏天不作美，他那只总爱抚羊的右手生生地少了两个指头——食指和无名指，看上去像断了两根耙齿的铁齿耙耙，让人凛然生怕。也许是这个原因，村上也有人背后叫他"三指"，但更多的人不叫他羊倌，而喊他"二能蛋"，也有喊他"二怪怪"的。至于"大能蛋"，我知道那是有人对我的岁爷另一种带有大不敬的嘲弄，意思是"能得蛋疼"。至于羊倌爷为啥成为"二能蛋"，以及为啥又被人叫成"二怪怪"，我就有点隔着窗户毛玻璃看天，一塌糊涂瞅不清了。就像我很长一段时间耽于幻想，总在猜测他空手薅羊毛的魔幻法术而久久不得其解。终于有一天，他突然襟怀坦诚、慷慨地伸过他那只特别的"三指手"来，让我去摸，我鼓足勇气如同去摩挲一只刺猬，但感觉告诉我猛然之间我其实是摸到了一把长刺的锉刀，那些老皮厚茧刺刺拉拉得如同长出来的钢牙，别说在羊身上抓几根毛下来，就是用一点劲、扒一层皮也完全可能。后来，这些"牙齿"就长在了别人的嘴里，变成了声讨和批判他薅"社会主义羊毛"的"罪证"和"凶手"。这当然是"后来"的事，需要说明的是他这一手"绝活儿"，基本上及身而绝，可是没有一个传人的。

总之一句话，很久以来的老羊棍就是我打心眼儿里顶顶佩服的一个全才圣人，有时比佩服我的岁爷还佩服他。比如他会吹箫（当然用的是缺了三根指头的手，谁还会借给他手指头不成？），还会拉板胡，而且这些乐器全出自他自己残损的手。那根用竹子制成的洞箫就不用说了，单说那把板胡，他可是用了不少工夫——这期间，名叫穗子的那一个我还没少帮他的忙呢，因为用木瓜制作胡琴壳儿，用干透的桐木薄板作板胡盖儿，还有琴杆、弦钮什么的，全都需要相应的木匠工具——锯子、刨子、锉子之类，那可都是我从家里岁爷的木工箱里翻腾出来，提供给他的。当然，后来板胡盖子的胶合，还是岁爷援手，亲自熬胶，帮他粘上去的。为了寻找弓弦的马尾长毛和废旧漆胶电线里的铜丝，他可没少跑地方。总之，那板胡是制成了，不知不觉地也慢慢代替了他善于讲故事的那张闲不下来的嘴巴。曲调拉得越来越有了模样，村口边或饲养室的冬暖夏凉中，洞箫和板胡幽咽的婉转之声常常炊烟轻岚一样飘过村庄，夜深人静的时候月光飞舞，一支凄郁的竹箫或者婉转绵长的板胡就会让整个村庄伤心的耳朵灌满那诱人的甜蜜伤感，那哭音慢板——据说是秦腔曲目的一个什么《哭坟》段落（有时也拉"二泉"）如诉如泣，常常让人听得心酸眼湿⋯⋯

有人说过那里面有羊倌爷自己的故事，他的故事不想用嘴说，只能借助洞箫和板胡了。如此看来，倒不尽是老羊棍他爱热闹，只不过是村里人特别是我们一群毛孩子爱凑热闹罢了。实际上他爱的是安静，爱在吹拉弹唱形式上的自娱自乐之中，让刻骨铭心的感情在看不见的血脉中无声地奔涌流淌。"回首前尘仿如梦，梦回无处话凄凉。"冷不丁，他会娓娓低诉，自我咕哝。村上人喊老羊倌不叫老羊倌，他们叫他"老羊棍"。这个称呼中性，不涉褒贬，只是说明他一辈子差不多都是和羊搅在一起，同时还是一个牧羊的光棍老汉。他当然有名号，响当当地名叫"余景才"。但是，偶尔有人以名讳尊称，他会惊慌，先双手抱拳，一句客气话就把你抵挡了回去。"喀，惭愧，过得没有光景，活得下贱，只剩'余'下个神鬼嫌弃不爱的老杂毛，既没有'景'，更乏'财'（彩）可陈。"

你仔细琢磨，可不，他的名字都涵盖在了里头。说完，他自叹活得没有光景，随口又自嘲一句没着落的调皮话："升官发财没有命，胡思乱想不顶用。咱这贱命，说到底也就是割驴×敬神——驴也疼死了，神也得罪了，胡成精呢，两头不落好啊。"我们哄笑，但都不得甚解，一个个只顾着前仰后合，开心傻乐。"喀，听不明白吧，瓜娃子们，咱这旮旯的老百姓啊，生在土炕上，活在土窑洞，黄土里面刨吃食，是粘在黄土上的人，聚村而居，终老是乡。死了也是埋在黄土里，从生到死五花八门的故事全在这土里面，你想刨根问底知究竟，就要不惜力气地扑下身子往深里挖。"

"往深里挖？"有人反问，"要挖多深——是挖地坑庄子，还是挖坟墓？"

"也许⋯⋯都差不多。"他接着又是一声慨叹，"庄稼人嘛，万家墨面没蒿莱，还不都是埋了没死的活死人，就像当兵吃粮的（人称为粮子），其实也是死了没埋的活鬼怪嘛——孤魂野鬼、满世界游荡，活见鬼的'鬼'嘛⋯⋯"

"残羹与剩汁，到处潜悲辛啊！"偶尔，他就这样轻言细语，旁若无人地自语这么一两句莫名其妙的话，别人很少能听到，听到也听不懂。不过，除了这句话，你早晚问他什么事，可是难不住，也问不倒的。而且，除了从他生命里长出来的那些荒草般无人问津的故事，他基本上是有问必答、毫不披藏，即使面对我们这些穿开裆裤的小屁孩儿也概莫能外。在我们面前，他没架子，几乎也没年龄，好像完全赤裸坦露。那种彻底的透明和率真本性，也常常让我们瞠目结舌又十二分地欢悦开心。当然，就像他喂养牲口也有偏向和喜欢一样，我是知道，他对那会儿名叫穗子的我不仅别具只眼，往往还无形中多了一份偏祖庇护，正如他偏爱一头名作"大小姐"的黄母牛和一只叫作"小少爷"的小绵羊。他奖掖和偏袒它们的方式也奇谲怪异，简直是别出心裁，独一无二：他不用草料优待和贿赂它们，往往是裤子一扒，屁股一挺，只向他的宠物（牛羊）们，从嘴里伸出的粉红色舌头上撒一泡热尿，受宠的牲灵立即卷着修长的舌头，贪婪地吞噬着。而他呢，则一边尿筛筛地抖动着他男人的那啥命蒂，还会念念有词给你同时口占一道谜语，让你歪着脑袋去费劲地猜想，开心不开心那是你自己的事，他就管不着了（这也勉强是他偏爱我的一种特殊礼遇）："弟兄十名，抬炮出城。一场大雨，收兵回营。"

"猜得出来猜不出来？"他问。话没说完，激灵一个尿颤，惶遽地忙系裤子，却一不小心后门走漏失禁，一股沉郁的浊气从下身小偷样地蹿将出来，他看见我们为之一怔，惊奇不已，也不用有意掩饰，直言不讳地慨然坦告："人老沟子（屁眼）松，放屁没瓮声……得是？"

就是这个年龄足以当我"爷爷"的"老羊棍"，在那个名叫穗子的我打从五六岁记事开始就别具匠心地与我称兄道弟了，相比于喊叫我穗子儿，更多的是直呼我"老弟"的。要说，他这可不是故作姿态的客套，也不是热嘲冷讽的戏谑，只是随了任家堡子村的基本大姓，跟着大伙儿将我们的岁爷也尊称为爷的缘故。但我却不知天高地厚，并不领情他的和善美意，偏偏爱瞎起哄、凑热闹，随着村上一帮开裆裤孩儿念叨一段村上人埋汰他的顺口溜："羊屎蛋，黄土面，赶着羊儿沟里转。日子过成了'精沟子'（光屁股），生吃萝卜就大蒜……"

这个糟践他的童谣，需要稍加些诠释。"羊屎蛋"不仅是有些人对他的代指，还因为他常常跟在羊群后面扒拉羊粪，像捡豆子样拾掇那些特殊肥料；"黄土面"呢，则是因为他不管哪里撞伤割破，顺手就是一把黄土抹上去止血的习惯疗救；至于"精沟子"，那是指他那清汤寡水、少油缺盐的极简餐饮生活。其实，他常常连火也不要生，一块冷馍，外带一根萝卜或几瓣大蒜，坐在向阳的沟坡坡上慢慢咀嚼吞咽，就算是一顿饭了。他那种日子匆忙简单，每天瞎凑合的样儿似要随时出征打仗，可又日复一日不见他开拔卷铺盖走人，还是没啥变化的老样子。有一年春节，他给自己蜗居的饲养室也拟了一副对联，上联：没家没舍光杆杆；下联：有吃有喝混天天。横批：安守穷庐。有人问他啥意思，他目光一闪，白眼一翻，自嘲地一笑："不懂嘛，白天变动不居，老汉是游山逛水的牧民；到夜里独霸土炕，也是见到了周公的良民呀！"

终于有个夜晚，名叫穗子的我也有机会在他身边，听他没有边际地瞎谝胡扯（说闲话），我忍不住内心许久集聚的存疑，还是询问了无所不知的他："你老说那句话'大姑娘生娃娃'，咋的，就能得没有了个尺码……"他仅仅是再白了我一眼，随即摇了摇头，竟然缄口不语了。还是睡在一旁心直口快、总爱显摆自己的铁蛋，代替他回答了我鸿蒙不开的混沌——他是唱着说出来的："大姑娘生娃娃，感情是能耐太大。瞎日鬼怀上个杂种，八辈子丢人挨骂……"

老羊棍勃然盛怒，眼神刀光般凛然一闪，狠狠地剜了铁蛋一眼，然后转过身来，又突然像打哪儿顺手抓来了一张和蔼可亲、新鲜光亮的笑脸，匆忙地贴上了他皱巴巴的老脸，转瞬语重心长、绝非训诲，也不敷衍地谆谆教导我说："别听他胡咧咧哇，你们呀，还是多用心思，好好学习认字、读书要紧，往后的日子……可长着哩，虽不至于非要去当官发财，至少……不能像我打牛后半截（打牛，意谓当农民种地）——荒长一辈子……啊！"

"可是羊倌爷，那姑娘什么的，到底……是咋回事呢？"那时无知的穗子，打破砂锅还想问到底——死缠硬磨地纠缠着——硬要知道砂锅是咋做的。"喀，"他有点百无聊赖地摇头，"世上的世事，驴身上的故事哇。"

"为啥……是驴身上的故事，那……又是个啥样的驴呢？"

"啥驴……好像……应该是一头……灰驴吧。"

"驴身上……驮的……"我依然一头雾水，"故事，还能驮在驴身上吗？"

"喀，瓜娃，"他打住话头，特意用他残缺不全的那只长刺的掌心在我的光葫芦头上抚摸了一把（我惊惧大于疼痛地禁不住打了寒噤），接着他捋一下自己下颌那几根稀薄贫瘠的山羊胡子，长长地打了个哈欠，"为啥？天知地知，神知鬼知，我老汉……焉能得知。睡吧、睡吧，瓜娃，甭听我老汉胡吹冒撂，放酸屁哟。"

村上人说

村上人说，岁爷一生不差女人缘。换种说法就是"艳福不浅"，其潜台词是他挺会"花钓"女人。所谓"花钓"，意即黏糊、勾搭之谓。他的老伴儿，人称岁婆，也是人如其名的第五花儿，自不用说，也不用形容，那可真的是一朵长了腿自找上门的鲜花。任家堡子村的人，已经将她当成活脱脱下凡人间的月中嫦娥、天界仙姝，而他们之间的连理婚配稀罕故事，也早入籍了乡野村夫口口相传、弥久不衰的神话。男婚女嫁，天经地义，再理想美满、幸福无边的婚姻，说到底正理正道也无可厚非，不过是一段美谈而已。问题却是岁爷不期然，还真的有了个外遇。村上人说，还不止一个。

岁爷个头矮小，为人低调，不吭不哈不显山露水，却颇会做人，就是说相当会"来事儿"，村上便有人唤他"大能人"或曰"大能蛋"。他那些风流韵事，也似乎与此不无相关。人生在世，吃穿用度，兹事体大。那个年月，庄户人家的日子都过得紧巴，岁爷家人多口众，终日发愁，也无非"饱暖"二字，长久困扰不得轻松。好在岁爷有点手艺，加上他娘大木匠婆持家有方，虽不算殷实富足，好赖还凑合得过去。"吃不穷，穿不穷，谋划不周一世穷。"老人家精打细算、细水长流地打理日子本已经难能可贵，又喜幸娶了个手脚麻利、勤快又兼精明干练的儿媳，这就很有了点"锦上添花"的祥瑞吉兆。婆媳两个彼此呼应、同气相求，一年四季都没得闲空，里里外外农活儿、家务全能上手。干完养猪喂鸡照抚土地牛驴牲口一揽子活儿，间或闲暇还要操持一家老少男女的冬棉夏单针线女红，得空抽闲外带自产自销，绑笤帚、编草帽，直至炸油糕、做麻花、烙饦饦饼、卖油旋馍，转着脑筋、变着法儿，小打小闹做点小生意以弥补家用。岁爷呢，当然不会逍遥清闲。村上人说，他整日价似乎脚不停地总爱在外边奔波，不是在四邻八乡揽木工活计，就是赶集攉会倒腾点农家特产小买卖啥的。总之，他是一家之主，大忙人一个。临近年关，一个寒气逼人的早上，岁爷匆忙起床出门，岁婆花儿眼见冷风飕飕，赶上前来，及时送他一件七长八短的半截家纺粗布棉袍，这时他已从牲口窑牵出了他们家的灰色毛驴，把一个两头沉的大褡裢搭在了毛驴背上，那都是他娘积攒下的"干货"，有自家院里树上的核桃，还有花儿晾晒下的红枣、杏干等。他也是一心思谋着出手，好换点现钱置办年货。为了赶这个早集，他一如既往地没吃早饭，只将两块金黄的玉米饼子揣了在怀兜，打算到了集上再顶早饭充饥。

岁爷赶着毛驴匆匆上路，行至村外，绕过一段弧形沟垴，阴晦沉郁的天幕倏然飘飘洒洒飞起零星雪花。岁爷将两手交叉一搓，在嘴上哈了口热气，正要袖手将脖子缩进棉袍子竖起来的领子里头，却听见前方不远处传来一声紧似一声急切的哭喊呼救："娘，你咋啦，你醒醒啊，娘……"

岁爷三步并作两步，循声赶上前去，就见乡村车马大道的一截土塄坎下蜷曲着一个衣衫褴褛的女人，女人旁边是一男一女两个半大不小的孩子，跟他们的娘一样，身上的衣裳也是东一块、西一块，欲盖弥彰地缀满了各色杂乱的补丁。再看女人，脸呈灰白乌青，仿如雪压冬云的萧索天空，她无力地耷拉着头，两眼紧闭，看上去已经筋疲力尽，几近奄奄一息。

"你们……"岁爷疾步上前，忍不住吃惊地探询，"这……是咋的啦？"

"大爷……不,大叔,俺娘,她……她是饿昏了,已经……三天没吃东西了。"

岁爷看那俩孩儿,各自拖一个破烂铺盖卷儿,而那个一脸菜色昏迷过去的女人,焦黄黑青的面孔上,嘴唇惨白越发稀罕血色,歪斜扭曲的身子底下垫着一个蓝底白花的粗布包袱,无家可归而流浪逃难的窘相一望可知。两个孩子束手无策,只是眼巴巴地望着他,长一声短一声地苦苦哀求:"大叔,救救俺娘……她、快不中了……"

接下来的事无须赘述。岁爷把他怀里的两块玉米饼子赶紧贡献出来,好在那个男孩肩头还挂着个当作水葫芦的木瓜,而女孩赶紧从她脚下的一只竹篮里拿出了一只边缘残缺的破碗,他们七手八脚地将玉米饼子掰碎泡软,慢慢地一口一口喂给那个女人。许久,女人渐渐苏醒,徐徐缓过气来,神情惊慌地看着眼前陌生的岁爷。听见女儿告诉她说是岁爷救了她,突然就挣扎着挺起身子,"扑通"一声,顺势跪倒在了岁爷的面前:"感谢,大爷……"

"别、别。"岁爷一时慌了手脚,连说,"使不得、使不得。"这便仔细询问一番,方知这母子三人是打邻省河南远道而来,逃荒要饭到了陕西地界,"你们,可是要投奔亲戚不成?"

母子三人均木木地缓缓摇头,他们说自己也不知奔哪里去好,只听说往陕西北边,有穷人安生的地方。岁爷听了,不再言语,只将毛驴背上的褡裢口袋解开,一大把一大把地掏出那些准备出售的核桃、大枣和杏干。他把那些暂可充饥的吃货盛在他们的碗里,塞进他们的手中,随后指了指他和毛驴儿的来路:"寒冬腊月地,你们往哪里走啊,要不……先到我们堡子去落脚吧。"

临了,看见瑟缩颤抖冻得僵硬的女人缩成一团,岁爷不假思索地又将自己身上的粗布棉袍扒了下来,亲手给那女人裹在了身上。"对啦,"他告诉他们娘仨,"慢慢地走,到了村上只管寻找一个名叫花儿的女人,她家的地坑院子崖背上头有几棵枣树和大杏树,院子里还长着一棵惹眼的大核桃树。"岁爷说,"只管去吧,就说你们是岁爷远路上的亲戚……"说罢,看着那母子三人互相搀扶地缓缓离去,就自顾赶着毛驴去赶集了。后来,任家堡子村的人鲜有人夸奖岁爷的心底纯正和慈悲善厚,倒是有很多的人说任家堡子的"大能人"确实"眼里有水"。因为很快,这个外来户女人就给他家带来了意想不到的福运和旺势,村上人无不羡慕,都说"人走运,马走膘",岁爷虽然没有马,一头灰毛驴却能驮来好运气。真是走路打瞌睡,一脚踢出了个金元宝。

他们说的就是那个牟水琴。那天后晌,天色将晚,岁婆花儿娘提着草笼,转身进了门洞外面左首的柴火窑,准备揽柴火烧炕,刚弯下腰去,不由自主地猛然反弹起身子,"哇"地失声大叫开来:"哟,我的娘哎,这是……"

柴火堆里,三个睡死过去的生人蓬头垢面,顿时活了过来,战战兢兢,大惊失色,不知说什么好。"有一个啥花儿……噢,是第五个……花儿,这可是……她的家吗?"来人问。花儿娘又大吃一惊,撞见鬼般睁大了眼:"你们……咋知道……我的名字?"她定了定神,确定她眼前真的是活泛泛动弹的人,绝不是能吓死人的僵尸鬼怪,才缓缓吁了口气:"娘哎,还第五个——花儿呢(花儿娘复姓第五),有十个花儿,都能被你们全给吓死哩。"

花儿娘这样说着,目光突然沉陷,溅落在了柴草窝里那件熟悉的粗布大袍子上,那件衣服此时此刻正慷慨无私地覆盖在他们娘儿仨的身上——眼前人生衣不生,她禁不住疑惑不解地问:"这、这衣服……"

名叫牟水琴的女人,艰难地挺身坐起,用她颇难听懂的河南口音吞吞吐吐地啜嚅出一段曲曲折折的悲情原委。后来,就成了任家堡子村民口头文学的一种典型版本。任家堡子村毗邻沟畔,虽然偏居一隅,却并不十分闭塞。村西头那条曲里拐弯、覆满荆棘荒草的胡同向北十五里是石门镇,向南十三里则是官镇,翻过沟,向西有七八里地便是邻县的土镇。各镇赶集的日子轮番滚动,从一、四、七,到二、五、八,再到三、六、九,就是说只要你腿勤、身不懒,愿意多跑路,每月几乎天天都能赶上周边的集。兵荒马乱的过渡时期,胡同里的大路上时常有沿路乞讨的难民,他们操着混杂生涩的外地口音,总是在痴迷地悄悄打听着一个被人叫作边区的地方,一如基督圣徒,在不懈地探寻着耶路撒冷的天堂之路。他们从中原大地黄河东岸一路颠簸走来,只管对自己说着往西走,一直往西走。到了西安,也别停下。咸阳、三原、泾阳都别停下,赶紧转向往西北拐弯,锚定的方向一准儿没错。他们的经验是山大沟深,越是穷山恶水,越藏着一些善待穷人的好心肠人……

说这些话的,其中有一个叫何大良,他是牟水琴的男人。男人在没有尽头的逃荒路上饿得皮包骨头,只剩下最后一口气时作为遗言把这些话留给了她。这个一路走村串户、沿街乞讨的河南女人,就这样带着她那两个瘦骨嶙峋、豆芽菜似的儿女,仿佛被梦带路,正是照着这句话的冥冥指引,专门寻找穷乡僻壤的山沟沟、穷得没门没窗的土窑窑,一直摸索到了地理偏背的任家堡子旱塬上来了。牟水琴的女儿何妮子已经十三四岁,虽不水灵,却也五官周正并不难看,只是营养不良,脸上神色明显寡淡,看上去病歪歪的。儿子比女儿小一两岁,几乎跟岁爷和花儿娘的双生儿子虎子、豹子年龄不相上下。女人的丈夫寄希望于儿,给他起了个理想大于现实的官名——何建安。儿子当然记得父亲临死时拉着他的小手,是怎样有气无力地嘱告他的:"孩儿呀,你要坚强……长大,长得壮壮实实，要建功立业当英雄，为俺何家光宗耀祖，要想法过上安定日子……"

何建安必定记得父亲在闯过潼关进入陕西地面以后的那些日子里不幸患上了结肠炎，肚子疼得在地上打滚儿，可怜他一路从孟州挑着担儿，一头是全家的铺盖卷，一头是走不动路的九岁的他。父亲差不多是一步步挪动，尾随逃荒大军，向着黄土漫漫的西北高原缓慢地腾挪过来。他们一路走，一路羊拉屎蛋——稀稀拉拉地沿着陇海铁路漂泊转徙，人数渐渐变得稀落，沿途施舍饭食的粥棚也越来越少，僧多粥少，为抢饭打架的情况却屡见不鲜。他们有的就地不动，干脆在铁路边上搭个窝棚，就算安下了家。有的贫病交加，一头倒下去，眼看就断了气。家人和乡亲随随便便地找个地头硷畔，草草刨个坑掩埋了事。父亲何大良就是这样，走着走着"扑通"栽倒下去就再也没起来。他和母亲跪在那些河南老乡面前，一声声地苦苦哀求才央得他们在路边扒了个土坑，凑凑合合地把父亲给埋葬了。孤儿寡母举目无亲，更是走投无路。牟水琴只记得男人最后的叮咛："要活命，记住……那个叫边区的地盘。"有人告诉他们有个穷地方淳化，山大沟深，地薄人稀，干旱少雨，靠天吃饭，但原住民一概淳朴厚道，只要他们有一碗饭，绝对不会只给你喝一口水。如此，娘俩就顺着一条河沟溯流往北，不断地翻沟，不断地走路，终于有一天忍饥挨饿走不动了，一下子就晕倒在了任家堡子贫瘠荒凉的薄地盘上。

村上人说，岁爷就这样"额外"捡了个女人。当天晚上，还没等到岁爷赶集归家，岁婆花儿娘听了牟水琴的一番倾诉，自个儿先眼热心软，动了菩萨情肠，她忙不迭地擦拭着湿润的眼窝，二话不说就将那娘俩请回了家。晚饭时分，岁爷风尘仆仆地进了家门。他没多说话，只是点了点头，看上去真像多年的故交熟人，好像他们本来就是一家人，压根儿没有两家的生分话可说。

从第一顿饭——也就是当天晚上的喝汤（晚饭）开始，他只浅浅地招呼了一句话："饭食不好，凑合着吃。"紧接着，竟是岁爷的老娘大木匠婆开了口："莫愁！"老太太说，"咱们家人口多，大伙儿每人省一口就是你们娘俩的饭了，你们甭生分客气，能走到咱这儿来，就是前世的缘分。"

牟水琴听得泪水涟涟，青黄的面颊泛起一抹难为情的红晕。她从岁婆花儿的手里接过盛满热乎乎面糊的粗瓷大碗，半天愣着不敢吃，又不敢不吃。"吃吧，吃吧，他姨。"岁婆这样劝她，"活人……都有难处，咱们……就搭个伴儿过吧。"

牟水琴眼一眨，泪珠子就吧嗒吧嗒地掉下来一大串。坐在炕头上岁爷的老娘脑袋一晃，倏然拧过头去，"呜呃"一声，竟至于突兀地哭出了声，一窑的老少端着饭碗霎时都愣住了。大伙儿不知究竟，不敢吃饭，也不能不吃饭，全作难了，所有的人全都惊呆呆地望着她老人家。"我这是、想起……我那可怜的、青、儿呀……"半晌，老娘才拧过头，颤巍巍地说，"不咋、不咋，我说水琴呀，你是不知道，我那可怜的女儿呀，活活地……给饿没啦。喀，不说啦！往后呀，你就权当……是我的女儿。"水琴听明白了，当即将饭碗往炕沿上一放，又拉过来一对儿女，把手中的饭碗一一接过去，也一一放在了炕沿上，突然就泪水盈盈地拉着两个孩儿，"咕咚"一下跪倒在了岁爷娘的面前。"娘，你就是……俺亲娘啊！"

"人呀，要爱人呢，特别是……不能嫌贫爱富没良心，咱们是穷人，更要爱穷人。"木匠婆一辈子笃诚信佛，总在观音菩萨像前烧香磕头，她教诲儿孙积德行善做好人，还说神佛经常会变成癫子、瘸子，要不就是装聋卖傻的哑子，破衣烂衫，打扮得邋邋遢遢的丑样试探你的心肠是不是真善美呢！"娃娃们，行善吧。"老人家的信条是"你若是天神，就不怕地煞"。

村上人说，在为人处世和对于世事的看法上，岁爷跟她娘大木匠婆毕竟尚有区别。他不信教，可他还是凭着质朴本色的悟力，借来了神和上帝非凡的洞察力，并将它们在自己的眼里浑然一体，整合成同一类的世界观：那就是自始至终，与人为善。这一点，倒是和他的老娘殊途同归、不约而同了。"把他个什……人活一世有多难，生命苦短如朝露，互相帮衬都来不及呢，何苦你吃了我、我吃了你，乌眼鸡似的斗得没有个完?"他嘲笑世事势利，说，"所有的争斗不过是狗咬影子，貌似正经，实则滑稽可笑哦……"

村上的人总是说这正是岁爷的过人之处，他似乎有先见之明，能提前多年看清未来的事。只看他家的地坑院子，有的是空置的空窑洞，门窗也都早早打制安装齐整，里面连火炕都盘砌妥当，架不住早就预知牟氏母子三人要来到哩。村上人说，真的是不是一家人，不进一个门哪。"俺们那块……也住这般地坑院子。"来自豫西孟州的娘仨，没有一点入乡随俗的陌生不适，除过说话发音舌头打卷的一些小差异，几乎等于回到了家乡。自打从大门外的柴火窑搬进院子住进新窑洞，知恩图报的河南女人心里也善解人意地揣着一本明白账：天长日久，这样不分彼此地在岁爷家白吃闲饭，自然不是长久之计，她想着尽快报答岁爷一家的知遇之恩，就掏心窝子跟岁爷两口子合计，怎的发家致富过好日子了。岁爷的老窑洞里，靠窑根子底下有一架落满灰尘的脚踏式织布机，一下子就吸引了牟水琴的眼睛，她围着织布机转了几圈，又用抹布上上下下擦拭了几遍，最后对岁爷两口子说"大哥、嫂子"——这是她一度对岁爷两口子"过渡性的"专用称呼，后来出现了一些尴尬情况，她对岁爷两口就几乎是白搭话了

（意即不用称呼的直接交流）。这牟水琴就问："这架织布机不缺少啥啊，咋放在这里不使用呢？"

那岁婆花儿难为情地一脸苦笑，直接说道："这些年拖泥带水地面朝黄土背朝天，只顾着在土里往嘴里刨食了，没工夫也没钱买棉花哪。"岁爷却看出了她的心思，问："听你说的话，你也会纺线织布？"

"俺老家那块儿种过棉花，光景好的那阵儿俺自己纺线织布，也倒腾过一些小生意呢。"岁爷听了眨巴着眼，沉默半晌，突然从嘴角拿下来吧嗒吧嗒一个劲闷抽的旱烟锅子说："那敢情好，要不……我凑点钱，去山外贩些棉花回来，咱们……也自力更生。对，现在的说法是丰衣足食。"

事情看上去就这么简单，但鲜有人知岁爷的这一番深思熟虑的话，还有多少不为人知的遥远、纵深的大背景在。反正，岁爷从那时起几乎成了一个一心倒腾买卖的生意人了。本来就总爱在外边颠沛奔波的他，如今就更是赶着个小毛驴儿，疙里疙瘩地驮着小山包似的货物早出晚归，驴不停蹄，人不停步啊。村上人就那样眼睛放光，惊羡地看着他家的日子一天胜似一天红火起来，好一派风生水起的蓬勃旺势。村上人说，那个河南女人自从坐上织布机，就好像屁股粘到了上面，也忽然神来气转，生气勃勃，全变了个人出来，一天到晚地总好像有使不完的劲儿，而且气色大变，人也渐渐水色鲜嫩起来，简直可跟漂亮的岁婆花儿媲美了。他的两个孩子也没有费多大周章，就如鱼得水，和这家的孩子们打得火热，混得亲昵不分彼此了。那个名叫何建安的男孩比岁爷的虎子、豹子稍长一两岁，大家称呼他为安子，下沟割柴，上地除草，干啥活儿都有模有样，颇入行道，自然而然地成了一伙娃娃的头儿。女儿妮子跟岁爷的三朵"蓓蕾"花骨朵桃子、杏子和梅子早已黏在了一起，总见着形影不离，老是一溜头儿花团锦簇地倾巢而动，彩虹云霞一般地飘出岁爷家的地坑院子，走到哪里，哪里就有轻松活泼、年轻人的勃勃生气。那笑声闹声，嘻嘻哈哈，一窝喜鹊百灵样喳喳地叫，濡染着全村人的耳目。人气旺，财气还能弱吗？多少年后村上人依然说，那时岁爷家的地坑院子差不多就是村上的一个"小边区"，至少在任家堡子村是个不约而同、人心所向的绝佳去处。人们开始只是去瞧热闹、看稀奇。慢慢地，有人被邀加入打下手、做短工，更多的是来购买明显低于集市价格的家纺布，买不起的人也踅摸来捡一点廉价处理的针头线脑碎布头。

生意日渐见好，织品很快就有点供不应求了。河南女人又开始说话了。"大哥，你不是会木匠活儿吗，能不能再给我打一架织布机？我和嫂子一起织布，那就快多了啊！"这次轮到岁爷踌躇不决，有些难为情了，他说："我可以再打一架机子，那可要你们更辛苦了。"

"没有的事。"牟水琴难得兴高采烈、笑容灿烂地说,"这你不用发愁,俺在河南种过棉花,纺线织布,都不在话下。"她自告奋勇地说,"这活儿,俺家妮子就拿得动,还有嫂子和几个小侄女都能帮上手,你的院子宽敞、豁亮,闲置的窑洞纺线织布全都能用上……"

她的话没有说完,岁爷就鸡叨米似的频频点头,一口应承下来。村上人说得好,岁爷是谁呀,他还不明白吗?这是送上门的生财之道呗!这件事情一拍即合就这样定夺下了,岁爷的任家大院很快就更加繁荣和热闹了。岁爷很快打出了第二架织布机,又昼夜加工,打造了两架纺线车。家里的女人们虎虎有生气,全都忙碌起来,就连岁爷的老娘——任大木匠人老珠黄的木匠婆也返老还童一般摩拳擦掌,兴致盎然地上了手,一天到晚嗡嗡嘤嘤纺不完的棉线线,吐丝一般缠了一坨又一坨,转眼就堆积得筐满箩满了。

岁爷日夜不停,手脚不歇地猛干活儿,白天跑外面,夜里回来又兼当机修工,一遍遍检查机架、坐具、脚踏板、卷布辊、梭子、杼、绞杖、对辊、卷线辊、综架、枴子(绞盘)一拉拉零部件,织布机、纺线车一架架活脱脱大显身手滚动起来,在一个个女人的手下全都灵动得如得神助。也难怪那些出自岁爷双手打制而成、式样古旧简陋的织布机,在岁爷的眼里也就等同于他的众儿女一般被珍视了。岁爷心疼和呵护他的儿女,也莫过于此。对于他们,所多的是讷于言而敏于行、欣赏多于指斥、爱护甚于管束,最惯常的表现就是不着痕迹、默默地"做"给他们看。那虎子、豹子及后到的安子滚在一铺土炕上,他每晚起夜都会像更夫值守,蹑手蹑脚地走进窑去,把手悄悄地伸到褥子下面摸摸,如果感到土炕发凉准会吭哧吭哧搂回来一笼柴火,不动声色地将炕再续热乎,样子就是一个忠实可靠的老仆人;如果哪一个蹬开了被子露出了脊背,他又会小心翼翼、轻轻地给拉上掖好,那情形又是一个尽心尽职、精细入微的老妈子。在这个人多口稠的大家庭里,岁爷无疑是个举足轻重的主角,却也是儿女记忆中天下少有的好父亲。每顿吃饭只要他在,饭菜端上了炕桌,他会习惯成自然轻描淡写地说上一句"你们都先吃吧",他则点着烟锅先要过足烟瘾。久而久之,家人慢慢地发现他这种无所用心的用心还真的是别有用心。那是他总怕饭不够吃,故意让大家先吃,直到一家老小吃饱喝足,他比自己吃过看上去还要十二分心满意足,于是便把所有剩余的饭菜、汤汤水水、风卷残云,打扫个碗底朝天。时或遇上剩余饭菜欠缺不够,也就加一碗开水再掰上两个黑馍,往那只海碗里一泡,只听到稀里哗啦一阵狼吞虎咽,霎时吃光喝净,随后将手往嘴边一抹,难得"嘿嘿"一乐和,时而还会爆出一两句自我陶醉的幽默,不是说"开水泡馍,整天不饿",要么就是"吃饱咧,喝胀咧,跟他皇上一样咧"……

日久天长，岁爷吃饭的"礼让三先"（先老人——他老娘，先客人——水琴母子等，先娃娃——他的众多子女）也就俗常得跟一日三餐一个样了，让你都觉察不出来。不过再平常，还是有人暗暗心疼照顾他，这就是他的老娘木匠婆，还有他的媳妇花儿娘，她们往往会在锅里或另外的碗里特别预留一份饭，尤其是遇到改善伙食吃好饭，这也成了家里习以为常的"老规程"。许多年以后，老成了又一个岁爷年龄的小穗子，我还会常常像岁爷的众多儿女怀想他那样，忍不住要发自肺腑地感叹一声："这世上……还有这样的父亲吗？"

岁爷就这样儿，利用到土镇和偶尔去山外的机会购置零配件，也一次次赶着灰毛驴驮回采买的新棉花，调动起一家老少全上阵，不分昼夜齐努力，一包新棉花被女人们吱吱哼哼纺的纺、叮叮哐哐织的织，不用多少天一批上百丈的农家土织白布就会落下织机。看着那些平展新簇的布，最高兴的应该是岁婆，以往的日子紧巴巴，一年挨到头要给孩子们做件过年的新衣服都让她捉襟见肘干着急，现如今手摸这亲手织出来平展展的宽幅布，真恨不得马上给娃娃们一个个都剪裁件新衣服。

"可惜都是白颜色。"花儿娘摩挲着下织机的整匹布，不无惋惜地叹了一口气，她对水琴说，"美中不足的是颜色，咱们这一堆女娃娃，总不能全穿白衣裳吧。"这话及时唤醒了牟水琴的满怀诚意和信心，她那焕然一新变得年轻的笑脸上当即就云开日出地飘过了一朵彩色的云："嫂子，这不愁。"女人一高兴，当即坦诚相告说，她还有更拿手的一手绝活儿呢——染布和用彩线机织出花色布。"俺在老家可是开过染织坊哩，这些天俺也想着哩，咱请大哥买一些染料来，下一次直接染了经纬线，我还能给娃娃们织出花花布。"

岁婆没想到这个瘦瘦弱弱的牟水琴，居然身怀绝技，不是一个等闲人。只听她说，她这拿手活儿，到她已经传到了第四代，她的祖爷在豫西孟州开过染布坊，爷爷手里贩卖过布，曾经从洛阳乘火车到过十三朝故都西安和咸阳，正是当年爷爷无意中的谝闲话，留给了他们后来逃荒来陕的暗中提示和心理路线图。古老的京畿之地，八百里秦川沃野，风调雨顺，年丰人旺，曾在牟水琴和她儿子何建安、女儿何建妮的心灵世界里种下了美好的憧憬和富庶昌盛的期冀。也许这正是她随夫携子，一路风餐露宿，奔来秦地的隐秘初衷吧。性格柔柔绵绵的牟水琴，却是个雷厉风行的实干家。她果然出手不凡、说到做到，她上机能织布、下机能染色，很快在岁爷家院子里的核桃树、梨、枣和柿子树之间，纵横交织的拉绳上晾满了红红绿绿的各色新花布。岁爷宽敞的任家大院子一时间姹紫嫣红犹如百花盛开的大花园，而任家堡子村的男男女女，特别是那些婆娘娃娃、姑娘媳妇一瞬间全演变成了忙忙碌碌采撷百花的蝴蝶和蜜蜂。尽管地处红白交界，又兼战火连年、兵燹不断，老百姓的衣食之需总还得要延续，爱美之心也不尽湮灭。小小的任家大院子不知不觉中早已成了任家堡子一个赶集般热闹奇妙的好去处。那些花色耀眼的布，根本来不及拿到集镇上去出售，就被左邻右舍的乡亲们一抢而光了。人们只好提前来预订，岁婆当家，自然满口都答应，并且一再承诺物美价廉，绝对不给乡亲们漫天要价。

  岁爷家的家纺布色正炫亮，软和而且不掉色。都说这个牟水琴从河南老家的染坊带来了家传小秘方，牟水琴则连连摇头告诉说其实也没有啥绝招，就是材料使用最好的，工序一道不能少。岁爷家染坊用的布坯子果然都用上等的新棉花经线大于140支，纬线大于80支，因而布厚如铜钱，密实且耐穿。至于那染色，一直沿用正牌料，再加上洗、晾、染、晒老程序，一环都不少，这就无心插柳柳成行，无意打造出了"任家纺染"的金招牌。

  村上人说岁爷得了天福佑，他为人宽厚坦诚、心地善良，收留了几个逃难的孤儿与寡母，却意外得到了招财进宝的大福报。也有睿智者道出了其中深蕴的大哲理，肚里颇有"文化水"的余景才就曾说这叫作爱出者爱返、福往者福来，生而与俱，先我而在，是善有善回报哇。似乎为了印证他的话，就连大自然某种神秘莫测的生物链也在无形中左右着岁爷家庸常的新生活，以至于表现为燕子的情有独钟，偏偏挑选他家窑洞上面天窗的旮旯造窝筑巢了。还有蜜蜂一群一伙的，像得到某种鬼使神差的啥指令后旋风般地飞舞起落着，最终不去别人家的地坑院，而是一窝一窝全都凑热闹，集中栖息在了岁爷家的院子里。岁爷好客，废寝忘食，夜以继日，在窑院的四面崖壁上给这些和他一样勤劳的来客挖掘出一孔孔方方正正、舒适宽敞的土蜂窝，还用泥坯做成门档头，留出了进出的小通道，好让这些甜蜜的小天使安心地劳作和栖息。每到秋末初冬时他会戴上纱布头罩子，用点燃的艾蒿驱使着，请它们和平友好地献出酿蜜产出的剩余价值来。岁爷把那些蜂片熬制出来，让蜂蜜与蜂蜡稀释后分离开，然后将蜂蜜无偿地分给村上的老人和小孩儿，而那些一块块金黄样的土蜂蜡正好就成了纺线织布必须使用的辅助好材料。

  村上人说，岁爷的家里有花（意指花儿娘），他眼里有水（暗指牟水琴），命里有金（说他发了财），也有人开始喊他"任财东""岁老板"，岁爷只是笑，偶尔回两句："你们呀，只看见狗吃屎，没看见狗挨打。我还不是个庄稼汉，一个赶牲灵做点生意的下苦人？"

  "呵！"村上也有眼尖心细的精明人，他们背过岁爷"哼"一声，鼻孔里的气息就有了说道不清的特殊味，"咱这岁爷嘛……呵，鬼着哩。"

说村上人

　　都说风水轮流转,任家堡子人的目光不知何时不期然地竟由村东余豪财那鹤立鸡群的青砖砌面四合院落,不知不觉就聚焦到了岁爷家土得掉渣的地坑院,却说时势造英雄,此言果真不虚。那时节,正赶上边区政府号召"开荒纺线线,自力更生大生产",好风凭借力,时来运数转。岁爷家的织染作坊恰逢其时,一夜春风红胜火,恰似山野沟垴崖畔静悄悄地绽放着美丽娇艳的山丹丹,尽情释放着四月美景艳阳天。村民们的眼睛原本就雪亮,一旦被点燃,就更要灼灼星火飞迸四溅了。

　　人要活下去,谁还不眼热走运发大财而一夜暴富呢?可是突然,岁爷家那热火朝天的纺织与漂染,红红火火一派生机旺发好局面,一夜之间肃然冷清令人不解地消停了。往日那吱吱咛咛的纺线、哐哐当当的织布声稀薄低落以至不知不觉地销声匿迹了,就连岁爷两口子和那个身怀绝技的牟水琴常常都难得一见,不肯抛头露面了。空旷寥落的大院子常常是岁爷的老娘带着几个小孙女进进出出,穷于应付地照看牲口、料理家务一应事。村上不乏细心留意的旁观者,他们想起来这种突遭霜打的萧条与冷肃确实是从某个月光之夜开始的。有人曾见过那晚岁爷家走出来两个身穿国民党军服的年轻人,自此他们的生意就一蹶不振。人们每每去探询,当年也曾貌美如花的木匠婆总是底气不足的一句含含糊糊应付话:"喀!赔本咧,生意不好做,咋的,也弄不到棉花咧。"她一边呻吟似的感叹道,一边努嘴,用弯弯曲曲树根样的手指头指指村南的封锁线:"那一边……卡得个死紧,没有法子干!"

　　村民们不相信,也不能全不信。世上没有不透风的墙,丝丝缕缕透露出的只言片语不确定,流布着斓烂多彩不同版本的瞎揣测。有人说,岁爷的发财不定走了啥"暗道"。人有钱,脸就阔,岁爷今非昔比,许是看不起灰头土脸的乡亲穷哥们儿,躲躲闪闪的,终是怕人借钱赊账而有意疏离回避不愿照面吧?有人留心观察他,晚上出动的次数竟比白天更频繁;有人还撞见他甚至故意绕道而行,以便避开熟识的人,偷偷摸摸的像做贼。与此相反,他交往的人虽不是达官贵人,至少也越来越多是些有头有脸的人。白露过后的一天深夜里,镇小学的魏校长就带着一个头戴礼帽的中年人,径直到过岁爷的家,点名要见"掌柜的"。岁爷当时不在家,岁婆花儿出面接待了他们。也就是从那时起,岁爷家的布匹现货就开始缩减,供不应求直至断货了,以至到最后都拖欠了村上和临近村民们预订的布料。于是就有人说,越有钱的人心越沉,这是千古不变的生意经。不用问，岁爷心变黑，是在故意玩手腕，囤积居奇等着大涨价。相比于传言最多、不胫而走的，还数岁爷的"后院起了火"。这一说，就回避不了要牵扯出女人来。他们断定岁爷是人不是神，架不住腰包充实鼓胀了，欲望之火烧得他心痒痒，想当然地就得出了个现成的定论：一定是那个河南女人了，不是岁爷看上她，必是她看上了咱岁爷呗。耳鬓厮磨，日久生情啊，她和岁婆争风吃醋、别扭闹抽筋也是难免的事。更何况，这女人身怀绝技，长相也不差。讹传绵绵似细雨，慢慢就打得地皮湿了。更有甚者，说是某天深夜里看见岁爷挽着那牟水琴钻进了胡同，而岁婆则亦步亦趋、慌慌张张地追踪过他们。流言蜚语尚待印证和坐实，果不其然就来了个更加"桃色"、赤裸、现实版的"酸故事"，而且紧锣密鼓接续着上演，无法抵挡地就走进了任家堡子人大眼瞪小眼的视野中。

如果说河南女人牟水琴，那个颇有姿色的落魄穷寡妇，不过是岁爷顺道捡来的，那么这个新来的女人可就大异其趣，太难同日而语。她是裹了一身耀眼的大红色，被岁爷殷勤备至，屁颠屁颠地用他家那头灰色毛驴亲自驮来的——那情景叫人想到了雪里红梅的耀眼眸，更让人眼花缭乱、心猿意马而不安宁。当然，尤其是任家堡子的男人们，村人议论纷纭，一时吟噪百端，压抑不住"仗义执言"，争相为岁婆打抱不平了。"这有点不像话吧。"他们直言不讳地声讨现世的"陈世美"了，"咱岁婆平心而论，怎么也是任家堡子几代姑娘媳妇里拔头筹的'人尖子'，又添了个水色鲜嫩外省来的要饭俏女人，这还不满足吗？突然出尘脱俗地又好像打天外驮来个'红女人'……"

他们说的这个"红女人"，对，名字就叫作"红霞"。

这让村里人——多半是男人难免要眼红，骚动不安也义愤填膺了。于是，他们的想象也迎风飘升，更使其嘴巴敞开没把门的了。"喀，我们的岁爷哇，活活一个女人迷嘛！哟哟，哄人都不会，没听过百家姓里姓'红'的，哄鬼去吧！"

"嗨嗨，别，也别裂眉瞪眼吧！"只听岁爷那声气、尴尬、僵硬、吞吞吐吐，没法儿封别人的嘴，自然也不敢说——实——话——呀！"她嘛，唉，是我的……表姐。"人们就止不住哧哧地、掩着胡子拉碴的大嘴偷偷笑。"真的要瞒天过海吗？"有人窃窃私语了，"她那么鲜嫩，你都能当她的大，她还能是你表姐，天知道是哪一路的表（婊）姐哟？"

"红霞表姐"来的那一日，数九那个寒天下大雪。任家堡子冰封雪冻的乡间土路上，岁爷家那头乖巧的小毛驴小心翼翼地挪动着它颤巍巍的四条麻秆腿，让骑在它身上的女人忍不住一惊一乍放肆地笑哈哈，还从嘴里妙曼地哈出一团团缭绕蒸腾的氤氲热气来。那气息，还有那红色，很让任家堡子村的男人们受伤，很长一段时间里梦魂不安睡不实。人们还记得那件颜色火红的偏襟大棉袄，怎样使女人高耸的胸脯胀鼓鼓而显得肥硕和臃肿，而稍显肥大、同样火红的厚棉裤又像两个棉花包。再看跨在灰驴腰身两旁的，竟是一双不加约束扎眼的大脚板，还穿着一双绣了红花绿叶的圆头布棉鞋。也许为了避免雪地反光刺眼吧，她的眼睛上扣了一副茶色玳瑁边框的黑眼镜。更显眼的是她那掩藏不住娇艳的鸭蛋脸，眉目清秀很有风情，犹如头上裹缠的红头巾，随风喧响欢欢实实地抖动着，活像一面迎风招展骄傲的小红旗。村路上有的是庄户人，一一袖着手，个个儿缩着头，看见这头灰色小毛驴，背上一团滚来滚去灼目耀眼的红火球，立即就被这一幕难得一见、引人瞩目的移动风景画，劫掠去了少见多怪惊诧不已的眼珠子———一帮子免费的看客，一时全都傻了眼。"这女人……嘿，到底……是谁啊？"

不无好奇的眼睛全都撑大了惊艳四野的叹号，吸吸溜溜拢着双手凑过来，不断有人试探着问："谁？"岁爷依然含糊其词不说明，似乎也有点故作高深捉弄人，爱理不理，淡定地回答："给你们说过了，亲戚嘛，还能是……谁？"

"亲戚？嘿，是咋个……'亲亲'法？"来人倒背着手，迈着六亲不认的方斗步，放着又酸又臭的四棱子屁，几根稀疏的黄头发偏偏炫酷般地梳成嚣张的大背头，一副大管家的派头走过来，倒是脑子灵光反应快，故意奚落卖弄道，"笨尿啊，还有咋个'亲亲'呢，'想亲亲想亲亲，想得我手腕腕软，拿得起筷子我端不住碗'，嘿嘿嘿不就那么个……'亲亲'吗？"

不用问，光听这流里流气的怪腔怪调，还有稍显沙哑、吆五喝六的大嗓门儿，就知道一定是"大喇叭"孙秃子。这酸货自从抓阄当上了芝麻官，很快就无师自通地拿着鸡毛当令箭，时时以村长的姿态在村里的各个角落穷溜达，动辄呼风唤雨，已经慢慢地笨狗扎开了狼狗势，凡是要对人开口，多少都带些居高临下的架势来。当然，得除过岁爷。岁爷只是冷冷地笑，假装气恼，把他细眯的小眼一眨巴，射出一道锐利的光，却只轻描淡写、含蓄地回击他："秃子，你可小心着，趁早……给你那豁口子安好了门，不然……会有人掌你的臭嘴。"

"我们不怕你掌嘴，就怕岁婆……嘿嘿，跟你搁不下哩！"孙秃子说罢，嬉皮笑脸地继续饶舌放厥词，还不由自主、恋恋不舍地尾随在灰毛驴的后面走一程，走着，撇腔走调又吼起他擅长的野调调，"咱二人相好呀一呀一对对，铡草刀铡头哎、不呀不后悔……"岁爷仍是一句"少嘴干胡乱放臭屁"，还不理会，只管径直牵驴走过去。只是他身后的人口无遮拦，更加起劲地煽风点火闹得那叫一个欢："瞧这个女人呀，肚子都大了，八成……是咱岁爷'装的窑'（意谓播的种），看他老汉有了几个小闲钱就烧得不轻啊，惹上了这么个洋火的妖精货，看他咋样拉得开栓（手）？"有人附和地说："等着看热闹吧！不清不白地，驮回来这么个俏女人，又是细皮嫩肉妖冶样儿，就看咱岁婆，怎么饶得过他！""是的，"有人火上浇油了，继续煽风点火瞎起哄，"三个女人一台戏，岁爷家……这下可有好看的啦！"

别说，还真有满怀期待等着看热闹的人。在尘土飞扬的村道上，果然就有人径直拦住了岁婆花儿娘，不无挑衅地问："岁婆，你家又来了个女人呀，跟招蜂引蝶的花一样，那是谁？"

"你说她是谁？"花儿娘好似天生就有洞穿人心的大能耐，"咋的，阴阳怪气地，你这话……是啥意思！"对方意味深长，眨眼又撇嘴，立马扮出个鬼脸来，引爆一片诡异的笑。岁婆不卑不亢，单刀直入不客气，意味深长地冷笑挖苦他，也用鼻子回击道："你们呀，装个啥洋蒜——不翘尾巴，你婆我就知道要放啥颜色屁，不就是想看老娘的笑话吗？"

"那女的……到底是咱岁爷的……二房还是三房呢？"

"二房、三房又咋啦，你们这帮龟孙子狗逮老鼠——管得着吗？"

"咦，岁爷还真的抖起来了，日子还没有大富贵，可就学地主余豪财讨起偏房来了哇。"

"咋的啦，就讨了，皇帝不急太监急，狗咬耗子你管了个宽。"岁婆的回答钢巴铮硬，磊落大气一点也不怵火，"谁定的天条？就许富人能讨小，穷人就讨不得？"村人不服气，跟她磨牙打嘴仗："看来，你们家……还真的是有钱气就粗，说话占地方，硬核似的能噎死人啦。"

"有钱咋的啦？不偷不抢，难不成……还有罪吗？"温文尔雅绵羊样驯良的花儿娘却是一支带刺的花，人们很少领教过，她在关节眼上也是一把伶牙俐齿柔软的刀，就是说她损你，一针见血、入木三分地不给你情面，又半开玩笑半当真地嬉笑怒骂暗含机锋让你哑口无言反不上嘴，"你们呀，管好自己肮脏的舌头吧，别看着谁个漂亮就糟蹋谁，净说难听话有啥用？别眼气，有本事也学你们岁爷讨一个，可别当吃不到葡萄的酸狐狸。一个个的小样儿，哼，那一点鸡肠小肚小九九，能瞒过你岁婆？只是不得势，谁敢说……自己不花心？哪一个的骨子里没藏着三宫六院、七十二嫔妃……"

一场痛快淋漓的舌战群（村）儒（孺）大辩论，把一帮闲汉二溜子打了个落花流水，只好悻悻背过身，窃窃私语咬耳朵，都说这岁婆缺心眼儿，虽善良贤惠，可也是愚过了头。"喀，她的脑袋不是被驴踢，就是让门给夹了。"他们咕哝道，"她是白长了一副赢人的好脸蛋，也是辜负了她清白干净的好名字：多少有点二百五——活得不灵醒。"

村上人等着看"好戏",可惜眼巴巴地等待了许久,却看到岁爷家另一番让人刮目相看的和谐、和睦,其乐融融的新景象——那个土气又洋气的"红女人",也就是岁爷说的啥表姐既没有和岁婆闹出争风吃醋的酸故事,也没听到她们钩心斗角、撕扯离间瞎折腾。她们和气相处,好像原本是一家人,包括那个染织娘,三个年龄相仿的俏女人更见着彼此体贴呵护如姐妹。这期间,岁婆花儿又冷不丁地给岁爷添了个小儿子,真实地呈现了他们家人丁兴旺百业兴,连同地坑院都得了好风水。然而,毕竟还有村人不服气,他们认定了岁爷花心怒放不老实,绝对和他那个来历不明的啥"表姐"有一种拎不清的暗关系。他们也暗暗地盯上了他,果真还撞见了岁爷那老小子,很不老实地公然拉着那红霞的手,一副怜香惜玉殷勤巴结的相,时不时还搀扶那女人,偷偷摸摸地又像跟牟水琴一个样,鬼鬼祟祟地钻进了通往村北的胡同里……

不可思议的是很快他们又发现,如同岁婆曾经远远盯梢跟踪过岁爷,那个河南女人牟水琴也老远地尾随跟踪——简直是监视,盯着岁爷和那个新来的"红"女人。奇怪的是,她在他们后边拉开一小段距离,却东张西望地老往野地里瞅,反倒像是为岁爷他们放风、打掩护;再后来,更奇怪的情形接二连三地发生了,不仅是水琴,还有岁爷的女儿杏子和梅子似乎轮换倒班地相继露面都出动了,样子很显然就是掩护岁爷和那个名叫红霞的姑娘钻胡同……

终于有一天,仍然是傍晚,有人看到钻进胡同里的人不只是两个,喊喊嚓嚓一大堆,神出鬼没地压低了嗓门儿在说话。更加离奇的是终于有一天,那些从胡同里钻出来又回到村子的人,竟然还有村上另外几个人,其中有个是孙秃子,实在让人糊涂不明白。有人试探着询问他:"你进胡同口那儿去干啥?"一向爱胡吹大谝的孙秃子眼睛一瞪,头一摇,白脸识道装糊涂:"干啥,没干啥?"

"你还跟我们打马虎眼儿!"

"噢,那不,"他突然嘿嘿一笑,诡异地压低声说,"不就是去偷看岁爷跟他那表姐,究竟干啥好事吗?"

又一个夜深人静的后半夜,村上有人又看到呼呼隆隆地,打从胡同深处的紫花苜蓿地来了一个骡马队,悄没声息地聚到了岁爷家的崖背上,呼啦啦地卸下来一堆棉花包,又急忙忙地驮走了一捆捆织好染就现成的布。村上人终于看出了些眉目——这岁爷啊,不是鬼,而是神。处在边区的边缘上,任家堡子村人怎么会懵懂。没过多久,他们那些"多管闲事"的歪念头都不知不觉自我消化,瞬时消失得没踪影。后来紧接着发生的事,则让他们始料不及重新认识了那个一身红妆的俏女人。这事和岁爷家开办的夜校扫盲班有关,这是任家堡子村有史以来开天辟地的新鲜事。岁爷在他家宽敞的大窑里，点起了一盏双灯芯的煤油灯，用铁丝高高地挂在窑顶上，同时也现身说法，尽可能形象逼真、通俗易懂地演示他的人生智慧大觉悟："灯不拨芯，不明亮；人不学习，不开窍啊！"

他将一大块案板翻过来，用墨汁涂了当黑板，又从邻村废弃的石灰窑里兜来石灰渣，自己加工做成了粉笔，然后就请他的"表姐"粉墨登场地开始亮相来上课。水灵灵的女先生，尽管令人多疑地挺起了大肚子，倒是一脸蔼然和气、十分亲近人。她似乎有一种说不清的驱使力和影响力，正像希望传宗接代的乡里人对于"送子娘娘"的膜拜和迷信。不消说，岁爷一家人连同岁婆花儿和牟水琴，包括岁爷上了年纪的娘和她的众子女，整个村子里的男女村民很快都被她征服和吸引。全村能跑能动的大人和小孩儿，无一例外地都成了师从于"红霞表姐"热心认字学文化的"小学生"。任家堡子的人对于这个送上门来的女老师无一例外地开始刮目相看了，她免费给他们教习识字学文化，让他们在这里认识了看得见的"人""土"与"山""河"，认得了活蹦乱跳的"牛""羊"和"猪""鸡"；也认识了比较抽象、看不见的"世界"、"人生"、"阶级"和"剥削及压迫"；更认识了熟悉而又陌生、新鲜如初的"男女老少"和他们"自己"；最主要的是还了解到了村子以外的许多事，理解了抗日与救国和建设民主新中国。他们眼前豁然，脑洞大开，同时惊醒并震骇，比起探究岁爷家这个红霞"表姐"的来历，"俏版"、"土气"或"洋气"全都摆不上席（桌面）。

他们说："起初，我们只看见一个女人的俊俏刷亮了大伙儿的眼，后来才懂得，是她真正点亮了我们的心。"几十年过后，当任家堡子村"扫盲率最高"，全村普及了高小文化，而且涌现出以岁爷为代表读书识字的教师、医生、诗人、作家、技术员，从而成为全县首屈一指、最有名的"文化村"时，任家堡子人总是不无自豪也回味无穷地感慨说："全靠那个女老师，她生生地……给我们带来了一双'文化眼'。"

村里人回想她，是任家堡子有史以来少有的不笑不说话、特别温柔且善解人意的人——她好像天生不知道啥叫忧愁与烦恼。本来嘛，如花开放的笑颜就可以无偿地奉献给每一个人，而让每一个接近她的人，不论男女与老幼，都会特别感到幸运和受用，加上她那特别能放下的身段儿，特别能高看别人的敬重真诚与亲和力，三言两句甚至于仅仅是一声真诚的称呼、一句事无巨细的关爱话就会让你心里痒酥酥的舒畅和甜蜜，还有她那永远平和温婉的声音，使她的每句话都宛如游吟诗人的咏唱，甜润柔软动心弦，尤其温暖入人心……

有一段时间，人们慢慢地发现任家堡子村自从来了这个女人，不期然地就发生了许多悄没声息的大变化：游手好闲的懒人勤快了，打婆娘骂娃娃的声音消失了,戳是弄非"日闲杆杆"的几乎缄默闭上了嘴。与此相应的是,好像前所未有地涌动着某种不易察觉的活力,而且晚上比之白天更热闹,特别是岁爷家的地坑院一度重新熙熙攘攘,赶集过会似的,一拨一拨地人来人又往。夜校课罢人散去,人们各自回家睡觉后,三更半夜的往往还有人——有时甚至是成群结队的人光顾岁爷的大院子。开始时,不肯失职的"一分为二"小忠犬,还保持着必不可少的警惕性,每每带头叫嚷一两声,结果是———狗吠影,百狗吠声,全村的狗都被它动员起来,尽职尽责地叫不休。到后来,渐渐地,狗们也不叫了,那些黑影幢幢的人走来又走去,已经习以为常了,它们甚至会殷勤地迎上去,亲热地摇尾巴,套一下近乎。这些神不知鬼不觉的人看上去很普通,甚至很土气,偶尔还背着枪、穿着军装,但都是轻声细语的,说话总像怕吵醒了梦中的村民。

多少年过去,任家堡子的老一辈只是说好人与坏人、红军和白军,不用你操心细辨认,更无须白费口舌地说什么大道理,只管看脸色、听声音——对,庄稼人以他们简朴纯粹的概括力智慧地提炼出两个字——"声气",这一切都是青菜豆腐——一清二楚了。这就像他们无疑会永远记得那个化名"红霞"的特别"闯入者",她的音容与笑貌、欢声和笑语,以及她绝对带不走的变成历史的老故事,更包括她留下来的那个必然要吃喝拉撒、歌哭笑闹的特殊"纪念品"。

春天里的某个晨曦初现的早晨,鸡不鸣,狗不叫,突然从岁爷家的地坑院里传出一阵清亮透明的婴啼声。人们都知道不用问,那是岁爷的"表姐"生产了。按乡俗,姑娘生娃娃,天大的笑话。可一个村的人再没有了惊讶,只是说:"她生的这个孩子有一点'倔',不像她那么得人爱,打从一出生就号啕不止地一口气哭了整整三天又三夜,好像他是被谁逼迫降临人世来,天生就对这个世界怀有成见忒怨恨。不止岁爷一家人,左邻右舍,几乎整个村子的人,都为之不安和揪心了。"这娃娃,是咋的啦?"很多人尤其是妇女们不由自主地都走来热切关怀和探询了。产后身子虚弱的女人像闹出了什么大差错,满脸羞愧地直说太抱歉,叨扰你们不安宁,就是弄不清是啥原因。岁婆、牟水琴和负责接生的木匠婆,也都一筹莫展,感到很纳闷。

"一个爱笑的美女嘛,咋生出了这么一个爱哭闹的丑娃娃?"木匠婆眉头一紧又一蹙,心里便升起三个不祥之兆的字:"丧门星",该不会是个冤屈鬼再世吧?面对这个一出生就惹人眼黑不快的男娃娃,岁爷一家毕竟是要忙活的。岁爷的娘,育儿经验丰富的大木匠的巧媳妇,从头到脚、翻来覆去地查看一遍,孩子并没有啥异常,就是奇怪他啼哭不止是啥原因?她让女人给孩子再喂奶,好不容易按在奶头上只吮了几小口,那孩子就松开乳头哇哇地大哭了,似乎那奶水不甜而是苦药汤。"到底怎么回事？"男婴不分昼夜地哭，让岁爷想起了传说中当年的他在出生后也曾哭号的老毛病，就效仿当年父亲大木匠的老办法也挥毫写了一张"夜哭郎"的纸符儿，贴到村口山神庙的土壁上，可是仍然不见效，那个婴孩还是昏天黑地哭个没有完。末了，还是天生具有洞穿事物本质的能力、细心的岁婆花儿娘，终于看出了究竟。她发现那女人的奶水看似充沛很丰裕，汁液都濡湿了衣服前大襟，实际上却是个"漏奶"子，孩子几口就吃没了，其实是饿得大哭。这期间岁婆最小的男孩虎崽儿也还不满一周岁，正好没断奶，就赶紧抱过那孩儿，把自己不太饱满的奶头塞进他的嘴里，那孩子立马敛止了啼哭声，狼吞虎咽一阵凶猛吸吮——两瓣蚌壳似的小嘴太用力，直呃得花儿娘针刺般钻心痛，恨不得将她所有的奶汁包括她身体所有的液汁吸吮干净，而花儿娘却龇牙又咧嘴，开心地笑个不停，似乎也希望把自己全身变成奶水都喂给他。

"你们瞧，把个娃娃可怜的，饿成了啥？"

孩子吃饱喝足了，自然也心满意足了，很快两眼一碰，便在花儿娘的怀里呼呼睡着了，睡得像一头惬意的小猪崽。所有的人都笑了，爱笑的女人却难为情、破天荒地哽咽了："这可怎么办，总不能抢了虎崽的奶啊？"

"孩子不犯难。"岁爷的老娘发话了，"杏子和梅子，你们快去逮咱家的那只老母鸡，让你大（岁爷）把它给杀了，赶紧炖鸡汤。"接着，她又支使岁爷了，让他赶紧去土镇买上几只猪蹄子，好煮了汤给女人来下奶。遗憾的是，他们几番折腾后女人的奶水还是不充足，消息传出去后村上的大娘大婶和嫂子一个接一个络绎不绝地走进岁爷家的窑院里，眼看着就弥补了女人奶水不足的大缺憾。岁爷的老娘呼来又唤去，更把岁婆和牟水琴支使得团团转，端汤又端水，把一个月子婆无微不至地伺候得百般精细又周到，这就让那"表姐"心怀感恩说不出，动辄泪眼婆娑，终于泣不成声了："这叫我、怎么……谢你们呢？"

有文化的女人反而说不出一句有文化的感激话，只是能够听出来，她这里说的"你们"显然包含了更多的人。男人和女人——任家堡子的男人们曾经只看到村里来了个引人瞩目的俏女人，而任家堡子的女人们却更多地看到一个呱呱坠地、缺少奶水而嗷嗷待哺的小男人。

"看你这娃呀，多见外！"大木匠的媳妇——岁爷的娘嘴上这么说，眼里不由得泪花花儿乱转了，忍不住深刻地动了真感情，"你难道——不也是我的——一个女儿吗？"毫无疑问，她这又是触景生情啊，想起了她可怜的三个女儿，枝儿、叶儿尤其是因饿而惨死的青儿。岁婆和水琴也齐声安慰她们共同的"表姐"，劝她好生将养好身子，同时想方设法地让她吃得饱、睡得安，把月子坐好。熬过了许多艰难和曲折,那个孩儿一天一个样,渐渐就有模有样,有了人的形状。

"给孩儿取名吧。"孩子满月时,大家伙征询那女人,教书育人的她满脑子不缺文化新名词。她抱着、亲着宝贝的儿,却只顾抹起了禁不住流下的泪珠子——自从生了这孩子,她就由一个只会笑而不会哭的女强人突然变得感情脆弱,特别爱流泪——当然,她仍然是笑着流泪的。"满村恁多的娘,轮换给他来喂奶,真是幸福着他的幸福啊。"她哭着,笑着,不加掩饰地又哭天抹泪了,"羊跪乳、鸦反哺,寸草报春晖哪!他生在这里,就是一粒麦种落进了土里,无论如何都要长成一株麦穗才好,就叫他穗子吧。"

/ 第三章 /

恍然大悟

岁爷而立之年，那会儿的他已是一家之主的顶梁柱了。岁爷的父亲，此地俗称"大"，那个手艺精湛、遐迩闻名的大木匠，已经溘然逝去，远赴另一个幽邃深远的黑暗世界里安息了。不幸的木匠与远古一些生物化石演变而成的冰冷煤块，混居地底八百零三丈零六尺以下，都过完三周年的忌日了。

岁爷十岁那年，父亲大木匠又给他添了个弟弟，因在子女中排行老五，顺口就叫了个五子。时光荏苒，五子转眼近二十岁，成了个大人。偶尔，岁爷望着白杨般挺拔端直、一个劲蹿高的五子，难免要沉湎往事而怀想起他的父亲。"给你要个弟弟吧。"父亲貌似商榷，实则一锤定音，早已生米煮成了熟饭不可更改和动摇了，"今后过日子，你们弟兄也好互相照应、协承，有个帮衬不是？"

夏收忙罢，大木匠就在土镇的地摊上请算命圆梦的阴阳先生摇了一卦，为的是"未卜先知"讨个大吉利。这在乡下不见怪，只是那先生令人瞠目颇稀奇，虽然称不上仙风道骨吧，言谈举止、一招一式却也不失飘逸之感，鼻梁上架着两坨大而无挡车辘轳般的黑墨眼镜片，下巴上假模假式地还有几根朝上翘起看似粘上去的山羊小胡子，尤其是不经意中莫名其妙地还散发出某种柔曼妖娆的女人气。他将大木匠搭眼只一瞧，便若透视窥见了他心中的小秘密。"你这师傅嘛，嘿，慈眉善眼，印堂发光，不用求神祈福都将事随人愿，再添男丁贵子绝对没问题。"

这些话犹如甘霖春雨，滋润情怀，让岁爷的木匠大听着适悦尽兴忒满意，当即慷慨解囊，就以一吊铜麻钱的代价央求先生"再费心"，提前给未出生的小儿子顺便讨个终生利好的大名来。那个先生莞尔一笑，作古正经略思忖，他侧目而视，像是无意地，却把目光聚焦了一旁的任仲魁，上上下下地好一番明察秋毫、入木三分细端详，目光睿智、洞若观火样直透黑墨眼镜片，又似软水穿硬石，混带着柔软力道的持续与顽强，当即就让岁爷如芒在背，浑身老大地不自在。"要是没猜错，这位公子……便是你的大儿子？"

先生如炬目光，就这样"焦灼"着年幼的岁爷。"是是，正是。"大木匠连声诺诺道。那仙风道骨之人随之昂起头，沉吟少许，装腔作势地一阵摇头晃脑后，忽然神乎其神地伸出手，竖起了大拇指："他的名字……可是与这个有关，对不？"

岁爷父子俩听闻，如遇神人，不约而同地就想起多年前饱读诗书的常家少东家。那个嗜书的"怪人"就是晃着大拇哥，给岁爷起名字的。再看眼前这个神人，举手投足的范儿倒是有点相似。虽然他年岁并不大，可端的老气横秋俨然戏台上一介摇头晃脑的遗老遗少清朝时的旧角色。一袭灰布长衫，还有头顶硕大如盆的老式西瓜帽，尤其脑后拖一根肥胖粗大的毛辫子，特别是极力装出不同凡响的"神算"样，却很容易叫人联想到舞台上长袖善舞的戏子来。"老大既然叫仲魁，"他拿腔撇调地吟哦道，"老二嘛，何不顺着他哥哥，就叫任英魁。昆仲二人，一个人中翘楚，一个英雄魁首，文臣武将，相得益彰，岂不是绝配？！"

他的声腔女里女气，口若悬河地一言出口果然惊世骇俗，这就轻而易举地唬住了大木匠，同时也震住了少不更事的岁爷，父子俩惊诧得大睁双眼，仿佛期遇神灵，得见了真身的观音菩萨也难说。岁爷终于难耐质疑，当即便忍不住唐突地问："你怎的……知道我的名字？"

"小伙儿，你先说对不对？说错了，我分文不取；若没说错……对不起，你们……还得再加我五个孔方兄才是……"阴阳先生果然阴阳怪气、自命不凡，显然有些扬扬得意了。

"神，神了！先生，你真真个……神了。"大木匠喜不自禁，当即大腿一拍，"这还用说嘛。"他立马一阵忙乱，当下就从肩头那个驴毛编织的褡裢里毫不迟疑地摸索出五文麻钱来，毕恭毕敬地双手呈送在阴阳先生面前，口中却也喃喃不休，道出了几分受宠若惊的隐忧小愁绪，"这个名字嘛……好倒是好，还真是好。好一个威风、排场又阵势……只是……"他嗫嚅道，"咱平头百姓、普通人，怕只怕……担待不起哦？"

"喔，此言差也，何必过虑？"先生直言，"王侯将相，宁有种乎？你没有听说过嘛，成事在天、谋事在人？这世上的事，你想都不敢去想，那还怎么活人呢？"他接着侃侃而论，将这个逻辑严密的"三问"句式言辞凿凿地尽情开释发挥了一通。只见他落落大方，毫不客气地收纳了铜钱，又絮絮叨叨，摇唇鼓舌一番，拿腔拿调地安抚了大木匠好一阵儿，"你嘛，只管十二分放心。我说了，你吉人天相，毕竟会'名副而其实、心安而理得'，懂吗？"他还口占一诀天机不可泄露的祝福老套话，免费赠予了大木匠，道是，"君正天心顺，国泰民自安；妻贤夫祸少，子孝父寿添。"说着就拍着胸脯，信誓旦旦地担保，"月有浑圆，人有十全。不出意外左右，你这个实诚心善的师傅……人必富贵，命必美满。这一生就等着瞧吧，那烟火兴旺哇，绝对……会缭绕不断……"

　　阴阳怪气的阴阳先生，一副笃定神算的精彩表演早让大木匠心折倾倒，佩服得五体投地。他心花怒放，坚信不疑，尽情天方夜谭放逐着想象自己如何将有十个儿女、十二个外孙、二十个孙子的烟火大兴旺。自兹后，他已然心驰神往，就开始过分荣幸和陶醉于这般缥缈的美好憧憬了。为此，他更加勤苦奋斗，发家致富，四处揽活儿忙个不停；同时，也淋漓酣畅，努力地在脸蛋俊俏的老婆身上泼命使劲儿。自以为熟谙和精通了专生儿子的独门诀窍，如同熟知那块土地，更适合播种那一茬庄稼作物或者那种木头，更适于打制某种家什，自信满满地更加坚定了他这种一厢情愿、毫无来由的豪情与壮志。

　　但说这位岁爷，亲见父亲在弟弟尚未出生酝酿时就迫不及待地花钱去讨巧，提前邀取了一个惊世骇俗的虚头大名号，这名字像要与自己比高低、平分秋色且不说，更为蹊跷、百思不解的是那个赐名的阴阳先生神通广大，竟会神机妙算、分毫不差，一口就猜中了他任仲魁的大名?! 这世上，难道真的有所谓的神人吗？因为没多久，弟弟的呱呱坠地就在性别上又准确无误地佐证了阴阳先生的预告，似乎也无言地回答和诠释了他狐疑的大问号。他暗自沉思道："也许……这世界确实是有'爷'的——就像土地爷、山神爷、灶王爷，如此等等，这一拨儿一拨儿的、无所不在的——神？"可是……就在这时候，岁爷的耳畔由远及近，忽然又响起了那一阵阵耳熟能详的歌词："从来就没有神仙皇帝／要创造人类的幸福／全靠我们自己……"

　　开始尝试独立思考的岁爷第一次失眠了，他不想为自己的人生设限，更不想虚拟一个悲剧的开场，分外谨慎小心，艰涩滞缓地试探着认识这个陌生混乱的大千世界了。十多年前，他在常家大户聆听三少东家的读书和吟诵，那一幕一下子变得清晰和明朗了。在一家老小此起彼伏呼呼噜噜的酣睡中，蜷缩在土炕旮旯翻来覆去睡不着的他，无意中触摸到了自己脖子上的那个项圈。当他把项圈上的长命锁，那片梨花木的"衔命"岁牌攥在手心下意识摩挲的时候，眼前一道亮光倏忽闪现着，他突然就恍然大悟了——嗯，原来，是这么回事！

　　什么神机妙算的阴阳先生，装神弄鬼，其实就是个伶牙俐齿的骗子，不过眼疾嘴尖罢了。他想起来了，那个秋老虎天的大正午狗吐舌头人出汗，天气燥热得邪乎。当时他站在父亲身边，只穿了件开襟的短汗衫，袒露无遗的胸膛上正悬挂着常先生赐予他名讳的梨花木岁牌——"任仲魁"三个大字赫然敞亮在那儿，一目了然，也一览无余，还用得着掐算吗？

　　这件事让他憋屈在心，不断膨胀放大以至于放不下。而且，随着弟弟的一天天长大，从他抱在怀里咿呀学语，到会叫他哥哥之后老是赖在背上，让他背着满村子逛荡却不肯下来走路，一直到影子样跟在他屁股后边蹦蹦跳跳地当了小尾巴……一晃十几年又过去了，可这件事却过不去、抹不掉，反而在他的心头一天天见日头疯长，跟他眼前一天天挡不住猛蹿长高的弟弟一样。而且他没有告诉过任何人，想都没有想过，因为害怕父亲知道了受骗上当要难过，可这道破玄机真相的念头总在他的脑海里萦回不去，顽固地纠缠着，时不时地就闪现出来折磨他、拷问他，咄咄逼人地鄙视他。时日既久，反倒让他变成了一个被动绑架而备受质疑、追询和求索的受难者。他和父亲花了一吊零五文铜钱，给弟弟讨了个吉利大名号，可他却空落落地像亏欠了啥而怅然若失，似乎丢失了非同寻常的啥东西？到底是个啥？无限惆怅悯然的他，一下子又说不清。不，反正……绝对不仅仅是那一吊零五文钱，不是的。隐隐约约，也恍恍惚惚地，有时他竟觉得那是他自己，他不小心把自己的名字泄露出去了，还不等于是把自个儿拱手相让，给出卖、弄丢了吗？喀！

世事要变

　　三夏大忙，收碾清场。已经是父亲得力副手的岁爷，跟着父亲来到土镇的清末秀才家做木工。主家老爷五十大寿，跨过知天命的坎儿便奔往着死的终场，一心要打造一具让人心满意足、对得起自己的寿棺。这棺材用料特别，既非木香沁脾的松木，也非敦厚结实的柏木，而是一棵据传生长已逾千年的歪脖子枣树。枣木坚硬如铁，费工费时，东家特邀名震山塬的任大木匠，不受时限，一任他黏工细作精心打制。任大木匠带了一个得意门生，外带一大一小两个儿子，四个人断断续续地（农忙时暂且歇工）前后花了三年时间，眼见就要竣工。枣木因为节疤很多，多有着实不易刨平之处，他们就只能改用陶瓷刮板和念珠串子，一寸寸打理磨光。棺材的档头和档尾，还要精雕细刻"松鹤延年"和"龙凤呈祥"的阳刻雕塑。棺木既成，又用生漆整整刷了七遍，委实显贵而又结实。这具质地敦厚非凡的棺椁，在后来的"交农事件"（农民暴动）中曾经出神入化，可是何其了得、真实可信地演绎过任大木匠的神工鬼斧传奇手艺的。因为太重，抬不动这具棺材，那些打土豪的贫雇农索性抱来麦草，想一把火烧个白茫茫一片大地真干净，但是烟熏火燎，折腾了半晌怎么也点不着，无奈拍拍屁股，闹哄哄地走人了事。几天之后，主人卷土重来，细看那具棺木，上下左右，前前后后，居然完好无损，簇新如故。这具寿棺和它的打造者由此声名大振，更加如火如荼。乡下几代农人挂在嘴边常说常新的艳羡不已，就是谁能睡上任大木匠打造的枣木棺材，那才叫作没有白活，那才叫作功德圆满，那才叫一个好死……

有钱人死爱面子好摆阔气，更讲究排场。棺材竣工之日名曰"筹木"，是以酬谢工匠为名，炫富显贵，款待亲朋好友邻里街坊。这老秀才家底殷实，人也豪爽，杀猪宰羊，大摆宴筵更不待言，还在镇东头夯土围墙圈出来的戏园子里连台唱戏，特聘本县高脚戏班，域内声名远播的几个叫得山响的生旦净丑秦腔名角，一个不落，全都被重金聘请，轮番登台亮相了。正响午间，戏园里人头攒动，人们争睹梨园名家的风采。大木匠宠儿独自扫尾，特将诸如描摹装饰和抛光打蜡之类的收尾小活儿一揽子包办，嘱咐岁爷领了比他还高出半头的弟弟五子，挤进了戏园子去看大戏。那天上演的是《赵氏孤儿》，可怜岁爷原本个头欠高，又因害怕被人踩掉他娘木匠婆千针万线纳给他的一双新鞋，居然将鞋脱下，插在后腰带上赤脚行走，在摩肩接踵的看客之中就更显得寒碜和猥琐不展了。他尽管一个劲儿地踮脚，也只能偶尔看到台子上几个晃动的人头。无意中脚下一跩，低头发现了一块半截砖头，连忙踩上去一只脚拔高自己，这才勉强得见一面被乡下人传说的"挣破蓙（脑袋）"。那红生（须生）运眼、行腔、吐字、归音，提袍甩袖和吹胡子瞪眼，一招一式不惮吹嘘，果然是有模有样，确实不失梨园名角的水准品流，尤其是那声若洪钟的一亮嗓子，就穿云裂石、气冲霄汉，弥散着一种先天的悲剧性。那句句清晰分明的哀号怒放，把一段"挂画"唱得感心动耳，荡气回肠，正对着五千年怨天尤人，实奈何八万里云卷雾腾。除了青山隐隐，正是此恨悠悠——但听："忠义人一个个画成图像／一笔画一滴泪好不悲伤／幸喜得今夜晚风清月朗／可怜把众烈士一命皆亡……"

那唱腔声震若雷，气盖八荒，从大人们的口口相传中岁爷略知《赵氏孤儿》的故事，正入神地寻思那字句滚烫、铿锵、喷薄的特殊况味，猛一偏头，却见左侧前方有一个中等个儿、细溜匀称的男人，不经意间回头睃了他一眼。这个人二十五六岁，最多三十岁出头，就在他侧目扫视岁爷的惊鸿一瞥中，岁爷的脑海里恍然一闪，久远的记忆瞬时便被赫然叫醒。他不费吹灰之力，一眼便认出了对方。尽管他戴了一副茶色眼镜，头上一顶大鸭舌帽，而不是原来的西瓜圆顶乌龟壳儿；身上松松垮垮，穿一身颇不合体的短衫裤褂，也不是曾经的灰色长袍马褂；下颏光溜溜的，更没了那一撮假模假式像粘上去的山羊胡子……岁爷，还是一眼认出了他，死死地盯住了他。过往的时光也就在这电光一闪中一掠而过，如同照射在一面镜子上面——又折射回来，这让彼等怎么变化，仍然也逃不过眼尖心细、明察秋毫的岁爷的眼睛。

"看见了没？那个细溜个子、戴尖嘴鸭舌帽子的贼，就是给你起名字的阴阳先生，一个骗子！"岁爷凑近弟弟耳畔说着，不容分辩地拽起五子任英魁的手，就尾随那人紧跟了过去。穿过摩肩接踵、翘首仰脖子正在看戏的那些个红男绿女，刚要抵近细溜个儿，只见那人忽然抽手将一卷红绿纸片从腋下拽出，顾自朝人群头顶天女散花，豪情奔放地播撒了出去。那些纸片忽忽悠悠，在半空蹁跹起舞，顿时变成了翔舞的彩云、缤纷的蝴蝶、展翅的鸽子，人们纷纷伸出手来，争相抓取。一张红纸不期然地落在了五子身边，他一伸手便迅捷地抓了过来。"哥，看！"

"快装起来，咱们先去追那个贼人。"两人打人群骚乱的戏园子费力挤脱出来，远远相跟，紧追不舍，一直跟到了镇中心的小学门外。学校门口，一位光蓌（头）秃葫芦头的老者黑着一张冷峻的瘦脸，生生地拦住了他兄弟俩。"暑假不开学，到街上晃去！"

"我们找……"岁爷一时语塞，不知道该怎么称呼，倒是弟弟提醒了他一句，"找阴阳先生。"光头秃瓢大胡子老者绷紧了恼怒的长脸，运足底气一声断喝："胡说八道，滚远！这里只有教书先生，哪来个什么阴阳风水先生？"

然而，不待他的吼叫绝尘而去，厚重的槐木大门"吱扭"一声打开闪出个人来。他气宇轩昂，落落雍容地扶了一下鼻梁上硕大的茶色眼镜，表情淡然镇定，倒是亮出了一张悦纳和蔼的清癯面孔。"喏，让他们……进来。"

岁爷兄弟对视一眼，一咬牙关，豁出去了，不再犹豫地壮着胆子跟过去。庭院十分宽敞，中央还有一个砖砌花园。一条青砖铺就的小径从圆形花园甬道岔开，直抵大门左首一间半边盖的夏房。那人进了房子，并不急于搭理他们，先是不声不响、动作麻利地脱下身上的蓝色长袍，随后一捋垂到额前的飘然长发，同时扶正了鼻梁上颜色深重的茶色眼镜。"你们找……算卦的……阴阳先生？"他背起手，突然忍俊不禁，呵呵笑道，不无居高临下的咄咄气势，可出口的语气却变得落拓不拘，蔼然可亲了，"说吧，小伙子，有什么事？"

岁爷坚信自己的眼力，刚才没认错人。可眼下这一个人，显然并不是那个细溜个子。他有些勉为其难地进退无据，但仍然一歪脑袋，壮起胆子脱口而道："几年前，就在这条街上，有人……骗了我们……一吊零五文钱。"

"噢……"那人躬腰抬头，"国"字脸高鼻梁，额头藏不住地露出一些老实巴交的细密皱纹，却看不见眼睛是咋样的，反正严严实实地藏在黑墨眼镜背后。他悠然自得，率性而真切，冲淡而平和，一副仕人夫子气，显见阅人阅世深厚而有学问，待人待物随意而不拘泥，像一个先知先觉者，谈笑风生间鼻翼两侧就皱起了两个括弧："何方神圣居然胆大妄为，敢诈骗你们的钱？"

岁爷弟兄，双双木讷，说不出人姓名。正在扭捏着，里间的套房内，拉洋片似的大变了个活人，悠然晃荡出一位神态飘逸的美男子。"噫嘻！他说的是我吧，我骗了你的钱吧，你认准了吗？"

显然，此人已经换装束，一袭淡青色短衫，外加一条铁匠打铁穿的吊带工装裤，没有变化的是头上，仍然是那顶让岁爷他们少见多怪的鸭舌帽子。对了，听他说话的腔调，依然如故，还是怪里怪气，细而柔媚，像个假女人。假女人将岁爷前后左右好一番仔细打量，忍不住拿捏着分寸连声赞叹："让我也见识见识，这土镇嘛，还有这样理直气壮、刚强硬扎、英武可嘉的男人！"

"任仲魁吧？"茶色眼镜扑哧一声也笑了，"我可知道，你是任大木匠的儿。"假女人忙说，"这是他的弟弟——唔，满英武，还真长得一表人才呢！我想起来了，当时，给你取名……任英魁，对吧？"

岁爷听到他俩分别叫出了他兄弟二人的名字，声情所至，仿佛呼唤一个亲昵的朋友，心里暖暖的，惊异之余，不能不佩服那人好记性。他忍不住再次点了点头，却一时为难不知咋开口，犹豫是否还要向他们索要自己的麻钱？

"你倒说说，我是怎么骗你的钱来着，只要你说得有理，我一定会退赔给你。"岁爷一时惶遽，脸都憋红了，感觉有汗从额角正往下流。他回望弟弟一眼，像忽然找到了答案。那是弟弟脖子上的长命锁，连同当年他戴过的梨花木岁牌牌，都已传递给了弟弟。"你不是神仙。"岁爷突然来了底气壮起胆，侃侃而谈了，"当年，你是看见了我的这个木头岁牌牌，那上面有我名字，你不知道，我认得字。"

"既然你记得自己的名，那就该记得是谁给你起的名字吧？"茶色眼镜俯下身子，捧起挂在五子脖项上的长命锁，又将那块梨花木名牌，翻来覆去细察了一番。"唔，任仲魁——你的名牌，不该挂在任英魁的脖子上吧！"

"你说得对，我真的不是啥神仙。"假女人凑近来，柔软着身段，唱歌似的娓娓而道着。"不过，你可要记住，这世界，是没有神仙鬼怪的，有的只是你自己，什么时候，也都要靠自己。懂吗，千万可别把自己弄丢了哇。"岁爷似懂非懂，样子有点傻，但听这话耳熟，似曾相识。他突然想起来，想起当年常少东家唱的那个歌儿：英特，纳雄耐尔……里面的话。假女人拧过身去，在一边桌子的抽屉里埋头翻找，很快叮当作响，摸索出一串铜麻钱来。"呶，一吊零五文钱，我记着哩，现在，物归原主了。"

剧情反转，胜利来得太突然，让岁爷一时讶异，情不自禁真的就愣住了。他没想到，钱就这么容易——要回来，早先准备好的一大堆理由和说辞，一点都没有用上。是故，他突然迟疑，犹豫不决，竟迟迟不敢伸手去接那一串钱了。"怎么，不认识这钱？"假女人说，"这钱，确实是你们的，这么多年你还能记得，难得来讨回属于你们的东西，咄，很男子汉，了不起，值得称赞呀。真的，你要相信，你做得没错！"

茶色眼镜从假女人的手里接过去那钱，不容岁爷多犹豫，就将钱径直塞进了他衣服上的口袋里。"这个……"岁爷支吾着，扭捏，尴尬，倒有点不好意思了。"唔，岁爷……不，应该称呼你任仲魁先生。告诉你吧，我不仅知道你的名字，还知道给你起名字的人。"那人说着，从容地摘下鼻梁上的茶色眼镜，嘻嘻笑着，款款地说，"钱，我们已经退给你了，但这个秘密，我还不能说给你。要说，也得等到你懂了你这个牌牌背后的意思。到那时，你才算真正找到你自个儿……"

岁爷十足的愕然顿时就点亮了他的眼睛，目光发直的他——目不转睛，定定地望着那个人，半晌，一拍脑壳，恍然大悟，喊出了声："哟，你……常先生啊！"

那人朗然一笑，点点头，紧接着又摇头，竖起一根手指头按压在唇际。"还记得吧，我说过，这是咱俩的秘密，不见真人，不露真相吧。我现在，也是个先生，但不算命，而是，革命。你记着我现在的名字，李育民，别名，黎明。"

"革命？你不是……姓常，三少东家吗？"岁爷依然懵懂，感觉一头雾水，一阵清醒，一阵糊涂："咋的，又姓李了？"常先生和那个假女子相视而笑，神秘莫测地点着头："你感到奇怪吗？姓常换成姓李，不就是'常有理（李）'吗，我这个理可是道理的理（李），革命的理（李），真理的理（李）。当然，说到底，叫什么其实无关要紧的。"黎明先生和颜悦色，满面春风凑近他，朝他使劲眨着眼。"关键是，你要记得我唱过的歌：英特，纳雄耐尔……知道吗？"

"当然，当然！"岁爷一时激情难抑，连声回应，"咋会忘记呢，就像，昨天的事……"

无论如何，出乎意料——意外相逢，意外获得，意外地大功告成。岁爷再三推辞不要那钱，可是拗不过黎明先生和他的那位女里女气、英俊潇洒的小助手。终了，他千恩万谢了一番，便带着弟弟辞过二人出了学校门，一路急如星火，紧赶慢跑，急着回去给父亲表功报喜。"哥，你看到没？"弟兄俩在路上，任英魁却心思不属，他俯在岁爷的耳畔小声地嘀咕，不无得意地卖弄自己的"发现"。"我看那个假女人样的小伙子，像假女人……唉，不，像假男人。"

"胡说个啥？"岁爷急于回去见父亲，禀告见到了难得一见的常先生，不，应该是黎明先生了，所以，无意搭讪弟弟的心猿意马和惊奇。但任英魁却认了真，他坚持说，他没有看错。"你没看见那小子，满洋喃（时尚洋气）哩。"任英魁自以为是显摆，信口开河地说，"当然，也很嫩喃（年轻）和翠喃（漂亮）哟。身材阿娜，胸部和裤子翘翘的，还有那帽子，胀鼓鼓的，里面，保准塞的是大毛辫。"弟弟十拿九稳，蛮有把握地辩解道，岁爷则因为心有旁骛，对他的话心不在焉，便一本正经训斥了几句。"闭嘴吧，瞎咧咧啥，就你的眼睛毒，小小年纪，净往歪门邪道上想。"

弟弟嘴一噘，因为生气，不吭声了。兄弟俩兴冲冲赶回那家富户雇主家，岁爷欲将事端经过和盘托出细诉说，孰料父亲一听便火冒三丈黑起脸，未及说完，大木匠竟挥起他的蒲团大手，耳光响亮地落在了岁爷的脸上——这是他平生挨父亲的头一回打，也是最后一回挨父亲的骂。"丢人现眼，凭啥，说人家……骗你?!"尤其听说还是有恩于他的常先生，大木匠更是怒火中烧，急不可耐了。"孽种，你这是，给老子我，脸上抹黑嘛!"

为人耿直的大木匠，说一不二，当即快刀斩乱麻——他一手拽着一个儿，急步匆匆，旋风般赶回镇上那学校，让岁爷兄弟俩一左一右陪着他，给过去的常先生也是如今的黎明——跪下"赔礼道歉"了。这举动，疾风暴雨彪悍又凌厉，直让那常先生和他的助手猝不及防，也大跌眼镜一时乱了方寸。他们好说歹说，反复解释岁爷没有错，可那固执的大木匠，愣是长跪不起，双手捧着钱，言说如不收，就不会起来。常先生只好收下，但提出个要求，他知道岁爷已经初识文墨有一些文化，希望就此跟他的弟弟利用空闲，继续来学校念书，上夜校也行。"我们这儿办了农民夜校了，是免费的。"他的助手"假女人"说，"这钱，那就权当给他俩买笔墨纸砚用吧。"

钱是还了，可当天回到雇主家里，大木匠余怒未消，仍然不依不饶教训着岁爷："我们是下人，借人家地盘儿，干活儿挣钱糊口哩，得罪了这地面上的人，就是得罪了这地儿的神，你懂吗？"他言辞凿凿，坚持责罚而不轻饶，还让岁爷跪在雇主家大门里的照壁子下面，面对土地爷塑像，默自反省，不许吃饭。岁爷实在委屈，可又不敢反抗父亲大木匠，只好违心从命。整整一天，任谁说情也无用。任英魁悄悄偷来一个馒头，正要送给哥哥吃，却被大木匠当众拦住，不容分说，一把夺过去。"饿了肚子，才会长记性!"

日暮黄昏，富户家客走人散，庭院一时很寥落，面对土地爷像，他不堪饥肠辘辘，眼看东倒西歪，就要昏过去。突然耳边窸窣响起一阵轻巧灵动的脚步声，绵绵密密意兴阑珊地走过来。回眸间，只见厢房的大厨里间，风摆杨柳，袅袅婷婷，摇曳出一个妙龄女子来。她相貌俊俏身材顺溜，只可惜一对正在缠裹半大不小的脚不稳健，走起路来摇摇晃晃，如同云中漫步，恍然神界一仙女。仙女一手端一大老碗辣子蒜羊血热饸饹，上面斜插一双红漆竹筷子，另一只手提拎一只小木凳，端直走到了土地爷像前。她哈腰放下小木凳，又将那碗香气扑鼻的饸饹放在了凳子上，旋即，明眸皓齿目炬闪，笑盈盈地转过她那桃子脸，却对着岁爷含讥带讽"教训"道："嗨，你听我说，这可是祭献我舅家土地爷爷的献饭，吃了它，会接地气、长力气。你若也想很爷们儿，比神还要神气，就只管吃了它，我权当没长眼。当然，我也是管不着的……"

　　岁爷却翻白眼，诡异地笑，二话没有说，端起那老碗来，不管三七二十一，呼噜噜大快朵颐一阵狼吞虎咽，转眼就风卷残云，让一大碗饸饹见了底。吃罢，他嘴一抹，一个谢字也不屑说，竟使用命令的口吻，呵斥开后来变成他媳妇的"碎婆"了："你甭啰唆了，快去将五子捡的那张红纸要过来，好让我瞧瞧。"

　　那时的岁婆，水灵灵嫩葱一根哟，却硬是不气恼，反而抿嘴一乐，半含讥讽半从命，伸手接过那只粗瓷大老碗，长睫眨动毛眼眼，粼粼秋波一忽闪，袅娜地拧身而去时，嘴里不忘数落着咱岁爷："要命吔，不就能识文断字，认几个鬼画符的字吗，口气大的哟，还真个成了神。"

　　须臾，她就喜眉笑眼乐颠颠地返回来，手里旗子样张扬地晃动着一张红纸片儿。岁爷迫不及待，一把褫夺到手里，定睛看时，眼睛不由得越睁越大越发光。那上面的字，活蹦乱跳地，春风一样奔涌眼底。他虽然还认不浑全，但基本意思八九不离十，可都参透得心知肚明了："穷人要翻身，／工农要当家。／打倒地主豪绅与恶霸，／共产党坐天下……"

　　彼时的准岁婆，不胜好奇献殷勤，兴冲冲凑近了问岁爷："这上面，说了个啥？"

　　"怪了！"岁爷昂扬起身，使劲儿咽了口唾沫。"哼，能说个啥？"他想把内心的惊异极力按压回去，可最终还是抑制不住情绪的滚沸和亢奋，看他神秘兮兮地将那张纸随手折叠起来，忙不迭地塞进自己的口袋，接着极力压低了声，牙齿咬得咯咯响："你等着瞧！"他煞有介事，对他未来的媳妇悄悄地耳语，忍不住蹦出一句莫名其妙的狠话："哼，世事，真是要变了呢。"

去豹子沟

手艺精湛的大木匠，一心巴望着两个儿能够承传他，即便做不了能工巧匠，会一点木工活儿，零敲碎打，赚几个贴补家用的小钱讨口便利饭，经验告诉他，日子也会活泛轻省得多。

"艺不压身哪！"这是半个石匠加半个木匠的老父亲，当年馈赠大木匠的话。遗憾的是，轮到大木匠自己两个儿，与他的祈愿却有难以跨越的大鸿沟。长子任仲魁，也就是岁爷，倒是很听话，老汉指东绝不向西，人也沉稳踏实，外加精明细心，可惜却不专一。最终，他没有像父亲希望的，成为一个享誉乡间"满瓶子不响"、实实在在的大工匠，尽管"十八般武艺"他都敢上手试，而且能捣鼓个八九不离十，毕竟，距离名师高手还天差地远，隔了几道山梁梁。干这些事，他给人的印象，总是有些心不在焉。他似乎老有啥心事萦绕胸际，整天闷葫芦一只，不声不响，只管手脚不停忙活着做事罢了。箍桶修锁，打风箱补锅，甚至敲制耳环戒指女人头饰的发卡簪子，啥活儿他都不弃，啥活儿都干得稀松，勉强做到不伦不类，实难企及精密极致的高精尖程度。他自己呢，压根儿也没有那份精益求精的夙愿。"过得去就行。"他倒是坦诚，每每这样说，"日子匆忙，烦乱的事儿眉毛胡子一大把，一桩桩、一件件可都火烧沟子（屁股），容不得他大姑娘绣花，一针一线，沉下心来细细密密地穷讲究啊！"

至于他弟任英魁，性格外向，虎里虎气，打小爱舞枪弄棒，从捅火柯杈，到赶羊鞭杆，乃至榔头、斧子、镰刀、镢头，吐一口唾沫，攥在手心，三比两画，把玩几下，原先使唤的家伙什儿，俨然就是一件件趁手的兵器。这阵儿乡间正风靡"红拳"，任家堡子村的碾麦场上，也有人照葫芦画瓢，依样学样，跟着周遭村庄的人一般不肯寂寞消闲。那些个练功的青壮汉子，摩拳擦掌，舞作扑跌，闹腾得满场尘土飞扬。任英魁小男人一个，爱凑热闹，看多了就照猫画虎，跃跃欲试，一招一式，比画上瘾，冷不防，还拿哥哥姐姐当作拳脚相向的练功对手。

要说任英魁天生不肯安分也不尽然。至多，你可以认为他不是一块手工匠人毛坯材料，时势使然，受环境影响，也不容他安心钻研一门什么技艺专长。年岁渐长，眼看他长胳膊撅胯，神速奇幻地拉开了骨骼，居然被缺吃少穿、稀汤寡水的贫困日子，奇迹般喂养得人高马大，足足比他年长十岁的哥哥岁爷，蹿天杨样高出一头。这让需要昂头仰视他的岁爷，怎么着也想不通，一娘所生，在同一个锅里搅勺子吃同样的粗茶淡饭，老天，为啥一碗水不能端平——如此不公，让弟弟荒长蔓生，竟然盖过了他整整一头，当哥哥的他，又情何以堪？心里虽然嫉羡暗恨，毕竟手足同胞，对外人说，又不失为他的一分自豪荣耀。庄户里左邻右舍，乃至十里八乡，人都知晓岁爷一表人才的弟弟，几乎就是靠了他含辛茹苦拉扯大。而且慢慢初露端倪，任英魁也跟他哥哥岁爷一样，最终既没有成为手艺超绝的石匠或木匠，更没成为小打小闹的铁匠或小炉匠——不久，他就显山露水，显豁出自己鹤立鸡群的心性与意向——梦想凛凛一躯，英武盖世，当古戏台上背插四面彩旗的那种堂堂武将。

岁爷偏宠弟弟，几近病态。除了愿打愿挨、乐意当他的陪练，陪弟弟尽兴玩闹，更不忘长兄如父，给他兼当先生教他认汉字、学算术。在他看来，这才是正经事端，含糊不得。这至少说明，岁爷的心事杂而不乱，他很清醒，唯有上夜校读书，至关重要，希望弟弟跟他一样，也能在读书识字中进而多长一个"心眼"。为这，他最为上心，因而也盯得最紧。任家堡子距土镇十余里路，虽不遥远，但其间曲曲折折，还要挑灯摸黑，翻一个羊肠小路环山缠绕的大沟，好在这些都挡不住岁爷求学的脚步，不管刮风下雨，寒冬酷暑，他都没耽误过一课，真正地风雨无阻。他是夜校最认真刻苦的学生。那个在他追踪讨账的求索中久别重逢的"恩师"——早期的常家三少爷，后来意味深长的李育民"黎明"老师，没过多久，便说要去省城"谋事"，走时，特意将他兄弟托付给了他那位年轻的助手。

要说，弟弟的眼睛果然刻毒，初次见面搭眼一瞭，那位"助手"的"真身"，就被弟弟一语言中。化名"红霞"的夜校女教员，老家三原人氏，后来成了省城西安的洋学生。在随后漫长的岁月里，岁爷百思不解，只要想起她和弟弟，脑子里就会聚拢起一大堆云山雾罩的疑惑不解——他不明白，弟弟任英魁的眼睛之"贼"，何以尖锐到明亮透彻、入木三分的程度？而其眼力之"毒"，又何以一针见血，就能拨云见日，捕捉到"红霞"女扮男装一介娟秀女子的真实面目？到底是少年情怀天生异禀，还是她的少女韵致、青春气质，一如弟弟所说的"嫩啲、翠啲和洋啲"，过分突显，引人瞩目？总之，其中似有不可度量、不可解说和无法掩藏的某种强力魅惑。到底是什么，又说不清楚。这个终老千年的"天问"，蕴含的幽邃"堂奥"，又因为后来弟弟和"红霞"的相继壮烈牺牲，都成为他悬疑终生而无法排解的绵长思绪。倒是难为那个比他稍长几岁的"红霞大姐"，在担任农民夜校教书先生期间，毫不掩饰地夸奖过他的悟性。她只说了一句"可堪造就"，就不仅让他当了夜校班长，偶尔，还叫他充当先生，辅导其他学生。如此这般，他就成了半个学生又兼半个先生的特殊学生。回到家来，他便有点踌躇满志，还要现学现卖，一字一句，教给村里一帮半大小子黄毛丫头。再后来，他就真正成了他们的娃娃头儿，披星戴月风雨兼程，从而成就了那夜校最能吃苦认真读书的一帮泥腿子学生。

曾经是假小子的教员"红霞"先生，在那个农民夜校，山南海北，摆弄古经，擅讲故事。古今中外，谈天说地，眉飞色舞。那青春的嗓音，和悦的态度，娓娓道来，直入襟胸，润物细无声地滋润着一群庄稼汉娃娃求知若渴的心灵。"巍巍哉，革命也！皇皇哉，革命也！"她时而浩然正气义薄云天，诵读邹容《革命军》的章节；时而神情激越，侃侃而谈，宣讲孙文"驱除鞑虏，恢复中华，创立民国，平均地权"的革命纲领；时而义愤填膺，热血滚沸，复述黄花岗七十二烈士的绝笔遗言："夫男儿在世，若能建功立业以强祖国，使同胞享幸福，奋斗而死，亦大乐也；且为祖国而死，亦义所应尔也"；时而又吟哦朗诵，一首接一首，解析和欣赏那些千古不朽的唐诗宋词……

其中，最让岁爷他们感同身受和切肤体认的，莫过于《悯农》中"春种一粒粟，秋收万颗子。四海无闲田，农夫犹饿死"这样的名句，正是过耳不忘，刻骨铭心。那个年月，种庄稼的人吃不饱肚子，几乎是稀松平常不过的现实。而这种再稀松平常不过的现实，给予吃不饱肚子的岁爷他们，自然又是永生的记忆，难忘的痛苦！渭北旱塬，名副其实贫瘠干旱，收成浅薄稀欠。稍有天灾人祸，农人苦不堪言，日子就更熬煎了。1929年，陕西地界灾荒年馑，渭北缺水少雨靠天吃饭的旱塬更是颗粒无收。无数人在死亡线上挣扎，路有饿殍，无人收尸，又复雪上加霜，瘟疫暴发，猖獗流行。岁爷弟兄的三姐叶儿，是他家在这场灾难中的第一个罹难者。按理，她已是童养媳妇，虽没有圆房，但毕竟已是寄栖婆家过日子的人，可大难当头，人情寡淡，薄凉如冰，那婆家突然就翻脸不认账（人）了，居然以他家没有粮吃为由，硬要将叶儿赶回娘家。可怜的叶儿，兰心蕙质，却是个极其懂事善良的姑娘。她知道娘家本来就缺吃少穿，遭逢年馑，粮食必然更加紧缺，又怎么好回家蹭饭吃呢？孰料，狠心的婆家人，一把将她推出大门，就再也不管不顾了。

春荒三月，寒风料峭。半夜时分，大门外的"一分为二"猖猖狂吠，不绝其声。首先是弟弟感到异样，他每天即使少吃一口饭，也要从嘴里省一点喂给看家守院子的"虎子"。不错，这只在家族史上占有特殊地位而令人尊敬的狗，几乎和他形影不离而声息相通，他带它上山砍柴，下沟挑水，以及去舅舅家和经常去看望三姐走亲戚，都和它相伴而行。为了表示对它的特别感情，他并不随众唤它"一分为二"，而是独宠独爱，专门赐它一个"虎子"昵称。从虎子突兀猖急连续不断的吼叫声中，五子听出不寻常的报讯。他急忙下炕跐拉上鞋，奔向大门，开门一看，那"虎子"扑到他跟前咬住裤脚，就往外拽。五子意会，让它带路，那狗一路小跑，径直将他带到了沟畔，那里一棵剥尽树皮、已经没有一片叶子干枯的榆树下面，正躺着三姐叶儿的尸体。岁爷和父亲随后赶到，只见可怜的叶儿面朝黄土，趴在地上。他们父子三人将她僵硬的身子翻转过来，就见叶儿面色铁青，而嘴巴则鼓鼓囊囊朝外噘着，仔细看去，竟然塞满了杂草和泥土……

大木匠看了这一幕惨状，当即就昏死过去。岁爷和弟弟，也抱着姐姐的腿和胳膊，哭得死去活来。三姐对他和弟弟恩深义重，印象深刻，因为她是最后送给人家当童养媳的，在家时照顾他和弟弟最多。他们弟兄二人，基本上是在三姐的背上长大。对于他俩，三姐几乎就是一个小妈，一边割柴、捡菜、烧水、做饭，尽力干着家务，一边还要哄他们在怀里取暖，要不就是在背上睡觉。常常是他们的口水和三姐干活儿的汗水，湿透了她瘦骨嶙峋的脊背上那缀满补丁破旧的衣衫……

生命无常，叶落归根。岁爷兄弟把叶儿姐姐抬回任家堡子，可乡里风俗在先，出阁的女儿遗体，断不能进村，更无缘进入祖上坟地。无奈，他们只好悄悄在自家的一片薄地踅头（地头），草草埋葬了她。灾难向来一意孤行不打招呼。愈发艰难的日子，正应了祸不单行的谶语，最没想到的事又发生了。灾荒之年，除了富家大户，一般人家的日子都捉襟见肘，吃了上顿发愁下顿。只好紧巴巴地勒紧裤腰带苦熬。地不打粮，木匠的活儿又越来越少，大木匠为给全家讨口饭吃，四处寻打短工，最后，迫不得已，去了爷台山附近一家小煤窑下井。一个遐迩闻名的木匠师傅，沦落到去干采煤断面上支撑圆木立柱的粗活儿，更其不幸，却突遭透水事故，就这样一去不归，被埋在了百丈井下。死了，连尸首都未能拉回家来安葬于故土。

一家人的顶梁柱轰然倒塌，那时刚满十七的岁爷，带着幼小的弟弟，一个半人的男子汉，开始挑起了养家糊口的沉重担子。他们漫山遍野寻找野菜、剥榆树皮，找观音土，以充饥果腹。饥荒广大无边，到处是寻找吃食的眼睛和想塞饱肚子的饿汉们鸡爪样的手。什么灰灰菜、马茹茹、地软软，所有能进口吞噬的野菜，都被人一扫而光。饥饿的人们，恨不得把地皮扒了塞进口里。人穷志短，马瘦毛长。为了活命，岁爷一咬牙关，无奈之下，只好跟弟弟一起拿起放羊鞭子，给地主余豪财放"份子羊"——就是主家不给工钱，让你放养他们家的23只羊，等羊下了羊羔，再与余家对半平分，这也被叫"保本分红"。放羊这活儿，看似单纯轻省，实则烦难，须得精心，需要时时周到伺候。不管风吹雨打，盛暑严冬，你得给羊吃草。放羊多在山大沟深偏僻之地，那里荒草相对茂盛，但也常有防不胜防的野狼出没，先后几次因狼偷袭，接连叼走了几只小羊。这样一来，他们蚀了大本。正犯难时，又遭遇瘟疫暴发雪上加霜，致使二十多只羊雪崩一样，一只接着一只倒下，最后，死得只剩下了三只骨瘦如柴、半死不活的老羊。

余老大气急败坏，毫不通融，三天两头赶来逼债。可是岁爷家已经一贫如洗，拿不出一分钱来。永远还不清的驴打滚债务，日渐增加，压得岁爷喘不过气来。有一天，余豪财又来岁爷家逼债，言说还不起债就捆绑岁爷去当壮丁，顶替他家老二到国民党军队里当兵，正在拉扯撕拽，突然跌跌撞撞跑过来个半大小伙儿，拦住余豪财说："尽是胡闹，这是我自个儿的事，用不着你费心，要我当兵，正合我的心思，我在这个家里，已经待够了，别给人家岁爷找事。"

这个人不是别人，正是余豪财的弟弟余景才。虽然一母所生，他和余豪财的处世为人，天上地下，还真的截然不同。他无意中解了岁爷一次困厄，甚至可以说救了他一命，因为这事，还跟他哥红脖子涨脸，闹得反目失和，甩袖子走人之后，多年不相往来。岁爷心里过意不去，常常私下念叨，他欠了余老二一份人情。他虽然暂时躲过一劫，可那阵官府和乡绅勾结，沆瀣一气，还有当地驻军，按照人头摊派军饷，一次次催命鬼般催粮收款，要百姓缴纳五花八门、各种名堂、多如牛毛的苛捐杂税。那些"催款子委员"，一个个立眉瞪眼，吆五喝六，全是凶神恶煞的样儿，越是没钱缴不起税款的穷人，他们越是肆无忌惮，雄狮般凶狠，豺狼样歹毒，动辄鞭子抽，棍子抢，"一说二打三拔毛（揪头发）"，人见人害怕，真正是穷苦人的活阎王。

年幼的岁爷，自从背上了还不清的"羊债"，家里便更加拮据难熬，自我感觉，身上的生活担子也越发沉重。邻村一个富户袁麻子，与他们的姥爷家有点连带远亲老关系，说是可怜体恤他们，"要尽亲情帮扶一把"，遂让弟弟过去给他家放牛，说好年底还给工钱。孰料不幸，只过了半月，那牛发疯，一脚踩空，竟从悬崖跌下去活活摔死，弟弟没钱赔偿，无端遭到一顿毒打不说，袁麻子还翻脸不讲情面，也三天两头逼上门来，要求赔牛。岁爷为此心力交瘁，偏又遭遇疟疾打起了摆子，时冷时热，浑身瘫软，面黄肌瘦，卧床多日不见起色。"娘啊，咱穷人为啥这么穷呢？"岁爷和弟弟，双双不得其解，询问母亲大木匠婆："咱们为啥，老还不清这些鬼债？"

"都是命啊！"受尽苦难可怜的母亲仰天长叹一声，回答也是无可奈何的一番自我安慰。"娃呀，天下穷人都一般，你穷就会欠债，还不起债，就难免要挨打受骂。"

有一天，母亲好像真的找到了一个令人折服的准确解释，她听信了村人的迷信讹传，把他们家的穷困潦倒，说成是父亲大木匠欠的阴债太重。母亲伤心欲绝，终于对岁爷兄弟，道出了她深思熟虑的"解救之策"。"娃呀，你大他死不瞑目，他在那深不见底的矿井里埋着，知道你们兄弟为生计着急，八成，在那里还为咱家到处举债着哩。你们弟兄要想办法，给你大，去还阴债。"

大木匠婆不只给两个儿子指点还阴债的路径，还饿着肚皮，颠着一双小脚东奔西跑，走了几十里路，好说歹说，从几个亲戚家里借来几个铜板。她买好了金纸元宝，指使岁爷到县城东边的爷台山去。那个山下，有一个张果老崖，崖下有个山神爷庙，据说庙里的神一求百应，十二分灵验，故而香火旺盛，一年四季，烧香拜佛的善男信女络绎不绝。可是，向来孝顺父母的岁爷，听了母亲的话，非但无动于衷，还前所未有地顶了母亲一句大不敬的浑话："就算是有显灵的大神，能说的还不都是骗人的鬼话。"

"那好吧。"母亲愕然，也没了主意，只能灰心丧气、失望到底，连连摇头叹气，无奈地回他一句："那咱们，都缩在家里，静等着死吧！"

大雪封门的寒夜，家里已然山穷水尽，眼看断炊，真的就要揭不开锅了。仅剩下不到一碗黑豆粗面，娘每天只给奄奄一息的婆婆做一小碗吊命的面糊，她和两个儿子，不过是喝点涮锅水而已。一家人忍着辘辘饥肠，蜷缩在土炕上半死不活，无望地等待着饿毙。西北风呼啸着，院子里雪花飞旋，两尺厚的积雪已经将窑门堵死，严寒风雪，简直就像要掩埋他们全家。岁爷迷迷糊糊，在似梦非梦的梦里，隐约听见有人在他耳边喁喁低语。"岁娃啊"——听到这话，他猛然一惊，这个称谓，曾经是他父亲大木匠在某种特定场合，对他专用的昵称，果然是父亲的声音。黑暗中，他极力睁大眼睛，但眼前一片模糊，只在炕沿紧靠窑门的角落，似有个伛偻的身影。他耳目并用，尽量张大眼睛，也尽量竖直耳朵，真的，就听到了属于父亲那具有木质般浑厚和生铁般瓷实的嗓音："我给你说过的，娃呀，在我来挖煤的这个地方，附近不远，有一个辰头岭，也叫作龙头岭来着，那是你爷爷当年发现官窑粮仓的地方。据说那地方，过去也叫大唐山，唐人多在此处取茶，老百姓俗称神兔岭，反正传说不一，叫法不同。相传，姜子牙大战闻天师的绝龙岭，也就是他的封神台，现在就叫爷台山。"

父亲殷殷嘱托他："你去那里找找，也许会有办法，能找到一些吃的。记住，阴间阳世，你大都是苦吃苦做，不欠任何人一分一文。倒是他们，欠了我们穷苦人很多很多。不管怎样，一家人，你是老大，一个大男人，一家之主哇，总不能眼睁睁，看着都饿死呀……"

言犹在耳，一字一句，岁爷听得分明，揳在心头。"是呀是呀，饿死鬼终归是最难受的，死了还是饿死鬼。活人，总得想法子，不能让尿憋死呀！"突然，接话声变成了女人的声音，很像三姐叶儿惯常哀怨的诉说，但紧接着说出的话，却感到耳熟能详，直让他恍然大悟也怦然心动。那是从常先生"黎明"到假小子"红霞"，给他们授课讲学时，反复多次说过的话，悄悄唱过多次的歌词："要创造人类的幸福/全靠……我们自己……"

岁爷一骨碌翻身爬起，他揉了揉迷离的眼睛，轻声细语地告诉娘说："我大和我三姐，给我托梦来着，我得出去找粮食！娘你说得对，咱不能这样干等下去。"

娘有气无力，出乎意料，却在黑暗中呻吟着摇头。"傻儿子呀，黑天半夜，又是扬风搅雪，别说你去找粮食，冰天雪地的，你连一棵野菜也找不着的……"

"不不！娘你说了，我们不能这样等死。"岁爷原本就一根筋，他的倔劲儿一旦上来，九头牛也拉不回来。他蹭下炕，摸索着穿鞋，仔细打量门后的旮旯，并不见什么伛偻的身影，更没有什么三姐叶儿。不过，突然，一阵急促执着的狗叫——又是"一分为二"不同寻常的狂吠，端直从大门洞子外头传来，只是，在弟弟五子的耳中，那叫声是一种颇懂世故、安静平和的呼唤，带有某种温情的提示，一家人感到蹊跷。而岁爷的耳畔，则似乎清晰地萦绕起一阵杂沓的脚步声，尽管在雪地上，那声音不怎么突兀，从而显得细碎而模糊不清。

"娘，你照顾好俺奶和弟弟，我出去找找，总得想个法子弄些粮食回来救命。"他的话没有说完，弟弟五子却也翻身滚下了炕。"哥，我也跟你去吧。我给你做伴，咱俩好有个照应。"弟弟人小理不小，又赚了个大个头，已经常常以保护者的姿态，理所当然、自觉照应哥哥岁爷了。娘已经无话可说，刚才还埋怨他不想办法，真的看见儿子要出门去，心里又着实不舍。她知道岁爷的脾气，想干的事儿，挡也挡不住；不想干的事，支也支不动的。看着兄弟两个出门要走，她和婆婆两个女人挣扎着，喊出了同一句殷殷嘱咐："死活，你们都要快点回来！"

兄弟两个使劲推开了窑门，踩着没踝的积雪，咯吱咯吱，向大门外走去。大门外头，乖顺的"一分为二"，也就是"虎子"，尽管已经瘦削羸弱如同一个剪影，却没有蜷在坡根下面，厮守在柴窑旁它的那孔矮小的狗窝，而是摇着尾巴，殷勤备至，迎迓岁爷兄弟两个出来。这只灵性驯顺的忠犬，低声鸣呃，守着大门边一只黑色口袋，朝他们兄弟仰起了脸，接着又示意性垂下了头，用嘴拱动着那只口袋。五子眼尖手快，提起袋子，发现没有扎口，伸手进去一摸，竟然抓出来一把金黄灿灿的小米："咦……"

岁爷也惊诧不已，他探过身看，只见大半袋小米里头，还卷着一张纸条，展开纸条，借着朦胧的雪光，他反复瞅了几遍，终于看清了字条上写着的那一句话："要想活命，去豹子沟……"

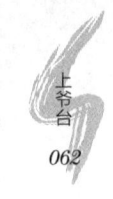

纸条落款,让弟弟看得云山雾罩不知就里,岁爷却眼前一亮,心里热乎乎地燃烧起一片灿烂霓虹。因为这时,他已然想起了"红霞"老师曾经"秘不可宣"的"面授机宜",她那通俗易懂的解释,曾经让他认识并了然于胸——眼下,更是眼前粲然光亮,一见如故地彻悟了那个落款——三个奇异而讲究的符号:CPC。岁爷低头,发现雪地上一行脚印,纷乱而很有规律地向着远处蜿蜒而去,立马周身一股暖流被唤醒。他眼眶一热,竟不自觉地湿了双颊。

/ 第四章 /

岁爷的爷

岁爷在任家堡子，不矜不伐，终生处世低调、待人谦和，但却不怒自威，向来都是被人高看一眼的。毋庸置疑，这里已经是德高望重和乡民众望所归的标记，并兼有生死契阔与灵性相通那份神圣至高的意蕴在其中了。而这一切，由来已久，源远流长，刨根究底，那也是"岁爷"家族隔世经年，几代贤达能人积下的善德、修来的福报。还是那句老话：爱出者爱返、福往者福来啊！大概，这正是人生脱不了轨的基本走势。

任家堡子毗邻沟畔，沟壑向天敞开，似在恒久期待和仰望什么。千年万载，依然故我。村子不算大也不算小，尽然不名于世，但世世代代倒也不乏神奇佳话流传至今。"神兔"的故事出神入化，就是任家堡子人的绝世传奇，更是任仲魁任岁爷家门的祖传荣耀。故事的关键词是谓"官窑"，而核心人物，则是岁爷父亲的爷爷，人称"上年人爷"，乡间直呼"上爷"。时年大旱，庄稼绝收，塬上草木干枯拧成绳，沟底河流瘦细如游丝。人畜饥馑，皮包骨头，一满地形销骨立，半死半活。遍地灾民，面如黄土。终日觅食，剥树皮、剜草根，或掘观音土以填饱肚子。为救急家人糊口之需，"上爷"每日必出四处寻猎吃食。有一个饿得难熬，实在挨不过的漫长黑夜，"上爷"大睁双眼，却做了一个逼真清醒的美梦。也许，是那个梦辗转几十里，不知不觉追赶着他，来到一个名叫豹子沟的沟底。在那里，他看到一只红眼长耳，纯白毛色而玲珑可人的玉兔，它乖巧地跳跃于前，见他走来，又立即逃走。"上爷"急步追赶过去。那玉兔则蹦蹦跳跳，走走停停，千回百折，还不时驻足回眸，举止轻佻，似有召唤逗引"上爷"之意。直到一道幽静隐深的沟壑断崖之处，它突然跳上一个陡壁台阶，俄尔转身，面朝气喘吁吁快要撵到跟前的"上爷"频频点头，有形有状连鞠三躬，只一转眼，便形消影遁，化为乌有。

惶惑之余,"上爷"不肯罢休,他踟蹰少顷,犹犹豫豫摸索过去,但见两面土崖傲然崛立,虎视熊峙,竟有一道天然窄缝,曲曲折折通达其中。他壮着胆子,蹑步向前探寻,右向拐弯,蓦然抬头,便见一段石阶通达,而顶端之处,则突兀而显一孔门洞。那窑洞深陷山凹,原色木门嵌着无数拳头大小的黄铜泡钉,上头尚有他依稀辨认得出的两个大字:"官窑"。恍惚之间,"上爷"惊诧莫名,正思忖辨认,猛听得一句如雷贯耳的呵斥:"站住!"

"上爷"循声望去,已有两个黑衣大汉,腰缠红布腰带,头顶军士冠缨,手执明光闪耀的虎魄大刀,居高临下,威风凛凛地睥睨着他——"大胆刁民,你胡×乱蹿个啥,这可是你来的地方?"

"上爷"昂头仰望,如见天神,疑似天将。目力平视之处,就见两双四只穿了半腰乌头芒鞋的大脚,傲慢僵硬,端直地戳在眼前。他愣怔半天,终于斗胆运气,唯唯诺诺,迟迟疑疑问了一句:"大人,敢问此地……何地,小人原本不知?"

"尔等草民,当然不得有知。"两个"门神"中一个斜眼汉子,冷笑一声,鄙夷地训斥:"此乃官家粮仓,外人一律不得靠近,听见没有,你立马给我滚远,不然……哼哼……"

另一黑脸麻子随声附和,密切配合,倏地抡圆虎魄大刀,凌空劈下,撞出凌厉呼啸一声山响,而且于狰狞夸张之中十分炫耀地做一个斩杀形状,当即可着嗓门,粗粝狂放地咆哮出声:"否则,哼哼,小心你的……狗头!"

那声音如雷击顶,匝地滚动,在沟壑深谷里嗡嗡回响。"上爷"听闻,骤然转身,立马落荒而逃。回至家中,他跪伏在地,贴近快要饿毙而只剩一口残余气息的爷爷炕头,如此这般,耳语一番他的意外发现与实地考证。爷爷有气无力,一字一句,慢条斯理地告诉"上爷",一次他在山洼洼打猎,劈面碰上一只白兔,他拉开弓正要放箭射杀,却见那兔子抱起前爪立了起来,有模有样地向他连连作揖,他感到有趣,收起了弓箭,走上前一看,原来那只兔子背后还护有三只肉乎乎刚刚诞生的乳兔。他被那情景深深撼动,也永远记住了那难忘的一幕。

"饿死事小,失节事大。即便是对动物,人不也要讲一点仗义不是?""上爷"的爷爷对"上爷"这样说,同时还告诉"上爷",在山大沟深的淳化,各种官窑不足为奇,从秦始皇到汉武帝,他们在距离爷台山不远几十里外的甘泉宫(秦时名林光宫),每年圣驾光临避暑,一住就是一年半载,文武百官,交错莘来。嫔妃宫女,簇拥而至。帝王将相在此商讨国家军政要务,秣马厉兵,先后修筑秦直道和秦长城,用以抵御匈奴南侵。如此不凡举动、浩大工程,不能不大量储备粮草。可想而知，故有多处秘密屯粮的官窑，隐蔽在云阳故地淳化一带的深沟巨壑之中。

"上爷"的爷爷，说到这里，一阵激烈紧迫的咳嗽，用尽了最后一丝气力，反复叮咛"上爷"："自古以来，咱庄稼人只有赋税纳粮、吃苦受罪的份儿，即使饿死，也不敢非分觊觎官窑一粒粮食，只要靠近那里，二话不说，一律……都是要杀头的。"

太祖"上爷"口中诺诺，频频点头，心里却萌生出了大逆不道的执拗念头，只把老爷子的此番正告训诫，当了风过牛耳，无影无踪。旋即转身，他悄悄邀聚村上几十个饿得只见骨头不见肉、眼底红得发绿光的青壮汉子，当即拍板决定，欲往"官窑"，冒险"借粮"。

"宁肯砍脑袋，不当饿死鬼！"他们冒死求生的口号，也是掷地有声、所向无敌的誓词："哪怕一颗脑袋换一粒粮食，也要拼死一搏！"饥饿折磨着这些无所畏惧的可怜饥民，他们爬沟溜渠，迂回曲折，蜂拥而至，很快赶到了"官窑"门口。"上爷"挑头，当仁不让，出面协商"借粮救命"事宜。趁他和那两位守窑"门神"唾沫横飞，故意纠缠交涉之际，众人按照事先商讨的锦囊妙计，一哄而上，先绑了那两个军士，将其缚在了官窑门外的老榆树上，继而冲进"官窑"，顿时上演饿虎扑食，当即便是疯抢狂夺，但见肩扛背驮，风卷残云，拎起一只只肥胀的粮食口袋，转身立马走人，个个满载而归，眨眼就星散而去了。

三天之后，官府老爷兴师问罪，果不其然，人马山气，烟尘滚滚，端直奔向任家堡子杀气腾腾而来。适时，村口两个仍然在野地寻剜野菜的村童，最先看见了那队人马，顺着大路，浩浩荡荡匝地而至。为首骑马的官儿，头戴皂色帽圈红顶缨穗，身着蓝色马褂，袖口和肩头绣着代表官衔的徽章标志。紧随其后的，是一队耀武扬威的小兵卒子，一律皂色，黑裤、黑衫，头缠黑布，脚蹬麻鞋，前心后背，都缝着一个白底黑字的"兵"字。他们手里，却都握着不一样的武器家什，有的是梭镖，有的是大刀，有的是弓弩，还有的背着长管的火铳。抵近村庄，那些兵丁戍卒忽然一齐运足底气，睚眦欲裂大张了口，瞬时从那浊气弥漫的黑窟窿里，便突兀地飞蹿出一连声足够划破天空吓人的号叫。两个孩童毂觫一震，心脏怦怦乱跳，周身原本稀薄贫瘠的血液流动几近凝滞。片刻惊悚之后，他们如睹狼群奔窜进村，一阵失声惊呼，忍不住失魂落魄，亡命奔逃，尖声怪叫着，向村人呼救……

"上爷"听闻官军已至，不慌不忙，先是脱了那件不辨颜色、千疮百孔的破布衫子，赤裸上身，遂将那破布衫缠于头顶，包好了他那颗硕大的头颅，接着手掂一只木盆，大步流星，一路疾行，奔向村口。他在村外土地庙的前头，搁下木盆，叉开双腿，双臂平展举起，立成一个顶天立地的"大"字，俨然气贯长虹雄踞路中。就见他那双虎彪大睁的眼睛，一时灼灼喷火毫光四射，目不转睛，咄咄逼视着官府老爷的兵马差役。

"事情……是我干的，不关村人，丁点儿屁事！"他伸长脖子，仰脸看天，而后不疾不徐，慢条斯理，坦言直白："砍头之罪，我任正年认了。只求一点，发肤脊骨，受之父母。但请官老爷网开一面，将我的头嘛……砍在这盆子里，允准我的家人收留。"

"哼，你还知罪？"高头大马上的官府老爷，勒马驻足，墨黑眉头一拧，就眯起一对睿智尖锐的眼睛，目光集聚，像一束电光一样喷射出来，上上下下，仔细打量一番眼前这个个头不高却义薄云天的精瘦汉子。良久，他优雅地一捋领下几根淡黄稀疏的胡须，竟然没有勃然动怒，反倒皱眉蹙眼，似有愁肠百转，耿耿于怀，蠕动起排遣不开的心头郁结。只听"上爷"又道："我知道自己犯事，还知道贵老爷是云阳一带远近有名的大贤孝子。苍天在上，父母恩重，你我为人，官民有别，感恩戴德，天理一同。我一个囹圄血头、一躯枯瘦白骨，你总不会不赐舍我吧？"

"废话，我倒要问你，有几颗头？"官府老爷就此眯起眼睛，仔细睃他，随后不胜感慨，摇了摇头："你可知道，'官窑'明文昭示，敢取一粒军粮者，就砍一个脑壳。"此言一出，几个刀斧手虎视眈眈，立马摩拳擦掌，霍地围拢过来。只见那老爷抬起了手，做了个制止行动的手势。"上爷"耿介刚正，面不改色，居然嘿嘿一笑："那你们，就多砍我几刀好了，一刀顶一颗脑袋，将我碎尸万段，剁成肉泥，也可以多顶一点数哇……"说罢，昂首挺胸，仰天大笑。笑声震动，竟至于周围枯木生风，也瑟瑟有声跟着颤抖起来。村人闻言，这时呼啦啦潮涌而至，鸡飞狗跳，人喊马叫，男女老少一律地头顶陶钵、瓦罐、木桶、草笼一类家什，只一会儿，乌压压一群，齐刷刷跪伏在地，口中嚷嚷，众声喧哗，感天动地，风起云涌。"要砍，都砍我们头吧，我们都吃了官粮。与其饿死，不如砍死，来个痛快……"

一时间抢天呼地，哀鸿四野，哭号声声，蔓延不止。头顶的日头也许不忍直视，忽然躲藏起来，霎时乌云当空，遮天蔽日，但见阴风四起，一片惨云愁雾。那阵势肃穆恐怖，如同大军压境，让兵士们身不由己，也退避了三尺回去。刀斧手们有些失眉吊脸，不知所从，全与官府老爷相互对视，面面相觑了。官府老爷手捻短须，颇费踌躇。僵持许久，须臾摇头，他一挥手，遂令"上爷"起来，上前听话。

"任正年，我真的是要你的头哩——你听好了，我是要你，以人头担保，和本官一起联名，以身家性命作抵，立此字据。"他说着，着人拿出一张麻纸契约，擎在手中，窸窸窣窣，哗哗抖动。继之，一字一句，阴阳顿挫，朗声开始宣示："天灾既降，涂炭生灵，十亩九荒，十室九空，乡亲受罪，忍饥挨饿，实为真情。本官绝非木石心肠，熟视无睹！愿救苍生，替天行道。只是要你任正年与我一同担当，赊借官粮，以一罚二，来年收成，必须还足……"

"上爷"与众人愣怔半天，方才恍然，不禁感从心起，涕泗横流。匝地而起，竟是一片连绵不绝磕头作揖的感恩戴德之声。任家堡子，由此渡过灾荒之年艰难竭蹶。任姓家族，也由此德隆厚重而众望所归，俨然人中之仙，百姓筋骨，村中神灵。岁爷的石匠爷爷——人称"高年人爷"，简称"高爷"的祖辈，乃至后来岁爷本人，祖孙相传，世代承袭，无不美名流传，高看三分，为众人世代仰视。岁爷父亲任大木匠，为人厚诚，处世低调，但他深明大义，懂得守正固本，心怀慈悲，无论要求自己，还是管教儿女，正是寄托希望，致力传扬家风。"活人就要有人样"，大木匠经常耳提面命岁爷和渐渐醒事的老二五子："内善不扬名，独处不作恶。欲做大事情，先学做好人。他有名言流传于世，道是'人无廉耻，无法可治；狗无廉耻，一棍子打死；宁做有义气的狗，不能做瞎了心眼的人……'"

大木匠的这些话里饶有故事，故事也传了三辈子人。说的是一个风雪弥漫的黄昏，大木匠的父亲，岁爷的石匠爷爷，肩上褡裢里背着他那凿石磨子用的沉重的铁锤、铁钎，里头还有雇主赏赐的几个暄软的白面馍馍，石匠爷自邻县神高镇急匆匆往家里赶去，翻过一道沟又一道沟。在翻最后一道沟时，天已擦黑，山野模糊，空旷寂肃。归心似箭的石匠爷，踽踽独行。此刻寒风凛冽，雨雪交加，沟坡道上，蜿蜒小径，被雪覆盖，难以辨清，他小心翼翼摸索进行。正在攀缘土崖的一个急转弯道，蓦然抬头，眼前的情景，不觉骇然，登时惊出了他一身冷汗——原来，他面前横行霸道，虎视眈眈，竟然拦路蹲踞着两只龇牙咧嘴的灰狼，那狼相对一望，互递眼色，胜券在握而神态从容，似乎一千年前就算计好了，在此耐心专注等候着他来送死，故此它们踌躇满志，并不立即向他发起进攻，只是嘲弄似的傲睨于他，准备将他当作难得一遇的丰盛晚餐，大快朵颐慢慢享用。风雪夜行的石匠爷，浑然感到脸上的肌肉不由自主开始挪移，慌乱之中，他本能地从肩上的褡裢中去掏他的铁锤，可脚下却站立不稳，不由自主，缓缓打滑，向下坠去……

脚底不远，就是一道张开大口准备要他老命的百丈悬崖。就在这时，那两只狼的后边，突然又黑乎乎地蹿出了另外两只狼来。"完了！"太爷不由得暗自叫苦，"看来，今天回不了家了，这条老命，算是要交代给这群狼了。"霎时，那两只刚刚蹿出来的恶狼，倒是先发制人抢先一步，毫不迟疑，径直向他扑来。一只狼奔来眼底，先是死死咬住了他的裤角（竟没有咬他的肉）！另一只塌下身子，死死抵住了他那迅速下滑的脚步。他侧目而视，但见身后三尺开外，深不见底的那个断崖，正在向他频频招手。石匠爷的心已经落到脚下了——是的，他的脚忽然感到了明确无误的阻力——不错，双脚踩在了那只狼爪子扒出来的雪窝里了，他在那里意外地立足站稳，而那只狼爪，同时也因为被他踩得严重，竟忍不住发出了疼痛低沉，"汪"的一声狗叫——

对，真的是狗叫！此时此刻，他才发现，这一黑一白、一大一小，居然是两只从天而降，赶来搭救他摆脱危难之境的——狗，大义的狗，仁慈的狗。感天动地救命的狗哇！而那两只真正的狼，见此情状，已知失算，莫可奈何，少顷，悻悻然掉过头去，没等到那两只狗腾出嘴来吼叫，不战自败，灰溜溜地，已经窜进了沟渠深处……

正是那两只狗——岁爷太爷的救命神犬，纯黑的父本与纯白的母本，经过不太漫长的自由恋爱，很快就如胶似漆，制造出了一只黑白截然（从鼻梁那儿左右界定、截然分明而又紧密拥抱、融为一体）的"太极"后代。后来，它们的子嗣晚辈，全都毫无二致承传基因，做下来这般模样，同时也顺理成章，承续了它们祖先的遗传和名讳，被村人理所当然，一概唤作"太极"。不明就里的外乡人，自然而然不得而知，任家堡子人如此这般提名道姓，有点神乎其神，竟然是在谈论一只狗崽。再后来，这"生死太极"的后辈，不知不觉，又被人们仅从外观印象呼唤，戏弄中不无欣赏，欣赏中又不乏哲理含蓄赠予敬重，直截了当，叫成了"一分为二"。这个义薄云天、富有良知良心的狗，也成了任大木匠反复教诲岁爷兄弟做人的活教材、好榜样。"宁肯做一只有情有义的狗，绝不能当忘恩负义的人。"他说，"记住，做人，断不能让人戳脊梁骨骂先人，更不能做那种众人恶之的势利客、阶级眼！"

岁爷的祖母，自觉吃斋念佛的石匠婆，有感于神犬的显灵恩赐，更加深信不疑"善人自有善报应"的伦常道德。老人家眼见着深更半夜，从天而降了大半袋子金灿灿、黄澄澄的小米，恰到好处，救活了他们一家老小，不由得连声叹道："好狗不嫌主人穷，这还不是老天爷有眼吗！"吃饱了肚子喝足了小米热粥的祖母，一下子来了精神头，"神，真神啦呀！"她当下以身作则，爬下了土炕，第一个跪在院子里冻得坚硬的雪地上，鸡叨米似的朝天磕头："都来，都快点来跪下，给老天……爷……谢恩！"

岁爷的母亲木匠婆言听计从，随声附和，还对岁爷和弟弟做了"实事求是"客观实在的现场解释："看到了吗，阴债确实是要还的，这不，我们才刚刚动了个念头，好报应，就忽然来了……"

岁爷和弟弟，跟着祖母和母亲，也双双跪了下去。"咱们这就要遇到救星了呢。"他朝弟弟神秘莫测地眨了眨眼，可惜当时的五子，还没有深刻领会到他这句神秘提示的真正含义，因为同胞兄弟距离党内同志，就他俩来说，尚有好多年模糊不清的距离。不过，看岁爷满怀向往与憧憬，胸有成竹的样子，那段路已经不是太漫长了。果然，第二天雪霁初晴，岁爷怀揣母亲准备好的冥币和纸元宝，就和弟弟一道，早早踏上了为父偿还"阴债"的历史性行程。

十五年后，一心想做哥哥左右臂膀和身边影子的任英魁同志，已经相继担任中国工农红军第二十六军四十二师三团四营的排长、连长，先后转战山西抗日前线作战，而后又改编为八路军警备旅三团一营营长，他在其后奉命坚守边区防线，最终在自卫反击、收复和攻夺爷台山主峰阵地时英勇牺牲。那时，当他手按着血流如注被炸裂的胸脯，置身最后弥留之际，眼前忽然清晰地看见，天地一色洁白缟素的雪地上，有两个人深一脚、浅一脚，正为赶往豹子沟而奋力跋涉，那是他和哥哥的身影。哥哥矮小敦实的身躯后面，是气喘吁吁的他，还有跑跑停停的"一分为二"——那只一路忠诚相伴的，他们的"虎子"……

边区的边

自秦皇故都咸阳城苑渭河之滨，起步北上，过泾河而逾嵯峨，跃上一段渐次抬高近似横断切面的土崖陡坡，就是一片平坦的旱塬。岁爷这任家堡子，就隐伏在这片很不起眼儿的苍茫旷野之中。说不起眼儿，还不确切，也许该说难得一见。初来乍到，远眺地平线以上，通常鲜见房舍屋宇，至多是一片片葱郁葳蕤的树木，蘑菇样散布点缀的柴垛草摞。待要抵近，方可听闻鸡鸣狗吠、驴欢马叫。晨夕饭时，偶尔会有袅袅炊烟，甚而闻得烹炒蒸煮洋溢而出的饭菜香味，漫说栉比鳞次的瓦舍广厦，即或一爿半间土墙草顶茅屋庵棚都很稀罕。

不错，这里的人，多是原始穴居，住在下沉的"地坑庄子"里。任家堡子就这样大隐于世，浑朴俗常，诚如一地麦子中一株麦穗，仅仅是这渭北旱塬一个再平凡不过的村庄罢了。人老八辈，生生不息，只是天长日久，慢慢地荒生野长，渐渐就繁衍了上百户近千口老小。村子紧傍沟畔，当地住民习俗范式依崖掘窑穴居，这种院落他们谓之"明庄子"。在村西头，一条胡同呈南北走向，两侧多有住户掘出方形深坑沉陷地面，然后在其四壁土墙上掘出窑洞，这种院落名为"暗庄子"，也就是名副其实的地坑院子了。两种式样的土宅，亦明亦暗，阴阳互补。千百余年，不意就成全了太极世界一个冒牌宇宙，一种半开放

和同样半封闭的自然态势原生格局。就好像村子中的那条胡同，后来也被人叫成了街道，同时，也成了村庄通达外界的进出隘口和主干道路。

如许奇葩原始居住和殊异独特的地理环境，谁又能否认它世代沿袭不知不觉，竟至于影响任家堡子人个性的生成，那种与生俱来带进血液里的东西，又如同沟壑底下碗口粗的那条小河，至今流淌不绝，湍涌在男女老少的脉动之中？至于村头偏北一隅，那块盛开紫花苜蓿的古老坟地，已然悦纳了不知多少代任家堡子人的先人，正好昭示他们人生的守成、安静，不求闻达，寂寂无名，持久地沉默、沉默地持久，无视星月风云，简直像压根儿没存在过似的存在于这个混乱恶浊的世界。日月更迭，陷身深厚泥土之中的地坑院子，犹如一个个缄默不语的伟大母体，生育抚养，也无言地教诲着旱塬上一代又一代灰头土脸的众生。他们生于那种一大声说话甚至一用力咳嗽，都土得掉渣渣的土坑坑、土窑窑里，一个个从头到脚，全都是土里土气、十足地土到家的土包子。当然，你也可以认为，这同时也是一本尘封既久无人问津的古书，那里头自成一体，有着发霉变黄、日落黄昏的故事。只是到了近代，偶然有一阵阵风起云涌，掀动书页，间或显露其中一星半点，或者明白晓畅或者晦涩难懂的内容。但很快，也就一风吹过，或因陈年老旧，或因索然无味无趣而无人问津了。

是革命造反和十多年的内战枪炮，最终摇撼着这里深邃如子宫的窑洞，也震醒了任家堡子一带黄土地上子民们的深长昏梦。人们清楚地记得，八年前那个秋风瑟瑟的后半晌，村西头南来北往的胡同里，走过一群怎样容颜憔悴特殊的人，他们脚穿草鞋，衣衫褴褛，口音驳杂混乱，但对人亲切和蔼，全都恭恭敬敬，就像他们全都头顶统一式样的红色五星引人入胜。他们尽管身背刀枪，但一点也不耀武扬威，更没有凶神恶煞的模样。他们中有胡子拉碴的老人，还有背着小孩的女人以及半大不小的蒙童。他们在村子里的土场上安营扎寨，背靠土场上偌大的麦秸垛，却不去动一根麦草，而是在沟坡上自己捡拾柴火树叶生火做饭。他们露宿野餐，却不拉野屎、乱撒尿，专门用树枝草木给自己围拢搭建男女有别的临时茅厕。他们人多碗少，借老乡的碗盆吃饭还打借条。村上至今流传一个笑话，因为语言交流不畅，有个战士要借用一家人门后的尿盆拿去吃饭，刚拿起来，就遭到这家人的情急呼叫，说是"尿盆、尿盆"，可那战士则连声抱歉，直说你别急"要盆、要盆"嘛，我吃完饭，马上就归还给你……

走的时候，这些人不仅把场院打扫得干干净净，还帮着许多人家把院落拾掇得井井有条。他们全是一样的勤勉努力、谨守道德、行为规矩、礼貌周全、举止有度妙不可言的人儿，是任家堡子人有史以来从未见识过的、新鲜、奇妙、惹人喜欢、非常讲究文明的好人。如果不是他们随身携带武器军械，那些让人望而生畏、能够杀伐果断的长枪短炮铁家伙，谁也不会以为，他们将要去枪林弹雨里冒死求生，而只会认定，他们不过是一群虔诚的信徒匆匆忙忙地日夜兼程，原是要赶往什么神秘的处所去朝圣罢了，至少，是要去哪里的庙会上虔诚烧香，去做佛事。自此以后，外面世界，那些千奇百怪的物事，就带着它们五花八门的称谓，又因本地穷人的揭竿而起，特别是那群打从老远南方徒步万里、潮涌而至的陌生人，他们和他们那听起来费劲、拗口难懂的口音，陌生而突兀地输入，便使得半封闭的村庄豁然开朗，眼界洞开。原有的半自耕农的旧生活秩序已被打破，日出而作、日没而息，半自给自足的静好岁月难以为继，已然成为过往不堪俯拾的凭吊与绵长回味。他们迫不得已，操着浓重的本地口音和村民的本色词汇，开始被动地接纳变化莫测的变化，无可奈何地适应变幻无定的新生活了。

现在，这块地方，已经改天换地，被叫作"边区"，而且是"边区"最南端、最边缘犬牙交错的"拉锯"地带。尤其这任家堡子，是一块三面临沟凸出的台地，被人习惯地称为"囊形地带"，犹如出鞘尖刀，被当权的国民政府视为眼中钉和肉中刺，怎么看怎么窝心。除了迫不得已装装面子，虚与委蛇地讲究一点公众场合假惺惺的礼节礼貌，偶尔也曾被客气虚套地叫作"红区"，通常大多数情况，则是毫不客气，咬牙切齿，竟至于直言不讳，唤作"匪区"。与之相反，对立的南面地盘，按照反义词的通则运用，也顺理成章被"边区"一方叫作"白区"、"敌占区"或曰"国统区"了。任家堡子，天生命定，就这样不幸地被造物主遗落在了这双方争城掠地、不断摩擦"拉锯"，而且稍有不慎，就会真枪实弹、走火交锋的咽喉、瓶颈、要命之地。这没办法，天造地设，老天把他们祖祖辈辈安放在了这里，也是他们在劫难逃的宿命吧。传说，任家堡子人的祖先属于蒙古人种，最早驻扎在一座富饶青黑的山脉之下，后辈有人考证，即为现今中国青海省中部偏南的巴颜喀拉山，他们也不姓任，而是姓党：一党一群和结党营私的"党"。宋末元初，那里民族矛盾激化，互相残杀，百姓生命朝不保夕。宋灭党项族人，赐给他们汉人第一大姓"赵钱孙李"之"赵"，任家堡子人的先人执拗不愿姓赵，携家带口，流离失所，流落到今天的陕西省淳化境内定居。

"官家把我们当牲口使唤，当猪狗看待，在他们眼里，我们就不是人，就像是野兽。"人老八辈的老先人，代复一代不服气，祖祖辈辈都这样传说："不，我们不姓赵。"他们不愿迁阔学"阿Q"，也不想蹭"赵太爷"的煊赫大姓。他们说："我们是人，偏要活出个人样，咱就姓人（任）了，堂堂正正的人，看他们能把我们吃了不成！""任"和"人"谐音混合，自古以来，在任家堡子人的头脑里是一贯浑然一体的。祖传的家训就是："好好做人，要做好人。"老一辈的世代承传，到了岁爷这儿，就变成了最切现实的表达："不在于你啥子个党，入啥子派，也不管你信啥子个主义，关键，是要有一副好心肠，做一个好人。"

岁爷把这个"为人"之道，阐发得形象而又真切："人心好，你就是一块糖，放进开水冷水，都是个甜；人心瞎了，就是老鼠屎，放进啥好水里，都只能坏一锅汤。"他进而引经据典高谈阔论，"泰山之路能摧车，比若人心是坦途；巫峡之水能覆舟，比若人心是安流啊，人生最大的敌人，莫过于人心，包括自己的心。提防人心，更要提防自己。"他还有一通肆无忌惮的言论，后来被人抓了把柄，被当作"信口雌黄、是非不分"的反动言论遭到揭发批判："国民党里头也有好人，至少，那些深入虎穴做内线的人，就是真正的千古英雄；同理，你能说共产党里头就没坏人？那些叛徒特务内奸，贪污腐化和变节分子，怎么解释？何况，人也是在不断变化哩，好人会变坏，坏人也会变好。要紧的是心啊。人心，就是人性，丧失人性，就是昧了良心。良心瞎了，一切，就完了。"

岁爷跟上这一番"反动言论"的反话，可倒了大霉，几天几夜不给吃喝睡觉，被人批斗得差点翘辫子"完×"。说来也怪可怜的，其实也说不清。本体不雅，其流易弊。若无明月，何来清照？好在一阵阴云密布，狂风暴雨过去，依然朗朗乾坤，这已经是后话。但无论如何，老百姓的眼睛是藏不得假的。即使只看表面，谁好谁坏，一目了然。俗话说，出门看天色，进门看脸色。红军总是亲善和气，满面春风；白军呢，早早晚晚横眉竖眼，一脸肃杀。相由心生啊，好人坏人，还真的是写在脸上的。就算是伪装，笑面虎毕竟还是虎，而不是猫，更不是羊，总有一天，会露出狐狸尾巴的，不是说日久见人心吗，就这个理。

这是作者感端，祈请原谅。一番跑题，言归正传。任家堡子村南，一箭开外，正仿若切割柔软白嫩的豆腐，轻轻一刀下去，大地山河，田畴塬坡，以至云霓天空，生生地被巧夺天工，一掰两半，撕裂开来——说的就是那道横亘东西七百余里的碉堡封锁线。铁丝网绵延阻隔，交通沟起伏攀缘。这土堑壕深达丈余，宽近两丈，其间串糖葫芦似的，五里一大碉，三里一小堡，全部虎视眈眈，重兵把守，对着北边的"陕甘宁边区"。碉堡线人为隔绝，生生割断了两边血肉相连的百姓互通往来。这是在没有日寇铁蹄践踏的渭北旱塬，是皇天后土之上"国共合作"的独特景观，是在"一致抗日"特殊背景下处心积虑的精心构筑。始作俑者，是一个名叫杨干桥的胡宗南亲信，又名杨昭贵，群众暗地叫他"羊招鬼"，实为丧心病狂反动至极——一个老牌的"反共"极先锋。他那一帮白狗子"中央军"，时不时就会长驱直入越过"边界"——也就是他们强迫民夫百姓修筑的鹿砦壕沟。不仅如此，因为此人诡诈，常常又是半夜三更，蠢蠢欲动，冷不丁跑过来偷袭任家堡子一带的红区村庄，拉牛、背包袱、吆猪、赶羊，抢粮、抢钱还抢女人，闹得这一带人心惶惶，鸡犬不宁，随时随地提心吊胆，睡觉时都警醒地睁着一只眼睛。乡间至今仍有人记得如许民谣，足以为证："白眼狼，黑心肠/背着一杆三尺长（枪）/逮鸡撵狗抢人粮/还要睡人家大姑娘/横眉瞪眼像恶鬼/死到临头命不长/咱一齐参加八路军/杀尽豺狼蒋匪帮/男女老少都参战/保卫咱边区迎解放……"

民谣是原生态的史诗，是活在百姓口中的历史，概不会错。问题是如此动乱不安的遭际，处境揪心，风声鹤唳，稍有异样动静，胆战心惊的村人，就要举家合村倾巢而逃——所去何方，官方史称"坚壁清野"。荒野深沟，天然庇护。乡里乡党，早已习惯，也是轻车熟路，但凡一有风吹草动，只能亡命逃脱，一股脑往沟里面钻。利用深沟的天然屏障，渠道峁梁，暂且庇护，以求保全残生。久而久之，他们便将此被动无奈之举，一概俗称为——"跑贼"。"跑贼"的岁月，人们视"贼"如虎狼，每天都提心吊胆，唯恐大祸临头。面对向死而生的无情现实，虽说都已无可奈何视死如归，但同时人人又都心存侥幸，希望安然活命啊！这是个命不值钱，而命又最为宝贵的年代。处在生死边缘，朝不保夕的庄稼汉，唯恐自己的家门遭遇横祸，绝户断代，因而又比任何时候都看重传宗接代这件大事。尤其是上了年纪的老人，比如，岁爷的老娘大木匠婆，就是个典型代表。这一阵儿，岁爷二姨家那个青葱鲜嫩的四表妹来走亲戚，这个名叫月儿的年轻寡妇，长了个一枝花的模样，可惜十八岁结婚，二十一岁就殁了男人，正应了红颜薄命的归宿。岁爷老娘暗自盘算，蓄谋已久，有心要为他那个正在队伍当营长的老二续弦，成全一门亲上加亲的好事。几年前，老二的媳妇分娩难产大出血，落得母子不保，使她一直心怀戚戚纠结至今，成了寝食不安的一块心病。她已经私下征询过月儿的意愿，三天两头，反复催逼岁爷去部队喊老二回家成亲。她的话说得不掩不藏，也坦坦荡荡："人留子孙草留根哪！这兵荒马乱的日子，老二整天舞枪弄棒，在前方打仗，万一有个三长两短，咋办？我们得给他在这世上，留点儿烟火人苗苗啊！"

老娘的吩咐岂敢不从。岁爷俯首帖耳，回答得干脆利落，但却嘴动人不动，迟迟不见起身，这就难免惹怒老娘。有几回，老人家心情焦躁大发脾气，把他和他的解放脚媳妇岁婆第五花儿搅在一起，不留情面扒了老根，骂了个底儿朝天："难为你们，不慌不忙不当回事。那当然了，儿子女子一大群嘛！可你弟弟好心为你人头从军，整天担惊受怕，把命攥在手心里，你真的忍心，让他这一生长成个荒秆秆，白活一回不结籽吗？"

那时老祖母石匠婆尚且健在，耳不聋、眼不花的老太太，逮住了木匠婆的

念叨，便以一家之主、至高无上的权威口气，紧密呼应，给以配合，理直气壮地郑重强调："你娘说得在理，五子的事，不能再耽搁了。"岁爷听罢，连声诺诺，哪里有还嘴的份儿。可他毕竟心里清楚，这事不是他一人能左右得了，必须通过组织和部队联系。而部队，这阵儿在哪儿，只说行踪不定，那可是军事秘密，他又如何能得到确切的信息？不错，他现在的确在组织里面，但这更是不敢为人所言、更加不敢让人所知的秘密。况且，他在组织里头，也只能够单线联系。他的那个接头人也是直接上级，正是夜校里半阴半阳的假小子女老师"红霞"。

许多年前，那个雪霁初晴的冬日，他和弟弟揣着那袋救命小米袋里的纸条，以给父亲还阴债的名义翻山越岭，穿越老虎崖，来到了几十里外的豹子沟。在那里一座隐秘于山崖深部的寺院中，第一次见识了他的上司毫无掩饰的真实身份。那个曾经帮助常先生"黎明同志"办学讲课，当然还会"算命"的大姐，说话男腔女调的假小子——不仅是一个资历不浅的共产党员，还是一位英姿飒爽的红军政治干部。那女人一身灰布戎装，帅气十足地打着绑腿，脚蹬一双乡下常见的"窝窝"棉鞋，腰里则系一根寸半宽带铜扣的牛皮腰带，皮带上头，还分外惹眼地斜插了一把盒子手枪。那一身男不男、女不女的装束，虽然更显得她颇有男人气派，却是更加鲜明惹眼，衬托出一张现了原形的女人脸庞。她的头发依然乌黑如旧，却不再隐藏在鸭舌帽子里备受委屈，而是顺顺溜溜，纹丝不乱地梳理下来，还在耳际编成了两根齐刷刷的短辫。这一身打扮，本来就让岁爷感到陌生而大为惊诧，加上她不再像过去那样，总在鼻子上架一副老里老气的黑框眼镜，这就让岁爷迟疑半天，怎么也不敢相认了。

女人花容月貌地笑着，笑脸上漾出几分年轻的调皮和高深莫测的神秘。她朝岁爷伸出手，却说出个让岁爷的弟弟莫名其妙的单词："英特……"岁爷闻听，蓦然一怔，随即喜上眉梢飞快眨巴眼皮，蓦然睡醒似的返过神来，嘴巴里也顺畅地咕哝，滑溜出两个字来："纳雄……"伫立一旁虎头虎脑的五子，感到纳闷，他丈二的和尚——摸不着头脑，心里奇怪他们这是在嘀咕些啥？却见两人握手之际，几乎同时出口，又不无契合地甩出两个相同的字眼儿，而且恰到好处，碰在了一起："耐尔！"五子目瞪口呆，那女人却笑容可掬，落落大方地踅过身来，一抬臂就将他揽在了怀里，随即忽闪一对明亮闪光的凤眼，差不多是嗔怪地问："怎么，不认识我啦？任英魁呀，可别忘了，是谁……给你起的名哟！"

"你是……红霞老师？"五子将信将疑，怯生生地问她。"不，那是我的化名，你就叫我大姐姐吧。"女人长睫闪闪，豁然开朗，阳光灿烂地笑了。"我的真名嘛,现在可以告诉你们,叫武欣华,不过今后,你们仍叫我红霞为好。今天叫你们来,可是要见个老熟人哩。"

"熟人?"岁爷心存疑惑,"我在这里,会有个啥熟人呢?"红霞满面春风,将岁爷兄弟领进寺院一孔窑洞,那里正聚集着一大群人。窑里架着一只火星四溅的木炭火盆,围着暖烘烘的火盆,一个身材敦厚壮实的中年男人站在当间,正比比画画给大家讲着什么。岁爷和弟弟,被红霞让在靠近火盆的长条凳上,有人给他俩递过了两杯冒着热气、黑乎乎的浓茶,接着,又有人不声不响,给他俩手里各塞进一只温热醇香的烤洋芋蛋。兄弟俩顾不得吃,也顾不上喝,因为那站立着正说话的人,吸引了他俩的目光。那人也和窑洞里的大多数人一样,穿着浅灰色的军装,打着绑腿,挺直的腰杆紧束一根皮带,国字形脸盘上一双眼睛炯炯有神特别放光。浓重的鼻音带着激昂的情绪,反复讲述省委什么26号通告,其中的"组织武装农民暴动,成立农民革命军",一句句铿锵有力的短句,直戳戳扎进他们的耳朵,让他们听得热血沸腾,既有些胆战心惊,更感到耳目一新神情振奋。

"眼下,我们要抗粮抗款、坚决要求取消苛捐杂税,反对反动政府一切横征暴敛,包括随随便便拉夫拉差!"那人紧握拳头,在空中挥舞,而他鼓舞人心的讲话,如同久旱逢甘霖的土地,一句句全砸进了岁爷弟兄的心里。那些话不仅全新,而且是明确无误:"我们现阶段的目标,就是要打倒土豪劣绅和土匪式的军队,反对军阀战争,实行土地革命,建立我们工农当家做主的苏维埃政府。"

"这会是真的吗?"五子毕竟年幼稚嫩,忍不住内心的惊奇疑惑,在他成为一个真正的革命战士之前,要名副其实顶得起任英魁这个庄严的历史命名,难免要有一段相当曲折漫长的成长过程。相比而言,他哥哥任仲魁也就是岁爷,显然就要成熟和稳健得多。"别着急嘛,咱慢慢瞅着,好生听先生说话。"他劝慰弟弟,其实也是在开导自己,悄声对五子耳语。弟兄两个在那里度过了一生中特别难忘的两天,岁爷没有想到,那个满口渭北腔调讲话的人,正是分别已久的常先生。不,他现在不叫常先生,也不叫李育民,甚至也很少叫黎明了。"黏怪,你给我记住,我现在叫,高革志。"

高革志笑嘻嘻地紧握着岁爷粗粝的手,又不停拍着五子稚嫩的肩膀头。岁爷不解,满腹狐疑地责怪他,"你咋地老换名字,难道,就是因为穿了这身军装?"

"也可以这样说吧。"高革志笑道,"名字也就是明志(名字)嘛,黏怪,算你脑瓜机灵,猜得不错。我的意思,就是要树立崇高远大的革命志向。当然,也是便于开展工作,我们毕竟处于红白交界地区,保密和保护自己,都非常必要。"那两个晚上，名字如雷贯耳的高革志，和岁爷兄弟亲热地滚在同一铺炕上，他们彻夜长谈。黎明，对，高革志给他俩介绍俄国的十月社会主义革命，讲社会进化史，讲马克思主义学说、阶级斗争和唯物史观，也讲冯玉祥追随蒋介石叛变革命屠杀共产党人，还讲他本人参加渭华起义的经验与教训，讲眼下开展的打土豪、分田地，背地主粮食和开展交农斗争，全是鼓舞人心、令人热血沸腾的新鲜事……睡在旁边只听不吭声的五子任英魁，一听说"背地主粮食"，冷不丁突然问高大哥——他很伶俐，也很认同这个高革志领导，当即就套近乎，把他也当成跟自己亲密无间的大哥了："我们家的半袋子小米，难不成……是你们给送来的？"

高大哥摸摸他探出被窝圆乎乎的脑袋，不正面回答，却反问他："你以为呢？反正，不会是神仙下凡，可怜咱们穷人，因为，压根儿就没有神仙。"五子深信不疑，也很满意这样的回答。他觉得，凡是能让他吃饱饭不饿肚子的任何回答，都是真理，都让他打心眼儿里臣服。许多年过去了，任英魁仍然忘不掉那天晚上，他向高大哥提出的很多问题。那些问题不无单纯幼稚和娃娃气的天真烂漫。比如，他问高革志，看上去年龄不大，个头也不高，为啥大家伙都喊"老高"？那老高呵呵一乐，说："我年龄确实不大，但我可是老革命啊。你还不知道吧，我征讨过北洋军阀，上过黄埔军校，包括，最近参与和组织领导渭华起义……"

任英魁惊得大睁双眼，觉得这些事实在让他感到生疏遥远，几乎就是宏大壮阔、一望无边，就像他第一次在雪地里，眺望渭北崇山峻岭茫茫荒野深沟巨壑，眼前开阔提神振气，恨不能长出翅膀，向那不知深浅的远天振翅飞去。可是，等他再想提出一些啥问题时，却和革命主题八竿子搭不上边了，仍然琐屑具体到了懵懂率真，而且进逼眼前，就在鼻子尖下那么一点点了。"还有……"他吭哧半天，方问，"这武欣华老师，她明明是个女的，为啥，邪门歪道地……要装成男人？"

高大哥会心一笑，岁爷弟兄前往土镇学校讨还麻钱的情景历历在目。那时，他的夫人"红霞"为了遮人耳目，确实女扮男装，还当过算命先生。"革命不分男女，而且，还要实行男女平等呀。"高革志乐呵呵地回答他，忽然不无兴致地征询他，"听说你喜欢舞枪弄棒，想不想参加革命？如果愿意，留下来，给我们当通信员，咋样？"任英魁眨巴着眼，他永远忘不了，自己当时提出了一个怎样现实和尖锐的问题，依然如故，是紧逼眼前的严重问题："留下……能给我吃饱饭不？"

"吃饭，那是最起码的！"老高痛快地点头："人是铁、饭是钢，一顿不吃心发慌。不过，我们不仅要有饭吃，还要建立咱的工农兵政权，穷苦人要当家做主，不再受地主恶霸的欺压剥削……"话没说完，任英魁就满口应承了下来。"那再好不过了。"他说，"要是这样，打死，我也不走了！"岁爷听了这话，却有点犹豫，沉默许久，最后郑重其事地问弟弟道："这可是你拿的主意，咱娘和奶，问我你去了哪儿，我怎么说好？"

"嗨，哥，你脑子活，肯定有办法的。"任英魁一翻白眼，扮个鬼脸，"你就说，我给一家富人，到陕北赶脚去了。"赶脚在当时比较盛行，有钱人雇用穷人，来往于陕北定边与关中之间做贩卖食盐的生意，很多人一时成了暴发户，赚得盆满钵满，坊间也有叫赶牲灵的。岁爷人直，回家照猫画虎，真的就如此这般，撒了个弥天大谎。他原本老实巴交，并没发现自己还有说谎的天赋，为安慰母亲和年迈的祖母，竟然把一个子虚乌有的故事编得天衣无缝，有鼻子有眼。他说他们在去爷台还阴债的路上，遇上一个驮盐的商客，因为下雪结冰山道路滑，一个驴驮子前蹄踩空滚下了坡，是他和弟弟出手帮忙，给人家救了驴驮子，那东家见他们兄弟心好人善，要给他们酬谢。他们不肯接受，东家就征询让弟弟给他们赶脚，弟弟因找到了活计能吃饱饭，还能为家里挣钱，就满口应承下来……

他将这些谎话说得头头是道，心不跳脸不红跟真的一样，不只赢得母亲和祖母的信服，连他自己都觉得如释重负，好像真的是那么回事了。只有"一分为二"不肯安静，在他脚前转来转去，呜呜低吠几声，仿佛要拆穿他真实的弥天大谎。在后来相当长一段时间，他都情不自禁地觉得，弟弟真的是去了陕北的定边，正在给人家赶脚驮盐。他不敢名正言顺抖落底细，说老二是跟着老高的红军东奔西颠，神出鬼没地"闹红"去了。他自然清楚，掂得来轻重，这件事将如何与身家性命息息相关。

岁爷的窑

三月里青黄不接，正闹春荒，家里才走了一个半大男人，差不多同时，又来了个女人。一个情理之中却是料想之外的女人。准确地说，是多了一张吃饭的嘴。这个人可不等闲，对于岁爷和他们家的重要性，几同大地相对苍天，是一种实实在在的稳定安然。她不是别人，正是这个家未来的内大当家，后来被村上人称为大婆娘的岁爷媳妇。人们理应叫她岁婆才是，可叫她大婆娘也好像蛮有理由。首先相对于岁爷，她的个头高，眼睛大，还有乡下人说的"玉米脚"，也有叫成"天足棒槌"的半大"解放脚"。大婆娘和岁爷，应该不是陌路生人，他们的缘分，说到底，还真是来自大婆娘那双缠了一半、乐得半途而废没有再继续缠下去的"解放脚"——半大不小、古里八怪的脚。那时，岁爷兄弟跟随父亲，给岁婆的秀才外公打造枣木棺材，岁婆被舅舅叫来在厨间帮忙。豆蔻年华的岁婆，绝非姥姥不疼舅舅不爱的丑丫头，相反天生丽质明眸皓齿，几乎可以说是美艳出众，正因为她长得过分好看而令他们对她另眼相待、宠爱有加。但这疼爱又有些残酷令人匪夷所思，当然这是后世现代人的观念，可当时流行的淑女标准一言一行，又是另外一种俗常要求。外婆外公和舅舅细心照拂那第五花儿，一心一意要着力打造出一个大家闺秀的标本，包括急切希望她拥有人见人夸的三寸金莲典范式的女子小脚。老人们是老旧古董，见天逼着小姑娘缠脚。那种极致到残酷程度的宠爱，其实已经畸变为一种实在可怕的折磨。每到晚间，总见她的外婆提着一根烧炕用的捅火柯杈，逼着她将脚趾骨头弯回窝折，之后定形，还用裹脚布缠个死紧，随即又让她拐拉着满院子奔跑，直到脚面渗出淋漓的鲜血为止。

可以想见，这种愚昧落后的"疼爱"，是怎样让时下的岁婆不堪伤痛，梨花带雨哭着叫喊，杜鹃啼血杀猪一样哀号不止。终于有这么一天，血气方刚的岁爷撞见，他看不惯也实在看不下去，一时血脉偾张直冲脑顶，竟狗咬耗子挺身而出，胆大包天痛斥起岁婆的外公和外婆来。"你们，这是造孽，是犯罪哩！"

主人不胜惊讶，转瞬又感到他的可笑而不自量：一个穷木匠的儿子，笨狗扎起了狼狗势，装个啥洋相，居然敢口出狂言，干涉他们如花似玉的外甥女的终身大事！仅仅是碍于大木匠的面子，那个清代遗老威严的老太太，虽没有怎么计较，却仍然不咸不淡、半开玩笑将无情的鄙视和奚落，甩给了年轻气盛的岁爷。"你不让花儿缠脚，任由一双难看的男人大脚，让她长大，嫁给谁去？"她外婆理直气壮地训斥岁爷："你个胡子还没长硬的浑小子你懂个屁？一个花朵儿样的女子，拖一双撑人眼睛的丑陋大脚，你会不会要她？"

"我……"岁爷脖子一梗，但没被噎住，他白眼一翻，不知打哪冒出来一股二劲，突然就不加思考地说，"只要她愿，我……巴不得呢……当然要了。"

"哼，你还真长本事了。"老太太摇头晃脑，鼻孔发出一声怪笑，"我看你比你大大木匠还有出息啊，小兔崽子，你难道不该撒一泡尿，把自己照照……"

"照照又怎么样？"岁爷当然没去撒尿观照自己，他也不知道打哪儿学得死皮赖脸，居然咧嘴露出一排整齐的白牙，不服输地嘻嘻笑道："这事，还保不定呢……"天晓得，他那份不可夺予的理直气壮，毫不怯惧的坚定自信，究竟是打哪儿来的？反正，后来的第五花儿，果然不出所料，还真的就名正言顺成了岁爷的岁婆。只是可惜，岁婆她那个跟鲜花一样美好的名字，从此却不知不觉淡出生活，被人用岁婆代替了，正像岁爷的鼎鼎大名任仲魁，曾经被时光慢慢泯没而鲜为人知一样。可怜她那个颇为稀欠的复姓"第五"和明艳耀目的"花儿"，也都随着时光嬗递，同样被俗常的日子和看不见的岁月，给淘漉得无影无踪了。甚至连她的儿女们都不甚了了，只管叫娘，而很少知道母亲的名讳。只有婆婆偶然还会记起她名叫花儿，而岁爷平时喊她，则常用一个不及物的"哎"来代称，最多，也不过是叫她一声"娃他娘"罢了。

一个人就是这样，活在世上，居然活着活着，活得连自己的名字都没有了，悲摧得像弄丢了。或者，先于他或她的生命而淡漠不存在了，几乎等同于已然死去，提前消亡，这又是怎样地哀绝和不幸！她跟所有乡下人一样，一头钻进泥土，从土里长出光荣历史，也受土的束缚制约，一生飞不上天去。好在岁婆从来没有闲心想过这些淡事。她的一生默默无闻，也无怨无悔，跟她周围的左邻右舍姑婶婆媳一样，只知道自己在这世上来过，并不在意什么名分。别人知不知道她的名讳，压根儿好像理所当然，就是个不算问题的问题，碎碎一个——不值一提的，碎事。

岁婆能记得的，是许多年前的那个晌午，岁爷去沟底子的泉子，给她舅舅家帮忙驮水，正在河沟里和一群村姑洗衣服的她，满怀感激和怜爱之情，当众要求给他洗那件被汗渍浸透的白布褂子，两个人正拉拉扯扯，一不小心，岁婆的裹脚布和一只粽子样的尖头布鞋被河水冲走。"哎，快去捞啊！"岁婆慌了，急忙叫喊她后来的男人，赶紧给她去追撵打捞那裹脚布，不料那岁爷却一反常态，不但不去帮忙，反而手舞足蹈，欢呼起来。"冲走好啊，这不省得你哭天嚎地，再受缠脚的罪吗？"

"你真坏呀！"岁婆哭丧着脸，"这下回去，有好看了，我外婆，又要打我！"岁爷一拍胸膛，气冲霄汉地说，"她敢，再要打你，我跟她没完。"

"你说得好听，你是我啥人，看把你能的？"

"你不就是我……媳妇吗。"岁爷正好逮住个豪气干云的机会。他说，"那天，当着你外公外婆的面，我不是说好，是你男人了吗！"岁婆的粉脸一下子涮红，红成了炽热的火烧云。她佯装生气，但却掩饰不住内心活蹦乱跳的欢欣鼓舞。"去你的吧，精猴儿一个，给你个柳木杆杆，就想往上爬吗！"

反正，岁爷就是不动。他站在水边张望一阵，看着那条水蛇样悠然游走的裹脚布，还有像一叶小舟漂泊荡漾的绣花鞋，渐行渐远，非但不听岁婆的哀哀求告，还突然飞起一脚，将另一只鞋也踢下了河。"冲得好，嘹得很咧！"他兀自拍手称快，幸灾乐祸了。

"哼，真真的坏，整个，一白眼狼哟！"岁婆终于花容失色，真生气了，登时晴转阴天，乌云滚滚地拉下了脸，"吃了人家的羊血饸饹，转眼就不认给你端饭的人了，哼，真没良心！"一群伶牙俐齿的村姑，给岁婆帮腔，也众口一词嚷嚷开来，一窝蜂跟着声讨起岁爷。"是呀，狼心狗肺！"

"咦！"岁爷乐得开心，居然笑道，"你咋不知好歹，我这可是为你好呀！这样，你不就再缠脚受疼了嘛！"

"瞎说，那我，怎么回去？"

"这还不简单吗，我背你呀。"

村姑们立即齐声起哄："就让他背！"岁婆却首鼠两端，有些害羞，又有点犹疑不定了。"你一个小个子，能背得动我？"

"试试看嘛。"岁爷凑到她身边，真弯下腰，"你小看我，我个头小，力气可大着哩。"他反背手，揽住了岁婆的杨柳细腰，两手托起岁婆的臀部，随即就将她紧紧地箍在了自己的背上。他们身后，腾起了一片叽喳雀跃："哦，快快看啦，猪八戒……背媳妇哩。"

岁爷听到这些热闹纷杂、不无善意的咋呼，更加亢奋，备感悦耳动听，心里的滋润如春雨幸临，那饱满快感，飘飘然又如同梦里羽化成仙，自信满满地认定了背上这个没了裹脚布和三寸金莲小脚尖粽子鞋束缚的俊美女子，无可争议是属于他的。当他大汗淋漓喘着粗气，一口气将岁婆背上沟畔，又背回她舅舅家时，岁婆横眉立眼的外婆，正好威风八面地当院站着，活灵活现就是一尊神庙里满脸肃杀的神像，反正绝对不会是王母娘娘。她手里拄的，正是岁爷父亲任大木匠巧夺天工雕刻而成的龙头拐杖。据说，那也是她说一不二的家法。

"这……是咋回事儿，嗯？"岁婆一听外婆这蓄势待发、准备大发雷霆的质问，不待岁爷开口，就自我掩饰，为岁爷开脱了干系。"我不小心，跌到河里去了，多亏了他……"

不料岁爷不长眼色，不合时宜，过早扬扬自得炫耀了一句，不承想，又招来了老太太一阵不痛不痒的冷嘲热讽。"人家说，我是背媳妇哩！"

"咦，你个小崽娃子，羞臊不臊？"老太太将干瘪的嘴巴朝天一噘，依然用鼻孔哼出一声杀气腾腾的冷笑。"臭小子，癞蛤蟆……还想着吃天鹅肉哩。"

我就想了，咋的？这句话，岁爷当时是在心里说的，他倒知趣，没有敢再狂诞放言、直面顶撞东家老太太。让岁爷始料不及，几乎没有想到，岁婆的舅舅家，后来受到如火如荼的农民革命运动冲击，先后几次被农会分粮、分财，接着又遭遇雪上加霜大灾之年，自身难保，更顾不了接济岁婆娘家的口粮短缺。为了给子女众多的娘家省一口吃食，心地慈悲善良的岁婆，竟拐拉着一双半大不小的畸形"解放棒槌脚"，主动找上门，径直寻岁爷来了。岁爷的娘和祖母，毕竟因为意外捡了这么一个天大的便宜，难免喜出望外，好多天乐得合不拢嘴。想来想去，只能把这桩找上门的吉祥喜事，一概归因于岁爷兄弟的风雪之天——那次远足——求神拜佛——还阴债的行动了。"看看，谁说没神，爷台山的爷，真是灵验着哩，这可是爷，给了咱家天大的恩典啊！"

当即，他们就趁热打铁，立马操持，给岁爷把终身大事办了。尽管天不遂愿，年景不好，村上的老少爷们儿显然失算，既没给岁婆的过门抬上八抬花轿，更没有喝上岁爷成亲的一口喜酒。尽管媳妇自己找上门，象征性的嫁娶仪式却没有少。按照任家堡子千年不易的古老遗俗，年轻的岁婆一方红布盖头，在村外的路口上被扶上一头毛驴，招摇地在村道上绕过一匝，随后就在岁爷家的大门外停下，鼓乐手吹吹打打，万字头鞭炮噼噼啪啪，婚礼进程热热闹闹一阵，随即，便由岁爷将岁婆背进了他们的地坑院，只一拧身，便钻进了打扫、整饰得干净敞亮、焕然一新的新窑。新娘入洞房的黄金一刻，有意思的是那头毛驴忽然激情勃发，只见它前腿儿腾、后腿儿蹬，昂首挺胸又甩尾巴，仰天大笑一样"嗷嗥、嗷嗥"，欢天喜地铆足了劲叫唤了足足一袋烟工夫。村上围观的乡亲既感到惊奇好笑，也为之连连慨叹，毫不置疑一直认定，驴儿撒欢，可是千载难逢的好兆头儿。要说那头浅灰色小毛驴儿，倒真是一头神性的牲口，看上去俗气且又土气，但鼻梁儿却是白色的，白得纯粹发亮，而且一本正经，肃穆庄重，并不像戏台上奸臣小丑的怪脸。不同凡俗的是，它的两只直竖的耳轮，脖颈上的那一溜儿鬃毛，一直荒生漫长过了脊梁衔接到尾巴梢上，包括紧贴皮毛的四只蹄踝，袖套似的，都箍着一圈类似镶边装饰的纯正黑色，黑得恣肆，浪漫爽朗。这头体形并不高大的灰色毛驴，也跟那只"一分为二"的忠犬一样，透着天生的空灵奇葩，常常叫人匪夷所思。它曾经被岁爷父亲卖给爷台山北黄花坡一家大户。半年过去后的一天早晨，大木匠起来走出大门外一看，哟，这头乖顺的小灰驴，竟然又站在了大门外头，"扑哧扑哧"喷着响鼻，浑身大汗淋漓冒着湿漉漉的热气，头上连笼头和缰绳都没有戴，天晓得——它是怎样穿山越岭，踽踽独行百多华里，径自赶回家的。

无疑，这个传奇，又成了岁爷家一桩令人称奇的怪事。只是给讲究信誉的大木匠，又平添了一份意外的负累，他东拼西凑出一笔钱，来回跑了二百多里，亲自赶去给买家退了驴钱。至于他的儿子岁爷，自从娶了个如花似玉的儿媳，更令人刮目相看，且断不了村人说三道四，因为接续而来的异端奇事，好像就没有断头。先是岁爷那能干的媳妇，出其不意，头一胎，就生了一对双胞胎男娃。（也不知为啥，岁爷欣喜之余，突然就想到他带着虎子的那次具有历史意义的豹子沟之行！）他不假思索，好像蓄意已久，水到渠成，顺口，就给孪生儿子取名为"虎子"和"豹子"了。也是好事成双。接着,他家的猪一窝就下了18个小猪崽儿,由此打破了任家堡子村养猪户产崽的最高纪录。后来,又有人发现,他家的几只老母鸡也不寻常,生命力旺发,以至繁殖力高亢得吓人,每每慷慨奉献,总是下双黄鸡蛋,偶尔不是双黄,才会让人诧异惊奇感到反常。就连她家的一只血红冠子的白色公鸡和一只同样血红冠子的芦花大公鸡,清晨打鸣,都会兴奋不已,不约而同,合唱似的齐刷刷地同频叫唤,异口同声地引颈高歌!如此这般神话仙境大背景下,三代女人,守着岁爷的日子,虽说艰辛,但也安贫乐道,不乏一种和平朴素的快意。快乐首先来自岁爷的生产能力,也来自岁婆那三亩一点实在经不起招惹的私密土地,果然十分争气,特别具有繁殖和生长能力。孪生儿子之后,又母鸡下蛋似的,稀里哗啦,一连生出三个千金,稠密茂盛,几乎创下了任家堡子女人生娃娃的奇迹。天降大喜,尽管岁爷因为一下子多了好几张嗷嗷待哺吃饭的嘴而皱起眉头,却乐得祖母合不拢干瘪的嘴唇,石匠婆没有夸奖孙子和媳妇,一个劲夸赞仁慈的观世音菩萨显灵,终于给了他们家偿还阴债的合理恩赐。这句话提醒了岁爷,让他适时联想起了他兄弟俩那趟所谓偿还阴债的特别出行,孪生儿子的名字,灵感乍现,不能不说与此无缘分了。"虎、豹"之行,得之"虎、豹"。也许是某种巧合,也许命运使然。不过,岁爷确定无疑地说过,孪生儿子的名字,原来也是他大木匠父亲在世时的预言和遗嘱,如同父亲在梦境昭示他和弟弟,要去那个老虎崖,然后抵达豹子沟一样——包括他们兄弟天寒地冻的那次风雪之行,最终,都有一种说不清楚、不可捉摸也难以把握的既定与预设。

烽火年代风起云涌,渭北旱塬上农民暴动,红白对峙,衣食无着受苦受难的百姓,揭竿而起,不是跟着红军和游击队"红翻天"去闹革命,就是自愿或者被迫拉夫、抓丁,混进白军里头去当兵"吃粮"。出人意料的是岁爷,好像对此无动于衷,他的淡定和与世无争,让人感觉反常,除了默默无闻埋头干活儿,专心致志地侍弄十三亩薄瘦的沟坡地里半死不活的庄稼,就见他一有空儿,又背起父亲任大木匠的那一套木工家什,走村串乡,给人打门窗、制桌椅、箍梢桶,然后背回来一疙瘩一疙瘩不同品类的杂粮。外界翻天覆地发生的事儿,看上去与他,差不多就是井水不犯河水两不相干了。倒是他的母亲,耳闻目睹穷棒子们的乡间革命,凭着直觉,直接就下了一个简明扼要的评论:"唉,都是胡成神哩。"

至于岁婆花儿,自诩妇道人家,一辈子对革命隔山架岭,实在也是逮住别人口中的一字半句而半懂不懂,于是常常陷入不可排解的困惑之中。偶然,也会暗自思忖瞎想一阵。依她的话,就是,心里头总装着团理不清楚的驴毛,一个接一个数不清接踵而来的疑团，比如，国共既然能合作握手言和，为啥又明争暗斗，互相撕咬，你死我活，整治对方？红白两军，既然势不两立冰炭而不同器，一个眼黑地见不得另一个，如何有时又假惺惺甜言蜜语、称兄道弟，冷不防地，忽而，又背后捅刀子要你的命？"真是见了鬼哟！"她说，"这些个世事，破烦，真叫人摸不着头绪。"

这些个没头绪的糟心事儿，因为活生生你死我活折腾在你的眼前，红的来、白的去（白刀子进红刀子出），枪炮不绝于耳震天价响，不是杀人就是放火，硬扎扎地缠绕和阻拦着你，困扰着你，即使岁婆一个大字不识的农妇也不得安闲，更不能不让她提心吊胆昼思夜想。可她不管怎么想，哪怕是梦里也想，也总拎不清楚想不明白。白天忙得鬼吹火，脚不停点，也只有到了晚上，躺在了柴火烧得热乎乎的土坯炕上，她才能腾出心思，向岁爷打问个透彻。"这个世事，咋个变得越来越叫人不认识了？"

岁爷装聋卖傻，哼哼哈哈，并不正面回答。要么，就是压根儿没打算回答或者不屑回答她吧。如果他真的不需动脑，而且真的没有考虑过这些糟乱的烦心事儿，那只能说他早已想得头昏脑涨，想得脑壳子疼得要死要活还仍然想不清楚罢了。因为每当这个时候，他只专注一件事情，那就是，昏昏沉沉，只想着睡觉。"烦人哪。"他总是答非所问，不耐烦地对岁婆说，"咸吃萝卜淡操心，你纠结那些闲事，干啥用吗？"

"闲事，啥是你的忙事？"岁婆也会反唇相讥，常常据理力争，这样回敬岁爷，"除了夜黑一冰，早上一蹬，你还能干些啥正经事儿？"这句话，完全可以理解为夏虫不与言冰、黑夜不懂得天明的翻版，也许，只有岁爷能够独自领悟。他每天晚饭放下饭碗，就急急忙忙要去院子里挖掘窑洞，这个活儿记不清从啥时开始，但一直没完没了，几乎就是伴随了他漫长的一生。岁爷在父亲大木匠手上，就有了一个四合头院子（四面崖壁，每面能开掘出两孔窑洞）。当初，只在两面崖壁开挖了四孔窑洞。随着儿女们一个个诞生，特别是弟弟任英魁长大，后来也回来娶妻成家，住处显然紧巴窄揢，眼见得不够使用。如此一来，岁爷类似《愚公移山》寓言中挖山不止的老愚公，已然开始每天挖窑不止，断断续续，已经给院子新开掘出了四孔窑洞以供急用。这些活儿，基本上属于白天务农之外，或给别人做木匠活儿之余的剩余劳动，而且全由他一人承担，大多是利用晚上，无须点灯熬油摸黑干的。打窑这活儿，看似简单平常，只要肯出力气就行，其实也有技巧和门道。最主要的，是不能一次性只顾着埋头往里面挖，必须挖上一两尺深时暂且收手，等上十天八天，新窑的窑圈水分蒸发，干透固化，才能继续纵深掘进，否则就会有轰然坍塌的危险。为了节省时间，也为提高效率，岁爷的办法，就是同时开挖几个窑口，然后交替轮换，往深里打。岁爷不仅要挖窑，还必须将挖出来的新土一担笼、一担笼，穿过幽深的大门洞子，挑上崖背去垫实窑顶，这活儿的分量，包含的苦累，就像他日复一日洒下的汗水珠子，实在是无法数清楚的。好在岁爷心里有数，始终亮堂着一片诱人的光明憧憬，这就让他在每晚劳作之后，能够习惯性地就地盘腿而坐，小憩片刻，悠游自在地慢慢掏出火镰打火，慢慢地给旱烟锅子喂饱一袋烟末，一边吧嗒吧嗒地抽烟，一边望着烟锅里一明一灭的火星，沉静地潜想着他那些隐藏得很深的好事。那些所谓的好事里头，究竟有没有或有多少与岁婆有关，真不好说。但有一点完全可以肯定，那就是等他歇得差不多了，缓过劲来，这时一身臭汗早已干爽，乃至身子凉得冰块似的邦硬邦硬，他就会毫不客气地摸上热炕，急不可耐地一把抱住岁婆精光的身子，将她冰出一个身不由己的寒噤，于是不由得叫出声来："见鬼呀，你要冰死我吗？"

　　冰凉的岁爷，这时却突然燃烧起来，浑身的劲儿，完全恢复到了挣命打窑和拼力担土的水准，他在棉絮破烂疙里疙瘩、里子面子均被岁婆补缀得五颜六色的被子里，一下子如得神助，刮起了一阵阵被窝里的狂风，孟浪的情绪烘烤得他全身像一盆炭火，刹那之间，呼地就复活过来了百倍的神力，于是身子下面要命的"那啥"东西，便生巴铮硬——突然硬得像一根铁杵。这时，就轮到岁婆承受烦恼与辛苦了。"要命，你还要不要命？真是活见了鬼，简直就要烦死我不成吗？"她是真的有些怨声载道了："怪不得一天到晚，哑巴一个，闷头不语，就是等到夜里，想这个事？"

　　通常情况下，岁爷只是闷声不语，只管尽情埋头使劲干他的活儿，偶尔耳根子需要清净，也难免回击一句："你唠唠叨叨，啰唆个啥嘛，谁整天想这个了？"

　　"没想，好吧！"岁婆也不肯容忍，一推他的身子，数落着就要推他翻身下马，"那好，滚下来吧，别趴在我身上没完没了，我烦着哩！"

　　"烦个啥吗，天经地义的，这不是正经事吗？"

　　"屁话。"岁婆仍没有好声气给他，"你只管图自个儿舒坦，痛快，咋不想想，我要一次次受罪？保不准，这又要怀上一个，真个是要命！我不是母鸡，不能每天都抱窝下蛋，一回一个，比庄稼收成得都好，你看我受得了吗，全都是吃饭的嘴……"

　　"嘟嘟囔囔，真没情绪。"话没说完，岁爷便偃旗息鼓鸣锣收兵，一头栽倒在炕，死猪样睡得昏天黑地，只是那山响的呼噜震得岁婆耳根子发疼。挨到鸡叫头遍天色发亮，岁爷这又忽然惊醒，一蹬被子，不声不响翻身起来，穿起衣服就奔出了门。不用问,又是接着去挖他的窑洞。终于,还是有左邻右舍发现,这些年头的岁爷,晚上几乎比白天更加忙碌辛苦。由此不无讥诮,及时送他一个双料"窑匠"的暧昧绰号。他们说岁爷的木匠手艺和他父亲任大木匠相比,顶多算个半拉子匠人,可要说起他"打窑"的能耐,简直举世无双、炉火纯青而罕有其匹。这句话的真实含义,有明晦两重性的复杂阐释,仔细道来,恐怕能写出一本大书。村中自有心直口快的爽朗女人,对岁婆直接打趣:"岁婆,你咋长得这么好看呢?"好像要取经。岁婆淡然一笑,回答得可谓得体:"咳,我不长好点行吗,那咋对得起十分心疼我的阿婆(婆婆)呢。"

乡下人有言在先,一代俊媳妇,三代乖儿孙,怨不得岁爷的儿女,一个个都长得有模有样,他们的母本果然不差。自打岁婆第五花儿走进任家堡子,不但一胎诞下了虎、豹双生子儿,还在后来的日子接二连三,准时准点,不歇气地毫无保留地无私奉献给岁爷一个个惊喜连连的美好丰年。每逢鲜花盛开之季,她也如同逢春开花挂果的桃李杏梅,总有不负春光的累累果实。尽管稍微美中不足,就是说,后来接连出生的全是女儿,迟迟再没有生出个儿子来。岁婆仍然是慷慨和努力的。尽管,这多少让岁爷有些惆怅,但岁爷的娘,即母亲大木匠婆,却出乎意料并没有因此而生出丝毫埋怨,三个花朵般孙女的降生,相反让她情不自禁,又想起她那可怜受穷的青儿、翠儿和叶儿三个女儿,想起她婆婆那个爱抽旱烟的石匠老阿婆,对她三个女儿的严苛与鄙薄,这种物伤其类的悲悯伤感,驱使她将心中的柔软和慈爱,阳光一样均等地洒向孪生的孙子虎子、豹子兄弟,有时甚至会更多偏袒一些给她的三个小孙女呢。

"把妹妹们带好,她们年小。"有时,她还会故意拉长脸吓唬虎、豹两个嘎小子说,"谁敢欺负妹妹,看我咋收拾你们!"

/ 第五章 /

我的逆旅

我梦见爷台山的那天后响,其实就已经在山下面了。爷台山勾魂摄魄、精灵鬼怪样诱惑和吸引我经冬历夏,不舍昼夜。我想不回来都身不由己,实在是抗拒不了的。对我来说,这座其貌不扬的平头山脉,既难登攀,也绕不过去,几乎就是我命中注定的一道"魔障"。大约16岁以降,我就"心怀鬼胎",想着要写一写爷台山的战斗、爷台山的传说和爷台山的故事,可是直到61岁还没写出一个字来。记得我在村小上学,语文课堂上那个来自县城,头戴栽绒帽子、眼睛上扣着鸡腿眼镜的老师,总要带上几分神往和炫耀,把"四只眼"高傲地顶在头顶,双手倒剪在背后,高视阔步,散淡的目光越过我们的头顶,痴迷地斜睨着教室的一堵土墙——那里,有一小块隔着窗栅栏的长方形蓝天,而他则像是和尚念经,时不时对着空气,不及物地无限憧憬,大发一通毫无来由的感慨:"你们呀,哼,就等着瞧吧,看我老师写的电影,嘿……"

他栽绒帽子的两个护耳翅膀样忽闪着,半睡不醒地眯着本来就嫌细瘦眯缝的眼睛,梦呓般不厌其烦、反复不已地"吹嘘",说他在县中教书的什么老师,多么奇才,多么善文能写,多么号称淳化第一支笔,正准备把爷台山之战的故事,多么惊天动地、多么轰轰烈烈地搬上银幕,如此等等,不一而足。于是,我们一帮傻了吧唧的毛猴猴碎娃,向往啊,期盼啊,翘首啊,脖子都伸酸了、伸直了,也伸困乏了,一个个白毛浮绿水、曲项向天歌地变成了长脖子鹅;要么,就是那种长无比的细脖子长颈鹿,做梦,都想着看我们淳化的电影——当然是淳化人编写,最好还是淳化人导演和出演,那就更"淳正"(纯真)和"淳化"了。

可惜,这个梦也实在是有些漫无边际、蜿蜒曲折。可叹,"人生是逆旅,我亦是行人"哪!此后的半个多世纪,过去不着边际的一切都不知不觉变成了各种疏离远逝的客体。我一直拎着脑袋满世界晃荡，不管在什么地方，当别人夸夸其谈、大肆渲染贩卖各自家乡的名胜古迹或者奇珍异宝时，我都翻来覆去——大热天穿皮袄，不为御寒为烧包，只管炫耀一座土山的故事，尽管听的人无一不摇头晃脑，表示闻所未闻、一无所知，我只好在深度遗憾的同时余兴未央，或者依然故我——依然师承栽绒帽子和鸡腿眼镜的魂牵梦绕，依然顽强不屈地继续神往和"吹呼"我老师的神往和"吹呼"："原本，是要拍电影的呢。"

可惜——真的是可惜！这一盼，直到我临近退休终老还乡，仍然不得一见。于今我的启蒙老师和他虔心仰慕、不吝抬爱与誉美的才俊师祖，都没有等到我游子归来去拜望他们，就不近人情地匆匆作古，一一驾鹤仙逝了。这给我充满绝望的灰色心情，又增加了一抹胶质般黏稠而化不开的浓浓的惆怅。如今，好像是这不死的悲伤促使我满怀发狠报复的心态，一次次凝视这座无辜的山头，因为这平平常常的三个汉字，对我来说无异于一种刻骨铭心的疼痛。

爷台山！

我一次次扑向这里，在心里和梦里，一次次希望着什么、渴盼什么，又好像要拒绝什么、排斥什么？糟糕的是，到底是什么，我好像又说不上来是什么。现在，它就在我的眼前，又一次展现在我的眼前。亦真亦幻，似虚似实。在阴湿沉重的黑云和浑莽缠绵的原野挤压之下，它并不似梦境那般崤岩巍峨，需要人仰首观望，而是不惊不奇、畏畏缩缩，一片疲沓绵软的样儿，倒像一只萎靡不振、卧伏在地而打不起精神的老狗——请原谅我词不达意地胡乱形容。因为它的样子，又一次切入我回溯的文本，和一只叫作"太极"，或曰"虎子"，毛色"一分为二"的忠犬，遥相呼应。俄顷就有了象征性的参照和不期而至的类比。尽管，有点像列宁所说，一切比喻仍然都很蹩脚。如果有一只狗，能像一座山那样持久地蹲伏在地，一轮甲子如一日，神情专注地凝望日月山川与江河大地，几乎成为一种图腾，那就是它了——"太极"，或曰"一分为二"，或者——爷台山了吧。

这是夏日一个懒散缓滞的黄昏，耍泼撒野的狂风扯着那些繁管急弦的纷乱雨丝，不疼不痒地浸润我惶惶然丧家之犬似的回乡归程。也许我心怀凄凄、满腹狐疑，又是火急火燎、归心似箭地赶回来，要参加一个预谋已久、拖拖拉拉延宕了十年有余、无聊而漫长的葬礼。也许是明明白白穿越一场梦游，一次关于葬礼的无聊演绎，一处似乎浸淫记忆重复多次的乡村闹剧……泥泞的土路，两边的玉米阵容严整，这种长袖善舞的绿色作物，修长的叶片状如柔软的剑刃，在风雨飘摇中互相摩擦，彼此絮语，切切嘈嘈，发出千军万马衔枚疾进的唰啦喧响。冷雨湿雾，一缕缕自我头上洒下来，遮蔽双眼，蜿蜒于脸颊和鼻翼之间，最后蛮横无理注入我的嘴角。我一遍遍慌忙不迭擦拭着迷蒙的双眼，不胜其烦地品尝一种酸涩冰凉，不可避免还要呼吸土腥、青草、牛粪、马尿、羊屎蛋的混合味道，唯独没有捕获到一丝那种暴烈狂放、历久弥新，那种战火硝烟弥漫其间的刺鼻气息。

可笑的是我，还在愚不可及、鬼迷心窍，继续徒劳无益分辨这场风雨，到底是不是人们口口相传了无数遍的六十多年前的那场风雨？传说了万千遍的故事，难免有千万破绽差错，只有那风、那雨，总是铁板上钉钉——究竟是凄风苦雨，还是腥风血雨，我自己也恍兮惚兮，难以断定。反正，只要旧话重提，任何时候它们都会出现在同一个黄昏时分，同一个爷台山地区——"战斗正紧火哩！"双方对峙，兵刃相见，你死我活，打到刺刀见红白热化之际，忽然闪电裂空，雷鸣鞭地，大雨滂沱……

这雨下得，真不是时候！

这雨下得，也正当其时、恰如其分，简直是神机妙算，如同一盆凉水浇到一团熊熊燃烧的烈火之上，真是下到了关节眼儿上。管它能不能彻底浇灭那一团火，至少能让它气焰收敛些吧！当然，也许适得其反，这一浇泼，正如同烧红的剑戟被水淬火，更加激励了兵器的凶悍狰狞。不管咋说，任虎、任豹，两个加在一起不过才三十七八岁的孪生兄弟，就是在那场倾盆大雨兜头而下的当儿，悄悄地后撤一箭之地，趁着大雨掩护，泥里水里匍匐前进、连滚带爬，各自向着对方的阵地，隐蔽接近偷袭而去。他们是岁爷引为心结、自虐"狗杂种和王八蛋"的双胞胎，一个模子里倒出来分不清彼此的骨肉同胞，然而却南辕北辙，各为其主，一个隶属国民党军西安长官行营特派联络员，带领暂编59师3团所谓"常胜四连"的侦察班；一个是八路红三团一营那个其后威名远扬的"硬骨头六连"的炮排长，携带着他孤苦伶仃的一门迫击炮和仅有的五颗炮弹，信誓旦旦，随时要置对方于死地。他们虽然年轻，也很平凡，但其身后，毫无疑问，全都历史性地、远远站着许多指手画脚、牛气冲天和如雷贯耳的大人物的名字。当然，他们也都不约而同，将那条再普通不过的沟渠，统称为战壕或曰堑壕，并视之为神圣不可侵犯的界定，同时发誓以身相许，准备随时抛头颅、洒热血，为之慷慨捐躯，就像他们虽然分别穿着土黄色和土灰色的军服，但都滑稽可笑，头上的帽子中央，顶着同一式样青天白日的那个刺猬样儿满身是刺、令人恶心厌弃的帽徽标志。

那条沟渠样儿的战壕，或者犁沟样儿的堑壕，不过也是战略上颇不寻常的某种藐视，它其实毒蛇缠腰般令人觳觫而又恶心无奈。东从陕东抵近潼关，西到甘肃迢远的正宁，翻山越岭，绵延百里，十里一堡，五里一哨，生生将个瘦条儿地形的陕西拦腰给了一刀。这堑壕也叫封锁线，除了任仲魁任岁爷，至少在任家堡子，寻常百姓要想出入此地、往来通过，无一例外，会如履薄冰、胆战心惊，正好比要赴阎罗殿必过鬼门关，哪一个不腿肚子打战出一身冷汗？偏偏唯有岁爷牛人不同凡俗，可以不屑一顾、傲睨尘寰，正如只有他肆无忌惮，任何时候都可以出言不逊，像痛骂任豹、任虎那样，大大咧咧目空一切，而且超然世外，轻飘飘甩出一句有悖他尊贵文明人士身份、粗野村夫式的脏话："把他个什，狗×的们，你死我活的，争个啥？"他咬牙切齿，又像置身事外不屑一顾："什么你的、我的，不就是一道——窄窄的犁沟！"

是的，岁爷说的是"犁沟"，他敢这样不分青红皂白、放诞不羁肆意詈骂，那是要有充分的牛气和足量级别的资格，就像咱们岁爷，必须是头顶国、共两重天，脚踩红、白双份田——才行。人们形容当年岁爷的能耐，说他一只脚就是能踩两只船，如同后来人们不得不佩服他，一双脚只需穿一只鞋一样，神奇鬼怪无所不能。岁爷不爱骂人，但要骂起来却也无奈，心里老大不快。因为他骂的不是自己，便是自己的子女家人。"这两个狗东西、害人精啊"——这正是任仲魁任岁爷对他的两个不肖之子骂不离口的惯用称呼。在他看来，他们既不是豹，更不是虎，实实在在，有悖于他当初为之命名的殷切初衷——不过是两个狂妄至极、不知天高地厚的可怜虫。

让他头疼恼恨、恨得牙根儿痒痒的，还不止这两个天生的冤家，包括他的弟弟任英魁，女儿任桃子，全都是要他老命的一疙瘩、一疙瘩堵死在心的一块块顽疾，心病。"先人的害啊！"他说，"到底是哪世，欠了他们的账，尽是些不省油的灯、还不清债的鬼！"岁爷把这些不中听的脏话挂在口头，有悖且违和他的文化素养与做人一贯持重严谨的作风，或许是弦外之音、别有用意，谁都很难说清，他不正是掩人耳目，特意"亮耳朵"而糊弄别人听闻的"权宜之计"！当然，问题是，岁爷，真的说过这样的话吗？单凭他说的这样毫无原则和政治性的狂言，就很离谱于一个所谓的革命先辈、老党员、老英雄，包括他的英雄和烈士之父兄的身份，也很容易让人要给他大打折扣。

岁爷，我至今弄不清楚，你真的是这样说的吗？所以，我的岁爷啊，你可不能死。起码眼下，你也不会死。对吧？这一次，你要是真的死了，那就叫死无对证——难为我，怎么讲得好像是你真实的故事？

我的梦乡

日暮乡关。步履蹒跚的夏日黄昏阴沉湿重。黑云压顶很浓很厚，团簇纠结随风移动，感觉随时都会稀里哗啦崩塌下来。我在想，一个人漫长的一生，居然长久地浸淫在另一个人漫长的死亡进程之中。这算不算生命的一种奇观？就算不是。那我是谁？就是说，至今我仍不得而知，自己究竟何许人也，是欠债的人，还是讨债的鬼？我只知道，风雨如晦的过去，对于我永远是一个绵长的梦。要不，就是个难解的谜。我实在记不清楚，这是第几次赶回来为岁爷"奔丧"？这位不断死去又不断活过来的老人，到底和我是什么关系，他至今和我个人的身世一样，仍然是个让人纠缠不清和恼恨不已的不解谜团——斯芬克斯之谜。也许是梦由心生，昨晚，我在爷台山背后的那片紫花苜蓿地里，又真切地见到了岁爷。他还是老样子，没变。矮小却也伟岸，衰弱仍很矍铄。总之，举手投足依然威重，俨然让人却步；却也蔼然可掬、神气活现，令人如沐春风。

苜蓿地紫花纷纭，蝶飞蜂舞，我清醒地嗅到花地流蜜的那种醒神爽脑的清新空气。我不相信，这些会是依稀模糊中我最初的记忆，是记忆灰暗惨白的底片。真的不信。沉浸在不安的深梦之中，我孑了独行在寂寞暗夜的任家堡子西北一隅，内心不安却又澎湃汹涌。那片不同凡俗的紫花苜蓿地，它的非凡不俗绝对不在它自身有什么奇异之处，无非是一片供养牲口的青饲料地，毗连着全村人终老千年的必然归宿。公墓令人骇异的，仅仅是我的梦，关于这片苜蓿地离奇古怪的梦。就是说，在梦里，我除了冷静谛视世俗琐事，甚至还跳脱出自己的肉身实体，犹如观察他人冷静地察看着自己。而我见到的自己，则完全不像是我印象或记忆中的那个自己，或者说，完完全全是另一个我的分身。然而不可思议的是，却偏偏又被我本能（思想铁定）地认为，他无可争辩，仍然是我——不管是回忆中过去的我，还是现在正在世上苟活的我，包括毫无疑问未来必然要死掉的我。尽管他的面貌、性格、说话以及思维方式和处世风格，于我一点点都沾不上边儿，甚至一毛钱关系都没有，但他天生命定，仍然是不可置疑的我、无可争辩的我。

问题的严重，还在于实在不太像我、其实又确凿无疑是我的"我"——所见所闻，说不清楚，究竟象征什么？那些碎片化支离破碎的故事、人物和个中情节——主要是其中若隐若现的岁爷，以及可有可无的那个水婆婆。这些恍兮惚兮，多半、大概也是源自内心图景飘忽不定的映现，剥蚀着它们自身微乎其微的可信度和不可知度，也蚕食着它们似有若无的"存在感"。所有这些，最终，都将使我一无所获，最多一鳞半爪，游离于浮光掠影而不能自拔，仍然分不清虚幻不实和确凿真实的明确界域，如同分不清犬牙交错的边区"拉锯地带"，辨不明阴阳相隔的生死界定。总之，在梦中，不期而遇的那个自己，让我感到异常陌生和极端排斥，加上那个似是而非的岁爷和无法确证的水婆婆，终将成为我确凿的斯芬克斯之谜。我彻骨的疼痛——疼痛自己的困惑：难道，我成了自己的影子，而且是飘忽不定的幻影！天，真是要命！如此游离，缥缈虚无，如此恍惚，难以操持把控，让人情何以堪？

我真的不知道，该何以自处了。

那么岁爷呢？他又是哪个地方的岁爷？什么年代或者哪个朝代的岁爷——那些不知其名的地方和一眼望不到头的岁月的深处，也曾有一个名叫任仲魁的岁爷吗？所有这些，纠结困惑、魅惑眩晕，不由自主也就让我沉沉大睡，睡死了过去。正是那个如死如梦的昏沉中，我还梦见我睡得实在踏实，以至于与岁爷擦肩而过，也没来得及充分仔细地询问，在他众多孝子贤孙和早已四分五裂的大家族中，小小不言的我，何以变得人模狗样、大人物似的那么"举足轻重"，非要让他托人一遍遍地电话叮嘱、催促，让我心生烦乱厌恶，背上思想包袱，又没办法抹下情面金蝉脱壳，最后百无聊赖，不得不匆匆踏上恍恍惚惚的归程。

从省城到县城，也就五十公里路吧，我可是被唯利是图的班车贩卖猪羊牲口一般，先后"甩包"倒腾了四次，最后还因为天色向晚，乘客寥落稀少，将我撇在了淳化县城，死活不再到上塬去了。可怜的我，跟我憋屈的小县城同等卑微偏居一隅，陷落在一条名叫黑松林的狭窄沟道。没有一棵松树的河川沟渠，还有一条细瘦可怜的小河，曲曲折折、不慌不忙自遥远的秦汉，或是更加遥远的千年百代之前，从县城东侧的黄泥河道曲曲折折、羞涩潺湲悄悄流过。表情势利的天公，真的不怎么作美，半死不活地吊着一副驴面长脸，时不时罗面似的筛下一层层惹人湿滑厌腻的牛毛细雨。我站在路边死乞白赖，涎着脸皮，一次次拦截顺车，求爷爷告奶奶费了不少唾沫星子。好不容易，终于爬上一辆突突突黑烟喷涌的农用三轮蹦蹦车。没有顶篷遮风挡雨的车厢，空旷袒露。蹦蹦车抽风似的，突突突哼唧着粗气，爬上沟坡的塬畔，刚刚拐了三个弯道，中年夫妇就客客气气把我请下了车，毫不眷顾将我撇到了一个三岔路口。他们和我——道不同，不相与谋了。抬头远眺，细雨飘零，丝丝缕缕，有似谄媚多情的"粉丝"，前呼后拥笼罩着我。继续远眺，忽然清清楚楚看见一个人飘然而至，像是从爷台山模模糊糊的山峁背景浮现而出，任我怎么睁大眼睛仔细分辨，都深不可测，或者神秘莫测，总感觉这个人和那座山浑然一体，在时空伴随的风景深处，重叠成了一个寓意含混、面目不清、神秘古怪的剪影。山势绵柔、疲软匍匐，几与视线讲和自甘颓唐平起平坐。那样子很容易让人想到困乏无力地蜷缩在一道旱塬坡地塄坎之下，或者是一身老骨头正在抽风颤抖，吁吁喘气，活灵活现，浮雕出一个真实的力不胜支的耄耋老翁。

"你可真的……回来了吗，老兄？"声音虚软空洞，类似铁桶内发出的嗡嗡回鸣。"任家堡子可等着你哩？"我茫茫然一头云雾。迎面来人，甚是飘逸不俗，一身白衫黑裤，手执一根三尺有余的长烟袋锅，头戴一顶绅士手编草帽，帽檐儿歪斜，压得很低，让人费劲，看不清他的真切面目。倒是声音，似曾相识，十分耳熟。我正煞费苦心猜测他的身份姓名，他却半带揶揄，自以为是，调侃开口了。"你不是赶回来送岁爷的吗？我们那老寿星终于死了。对，也许，这次，终于要入土为安，彻底走了。老家伙呀，也活够本儿了，他不冤枉，更不含恨，其实呀，死得称心如意、十分愉快幸福。"

　　"你……"他哈哈一笑，掀开草帽一角，露出一张似是而非的老脸，"老兄，你个碎崽娃子，不信，就等着看热闹吧，你会看到许多你想不到的稀奇怪事。"我突然愣了，因为我诧异地发现，说这话的不是别人，正是任仲魁，或者说很像是岁爷——我那个几十年中死了多次却依然活得安然无恙的岁爷。天，这不是活见鬼吗？作为一个曾经在南方边界自卫战中参与战地救护，又多年跟死亡打过交道的临床医生，我可是从来不相信灵魂说教的。岁爷扶了扶他那副历史悠久、闻名遐迩的黑墨眼镜，一如既往，用他近于阴毒刻薄的语调，不无热嘲冷讽地说："把他个什，穗子，我知道，你个碎崽娃子，刚才还诅咒我来着。我就明明白白对你说吧，你岁爷我不是英雄，也不是混蛋；不是鬼怪，更不是神汉。我是个×——唔，×都不是。你知不知道？"

　　他欲言又止，没说出口的半截子话应该是：你大概还不清楚，我这个废人，早没了男人"那啥"命根子了。当然，他转而委婉含蓄地说，"究竟是啥，你其实应该知道。怎么，瞧你个呆瓜的尿样儿，难道，一点儿都想不起来，我可是告诉过你的……"他有些怅然，说完将帽檐儿拉下去，继续遮盖住模糊不清的面目，手里则挥动着那杆明晃晃的铜头烟锅，颇似齐天大圣孙悟空抡转如意金箍棒，然后就飘飘悠悠扬长而去了。我听到他咕咕哝哝，渐行渐远，口中还念念有词："名岂文章著，官应老病休。飘飘何所似，天地一沙鸥……"

　　那摇头晃脑繁霜鬓，半疯半癫嗟叹吟的痴迷劲儿，让我如堕五里雾中，由不得穿越晚唐，去追逐艰难苦恨的杜子美。我不明白他与岁爷，又如何同日而语？于是又使劲眨眼，狠狠地抹一把脸上的雨水湿雾，恍入胡安·鲁尔福描写的鬼蜮，一时成了寻找生父佩德罗·巴拉莫的胡安·普雷西亚——老大、老大的大半天，我直犯疑惑，实在踌躇，搞不清他是不是岁爷，而岁爷是不是真的死去了？我竟有点儿觳觫，恐惧打从心里冒突，不寒而栗袭击全身。就这样疑惑不解，又忐忑不安，深一脚、浅一脚，趔趄在接近村庄的烂泥路上。脚下踩着松软如泡发面团的黄土道路，一双昂贵的皮鞋极不情愿地发出呻吟。它们被黄泥层层缠裹，每迈出一步，都要在泥巴的纠缠沉陷中挣扎，感受那份所谓的昂贵实在无用和显而易见的负重。

彼时，薄暮的炊烟，一缕缕蹿出任家堡子农户们崖背顶上的烟囱，袅娜的烟柱，伸长了脖颈仰望天穹，一股股滞涩升腾盘旋而起，又接着被低速的气压阴雨浓云凝聚在半空敷衍连绵，使整个村子都陷落在了雾气弥漫的暧昧之中。又是个老人，劈面走来，头顶草帽、留有山羊胡子，我打量他，怎么看怎么像我那个同样曾经牧羊的岁爷，他也长着一副皱纹干硬密布的核桃老脸，声音也跟岁爷那样，透着干爽的辣椒味儿。他高高低低、粗粗细细，歌唱一样吆喝着慵懒的牧归羊群。羊儿们拥挤成团，咩咩地叫着，像一群溃不成军的散兵游勇，团簇拥挤穿过柴草烟火呛人的村道。泥泞的村路上，很快撒满一摊摊颗粒分明、凌乱无序的羊屎蛋儿。我在揣测，尽力在记忆深井中打捞：这个山羊胡子，何许人也？

到底是那个"三指头"的羊棍爷，还是一辈子跟我搅和得神鬼难分、死过多次的岁爷；要么，就是任家堡子村还活得活灵活现的真实历史。不妨，我权且当他"三指头"罢了。我跟他打过招呼，他连声咳嗽，眨巴着沉重得似没睡醒的干涩眼皮，半天，竟没认出我来。随后，他迷迷瞪瞪瞥我一眼——这一眼并不传奇，反倒具有某种不可抗拒的传染性质，因为转瞬，就让我不由自主，如中巫术邪魔的蛊惑，居然也迷迷瞪瞪，眼皮沉重得抬不起来了……

"你呀，老兄，呵呵，真个是没出息个碎崽娃子！"老家伙有点儿幸灾乐祸，一如往常不分大小跟我称兄道弟。"咋向，八成，我看你稀松软蛋，乏了、困了、浑身瘫软，真个、是一只抽了脊梁骨的癞皮狗了？"他奚落我，声音沙哑、瓮声瓮气，却具有极大的摇撼与把控力。"大概，也饿得慌神了吧？怎么，不愿跟我去吗，保你热炕、热茶，再烫一壶醇酿玉米老烧，还有我和我的牧羊犬，上午啃剩下的半只羊拐骨，让你咥（吃）美喝足，昏天黑地睡个踏实，一点儿都不会担心失眠、乱做噩梦。当然啦！"他禁不住又咳嗽起来，"你要是嫌弃我老汉龌龊，不干不净不卫生，那就趁早给我滚蛋，滚远一点儿。也许，这阵儿滚回村里，去见你的岁爷，正是时候……"

老羊棍，这个老不死的，其实，你老啊，还真不糊涂。我不记得自己语无伦次、胡乱支吾了些啥，好像没有理会他，只管走我的路，走得东倒西歪，身不由己。他还真没有说错。夜色如风，这时遮天蔽地，浓重地漫卷过来，隐匿了熟悉真实的任家堡子。不远的地方，响起几声颇为张扬的爆竹炸响声，接着就有惺惺作态的假哭虚号，伴着招魂的声声唢呐，扑面而至，撞进耳鼓。这是奉送亡人的一种祭奠仪式，等于是孝子贤孙、亲朋好友给予逝者最后的诀别致敬。众人捧着各种纸质替代实物的虚假祭献，绕行村口十字街头一周，呜呜哇哇转悠回去，然后煞有介事回来，供奉在灵堂前面。这是世代沿袭的衣钵传承。人们已然热衷复制这种陈规陋习，一本正经，一次又一次，克隆着荒唐可笑的人生落幕。只是"与时俱进"的是最初所谓的"祭品"。

当然，无一例外，一概是纸糊的替代，林林总总，应有尽有。你恍惚觉得，十分滑稽可笑？其实已经不足为奇。同样依稀恍惚，不是也有人说过，这是一个由纸糊的替代品装点的"被时代"嘛。我也"被动"地聆听着山羊胡子爷萦绕耳际的自我呻吟、呢喃自语。他说："一直都是这样，一直。活着的人没完没了，总是围着死人转圈子，一个圈子，又一个圈子。死了的，人躲在天边，藏在暗处，偷偷地笑着，看了一遍，又笑一遍……"

他咕哝着，旁若无人地从我身边径自擦肩而过，慢条斯理，隐没在了村庄昏黑的幽暗深处。我目送他，下意识抬眼，望了望被夜色渲染渐渐隐没的爷台山轮廓，只见它朦朦胧胧，已不像晴天爽日那么切近坚挺。山势依然千年不变地匍匐缠绵，曲线依然畏首畏尾、柔软模糊，软塌塌地"躺平"摊成了一片，依然差不多与你的视线讲和，哥儿俩兄弟，扯成平视平行。这使我再一次想起梦境里岁爷的形象，比起现实中总是醉眼蒙眬、让人捉摸不定的岁爷，他反而活灵活现，倒是十二分逼真和清晰了。所有这些，直接使我梦真难辨，忍不住暗自思忖：假如亡人果真有灵，岁爷的那个顽固不化的不死阴魂，将会对我们今晚为他啼笑皆非的扬幡招魂，给予何等的感慨和评说呢？

突然，有一只狗猛烈地开始狂吠，我竟然分辨不出它是"太极"、"虎子"，或曰"一分为二"了。不过，接着倒有两三只狗遥相呼应，跟随附和。再接着，整个村庄的狗叫都被点燃喊醒了。仍然是所谓一狗吠声、百狗吠影。透过这些百无聊赖、想叫又不想叫、应付差事、勉强半死不活吼叫了几声慵懒无趣的猖狂狂吠，我果然听到岁爷的嬉笑怒骂，真切可辨、依然活着："你呀，穗子儿，"他说，"如果有一天，狗都叫着咬你小子，不让你进村的时候，你呀，就不是这旮旯的人了。"

我情不自禁一个激灵，不由自主提醒自己，应该认真考虑横亘在眼前的这个严峻的问题，尽管，它有些晦涩、深邃而且漆黑如夜，不透星点亮光。夜确实黑，漆黑如墨，就像史前的混沌深沉到无边。但我敢肯定，我一定不是他的嫡亲子孙，这一点完全是非虚构的事实。但我无法否认，我可真的是由他养育而成长为人的铁硬历史。这一点，同样是非虚构的事实。他就像一只老母鸡，咯咯地围着我转悠了一生，或者说是转悠了我的一生，我就在他的卵翼下渐渐浑圆膨大、羽翼丰满，这也同样是非虚构的事实。更重要的，还不是我到底是不是属于任家堡子的子孙，而是在哲学的意义上，人究竟可以生死几回？如同岁爷，反反复复地死去，好像也反反复复地活着。

我的岁爷

"岁爷……死了！"

"真的吗？"我在电话这端一惊一乍，又将信将疑，"这回，他又是……咋样，死的？"

"别问了，他……跳井了。"

"为啥？"电话那边心不在焉敷衍回答："你回来，就知道了……"我纳闷，却想起那个古老的阿拉伯谜语，说狮身人面像考问行人，有一种动物早上四条腿走路，中午两条腿走路，晚上三条腿走路，回答不出谜底的人就会被吃掉。谜底其实再简单明了不过，那是人给自己描绘的一个漫画式的残酷玩笑。我至今坚信不疑，岁爷对于人生必然衰老死亡的铁律充分彻悟，早就了然于心。但我同时又整不明白，一个无惧死亡的人，又何以取战死之外的某种极端形式了却一生？何况他已抵近百岁，怎么能毅然决然投井而去——试想，一个百岁老人宏阔壮观、天大的人生，怎设想义无反顾投身于逼仄狭小的井中？你难道能说，他是在进行一场旷日持久的战争不成？否则，那就是处心积虑玩弄阴谋，蓄意要给儿孙制造麻烦，从而打一场没完没了、没输没赢的扯皮官司？我屈指算来，这距离上次他老人家上吊，已经五年有余。在此以前，他还两次喝灰水（卤水）、三次勒脖子、四次撞墙，自己偷偷摸摸闹腾了多回，仍然坚如钢铁都不曾死去。试想，一个人可以上天——上吊、入地——投井，漫无边际、曲折反复地死上三年五载，又别出心裁、花样翻新，没完没了地继续死去，这是何等能耐，何样的奇伟不俗?！换言之，他的生命，就是不断生而复死、死而复生，大概在足以打破吉尼斯寻死纪录的漫长过程中死去活来得以延续（原谅我不说成苟延残喘）。谜一样的岁爷，那谜一样的一生，留下了诸多疑窦、黑幕重重。他的悲剧性的喜剧乃至恶作剧式的自尽，已成为我不可释怀，也无法解构的中国式的斯芬克斯之谜。中国式的，永远的斯芬克斯！

我已经难以准确计数他究竟死过几次，只记得他曾不厌其烦地反复说过，"有很多活着的人，其实，一生下来就死去了。在死去后重生。在重生后又死去。"言外之意，好像他从来就没活过。不过，这句话倒是颇具哲理，但愿不是他的自我写照。很长一段时间，我只把他死去活来的故事当成纯粹信条、金科玉律，用以鞭策自己不要行尸走肉般白活一世，成为只会消费食物、制造粪便垃圾，因而等于没活的废人———种绝顶级别的警策。后来，我恍然大悟，事情绝非如此简单纯粹。这句充满宿命意味的"天启"，原本就囊括了岁爷那些为人诟病、非同寻常的经历，那是他风雨人生的起步和多舛命运的归宿。这件事，或者说至少在这件事上，我的恍然大悟，并未受教岁爷多少神神叨叨的耳提面命，它主要来自任家堡子村那些豁牙漏气的老人，他们年复一年，圪蹴在墙根旮旯阳坡下面，七嘴八舌口口相传，勤劳勇敢而又不甘寂寞、坚持不懈地翻晒着那些陈年往事，还原他那个本身就会接生的老祖母，倒转乾坤，迎接他出生问世的那一幕场景，亦即"任炕洞"死去活来、妇孺皆知的故事。

当父亲大木匠火急火燎将他从炕洞里抱出，看见他剧烈地伸胳膊蹬腿，哇哇地可劲大哭，俨然对这个冰冷至极的悲惨世界，不遗余力地显示着本能的怨恨与愤怒抗争。这种怨毒之气，应该说已绝对不是来自娘肚子而是源自炕洞子了，并且最终成就了岁爷一辈子忍辱负重的旷达与包容。就是说，他如同从太上老君的炼丹炉里重生再世，打骨子里，就熔铸了桀骜不驯的个性，这个性又自带了某种包容天地万物的大度。岁爷的父母，当是顺理成章，立即不假思索就甩给了他一个先天不足、后天蒙垢而缺乏尊严的尊称：任炕洞。

当然，这个名字，庆幸没有多久就被人遗忘。具体原因说不清楚。反正传说就是传说，这种口头文学的作者多元杂芜、众口纷纭，也莫衷一是，就像关于他的出生，虽然版本不同稍有出入，但他的出生却是不容否定的事实，尤其是关于他一出生就差点儿真的死去，这一点，不约而同契合得众口一致。总之，他瘦小羸弱，加上原本又很稀欠，不无怜爱珍重，一家大小口口声声叫他碎爷——尽管口气中难免充满褒贬不一的复杂感情。不过，任岁爷、任炕洞，虽然侥幸遗留于世，暂免一死，可要存活下来，又需要走过何其艰难困苦的漫漫征途啊！

是的，谁也说不清楚，反正，岁爷一个填塞炕洞的贱命，就这么磕磕绊绊、唧唧歪歪地给活了下来。许多年后，岁爷忽然出息，粗通文墨，居然知书达礼，成了遐迩闻名的能人，据说是吉人自有天相，他也似乎运交华盖。有人说，有一个声名显赫的人物，他命运中所谓的"贵人"，认为他理所应当应该拥有一个光鲜体面与出类拔萃的大名。于是，稍加点化，就将他的乳名脱胎换骨，改成了大名鼎鼎的任仲魁。还煞有介事，让他将那几个名字镌刻在巴掌大一块黄花梨木小木牌上，须臾不离，整日挂在胸前"招眼（摇）撞骗"，满世界兜售它的来之不易，自诩曾受高人指点题赠，相比于土窑洞那孔黑咕隆咚的烟火炕洞，简直形同又是重生再造一次。

"我是黑暗的忤逆，天生就向往光明。"于是，他如是说。言之凿凿，高深莫测，让村上人听了大眼瞪着小眼，一头雾水，愣是整不明白，他说的究竟是咋个意思？至于他无数出生入死的冒险经历，死而复生的传奇神功，半真半假的一大堆故事，笼罩着我少年人生贫乏苍白的记忆，潜移默化，渗入了我青涩年轮深沉梦境，直至溶入我汩汩流淌的血脉律动。其中诸多让我耳熟能详，却也似是而非、时常混淆颠倒的名词、数字、山水地理乃至男女姓名，更是加剧了我认知家乡这块沟壑纵横、看上去伤痕累累的黄土地的艰难程度，使我若即若离，亲近不得，可又恋恋不舍，怎么也割舍不下。出现频率最高的，莫过于这些互不关联或者藕断丝连的称谓物语：1945、边区、根据地、苏维埃、国统区、红白交界、拉锯战、游击队，自然少不了赤水县、马栏镇、爷台山、冶峪河、清平原，还有梭镖、土枪、大刀、火铳，等等叮当作响的军械器具。其中的狞厉骇人，不外乎毙命、死亡、鲜血、尸首、砍脑袋、骷髅头之类虐心词句，让人觳觫恐惧、毛骨悚然，唯恐避之不及……

这一大堆拉拉杂杂的纷繁物事，有如秋日枯黄的落叶随风飘零，越积越厚，我的岁爷就好有一比，他不时会像兔子从梦里头蹿将出来，神出鬼没蹦蹦跳跳，偶或也会像神话里的土行孙，活灵活现，蘑菇般自地下冒突而出，人模狗样地指点迷津，跟你东拉西扯，作古成精。任家堡子一带，打从人老八辈，就传承下来一种程式固定的说法，但凡认为神圣尊严极其尊贵的物事，都会以"爷"冠名，而所谓"爷"亦即"神"的同义反复。我清楚地记得——绝对不是在飘忽不定、无法捉摸的梦境，而是真真切切，在长满高粱玉米浓绿森森的庄稼地头，岁爷一手牵着不肯安分随时想挣脱他胡闹撒野的我，一手遥指远处那座苍苍茫茫、逶迤起伏的大山，以一个长者无可置疑的权威性，郑重其事地诲训——要我记住："懂吗，咱这爷台山的爷台，就是神台。"他郑重其事地说，"早先，上面的庙宇，供奉着降妖除魔、神通广大的大神祖和他的忠臣良将八大金刚呢。只是……唔，"他咳叹一声，无可奈何地咕哝，"不过，可惜爷庙，都毁坏在了你争我夺的连天炮火之中。从那时起，爷将不爷，神嘛，也理所当然，被人给赶跑和代替了。"末了，岁爷则陷入沉思遐想，吟哦一声，"唉，碎崽娃子，我考考你，你说说看，这是好事还是坏事？"

我弄不清，只是傻不拉叽光会摇头。但也曾经不无天真，打破砂锅问到底，反复纠缠追问他："现如今，那些神呢，他们，都藏到啥旮旯里去了？"

"无处可藏。"他冷笑一声，没等我继续发问，就神秘兮兮，说出一句截然相反的怪话，"不都是糊弄瓜尿老百姓嘛，一辈一辈地哄，一代一代地哄，哄得让你睡踏实，做梦梦里娶媳妇。"

这话，超出了我六七岁年龄该有的知解悟性。我大感不解。而他则仅仅是神秘莫测微微一笑便不了了之。我相信，他绝对不是不想多加解释，或者只是不屑而已。他是享誉方圆的能人，尽管大多数人对他只有敬而远之的份儿，不愿亲近，也很难亲近；但对于我，当然是个例外，永远无法拒绝于千里之外的例外。不错，在相当的历史时期，我其实就是另一个他，是他拴在身边、踩在脚下的半截细瘦的影子。正如他一直觉得，我不过是一个混沌未凿、狗屁不通、长不大的小屁孩儿。

我至今仍然认为，他脾气乖张、古怪率性而为，是一个惹人笑骂、让人眼黑的现世活宝老顽童。他一辈子的身后，都不能清爽干净，总是有不间断的飞短流长、风起云涌。有人骂他老倔头、老贱货、老风流、老骚情以至于老叫（公）驴、老公狗，如此等等，直击心尖，不堪入耳。更有甚者，据说还有人咬牙切齿、背地里将他捏成面人泥塑，然后用针尖、枣刺、荆棘之类，深深地扎他的脸、胸、腹、股，尤其——集中于他的那个命根儿，腹下裆部。有意思的是，传说他听到这些非议诟病，不仅不恼不火、不恨不羞，相反竟有如吃了一副开心良药，仰首望天，放开喉咙哈哈大笑，差一点儿就手舞足蹈了。岁爷何等高人，一方神圣啊！他说："一咒十年旺，神鬼不敢撞哪。这真是孝敬又抬举我老汉哩！"

我一直在心里纠结，我的这个岁爷，居然能神鬼不惧，他到底是一个怎样的人？我持之以恒，寻觅现成的明晰答案，一晃竟半生倥偬，遗憾的是，至今未能找到。只有一点，我敢保证，并始终坚信不疑，那就是即使岁爷死了，也不会变成鬼的。他名副其实地胆大包天，曾无数次自我标榜，牛皮吹得没有个边儿。"告诉你吧，"他神秘地眨眨眼睛，就这样子对我拍着胸脯说过，"什么毛鬼神、巫大神，不管它是哪个鬼，只要撞上你岁爷，只要我眼睛一瞪，保准能把它们全部吓死！"

在我的印象和感觉中，他能否吓死鬼尚不确定，倒是觉得，他不仅能把死人给吹活，而且还能心甘情愿跟上他去打仗。许多年后，我曾无意中听说，他还有一个阶段性不很出名的绰号，人称"娃贩子"。言说他凭三寸不烂之舌，暗中鼓动、"煽惑"赤水三区任家堡子一带的年轻娃娃去当八路，真名实姓的后生，足足能编一连队伍。在我的印象之中——到底是记忆之井浮现，还是梦幻的荧屏显示，反正，亦真亦幻，说不清楚，总之，这个能吓死鬼的岁爷，常常天马行空、独往独来，不管是春夏秋冬、黑夜白昼，还是刮风下雨、雪雾迷蒙，他说来就来、说走就走，真所谓神出鬼没如入无人之境。他名正言顺的妻子，也就是我的第五花儿娘岁婆，就曾经不无怨恨地直呼他为——活鬼。

这个结论性定语确有佐证。他好似暗夜精灵，如鱼得水、得天独厚，大概像猫头鹰，天生就适应夜暗出动。据说有人像撞见阴魂不散的死者，活灵活现地撞见过他，因为他夜里最常光顾的地方，恰恰是任家堡子村外紧靠沟畔的那片苜蓿地顶头的荒芜坟场。可想而知，这些令人毛骨悚然、后背发冷的传言，在我贫穷荒凉的少年心境，投下了多么浓重的阴影！它使我胆战心惊，坚决拒绝跟随他欢天喜地，继续再去那片离奇古怪、紫花纷纭的坟地里发疯。可惜，我意志薄弱、动摇不定，实际上一次又一次，总是被他的甜言蜜语蛊惑，被他变幻莫测的花招屡屡降服。

/ 第六章 /

"娘家"兄弟

　　乡间俗语,"过了腊八,长一杈把"。年关将至,崖畔上的日影儿蹒跚挪动,拉开了天长夜短时序摇曳放渐脚步迎迓新春的优雅序幕。倘或年丰时稔,庄稼人这一天是要讲究吃"腊八面"的,那种面,汤煎、软和、细溜,豆腐肉丁的臊子油汪汪漂上一层子,看一眼就会流口水。家穷底子薄的,最不济,也要吃一碗五颜六色八种豆子熬煮的"腊八粥"。为了这一天的时令饭食,岁婆花儿煞费苦心,角角落落扫荡一遍,把来年的麦种子都抓了一把,还砸了一把甜仁杏仁,七凑八凑才勉强凑齐八种"豆子",也就是应了个名分,有一点儿准备过节的意思。人多口稠、稀汤寡水的日子,眼瞅就要见底的面缸米瓮,都在屡屡提醒她难以为继了。

　　"见日头要吃饭呀!"她不想发愁都不行,何况,年关将至,更要现实地考验花儿这个巧妇如何经营出个"无米之炊"来。在官镇之南她的娘家父母,原本也是"借着吃,打着还,跟上碌碡过个年"的穷家当,以往口粮也不宽裕,却也每每念顾她家人多口众,屡屡勒紧裤带地给他们周济过多次。岁婆心里有数,更其有愧,自己帮衬不上父母,也再不敢奢望贫弱的娘家提携他们了。但见岁爷,整天脚不沾家,不是南下官镇,就是北往土镇,不用说,也在绞尽脑汁为生计奔忙,只是总见空手而返,好在他总不服输,不断枕边吹风安慰岁婆:"不要过分发愁,天无绝人之路。"

　　"你说的路,在哪儿?"岁婆却是不服,"空话、大话、不顶用的废话,能喂饱肚子,总不能让全家喝风屙屁哇!"

　　"你放十二条心吧。"岁爷的回答,仍是不当饭吃的空话,"车到山前必有路,没路嘛……拆车,卖辘轳。"岁婆一听,急眉赤眼凤眼一瞪,顺道甩出叮当响的俩字儿回敬:"屁话。"

可是，似乎专为证实岁爷随口而道的空话不空、大话不小，时运转机不打招呼，突然就莅临了。这天傍晚，薄暮中灰秃秃的村道上一股黄尘漫卷漫腾起，两匹高头大马，一匹雪白、一匹枣红，赫然蹿进村口。马蹄声碎，直奔岁爷家而来。两匹骏马，不同凡响，双双拴在了岁爷窑背的枣树上。翻身下马的两个军人，从穿着到长相也判然有别，一位穿国民革命军黄色毛料军大氅，一位穿保安团蓝底白边保安服，两人不慌不忙，从马背上卸下胀鼓鼓的褡裢驮子，挺腰一提，就意气昂昂，下到了岁爷家的地坑院子。在"一分为二"礼节性的慌急狂吠中，岁爷闻声迎了上来，他伸出手，及时接住了来客手中的口袋。

"他舅。"他这样称呼身穿黄色毛料军服的军官，那人则轻浅地一笑，顺口叫了他和紧随其后走出窑门的岁婆一声"姐夫、姐姐"。来客便被礼让进窑里。个头不高穿黄呢子军服的"他舅"，回身介绍他的同伴："这是县保安团，我的朋友。""他舅"轻描淡写，微微领首，不着痕迹吟哦一声，"快过年了，知道你们日子紧巴，弄了两袋子洋面，其他礼档，也就免了"。

"其他？"岁爷先是一愣，惊道，"天，这礼数大到天上去了，你还要咋！"

岁爷的娘大木匠婆，从另一孔窑颤巍巍颠了过来，仔细端详着说话的"他舅"，不由得发出一连声的惊诧："唔，你，是他舅……""他舅"及时抢过话头，自报家门："我是板儿，第五板儿。"说着，他机警地扫了岁爷和岁婆一眼，接着就意味深长地嘿嘿笑了。

"噢，板儿。"木匠婆颤抖地伸过两只手，喜出望外地在"他舅"身上摩挲着，"他舅，你敢情……来过我家？"

"他舅"没有正面回答，只是和蔼地笑道："你说呢，大娘？"木匠婆摇头又点头，"噢、噢。也许，是我忘了。人老，没记性呀。只是，那个……他舅，你咋的也没长个大个子，跟我儿一样，可怜见地，也是个碎个子？""他舅"回头望了岁爷一眼，嘿嘿笑道："大娘，这怨不得我，大娘给的，事先就铁定了的。尽管我做梦都想长高，长得高高大大，长成铁塔，可一梦醒，还是这个个头。不过也好，省衣服嘛，你们瞧，这件大氅让我穿在身上，还不像盖了床被子，占了多大便宜。"

"噢，那是、那倒是的。"木匠婆泪眼婆婆，像是了悟到什么，终于双手合十，连连作揖，"唉，但愿你们平安、结实，都安安稳稳……就烧高香了。"包括何建安在内的几个半大小子，他们围着来人交头接耳，目光"聚焦"着低个子的"他舅"，从他身上的黄呢子大氅，依稀窥视到了朦胧梦境中自个儿的未来形象。只是桃子姑娘不同寻常，她看见那件被子一样的呢子大氅，突然就像她从小不敢正视淋漓鲜血一样，既没感到温暖，也没看到向往，反而莫名其妙心里"咯噔"一下，触电似的猛然抽搐，原本桃花似的粉红的脸庞，一瞬地就惨白了。好在无人看见她寒噤一样颤抖。那天夜里，与往常一样，她和妮子睡在一起，半夜突然鬼捏住似的一声尖叫，一把紧紧抱住了妮子，打摆子样浑身抖颤开了。

"怎么了，桃？"

"我……看见一件黄呢子大氅，铺天盖地直落了下来，眼见，就要掉在身上，又一下子，变成了一只扇着翅膀无头无脑的大鸟，它用尖锐的爪子抓起我，一下便飞了起来。飞着、飞着，又突然松开，把我从空中，给扔了下来……"

桃子胆战心惊、冷汗淋淋，样子实在惹人怜爱，妮子忍不住揽住她，哄孩儿那样轻轻地拍着，安慰她说："不咋、不咋，没事的，不就做梦……魇住了呗，别怕……"这是两个女孩的闺中私密，除了她们自己，也就只有天知道了。

单说这两个特殊客人，意外造访岁爷家的地坑院子，虽然夜色苍茫，而且言称公务在身，并没有滞留多久，但他们不同颜色的正装和他们不同颜色的坐骑，还是在任家堡子引起了不小的震动，而且，那震动的波长很快就辐射到了邻近四村八乡。很多传言猜疑纷纷扬扬，不久，也回馈到了岁爷的耳朵里。"真想不到，咱岁爷，还有这么大的靠山！"有人质疑："咋没听说过呀，岁婆花儿从那块地穴头冒出来的，还有个当大官的弟弟？"有人说："反正，来头不小。据说，是杨虎城手下的人呢。"也不知他们打哪儿得来的情报，说得有鼻子有眼。只是，这些纷纭议论，岁爷却压根儿充耳不闻，这是因为，他正和岁婆细心谋划，该咋地把那两袋难得的洋面（纯麦机制面粉）物尽其用，发挥到极致。"这面雪白、雪白，我真舍不得吃呀！"赏心悦目的岁婆，感慨不已，由衷地说出了她的惋惜和遗憾："两袋面已不算少了，可让咱一家吃，还能招得住吗？"她随后的回答，也毋庸置疑："那还不是热锅消雪，一眨眼，就完了吗？"

"大乾坤里小乾坤啊。"岁婆的怜惜担忧，却被岁爷一句半开玩笑的调侃醍醐灌顶，给点亮了："鸡能生蛋，蛋不也能生鸡吗？"岁爷难得开心，抿嘴一笑："你能一个接一个给咱生儿育女，还不能让这洋面粉再生出新面粉吗？"岁婆虽不识字，可她脑子灵光。"让面生面？是啊，咱不能光指望吃现成儿饭。对了，咱先拿这两袋面打底，做成锅盔，要不就是饦饦馍或石头馍，去卖，咋样？"

"当然。"两人一拍即合，正是夫妻一心，黄土变金。何况，他们手里，可是比金子还金贵雪白的细面粉啊！说干就干，生火和面，扯风箱，扫案板，盆盆罐罐、锅碗瓢勺，在一家老少全体动员中，立马热火朝天、激昂亢奋地响动了起来。一对半大小子虎、豹两兄弟，由比他俩稍大的安子领着，差不多成了支撑农活儿和家务一揽子事体的主要劳力。他们早出晚归，忙完地里庄稼活计，还要照料牲口，割柴、绞水，帮助岁婆她们做馍。牟水琴母女的主要精力，在打理纺线织布，紧要时也赶来灶前帮上一把。他们的生意顺当开张，眼看就有了起色。岁爷一早出门，赶上灰驴往土镇来回一趟，两褡裢的锅盔和饦饦馍转眼就出手一空——出售得出奇利索；生意看好，岁爷有时都不回家，直接从北边边区的土镇，径自赶往南边国统区的官镇，紧随其后，买来新的面粉，有时是籴来新麦，随后便驮回家来。

这时，累了一天的毛驴轮上歇息，它被那头弯角老黄牛顶替下来，慢悠悠地在磨道子里，兜着圈儿磨面。这活儿通常是木匠婆和桃子姐妹几个小孙女儿干的。雪白的面粉，洋洋洒洒打石磨里瀑泻而出，经过她们一遍遍罗，最后就剩下了麦子麸皮。通常，也只有这些剩在罗上面粗拉拉的"红面"麸皮，才是他们家的食粮，而那些金贵的雪白面粉，全做成了锅盔或饼，除了偶尔给木匠婆和客人身份的水琴母子品尝，几乎一点不剩，全都被岁爷垄断拿到镇上，一股脑儿去兜售了。不管咋说，有东西下肚，总比吃糠咽菜强百倍了。最难得的是一家老少都很知足，他们情愿吃麸糠黑面，省下白面卖钱。最高兴的莫过于岁婆花儿，总为吃饭穿衣发愁的她，这阵子心里就踏实了许多。

"这样就好。"她说，"一来有事可干，二来勉强糊咱们娃娃们的口，就不再为吃饭作难了。"这天，岁爷回来，点着烟锅，吧嗒吧嗒抽上几口，却给岁婆提了个小小的难题："咱们的馍馍，还能不能再做好一点，关键，要长时间保存而不发霉变馊？"看到男人心事重重、一脸愁眉不展，岁婆嫣然一笑，忍不住轻松地笑着说："我当是啥事。呔，亏你还是个顶天立地的汉子！"她一抿嘴，胸有成竹地开了金口，"屁大个事，那有啥难，大不了，费一点事罢了。"

"哼。看你捡了根灯草，说了个轻巧。"岁爷瞪大眼故意激她，"你是真的有好办法？"

岁婆的柳眉一耸一挑，跟着又一舒展放纵，随即就上来了一计："我看，那就打石头馍好了，放得久，也不变坏，再掺上椒叶和盐，味道更好吃，也更好卖，保证买家满意。"

"你……真的能行？"岁爷还不放心，岁婆却矜矜自得，高挺起胸脯："打石头馍，嗨，我早在娘家就会，这么多年跟上你过穷日子，光顾着填饱肚子，哪还用得上我的拿手绝活儿！"

两口子兴奋不已，一直说到夜半三更。翌日一早，两人就分头准备起来。岁爷特地去十几里外的泾河滩捡石子，岁婆就在家里和面发面，紧锣密鼓忙活开了。这石头馍，原是陕西关中北地浅山区的邠县、长武、旬邑一带传统小吃，做法也颇独特，靠的是烧热的石头将饼子烙熟，号称原始社会流传下来的饮食活化石。这种馍的做法虽然稍嫌费事,但烙馍时间较短,熟得也快,火色均匀,吃起来酥香味美,久吃不厌,贮藏多久都不变坏。岁爷两口子一旦改弦更张,别开生面的石子馍生意好像就异常红火了,因为供不应求,他们根本用不着上街叫卖。仍然是岁爷赶上毛驴,一趟趟往北边那地儿跑,回头又赶往南面的官镇,去枲换新麦或面粉。晚上回来,一家人磨面、打馍,几乎一个通宵,天天如此。

转眼即临除夕,岁爷卖馍回来,竟在集市割了半扇猪肉。岁婆见状,忍不住惊叹一声:"天爷,你咋这样子手大,不过日子了吗?"

"日子要过,年更要过嘛。"岁爷说,"好赖忙奔了一年,给大人孩子,换个口味解解馋吧。"岁婆听命,夫唱妇随,当即剁馅儿发面,动员全家人上手,又是饺子,又是包子,一锅锅热气腾腾出笼,让一个个窑洞乃至整个院落都溢出了吊人馋虫诱惑的香气。头三锅肉包子出锅,岁爷将孩子们叫来,俨然发令,让他们分头行动,给村上每家五十岁以上的老人,各送去两个包子,算是顺便给乡亲们拜年。如此这般,很快,肉包子沁人心脾的浓郁香气就弥漫了整个村庄。正月初上至整个春节,岁爷家宾客盈门,人们都听说了,他居然有个在杨虎城手下干事的小舅子,多年不走动的亲戚,突然来走动了,乡公所的李乡长、刘保长和乡镇上的头面人物,也纷纷前来道贺,祝他生意兴隆、财源旺盛。更有一些"眼里有水"的聪明人,冲着那个名叫第五板儿"他舅"的面子,单为他在杨主席(杨虎城曾任陕西省主席)身边做事,料定前程不可限量,反复"精打细算",纷至沓来,都想通过岁爷"曲线"做一点政治投资。岁爷呢,心明如镜,又无可奈何,只是应酬,微微一哂,不置一词罢了。

时光之尊

腰包渐渐鼓胀的岁爷,日子如故,依然过得十分抠门儿。都说他去土镇卖石头馍,从来不下馆子,更别说海吃山喝过一回嘴瘾。饿了,总是从口袋里摸出一块冻得邦硬、保准能砸死人的黑馍,嘎嘣嘎嘣咬上一阵儿,常常连一口热茶都舍不得喝。可是,突然有一天,他却在街角里的杂货店里耍了一次阔气大方——而且奢华得有点离谱。他几乎是一见"钟情",毫不犹豫,就掏钱买了个"钟"。那个年代,漫说乡下,城里有闹钟的人家怕也十分稀欠,几乎就是罕见。可岁爷偏偏别出心裁,脑子哪一根筋搭错,竟至于爱不释手、一往情深地"请"回来一只——闹——钟。"请"这个字眼,还是他家的小美人儿桃子的"赠予",三个女儿中最大也最漂亮的"姐姐",在家里也最受大人器重,她在家的地位,也决定了她在家说话要比妹妹们更自由、率性、开放和通脱。第一个从岁爷手中接过这个洋货玩意儿的，无疑也是桃子。"咦，你们快看，咱们岁爷，给咱'请'回来个啥'神'。"

这话放肆，有点离经叛道，迎面就遭到了岁婆花儿娘不留情面的叱责："疯女子呀，咋说话呢？"

"咋啦，是我们岁爷，不也是你的岁爷吗？"桃子故意淘气，喜眉笑眼，成心跟花儿娘顽皮捣蛋，"你瞧，他可是给你请回来了另一个'爷'，往后，怕是咱都要听它呼唤哩。"

我们已经有过交代，岁爷这个称呼，说它在尘世上独一无二或许有些牵强，但说至高无上，起码在他的家里还真不是夸张。也不知起于何时，他的儿女，不知不觉、潜移默化、不约而同地，都一概叫他"岁爷"了。乡下有"先叫后不改"的约定俗成，现下三代，再后是四代人，好像提前预约商量好的，慢慢地习惯成自然地众口一词，都把这个称呼挂在嘴上拿不掉了。起先，第五花儿娘还对此耿耿于怀，不无忧虑地训斥过她的那些不懂事的毛孩子："没大没小，胡咧咧啥，不知道，他是你们先人，岁爷，也是你们碎毛猴猴能叫的吗，就不怕人家笑话？"

"那有个啥？"毛孩子们嘴尖皮厚，一个个地嬉皮笑脸，竟敢犯上作乱反驳"我们"共同的娘，"岁爷就是岁爷嘛，满村人叫得，凭啥我们就叫不得？反正，总是你男人呗，叫了，谁也抢不去他。"大女儿桃子伶牙俐齿，就更不省心，有意挑逗，本意当然还是想逗当娘的乐呵一点，结果却往往适得其反，让娘不生气也得装出十二分生气的样子来。对于虎子、豹子两兄弟来说，这个称呼的新鲜好玩儿，最初仅仅起于他们七八岁猪狗眼黑的年纪，初谙人事的他们，开始只是鹦鹉学舌，私下偷偷仿效村人不无敬意地呼叫他们的先人，随后胆子日渐壮大，也应和妹妹们口无遮拦，渐渐百无禁忌，开始放肆地叫父亲岁爷了。终于有一天，"水到渠成"，就不由自主地说漏了嘴，竟然还是在花儿娘跟前，如此这般、老大不敬地唤起了父亲的名讳——其实，还是外号。岁婆无奈，连连摇头，哭笑不得，也束手无策。"唉，三天不打，上房揭瓦。真是一群小贱皮，我看你们都是骨头痒痒了，天知道哟，是你先人亏了他先人，还是我亏了你们的先人，咋地稀里糊涂，就生下这一群不知天高地厚的疯娃娃！"

花儿娘佯装恼怒，当即拉下她那风采依旧非常值得一看——真的十二分姣好的鸭蛋儿脸，恨铁不成钢地训斥他们："皮嘴再贱，看我不撕烂你们那吃不够、填不满的黑窟窿（嘴巴）！"这事，终于有一天被岁爷撞上，他非但不恼，居然还嘿嘿一乐，异常宽厚自得地耸了耸肩膀，那样子就像头一次听见不谙世事的儿子们学舌骂人，只不过惊诧地大睁了一下眼睛，然后就大度地一笑了事了。由此，完全可以有理由认为，那就是他的默认应许。反正是木已成舟的既成事实，似乎也无碍大事，原本就娇宠儿女的他，好像已放任自流、听之任之了。儿女们死乞白赖，知道他们的娘有口无心，至多也是刀子嘴、豆腐心，只把这貌似严苛的训责当一阵拂面春风，反而于中攫得一份恣惠和鼓励给自己，有恃无恐、疯张得更加卖力。

"活该，看你们做父母的，没个正经样儿，把娃娃们都惯成精了。"这是岁爷老娘木匠婆的批评。她老人家目睹此番情景，只能装模作样，俨然哀惜世风日下，摇头叹嘘，把那干瘪的老嘴噘得能挂起一个油葫芦来。其实，并不畏怯娘老子以及老祖母的儿孙们，由此得寸进尺，嘴上更加不把门了。已经记不清是哪一个嘴上没毛、办事不牢的傻小子，还是哪一个撒娇淘气的黄毛丫头，有这么一天，竟如此这般，顶撞起我们进退失据可怜的花儿娘了："就你个碎个子男人嘛，叫一叫岁爷，还会缺胳膊少腿？"

可是，他们谁也想象不到，如此胡说八道、如此悖逆伦常疯癫痴话，居然会一语成谶，不幸而言中岁爷不久的未来——如若他们会预见到，自己的童言无忌，竟会无意中揭橥我们岁爷后半生的悲惨命运——果然，会少胳膊缺腿的不幸遭际，他们对于自己少不更事的这满嘴放炮的一派胡言，又会怎样痛心疾首、无地自容？当然，这是后话。眼下，"闹钟"这个新鲜成员进了家门，可是真没少引起岁婆的讨嫌絮叨："俗话说，犬守夜，鸡司晨，雄鸡报晓，狗娃看门，用得着你胡乱花钱，买一个'耍货'回来。"

"这你不懂。各花入各眼，日月不同天呀。"岁爷不以为然，理直气壮，说得文化雅致又通俗易懂，"镰刀斧头，各有用途。鲁班角尺，能代替墨斗吊线吗？它们呀，各尽其职，各人忙各人罢了。"

"我看你呀，大热天气穿皮袄，不为御寒为烧包（炫耀）。口袋有了几个铜板就烧糊涂了。"岁婆狠气地埋怨道，"这怪物能吃还是能穿，真是明白一世，糊涂一时。"

"你放心好了，我明白着哩。"岁爷依旧置若罔闻，将她的话只当耳旁风，一连几天爱不释手，像个摆弄玩具的孩子，反复擦拭把玩那个闹钟，还有意无意为全家郑重普及他的独份见解，"时间概念"了："咱农民呀，生来东山日头背到西山，日出而作日没而息，从来没想过日子，究竟是怎么回事儿？"

"日子不就是吃饭穿衣，还能是什么？"岁婆反驳，"难不成，就是一个带耳朵的，钟表？"

"这你算说对了。"岁爷接过她的话，"这个大耳朵的爷，它的铁耳可不是来听我们人说话的，恰恰相反，它是要咱都听它说话，用它的耳朵和胳膊腿儿（时针、分针和秒针）发号施令。人生一世，过的可是时间，时间就是咱们的命。命在咱人身上，就像船在河里，你要撑船把舵，仔细算计、小心把握，没听说惜时如金那句话吗？你们瞧，这表面上的十二个刻度，一分一秒，可都是我们的心跳，提醒我们要抓紧时间，做好该做的事。古圣先贤都说'劝君莫惜金缕衣，劝君惜取少年时'呢，娃娃们，你们给我听着，这闹钟，今后，就是咱们全家的最高司令，往后干啥，咱可都要听从它的指挥。"

全家人被他这一番摸不着头脑的高谈阔论，说得一惊一乍，似懂非懂，显得懵懂、不明觉厉。"咋啦，我没说明白吗？"岁爷慨叹一声，"咋的，脑瓜都成了榆木疙瘩？我的意思，要你们每个人，都争取把一天活成两天，至少把一月活成一个半月，把一年多活出个一年半载，争取，把一辈子活出两辈子来……"

"有本事，你能叫人不死吗？"岁婆着意拂逆他满怀热情的深奥诠释，仍然拉下脸来，反唇相讥，"瞎掰啥，净说昏话。时间，不就是毛驴拉磨，快也罢慢也罢，不想转你都在磨道跟着转圈圈呗，看你能的，还能把那玩意儿说成个神不成。"

"那不一样，你手里，不是还有一根吆驴的鞭杆吗？"儿女们围拢着，争相观赏这稀罕玩意儿，更稀罕父母还会有这番不分输赢的争辩，他们的眼睛都长出了小手，一个个巴望当玩具把闹钟抢到手里。末了，这份神圣光荣的使命，仍然荣幸地落在了桃子的身上。"你们都听好了，以后，只许桃子管这闹钟，每天按时准点，给它上紧发条，完了就放在架板上，别人只准许看，可不准乱动。"桃子姑娘无疑自豪骄傲地接过闹钟，按照岁爷的指令，端端正正地将其放置在了半窑壁的一块木架板上，转过身来，一本正经请示岁爷："大，你看，还要不要像俺婆孝敬菩萨，天天给它烧香磕头？"岁爷翻一个白眼，口气却显得温婉平和，这倒是他对这个天使样的大女儿一贯偏宠的态度："傻瓜，这个嘛，倒是没必要的。"

总之，时光之箭，从这天起，在这个农家的土窑洞里，就有形有状、有声有色，管你爱听不爱听，都会无一例外、坚持不懈，不停顿地勇往直前，直朝你耳朵里钻：嘀嗒、嘀嗒、嘀嗒、嘀嗒……

自从岁爷买回来这只带"耳朵"的闹钟，一家人似乎才意识到，自己也长着两只古怪的耳朵。反正，那个所谓的时间不可视的抽象，当然也是看不见的时间，一下子陌生、熟悉、直观和贴近地站立起来，变成三根长短不齐、快慢不一的指针，一天到晚总是不清闲地向全家人喊喊喳喳、喋喋不休，说个没完。这是任家堡子村有史以来的第一个钟，就在全村人都为之惊奇不已的时候，这个不速之客却在岁婆第五花儿的眼中不待见了。她讨厌这个肥头大耳朵的"闯入者",老说它一张圆饼子脸,头顶倒扣着两只酒盅大小亮晶晶的铃铛,铃铛中间还有一个可以左右敲击机巧的摆锤,是一个十足的异类怪物。它每次按照预定的时刻,在"发条"的能动下机械地发出刺耳的丁零声,都会让她忍不住一阵心惊肉跳。她不喜欢它,正像她虽然名叫花儿,却生就排斥那些非生物的纸花、假花一样。"都是些糊弄人的玩意儿。"她不屑一顾鄙夷地说。但岁爷依然一往情深、温情脉脉,继续着迷。他一有空,就继续要给孩子们上时间的功课,一遍遍指着闹钟向孩子们讲解,津津乐道,像讲解一部绵长的人类秘史和世界深奥的真谛:"娃们,这就是光阴啊。懂吗?没错,我们都是拉磨子的驴,在它的表盘上兜圈,一圈又一圈、一遍又一遍,没始没终、没完没了,谁也逃脱不了,除非你两腿一蹬,不再动弹,死僵僵地,翘了辫子……"

对于家庭的这个新成员,孩子们的反应总归有别,轩轾殊异了。虎子、豹子两兄弟不约而同,只是淡定地看了一阵儿,似乎在搞什么阴谋诡计,两人心领神会地对视了一眼,便不再投入更多的热情去关注了;热情很高,表示由衷欢庆的是最小的杏子和梅子,她俩背过岁爷,总是缠着姐姐桃子,兴高采烈而欢呼雀跃,争相抢着偷着要想把岁爷的宠物拿在手上尽兴把玩。桃子宠爱妹妹,但见岁爷不在家时,就将其从高高在上的窑壁架板上拿下,严格地规定她们每人玩几分钟,就赶紧收回来又放回原位。行为虽然骄纵偏宠,可那态度,却仍然是居高临下、不卑不亢,不可侵犯的样儿:"可小心呀,摔坏了,咱们岁爷可要你们的好看!"

妹妹们小心翼翼,言听计从,低眉顺眼、巴巴的样儿,很是恭敬驯顺。咋地,这就是权威呀!谁让人家是大姐姐呢?谁让人家专职保管定期伺候,说一不二呢?还有,谁让人家是任家堡子最漂亮的姐姐——谁人不说桃子姐姐好看,看一眼能把眼睛给你闪瞎?咳,那光亮度,日月堪比吧?总之,岁爷是否有点偏爱大女儿桃子,没有确证,但事实上,却给孩子们留下了分外器重和高看一眼的印象。难怪他们(尤其是虎子、豹子两兄弟)不知不觉已经将此作为互相讥嘲和打趣的噱头,成了家里小字辈中间的流行语了,特别是杏子和梅子两个小丫头胡搅蛮缠,给虎子、豹子、两个哥哥耍赖讨要啥东西而不得,他们就会这样说话来噎妹妹:"为啥要给你,你长得比谁好看?"要么,就是敲明叫响,故意旁敲侧击揶揄大妹妹桃子,他们会这样说:"咋啦,你觉得你长得比人家还好看吗?"桃子毕竟比妹妹们大,听得出来这话里头的寻衅滋味,这时就会撒娇卖乖,一惊一乍地求援花儿娘了:"管管你儿子呗,他们老欺负我。"

"敢,看娘咋收拾他们!"岁婆虚张声势,转脸,还是好言安抚绥靖一番,疼爱有加地安慰桃子,"哥哥们是逗你玩呗。再说,你长得就是好看嘛,谁不说你长得最像娘了,傻女子哟,你还不高兴吗?"桃子一下就云开日出,看她屁颠屁颠,兔子般又唱又跳,回头,还一把抱起最小的妹妹梅子转一大圈:"噢嗬,娘都说了,我最像她,我最好看。当然,你也好看,对吧梅梅,咱们,眼气他们……"

如此这般,反正,桃子很长一段时间负责管表,也就自然而然成了专司"时辰"的天使。她和那闹钟,一个样儿显赫尊贵,犹如日月在天,天地同辉。这是在那个能冻掉鼻子腊月年前发生的事。本该要去置办年货的最后一个赶集的日子,被岁婆耿耿于怀,痛斥为"胡糟践钱"的岁爷,到底为啥会一时心血来潮、自作主张花费了本该给过年称肉买豆腐的一半现款,在别人都纷纷"请回"门神、灶爷画像的节气氛围里,却匪夷所思、一意孤行地购置了一件派不上用场的"劳什子"回来,即使他娘大木匠婆,也只能频频摇头,沮丧地叹一声气了事。很长一段时间,不要说任家堡子全村人依然懵懵懂懂,迟迟进入不了计时生活的新纪元,他们一如往常千古不变,黎明即起洒扫清除,日出而作日没而息。即使在岁爷家的大院子里,所有的成员,尚不习惯闹钟的驱遣,他们依然如故,只听命大红冠子芦花公鸡清晨打鸣的召唤,相反会讥笑闹钟表盘的下方,同样有一只大红冠子的芦花公鸡,它只会随着秒针的跳动,磕头虫似的无休止地在表盘上叨食,好像是饿死鬼托生,从来都吃不饱,也不肯引吭高歌打鸣报晓。慢慢地,连孩子们都对它失去了好奇心甚至于桃子姑娘也常常疏懒,忘记职责及时去管照打理了。

"唉,都是指屁吹灯。"于是,岁爷咳叹一声,拧紧发条的工作,只好返回到他自己的手上,好在那闹钟不闹情绪,并不因为人们的冷落而失去耐心,反倒是很给岁爷的面子,总是不紧不慢、中规中矩地向前踱着它标准不差的方步。"到底是你伺候它,还是它伺候你哩?"此番情景,难免又招来岁婆新的冷嘲热讽,"依我看,你真真是给自己花钱请来了个爷。"

不管咋说,岁爷"请回家"的这个用耳朵发声说话的闹钟,也是他们任家堡子村第一个计时的时髦洋货,就像他是他们村里第一个读书人和教过书的人,都是一般的稀罕物儿。也就是从这时开始,岁婆无意识发现,他们这个家,实质上的大当家,既不是她,也不是曾经说一不二的婆婆大木匠婆,更不是闷驴似的一天到晚只知道忙得晕头转向的岁爷——到底是啥时候,其实,就由这个大耳朵闹钟,调剂和掌控他们家的生活秩序。看那样子,他们家的岁爷,还真的是给自己请回来了一尊敬若神明的"神",一个俯首帖耳的"爷"。这个家形式上"掌柜的"矮个男人,简直成了这古怪玩意儿唯命(铃)是从的仆从、忠实不贰的家奴。不论早晚——多数是夜半三更,只要它惊心动魄"丁零零"一

第六章

109

阵炸响,岁爷保准身不由己一个翻身,如闻号令,似听召唤,勾了魂一般,急三火四穿衣下炕,随后就没头苍蝇似的手忙脚乱,蹿将出门,随即,便淹没在一团漆黑的晦暗之中。

慢慢地,岁婆也捕捉到一些蹊跷端倪,又渐渐从这神秘闹钟和它引发的一连串连锁反应神秘迹象中,窥探出了某些"秘密"。而且,终于有一天,她也自觉不自觉地,混同一起,陷身于他们中了。"这都是命啊!"岁婆曾经感喟,"岂止是我,我一家子,我的儿女,不,不对。"她说,"好像我们全村的人,其实也全都包括在里面了。"因为其后,不久,她就在大伙儿不约而同、已经习惯成自然地随口而道"几点了"的询问声中,看到了整个村子的某些动作整齐的集体行动:集合开会,学习上课,执勤站岗,支前动员,民兵操练,担架筹备……

这种状况,直到他们后来最新的惊奇发现,就是来到村中的那个文化女人红霞,她的怀里就揣着一块更加玲珑精巧的"时间"(怀表);再后来,那是当了连长偶然回家的任英魁,手腕上也有了"时间"(手表)。仅仅是大同小异,只是没有她家的"大耳朵"会叫唤而已。自此,他们后来在远离家乡不同的城镇乡村所见到的各种各样"似曾相识"的、各种面孔的(时间)钟表,才知道生活进入了一个讲究计时和追求时效的新时代,就像他们自觉不自觉地,接受了土镇上那个洋教堂里出来的人,把每七天的日子叫成"礼拜",从而不再稀里糊涂地周而复始,没年没月、无时无刻,驴拉磨子样原地打转,过同样的日子了。"还真让老家伙给说中了。"岁婆长叹一声,"说不定,这里头呀,很有点名堂哩。"

羊的祭献

时光神圣,不可急慢,不敢轻贱,简直就是一根使命当先无形的鞭子,一刻不停,驱赶着世上的万事万物,周而复始,兴盛衰亡,也无情地催逼着孩子们,一天一天不知不觉地长大成熟。处暑后的第二个礼拜六,岁婆花儿娘喊叫豹子去柴火窑揽柴,豹子急着要跟安子和虎子下地,就喊院子里的妹妹桃子,桃子不满,嘟着嘴反驳:"娘是喊你去的,我才不管。"豹子不悦:"咋,还指使不动你了,仗着你长得好看,就好吃懒做。"

"你胡说,你自己偷懒,还赖我吗?"豹子不知打哪儿突然冒出一点顽劣习性,一抬脚就踢了出去,不轻不重,正好踢在了桃子的屁股上,桃子惊叫一声,转身奔进了茅房(厕所),俄而出来,惊慌失色,立马跑回家来,找岁婆花儿娘告状。"你管不管你儿子?"她哭鼻抹泪地嚷道,"你看,二哥恁坏,踢了我一脚,下面,都踢出血了。"说着,就要脱裤子给花儿娘看。岁婆一怔,赶紧将她扯进窑里,关起门来一瞧,忍不住扑哧笑了:"傻女子哟,你是来月经了。"

"月经……是啥?"这桃子天性胆大,虽说长得水灵可爱,个性却不乏男娃娃刚硬坚毅,木匠婆经常说她投错了胎,原本该是个儿子娃的。可是唯有一点,还是暴露了她终究是个水做的女儿,那就是见不得一丁点儿血腥。有一回在地里剜荠荠菜,不小心被镰刃割破了指头,流了两滴血出来,就吓得她失声大叫、面如土色,浑身筛糠般颤抖不止,几乎要晕过去了,惹得比她小许多的杏子和梅子开心大笑,一边忙着用黄土面儿和刺荆草汁为她按住指头止血,一边笑得夸张,不亦乐乎好不痛快。花儿娘见桃子大惊失色,漂亮光鲜的脸蛋儿红一阵青一阵,连忙压低了声告诉她咋回事儿,还反复不已,再三叮咛:"乖娃娃,不用怕的,该高兴呀,这是好事,你长大了。"

不料,这话被正要进门的豹子听到,不开窍的浑小子,却当作家里一件盈门喜事,竟大呼小叫张扬开了。"唔,你们知不知道?"他站在窑背的枣树下,朝着麦场一群正在溜土粪的男女老少兴高采烈地高声宣布:"任桃子来月经了、来月经了呀,是我一脚在屁股上给踢出来的。"

场上的人听得一惊一乍,接着就忍俊不禁,一个个前仰后合,笑得直不起腰了。有人很快将这事报告了岁婆:"花儿吔,你豹子咋那么傻,十四五岁的人了,不知道女人来月经是啥,还当好事,炫耀乱喊叫呢。"花儿娘一听,登时倒噎了一口气,半天不知该说啥好:"天,先人的害,我真是个二百五,咋地养下了这样一群活宝,全不是些省油的灯,丢人卖害,让我的脸往哪儿搁。"

"那有个啥,大惊小怪的。男娃比女娃迟开窍,是我娃不懂呗。"倒是木匠婆开通,满不在乎,相反乐呵呵地揶揄她,"你看你的脸,不是好好的,还在你脸上吗?"

"娘,这话可不能这么说,丢死人了。"

"有啥好丢人的。娃娃么,懵懵懂懂、糊里糊涂的,你不也是打那儿过来的,哪有生来就会下蛋的鸡?"话虽这么说,岁婆还是觉得,教育孩子们的事不是个小事,更不是个笑话,她一方面赶紧训斥豹子:"不要丢人了,说你妹来月经,是男人乱喊的吗?"回头,又毫不客气地数落起岁爷来,"你整天就知道识闲能(说闲话),子不教,父之过呢,古人的话,你真不知道吗?"

原来,这岁婆对于岁爷早有了宿怨,不知始于何时,发现他在家里话多起来了,而且总爱在吃饭时瞎叨叨。他常常是边吃饭边滔滔不绝,有时是讲故事,有时是讲一些捕捉天地的大道理。岁婆就厌烦至极,冷不丁要回敬他。"饭把你的嘴还堵不住吗，哪来那么多没调盐的淡话？"岁爷却不予理会，爱理不理，像没听见，还是照样儿讲个没完。自然，也不影响他的吃饭。而他的吃饭也算得上一景。那时的吃食主要是玉米糁子，可他的碗里，好像盛的不仅是金灿灿的玉米糁子，还有没完没了的故事。一般，他是就一口自腌酸白菜拌辣子，因为嘴巴忙于说话，老半天才喝一口，只是这一口，却委实不同寻常，几乎具有某种典仪形式。你瞧他，毛茸茸、胡子拉碴的厚嘴唇，只往那青花白瓷的碗沿上一噙，一只大手五指撑开，稳稳地擎起碗底，眼见徐徐旋转，只听得呼噜噜一声悠长抒情的吸溜，小半碗黄澄澄的玉米稀粥，眨眼间，就随着腕部那一小圈儿圆润自如的转动，立即夸张而幸福地滚进了肚子。

他的吃饭，就这样有声有色、有滋有味，当然也有模有样。许多年后的小穗子回味起来，雪泥鸿爪，仍依稀在目，甚至于随时随地，还能闻到满窑洞的酸白菜味儿，清新如昨而回肠荡气。原因仅仅是，打从他能独自端起一只青花白瓷饭碗，耳濡目染，早就依样儿照葫芦画瓢，把岁爷那一套吃玉米糁子的功夫，练就得出神入化，完全称得上青出于蓝而胜于蓝了。这功夫弥久则功，弥大弥久，让后来毕竟在城里还有过吃香喝辣经历的军医，任凭任何山珍海味都难以撼动和颠覆他对玉米糁子就酸辣白菜的一往情深和坚贞不渝，正像他那个生身之父，无论怎样高官厚禄、地位显赫，乃至变换花样笼络和诱惑他，都永远代替和遮蔽不了年老身残、个头低矮，而对他情比山重、恩比天高的养父岁爷——任仲魁啊！

这就是他的真理，关于幸福的真理。此生此世，能做花儿娘和岁爷大的儿子，能做不幸被害而夭折（侥幸没死）的虎崽哥哥的替身，已经是他至高无上的幸福了。这幸福朴素平凡，纯粹简陋，亦如他的养父岁爷的幸福观，那么具体而深刻，平凡而不凡。那时的岁爷，假如你问他，啥是幸福，他就会不假思索告诉你："有啥，还能比上玉米糁子就酸辣白菜吗？"

至于幸福打哪儿来，他会给出你个不二答案、黄金公式，道是：下负＝幸福＋享福。"人不吃苦受累，不去劳动，哪来幸福？"他的回答是明白响亮和透彻的，而且自带诗律幽默的况味儿："喝风，胀气，吃你舅的干屁。"他在警告你，会喝风扇屁的同时，往往还会正经后缀地补充你一句世俗的不二真理："娃娃勤，爱死人；娃娃懒，剜了鼻子瞎了眼，狼叼去都没人撵……"

这就是他的故事。日久天长，也像他的玉米糁子一样没完没了，即使做梦，都瓷实得钢巴正硬，酷似他头下面枕了一辈子的那块砖头——一块被头油汗渍浸濡得乌黑发亮、方方正正、有棱有角的砖头。

且说中秋节前的一个后晌，寂静的村道，突然响起一阵破锣的叮当敲击，随着残缺不全的铜锣声音，人们便听到一个跟破锣相差无几的嗓子高声呼喊："各家各户，都来山神庙，分羊、宰羊、领羊肉了……"

"羊肉，哪来的羊肉？"有人反问，都不敢相信自己的耳朵，天下，还有这样的好事，平白无故，会有人给你羊肉？破锣一遍遍敲着，破锣嗓子一遍遍喊着，终于，在村西头沟畔的山神庙前，聚拢了一大群村民。岁爷不在，正好外出几天没沾家。几个男娃娃又都下沟去了，岁婆只好领着几个女儿出来，也看个究竟。她们来到山神庙的高台阶下，就见孙秃子一手提着中心敲烂空着大窟窿的破锣，一手招呼大伙儿拢好台阶下三只惊魂不定的绵羊。

"父老乡亲众爷们儿，你们想不到吧，日头要从西边出来了，政府，要给咱们分羊肉吃。嗯，你们看看，是不是日头也从西边出来了？"有人立即答话，"唔，果然日影西斜，可那是日头要落山呀"。孙秃子说："甭管他出山落山，反正，今天，都要叫大家伙解馋，吃上羊肉。"

原来，在边区红白交界的这个特殊地盘上，有人借机，趁边区开荒大生产，也在两家扯锯，你来我往时常处于两不管的僻背沟垴山地，偷偷种起了罂粟，并且很快由此发财。边区政府和国统区伪政府，都没有及时发现和制止，结果种植的人慢慢多起来了。后来有人在报纸上报道此事，又因大多种在蒋管区的地上，淳化伪县政府向上司报告，要求尽快铲除罂粟，并得到一笔专项补偿经费。于是，此间就有高人出谋划策，别出心裁，让县政府拿出那笔专款，购买了八百多只绵羊，从东至西，让这些羊代劳，逐步吃掉那些罂粟。始料不及的，是那些绵羊因贪吃塞得太饱，纷纷倒地毙命，处理死羊，又成了麻烦。县上的大员，经过请示顺水推舟，决定羊死在哪里，就是哪个村子里的财产，分给群众拉倒。此令一出，各村的人，就忙活开了，他们分别赶往地里，追逐那些正在尽情享用罂粟的绵羊，根本不等它们死去，抓住就拖回了自个儿的村子。好事，就这样从天而降了。

听了那些羊曲折的来历，桃子姑娘出乎意外，无由地觉得心里发堵，她低声央求花儿娘说："咱们，还是别吃那羊肉吧，你看这些羊，多么可怜。"可是村上的人，早已按捺不住兴奋不已的心情。几个壮汉，手执明晃晃的杀猪刀，蹦下庙台，就要杀那些羊了。头一只羊，被拽上台去，谁也没想到，它前腿一弯，扑通一声，竟然跪倒下去，另外两只羊被强拉上来，猝不及防，也随之跪下去了。羊们咩咩地哀叫，像是苦苦求饶，声音拖得很长很长，十分凄怆悲惨。"哇，不要，别杀羊啊！"声音是从桃子的口中爆出来的，"你们看，它眼里都流泪了……"

可是她孩子气的求告，却引来一片哄笑。"乖乖女，你可怜它，那就别吃它的肉吧。"不只是桃子，花儿娘和她的另外两个女儿，童稚的杏子和幼小的梅子，全都瞪大了眼睛。心生恻隐的母女，望着这些温驯的物种，这些"命不好"的牲灵，瘦削的脸上带着哀伤的眼神，接连给人下跪。一个壮汉挥起了明光闪闪的大刀，只听到咔嚓一声，头一只羊的头就在男人们的一片喝彩声中被砍了下来。这时，土台下一声凄惨的哀叫，但见一个弱柳扶风的苗条身肢，袅娜地一晃，双膝一折，当即面条似的扑倒在了地上。"桃啊……"花儿娘急切地呼唤，她和她的另外两个女儿扑了过来，急忙将桃子搀扶起来，只见她面色惨白，没有一丝血色，这娘儿几个，赶紧转身，匆忙往家里走去。"我们……不要羊肉……"

杏子和梅子也摇着头，附和着花儿娘说："咱一辈子，都不吃羊肉。"这话正好被村长孙秃子听见，他豪爽地大笑着说："傻话，那你们可就吃大亏了。要知道，咱们能吃上羊肉，还托你们家板儿舅的福呢。"

村长秃子的这句没头没脑哑语，过了好久，她们才渐渐知道了是啥意思。

初冬的又一个礼拜天上午，任家堡子村尘土飞扬的村道上，又响起了破烂不堪的铜锣声响，依然伴随着干涩破落的呼叫，但这次不是呼唤人们去领羊肉，而是有人半死不活，招呼人们去山神庙前看啥子布告。安子和虎子、豹子兄弟，三人闻讯赶了过去，就见庙前的高土台上，贴着半片门扇大的一张麻纸，白底黑字，下面还戳着碗底大小一块猩红的印章。任家堡子村识字的人早已与日俱增，便有人开始大声地朗读着上面的文字："中华民国淳化县政府通令：近年以来，我县各地违法种植罂粟，挤占耕地良田，祸害民风百姓。为铲除此万恶渊薮，政府拨发专款专用，购买羊只五百余头以便食之迅速清除，然有匪党奸人杨武仁等借机营私，巧取豪夺，贪污专款并掠去羊只盗卖匪区。现已查实其昭彰罪行，并于即日验明正身，以国法判处死刑，立即执行。现特布告乡里庶民，以儆效尤……"

安子和虎子、豹子兄弟，听得一头雾水迷迷瞪瞪，回家来给大人们也讲得含含糊糊。只是到了晚间，岁爷回家，脸色沉重得又铁又黑，只阴森森地说了一句"他舅"殁了，一家人便从麻木不仁的状态中幡然惊醒，自然而然，他们联想到了布告上的那个"杨武仁"，进而，想到了村长孙秃子所说的"托你们家板儿舅的福"。

可是"板儿舅舅"又和这"杨武仁"，是咋回事？没人给孩子们诠释这个疑窦，也来不及多说什么，他们就被岁爷支使着忙活开了。岁爷带着三个男娃，赶了一挂牛车，连夜奔赴县城，天亮时分，才拉着一口棺材回到了任家堡子。安子和虎子、豹子两兄弟，应该会永远记得，他们在县城南的枣坪滩上，接回来了惨遭枪杀的"他舅"。没有星光的夜晚，一切都是黑漆漆的，连他们自己也都被黑夜淹没无声,成了深夜分割不开的一部分了。年轻人也许终生不忘,当然会一辈子铭记岁爷当时的叮咛:"只管悄没声息地赶路,不要吱声,一句都不要问,一句也不要说。"

花儿娘也应该记得那个日子,中华民国三十六年十一月十一日,那是一个生铁般冰冷僵硬的冬日。岁爷和孩子们,把"他舅"接回来的时候,天空开始飘起零星的雪花,大门外头的窑背上,已经有人主动过来帮忙,在碾麦场那儿搭起了简陋的灵棚。棺枋落定,村长孙秃子张罗,当即把亲朋族人召集起来,郑重其事地分派干活儿。"大家伙都听着,这是我们村上一个特殊的丧事,咱们岁爷的内弟,家里已没了亲人,看在岁爷和岁婆两口的为人处世上,我们大家都要伸手帮忙,让这个兄弟在村上入土为安,虽说是非正常去世,但他是好人还是坏人,大家心里都有杆秤,早晚都会明白。"

岁爷抱拳上前,给乡亲们认真地作揖,不由得哽咽着说:"我任仲魁有礼在先,也有言在先了,今日娃他舅遭遇不幸,可怜他还很年轻,既没成家,又没父母儿女,所以,我就是事主,后事的一应支出,我会负担,我的娃娃不论男女,全都是他舅的孝子。现在,就让孝子给各位乡党磕头致谢,拜托大家劳神费力,让他舅……一路走好。"

村里赶来的老少爷们儿、姨嫂婶子,都低垂着头,止不住响起了一片嘤嘤抽泣之声。花儿娘在牟水琴还有木匠婆的陪伴下,出了稍门,已经动了悲戚的哀哀哭声。她们从家里和众邻家搜罗临时借来孝衣孝帽,随即给了虎子、豹子两兄弟和桃子姐妹,包括安子和妮子在内,孩子们披麻戴孝,白花花一片,全都跪在了灵堂前面。岁爷率先烧第一炷香,有人已经迫不及待催促:"岁爷放心,村长就赶紧安排活计吧。"

孙秃子立即行使开村长的权力,一口气点出了十个村上人的名字:打墓箍坟的,负责拉砖的,盘锅台烧水、筹集桌椅板凳的,负责接待来客吊唁和负责采买菜、聘请厨子以及酬谢来宾的;包括女眷,谁去磨面,谁去帮灶擀面蒸馍,一时间,里里外外安排得详尽周到,滴水不漏。都说这孙秃子,平时稀腰马胯,说话走路全没正形,打紧处吆五喝六,还真算个人物。一切都在悲怆的气氛下紧张有序地进行着。二更时分,从外面的街道上传来几声狗叫,一会儿,来了一群衣裳驳杂外来的客人,他们鱼贯进入村道,径直来到庄重肃穆的灵棚,没有磕头哭号,只是默默地上香,烧纸,面向棺材,毕恭毕敬鞠了三躬。一个教书先生模样的中年人,亲自执笔,伏在灵堂前面的供桌上,展纸挥臂,写下了一副挽联。细看,却是:"敢问青天人间公道何去;谢恩黄土深情不语自来。"

在他们离开的时候,村上有人认出了他们中的某一个人,之后努嘴低声,互咬耳朵，只是说了四个字：是北边的。几年后，有人确证了这些人，分别是共产党赤水县（今旬邑县一部分，属陕甘宁边区管辖）的县长张效良，陕甘宁边区关中分区副司令员张占云，关中分区保安处处长任志恒……

他们在死者的灵前上香、烧纸，站了很久，几乎都掉了眼泪，然后挂上了他们带来的挽幛。"他舅"下葬的那天，雪后初霁，原野洁净，庄严肃穆，银装素裹，一尘不染。谁也没想到，忽然，又呼隆隆来了很多的外乡、外县的陌生人，来人一律自称是"他舅"的同学、朋友，有的是乡下人的粗衣打扮，有的穿长袍、戴礼帽，有的穿着黄军服，还有的穿着保安队的黑制服，他们默默为"他舅"送葬，谢绝了执事者诚意挽留的吃谢客宴，悄然离去，连一口水也没有喝。任家堡子人回想起当时送葬的队伍，都感到有些意外。绵延数里，从村东头一直排到了村西头，至少有上千人，怎么也算得上是这个安静的村庄少有的隆重葬礼，可惜始终没有人看见，来自岁婆娘家的啥人。也许是这个原因，岁婆倒是哭得肝肠寸断，痛不欲生。"我可怜……无依无靠的，兄弟啊！"她在棺材旁，双手不断拍拍打打，眼泪鼻涕地，一把一把尽情抛洒："你叫我以后，靠谁去呢？"

不管这个"他舅"是不是她的亲兄弟，反正她哭得比亲兄弟还亲，至于是她的哪个兄弟，亦即她娘家为啥就没了人，人们有这个心思打问，也没有机会插嘴。至于岁爷，他那张过早刻上了致密皱纹而饱经风霜的脸上，一直不打雷又不下雨地乌云密布，有好事者悄声凑近，神秘地探寻："这是娃们，哪一个舅嘛，老大还是老二？"

"这还用问吗？"没想到岁爷居然援引一句流行乡里的插科打诨，不明所以，也是无可置疑地巧妙周旋，当即就顶了回去："他大舅他二舅，都是娃他舅呗。你没听说过吗，高桌子低板凳，全是木头……"

这场至亲至爱的葬礼，却让包括事主自己在内，许多人难免生出非亲非故——实在漏洞百出、明显的丛生疑窦，只有在一年零三个月之后，虎子、豹子两兄弟和安子他们分别从军，成了陕甘宁边区关中军分区警备团的战士，至少，在这三个小伙子的心里，才恍然大悟，明白了些什么。一位高姓的团长，得知虎豹兄弟还有安子与岁爷的关系，竟然一时兴奋难抑，将他们一个个轮换搂进怀里，赞不绝口连声说道："知道、知道，谁不知道咱任仲魁同志，你们可能不知道，他给咱游击支队送过多少石头馍，有一次，还送过四百多只羊呢，这不，如今，连儿子也送来了……"

虎子、豹子两兄弟和安子一听，相互凝视，会心一笑，这才想起他们在家悄悄学唱过的一首歌曲——每当唱到"猪呀羊呀，送到哪里去"的时候，岁爷的表情，突然会怎样地分外专注，那神态犹如喝多了酒，笑眯眯地分外陶醉。那时，他会将烟锅从嘴边拿开，直到听见"送给那亲人八呀八路军"，才会欣慰地点头，很放心地一笑，好像看见了支前送猪羊的队伍，通过沟沟岔岔的蜿蜒山路，黄尘滚滚，正往三水的石门关和马栏进发，向甘泉和延安迤逦而去。

那是安葬"他舅"后一个隆冬的黎明，村头的坟地，突兀地响起了一排惊心动魄的枪声，村上人和岁爷父子急忙赶往坟地，发现那里烟气袅袅，魂幡飘飘，只是已经空无一人。再看，原先给"他舅"立下的木牌子墓碑不见了踪影，代之而竖起的，是一块高约丈余的青石墓碑，上面镌刻的文字，也不再是"舅父第五板儿之墓"，而是庄重肃穆的魏碑体石刻："杨武仁烈士之墓"。墓碑的背面，还赫然醒目，镌刻着两行大字："英气浩荡山河颂，风流埋名天地知。"

虎子、豹子两兄弟和安子忍不住大睁眼睛，疑惑不解地询问岁爷："这……怎么回事？"

"怎么回事，你们想吧。"岁爷昂首望天，迎着冬日一轮杲杲升起的朝阳，几乎是一字一句，对他的双生儿子和安子说："记住，他姓不姓第五，都是你舅。是不是你舅，都是咱的亲人。"

/ 第七章 /

岁爷的"鬼"

穷困潦倒的日子尽管捉襟见肘，缺吃少穿，可是个头矮小的岁爷却鲜见地生命旺盛人丁兴旺。体量有限的他和他日渐庞大的家族，何以反差极大脱颖而出，竟让村人刮目相看又触景生情，忍不住要产生诸多的猜疑和遐想，乡村文化独具慧眼的特殊觉智，以同样精确的攻讦，一言中的现象的本质与核心所在，亦即他们口口相传的——人碎鬼大。这一个"鬼"非同寻常，隐喻丰富且又晦涩难懂，不过九九归一最终所指，无非岁爷夫妇令人艳羡的所谓情爱之事，就是说，在别人不可见的互相抵牾之中，他们一次次携手走完既定的程序，结果则是人人都看得清楚，如同种子出土，欣逢春天见风见雨，就生成了一簇簇鲜嫩的青葱繁荣茂盛。许多年后，曾在八路军大生产运动中大获丰收，挣得个开荒队队长名分的任英魁回来，眼前一亮，目睹哥哥在嫂子身上播种的收成，五颜六色、绚烂多彩，丰硕得让他大吃一惊，远比他那个"开荒英雄"劳动模范厉害得多了去呢——一对双胞胎侄儿虎子、豹子，三个侄女，全都如雨后春笋破土而出，而且无拘无束疯长，令人欣喜不已。听说，还有两三个胎死腹中和夭折没活的忽略不计；遗憾的是，他家的十三亩坡地，却被哥哥几乎抛闪撂荒，收成一年比一年稀薄贫瘠。人口累添，还都是个顶个的馋猫胃口不小的吃货，可怜的孩子尽管俊眉秀眼，长相巧夺天工，个赛个出众，可也个赛个麻秆般伶仃，精瘦如猴，孱弱的个条蒜薹样顶一颗小蒜脑袋，晃里晃荡看着都让人心疼。不过由此，倒让他信了村上人的冷嘲热讽，对哥哥的那些不无善意的取笑与杂呱："人碎鬼大，家什就像镢把；一戳一个准头，日弄出来的，都是乖娃……"

话虽粗俗，倒是实情。不管咋说，也是哥哥让人骄傲的能耐。于是，他也难免生出了某种模糊不清的隐约期许：啥时候，自己也该像哥哥一样，娶个媳妇，正正经经，整出他几个人样子、乖娃娃来……

其实不用他想，也不用多说，长兄为父，当哥的岁爷，早就为他操劳着此事了。人生一世，男大当婚、女大当嫁，所谓人留子孙草留根，凡人，都知晓兹事体大。只是，他那桩速成急就的婚姻有点传奇炫目，就是说，整个过程旋风一样，来得飞快，也去得遽急。那姑娘不是别人，正是来自河南的逃荒女人牟水琴的女儿妮子。她带着儿女辗转千里，在那个滴水成冰深冬的刺骨寒风里，饥寒交迫奄奄一息，结果不期而遇——遇上缘分中注定终生难忘的岁爷，接着就被菩萨心肠的第五花儿，敞开胸怀真情接纳。两家人几乎合为一家，简单透明毫无芥蒂。相处既久，没有隔阂掖藏的交流之中，那女人得知木匠婆在外闯荡的二子尚未成家，很快就有了许配女儿的想法。岁爷娘虽然觉得有点乘人之危，可看那妮子姑娘虽然瘦损单薄，一脸麦黄色病态，但人柔柔弱弱，恬静如水，五官端庄，周正大样，略微踌躇思量之后，也感到挺般配他的老二五子。随即，也就按乡里通行不二的"父母之命"老规程，应承了下来。可惜当时还差个"媒妁之言"。那河南女人持之以诚，自是爽快直接，便指着岁爷的媳妇第五花儿，直言不讳说出了她的主张。"咱大嫂子，不就是现成儿的吗？"

　　岁爷的娘吟哦一声，先是点头，后又摇头。"只是，如此这般来，你可不能再喊她为嫂子了……"

　　"咳。"河南女人连连摇头，"那是个啥事，你咋说……都中。"

　　半年后一个月明星稀的晚上，深更半夜，岁爷不知打哪儿，突然将弟弟拽回了家。已经二十出头，长得铁塔样的任英魁，奇迹般出现在睽违已久的家人面前，连他的母亲惊喜之余，都有点不敢相认。翌日一早，两家人手忙脚乱，急急忙忙，就张罗着给他成了大婚。三天之后，岁爷的弟弟又消失了，对于刚满十六、捡来的新媳妇来说，她那个人高马大、伟岸彪悍的夫君，真是个梦中的幻影，来无影、去无踪，突然就苍茫大地无觅处了。蹊跷的是，同时消失的，不但有岁爷的两个双生儿子，还有已是新郎小舅子的那个男娃，那个名叫何建安、人叫安子的新娘的弟弟。

　　大婚大喜，速配速成。只可惜这般美好光景不到一年，那个刚满十七的弟媳妇妮子，因为早产血崩，竟然母子双双不保，使这场圆满的婚配昙花一现，也就成了一场真正的春梦。剩下那逃荒来的河南女人，孤家寡人，孑然一身，尽管还是岁爷家的亲家，实际上则有些寄人篱下的难堪孤独。好在岁爷一家一如既往，仍然视为至交亲友。为表示他们不变的亲情挚诚，岁爷还特意将她重新安置，搬进了院子里一孔新掘的窑洞，悉心地为她收拾一番，盘上了一铺新砌的火炕，尽量给她匀出了锅碗瓢盆什么的几件必备家当，就这样既当邻居又当亲戚，妥妥地安顿了下来。这牟水琴，属鼠，比岁婆整整小五岁，人很干瘦，却也干练，更能吃苦耐劳。论其长相，清秀脱俗，倒很吻合她那水灵灵的名字。唯一让人感到不足，或者说还不太适应，是她那一口改不过来的河南腔调，说话执着就像狗撵鸭子，节奏慌急，呱呱直叫，一般人的听力与知解，紧追慢赶，就是跟不上趟，只好大睁眼睛瞪着看她。这种难以交流的隔膜，很长一段时间，也让她颇难融入这片乡土而成为正宗意义上的任家堡子人。不过岁爷一家大小，尤其是岁爷本人的宽厚仁慈，不仅被她视为恩人，也自然而然，成了她唯一可依赖的亲人。她对岁爷及其家人的这份深切感恩，不是用她的河南人语言表达，而是用一个颠沛流离的可怜女人发自肺腑的感动来表示，除了动不动的涕泪交加，就是片刻不闲，拿起扫帚扫地，抓起扁担挑水，逮住啥活儿干啥活儿的殷勤实在，以证明她的知恩图报一片真情。这种不分彼此，几乎把自己当成这个家庭成员的极尽表现，很快使她又成了任家堡子人茶余饭后的最新谈资，尤其是那些至今还打着光棍的单身男人，一个个跃跃欲试，难免有了说不出口的隐秘心思，他们总是想方设法搭讪，接近这个鲜活实在的狩猎目标。原本，这也在情理之中无可指责。意外的是，某些成家已有妻室的男人，尽管媳妇长相俊俏不俗，难为他们贪心好色，居然也会想入非非，对这个名叫水琴的外省女人，动起了非分之想。

　　这不，眼下，就来了一位。他是来木匠世家串门子的，其由头借口也很现成。岁爷父子两代木匠，家里自然不缺做木工的各类工具，多有村人心思活泛，也想依样儿画瓢，学做木匠活儿。如此，便常常有人既来就教于岁爷，也来借他的工具。隔三岔五经常光顾的人，这孙秃子也算一个。这个被村人打小喊作涎水娃的男人，说来倒是艳福不浅，他娶的媳妇，在任家堡子村，也是女流中数一数二的"尖子"。可惜成婚三年有余，仍然没有解怀生育。秃子心急火燎，最艳羡不过的，莫过别人家子孙满堂，最眼红的，也正是岁爷家的人丁兴旺，生生茂势。此公大名孙茂才，现今是村长又兼着互助组组长。在任家堡子村，也是仅次于岁爷的重要人物。年龄不大，比岁爷小了将近十岁，但脑子绝不比岁爷迟钝，尤其嘴巴，油腔滑调能说会道，说起风凉话，一愣一愣，特别是编那顺口溜，热蒸现卖，张口就来，颇有歪才。是故，人又白送他一个外号"舌头客"；且因他过早谢顶，毛发寥落无几，村人又习惯喊他秃子或孙秃，开始他也挺憋气，反感恼怒，时日一长，慢慢顺耳，竟习以为常，非但不生气见外，倒是一例地应声，冷不丁也自嘲一句。如此这般，在随遇而安的随和相处之中，慢慢练就了大咧咧一副死猪不怕开水烫的柔韧耐实和城墙般的厚脸皮。由于至今膝下无子，难免头疼大伤脑筋，脑门上谢顶的面积也日见扩张，眼瞅着就要成为不毛之地。为此他多迁怒于媳妇水莲，生出莫名怨恨，不知不觉，对他如花似玉的妻子开始冷眼相向。如此，他心思不属，见异思迁的目光就管不住了，老爱在别人老婆的胸脯和臀部上转溜。而他一旦开口说话，总是吸溜、吸溜，总像有咽不完的涎水、擤不完的鼻涕，黏黏糊糊，让人心堵。每次他来岁爷的家，都要忍不住贼眉鼠眼，在岁婆的身上瞅来瞅去，随即便无话找话、不咸不淡，说一大堆撩猫逗狗的废话。

"岁爷，现今你的日子，可是过得喜缭（美）没拨（说）啊！"他一边借口要用岁爷的板凿，一边瞄岁婆和给她当帮手，彼时正在灶前烧火的牟水琴两人身上，忙不迭地转眼珠子。岁爷也不客气，直截了当问他："你可要放啥臭屁，直说。"

"我有啥事？顺便，看看我大妹子不行。"他说的"大妹子"正是河南女人牟水琴，"你们说，这天下事咋不蹊跷，水琴妹隔山架岭，一个外省人啊，名字咋就那么巧合，正好，和我老婆连在一起，简直，就像亲姐妹一样？"不错，他那年轻俊俏的老婆，大名程水莲，确实凑巧和牟水琴"水乳交融"，颇为契合。

"就算是亲姐妹，又能咋样？"岁爷白他一眼，先将手中正抽的水烟锅礼让予他，接着毫不客气奚落他道，"你个秃驴，把他个什，吃着碗里，还瞅着槽里，又动啥哈（坏）心眼？"

"看你说的，你岁爷呀，哈哈。"孙秃子嘻嘻哈哈，老没正经，也一语双关地反讽起岁爷来："你黑天百日地打窑挖洞，我就不知道，咋能忙得过来？"岁爷知道他想说啥，抬手一抹嘴巴，咳了一声，从鼻孔里哼出一声冷笑："你这小子，哼，年轻轻的，难怪头上早没了毛，可是长了一身的哈（瞎）眼眼哇。"

"眼眼多，有啥用？只怪咱，不会弄。"秃子不惮自我糟践，依然自嘲，眼睛则仍旧滴溜转动，张口，就是一段荤素搅和的调皮话。"娶了个老婆不生娃，连个母鸡都不胜（如）。哪敢跟你岁爷比，碗里吃着锅里等，任你随便一撒种，咱岁婆的眼眼嘛，一个都比一个灵。只需两腿……一劈叉，男娃女娃满地蹦……"

说罢，他自个儿率先乐不可支，直笑得抽风样上气不接下气。笑着，眼睛忙里偷闲，却像长出了钩子，死死钩住了正在拉风箱烧火的牟水琴，又机不可失，不忘阴阳怪气、恰如其分地挑拨离间岁婆一句："都说咱岁爷人碎鬼大，岁婆我可提醒你，千万可盯死看牢了他！"

"什么牢不牢的，你个老没正经的秃子，闭上你的臭嘴，积点德吧！"岁婆不仅不给他好脸色看，还趁机反戈一击，揭了他尽人皆知的丑闻老底，"你只要看牢你自己，不再丢人现眼，老是钻茅房扒墙头，看人家女人尿尿就行了！"

"咦，岁婆，你可甭听他们胡咧咧哟，哪有的事，都是些哈尿（坏蛋）埋汰我哩。"秃子死皮赖脸,装出蒙冤受屈一副苦相。"咄,我有那么下贱吗?女人嘛,我还是正正经经地见过的,不就是比我们男人,多那么两个白馍馍,少了那么个肉橛橛吗?"岁婆啐了一口唾沫。"哼,还说别人糟蹋你哩,看你个贱皮二流子,三句话说不到两句半,说着说着,就野到歪门邪道的沟底里去了……"

"本来,就是嘛,说到底,不就是沟渠子(屁眼)一点点事嘛。"秃子就不无得意,放肆地露出他那一口标志性的黄板牙,只顾厚颜无耻,开心无比地嘿嘿傻乐。其实,也许是受他满嘴跑火车的习染,村子里也有人针锋相对,给他编上几句形象写意的顺口溜来着,道是:"耳朵大,眼窝深,鼻子就像脚后跟,嘴巴敞着没安门,胡吹冒摆好唬人,一屁能有二十四个谎,说话没有半句真……"

诚然,对于岁婆来说,诸如此类,这些习以为常的打逗取乐和有口无心的随意说笑,原本也是无所用心,并不在意的。可是架不住再三再四,遭遇过了几次,她那水波不兴的心井,好像突然落进了一块石头,虽然很小,却也不能不激起一层层涟漪出来。后来,她还真的觉察出岁爷的一些蹊跷与反常来。有几个晚上,她偷偷摸摸观察和跟踪过岁爷,发现他并没有继续打窑,要么,就是刚打了一阵,就不见了人影。不等天明鸡叫唤,他又会准时摸回来爬上炕——关键是上了炕后,已经很少再有激情燃烧的动手动脚。岁婆,果然也感到了——"有鬼"。偶尔,姗姗归来的岁爷,睡着睡着,还会一惊一乍,猛然怪叫,有时甚至是含糊不清的哭喊嚷闹,其声凄厉,令人毛骨悚然。"见鬼,你是中了哪门子邪了?"岁婆使劲儿推搡他,"你看你,扳倒枕头就知道睡,一睁眼就喊叫吃,人都活成混混沌沌的猪八戒了。"

"我才不当二师兄呢。"岁爷哼哼道,"猪的下场,是来刀子,我……我还不想被人宰了当肉吃哩。"

"屁!没看你鬼鬼祟祟地,老是夜半三更地神出鬼没……哎,哎!你听着没有,到底是鬼,还是被鬼迷惑——给掐住了?"岁爷干脆翻过身去,嘴里咕哝一句不知就里的啥鬼话,依然故我呼呼噜噜大睡不醒了。岁婆无奈,骂一声"死鬼老东西",也就随他见周公去了。

接上了火

收麦碾场,绣姑娘下床。酷暑难耐的正午,土场上摊晒着收割回来的麦子,被灼热的阳光通体穿透,炙烤得干爽硬挺,支棱起昂奋的麦穗。而它们那些实在困乏已极、灰头土脸的主人——一场的男女老少,横七竖八,东倒西歪,正在这里那里的树荫底下，铺一把麦秸垫在腰酸背疼的身子下面，全都酣睡沉沉，进入了一个个飘忽不定的斑驳梦乡。老远的天边，迤逦而来，是一声接连一声撼天动地的沉闷轰响，真切确实地惊动了惊弓之鸟一场农人——整个村子，应该说，都被这推磨般的闷雷滚动摇醒了。

"哦，把他个什，"轰鸣震响，径直撞进了岁爷那双很好使唤的招风耳朵，他撩开捂在脸上发乌散边的破草帽子，揉了揉蒙眬的睡眼，一个鲤鱼打挺，就敏捷地从麦秸堆里，绷直了粗短的身子。"唉，十有八九，是接上火了。"

"接火？"到底是打炮还是响雷，人们纷纷东张西望，一时尚难辨清。此间，和他脚蹬脚睡对头阴凉处的，是个四仰八叉的身子，听到声音，迟疑片刻，慵懒地蠕动了一下，也推开了盖在脸上的草帽，狐疑地询问岁爷："你说，接上了啥火？"

"啥火？"岁爷没好气地回敬了一句："你个秃子，没长耳朵，今个，可是给你碾场呢，自己也不操一点心。"

"操心操心，天不给力，人不斩劲，挣死巴活，不交好运。"孙秃子咕咕哝哝，不愠不火，稀腰马胯不肯动弹，身子沉得赛过碌碡，舌头却活泛得像安了滑轮，就见他一副玩世不恭的样子，龇开满嘴黄牙，接着又吐出一句绝不是象牙的脏话："咳，羞先人哩，眼睛一蒙，做个美梦。人乏×硬，不知害的啥病？"岁爷乜斜着他，无意中瞥见他的大裆裤子，果然"和尚打伞"，顶起了一个山包。"你这大白天的，还在做啥好梦？"

"再好也是梦，美也不顶用。"孙秃子见被岁爷的毒眼窥破隐情，嘿嘿一乐，再次咧嘴露出大黄板牙，颇为受用也不无自恋地望了自己裤裆一眼，旋即，适才还昂扬憋胀的"狗尿苔"，登时便从迷乱的梦境里醒转过来，当即，便气泡样地瘪塌下去。"咳，比不得你哟！"他也瞟岁爷一眼，伸胳膊蹬腿，舒坦地打个呵欠，似乎才从陷于暧昧的温柔之乡挣脱出来。"你岁爷随便撒一把种，都是让人眼红的好收成呀！"他颓丧地摇着秃头，一语双关地叹了口气。

"行啦，哪来恁多淡话、屁话，快起来干活儿！"岁爷瞪他一眼，先自站起，昂头望向天空，"你是互助组长，又给你家干活儿，还不放勤快一点，像话吗，你说？"东倒西歪的秃子，摇摇晃晃爬了起来，嘴里却不肯清闲地继续嘟哝："互助互助，你帮我收，我帮你种，打不下粮，白眼干瞪，不顶×用……"

话音未落，场上这里那里，便泛起一阵一阵干燥缺水的嘎嘎笑声。这秃子手抓半卷帽檐的草帽，呼啦呼啦给自己扇着凉风，把一个大蒜骨朵样毛发稀疏的头颅转来转去，环视一周，对于自己这一场麦子的收获，像是早有预料，并不抱太大希望，故而显出满不在乎的神情。人们的目光，都向他聚焦过去，很不理解地瞧着他那一副吊儿郎当的派头。眼前的他，让大伙儿熟悉得再不能熟悉，同时也感到陌生得再不能陌生，以至于到了深感古怪不可思议的程度。只瞅他那生就零零干干、简单寒碜，可天晓得，好像无师自通，最集中也是最厉害的显著特征，莫过一个"算"字。一般人是摸不透他的缜密心思的。只是岁爷，对于他一门地事事精细的算计，毕竟心里明白，还揣着一本账，当然，也给他留着一份面子，不愿理识，没有必要，也不好说破。这时的岁爷径自仰头，继续观察着风云变幻的天空。天上，日头爷懒洋洋地，正从一片暧昧云隙缝间，滑溜出来一张金光四射的赤红大脸，明晃晃地瞪着他看。他眨巴眨巴他那一对尖锐睿智的小眼，也不认识似的，探究着那日头爷。"把他个什！"他低声咕哝，似有先见之明，深长地感喟一声，类似戏子开腔之前一声清嗓门的干咳，把他时常挂在嘴边这句莫名其妙、总不及物的老话絮子，不自觉地又翻捡操练一遍。说着，便舞爪起粗硬的大手，攥紧了身边一根四齿木杈溜光浑圆的杈把，粗声大气地叫喊了一声："干活儿、干活儿，快点干活儿，没听见吗，是接上了火。"

人们驴打滚儿，纷纷绷紧了稀松邋遢的腰身，一个个从地上跃动而起。"该不是打雷……架不住，要下雨吧！"孙秃子仍然迷迷瞪瞪，揉揉着他睡意蒙眬的眼睛，也跟着抬头望天。满场顶着麦秸碎屑和灰土粉尘的脑袋，也不自觉地昂首仰面，齐刷刷地仰视着那神秘旷远的蓝色苍穹。"下雨？也许是吧！"岁爷架着木杈，侧耳谛听，又眨巴眼眸，抻长了视线，尽力地往东边天际线的远处眺望。"雷神爷老远，还磨叽着哩。他咕哝说，你们再听一听，是啥响声？"

他的话，蓦地，就被天边隐约若雷的轰隆，骤然给掐断了。果然，像是炮声。那炮声隔山架岭，在任家堡子深阔的原野和空旷的沟壑，轰隆、轰隆，撼天晃地，开始发出连续不断的嗡嗡回响。一声，接着又是一声！那炮声不绝于耳，非同寻常。因为自此，也热火朝天，轰轰烈烈个没完，持久地激荡着岁爷悠悠岁月中耳鸣不已的耳鼓，竟至于一家伙绵延不绝，轰隆了好几十年，直到他寿终正寝，溘然长逝，都没能让他得到过一回小小的安恬消停。

这当然是后话。

"看来，真的，是接上了火！"村人不无忧戚，一张张被日头曝晒得黝黑发光、锅底样墨黑的面孔，失眉吊脸地浮现出了难以掩饰的惊恐之色。显然，他们这里所说的"接火"，就是仗火，打仗。尤其是岁爷，身处战火纷飞的糟心岁月，他从来不说打仗，也不说战争或者战斗。尽管，他再明白不过，这场战斗在战斗前就已经在战斗了，而这场战斗在战斗之后还将一直战斗下去。可他只是说，"接火"。断断续续，前前后后共计23天的这场特殊的"接火"，在岁爷的心里，那可真是东天的日头横亘天穹落到西天，时间从表盘的左边兜圈子走到右边一样，周而复始，旷日持久，不得安宁地整整厮缠了他一辈子。

这仍然是后话。

眼下，收麦碾场，龙口夺粮的关节点上，任家堡子人心悬悬，潜意识中本能地惊骇雷雨骤降。深切的隐忧，不亚于身处边区红、白交恶扯锯地带，对于突兀而至的枪炮声响，近乎神经质的独特敏感——哪怕是一声类乎枪炮的些微响动，都会让他们寝食难安，而失魂落魄。这岁爷呢，之所以是岁爷，或许，还就是因为他的"耳尖"。这个貌不惊人而又有点诡异奇谲的小老头儿，神神道道，鬼鬼怪怪，言谈举止，常常让人捉摸不透。你看他那双耳朵，耳郭敦厚，终年仄立，活像两片硬挺生动的桐树叶子，活力旺盛地疯长在他的脑壳两侧。这双特别好使而闻名乡间的"招风耳朵"，神奇不俗。据说，它能在人头攒动纷扰嘈杂的集市上，准确捕获结伙成群的贼手小偷窃窃私语；能够在阳光曝晒的庄稼地里，听闻各种植物拔苗抽节的舒展节律和大地心甘情愿的特殊喘息；能够在虫鸣不已的炎夏深夜，辨得出上百种不同昆虫交配产卵的异样吟哦，乃至，分辨得出十步开外公母蚊子的不同嗡嘤……

是否真切，确有其事，无人考究探实，权且当作乡民口头文学的渲染夸张吧。不过，这岁爷之所以是岁爷，还在于此间他能从那厚重浑远的雷声、淘漉出闷葫芦样的炮声；又能够从沉闷阴险的炮弹爆炸声中，剥离出隐隐的天庭雷鸣。最主要的，还能让二者浑然一体，萦回不去，并且成为他终生难以摆脱的某种必然的宿命。"这些个贼，把他个什！"

岁爷不由自主、习惯性重复这句"把他个什"，也会不由自主、习惯性想起教他认字的常先生的话："你不是风中的树杪墙头的草，不是下到锅里的软面条，给我硬挺住、挺住！"这话，起初他是对孩儿们说得多些，后来，慢慢被日子淘漉，提炼，打磨成了精简版，掐头取尾，就剩下了十个字："把他个什……给我硬挺住噢！"而且，大多只是给自个儿说了。不用嘴说，是用心说。心在肚子里喊叫，无非是提神鼓劲，命令自己，咬紧牙关，好生活下去罢了。此时岁爷虽然心下焦虑，可面子上仍然镇静自若，不露声色。他挥动木杈，第一个走进场内干起了活儿。他想把沉重的心事和焦灼的情绪，抖落，分散和释稀开来。晒得干透的新麦，连秆接穗没过了他的头顶，一堆堆蓬松簌立的盘结，也顺势在他的木杈抖索之下松散开来，那种沉醉浓郁的成熟麦香，则随着麦子们一片片倒伏下去，又更加浓烈地升腾了起来。他一边整理摊平这些翻倒待碾的麦子，一边不慌不忙，又叽哩咕噜低声嘟囔了一句。"又开打了，真个是些，咳，闹心不省油的灯呀——居然，还放大炮……"

这话端的厉害，咬牙切齿，却又没头没脑，含糊其词；耸人听闻，言简意贱,似又不分青红皂白,暧昧不明。不仅让人丈二和尚——摸不着头,还要让你大瞪了眼珠子并且直吐舌头——这是秃子头上的虱子,明摆着的是非不明、善恶不清哪!甚至,还应该说是红白两搅、敌我不分,简直让人惊愕得要掉了下巴来的。

可不是嘛!满场的耳朵眼睛,那些个换工互助、愣头愣脑的老少爷们儿,一个个大眼瞪小眼面面相觑。他们只有洗耳恭听的份儿,许久、许久,竟没人敢提出一个字的异议,更甭说质疑反嘴,放一个屁。不是他们缺少深明胆识,而是他们洞悉岁爷敢于放言浑骂的底细缘由。在众人看来,这也是岁爷之所以是岁爷——独占一份的威重。他们也许见怪不怪,早已听惯了岁爷一锤定音的武断,包括他那种莫名其妙的牢骚诅咒,就像他们早已习惯了他一张口说话,嘴边先会管不住地溜出那句"把他个什"。

——慢说放炮,即使岁爷说了是放屁,大伙儿也会毫无争议、笃信不疑的。

屁大个事

村人难忘,半个月之前,还真的就发生过一个与屁相关的故事,或者说,是"事故"。都怨岁爷老娘偏心,那天热情款待,给他的四表妹月儿,破例做了一顿糜子面搅团。此种面食性凉寒胃,特别胀肚,当晚仓促,又没有把炕烧热,如此凉气侵袭,那月儿刚睡不久,就被一团顽固不化的冷凝胀气,不甘寂寞,在肚子里翻江倒海好一阵子搅腾,最终未能憋住,从而爆出了一声强劲老辣的裂帛之声。訇然而起的声音,穿墙越壁,难得一次逃过了岁爷那双举世称奇、十分管用的耳朵——他因睡死鼾声如雷,也难得一次闭目塞听、充耳不闻。奇怪的是,他身边一向喊叫头昏耳背的解放脚岁婆花儿,不经意间,却真切毕现,丝缕不差,无意截获了这一声非同寻常的异响,而且谛听得十二分夸大可怕。"不好,闷葫芦枪响!"惊悚之下,那花儿娘放开喉咙,大声疾呼"跑贼",随即吆五喝六,带扯起全家老小,呼呼啦啦蝴蝶效应,惊动起了左邻右舍和众乡亲。村人顿时呼朋引类,挈妇将雏,失急慌忙滚将下热,习惯性亡命奔逃,各个冲出了自家土窑洞子。全村人麇集村口山神庙前,只为避祸禳灾,急欲摸黑下沟逃难,岁爷家标致俊俏的女宾,却羞羞答答,畏畏缩缩踅到了岁爷身旁。她重重地扯了一下他的袖头,紧贴耳根,悄声咕哝了一声表兄,然后吞吞吐吐、婉转曲折,终于吐出了一句真情实话。

岁爷一听,愕然一怔,昏夜中只见黑脸白牙,忍俊不禁,扑哧一笑。笑罢,义气浑发,慨当以慷,郑重其事向聚拢来的村邻众人,抱拳作揖,端的确有其事一样直言坦告:"把他个什,不好意思,老少爷们儿,"他颇腼腆,装成尴尬,咳嗽一声,"大伙儿不必惊慌,刚才,其实呀,是我……放了个响屁,我把自己晕头转向,也整蒙了,没承想,惊动了全村。"

众人释然,不过一阵哄笑,不了了之。没人抱怨,更没人喷以烦言。一无牢骚,二话不说。这倒也是——谁让他是岁爷来着?谁让这金贵的响屁,是岁爷放出来着?岁爷的话,哪怕是根麦草,大家伙都会当成金针(箴言)相信。不过,这件事,终究成就了任家堡子人茶余饭后一段有滋有味的谈资,即如给孙秃子碾麦的那天一样,一帮老小,无不厌了耳朵,一声,又一声,接连不断听到了行雷放炮的轰隆闷响,也都不约而同,把确信的黄金判断交给了岁爷,从而使他的声音一言九鼎、不容置疑。总之,不管是放炮还是放屁,是白天还是晚上,反正,岁爷终是说了对的——说了就对。怎么说都对,又一次对。

他是啥人?他可是岁爷啊!满村子人,也就只有孙秃子,时或不咸不淡,诌几句顺口溜,调侃岁爷。比如,他说岁爷,上知天文地理,下通拉屎放屁,凡事不用猜疑,一说一个定准。其实,人们不难听出,他的应和趋奉,常常也是带有讥刺和挑衅性的。他那天有意无意,就无忌地怼着岁爷,摇头晃脑,吟哦许久,提出过自己探究性的存疑。"真的……是接上火了吗?"

"那你说呢?"岁爷只回敬了他一句,便让他悻悻然闭上了嘴,一时间哑口无言。村上人当然记得,这孙茂才,就是当年他娘在场院里干活儿,一不小心就生下来的。大概因为出生时招风受凉,嘴巴尚有些微地歪斜,搭眼粗看,总以为他是在咧嘴傻笑。故此,至今除了喊他秃子,村上还有冷不丁叫他笑面虎的,而且常常还要前置"歪嘴"二字,以便形象传达他的表情神态。但是,不管咋说,他毕竟也算是任家堡子村场面上的一个人物——身兼"双长",即由边区民选的村长和国民党军侵入任命的甲长。当下,他转动一对三角小眼,煞有介事地质疑岁爷,能提出如此多此一举的探究性质问,倒也是他职责范围以内情理之中的本分,或许,还算他的优点。这会儿,他环顾左右,又瞅了岁爷一眼,便不无忧虑地唔叹起来。"要真的使唤上大炮,那家伙呀,咳,可就不是一般的摩擦……准保……是'接大火'啊!"

有人注意到了,他使用了个颇为洋气时新的名词——"摩擦",便故意挑逗打趣,朝他挤眉弄眼:"那啥……又是二般的'摩擦',和……'接小火'呢?"立即,又有另一个粗嘎的鸡公嗓门,高调门地随之唱和,没等到孙秃子回应,就直奔主题调笑起他:"大火还是小火,只有他媳妇……水莲知道。"

只一句话,竟惹怒了土场边的一个女人,她挂着木杈站在那里,细眉俊眼,蜂腰丰臀,特别是胸部,起伏有致而波涛汹涌,听到此话,一张白皙精致到不像话的娃娃脸颊，顿时涨红到了脖根，恶狠狠地使劲剜了贫嘴贫舌的那个人一眼，立马沧桑老辣起来。"贱皮丑蛋，你个没正经的斜眼，兵荒马乱地，让人整天提心吊胆过日子，收麦碾场，一个个忙得鬼吹火，你还有心胡说八道，看我不撕烂你那张臭嘴！"被唤作丑蛋的半大小伙，有点弯腰曲背，木瓜样的脑袋上薄唇大嘴，分外招眼，他看上去颇为受活，幸福地消化着水莲连珠炮般的数落，却并不见有半点恼恨，只管涎着厚颜，嬉皮笑脸，挤眉弄眼一过嘴瘾："天塌下来，该接火（结合）时……不是照样要接火（结合）吗？"

此言既出，立马引爆全场人的哄然大笑。毋庸释疑，所有人都心领神会，这句话的奥妙玄机，村上人口口相传几乎无人不知。都说孙秃子新婚不久，他那孔做洞房的新窑土炕，就已经换了四五回泥坯，原委不言而喻，全因为他和媳妇水莲每夜反复纠缠，无限"接火"（结合）而致。这也情有可原。可想而知——两个正当青春的男女，干柴烈火燃情一刻，你死我活，肆无忌惮地肉欲搏杀，往往要煽呼得天摇地动，直到把那一搾厚的泥坯子土炕，三番五次，整得呻吟喘息以至坍塌凹陷下去。遗憾的是，他们只管玩命耕耘，却是广种薄收，不，是一再歉收，只种不收——至今，一无收获。就是说，尽管心急火燎，想着传宗接代，仍然还没有生出个一男半女来着。也许，这仅属于任家堡子一段秘不可宣的风流韵事，也只有他们，才能听懂属于他们的这种一语双关、一星关二的隐晦调侃吧。

任家堡子，我们说过，正是一本大书，摊开在渭北旱塬山川河谷之间，自生自灭，自然流传着诸多独具特色的专用词语，自有它们所揭橥的神秘内涵，诚如这"接火"（和方言"结合"谐音）一词，就不仅言简意赅，轻而易举，厘清了现代战争不同于冷兵器时代兵刃相见最突出的特点，还顺势而为，土洋结合、荤素搭配，自然衍生出了男女情事，以及异性传宗接代神圣交媾的桃色蕴含。也许，从苏格拉底到孔老夫子，全世界文明智慧的先知先觉，怕都始料不及而自愧弗如，要为此中国特色的多义用词拍案叫绝了！此地，唯有这浮尘灰土一般遗落山大沟深穷乡僻壤的任家堡子，一群并不会仰望河汉星空和拥持多少高深文化的庄稼汉子，竟然会异想天开，把人类的床笫之欢，以民间幽默的质地表达，不同凡响地命名为"接火"（结合）！这真是惊世骇俗的千古绝唱、入木三分的万世想象，无愧于最质地、天然、本色，也最形象生动、浪漫和传神了。

然而，彼时，在岁爷心里，不管是炮声如雷还是雷如炮鸣，都一概地无异于一次次惊心动魄的轰击，撕心扯肺的炸裂。这事儿原本也合情合理。假如谁有一个唯一的弟弟，带着侄儿侄女，也就是他的女儿和儿子，正在那块风烟滚滚不太遥远的地方，你死我活，浴血奋战，你心里的那种火烧火燎的煎熬，会不会如汤煮、如刀绞、如热锅上的蚂蚁，惶惶然惊魂不定呢?!无疑，这当然不是为了叙说故事而平白无故编排出的虚构与假设，任家堡子东南方向百十里外，实实在在，那个叫作爷台山的地方，此时电闪雷鸣，大雨如注。而岁爷的弟弟，八路军镇守山头的营长任英魁，还有卫生兵岁爷的大女儿任桃子，特别是他那个脾气倔强的双胞胎二子豹子，此时此刻，就正跟着他们亲亲的二大（叔父），在那里鏖战御敌——这事，本来就够岁爷牵肠挂肚、心惊胆战的了！更要命的，是他的那些个弟子，同仇敌忾交拼接火，你死我活以命相搏的对头，偏偏又是他的另一个儿子。那个比豹子早出生了一袋烟工夫，几乎同时来到这个混乱世界上的老大：虎子。

当年，劳苦功高的岁婆，一胎给他生了两个顶天立地的儿子，岁爷意在感恩报偿，坚持"平分秋色"，豪爽义气，随即一言九鼎，独断专行，敲定了"虎豹儿子"的名字，同时也不容置辩地决断，要老大随母复姓，故称：第五良虎。孰料世事难测，谁也没有想到，他当然也没想到，弟兄俩这一区分，居然最终一分为二，真的摆开了阵势，兵戎相见，互为寇仇，水火不容地真枪实弹，竟打得难解难分，成了做梦也不敢想象的严酷现实。所谓煮豆燃豆萁，相煎何太急。如此这般，能不叫他左右为难，撕心裂肺，坐立不安而五内俱焚吗！

岁爷的媳妇，慈眉善眼的岁婆，转眼比当年岁爷的母亲木匠婆怀岁爷时的年龄还要大出一轮。而他八十有三的母亲，当年家法威严的大木匠婆，虽然人老珠黄，可身板健朗，整天门进门出，手脚不闲，倒是帮着他媳妇照看孩子、养鸡喂猪、料理家务。眼看也要奔五十岁而知命之年的岁爷，这不，也早已是大小三个儿子和三个女儿的父亲了。孩儿们大的翅膀硬了，纷纷飞离了巢。最小的儿子不满周岁，整天被一个七岁、一个十三的两个姐姐当玩意儿，手不离手地背着、抱着，轮换哄着、宠着、惯着，幸福得连想哭一声的机会都不肯给，这倒也省了大人的劳神费心。身材矮小的岁爷，沉默寡言，总是忙忙碌碌。与其说他像个不出声的影子，莫若更像整天伺弄的那头青灰色的毛驴，或者是那头只会出笨力气而不会说话的弯角黄牛，除了忙活地里的庄稼，在土里为全家老小填饱肚子没完没了地扒食，他还脚不停点，动不动昏天黑地，老往北边的区上和南边的集镇里跑，似乎总有办不完的正经大事。

忙虽然忙，看他脸上的神情，却是云淡风轻，不着痕迹，平静得出奇。按说，他应该有一肚子嚣杂繁乱的心事才对。也许，他正被动地沉浸在想象中而不能自拔。那可是一个触目惊心的场景，一个真实不虚的梦境：剑拔弩张，严重对峙的双方，虎视眈眈，他们趁着雷雨大作的掩藏遮蔽，借助蜿蜒山路的泥

第七章

泞难行，算计着对方的松懈不备，在大炮耀武扬威连续不断的轰击爆炸中，发疯着魔，正不遗余力，争夺着那里的最高制高点。那个山头——爷台主峰，命中注定，日后也将要驰誉天下，显赫不俗，历史地神圣化为一个具有传奇故事的地方。就在两军"接火"的炮声再次轰响，隔山架岭从天边飞过来的时候，岁爷却竖起耳朵，仰望着远天飘起的一抹浑浊的灰云，不可置疑地摇了摇头，他接连干咳几声，郑重其事地强调了他最新的发现与判断。"把他个什，还真是在打雷哩。"说着，他将手中木杈倚在胸前，两手交叉一搓，按了按头上灰旧发乌的破草帽，又在手心里啐一口唾沫，重新紧握木杈，稳健自如，这次，把话十拿九准——进而说得一清二楚、明明白白，权威而又尊贵："赶紧收拾场活吧，不过一时三刻，雷雨，就会撵过来的。"

人们又都看天，接着又都看他，只见岁爷旁若无人，挥动木杈，一边熟稔地抖索和翻动着麦子，一边喃喃自语，咕咕哝哝地嘟囔："天上、地上，把他个什，全不省心，赶在一起，在闹腾呀，这让人……咋个地安生？"

这话说得实在。收麦碾场，就是龙口夺粮。在那些失去太平日子的慌乱岁月，夏收对于边区边缘地带的百姓，除了要和老天拼争抢收、抢碾，更当紧的，还要和随时突入抢粮的国民党军周旋，藏猫猫似的搞好藏粮。"赶紧收拾场活吧！抓紧把麦子碾出来，稳稳当当地藏好，别让那些贼偷儿蹿将过来，把他个什，又给掠走！"

场上的众人，随着岁爷，果然都抡圆了膀子，加紧节奏忙活开来，吆牲口的吆牲口，套碌碡的套碌碡，要不就各自抓了木杈、扫帚什么的，各就各位，尽力于他们驾轻就熟的麦场活计。热火朝天忙碌的气氛，富有感染力，就连悠闲地卧伏在场边打瞌睡的"太极"，对，就是那条"一分为二"，有情有义的忠犬（后裔）——也不甘寂寞抬起了头，它忙里偷闲，咸凑热闹淡操心，不无卖弄地炫耀出几声毫无激情的干号——看它那黑白参半的狗头，摇头晃脑，抗议性地，遥望东方天际传来轰隆炮声的一线黛色山峦，猁猁然狂吠几声，不意被麦秸垛后面一群孩子的欢声笑语吸引，于是就摇着尾巴，凑过来凑热闹了。

那些孩子正捉迷藏玩得开心，他们是任家堡子未来传宗接代的村民：怕怕娃、屁精猫和鼻涕虫，岁爷的两个未成年女儿老四杏子和老五梅子，也在其中。她们虽然也听到远方如雷轰鸣的炮声，却充耳不闻，安然置身事外、嘻嘻哈哈无忧无虑，同时以孩子的天性、天真和烂漫无边，把那接二连三的行雷放炮大爆炸，大事化小，置若罔闻，理所当然当成了老天乐此不疲、释放出来的一连串响屁。许多年后，脱颖而出，成了个颇有成就的语文老师兼女诗人的梅子，即时就借题发挥，过分早熟和惊世骇俗地指着不停抹鼻涕的杏子，竟然出口成章，显示出她诗人的卓越才华和天生"禀赋"："老四的屁，惊天动地。穿过了铁丝网，来到了意大利。意大利的国王不但不着气，反而要给你个碎女子，好好奖励。"她一边唱，一边把持不住弯下腰去，自个儿先忍俊不禁，畅快地笑了个不亦乐乎。"谁的屁响，当县长；谁的屁细，当书记；谁的屁大，当恶霸；谁的屁壮，当皇上……"

　　混沌未开、不谙世事的小姐妹，尽情和小伙伴们嬉闹，自然而然，不知人间愁滋味，也不会理睬和探究地上的炮声，何以与天边徘徊的雷声，交相呼应，更无意于它们合二而一有何等深远含义。她们超然世外，一任雷鸣炮响，连绵不绝，剧烈回荡在任家堡子的东南方向。

/ 第八章 /

营长同志

任英魁，多少昏暗不明的光阴，我在苦苦寻觅，虽说与你睽违四五十载，可感觉地老天荒，简直比天地还老。1945年7月23日，这一天雷雨交加，你受命坚守爷台主峰，已经第三天了。那年你三十有二，一个地道、不掺假的淳化男人，"战尘"仆仆向我们走来，硝烟迷雾团团缠绕，让你像幽邃的历史，要不就是远方的地平线，遥不可及，依稀模糊。也许，这就是你的宿命。如是，你和你的战友注定不可避免，要带着小说叙述严格的规定性，在回忆的真实中反复虚幻，又在想象的虚幻中真实生动，鲜活而又出尘脱俗地活着——正像此刻，尔等真实地雄踞山头，并且已经艰难苦撑，扼守了广大无边的爷台山三天三夜。

"没有撤退命令，你们！务必！钉子样，给我死死地，钉在山上……""高个子"严苛有余、温和不足，果然以与标准不差的"教师爷"口吻，一再强调他毫不含糊的明确要求："务必寸土不让，坚守山头！"

老汉的口茬一贯硬势，丁零咣啷、掷地有声，未及你继续开口，不幸的是电话线就戛然被炸断了。炮声震耳欲聋。你知道，这就是"友军"的特殊"馈赠"。丰赡而又绝情。那些虎视眈眈的大口径火炮，窥视情人一般，正远远地瞄准着你和你的战友。又一轮新的攻势，热恋般拉开了热火朝天的帷幕。哼，"友军"！翻起脸来，比婊子脱裤都快。水性杨花，反目成仇，只是睁眼、闭眼间的事。心怀鬼胎、蓄谋已久，拔刀相向、不宣而战，毫无缘由，更不须讲仁义德行。原本说好携手合作"统一战线""联合抗日"，瞬间抛掷脑后。眼看日寇大势去矣，抗日胜利在即，嗅觉比狗还灵，抢夺地盘如狼似虎，来势汹汹。突然，就向边区发起了不可一世的猛烈进攻。爷台山，海拔标高1313米的主峰，是陕甘宁边区南大门的天然屏障，就这样不幸被他们青睐，"钟情"地圈进了他们远程大炮的瞄准镜里。陕甘宁边区关中军分区，一个不足百人的保安支队担任边区南线警戒任务，面对"友军"虎视眈眈地觊觎、嚣张狞厉地发难侵犯，他们坚守阵地、奋力还击，然而，毕竟力量对比悬殊，前线吃紧频频告急。边区警备旅红三团奉命火速驰援。你带领你的一营，日夜兼程、长途奔袭，中途还遭遇敌方窜犯的一个步兵连袭扰（多亏侦察连长何建安及时发现，他紧急部署速战速决、干净利索，打了个漂亮的伏击，全歼了这一股贸然侵犯的"不速之客"）。随即，就按照上级指令，立即将部队拉上了爷台主峰，接替了保安支队的防务。

转眼就是两天。在此期间，你使"小舅子"，让何建安伺机下山继续侦察，进一步摸清敌人的实力和战略意图。这个跟随你一路转战黄河东西两岸、久经实战历练的侦察连连长，果然不负重托，最终侦察敌情，综合印证了一个坚如磐石、不容置疑的事实："友军"步步为营，构筑工事；同时，接二连三地向主峰进行轮番攻击，看样子，一天比一天强势、一次比一次玩命，几乎使出了吃奶的力气，从迫击炮、山炮到美制火箭炮，好像不遗余力，派上了他们的全部家当。"他们是铁了心了，狂轰滥炸，大有炸平爷台山之势啊。"何连长说。

眼前的情景，你和你的一营所处境遇，不遑多让，已经能实实在在让我们想到天摇地动这样的顶级形容——当然，形容毕竟有点文艺色彩，而事实上却一点也不斯文、美观。翌日拂晓，倒霉的爷台山，乌云压顶，不只经受着一波又一波的炮击，还有酷暑难当的溽热，尤其是来去无常、凑热闹似的雷鸣电闪、滂沱大雨。如果我们回望穿越半个世纪的烟雨迷津，愿意设身处地想象，就可以清晰如昨、轻而易举，"亲临其境"，看到蒋委员长处心积虑的大手笔"制作"——他不惜血本，从美国人手中斥巨资购买的大炮，是何等耀武扬威、威力巨大，又是何等趾高气扬、骄横跋扈，仿佛真的具有呼风唤雨的魔幻神力。水与火交织袭击，烟与尘遮天蔽日，山顶上的草木绿植，基本被芟弋损毁、荡然无存。黄褐色的泥土经过炮弹们奋不顾身的深度耕耘和肆意践踏、蹂躏，早已经千疮百孔，很难再见本来的面目。毕竟，不可一世的"友军"，毫无顾忌地大打出手，凌霸气势绝不吝客气，真正所谓豪绅阔人、一掷千金万金的放浪恣肆，更似输红眼的赌徒，几乎不惜一切、孤注一掷地下了要命的疯狂赌注。在发疯着魔的炮火无情地撕裂与锤击下，这个无辜的山头伤筋动骨、体无完肤、一片焦土。放眼望去，触目皆是无数喷涂着"USA"（美国）字样、价值百万银圆的弹壳及其金属碎片，它们豪爽地砸在曲线柔曼的山体坡度之上，致使爷台山遍体鳞伤、千疮百孔，也面目全非。只要是人，看着都会骤然揪心、头皮发麻、浑身瑟缩颤抖，甚至忍不住就要剧烈痉挛抽搐起来……

"小舅子"摘下军帽，用帽子擦拭着清瘦的长脸。你看他的双颊，滚动着一些明净的水珠，搞不清是雨水还是汗水。你剑眉高扬、眉峰微蹙，彰显出某种不可冒犯的尊严，当然，也隐藏着某种不易觉察的历史性忧郁，以及等同文物古迹般的某些典型特征。这种深刻而不失惶惑的神情，几十年如一日，镶嵌进一只玻璃相框，被岁月侵蚀得灰暗发黄，却凿通了阴阳两界与生死隔绝，给所有被你凝视和瞩目的亲友与后人，留下了最深刻难忘的第一印象。"他们哪，哼，老虎吃天，狼子野心。"你嘴唇上下微微一碰，轻蔑地撇了撇嘴："胃口不小，还真是自不量力哟。"

　　附近，冷不丁地轰然爆炸，还有零星的炮弹溅落。你的目光变得凌厉，古铜色微显黝黑的面膛，肌肉明显偾张，越绷越紧。当然，营长同志，我相信你。"高个子"严峻的声音萦回于耳，几天来始终在你的心里回响。毕竟，你三十多岁了，不是当年扛红缨枪送鸡毛信的通信员，也不是带领一群娃娃站岗放哨的儿童团长。你早已经身经百战，枪林弹雨之中，大刀向鬼子的头上砍去，多次和日寇交手而屡屡取胜，面对同种同族翻脸不认朋友的敌人，你只能无所畏惧，而且也一定会游刃有余。"这个仗，说真的，我不愿打。"

　　面对你的"教师爷"，你直言不讳、无所顾忌。而"高个子"也不虚套客气，他从来善于审时度势，也从来说一不二，绝不拖泥带水："可这个仗，我们，不得不打。"

　　你可注意到了，"高个子"说的是"我们"，这让你的眉头再一次蹙紧，心里沸腾起许多热烈、嘈杂的声音。也许正是被这种心情驱使和压迫，乃至窒息，迫不得已，你只能暂时隐伏在北坡半山腰上的营指挥所里。在你头顶，那不肯消停的一发发炮弹，继续狂傲无羁地倾泻而下，这里、那里，尽是爆炸开花的火光与烟尘，连天炮火驱使弹片斜穿横飞，天空因这无数钢铁杂碎的嚣张狞厉，发出野蜂飞舞般乱哄哄的嘈杂喧嚣。四野八荒，无以数计的、巨大的烟尘黑雾腾空而起，立即遮天蔽日，让人眼前一片昏黑。暮色四合，夜晚接踵而至，战云密布而至暗笼罩的山头，正是黑黝黝一眼望不穿的混沌黑洞，唯有炮弹炸裂迸射的橘红色闪光，带着震耳欲聋的巨响、锋利尖锐的呼啸，从堑壕的这一头到那一头，鬼火样跳跃闪动着，点亮了山头的阵地。整座山头都在摇晃，似要崩塌、融化、遽忽下沉。无限广阔的天地空间，顿时成了汹涌滚沸、颤抖不已的大海。半山腰的工事仓促急就、简陋之至，只有几根树干横七竖八，架在坑道上面，顶上匆匆铺设了一层茅草、树枝，上面新覆盖的泥土已然湿透，不停有雨水滴滴答答地从头上溅落，打在你的头上、脸上、肩上和魁梧高大的身躯之上。入夜许久，对方的炮击骤然停止。无边的黑暗和沉寂，形同无休止的猛烈炮击一样来得突兀，你知道这危机四伏的死寂蕴藏的内容，要远远大于明火执仗的爆炸轰鸣。连通信员小马，也清醒地意识到了这一点。他寸步不离，紧紧跟随在你的身后，默契配合得简直天衣无缝、恰到好处，适时地把望远镜递到你的手里。你一次次探头，往山下眺望，全神贯注、紧贴眼前——一直死死地、韧性地举着。但又一次次缩回脑袋，无奈地把自己窝进泥湿的堑壕里头。因为目力所及，一片漆黑。望远镜中，天地浑蒙。在眼睛和望远镜之外，你却思绪骞翻远骛，掠过那一望无际而又深不见底的沉沉"黑暗"，此时此刻，在这个铭心刻骨的仲夏之夜，在雷雨交加和敌我对峙的胶着时刻，尽管无法夜视，也更无须用这不是很管用的望远镜，而是实实在在，使用这不用眼睛的"眼睛"，清清楚楚地看到了许多往日怎么看也看不到的情景，看到了很远很远的过去，甚至同样深远的未来。

眼前，山下平畴阔野、广袤无垠的川道塬坡，正是你所熟悉的那些田园村庄，当然，还有田野里庄稼人忙碌奔波的身影，有屋宇和窑背上升起来的袅袅炊烟。那些男男女女，那些你认识的和不认识的乡亲乡党——他们，忽然活灵活现地涌现在眼前，而且与你声息相通，让你不由自主、怦然心动……

当然，不用说，这些心灵图景，连环画样地在你眼前浮现翻动、连缀成篇。你看到了那个风雪弥漫的冬日黄昏，在白茫茫一片大地、干净的旱塬莽野之上，正有两个艰难踯躅、缓慢挪动的黑点，那是哥哥任仲魁领着十二岁的你，一脚深一脚浅地跋涉着，你们要去一个名叫豹子沟的地方。就是那阵，哥哥以他的少年老成和刚刚变得浑厚粗犷沙哑的嗓音，有一句没一句的，吭吭哈哈，十分笨拙艰涩——给你拼凑着一个老掉牙的故事。故事大半都是关于爷台山前尘往事添油加醋的猜测与臆想。因为哥哥说过，本来这就是压在煤矿深井、灰暗地狱永远没了出头之日的可怜的父亲——任大木匠托给他的，一个很大很大、轮廓模糊的大梦。

梦中，父亲告诉哥哥——他说脚下的这个辰头岭十分神性，也是当年爷爷发现官窑粮仓的地方。在乡间，有人也叫它大唐山和神兔岭。传说有异，莫衷一是。称谓不同，总归是重复同一个神话传奇，那就是闻太师仗着雌雄双铜的威慑，挑战黑头少主姬龙。后来姜子牙、姜天师就在此封神——老神，由此高高在上，俯视尘寰。经年累月，约定俗成，就叫成爷台山了。传言尽管扑朔迷离、捕风捉影，却清晰地呈现出你整个人生的命运轨迹，铸就了你确凿无疑、终生铭记和不可漠视的英雄事迹。你再明白不过，长兄如父的哥哥，不仅一路引领，带你走上崭新的人生道路，他还一脉相承，默默负载，更多赓续了父亲、祖父和高祖父的遗传大德，犹如你们弟兄天生就在任家堡子村辈分最高而受人尊敬。

"五子呀,为大不正,毋如狗性。"哥哥说,"父亲和父亲的父亲,都曾经说过,并一直自我鞭策:要对得起这一份比金子贵重的尊重,任何时候,都不能只为自己活着,而不顾别人死活;任何时候,也不能在强势与富人面前唯唯诺诺、猥琐不展、低三下四。"年岁嬗递,阅世扩增,随着离家远去日子的累计叠加,你在感情上,一天胜似一天,不知不觉,更加思念和亲近哥哥了。这是因为你清晰如昨,看清了哥哥带你见识的"正理",也越来越坚定了,你和哥哥同道而行的光明"正道"。也就是那次虎头崖下的豹子沟之行,使你恍然参透,哥哥其实先你一步,早已在"革命里头"了——那次在豹子沟寺庙前面,你亲见哥哥与那个假男人、真女人的武欣华,亦即红霞老师,他们"英特——纳雄——耐尔"双双对接握手,如何让你两眼放光、豁然开朗、惊喜莫名!少年情怀,心向往之。幼稚可笑的你毫不置疑,自以为是也理所当然地认定,自从认识红霞大姐和得见常先生"高革志"同志,就理所当然成为"党的人"了。其实,你并不知道,自个儿仅仅是在组织形式上得天独厚,更早地得到了党的启蒙教育,更早地认识和感受到自己心有所属,更早地在心里像阳光灿烂、葵花向阳那样跟着党走,而正式入党,还等待成熟和成长,还需要磨炼与考验的无尽日子。

那时的渭北旱塬、陕北高原,乃至整个陕西和西北大地,穷苦人已然逐渐觉醒,任家堡子以外,天高地阔的活动空间,让"少年不识愁滋味"的你,活得像一只活蹦乱跳快乐的兔子,终日形影不离,围绕在并不年老的"教师爷"身边,他几乎手把手教你读书、写字,耳提面命,让你学习如何做人,就像当初他这个常家三少,循循善诱,开导你哥哥岁爷那样诲人不倦。你挑水做饭、站岗放哨,还跑遍周边的农村乡镇去送鸡毛信——你唯一有点遗憾,因为手里握着的,不是让你艳羡、"眼红"的三尺长枪,更不是"教师爷"老高和红霞大姐腰里别着的"铁盒子炮",不过就是一杆红缨枪而已。那是老高亲手制作,授予你的第一件武器,还有个特别花哨的名字叫"花丽棒"。实则就是一根剥了青皮的柳棍,用红黄绿三色染成转式条纹,类似戏台上的孙大圣那根大闹天宫、把玩不已的金箍棒,不同的是,看上去更花里胡哨、可笑一些。

"老高"同志,却不缺耐心细致,他几乎用了整整一上午,给你制造出了那根称手的武器。可惜你不识好歹,怎么也喜欢不起来,眼睛管不住地,总是盯着别人腰里那望而生畏的"铁盒子炮"。"这算个啥嘛?"你使出小孩子脾气,不满地连连摇头:"不就是,哄娃娃的玩意儿。"

"玩意儿!这可不对,这梭镖,还是蛮有讲究的呢。""教师爷"问你说:"这三种颜色,你可懂得里头高深的学问与政治含义?"

"含义？"你瞪大了眼。"是的。""教师爷"拿开嘴角里噙着的烟锅，抬脚在鞋底上磕掉了烟锅里的烟灰，然后把烟锅别在腰里挎"铁盒子炮"的那根牛皮腰带上，清了清嗓子，像开会讲话那样，郑重其事，开始给你上了一课："这黄色，代表黄土高原和我们中华儿女的皮肤；绿色，代表华夏大地万物生机盎然的春意；红色呢，则代表我们中国共产党领导人民，要当家做主，建立自己的红色政权。你能说，这是哄娃娃的玩意儿？"你有点窘，被噎住了，一时间，无言以对——哑口无言了。"再说，柳树你该了解的嘛，它具有顽强的生命力，随便插在哪里都能成活成荫、蓬蓬勃勃、青翠欲滴、如烟如雾。古诗里咋说的来着："碧玉妆成一树高，万条垂下绿丝绦。不知细叶谁裁出，二月春风似剪刀。"

"教师爷"端的认真，讲得耐心。他微微含笑，不厌其烦地规劝和开导你。"可别说我哄娃娃，你现在是战士，也是革命的有生力量和未来的希望。我们中华儿女，就是要在共产党的领导下，像柳树样生生不息，一代接着一代，一茬接着一茬，推翻旧社会，扫除剥削压迫；像剪刀一样，剪除帝国主义和反动派，同时，也剪裁出我们理想的共产主义新社会。"

"当然，你可得知道，思想上要做好准备。""教师爷"老高拍着你的肩膀，郑重其事也语重心长地说："这呀，可不是娃娃们闹着玩。你已经看到了，这是要吃苦耐劳、不怕流血、牺牲、掉脑袋，你怕不怕……"

"我才不怕掉脑袋！"少不更事的你，英气十足、不服输，最终茅塞顿开，也曾郑重其事，豪气干云地拍着胸脯，丢出一句农民气十足的大粗话："怕×，脑袋砍了，不就碗大个疤！""教师爷"笑了，"你呀，真不愧是黏怪的弟弟'任二怪'"。他忍不住摇头，当即脱口而出，不吝赠予了你这个更加亲昵的别名，随后语重心长地说："你可要记住了，说大话易，干大事可就难了，那是要脚踏实地、稳稳当当，一步一个脚印地往前走才成哩。"

那时的你，唔，任英魁，正所谓如鲸向海、如鸟投林，自由自在，脚下老像踩着弹簧，来去都带出一溜儿风来。当了列宁夜校的少年班班长的你意气风发，无疑也更加斗志昂扬了。目睹和亲历农民革命的高涨热情，感受群众被发动和组织起来的无比巨大的力量，几年时间，如同你的身体发育飞快，阻挡不住长高、成熟一样，你整个人都脱胎换骨、天翻地覆，长成了革命方向明确、战斗意志更加坚定的任英魁了。此后，又是亲爱的"教师爷"老高——你终生尊敬的"黎明、李育民和高革志"，为了培养和锻炼你，他将你从关中马栏的列宁高学，选送到马家堡的陕北公学，最后，又保举和遴选到延安"抗大"深造。十多个春去秋来，无比幸运的任英魁，你完成了由小学到中专，而后到大学的

第八章

137

文化深造"三级跳",而你的体魄也随之健壮,雨后春笋般噌噌地达到了个头、饭量和力气的"三大"传奇的"大汉子"。想起你的"陕北公学",你总是热血澎湃、情不自已。那是一条不断壮大、不绝其流的大河,正像我们伟大的母亲河——黄河,也是滋育你任英魁成长进步的摇篮。毛泽东主席都曾说过:"陕公是属于中华民族的,因为它为着抗日救亡而设,因为它收纳了全国乃至海外华侨的优秀儿女。"来自五湖四海,从全国各地趋之若鹜的无数青年才俊,冒着生命危险,冲决重重阻力,由日寇占领区和国民党统治的白区,奔向延安,奔来"陕公",俨然春潮涌动,欣欣向荣而生生不息——正所谓"河汉纵且横,北斗横复直",其情状磅礴万里、气势如虎,如大河奔流;其声名远播、声震寰宇、轰然作响,如雷霆滚动……

"陕公",学习为公,为公而学。一个"公"字,承载着民族的希望,标扬着人类解放的新生——"这儿是我们祖先发祥之地,/今天我们在这儿团结。/民族的命运全担在我们的双肩,/抗日救亡要我们加倍努力,/忠诚团结,紧张活泼。/战斗的学习,努力!/争取国防教育的模范。/努力!努力!/锻炼成抗日的骨干,/我们要忠实于民族的事业,/我们献身于新社会的建设,/昂首看那边,胜利就在前面。/……"你怎能不记得,又怎能忘却,你们的"陕公"校歌——这也是你任英魁人生认认真真、完整学会的第一首歌。

人间歌声,本来就是吉祥鸟儿,全是带着翅膀的神呢——这话,是谁说的?你想到了那个爱唱歌的女孩。小丫头被你带出来参军,已经成了一只曲不离口的百灵鸟。她想唱歌,挡都挡不住,即使在最艰难困苦的环境下。这也难怪,你不也是,总能在那绵延恒久的歌声之中,不期然邂逅许多许多、说不清楚、妙不可言、美好而具有非凡力量的东西嘛!想起你的"陕公"校歌,你的心灵就会飘摇,驭风而去,远远地离开了战斗,离开了喧嚣和轰鸣,似乎进入了梦乡。那些关于过去的回忆,在你心头发出的声音,正如同阵地上不绝回响的炮弹轰炸,时断时续,不绝于耳。于是,你心向神往,回味着热血澎湃的怒吼,从那些青春的喉咙喷发出来的嘹亮歌声,而对于曾经和眼前的黑暗,对于雷鸣电闪暴风的骤然来袭,尤其是大炮的撒野和连续不断的如雷击顶,都无可置疑,全是萦绕胸际、烙印般揳进身心的铿锵旋律,其实,也就是一种磅礴飞扬、战无不胜的精神铁壁,一种怎么也轰不垮、打不倒、炸不烂的钢铁意志,一种力敌千钧、披坚执锐、不可阻挡的强劲伟力:"昂首看那边,胜利就在前面……"

曾经手握"花丽棒"红缨枪,飒爽英姿的红色少儿团长,如今五大三粗铁塔般的八路军营长,在你手持望远镜,大瞪双眼百倍警惕镇守脚下这片熟悉的乡梓黄土地的时候,顺理成章,想必,你会这样说:"世界上还没有一种力量,足以战胜永远在高唱着战歌而勇敢进击、顽强战斗的军队,因为,这才是世界上,最强大而无坚不摧的军队。"

歌唱的人

战地救护所蜷缩在老虎崖下,是山体腹部一个巧夺天工、自然凹陷的石窟,形成一个半开放的掩体。凶猛的炮火张牙舞爪,对这个大张的"虎口"却似乎奈何不得。只是因地制宜地仓促利用,难免条件简陋,也就仅供救急性救护、处理和中转伤员用了。当然,因为同时还要向山头阵地转送粮秣弹药,实际上,这里也成了连接山上山下的"瓶颈""咽喉"。难怪,团首长要专门派遣一个警卫排在此防守。其实,狡黠的"友军"也盯上了这里。他们迂回曲折,果然偷偷潜入来"摸营"了。这是一支全美装备武器精良的"敢死队",他们借助雨雾掩护,穿越草木葱茏的沟渠,鼻子和魔爪都伸得很长很长,居然很快就捕捉到了这里的烟火和特有的医用药品气息。目的明确,自不待言,那就是要扼住守山部队的喉咙,掐断我方的后勤供给。突袭突至,敌众我寡,情势严峻,好在我方早有戒备,警卫排无所畏惧、奋起反击。激战正酣,团长"高个子"适时率人赶来。他带来的支前游击队和民工担架队,与警卫排前后夹击,形成包剿围歼之势,迅速击溃了敌人的疯狂进攻。搏杀血拼之后,"友军"敢死队麦捆子似的丢弃了一片横七竖八的尸体,便抱头鼠窜、仓皇溃退了。当然,遭遇交火中,我警卫排也有两名战士牺牲,还有六个人不同程度受伤。

"桃子,赶紧过去!"正指挥抢救伤员的所长老童,急切地呼唤着你:"去帮战士们,赶紧打扫战场,特别要处理和掩埋好烈士遗体。"你背起药箱,清亮地回应了一声,就急匆匆忙奔出了救护所。坎坷不平的山坡上,杂草丛生,纷乱倒伏,这里那里,猛不防就有战死者横卧疆场的遗体,蛮不讲理地拦住你的脚步,无声地向你呼喊听不懂的语言。你迈着轻盈敏捷的步伐,却一次次凝滞、迟缓、凌乱,越来越沉重、举步艰难了。你的心在颤抖,头冒冷汗,背脊一阵阵发凉,忍不住一个寒噤。山坳里一块崚嶒的岩石后面,你认出了警卫排牺牲的两个战士,他们跟你年龄相仿,十七八岁的样子。其中一个铜川籍兵,还是你在"鲁师"(鲁迅师范学校)的同学。几分钟前,你过去给他们送饭,他还打趣,跟你回忆起同窗之谊,兴致勃勃聊过一阵子闲话。可转眼⋯⋯

"叫喳喳,亮一声咋样?"那个同学听过你唱歌,深知你百灵啼啭,天生有一副水洗过的嗓门,一见面,就怂恿你引吭高歌。"别乱叫哇!"你佯装生气,颇不容情地回敬他:"我又不是野雀,咋地,就叫喳喳了?"

其实，你很受用大家对你的称呼，他们叫你喜子，那是将你比成了喜鹊，寓意美好、吉祥又讨人欢心。不过，你确实还不知道，一个人在这个世界上，无亲无故，怎么会有那么多莫名其妙的别名，特别是和你熟悉和亲近的人，他们往往因为跟你熟稔亲近，而疏忽你的原名、大名或官号，任性地昵称或随意代指。就像父亲，全村人都叫他岁爷，如今当了团长的李伯，还直呼他为"黏怪"；即使二大，好像也不例外，父母和奶奶爱叫他五子，给他当过"教师爷"的李伯，又爱叫他"二怪"；即便是李伯本人吧，不也是频繁更名易姓，令人惶惑，本姓为常的他，可实在不太正常，一会儿黎明，一会儿李育民的，眼下，又叫成了"高革志"（高个子）！当然，想想，便是你自个儿不也一样？除了桃子，安子哥就叫你蜜桃，奉承你长得甜蜜；至于别人喊你喜鹊，更是夸你唱歌喜庆爽亮；还有人干脆喊你"叫天子"（一为云雀），是说你的歌喉天然本色，纯净、灵动、透明，少有矫情造作。而你，一个原本长得惹人喜爱的娇俏女孩，自然而然，不缺少追慕的眼睛和热情的捧场与鼓动，就像娘老子花儿与岁爷，曾多次敲打警醒你那样，架不住两句好话，是一个给一点颜色就要开染坊的"人来疯子"。

"唱歌不好吗？"你本能地犟嘴，反驳的理由振振有词，"人出气只是活着，懂吧？人说话呢，也只是活得知觉；而人唱歌，那可是活得快活、舒心，有希望、有精神气儿。"

你一天天长大，眼见着长能耐了，一天天伶牙俐齿，让别人说不过你了，于是有人调侃和撩逗你了："你这小丫头片子吧，小嘴巴巴地，初识文墨，才有了一点点文化，就出息了，你们听，说得都比她唱得要好听了。"你当然不服。"那本来嘛。"

"来一段吧。"你那个同学和几个在那里休息的战士，一再鼓动。"这是前线，唱歌不合适吧？"你推却道。"没事。小一点声，鼓舞鼓舞大家的士气嘛。"同学和几个战士，已经开始轻轻鼓起掌了。"唱什么好呢？"你的嗓子其实也犯瘾似的有点痒了。"那就唱……唱咱们鲁师校歌……"唔。鲁师。你没有推辞，点头应道，却故意卖关子反问同学："你可记得咱鲁师校歌的歌词作者？"

"当然记得，不就是校长成仿吾先生。"你点头赞许，歌声已婉转出口，深情地缠绵于山间了："救救孩子的呼声，/喊在二十年前，/教育孩子的责任，/落在我们双肩。/我们！我们！/我们鲁迅师范的青年。敌人的炮火响在黄河边，/战士们战斗在前线。/要艰苦学习，努力锻炼，/才有健康的奶汁，/哺乳孩子们，/他们是我们民族的明天。/……"

可是你，任桃子，怎么会想到，你只是小声悄悄地刚唱完一段，敌人就摸上来了。由此，你大概一辈子都不会原谅自己"不合时宜"的"轻率张狂"。"难道，唱歌也有罪吗？"不。你坚决否认。但又不得不承认，有罪的，仅仅是不能放声歌唱的环境，现实局限的第四度空间。是那个硝烟弥漫，随时随地都处在生死存亡边缘、可诅咒的恐怖年代。你没有想到，你的同学竟不幸中弹，被一颗子弹击穿脑门，转眼之间，整个人就面目全非、与你阴阳两隔了。这现实太残酷，也太惊悚突然，让你不可置信又不能不信。唔，同学，活生生一个人，一下子血肉模糊，失去了生命。曾经不忍目睹孙秃子徒手宰羊而晕血昏倒的你——任桃子，忽然变了个人！你一跃而起，猛扑过去，不顾一切，将同学那血肉模糊的脑袋抱在怀里，任白色的脑浆混合着红色血液，涂染在胸前而不自知。"大民、大民，杨大民！"

你匆匆忙忙，有点手忙脚乱，一边给他包扎其实已经没有必要包扎的脑袋，一边呼唤他的姓名。可惜，同学的眼睛，始终都没眨动一下，就那样血糊淋漓，永远紧闭上了……

"大民，大民同学！"这是近在眼前不忍直视的厮杀、屠戮，转瞬的生死别离，让你一个天使般心肠的女孩，不由自主地战栗、眩晕，老半天，你竟至于哭都哭不出一声来。怀抱失去生命的同学遗体，恍惚像抱着自己的亲人，父亲、兄弟，甚至是未来的儿子，你下意识地俯下了头，在这位压根儿不曾有过一丁点过往甚密的同学逐渐冰冷而僵硬的脸上，亲吻了一下，又亲吻了一下。而你的双眼仿佛失神，空洞洞地，极力地越睁越大、越睁越大，大到无边无际、无穷无尽。一双美丽绝伦、光彩熠熠的凤眼，突然大到你自己都感觉到快要胀破、爆裂、喷涌出血的地步……

人生只在须臾，血染了我们的姓名！此刻的你，任桃子，也像你的二大任英魁，曾在战地的堑壕里神夺目摇，一直望到了岁月的深处，望到任家堡子——桑梓之地。

当兵那年，你刚过13岁，还不足14岁。"一个女娃娃，当什么兵呢？"这样的质疑，唐突的提问，并不无道理，不是说"战争让女人走开"吗！人道人性，合情合理。可是，你不能脱离现实，也无法逾越历史。在当时的边区，特别是在边区边缘，你的任家堡，可没有人这么想，也不会这么想。开初，你确实不是主动要求去当兵的，虽然你的两个孪生哥哥，一夜之间都从了军，而且最终，不明就里，稀里糊涂，居然还"分道扬镳"，各自进了相互敌视的红白两个阵营。但那时，你并没有想到要做花木兰。毕竟，一个少女，姑娘家的，传统注重的就是善于打理家务，学习一些女红如针线之类的技能，好为将来出嫁提前做好准备。况且，你还那么娇小玲珑、艳丽稚嫩，像一朵含苞待放的桃花，粉嘟嘟、水灵灵的，人见人爱。那是蜜蜂、蝴蝶般整天围绕着母亲花儿翩翩起舞、欢乐嬉闹的年纪。可是，谁能想到，最先要你当兵的不是别人，竟然是你们岁爷的解放脚老婆，大婆娘岁婆，也就是你任桃子的亲娘、亲亲的娘。

　　当兵，咳！那可不是女孩儿的事情，战场上，枪子儿是不长眼睛的。村邻中的姨奶、婶娘们，或许也有不太理解的，但大多数人却心里有数，亮堂着呢。她们不是猜测揣想，几乎就是真真切切，直视到了其中不想看都能看到的真实原委。"这年头儿，兵荒马乱地，也是，没办法的办法……"

　　人们感叹地这样说着，就看见大婆娘岁婆的姐姐，也就是桃子你的大姨，也打邻村的白庙庄上赶过来给你送行。他们老老少少，倾家出动。你的大姨看上去近乎大病初愈，人瘦得失了形状，身上的衣服空空荡荡，像挑在一根木头桩子上面的被单，她被她的男人——你那老实巴交的姨夫，和你一个半大小子的表弟左右搀扶着，后面相跟着两个弓腰驼背的老人，那是她上了年纪的公婆。一伙人影子样随风旋转，无声地飘进了你们家的地坑院子。很多人看到了这一幕，心里就恍然大悟，至少也清楚了七厘八分。

　　"女娃娃呀，这阵子，也许，只有到了咱部队上，才是一条妥妥的出路。"有人这样嘀咕，很多人不约而同，频频点头。"尽管，要冒打仗的风险，可在咱们的队伍中，毕竟还可以放心一些。"他们互相咬着耳朵，面色凄郁沉重，惊魂未甫，有一种劫后余生的惶恐。不用说，他们说这些话，无疑是都已经知道，不久前发生在邻村白庙庄上的那件事情了。那天晚上，白军越过边界，偷袭村庄，白庙庄上的人，白天收麦碾场，一个个累得筋抽骨头折，睡得像一滩滩稀泥。没承想，那些似妖魔鬼怪的白匪，半夜闯将过来，一时间抓民夫、抢粮食、拉牛、吆猪、逮鸡、赶羊，背包袱、见啥拿啥。你那个名叫柳叶的表姐，刚过十四岁呀，竟被一帮匪兵，直接从窑炕上拖走，登时，就不见了人影。次日，灰蒙蒙的早上，一场令人发指的罪恶行径，吓得日头爷都不堪直视目睹，躲躲闪闪，竟惊骇地藏在乌云后面，不肯抛头露面。阴湿黏稠的晨雾中，人群模糊，若隐若现，他们分头出动、四处寻找，如在茫茫大海上无助地沉浮。呼儿唤女的声音，犹如秋风中凋残的落叶，在村庄上空飘零移动。在急切地寻找失散家人的呼号声中，隐约就能听到你姨夫和你大姨，一声一声，殷切地呼唤着你的表姐柳叶。临到晌午，懦弱胆怯的日头爷终于透过暧昧云层，露出了惨白失血的大脸。人们在余烬未消的一堆麦秸垛后边，终于发现了你的表姐——那个差不多是全村最漂亮也是最不幸的女孩。她和几个妇女，全被扒光，衣不蔽体仰躺在麦秸堆里。这些女人已经不幸罹难且血肉模糊，简直惨不忍睹。就连村中一位七十三岁双目失明的寡妇，也没被放过。其中年龄最小、活活被那帮畜生折磨死的，正是你那个花朵般可怜的表姐……柳叶……

"天杀的……国民党、白狗子啊！"

村子里霎时哭声连天接地，骂声此起彼伏。亲人们捶胸顿足，一个个咬牙切齿，他们手指村子南面蘑菇状的碉堡，恨不得当即奔过去，生吞活剥了那里面一群狼心狗肺的衣冠禽兽。"该死的蒋光头儿豢养的这些畜生啊，天不灭他们，天就枉为天了——实在是天理难容！"

白庙庄其实比任家堡子的位置稍微能靠后边区边界几里，以往遭受国民党军铁蹄践踏的程度，也稍许能轻微一些，相反，他们对于红军的支持，热情也稍逊一筹。但经过这场噩梦般的灾难，严酷的现实教育了他们，全村支援红军（他们依然习惯把八路叫成红军）参军参战，热情空前高涨，一次就有三十多人奔向马栏，成了红三团的新兵。这件事在当地产生了前所未有的辐射效应，周围村庄的男女青年顿时觉醒，个比个竞赛似的，争着参加红军。男女青年被家人簇拥，麇集在村头，你大岁爷和你的花儿娘岁婆，默默地站在人群之中，他们和其他村人一样，一次又一次擦拭着忍不住流下来的眼泪，把难得挥霍一次最好吃的白面锅盔，以及核桃、大枣，还有煮熟的鸡蛋，塞进你的怀里。

几十年后，正是那次参军才历经炮火硝烟，转战多年而侥幸活下来的一位胜任县妇联主任——你们那块儿以前的小姑娘，在解放后的一次忆苦思甜的报告中，曾这样直言不讳、和泪泣诉，坦告人们："别说我多有思想、觉悟多高，根本不是！实话实说，让我参加革命的，不是共产党，也不是八路军，恰恰相反，让我不顾死活要投奔革命的，其实，是国民党，是蒋匪帮，是他们那些个猪狗不如、赛过禽兽的军队！我也不怕丢人卖乖，我就是他们闯进边区村庄，给他们糟蹋过的无数妇女中的一个，那伙千刀万剐的畜生呀……真真个不是东西，他们哪里还是人呀？简直是野兽，是豺狼虎豹！我当时反抗挣扎，连踢带蹬，又撕又咬，都无济于事。我就吐他们的脸，破口大骂。我说，你们……你们这些狗东西，伤天害理，造孽的王八，天打五雷轰的魔鬼呀！呀呀！你们难道没有妈，没有娘，没有娘姨姑婶、姐姐妹妹吗？我越破口大骂，他们就越死命地打我、扇我耳光。呀呀！有几个还想要一点脸皮的东西呢，干脆就把衣襟拉起来蒙在了脸上，像魔鬼样，真真地跟鬼一样。天啦，那年，我才十一岁呀……"

那天的会场，开始还有窃窃私语的小声议论，像钟声嗡嗡回响。后来就死一样寂静下来，连呼吸声都听不到了。可是不一会儿，渐渐地就又有了另一种声音，这里、那里，哧溜、哧溜地此起彼伏，终于有人哽咽，有人忍不住啜泣、涕泗横流，挥手甩起不断线的眼泪鼻涕了。

是的，我们已经知道你，桃子。你原本就很胆小，尤其是天生见血就晕。可是那年，两个哥哥被二叔同时带走参军以后，你就躲不过去地成了花儿娘膝下的老大，你天天要领着才两个板凳高的妹妹，慢慢地，也就把自己变成个小大人、"老母鸡"了。你当然是还记得的，那时给你刺激极大、印象最深、也许终生难忘的记忆，就是你二娘的去世。她是你二叔走后不久，生娃娃时大出血死的。先前，你目睹你二娘生娃，没能把娃娃生下，却把自己活活给生死了。天哪！由此，你惊心动魄，也着实见识了啥叫"人生人、吓死人"的恐怖真相和真实分量！那流血流泪，那嘶喊挣扎，把你看得浑身直起鸡皮疙瘩，整个人打摆子一样瑟瑟发抖，一如风中摇曳的树叶，老是收拢不住自己。生来风风火火，假小子样敢踢、敢打、敢咬、敢骂的丫头片子，你终于忍不住发自内心，叹息出一句天大的实话："天不怕，地不怕，就怕女人生娃娃。"

"吓死人啦！"那些日子，你个小姑娘家家，傻了似的，见人就嘟哝个没完："凭啥，这要人命的活儿，偏要女人来干？男人身强力壮的，就应该干呀。女人不是专门生崽的母猪婆，这太不……公平！"

人们听了你这些不着边际的胡言乱语，权当是因为二娘的去世使你悲伤过度，没人计较你不谙人情世故和满嘴任性放炮，相反，望着你痛不欲生、涕泗横流的样子，更多地，毕竟是软了九曲十八弯的慈悲心肠，又增加一份怜香惜玉的恻隐出来。你的二娘，实在是很年轻的二娘。虽然跟你相处短暂，但那份亲情，赶得上母女或者姐妹。除了你俩脾气投缘，嘻嘻呵呵，谈天说地总能编在一起，白天一个锅里搅勺子吃饭，夜里同一孔窑洞、同一铺热炕上滚在一起睡觉作伴，你们之间年龄差距不大，外人看来，总以为是一对姐妹。最主要的是你二叔不在家，你二娘身边朝夕相处的，只有你这个体己，至于杏和梅两个情窦未开的黄毛丫头，在你俩眼里，还仅仅是乳臭未干、没换完乳牙就让你俩支来唤去跑腿的小妞妞。

漂亮的女孩，总容易惹人怜爱，也是你任桃子得天独厚，全部取了大娘的优点，全村公认，你确实也是姊妹三个里，乃至整个任家堡子最俏的姑娘；你的妹妹杏子虽然弱柳扶风，也生得十二分秀气，顶多也就是个俊秀罢了；至于三姑娘梅子，更没得和你这个大姐相比，圆鼓鼓、胖乎乎的，还是个没拉开身条儿的生瓜蛋儿，至多，也就是个珠圆玉润，长得玲珑好看。你呢？不是有一句成语叫"天生丽质"吗，到底是咋个俊俏，咋个心疼乖巧，任你们艳羡不已，咋样地好，就咋样想象去吧！

问题是长相奇美的你啊，桃子，咋好像对于自己天生的美貌浑然不觉，比起你招惹是非的漂亮脸蛋，不知咋的，你像是更欣赏和骄傲你的头发。你们家不是有一面不知啥年代流传下来的碗口大的圆镜子吗？天晓得谁在啥年代给摔成了三瓣，勉强被一根岁月蚀锈了的铁丝箍在了一起，当然，你很少从那里去顾影自怜，仔细看过其实是很值得一看的——你的鸭蛋形姣好的脸庞。原因也很简单，并不是因为弄不好角度，你在那面镜子里，就会变成三副有些扭曲的面孔，就好像你们三个小姐妹，一下子挤进了那面可怜巴巴、面积有限的残损镜子。最主要的是镜面太小，无法让你看清楚自己长及腿弯、繁茂丰盛的黑发。这就决定了你总爱光顾河沟里的那孔泉水，包括村东头杨柳环抱、绿荫掩映的涝池，你在那些地方，可以临水照发，把自己的头发洗成一道流光溢彩的黑色瀑布，然后又晾干成一面迎风招展、流畅欢悦、猎猎飘展的旗帜。不用说，你爱惜自己的头发远胜过孔雀爱惜自己的羽毛。打小，祖母或者花儿娘，乃至后来对你疼爱有加的小二娘，不管是谁给你梳理辫子，哪怕只是掉下来一根头发，你都会大呼小叫，如同扯着了你心上的筋。"咂，咋搞的嘛！"你会把那根落发百般怜惜地绕在手指头上，几天都不肯扔掉。"这是我的头发，你们不心疼，我可心疼着哩。"

也许，是因为你的爱心过分偏袒，除了头发，关于女孩子的其他穿着打扮，简直就是一窍不通了。你穿着随随便便，只要是件衣服，不管是虎子还是豹子哪个哥哥或妹妹的，甚至是父亲岁爷、花儿娘和祖母的，随手捡起一件挂在身上，就算穿了衣服。这种随心所欲的随便，愈发使你的美朴素而又不可抗拒，美到随心所欲、触手可及，与任何人都没了距离。这种平民化的气质，再加上你骨子里头颇具男孩子气的顽劣与无惧，直让祖母感叹你投错了胎。因为你爬树、翻墙、赶牲口、背粮食，尽管力气不大，还偏爱跟虎子、豹子两个哥哥一争高低。尤其是你那扔胡基蛋（土坷垃）的本事，指哪打哪，简直百发百中、无人可敌。参军之初，在马栏上学，学校动员女同学剪掉辫子时，你哭了鼻子，斗胆抗争，终于，被首长网开一面，照顾了你一次情绪。

"看在你表现不错，又爱唱歌，权当是一个准文艺兵吧。"首长宽宥，这样抚慰和要求你，"既然特别优待了你，你可得好好为大家多唱歌呀！"

"那没的说。"你忍不住破涕为笑，心里说，还巴不得呢。从此，你随便到哪里走上一遭，不用开口，就是最好的激情点燃和宣传动员了，尤其是对那些男兵，甚至成了一种夜里梦里难以启齿的折磨。而当你一旦开启金口，随便对谁说上一句，你好样的，或者是你够男人，那些战士就会拼了命卖力气训练、开荒，争当劳模。无疑，你最拿手的，还是你的歌喉，天生唱歌的材料。一曲歌儿敞亮出口，鸟儿都会栖息枝头谛视不动，云彩也会凝滞天空悉心倾听。那清纯甘甜，云蒸霞蔚，被清水洗过一百零八遍似的，才真的配叫天籁之音。

红区就是边区，也有人叫苏区、根据地和解放区。解放区的天不就是晴朗的天吗？解放区的天同时也是歌唱的天呢——这里从早到晚歌声不断，这些缺枪少炮、缺吃少穿的八路军，唯一不缺和盛产不衰的，恐怕就是这歌声连绵、歌如潮涌了。一山绕着一山转，天连地接没有边。有人就曾经历史性地用"歌唱"一词，以偏概全，整个儿形象生动、艺术地总结了这块贫瘠土地上最富饶、最显著的特点：爱唱歌！这里的人们口不离曲，歌儿也好像天然生长，随时随地跟随着他们，如同彼此恋爱的情人。晚上开联欢会热热闹闹地唱，早晨迎着东方升起的太阳花花，要激情奔放地唱；吃饭前唱，吃完饭唱；开会前唱，开完会唱；开着开着会，半拉子休息一会儿也唱；行军走路唱，开荒种地劳动还唱。无处不歌唱，无处不歌声。歌唱，真的好像才是他们的生活。他们生产劳动、学习训练，包括打仗，似乎这一切，都是为了歌唱……

所以你说，解放区的天是歌唱的天，因为他们歌唱，他们才心情晴朗好喜欢、好幸福。尽管这种幸福，与某些人观念里的物质丰裕、享乐主义南辕北辙、相差甚远，但这好像就是他们所想要的生活。纵情说笑，纵情歌唱，也纵情地吃苦奋斗！完全过着几千年来这个古老民族没有过过的、热情洋溢的、崭新的生活。在这样的环境熏陶和影响下，来自山村沟畔，没见过大世面的任家堡子小姑娘，幸福的任桃子，你很快就同声相应，同气相求了。"天生我材必有用"嘛。你一下子就从腼腆、矜持、放不开的胆怯陌生中脱颖而出，变得洒脱不羁和阳光灿烂了。你走到哪里，歌声和笑声就跟随到了哪里。小姑娘豆蔻年华，人又生得妙不可言，就更加美得有声有色、声情并茂。走到哪里，哪里就陡增一道引人瞩目的风景。

"小桃子，亮一嗓子好吧？"

"那没说的，你们说，唱一个啥？"

其实，你能唱的歌儿，也是大伙儿差不多都能唱的，但由你一个人独唱，就是另一种味道。不过，往往唱着、唱着，一人唱来百人和，众人也就情不自禁地跟着你唱起来了。大家唱得那么热烈，那么陶醉和忘情，像满山满谷的山花，在春风里一夜间就姹紫嫣红开放了起来。而你们则是天天生活在这歌声里，浸润在这快乐里。16岁的你，正是梦幻又梦幻的年龄，正是这样一朵春天里的桃花，必然要出现在阳光下花事纷闹的枝头，而你的歌声，尚带着玻璃一样脆亮的童音，正是一个纯粹的音符，走进了一曲恢宏的乐谱，好像天上的云彩、树上的叶子也都在唱，唱得草木昂扬，山都精神了。部队刚刚给你热热闹闹得过了生日，这里的生活，可爱得像一种不成熟的文体，到处充满张力与希望。

你要的，不也是这种效果吗？

可是，今天的歌唱——尽管你很低、很低，很压抑声音地——才唱了几句，却招来了一场可怕的灾难——你的同学和另外几名不知名的战士，就这样猝然牺牲在你的眼前，你心如刀绞，实在痛不欲生，真的想放声大哭——长哭、当歌地哭。可惜，你连哭的时间也没有了。你刚刚擦了把眼泪，把两个烈士安置一旁，用白布单轻轻盖上，抬头却见二哥豹子，旋风般急煎煎、火灼灼地奔跑过来。"桃，快，马、马凯，被、被炸伤了。"豹子急迫地喘着粗气："手、胳膊，还有耳朵……"他连连摇头，话都说不完整。

"人怎样，还活着吗？"童所长闻声赶了过来，沉着冷静地问。任豹子只管点头，"你们快，上去……看看！"他还没说完，就一把拽起你的手，往山上面跑了。童所长和另一个护士，紧跟在你们兄妹后面，也跑了过来。

阵地的坑道，又是一处惨不忍睹的血腥场景：面前是被炮弹击中血肉模糊的马凯，他比你还小一岁，你认识营部这个小通信员，他围绕在你二大的身前身后，同时还担负着保护营长的重任，可自己却自身不保负了重伤，也是一错眼之间，就丢了一只胳膊，还被炮弹囫囵去了一只耳朵，一只左眼也睁不开了。这时，他已经昏迷不醒、危在旦夕了。你手足无措，感到心提到了嗓子眼，又觉得心被扎了刀子，正在痉挛和呻吟。曾几何时，你由一个胆怯羞涩、没见过大世面的农村小姑娘，幡然更新，变得活泼开朗，而此时，你瞠目结舌，突然失语失声、失神，半晌，窒息得喘不过气，俄尔，就沉郁寡欢，不像一个十七岁的女兵，倒像是个不苟言笑的七十岁的老太婆了。眼前战火纷飞，冰冷的尸体，熟识的马凯顷刻间的残躯断臂，你忽然意识到了生命的脆弱，再一次看到结束一个生命的冷酷和简单——活生生的人，顷刻变成非人，变成血肉模糊惨不忍睹，像一缕青烟，从余烬袅袅中升腾而起，灵魂脱离肉体，飘逝得无影无踪……

你原本如花绽放的脸上，惨云愁雾，尽是如铅凝重的悲痛与伤心欲绝的惶惑。曾经光彩照人的任桃子，俨然花飞花谢，自我调零，徒留枝上一枚霜侵雪欺、木头呆脑的青毛桃子。当年亲见二娘生娃，那个人生人的恐怖场面，曾将你吓了个半死，如今目击人把人不当人——（用枪）打死、（用炮）炸死，更其血腥无比的战场，你虽然不再觳觫恐惧，但却满心滚沸、难以形诸的郁闷，悲愤和怒火！这到底……咋回事呀？人对人，咋的，就这么狠心、残酷，跟狼一样暴戾凶恶、令人发怵。难道，人活着，就是为了你争我夺，你吃了我、我吃了你，咬来咬去，你死我活，没完没了，打斗个没完？咋的，就不能安安生生、和和气气过日子呢？

你心里堵得慌，怎么也想不通。而你大概怎么也想不到，比起战争的血腥、惨烈和丑陋，就在不远的"随后"，一个比眼前更为可怕和残酷的悲惨结局，就在那儿远远地、狩猎一样等待着你，将要蛮横无理地强加在你的身上。你——一个天使般绝顶漂亮的农家姑娘，不是被枪击毙、被炮弹轰毁，而是被用一种最原始野蛮的方式，砍、下、了，脑袋！你那玲珑秀美的头颅，顺着沟畔的山坡滚落下去，一弹、一跳，类似电影的蒙太奇镜头。那里有一根灵动的发辫，鞭子一样不断抽打着沟坡疼痛难忍的黄土地，让所有依靠这里黄土生存的人，男女老少、一代一代，都不能不内心抽搐，灵魂发抖，年复一年，永世缅怀，铭心刻骨……

因为，你并没有丧命于沙场中敌人的杀戮，相反，你星辰般地陨落黄泉，却不可思议，来自自己的营垒——某种卑鄙、拙劣而又冠冕堂皇的"借口"。你那响遏行云的婉转歌喉，从此戛然而止。悠悠千古，绵绵此恨，了无尽头啊！

战争与痛

伏地酣睡、俗常无奇的爷台山，算不上巍峨挺拔，也不够崚嶒险要，可是运交华盖，如同一个寂寂无名的老农，突然就在洋洋大观的中国革命历史上"出人头地"，显耀了一回，而且"显"得那么惹眼——招人耳目——耸人听闻——似乎一下子就非凡而紧要了。

听听"教师爷"高团长是怎么说的。"时势造英雄呀！告诉你，任英魁，大展拳脚的时候到啦！你要清楚，当前国际形势大好，而且越来越好。世界反法西斯战争已经取得决定性胜利，不管出于正义还是报复，无论何种样目的或图谋，反正，苏联已经出兵东北，美国人也将原子弹扔到了日本本土，日寇眼看就是兔子尾巴，不论咋样挣扎，也长不了啦。可是，偏偏在这个节骨眼儿上，蒋、胡之流，寂寞难耐，又开始蠢蠢欲动，眼红咱们陕甘宁边区啦。他们蓄意在爷台山一线骚扰，险恶用心，不是昭然若揭吗？"

"高"团长果然很高。高瞻远瞩又满腹经纶，但凡教训起你，总是一如既往、口若悬河、滔滔不绝。"想过没有，你个'二怪'，这爷台山，可不等闲，不就是咱边区南大门一把把门锁吗？也是时势造英雄啊。你难道不觉得千载难逢、使命光荣嘛！年轻人，你就等着瞧吧，你们一营和你任英魁，必将和爷台山一样，搞不好一不小心就会建功立业、一战成名、永载青史的……"你忍不住嘿嘿笑了，心里说，到底还是"教师爷"，这是上课、教导我呢，还是在变着花样鼓舞士气，在激我们的"将"？

果然是"将"，他说，"怎么，你瞪我干啥？我说得不对吗？你现在就是铁将军把门——人凭运气、虎凭山哪。遥想秦代，一个名垂青史的武安君公孙起，长平大战千古留名，不就是兵发咱们淳化云阳林光宫吗！人因地生，地因人名。'六盘山上高峰'，全因红军长征路过'红旗漫卷西风'，才神奇荣耀地走进了咱们毛主席的吟诵之中。单说抗战以来，又有多少山水胜地，于寂寂无名之中忽然声名远播？卢沟桥、平型关、中条山、台儿庄，一个地方，一条河流，一座山头，也和一个人一样，不全都靠了天时、地利与人和的运气？"

"高个子"团长，大名鼎鼎的高革志，名副其实，素有远见卓识之美誉。只是说话声粗、鼻音浊重，总像伤风感冒。他的名字高、大、上、远，立意不凡，足以印证他非凡的光荣履历与人生行踪：南下广东深造黄埔且投身"北伐"，又作为领导骨干参与渭华起义，还是红26军初创时期原汁原味的"原创老人"。打小，你就听他经常把一句"志存高远"挂在嘴上，不知不觉已成警句，也被人们不无谐趣谐音处理，将他的名字顺口叫成了"高个子"。其实，他的个头委实欠缺高大魁梧，好在体格粗壮结实，浅棕的皮肤中还透出一些黝黑，尤其显山露水的是他的一双眼睛，早早晚晚，总见炯炯有神以至光彩照人。那里面风云变幻，掩藏了许多一眼望不到边的独特风景。也许是习以为常，也许是"特别强调"、着意为之，但凡讲话，他总喜欢双手叉腰、伸长脖子、高昂着头，无形中摆弄出"登高望远"的人设姿势。如果地形地势允许，他还会人为地增加和抬高自己的海拔，有时甚至会站在桌子上——如果在战场上，则更喜欢站在缴获的汽车或大炮上，昂首挺胸，手臂一挥，大喝一声"同志们……"云云。眼下，"高个子"的口中，这个爷台山头，已经被他精准地定义为"锁子"，进而顺理成章，也是一针见血，要求你成为雷打不动的"钉子"了。

"'二怪'呀，"总之，一句话！他语气扛鼎刚硬，真的像铁锤敲击铁钉，叮当作响地命令你："无论如何，你必须给我在山上——死死地，钉住！"

至于要你"钉"住什么，这对于你，当然不言而喻。我们只是不知道，也可能永远不会知道，当你身临其境，重任在肩，是如何感觉到泰山压顶的重压，而且，无情的战火与光荣的使命，究竟是如何将你——包括你全营的战士，硬生生锻打压铸成一枚枚钢钉铁针，深深地揳进脚下泥湿的山头。因为此刻，这山头上，要说天在哭泣、地在颤抖，绝非夸张形容。目力所及，一片狼藉，满眼焦土，那可是真实而无辜的伤筋动骨和深创剧痛。如此惨烈的情景与切肤入骨的感受，即使我们一厢情愿，以虚幻的想象，想当然地牵强附会，移植在你任英魁的身上，终究也是无法感同身受半个世纪以前你的亲身体验。我们只能概略地得知，有十三门美制火箭炮与六门山炮，还有数门榴弹炮和许许多多说不出名堂的重型兵器，杀气腾腾、咄咄逼人，强力弹压着你们抬不起头，至于你们那一门只有五发炮弹可怜的独生子迫击炮,无可置疑,也和你一样暂时哑然无声,只好不失寒碜、委屈地蜷缩在坑道的深处。

这些都千真万确,是当时两军对垒,武力悬殊,不容争辩的史实。

除此,更具非同一般讽刺意味的,还是眼前这两支剑拔弩张、生死较量的军队,竟隶属于同一个政府,双方的将士,都头顶同一个样式的青天白日头帽徽,而且不管愿不愿意,都要尊称那个草莽五星上将——蒋介石先生为委员长。不同的地方仅仅是隶属的序列:一方,是胡宗南系的36军52师和59师,还有第16军预备3师的数万重兵,正烟尘滚滚、排山倒海、虎视眈眈、一路覆压而来;另一方的你们,隶属陕甘宁边区某警备旅三团一营,其实,也只有你任英魁总共不足五百人的一支防卫部队——这时候,正孤立无援,默默坚守在这座孤零零的山上。这座山头,也就是你们习惯成自然地称之为"陕甘宁边区南大门的前哨阵地",实在不该发生的战斗,就这样悖逆常理常情,在这种截然不同、极不对称的武装对峙与较量中匪夷所思地发生了、莫名其妙地打响了,并且很快就白热化地胶着在一起了。

不幸的爷台山,就这样被不期而至的战火点燃了。战云密布,硝烟弥漫,到处是噼里啪啦的燃烧与炸裂。随之而起的是茅草树枝呼呼燃烧的猎猎火苗。浓烈的焦糊味儿,硝酸铵炸药爆炸迸裂之后的污浊之气,呛得你忍不住要连连咳嗽、喘不过气。"咱这'友军'啊,哼,"你忍不住要发一句感叹,"他×的……可真的不怎么友好。刚刚才消闲了一阵,又开始张牙舞爪、耀武扬威了。"

跟随在你身后的大串脸胡、年轻、高挺、顺溜的人,曾是你的小舅子,仍然是那么骁勇善战——你的侦察连长。"人家是富人呗,打炮就像放炮仗。"何连长接过你的话,却委婉地感叹了一句。"可怜了咱们虎子,他的那门小宝贝炮,确实无法和人家的大炮相比,也无法发一声怒吼,给这些好战的疯子一点颜色看看……"

"哪个虎子?"你回过头来,不满地打断他的话,突然一惊一怔,颇不高兴地纠正何连长的话,"请你记住,是豹子,不是虎子。你怎么到现在了,还将他俩张冠李戴,老分不清?"

"唔,对对,不好意思,姐夫,是豹子、豹子……你看我,这糨糊脑子?"何建安拍了一下自己的脑门,不胜歉疚地说,罪过,疏忽、疏忽了。"请你叫我营长。"你佯装生气,拉下了脸,有点得理不饶人,故意训斥他说,"你个小舅子——不,安子同志,咋就不长记性呢?糨糊脑子,亏你还是侦察连连长,你的糨糊脑袋还是给我多装些'蒋、胡'匪帮的好,那可是我们当下的头等大敌！"

"是、是。报告营长！"何建安涎着脸皮赖叽叽地抬手，立正，故意夸张地行了个军礼，"不好意思，口误、口误嘛。"说着，一边又颇不服气，忍不住嘀嘀咕咕，嘟哝了一句，"谁让虎、豹他俩，咳……孪生兄弟，天生就让人搅混不清呢。"

"这就是你的本事呗。"你看到他有点尴尬，随机又微笑着抚慰他一句，"我知道你的意思，不就是想让虎子也还击几炮吗……不不，是豹子，看你这'糨糊'脑子，把我也给搅成糨糊了，刚才还批评你呢！"何连长摇摇头，不无得意，含混地笑了。"那你也自我批评一下吧！"安子的话还没有说完，又一发炮弹曳着闪光、凶神恶煞地飞扑过来，只听轰的一声，就在战壕外不足三丈的地方又爆炸了。"×来个腿哟，真能凑热闹啊！"何连长摸了一把浓密的串脸胡，忍不住皱起了眉头。"我说姐夫，噢对，营长同志，咱们战斗减员不少，弹药和粮秣补给，也有些紧张了……你看这倒霉的老天爷，偏又尿水子蛮多，咳，天黑路滑，后勤保障和担架队，要是迟迟上不来山，这可不好办哟……"

"你呀，过虑了吧！还是要相信团长和地方同志的支援，他们一定在想办法了。"与其说你想让何建安放心，不如说也是想给自己一点安慰和放松，你故意和曾经的小舅子调笑了一句："当然，也难为你，毕竟是逃荒要饭的出身，从河南到陕西，一辈子穷命，三句话都离不开修五脏庙……"

"那倒不假，俺也怀疑，自己是饿死鬼托生的呢。"何建安难为情地一声苦笑，多日没有刮胡须的串脸胡脸上，除了一只高挺的鼻子，乍一看全都是毛，单从外表上看，似乎比你这个姐夫还要老相。何建安忧心忡忡，抬头望天。天上乌云密布，尽是一眼看不透彻的如磐夜色。"俺这不都是担心断口粮嘛。"何建安自言自语，"弹尽粮绝，那可是兵家大忌呀。"

"行啦，闭上你的臭嘴，少说些不吉利话行吗。"你说着，也情不自禁，跟着抬头望天，嘴里却也清闲不了，忍不住嘟哝出一长串的怨愤情绪："看看咱这帮'友好国军'，简直不可一世，张狂得有点过分了不是？仗着有他美国干爹输送的大炮，有恃无恐、丧心病狂啊。你瞅瞅，一股脑地轮番在阵地上狂轰滥炸，这样子，真是吃了秤砣铁了心，非要把整个山头给削平了不成。"

"他们，哼，我看绝不只是为了这个山头！"何建安似乎是下意识地念叨，"他们惦记的，是咱身后的边区和延安，甚至是全中国呢。"

"没错，你说得全对。我看你出息多了，几乎可以当营长了。"这回，你可真的是发自内心、不无宽慰地咧嘴笑了："好嘛，那这次还得看你小舅子够不够兄弟哥们儿了！只要我小舅子敢豁出去一拼，我这个营长姐夫，还怕个×?"

第八章

151

"对不起,请你严肃一点,我也是有官衔的,请你叫我……连长。"

"哦!是、是,连长同志,我们不能被动坚守,更不能坐以待毙。你说对吧?"何连长说,"我明白你的意思,以攻为守,才是积极的防守。"

"算你小子脑子灵光,猜对了我的心思。"

"那还用说,咱跟着姐夫拼命革命,也不是一两天了,打仗这事,看都看出了一点门道。眼下最好的出路不就是去虎口拔牙吗!"

"应该叫,虎口夺食。"你说着,转身招呼后边的通信员小马,便一径朝着坑道深处奔走,三个人踩得泥水乱溅,裤脚上全沾满了黏糊糊的黄泥点子。何连长亦步亦趋,依然紧随着你,边走边望着望不透的天空,不由自主,脱口叹道:"但愿老天爷帮忙,别再继续下雨了。"

"天不帮忙人帮忙呗。"你侧脸提醒何建安:"你老小子可记着了,老天不是爷。谁守住了爷台山,那才是真正的天,刚巴铮硬,真正的,爷!"你接下来的话,就有点咬牙切齿、自我警策的意味在其中了,因为你闷头低语,仿佛给自己耳提面命:"不管咋说,咱在自家门口打仗,不能给乡亲们丢脸。咱们营大部分可都是乡土子弟,若让国民党军队的这帮妖魔鬼怪兔崽子闯了进来,乡亲们,咳,那……可要遭大罪哩……"

夜色广泛而深重,黑暗中一切颜色全都一样,犹如沉寂中的一切声音和喧闹中的一切声音。此时此刻,看不见你摆在脸上的那种被情势压榨和激怒的焦灼,只有靠想象"看到",你那两道特征性的剑眉,又不由自主地跳动着耸立了起来。这也难怪,整整三天了,不怀好意的"友军",潮水般一波一波汹涌过来,又被你们一波一波潮汐般击溃回去。全是你和你的一营,以愤怒的子弹喷发和手榴弹的投掷爆炸,当然,还有近战——在对方炮击间隙,短兵相接,反冲锋与刺刀见红,一次又一次地给气势汹汹的来犯之敌迎头痛击,硬生生地给杀了回去。激战酷烈,硝烟弥漫。敌我双方一守一攻,相互搏杀,难分难解,至少在眼下是两败俱伤、没有胜者、无论输赢。只有时间在这里悄然逃遁,一分一秒都只有鲜活生命的消失和鲜红热血的流失。山坡上下,尸横遍野。东倒西歪的尸体上,飘升起的均是无家可归的游魂,并且不分彼此、互相纠缠、融合为一,开始永远交付给了这片饱受炮火蹂躏的土地。那些有血有肉的躯体,那些有名有姓的生命,都在这一场相互为敌的无畏的阵地攻夺与坚守之中捶打挤压,随之粉身碎骨,变成了埋葬在这里的鲜为人知的惨淡历史。

这就是战争带来的不幸,更是同种、同族、同一种人类的至大不幸与疼痛。

爷台山、不幸的山头,眼看被那些喷涂了"USA"字样的炮弹反复摧残,几乎成了个开花的蘑菇。山上的你们,光荣而不幸的扼守者,任英魁,你和你的战友兄弟，连续三天，紧咬牙关，忍受着熬煎摧折，重创剧痛。尽管你们依然岿然挺立，一任天摇地晃，硬是不发一声呻吟，保持着淡定的沉默与伟岸的尊严。可毕竟这不是演习，更不是演戏和拍电视剧。大军压境，敌众我寡，力量过于悬殊，一片焦土的爷台主峰和它忠实的守卫者，已经濒临弹尽粮绝的极限，忍受着最后的坚守。何连长说得没错，得想办法，不能死守——那是守不住的。更不能等死。守不住山头的死亡，那就是耻辱。"万一后援跟不上来，又没有接到撤退的命令，营长，你说，咱该咋个守法？"

你想到何建安刚才的犹疑焦虑，他很清醒，并非杞人忧天，所以你跟他探讨，语气里也透出了掩饰不住的担心。作为营长，你当然深知，这是打仗，不能有一丝貌似"乐观"的轻敌，更不能装得"轻松无事"。所以，你瞥了他一眼，正儿八经、神情严峻地问他："依你看呢？"

"哼，也只能……"何建安没有说下去，他冲着你龇了龇牙，抬手在长满胡须的大嘴边上，做了一个狠劲揪扯的动作。你问："可以干？"

"当然，俺都侦察好了。"

"那就，夜里？"

"夜里。"

"好。那咱就把刀子磨残火一点，让三连上！"何连长建议，"不要那么多人。精干一点，一个排足够。关键应该让虎子……唔，是豹子的炮弹发言。"你皱了皱眉，没有吭声。但你明白，何建安坚持要使用一下迫击炮的用意。也许，一发炮弹（如果能抵近轰毁敌人前沿阵地一个炮楼），可能抵得上一次反冲锋的肉搏，甚至是一次夜战偷袭的出击。你们两个，不，是三个人，你和何连长的身后是寸步不离的通信员马凯。你们一前一后，三步并作两步，从坑道直奔你们心心系念的——豹子——而非虎子的、那门被迫息声敛气的迫击炮来了。

那门形单影只的迫击炮，此时敛声闭气，颇受委屈地龟缩在战壕深处的坑洞里装聋作哑，它眼睁睁瞪视着对方"战争之神"的狂轰滥炸、大发淫威——当然，它和它的主人倒是不以为然、很不服气。他们不承认对方的神威，更不认为那就是神勇。"叫你们神气，全部美式装备，又怎么地，没啥了不起的！"只有一门炮而名不副实的炮排排长任豹子，绷紧了没长一根绒毛的嘴唇咬肌，极不甘心地鄙视着那些毫无准头的炮弹，在山头阵地上疯狂撒野、狂轰滥炸。鄙夷之余，倒是不无痛惜地感叹了一句："真他×的阔少作风，涝池泡蒸馍——就会挥霍胡整，这也算本事吗！"

他身边有个名叫陈铮的四川籍光头大兵，或许，我们也应该约定俗成，戏仿文艺范儿的普遍流行习俗，管他叫"四川锤子"。总之，他沉默不语，正光着脑壳,多此一举地抱着一颗光溜溜的炮弹,没事找事,不消停地反复擦拭着那颗同样沉默不语、乌溜溜的八二迫击炮弹。任豹子排长瞥了他一眼,赞许地点头,却情不自禁地出一阵战地的抒情和感慨来。"这就对咧,牛驴比不了快马,穷汉比不了富家。粒米成箩、滴水成河,咱就是要攒着点劲儿,当紧之处,那可是要以一当十、以十当百用哩。"突然,他的目光溅落在这陈铮的手上,只见他居然是用军帽在擦拭炮弹,便忍不住以长官自居的口吻爆出了一句粗话:"咦,我说你个四川锤子,怎么用军帽胡整开咧?"

"啥子个军帽,哼!"陈铮头也不抬,气呼呼地嘟囔道,"格老子,早不想戴这块吊丧布了,还青天白日头呢!呸,简直就是暗无天日,没道理嘛。"任豹子心知肚明,这个四川小老兵,对于国共合作的"友军",一直耿耿于怀。"我说老革命,你咋还整不明白,统一战线,共同抗日呗。"

"我当然懂。"四川兵偏过脑壳,咧嘴龇出一口醒目的白牙:"说好的一致对外,共同抗日,可又总在咱屁股后头瞎鼓捣,动不动打老子黑枪。龟儿子的,得寸进尺,现在还来劲了,竟拿大炮来轰!"

"这就是反动派的本性。"心直口快,抢在任豹子排长前面开了腔的陕北娃于亮说:"狼行千里要吃肉,狗行千里要吃屎。你没听庄稼人说嘛,江山易改、禀性难移啊!"

"对着哩,是这个理。"任排长豹眼圆睁、瞬时放光,忍不住竖起一个拇指:"咱们小秀才说得对。这没有啥,兵来将挡、水来土掩,人不犯我、我不犯人,人若犯我,针锋相对嘛!"

"是的、是的。"小四川放下手里的炮弹,又拿起另一颗,把仅有的五颗宝贝炮弹依次排列,调兵遣将似的,逐一地像抚摩小孩脸蛋那样,又擦拭摩挲了一遍,然后不无遗憾地摇头:"可惜,咱们家底太薄,可怜着哩!手中的家伙什稀缺,太欠火哟!"

任排长老大不高兴,浓眉大眼一瞬间瞪成牛铃。"你发个啥愁,蒋介石运输大队长,派他的心腹亲信胡宗南,这不正给咱们送枪炮来了吗!"说着,他把头探出湿漉漉的洞口,望着堑壕外的一线天空。天上黑云压顶,雷声若断若续,炮声却寥落稀薄了。他正了正帽子,扭过头来,对着跟他一样嘴上还没长毛的两个嫩芽芽炮兵,神情庄重、信心十足地说:"告诉你们吧,本排长早不想当这个独门炮的炮排长了,我要当炮连长、炮团长呢!你俩可听好了,到时,别不给我长脸,至少也要准备当他个排长、连长吧?"

他的两个小兵,忍不住咧开了嘴,笑得干涩,却也天真纯净。"笑啥哩嘛?"他的眼睛扫向陈铮旁边的于亮,"你说呢,中学生?"

"我想，这是肯定的，也是必需的。"于亮浓眉大眼，目炬闪闪，这个标致顺溜的陕北后生眉头一皱，一本正经地深思道，"应该说，这是必然趋势！现代战争武器，特别是大炮，越来越重要了，拿破仑都说过嘛，它是'战争之神'，有这等大家伙掺和战斗，才算得上是真正有分量的战斗……"

"这话，我爱听呢。"任豹子正了正军帽，刚要探头张望，一颗呼啸而至的炮弹炸响，就落在了堑壕前面，掐断了他们三个炮兵忙里偷闲的扯淡。接着又是一声炸响，在阵地左前方腾空而起，掀起了一天黄尘。透过夜色和烟尘，任豹子就在这时，看见了你——

"哟，二大（叔）！"

你连滚带爬，跌进战壕，身后同时滚将进来侦察连长和马凯，三个人一溜，从头到脚，泥猴似的沾满了黄色泥土，都像刚从地里钻出来的土地爷。"二大（叔），你……没有事吧？"任豹子急忙迎上去，却被你伸手一搡，踉跄地窝回了战壕的坑洞："隐蔽！"

"该死的蒋、胡国民党，不好好抗日打鬼子，老是挑衅闹事，二大，你说，气人不气人？"任豹子愤愤不平地率直发泄。你挺直了身子，整了整沾满泥土的灰布军服，郑重其事地提醒你的侄子："喊我营长。"

"是。营长同志。"你这个双胞胎的侄子，很长一段时间，都让你把他和他的孪生哥哥虎子混淆不清，尽管他已经在你的身边多年。他那张青春的面孔，在黑夜里只是一张模糊的灰白面具，不过眼睛又大又亮，在你眼前像星子般一跳一闪、频频发光。"看来，国民党军来势汹汹，完全是大动作的派头，不像平时偶尔发生的边境小摩擦啊！"

你侄子任豹子这样说时，又一颗炮弹呼啸而至，在你们附近爆炸。弹着点腾起的泥土石块足有一丈多高。你从马凯手里要过望远镜，俯身在堑壕边缘眺望一阵，又朝何连长和马凯招了招手："走，我们上前面去看看。"任豹子紧随着你跳出了坑洞，"我也跟你们去！"

"你想干啥，排长同志，去看热闹吗，给我老实待在这里！"你当即拉下了脸，呵斥一声，你那亲侄儿应声站直，小伙子"啪"的一个标准军人立正的范式，眉清目秀的脸膛上，浮现着与他年龄不相协调的严峻之色，他抬手向你行了个军礼，嘴里同时爆发出一个干脆响亮的"到"字。"你不是常对我说，打虎亲兄弟，上阵父子兵嘛，"豹子固执地反嘴，"我应该紧跟你才对。"你没有还礼，大手朝下一劈，示意他赶紧钻进洞子里去。"二大，那我们到底啥时还击？"

"叫我营长。"你再次提醒。任豹子见你这个二叔铁青着严峻的黑脸，自己的脸也憋红了，他不好意思地点了点头，又向何建安与马凯挤了挤眼，牙根痒

第八章

痒地说，"你们说，咱能不能也给他们打上两炮？"

"虎子，不，豹子同志，先压住火，懂吗？"何建安微笑着安慰他，"等到咱们该出手时，就看你的迫击炮大发雷霆，替咱们发言了。"

"那没说的。"任豹子道，"我们早就憋着劲了。"

"这话没错。"你把侄儿往掩体里头推了一把，说，"还没到时候，你急个啥？你可给我记死了，紧火处，就看你给二叔咋样长脸了？当然，没有我的命令，绝对不能开炮。你们三个呀，千里地里一棵苗，可是咱们的看家宝，你就沉住气，耐心给我等着，像这几颗金贵的炮弹一样，把好钢，都给我用在刀刃刃上！"

这时，在你们面前的山坡上，一颗炮弹将两棵松树同时拦腰劈开，斩为几截，只听到"喀哩叭嚓"一声炸响，树枝树叶飞上半空，像被一双无形的大手撕裂抛洒，四散而去。"卧倒……赶紧……卧倒……"

突然，又是一颗炮弹，紧追慢赶，就撵着你的呼叫，在你们几个人的身边火光一闪，爆出一声闷雷似的轰响。那一瞬，你直感有一堵墙倒塌在了自己的身上，你想大声嚷叫，却发不出一点声来。顷刻，随着烟尘迷雾渐渐散淡，你挣扎着，推开身上压着的一块重石，翻身爬了起来，这才看清，那块重石，血肉模糊，变成了一个不完整的身躯。"喂喂，小马！"你拼力喊道，"喂，小马……你……"

何连长在你身边抖了一下身子，翻身从泥土中爬了起来，猛然一看，也不仅失声大叫："啊……啊……小马……"

你也爬了起来，抬头细看，不禁大惊失色。因为你看到的是通信员马凯，原来，是他刚才不顾一切扑倒在你和何建安的身上，用自己的身体掩护你俩。你能想到，跟随你才三个多月的马凯，在刚才的那一瞬间，是如何张开双臂一跃而起，像老鸡护小鸡那样，想把自己的翅膀尽可能地变成一顶大保护伞，把你和何建安护在他身躯下面——而不是相反，让你一跃而起，将他扑倒在身下，像你本愿中曾经设想的那样去保护他。

"快，虎子，唔，豹子！快来……"

"马——凯！"你赶紧爬起来抱住了马凯，"小马、小马，你怎么样……"你一时间不知该说啥好。那小马似乎浑然不觉，睁大了眼，认真地看着你："报告，营长……"

他大概想习惯性地抬起右臂敬礼，却发现自己被弹片击中，一条胳膊活生生地从肩胛处被削去了，露出了白惨惨的骨头。那条断裂的胳膊，脱离身子，正沾满泥土、坦然无语地躺在一边的泥土地上；而他的另一只支棱着的胳膊，正举着被炮弹削去指头的手掌，像一只光秃秃的树杈，在空中瑟瑟颤抖！

"马凯，挺住，你要挺住！"你一边喊叫，呼叫何建安解下自己的绑腿，一边手忙脚乱地对付着通信员的胳膊，"用劲，死劲儿扎紧，别让血流得太多！"

猛然抬头，你看见任豹子目瞪口呆、不知所措地僵立一旁，不由得火从心起，一下子暴跳如雷，吼叫起来："你傻愣着啥，快去救护所……喊桃子来，让他们卫生队赶紧来救人！"

咳，谁说炮弹没长眼睛？你心里再明白不过了，刚才的一发炮弹，就是瞄准你的，至少，是瞄准了营指挥所的。你忍不住要骂一声，"这是要斩首呀咋的，偏偏对准了我这个营长？"

让你恼怒和痛悔不已的，主要还是这通信员小马，要不是他机灵果断，一跃而起扑倒了你，他还会受伤吗？而你，还会毫发无损地、安然无恙地活着吗？那是一发小偷小摸式的冷炮，几乎是不声不响贼一样蹿将过来，让你既没有觉察，更没法提防。亏你还是参加过百团大战的老兵，亏你还是一营人的主心骨和灵魂；亏你还给小马反复不已，乃至耳提面命，让他学会辨析不同距离和类型炮弹袭击的声音——别怕，那种带着尖厉呼啸的炮弹，都是些虚张声势耀武扬威的草包，没准头的；要注意的是突兀而起又迅疾消失的炮声，那是逼近你的杀手；特别要注意的是那些发出"噗噗噗"冒泡似的声音的，那说明死神离你不远，得赶紧就近卧倒隐蔽。

可是……你那会儿干什么去了，不是才从小马手中接过望远镜，枉费心思地想透过沉沉夜幕看到些什么吗？为啥，就没听到近在身边的那一声要命的炮弹偷袭？你难道是太平洋上麻痹大意、忘乎所以的"珍珠港"？是压根儿闭目塞听了明火执仗竟敢来偷袭的"山本五十六"？你那会儿在想些啥，咋地，一会儿回到了你的任家堡子，一会儿又是你的"陕公"？思想是抛了"锚"还是跑错了路？要不就是信马由缰、胡思乱想，又一次陷入遐想，心不在焉，严重地脱岗，"开了小差"？

马凯，跟着你还不到三个月吧，一个满打满算十六岁活蹦乱跳的小兵。

"叫啥名字？"初次见面，你就抑制不住内心的喜悦，看着恭恭敬敬给你敬礼报到的小通信员。一脸稚气，惹人怜爱。"说说看，你这名儿，有啥讲究吗？"

"报告营长，我的马，是马到成功的马，凯是凯旋的凯。"

"哟，不赖，还蛮有文化水平呢。上过啥学？"小马又乖觉地说，"报告营长，上过'陕公'，四分队三排文艺班。"你的眼睛一下子瞪大并放光了，原来，还是个校友小学弟呢。心中一股暖流涌起，你黢黑板正的脸膛，肯定松弛了下来，情不自禁地露出难得一见温和的微笑。"唔，我说小马，不必过分拘礼。"

你当然是和蔼可亲地对他说道:"知道你的职责就行了,往后直接说事,不要总喊报告营长。"

"是。报告营长,我明白了。"他说着,不由自主又抬起胳膊想要敬礼,大概想到刚刚敬过了礼,立马又不好意思地放下了手,不无腼腆、站得板板正正地,背书一样字正腔圆地朗诵道:"我的职责,首先是保护营长的安全、听从营长的指挥、随时完成营长分派的通信任务,保证指挥信息灵通。"你毕竟忍住了某种突兀而起的内心冲动,好不容易,才控制住,没有一下子拥抱这个奶声奶气的小家伙。"那么,我以营长的名义要求你,从现在开始,没有我的命令和允许,你就要寸步不离地紧跟着我,能不能做到?"

"报告营长……"小家伙欲抬手臂,突然卡壳僵在了胸前,又一次粲然笑了,像一个意识到自己举动不得体的小姑娘,满面含羞,急忙双脚并拢一个立正,非常正规、规范地回答道:"明白。"你当时就乐了。"你明白个啥哟?"你本来是想说,你还太嫩,要紧跟我的步伐,不要乱跑乱窜,与其说便于我使唤和指派你,毋宁说方便我母鸡护小鸡那样护佑你,就像我一直不动声色、尽其可能暗暗地护佑着我的侄儿豹子、侄女桃子。不管咋说,这是明摆着的一份私心,是我跟哥哥嫂子做了保证、打了包票的事。那么,对于你,一个实在太可爱的小兵娃子,我不是同样负有相同的责任与义务吗?你想得没错。保卫边区的人,同样不也是需要人保护吗?况且他们,包括小马、豹子、桃子,说到底,青葱岁月,也还是些稚气未脱的孩子啊。

可是,不过一眨眼的工夫,咋地就,咳!"营长……报告、营、营长……我没、事的,你放、放……下我……"你将他轻轻地放平在了地上,一直腰,看到自己胸前一大片血液正在横溢流淌,伸手摸了摸胸部,并未见创伤。蓦然低头,才发现马凯的身下,正有一股鲜血汩汩涌流出来。原来,还有一块罪恶的弹片,不偏不倚、正好击中了他的脊椎骨。马凯很快气息微弱,他艰难地望了你一眼,慢慢地闭上了眼睛。

"小马!"你猛然跪倒下去,匍匐身躯,默默搂紧了马凯的遗体,憋了半晌,你到底还是喉头一紧,鼻子喷酸,感到怒火在内脏里颤动,浑身也随之剧烈地颤抖,终于,以灼心的声音,沉静地哭出了尖锐的自责:"是我,是我没保护好你呀!"

/ 第九章 /

李特派员

人生如树。在森林里，同一种树，各具形态；同一棵树，没有完全同样的树叶。父亲岁爷还告诉你，人生如水，山不转水转，根据情况和需要，该变化时就变化，该转弯时就转弯呗——你至亲至爱的老父亲，就是这样，耳提面命，屡次谆谆教诲你的。那是因为，你没有跟弟弟豹子一样姓任，心里憋屈，愤愤不平，曾经跟你的岁爷怼气（憋气），很是南辕北辙，别扭了一阵。"一娘所生，吃饭穿衣都能一模一样毫无二致，偏偏取名，单要把我排除在外，另眼看待？"

"此言差矣，不就是个姓吗？"你的岁爷不以为然，言之凿凿："你还不是我的虎子嘛？孙悟空不管是叫齐天大圣，还是叫弼马温，都是孙悟空，跟你把猫叫成咪咪、把母鸡叫成呱呱蛋，又有啥区别！"

少年意气，懵懂意识，你纠结自己未能成为任虎子，而被叫成了第五良虎，耿耿于怀，不能释然："你听听，多么拗口。"两个儿子（那时还没虎崽，或者说还没有名叫穗子的那个多余的我），你的花儿娘岁婆，出乎意料，难得一次据理力争，简直是理直气壮地申明："双生儿子，一人一个，公平公正，为啥就不能有一个随我的姓？"

"理当如此"。老爷子点头，举双手赞成。只是，时过境迁，如今，你、你的娘老子，全没想到，你既不是任虎子，也不是第五良虎了。你现在的名字，干脆跟父母的姓名来了个两不粘连——叫李志胜。而且，你还要极力回避和掩饰你曾经叫过的其他名字。你当然清楚，这事非同小可，绝不是闹着玩儿的，它关乎身家性命，关乎诸多不可估量的成败得失。

李志胜——胡宗南西安长官部行营的大员、攻夺爷台山一线督战的李特派员。你的历史性出场亮相，真的会是一种虚设、一种现象的戏剧演绎吗？

在进攻边区的前线指挥部，打头阵的先遣团正、副团长，此刻，正在一团和气地虚与委蛇、貌合神离、曲曲折折、钩心斗角，时或唇枪舌剑、颇有剑拔弩张之势。"雷雨连三场。咳，都怨这不长眼的老天，接连三天，还真能瞎凑热闹，火上浇油，争着赶着，跟咱的大炮比声响。"团长于云鹤凭窗眺望，一脸恼怒，脸上乌云密布，肃杀之气在凝结打皱的眉宇间扑跌跳荡。"你说说看，是不是火上浇油？"

他瞪大眼珠，心情灰败，不无沮丧地嚷嚷着团副陈国央。他面前的胖子，大脸小眼，一脸殷勤焦灼，赶紧随声附和："当然，这天杀的……雷神爷，简直是……帮倒忙啊！"陈大脸挤出一丝卑微的苦笑，紧绷着鼓胀的猪肝色大脸，如释重负，连连点头称是："团长您说得对，要不是这不长眼的老天胡乱捣蛋，一个小小不言的爷台山，不至于，我们费这么大的神吧——三天了，还拿不下来。"

于云鹤一听这话，一肚子火气忽地蹿起，正是烈火烹油，烧红了他原本黯褐青黄的瘦脸。他抬手拽下大盖子军帽，恼怒地摔在桌上，一双牛卵子似的眼睛喷火冒烟，将一种灼人的睥睨和冷峻的嘲讽，都一齐泼洒在陈团副宽阔富裕的大脸盘上："是个屁！"他转过身，双手叉腰，直面陈国央那张风云突变的阔脸，喊道——确实是喊："我说老陈，你想干啥，玩小聪明、耍滑头不成？"

他挽起袖子，左手叉腰，而把右手在宽大的楸木桌面上"啪啪"地拍得山响。"告诉你老兄，我把丑话可说在了前面，当时，是你主动请命，央求我给牛师座和胡长官保证，让你打头阵、抢头功的。"

"那是，那是。"陈国央点头哈腰，哭丧着脸说，"这没有错。"

"没错。"于云鹤用鼻子哼着，不屑地说，"历史上，有的是出师未捷身先死的范例，你倒是绝无仅有啊——出师未捷官先升，就凭你指天誓日，在上司面前夸下海口，说你如何天下无敌、百战百胜，一天就能拿下爷台山吗？现在，几个一天了，你老兄的一天是不是太长了点，比三天还长？你以为，全部责任，都一股脑儿，能推给……老天爷吗？"

"那当然……是，是……不能。"陈大脸自知理亏，只翻一下白眼，无话可说。他尽量立正，毕恭毕敬，站得笔挺，脸上则红一阵白一阵，不觉渗出一层细密的汗珠。"你这可是给党国丢脸、给委员长好看，是吧？胡长官不惜拿出最精锐的王牌部队——你难道不清楚吗，我们暂五十九师，日夜兼程从河防撤回，急如闪电地开拔到这里，是要成大事的。"于云鹤忍不住大发牢骚，一腔怒火劈头盖脸泼向陈国央。"牛师长让你做尖刀营，又临战器重，破格给你提升副团长，胡长官连他的情报特派员，都配备给你来当参谋，这可不是好玩的，不就是一心希望，火速攻克共产党边区南大门，打一个漂亮仗吗……"

"可你,咳!"于云鹤唾沫横飞,把一头马鬃似的乌发抖动得像风中的野草,"你算一算,这三天,我们损兵折将,死了多少人,光打出的炮弹,都上万发了吧!"

"团长……我,对不起,怪我求胜心切,对不起牛师长和胡长官……我一定,戴罪立功;一定,重新制定进攻方案。"于云鹤乜斜他一眼,再次用鼻子哼出一声意味深长的讥诮:"是得立功才行。不然,我也不好给牛师长和胡长官交代啊!"他说着,赌气似的,一屁股塌进桌子后面的木圈靠背椅里,像是自言自语,发了一句感慨:"论功行赏,说来容易何其难,我们总指望在发官帽子和发银圆上一决胜负,岂有不输之理?"话音未落,只听门外传来一声清脆响亮的报告。他随即应道:"进来。"

进来的少校军官,抬手敬礼,搅动一股青春之气清风拂面,制式军服更把他的身板束裹得板直笔挺,一举一动,显得虎虎生威而英气逼人。没错,那就是你——李志胜。"报告团长,长官部发来新的进攻方案。牛师长和胡长官都有特别指令。"

"噢,志胜,快给我看。"

在这个等级森严、官大一级吓死人的战争机器中,李志胜,你仅仅因为来自"上方",于云鹤就不能不刮目相看,客气、尊重,甚至有某种掩饰不住的敬畏,都在他的言谈举止中表现得淋漓尽致、足够成色。他从你这个"特殊人物"手中接过一纸电令,飞快地扫视了一眼,忍不住念出声来:"于团、陈副团长务必会知,此次攻夺淳化爷台山一役,实为你部指挥不当,运筹无能,而部下贪生怕死,进攻不力所致,极令委员长和军、师长官失望。爷台山为边区前沿阵地之南大门,具有至关重要之战略意义,必须不惜一切,撕开一个口子,否则将影响我北进'围剿匪区'的整个部署。特令二位,以杀身成仁之血誓,尽快调整作战方案,限令五日之内,务必拿下爷台山,不然,军法是问……"

于云鹤读到此处,手一哆嗦,随即抖落手里的电令,眼睛直视陈大脸:"老兄,你该听清楚了吧?"

"是是……团长,我一定竭尽全力,尽忠党国,五天之内,拿不下爷台山,我就拿头来见你!"陈国央腆着肥厚肿胀的大脸,连连点头称是,同时,还不忘侧过脸来,眨巴着一对明光贼亮的豌豆小眼,充满期待地巴望着眼前的你。"志胜,"于云鹤转脸,旁敲侧击地问,"特派员,你对陈团副誓死报国的决心,还有信心吗?"

于云鹤的目光,在你那颀长挺拔的身姿上从上到下,扫了一遍,脸上露出一丝意蕴含混不明、恬淡苍白的浅笑。"报告团长,陈团副忠心可嘉,是信得过的。何况，他为党国'剿匪'尽力，立过不少战功，也是值得信任的。这次进攻失利，主要原因不外乎情况不明、有点贸然。爷台山为共匪属地，长期经营，必然构筑许多暗道机关，任我方铺天盖地、炮火连天，也奈何不得，你说对吧？"

"是是，特派员言之有理。"陈大脸听你这样一说，如获赦免，忍不住鸡叨米般一个劲点头。没想到，他这一副矫情诏媚阿谀丑态，却引起了于云鹤的恶心反感。"陈老兄，你能不能淡定一点，耐心听特派员把话说完？"

"是是……"你含蓄地一笑，并不予计较，又字正腔圆地陈述着，一如在舞台上背诵台词，"有道是不入虎穴，焉得虎子，大炮如果不长眼，只能放炮仗听响声。以我陋见，必须瞄准对方致命的要害。二位认为，是不是这个理儿？"

于云鹤眨了眨眼，径情直遂，要你的具体方案："那依你看，该怎么办？"你目炬闪闪，略加思忖，一脸诚挚地回话："用兵天条，知己知彼呀。二位团长如若信任，在下愿为效劳，今夜趁黑，先去摸营，偷偷侦察一番如何？"个头比较矮矬的陈国央，几乎是仰视着面前意气风发的你，他那铮光闪亮的谢顶头，更像是他另一张求知若渴的长脸。他急不可耐，抢先于云鹤之前，喜不自胜。"好，难得，难得！不愧是行营里长官身边派来的英才，年轻有为，有胆有识。你就说，还有什么要求吧？"

"人员无需太多，精干、利索就行。只带轻武器，争取速去速回。"

"这没问题。"于云鹤说。"二位团长，如果方便的话……"你稍显迟疑，眉头一皱，计上心来。"我是想，能否给我们去的人，全换上他们十八集团的灰色军服？"

"唔，兵不厌诈，我明白了！不愧一个足智多谋的特派员。"于云鹤自然欣然首肯，他转身询问陈大脸，"这事说定了，老兄你赶快去办。志胜，我们可就一心静待佳音，看你的了。"你"啪"的一个立正，同时就是个训练有素、标准规范的军礼。"是，请团长放心，我会相机行事，一定不负重托。"

是夜三更，雷雨骤停，转为缠绵细雨，浓云稠雾笼罩原野，漆黑一团不见月光，几乎伸手不见五指。这是爷台山下北峰村的后面，距离国民党军新修筑的一座炮楼不远，一座坍塌颓废的古庙，旁边有一棵枝叶茂盛参天的中槐，就在这棵槐树下面，历史地巧合了两支各有十二个人、穿着同样军服的侦察分队。双方相向而行，都很谨慎地向对方摸索，他们不想遭遇发生交火，却又暗暗地寻觅和期待着——与对方"不期而遇"地实质性接触。这是一次特殊形式的较量与战斗。由北向南摸索前进的小分队里，忽然亮起一缕火星，仿佛有人擦了根火柴抽烟。须臾，又亮了一下，也许是烟丝潮湿没有点着。紧接着，又亮了一下；由南向北匍匐鼠行的队伍，有人闪耀了一下手电，揿了一下，又揿了一下。当手电筒第三次刚刚揿亮，对方"砰"地射来一枪，这边也不示弱，只听到一支卡宾枪"嗖"地便喷射出一串子弹……

不过，双方真的不像在接敌交战，倒像是互致敬意问候，因为他们的射击角度，几近垂直，差不多都是朝天放的。

"隐蔽！"枪声甫停，南边小分队有人低声发令，士兵们都缩回了头，全部卧倒在地，却见一个黑影突然一跃而起，三步并作两步，急速蹽行，一闪，便只身隐入大槐树下。几乎同时，从破庙残破不全的矮墙后面，有人压低了嗓音，轻声喝问："你……什么人？"

"熊兵……自己人。"矮墙后面，突然，也倏地闪出个人来，尽管视野模糊，不甚分明，但这两个人，仍可看见高低胖瘦，如同复制，动作果敢勇猛，犹如虎豹扑跌，轻盈敏捷不留痕迹，几乎毫无二致。"虎豹之师，只有英雄，哪来的熊兵？"但见那人影一闪，也躲进了大树背后，同样低声，回应了一句："你知我知，此'雄'非熊。"

两个黑影，突然接近，身影重叠——不像短兵相接刺刀见红的扭结与拼杀，当是久别重逢，紧紧拥抱在了一起。他们相持时间极其短暂，说了些什么，又做了些什么，除非用想象补白，除了他们彼此二人，全都不得而知。总之，他们很快就分开、脱离了。分手时，两个黑影又一次重叠，投怀入抱，融为一体。似乎打架斗殴，又似乎难分难舍不愿须臾放手。这是一个难以聚焦、判别和无法显影的历史场景。关于这次特殊的接敌侦察、秘密沟通，作为本小说低能拙劣的作者，有点江郎才尽，只好以开放性发散思维的文学叙述，交代这个故事的几种可能——好在一位什么名作家说过：文学是多维度的。这里，是否也可以捉襟见肘、勉为其难地鹦鹉学舌一句：小说，也是应该有多种可能性的。就像一条通向秘境的小径，很可能会任意分出许多个岔道，不足为奇。当然，如果饶有兴趣，只要愿意，任何人只管尽可能凭借想象，去虚抑一场千姿百态、呈现各种可能情况的侦察行动，表现一种不同凡响的两军对垒、特殊夜战。但有一点无法逾越，或者说是不能胡编乱造的：那就是这里出现的"熊兵"，绝不是随口而道的贬义词，更不是口头语里骂人的脏话。这句用以接头的秘密暗语，在二十世纪末的今天，已经被解密的国共两党有关档案得以权威"诠释"——它专属卧底胡宗南身边的中共高级特工英雄，即熊向晖和他部下的得力助手。因此，我们宁愿这个专用指代，是一种光耀千秋——当然也是发自内心的褒奖。事实上，站在革命党中共的阶级立场，更应该是一种崇高的致敬。后来一位著名的党和国家领导人，说到这个特殊的称谓时，就曾经这样不无自豪地称颂说：

这个熊兵，可是胜过百万雄兵的"雄"，英雄神奇的"雄兵"，它跟熊罴虎豹的"熊"，岂可同日而语，那根本不是一回事儿！

不错，虎子、豹子兄弟，在你们二大（叔父）任英魁营长的精心策划、刻意安排下，你们兄弟，平生最后一次晤面，应该有多少大书特书的情节、细节，感想、感慨？可惜，我们全都无从悉知，包括你们的这次互动"链接"的"侦察"行动，究竟是怎么回事，都只能交由语言和语言的衍生物——这里主要指文学的天性与特质，去驰骋想象、自由发挥了。也许，还存在着另一维的书写，另一番情景，就是说，这次"夜间突袭"，按照常规常理，更应该是侦察连长何建雄的分内之事，作者大概一厢情愿，太想让你们孪生兄弟久别重逢，以解互相渴念之情，而且，这难得一次的特殊晤会，而且是在你们二大的亲自指挥"运作"下实施。除了足以证明毕竟是亲情使然，无论如何，想让你们生离死别之前，见上平生的最后一面。同时，还能反映出当年跟着哥哥任仲魁，亦即你们的父亲岁爷，大雪天直奔豹子沟的那个"五子"，曾经就地革命，走遍了家乡的千村万户。他对这里的山水田园、沟沟坎坎，实在了然于胸，熟悉得不能再熟悉了：爷台主峰的北边是沟壑，东边紧邻耀县张果老崖，南面、西边，全都临敌包围，是碑子崾岘、陶家庄等村，西边有豹子沟、火抱山、桐树渠、老庄梁等村庄。

尽管，这里不无作者的"恣意妄为"，想必撷拾"人设"，照猫画虎效仿鲁迅先生的"小说作法"，将关中身子、陕北头，东南西北扯不到一起的素材，只管"拿来"往一起拼凑；也不排除足兴演绎，"破例""穿越"一回，尽力"复盘"出另一副样子。就是说，你任英魁，作为叔父，亲自带领虎子投身革命，无不日夜揪心，惦念深入虎穴的侄儿。太有可能，就是你直接出面与虎子"接头"了。无论如何，作为前线指挥的一营之长，此时的你，绝对有点忍无可忍，尤其是在目睹马凯和数名战士伤亡后，你不能不断然决定凌厉出手，火力侦察，去"夜袭"敌人防线，亲自出马联系"内应"了。果然，你不止一次表示："被动地坚守山头，不间断地老挨炮弹轰炸，是不是有些太憋气呀！"

你请示团长，希望带人下山，抵近前沿，一探虚实。那根被炸断的电话线，还是马凯牺牲前，冒着炮火硝烟查巡给接上的。可马凯却……

"唉，这仗打得有点窝火，我们得进一步摸清他们的底子。"你说，"让我去看看这些内战疯子，究竟打的是啥算盘呀？"

"教师爷"明白你的用心，只是再三叮嘱："隐秘接敌，只做试探。速战速决，不可恋战。"你满口应诺，但心里狠气不解，还是想搂草打兔子，趁机狠狠捅它一下"马蜂窝"，至少，也给他们一点颜色看看，打一打"友军"的嚣张气焰。你让何连长挑选了五名精干战士，破例让豹子他们也参加，带上那门宝贝疙瘩迫击炮。趁夜色掩护，你们迅速出动，很快潜伏到了土木岭村前的一道沟坎后边，你发令机枪先朝敌碉堡亮灯的射击孔，发射了两梭子子弹，又分别向那里投掷了几颗手榴弹。随即让大家卧倒，隐伏在沟渠里头不要露头，只管静听敌人发疯着魔，向外边倾泻雨点似的子弹。等到他们打够了打累了，子弹大概也泼洒得差不多了——正如你预测和计算的那样，他们果然组织力量，蠢蠢欲动，走出碉堡，越过壕沟来"扫荡"了。你将此般作为，叫作引蛇出洞，对何建雄耳语，让他们悄悄靠近，注意抓"舌头"。何连长神领意会，这也是他的拿手好戏。他跃跃欲试，早不耐烦，单等着大显身手。此间，你全神贯注，手中的火柴频频闪光，也期待和寻觅着另一束闪光——那是你三天三夜以来，通过望远镜，连续不断一直想捕捉的一束奇光——一长两短，有节律地闪现。毋庸置疑，你没有失望，在冲出碉堡的敌群里，你无疑是捕捉到了它。只是，在敌人冲出来的同时，碉堡里又开始昂扬亢奋，开始向外倾泄弹雨。不用说，这是在掩护他们夜袭队的出击。眼看前面黑压压的一排敌人，越走越近，快摸近壕沟，你拍了拍身旁炮排长的肩膀，压低了声道："豹子，这下，瞧你的啦，能不能一发命中，给我端了他们的王八窝？"任豹子不屑地哼了一声，低声嘀咕："你就瞧你侄的能耐吧！"他说这话时，眼睛瞪得滚圆，即使在夜暗之中，也看得见那目光灼灼，十分明亮。

敌人脚步杂沓，越来越近，差不多听得见他们的喘息之声。"开炮！"你一声令下，只听见"砰"的一响，一颗炮弹呼啸着，曳出一道长长的红光痕迹，"吱"的一下飞腾过去，不偏不倚，正中敌人碉堡，随即"轰"的一声巨响，那座碉堡，立即就分崩离析、塌陷崩溃了。突击队员们"冲啊，杀……"地喊着，一跃而起，冲出沟渠。敌兵纷纷倒地，有人不得已举起双手。何连长抢先一步，当即将其抓了过来。你搭眼一瞧，辨认出了是个手握电筒的头目，抢上前去，一把打掉了他手中电筒，紧接着缚住了他的两手，不由分说，就按倒在地了。"我来处理他。"你告诉何连长，"速战速决，赶快打扫战场，抓紧撤退！"

这小头目瞪他一眼，气呼呼地说，"你可以缴我的枪，但不能搜我的口袋，侮辱我的人格。"你嘿嘿一笑，显得兴奋而决断，"好小子，手下败将，还有什么资格跟我谈什么人格？"说着，不由分说，将手伸进了对方的口袋，从军服下面的口袋里掏出一卷钞票和几张纸。

"原来，你们共产党也爱钱嘛！"那少校不无讥讽，大声嚷嚷。

"放屁，这可是老子的……战利品……"可是你还没说完，猛不防那头目一个鲤鱼打挺，反过来却抱住了你，他将嘴巴贴近了你的耳朵，几乎不发声地叫

第九章

了你一句"二大，快拿走，电筒！"，说完，毫不客气，顺手夺过被你缴械的手枪，站起身来，一溜烟向沟渠深处蹿去。你从容地翻过身来，俯身捡起地上那只依然揿亮发光的手电筒——隐藏秘密情报不同凡响的战利品，大喊了一声"撤退！"。

你一扬手，向那小头目逃遁而去的天空，匆匆放了两枪，不再恋战，赶紧带着突击队，连夜返回到了山上。

第五良虎

1939年8月，一个溽暑熏蒸的午后，古城西安北新街七贤庄1号，八路军西安办事处迎来一位高鼻梁、蓝眼睛、黄头发的美国人。办事处伍云甫主任走上前来，跟他紧紧握手，显得亲切而又熟识。"斯诺先生，欢迎你来到西安，再访延安。"

不错，这位因为采写《红星照耀中国》一书，在全球引起轰动的埃德加·斯诺，刚从重庆过来。这是他时隔不足三年，重返延安的又一次特殊旅行。走进屋子，一长一幼，两个便衣打扮的人迎上前来，伍主任用英语将他们一一介绍给了斯诺："石峰，边区交际处处长，专程来迎接你北上。"伍主任侧身，拍了拍石峰身后小伙子的肩膀说，"他是我们特意安排协助护送你去边区的，小家伙大名，第五良虎。"

"唔！"斯诺跟这二位一一握手，"石处长，我们认识，老熟人嘛。只是，这小伙子……初次见面，噢，幸会、幸会！"斯诺先生的确够得上是中国通，他的待人接物，已经十分地道中国化了。石峰看见斯诺上下左右，不无欣赏，好一番仔细打量第五良虎，怕他误会，觉得派一个乳臭未干、嘴上没毛的娃娃来执行护送他的任务，或许不够重视，难当此任吧，旋即用英语跟他交流说，"你别看他年岁小，秤锤虽小压千斤，他可是我们的老交通员、地下党了。而且，他还可以说既是我的战友，也是我的学生。"

"呦呦。"斯诺先生连连摇头，又连连点头。"我知道，知道，你们中国，不是有句老话，'人不可貌相，海水不可斗量'吗？何况，你们红军里的'红小鬼'，嗨嗨……我已见识，也早已领教，他们一个个……噢开、噢开……"斯诺竖起大拇指晃着，赞不绝口，随即将手拍在你的肩上，"你，第五良虎，肯定很棒！"

大凡读过《西行漫记》（也叫《红星照耀中国》）的读者，一定会相信斯诺先生的这些赞许，绝不是虚情假意的客套和溢美之词，除了西方人的文化教养与传统习惯，与我们"化石般"的古老文化判然有别，最主要的是，他通过1936年将近半年的实地勘探与采访，对延安和陕北红色革命根据地，对边区和红军将士，均有相对全面深入的了解。在他那本广为流传的书里，鲜为人知的红军，以及边区人民的真实生活，都曾让海内外广大读者耳目一新，印象深刻。书中，斯诺先生多次记叙，他和红区那些儿童团员、少先队员，包括红军和游击队里年龄很小的战士们的交往，特别是负责接待他的杨尚昆的介绍，使他很快有了两个特别"惊诧"的发现：其一，红军普通士兵的平均年龄是十九岁，许多红军士兵已经作战七八年甚至十几年，但大多还是不满二十岁的青年。甚至大多数"老布尔什维克"——那些身经百战的老战士，当时也不过二十出头。他们大都是作为少年先锋队员参加红军，或者是在十五六岁时就入伍的。他的第二个发现——也是采访彭德怀同志时，彭大将军告诉他的：红军军官当时的平均年龄是二十四岁。包括从军长到班长全部军官，尽管这些人都非常年轻，可平均却都有八年以上作战经验——而且，除了他最重要的发现，即红军真正实行了官兵平等、同甘共苦、没有特权等级之外，还发现红军中，百分之六十以上官兵识字并具有一定文化——特别是所有连以上军官，都有文化，而他们中的很多人，在参加红军之前，却几乎是斗大的字不识一个！这在当时全中国文盲占总人口百分之八十接近九十的情况下，几乎就是个奇迹。红军和边区的扫盲运动成效卓著，几乎伴随着他们一路走来、发展壮大的全部征程。除此，他还发现：在"红军里不叫'兵'，这个字眼很遭他们反感，他们称自己为'战士'"……

　　当然，还有很多很多让他惊羡不已的发现，比如眼下，他就专注地凝望着你，情不自禁，伸出了拇指。"噢开，你呀，第五良虎，红彤彤的脸膛，闪闪发光、明亮的眼睛——应该说，也还是个孩子吧，可是……却已经是个'老革命''老八路'了，了不起啊！"

　　他回忆说，三年前他见到延安的那些小红军时，"心立马就软了下来"。特别是当他得知，他们稚嫩得还像妈妈的小宝贝，却早已成了久经考验的革命战士，就更加刮目相看，油然起敬了。"第五……你也，很有意思，就说你的姓，很特别啊，在中国，这样的复姓，不多见是吧？"你们一起上路北进，一路上自然无话不谈。先是坐车，后来骑马。正是在这一次特殊的旅途中，你向这个外国友人介绍了你的"岁爷"。"我父亲姓任，也是石峰同志的学生，而且，"你说，"他连名字都是石峰老师给起的呢，叫任仲魁。"

　　"可你？"斯诺不太明白，瞪大了他天空样蔚蓝的眼睛。"我呢，是随母亲姓，也是我舅舅的姓。舅家一族，在先姓田，那是两千多年汉武帝刘邦的时代，被秦灭绝的六国贵族，聚拢咸阳，其中妫、田、陈、姚、胡五姓，同根同源，特别是田姓一脉，人丁兴旺，汉武帝为抑制和控御他们，吩咐迁徙各自分居，并按其长幼顺序，赐以第一到第八的复姓，我舅舅的先祖排列第五，由此，就代代相传，延续了下来。"

斯诺先生为你的博学多才深感吃惊，不禁连连赞许。可你，却真诚不欺地坦白说，"我不敢班门弄斧，这些，全是我的老师教给我的，我不过是热蒸现卖，当个二道贩子……"石峰同志一边翻译斯诺听不大懂的一些口语，一边委婉耐心地解释，学习还要自用心，老师不过是引路人嘛。他介绍你，说你满腔热血，正直上进，是个诚实可靠的后生，原来的名字，其实是叫单虎。说到这里，他笑着问斯诺："你能猜到，他为什么现在叫良虎吗？"

"噢，"斯诺饶有兴趣，频频点头，"我来猜猜试试，这个名字嘛，我看十有八九，和'西安事变'有关，和这个'反转'大戏的主角有关，对不对？"你一时兴奋，忍不住夸奖这个老外："你真聪明，不愧是写书的大作家，跑遍世界的名记者。"

"呶呶，"斯诺先生连连摆手，"就算我聪明，也赶不上你光明——你是光明磊落，正气浩然，志在抗日救国，才特别崇敬张、杨两位将军对吧？给自己的'虎'加上一个'良'字，我明白了，就是你们中国话说的如虎添翼，此中用意，不言自明，实在是少年英雄，国之良才。"

"哼，你还表扬我呢。"你不无羞赧地说，"我不懂你的什么侥幸和荣幸，其实呀，我实话告诉你吧，我原本就不是个好人，打小，就很不省事。"

"噢，你是说，你曾经是个……坏蛋？"

"不，不是那个意思。"你笑着摇头否认，一本正经认真地说，"我小时嘛，上树翻墙，吆猪赶羊，偷人家树上的果子地里的瓜，惹得全村猪嫌狗不爱，可没少挨父母的惩罚。我父亲岁爷和花儿妈，虽然特别疼爱我们，但也对我们管得特别严厉，一惹事闯祸，就要扒下我们兄弟的裤子，打屁股，打得生疼，青一道、红一道的血棱，都没法儿到学堂坐板凳上学，只好整天站着听课……"

"为啥，打屁股？"斯诺先生听得乐不可支，大概是有意调侃，明知故问，"怎么不是——你们常说的，扇耳光？"

"打脸不好嘛。"你含笑解释说，"人要脸、树要皮吧。乡下人说，打人不打脸，骂人不揭短。屁股打烂，别人也看不见，这叫家丑不可外扬嘛。"一车人哄然大笑。斯诺先生随即又问："你那时那么小，为啥，就要当红军？"看来，三句不离本行，他的职业本能，随时随地都会生发。但他没想到，你干脆利索，只回答了一句话，又将他们惹得捧腹大笑了。"噢，简单说，为了讨媳妇呗。"

你说得心不跳、脸不红，满脸坦诚，天真地摊开手，"我说的是实话嘛！那时我们边区的姑娘娃，就爱当兵的，当然是爱红军。你没听过那首歌吗？"你说着，还像模像样地开口吟唱了起来："骑白马来，挎洋枪吧，狗娃子咬来鸡娃闹咧，趁着夜黑天没亮哩，我那当红军的哥哥回来咧……"

歌声落下，掌声起来。你突然就有点儿激动、小张狂，呱呱地侃侃而谈，闭不上了嘴。"我二叔，也就是我小爸，他从部队上回来成亲，结婚三天就要走。我大（父）岁爷说，你急着要走我不拦，部队有纪律，你是干正事。可你得答应我，带走'那俩棒槌'。唔，对了，这是我大岁爷对我兄弟俩讨嫌性的称呼。他说，眼见我俩往上直蹿，一个个长成了摸天的个子，也该叫他们去吃粮（我们那块儿把当兵叫吃粮）担点沉了（就是该担当的意思）。二叔心里也明白，他娶媳妇成了家，全靠我大的张罗，心里虽然美滋滋的，但是多少也有点歉疚不踏实，毕竟家里多了张吃饭的嘴，而他又常年给家里出不上力，所以就勉为其难地说，带嘛，也可以，就是娃还小，十二三岁能干啥，我怕部队上会弹嫌。我大岁爷说，这个，你瞒不了我，你哥我是干啥的？我整天给咱队伍搞'扩红'，人家都管我叫'娃贩子'，小男娃当兵多的是。二爸说，要不，就先带走一个吧？我大老大不乐意，嘿，一双脚能单蹦撇开一只鞋吗？你还跟我讨价还价不成？我放心，跟你去参军，比在家里还安生。"

你这话不假，你们任家堡子村，因为在边区边缘上，对面封锁线的白狗子，三天两头窜过来，不是拉夫抓壮丁，就是欺男霸女抢财物，闹得鸡犬不宁、鸡飞狗上墙，实在不安宁，日子没法儿好好过。你对斯诺说："包括我妹妹，不久也参军到了根据地。老百姓送儿女当红军，不为多有出息，主要是安全少受罪。边区往北一直到延安，总的来说，要比我们村里要安全。这也是人们私心打的个人主义如意小算盘。"你谈兴很浓，说到这儿，左顾右盼看了看车上的人，目光落到了石峰的脸上。突然，就收住了话。"哦，后来的事，石老师都知道，我就不用班门弄斧瞎叨叨了。石老师，你说对不对，你可是我的祖师爷呀？"

"你个精灵鬼，这才一年多，跟上伍主任，长进得蛮快嘛！"这石峰，自然不是他真名，就跟多年后你叫李志胜，其实就是当年的第五良虎一个理——你的这个石老师，也就是早年前大户常家的三少爷，是那个给你大岁爷起名字、教他学唱"英特纳雄耐尔"的人。石老师这次到西安，不独为了接斯诺，还有更重要的事。"双十二协定"签署后，蒋介石惊魂甫定地返回到南京，内心感觉到，中共这帮"红土匪"，还比他身旁的某些"假心腹、真奸贼"顾全大局讲仁义，他特别感戴代表中共出面和平解决"西安事变"的周恩来，听说周恩来骑马摔断了胳膊，特意派骨科医生赴延安，专门给周副主席右臂拍片子。石峰同志陪同医生回西安，等待其返回南京向蒋总裁汇报，最后决定是否需要动手术。

除此以外，石老师——作为关中党的一名领导者，还有不便公开的新使命，那就是利用这次出差西安的机会，给你传达新任务。那天你们赶到三原县，天气突变下起了大雨，道路泥泞没法继续走，只好暂时住进了八路军115师的办事处。你自然永远忘不了，正是那一夜，石老师以和你叙旧为名同住一屋，他与你彻夜长谈，反复叮嘱，悄悄传达了中央统战部给予你特殊使命：党要求你，作一粒"特殊良种"，潜入另一块荆棘丛生亟须开发的"黄土地"。"虎子啊，任务很艰巨，使命很光荣。党希望也相信你，一定要经受得住锻炼和考验。"

石老师紧紧握着你的手，你也同样紧紧握住"祖师爷"的手，信心百倍地说："你放心，我也会像你一样，不管在哪里，革命不变心。"

到此为止，你护送斯诺先生的任务，随即告结束，后续的行程，转由办事处一个会做西餐的战士代替了你（也是我党地下工作者）。你恋恋不舍，与斯诺和石老师分别。临别之际，你还不忘一本正经要求斯诺说："关于我的事，你可绝对不能写进书里去，因为，我的工作……你该懂得！"斯诺先生握着你的手，信誓旦旦地拍胸脯："奥凯，明白，我明白，只是很遗憾，不能继续听你讲故事了，唔，实在太可惜。"

后来的事，不仅你的故事，他没有写进书，即便此次二访延安，由于许多原因也未能成书。不过，斯诺到达延安后的第二天，毛主席就接见了他。七天后，他又匆匆返回了蒋管区。那次在延安，是斯诺离开的前一天，突然响起了警报声，原来是日本鬼子的飞机又来轰炸延安了。斯诺找到了石峰，要求陪他拍几张日本鬼子轰炸延安的照片。他们相伴来到了宝塔山，看到在山下守候着一个年轻的战士，斯诺突然眼睛一亮，喜出望外大声嚷："噢，你的……第五良虎，怎么……啥时，来的延安？"

那个战士英俊标致，像一棵白杨般挺拔的身姿，疑惑不解望了他一眼，"啪"的一个立正和敬礼，不卑不亢，红唇白牙，口齿伶俐地回答他："报告斯诺同志，我一直就在延安呀！"

"不不，"一句话，倒让斯诺更加疑惑，莫名其妙了。"这……太神奇、太神奇，怎么会？"石峰老师呵呵地笑："他可不是第五良虎哟，而是他孪生的弟弟，名叫任豹子。"

"任豹子……他怎么会姓任？"斯诺连声呶呶，一个劲地摇头感慨道："不相信，我不相信。"可惜，这个外国人，再也没机会见到你。而这个细节，你——第五良虎，永远不得而知，也不可能知道了。

父子兄弟

这是第四天了。爷台山仍在顽强地坚守中挺立着，同时也在对方发疯着魔持续加力的攻击中战栗着。僵持需要势均力敌，胶着早晚也必将分出胜负。当此时刻，你，任英魁，你和你的部队以及对手——包括与你对阵的侄儿第五良虎，各自何去何从，不能不有所决断，而且要尽快抉择了。昨晚的突袭"出击"，你"缴获"的那只手电筒，一份极其重要的隐秘情报，一下子被"照亮"了。"情报"详尽表明了敌人各部兵力的具体部署。蓄谋已久的"蒋、胡"国民党军队，源源不断，总共调集了十一个师三十余万大军，无疑，他们的目标，显然不只是个爷台山，规模空前的动员，完全是要对边区大动干戈的架势。

"三十万，乖乖！"教导员刘光荣不由得皱紧眉头。这个当过部队文化教员的中年人，身材消瘦，面容黝黑，倒像是个铁匠的徒弟。他沉思片刻，摇头叹道："真是炙手可热，我看这胡宗南绝对利令智昏了，一股脑儿调回这么多应该对付日本人的河防部队，孤注一掷，还真想一口吃了我们？"

"胡宗南再发疯着魔，也是个跳梁小丑而已。"你一针见血，直指要害说，"归根结底，胡宗南不过是老蒋一个走狗罢了。当然，形势果然十分严峻、紧迫，比我们想象的更加严重，不容我们喘一口气哟！"

"来者不善。"刘教导员说，"看来，这一回，他们的赌注确实超大，是下了血本的。看看，全部美式装备，飞机、大炮加坦克，真正武装到了牙齿。"

这时，何建安从团部赶回到山上，疾步匆匆，进了营指挥所。"营长，教导员，我回来了。"何连长有点上气不接下气，他摘下军帽，一边扇风，一边用手背擦着额头上的汗珠。"我已经将'情报'给了团长，他也报告了关中分区，并当即汇报给了（陕甘宁晋绥联防军）贺龙司令员。贺龙、徐向前等首长传达党中央毛主席的指示，要求我们认清形势，这不是一次简单的边境摩擦和骚扰。'蒋胡'穷凶极恶，胃口很大。"你迫不及待地催他："拣最重要的说。"

"是。最重要的，党中央要求我们，必须看到，这是一场严峻的政治斗争，爷台山只是一个点，会牵一发而动全身。就是说，敌人的军事进犯，就是在试探我们的态度和实力，我们必须针锋相对、寸土必争，坚决贯彻'有理、有利、有节'的方针，真正做到人不犯我、我不犯人；人若犯我、我必犯人！"何连长说着，从上衣口袋掏出一张军用地图，展给你和教导员看。"眼下，除了我们面前的敌人，他们的三十六军暂编五十九师和骑兵二师，已经从西兰公路侵入了我边区官因庄、二王庄等地了。首长说，他们志在必得，而我们不得不避其锋芒，另做一些打算。"

"难道，是要撤退？"刘教导员不无忧虑，忍不住问，"是不是高团长的意思？"

"不，不完全是。"何连长回答，"团长说，我们当下的方针是灵活机动，相机行事，既以攻为守，及时出击，出其不意骚扰和打击敌人；更要保存实力，注意以退为进，诱敌深入，绝不要陷入一城一地、一山一水的无谓争夺与牺牲的损耗。"你沉思片刻，点点头说，"敌人对付我们，意图是明明白白的，其实还是'欲取延安，先夺关中'的老套路。当务之急，我们必须赶快将部队撤离主阵地。"你强调说，"撤到山下炮弹飞行打不到的夹角安全区。明白吗，这是我们所获情报，明确提示送给我们的第一份'大礼'。"

"大礼？"刘教导员和何连长面面相觑，只匆匆对视一眼，很快，就心领神会地笑了。"这样说来，就要让爷台山主峰再委屈一阵子，继续承受炮火的打击了。"

"是的。"你点了点头，显得神秘莫测，对教导员说，"炮弹落区，弹着点就集中在了主峰，你明白的，'友军'的友情岂能拒绝。我们当然也不必客气，那就'按图索骥'，把这份情义，照单全收。"何建安算是心有灵犀，直接问你："那么，第二份'大礼'呢，咱们啥时候接受？"你没有回答他，只是抬起手腕，看了一眼手表，当即提醒他，"性急不耐老，忘了咱们毛主席的话，饭要一口一口吃，仗要一仗一仗打嘛。"

刘教导员却趁机幽默了何建安一句："他啊，肥头大耳朵，不是猪八戒，就是八戒他哥。"

"别，教导员。贪吃的猪八戒，在那边哩。"何建安甩头示意，望着烟气迷蒙的山对面说，"他们这是吃了秤锤铁了心，看来有点疯过头，拉开了架势，非要撞开我们边区的门不成。"

"那倒也是。"你接过何连长的话道，"算你说对了，这不仅是猪八戒的嘴，贪吃贪喝，主要还是猪八戒的武艺，随时都会倒打一耙。他们是彻底地把合作抗日的承诺，丢到脑后头了。既然他们忘乎所以，不顾一切地要吃人，我们何不投其所好，让他丢人又显眼，吃不了兜着走？！"

"我明白了，你的意思是，趁机挽个大笼头。"教导员问你，"就是要战略上退却，战术上诱敌深入，对不？"

"不错。"你咬了咬嘴唇，微微颔首，显得胸有成竹，已经蛮有把握地想好了克敌制胜的策略。"欲擒故纵嘛。"你说，"从井冈山到延安，这可是我军一贯应对来犯之敌的法宝，所谓'吆鸡关后门'，或者叫'堵住笼子捉鸡'、'关起门来打狗'，都成！"

"这话当然不错，只是我们红三团，特别是咱一营，大部分同志可是本地人，要主动撤出阵地去，我怕大家想不通，这样一来，父老乡亲，毕竟要承受更大的损失啊！"教导员沉思着。你说，"是这样的，大敌当前，硬拼肯定不是好办法，相信上级很快就会作出新的决断。我们要赶紧开会，提前做好思想准备。通知各连召开支部会，先要求党团员骨干统一认识，服从命令听指挥，趁此机会，不妨由被动地御敌于国门之外，攻守兼备，转为积极主动的有效防御，想方设法'迎头痛击'敌人，狠狠地'搞他一下'，也能多给后方争取一些周旋的时间。"

教导员连连点头，十分赞赏你的分析。你随即要求各连，赶紧进入山后第二道防线待命，也预防敌人再次突然搞炮击。何连长插话说，"昨晚，我们一炮报销了他们一个大碉堡，团长很高兴，鼓励我们，就是要把他们打疼、打怕、打趴下。不过，团长也提醒我们说，我们面对的敌手有恃无恐太张狂，有点像一头发疯的象，还真不是一刀就可以捅死的猪。他要我们正确理解他那句'定死'的话，他说，就算我们是钉子，也不能死板地被动守山头，机械呆板地挨炮轰。"

你听了，朗然一笑，回头征询地望着教导员，"这么说，还不如我们再轰他们一两炮如何？"教导员问你，"你的意思？还是想'以攻为守'吗"？

"是。任排长……"你突然喊了一声，回头寻找着你的侄儿任豹子。豹子应声而"到"，跟他的两个小炮兵一起跑步赶过来，站到了你面前。"看来，你们还需要再立新功，两发炮弹，至少，给我再干掉一个炮楼行不行？"

"营长放心，我们的炮弹虽然小，秤锤压千斤，决不会吃素。"豹子信誓旦旦，看样子蛮有信心不含糊。"好！"你的脸上忍不住露出满意的笑容，也是有意想让大家放松一下心情，不无自豪地说，"这还差不多，不愧是我的亲侄儿——难怪人说，打虎亲兄弟，上阵父子兵呢！你们随侦察连一起跟着我，我再说一遍，咱在家门口打敌人，更要给点力，给父老乡亲争口气！"几个战士围过来，摩拳擦掌，一时群情激愤，纷纷向你表示决心："营长你放心，我们一定好好教训这帮昏了头的内战狂！"

"好，我们就准备行动吧！"你要教导员指挥各连，抓紧撤出山头，又给侦察连长何建安新调整了两挺歪把子机枪，自己先扛了一把，一转身，就带头钻进了山腰下的槐树林。似乎要印证你的分析决断正确和及时，一发炮弹曳着火光，忽然呼啸着，就飞了过来。山头上，这里、那里、接二连三，响起撼天动地的巨大爆炸声。炮弹在阵地前沿，掀起一股股冲天烟尘，茅草、树木燃烧的焦煳味儿，呛人鼻息，很快又扑面而来，发出刺鼻难闻的浓烈硫黄的味。

"赶快撤离。"你挥动手臂，指挥部队迅速向山后第二道防线隐蔽。刚到后山半腰，打从树林深处，传来一阵惊慌忙乱的呼喊，你循声搜索了过去，原来是一支民兵支前小分队，听到打炮，他们东躲西闪，正不知该怎么好。只见一个臂上带着红十字标记的小女兵，镇定自若，正忽前忽后，不慌不忙指挥着他们，低头弯腰，小心翼翼，慢慢地摸索着前进。任豹子眼尖，最先认出了妹妹。"桃子，你咋上来啦，你们没接到命令吗，不要再上山去啦？"

"哥。"任桃子拨开树丛的杂草和荆条，急乎乎地跑到了他跟前。"二大呢？"

你听到侄女的声音，赶紧转身赶了过来。"咃，桃子，你咋又跑上来了，不是叫你们在山下隐蔽吗，咋回事嘛！不听命令？"

"哪里呀，二大。"桃子急眉赤眼地，胸部起伏，气咻咻地说，"谁敢违抗你的命令，那就是不想要命了。"

"那你，咳，还往山上跑，给我省点心好吧？"

"二大，可不是我要上来的，有人，火烧火燎地，急着见你哩。"桃子说着，从身上背的挎包中，急急忙忙，掏出一卷蒸布包裹。伸手就塞到了你的怀里。"给，这是两块葱花大烙饼，是奶奶给你和我哥做的，她说，你就最爱吃这个大烙饼了。"

"咦，"你摇摇头，忍不住苦笑，"难为我老娘啊，你看，你奶奶这紧火处，还惦念着我们呢！"

"那当然啦。桃子说，人是铁、饭是钢呀，吃不饱肚子，咋打仗？"桃子说着，回头四下张望，突然神秘兮兮地眨了眨眼，一努嘴道，"惦记你们俩的，不仅是奶奶，你再往后瞅，看看是谁来咧？"

"大——"，她突然招手喊道，"我二大和我哥，他们在这边呢！"

天，还真是的——我们的岁爷——他居然上山来了！你一时难以置信，惊讶地睁大了眼睛。"哥呀，你这是……演的哪一出啊？"只见你哥头上扣一顶没有帽檐的瓜皮帽子，黑色对襟褂子，当腰缠一条粗布宽腰带，腰带上斜马叉地还别一柄老斧头，斧头锃光闪耀，杀气腾腾的样儿，颇有点"黑旋风"李逵的威风。他挥手抹了一把脸上的汗珠，拨开横七竖八挡在他面前的荆棘树枝，不慌不忙地走了过来。"哥……"你大步迎上前去，一脸懵懂不解地望着他道："天，哥呀，你是……干啥哩嘛，不知道这里危险，在打仗吗？"

"哼，这话该我问你才对！"你的岁爷哥哥，不屑地瞪你一眼，反倒理直气壮质问起你："就你知道惊天动地，不顾死活，你心里还有没有一个家？"你不由得愕然一怔，随即嘿嘿笑着委婉地说："哥，看你说的，你不是看到了吗，这炮火硝烟的，我是顾不上呀，咋能没想家，做梦都回咱任家堡子，能不想你们吗？"

"我不是那意思。"你的岁爷哥哥，跟你强词夺理，"我是说，咱们兄弟虽没有分家，可你哥的家，说到底，不能算你的家，树大分杈，你该知道吧。一句话，你必须回去，赶紧给我……不，不对，是给你成一个家！"桃子忍不住笑了，急忙插嘴解释道："我大来，是要叫你回去成亲呢！"

"啥？"你忍俊不禁，扑哧一声笑了，"哥呀，你真会凑热闹，啥时候了，还能说这事？"你回头望一眼何建安和身边的战士，挤眉弄眼，故作张扬地笑道："你们看看，我哥多会添乱，真是玩笑开大了去了，失火带炮地，跑到这儿，竟然是叫我回去……娶媳妇……"

战士们煞是开心，一阵哄然大笑。

"我的娘吔！"你有点哭笑不得，装得无可奈何，不由得就叫苦连天了，"我说哥呀，你拿秤杆忘了秤砣，咋个不掂量轻重哩嘛，还真会找时候啊！"

"咋啦？你别呼爹叫娘啦，正是咱娘，三番五次，急得火烧心呀，天天催赶我，来叫你。"你哥岁爷脖子一梗，拉下了阴沉的脸，倚老卖老，歪着头训呱起你："男大当婚、女大当嫁，天经地义、正理正道，有啥大事能比终身大事还大？"

"营长，你就快回家娶媳妇吧。"战士们叽叽喳喳，居然有人乐呵着起哄了。"没啥可笑的啊。"岁爷板着脸，白了那些战士一眼，却寸步不让，进一步"动员"起你："我说老二，吃点饼子赶紧回家，家里啥都给你预备妥帖了，新媳妇已经到家了，单等着你回去拜堂入洞房。"

"哥，看你，真是！"你已经感到脸红脖子粗了，在战士们面前，还真感到没面子。"求求你了，哥，别胡闹啦，这里可是战场，你赶快回吧，我们还有紧急任务，不要耽误了战事！"

豹子也过来劝他老子："大，你可真是，二大是营长，我们正执行战斗任务呢，你咋能让他回家去？"

"你呀，豹子娃，我不是不懂，你二大呀，如今是你们的领导不假，可我也有领导啊！在咱家，你奶也是领导，长幼有序，尊老爱幼嘛，我能不听你奶的话。"你们的岁爷，有一点胡搅蛮缠了，他这样说着，反倒不焦急了，鼻子一搐，哼哼一笑道，"我就告诉你们吧，本岁爷这回上山，就没有打算回去。我说老二，你赶紧带着桃子，一块儿走吧，这里的事，就交给我和豹子娃了，这打仗的事，你哥我不是没经见过，我们父子俩，肯定能干好的。再说，还有这么多同志呢，你就放心，我们搭手，齐心协力，一定能把敌人给顶回去！"

这话让大家听得一愣一愣的，高低弄不明白，他咋地能把生死战场上的弑杀拼搏，看得像打架斗殴，如此轻而易举，简单到了可笑，当然也有点可怕。这时，何建安走过来说话了，他要不是故意调侃正话反说，那一定是处于他的特殊身份与特定情境"规劝"你的："要不，营长，你就听俺叔的话，赶紧回吧，今天的任务，请交给俺。"

你狠狠剜了他一眼，从他称呼你哥大叔的话里，你敏感地听出了某些微妙的变化。也是难为他这个曾经的小舅子了，毕竟，他姐姐妮子不幸去世，你这个姐夫当然名不副实了。你这个倔强固执的岁爷哥哥，自然也理解了何建安的良苦用心，赶紧接过话茬子说，"就是，安子你是清楚的，可怜你姐妮子，走得太早哇，这把我们老二给甩了个单，一晃就好几年。你这办法也好，你就替他一阵子吧，我来给你当帮手，咱们爷们儿跟豹子，和这些同志一道，绝对能把爷台山守好。"

至此，你才彻底恍然大悟了：原来，你哥——我们这位岁爷哟，他呀，天哪，居然是想来替换你的！"我说安子，是你急着想当营长，还是看我哥越活越糊涂，跟上他故意捣乱？哥呀，我说你，咋想得这么简单？"你于是陡然严肃起来，都有点急不可耐、大呼小叫了。"我们是军队，哥，是有严密的组织纪律和领导的，不是娃娃闹着玩儿过家家……"

"这我知道，可我也是无可奈何。你要不回去，我给咱娘咋个交代呢？她可说了，死活也要把你拽回去，说白啦，这兵荒马乱地，她怕你万一有个三长两短的闪失，不就是要你回去结个婚嘛，这是她的原话，你可听好，好歹一成亲，就后继有人了，总得留下个一男半女的，人苗苗吧……"

"不不不，别说啦哥！这事咱缓后商量好吗，等我打完这一仗，一定给领导请婚假，无论如何，你先回吧。"不料，你这个牛气的哥哥，却犯起来驴脾气来，他气哄哄地强辩道："五子，别拿领导吓唬我，你别忘了，是谁领你进的革命门，说起来，我不也算是你的领导吗？"

你突然觉得，面前这个亲爱的哥哥，不仅变得不甚可爱，甚至比对付面前的蒋胡国民党军都让你棘手哟。眼下，军情紧急，分秒必争，耽误不得，你不得不骤然色变，拿出了军人杀伐果断的刚毅劲。"一排长，听命令，敌人的炮……正打得凶，他们很快就会攻山头的。"只听你对他大喝一声说，"你带人，立即将我这哥哥押送到后山掩蔽部；还有这些支前民兵和众乡亲，任桃子同志，你听命令——一定要照顾好了你大，对，你们立即撤退，给我赶紧转移到山下安全地带去！"说完，你猝不及防"啪"地来了一个敬礼："任仲魁同志，对不起了，原谅弟弟我这一回，我这里就失陪了！"

言毕，你招呼了豹子和何建安一声，旋即闪电一般，迅雷不及掩耳地转身就走，头也不回，直接领着侦察连向前奔去，倏然一闪，就消失在杂树茅草的深林里了。

你就这样雷厉风行，给了你的岁爷哥哥一个遽忽一闪而逝的背影——孰料这转身而去的一瞬，竟成为诀别，如此这般，给他——一个长兄如父的胞兄，留下了你在人间的最后一个印象。

第二支笔

许多年后，偶尔还有当年参战的幸存者，清楚地记得，你们父子兄弟几个，是怎样在爷台山的战场，寓庄寓谐，上演了一幕别开生面的"活剧"，并且被人们当作了流传不衰的故事。人们说，岁爷家的父子兄弟、儿子女儿，两代人齐上阵呀。可岁爷却每每摇头，总要正经、庄重地加以更正："咋个叫齐上阵，明明各据一方，你来我去地扯锯……是对阵嘛！"

他的话，当然另有所指，其中的隐情，大多数人只能猜测。特别是那另一半，对于历史和世人已经是不解之谜。况且，随着时光的磨蚀和消解，愿意探究它的人更加稀少，乃至渐渐被人全淡忘了。因为，很少有人知道你——一个名叫第五良虎的中共特工情报员，差不多几年前，就已经销声匿迹、"人间蒸发"了；更不了解你摇身一变，成了"李志胜"——也就是寓意立志打入敌人内部，从其核心发挥内线的作用，去争取抵御敌人侵犯的最后胜利吧。这个人，这个你，胡宗南的心腹——贴身秘书熊向晖手下、年轻有为的特派联络官。遗憾的是，随母复姓的孪生儿子，比弟弟任豹子提早一袋烟工夫来到人世的你，历史已经杳然无踪，于今翻遍典籍和档案，没有任何蛛丝马迹、文献记录。历史就这样毫不客气地抹杀了你这个不该被忘记的人。相反，一个更加不幸和不堪的事实，则是——在相当有限的春秋岁月，你这个"查无此人"而"确有其人"的"客观存在"，却成了你的岁爷大，一条最大的"罪状"——一个"化为乌有"的儿子，曾经在国民党胡宗南的军队序列混差，又据说是真实地背叛了革命的"坏蛋"，被所谓的"八路"惩处，从而让你的岁爷大蒙受不白之冤，屡遭折磨。

可惜，随着不再大讲特讲"阶级"和"斗争"新时期、新纪元的新开启，早已没有人有闲心去关心和过问过去的你——过去的就过去了，是非成败转头空！早就没有人关心你究竟是红色中共的卧底大英雄，还是效忠国民党反动派的爪牙和凶手，如今，人们关心的只是"权"和"钱"，黑白对错，是非功过，可曾有人咸吃萝卜淡操心——敢问读者诸君,你想过问和管一管吗?你真的想知道那些陈芝麻、烂谷子、遥不可及、毫无用处、亦无厘头、尘封已久的"破事情"吗?

如果真的想,我要祝贺你,获得了揭秘一桩历史公案的知情权。那就是你——虚假的李志胜和真实的第五良虎,以及你基本上真实确凿的故事了。

首先,须知这种因人因事,即时灵动化名的范例,是不胜枚举的,比如"十三伢子"毛润之,就曾经艺术地分身为二十八划生、毛石三、扬子任、毛奇、杨引之等,最有名的大概是"李德胜"(意思是,离得胜——离开延安是为了得胜收回延安),跟他一样,周恩来也曾化名翔宇、胡毕成,任弼时化名史林,等等,不一而足。

李志胜同志,半个多世纪前,青春当年的你,风华正茂,你在犯险深入爷台山前沿,"侦察"共产党防卫部署后,因为胸有成竹而踌躇满志,回到了国民党军的前沿指挥部。这已经是第二天上午,一缕谨慎的阳光穿过云层,小心翼翼地把忽明忽暗、闪烁不定的光线,投射在团长于云鹤阴晴不定的脸上,他对面正襟危坐的正是那个肥头大耳朵的陈国央团副,他们两个,不约而同,瞪视着长桌端头落落大方的你,只见你手握一根端直细溜的"指示棒",不断地在身后1:50比例的军用地图上指指点点,侃侃而谈,潇洒帅气地滑动着——

"二位长官,请看仔细,目下匪区的战略防卫,总体是后劲不足、不堪一击。以我整个封锁线对面的布兵势态来看,显然捉襟见肘。大部分地区,空白薄弱,虚位以待,仅仅是一些地方性的、小股自卫团和游击队在活动,重点的爷台山防守部队,也不过是他们一个加强营。"

你口若悬河,显得干练而又机警,颇有指挥若定和决胜千里的将军气质。"请再看我方,从西到东,一线展开,大军压境,锐不可当。十一个师三十余万兵马,逐渐部署到位。西线三十六军暂编五十九师和骑兵二师,已经占领彬县龙高和淳化官庄一带;东线渭南以至西安和三原一带,我第一军之第一师、第三军之第七师和新七军之第二十六师河防部队,已不知不觉,秘密地收缩防线,以排山倒海之势、雷霆万钧之力,势如破竹,一路烟尘滚滚,覆压而来。东西两翼之间,天赐良机,把中心攻击位置,历史地留给了我们预备三师,而我们一团,正是预三师的刀尖。天降大任于是人也,为此,我真诚祝贺二位长官,获得此次大举剿共先声夺人的黄金时机……"

说到这里,你稍许换了口气,端起于云鹤给你递过来的一杯龙井绿茶,从容不迫地呷了一口,又不易觉察地甩出一个"欲擒故纵"的关子,引得于、陈二位,喜形于色而眼睛直发绿光,目不转睛地盯视着你。"要说这爷台山,为何我们却久攻不下?"你踌躇满志微微一笑:"非不能也,是不为也!"

"此话……怎讲?"陈大脸先等不及了,仰着他面积宽阔、肥硕的大脸,连声催问,等你"赐教"。"二位长官,恕我直言,自古战事,最高精妙之所在,无非不战而屈人之兵。几天来,我们倾泻了大量炮弹,也伤亡了不少弟兄,为何拿不下区区一个爷台山山头?通过昨夜我等孤军深入侦察,我才发现,关键是还不到时候。所谓天时地利人和,缺一不可,把握时机和火候,才是克敌制胜之要诀啊!"

你停顿了一下,目光扫视了一下面前的二位,继续道。"那么请看,爷台山虽小,却大有一夫当关、万夫莫开的紧要咽喉之战略意义。它的主峰海拔1313米,是咸阳地区地理图标的制高点,几乎就是一把锁子,易守难攻,死死地扼守着我们北进边区的南大门。自秦皇汉武,在其北侧腹部,就是帝王将相的大本行营,形同如今的副首都。不论是秦时的林光宫,还是汉时在此基础上重建的甘泉宫,无一不是皇上俯瞰秦川大地关中平原的赫赫行宫(不仅消夏避暑,诸多军国大计、布政举措,都由此发出),其举足轻重的地位,可见一斑。再看它的东侧,是直通陕北延安匪区要地的西铜公路;而在西部一线,则是抵达共匪关中特委和苏维埃政府所在地马栏的彬旬大道。而今,我部已经箭在弦上,既不能隐而不发,更不能徒劳费工、盲目行动。把握节点,把握合适的时机与尺度,才是最当紧要的关键所在。"

于云鹤似乎恍然大悟,他的脸上浮现出不胜欣喜的一抹亮色,而心里明显暗暗钦服你的这番详尽分析,居然接近无懈可击、天衣无缝了。"你的意思是,等待时机成熟,才可夺取这个山头?"

"那得……等多久啊?"陈大脸却忍不住了,迫不及待地插嘴说,"志胜,你可是知道的,上峰已经怪罪我们迟滞和延缓战机了!"

"你不用急,我完全有把握推断,三五天之内,必见分晓,而且,用不着你老兄过分大动干戈,爷台山绝对会被你轻取易夺,很快就能马到成功。我敢保证,胡大长官的这次大规模'剿匪'行动,千秋大业,定国部署,头份功劳,于、陈二位老兄,嗨,非你们莫属啊!"

于云鹤看上去喜形于色,多少已经有点晕乎了,他心痒难耐地急切问道:"志胜老弟年轻才俊,又远见卓识,只管直说无妨,我们愿听你的赐教。"

他还真的是说"赐教"了。

"我想,为了党国的事业,二位仁兄一定会不遗余力,舍得花大血本。我已经在爷台山西侧的豹子沟,发现了一处荒草密林掩映幽深的隐秘胡同,我的建议是:以最好的美式精良装备,精选愿为党国尽忠效力的一批精英敢死队员,组织一个加强连的精兵强将,尖刀分队,三四天后,见机行事,借助我方猛烈的炮火掩护,悄悄接敌,迂回前进,直捣爷台山的北侧,断共匪后路。如此一前一后,两面夹击,加上外围我各路大军的逐渐收缩包剿,从两翼铁桶般合围,任他共产党军队如何负隅顽抗,孤军血战,也是插翅难逃的!"

你说到这里,正副两位立功心切的团长,两双手四只巴掌,恨不得拍出八八六十四个掌声来。"要得、要得,我看就这么办。"于云鹤说着,连连击掌,歪头斜睨陈国央鸡叨米似的一个劲点头,不禁龇牙,笑裂了嘴。

四天后的那个晚上,边区关中分区任英魁的一营,奉命撤出爷台山阵地,在山下成功全歼"友军"预备三师一个全部美式装备的加强连,缴获了一大批精良枪支弹药。当于云鹤和陈国央率领他的队伍,不发一枪,从正面的老庄子村,爬上爷台山的主阵地,听到他们的敢死队一个不剩,被俘的被俘、被歼的被歼时,却没有一点惋惜之情,反倒一身轻松,轻描淡写到了超然物外的空灵境界——他居然轻飘飘、不无倜傥飘逸地说:"打仗嘛,自古亦然,哪有不损兵折将的道理?"

果然,他们陶然忘机,正沉醉于"争夺头功"、大喜过望于所谓"胜利"的欢悦之中。不过,精明睿智的读者,一定不难一眼望穿愚鲁的作者实在拙劣、确实太不高明的良苦用心了。那就是任英魁营长他们,在奉命主动撤离爷台山之际,何以会从容不迫——既出人意表——又尽在情理地搂草打兔子或叫作顺手牵羊——轻而易举如探囊取物一般全歼"友军"一个送上门来、全部美式精良装备的加强连了。

或许,这就是他曾经说过的"第二份大礼"吧?尽管这件事实,历史疏于证言和记载,真实只好寄托虚构来复现。时至今日,又欣逢人人忙于娱乐至上颐享天年的幸福时代,就更不遑探讨而无人顾昐了。有一则原本成为寓言,却不幸沦为笑谈的"拾人唾余"是这样写的:企图复制泯灭客体的两个人,在寻找同一支笔,前者找到了却不吱声;后者却找到了第二支笔,真实程度不亚于第一支,而且更符合他的期许。

作者斗胆,一厢情愿地断定,后者的书写,或许,并不比前者逊色。

/ 第十章 /

另一个人

时光荏苒。在没头没尾的兜圈子中，岁爷渐渐模糊，不记得自己度过了多少春夏秋冬。他在岁婆和儿孙们的交谈中，意外地获得并拥有了一个新的称呼："你老先人"。久而久之，不知不觉，"老先人"又约定成俗，在家庭成员和左邻右舍的口口相传中自然嬗变，变成了让人肃然起敬和艳羡不已的"老仙人"——这个具有某种神性的老人，昏天黑地活过了一百出头，可他对于这个令人叹为观止的数字中的深邃内涵，却十分陌生、几乎深恶痛绝，到了讳莫如深的程度。他曾经满怀希望得到那些压根儿没有希望得到的东西，就像用自己的手努力去够自己手的长度根本够不到的东西。事实上，那些东西，对他的希望和努力永远视而不见，更浑然不知且冷若冰霜。最终，他们彼此没有相逢，也没邂逅，更没相濡以沫，而只能是相忘于江湖，各奔西东，去走自己永无尽头的路了。

人们是看不到年龄的，就像看不到他下身某种缺失与残损隐疾一样。能看见的，只是他粗糙的面孔愈加粗糙，还有因为常年劳作而显著变形、如同鸡爪青筋暴突的双手。当然，还有用一根拐杖，一直代替和支撑的那一条断腿。那里有光阴的记录、劳动的印痕、过往战争风云历史的馈赠。奇怪的是，黄土旱塬干燥的太阳风——风儿一阵阵、一年年，吹过他皱纹雕刻的脸庞，却没影响他清澈的眸子少年一样坦诚纯净。尽管他跟他五官端庄、曾经容貌秀丽的岁婆花儿一样，无可避免都让岁月偷袭，悄没声息，被霜雪蛮横无理漂染了双鬓，也使牙齿松动脱落，整个儿身子莫名其妙地猥琐变形，使他们活着，就像没活一样，悄无声息，鲜为人知。有时，他很糊涂，昏昏欲睡，半死半生。有时，他又很清醒，小娃娃一样天真无邪，屡屡询问别人："你们看，我是不是很死狗、赖皮、脸皮太厚，活得寡淡乏味、太多余、太漫长、太无边无际、太……没有了一点点意思？"

每当此刻，这个十里八乡首屈一指的寿星佬儿，沉默寡言的嘴里，偶尔就会不由自主迸发一声微乎其微、不想惊动任何人的轻微的唔叹，或者说是咕哝："阎王爷呀……咳，把他个什，真真地，把我给忘了。"儿女子孙，以至偶然能撞见他这呻吟的村人，起初，是不惊不乍地发一声哂笑，抑或，不痛不痒回敬他一两句调侃："那你，咋不给阎王爷打个电话报个到呢！"

说的人有口无心，无非是打趣逗乐，撂一句闲话；听的人则云淡风轻，风过牛耳，更不在耳际留一丝痕迹。后来，不知不觉连这句话也成为多余的，多余到了无人听闻即使很少说一两回，连他自个儿也分不清是呢喃自语，还是沉吟唏嘘，抑或，压根儿就没发出来一丝声息，只不过是昏昏沉沉的脑海，一瞬的闪念。要么，就是恍惚间的意念萌动，影子般一闪而过罢了。活到这把年纪，世界一天天跟他浅淡生分，慢慢地疏离和甩开了他。有段时间，因为视力衰减，他不小心，被重外孙子即三女儿梅子的三代，在院子里的小板凳绊倒而摔折了胯骨，他那活着的一条左腿，突然就死去了，麻木不仁、了无知觉；而被一块炮弹皮活生生斩断、业已僵死了几十年的半截右腿，却睡醒似的突然复活，钻心锥髓地疼啊，疼得他彻夜难眠，只好躺在炕上咬牙切齿地喊爹叫娘，无端地惊扰着长眠地下的木匠师傅以及他辛劳一生而不得安宁的大木匠婆——他那勤谨贤惠的老妈。他就那样度日如年地"将养"着，活受、受活罪，求死不得，求生不能，半阴半阳地活了十几年光景。活到了对他和对人，几乎都丧失了存在感，就是说，差不多跟死了一样。每到节气转暖，子孙晚辈，就像晾晒被褥，将他粗枝大叶地塞到板车上，拉到墙根避风处去晒太阳。孩子们则在他旁边的大杏树下，专心致志，玩抓子，斗鸡，和尿泥，逮蛐蛐。他们玩累了，疯够了，饥了，渴了，困了，一阵子风散云去，一股脑儿回家去吃饭睡觉，唯独将他，生生地给忘了。其实，他自个儿也把他忘了，忘得一干二净。

他睡着了。恍然进入类似死亡的沉睡大梦，迷瞪瞪、混沌沌地，无数次昏天黑地，看见被阎王爷遣使的小鬼们撞将过来，幸福地将他给羁押走人，带进了另一个世界的另一片天地。其实，那又是一个梦。可惜每一次，他最终都是走不出那一个梦去。守在他身边的，除了头顶地老天荒、永远明晃晃的日头爷，再就是他歪歪斜斜的影子，以及影子样永远不离不弃的"一分为二"——或者应该叫作合二而一的——那一只狗，黑白参半的"太极"。此"太极"亦非彼"太极"，至少，也是重孙或玄孙辈了。它在任家堡子，能够享受几乎与岁爷至高无上、等量齐观的尊荣，这事绝非空穴来风，撞了什么狗屎大运。村里也许还有人记得，那实在是源出于它的高祖辈，对岁爷的爷爷的救命之恩。那个在雪地深沟与狼对峙拼搏，拯救岁爷爷爷的段子，也许被人淡忘，但并不妨碍"一分为二"的"太极"后辈，对岁爷坚贞不渝的忠诚；更不影响已经淡出尘寰，与世无争、与人无碍的岁爷，给予它刮目相看、恩宠有加的特别礼遇。岁爷尽管老得一塌糊涂，唯独对于"一分为二"绝不含糊，更不轻忽。它可以发疯、淘气、撺得鸡飞猪叫猫爬墙，可以偷吃刚抱窝的鸡蛋和鸡雏，甚至为所欲为，把岁婆解放脚犁铧样的小鞋叼走，藏在照壁子下面的花椒树下，但却不可以有任何人呵斥、训诫和打骂它。岁婆说得好："谁敢惹'太极'，你们老先人即或死了，也会突然跑回来，跟你们算账。"

这阵儿的"太极"，就安娴地蜷伏在岁爷的脚下，它倒没有睡着，不时抬起警觉的眼睛，关切地注视一阵儿岁爷的动静，随时听候他的指令闻风而动，一如箭在弦上，蓄势待发，只待主人发话，立即就会一往无前忠实地弹射出去。只是，可惜一天又一天，主人既不抬手，也懒得动脚，唯见蜷曲的身子，一天胜似一天，缩成了一只弯弓马虾，纹丝不动，歪贴在平板车的粗布垫褥子上。这个沉默到几乎失语的老人，努力了半天，也只是喉结一鼓，含糊不清地咕哝一声，也许，只是打了一声低沉的呼噜而已。他真的好像走了，与这个喧嚣的世界渐行渐远。他脸上的皱纹，像抚平的纸张渐次舒展，修长的白眉，在无风的午后不易觉察地微微颤动：一下、两下。紧闭的双眼，奇幻地看到了一些纷纭热闹的异象，戏剧一样，拉开大幕，一场，一场，连轴儿接续上演……

眼前，一大一小，两个人径直向他走来，各人手里捉一根蛇一样阴险恶毒的绳子，他疑心是阎罗殿的小鬼差役，一种似曾相识的即视感让他觉得十分眼热面熟。"你们……想要，干啥？"

来人似笑非笑，只管潇洒地舞动手中的绳子，示范性对他做出捆绑的动作。他们一胖一瘦，身着一色屎黄国民党军军服，罔顾一场碾场翻麦的老少爷们儿，尤其无视众多驻足观望与失眉掉眼的老头老太太，径直走到岁爷的身边。"你是任仲魁，得是？"

胖大个儿类乎膘肥体壮的肉猪，烦躁地将头顶的帽子掀开一角，抹了一把油腻腻、汗津津的脑门，不容分说，夺过岁爷手中的权把，顺手扔在场边，同时，转身抓住岁爷的一只胳膊，拧麻花似的，只往后背一扯；他的同伴，那个瘦小的兵娃子，也同样如法炮制，拧起岁爷另一只胳膊，飞速在后背交叉起来，三下五除二，麻利地缠绕几下，便将他结结实实五花大绑，捆柴似的捆了起来。

"把他个什，你们这是……干啥嘛？"岁爷挣扎，矮小的身子，被迫躬下腰去，快要缩成了一团。"怎么能……随随便便抓人？"

一场人都着急了，手持木杈、木锨扫帚，七嘴八舌，围拢过来。胖大个儿立眉瞪眼,当即从屁股后面拔出乌黑发亮的短枪,在众人面前,示威性地画了个半圆弧线,神气活现地警告,"给老子都靠远点,跟你们有屁相干,别活得不耐烦,自己找死"。他们拨开人群,生拉硬拽将岁爷推推搡搡,牵羊一样拽上就走。走出碾麦场时,岁爷觉得眼前一黑,大概是缠绕脖根捆绑他的绳索勒得太紧,他几乎就要窒息过去。蓦然醒过神来,又不辨是梦是真,只听到耳边有人喃喃低语,似在嘲讽,似在安慰,是损是益,竟难分辨。"别怕岁爷,不过一根名缰利锁而已,捆着你,会感到十分妥帖、舒服,你说是不是?"

那声音黏稠,柔情似水、甜美如梦啊!"我们会毫无疼痛、温柔体贴,牵引着你,往前面走……"

顷刻,一阵女人娃娃混合组成的战栗疯癫,旋风般哭天抢地,盖过了那如梦似幻的声音,向着岁爷风卷而来。当然,还有狗叫,那是"太极"义薄云天的祖爷,一只没有任何杂毛、纯粹的白狗,它"汪"一声,不顾一切冲将过来,张嘴就咬住了胖大个的小腿,大概过分紧张激愤,可惜下嘴没准,只咬到裤脚,却让胖大个只一抬手,便"砰"的一枪,就将它撂倒在地了。白狗毙命。临终,不甘屈服,顽强地朝天喷薄一连串带血的怒吼,悲愤的咆哮唤来一只嗷嗷待哺的板凳小狗,它半黑半白的颜色格外醒目。小狗垂首,围着白狗一圈圈嗅着、拱着,发出呜呜的哀鸣,久久不愿离去。若干年后,岁爷家族的小字辈人(虎崽还是狗崽,疑惑就是穗子)在一次非正式报告会上,曾这样讲述那只狗和岁爷以及与他的故事——

故事就是故事,真实还是虚构,或者兼而有之,都不该成为它存在的理由。反正那时他们很合理地只不过是七八岁样子,尚穿开裆裤子的记忆,难免多有误差出入。当他听见岁爷被人绑走,岁婆当即拐拉着一双走路尚不稳健的"解放小脚",一把扯过小人抱在怀里,一手还牵着他三姐梅子,娘儿仨跌跌绊绊,一路紧追不舍地飞赶过去,死死尾随两个黄皮军人,一路哭声大放,求他们高抬贵手放了岁爷。眼泪流干,好话说尽,却没一点作用。两个大兵铁石心肠,压根儿不理。胖大个儿还不时回过头来,吹胡子瞪眼,拿枪比画恫吓他们。

越过场畔的梅子树林,是那条南来北往直通官镇的凹型胡同。那个瘦小的兵娃子押着岁爷,渐渐放慢了步幅,好像是无意间让胖大个儿闪在了前面,只见他突然弯下腰去,佯装脚下被磕绊了一跤,直起腰时,倏地拔出手枪,"砰"地竟是一枪,但见那胖大个子应声倒地,翻着白眼珠子,瞪了瘦子一眼,只说了一句,"共匪……奸细……"便像挨了刀子的肉猪滚动抽搐了几下,便蹬腿跷脚一命呜呼归西天了。

"快走!"瘦小的兵娃,飞快为岁爷松绑,将他向前一推,用一种陌生的卷舌口音告诉他说,"你们民兵分队,有人'点炮'(通信)。记住,要对人说,是游击队打劫解救了你,千万别说是我放的!"

说罢,他举枪朝天,"砰砰"又放两枪,随即不容分说,收回枪口,对住自己左臂,断然又是一枪。这一枪惊心动魄,永世难忘;而这一幕,远在天边,近在眼前。当即就吓呆了岁爷和他神情恍惚的岁婆花儿,还有两个未成年的儿女以及他们的三姐梅子。

"快,快走哇,还愣个啥……"瘦小的身影,胸腔震荡发出巨大的呵斥,引出山呼海啸的回鸣,只见他按着自己流血的左臂,向胡同南端踉跄而去。当天午后,就有人打从封锁线对面传过了话,说那个瘦小个儿以通共之罪,已经被守碉堡的国民党军,处决在了官镇野外的麦茬地里……

由此,岁爷陷入终生不解的困惑:这个舍命救他的恩人——瘦小矮个的兵娃子,明知自己会被追查审问,以至于治罪处死,咋还义无反顾、自投罗网,返回国民党军碉堡里去?从那天起,岁爷就知道,自己是已经死了的人。原来的那个自己,已经不存在了。他活着,仅仅是因为别人以命相抵,代替了他死。他对他半大不小解放脚的老婆花儿说:"我活的,是那一个人。我要替他活着,替一个没留下姓名,但永远留在我心里的外省人,活很久、很久,地老天荒,海枯石烂。不死不忘,不忘不死……"

这些话咬牙切齿,指天誓日,他说得给劲,始终如一坚如磐石。他铭心刻骨记了一生,也在这话的冥冥引领下,顽强不屈地活了一生,直活得神鬼畏惧天地让步,阎王爷也生出怯意畏惧,只能远远窥视以至罔顾事实,甚至忘记和丢弃了他。他为那人吃饭、走路、睡觉;当然,还有梦想、生活、战斗!那个他素昧平生,没有深入交往的人。后来,他终于得知,那人走过长征、来自南方湖南的外省。这个打入敌方阵营的内线,让他负疚一生,不遗余力地偿还了一生。他知道,他必须走那人所走的路、走过的路、未走的路……

尽管,往前的路黑打糊涂,一片茫然,可他却能随时随地,清楚地看见那人棱角分明的面孔,引领他前行。那神秘莫测的表情,像读一本打开的书,上面写的,却是些让他明明白白的事情:道路,是曲折的;前途……是光明的。

他想到此后,也是许多年以后,平生唯一一次到过的陕北,那个被称为革命圣地的延安,也是他唯一难忘的一次,聆听一位操着同样湖南口音的先生呼风唤雨、指点江山的讲话……

即使老了,老糊涂了,即使睡着,睡死过去,他仍然可以看见那人意气风发的神情、激情飞扬的面容,那是操持着同一种拉不直舌头的湘湖口音,而与之重合交叠的,则是木刻版画一样,镌刻在大脑中、让他终生难忘的那个瘦小清癯的面孔。

他好像是睡着了，可还没有睡死。生死八卦，阎王殿前走一遭，往还归复，无非是"多余"地活在阳世，又似乎误入另一个陌生而又熟悉却并不存在的世界。"你可以贫困，但不可贫气呀。贫气的后边，难免拖一根尾巴，那是拾人余唾、摇尾乞怜啃骨头的狗；你可以得势，但千万不可得意。得意后面，有一只不可视的手，那是一只必然抓住你不放、直到你倒霉遭殃的魔爪；人啊，要活得有骨气，任何时候，都要刚硬、刚硬，像一块不锈的钢板、一块不化的顽石……"

这样的高谈阔论，总是挥之不去，老是在他的耳畔嗡嗡作响，久久回荡。

"一个人可以长得丑，但不可以活得贱；一个人可以过得穷，但不可以过得脏啊。一个人可以自我，平凡无奇，但不可以自私，平庸低俗。一个人可以一文不名，但不可以贪得无厌，欺上瞒下，势利徒、阶级眼啊……"

岁爷最终发现，这好像是自己跟自己在说话，常常深陷在梦境里面。梦见自己，自言自语。总之，"这就是我的命啊，我不能干羞先人、丧良心的事"。他喃喃咕哝，用没有声音的声音，旷日持久，也震耳欲聋地训导和告诫自己："既然命该如此，那也就如此吧。既然生死由不得自己，那就交给不可抗拒的命运去吧！"

有一天，他的这些含糊不清、鬼念桃木橛的絮叨，被他的外孙子听见，连问三声"你在说啥"，他却愣不回答。外孙情急，赶紧摇晃他瘦骨嶙峋硬柴火棒样的躯干，可劲地喊："姥爷、老老爷、爷，你到底是活着，还是死了？"

岁爷眼也不睁，有气无力，哼哼出一道蚊子声息："我嘛，早已死了。"

"你哄人哩，你明明……活着哩嘛。"

"瓜娃（傻瓜），这，你，不懂，"他牙疼似的呻吟着说，"我活的，是另一个人……"

别有洞天

过往的岁月，很有些年头，岁爷都在挖他的窑洞。这几乎是他终生不渝的伟大事业，至少是之一，而且有点不遗余力。尽管时续时断，时急时缓，时紧时松。那个年代，渭北旱塬的人们，多是原始初民样穴居在窑洞，特别是那种四合院的地坑窑洞，更是深沉地隐伏地平线以下，苍凉而又古旧，幽邃封闭而神秘诡异。任家堡子人老八辈，全不例外。不是他们偏爱癖好土拨鼠样住地坑的院子，都是天生命定一个"穷"字，把人活活地摁住、困死在了这里。人们说不清楚,大概也只有老天知道,遥远的祖先,为啥不偏不巧,把生命的根儿,正好就扎在了兔子不拉屎的这块地方?但人们要活下去,就得吃喝拉撒,解决衣食住行,一串串冰糖葫芦似的起码需求。安居乐业,住下来才能活下来,才能想办法从事各种维持生命的生产劳动,是不是?于是,他们就开始目光朝下往脚下面瞅,瞅那深厚不可探底的土地,随即就地取材面朝黄土背朝天,沟子(屁股)撅起来,脊背弓起来,挥汗如雨,挖窑洞了。

单说这窑洞,除了投资廉价省俭建材,除了天然生成冬暖夏凉之优势,除了自成一体、自我封闭的安全严实,还有一点,就是自我扩展与膨胀增容的随便和任性。特别是地坑院,即使与依崖断面开掘的所谓明庄子相比,这种地坑式的暗庄子,也有它遂心放大,尽情发挥的潜在空间——就是说,形式上看,似乎它已经将自己圈死、限定在一个人为自造的方形地坑里,但毕竟不会桎梏内在的丰饶富丽与充实。就像一个人,一个农民,貌不惊人,土头灰脸,可你不敢小觑——有句话不是说,人不可貌相,海水不可斗量吗?就像岁爷——说不尽的岁爷,平凡一如黄土,跟世上压根儿没有过他一样。可这默默无闻的岁爷,同时又是个太有故事和实在跟老天爷一样很不简单的岁爷。虽然他没有轰轰烈烈的人生、惊天动地的壮举,但他同样有过属于自己流星雨般的短暂的璀璨辉煌,有过梦想一样迷离斑斓的存在史诗。

"人碎鬼大"这句话,差不多就是他那个时代任家堡子人提前对他"盖棺论定"的总体评价,也许是终端的评说。这个庸常的乡俗词,"碎"已经不言自明,即小、即微,有无法宏大伟岸的确定内涵,同时又和"岁"字谐音暗合;而"鬼",那可就繁复庞杂多了去呢!如同一条具有多个分岔的小路,去向不一,意象纷呈。它可以是阳光灿烂、足智多谋的代指,也可以是狡黠阴暗、诡计多端的形容。有时,在特定语境和场合下,形而下地,甚至含蓄而暧昧地、纯粹单指某一肢体器官——比如男性特征的"那啥",那个专司生育功能的器具。犹如任家堡子人通常不乏文明智慧,以"挖窑"和"接火",暗指或明喻人类司空见惯的复制与繁衍活动。

还是说岁爷的窑吧。之前,已交代过,岁爷从他父亲任大木匠手上承传下来,是一座八合头地坑窑院,算上通向院外的大门(也叫稍门)洞子,必不可少,占去了一孔窑洞的位置,四个崖面,也只能开掘出八孔窑洞。除去养牛养羊养猪养鸡养狗,放置农具柴火一应杂物,还有仓廪、磨坊以及茅厕,三下五除二,真正能烟火缭绕供人居住的,扳着指头算算,其实也就所剩无几了。逼仄的居所以及家庭成员抑制不住不断增长的人头,迫使岁爷横纹加额,绞尽脑汁,将某一面崖壁极力向后扩张、开掘、推进,以便增加挖出新窑洞的横切断面。弟弟和几个子女,或迟或晚,无疑都要成家立业分锅另爨的,加上老娘和待字闺中的女儿,以及亲戚走动,临时来客,还有……总之,住宿需求增量加剧,他的任务,非常之艰巨繁重,并不比四个原本可以在家安安静静帮他打理家务过日子的子弟儿女,现如今参军在外而让人提心吊胆、担惊受怕的革命党人轻松多少,因为这一切,里里外外,纠结烦恼,归拢起来,全都要集中地碾压在他矮小粗悍的身上,放置在他必须宽敞的心上,任你怎么尽力克服消化,也无法释然和排遣出去。唯一不是办法的办法,就是他那个不吭不哈的"扛"了——硬扛!

乡亲们称道他的所谓"鬼大",首屈一指,就是竖起大拇哥儿,夸他很有"扛头"。就像一块石头,放在那里,就在那里岿然不动安如山,不管风吹雨打,不分酷夏寒冬,不论喜怒哀乐,始终如一,早晚看见,面不改色,心如止水,一脸如常的平静——平静得令人可怕的平静——可是,他还是他。不过,他毕竟不是石头。就算我们挖空心思,也只能以石头蹩脚地形容他吧,那他也是一块不同寻常的石头,一块灵动的——或者借用现代化的说法,是一块有灵魂的石头。他把自己的灵魂呼来唤去,使唤得得心应手,就像驱赶他家的几十只驯顺温和的绵羊,就像将他那头听话的小灰驴,套在石磨子上,团团转圈,无穷无尽,一直走啊走地、走到了无止境,而又不得止步一样。他总是忙忙碌碌,来来去去,进进出出(窑洞),上上下下(住地坑院的人管爬上坡走出院子,或者回家都一概称之:上去或下去)。好像是一个影子,自己的影子,也是家里别人眼中的影子——刚才,他还在外面干别的事,须臾,转眼,不知道他何时凸显,又出现在了你的身边,干另一个活儿。感觉他分身有术,就是无数个他,在围着你滴溜溜团转。如是,一天到晚除了必不可少而极其有限的吃饭和睡觉,他几乎手脚不停,没有一刻拾闲。至多,难得坐下抽一袋旱烟,那就是他最奢侈的享受。即使抽烟,他并不闲着——特别是心思,甚或更加忙碌。因为,他不仅具有一种天生精于统筹管理时间的超常本领,还身兼多能——除了继承父亲任大木匠,而他学得不太到家的木匠手艺,还能无师自通、隔代掌握、勉强拿得起爷爷那半拉子石匠活计,此外,他还偷经学艺,学会了打铁——铁匠的部分技能和小炉匠的一些不起眼的绝技,比如箍桶、钉锅、补盆补碗,乃至给婆娘娃娃打制一根银钗、卡子或一只口哨啥的……奇技淫巧,以悦他人,补益生存之道。你能说不忙?

春天,他会割来柔韧的柳条,自己编笼织篮;秋来出门,回家手总不空,除了野果野草树叶荆条,即使一坨牛屎一根鸡毛,他都不会放过——牛屎除了是天然肥料,冬天还能烤火。鸡毛呢,咳,别说,娃娃们不是要踢毽子吗,对了，找两个方孔麻钱，穿进去一撮鸡毛，施以火烤蜡封，也就成了。你瞧岁爷，多有能耐！在他眼里，过日子就没有废物，顺手捡起一根树枝木棍，转眼，也会变成一个像模像样的玲珑器具。从娃娃们的玩具到独轮子的推车，小自家里的桌椅板凳小马扎，雨天绑在布鞋上的木屐，大到门窗箱柜和条囷棺椁，就别说让他去买——咳，那还叫木匠世家、祖传弟子吗？不是说七十二行，行行出状元吗？岁爷虽然不是状元，可也多少能粗通他几行。就说打窑吧，他也会打出个与众不同的名堂。其实，这里包括了很多相当有技巧的细活儿，比如铣窑壁面、箍窑帮子、粉刷窑墙，以至盘炕垒灶打通烟囱、垫平夯实脚底地面，如此等等。

这些土工活儿，工程何其浩大。岁爷有心，只可惜自身生不出三头六臂，到底家里能给上劲的劳力有限。剩下的办法，他就只能在自己身上想出路、打主意了。尽管形只影单，到底分身乏术，他还是不仅把自己当另一个人活，而且把自个当几个人用。白天他要下地，照料他那十几亩薄坡地里的庄稼，捎带着放羊和利用收工一点零碎时间，给牛驴割草，或者给家里割一捆柴火。回来就忙着给牲口铡草、拌料、喂猪喂鸡、担土垫圈，再不就拎起斧头、锯子，就手干一点木匠活儿。晚上的时间，一般是要用来打窑洞的，当然，也不完全是，或者说看样子是而实际并不全是——他常常睡五更、起半夜，乃至夜不归宿，神出鬼没，不见人影……

在别人看来，我们的岁爷，真的是忙得不亦乐乎，简直要晕头转向，自然也是累得直不起身子骨了，可他，偏偏却像没觉得有多么艰难、沉重，反倒一如既往，日复一日，乐此不疲。这期间，怎么苦吃苦做，劳神费力，他都没有冷淡岁婆，忙里偷闲，也不忘竭尽做丈夫的合法权利与义务，想必也干了些该干的事儿，因为此间，绝顶漂亮的大女儿桃子曾经请假回来探望过她的父母，不胜惊喜地发现，她又多了一个虎头虎脑、咿咿呀呀的弟弟。

他们叫他，虎崽。

一个凉风习习的秋后晌午，岁爷肘弯里挎一只草笼，把他的十几只羊赶到沟畔弯道的壑口，让它们尽情尽兴去吃秋叶肥厚的野草，自己却回过头来，习惯成自然地，一路俯拾起那些蓖麻、黑豆般的羊屎蛋儿（这是上烟叶和辣椒的绝佳肥料），忽然发现，这一路迤逦而来的羊屎蛋"路线"，画出了一条沟壑距离他家地坑院子的最短捷径。此后，很长一段时间，岁爷就失踪了，而且是深更半夜的失踪，就连早已对他昼伏夜出不以为然的岁婆，也感到事出蹊跷，颇存疑虑了。"这么不安分地，不分昼夜瞎折腾，你这是干啥事呀？"岁婆终于忍无可忍了，"到底是啥狐狸精迷上了你，还是你吃着碗里瞅着锅里，又盯上了哪家的年轻媳妇?"

"挖窑。"岁爷一手掩嘴,悄声细语,神秘莫测地说。"挖哪门子窑?"岁婆一撇嘴道,"你糊弄鬼吧,挖窑不在自家院里,还要鬼鬼祟祟、黑灯瞎火,去外面挖?"岁爷专横独裁,一句凌霸盛气凌人,就截断了岁婆怯怯惶惶、语气蜿蜒曲折的试探深究:"你妇道人家,不懂,别问。到时,自然会明白的。"回头,见他的花儿生气不悦,又很有分寸地补充一句:"这事,对谁都不能说。"

"也包括我吗?"岁爷摇头。"不,但你要等。"

初冬的深夜寒气逼人,一觉醒来,岁爷突然轻轻摇醒沉陷深梦的岁婆。他咬着岁婆的耳朵说,"听着,把衣服穿好,穿暖和点,我带你去看个地方。"岁婆犹豫不决,葸葸畏畏:"大冷的夜,等天明不行?"岁爷决绝地摇头。他已经摸下了炕,手提一盏马灯,照耀着睡眼惺忪的岁婆。很快,两个人不声不响地钻进院子东南角一孔新窑洞里面,岁爷顺手轻轻关上窑门,走到墙角土炕的旮旯,搬开一张原木方桌,弯腰拨开炕洞口的一堆柴草,自己探下身子先钻了进去。随后,他伸手拉住岁婆的手,将她缓缓引导了进去。

很快,岁婆就不禁瞪大了吃惊的眼睛!见鬼!原来,是个弯弯曲曲的地道。他俩顺着地道,迂回曲折地摸索,足足走了一袋烟工夫,岁爷推开一捆干柴,眼前,就出现了黑乎乎的沟畔山坡。"我明白了,以后,我们'跑贼',再不用惊慌失措没地方藏了。"

岁爷只是紧紧地握了一下她的手,无声地笑了一笑。"这个嘛……还不是全部。"

"全部?"

"你暂时知道这些也就行了。"岁爷难得一次,极少骄傲、自豪和不无卖弄地说。

粮食、粮食!

夏收在任家堡子人的口中,妇孺皆知,有一个由来已久的数字化具象概念:五黄六月。渭北旱塬的晨夕,温差很大,平均气温,较之关中平原八百里秦川,就低了许多,那里的人们穿背心汗衫和短裤头潇洒的季节,这儿稍上年纪的人,早晚还要披一件夹袄乃至棉衣。庄稼的成熟,自然也就迟缓了人家大半拉月。自五月中下旬起,泾、三原一带的有福之人,差不多都吃上了新麦,可这里的油菜、大麦、小麦、豌豆乃至树上的杏子,才慢条斯理、按部就班地生长,直到七月初上才不紧不慢缓缓地由绿变黄。庄稼人也由"算黄算割"(边黄边收获），不慌不忙，将它们收割、打碾、晒干、收仓。

　　这当然是正常年份、和平安宁时代里的光景。至少，从国民党军暂二旅修筑和驻守百里封锁线以来，这里就被生生地切割成红白交界线。足足有七年多，边区边界数百个村庄，庄户人口中夏收的"双抢"，已经潜移默化，由原来"抢收、抢碾"与老天龙王爷"口中夺食"，不知不觉演化成了既与天争，更和"狼"夺另一种紧张惨烈的"双抢"。一个"狼"字，天机泄露。这是敢怒不敢言的百姓，惧怕招祸遭殃，对某些生物变种——由人而狼、动物兽性的隐喻指涉。任家堡子人，从来不缺机敏智慧，就这个万言不及、千钧一字，便恨之入骨、亦入木三分，幼化出了某些变态种群，尽丧人性的窳劣本质。

　　曾几何时，任家堡子村西，岁爷家崖背上头，那个高高凸起、几乎俯瞰全村的土包——上面还有一棵居高临下，至少百岁以上华盖如伞、形似龙爪的枣树。在相当一段历史时期（七八年吧），不管春夏秋冬，无论有无枣花枣叶抑或青枣红枣，都会像长上去一样，从早到晚，见天地"猴"着一个孩子，有男娃、女娃，偶或，甚至还有大人。根据他们"出镜亮相"的频次与时间，依次应该是第五良虎、任豹子、任桃子、任杏子、任梅子、第五花儿，以及村中的毛蛋、狗撵，等等，他们在树上的任务，简单说，就是"放哨"。目标，则是村南十里开外白区那边国民党军的风吹草动——盯视它们蠢蠢欲动的动静。这棵枣树，于是，天降大任于斯树，就成了全村人昂首以待，随时听命而早发现、早行动、早撤离的"消息树"。时间一长，由于进犯任家堡子一带屡屡扑空，很少再抢夺到什么贵重物品，甚至于经常不见几个人影，白区那边"文明友善"且亦精明诡诈的国民党军，便改变战术，由明火执仗进犯，改为鬼鬼祟祟的突袭——贼一样，偷偷摸过来烧杀抢掠，打百姓一个措手不及。任家堡子人屡遭祸害，也慢慢学会了应对之策，就让人固定在枣树上，轮换观望：过去，他们叫"跑贼"，如今变了一个说法，防狼。一旦发现敌情，就如同童话中大喊"狼来了"的牧童——可不是撒谎，是实实在在招呼全村人紧急钻山进沟，赶快躲灾。那喊叫也由开始的"贼来咧"，进而变成了"狼来啦"。后来，还是岁爷适时"改进"，将一片破碎的犁铧，吊在枣树上面，旁边系一个铁锤，一有敌情，枣树上坚守瞭望的人，就敲击犁铧，那响彻四野清脆尖利的铁器之声，叮叮当当，又代替了大喊"狼来了"的急切呼叫……

　　只要天气晴好，一般说，"猴"在枣树上的哨兵，至少可以自北向南，看到几里外出来偷袭边区的"友军"，但对于岁爷来说，就不止了。就是说，他完全能够一眼望穿——真切地看到那乌龟壳碉堡内部——这绝不是作者故弄玄虚、胡吹冒撂的夸张，也不是漫无边际的渲染，当然，更不是说岁爷有个啥神奇荣耀的特异功能，恰恰相反，千真万确，那可是他终生难忘的记忆，亲身经历的磨难。1939年，全面抗战进入第三年，日寇长驱直入，使我华北全部沦陷。无数同胞流离失所，无家可归，或惨遭屠戮，家破人亡。国难当头，亿万人民义愤填膺、同仇敌忾，然而国民党蒋介石却倒行逆施，消极抗战、积极"剿共"，不断挑衅制造"摩擦"，对解放区实行封锁禁运，欲置边区军民于死地绝境而后快。他们以非常手段，征调民夫，限期构筑西自彬县，东到耀县，横穿淳化长达一百六十华里的碉堡封锁线。这年七月，驻防淳化的国民党二十四师牛头马面"牛师长"，奉老蒋旨意，对边区实行严密封锁，命令在边区边缘开工修筑碉堡。军令一下，遭受活罪的全县百姓，几乎全部被动出动。在国民党乡镇保甲的胁迫下，不管青壮劳力，还是老弱病残，都像羊群一样被赶上工地。时逢连绵阴雨，脚下泥泞难行，群众被手持长枪的兵丁明光闪闪的刺刀驱赶，不得不车拉人抬，被动卖命。

几十年过去，那些奇形怪状的建筑，里里外外的模样，乃至内部构造，从地面青砖，到横梁木椽，还都历历在目，清晰可见，时常在岁爷眼前晃动浮现。甚至其长、宽、高、深具体尺码，还都萦绕脑海、记忆犹新。原因也很简单，因为修碉堡时，岁爷不仅没有逃脱劳役，而且还是按木匠师傅"另眼看待"的特殊民工。修碉堡半个多月，他却因为打制诸如桌椅板凳一些家什用具，强制无偿多干了一个多月。那些糟心的日子，岁爷跟这里祖辈几代住惯了土窑洞的乡亲们一样，望着这片贫瘠土地的旷野上，突兀而现，冒出一溜儿狗尿苔似的碉堡，异样陌生恐惧错愕怪异之余，更其为之摇头叹息，伤心之至。说到底，他们心里跟明镜一样，不管咋说，这些怪物，毕竟出自自己之手；另一方面，为了这些不祥之物魔鬼般的存在，他们忍着心痛，被迫砍伐了不计其数自己栽种的树木，而且被毫无道理地夺走了小从锅碗瓢盆、锨铲锄头一应工具、家具，大到强拉牛羊牲口、拆卸门板窗牖，诸如此类难以计数的财物，甚至包括庄户人家给老人们预备的棺材。

问题还在于，他们出工、出钱、出物，亲手塑就的这种怪兽，全然不通人性，非但翻脸不认它们的父母祖宗，反而张开血盆大口，开始敲骨吸髓，不知餍足地吞噬他们，从此，便让他们进入永无宁日的噩梦之境。

七年！红、白两区人民，彼此隔绝往来，给百姓劳动生产、探亲访友和跟集赶会，造成极大的困扰与痛苦。人们为了得以顺利通过碉堡线的关卡，不知被那些害人的魔鬼吸吮了多少血汗，无端遭受盘剥毒打、强奸凌辱，乃至枪杀毙命者，比比皆是。这还不算是造孽吗？

试想，日本鬼子尚在黄河以东，烧杀抢掠，践踏我们的国土，蹂躏我们的民族，可我们所谓的抗日联盟、统一战线里的国民党军主力，却在这里为非作歹，欺压自己的同胞，是不是人神共愤、天理难容！可以想见，这里的民众，义愤填膺本属情理之中；深恶痛绝，更其全然无可指责。当然，他们同时也捶胸顿足，不得不发至内心自谴自责：这都是咱们的血汗劳动，自己给自己脖子套上去的枷锁呀！更有看得清澈透明一如岁爷，则这样说——简直，活灵活现，是咱们给咱边区勒上了一根索命的绳子。

事实上，红色边区的群众，要想过白区那一边去，真的比登天还难。问题是南边尚有他们的亲戚朋友，很多时候，又不得不去闯那"鬼门关"，过一过碉堡那"阎王殿"；相反，防守封锁线的那些个"国统友军"，虎狼匪兵，却随心所欲，啥时想闯进边区，就啥时大摇大摆地闯将进来——一旦进来，逼粮要款、拉夫抓丁、吆猪赶羊、抢夺财物、凌辱妇女、无所不为，全然无所顾忌，如入无人之境。

提起这些"遭殃军"（中央军），任家堡子的百姓，无不咬牙切齿，恨得牙根痒痒！不用说，所有这些，至今难忘，全都能镜像客观、立体全面地折射进岁爷痛不欲生的心境，让他想起，除了更加沉重负疚的自责，还有长久如刀扎心的痛彻！任堡子村南官镇的大碉堡，驻守着国民党军保安暂二旅三营，一个号称"中坚铁兵"的正规连。连长瘦长高个，络腮胡子，姓黄名树良，心狠手辣、阴险狡诈，说起话来，舌头打弯，拖腔带调，习惯动作则是不停地给以强势配合，啪啪啪地拍打腰上挎的那把盒子枪，百姓转身，便偷偷赐他一个谐音外号，曰"黄鼠狼"。黄鼠狼给鸡拜年——没安好心。这话说到黄连长身上，算是说到了骨子里头。因为凶神恶煞的黄连长，偶尔也会变脸，比方说，突然他就会抓住某一个人，（基本上全是边区村子里的老乡）将他拽到碉堡一层，在那里，有深入掘进去的一间供他吃饭睡觉的"别室"，他在那里，摆两盘镇上饭馆孝敬他的小炒，掂一瓶西凤老酒，然后"毕恭毕敬"装模作样给你倒上一盅，再后要你陪他海阔天空，"无拘无束"，喝酒聊天。只是，三杯下肚，他的话题，就会万变不离其宗，主要围着两个字儿打转儿了："粮食。"

雨过天晴，闷热的七月暑期，岁爷穿一件家纺的无袖粗布汗衫，正在那里挥汗如雨，极不情愿、又无可奈何地给他们打造几张方桌和配套的条凳，须臾之间，这两个反复出现的字眼，就突然不翼而飞，直戳戳錾进了他的耳朵眼儿里。他心里咯噔一下，知道要坏事了。夏收忙罢，边区各村正在抓紧晾晒新麦，等待干透准备颗粒归仓。除了储存自己食用，还要给咱们的部队筹措军粮。这是耽误不得的大事。他借口回家去取一个木工刨子，当天后响，就跑回了任家堡子，要求村人赶紧藏好粮食，以防"黄鼠狼"越界过来抢。那时，杏子还没参军，他让大女儿带上二女儿做伴，姐妹俩星夜急驰，去马金山上区政府报告情况，通知正在那里集训的区游击大队关大队长，随时注意防守边区，特别是前沿地区对方"友军"的动态。

不日，炮楼里的国民党军果然出动。不过他们很快就灰溜溜地窝了回去。因为他们基本上两手空空，没抢到大宗粮食，只悻悻地扫了几户人家的面缸瓮底，顺手就砸了老乡们那些不幸倒霉的盛米面的家什。

粮饷告急，上司放话，自己想办法解决。"黄鼠狼"撂下电话筒子，气不打一处来了，也不管不顾地连声大骂顶头上司"喝兵血"。可是，眼看炮楼里的守军就要断炊，他又不愿坐以待毙，等着饿死，自然穷凶极恶，不肯善罢甘休。气急败坏的他，一连数日，怂恿他那些为非作歹的虎狼部下，横扫任家堡子一带的村庄。进了百姓的家，"见人就打骂，见东西齐拿，拿不走的就打砸！"群众背过身子转过去脸，吐一口唾沫和浓痰，咬着牙齿偷偷喷怨：啥个国民党，实在是"刮民党"，"活阎王"进村，天魔地煞，真真一帮子索命鬼！最遭殃的，就是任家堡子这种边区边缘"前哨村"，封锁线上的这些白狗子，时常闯进来作恶不说，还要推行他们治安管理的所谓"十户连坐"保甲制——一户有人"通共"，左右十户人家，都有连带责任要受严厉处罚。据说，他们这是效仿秦始皇当年的治国之法，把百姓当蚂蚱拴在一根绳上，叫你不能乱说乱动，一点都不敢反抗，要杀要砍，全部听从他们摆布。相反，如果有人给他们提供"共产党"活动，或者边区政府部队及游击队情况，他们则给以"特殊豁免"，当"自己人"，不但不受任何连累和处罚，还会给以奖励。

也许是应了那句陈旧的比喻：世上没有不透风的墙吧，岁爷至死没搞明白，到底是谁告密，说他是"共产党"潜进碉堡的探子，任家堡子一带各村的粮食，全部紧急转移，送给边区做了军粮，此事一概和他有关。"黄鼠狼"终于找到杀鸡给猴看的"突破口"了，当即五花大绑，捆了岁爷在碉堡里头的一根立柱子上，不给吃喝，整整折磨了三天三夜，要他承认所谓"通共报信"的罪状。岁爷只是咬紧牙关，直说冤枉，还说他就是个半拉子木匠，啥的党派，一律不掺和。但"黄鼠狼"已经得知，岁爷有弟弟和儿子，确实参加了八路，一口断定，就是他"漏风报信"给边区送去了情报，才让他们屡屡"扫荡"，空手而返，找不到粮食。他要岁爷捎话给村上，三天之内，赶紧给他们筹集粮秣，送到碉堡，不然，就要岁爷的命。

岁爷"脏腑硬扎"，依然大叫冤枉。他说："黄长官，你现在就枪毙我吧，别说是三天，三个月我也没有办法，哪里给你去弄粮食？我们这地儿土薄地贫，本来就歉收，百姓自己糊口，年年都吃糠咽菜还不够呢，青黄不接的二三月，哪年不饿死人？我们是老鼠钻进了风箱里，你们白区和红区，把我们夹在中间——两头子活受气啊，今天你要粮，明天他要粮，甭说我一个人，你把这儿的所有老乡都杀了，大不了就是赔上个不值钱的命，粮食，真的，比登天还难要……"

黄连长阴沉的黑脸拉了下来，冷笑一声，我知道你想死，可没有那么便宜的事。他一挥手大喊，"给我拿毛笔来！"有人即刻给他递过一支饱蘸墨汁的狼毫大笔，他执笔走过来，抵近岁爷的脸，不假思索，唰唰也只两下，就左右开弓，给岁爷的两颊，赫然画上两个大字：粮——贼！

写完掷笔，他接着又大喊一声，"'滚地球'，给我递刺刀来……"

一个低矮矬小的班副，应声而至，不过，他没有给黄鼠狼递刺刀，而是将头凑近他的耳畔，嘀嘀咕咕，说了一阵听不太明白的湖南方言。只见黄鼠狼神情一怔，脸色骤变，一阵儿黄，一阵儿红，一阵儿黑，一阵儿白，半天迟疑不决，失眉吊脸，问那矮个子道："此话……可是当真？"

"刚才，你没听到电话响吗，"矮个子点头，认真地说，"是我才接的电话。"说着，他的眼睛，不自觉地在岁爷脸上逡巡，那双眼睛急骤地眨巴了两下，由此，却叫岁爷铭记了一生。"你叫……任仲魁……""黄鼠狼"忽然涎着厚脸皮问，他见岁爷微微点了点头，赶紧嬉皮笑脸道："你看、你看，你这人，咳，老爷子，你咋这么死脑筋？你是不是有个外甥，叫李志胜？"

岁爷没有正面回答，但却听起来让人更加信服。他冷冷地说："这年代，亲儿女都不管父母，外甥就是外姓旁人，谁还敢指望他，人家呀……已经当了官，还管他当百姓的舅吗？"

"咳咳……咳！""黄鼠狼"一脸尴尬，追悔莫及地道，"你咋不早说嘛，都是自己人呀，这……"他一时窘急，连连摇头："咳，这不是大水淹了龙王庙么？"说着，立马亲自动手，解了捆绑岁爷三四天的那根绳索，吆喝着快打水来，当即又给岁爷洗去脸上"粮贼"俩字。但是这俩字，当然永远刻在了岁爷的心底，怎么也洗不掉了。

"李志胜，噢，李特派……""黄鼠狼"不胜感慨地说，"那可是我们党国年轻有为的精英，是胡长官身边的红人。任……老叔，请原谅呀，我有眼不识泰山，多有得罪，在下给你赔罪……"

"咳，罢了。"岁爷道，"我还是那句话，我们是老百姓，弄不懂你们国还是共，一会儿白脸，一会儿红脸，一会兄弟联盟握手言和，一会儿又誓不两立视若寇仇，兵戎相见分外眼红，闹个没完。你们这样你死我活地折腾，你中有我，我中有你，犬牙交错，互相渗透，真让我们看不懂，到底演的是哪一出（戏）！"

"你说得对,说得对。""黄鼠狼"早已将岁爷让进他的"别室",款款让座,倒茶递水。"说到底,其实,我们都是自己人,国共合作,共同抗日嘛。让你老叔,受委屈了,今后,在下……卑职,一定不再为难您。相反,还要请您多多关照,特别是在您外甥那儿,多多美言,这不……认识您,也是在下三生有幸不是……"

　　岁爷就这样死里逃生,被释放回来。可是,他心里更增加了一份痛苦,因为从那时起,他成了个天不管、地不收的"中间人"。表面上,人们忽然对他客客气气,但同时也都敬而远之。人都知道,他惹不起,也不敢亲近。因为他既是国民党亲近的"自己人",又是共产党八路军的父兄和军属。这个"双料两面人"身份,实在让他难做人。也有人说,他其实真是共产党的"粮贩子"——这是他在"娃贩子"之外,又赚得的另一个外号,原因是,此后许多年,任家堡子一带村庄的粮食,基本上都让他悄没声息地输送给了八路军,藏粮的地方也很奇特,解放后人们才得知,那是他爷爷的爷爷辈上发现的官窑大粮仓,隐蔽在老娲沟的深山里头。但是也有人说,他同时也给"刮民党"的驻军,留过自己家的几亩新麦子,只是因为不明原因,那几亩麦子刚收上场,临到炮楼子的白军过来收粮,新麦垛忽然遭了一场莫名其妙的天火,转眼就烧了个一干二净……

　　众说纷纭之中,岁爷由此就成了个谜——一个难解的"谜"。当时,乡间口口相传一段尽人皆知的"百子"顺口溜,有人说,其实就是岁爷的原创。其根据是,乡里鲜有像他这样,肚子里装着墨水读过书的"文人";但也有人立即反驳,说不可能,理由是岁爷的编撰不至于如此俗里俗气,土得掉渣而欠"水准"。不管咋说,这段作于1947年3月,曾经风靡一时的"民谣"式乡土诗,却以不容置辩的宝贵文史"典籍",已然收入历史记载。如果我们不能将其视为当时广泛流布乡里的"行吟诗",至少,也该看成是乡民们忍辱负重、百般苦楚和无奈呻吟的真实记录吧?

　　如是,不妨辑录在此,以飨读者诸君之殷切瞩望——

　　"蒋介石,龟孙子,/卖国害民的祸根子。/四十万的美金子,/送给美国当了干孙子。/大城市,海口(口岸)子,/成了美国菜篓子。见了美国高鼻子,/舌头搭到尻渠(屁股)子,/摇尾巴,弹蹄子,/轻的就像蒜皮子。真是杆杖吹笛子,/骚情(轻狂下贱)得没有眼眼子。/皂角胡(核),掷骰子,/骚情没点点(没有谱)子。/派下一群狗腿子,/逼粮抓丁要款子。/吃饭喝酒进馆子,/谁想寻情钻眼子。/票子先花几卷子,/要粮只说石石(一石为十斗)子。/说钱张口万万子,/要是不给花票子,/就派几个半吊子(土匪二杆子），/拉走押到黑房子。/绳子称（吊）到二梁子，/挨打挨骂受头（气）子。/逼得叫人修楼（碉堡）子，胡宗南，匪头子，/占了边区各村子。/杨家店子柳林子，/翻箱子，倒柜子，/补衬套子（被套等）线毯子。/烧了房子草摞（垛）子，/抢下东西绑拖（驮）子。/糟蹋年轻女娃子，/汽车碾断人肠子。/边区人民一家子，/联合起来想法子。/拿起锄头木棍子，/和他算账掏矛（扛起红缨枪）子。/逗（斗）这黑驴打滚子，/烧了他的账本子（勒索群众的黑账本）。/陕西冷娃小伙子，/要治他个牛头（牛师长）背锅子/……"

/ 第十一章 /

我又是谁

今夜的任家堡子很不寂寞,似乎也难寂寞。这个被闹哄哄的庞大世界遗忘的那些小角落,此刻,远远地正用声震四野一无阻拦的高音喇叭,高格调地召唤着我。声音的振频一波一波潮汐海浪样接踵而至,撞响暗夜烟斜雾横的天地六合,勃郁狂躁地辐射开去。语焉不详的呜哩哇啦、短暂插话与刺耳叫喊,无序地掐断悲怆高亢、蜿蜒曲折的秦腔播放,让《周仁回府》、《杨家将》、《铡美案》或《打镇台》,如雨横斜、如雾凌乱。其间不时唢呐声声,尖锐嘹亮,拍打着难得不眠的村庄。同样是远远地,就可以得见人影幢幢熙熙攘攘,点点灯火把一个土坑院儿,煽情点染得炫目堂皇。如斯场景我似曾相识,紧闭双眼都能看得一清二楚。这里生死混搭,悲喜交集,真假同台,庄谐无分。果然,一如往常——地坑院大门洞外头,平坦如砥的碾麦场上,已经架好待客的帐篷和祭灵的纸幡挽帐,里面桌椅板凳一应齐备,临时筑砌的阶梯式连台锅灶上,猪大肠和羊杂碎们正在几口大锅里热气腾腾纵情滚沸,诱惑而吊人胃口的香气刺激味蕾回肠荡气。

我迎着高天阔地间这一派不肯消闲的喧闹骚动,疲惫不堪摇晃过去,对面就有人迎着我恰到好处地走了过来。"你个碎子……可把你,盼回来了……"来人熟稔地唤我的乳名,接过我手中的拉杆箱子,他身后更多人走上前来,陌生而又随意地与我握手,感觉是为了履行一种不可或缺的礼节程序很不得意。这让我一时茫然不知所措,弄不清自己是客、是主,是来宾抑或是孝子?乃至,我竟糊涂,不知我之为我,究竟是何人了?

"岁爷……他,真的,老(死)啦……"我试探着,颇不自然勉强应付差事地打问。"嗯嗯……呵呵……"有个声音,劈面甩来,但声音疙里疙瘩,很不爽快。我稳住情绪,沉住气问:"是……又老了吧?"

顿时哑然，竟没人吱声。稍倾，是哄然而起一阵禁不住的笑声，透露了某种隐忍不住的放肆。我轻而易举，就捕获到了乡村红白喜事中的闹剧气息，并不自觉地就沉浸于赶集着会、闹社火时的那份独特乡俗的欢愉开心了。俄而，一声悲怆凄厉的哭声平地响雷突兀而起，是一个女人哀切的号丧声音。哭声抑扬顿挫，也蜿蜒曲折，有板有眼，毫不敷衍了事。但却有人大不敬地对之低声哧哧地窃笑："那是疯子，老杏姑婆……"

这句话猝不及防，极具感染、魅惑与穿透力。蓦然一震，让我心里一紧，感觉胸口痉挛、烧灼，搅动起一股酸楚苦涩。我正要向一身孝服的杏子姐姐走去，孰料她骤然转身，熟练地抡起手中的哭丧棒——一根斜马叉交缠着白纸条的柳木棍子，左右开弓，大打出手，驱赶羊群一般，吆喝着她身前身后看热闹的男男女女。"滚，都给我滚……滚得远远的……"

人们像大风天里的麦子，东倒西歪、前仰后合，避之唯恐不及地全没了形状，她却自以为大获全胜而仰天大笑，继而手舞足蹈，不亦乐乎了。

我不由得愣住，双脚长在了泥土里似的，沉重得难以挪动。不知是在哭还是在笑，只感觉有小虫子般的水珠子从眼眶涌出，正随心所欲地在脸颊上蠕动。

杏子姐姐终于被人强行搀扶着架走了。我的视线，才从一片依稀模糊中恍然突围，目光，开始溅落在大帐与灵棚的两侧："爷台豪情兵势立巍峨，仲山晴翠春光潜泾河"，这是灵棚大帐口的"挽联"（姑且叫作挽联吧），门楣上是四个大字：有我边区。为什么是"有我边区"，而不是"我有边区"或"边区有我"？我猜不透其中的意思。但我能一望可知，全是出自岁爷之手，虽然书法不是他的强项，而他也勉为其难，凑合着能为之。走进灵堂，岁爷的照片放大，端立于中心位置，两旁墨迹未干，也龙飞凤舞，贴着一副白底黑字的"挽联"——俗称对子："不死不忘心如故，不忘不死命永续。横额：初见一生。"

我一脸懵懂，正为之莫名其妙，此间，便有执事者半真半假、半哭半闹、半开玩笑地呵斥我："孝子跪下了，还愣个啥？"我一激灵，双膝一软，九十度打弯，顺势跪在灵前。抬头，这才看到岁爷画像的下方，还有一溜儿灵牌，分别写着"黎明""洪霞""他舅——杨武仁""恩公——矮瘦湖南人"、"任英魁""第五良虎""任豹子""任桃子"……

"哭吧！"有人高喊，像唱戏一样，声音拖得很长："乐人响器，孝子吊丧，烧香磕头——哭……"

我化了烧纸，上了三炷香，复又跪下，左顾右盼，不仅没有哭出声来，几乎就要放声大笑。因为灵前，赫然杵立两个特殊人物：一个身穿八路灰布军装，紧束腰带，打着绑腿，全副武装；另一个则一身着黄色军服，身板挺括，戴一副眼镜，文质彬彬。他们各自手里，则持一幅等同身高的古老人物画像，像上的人物模样儿精灵鬼怪，有点唬人。我在脑海里储存的纷繁影像之中，紧张地搜索与之匹配的名字，犹如在百度上查询我百思不解的疑难问题，半天，仍然无法把它们和黑脸包公牛头马面、王朝马汉，以及左神荼与右郁垒之类对上号，一拍脑袋，才猛然想起了《封神演义》中的金刚力士哼、哈二将。这不中不洋、亦古亦今的排场，看来煞费苦心，却云里雾里，仍旧使人不得而知真正的寓意。但我怦然心动，眼前霍然一亮，毕竟知道（预感）稳坐中军帐的主角，到此为止，大概是要升堂亮相了。

果不其然，有人郑重其事，吆喝开来："任仲魁先生暨任英魁烈士'乞灵安魂'，正式开始……"

欢快明亮的迎宾曲随即而起——竟不是哀婉沉郁的哀乐，令人吃惊！此刻，有人从灵堂后缓缓地推出两部轮椅。轮椅上分明有人，要么就是两座有待揭晓的雕像，总不至于是所谓"请"来的"魂"吧？（我想）但见两部轮椅一左一右，分别覆盖着镰刀斧头党旗和五星烁烁的国旗——难道，是岁爷和他的弟弟任英魁不成（我心下猜测）？他们被分别"供奉"在灵桌两侧。两尊面目不清，"大神"级别"虚无"的存在，似乎心安理得，静待人们大礼如仪的肃然起敬，或者哀痛不已柔肠寸断，或者称颂不已顶礼膜拜……

终于，主持人出场，款款而至竟是一位娉婷淑女，黑衣黑裙，一袭西服套装，显得鹤立鸡群与众不同。我私下想，我的风姿绰约的梅子姐姐，为何不一展风采，按理，她今晚才应该大显身手啊！

"往前来点，再往前靠。"我循声望去，一颗硕大无朋的光葫芦头正撞进我的视域，灵动地晃着大幅度光可鉴人的谢顶脑袋。我认出了他是县剧团业已退休的编剧兼导演，他指手画脚，提线木偶一般，正专注于调动那位淑女的一举手一投足。在他身后，一个手忙脚乱的摄影师，大汗淋漓地捣鼓着他面前的摄像机。显而易见，他或将重任在肩，要代表历史，正式记录这次活动并载入本县民间活动不朽的另册。按照某种轻车熟路的既定程序——这已经是我耳熟能详和不出所料的岁爷所掌控的老规矩了，亦即由他那些文朋诗友——经常性定期或不定期，多次以酒肉加闲谝扯淡为内容的聚首集会了。当然，也有谈天说地的纵论政治和国家大事，更有写诗作画、附庸风雅的文化交流。就是说，他们也"老马识途"，正是这里轻车熟路而不分彼此的主人，同时也是一帮显贵难得热闹一场的客人。这些表现欲望亢奋强盛，又乐于教导别人的特殊来宾，既不虚伪客套，也不推三阻四，一个个精神抖擞。不管是粉墨登场，还是素颜出镜，全是自觉自愿天然本色、毫不矫揉造作。他们呼朋引类，忠实履行朋友义务、来宾职责，一招一式，完全认真细致，绝不马虎从事。

首先，是一位显然德高望重、仅次于岁爷的白发长者上场致辞——他是作为岁爷的特殊使者，代表岁爷自己——为自己先致"悼词"。听他要言不烦，倒很简约洗练，不过是朗诵了一首自况的"诗"："时间尚在快中慢，／人生已经长中短。／此去夜台（夜台即坟墓，此处暗合'爷台'谐音）终不归，／不苦不甜回味酸（酸即'算'的同音，此处为拉倒的意思）……"

这是一位颇具文化素养的乡绅对自己的凭吊，隐约还有些学界泰斗陈寅恪的范儿：一生负气成今日，四海无人对夕阳。四句打油诗一出，过去现在共时态，未来，也就在其中略显端倪了。

接着，是一个接一个附庸风雅的酒肉朋友轮番登场，内容基本千篇一律，无非通过只言片语的回眸探索，将岁月转回到从前，"打捞"消失的过去。其中不乏对岁爷和他的那些故人，或恰如其分或言过其实的庸常赞颂。我发现，在那面庄严党旗的覆盖之下，似有一声低沉乃至愤懑的呻吟，偶尔也会不易被察觉地微微颤抖，如同通过最微末的某些细节而重现的并不可靠的模糊记忆。

轮到专业剧团的业余（走穴）演出了，也许是这个"蓄谋已久"的悼念活动即使不算高潮，也算精彩纷呈的主要内容了。整体上看，很像是边区当年颇受欢迎的活报剧演出。第一"角色"，是一个"一身革命"的营长同志。我听到"一身革命"四个字，就自然而然联想到这个别具一格的革命称呼，特别是诞生它的边区那个特殊困难被封锁时代。那是缺少纸和笔的"陕北公学"，学习文化，曾经是一件神圣光荣的任务，当然也是一件困难重重、需要勇毅和韧性精神攻坚克难的战斗。当时的他们，最常见的是大地当纸——顺手捡一根树枝什么的也就是笔了，于是圪蹴下去，埋头一写，生字变熟，一大片抖落尘埃的汉字脱颖而出，就会向你感恩般频频致敬。至于笔墨纸砚，那是当教员的特殊待遇。学生（员）偶尔有一支铅笔，就已经足够奢侈，要是能见到一支蘸水笔或钢笔，就像战士得到了一杆带刺刀的三八大盖或者勃朗宁手枪，梦里都会酣畅地笑醒。如此，这个当时还是学员的任英魁同志，打从认识他自己的名字时，就匠心独具，另辟蹊径。他的办法奇谲独门：是叫老师和同学，把那些伸胳膊撂腿的方块汉字、革命词句与大道理，给他写在手背上、胳膊上、肚皮上，乃至大腿和小腿上——后来，索性写在白色粗布衬衣大襟内侧的里子上，如此，他就可以随时随地复习、认识和记住它们。于是，他就自然而然成了标志明显——"一身革命"的任英魁了。

跟随营长"出场"的人，依次应该是任豹子、第五良虎、任桃子以及营教导员刘光荣了，也许还有年轻的四川老红军以及陕北的学生兵娃。他们都各有表现，各有说辞，紧紧围绕的共同话题不外乎爷台山战役——是阻击战和反击战的共时态进行，同一台演绎。

赢得掌声最多也最热烈的是一段类似电影蒙太奇式的"情景再现"，场景切割组合、艺术性串演搭配——恐怕就是县剧团退休老团长兼编剧的得意之作。于是，全体瞩目的"伟人"隆重出场。一位特型演员演绎"印象伟人"，除了他说的一番话——言说的内容比较切近真实，包括他尽量使用半生不熟蹩脚的湖南口音，完全就是名副其实的表演——当然，对于表演，不真不是戏，太真不是艺。一切都可以预先得到原谅。你认为他演得像那么回事就朝着很像去想象；认为不像也不必勉强，也就让他留下一点不算遗憾的遗憾，总之，念不念经，先把道场做足了才行。是故，我们完全可以用各自的艺术感觉创造才能，去尽情扩展发挥想象，成其所是了。

"伟人"出场的时候，有人给他很及时地递过一把椅子，他便理所当然，巍巍乎高高地站了上去，以表示他是在陕北黄土高原令人仰视的延安，正在发表演说或指示——后来也叫"最高指示"。只是，对于他，好像从来还没有人使用过"发号施令"一说。表演伟人的特型演员倒很实事求是，很能切合实际从实际出发，他先以演员身份口吻问道，咱们毛主席说了，嗯，你们知道——是怎么说的吗？接着，他才正式融入角色，模仿湖南毛润之的口音郑重"宣"道：他说，你贺老总告诉前指（前线指挥部）宗逊、仲勋他们，我们是不要山头主义，但山头还是要的，特别是眼下的这爷台山，而且是必须针锋相对、寸土不让的。卧榻之侧，岂容他人酣睡？因为我们的山头不仅是我们的，是我们边区的，而且我们的山上，有我们的人民辛辛苦苦二十余年用劳动的汗水、青春的热血，乃至于生命栽培起来的桃树。于今桃花盛开之后，已经果实累累，我们岂能容忍别人来摘桃子？强取豪夺，更是不行的！我们不是专供别人捏的软柿子，日本人不行；不安好心、不怀好意的所谓友军，也是不行的。不管他是什么人，胡宗南也好，蒋介石也罢，总之，这是没有道理的。总之，人不犯我、我不犯人哪，人若犯我、我必犯人！这一次，我们是必须反击的，不允许他们来抢夺我们的革命果实。除了警一旅，教导旅，把358旅和新四旅王近山王疯子他们，也拉上去，给我狠狠地打。不战则已，战则必胜。而且军事、政治都要胜利！

掌声，热烈持久、声如雷鸣的掌声！

我忍不住想：毛先生尽管否认乃至厌弃什么"救星"的传唱，一再申明，只有群众，只有团结一心坚强的党集体的力量和智慧。他强调说，要说真有救星，那一定是共产党，而且只能是共产党。中国的历史，已经一再证明，只有共产党，才能够救中国；只有社会主义能够救中国。这就是真理，马克思主义普遍真理和中国革命实践相结合的真理。但是，伟人毕竟是伟人，你不服就是不行。雄鹰与小鸡，总是不能相提并论，就连伟人讲话，那天然去雕饰的神情韵味，那永远也脱不开湖南韶山火辣辣的原生态老腔调的乡音，都只能是伟人的范儿，凡人是学不来，也装不像的。他站在高坡上，挥手指方向，那里的人民就呼儿嗨哟，得解放！你瞅那气宇轩昂，吟哦吐纳，乱云飞渡中，便成就气吞山河之雄浑壮势；遂起遂伏，于万水千山，就可见磅礴浩大之气象！再看他一抬手出去，就好似雄风万里，定能驱除乌云滚滚来半天；而他的一投足落地，便可以横扫千军万马如卷席……那才叫伟哉斯人，简直就是一个实实在在的大神！这一点良心的"认知"，我在阅读"三S"（史沫特莱、斯特朗、斯诺）的相关著作中，早已魂牵梦萦，得以印证，而且佩服得五体投地，差不多就彻底地服膺了。我一辈子，可以不知道自己是谁，但无论如何，还知道啥叫作伟人。

眼前一幕，光怪陆离，令人茫然无措。如此这般，恍惚与我某些遥远的记忆碎片不期而遇，纠结、重合，进而缠绵撕扯，宛若梦想之云在广袤无垠的天空不倦地飘浮。生活哦，难道本就是一片混沌，一地碎片，一团迷雾，一个找不到出口当然也永远走不出去的迷宫？我感觉记忆远不如它本身那么确定，必须不断地和健忘与遗忘搏斗，再攫取一些关于过去可怜的碎片、不连贯的痕迹和稍纵即逝的幻影，去捕捉无法把控的人类命运。对于我，一个寻找自己身份的男人，面对往昔那个红白交织的边区时代，也许已经是记忆无法呈现的黑洞。但我不知道，我的岁爷"死不甘心"，竟至于别出心裁，整出这样荒诞不经的一幕，究竟意欲何为？

而他，此时此刻，到底是死是活，尚未可知。还有，那两个轮椅之上神秘掩藏的，又到底是何方神圣？

有诗为证

似是而非的"悼念"进入传统模式。我知道，这是个必须保留、必不可少，也永远不会过时的程序。至少，对于岁爷和他由来已久的心情如此。我的小梅姐姐将十几个年轻来宾聚拢起来，有几个是剧团的男女演员，重复了一个大家都熟悉的多声部诗朗诵。那个装束妖冶、脸上涂脂抹粉的"姑娘"，站在前面领诵，而她则仅仅是站在最后一排，似乎是勉为其难地参与其中。有人递给了我一把方凳子，我就坐在一旁，置身事外地安心当我的观众了。"爷台山/是咱们的地方/爷台山上/满山是淳朴老乡的玉米高粱/爷台山/是边区的哨岗/它保护着/无数和平的村庄/勤劳的庄稼汉/忠厚的农妇/和年青的姑娘/它保护着/居民的牲口和食粮/爷台山上/天天是明媚的风光/和愉快的歌唱……"

平实朴素的诗句，一如田野不着雕饰的熏风，对我来说，再熟悉不过，也再亲切不过了。在我的那位头戴火车头帽子、黑框眼镜小学老师的严厉监督下，它被我们一群小娃娃在小学的院里，当成天书，仰望着白云蓝天，一遍遍琅琅背诵；也当成作业，用树枝在村小旁黄尘飞扬的土场上，一行一行反复书写。时至今日，我都能完整地背诵下来，更何况，它本身就明白如话浅显易懂，无论是当年穿开裆裤的我，还是如今两鬓染霜即将退休的我，都是时常浮现我的脑海过目成诵的经典，类似"圣经"对于基督教徒一般神圣。"但是，如今啊——/什么鬼怪/来到了我们的山冈/天是阴沉沉的/也听不见了歌唱/从远处，一阵阵地/传来了冲杀的叫嚷/……/那是国民党/那是杀人魔王/驱赶了军队/来到爷台山乱闯/蒋介石这孽种/想用枪炮来轰毁/咱们这手造的天堂！/爷台山下/那被强迫的兵士/凌乱，恐慌/真像是疯狂/雷鸣似的炮声/在阴云下面震响/无数的炮弹/严重地坠落在/爷台山上/……"

青春华年，诗意葱茏，诗人艾青理所当然，成为我们踮脚眺望和持久仰视的偶像。尽管，随着年龄的增长，工作之余，闲暇之时，我的阅读半径渐次扩展，即使是艾青的这首即时的吟诵，相比于他那些战斗号角般的枪杆子诗，也许我还更喜欢他那些温情和深沉的吟哦，比如《大堰河，我的保姆》，比如《雪落在中国的土地上》。读这些诗，我常常模糊了作者和读者的界限，有时候竟觉得我就是作者，变成了活着的诗人，甚至也变成了诗。我和诗人以及他的诗作，互文互动，难分彼此。(有点像郭沫若的诗句："我们便是他，他们便是我。我中也有你，你中也有我。我便是你，你便是我。")"告诉你，/我也是农人的后裔——/由于你的，/刻满了痛苦的皱纹的脸，/我能如此深深地，知道了，/生活在草原上人们的，/岁月的艰辛"；还有，"而我，也并不比你们快乐啊，/躺在时间的河流上，/苦难的浪涛，/曾经几次把我吞没而又卷起——/流浪与监禁，/已失去了我青春的最可贵的日子，/我的生命，/也像你们的生命，/一样的憔悴呀。"……他问，问苍天大地，/"中国，我在没有灯光的晚上，/所写的诗句，/给你些许的温暖么？"

每当这时，一种苏醒意识就在我心里萌发，一种试图以文学和诗歌拯救记忆遭受浩劫的冲动就会在我的血管奔涌。祖辈人的历史就会依靠文字书写，突兀地在纸上战栗着站立起来。词汇就会成为链接生命和死亡的拱桥。我们唯有将记忆从压抑的冰海里打捞出来，了解先人的模样和传统的绵延，让过去不止于湮没，让未来有了根基，然后才有再出发的可能。于是我这样想：生不过是死激情的燃烧，而文学毫无疑问，应该是留在世上的人生余烬。于是，我甚至于常常在梦中，也喃喃吟诵《大堰河，我的保姆》，自然，也引吭高歌这首壮怀激烈的《爷台山》。我正是在背诵、理解和消化这些质朴浅显又极具鼓动和感染性的诗句中长大成人的，也是由此认识诗歌和文化的意义："爷台山，/是我们的山！"

你听听，多么不容置辩，理直气壮，刚正俨然！"已经六天了/咱们的队伍/在爷台山下/像铁壁铜墙/把反动派阻挡/无数的居民/从四面八方/在协助守军——/送茶水，抬伤兵/在那些山沟里奔忙/爷台山上/愤怒的花朵/正在开放/……/勇敢啊/爷台山/在你的后面/一百五十万人/为了自卫/挺起了胸膛！/致敬啊/爷台山/为了保卫全边区的老乡/为了保卫老乡的土地和住房/为了保卫解放区/为了保卫党中央/愿你像巨人一样/站立在边界上——/不要让一个坏蛋/跨进边区/不要让一个鬼怪/踏上这光明的地方。"（一九四五年七月二十六日夜作。此诗原载一九四五年八月一日《解放日报》）

除了我的岁爷，在我视域的半径，这天晚上的小梅姐姐是一个特例，一个文雅沉静、内敛安娴的特例。不错，比起明丽开朗的杏子姐姐，我的小梅姐姐，生就一种兰心蕙质恬静之气。平时就寡言少语，可一旦开口，却有语惊四座的珠玑之语。我曾怀疑，本该成为诗人和歌者的桃子姐姐，虽然年纪轻轻就牺牲了，但她天生的丽质，敏于思考的深邃娴静，是不是馈赠给了小梅姐姐？而本该阳光开朗的梅子姐姐，却出乎意料，脱离了惯性生活的常规，如何竟变得神情黯然？我还记得，曾经和小梅姐姐切磋诗歌口语化问题，我想知道，它是否会显得土气和俗气而缺乏诗味？我这位中学语文老师的姐姐，连连摇头，明确肯定地否定了我一孔之见的浅陋认知。

"口头语是与周遭他人、与祖辈先人的直接对话，失去或封存这一语言，与过去的联系就会被斩断，就会使语言成为无根的灵魂，从此终日漂泊，上不着天、下不着地。"她说，非常"诗歌"地援引《爷台山》为例，说这首平民和乡土化的诗里，太阳也在呻吟、低语、叫喊，在口语密集的子弹袭击中，风也在舞蹈中发现树垂首兀立（战地的树）酷似在痛苦地哀叹死者。还有河流（冶欲河）土里土气的语汇涌动，也在空间上流动，在时间上滋润和"抚慰"人心的裂缝。

她说，"质朴自然，这种本色的语言，就像咱们的岁爷"——她一向不叫岁爷大或者爸，更不叫父亲，就像她一直将岁婆直呼"我花儿娘"一样（乡俗忌讳小辈直呼长辈姓名，每当此时，岁婆就会翻她的白眼，装得严厉异常：把你个碎女子给惯坏了，没大没小！）小梅姐说，"咱们岁爷，就更亲近这种语言，他可以轻而易举地读懂树木、河流、阳光大地、牛马羊群以及猪狗鸡鸭,乃至麻雀乌鸦喜鹊蜜蜂等等的说话,你信不信?"

这番奥义广深的解读,听上去像是神话。但我一直没有弄懂小梅姐姐何以越发矜持,有一种超常的淡定。特别是作为这个活动的东道主,尤其还是个小有名气的女诗人,她不该心如止水,情淡如菊!可我知道,她的内心,其实是无边丰茂的语言的旷野与草原,那里遍地盛开生长着五颜六色的绚烂鲜花。可是,她今夜却选择了安静与缄默。记得有一次回家,不,是她邀请我到她家,在我从小养成的胡拉乱翻改不了的臭毛病驱使下,无拘无束的我,无意中在她的一个黑皮笔记本上,"意外"地发现了一首诗——姑且算诗吧,它当即让我为她心中的隐忍和灼痛大吃了一惊。那首诗名叫《一个》,我不敢断定,这样的所谓"诗歌",会出自一个诗一样安恬文静的梅子老师?

假如真的出自我的小梅姐姐之手,我真不敢想象,到底是我们抛弃了这个时代,还是这个时代毫不留情,也正在一报还一报——抛弃、报复和惩罚我们,在生死刀锋上平衡。有意识的自我毁灭。这使我看到一个狂郁的天才,正崛立在荒凉的绝壁之前,将她早年惊恐的浅吟低唱,突然演变成了坚韧悲壮的沉思。乃至,伤心动骨的泣血呐喊!

当灵堂前咿咿呀呀唱起秦腔选段的时候,小梅姐姐不动声色移动莲步,无声地坐到了我的身边。她就像小时候她默默呵护我那样,轻轻地拉起我的手,歪着头仔细端详起我。然后,她不胜慨叹,微微地摇了摇头,几乎用听不见的声音絮语道,"瘦了,唉,我们的穗子……看上去,也沧桑多了。"

我心里一热,犹如一口烧酒穿过肚肠,试图幽默一下,让我们彼此都变得随意轻松。"这话,可不是诗歌呀,姐姐?"她仰起月盘般依然清亮的脸庞,尽管那里无法掩饰的横向抽丝,浮现出许多条岁月严酷的行旅路线,特别是她放射出鱼尾纹的美丽眼睛和柔和的唇际,都慈祥地笑出了一条条长短不一的弧线。"你是,嫌我今天晚上没有露丑——作诗?"她猜到了我的意思。"等等,"她说,"那我就给你,只给你,悄悄献一首好吧?'神圣少女'。"她低语道,"真的,是专门读给你一个人听:纯正无邪绵羊的本性/与假正经狐狸的嘴脸/同时祝贺你胜利被俘/并彻底还俗/一堆残缺不全历史的根节/枝枝叶叶/惊世骇俗/但无法完美一个显而易见完整的故事/……"

"完啦?"我问。她神秘莫测,莞尔一笑,也许还要加上这样两句:"如果时代已不可挽救成为嫖客/你是否也别无选择/选择要做婊子……"

也许是我满眼的疑问和叹号吓着了她,她突然一脸灰青,冷若冰铁地问我:"怎么?是可笑呢,还是可怕……"

我一时语塞，居然无言以对。正感费解迷茫，陷入沉思，忽然有人在身后扯我的胳膊。我急回过头，看见杏子姐姐笑眯眯地死劲儿瞅我。我知道，许多年来，因为精神分裂抑郁，目空一切的杏子姐姐，好像孤独地活在另一个世上，从来不跟任何人过多交谈，更遑论交往，似乎什么人她都一概地陌生化全然不认识了。可是在今天乱哄哄的一片喧阗哄闹之中，她却一眼就认出了我，而且她的眼睛，突然就奇异地放射出了不同寻常的光彩。

"嘿嘿。"她没叫我的名字，说不清是不屑还是忘记得一干二净，却突兀地伸出手来，将一只沿口破损、脏兮兮的粗瓷大碗，直戳戳递到我的面前。"嘿嘿，饿了吧，穗子，趁热，快吃！"碗里，是两个冒着热气的包子。她说着，抓起一只包子就往我手里塞，雪白的包子上立即印上了她黑乎乎的五指手印，我无意中看见她的手又脏又瘦，手背还有一道抓挠的伤口，堆积着血痂和污垢。这一切突如其来，猝不及防，小梅姐看得一清二楚，急忙伸过手来拨挡。

"看你……"她责怪杏子姐姐，又难为情，不好多说什么。我看见杏子姐姐急眉赤眼地盯视着我，旁若无人地关心着我，目炬闪闪，专注地等待我吞咽那个包子。我永远忘不了她的眼神，那很特别的眼神，一言难尽的眼神：通彻、透明、纯净，水洗泪浸一样，让人看了直接想哭，立即想不顾一切直接走进去永远再也走不出来，那里面好像通着另外的什么地方，那地方也许是另外一片山水世界，包罗万象，也风光无限，但同时，又好像空空荡荡、一无所有，荒凉和苍白得令人战栗。

周围，很多的眼睛，不约而同，聚拢和投射过来。我怦然心动，眼底，蓦地湿润。那一刹那，终或，我知道我是谁了。

我是一个来路不明、身世不清，说不清爹妈——用我村中发小的话说，就是"捡来的娃"，偶或，正如他们杂呱和咒骂我的所谓野种、贱货、弃婴……

那时小梅姐姐还小，岁爷两口子忙里忙外，我在这个没有血缘的家庭，绝大多数时间，实实在在是在杏子姐姐的脊背上长大的。无论干什么活儿，她都不离身地背着我，舍不得让我啼哭一声。天地良心，我对她心存感激，感恩戴德。但就像我至今弄不清楚，到底该把我的岁爷叫爷还是叫大（父亲）更为合适；对于她，我同样不知道叫姐姐还是叫妈，更接近我真实的感恩之情。杏子姐姐爱说的那句话——那句歌谣，也许仅仅因为和村上的野小子们口头的那句嘲谑截然相反，因而，会永远在我的血管里湍动不息和奔流不止："穗子娃、穗子娃，大娘爱得放不下……"

客观、公正地说，不止岁爷和花儿娘这一对"大、娘"，不止他们的这个家庭，其实，整个任家堡子全村男女老少，就因为我不明不白的身世之谜，或多或少受到影响，（包括一帮不懂事的小屁孩儿——我的那些小伙伴稍大以后，任谁也绝口不再提我是"捡来的娃"了。）相反，一村人全都不露声色、自然而然不露痕迹，赐予了我一份特殊的关爱，一种衍生的原始怜悯与逊让。我因不幸，反而荣幸地得到了他们一种"另眼看待"的厚爱。

"别吃，我去给你换一下。"就在小梅姐姐伸手要拿走我手中热气腾腾的包子的时候，我连忙说，"不用"，急忙将那包子塞进了嘴里。可眼泪却怎么也禁不住，唰地涌流了出来……

杏子姐姐看见，不明就里——到底是喝彩还是叱责，却只管欢天喜地，拍着手道："不亏（活该），丧气，吃你舅的，干屁！"

我抹着泪，边吃边笑，心里忽然涌出诗人艾青那句最伟大、著名的诗句："为什么我的眼里常含着泪水，/因为我爱这片土地爱得深沉……"

魂兮梦兮

这是个没有谜底的谜。我的岁爷果然没死，又一次没死。当梦幻般的"晚会"抑或"晚会"的梦幻深入演绎，出现亲友来宾皆大欢喜、众人翘首以待，正准备大快朵颐的关节点上——估计我的岁爷大概也肚子饿了，他抖索着手，做精作怪，自己揭下了盖在脸上红盖头似的鲜艳党旗，晃晃悠悠、趔趔趄趄地挣扎着挺直了身子。许多人簇拥上来，众口一词，也是明知故问、故作惊讶地问："岁爷，你咋还活着嘛！"

"我不是活着。"他伸手摸索靠在轮椅边他那根忠实的拐杖，深长地吸一口气，又吐一口气，慢条斯理舒缓而道："我只是……没死。"话音未落，右边的另一个轮椅上也突兀地坐起一个人来，他顺手拂去头上的国旗，接过岁爷的话说："我可是已经死了，只是……没埋。"

这个人让我们陌生、懵懂、纳闷。看他的样，能让人想起岁爷的弟弟任英魁，可同时，又确实不是，当然也不可能是那个威名显赫的营长。"一个会说话的哑巴，流落到天顶头的寒夜之星……"不知是谁，在我耳边诗一般低语，究竟是殷勤探看，为我介绍这个人，还是"寄意寒星荃不察"，不自觉地在吟诵什么名句？我终了不得而知，究竟何许人也，如何山高水远，能从另一个死而复生的世界赶过来，相约岁爷，一起装神弄鬼，到底是"陪伴"，抑或是"陪衬"，无怨无悔，扮演一个让人猜测不透的角色？如同上演一幕真正的活报剧？既然如此，那就如此，让他作为一个"哑谜"而存在去吧。却见我的岁爷泰然处之，不卑不亢，落落大方，又不无自嘲："各位，我说过的，这可不算是活祭灵啊。五十年前，我就死了。"他喘急地连声咳嗽了一阵（小梅姐即刻给他端过去一杯茶水）又吁了口气道："是的，我真的说过，我不是我，是另一个人，不，是两个人，起码两个。尽管，我缺一条腿，未必算一个浑全的人。"

说着，他颤巍巍抬起了头，目光越过他自己的那张标准"遗像"大镜框，凝视着镜框的上方。原来，那里还有两个人——是两张画像，一个戴着黑框眼镜，文质彬彬的样儿；一个戴着一顶青天白日国民党的军帽，一副敦厚憨实却显瘦削的相貌。"他们哪，"他慨叹道，"一个，连姓啥名谁我都不知道，只知道是个走过长征路的湖南人；一个呀，给我的取名的大圣人，死时，还不满五十。唉，常先生呀，常书记、我的教师爷……"

他突然缄默，久久注视着那两张像，目光交替，扫视他们。许久，仿佛回忆，自言自语，口中嗫嚅，慢慢吐出两个字来："英特……"这两个字，橄榄样含在口里，咀嚼了好一阵子，拖音很长，似乎在期盼和等待什么人的回应。众人左顾右盼，面面相觑，不知究竟。还是小梅姐姐眼睛一亮，恍然大悟，赶紧接上去，及时补充了俩字："纳雄……"这时，谁也没有想到，居然是杏子姐姐——那个精神失常可怜的疯子，披头散发，跌撞着跑了过来，恰到好处地接续梅子姐姐的话，清脆响亮地吐出了两个字来："耐尔。"她重复着说，"耐尔、耐尔！"一言出口，她像抢答对了一道有奖猜谜，一时间兴奋之至，舞之蹈之，而且忍不住"团结起来……起来……起来……"语无伦次地高唱起来。有人过来，连拉带扯，将她"请"了出去。她也不恼，嘻嘻笑着，左顾右盼，摇头晃脑，径直到那临时搭建的炉灶间，吃饭去了。

岁爷的声音，缓慢的沉吟，此时由远及近，朦胧而又明晰，像一阵行迹不明的夜风，伴随着清澈的月光普照，跨越山水大地，悠悠然迤逦而来——

"那是在县城边上，有座火神庙，正好是八月十五，一轮圆月爬上半空，睁大眼睛凝视着眼前安谧的世界。庙前的坪场上，银色月辉映着如茵的草地，发出暗绿的微光。那里，摆着一把靠背椅子……"

岁爷如吟如诵，全神贯注，一往情深，继续喃喃自语。场子上顿时鸦雀无声，似乎进入了梦境，人们不自觉地悄悄围拢过来，站在他的身旁。"就是在那天晚上，常先生被带到了这里，子弹击中他一只左臂，打弯吊在胸前，白色衬衫上染上了他的鲜血。月华如水，浸润着他白色的衬衫。霜染的两鬓，像一轮光晕衬托出他须发飘逸不屈的头颅，在昏夜的幽暗里，分外醒目炽亮，宛如月亮的姊妹，或者是黑夜的……一缕阳光。他是亲自带领殿后的三营，掩护主力撤出谷台，最后突围时受伤被俘的。行刑队的执刑官，是个泾阳籍贯的青年，他对常先生倒是客气，显得彬彬有礼，说明之前对他已经十分了解。'高团长，唔，应该称呼你常先生对吧，毕竟，我想不通，要说那些泥腿子、穷光蛋，因为衣不蔽体，食不果腹，生活不下去，求解放、闹翻身，还说得通。可你，不管咋说，毕竟富甲一方，是大户人家公子哥啊，何以冒死，带领那些穷鬼起哄，干这所谓革命、掉脑袋的勾当？'执刑官无可奈何地摇头，表示一副真心不虚的惋惜之情。'这个嘛，你不懂。'常先生也深感惋惜，摇了摇头，'我不想贬低你为井底之蛙，或者是山脚下的草鸡，也不想矜夸自己是山巅之鹰，或翱翔蓝天之鸿鹄，但我还是想规劝你一句，想真正理解这个道理，不妨，上爷台山去看看。''上山，去看……？''是。'常先生说，'那叫居小见大，处俗看雅，希望你懂得人生，除了满足一己私利，还有另一种活法。''另一种活法？''不错。'常先生朗然一笑：'人生，要真正地活过，那就是要为真理而斗争。''真理，一个抽象的信念，真那么重要？'执刑官摇头：'我说常先生，你何必为此较真，拿自己的生命做赌注？瞧，我特意照顾你，给你搬来一把椅子，就是想最后给你一刻钟时间，希望你再好好想想，生死存亡，这可是千钧一发的关键时刻，我也希望你不要执迷不悟，只要签字声明一下，脱离共产党，那就是另一番景象前程。不管咋说，泾、淳毗连，我们也算得上乡党不是？''谢谢，不用说了。'"

岁爷沉思道："先生摇头，决绝地说，'此地甚好，此时也甚好。我也不用坐了，只有一个要求，不要打我的脑袋，人是靠脑袋而不是靠屁股活的。不长脑子，没有思想，没有信仰、没有理想和追求，那和只会吃喝拉撒的猪狗有何差别？因为，我的血肉之躯，虽然要在这里长眠，但我的思想，却会迎着黎明前的曙光，振翅高飞……好啦，开枪吧，照准我的胸膛，我宁愿站着死，绝不会哀求，跪着生的……'"

"常先生断然踢开了那把椅子。'最后一次机会呀，先生，你干吗要这么固执？'泾阳籍的执刑官，几乎是祈求他说，'先生，我真的不忍心……你为啥要这样死心眼儿？难道，你真的不怕死？''瞎说，'常先生负手而立，面色凝重，飘逸地摇着高昂的头，嘴角则释放出一声轻渺的笑来，'我们这些搞革命的人，不疯不傻，更不是怪物，咋能不怕死呢？''那你，为啥不填个字，就一纸声明嘛，不过是脱离共产党而已，轻而易举，不用你作难，就足以保全性命……先生，又何乐不为？''你还是不明白我的意思，一个人的生命，或长或短，总是要终结的。有生就有死，这是大自然的规律，万古自有，何以惧之。要说害怕，我怕的是另一种死亡，即理想信念的丧失。一个没有理想信念的人，即使活一万天、一万年，其实不过是无谓地重复日子，也等于把一万天、一万年活了一天，甚而至于，活着也等于没活，那是多么苍白、可怜和可怕啊！所以，你让我放弃自己的理想和追求，苟且偷生于世，那才是我真正的死亡啊！记住，乡党,生命是有限的,理想是永存的。人类世界最伟大的共产主义理想,是永垂不朽的。''先生的理想我不太懂,但我真心为你满腹经纶、一肚子好学问,就这样被毁弃而遗憾啊!''知行合一啊,学问再好,不去践行,等于没用。所谓经世致用,关键在于要实现它,说到底,无非是小康、大同、自由、平等。你没听说过吧,孟子有言,不独亲其亲,不独子其子,使老有所终;壮有所用;幼有所长;鳏寡孤独废疾者,皆有所养。男有分,女有归。货恶其弃于地也,不必藏于己;力恶其不出于身也,不必为己。还有,谋闭而不兴,盗窃乱贼而不作,就是此等黄金世界、美好世界。天下一代代人出生、老去,又不断死亡,只是此等社会理想,决不能罔顾废黜,这才是我们世人活下去的理由,是照耀我们生存前途的指路明灯。我可以死,但这盏灯,是不能,也不会熄灭的。''我只是不信,你真的就不怕死?''笑话。怕死?人生在世,谁不怕死?问题是,人生自古谁无死!年轻人,难不成,还要让我真的最后给你也补一堂政治课?我刚才说了,最终,哪个人也逃不脱死亡的定数,非病即老,终归同一,迟早而已。只是,你须记住,不管什么朝代,当少数人实际上垄断和占有了大众的资源富得流油,吃得快要撑死,大多数人,民不聊生,眼看就要饿死,革命就会阻挡不住地发生,这是必然的、不可逆转的社会发展规律。道理就这么简单。盐多不咸,只能苦涩难以下咽;糖多不甜,只会酸齁腐蚀胃口。世界既然是众人的天下,就只能共享共荣。革命不仅仅是拯救穷人,贪欲无尽、无限膨胀的富豪权势阶层,如果不懂得平等、均衡的自然之理,其实也是会不治而亡的。好啦,吾生也有涯,而知也无涯,以有涯随无涯,殆矣。咱们说得已经够多的啦,给你最后的义务授课,也该结束……'说到这里,常先生又一次笑了。他真的像是讲授完了一堂课,居然还不忘认真地给学生布置'作业':'年轻人,信仰,你还不懂,可你必须懂,否则,你就会一直在辜负生命,就会一直糊里糊涂,成为罪恶的帮凶,而白白浪费青春生命。你的生命,你们的生命,也许会活得很长、很久,可是终了,那只是一张可怜苍白的白纸……不,是一张沾满人民鲜血可憎的脏纸,是你们人生迷途和可憎的罪证,你相信吗?''举枪!'行刑队的士兵将枪举了起来,可是他们的手,不知因为胆怯还是夜凉如水寒侵肌骨,竟让他们止不住瑟瑟发起抖来。'预备——瞄准——射击……'执行官的口令,喊得拖泥带水。常先生轻轻晃动了一下身子,很快,又恢复了平静。一颗没有定准的子弹,擦破了他左边的脸颊,一滴一滴的鲜血,像火星一样,溅落在他洁白如雪的衬衣上,在月光下发出反差分明的一片暗红。另一颗子弹,从他的右肩窝穿过,仅仅把袖筒打了个窟窿。空气中弥漫着一种浓烈焦灼的火药味儿。'这就难怪了。'常先生再次轻蔑地笑出了声,'你们可是蒋委员长的嫡系铁杆,居然,就是这样的军事素质——难怪,打不过我们八路,屡战屡败,还扬扬得意,你说可笑不可笑呢?'士兵们发出一阵共同的呻吟和颤抖。原来,他们大多数人,都是故意将枪打歪,暗中希望那致命的一枪,别是别人给打中的。不知为啥,听了常先生刚才的一番言辞,似乎也连讥带讽,虽然他们似懂非懂,可一个个心里不由自主地发虚,甚至双腿不由自主,哆嗦打战,举枪的双臂,就不由得画圆圈了。'看来,你们要给蒋委员长丢脸了,枪法太不靠谱。'常先生响亮而清晰地声音,把那些可怜虫一下子给震慑住了,包括那个执刑官在内,他们都有点目瞪口呆,站在那里发愣,不知所措了。'没关系,再来一次看看!'良久,枪声,一阵紊乱而无组织的排枪,又响起来了……'哦,革命!'常先生倒地的一瞬,感到一股热乎乎的液体,自胸前缓缓流经腹部,向大腿滑去。他身子摇晃,幅度不大,微微踉跄了一下,最后喁喁而语,仿佛只是对自己轻轻、娓娓地说道:'共产……万岁……'"

"一个人。"岁爷长长地吐了口气,"一个了不起的伟大的人啊,居然将他的英勇就义,就这样变成了一次对黑暗的宣战,一次对敌人的宣判,他在精神气质上,其实,也是把敌人给枪毙了,把他们全压倒了,就像一棵大树,轰然倒下时,不可避免压倒了一大片羸弱的茅草,谁说……他不是这样?"

在地之上

都说夜长梦多。云梦深处,银河星系,跳金耀银,闪烁记忆斑驳并不梦幻虚空。我清晰地记得,关于"高个子"(高革志)团长,关于黎明、石峰和李育民——常先生的故事,类似一段斩不断、理还乱的乡情,几十年来,总让我萦怀于心,在持续不断的追溯和探寻中流连忘返。我还依稀记得,正是岁爷说过,那个泾阳籍青年军官,处决常先生的行刑队执刑官,在先生牺牲后的第三十四天,居然弃暗投明,主动缴械投奔了边区。当然,这还是我的岁爷告诉我的。此人,由于参加国民党军的历史污点和灰色记录,许多年后,曾经和岁爷意外地关在了同一个"牛棚",接受"审查批判"。那时,他才吐吐吞吞,向组织坦白了他这段非同寻常、令人不齿的罪行。"咳,岁爷说过,要不是我当时也是个'国民党的残渣余孽',而且身残不便,那天,我都真想扑上去活活地掐死他呢!把他个什,你们说,这算是咋回事儿,我们是朋友,还是敌人呢?可惜,我的人生良师,尤其还是唯一能证明我受委屈的直接领导,在我不能自证清白的情况下,死于眼前这个王八羔子之手,我咋能不恨得咬牙切齿。是的,我真的想扑上去,一口吃了他,这个王八蛋哟……"

岁爷不胜悲愤，仰天长啸。"不过，你们都要记得，老天有眼，恶有恶报，善有善报。一个人如果伤天害理必然天不容，理不通！不是说人做事，天在看嘛，凡事不能过分，一定要留有余地，世界是世人的，只为一己私利，就是倒行逆施，悖逆自然天道。为私一时，为公一世。天下是天下人的，吾大天下而小毫末，可乎？你的胸怀有多大，人生舞台就有多大。"

岁爷说过，那泾阳人告诉他，参加那次行刑的另外六人，没有一个有好下场。一个在当天晚上，回去就得了绞肠痧；一个在第二月被边区民兵的流弹击中毙命；还有一个踩在了地雷上；另外一个，半夜出门撒尿，居然无缘无故，传说碰上了索命鬼，一头栽倒在地一命呜呼；还有一个死于酒场，两杯"老西凤"不明不白，要了他的老命；最后一个和别人吵架，被一刀子捅断了肠子。"他们不懂得人心哈（瞎）了，就是一粒生命的种子霉变坏了，即使在世上瞎混，也没有指望了，等于埋在土地里的'孬种'，白费心思，其实，早就没有希望有收成了。"岁爷不胜感慨地摇头："孩子们，人生好的理想信念，你虽然看不见，可那绝对是你真实地活在这世上的指望，就像种子埋在土里虽然看不到的，但却决定着来年的收成。歉收、丰收，还是颗粒无收，全看有没有种子和种子的质量啊。"

说到这里，岁爷一声浩叹，戛然而止，久久沉默，黯然不语，半响，才掉过头来，情绪急转直下，突然掉转话题，喁喁低语："唉，把他个什，你看我，人老话多，树老根多，说起话来啰里啰唆。你们大伙儿，也都听烦了吧，快开席吧，大家受累，早该饿了……"他扬起拐杖，殷勤地招呼人们，"大家伙慢用，只管吃好、喝好。"说着，又补充一句，"只是，别忘记了，今天也是八月十五，虽然天阴，没有月华，但中秋节，是不会错的。"

众人不解其意，他的声音随即便被潮起的嗡嗡哄闹给淹没了。毕竟，大快朵颐满足口腹之欲，才是最切近生命本体的实惠向往。很快，大棚下面的宴筵座无虚席，觥筹交错之时，音乐再次响起，为他们的开怀畅饮开始助兴。在我迎着"死而复生"的岁爷走过去时，站在两旁的"哼哈二将"也幡然露脸，现出了原形。他们将手中那两个面目狰狞、形象可怖的大神画像靠在一边，同时款款向我走来，依次亲切地喊我"舅舅"——这两个穿着"过去时态"国共两种式样不同军装、一男一女的龙凤双胎，正是小梅姐姐的一双宝贝儿女。

难怪，他们那么顺从听话，大半天了，扮演着忠臣良将的配角，恪尽职守地站在那儿，护卫着一群名义上"逝去"的先辈一动不动。也许，他们明白，这不仅是姥爷的意志，还是妈妈的刻意安排。尽管，他们其实已经年龄不小，早有戴着红领巾的儿女在膝前环绕。而在他们后面默默无语，还站着一个中等个儿的男人，头发虽然茂盛，但却已经飞霜。他朝我礼节性一笑，算是打了招呼。我叫了他一声姐夫，把手伸过去跟他紧握在了一起——瞬间，我就真切地感觉到了我这个农民姐夫手心里的老茧，居然一如往常，依旧很硬、很厚。

我知道小梅姐当初嫁给他时，多少有些不情愿，只是很传统地遵循了岁爷的拍板敲定。如今表面上看，他们一家还真是我们这个家族最幸福和兴旺的一家。尽管一个小有名气的女诗人、县城的中学教师与一个普通农民的搭配出人意料，可转眼年过半百，他们平静的生活已经构成了别人艳羡的风景。这时，他们的孙子走过来，拉住了岁爷粗糙的大手，以一个少先队员严重而礼貌周全地询问岁爷了："请问太姥爷，你弄这哼哈二将，是做啥吗？"

"做啥？"岁爷一笑，"想要打鬼，借助钟馗。"孩子茫然，摇头不解。"你看那样很可怕对吧？"小梅姐姐插嘴，"这可是吓贼不吓人的。"她有点激将孩子，"亏你们，还是识文断字的'知屎分子'哩，连你太姥爷的这点意图都不解吗？他是要你们这些娃娃要像当年的英烈勇士守卫爷台山那样，看好咱们的家园、咱们的村庄和国家，篱笆要扎紧，莫让野狗入……"

"碎崽娃子——"这时，岁爷终于招呼我了，这也是他几十年如一日对我一以贯之的称呼，他故意拉下了脸问我，"你崽娃子……骂我了吧，我这个偷粮的老贼、白吃闲饭、糟蹋粮食的废物，把你又折腾了回来，虚惊一场……"

"哪里的话！"我说，"我就知道，我的岁爷是不会死的，至少，要活他个一百八十岁呢。况且，我晓得你，又是想念我了，变着花招，想召见我哩！"我说着，变客为主，又和他身边的来宾们一一握手，言不由衷地虚与委蛇一句："其实，我也日思夜想，惦记着你们啊！"正说着，一个女人手擎一杯红酒，妖娆地拧巴着腰肢走了过来。搭眼之初，我只认出她是领诵《爷台山》的那位妖冶的女郎，也许由于夜色温柔的笼罩，让我真的没能一下子辨认出她来。"哈啰。怎么，不至于吧，城里人嘛，一点也不豁达大度，真的……不想见我面了？"

"噢……"我一时语塞。不知说什么好。故乡遇故人，不，岂止是故人呢？"唔，"我客客气气，点了一下头，"莉敏，你还好吧？"

"还凑合吧。"她装得超然飘逸，一副居高临下的态势，一举一动，还都带着明显的表演痕迹。"听说你要回来，今天，我是特意赶过来的。不错，一切都过去了。尽管，我们现在仅仅是乡党，连熟人好像都很尴尬、勉强，得是？"

我还说什么呢，该说的话，全让她抢先说完，我只好不置可否一笑了之。但心里却不由得想，毕竟，演员在舞台上进入角色，演得越卖劲越好，因为会让人感到很真；可世人如果在生活中，也喜欢使劲地卖力表演，是不是会让人生厌，感到很假？确实，狗咬狗一嘴毛，咬得再热闹，也没个啥看头；就算一只狗，对着水面上或镜子里的自己狂吠不已，即便还有那么点趣味，可那只狗谁能断定，还是它自己吗？无论如何，这也算一个横生枝节，真没想到，在这样的时刻，会不期而遇我的——说什么好呢？前妻，女友，相好，情人？好像都是，又好像都不尽然。这个女人和她的故事，毕竟是我无法回避铁硬的现实。那是五十年代初期，在一个老党员和军烈属的春节座谈会上，我的岁爷，面对领导的亲切问询嘘寒问暖，终于公开了一桩隐忍许久的心事。当年，我们这个地方一位党的早期领导人，也是引领他加入革命队伍的启蒙者，曾给他交代过一件私事，他说他在马栏工作的妻子红霞，怀孕即将临产，需要给她找一家可靠的"自己人"，把孩子生下，并帮忙养育他（她）。他担心自己正带领部队东渡黄河，去和日寇周旋拼杀，万一有个差池，怕是照顾不上他们母子了。不幸的是，这位领导的话，真的一语成谶，虽然，他没有牺牲在抗日的战场，却在撤离爷台山的最后突围中，被敌俘获，结果……不错，他正是前面已经说的，那个被敌人在八月十五晚上，秘密处决的常先生——常浩宇，曾经化名黎明、石峰、李育民和高革志，也是这个梦魂牵绕的晚上，一场亦真亦幻"活动"真正的主角和灵魂。

常先生的妻子红霞，产下一个女婴，作为红三团一个女兵连指导员，正忙于战事，应对胡宗南对延安的大举侵犯。她没法儿和岁爷取得联系，就地找了一位村苏维埃主席的媳妇，把孩子交给了他们代养。两年后，她成为关中分区赤水县委常委兼游击大队政委，听到常先生在山西前线阵亡，不久又和一直追求她的关大队长再婚，但她没放弃寻找女儿的努力，可惜一直没有音讯。有人说孩子已经夭折，有人说送了别人，因为那位村苏维埃主席夫妇，先后遭遇不幸，也被还乡团给杀害了。

岁爷虽然给领导出了这个天大的"难题"，所幸领导非常重视，通过开会、广播、登报，寻找烈士遗骨，但仍然没有下落。那是四月的一天黄昏，一对白发苍苍的老人，领着一个七八岁的小姑娘，走进了任家堡子，他们一路打听一个名叫任仲魁的人，说是要给他送一份惊喜。遗憾的是，那个女孩最终却不是"那个女孩"。虽然她们都姓常，也都是孤儿。两位老人苦苦哀求，因为他们无能为力，希望岁爷"发发善心"收留女孩。女孩因为是女孩，被人遗弃，几乎奄奄一息，扔在山坡上的荒草堆里，不期碰上了牧羊的老人，将她捡了回去。老两口虔诚信佛，原打算积德行善，把孩子养大，可是生活拮据，他们又一天天衰老无力，听到村上的广播匣子有人寻找女孩，就费一番周折翻山越岭，找到了"联系人"的岁爷……

岁爷明知这孩子不是他要寻找的女孩，可宁愿将错就错，当真将其收养了下来。其实他并不独是大发善心,他心里其实另有盘算。不管怎样,这女孩在他和岁婆及其一家人的呵护之下,慢慢长大,渐渐显露出少女风姿,薄衣单衫下的胸部如雾中远山,腰肢浑圆臀部肥腴不乏姿色。可是,谁也没有想到,那对上了年纪的善男信女带来的女孩,不只美得出奇,还心狠手辣得出奇,简直像一匹不驯的小野马,不,就是一只让人望而生畏的小猎犬。十岁时,邻家一条小狗咬了她的裤角,她居然一怒之下,飞起一脚,就将那小狗给踢死了,这事在任家堡子风传开来,当即就打消了岁爷内心蓄谋已久的那个不切实际的谋划——无奈放弃了要给他的穗子儿当"童养"媳妇的念头。这桩尽人皆知的"逸事",后来就成了长大成人的穗子我"近乡情更怯"的顾忌,我总怕不期而遇这位女神,可几乎每次回乡,偏偏都能让他与她"不期而遇"。好在总有人为他解围,就像眼前的岁爷——突然"复活"之后,在一片掌声欢呼终于"归位"——他和他那位一言不发、影子般的"搭档",正式落座入席。接着,就有酒酣耳热的来宾,热情洋溢,请求他"讲话"。"是的,我要说话,不为证明我还活着,也不是给你们讲。而是给他们——"他郑重其事端起了一小盅酒,努力用一条残腿撑直了身子,然后缓缓地将酒祭洒在了地上。"我是想他们啊!"他说,"这是真的。因为,在我不想想他们的时候,他们老是闯进我的梦里,搅扰得我怎么也睡不好觉;在我很想他们,想得揪心掏肺、恨不得上天入地,寻找他们去见一面的时候,他们却躲躲闪闪,跟我藏猫猫似的,在梦里,都见不上他们一个人的影子——使劲儿梦,也无济于事,能梦见的,全是些二五不挂、八竿子打不到、乱七八糟、不相干的人和事情。"他咳嗽一声,"唉嗨,我知道,到这时候,他们是着(生)我的气了,阴阳相隔,他们不想见我,讨厌我了。可我放不下他们,盼望他们回家,即使是灵魂还乡,潜入我的梦境也行。"显然他有些动感情了,摇了摇头道,"我的亲亲的亲人啊,回来吧,就算孤魂野鬼,也该有个归宿!而且,我相信一切的一切,一切辛酸和苦难,总会有个温暖的逆旅所在。我就是你们的收纳和珍藏。我不会漠视和冷淡你们,不会!即使我再思念你们,想得头疼欲裂,抵近爆炸,恨得我牙根痒痒,发誓不再枉费心机,也是徒劳无益,牵肠挂肚想你们的时候,正是不可遏制,也最恨我自己的时候。原来,我从来没有这么刻骨铭心爱过你们!我是亏欠你们的啊,该如何自赎和弥补?"

说到此处,我们和他都热血沸腾。"回来吧,我的兄弟姐妹,我的同志、战友,我的亲人,我的孩子……今天对我的活葬——"他说,转而对我们讲,"不是火葬。就算你们都尽了孝心,等我真的翘辫子走人,去见马克思那天,就不用劳烦你们瞎折腾了,再红火热闹,我也看不见、听不着了。我嘛,不能便宜饶了你们，到那时，你们都只静悄悄地、鸦雀无声地送我，屁都别放，只管把我偷偷往荒山野沟一扔，喂狼最好，生态平衡嘛，别让它们可怜巴巴，食不果腹，没有吃的，就像世间的恶人，眼看都要绝种，多少给他一点恩赐……"

就在这絮絮叨叨、好像也是苦口婆心、时断时续的唠嗑中，我正疑惑岁爷长篇大论的真实性意义，突然听到一声呵斥，那声音老气横秋、被浓痰阻塞不畅，疙里疙瘩，嗡嗡嘤嘤，在耳畔回荡："起来，碎崽娃子，快起来吧，懒鬼！"

难道，是岁爷在吼叫童年的我？我迷迷糊糊，用劲睁开沉重的眼皮，一道明媚的天光，迎面射来，又照耀得我睁不大眼睛。"好啦，你个死狗赖皮，还睡到啥时辰去？天晴啦，日头爷都照到你沟门子（屁股）上咧！睡觉都不老实，一个劲儿，叽里咕哝，絮叨个啥呀？"

我揉揉睡眼惺忪的眼睛，懒洋洋地翻身起床，竟发现是睡在老羊棍胡子爷爷热烘烘的土炕上面。"这，是咋回事？"我眨眨眼，睡眼惺忪，似乎看见了我做的那个怪梦，一个绵长驳杂的迷梦。趁着记忆清新，静心回想，真还有点一梦千里故人新的意思。我梦见在自己的梦里做梦，就像看见自己在镜子里面在看镜子，一波三折的影像中，镜子里的那个自己，由于时空位置的挪移，看起来山高水长，全然不是真实的自己。或者说，那个全然不是自己的自己，已经全然是另一个自己压根儿不认识——陌生得可怕，遥远模糊、依稀难辨的自己。

那么，这个人是谁？为什么如此失魂落魄？嗯，你丢了自己，还是真的丢了自己的魂……

"不吃早饭啦，城里的懒人？"老羊棍爷爷，抖索着他那几根花白稀疏的山羊胡子，瓮声瓮气地继续吼我，"你崽娃子，昨晚，可把我的酒肉给吃饱了，得是？"我伸展着懒腰，眨了眨眼，茫然不知所措。"我这是……在哪儿呀？"

"哪儿！"他奚落我，"不是地狱，就是天堂呗。"

在天之下

我知道，任家堡子人的记忆中，至少有一部分人总认为岁爷很不地道，也欠正经，差不多就是一个不务正业的"二道贩子"。这种印象究竟出于何处，又有什么真凭实据？此一"历史存疑"，都曾让我纠结痛苦，备受折磨，又常常被深深吸引，想一探究竟。我注意到，他没有被人诟病"二溜子"而是"二道贩子"，多因倒卖棉花、布料以至药品、烟土，无疑是个唯利是图的奸商，同时常年在外闯荡，还好像有点拈花惹草颇不安分的浮浪。

有人说，别看岁爷外表温良恭俭让，心里可藏着刀呢！一如他随身上都会带一把刀子甚或斧子，那是随时都会作奸犯科杀人越货夺人命的。此言既出，恶名在外，也就被添油加醋，变本加厉成了闻名遐迩的"歪人"。据说，那时的农妇哄吓小孩儿，不说狼来、虎来，也不说蒋匪白狗子来要"跑贼"，只喊一句"你看，岁爷来了……"弦外之音，岁爷不就是个青面獠牙的妖怪？这些流言蜚语，与他温文尔雅且善厚和婉的外在形象，鲜明对比成霄壤之别，更让我觉得事出蹊跷，八成属于讹传和不怀好意者的恶意编排。尤其晚年岁爷残躯老朽，又背上了一辈子都难以解除的"黑锅"就更不妙了。如果说除了台湾，全中国人民到新中国成立时都已经推翻了"三座大山"，昂首阔步地站立了起来，可我们的岁爷，甚至到死，还背负着一些说不清道不明的无形"山脉"！这些没有根据、更没有官方甄别正式结论的诽谤，对一个曾经奋斗流血的革命老人，又有谁知道，多么荒唐不公！

　　有感于此，我多次想跟他提起往事，希望他能够自证清白。可惜，他每次都摇一摇头，不置可否，最多只叹息一声自己"天生命硬"，不该多次历险而仍然不死，好像这正是他自己不能原谅的罪过。可是，他那些让人听了不由得龇牙咧嘴、瞠目结舌的往事，所谓的传奇故事，只是坊间口口相传，而不能出之于他自己的口述，其可信度又大打了折扣。我怀疑他不肯"自我炫耀"的唯一理由，不是因为不矜不伐，而是因为不值一提，甚或认为，那些都不过是年轻气盛，凭着热情冲动干的傻事。当然，也许，还因为这些事回想起来，难免会引起他怀旧伤感，从而隐隐作痛，就像他身上明明暗暗许多大小创伤，一遇合适气候，就会让他锥心蚀骨，疼痛得难以忍受。

　　战争年代，岁爷确凿无疑当过"脚客"。他个头不高，但精悍能跑，无数次闯过官镇、土镇以及县城和省城。那会儿的他，肩披一只农家粗布褡裢，不只是个小商贩，还是个冒险分子，常常又是个捣乱分子。一次他在西安钟楼附近的药铺子买药，拿了一包名贵的西药，引起掌柜怀疑，觉得他有"通共"之嫌。当下，掌柜便反悔不愿意卖给他药。岁爷好说歹说，对方仍不肯通融，还威胁要告发他。情急之下，岁爷难得一次大动肝火，猝不及防，猛然爆出一记老拳，登时打了那掌柜一个满脸开花。转身，他竟无事一般，卷起那些药品，就扬长而去了。这件"抢劫匪事"，惹得满城警笛乱叫、四处戒严、重兵把守，那情势俨然，怕是一只老鼠、一只苍蝇，都溜不出高墙巍峨的西安城了。可岁爷却在第三天早上，神出鬼没、悄没声息、安然无恙地回到了任家堡子。原来，他躲进了城墙根下一个茅厕，挨到半夜，才猫一样蹑手蹑脚，爬上了城墙，居高临下，找到一处僻静地儿，顺着城墙出溜下来，连夜翻过护城河，一口气跑了出来。

还有一回，岁爷身揣一包烟土要出县界，据说要用这东西去泾三原国统区兑换棉花，可被守卡的兵痞纠缠脱不了身。岁爷不急，从容不迫地从褡裢里掏出一瓶西凤老酒，还有二斤煮熟的酱牛肉，席地而坐，邀请两个守卡兵痞，慢悠悠有滋有味享受起来。等那两个丘八喝得烂醉，身不由己滚到一边沉沉大睡，他才不慌不忙地起身溜之大吉。顺手，还一把火烧掉了卡点的木头岗楼。（这是他又一桩"犯罪记录"：贩运烟土。据说，当时边区曾设立"土产公司"，有无收购民间烟土用于交换国统区的生活物资，详情倒也不得而知。）

岁爷还曾被人骂作"土匪"，说是他去耀洲一家私矿，给边区兵工厂"采购"雷管炸药。他驾一辆马拉胶轮大车，身上却一文不名。货物装上了车，东家过来要求结账，他却白眼一翻硬是"耍赖"说："找共产党要吧，以后的天下，都是他们的啦，还能少了你那几个小钱。"东家并不买账，拦住马车只是不肯放行。岁爷耍横，一时劲上来，竟从腰里掏出了火镰和火石，直威胁说："你不放开，咱就一起炸了拉倒！"

东家惊恐，刚一松手，他一扬鞭子，就驱车跑了起来。不过，据说，由于山路太颠，加上他没经验，那马车跑着跑着，车上的炸药突然就爆炸了。车被炸得粉碎，飞上半天，那匹倒霉的马血肉横飞，自然也难存活。所幸坐在车辕上的岁爷，被爆炸的气浪抛掷起来，扔进了路边的水沟，虽然捡了一条小命回来，但从此他那特别敏锐的耳朵却聋了一只。耳背听话吃力，自然就大不如以前了。正因为如此，岁爷偶然也曾感慨，说他属于贱命，比较耐实不容易死。算不算吹牛，既没人反驳，也没有人证实。

那是盛夏七月，天气越来越热，颇具声名的爷台山战役突然打响，岁爷那次担任民夫担架队长。在战斗最激烈的那些日子，他们把四百多斤锅盔和蒸馍送上了阵地，自己却好几次饿昏了过去。他同乡亲一起从阵地上抬下过27个伤员，其中有个腿部受伤的连长，与岁爷有一层不远不近的老亲关系，尽管比岁爷大好几岁，却口口声称岁爷"表爷"。岁爷把他的表孙子抬下阵地时，"连长同志"的队伍伤亡惨重，而阵地正在吃紧。连长被岁爷认出之后还赖着不下火线，岁爷说："你找死呀孙子，腿上都穿了个窟窿，你还不走，等啥？等死嘛。"连长指着地上一面千疮百孔的旗子，央求岁爷，说："我人可以走，但我们的旗不能倒。无论如何，你先给我把那红旗竖立起来……"

岁爷甚感奇怪，便嘟哝道："你个孙子，就你事多，难怪你当连长，原来是把旗子看得比命还重。"岁爷说着，只好捡起旗子向山头爬去。他刚将旗子在山头插好，"砰"的一声，一颗子弹就飞过来，生生"咬"掉他半边耳朵。他赶紧抬手向耳朵摸去，"砰"的又是一枪，另一颗子弹不偏不倚，又一口咬去了他右手的大拇哥儿。从此，岁爷挺好使唤的招风耳朵就少了个伙伴，而且干活儿再也无法将工具之类紧紧握牢在右手里了。岁爷后来多次自艾自怨，叱责那两颗子弹"太不长眼"，说它们完全没必要给他面子，留下了一条残缺不全不值钱的老命。岁爷最后从阵地上抬下来的不是别人，而是他自己，或者说是他的一条腿，被炮弹炸断的腿，硬是让乡亲们和他一起放在担架上，抬到了战地救护所。军医摇摇头说，保人的命要紧，我们牺牲了多少战士，你的一条腿还舍不得吗？岁爷忍着疼痛笑着说："舍得，咋舍不得？我那些龟孙子我都舍得，还有啥舍不得呢？"

医护人员懵然，不知道他在骂谁，好在顾不上计较。那个年代，我的岁爷最远出过潼关，传说还到过太原。很可能只是"传说"。他因为一路耳闻目睹那日本鬼子烧杀奸淫，内心煎熬滚沸，也曾徒生报仇雪恨的欲念。那时的太原，还有日本人开设的妓馆，听说岁爷对他同伙说过，"×他××，咱们怎么着，也得好好去骑一骑日本娘们儿！"有天晚上，他果然花了一个银圆，身上照旧揣了一把尖锐的小刀。"不能光让小日本欺负咱中国女人，这一回，也要让狗娘养的日本女人，知道一下咱中国爷们儿的厉害。"据说他是这样说的。于是岁爷进了那家妓馆，自然也要了日本女人。岁爷说他一定要在日本娘们儿的肚皮上刻上"中国"俩字，但又觉得那样不妥，不仅糟践了中国的名声，也有失他的斯文，还挺费事。岁爷就叫那日本娘们儿躺下，他想起码得在那个地方，用刀尖打两个××，以示报复和严厉惩戒。可是，当他突然亮出那把寒光四射的小刀时，那日本娘们儿却"扑通"一下，跪倒在了他的面前，鸡叨米似的一个劲磕头。他头脑嗡地一响，突然觉得，自己是在干一件荒唐的坏事，一件辱没国家和自己、见不得人的事情。

"后来呢？"许多年后，村上还真有人不无好奇、兴致盎然地追问过他，"后来到底怎么样了，就是说，有没有干掉那日本娘们儿，或者是干了那日本女人？"据说岁爷告诉他们，后来，他发现自己莫名其妙一下子泪流满面，而且羞愧难当，当即就挥起小刀狠狠地扎了下去……

蹊跷的是，日后他也说不清楚，他压根儿就没有去过太原，更没进过什么日本妓院，倒是确曾听弟弟任英魁说过，日寇在占领太原后烧杀掠抢、奸淫妇女的种种兽行。那次弟弟从山西前线回边区休整，带给他最深刻的感受，就是一个中国人，那种牙根痒痒不能忍受的屈辱与痛苦。然而，更为奇谲诡异的是，当晚的那把锋利的尖刀，确实真实地扎在了他自己的腿上，他惊悸地抽搐着，猛然醒转，才发现温柔之乡旖旎梦境，以及那把闪光的刀子全不见了，只有右腿下黏糊糊地流出了一大摊污血，而他，正躺在自己家里的土炕上辗转反侧。

原来，他在支前中被炸断的那条小腿截面感染，创口化脓，正抽筋扒皮，一跳一跳，夜以继日乐此不疲，持久地扎心锥疼着他！

这个根植于深刻的抗日意识和燃烧着民族复仇炽热情结，实在有点过分放纵欲望而匮乏浪漫色彩的迷梦，直接导致了他那些令人咂舌的所谓"匪事"的真实性，诚如强买药品、劫掠炸药、贩运烟土和智赚哨卡一系列"传奇故事"，都不能不合情合理打上一个个大大的问号。大概只有老天爷知晓那是不是他的梦呓，或者干脆就是别人的别有用心，替他编织出一派胡言乱语，用于糟蹋和杂呱他，弄得他的形象面目全非。

但说好事不出门，坏事传千里。岁爷尽管"过五关、斩六将"，有过许多五马长枪的传奇故事，尽管他始终三缄其口，没有对多少人说过，但这件丢人现眼的"丑事"，即使是他"走麦城"的一个残梦碎片，不知为何，依然被人作为他花心孟浪的实例，不胫而走流布四方了。只可恨这个"桃色春梦"，着实让他在日后声名狼藉的"恶人""歪娃"等一大堆莫须有的"黑锅歹名"之外，又加了个"流氓坏蛋""遗臭万年"的"臭名"。作为岁爷抚育长大的后人，这些不和谐的声音、连绵不绝的嘈杂，往往使我对于他敬若神明的追忆和轸念，时不时也要保持警惕，不断地打上问号，如同我对他那些"神"与"圣"的故事，不加节制的狂想和拟猜，夹带了过分的主观意识，从而给我真实地书写带来不可规避的干扰和无法超越的难度。好在有一点我是坚信不疑，也不可能心存疑虑，那就是不管咋说，我的岁爷总是个人，是一个普通的旱塬农民，充其量比别人——比别的农民多一点文化。好一似我眼前面对的爷台这一座山，普通的山，沉默的山，充其量，就因为那次规模不算太大的战事，在中国革命和人民解放战争的历史记录上，有过一次匆匆忙忙一闪而过的行迹，从而赚得一点稀薄可怜的所谓名气。这么说来，借助一点文学修辞，即使是像生了锈的刀子一样，陈旧秃钝割不下肉的比喻，能不能也说，岁爷也可以是山，山也可以是岁爷呢？

在这个掩埋着手足情深、他亲弟弟任英魁营长的地方，他预先早就撂下遗嘱，要永世来陪伴他家五子，不让他一个孤苦伶仃，独处一隅，即使以骨灰的形式沉降飘浮，萦回不去在这山上——谁能不说，这不也是他——"岁爷的山"？

当然，你看，那山上，有常青松柏，有鲜花盛开，其间不也杂草丛生，荆棘横陈，甚而，时有狼窜蛇行狡猾的野狐子乱窜吗？很早以前，我可听人说过，有人途经这里北上勤王，路过人迹罕至的爷台山，不止一次，都曾远远地见过，山头有一个影子，不独大天白日，也有夜行人在同样的地方，隐约看见过那个

影子。奇怪的是，白天看到的是黑色的影子，而晚上看到的却是白色的影子。最主要的，那还是个活动变人形的影子——不仅会变人形，还会变成其他物种的影子，比如飞禽走兽，比如烟岚云雾，像在空中飘，像在水上浮。那时间，路过的人，都会贼起胆子竖起耳朵，想捕捉一些什么动静，但除了山间野外的荒草杂树窸窸窣窣传来的呼呼风声，几乎就没有了别的声音了。偶尔，也有一两次例外，有人说过曾听到一种喑哑的低鸣，绵绵密密、徘徊不已……

总之，这黑白无常谁也说不清楚，那是神、是鬼，是哪一路神圣？而我，也只能说，那还是山。岁月的山，不只是造山运动的堆砌，是光阴流年的积淀。如果人为"拔高"，贴上一些政治标签，是不是也可以说，是理想和信念的崛起？古往今来，虽然风狂雨骤，累经洗礼，却仍然醒世独立，也必将千年百代，继续巍然屹立。

照此推论，岁爷的这座山呢，在地之上，在天之下，是不是也能飞扬一种坚韧的心力和人性的魅力？我一时三刻，怕还说不清哩。

/ 第十二章 /

封锁线上

夏收忙罢，庄稼人刚从急三火四的劳苦中缓过劲来，又匆匆忙忙摊开碾打过的麦秸，希望在它们身上再抖落出一份残余的收获。乡下人把这种碾二荏场叫轱辘麦秸。岁爷是村上最后一个碾二荏场。他那几亩麦子因为阴坡背阳，成熟得晚。赶着全村收割碾打的尾巴，他才不紧不慢堆起了麦垛，也是懒脚汉碰上了疲沓驴，偏巧又遭逢几天连阴雨，只好耐着性子，等天放晴，晒干了土场才好摊碾。岁爷性子缓，随遇而安。可惜他等得却有人等不得——那就是官镇碉堡里的"黄鼠狼"。国民党军不肯寂寞清闲，三天两头冷不丁就要闯将过来，催逼村上缴纳所谓"军粮"。他们一旦进村，就是魔鬼变成了老虎，不是抓人捉鸡，就是吆牲口赶羊，总之是贼不空过，手不安分。这就连累了任仲魁。因为我们的岁爷撞了"大鬼运"，天晓得怎么"因祸得福"，突然天旋地转，居然被他们刮目相看视为"自己人"了。每一次到任家堡子祸殃村民，都少不了要他出面酬酢，费尽口舌打圆场（斡旋），苦口婆心外加点头哈腰做"担保"。碍着岁爷那个"外甥"的大背景，那些吆五喝六"白狗子"，好歹还得给他一点面子。

可是"面子"不能顶饭吃。他们在周遭村社，偶尔还会多少搜刮一点粮食，可这任家堡子村，用"黄鼠狼"的狠话，就是"不拔毛的铁公鸡"，非但征不到一粒粮食，好几次人没进村，还遭到了边区农民自卫队（实为赤水县游击队）在村外胡同里的伏击，让他们正儿八经"偷鸡不成反蚀一把米"，损兵折将自然极为恼火。这"黄鼠狼"就难免动起歪念，尽管他不敢直接找茬欺负岁爷，却旁敲侧击、话里有话放出风声，先说村里的事要他拿主意多"担待"，后来就不太客气，有些恫吓的意思，甚至敲明叫响下了通牒令："如果再筹不出粮食来，就要杀鸡给猴看，好好整治任家堡子村的人。"

话已说到了这个份儿上,岁爷自然闻出了火药味儿,也只能硬着头皮拍胸脯了:"放心吧,黄长官。"岁爷指天誓日,一本正经给他打包票。"只要你放过俺村上人,保证三五天,我定给你们筹一份粮。"

"此话当真?""黄鼠狼"的眼睛瞪成了牛卵子,"我说他大舅,军中无戏言,你可别借着你外甥的面子诓骗我!"

"看你说的,哪敢呀!黄长官,你问问四邻八村这一带,我任仲魁人老八辈不扯谎,吐口唾沫在地上,每回都是一颗钉。"岁爷信誓旦旦,送走"黄鼠狼",赶紧招呼村长孙秃子,要他连夜出动,赶紧把给边区政府的粮食转移走,也把乡亲们居家度日子的口粮,一粒不剩,全部隐藏好。眼看已经是第三天,孙秃子心里没谱,火烧眉毛、急头巴脑地跑来问岁爷:"真的一粒粮食不给他们留吗?可那些土匪来了又要抓人,那咋办?"

"把他个什,你说咋办?"岁爷胸有成竹,显得沉稳不慌,他口噙那管玛瑙嘴子铜烟锅,狠狠地咂一口,然后不疾不徐,吐出一句青烟缭绕的轻巧话,"跑贼呗,你说还能咋办!"

孙秃子发稀脑门亮,不乏精明和鬼道,神秘兮兮地眨动他那对绽放贼光的三角眼,有点心领神会地揣摩起岁爷的心思来。"一满钻沟溜渠,光跑,也不是个事,狼来了,总还得放狗去咬吧!"岁爷一乜斜,当即阴下了脸。"你看你,老是不爱学习没长进。屁话说到了沟里去了,他们是狼还差不离,可谁……又是狗呢?"

"咦咦!"秃子毫不吝惜抬起手来,突然就扇了自个儿一记大嘴巴:"你看、你看,我这臭嘴呀,真是……对,狗嘴里吐不出个象牙啊!"

"那你,就算一只吧!"岁爷奚落他,转瞬释然,这才爽朗地开怀大笑起来。

翌日一早,"黄鼠狼"果然蹿出了他的乌龟王八壳——从碉堡那里,即时赶了过来。岁爷也说话真的算话,早早迎在了村口,然后彬彬有礼地将他引到自家的麦场上。他指着那里一个硕大的新麦垛,有点邀功讨好地说,"黄长官,这可是我费了九牛二虎之力,才在村里集中起来的一点粮啊!这不,单等这几日老天放晴,场面一干立马碾打。"他说着,眉飞色舞地抓起一把麦穗:"你瞧瞧,这麦穗子,一个个结实饱满,沉甸甸的好喜人啊,偌大的垛,怎么着,把他个什,还不打他个三四石粮吗?"

"黄鼠狼"没有收到现成的新麦,虽然心里老大别扭,可是眼见面前突兀而显,有这么一个新麦垛,毕竟觉得已经有了指望,也算他没有白来,随即点点头,也就转身走人了。当下,与岁爷说定,再隔几天,等候天晴碾下麦子晒干,就来任家堡子拉粮。"那还用说吗？"岁爷依然满口应承着，"你就放心等着吧！"

"黄鼠狼"带着他的国民党军抢粮队伍，扬长而去，一路转身出了任家堡子村。没有走出五里地，蓦然回头——不好，竟见着任家堡子村岁爷的麦场上，浓烟滚滚弥漫了半边天，立定卯准了细看，正是岁爷那个新麦垛着了火。呼呼山响的燃烧声，几里地上都听得清，更有人声呐喊、鸡飞狗叫，一片嘈杂不绝于耳，隐隐传来。远远眺望，但见那麦垛火光冲天，眨眼工夫，就变成一座火焰山了……

村上不乏聪慧灵醒人，他们心知肚明，一看便知，这无疑是岁爷为了大家伙儿，点着了自己家的新麦垛。他们私下窃窃，暗里商议，纷纷要给他家捐献新麦。岁爷笑容可掬，迎接了他们，一一让进家里，却神秘兮兮，压低了声，他感谢大家，但不要粮食，只需他们赈济出一点新麦草，管他家的黄牛和灰驴过冬，有饲料吃就行。"麦子嘛，咱用不着。"末了，他意味深长地一笑，"你们当你岁爷活瓜啦，将手往磨眼里塞，真是一个瓷锤（傻瓜）吗？"

大家伙见他眯缝起眼，吧嗒吧嗒，安闲自在地咂一口老旱烟，悠然地吐出一口青烟缭绕乳白的雾，隐隐约约笼罩起了一脸似笑非笑、神秘莫测的怪表情，心里也就猜透了七厘八分。"没事。我任仲魁，再木（笨），也不会木到烧自己麦垛呀！"临了，他干脆给大家掏了实情话："我一家的吃食，早藏到该藏的地方去了。"

他自鸣得意，酣畅淋漓地深吸口气。不用问，他只是掩人耳目，给国民党军送了份空城计式的"空人情"，他那个新麦草垛，仅仅是覆盖了一层薄薄的新麦子，轻而易举，就糊弄了一次"黄鼠狼"。"这已不错了，"岁爷胸有沟壑，一脸鄙夷地说，"我已经算是给了他们天大的'脸'了。"

那"黄鼠狼"不知不觉，哑巴吃黄连，挨了个肚子疼，只好把贪婪的目光转向他处，暂且绕开了让他头疼恼恨、咬牙切齿又无可奈何的任家堡子村。不过，他私下也丢下了一句恶心话："任仲魁，哼，骑驴看唱本——咱走着瞧，任你人碎锤子（生殖器）大，就算你有个外甥撑后腰，我就不信，三年等不住你一个闰腊月？"

他居然也知悉关于岁爷"人碎鬼大"的传言。不用说，岁爷心里也亮着一面镜，这件事，他可以糊弄一阵子，但绝对糊弄不了一辈子。就算暂时对付过去了眼下的"黄鼠狼"，但没法儿长期瞒过他那个无恶不作、横行乡里的顶头上司梁干乔。这个真名实姓的梁干乔，可是个名副其实的兵痞恶霸小混混。虽说他不能"青史留名"，但遗臭万年绰绰有余。在淳化人历史性的记忆中，至少是众人恶之臭名昭著的。他像横在大路中间一块面目狰狞、又丑又硬的料礓石，

使我们这种又高级又通俗的小说文本，艺术性的唯美叙述怎么也绕不过去，正像他劣迹斑斑、横征暴敛骚扰边区前沿达四五年，无论如何也无法让人淡漠。特别是在淳化"老区"人的印象中，只要一提起这个恶贯满盈的恶名，起码在当今五六十岁以上、仍然健在的老一辈人中，仍然毫无例外，如同提到毒蛇猛兽，让人恶心、怯惧，都会不由自主心有余悸，凛然齘齘。

好在尘土依然，各有归属；日落月升，地球照样儿转动。即使当年，面对妖魔鬼怪般的炮楼，以及对着胸脯的刺刀和枪口，边区可怜的百姓，吃刀子咽剑，咬碎了牙齿只能往肚子里吞，再艰难的日子，仍然要扛着脊梁骨往前头走，一寸一寸，咬着牙关盼望出头。这个贼眉鼠眼高颧骨"梁干乔"，虽然参加过辛亥革命复兴社，而且也曾是声名远播的黄埔军校一期生，但后来死心塌地跟随蒋介石，沦为彻头彻尾的反革命。长期以来，又是胡宗南的党羽与忠实"打手"，一个臭名昭著的铁杆反共老手，地地道道的内战"急先锋"。1940年10月，第一次反共高潮失败，胡宗南便将彬县、洛川等地，合并成立了一个彬、洛指挥部，总指挥就是这个一直依附于他的心腹走狗——千夫所指的梁干乔。在这个暴君的铁蹄践踏下，封锁线上的赤水、淳耀和彬、旬一带百姓，身处水深火热之中，无异于在刀刃上喋血，一天天朝不保夕，挣扎残喘，过着非人的生活。

梁主事这里的军政，到任后第一个得意之"作"，就是名义上抗日，实际为扼杀边区而挖空心思修筑的"纵深封锁线"。为了实现蒋、胡统治集团蓄谋已久，"一剑封喉"边区的险恶用心，这个"马前卒"不遗余力、不择手段，到了无所不用其极的地步。他丧心病狂地拆房砍树，四面出击，强征民夫，挖壕沟、修碉堡、架设铁丝网，布设地雷阵，处心积虑地破坏抗日统一战线，发誓要和共产党一决雌雄，穷凶极恶到了无以复加的程度。假公济私，向来是一切流氓无赖和政治骗子的不二法门，梁干乔自然也不例外。他打着"抗日救国"和"精诚党国"的幌子，为扩充自己的实力，在彬（县）洛（川）区指挥部的管辖区，以训练民团的名义，招兵买马，强迫百姓当兵服役，对付"共产党"。"要想成大事，必须有兵权。"这个野心勃勃的阴谋家，毫不掩饰，对他身边的贴心随从"小马仔"坦诚以告，"如果我们在这里训练好民团，则戚继光、曾国藩的事业都一定能实现。"他野心勃勃，一时难以抑制升官发财的滚沸祈愿与炽热的激情。"要知道，胡先生虽拥兵数十万，但不讲究训练，战斗力不强，将来和共产党不打则已，一打即垮。到时候，如果我们能顶上去，蒋校长自然会另眼相看，委以重任。"

这期间，蒋介石虽然没来"请他"，胡宗南倒是先后来视察过三次。到了

1945年秋，胡宗南干脆下令，将他的五个民团总营改编成了"暂编二旅"，下辖三个保安团，同时配发了新装备。梁干乔为了稳住他一手培植的所谓中坚"模范营"，不惜一切，疯狗似的到处抓丁拉夫，稍有反抗不从者，不是毒打、枪杀，就是活埋、暗杀。那些被强拉当兵的可怜小百姓，挨打受骂，不得温饱，家庭生活更没着落，便止不住有开小差的情形，（有的逃往边区参加了红军，有的流落他乡东躲西藏有家难回——不敢回去）。如此，他又威逼部下，四面出击，去抓逃兵的父母和妻儿，以至砸锅抄家，勒索钱粮，断其后路，将他们关押起来，逼迫交人归队。轻则毒打处刑，重则枪杀毙命。如此暴虐残暴，致使淳化、旬邑和耀县一带的青壮年，抓的抓、逃的逃，长期不能归乡。放眼望去，田园荒芜、万户萧瑟。老百姓称他的警备营是"狗屁营"，"模范营"是"饿饭营"（兵士吃不饱饭）。他们训练，不管麦田，还是菜地，损毁庄稼，任意践踏，群众敢怒不敢言。由于饥饿难忍，有的士兵在训练卧倒时，竟像牲口一样，不顾一切吃野菜、啃青苗，其状苦不堪言惨不忍睹。

群众要过封锁线，更是如同下地狱，胆战心惊，简直要被活活扒下一层皮。那些匪兵日夜防守，严密盘查，稍不顺意，则拳脚相加，直至嗜血成性，滥杀无辜。早春的一个上午，岁爷身负特殊使命，赶到县城，去见他在城关小学担任校长的"远亲表兄"。这是与他一直单线联系的赤水县委统战部长，也是他的启蒙人和起名人——如此说来，看过本小说开始部分的读者，想必不言而喻，一定了然于胸，知道他这个"表兄"是何许人了。正上午时分，岁爷从小学校出来，行至县城南门外，正好撞见一伙"模范营"士兵盘查行人，一个白发苍颜的老人带着孙子，说是给他女儿去送过冬做棉衣的棉花，不知为啥，一言不合，守城的匪兵抬手就给了他一记耳光，打得老人原地转了一圈，趔趔趄趄，眼看就要跌倒在地，他孙子见状，赶紧扶住爷爷站稳了脚。小孙子气愤不平，转身就扑将过去，一口咬住了那个匪兵的手腕，只听匪兵大叫一声，连忙甩手，鬼哭狼嚎，不绝其声。正当此刻，那梁干乔恰好出城巡查，不问青红皂白，就以"通共"罪名，命令匪兵将孩子绑在一棵树上。没想到那孩子竟然毫不畏惧，又骂了他一句土匪，这恶魔恼羞成怒，当下夺过匪兵手中带刺刀的长枪，径直扑上前去，连捅带戳，开膛破肚，居然当场杀害了孩子。

孩子的爷爷见状，不顾一切扑了上去，却被这个杀人魔王飞起一脚，当即踹倒，顺手挥枪，又刺死在了城门旁边……

杀戮骤然而至，实在猝不及防，围观的行人噤若寒蝉，一时间不知所措，人人惊愕，化成了一堆冰冷的石头，要不就是没有气息心跳麻木不仁的木头。大家伙实在不敢相信眼前发生的惨状，就连那两个站岗的哨兵以及跟随他的一干匪兵喽啰,一个个也瞠目结舌,畏畏缩缩不敢正视,有的浑身筛糠,直至忍不住,瑟瑟颤抖起来……

可是,这个可恶的"梁干乔"——杀人不眨眼的刽子手,居然不以为意,没事一样,仅仅拍了拍手,将枪甩给身旁吓得发呆、魂不守舍的士兵,抬手一指,便带着他那帮鬼鬼祟祟的喽啰,一阵风,扬长而去了。看得出,对于这个恶贯满盈的魔鬼来说,这种事他显然已经司空见惯,完全不是一次、两次,绝非偶然任性滥使淫威、滥杀无辜了。深受其害的百姓,为此忍无可忍,早有民谣十里八乡都传遍了:"梁不塌,桥(乔)不倒,淳化百姓活不了……"

岁爷不幸撞上这惨绝人寰的一幕,一时心跳气短,看得浑身颤抖,双腿绵软几乎要瘫软下去。绑在树上的孩子还在无力地蠕动挣扎,岁爷拨开人群,接着就扑上去,可他不知所措,只是慌忙地捡起孩子的棉花包,三下两下,扯开包袱,就用棉花去堵孩子暴露在外的脏腑和肚肠。他的双手有些力不从心,僵硬颤抖,怎么也止不住那胸口喷涌的鲜血,汩汩流淌的一股股热血,转眼就将那些雪白的棉花染得通红,恍惚间像一团冉冉升腾的火舌……

"乡党们,快帮帮忙!"他大声疾呼,当下着人寻找来老人的女儿和女婿,招呼他们就地借来两张大耙磲,为那爷孙二人仓促地收了尸体。一帮人把老汉抬回家,全村老少伫立村口,人们看到那爷孙俩鲜血淋漓的尸首,看见被血浸染透了雪白的新棉花,也染红了粗糙的大耙磲,一时间,哭声暴起,按捺不住,天昏地暗,连绵不绝了。"天杀的……这帮禽兽、畜生!"群众同仇敌忾,大家伙纷纷挥泪怒斥:"不灭了国民党这些土匪,天理也难容啊!"他们哭那可怜的爷孙俩,同时,也哭他们不可把握的未知命运。"这些臭狗屎!"岁爷咬牙切齿,他从愤怒已极的村民的脸上,看到了众望所归和人心所向,那是一种烈火焚烧般不可漠视的群体意志:干掉"梁干乔",捣毁封锁线!

是时候了。他切肤地感到,乡亲们的遭罪,真该到头了。怒火中烧的他,强压心头的憎恨,紧握拳头,用洪钟样的声音,应和人们的怒吼:"对,不灭他们,还待何时?"他一脸凄郁,悲愤已极,忽然振臂一呼,直指远处的碉堡,几乎是咆哮般吼道:"包括这些乌龟王八壳子,非把它们一个不剩全铲除不可!"

他于当下,无意之中,已经宣示了关中地委和军分区做出的秘密行动。正好,也是深埋心底的呼唤和誓词!善有善报、恶有恶报,不是不报、时候未到。"表兄"代表党组织,已经明确告诫过他,不搞则已,搞必彻底。他说:"这一次,不仅要搞掉梁干乔这个反共小丑,还要将他的碉堡全部摧毁、一窝端掉!"

"当然，这是一个大动作。""表兄"反复强调说，"我们的对手，可不只是一个'黄鼠狼'，更不是你任仲魁一个小手段，不给他们粮食就能糊弄得了的。"

"那么，到底怎么个搞法？"岁爷毕竟偏居一隅，不了解和掌握组织上的全盘策划。不过，他总是记住了"表兄"告诉他的"指导思想"和"行动原则"：借力打力，分化瓦解；变敌为友，为我所用……这些话，让他听来云来雾去，不着边际。他似懂非懂，真是丈二和尚摸不着头脑——摸着头脑也一脸困惑。"表兄"望着他，却粲然笑了："别着急，很快你就会明白。回去静心等候吧，会有人去找你。"

"找我？"

"不错，一个特别重要的人。"

"特别重要？"

"是的。他对你来说，已经很陌生了，但说到底，又是再熟悉不过的人啊……"岁爷还是听得一头雾水。"那……联系，暗号……还是……英特……""表兄"含蓄地笑着，摇了摇头，"这一次，用不着暗号。"岁爷这就更有些摸不着头脑了。在此之前，他向来可只和"表兄"来往，从没有与别人联系过的。这一回的"意外"，可真让他感到，有点太"意外"了。

意外之外

仲夏之夜，月光如银。两个身着国民党军杏黄军装的人，神不知鬼不觉闪现在任家堡子村头。潜进村子，他们行色匆匆，悄没声息地摸索到了岁爷家稍门外头。在崖背那棵虬枝横结的枣树下面，来人站定，一阵东张西望，似在急切地寻觅着啥。

"不许动！"突然，从树上蹦下一个半大人，断喝一声，清脆响亮。"你们是……啥人？"

"噢，是……杏子……"

"你，虎子哥哥！"杏子喜出望外，忍不住欢叫起来。虎子却赶紧竖起一根指头挡在嘴边，同时已张开双臂，将妹妹抱了起来。"呸，小丫头，真长大了，哥都抱不动你了。"

这棵充作"消息树"的老枣树，任杏子带着村里两个小伙伴儿，藏在树上放瞭望哨。三个半大不小的人目不转睛，滴溜儿转着六只神情专注的眼珠，老远就发现了夜幕掩映下冒突而出的这两个人。他们看见，闯入者有点不同寻常，紧随其后，更没有出现大队人马。杏子大胆正确地决断，看他们个究竟，她没有贸然敲响当作警钟的犁铧，避免了惊醒全村人的沉沉大梦。在此之前，她们儿童团犯过类似"狼来了"的失误，曾经有惊无险让村里人跑了个空，随后便有人责以烦言，说她们不堪信任，放哨怕是"指屁吹灯"会贻误大事。由此，任杏子吸取了教训，学会了沉着冷静，更学着谨慎准确判处"敌情"。渐渐老练成熟的她，细心观察来人的举动，耐心等待他们靠近一些。而当虎子他们蹑手蹑脚抵近枣树，居高临下的杏子，透过溶溶月色，则一眼认出了大哥虎子。小姑娘并没有特异功能，能在夜里认出分别近十年的大哥，这"本事"先要归功于她的另一个孪生哥哥，不同的是，那个比这个大哥只小半个时辰的豹子哥哥，穿的是八路军灰布军服。而她早已得知，她的另一个长相跟豹子哥哥一个模样的虎子哥哥，因为某种特殊原因，不得不穿起让人唾骂的狗屁黄国民党军衣裳。不同的军装，无疑帮了她大忙，因为豹子哥哥回过几趟家，连猜带想，她就轻而易举推断出了月夜归来的大哥。

"呀，杏。长高了，真长高了。"李志胜，不，是第五良虎，一边感慨，一边试着想把杏子抱起来举高，但因太沉，又不得不马上放下。转头，他对身旁的伙伴马排长说，"这是我二妹，我走时，还经常猴在我脖颈上骑大马哩。一眨眼，都十四岁了，你瞧，小丫头顶大梁啊，也是个大姑娘了。"

"我也是团长呢。"杏子亲切地挽起大哥的手，不无得意地粲然一笑，朦胧夜色之中，她的牙齿雪白晶亮，一双明目闪闪的眸子尤其光彩煜然，遮挡不住地熠熠发光。

"团长，好啊。比我官大！"第五良虎开心地笑着，牵起妹妹的手，忍不住打问。"咱大和娘，还有咱婆（祖母），他们可好？"杏子点头，忽又摇头。"就是整天、整天，老在操你们的心嘛。"第五良虎无疑明白妹妹说的"你们"所指。他深深呼吸一口空气，感受着家乡宁静的夜晚那种沁人心脾独特的清凉，若有所思，轻轻地点头，深情绵绵地说："我也……想你们呀……"回转过身，他摸了摸从树上相继出溜下来的两个半大小子——毛娃和狗蛋光秃秃的脑袋，放眼远眺夜幕中酣然沉睡的村庄，心潮起伏，一时感慨万端，竟有些激情澎湃难以自持了。

"唉，这人世间，总归是乡情最浓，你说对吧？"他问马排长。"你看这山、这水，这虽然荒凉的田园和破旧的窑院，可这里的一草一木，沟沟坎坎，都会把你带回那回不去的童年，让你想起过去的岁月，想起你熟悉和使用过的每一件器物，它们总要给你一份浓浓的情感，迫使你真诚、厚道、崇高和善良。哦，我们这些颠沛流离在外漂萍辗转的故乡游子，在这险恶的世界上，东奔西闯，不管在哪里南征北战，心里其实都很明白，总有一处地方，永远在跟着我们旋转，就像我们永远转不出地球这个村子。"

"是啊是啊！故乡看似固定在世界上某个地方，实际上无时无刻不在我们身边哇。"马天野排长明显比第五良虎矮下去一头，他几乎是仰视着这个化名李志胜的特派员。他默默点头，欣然感同身受、触景生情了。这个来自松花江畔的东北青年，不由自主，又一次想起仍在日寇铁蹄下呻吟着的故乡，想起了杳无音信只能在梦中相见的父母和兄弟姐妹，他那年轻英俊的脸庞一时凄郁泛白，宛若蒙上了一层如冰如霜的冷色。

一个人，无论在外边闹腾多大的世事，无论多么功成名就、显耀辉煌，或者相反，混得背时一败涂地乃至头破血流，可只要我们推开老家那扇破旧的木门柴扉，就会有滚滚的米汤、温热的炕头和亲人和悦的笑脸。你在外面或荣或辱，那只是你的事情，他们从不过问这个，他们只需要你活着，平安无事、健康无恙。只要你做到了这一点，他们就永远认为你是对的、好的，让他们心安理得值得庆幸的。而他们唯一能做的，就是爱你，无条件地爱你。啊，假若在这风云变化、动荡不安的世界上，还有一种固定的、永恒不变的东西，那就是乡情。我们衣衫褴褛的母亲啊，我们忍辱负重的父亲啊，他们的怀抱，永远永远都是我们最最向往的归宿……

这一段肺腑之言，万般感慨，究竟是不是李志胜——第五良虎真实的内心活动，可惜已经无从考究，也实在无法佐证。好在李志胜的月夜回家，应该合情合理——不管是历史上还是理论上，都是形而上地存在过和该存在的。他当时和他的助手马天野一起，"奉命"督查淳化的封锁线"防卫"，有机会在这片养育他的渭北旱塬大地上，从西向东穿越一回，这与多年前他协助他尊敬的老师常先生，护送蓝眼睛、高鼻子的斯诺先生，由南向北的穿越，正好构成一次十字交叉的特殊旅行。渭北大地，尤其淳化这块远离都市的偏背之地，让他心怀戚戚，眼睁睁看着被封锁线交通壕与雕堡，拦腰斩为"红白两半"的残酷现实，委实要让他忧心如焚而摇头叹息。

连绵阴雨之中，百多里长的浩大工程现场，曾无数次浮现在他的脑海。在国民党军匪兵带血的枪刺威逼与强制下，成千上万淳化人，牛羊一般，被驱赶到工地上，昼夜劳作，被迫流血、流汗，不时还有送命之虞——这种苦役性的被迫买命，也曾让他无数次凭借此时此地的历史渊源，情不自禁，追溯到了两千多年前故乡的祖先，如何被秦始皇的虎狼之师剑戟强制，不舍昼夜修筑长城、秦直道和林光宫，继而又不堪劳役负重为汉武帝重修甘泉宫，以及接着又为汉昭帝生母钩弋夫人大兴土木，修建汉云陵……

祖祖辈辈，子子孙孙。帝王将相所谓的辉煌业绩，文治武功的所谓不朽建树,即使为统治者不遗余力粉饰太平和歌功颂德的撒谎史书,字里行间,都无法掩盖其中浸透的平民血汗百姓眼泪,谁能算清,他们又褫夺去了多少穷人鲜活的生命。始料不及的是,两千多年之后,竟还有个名叫蒋介石的独夫民贼,依然如故:为了他的一党之私独裁政治,置百姓死活于不顾,不惜搜刮民脂民膏,再造出一个依山就势、翻沟架岭、而类似绵延长城的封锁线来。

这难道不是典型的法西斯主义么?李志胜一路勘察,一路盘桓,心受折磨,神思苦索,难免要追古抚今,浮想联翩:为什么,如此残酷压榨之下的修堡工地,竟没有出现一个改写历史记录的大泽乡起义?难道,今不如昔,中国人真的血气衰竭、人种蜕化、一代不如一代了,再也没有和不可能出现陈胜、吴广,那样敢于造反、揭竿而起的真正英雄?事实上,李志胜的回答是否定的,或者说是否定中的肯定。曾几何时,他在延安学习,抗大政治教科书里关于民族解放和阶级斗争的学说,总归让他明了封建、垄断和专制制度与法西斯主义根深蒂固的血缘关系。那时他们反复传唱过一首《扫除法西斯》,通俗易懂、朴素直白,至今,还会随时潮涌而至,回萦在他的脑海深处。(荒草词,贺绿汀曲)"……多洗衣服少生病/勤扫屋子讲卫生/不把法西斯扫干净哪/大家都会活不成/法西斯咂像苍蝇/这个大病(叫)不民主呀/害苦了中国的老百姓……"

深入虎穴,需要英雄孤胆,更需要智慧超凡。事实上,他很清楚,他就是埋藏在法西斯营垒之中的"定时炸弹"。他必须首先做好隐蔽伪装,再伺机而动,给敌人致命一击。这次不同寻常的所谓考察,真正目的,也是为"扫除法西斯"而来。他堂而皇之,名义上巡查了解和掌握封锁线情况,大讲"完善、加强",摇唇鼓舌于封锁线的"固若金汤",实际上,也是寻找契机,创造条件,"打蛇打七寸",准确把握敌人的致命要害,以便时机成熟,适时砸碎套在边区脖子上这条可恶的"锁链"。他肩负这种看似双重的"使命和任务",并不奇怪,因为他和他的父亲岁爷一样,都是边区历史条件下,并不鲜见的那种"两面人"。他深明大义,更深谙地下工作的核心要义,简单说,那就是"三个意外":以"意外之人",成"意外之事";以"出其不意",而"攻其不备";为"意外而谋",也为"意外而死",不惜一切,随时献身。

蒋、胡匪帮心怀叵测,多次挑衅,无法一口吃掉边区,便妄想"一剑封喉",掐死边区与外界——特别是西安和关中的联系。这个秘不可宣的阴谋,他早已了然于胸。对他来说,表面上,无疑要千方百计赢得国民党军的完全信任与"器重",作为胡长官属下的特派联络官,他需要机动灵活,应付裕如国民党军的师长、团长,以至给胡长官密文呈报防卫一线所谓的"真实情况"。另一方面,作为共产党员和潜伏敌营内线的"卧底",他是不可替代的第五良虎,深知这次对封锁线的考察举足轻重，必须按照党的秘密指示，将封锁线上的兵力布防、交通要道和碉堡的火力配置，包括工事地形，完整准确地交给我们边区的军队和政府。

他无疑具备这种智勇双全的非凡胆识和才干。当年在西安"八办"，就因为机灵好学，受地下党派遣，以最高成绩考取了十七路军杨虎城部的"无线电通信培训班"。尤其东渡黄河，在抗日前线，曾经被授予英雄称号，又因为人俊朗潇洒，被选入杨虎城的贴身护卫大队。一次，在三原县城，一个身份不明的刺客，突然向杨虎城开枪射击，是他眼疾手快，一把推开了杨将军，同时一跃而起，一枪毙命，当场了结了那个杀手。自此，他便赢得杨虎城将军的特别青睐、赞赏与信任。

"双十二"之后，杨虎城被蒋介石排挤，被迫辞职东渡日本避难，临行之前，将军把他"推荐"给了胡宗南的心腹秘书熊向晖。边区党组织根据他多年"潜伏"国民党军的特殊经历，决定让他继续打入敌人内部核心部位，发挥特长，更好地为保卫边区工作。根据组织安排，他由地下党推荐，特别是经过埋伏在胡宗南身边的地下党熊向晖同志巧妙斡旋，很快取得国民党陕西党部和伪省府主席祝绍周的"赏识"，继而推荐他担当重任，前往反共前沿部队"联络督查"，并破例任命为国民党淳化警备部队高级顾问。

因此，李志胜就名副其实是一颗革命的定时炸弹，深深地埋在了敌营之中。他利用自己的特殊身份和工作之便，不断发现"意外"，更出奇制胜成就"意外"。那年夏天，他督战国民党军所谓自卫队一部，进驻胡家庙一带。这里也是解放区赤水县（今淳化县官庄镇）与白区邻县的边缘地带，在一次搜查中，偶遇赤水县县长王振喜和关中分区几位同志，正在庄里村张是礼家开会，当时还有三十多名边区干部，尚未意识危险临近，会议还在正常进行。为掩护他们，他借口北上村出现"敌情"，迅速命令敌自卫队撤离庄里村，使我党县委众多干部，在敌人眼皮底下安全脱险。

一天，李志胜督查官镇，实地勘察，意外发现"黄鼠狼"的驻防之地比较冷僻，很有"利用"价值。这里虽然沟壑纵横，交通不便，但地处咽喉紧要关口。从古城西安北上，过渭河至泾河，翻越嵯峨山脉，沿途林木茂盛，塬坡峁梁，起起伏伏；沟沟坎坎，迂回曲折，天然植被覆盖掩护，正是抵达边区，北上延安的一条隐蔽的安全通道。李志胜按照组织的安排，利用自己合法的身份，绞尽脑汁，一次次巧妙地掩护了来自全国的革命青年转道西安投奔八路军的仁人志士，还有我党派往关中和国统区的特工人员。

在戒备森严的碉堡线上，李志胜的身份得天独厚，左右逢源；卧底敌营的特殊处境，又让他如鱼得水，大显一番出手不凡的"身手"。为了给边区关山河游击队输送武器弹药，他创造性推出"真打假仗"的绝招迷惑敌人，即提前和游击队约定攻击时间，利用晚上天黑之际，双方对天放枪，假打一阵，然后趁着混乱，让我游击队员潜入城内碉堡，拉走提前准备好的武器弹药。事后，他则以战斗"消耗"和"力战取胜"为由，转而向国民党淳化保安司令部邀功讨赏，不仅及时补足了枪支弹药，还赢得上司特别奖赏，煞有介事，给予他表彰奖励。

如此这般，补了又"打"，"打"过又补，此类反复，在他履职巡防期间多次上演，边区游击队员风趣地称为"进宝之战"。久而久之，狡诈阴险的"黄鼠狼"，果然心生疑窦，看出了某些破绽，蹊跷的是，却一直缄口不敢吱声。原来，李志胜先发制人，对他早有提防，并对其针对性采取"以红染白"的"掏心"战术——他一到官镇，就将一封"共产党"地下联络的密信和宣传共同抗战、规劝"国民党军投诚"的"劝降书"等相关资料，从"黄鼠狼"的"别室"里"搜查"了出来，他与"黄鼠狼"私下密谈"正告"，答应为其"保密"不予追究。之后作为"把柄"、"要挟"住了"黄鼠狼"其人。"黄鼠狼"哑巴吃黄连——有苦难言，百口莫辩。他怀疑任仲魁的这个所谓外甥身份蹊跷，甚至还发现他身边的矮个子湖南籍班副，与这位督查大员过从甚密——有好几次，他们二人关系暧昧，眉来眼去，一唱一和，一明一暗，明显在变化手段，故意制造机会，给游击队变相输送枪支弹药……

尽管如此，面对任仲魁明显的"通敌"之嫌，他也无计可施，不敢轻举妄动。追根溯源，要说到国民党军沿袭官场历来通行千年不变的老规则——官大一级压死人的套路，使精明于世的"黄鼠狼"深谙韬晦之计，只好忍气吞声逆来顺受，暂且委屈，闭上了臭嘴，以便等待时机成熟，再见机行事以至暗中告发。可惜出乎意料、始料不及，他怎么也没想到事与愿违，他等到的，却是一个如丧考妣，亦如雷轰顶的噩耗：他的顶头上司梁干乔，突然被国民党伪省府以"破坏行政，纵属扰民"为由革职。传来的消息说，还要将其押送重庆审判。兔死狐悲。他知道梁干乔作恶多端，仅在淳化一百五十多天的督战修堡期间，就残杀无辜百姓118人，关押所谓嫌疑分子二百余人。"黄鼠狼"毕竟还不知道、他这个顶头上司的残酷暴行和倒行逆施，早已激起各界群众的强烈反抗，各地匿名状雪片样飞向国民党伪省政府，省府主席祝绍周正好想遏制和打压胡宗南的势力，以壮大自己的实力，便趁机安插了自己的亲信，就派人来接替梁的职位。继任者的选择，有过一场暗中较量，胡、祝双方你来我往，互不相让，最终鹬蚌相争、渔翁得利，角逐的结果，歪打正着，竟然历史地落在了一个"年轻有为"——双方都自认为是"自己人"的特殊人物身上。

这个人不是别人，正是李志胜——我们的无名英雄第五良虎。其实，第五良虎自己也没想到，他还会有如此令人受宠若惊的"官运"。地下党给予他的指示，却十分明确和艰巨：必须"责无旁贷、担当此任"，以便在短时期内解决边区边防的隐患，瓦解敌军，捣毁罪恶的封锁线。

李志胜深谙兵不厌诈的道理，更希望兵不血刃，尽快解决淳化的防务"隐患"。他以兼职省府主席特派督查的身份，明里指示"亲信"，只管去接替几个保安自卫队长的关键位置，暗里则利用矛盾，旨在策反、鼓动被接替职务的梁干乔余部，决不认输让步。如此一来封锁线上，这里、那里，国民党军内部的纷争，接二连三，内讧火拼连续不断。国民党军胡系与省府的祝系，屡发冲突，终于大动干戈，为了争权夺利，一时打得难解难分。李志胜表面上奔忙调停，暗里配合我地下组织"坐收渔人之利"，不到半月，先后成功策反三千多人"起义"，投奔边区，全部参加了我八路军。

人间正道，老天眷顾。边区军民和游击队，在关中地委和赤水县委的组织指挥下，紧密配合，四面出击，夜出昼伏，风卷残云一般，很快荡平了封锁线上绝大部分丑陋的碉堡，还有那大地伤痕般的沟渠堑壕。

自此，交通要道和重点城镇所剩无几的碉堡，放眼望去风雨飘摇，孤零零地兀立于天地之间，岌岌可危也形影相吊，黯然失色以至提前显露出了衰败破落的颓势。

银色月光

形势发展迅疾，时局变化快捷，连岁爷都始料未及。他真的没有想到。虽然"表兄"明确无误地说过，梁干乔不过是兔子尾巴，摧毁封锁线也指日可待。可毕竟，他还是感到来得太快——大快人心的快，一直快到眼花缭乱。眼下局势的逆转，相比于他用麦草糊弄"黄鼠狼"的催粮要款，真是小巫见大巫，无疑，也是不可同日而语的。让他尤其没想到，这个月明星稀的晚上，他的儿子虎子如同天降，会突然回到家。

父子俩是在那孔专放柴草的柴窑里见面的。当杏子静悄悄将离家多年的虎子，从幽暗深邃的稍门洞子引到地坑院里的核桃树下，神经敏感的岁爷似乎已经有了某种未卜先知的预感，居然早早就站定在了那里。他是听到了崖背上喃喃不绝的人声絮语，判断不是敌情而是"人情"——一定是有"自己人"莅临，如果不是这样，那将会是犁铧敲击出的令人心惊肉跳的报警之声了。一去经年，岁爷心里盘算，两个儿子离家居然十年有余，心情不由得有些紧张和抑制不住地激动。一对孪生兄弟，不承想山河相隔，相互对立站到了不同的阵营，不能不让他心若汤煮、焦虑不安。度日如年的漫长岁月中，当着家人的面，尤其是妻子岁婆和母亲木匠婆，他还要尽量沉稳不着痕迹，装得跟没事人一样。只有他自己知道，自己的心里重压着几块搬不动，也咋都挪不走的巨石。或许说大山，也不为过。

老二豹子还好，毕竟在咱的队伍里，而且跟着弟弟任英魁，还悄悄回来过几回。这个老大，一度失踪，只说他另有任务，后来还是从"黄鼠狼"的嘴里隐约得知，他名义上已经不是他任仲魁的儿子，而莫名其妙地将自己变成了"他舅"，将儿子变成了他的"外甥"。这一切变幻扑朔迷离，尽管他多少理解，也不得不接受，仍然让他有一种陷入梦地，模模糊糊，不可把握的困惑。现在，当身材颀长健硕的儿子，真实地站在他面前时，他竟有些陌生，许久不敢认了。其时，皓月当空，孤光自照，正把一腔慷慨的银辉从如伞如盖的核桃树上泼洒下来，将父子两个斑斑点点，都幻化成了不可捉摸的梦中之人。

"虎……子啊……"岁爷将信将疑，仰视眼前陌生而又高大的儿子，"真的是……你吗……"

"大（父），是我呀！"李志胜，对，是第五良虎，他倒没有迟疑，大步抢上前来，一下子就抱住了个头矮小的父亲。岁爷心里一抖，不是热流，相反竟是一种莫名的惊惧涌上心头，其中还掺杂着某种说不清的酸楚。曾几何时，他怀抱中嗷嗷待哺的宠儿，现如今，竟成了为他遮风挡雨的大树。他终于隐忍不住，抬手在湿漉漉的眼睛上摸了一把。

接着，父子两个赶紧钻进了柴火窑，在那儿嘀嘀密谈了将近一袋烟的工夫。谈了什么，当然只有他们父子心里有数，外人无疑不得而知。包括留在稍门外警戒的马排长，也不知道；被岁爷挡在了柴火窑外面的杏子，更不知道。这两个人，一对年轻男女，他们知道，并永远记住的是——他们的第一次相识与相聚。一个是第五良虎的贴身随从，正当青春年华的排长马天野；一个是情窦初开的十四岁少女任杏子，在这个历史性的夜晚，将会留下他们一生一世，绝对刻骨铭心难以忘记的记忆。杏子被父亲拦在柴火窑外面，并没有在窑外面停留。与其说她还记得儿童团长执勤警戒的使命，毋宁说她模模糊糊的懵懂意识，被一种说不清的新奇与欣喜吸引。她转身回到稍门外的枣树下面，不出所料，毛娃和狗蛋正围在马排长的身边，你一言我一语问这问那。

"你到底是白狗子，还是红军？"毛娃手持一杆红缨枪疑惑不解地问。马排长还没回答，狗蛋则抢先插话，急忙纠正着毛娃的问题。"你懂不懂，啥个红军，现在叫八路。"从他们的发问，不敢说时刻保持着高度的警惕，至少对眼下深夜突至的国民党军人充满质疑。杏子就是在这时，一蹦一跳，跃上稍门外的斜坡，燕子一样翩然而至，她手里同样握着一根红缨飘拂的梭镖。马排长见她兴冲冲走得上气不接下气，诧异地问道："小妹儿，有什么事吗？"杏子立定，歪着头说："没啥事呀。"马上，她又觉得这样回答似有不妥，当即又说，"我听到他俩问你，到底是好人还是……"话到嘴边，她又忍住，自感这样的问话好像还是不妥。马排长呵呵笑了。"不错不错，你们的觉悟蛮高，警惕性也蛮高。"他说着，一手叉腰，一手拍着胸脯道，"我是好人还是坏人，我说了不算，我知道，你们是看我穿了这一身虎皮，认定我就不是好人对不？这个嘛，你们还小，知人知面不知心，画虎画皮难画骨啊！人看人不能以貌取人，更不能以衣取人。外表再好看，藏不住坏肚肠。就像一个人的好坏，不能只听他自己说了啥，还要看他做了些啥。"

杏子大瞪双眼，觉得他理直气壮，连说话的神态，都那么富有底气，于是第一个应和，点头笑着，连声称道："就是哩。我相信，跟着我大哥的人，绝不会是坏人；就像我大哥，虽然穿着'遭殃军'（中央军）的狗屎黄，我可敢保证，他绝对不会欺负百姓。"

"哦，小妹儿，算你最伶俐可爱了，这话，说到了我的心里了。"马排长一扬手，竟不掩饰感情，一把将杏子揽进怀里，热情洋溢地爱抚着她的头发。也就在这一瞬，杏子触电似的，意外地感到了那只大手的温馨与亲切，两只牛犄角似的小鬏鬏发辫，拨浪鼓般摇晃着，她兴奋不已，扬起月盘似的皎洁明亮的脸蛋，姣好的脸颊上顿时飞上了两片霞光一样的红云，尽管在夜里不易察觉，却使她实实在在，感到了异样的温暖。"排长哥哥……我相信，你也跟我大哥一样。"说着，她将手中的红缨枪递给身边的毛娃，突然挣出马排长的怀抱，三下两下，就猴子样灵巧迅捷，眨眼间便攀上了那棵歪脖子枣树，又从枣树上轻盈敏捷地一跃，跳上了旁边一棵枝叶繁茂的杏树。少顷，就见她蹦跳着溜下了树，忙不迭地将胸前塞得胀鼓鼓的一裹兜甜杏，不容分说，一股脑儿直往马排长的口袋里装。

"不不。"马排长左右拧动，慌忙躲闪不敢接受，"这怎么行？"

"咳，这有个啥，你拿着，跟我虎子哥一起吃呗。"杏子不容他置辩，只管一个劲儿往他兜里面装，"你不也是我……大哥哥嘛……"毛娃和狗蛋，也帮着杏子一个劲地劝马排长："这杏可好吃，还是甜杏仁呢，你好歹尝尝。"话音未落，杏子就将一颗黄杏，递到马排长口边，"吃呀，你先吃一个嘛。"

马排长也像个孩子，一边嚼着黄杏，一边摊开双手，不知说啥才好。良久，他的手伸进了裤子口袋，居然摸索出几粒亮晶晶的铜子弹壳。"来，送你们拿着玩吧。这个嘛，还可以当作哨子，不知你们会不会吹？"

一共四粒弹壳，毛娃和狗蛋各一粒，杏子占了便宜，一人独得两粒。马排长给她的两个小伙伴解释，"小妹是团长，应该多备份一粒，你俩没意见吧？"毛娃和狗蛋一齐摇头，又同时点头，倒是很开通懂事地说："那当然、那当然。"

马排长的目光收拢回来，情不自禁又落在了杏子身上，他上下一番仔细打量，忽然慷慨地说："看来团长还得武装一下才好。"说着，果断地解下了腰里的武装带，三下两下，就系在了杏子的腰上。"怎样？这条皮带就送给你了，你喜欢吗？"

杏子的心小鹿般激跳，那份意外获得的高兴显而易见，可出于女孩的矜持，毕竟又难免有点腼腆和犹豫，她很想要，又有点觉得不那么妥当。"这……不好吧？"

"唔，让我看看，我的小妹妹蛮不错嘛，这么快就得了个战利品。"说这话的是第五良虎，他告别父母和祖母，急步匆匆，顾不上最后回眸这个生育他的灰蒙朴拙的地坑院子，却恰到好处，见证了稍门外月光下马排长和小妹妹杏子含情脉脉、执手亲近的一幕，心地纯良的他，想都没想就道出一句别有深意的调侃："好啊，我妹妹的一把黄杏，就这样轻而易举，赚来了一根拴牢了自己的牛皮腰带哇……"

这话的言外之意，或者说应有之意，当大哥哥的他，也许没有清楚地意识到。甚至，他部下的马排长，也没品出味来，即使懵懂幼稚的小妹杏子，也不过甘之如饴，仅仅觉得在甜蜜之中有那么一些慰帖、快意与好玩罢了。这话无意中所揭示的感情蕴含，还要等到她终于品味出其中的苦涩痛楚，直至痛不欲生时，她任杏子或许就不是她了，而是一个乡村姑娘悲剧一生的个例、一个殉道爱情的活化石了。

第五良虎确实不是杏子妹妹命运的预言者。不过，他已经兜底坦告父亲，说明了自己"身在曹营心在汉"的特殊身份与秘密使命。他这次深夜归来，就是要把一张国民党军封锁线上，所有重要的据点和交通要道兵力布防、武器配置与地形详图，交给父亲——不言而喻，他已经知道，父亲是单线联系边区党组织的秘密交通员了。岁爷得知了儿子的真实底细，却不由得喜忧参半。喜的是儿子担当重任，仍然是本色不改的革命队伍的人；忧心如焚，且捏了一把冷汗的，是他卧底虎穴的险恶处境。他理解并深知此等"两面人"角色，如何时时涉险，步步惊心，不仅随时有被对方识破而陷于敌手的危难，也有不被了解真相和不能了解真相，从而被自己人名正言顺给误伤的不测。想到这里，他颤抖的心弦，忍不住就绷得更紧了。

此时此刻，能够理解他的也只有儿子。"放心吧，大，我会照顾好自己的。"岁爷想说，但愿你保护好自己，却觉得这话说了跟没说一样空泛苍白，他只是一把拉着儿子的手，紧紧地握了一下。"我想见见，我娘！还有，我婆（祖母）！"父子见面密谈正事之后，儿子按捺不住起伏波动的心情，终于提出个"违反地下工作规定"的分外要求。"十多年了，我都没见到我娘和婆了……"

他的声音低沉沙哑，已经有些哽咽。岁爷怦然心动，也开始踟躇了。"你这身行头……还不把她们给吓着了？"岁爷的本意，另有顾虑，他是不想让老伴和老娘为这个儿子和孙子操心。正犹豫不决，到底要不要把老伴和娘叫起来见见虎子，柴火窑的木门，却像有风吹过，竟然悄没声息被推开了：两个女人的身影，被银色月光镶嵌镀亮，鲜明逼真地浮现在了门口。她们发出了同一声低沉而热切的呼唤："虎子啊……"

虎子迎上去，就在门口，伸开双臂，把婆和娘全部揽进了自己宽大的怀抱。泪水，不动声色静静地把三代人融合为一体了。夜深人静，他们并没有多说什么。特殊的年代、特殊环境，已经习惯性塑就他们特殊的性格特征。"婆、娘……你们放心吧，我好着哩。"

大木匠婆说，"好着就好。"老人家略微停顿，刻不容缓，几乎是害怕稍纵即逝，果断地说出了大概酝酿很久的一番叮咛："你只管放心、大胆，去干你该干的正经事吧。只是，不管啥时都要记住，好狗护三邻，好汉护三村，你虽然穿了一身白狗子皮，但你绝对不是狗，仍然是个虎；顶个坏人名分不可怕，怕的是你不做好人干坏事，你呀，千万不要为咱任家堡子的人丢脸。"

"婆，我记住了。"祖母的话，无意中却让做儿子的岁爷骤然一愣，心里不由得一声咯噔：老娘并不是局外人呀，他和弟弟任英魁，包括和儿女们做的事，她心里明明白白，从来是清澈透明的一潭水啊！

"不管咋说，你是深入在虎穴，还是要处处小心谨慎最当紧啊。"岁爷当下把话挑明，忍不住重复着嘱咐了他一句，这是他给大儿虎子的最后一次——最后说的一句话。第五良虎，这个把自己隐藏在黑云暗影中的启明星，也给他的父母和祖母，留下余音袅袅、绕梁不绝，一辈子萦绕在心头的最后一句话："我知道，不入虎穴焉得虎子嘛。"他尽量把话说得轻松诙谐，可那目光炯炯、生气勃勃的音容笑貌，从此常来常往，恒久流连在父母和祖母那彻夜难眠、夜夜梦魂的牵绕里了。"你们给我取名叫虎子，大概，这就叫天降大任于是人，天生就决定了我有这一份特别的担当吧。"

说罢，他匆匆作别他的亲人——应该说，是诀别了父母和祖母。除了杏子，他没有再去惊扰深梦中的梅子妹妹和不满周岁的小弟弟虎崽。这让他自己的形象，使后来长大成人的他们，穷尽了一生的想象和梦幻，怎么也捕捉不到真实面貌的影子，只能勉强凑合着，把他当成一个神一样的魂了。只是，也有意料之外的知情者，就是当时尚且住在院子，靠近稍门洞那个窑洞里的河南女人牟水琴。这个历经苦难和颠沛流离的外省女人，本来睡眠就浅，她听到院子窸窸窣窣的声音，翻身起床，爬下了炕，蹑手蹑脚，凑到窑洞门前，透过一指宽的门缝，浑然不觉，分享了岁爷家这次难得一见的悲欢离合。唯一可惜的是，这个来自外省的染布娘子，她没有充当月老做成一回红喜神，对于可怜姑娘任杏子悲惨命运的源头，自然而然地只能浑然不知，更不可能得知。此刻，杏子那颗灼热的少女之心，在马排长那只男人握枪的大手里面，活活泛泛激跳不已，正难舍难分牵拽着，一直走到村东头的胡同拐弯处，双双才不得不依依不舍地分开。天赐良机，但不敢说他们就是天赐良缘，不管怎么说，杏子的未来，鬼使神差，也不动声色，就被那根牛皮腰带牢牢地给拴在了一个男人的身上，而且，必然要成为历史并且被未来验证。

　　送走了虎子，天已经麻亮。岁婆由她的虎子，自然而然想到了她的豹子和桃子，心情一时纷乱如麻，她强制自己坐在炉灶口前，心不在焉地拉起了风箱，烟火缭绕地烧了好一阵，才清醒锅里还没有添水。"唉，这日子过得乱了套哇。"眼泪巴眨的她，不知道生谁的气，忍不住抹了一把眼睛说："你说如今的这些人呀，咋都这么狠——乌鸡似的瞪着眼，一个个恨不能你吃了我、我吃了你，就是不肯消消闲闲，安分过日子呢……"

　　"哪里是恨，那是爱。"年迈的婆婆大木匠婆，已经端坐炕头，她微闭双眼，手里漫不经心地捻着棉线，口里的沉吟就着纤细的棉线柔韧细长抻扯出来。"人，都爱自个儿。"她轻言细语随口而道，"要命的是，还爱得那么过火，那能不是个害呢？"

　　这句话，端直撞进了岁爷灵敏的耳廓，正在炕道里为老娘烧炕续热的他，听得真切却不解其意，他忍不住扶着炕沿仰起了头，怔怔地望了娘一眼。几十年后，直到他也赶到了娘七十三岁古来稀的这个岁月的坎儿上，才粗略地反刍，品出了一点特殊和稀薄的况味。至于终生未嫁，最终为了没有着落的爱情而着魔发疯的可怜的杏子，这一生，大概怎么也没有机会领悟祖母的至理名言了。因为，她和她一直痴心不改爱得死去活来的马排长，似乎都活在另一个不属于她的——陌生的第二世界里。

/ 第十三章 /

超凌"三界"

  腊月里抵近年关的一个黄昏,岁爷一家人围着炕桌正在喝汤(吃晚饭),崖背上忽然飙起一阵鸟雀叽喳呼噜惊飞;接着是"一分为二"狷急亢奋的狂吠——但很快,就转为沮丧低沉地呜呜猞猞。就在这时,院落里不轻不重"扑通"的一声,窑门就被什么遮挡得一团漆黑了。

  "你们可好?"这是个惊为天人的人,因为他像猴子,要么像耗子,居然从两丈高的崖背上,直接蹦了下来。"俺的娘哟,您可好噢?"黑影低下了头,方才进得低矮窄小的窑门,他闪到紧靠门口的炕沿前面,咧开大嘴,露出一排醒目的白牙。"哥哥嫂子,你们都可好噢?"

  最先认出的还是当娘的大木匠婆,"哇,是五子吗?"接着,是侄儿侄女们小鸟炸窝般地吃惊哄闹,"二大,是二大回来了"!

  一溜头儿趴在炕沿和锅台前的虎子、豹子、桃子、杏子和梅子,都惊喜不已,站了起来,铁塔样儿的任英魁俯下身子,逐个儿爱抚他们那些个圆鼓鼓的脑壳,连声赞叹他们长得真快,眼神中闪烁着欣欣然满满的喜悦光泽。一家人欣喜若狂,只有岁爷没有感到意外,他只是四平八稳平静地咧嘴一笑,然后欠身礼让弟弟在炕沿上坐下,抬手支使岁婆花儿,"快给他二大盛饭。"

  任英魁连忙摆手示意,"嫂子,不用、不用了,我已经吃过了晚饭。"

  "你可是变了,变得人不认识了啊。"上炕头上岁爷的娘,从她那个一家之主、象征权威的固定位置上,急巴巴挪移过来,不错眼地瞪着看他的这个远走高飞、不着家的儿子。她真的不敢相信,眼前这个五大三粗的男子汉,到底还是不是她的五子,而他又究竟是打哪儿来的?他没穿军装,只是一身随意的粗布裤褂,腰里倒是紧束着一条三指宽的牛皮腰带,头上是干净利索的半寸短发,浓密而又厚实,粗看,倒像是个黑色头套。他的浓眉大眼,却还是她梦里常常相见的原模样儿，只是五官整个儿都放大了一圈。当娘的拉过来大手大脚的儿子——一只粗拉拉的大手，从手指一直百般心疼地摩挲到肩膀，最后，在他黝黑透红瓷实发光的脸庞上停下。"儿呀，我的天神！你真的是天上掉下来的？"

木匠婆有点目瞪口呆。"我不过是想给你们个惊喜。"任英魁黑脸白牙，嘿嘿乐了，"不穿头门洞子，不也省了你们去开门吗！"

木匠婆难以置信，一头华发，颤颤巍巍，婆娑抖动，终于将手收缩回来，开始抹自己湿润的眼睛了。这个身手不凡、矫健似鹰的儿子呀！想当年他四五岁时，在崖畔一脚踩空，跌下两丈多高的崖面，一瞬间屎尿失禁，昏迷过去。好在跌在了院子里一堆柴火垛上，才没有大碍，算保住了一条小命。他迷迷糊糊、不吃不喝，睡了七天七夜，是娘拐拉着一双小脚，硬在村子里求到一碗百日婴孩的热尿，哄着他当药喝了，慢慢地才苏醒了过来。可如今，他自个儿竟然从崖背上，直接跳了下来，就像从炕上跳到脚底下一样，自如轻松，几乎就是蹦跳着玩……

"看来，你可真的成了神哪。"任连长的非常异举，让他的哥哥岁爷，也不得不刮目相看，他忍不住发出感叹："崖壁上的酸枣树枝，可是长满了尖刺的，你抓着它往下跳，就不怕扎手？"任英魁嘿嘿笑道，"恐怕是它们要怕我的手哩。"他将两只大手摊平，递过来给哥哥看。那双铁砂掌般的掌心，果然结了一层坚硬如铁的厚茧。"你不知道呀，哥，我这个连长，差不多是开荒种地，靠抡镢头挣来的呢，一天一夜，开三亩荒地，被评为劳动模范，到延安去受过奖呢。这些年，我下的苦、受的罪，可能不比你在家里面轻。当然，我体魄大、力气大，饭量也大，再加上，胆子也大，人家就给我起了个外号，叫'五大'……"

"不对，这才四大。"这一回是虎子和豹子两个侄儿，他们不无好奇，异口同声地发问了，"哪……还少一大呢？"任英魁环视左右，看了看围在他两边几乎一个模样儿的双生侄儿，不好意思地咧了咧嘴，最后嘿的一声，故弄玄虚地笑了，"还有……这可是军事秘密，不能给你们娃娃随便透露。"

在他们家这个历史性的晚上，岁爷弟兄两个和虎子、豹子两兄弟两代四个男人，拥衾而坐，围在炕上，他们要决断这个家里的一些大事，这才是岁爷通过组织特意申请，专门捎话催他赶回来的目的。"侄儿们还小，现在要他们参军，有一点早啊！"原来，岁爷急着要弟弟回来，就是想让他把两个儿子带走，去陕北参加自己的队伍。"还有，你让两个娃都走，咱娘和嫂子能允许吗？再者，我们目前虽然是生产部队，但随时要准备出征，东渡黄河，上山西抗战打鬼子去哩。"

"这我知道，我和咱娘，还有你嫂子都商量好了。"岁爷抽一口烟，胸有成竹地说,"至于他俩的岁数,都十三四岁了,比你当初跟老李当通信员,也差不多了。关键是,对面的国民党军土匪,三天两头过来抓丁拉夫,村里人躲瘟神样,整天提心吊胆到处躲藏,他们一天天大了,早早去了咱们的队伍,我也就放心了不是?再说……"岁爷从嘴里拿下烟锅,在炕沿上磕掉烟灰,顺手从炕边的桌上,拿起一个写字的本子——那是他教习两个儿子认字学文化的作业。"他俩在厚土村的列宁小学都毕业了,现在该提升一下,至少,该去马栏上高小和初中了。"他说着,执起一支铅笔,认认真真、仔仔细细地在上面画着什么。任英魁和两个侄儿不知他写什么,凑上前一看,却是三个相互交叠、大小不同的圆圈。"他们,应该接触更大的世界,学更多的东西了。"

"这个……"任英魁接过那个本子,颠来倒去,看了半天,竟看不出一个什么名堂,真的就有些莫名其妙了。"哥,这是啥吗,我也不懂,看不出有啥学问?"

"学问?对,你说对了。就是学问,因为不懂,才要学、要问啊!其实,我也似懂非懂,就像我至今仍然不懂道家所讲的超出'三界'的'界'是一个啥,慢慢琢磨吧,也许,这是咱们一辈子都要修行的功课呢。"他将那本子又接过去,指点着上面的圈圈点点。"这个小圈,就是咱人,每一个人,单独的人。你忘了,我给你说过,当年常先生就要求我,人活在这世上,首先就要学会认识自己,从你的名字,到自己的本事和作用,真正认识这个'人'字;然后,是家庭,每一个人,不论男女,总是要成家立业,这第二个圆圈嘛,就代表了家。家可是社会的最小单位,有的书上,也叫它最小单细胞。细胞虽小,作用可大,无数的家庭,才能组成一个完整的社会;最后这个大圈,你们该知道了,那就是社会。它首先应该是国家,古人所谓家国情怀,说的就是家国一理,紧密相连。如今,日本人占了咱大半个中国,山河破碎,有家又何为?无家可归,人又将何处安身立命……"

"哥,我有些懂了。"岁爷神秘地眨眼,诡秘地一笑,继而连连点头:"真要懂了,那就赶紧给你娶亲成家,画自己的第二个圈吧。"

"成家?"任英魁有些诧异,"这咋地,就成了第二个圆圈呢?"

"咋,你成了家,咱娘的一块心病就放下了,咱们家也不就圆满了吗?"

实际上,岁爷两口子关心弟弟五子,也如同疼爱他们众多的儿女,尽人皆知,在边区旱塬都是出了名的。这也算依样学样,传承了他的父亲大木匠,自他当石匠的祖父那儿转手,赓续而来的百年家风,不是基因,至少,也该是精神遗传吧。当年,忠厚传家、和善待人的大木匠,在任家堡子可是有口皆碑来着。大木匠活着的时候是咋个样地心疼他和弟弟,岁爷自当心知肚明。想起父

亲，他眼前就是亮亮堂堂一本打开的书，事理清晰，历历在目。文通句顺，入耳入心。无须多说，也毋庸置疑，大木匠的言传身教，就是课堂，他兄弟的耳濡目染，也就是学习了。

岁爷的怜爱弟弟乃至他的儿女，当然不是简单护犊子的溺爱，也不是信马由缰一味放纵娇宠。他有一套不着痕迹的章法，不知不觉，不吭不哈。该关照时，细致入微到事无巨细；该放手时，又应允你特立独行天马行空。对弟弟是这样，对于虎、豹两个孪生兄弟，也是如此，尤其是对两个双生儿子，不仅因为他们是男娃（岁爷可不怎么重男轻女），最重要的是，他们并列，排行老大、老二，而下面还有三个妹妹和小弟弟，全都眼明心亮，巴劲儿瞪大了滴溜转的眼珠，瞅着他们的一举一动呢。他俩的一言一行，无疑就是弟弟妹妹最生动鲜活、最有影响力的教材。这一点，岁爷自是不敢糊涂和懈怠的。他对他们的原则，就是抓大带小，宽严并济。不管是儿子还是女儿，打从两三岁他们的小手可以攥住筷子，岁爷就坚持不让母亲和媳妇给他们一口口喂饭，他宁肯看着他们别别扭扭、笨手巴交，拿筷子在碗里倒腾乱戳——即使戳倒饭碗，将饭洒了出来——还必得让他们自个儿收拾残局；即使他们可怜巴巴、哭鼻抹泪、眼泪汪汪地无助地祈求大人也没有用；即使不得已伸出小爪子抓取，也得自己囫囵着打扫干净，全部吃掉——总之，是不得糟蹋一丁点饭食的。如许，当然不能说明岁爷心肠冷硬，相反，他对他们，一概等同。对待弟弟和任何一个成年人，极少高声喧嚷训斥，总是心平气和，和风细雨，不慌不忙，温言软语，款款相向。偶尔，他倘若带两个儿子外出揽活儿，得空，还会奢侈一两次，领着他们下馆子解一解馋。比如吃羊肉泡馍，他会叫上两份，几乎冲着他们的耳朵，小声嘀咕，指导儿子们耐心细致地掰馍，随后传授他们如何细细地咂摸品味，直至耳提面命，不厌其烦教导他们如何先吃煮馍，慢慢地从胃里钓出"馋虫"，接着再"饕餮"那象征性极其吝啬的两三片令人垂涎的羊肉，从而收获越吃越香那份难得享用一回的滋润爽口与畅美。

往往有这样的情形，虎豹兄弟看见，一行三人，却只有两份美食，他们兄弟必会推辞礼让，再三再四，一定要岁爷先尝先吃。岁爷呢，则会以非常充分必要的理由说明他不擅动荤，儿子们自然不足为信——也不可能相信，他们感恩戴德，从内心深知，严格自抑的父亲，不过是从胃里紧缩、从口里节省，偏爱他们兄弟而故意借口托词罢了。结果，便是父子之间短暂的僵持，岁爷如若继续不吃，儿子们就干脆"绝食"不动筷子，直到岁爷从他们各自的碗里，均等地拨拉出一些热乎乎的泡馍，或者分别在他们的碗里扒拉几口，他们才肯海吃山喝、大快朵颐。

其实，岁爷那是用心良苦。他就是要让儿女们通过自己的为人处世，学会待人接物。在他们七八岁时，他就给他俩各自买了两头小羊，让他们既合作放牧，又分别关照——从放牧到剪羊毛，从剪下羊毛，到各自用自己的羊毛学会捻毛线、给自己织毛衣、毛袜，进行有始有终的全程跟踪、完整培训。还有，比如出门做客，抑或家里来人，咋个招呼、礼让，咋个端茶递水？与人同席，为啥不得先于成人长辈动筷子？好的饭菜，何以不得丧眼贪占，极尽口腹之欲？如此等等，小心翼翼自我约束，言传身教，结果还真是不赖：岁爷看到儿女，尤其是一对双生儿子，虽然常常淘气，斗嘴打架，也没少惹事端，但毕竟渐渐成熟，一个个通情达理，孝心彰显，这让他比吃什么珍馐美味都心情舒展、又生惬意了。

"自古至今，王以民为天，民以食为天。"他说，"在外闯荡，第一要紧就是吃饭问题。"任英魁当然记得，他当年去部队"接替"哥哥当兵，当时已在军中当了连队文书的哥哥——如何窃窃私语、耳提面命，悄悄传授给了他的那些尽人皆知的私秘诀窍：吃饭抢前头，睡炕靠里头，打仗多留心，开会少开口……

于今亲见哥哥煞费苦心，又搬出他的老一套隔年"黄历"，和尚念经般灌输给即将离家的儿子。细想之下，热肠涌动，世俗凡举，也算是人之常情了。都说母子难离，父子又何尝不是如此？当年，他和两个侄儿一般大小，也曾像他们一样，一天到晚，狗摇尾巴一般忠驯地围在木匠大（父）的身前身后，团团兜转来着。夜里，父子三人，也像眼前哥哥和他的两个双生儿子，挤在这孔窑洞光秃秃的土炕上，身下既没毛毡、褥子之类的铺垫，更不会相当阔绰、宽裕地一人能盖上一床棉被。那时，比起村里更一贫如洗的家庭，他们仅仅好在还有一领芦席铺在炕上，但为了不让芦席磨损衣裳，兄弟二人，全都精光着身子，赤条条地溜光席睡的。而他们的老父亲大木匠，一年四季，几乎就不脱衣服，因为他常常整夜不眠。在只有一床被子冰窖似的寒窑里面，唯一免受冷冻的办法，就是不断地往炕洞子里续添柴火，不断地烧炕，这活儿，便成了他们的大木匠大，长夜难眠中夜里一手包揽的营生——为了让他和哥哥，一大一小两个儿子，睡得酣然香甜，父亲经常盘腿坐在炕头，一袋接着一袋咂吧着旱烟，如同执勤守夜，默默地守望着他俩安眠。幽暗的窑洞，极少掌灯，烟锅忽明忽暗，微弱的火星，就那样不知不觉，潜入他们兄弟的梦境，如同永恒的星辰，在遥远的过去闪烁着迷人的微光，一直陪他们到老、到死而不致熄灭。父亲实在累了、困了，才会靠近儿子身边，和衣躺下迷糊一阵，打一个盹儿，但绝对不会去拉扯那一床可怜巴巴、缀满五色补丁而面积极其有限的薄被子。

眼下，还是这一孔黑乎乎的窑洞，还是这一盘热烘烘的土炕，但睡在这里的人变了,他和哥哥岁爷的位置上,躺的是两个被贫困生活奇迹般喂养得虎头虎脑的一对双胞胎侄儿;而父亲大木匠老人家的位置,梦幻般角色转换,变成了他在军营作战、训练和大生产间隙、心心念念牵挂不已的兄长。他看上去可老多了——果然是老了:掩藏不住的抬头纹,在他宽阔的额头横行霸道,恣肆妄为地深耕下饱经沧桑的皱纹。原本已不茂盛的头发,大概因为阻挡不住的衰落稀疏,迫使他干脆痛快淋漓剃得一干二净——溜光的脑壳,在灰暗的油灯下,倒像一个青皮西瓜。只是两个招风耳朵毫无遮拦,很惹人眼,手掌似的变得突兀,显得超常硕大。由于常年风吹日晒、风霜侵袭,哥哥的皮肤,于黢黑中略显某种坚硬刚毅的古铜颜色。好在眼睛流泻出一束沉静柔和的目光,仍然能给人一种天然的定力、一种不易察觉的亲和之力与默默无语的抚慰。尤其是他一边和他拉话,一边吧嗒吧嗒咂旱烟的怡然神情,恍惚让他看到印象中依稀模糊的父亲,正活灵活现盘腿端坐在此时的炕头。

"日子,真像驴拉磨啊!"哥哥吐一口青烟出来,悠然地带出一声深彻的感叹,"驴戴暗眼(眼罩),围着磨子转圈圈哩,一步,一步,真难熬呀!可暗眼一摘,回头一看,过去的时光可又像一阵子风,吹得没有影了。"

哥哥说得好,穷困的日子是上坡拉车,一步、一步,都是汗水加泪水中浸泡的挣扎和拼力搏命。他和全世界的劳苦大众一样,有一种吃苦耐劳的坦然本色,凭借他的勤劳与智慧,尽可能让一家老小吃饱穿暖,维持最基本的生存。家里的那十几亩山坡地,虽然贫瘠,收获的粮食太少,幸亏他有点手艺,借此挣些外快,再籴粮食补充不足。任英魁看得见哥哥操持家务的成绩,从地坑院子新斩挖的窑洞,到几孔窑洞土炕上新添的被褥,还有母亲和哥嫂一家侄儿侄女们身上不算光鲜,总算体面的衣着,以及一日三餐基本保证填饱肚子的粗茶淡饭,都是他劳苦功高看得见的明证。

如果单是生计艰难,还好对付——问题在于生不逢时,他们任家堡子摊上个倒霉的地理位置。这一点,已经成为八路军连长的任英魁,自然能心领神会而感同身受。在国共交界的边缘"扯锯"地区,白天,国民党的军队,会明火执仗闯进村来搜刮民财,闹得人人恐慌自危、家家鸡犬不宁;相反,通常是到晚上,会时有一些亲善和气、犹如亲人的人,悄悄地前来轻叩村人的门环。他们温言软语,一声声"大叔、大娘,乡党、老乡"呼唤你开门,然后推心置腹,给你宣讲革命道理,暗地组织抗粮抗税,对抗白军骚扰和乡里豪绅地主伪保长那一伙坏人。任英魁当然清楚,年长他十岁的哥哥岁爷,还肩负着一项特殊的秘密使命,他常常要在深更半夜悄然出动,影子样越过红白交界壁垒森严的封锁线,乔装打扮成贩卖百货的货郎,赶到县城和省城去秘密"接头",再从那里取回情报和边区政府与军队缺少的药品、布料乃至于枪支弹药。这些事情，要神不知鬼不觉做得不留丝毫痕迹。"刀尖上过的日子，全是把脑袋别在裤腰带上的冒险差事。"哥哥如实坦言，曾经兜底儿给他说过，"不是我胆小怕死，是因为关系到身家性命，一家老小的安危呀！"

那是1931年春上，哥哥岁爷，悄没声息地就跟上黎明亦即常先生参加了刘志丹的游击队。那个游击队后来被扩编纳入了红26军，岁爷因为读书识字，粗通文案，简单懂些能写会算的事务，很快被任命当上了营部文书，他正盼望换装，做梦都想威风凛凛、正儿八经佩戴红星领章，穿一身正规红军的灰布军装。可是关节眼上，他们的木匠大却赶到了，父亲突然气咻咻出现在了驻扎在甘泉的部队。老汉直言不讳，弟兄两个都来当兵，家里实在没人帮他种地。他态度明确，直接要求岁爷回家，甚至将他娘——岁爷祖母袁氏的话，也搬了出来，敲明叫响，让岁爷赶紧回成家立业，马上去娶媳妇。岁爷一听，脸红耳赤，哭笑不得。一时成了战友取笑他的笑话。岁爷深感没有面子，原想父亲已经出过了他的洋相，最多让首长安抚一番，打发他走人了事。岂料第二天一早，首长却找到他正式谈话，直截了当，和盘托出了组织上的"精心"安排。"回吧，到你们村上，那里是边区边界，隐蔽战线的许多工作更需要你。"

回就回吧，可组织还要他"平白无故"背一个"开小差回家"名正言顺的"借口"，以便遮人耳目，给他从事地下联络散布一种"灰色烟雾"。可惜，岁爷还真的缺乏先见之明，他无法预知，年深月久的"解放之后"，这一点"智慧掩护"，稀里糊涂，竟成了他日后多少年屡遭质疑、揪斗和批判不能自证清白的一桩"罪过"。他百口莫辩，却无法让人知道，红白交界地区的明争暗斗，始终没有停止，而处在边区边界的关中分区的任家堡子一带，远比陕北腹地环境复杂，危机四伏。岁爷背负秘密使命，要为红军提供情报、组织支前、扩红招兵、筹措军粮、动员边区人民支援抗日，保卫边区安宁。表面上，他只是个不起眼的、照顾家庭和农活的庄稼汉，实际上，则处在两党两军暗中角力、屡屡交锋的风暴眼上——严峻的现实，残酷的斗争，逼得他"大变狡兔"，建造"三窟"，不能不为了生存和家人的安全，多动些心思，长远考虑，多准备几手。

所有这些，别人可以一无所知，但对于他——任英魁，怎能心中没有数。毕竟，他还没有超凌"三界"外，且在"五行"中哇。

终身大事

许多年后，每当任英魁想起他昙花一现的仓促成婚，就觉得哥哥岁爷那次火急火燎地"捎话",让他"无论如何"抽空回家,确实是个蓄谋已久的"阳谋"。这也让他才有机会深切认识了村人口中哥哥岁爷的"鬼"。哥哥想让他把两个孪生侄儿带去参加八路军,说得上名正言顺,也合情合理无可厚非。但同时也一举两得,还要给他"娶亲成家"——这样的人生大事、终身大事,且不说他没有一点思想准备,实在是隔山架岭,不但没影,而且也有点太过随意和唐突吧。

"主要,就是为了给你'接'媳妇儿"。哥哥岁爷这样说。在乡间,买年画也和买门神灶爷一般等同,并不叫买,而统统称之为"接"。每到年末岁首,他也会尾随木匠大和哥哥岁爷,去土镇赶集置办年货,顺便也"接"回几张色彩缤纷的年画——是的,"接"年画不还要挑挑拣拣嘛,起码,得选一两张可心入眼好看的呢!可娶媳妇,能说娶就娶吗?何况,连那人的面还没照过一次,到底是瘸子、瞎子,还是个一脸麻子,糊里糊涂全不知晓,哪能轻而易举,说"接"就"接"!没错,他们这儿,把娶新娘就叫"接新媳妇"。可这眼下敌寇侵犯,兵荒马乱国难当头,一个革命军人为了保家卫国,随时要有流血牺牲的准备,岁月如此这般烽火连天,又怎么有闲心考虑个人的成家立业——所谓"终身大事"呢?

"这事不是时候。"任英魁、任连长不假思索,一口就回绝了哥哥深思熟虑的动议,他果决地说,"等打完了仗再说。"

"打完了仗,哼!"岁爷不以为然,威严地摇摆着他的光头,拨浪鼓似的。"啥时候,仗能打完,毛主席都说了,抗日战争,是持久战,没有个十头八年的能打完吗?"

"那就打他个十年八年,又怎么样?"往昔对哥哥百依百顺的任英魁,人大心大胆子也见长了,如今也敢和哥哥言来语去,顶开牛了。"反正,毛主席也说了,最后胜利必定是我们中国的。"

"这话我信。可那时你多大了,一晃就三十出头了呀,要有孩子,都该像虎子、豹子兄弟两个一样,能当兵去了。"岁爷一锤定音,容不得弟弟跟他拧巴唱对台戏。"好了,这事必得听我的话,在部队,你是连长指挥别人,在咱家,我可是家长,你得服从我的安排,没二话说的!"

任英魁、任连长同志,苦笑着无奈地摇头,他不得不退让一步,稍微松懈防守——不,应该是变换了战术——以守为攻。"长兄如父。就算我依你,可也没那么便当顺心随意的事对吧?你难道会戏法,大变活人,立时三刻能给我变出个媳妇来?我可把话说在前头,部队只给我三天假,军中无戏言,这可是铁打的纪律。还有……"任英魁压低了声音,向哥哥身边靠近一些,抖搂出了他最后的"招数",也是最具分量、重量级的理由。"你可别跟咱娘讲啊,不瞒你说,我现在是党员,已经带头报名,参加了东征抗日的先遣队,很快就要过黄河,去直接跟日本鬼子开干。说难听点,就是随时要死,很可能以身殉国。你说,一个都准备要死的人,还结啥婚、成哪门子家,那不是连累和坑害人家嘛!"

岁爷屏声静气默默听着,神定气闲,居然不为所动,——要么压根儿没有听见,要么就是没有听懂。他头都没抬,看也不看弟弟一眼。吧嗒、吧嗒,又抽了几口烟,然后从胡子巴茬的嘴里,呼出一口焦灼味的缭绕青烟,接着又深深地吸了口气。"这些,我全知道。不用想也都知道,当然也不是啥秘密,别说你要上前线抗日,枪林弹雨要出生入死,就说咱这所谓大后方吧,说是国共合作、共同抗日,可咱们的边区,哪一天又有过真正安宁的日子。你不是不知道,白的来、红的去,对面所谓的友军一天也没停止过反共,一闯过来就烧杀抢掠、无恶不作,简直是披着中国人皮的日本鬼,全他娘汉奸走狗卖国贼。你说,咱这儿还安全吗?谁又不是在生死线上挣扎?"岁爷说着,不由得叹了一口气。"正因为这,你的婚事,咱得抓紧快办。娘可是整天心急火燎,一想起来就睡不着觉,怕你三长两短有个闪失,老是不停地念叨,说你二十多了,总不能在世上白来一遭,一辈子没有女人和孩子呀?"

"女人?"轮到任英魁摇头叹气了,"那不是开荒种地,只要肯出力吃苦,就会有好收成;更不是打仗,只要不怕流血牺牲,就会争取到胜利!女人,哪能想要……就能要来呢?"

"这个……你只管放心。"岁爷依旧不动声色,看上去成竹在胸,端的神一样十拿九稳。"一切都是现成的呢。"

任英魁当然不知道,哥哥早在家里把一切都盘算到了,必需的一切,也都准备好了。而且,应该说,还不止是一家人的合谋——新娘和她的家人,远在天边,近在眼前,就住在岁爷他们任家大院。两家人心照不宣,也可以说,私下酝酿已久,早都一拍即合。

不久,这桩婚事,也就注定成了任家堡子人街谈巷议一段天作之合的美谈了。少说也有上千年历史的任家堡子人,自古笃信"好人好命、善有善报"的朴素真理。岁爷一家,善待逃荒要饭来到家门口的牟水琴母子三人,将其毫无芥蒂视同家人,不仅让他们娘仨从大门外的柴火窑搬进了任家大院,住进了粉刷一新、宽敞豁亮的新窑洞,而且打头一天起,就无偿地给要饭吃的母子三人赐汤管饭,至今,都还在一口大锅里搅饭勺子。牟水琴知恩图报,这女人遇到了菩萨心肠的大木匠婆,还有温和善良的第五花儿,已经不知道该怎样报答他们才好。她只有不遗余力，使出看家本领，纺线织布，又染布卖布，千方百计，帮着岁爷一家过好日子，还念念不忘教育一双儿女，孝敬大木匠婆，要求他们记得，"对岁爷一家人好，一辈子都好"。平日里，这个操着一口颇难改变的河南口音的牟水琴，直把岁爷两口子唤作哥嫂，更是一口一个"大娘"，将木匠婆叫得个真诚亲切。他的儿子何建安，大家管他叫安子，已经十三，比虎、豹二子，稍大月份，比杏子也就大两三岁。女儿何建妮呢，稍大一些，眼看快要十七了，长相清秀、性格温婉、和善懂事。这妮子来到这里，就成了任家大院一群孩子依赖的娃娃头，处处袒护着任家的弟妹，无形中给岁爷两口子减少了许多额外的负担。在这个异乡人的家里，原本就勤谨干练的她，慢慢熟识和习惯了打理家务，样样事情不但自己干得得心应手，而且反客为主，随时支使和带动那群吱里哇啦的娃娃，外出割草打柴，回家挑水扫地，把他们安排得井井有条、妥帖有序，看上去，她本来就好像是这个家庭不可或缺的一员。尤其是她关照那几个较小的弟妹，俨然成人一个，甚至像一只尽职尽责的年青鸡婆，总是贴心地呵护着他们，事无巨细，关照帮助他们。孩子们呢，则不管大小男女，都一概满心欢喜，心悦诚服地臣服和拥戴她，特别是和她年龄相差无几的桃子，更是和她形影不离，亲密得就像一对同胞姐妹。在此之前的任桃子，只是杏子和梅子管她叫姐姐，她不想长大也得装得长大成熟，处处护佑两个跟屁虫似的小妹。自从来了这个妮子姐姐，她一下子感到有了依赖，好像自己也变小了，她俩朝夕相处，白天说说笑笑，一起干家务活儿，晚上睡一个被窝取暖、挠痒痒，整天姐姐不离口，偶尔还在妮子跟前撒撒娇。

可是，忽然有天晚上，这妮子就"忽然"咬着桃子的耳朵，执着、认真，但绝不是开玩笑信口开河——饱受过沧桑和世事磨难的她，也无福拥有那份率性和随意，显然，她说出的话，必定深思熟虑，而绝非孩童戏言。她说，"桃啊，从今日起，请你再不要叫俺姐了，好吗？"

"那、那怎么行……"桃子莫名其妙，不由得为之一惊，不明所以的她，还以为妮子是跟她开玩笑哩，"那你，让我叫你啥呢？"

"以后……你就管俺……叫姨好咧。"

"你胡说。"桃子瞪大一对明眸闪闪摄人心魂的毛眼眼，忍不住就嚷出了声，"这不是差辈分了吗，你喊我大和娘叫叔和姨哩，我咋能……也叫你姨？"

"那是过去嘛，你现在就改口，这样叫俺。"妮子眨了眨眼，修长的睫毛，颤巍巍一闪一闪，尽是庄重肃穆的正经表情。她虽然长得不十分漂亮，不仅比不过桃子三姐妹，甚至比不过她娘牟水莲，但是，她皮肤白皙，正是人说的"一白遮百丑"，何况，她又绝对不丑，倒是十分端庄秀气，加上性子温婉娴静，用大木匠婆的话说，就是"越看越耐看，难得招人爱"。妮子见桃子一脸疑惑不解，一直呆呆地发愣，只好摊牌说出了根柢实话，"你奶木匠婆都同意啦，俺以后呀，就要管她老人家，叫大娘呢。"

"咦……这咋成呢?"桃子惊诧莫名，终于喊出了声，不料，却被妮子顺势接上了话茬，当即"哎"了一声便回应道，"这就对了吗，你看俺大侄女，多么乖巧。"桃子发现上当，让妮子占了她的便宜，立马急不可耐地赶紧声明，她不是那个意思。"看把你美的……耍了个大哟，谁是你的……侄女？"

说着就"发疯"来了情绪，上手胡乱抓挠，放肆地在妮子的身上又是胳肢又是拍打，两个人又像往常那样亲密无间，嘻嘻哈哈，无所顾忌地在炕上滚成了一团。

要说妮子这姑娘，倒是有十分的细腻心计，虽然年纪不大，可毕竟颠沛流离，一路跟娘和弟弟，风餐露宿，沿门乞讨，看尽了别人的脸色，尝遍了人世的炎凉，也算穷人的孩子早熟和早当家了。她得知桃子的二叔正在当兵，心下暗自留意盘算，加之期间更没少听一家老小的念叨牵挂，尤其是桃子，动不动就在她耳边嘀咕，老夸奖她二大多么高大魁梧、英俊威风和倜傥潇洒，有一天晚上来了兴头，还忍不住给妮子透露了个秘密，说她二大已经在八路里当上了连长，还给她祖母悄悄捎回了两张黑白小照片呢。那照片，现在就藏在木匠婆的身上。要不是害怕村上人多嘴杂传出去，招惹来封锁线那边的白匪兵寻找麻烦，她大岁爷甚至不无遗憾地说过，只能等到以后日子太平，再好好做个相框，要将其悬挂起来呢。

言者无意，听者留心。这些话无由地惹动了妮子的少女春心。那心思不由自主就在她萌动的芳心里春情荡漾、波光潋滟了。这个心思细密的姑娘，终于在一天晚间，趁着去给木匠婆烧火煨炕，四顾窑内正好没有旁人，便麻利地挡上炕洞，又迅疾转身掩上窑门，接着蜻蜓点水般轻灵地转身，一抬腿，就坐上了炕沿。她亲昵地偎到老人的身边，微微呼吸，吹气一样，口吐兰香，断断续续，最终委婉曲折吞吐出了她日思夜想，准备好的心灵私密。

"大娘……"

木匠婆猛然一怔，睁大了布满皱纹昏花的老眼，证实了来烧炕的是妮子而不是她娘牟水莲。正纳闷时，却见这妮子人面桃花，正开得不胜娇羞灿若云霞。她恍然明白，也诚然确定，并没有听错，真不是往日里那个讨人喜欢的河南女人牟水莲在唤她，千真万确，这一回是她的女儿——何建妮。诧异之余，她盯着妮子仔细一瞅，发现这妮子忽然低眉顺眼，羞羞答答，一脸娇媚，当即已不胜羞赧，很难为情地垂下了头。

"大娘，俺能不能看看……当兵的那个二哥哥的相片？"木匠婆"咯噔"一下，怦然心动——都说听话听音，锣鼓听声，再者——毕竟都是女人，所谓心有灵犀，何况，她还是过来人，一个年届花甲的老婆子，无论如何，在感情问题上，可不缺少那种察言观色的洞察力和心细如丝的颖悟力。她毕竟听出了一些门道，当即眼前一亮，豁然开朗，不由得就喜上眉梢了。是的，既不是她的耳朵听差，也不是妮子这姑娘把她叫错，而是——对了，这是喜从天降，我的个神啊，这不是神，给我儿送上门一个好媳妇吗？就像当初——大儿子的媳妇第五花儿，必定也是受了神的差遣旨意，主动上门，做她的儿媳一样。天老爷哟，我任家哪辈子积德行善，攒下来的福哇。她一激动，整个身子，都开始微微颤抖，当即紧紧拉住了妮子的手，好像第一次认识她，上下左右好一番仔细打量。"好娃娃，那，那没的说。"

她急急忙忙掀开她的宽襟棉袄，窸窸窣窣地从贴身里子急切地扒拉出来一个小小的布包。"甭说你想看，只要你喜欢，大娘就给你了。你是个灵醒娃娃，你大娘我还没有老糊涂嘛，咱俩可就说定了啊，从今儿个起你就叫我娘，我把你娘权当成个小妹子，咱们两家合一家，难得地亲上加亲啊。"

妮子听她这么一说，如愿以偿，赶紧接过了那个布包包，像是得了个元宝，看都没有打开看一眼，便腆着一脸桃花云锦霞霓，径直塞进了她热情澎湃、喜气洋洋的怀抱里了……

任英魁煞有介事，认真谛听哥哥岁爷说完这个故事——简单地说，就是要他娶何建妮为妻，却"扑哧"一声，立马就忍俊不禁地笑了。他是因为感到——实在很有点可笑而笑的。

"胡闹，她才多大，跟桃子差不多吧！"他有点慷慨激昂，振振有词地嚷道，"再说，她该管我叫叔吗？这，怎么能乱了辈分？"

"你先别管这些，直说，你喜不喜欢她？"

岁爷可是单刀直入，一点不留回旋余地，虽然，在弟弟高大的个头面前他只能仰视，但他毕竟一家之主，当然要以家长的岸然口吻，而且是当仁不让、以一种精神上居高临下的威严腔调，对他发话。"你看人家姑娘，哪一点配不上你？"他掷地有声也郑重其事地质问。任英魁说："不是那回事儿。"

"那是哪回事儿？"岁爷这就不容置辩了，当机立断回敬弟弟，"人家一个黄花大闺女，主动表示看上了你，送上门来的好事，把你美得……偷偷乐吧，再别跟我犟嘴犯牛劲了！"他把手扬起，斩劲地一挥，"特殊时期，情况特殊，咱就一切从简，顾不得繁文缛节老一套了，既然万事俱备，就等你大驾光临，明日咱就成婚，喀哩嘛嚓把事给办了。"

到此为止，任英魁才算彻底明白，哥哥果然老谋深算，让他回家真实的目的，呔，说让他带侄儿去参军，那只能看成是搂草打兔子——顺带的事。只是他还不明白，岁爷可心里明白——亮堂着一面透明的镜子，弟弟虽然比自己小了许多，可毕竟也到了男人精力最旺盛的时期，单从人家戏谑弟弟那"四大"之外，他羞于启齿的另一个"大"字，他就醍醐灌顶，心领神会了其中实质性指涉的那些个内容。

　　男大当婚，自古至今，天经地义！当哥的一锤定音，不容他执拗违抗，任英魁别无选择，也只能乖乖就范，恭敬不如从命了。

　　婚礼说是从简，毕竟是人生一件大事，而且事关两个人和两个家庭，一些免不了的必要礼俗程序，还得走一遍才是。勘破俗世红尘，只是人们还是无法解读，任大木匠的两个儿子，形象殊异，高低不同，可人生大事因缘际遇，却如出一辙，好像冥冥之中，真有老天爷的神力操纵。弟弟的迎亲"接"新媳妇，"轻车熟路"，居然走的还是哥哥岁爷的老套路，与当年岁爷迎娶岁婆第五花儿其情其景何其相似，不谋而合，几近原版复制。村中人都来看热闹，都说上天赐福岁爷兄弟，两个人娶的媳妇，不但人才出众，品貌超卓，关键是天造地设啊，都没有费啥大事，妯娌不约而同，全是自己找上门的！

　　时势不待，边区边界的形势又危机四伏，包括自家仍然不太宽裕的经济状况，特别是任英魁假期紧促，都不容他们过分讲究排场，只好就近通报了岁爷兄弟的舅家、姑家，几个姐姐和嫡亲挚友，村上也只能有限地邀请了几位门中族人的长者，以及不得不请来帮忙招呼亲戚的族中"自己"人等。正中午时，时辰已到，新娘妮子打扮一新，被她娘牟水莲牵着手走了出来。她棉袄棉裤，一身喜庆的大红颜色，头上的盖头布也是大红色的，上面用金丝线精心地绣出龙凤呈祥的图案。在土场畔的麦秸垛旁边，她被弟弟何建安扶上毛驴，那头灰色毛驴跟上沾光，披红着彩，有模有样地穿越村中穷街陋巷，又在岁爷任家大院的崖背周围转悠了一遭。新娘的弟弟，何建安既是牵驴的驭手，也是代表娘家送亲的贵客。婚礼没动乐人响器（敲锣打鼓吹唢呐），只让虎、豹二兄弟在大门外首，点燃两挂万字头的响鞭。鞭炮声中，任英魁就在一群大人小孩儿，主要是他的侄儿侄女们的簇拥之下，换了簇新的衣裳，连推带拉，走出大门外，随后弯下腰去，把顶了红盖头布的何建妮，抱进了闹声喧天的地坑院子。

　　院子里，早已备好了一张八仙桌子，上面铺就红布桌单，正中摆上了祖宗的牌位，香炉和供奉的水果点心及一应供品。另外两张桌子，摆在平时纺织的那孔大窑洞里，准备开席待客。执事管家朗声招呼，便有人将大木匠婆，扶上桌边的一把木靠背椅上，年青的牟水莲，今天身份不同，摇身一变，也和木匠

婆平起平坐，成了同一辈人。

婚礼就此开始。先是新人祭拜天地、祖宗，再是敬拜父母——向木匠婆和牟水莲毕恭毕敬地鞠躬，随后是夫妻互拜。一声"礼毕"，新人便被满院子一片笑声喧哗、笑闹着送进了提早收拾停当、充作新房的窑洞——新人就双双入洞房了。洞房虽然简朴，但也不缺喜气盈门，门口依例贴了大红对联。进得窑内，迎面就是一个纸剪的大红"双喜"。听说还出自新娘自己的巧手。下面的案几上，两根正在摇曳燃烧的红烛，光影婆娑，给新窑平添了一份喜庆的氤氲气息。再看炕上，已经铺好全新的红色被褥，头顶迎面的窑壁上，贴了好几张寓意丰赡特殊的年画，有光屁股骑着一条摇头摆尾大鲤鱼的胖娃娃，有麒麟送子图、年年有余岁岁平安图，有明眸皓齿爱唱山歌的刘三姐，还有正在眉目传情的梁山伯与祝英台……

乡下约定俗成的规矩，新郎揭开新娘盖头布之前，须得听从娘家人的托付和要求。何建安作为娘家唯一的代表，没有按照他娘的嘱托，说什么"今后要对我姐姐好"一类陈词老调，小家伙毕竟还小，心直口不快——难为他一着急，说话就有些结巴打磕，所以一开口说话，就惹得洞房内外，一片连绵起伏的大笑，连新娘和新郎都忍不住乐了。

"哎，二叔……噢，不对……"他眉头一皱，脖子一梗，幡然醒悟，快速地更正。"对了，从今日起，俺再不能跟着虎子、豹子和桃子他们，喊你二叔了……对不……哦，俺得叫你……姐夫，对不？虎子、豹子和桃子他们，唉……他们得是，反过来，要把俺，叫……叔了，对不？"

任英魁，堂堂的任营长，咧开大嘴合不拢上了。"当然，当然。你想说啥，就只管说吧！"

"俺说……当然……"他歪起头，怔怔地盯着新郎官，半响不眨眼睛，"俺说了，你可得应承俺……是不？"

"那是、那是。"

"这么说，你是……答应俺了？"

"答应你，啥事情吗？"

"俺姐……嫁给了……你……对吧？"周围又是一片哄笑。"那还用说吗？"任英魁道。"那俺……也要……要嫁给……"他转了转眼珠子，大概觉得自己不是那个意思，立马改口，"那俺，也要……跟你……对……不……"他说得不很流畅，好像长途跋涉，非常艰难困苦。说罢，脸红脖子粗，额头上已渗出了细密的汗珠，少顷，才如释重负，习惯性在嘴上抹了一把，眨巴着眼道，"就，就这。"

戛然而止，竟如此这般，稀稀拉拉，历史性地结束了他的仪式扮演（讲演）。人们只顾了开心敞怀，捧腹大笑，包括任英魁在内，却没有在意，或者根本没有理解这小安子话里有话——那没能说完整的话里准确的蕴含，也许只有桃子姑娘，不期然地听明白了。

心授魂子

都说春宵一刻值千金，无奈暮婚晨别太匆忙。任英魁军人使命在身，不能不按时归队了。心地纯良的任连长，自知"嫁女与征夫"难免"沉痛迫中肠"，告别新娘何妮子，难舍与愧疚，不知说啥好。"我要走了，你要啥，只管对我说吧。"新婚夫妇情浓渺恰，自有一番衷肠难诉缠绵缱绻。妮子温婉可人，小鸟依人地紧紧拥抱着他，含情脉脉摇一摇头。"俺啥都不要……只要你，好好地……活着，能一直在我身边……就好。"

"我也想……可是……"

"俺知道，这是不可能的。"妮子松开了他，忙不迭地从怀里掏出一只布包，从里面拿出两张照片。"如果有一天，能和你站在一起，哪怕像这样子，挽着你的臂照一张相片，让俺永远贴心，装在身上……"

任英魁当然认识那两张照片：一张是他当排长得了大生产劳动模范的获奖照，那是《群众日报》一个记者，到马栏单独给他照的；另一张，是不久前他荣升连长，去延安接受培训，和指导员的合影——只见指导员大咧咧、笑呵呵地与他勾肩搭背，一副亲密无间的哥们儿样儿。"这个好办。"任英魁满口答应，信心十足地拍着胸脯许诺于她，"等有机会，我带你去延安，不但能找到人照相，说不定，还有机会见到咱朱总司令和毛主席呢！"何建妮充满期待地笑了，眼里点点泪光更像清晨带露含笑惬意开放的玫瑰花瓣。

儿子和孙子要走了，大木匠婆和花儿娘，早早收拾停当了给他们叔侄要带的东西，单等吃罢早饭，送他们上路。厨屋里热气蒸腾，飘出烹煎炒煮浓郁诱人的香味。任英魁换上一件家染的粗布外罩，这是牟水莲亲手给女婿做的新装。他在院子找丈母娘，想要当面致谢，也顺便告别一声，不料，这个低调勤快的女人，一如往常，早早就钻进了厨间，正在锅灶上帮忙蒸馍。他站在蒸汽缭绕的门口，傻傻地笑着，不知所措地搓着双手问："我来，干些啥吧？"

花儿嫂子爽笑一声，"这里没你的活儿，你快要走啦，还是再陪陪你的新娘子去吧！"

厨间登时盈溢起一阵欢快的笑声。任英魁也笑了，但他没有去陪新娘，而是想找侄儿豹子,安抚他几句。他和哥哥嫂子以及母亲,已经反复商定,决定先带虎子去参军,这样至少他心理的负担会稍轻松一些。不过,他也知道两个双生侄儿通常就茶壶离不开壶盖,是天生配对儿的,尽管好起来臭味相投一个鼻孔出气;但若恼了,也是狗咬狗一嘴毛互不相让,非要争个你高我低。侄女们说起她们这两个活宝哥哥,也是鼻子不是鼻子嘴不是嘴,上不了台面的一地鸡毛。这天早饭,人们终于发现豹子不见了人影。一贯勤快乖巧的安子,自告奋勇去村子里找人,而虎子煞有介事不闻不问,只顾忙着打点自己的行装,但看他衣帽整齐原本应该兴高采烈,却意外显得心事重重,甚至闷闷不乐地低垂着头。

　　眼前的情景,只有桃子看出了蹊跷,但她只是冷冷旁观并不声张,更不敢一言道破实情真相。因为只有她看清了,准备着东西要跟二叔走的,其实正是二哥豹子,并不是虎子。真正不着家的那位其实才是虎子。对,还有借故去找豹子(实际是虎子)的安子哥哥,她早看清了,也有点行为反常,他们仨人,无疑在玩一出不可告人的"花招"。桃子有些为难。她惶恐不安,既不敢一语道破"天机",戳穿哥哥们相互"掉包"的阴谋"诡计",也无法阻止他们处心积虑瞒天过海的"攻守同盟",他们平时就爱串通一气,出人意料地上演这样那样招人眼黑的"闹剧"。在她眼里,这一对孪生哥哥正像村上人所说,那可是一条命托生出来的两个人,一根绳上的蚂蚱,一损俱损,一荣俱荣。或许是遗传基因使然,这对宝贝,天生也随了岁爷大小时的毛病,哭号起来不遗余力,脸红脖子粗地直要咽气窒息,即所谓"气死病"。比他老子更甚的是一个闹心变成了一对,这个一开腔,那个就不甘示弱,无缘无故跟着没完没了合唱不止。他们频频上演这一出戏,开始还闹得家人惶恐忙乱寝食不安,后来渐渐习以为常,也使唤上了古已有之的乡村传统招数,每个人脑袋后面留起了一撮头发,女孩子那样编成一根细溜溜的小辫儿。但问题是,你只要随便扯动他们哪个的那根"气死毛儿",另外那个即使不在一块儿玩,也会突然龇牙咧嘴,大声喊疼。木匠婆和他们的花儿娘,有意偷偷验证过几次,也都百试不爽,于是就只好承认,果然"他俩是一对打不散的冤家"。

　　"我说花儿呀,咱可真的要当心哩,你这俩小祖宗,天生一头大蒜,可别轻易剥开蒜瓣。"老祖宗一旦发话,这俩小祖宗就更祖宗了。即使后来不断头地依次添了桃、杏和梅三个小丫头出来,他们依然是全家人目力所及、聚光的"焦点"。一方面,这是包括岁爷在内全家人确实骄纵着他们,几乎都当成了神;而另一方面,随着岁月累添,他们确实是狗皮袜子没反正,臭味相投的一对。在三四岁的时候,他们的平等诉求,就开始压制不住地抬起了头,他们不甘心自己颜色和式样有别的装束了——当然,那会儿鸿蒙未开,并不知道家里拮据,缺吃少穿,他们的花儿娘能够千针万线连缀缝制几件小衣服打发他们,已经很不容易,可是他们刚会咿呀学语,就哇哩哇啦地伸出小手,直指对方的衣服要求"一致",这就逼得他们的娘又挖空心思想招,不能不同时缝制同样的衣服帽子和鞋袜了。好在,后来有了牟水莲这个天降的纺织娘光临,家里渐渐宽裕,再不短缺做衣服的布料了。然而,这穿戴相同的两个人,又常常因为互相拉乱衣帽鞋袜,彼此不分,弄出差错而争执不休乃至你死我活厮打浑闹。不过,打过、闹过,他俩出门仍要手拉着手,即使跟村中的孩子玩简单游戏——顶猴、跳方(井)、狼吃娃,他俩还是不拆伴儿。

在早,人们仅仅觉得,一个模子里倒出的这俩兄弟,眉眼分毫不差,表情毫无二致,乃至喜怒哀乐,都会同频共振一个节奏,就觉得辨认他们,还真是件挺费劲的事情,这种不无善意的抱怨传进了花儿耳朵,她就动了一番心思。随着儿子们一天天见长,她要用同样布料同样式样的衣服打扮他们,这让她这个缺吃少穿的穷木匠家的儿媳颇为犯难。捉襟见肘之余,当娘的只能在大人衣服剩余的边角料上想些办法,干脆将两个儿子以不同颜色的衣裤,果断地给分别开来。这种区分判然有别,终于成就了他们各自在这个世界匆匆而过,留下的短暂和明显的不同形象,一如后来他们以不同政治派别的军装,包装了自己那样。

两个双生儿,一对淘气包,一天天大了,读书认字之外,岁爷还给他们规定了割柴、放羊这些个活计,他们的活动半径,也越来越扩大,别出心裁的新鲜花招、鬼心眼的损招,也防不胜防地多起来了。这就不能不让大人费心操劳了。偶尔,便有村民前来诉苦或者告状,不是他们合伙欺负了别人家的孩子,就是偷偷摘了人家树上没成熟的果子。岁婆的话:两个活宝,都成精了。

岁爷心知"子不教、父之过"的古训,随着他们慢慢长大,也开始只给他们好心而绝少赔好脸色看了。当然,他不会像他娘大木匠婆那样,慈眉善目有意偏袒孙子,也不会像他的花儿媳妇那样苦口婆心,总是絮叨没完却不见成效。他惩治不肖之子,既不着板子掌手心,也不使棍子打屁股,甚至都懒得开口打骂训呱,他的处罚办法,金科玉律,始终不变,就一个字:跪。这是他在心里神一样敬视和供奉的"心经",如同他娘大木匠婆的烧香拜佛,笃信不疑。

"男儿膝下有黄金,女儿膝下生福荫哪",每当要收拾他的孩子,特别是双生儿子,他就会神情肃然,端出教师爷的派头,却拿捏着一个地地道道农民的举动。你就看他吧,慢条斯理,将烟丝儿填满烟锅,有板有眼地掏出火镰和火石,一下、一下,连续劈擦打火,直到那些飞溅的火星,点燃了夹在火镰旁边

的火绒，冒出一股青烟和焦煳味儿——再摁在烟锅上点着那些旱烟末子，悠悠地抽一口烟，缓缓地吐一句话、一遍一遍，深奥高冷地重复他那些关于了悟和反省的经典名言。"打骂有啥用呢？你能吵醒一个沉睡的人，绝对唤不起一个装睡的鬼。驴不拉磨，打着不走牵着倒退哩。一个人，不知道往前扒抓过日子，总不能打断他的腿，扔进轮椅推着走呀！"

岁爷"敬视"他推崇的那个看不见的"悟性"，但他相信，那就跟心灵感应一样是存在着的，因为这时，他就会自然而然地回想起父亲大木匠惩治他的"家法"。当年父亲，不就是让他跪在花儿舅家的照壁子下，面向土地爷忏悔来着？结果怎样，他赢得美人青睐不说，几乎是幸运地撞上了大运，一张红色传单，给他带来怎样命运的转捩、天大的惊喜。于今，他处罚他这俩不省油的灯，就是要让他们一跪了悟，但不是跪在照壁子下，他院里既没有照壁，也不供奉土地爷。这虎子、豹子两兄弟，也就没了他当年的艳福，没有一个暗中钟情于她的第五花儿，会借口给土地爷献饭，其实是偷偷端给他热气腾腾的辣蒜羊血饸饹——没那好事。他的办法，是让他们跪在臭气烘烘的茅房门口，而且要扒了上衣赤裸光背，还要将裤腿挽起露出膝盖，然后，跪在一堆破瓦渣上。

"都是他……虎子哥，让我干的。"豹子对于岁爷这样不讲区别的处罚不满，他举出岁爷当年受木匠爷爷处罚时并没有处罚弟弟他们二大的例子，希望他能被赦免不受惩罚。但他的理由站不住脚，还没等岁爷发话，哥哥虎子就驳斥了他："那时不一样，因为二大比大小十多岁呢，你怎么能跟他们比？"

"不行，反正我比你小。"豹子抗争，极力辩驳，"小一会儿也是小，你不是说你是老大，总得听你的话吗？"

"听话，哼……"虎子也会耍赖，他嘲弄豹子说，"那我叫你去吃屎，你去吃呀！"豹子很有点委屈，因为他们的老子岁爷也发话了，"是呀，你没长脑子吗？必须陪他一起受罚，要不然，我看你也难得长进。"

兄弟两个，就那样半裸地跪在火辣辣的太阳底下曝晒，不给吃饭不给喝水，妹妹们先心疼了。桃子也害怕岁爷发火，知道自己没那个面子求情，就去乞求何建安，因为她大岁爷，一直对牟水莲母子另眼看待，时时处处，都留着一分格外的客气与关照。何建安人小心眼儿却不少，他喜欢桃子，常常对她言听计从，正好有了个机会，让他也表现一番。可是他也知道，自己毕竟是个外人，加上年龄又小，人微言轻，想了一阵，他也挽起裤腿，扒了自己的上衣，赤膊上阵，一言不发，跑到茅房外头，陪虎子、豹子两兄弟一起受处罚了。

这一招还真见效，当岁爷听见几个女儿吱哩哇啦，喊叫说"安子哥哥也跪去了"，当即从窑里便奔了出来。"这使不得，小安子，你这是咋回事儿？"

"大叔，是俺撺掇他们干的。"他不仅跪了，还面向岁爷，毕恭毕敬磕一个头，"请你放了他们，不然，我就一直陪他们跪着……"

"那咋地行？"岁爷实在有点为难了，他摇着头，良久，叹一口气，"好吧，看在你小安子的面子上，我就饶了他们这一回，只是今后，下不为例，也希望你今后不要臭味相投，跟他们俩一个鼻孔出气，搅在一起混闹。"只这一跪，何建安立即在桃子眼里形象高大起来，"安子哥，你真的行"。她偷偷凑近安子，咬着耳朵对他说，"我今后也会把你当成我亲哥哥的"。

安子听了这话，一言未发，心里却涂上了一层蜜糖，甜得陶醉有点忘乎所以。虎子、豹子两兄弟也对他更亲近和热乎了。三个毛头小子，有点扬扬得意的时候，却也是岁爷深感头大和难堪之时。"小人得势，抓破天呢。"由此，他不得不经常提醒媳妇第五花儿，也常常因为打骂双生儿子跟花儿抵牾冲突，每每便少不了一次次唾沫飞溅的口舌之争。"你难道没听老辈人说过，尤其是这男娃儿，可匪着哩呢"，岁爷警示她道，"三天不打，上房揭瓦呢！"

那岁婆花儿，虽不识字，却反应机敏，顺口就不失时机有力地怼了他一句："好意思说呢，你老任家房在哪儿？"

岁爷的光葫芦头一晃，油腔滑调，却剑走偏锋不正面较量。"没得房，可有的是树啊！"

这话，可把岁婆给噎住了，因为这一阵子，正是为了虎、豹儿子的上墙爬树，让她实在有些恼恨不已了。这俩不省油的灯，拢不住的猴，要么逮雀，要么摘果，不是折了东家的花，就是薅了西家的葱，疯孩两个，闹得四邻不安，正是"七岁八岁，猪狗眼黑"，所谓"猪嫌狗不爱"的年纪，实在让她这个娘也无可奈何了，几乎无日不为此揪心，嚷嚷个没完。他俩不但自己爬树，还带着妹妹们也上高缘低，不得拾闲。如此一来，分外费衣费鞋、磨损衣服不说，常常还身上、脸上和手上的，不是蹭破，就是剐伤，可真叫千疮百孔，果然让她晕头转向，应付不及了。"我看他俩啊，没准儿是天生猫变的吧？"

岁爷有感于他们淘气捣蛋，无师自通，而读书识字不入角色，长进迟缓，一声叹息，"猪圈难养千里马啊"。

于是，就早早谋划，开始为这对活宝的未来做打算了。就像他很早以前，就曾不动声色，自己制作模子和化铁铸造，精心雕琢，细心为两个儿子打造的"长命锁"一样，满心寄托着他的殷切希望——那上面一虎、一豹，图像逼真、栩栩如生。背面则是他俩名字的两个不同的汉字，字的下方，令人费解，也鲜有人知晓和理解地，镌刻着别人看了也莫名其妙的三个相同的符号：CCP。

眼下，两个儿子就要去了，小鸟翅膀硬了，也该飞了。只是这一走，岁爷的任家地坑大院，就要冷清许多。诚然，他们这儿原本人气就很旺，又因为他们一家人宽厚仁慈，接纳了素昧平生、逃荒要饭而来的牟水莲母子三人，纺线织布又染布，再加上岁爷抽空还做木器、铁匠之类一些手艺活儿，这院子里倒也不乏热闹喧嚷，一天到晚，几乎就是蜂蝶乱舞人声鼎沸了。

所谓不是一家人，不进一家门，这一说不无道理。且说牟水莲的女儿妮子，虽然腼腆柔绵，见人羞怯，老抬不起头来，却跟桃子姑娘一见如故，好像上辈子就认识似的，早早晚晚，她俩形影不离，身后还尾随着两个甩不掉，也不能甩的小尾巴——动不动就吱哩哇啦乱喊叫，总是抹鼻掉泪的小妹妹。桃子跟妮子睡一个窑，晚上也是嘀嘀咕咕，无话不说。这个知心"姐姐"也知疼知热，很能体贴地照顾她。他的弟弟因为跟虎子、豹子年纪不差上下，一路风霜雪雨，历尽艰难，跟母亲和姐姐逃到这里，能够有个落脚之处，也就感到比较安稳满意，比起虎子、豹子两兄弟，还显得老练和成熟一些，他跟姐姐性格相反外向，自然没过几天，也就跟孪生兄弟一样不分彼此，滚在了一铺炕上。尽管，后来因为任英魁的婚配，这两家的少男少女骤然成了两辈人，但他们依然如故，形同异父异母的兄弟姐妹。村里人的评价，说他们好得穿一条裤子，而亲得就剩下用一个鼻孔出气了。这孔窑洞的火炕，在早，是岁爷给他娘大木匠婆收拾的，虎子、豹子两兄弟长到十多岁时，都挤过来要跟着祖母，理由是要听她念叨"古经"（讲故事）。人上了年纪，瞌睡就少，也是木匠婆对两个孙子疼爱有加，寄有希望，少不了拐弯抹角，敲打和教育他们，诸如从小就要勤劳、善良、诚实和勇敢什么的，每晚都要说叨，直到他们一个个呼呼大睡。"娃娃勤，爱死人啦，吃穿不愁不求神啦，子孙满堂福临门啦；娃娃懒呀，烂了鼻子瞎了眼呀，狼叼去也没人撵呀。"

老人家一辈子笃信佛教，自觉积德行善，一遍遍教诲儿孙，不要嫌贫爱富。"人要爱人呢，这可是本分啊！娃娃们，咱们是穷人，更要爱穷人啊。"

许多年后，当豹子在冰天雪地的陕北接受炮兵培训，每天要早早起来奔跑举重，累得满头大汗；当他连续练习装填炮弹，腰杆芯子都快要折断不堪忍受的时候，他都会不自觉想起祖母讲过无数遍"背石头"上山的故事。那故事说：一群希望发财致富求神拜佛的年轻人，在一座山下，遇到一个白发老人，他们请教他到山顶上的寺庙里祈求，能否得到财宝？老人给他们每人赠送一个口袋。说是装上山下的石头，装得越多越好，然后背上山去，就会得到财宝。有的人一笑了之，认为是欺骗他们，压根儿没有理睬；也有比较老实听话的小伙，言听计从，一路捡拾石头，累得满头大汗，终于背上山顶的庙里。庙里的方丈得知他们想要财宝，就点着头说，财宝已经给你们了，打开你们的口袋看吧。结果不用多说，口袋里的那些石头，全都神奇地变成了财宝。后来的日子里，豹子不但自个儿笃信不疑，还屡屡言传身教，对他手下的战士，常常激励他们要舍得吃苦耐劳。"有舍就有得啊。"他将这个原理运用到了训练和打仗上，"训练多流汗，打仗才能少流血"……

跟豹子不同，深入虎穴的虎子，每每和那些阴险毒辣的对手，暗中角力的时候，他想到的，大多是祖母木匠婆说的"东郭先生和狼"的故事。他知道东郭先生救下了狼，可最后却没有能拯救自己。于是，这个参军后更名第五良虎、同时曾化名李志胜的虎子，在残酷的环境里，愈发坚定了一个信念：那就是对于坏人，一定不能心慈手软，否则，你就会反受其害。"你若是天神，就不怕地煞"，每当需要百倍的勇气和坚强的决心应对潜伏之中变化莫测的局面，祖母木匠婆的这句话，就会回响在他的耳边……

至于桃子，她参军比两个哥哥要晚，在父母特别是祖母身边，时间相对较长。这个本来就长得水灵俊美，而后来"女大十八变、越变越好看"的小姑娘那柔情蜜意的记忆之中，祖母那些天仙配和牛郎织女的故事，总像梦幻的天堂迷乱诱人。在家时，每年七月七日七夕之夜，她甚至会悄没声息躲藏在院子里的葡萄藤下，按照祖母传说的方法，坐看牛郎织女星，侧耳窃听他们的"鹊桥会"。参军之后，偶尔想起那些有趣的往事，还会在心里暗暗"乞巧"，期盼自己的未来姻缘，想象那一轮水中明月般恍恍惚惚、模糊不清的幸福……

对于木匠婆来说，离开家的孙子和孙女，不知啥时候，忽然变成了自己的一部分。要么就是，她的一部分变成了孙子孙女。当然，这后一种情况，她是不得而知的，更不知道他们的身上，还带着他们父母的很多东西。比如母亲第五花儿，那副永远沉静如水的表情，一天到晚不慌不忙、永远忙不完的忙碌；他们父亲岁爷，咂吧着烟锅的沉思，一颗剃得光溜溜西瓜样的脑袋，不知都装着些啥不可知的东西……

噢，对了，他们的岁爷，尤其在双生子虎子、豹子的眼里，岁爷的形象，也许还是个鸡蛋——圆溜溜光秃秃的鸡蛋，上大下小。这个最初的印象，应该来自他们七八岁的一个上午，那天村东头的老羊棍毛胡子余叔，惯常来给他们的父亲剃头。岁爷突然决定，说我今天要解放了，不要再留那个泼烦的时髦头了。

毛胡子余叔一瞪眼睛，有些吃惊："得是？"岁爷说："就是。太泼烦了，这一头不长不短，不中不洋，不黑不白，不今不古的杂毛头发，我已经烦腻透了，把人木乱得透透的。"

"那就把它剃了？"毛胡子余叔翘着往上卷起的一撮僵硬的花白胡子，右手拇指和食指娴熟地操练着一把牛骨头把柄的剃头刀子，刀片捭阖，上下翻飞，噌噌两下，在一条吊在门框铁栓上三指宽的皮条子上将刀刃一拭抹，眼睛乜斜下视，再一次征询过了已经在板凳上坐定的岁爷。"你可想好了哟，真的要剃个秃驴，不怕花儿嫌你光葫芦秃瓢？"岁爷用鼻子一笑，"剃吧，老弟，莫不是你也老了，真是老了，咋变得这么婆婆妈妈、啰里啰唆？"

"好，那我就下刀子了。"毛胡子余叔面向门口，对着倚在门框左右两旁的虎子、豹子两兄弟，眨眨眼睛，"你们可看好了，你老子马上就不是你老子了，中国有个害人不浅的蒋光头，咱们的岁爷，也要成为任家堡子的任光头了。"岁爷说，"我可不当那害人精。"毛胡子余叔的手艺还真不赖，只见那雪亮的剃刀，在岁爷头上一闪一闪，上下翻飞，游刃有余，岁爷那些花白的头发，随声打卷，纷纷滚落。也就一转眼时间，一个全新的光脑袋，干净利索，重生再世一般新鲜惹眼，看上去真的酷似一只青皮西瓜。

"看看你们老子的头，像啥？"毛胡子余叔故意考问他们兄弟。"鸡蛋。"他们几乎异口同声，还笑得前仰后合，虎子弯腰捂着肚子笑得要岔气了，呼哧呼哧喘了半天气又说，"不过，也像一块石头，腌菜泡在酱水里的石头。"豹子却摇头说，"哪里，酱水里的石头坑坑洼洼的，凹凸不平，我看，像一块料礓石。"岁爷抖落着身上纷乱的发屑，难得率真朴素地幽默了一次。"石头也好。"他说，"要是鸡蛋，你们啊，哼，还不都是些没大能耐、只供别人大快朵颐解馋饱腹的小鸡娃娃吗？记住：只有石头里面才能蹦出个孙大圣来。"毛胡子余叔听了一愣，不由得点头叹道："咱岁爷就是岁爷，剃了个头，都能剃出些学问出来，不是个凡人哪。"

"小心我踢你一脚，"岁爷瞪他一眼，"我让你是来修理脑壳的，没让你来拍马捧臭脚丫子。"

"捧也是捧臭头呗，"毛胡子余叔也开玩笑，"我再糊涂，还分不清人头和马腿吗？"

头皮泛青剃成光头的岁爷，不管咋看，总是要叫人觉得滑稽可笑。他的两个双生儿子，少不了窃窃私语，偷咬耳朵——确实是在说耳朵。他们觉得父亲的两个招风耳朵，特别好玩，呼扇呼扇，竖在脑壳两边，简直像多长出来的两只蒲团似的小手。"人为啥，要长这个古怪的东西？"豹子百思不解。"这有啥可笑的，"虎子却不以为然，"你看你，噢，还有我，我们谁不长这个耳朵！"豹子摸摸他自己的耳朵，还是忍不住感到惊奇："反正，这是很奇怪的事情，不信你去镜子里瞧瞧，越瞧，会越感到奇怪的……"

这些关于耳朵天真无邪的傻话，当然没有逃过岁爷神奇灵敏的耳朵，他不仅当时就听见了，而且在以后漫长的岁月里，仍然清晰如昨，一直能够听见。特别是在两个儿子牺牲之后，这种议论，随着日月的加长，也越来越持久绵长，在耳际回荡。几十年来，在村人老老少少、纷杂持续的絮语和对他一以贯之的称呼中，他能够像在一盆米粒里，搭眼分辨出混杂其中的稗米那样，准确而又及时地听到他的虎子、豹子两个儿子，还有女儿桃子以及他们的弟弟虎崽的声音——那些声音经过时代的天光云影、烟火尘埃的精细过滤，全都鲜明生动、活灵活现地揿进了他的大脑沟回里。那是些特别稀世珍贵的非物质存在，里面是他的子弟不同时期、不同声气、不同场合、不同的回音，它们以或者庄重、或者谑虐、或者轻灵、或者沉重的形态，进入他的神经末梢，融入血液和脉动之中，恒久地刻录在了他的听觉世界的磁盘里了。

与这情景相对应的，是他的弟弟任英魁、儿子虎、豹和女儿桃子，那些活在这世界和离开这世界的亲人，不管在阳世还是在阴间、不管是在天堂还是在地狱，每每睁眼闭眼，都能如期归来，回到任家堡子这个地坑院子土窑洞的炕上。

那里，有一缕永世不绝的金橙色阳光，从天窗蜂涌着鱼贯而入，那些沸沸扬扬的尘埃粉末，就在那束阳光的瀑流里，自由自在，起起伏伏，魂魄一样飘荡萦绕不去。连同半截栏坎炕墙相隔的锅灶，上面袅然蒸腾的热气，挟裹着熟悉的饭菜香味，依然回味悠长，经久不息地钻进他们的鼻孔，不绝如缕，沁入他们的心脾，以至于让他们每每铭心刻骨，夜不能寐而心驰神往……

岁爷就这样年复一年和他们一脉相承、息息相关，默默谛视和交流着。真的，他不仅能听到他们的声音，甚至能看清他们一张张宛在眼前的音容笑貌。他记住了他们的声音，无疑也记着他和他们说话的声音。

"瓜娃，人要耳朵干啥，不就是要听话吗？"他曾经这样反复无数次对他们说，"问题是要听好话、人话，更要分辨出人话和鬼话呀……"

这些声音日甚一日，在他的心里无声地回响着，连绵不绝。

/ 第十四章 /

"二怪"斗鬼

坚守山头的第四天，踌躇满志的你，甚至不无炫耀、迫不及待地向团长报告了你的"钉子行动"。团长显然是耐着性子听完你的请示，你似乎看见，他在电话的那头愕然一愣，随即则不无满意地哼哼笑了。用鼻子笑。"你一个呀……二怪。"他随口而道，甩给你一句遥远的亲昵，不乏嗔怪的讥诮："还真有你的。"

"哈哈，亲爱的'教师爷'！"你有点得寸进尺小张狂，紧盯着就追问，"你觉得呢，有啥不妥吗？"

你没喊他团长，也没敢没大没小地叫他"高个子"，当然也没喊他李老汉——这也难怪，因为，唯有"教师爷"这个尊称，才是你任英魁和曾经化名李育民的高革志同志一段渊远流长，也鲜为人知的特殊情缘嘛。那个冰雪覆盖能冻掉耳朵的严冬早晨，你和哥哥已经商定把自己留在了爷台山下的张果老崖。送哥哥岁爷的时候，李育民同志似乎还不放心地过来问你："五子，你可想好了，这里不比你在家里，处处有你哥庇护着你，你要独立、要吃苦、要努力，还要听我的话呢。"

"那当然。"你回答得铮巴干脆，"我哥说了，你就是我的先生、教师爷嘛。"

"教师爷？"李育民同志笑了，"你个臭小子，当然，这样叫也行。总之，我是你的领导。要知道噢，我还兼任你们儿童团列宁夜校的校长，除了你的吃喝拉撒，重点可是要教习你学习文化，读书认字呢，得是？"

你欣然点头的时候，哥哥插嘴替你圆场，做了点补充："他嘛，多少还认得几个字，是跟红霞老师在夜校学的。"

"这个我了解呀。"李育民同志不无嘲讽地笑道，"你弟兄俩，不是在土镇的学校来讨过账吗？"一句话，说得你哥儿俩满面羞惭，几乎有点无地自容，可"教师爷"却乐得开怀大笑："反正，一个黏怪带出了那个二怪，都是精灵鬼怪，连算命先生，都糊弄不过你们兄弟哟。当然，也怪个算命的，名不副实，果真是个骗子呗。"

"这可是在编派我吗？"红霞大姐从后面跟上来，满面红光，不无邀功讨好笑眯眯地望着你，又望望你哥，兴致盎然地说，"看来，我们真的有缘分哪，你哥儿俩和我与老李、黎明同志，交往不浅、渊源很深对吧？"

你自感尴尬窘迫，不好意思地伸了伸舌头。"当然、当然。"你哥哥岁爷心悦诚服，连连点头应道："说起来，也是无巧不成书了，我们兄弟的大名，可都是你二位贵人赏赐的嘛！"

"不，不叫赏赐，我们也不是啥贵人。""教师爷"大手一挥，随即更正，"我们不过借题发挥，还沾了你们的光呢。你听，仲魁、英魁，仁兄义弟、人中豪杰，认识你俩也算我俩三生有幸不是？"

"不敢、不敢。"你哥哥受宠若惊，一时惶恐，不知如何应对，只是一个劲摇头道，"先生抬爱，过奖、过奖了。无论如何，你和红霞大姐，与我兄弟二人情深恩重，我们是没齿不敢忘的。"

"那倒不必，既然我们是老熟人，就不要客气了，否则，不就显得生分了吗？""教师爷"说着，乐呵呵地过来拉住了你的手说，"重要的是，我们教给你俩的东西，可别'生分'得忘乎所以，以至'生疏'到悄没声息，又悄悄还给我们哟。"

你不解地看着他，感觉一头雾水，一时还没听明白他说的意思，但听"教师爷"又说，"我先考考你吧，五子，还记不记得你的鼎鼎大名，不妨写给我看看。"

"嗯，"你点头问，"咋写？"你两手一摊，表示无从着手。忽然东张西望，看着眼前一片皑皑白雪的大地，如同一张洁净的白纸，顿时灵感来袭，三步并作两步，冲到前面，径自绕到一棵巨大的槐树背后，大家以为你要方便解溲，便没人理会。不期转眼之间，你又返身回来，一脸正色地报告"教师爷"说："我写好了呢，你过去到那边看。"

"写好了啥？""教师爷"诧异，忍不住问，"你让我去看啥呀？"

"名字。"你说，"我写的，我的大名呀。"说着，径直引领哥哥岁爷和"教师爷"一道过来，走到大槐树的后面，就看见平展洁净的雪地上，果然有三个多脚螃蟹似的大而无当的汉字：任英魁。

教师爷一看，弯下腰去，差点儿笑岔了气："你呀，写的……啥×个字嘛！"

"那啥，"你一边忙不迭地往上提着裤腰，一边极力分辩，庄重肃然满脸真诚地坦告，"是的……就是用……那啥……写的。"

你比"教师爷"还不辱斯文，居然模仿哥哥岁爷，终究没说出那个"啥"字。

"你呀，真是个……二怪。""教师爷"恍然，再次忍俊不禁，哈哈大笑了，"任黏怪他弟……这不，真真个任二怪嘛！"

许多年后，李育民变成"高个子"，又由列宁夜校校长升任边区赤水县大队政委，再由关中军分区政委，转而成为八路军正规部队的团长，从陕西到山西，又从山西撤回陕西休整轮训，这期间，他都一直是你的顶头上司、直接首长。只要说起你任英魁，他就会自然而然，连带想起你那个哥哥岁爷任仲魁来，同时，就会免不了要说上一句，"他呀，任黏怪他弟……不就是那，任二怪嘛。"

偶尔，他还会拿你取笑，揭你的"老底"："咱们的二怪，那可是个怪得有门道的'鬼才'，谁能用他'那啥'玩意儿滋出的一泡热尿，写出自己的贵姓大名，还硬是不说透用'那啥'写的，你们听听，可比我文明儒雅多了，又含蓄，又实际，又明白无误，对不？"

当然，"教师爷"并没有再对别人说过。其实，你说的这个专用代指"那啥"，虽然褒扬多于贬损，可这个地道乡俗的专用名词，却不是你的专利发明。你不过拾人牙慧，鹦鹉学舌，自觉不自觉地传承了你岁爷哥哥几乎一辈子的自觉秉持而已——至少，在你们这个木匠传世的普通人家，岁爷崇尚文明神圣，是绝不容许把"那啥"（人体器官），大白话地叫成那个入乡随俗、人们早已习以为常的那一个字的。当然，你也不得而知，在你参军之后的某个后晌，安子何建安带着虎子、豹子两兄弟，三个光葫芦半大小子砍柴归来，暂做小憩，恶作剧地在一截土坯墙下比赛尿尿，他们一个个着力挺举胀鼓鼓茶壶嘴子样的"那啥"，一边淋漓痛快地恣肆排泄，一边敞怀撒野，得意忘形地大喊大叫。

这一幕活剧，活该被你圣人似的斯文哥哥撞见，他当即拉下了冷峻的黑脸，恶狠狠地收拾了一顿几个不知天高地厚的小男人。"你们，都听好了，把嘴给我放干净些！从今往后，在咱们的口里，宁肯来刀子挨剑，都不得说这些腌臜的字眼。这不光是丢人现眼不知羞，还会让别人矮看你三分，最主要的是，有拗天道人伦。有关男人女人的这俩'那啥'俗字，敬天悯人，那是人命之根、人性之本，敬若神明都来不及，怎么能效仿那些村夫野汉、原始初民、未化之人，大不敬地随意胡喷？"

看来，这已经是你们任家自岁爷当家以后，浑然成为一以贯之的清纯家风，尽管后来的事你不知详尽。不过，你的"教师爷"毕竟记得，当时你确实曾经把自己名字里的一个字颠三倒四，明明是给写错了的——你用尿液在雪地上，歪七扭八写下"任英魁"三个潦草的大字，竟然把那个"魁"的左右两部分前后倒置了，而且由于间距拉大，看上去，就俨然成了两个汉字：斗鬼。

"这个字错了。""教师爷"很耐心地更正。"没错。"你一时犟驴似的执拗起来，强词夺理地辩解，"这可是红霞姐姐教给我的。她说过的，这个'魁'嘛，啥意思呢，就是敢和人世间的所有妖魔鬼怪作斗争，哥，那两句原话，是怎么说来着？噢，对啦，叫作敢和妖魔争高下，不向霸王让寸分。"

"老二的字是写错了，但他的话说得没错。"你的岁爷哥哥适时"帮腔"，给了你一个委婉的佐证："他的这个名字，借了红霞姐的吉言，比他本人要早诞生，自然也是很金贵了。"红霞姐也应和你哥说，"那还用说，毕竟，是正经地花了一吊零五文铜麻钱的嘛。"

"噢，这么说，二怪，你这个错，那还真的错得有名堂对吧。""教师爷"沉吟少顷，接着问你，"那我问你，所谓纵横捭阖，睥睨天下，你可知道？"你登时愣了，拨浪鼓似的一阵摇头。这你是真的不懂。于是便使劲大睁着双眼，端得求知若渴，显出一副老老实实、洗耳恭听的样子。"教师爷"接着咕哝了一大堆话，更是让你云山雾海，脑子全被搅成了糨糊。什么"苏秦为纵，张仪为横；横则秦帝，纵则楚王；所在国重，所去国轻"，如此等等。好在你捕风捉影，最后，多少总算明白了一点他说的纵向思维中的什么横向连接。"横竖不怕呗！"你似乎脑洞大开，突然信心百倍地直拍胸脯，"反正不怕，你就是神，凡事要怕，就会有鬼——我才不当胆小鬼呢！"

这话，当即就引得"教师爷"赞不绝口，直夸你"孺子可教"。在他的眼里，你冷不丁冒出来的那些所谓"绝技怪招"，总有出人意料、让人拍案惊奇的绝妙之处。也就是从那时起，在一群初生牛犊萌嫩的儿童团员里面，你任二怪，早早就让你的"教师爷"刮目相看，有所倚重与偏爱了。

他经常开小灶——冷不丁，就将你拉过去"单练"。"二怪，给你出一道难题。""教师爷"常常是这样优待和偏袒你的，"有个财主，自私至极，非常吝啬抠门，一年到头总找借口，不愿给长工开工钱，拖到年底还要推三阻四，变着花样刁难拖欠，不想给钱。有一天，他搬了一大一小两个腌菜坛子，说，你们谁能把大坛子装到小坛子里去，我就可以考虑给你们付钱。许多长工都连连摇头，无可奈何，只好唉声叹气，心里暗恨，敢怒而不敢言。"

"我说二怪，如果是你，你怎么办，怎么对付这个黑心肠缺德可恶的老财主？"你一仰头望天——好像天上有现成的答案，黑眼珠子立马翻成了白眼，不屑一顾地说，"这还不简单吗？我听人说过的，当时，就有一个小伙计站了出来，也说，这有啥难的。他说着，抱起那个大坛子，用力在地上一摔，然后不慌不忙，将大坛子的碎片装到了小坛子里面，随即就催着财主付钱。财主大眼瞪小眼，说这不算数，你把我的坛子都打碎了，咋还能向我要钱，赔我坛子还差不多呢！"

小长工据理力争，"你没有说不能摔碎大坛子啊，要不，你给我们做个样子看看，如何才能不摔碎大坛子，就能把大坛子装到小坛子里面去，要真装进去了，我们宁愿不要工钱。"

"教师爷"笑了，接着说，"故事还没有完。老财主理屈词穷，也哑口无言。但他还不甘心，说我再出道题，你办到了，我就给你们付工钱。我的堂屋正厅，整年见不到太阳，你有本事让里面见到太阳，我就给你们付工钱。小长工说，那咱可一言为定了，现在说好，不准反悔。君子一言，驷马难追。财主拿定小长工没有办法，就答应说，我当然不会反悔。好。小长工拧身而去，转眼，便扛来一架梯子，手里还拎了一把铁齿耙子。接着，他噔噔地攀上房顶，抡起铁齿耙子，就开始挖财主的房顶，财主一看，慌了神。"

"噢，"你当时就笑了，"这些个故事，老掉牙了，我听过多少遍了。那财主并没有善罢甘休，又要赖对长工说，你本事大，能知道我的头有多重，你要能说出来，就给你开工钱？小长工回答，这又何难，你稍等片刻。说完就进了厨房，须臾拿了一把菜刀和一杆秤出来，说，简单得很，我把它（脑袋）砍下来，一过秤不就得了。说罢，扬起菜刀就要过来砍财主的脑壳。财主被这愣头青天不怕地不怕的气势彻底给镇住了，连声告饶，答应马上付给长工们工钱……"

"没错。""教师爷"点头称是，可又进一步考问你，"我知道你知道这个故事，只是还想知道，你知不知道，这个故事所包含的哲理，特别是它们还能引申出何种非同一般的高深道理？"你一听，理屈词穷，大眼瞪小眼，自己摸着脑袋，好想要从里面挤出什么答案来，半天龇牙咧嘴，终是哑口无言，说不上来个一二三四。心想，这里头还能有什么哲理呀，非同一般呀，还有高深呢？

李老汉——你的"教师爷"正是老姜倍儿辣，无异于当头一棒，将你一棍子就打入了闷葫芦，变得像傻子一样了。"动动脑子呀！""教师爷"真不愧教师爷，难怪他改名"高革志"——这个"高个子"可真的不同凡响，看问题，就是能举一反三、高瞻远瞩，不佩服都不行了。

"听着，二怪。你要打鬼，就要学钟馗，一门心思，把智慧往正道上用。地主老财的坛坛罐罐，还是他的什么堂屋正厅，都是压榨和剥削穷人血汗的象征，对他们绝不能心慈手软，一定要针锋相对，拿起武器，和他斗争。就像那个小长工，就是要敢于出手，据理力争，坚决反抗他们的剥削压迫。我们的毛主席就说过，凡是反动的东西，你不打它就不倒。他还告诫我们，我们不但要善于砸烂旧世界，还要善于建设新世界。你想过没有，不赶走日本人，不消灭国民党反动派，我们穷苦人，咋样翻身做主人，建设自己的新国家？

这一番话，说得太聚力、太攒劲了。你心里的那个亮堂呀，豁然开朗，那才叫脑洞大开，真是里面点亮了一盏灯呢。

"将在谋，不在勇啊。""教师爷"曾经多少次耳提面命过你："任何时候，既要敢于斗争，更要善于斗争，这样才能少犯错误，才能立于不败之地。"

"是的。报告'教师爷'！"多少年后，你突然又唐突地直呼"教师爷"了。李老汉明白，你这是和他套近乎，毫不客气地质问："怎么，你又有啥鬼点子？"

"哪敢呀，你是团长，官大一级压死人，何况，还是我二怪的恩师？"

"少废话，有屁就放，军情紧急，眼下不是要贫嘴的时候。"

"那当然。您老人家不是下死命令，要我们钉子一样，死死地钉在爷台山上吗？这都三四天了，我们这些'钉子'还要'钉'多长时间，这样老挨人家炮轰，是不是太憋屈呀？"

"哼，你呀，又有什么歪门邪道了，直说！"

"您不是常要我们，学习贯彻好咱毛主席灵活机动的战略战术吗，我们这些挨炮弹的'钉子'，是不是可以稍微松弛移动一下？对啦，不妨就叫作'钉子行动'，咋样？"

"你呀，是想叫我表扬你还是批评你？"高团长当然"高明"，当即就识破了你心里的"鬼把戏"，"我问你，还要咋样移动，你先斩后奏，我还没追究你的责任哩，看在你们的特别行动，获取了宝贵情报，我就先饶了你这一次。说吧，你个小滑头，还想咋样'灵活机动'？"

你简明扼要，汇报了你们精心构想的行动方案。你们的决策，当然是从实际出发的当机立断。你当然清楚，团长要你们"钉死"在这里，诚然不是机械地要你们死守山头，目的还是要阻拦敌人、消耗敌人，延迟他们对边区的进攻。战略上的阵地防御，在具体战术的运用中，完全也应该灵活机动，尽可能保存自己，也尽可能消耗敌人——这才是上上之策。

团长终于以"教师爷"的口吻，肯定并批准了你们的方案："'钉子'不仅可以挪动，而且是必须挪动的。"他说，"兵分两路，行动也分为山上、山下两部分，准确地说，也就是先下山、而后再上山。两者相交，唯一目的无非是避敌锋芒，也更有效地挫伤其战斗力，最终实现以运动战实现阵地防御的目的。"

"当然，自古胜仗险中取。"教师爷几乎认定了你的奇思妙想，也似乎相信你们必将会"歪打正着"，他对你见机行事的天赋才能心里有谱。他强调的是：站在他的高度，来认识坚守爷台山七天七夜的现实意义。"我说二怪，"他有意放缓和松弛情绪，认真负责，而不是官话文章给你开导了几句："你们一定要明白，坚守预定的时间，不只是为了给边区军民后撤争取时间，实际上，也是给随后我们军事上的反击准备时间，同时，最主要的是给政治舆论上打胜'嘴仗'争取时间。我要告诉你们，你们获取的情报至关重要，我们已经向延安作了报告。党中央、毛主席，已经知道了爷台山的情况，中央军委以八路军总部朱德总司令、彭德怀副总司令的名义，特别致电蒋介石和胡宗南，对于蒋军侵犯我们边区一事，要求予以制止，并立即停止挑衅行为。不管用什么方式，我们必须守住阵地，随时听候上级的命令。我们要立足于打大仗、打恶仗，坚决消灭一切来犯之敌。关中地委习仲勋书记，已经传达了中央的具体指示，总的原则，就是针锋相对、寸土必争，同时要从宣传舆论上跟敌人展开斗争，公开真相，揭露敌人的阴谋。要有理、有利、有节地回击敌人的挑衅。"

高团长（高大个）最后告诉你，他随后将亲自到爷台山主峰阵地来看你们，他要求你们集中优势兵力，狠狠回击敌人。同时利用战斗空隙，抓紧修筑工事，尽量减少敌人炮击造成不必要的非战斗减员。

"当然，""教师爷"不能不郑重强调这次行动的冒险性质，"切记，这是一步奇棋、妙棋、高棋，也是一步难棋、凶棋、险棋，关键，要非常严谨地掌握好节奏，就是说，要绝对保证在敌人停止炮击之后，我们能很快重登山头，据守险要而不被敌人占领主峰阵地。"

"放心吧，老首长，我一定努力，保证完成任务。"无疑，"老首长"对你是充满信心的。他说："你个小兔崽子，别嘴上逞强，来点真功夫。"他诙谐地"激励"你道，"我可等着哩，看你咋给我上演兔子战胜老虎的好把戏。"

你当然明白，那是多年以前，"教师爷"给你讲过的一个寓言小故事：一只贪婪的老虎，碰上一只机灵的兔子，它要吃掉兔子。兔子一急，便生一计。它对老虎说，你想吃我，难道不知道我的厉害吗？老虎傲慢轻蔑，说你有啥能耐，我可是山中的大王，还会怕你不成？兔子说，那好，咱们比赛一下，看谁能最快跳过面前这条河，又最快返回来？老虎说，没问题。说完，就扑通跳进河，很快就过了河。兔子站在河这边，一蹦三尺高地高叫：着，你输了吧，我都返回来了，你还在河那边。这下，你该知道我兔大爷的厉害了吧？

故事的结局是，老虎不但没有返回来吃兔子，相反却夹着尾巴，赶紧出溜跑了。因为它听见兔子激情饱满、昂扬自信地高唱了一首歌，不得不立马屁滚尿流，闻风而逃了。你当然记得，那支算得上经典的"兔歌"词了，在电话这头，随口就回应了你的"教师爷"——别有用心的"激将法"："老虎不过是过去的假皇上，/我兔大爷才是新晋的山大王。/昨天我兔子吃了一只虎呀，/今天咱又来把那虎肉尝……"

"虎口拔牙凭的是胆，火中取栗玩的是闪（快似闪电)！"你接着说，有一点贫嘴卖乖。"教师爷"在那头听着,当下不失时机又敲打和提醒了你一句:"你小子呀,别得意忘形昏了头,小心我用桑木杆杆教鞭,再教训你。"

随机应变

  1945年7月23日凌晨。敌人又"准时"向山头打炮了,尽管是间歇性的,但密集的炮弹接踵而至,在阵地上四处开花,黑色尘灰烟柱张牙舞爪,几乎笼罩了整个天空,浓烈的硝烟刺入鼻孔更加令人窒息。战争,嗜血、残暴,一头绝对可怕和可憎的怪兽,正蹂躏这个名不见经传的普通山头。在这里,"战争"当然不是影视剧导演随心所欲拙劣演绎的名词。它实实在在让人不得安宁,随时随地需要提心吊胆面对坚硬如铁的流血牺牲!面对炮火硝烟身临其境的你,不敢有任何超现实主义幻想和丝毫的侥幸。你想,不管这头猛兽是老虎还是豹子——不错,我也必须变成老虎、豹子——以我之"虎、豹"雄师,以牙还牙、以血还血,直至——以炮还炮(击)。

  你说,"咱打虎,就得变成武松,既要打死老虎,又决不能被老虎吃掉!"

  炮击甫停,你立即在坑道内穿梭起来,仔细检查各连的掩体和部队伤亡情况。迎面,你那个曾经的小舅子灰头土脸、挥汗如雨地赶了过来,他抵近前沿侦察敌情,几番上山下山,自己都记不清蹿了几趟了。

  "王八羔子,真的死心塌地非要和我们飙上劲不可。"何连长解开军装领口的衣扣,手握军帽扇着风说:"营长,不出所料,情报是可靠的,他们这回志在必得,玩的是步步为营的老套路战术。"

  "具体些说吧。"你将帽檐向上一推,别过脸来,急切地直视着这个一路紧随并肩作战的侦察连长。何连长机警地眨了眨眼,吞咽了一口唾沫,又忍不住抿了一下干裂的嘴唇,胸脯剧烈地起伏袒露出一脸的愤慨不平。"这还不明摆着吗?打一阵子炮,就猪一样往前拱一截,然后就停下来,赶着修筑工事;修好一道,又接着再往上攻,然后……又停下来修新堑壕,不用说,是想站稳脚跟慢慢推进,跟我们死耗上了,像是要持久作战。"

  "打头的,还是五十九师?"你急忙问,"你弄清了?"

  "没错。不光是五十九师,他们的预备三师,也加入了进攻。"你听罢,眉头一皱,咬了咬牙,腮帮子鼓了起来,鼻梁顶端蹙出了一个深刻的"川"字——这是你深思默想时惯有的面部特征。"来者不善,善者不来啊!"你感叹道,"看来,老蒋真的要跟我们撕破脸皮。这个老谋深算的大独裁,外战熊包,内战英豪啊!对付红军,他算是绞尽脑汁死不改悔了。当年,他就用这个办法在江西'围剿'红军占过便宜，听说还专门请了一个德国军事顾问，号称'铁壁合围'，导致红军第五次反'围剿'失利，进行战略大转移。当然，这也与我们党内'左'倾路线有关。你知道吗，当时党的领导博古他们，一直排斥毛主席的正确路线，把指挥红军的大权，也交给了一个德国人，一个共产国际派来的所谓军事专家，他一意孤行，结果，咳……"你摇了摇头，长吁口气，"这些沉痛的经验教训，我们在抗大不都学习过嘛。而今，老蒋还想用这个办法对付我们，继续想一点点蚕食，妄图把我们边区霸占了去，我看他实在有点贪心不足、忘乎所以了呀！"

你说着，在堑壕边探头向山下眺望，正当一颗炮弹划过天空，在面前爆炸，碎石灰土劈头盖脸，就向你扑面而来。"看到了吧，这也是'信号'，催我们行动呢。"

"你……没事吧，姐夫？"何连长扑过来问你。你抖落身上的灰土，摇摇头说，"你说得没错，这帮家伙吃了秤锤，真铁了心，要与人民为敌到底啊。"何连长说，"这是痴心妄想，他们敢来，咱就敢跟他死拼，叫他有来无回，哪怕在他的要害之处，狠狠咬上他几口也行。"

"说得有理。"你点头道，"一定得让他们知道，这儿是陕西不是江西，是边区不是苏区，别以为咱八路现今归他们管，想打就打，想杀就杀。我们没那么好欺负的，咱毕竟是共产党、毛主席和朱总司令的兵，绝不是任人摆布的瓷锤、软蛋！"

"那是！这一回也要让他们尝尝咱们的厉害。"何连长应和着点头，"眼下，山下也行动了，关中分区所有武装力量都出动了。除了咱们三团，还有保安纵队的赤水、淳耀保安大队，教导队和民兵，已经在二王庄、野狐嘴、马莲滩一线阻击着敌人。"

"很好！安子，通知各连连长集中，赶紧过来开会。"你心里酝酿的那个大胆的"钉子行动"，一经高团长允准，就着手部署实施行动了。这时，只见教导员刘光荣风尘仆仆赶了过来。他后面陆陆续续还跟随了一大群人，有部队的同志，还有当地政府动员支前的群众。

"教导员，各连反应如何？"你急切地迎上前，一把扯住刘教导员的手腕，将他拽进了坑道的掩体里面。刘教导员蹲下来，坐在一只弹药箱上，喘着粗气说："咱们送去的情报，太及时也太重要了，党中央、毛主席都做了回应。"他顺手从口袋掏出一张报纸，迅速展开，大家凑过来一看，是一份刚最新的《边区群众报》，教导员指着上面的文章说："中央和总部，朱、彭老总和贺龙、徐向前、萧劲光等首长，都分别致电蒋介石和胡宗南了，对于蒋军侵犯我们边区这种挑衅行为，提出了严正抗议，也就是说，我们舆论上的反击战，实际上已经打响。"

你接过报纸，匆匆浏览了一眼，连连摇头："依我看，老蒋是不会轻易撤军的。"刘教导员说："是的。旅、团首长要求我们随时听候命令，立足坚守阵地，也要做足较长时间防御的思想准备。"

说话间，炮声逐渐稀落，有七八个战士从人群里挤了过来，向你立正敬礼。刘教导员赶紧介绍说，"对了，团首长为加强我们守卫主峰的力量，特意抽调两门迫击炮和一门重机枪，这是炮班长兼重机枪班长。"你无疑喜出望外，忍不住嘀咕了一声，"谢天谢地，李老汉够意思啊！你们瞧，我的教师爷，还真的心疼我呢。"

你迎上前去，和几个同志一一握手，表示欢迎。转身就喊何连长说："安子，喊豹子过来，我要降他的职。"大家不解，一时愕然，反应不过来，你却呵呵笑道，"我要将他降为炮班副班长，服从这位班长指挥呀。"

"这样不妥。"那个高挑个儿战士，笑着报告说："我叫李明白。营长不能降任班长职，在延安集训时他就是我的班长，现在理所当然是我的班长。"

"不行，你坚持说，你是两门炮，他才一门炮，既然你叫李明白，就要明白少数服从多数这个道理。还有，我可是你的上级，难道你不听从我的命令！"

任豹子从坑道里飞蹿过来，见了李明白，先是一个大拥抱，俩人亲热得粘在了一起。"明白，你可要听营长的。要不，他可是六亲不认的。"你嗯了一声，忍不住笑道，"你们听，我侄儿对我有怨气哩。"

"报告营长，豹子转身一个立正，炮班副班长，绝对不敢。"

就在这时，前哨班发现敌人又开始了新一轮进攻，你立即下令，命令进入战壕，全力迎击敌人的进攻。"敌变我变，他们不断加紧进攻节奏，我们不妨迎头痛击，先将他们弹压下去再说！"

你要求李明白和豹子"显露一手"，往敌群最密集处放几炮"表示欢迎"。然后对赶来集中的各连连长举起了拳头，连连挥舞着说："同志们，夫战之要，敌我士气。打得一拳开，免得百拳来！今天，咱们要整出点威风，横扫几天来挨人炮弹的恶气晦气，为牺牲的所有战友报仇！"

大家分别进入一线战壕，你俯身探望，习惯地喊了一句"马凯"，伸手从通信员手中接过望远镜时，发现跟随你的是新来的小秦，心里不由得"咯噔"一下，突然悲从心起，眼睛竟模糊了。半天，你视线恢复，才透过山下的杂草野树，看清了敌人成散兵线，缓慢移动，向山头缩头缩脑试探着进击。你不觉冷笑了一声，在抗大军事课上，你早就听林彪校长讲过，这种经典进攻队形，从一战开始,就彻底取代了线列队形。果然是正规军,你暗自思忖,还真拿出了看家本领,可惜一看,就是美国战术教官训导出来的一群不合格的蹩脚学生,他们继承的仍然是英法联军使用过的老套路。两路侧翼纵队,向前方派出散兵群,不断占领地段,而后立刻卧倒,利用树丛土堆掩蔽起来。支援部队和预备部队,也跟随他们成群推进,并分成疏散队形。而支援部队和预备部队一旦卧倒暂停前进,散兵就再度向前奔跑,同时向两翼分开,有一阵子,在比较开阔的山坡上,他们铺展得很宽,整个散兵线,正恰似移动的蚁群……

瞧好了吧!哼,你有千条妙计,我有不变主意。你在心里自语,咱就看看,到底是谁厉害?你让两门迫击炮,分别把守山头左右两翼,准备阻击攻夺山头的敌人,而将轻、重机枪,正面迎敌,准备压制慢慢靠近的那些"蚂蚁"。敌人逐渐接近,他们的炮击已经发挥不了作用,不得不戛然而止。你命令部队,充分发挥近战优势,待敌爬上山来进入我军的有效射程,再风卷残云一齐发力,让敌人连滚带爬滚下山去。

整整一天,敌人如法炮制的三次进攻,都被你们一一击退。傍晚时分,敌人投入了更多兵力,山下蝗虫一样乌压压的一片。你觉得时机成熟了,断然决定实施"钉子行动":让教导员带领部队撤至半山二线阵地,避免敌人再次集中炮击;同时组织突击队下山,按预先设想出其不意,向敌人两翼和后方迂回。

"捅他们的屁股,"你说,"兵贵神速,一定要打他个措手不及。"说完,你亲自带兵下山,却被教导员迎面给拦住了。"不行,要去我去,你是军事指挥员,必须留在山上正面抵抗敌人。突击队还是我带人去。"

你摇了摇头。"不要变了,我比你熟悉情况,此一奇袭必定成功。你只管放心,我们山上、山下双管齐下,一定会把敌人死死拴在山下,让他们不能前进半步。"你说着,紧紧握了握教导员的手,转身,就和突击分队一起消失在了夜色晦暗的战壕深处。

春蚕到死

1945年7月25日。爷台山主峰阵地上,晨曦如期而至,太阳照样从东方升起。又一个早晨,你早早从坑道钻了出来,通信员小秦跟着你,迎着轻纱笼罩的朝暾,爬上爷台山主峰最高点。翘首遥望远方,眼前烟斜雾横,重峦叠嶂莽莽苍苍,心底不觉一阵油然而起的悲伤。此山依然,可昨天牺牲的同志,今天就看不到了,他们永远闭上了眼,只把自己的血肉之躯和灵魂,都安放在这座不知名的山上了。

敌第十六军预备第三师，果然进至爷台山下，他们以美制火箭炮及各种火炮，向爷台山主峰两翼阵地猛轰。你们营尽管伤亡较大，但因果断实施"钉子行动"，适时避开了敌人发疯着魔般最猛烈的集群炮击，特别是你率领突击队的下山出击，让敌腹背受击，有效挫败了他们的锐气。山头阵地终于坚守住了，硬是没让他们前进一步。

这个守卫战，因为发生在一个非常时期的历史交汇点上，又位于一个比较特殊敏感的地理坐标，就分外引人瞩目，事实上从一开始，也极为惨烈悲壮，果然是惊天地、泣鬼神，一场绝对恐怖的战斗。陕甘宁边区南大门，作为门户首当其冲，爷台山也经受了非同寻常的炮火洗礼。号称抗日友军的蒋胡国民党军，威力强大的大炮昂首挺胸，将它们原本应该用在河防一线潼关之外，对付日军侵入的怒吼，突然掉头内讧，惊天动地，倾泻在边区淳化的这座不幸的山头上。于此时刻，他们丧心病狂，全然一副不共戴天、决一死战的狰狞嘴脸。据俘虏供认，他们的陈团副竟然许诺以三万大洋的巨奖，不遗余力地"督促"一群亡命之徒，一次次拼命"开炮"，用以屠戮同宗共祖的同胞，以至于每次发声，都带着标准的歇斯底里喋血咆哮，从他口中飞进出来的一句句血腥的口令，已经不像是人类的语言，倒像是某种兽类的疯狂啸叫。自然，你任英魁只能听到连天接地的炮轰爆炸，而绝不可能听到对面同族同种头顶同样帽徽的那些人的疯狂叫嚣的，当然，也听不到此时此刻，在你们的头顶之上——国共双方殊死搏斗，爷台山那硝烟弥漫的天空，还有另外一个声音，中立的声音、神明的声音不分青红皂白，各打五十大板"上帝"的声音——

你们呀，真的疯了吗？这是造孽！眼睁睁看着双方不断死人，为啥还不停下手？你们你死我活斗个不休，非得同归于尽不可？这不，眼看随时都要死去——你们每个，都是快要死去的人，还在争夺地盘和分辨政治立场吗？所有快死的人在临死的时候，难道还不该握手言和吗？你们呀，这些芸芸众生，一群可怜虫，拿着生命开玩笑愚蠢到家的痴人啊……不管咋说，你们难道不知道，打仗、玩命，是多么愚蠢透顶的事，是天下第一等不划算的蠢事吗！

这个特别的声音，重庆那个那个利令智昏的蒋光头听不到，西安那个唯命是从的马前卒胡宗南听不到——也不可能听到，他们已经沦为非人类的怪物，一种用驯养指令别人，以及像提线艺人手中的皮影、木偶，机械地执行别人指令的驯养物种，非人类的生物。任英魁，你无疑也没听到。可假如，你能听到这种声音，又会作何感想呢？可笑、可怕、可憎，还是可怜与可叹？可惜你听不到，这种抹杀公理正义，混淆是非界限的声音，因为你是无神论者，是共产党人，你在这个爷台——神台上战斗——为保卫她战斗，但你心里没有啥神，有的，只有神圣的自卫军令——那是一种爱憎分明、立场坚定的声音。

你听从这种声音的调遣，因此坚定自信。更何况，你熟悉这里的一切——山水田园、父老乡亲，就跟熟悉你的乳名一样，那个扛着红缨枪跟着老李的五子"二怪"，风里雨里，跑遍十里八村，始终都不会丢失自己。你已经知道，就在昨天，敌五十九师一个连，进犯我赤水县高崖头、新庄子等村，已被我一区五十余名民兵打退。爷台山则依旧巍然屹立，敌人不断发动进攻，数次冲锋，都被你们一营坚决顶了回去。阵地岿然不动，敌人迫不得已改变作战计划，一面佯攻，一面抢修工事，企图站稳脚跟，然后发动进攻。你及时识破敌人阴谋，多次主动突击，冲下山去，突入敌人阵地，打得他们措手不及，纷纷溃逃……

眼下，你背靠一棵松树坐下来小憩，小秦几次催你进掩体里去，你只说，"没事，今天敌人也疲劳了，你放心吧，他们这会儿，正躲在碉堡里睡大觉呢。咱们也歇一口气。"

小秦默默离开你几步，警惕地观察着山下敌人的动静。太阳升起有一竿高了，敌人真的还没有再蠢蠢欲动。小秦禁不住敬佩地望了你一眼，大概觉得你挺神奇。几乎就是神秘莫测的"神"了。可这时的你，却不由自己心驰神往，忍不住想起"教师爷"来。不知为啥，你心里空落落的，着实是感到缺了些啥。

是你和他的故事，戛然终止，不该遽忽结束的故事吗？

"人生来都一样的，可为啥，活得不一样？"你曾这样问李老汉——你的教师爷。"简单。"你的师父这样说，"世道不公呗。"

这是你认识李老汉——啥时，你开始大不敬地偷偷这样叫你恩师的呢？总之，你永远记得这是你最初给他提出的"天问"。李老汉——那个在苏区担任列宁夜校校长并不显老的老汉，就是你跟着哥哥在那个冰天雪地的冬天，上爷台山的收获。你听哥哥说过，那个夜校，开始由红霞姐负责，那个曾经女扮男装的共产党员，后来到北山马栏和延安接受培训深造，就由苏区书记李育民兼任和接替了。爷台山下的一孔孔窑洞，一群娃娃琅琅的读书声中，偶尔会听到李老汉高亢粗犷的嗓音，那是一种极具磁性吸引力的声音。你真的喜欢听他讲课，特别喜欢他和学生娃娃无拘无束任性地谝闲传（说闲话）。李老汉一身朴素灰布衣衫，偶尔戴一副明光烁亮晃人眼眸的水晶石眼镜，不管上不上课，手里总能见挂一根棍子。有人说那是他的拐棍，他却说那是他的教鞭（偶尔也说是他的打狗杖、撵狼棍）。棍子是桑木的。说是教鞭，不过是一根细溜溜的光杆杆而已，原本就刨得端直溜圆，经他每天手不离"鞭"的汗渍捏攥，就更加光滑顺溜，色泽也带上了岁月浸润的痕迹，显得厚重深沉，跟它所倡导的师道尊严一样，颇能令人望而生畏。

那天，你曾大着胆子问他："为何非要用桑木做教鞭呢？"他一翻白眼，立起黑眉，竟随之以攻为守，将回答立马"翻"成一连串诘问，连同其中不得而知的哲理学问，一股脑儿甩给了你。

"桑树，长叶子不长？"你急忙点头。"那桑叶儿，做啥用场，知不知道？"你很明白，复又点头。"春蚕到死丝方尽啊，你懂不懂？"你一愣怔，不解——懵懂，摇头。"咳。你不是个很灵醒的娃吗？咋一时又迷了窍呢？"你的"教师爷"不满，在一声很不舒展、大打折扣的叹嘘之余，便伸出一根指头，在你的脑门上轻轻一戳，"民智觉醒啊，二怪！"

于是，他便开始点拨你，"我不就是一棵桑树么，有一点老是不是？可我让你们这些碎尿娃蛋，每天蚕食叶片，一直吃，就到了只剩下了这根光杆杆子嘛……"这样说着，他竟恨铁不成钢，从鼻腔发出一声拖泥带水的"嗯哼"，抬手便扬起桑木教鞭，不依不饶，但也是不轻不重、不痛不痒，在你的屁股上敲了两下——他可是从来不用教鞭打学生的头和脸的。"头为人之首，首为人之尊啊！"他的理论是"打人不打脸，骂人不揭短"，无论对谁，自始至终，一视同仁。自谓这种教育方法，就是挥鞭杆"赶驴"，做个警戒的样子而已。"你难道笨得跟驴一样，牵着不走吆着倒退，不会是脑子给驴踢了吧？真真个闷驴，犟驴，耳朵给驴毛塞住了的聋子驴，戴着'暗眼'（驴眼护罩）拉磨走圈的瞎子驴……"

他挖苦起人来精彩绝伦，颇有杀伤之力。只是神闲气静，绝不大动肝火，常常倒是不动声色，还笑眯眯地端的正经，够损——损到了家。偏偏人们都喜欢他锋芒毕露、一针见血的讥讽，犹如病患喜欢手段高明的郎中，在他的穴位上针灸那样感到喜悦舒服。

也是在那时，你知道"教师爷"和哥哥岁爷，交集很深，由来已久，而且另有秘密使命。哥哥说过：当时，你和哥哥一起放羊那阵，大概就七八岁的样子，最发愁的就是出门没裤子穿，但要外出，只好互相倒换，把一条相对像样的裤子给外出的人。那天，你们哥儿俩因为被狼吃了东家一只羊遭到毒打，正好被路过的李老汉撞见，李老汉凭着教书先生的面子，为你弟兄求情，好说歹说，才让东家停住鞭子抽打。东家气呼呼甩手而去，你和哥哥立即向李老汉磕头，感谢他的搭救之恩。李老汉扶起你们，只贴近哥哥岁爷的耳朵说了俩字——"英特……"

哥哥一怔，恍然答曰："纳雄。"李老汉又说声"耐尔。"哥哥岁爷立马两眼放光，当下就将他领回了家。果然，久别重逢，他正是常先生，他还说他和武欣华是表兄弟（当时没说明红霞是女的，更没说是他的妻子）。后来，哥哥和他

277

就成了莫逆之交，挚爱好友。李老汉暂时在村子做起了教书先生。你们任家堡子那条胡同，通往县城和山外关中，往返行路人多有"马路消息"传送，老少闲来无事，聚集村头山神庙前，总在议论，不断传说"红军把旬邑县长给杀了"，"渭南、华县被红军占了"，"刘志丹在陕北闹红了"，"刘志丹领着穷人打土豪、杀恶霸，分粮分田分衣服了"。你和哥哥都翘首盼望红军早来把村上的恶霸地主给收拾了。有一天，小学堂外的土墙上，果然出现了几条红军刷写的标语"杀死催款子委员"！你们看了实在解气，都说要杀了那些称王称霸的害人贼才好！

哥哥就跑去问李老汉："红军在哪里，怎么不住在村上？"李老汉说："你们想找红军吗？"

"是的，找红军，报仇！"李老汉笑笑，神秘地眨眨眼睛，"那就先参加贫农团吧"。后来，贫农团扩大成了赤卫军。哥哥参加赤卫队，还悄没声地当了队长，白天下地干活，晚上经常去地主家背粮，分给揭不开锅的穷人。再后来，他才知道，李老汉就是你们望眼欲穿的红军。李老汉对你哥说，"红军不光是为穷人出气报仇，还是要干革命的"。

"革命是干啥呢？"你哥哥不解。李老汉说，"就是为自己战斗"。

"为自己战斗？"

"对。战斗就是打仗，你死我活。"

哦，原来……战斗，在谁也不愿意战斗的战斗中，一直在进行着。谁都知道，所谓的战斗，就是打仗，就是短兵相接、白刀子进去红刀子出来。谁都明白打仗不是好事，不是你死就是我活，总之，是要死人的。好杆杆、正端端活着的人，除非发疯着魔、鬼迷心窍，谁愿拿生命开玩笑去死？子弹是长眼的吗？炮弹会发慈悲心吗？手榴弹会见了人恻隐大发、心善手软而装聋作哑不爆炸吗？

战斗，都是逼出来的，没办法的办法，人活到以命相搏的时候，也就是到了最危险的时候。战争，天哪，人把自己推到了极端困局，昏头涨脑的人类，为啥，时不时就要自编自导自演，折腾这种巨大无边的悲剧呢？一场场灾难——灾难啊！名副其实的屠宰——难道不是人用自己的手在屠杀自己？

天上有一朵云，半灰半白，悠然飘忽，像一个须发灰白智慧的老人，他拽着飘飘欲仙的美髯，正置身事外，傲睨着硝烟弥漫苍茫的淳化大地，瞠目于疑惑不解而专注地俯瞰着尸横遍野、一片狼藉的爷台山头。他站在天上，高居云端，会不会像观看一群蚂蚁争食，蠢蠢欲动；一堆螳螂捕蝉，跃跃欲试，互不相让，互啃互咬，互抢互殴？他会因之而感到可笑、可怜、可悲、可叹，抑或是可鄙、可恶而不屑一顾吗？

可人，为啥要龙争虎斗呢？同样是人，中国人和日本人、中国人和中国人，为啥不能和平相处，为啥非要你争我夺、你死我活，同类相残、窝里闹火？都说万物之中最聪明、最智慧的是人，可人偏偏咋就这么愚蠢、混账、自私、贪婪、冷酷、无情？难道我们——所谓万物之灵长，真的傻啦，疯啦，没有救啦！

通信员小秦突然尖叫起来，战斗又打响了。炮声再次袭来，打断了你头绪紊乱、漫无际涯的回忆。炮弹在阵地上再次爆炸。这已经是第六天了——你算了算，命令各连立即进入第一道战壕，严阵以待，准备狠狠反击敌人的冲锋。

"哥俩好啊"

1945年7月25日。仍然是爷台山主峰阵地。整整一上午，敌人居然没有动静，东南西三个方向的观察哨，全都报告"没有情况"。

他们又玩啥鬼花招呢？巡查完阵地，你一走进营指挥所，教导员刘光荣就告诉你：团首长来电话：要求扼守山头，既不要出击，也无须还击——原来，敌人今天突然偃旗息鼓，停止了进攻，一律龟缩进了分界线以南的碉堡群与战壕去了。那是因为：我方紧急呼吁国民政府相关人员和美军观察员，希望到淳化一线视察，看看究竟谁是挑衅者，侵占了对方的防地。

难得清闲一阵，刘教导员劝你下山，抓紧时间休息，缓一口气。这个来自甘南的高中生，为人谦和厚道，尽管只小你三岁，但一如既往将你当成兄长。虽然你们搭档不到一年，毕竟是抗大短训三个月的同学，关系深笃，已经形同手足了。

"休息倒没必要，"你对他说，"不过，我还是想下山一趟，趁机再探探虚实，看他们究竟搞啥名堂，要谨防他们偷袭。"说着，你回头喊叫小秦，却见他从山北坡一端匆忙奔跑了过来。"报告营长，团长上山来了。"

"噢。"你愕然一怔，"人在哪儿？"

"正在一连的阵地上视察。"

"好。"你招呼教导员道，"咱们过去迎接一下团长。"

"免了，不用迎接，我已经来了。"团长人还没露脸，声音已经绕弯传过来。话音未落，就在几个人簇拥下朝营指挥所走来。你急忙上前敬礼、问候。"祖师爷，你怎么上来了？"

"我为啥不能上来，还是不应该上来？"

"哪里！"你赶紧解释，"这里不是比较危险嘛，我得为首长安全负责。"

"你果然出息大了，很会说话了不是？你可要弄清楚，到底是你保护我，还是我在保护你？"

"这还用说，你老人家，不就是我的救命恩人嘛！所以，我更要知恩图报，三生不忘。"

其实，李育民同志两次解救你的故事，已经比较遥远，能够记住真切不忘的，大概也就是你任英魁了。在儿童团，你给一个乡农会去送鸡毛信，结果遭遇还乡团，他们将你捆绑起来，逼你说出农会名单和联络人员，你宁死不开口，他们就将你投入一个坍塌的旱窖里，七手八脚要活埋你，土都填埋到了胸口，是教师爷得知消息，带着农民赤卫队及时赶来救出了你；第二次，是搞整风运动，挽救所谓"失足者"，因为你一个侄子在省城投奔了西北军，你被某些极左疯子诬陷为"内奸"，说要枪决你，报到关中分区，被你的恩师得悉，连夜赶来解救了你。眼下，高团长紧握你的手说："就算我是你的恩人，可谁又是我的恩人呢？咱一家人还说两家话吗，记住，我可是你的老大哥呀，英特！"

"英特？"他这么一叫，大家都愣怔了，有人问："我们营长，啥时又改名字了？"

"怎么，你们不知道吧？"团长笑盈盈地眨眼，"他的英魁名字比他自己人还出生得早，就像当年我们在富平、三原一带打土豪，先有'武字区'而后才有'陕甘宁'。他的名字，在他出生前武欣华就给起了，我嘛，除了'二怪'这个昵称，还赐过他一个神圣庄严的鼎鼎大名，是我介绍他入党，特意送给他的一份厚重的见面礼，你说对不对？"你有心跟"教师爷"调皮、较劲，急忙向大家做解释：当年搞"地下"，用"英特纳雄耐尔"做暗号联络，开始你不懂，觉得奇怪又拗口，后来才明白，那就是我们的远大理想——"共产主义"大目标。"咳，"你颇有遗憾，惋惜地说，"我要早知道，干脆就叫'英特'也挺好。"

团长点着头，逐一握了教导员和旁边几个同志的手，不无自豪地介绍说："你们这营长可是个十四岁入党的'少共'，瞧瞧，转眼'英特'担大任，这不，你们在山上，已经坚守了整六天，真的不容易。大家打退了敌人一次次进攻，为保卫边区辛苦了，我代表旅团首长，真心感谢你们。"你嘿嘿笑道："首长咋这么客气？保卫边区、保卫家乡，本来就是我们的应尽之责"。

"是呀，这我知道，你二怪和你们营大多数同志，不就是淳化本土人嘛！这是你们生长的土地，绝不能让不讲道理的蒋匪军占领。只是，在党中央、毛主席的指挥下，我们主动出击，大打舆论战，及时公布蒋胡军队侵入边区的真相，迫使他们暂时收敛，但必须提防，他们绝不会善罢甘休，也必然会有更大规模的进犯。"你拍胸部保证，"请首长放心，有我们一营就有爷台山，我们绝不会让敌人占领我们一寸土地"。

"这是必需的。"高团长说,"不过,我们的战略战术,还是要灵活机动些,不能硬拼——也要承认我们硬拼不起。仍然要以消灭敌人有生力量为目的,而不是一城一地,一山一河一时的得失,对吧。"

"听老师的意思,我们是不是要撤出爷台山?"你有点急不可耐地问。团长微微点头,"算你说对了。可靠情报,敌人这两天以逸待劳,正是为了更大规模、更猛烈的反扑,估计随时会发动新的攻势,我们将面临更加残酷的恶战。为保护有生力量,为后面的反击赢得时间,我们将在明天主动撤离爷台山。"

"那我们牺牲的同志,不是白流血了吗?"你听了连连摇头。

"不会。"团长说,"撤退之前,我们还要狠狠教训一下敌人,明天,有你们的仗打。撤退之前,将你们营的火力全派上用场!"这时,几个民兵在战士们的带领下走了过来,高团长说,"看,这是地方群众支前,给咱们送给养来了。"

你回头一看,不禁愕然一愣,只见民兵队里,一个矮小精悍熟悉的身影径直朝你们走来。"唉,哥……你,你咋地,又来了呢?"

"我咋又来,我就没有回去。"你这个一根筋的哥哥,趱到你的面前,从头到脚打量了一阵,点了点头道,"好,你还浑全,这就好。你可别忘了,当初,是我先当兵的,后来你顶替了我;我又把你叫回去一次,你又再一次顶替了我;对不?"

你一脸问号,现出哭笑不得的复杂表情。"这次,我上山来,就是再顶替你,你嘛,得赶紧给我回去。"

"啥?"你不觉惊叫失声,"让我回去!"

"是啊,一个换一个,哥哥顶弟弟,咋还不行吗?"你忽然哈哈一笑,又紧紧地皱起了眉头:"你顶替我——我是营长,你会指挥打仗?"

"你别唬我,我放过枪,不比你枪法差。"你这倔强的哥哥,俨然一本正经,严重地拉下了脸:"你别再说了,赶紧给我走人,家里还都等着你哩!"

"瞧瞧,让我见识见识,这是谁在阵地上胡搅蛮缠瞎捣乱呀?"被几个人"淹没"了的"高个子"团长,显然被眼前这一幕活活地给逗乐了,他突然拨开人群走了过来。"哟,大哥,你也在山上啊。"你的岁爷哥,不仅没有慌乱失措,相反如得神助大步抢上前去,一把拉住跟他个头相差无几的"高个子"团长:"哈哈,正是无巧不成书,这不是在做梦吧?我有多高兴啊,我的教师爷大哥哥,你咋知道我瞌睡了,赶紧就给你兄弟我递枕头来了。"

"高个子"虚情假意,装出一脸恫吓小孩子的威严,没好气地说:"你个黏怪,急三火四地要把二怪拽回家,莫不是要给他娶媳妇不成?"

"呲,神啦!你看看,咱哥不愧是当团长的,保不定真能掐会算,果然料事如神啊。难怪咱老娘一再叮咛，说叫不回老二，就只管找你们李大哥，我就不信：我干儿不会不给咱这个面子。"

这李育民、高革志团长听你岁爷哥这一说，心里猛地一震：得，事情还不简单哟，把我干娘都搬出来了。你也觉出来，这事儿很难缠。要放在往常，他和你哥哥岁爷，那可了得了！那是长了两个身子的一个人——好到同声相应、同气相求、一个鼻孔出气、一铺热炕上撕扯一床被子比赛打呼噜，以至时常换穿一条裤子的好兄弟。有一阵，"教师爷"接替红霞大姐，直接领导哥哥"跑交通"，不幸染上了猩红热，人发烧烫得像块炭，是哥哥一口气背了他两架沟，悄悄回到任家堡子村养息。为求医问药，哥哥四处奔波，在去龙镇请郎中的那个晚上，因天太黑一脚踩空，掉下了悬崖，昏迷了半夜，才被一阵骤雨浇醒，侥幸捡了一条命。"高个子"就隐藏在你们家，好不容易养好了病，却没想到给每天悉心照料他的哥嫂和老娘木匠婆也传染上了这种发热发昏要命的病。一家人昏天黑地咬着牙，坚挺地熬了半个月，年老体弱的老娘几次昏厥差点送了命。幸亏花儿嫂子留了心，像早就有预感，她将给"教师爷"煎服的中草药渣滓，暗自收留没倒掉，反复熬煮，一直给老娘和岁爷，包括她自己一起服用，才使一家人康复。事后多少年，村上人还记得，说你哥哥就是一个昼伏夜出的夜猫子、一个神出鬼没的矮脚虎，时或带着"教师爷"李育民，深更半夜潜入任家堡子你们家。当年的区委书记也说过，你们家的鸡蛋、蜂蜜一类的好吃食，娘和嫂子一概舍不得自己和侄女娃娃吃，一心等着给高革志补养身子骨。高革志心里感激，当然嘴上也有话，他曾感慨万千道："那不假啊，不想大娘和弟妹，也会想你们的荞面饸饹臊子面、油旋馍馍炒鸡蛋呀！"

说完这句话，据说他当即就跪在了你娘的面前。"既然，你老人家说这里也是我的家"，他忍不住就哽咽了，"那您，不也就是我亲娘吗？"

"教师爷"结结实实给你娘磕了三个头，从此就成了你们兄弟的老大哥。你听大哥说，他曾夸奖当时背他回家去养病的你岁爷哥："你比我个头小，可为啥力气比我大，大得好像能背动一座山。"哥哥岁爷说，"你别给我滴眼药，哄我高兴吗？别说山我背不动，就是现在再叫我背你也不行。我那时是失了火（着了急），谁叫你当时半死不活，眼看着昏迷不醒要咽气，我就一个劲地在心里直念叨，老天爷，这个人可不能死，他不是个人，他是个佛，普度众生的佛。我背的可是'纳雄耐尔'，一个要解救天下穷苦人的神啊……"

从区委书记到团长，李育民这个"高个子"，每当提起这件事，对于你岁爷哥哥满心的感恩戴德却不轻易溢于言表，但说的都是风轻云淡，简直是敷衍了事又含糊其词的调皮话。"你个……实实的，黏怪哟！"

但凡这话一出口，他们之间就没大没小、不分彼此你我、翻毛皮袄没反正了。你的岁爷哥哥，听到"高个子"这样说，也会眉飞色舞一脸阳光灿烂，嘴角上翘就要变成弯弯的月亮小小的船了。"这么说，李大哥，这就算你点头允准啦，对吧？"回头，他又不无得意地对你喊："老二，你听见了吧？"

"行，我批准。"高团长乐呵呵地，同样喜上眉梢一脸的阳光在普照。"甭说这事是咱二怪的终身大事了，看在我干娘的面子上，咋地这次也得同意不是？"

"那是的。"你的岁爷哥哥，眼看大功告成一时得意忘形了，露出了满嘴被烟熏得焦黄的牙齿，舌头活泛灵动美滋滋地一抿嘴。"咱哥儿俩，谁跟谁呀，说不准，都是上一辈子的缘分呢。"

"准是准了，不过可不是现在。""教师爷"到底是团长，转瞬端的像个真正的将军，一挺腰杆，希望自己至少能比你的岁爷哥哥高出那么一寸也好。接着就以有点居高临下的口吻说道："你也看到了，眼下，可不是时候，这当口正紧火着哩，两军交战，容不得半点差池，岂能临阵换帅？这个你懂，节骨眼儿上，关键时刻，咱二怪，可是要英特……纳雄耐儿（耐尔）的，是不是？"

笑容霎时僵在了你哥岁爷布满皱纹的脸上，愣了许久，反不上话。他的李大哥，不，是你们的李大哥，刚硬的口气又缓和了些。"甭急嘛，性急不耐老，娃多孙子少。等过了这一阵，别说你要求他回家成亲，即使他不回去，我都要赶他回呢。再说我当大哥的，还是他的老师兼上级，不也得赶回去祝贺祝贺，喝他一杯喜酒吗？"

"唉，不是大哥，你还不知道，这可是咱老娘的意思呢。家里啥都准备好了，单等他回去成个亲。你当首长的一句话，开个恩吧，这里，你先发我一杆枪，我完全可以顶替他。"

"兄弟，那不乱了套？还是得先缓缓再说。走，你赶紧走，我陪你先下山，这山上危险，敌人随时会打炮。"高团长说着，当即就拽了你哥哥岁爷的一只手把他往山下拉。话音刚落，对面"友军"还挺帮忙，果然又稀稀落落打起了冷炮。两个小个子男人，互相拽扯搀扶着，往山下走。你的岁爷哥哥迫于无奈，趁势贴近你们的李"教师爷"耳畔边，悄声细语地嘀咕道："我咋不知道这里危险，随时会要人命呢？也正是为这个，咱老娘也害怕，万一，老二……就像他的那个通信员……咳，多好的一个娃，那样老二不就没指望了吗？"

"我知道你的指望是啥意思。"

"当然，说白了吧老哥哥，我都无所谓了，我真的不怕死，反正，已经儿女一伙伙了，就是……"

不知啥时候，你的漂亮侄女任桃子，急急忙忙赶过来，气哄哄地大呼小叫开了:"哎呀,大吔,你咋是这人哩,你把这里当成咱堡子的荒山野地了吗?让你回去呢,一转眼,你就跑了,你不知道这里在打仗吗?"

"我咋不知道,你和你哥你二大都在这里,我害怕,也不能走。"没想到,你这倔脾气的哥哥,居然朝侄女桃子发起了火:"这仗一时半会打不完,不管咋说得让你二大回一趟家,结个婚嘛,也就耽误一两天,好赖……我是说,得让你二大他……预防万一,留个后呀……"

在场的所有人,全明白"后"是何意思。人人脸上都浮起一层阴云笼罩的阴郁之色来。你紧赶两步追上去,拍了拍哥哥的肩,尽量轻松地笑着说,"哥,你放心,我命大着哩,再说,你看这些战士哪个没有父母和家人,哪个年龄又不比我小……"

"这我管不着,那是你的事。反正咱娘说了,叫不回去你,我也别想回去见她的面。"你这一根筋的哥,干脆不理你,转身又去乞求高团长。"我说老领导,你个首长嘛,还给我摆官架子?你给我说说看,我家有三个人在山上呢!我儿子、女儿,再加上个我,三换一,换老二他一个营长还不行吗?"

"唔,那换我这个团长不是更好吗。"你们的"教师爷"惊诧地瞪大了眼,"你是说咱们哥儿俩呢还是说你们哥儿俩?"随即他叫住了你,"二怪,你说说看,你们哥儿俩互换好,还是我们哥儿俩互换好?你来说说看,能不能让你哥这犟牛替换你在这里指挥打仗呀?"

"荒唐!"你不客气地高声嚷,"哥,你真是糊涂了,咱们是革命军人、共产党员呀,紧要关头,还能顾得上考虑自己的事?"

"那媳妇真不错呀,老二,你认得的。"你哥仍然固执地跟你纠缠,"人家女娃年龄小,跟桃差不多,是咱远房的表妹,名字叫月儿,人长得水灵保准你能看得上。我已经把她给你接到咱家了,单等你回去,喀哩嘛嚓事一办,这有啥作难吗?"

"哥,我答应你。等仗打完行吗,新娘再急,等三两天还可以吧。"说着,你拿出了快刀斩乱麻的果敢作风,喊叫小秦,让他护送团长和你哥哥赶紧下山去。"桃子,你也跟着走,把你大看好,别让他再乱跑,丢了,我拿你是问。"

你的话刚说完,"嗖"的一声一颗炮弹真的就飞过来。"卧倒!"你大声喊,炮弹落在了不远处的树丛里,滚地雷一般扬起了一股乌黑的烟尘。突然,高团长匍匐着爬过来,拍了拍身上的土,一把拉住了你的手说,"快,五子,我命令你,赶紧把你哥送下山,这里,暂时由我来指挥。"

"那怎么成?"你愕然一怔,"笑话!不,我这不成了临阵脱逃吗?"团长几乎是怒吼道:"赶紧走,听我的命令!"

"这……"你忽然不知所措了。"对,快走。"你哥哥见缝插针凑过来说,"桃子,快跟你二大走!老二,把枪给我留下,我要陪团长高大哥一块儿战斗。"

"啥?"高团长大手一挥,"胡闹,那怎么行,你快给我走!"

你哥哥竟然颇为得意,心满意足地说,"对不起高团长,我可以不听你的命令对吧,我是来顶替他的,怎么能走呢?"高团长无奈,大喝一声,"你走呀,真是个黏怪……一根筋,咱陕西冷娃!"

记不清是什么人说过的,有组织的撤退要比强有力的进攻困难得多。高革志面临的就是有组织的撤退,他根据关中地委传达的中央指示,以及旅首长的要求,对敌人的进攻,发起了最后一次猛烈的反击。可是,你任英魁参军以来,却第一次违抗了他的命令,就在护送哥哥下山行至半山腰,一转念,就把哥哥交给了侦察连长何建安。"安子,你和桃子抓紧时间,赶紧把我哥先送走。"

桃子却说啥也不愿意走,非要留下来。"我是战地卫生救护员,咋能走呢?"

你哥哥仍然使出九头牛拉不回去的犟劲,一边挣扎,想摆脱安子的拉扯,一边嘟囔个不停。"不行,哥,你得回去赶紧准备啊,敌人一旦杀过来,他们会报复。眼下,要紧的是做好坚壁清野和撤离。你知道,我们最迟赶晚上,就会撤出阵地,你懂不懂?这是党中央决定的。"

你说完,就径自带了通信员小秦,转身返回去找高团长。爬到半山腰,就听见敌人加紧进攻的枪炮声。他们在炮火支援下,漫山遍野正往山上爬。你见到高团长,没等到他发话,就抢先说:"师父,听我的,我要对你负责,你必须先行撤离,让我殿后,对付敌人吧。"

"你呀,违抗军令,哼!"高团长说,回头再跟你算账。你急火火地说:"只要首长安全退下去,咋处理我都行。我现在要求你,归还我的指挥权了,小秦,快,保护高团长他们撤离。"你将手一挥,随即对部队喊道:"把重机枪和迫击炮,都给我架好,今天要打个痛快,要让胡宗南知道:咱们不是好惹的!"

你接着命令上刺刀,准备近敌拼杀搏斗。"同志们,立功的时候到啦,今天要打出个好样来,扬一下我们三团的威风!"

日色渐晚,残阳如血,苍山如海,整个大地,爷台山麓,都在枪炮和拼杀声中,地震一样又一次瑟瑟缩缩、颤抖开了。敌人步步逼近,冲了上来,渐渐靠近半山腰的战壕。冲锋号响起来了,战士们嗷嗷叫着,高喊着口号,他们端着明晃晃的刺刀,第十一次,跟敌人展开了拼死的肉搏……

/ 第十五章 /

以进为退

那天夜里,你们撤离之前,无疑笃定共识,就是要去"虎口拔牙"!

当然,你们坚信这次出其不意的"闪击",不但是"应该的",实在也是"必须的"。因为新的情报决定了新的特殊任务,要求你们变"虎口拔牙"为"虎口夺食"——去方里镇"截粮",把属于边区百姓的口粮给夺回来!

敌人打死也想不到,你们会有一个如此"胆大妄为"的"黑虎掏心"计划。他们这时的注意力,全部集中在了攻夺爷台主阵地上了,如果突然在他们认为万无一失、安全无虞的大后方——用当地方言,就是在他们"沟子(屁股)下面"放一个炮仗,大概那是他们做梦都想不到的。敌人的绝对自信自有绝对充分的理由。这一带碉堡相连,重兵把守层层布防,除非自投罗网自己找死、有谁莫非吃了豹子胆,谁敢冒犯国民党的防区,打国民党军队储备粮库的主意?那样,岂不正好给进攻爷台以至攻占边区腹地以口实吗?何况,方里镇距离爷台山,少说也有七八十里,共产党军队再厉害,总不至于是天兵天将,还真会天马行空,从天而降不成?

可惜,敌人不知道你任英魁是谁,寂寂无名,无非共产党军队一个小小的营长,几乎可以忽略不计?但是,骄兵必败,百试不爽。过河卒子往往可以当车使。你可不是刚破蛋壳"初出茅庐"的嫩鸡雏子,怎么说也算身经百战的老兵,焉能不深谙知己知彼方能百战百胜的基本常识?对于一向骄横跋扈、以老子自居傲睨天下的国民党军,他们的心理态势,早已被你任英魁悉心揣测,掌握得八九不离十了。自古兵家,攻心为上。不管战争形态怎样变换,任由冷兵器阻挡不住不断向着热兵器、机械化、信息化、高科技智能化和原子聚变热核方向发展,归根结底,仍然脱不开"上兵伐谋,其次伐交,其次伐兵,其次攻城"的老套路。说白了,心理战才是看不见的真实大决战。你任英魁和具有文化头脑的教导员刘光荣,当然不会头脑发热,盲目冲动地去犯险。这次以进为退的闪击,之所以获得军分区批准和睿智高明的"高个子"团长支持,恰好是因为它应和了党中央和军委处理军事摩擦的基本原则:有理、有利、有节。

有理——是你平白无故来进犯我们辖区,几十万大军围困我边区军民,上万发炮弹轮番轰炸,把爷台山都削下去了一大截子,如此骄横无理,为啥就不许我跨出一步,捅你一下。兔子急了,还咬三口呢。这就叫"人不犯我、我不犯人,人若犯我、我必犯人"。有利——诚如你任英魁一再强调的:我们不是去无谓冒险,毫无目的乱捅马蜂窝,我们不是傻子,更不是战争狂人爱打仗的疯子。你说得对,"粮食,同志们,血汗粮食呀!这些宝贵的粮食,本来就是他们勒索搜刮、敲骨吸髓,从百姓头上掠夺去的,现在,反过来还要充作他们的军粮,吃饱了来打我们。大家说,我们能让他们得逞吗?能让这送上门的粮秣,真的落到他们手里吗?"

"当然不行!"刘光荣教导员恰到好处,当即就开始配合你政治动员了。在你营长的眼里,这个教导员可是有点绵里藏针的柔弱女性,或者说有那么点文气,他让你想起那个柔中寓刚、曾经女扮男装的红霞大姐。他走路晃里晃荡看上去比女人还弱不禁风。高挑细溜的个头、清瘦泛黄的脸色,怎么都无法让人和一个处事果断凌厉,说话像打机关枪的男人形象联系在一起。可那种气质偏偏就像一面在旗杆上迎风招展的红旗,镇定从容而又意气飞扬。刚过而立之年,这个人显得十分成熟老练。尽管一样和大家在战壕里摸爬滚打,可身上的衣服,却比别人的干净整洁许多。他戴着一副难得一见的方框眼镜,澄澈的目光打那里透射出来,聚焦了一种鼓舞人心无形的力量,整个人的形象,则更像一个令人敬畏的教师或满腹经纶的学者。他确实是教师出身,在边师(边区师范学校)当过语文和历史老师。因为经常给《群众日报》投稿,他又曾被调到报社干过一段专栏编辑,后来,主动申请担任战地记者,被特批加入警备旅序列。那时你们三团一营刚受命防守边区南线,兵力不足,你理所当然向团首长要人,那"高个子"团长沉吟着扒拉了半天,就答应只给你这么一个"兵"。

"咋,就一个人?"你觉得"教师爷"在应付和糊弄你,很不以为然。"你可别小瞧了这个人哟!"高团长向来高瞻远瞩,当时就神采飞扬不吝褒奖炫耀着给你介绍了他。"这个人啊,哼,他顶不了一个营,至少,也顶得过你一个连呢。"当然,很快作为营长,你毕竟领悟了"教师爷"的意思,他无疑指的是政治思想工作在战斗中的特殊作用,这是我们红军起根发苗的制胜法宝,自然也是我八路军独一无二的精神利器。不管是对国民党反动派,还是对付日本侵略者,都一概无可替代,非常管用。

"是的，我们不怕打仗，要紧的是，明白为啥打仗？我们不是疯子，平白无故，谁愿意拿生命开玩笑呢！生命，是父母给予我们的，一辈子只有一次，大家说对不？"这不，作为教导员，正在你营长身旁边走边说，他对着每一个战士轻轻点头，微笑致意。他那沉稳宁静的声音，还有多少包含几分收敛的幽默，不断地把那些锋利的思想，通过浅显的语言娓娓吐露了出来。"同志们，一定得想清楚啊，我们是在为边区而战，保卫边区，可不仅仅是保卫党中央、保卫毛主席，实际上，也是保卫我们自己，保卫我们革命的成果。"

这教导员行云流水、见缝插针而又不着痕迹的政治思想动员，着实让你任英魁深为折服，三言两句，就拉近了和战士们的距离。战斗间隙，他和大家随时交流，几乎无所不谈。这种鼓动很提精神气儿，几乎像给大家每人递上了一碗壮行的美酒，又像吹开百花盛开春天的那股和煦的微风，轻拂着战士们履险赴难、惊魂甫定的心情，直让大伙儿面对生死搏杀，依稀看到希望和光明，不期然间，就建立起了绝不动摇和战无不胜的信心。战士们的话匣子，被他不动声色的这一番启迪，就巧妙地被打开了，马上你一言我一语，开始议论纷纷了。他们从眼皮子底下的战事，不知不觉超越时局，甚至连他们也没意识到，竟会顺势而为，进一步涉及政治乃至人性的奥秘。而他的话往往言简意赅，一针见血，说得既全面概括又准确到位，由小至大，一下子，就按在了国运和人脉跳动的穴位上了。"有的人呀，就是容不得别人在这世界上存在，他要吞并天下，把咱们从南撵到北，一心要赶尽杀绝。同志们想想，一个偌大的国家，难道就只许他一人一家独自霸占？就像地主老财，不仅要让你给他累死累活干活儿，放猪放羊，还要让你为他们当牛作马，然后，还要骑在你的身上作威作福。这不叫作剥削、压迫，又叫什么？"

你听着这些话，忍不住由衷地频频点头，眼前突然就出现了自己八九岁给财东余豪财放牛的事。因为那牛抵角争斗失足跌下崖摔死，你被余财东暴打了一顿不说，还被逼着趴在村道的烂泥地上，一步一磕头，乞求饶恕。你当然不肯顺从就范，结果又招来一顿拳打脚踢，余豪财还顺势按倒你，耀武扬威地骑在了你身上羞辱，当牛马一般驱驰，硬要你一边爬行，一边学狗吠驴叫才肯饶你……

想到这里你顿时热血沸腾、义愤填膺。恍然觉得，这个文文弱弱的教导员一番"思想动员"，几乎也是针对你说的。只见他趁热打铁，突出重点，又具体阐释了一番"有节斗争"的内涵，简明扼要地指出：此次咱们主动出击，首先是发挥我军游击战的传统，要争取一箭双雕、立竿见影速成效应。一方面，阻滞敌人大举进攻，给我们后方的撤退、隐蔽和坚壁清野，当然还有准备反击夺回失地，争取更充裕的时间；另一方面，配合国统区地下党，把粮食夺回来，顺便捣毁敌人的据点老巢，叫他们首尾难顾，陷入混乱。

"同志们，"教导员问大家，"我们冒这个险，你们说值不值得？就是说，下决心以我们较小的流血甚至牺牲，去摸一下他们的老虎屁股，不，营长说得对，是虎口里拔牙、虎口夺食，大家害怕不害怕？"

"不怕！"战士们群情激昂，一个个摩拳擦掌，争相报名，要参加行动。"该让我们出口气啦，这些天，光叫我们挨他×的炮弹轰炸，太憋屈人啦！"他们这样喊着。这是一种不可捉摸的神秘链条，是指战员们同心同德构成战争的主要神经——亦即被称为士气的那种神奇的伟力。两军交战，勇者必胜。刘教导员无疑深谙战时动员有不可替代的砥砺之力，他要将激励渗透阵地每个角落，同时沿着这条链子洞穿和深达每个战士的内心。如是，与其说他在动员，毋宁说已经是责无旁贷在发布命令。这命令的最后效力，在这链条的最后一环生发作用的时候，已经不是他职责所在的履职表现，而是活生生表达了大家的意愿，特别是誓死保卫边区那种质朴而淳厚的共同感情了。

"不怕就好。"刘教导员紧接着提醒大伙儿，"我们不怕他们，无疑是对的，在思想上、战略上，我们一定要把他们当纸老虎；但是，大家千万记住，在战术上，他们的确是真老虎，是要吃人的。这是毛主席的教导，我们千万不能麻痹大意，要尽量多想些困难和危险，既敢于和敌人决斗，也不能被敌人吃掉！"

作为营长，当然，你也再次提醒大家："我们深入虎穴，探险夺粮，绝不是孤军作战，大家知道，关中分区地方武装，各县、区游击队、民兵自卫队，都一直在爷台山一带十多里的边境线上，配合我们作战，方里镇地下党组织和武装力量，特别是长期遭受梁干乔一伙反动分子迫害的广大群众，也都摩拳擦掌，殷切希望我们捣毁敌人的碉堡。"

说完，你当即着手调整全营防御部署，准备次第撤离出主峰阵地。你让教导员指挥三个连队，最后撤离山头，特意配备了两挺马克沁重机枪；同时要求一、二连镇守主峰阵地的碉堡；三连防守主峰阵地西南一侧的一个小山头，与主阵地一、二连的防守，形成掎角之势。三连作为后备队，主要关照主峰东西两翼。全体坚守到最后，赶在天亮前再逐步撤出。

你心里清楚，山下西侧不远，边区保安纵队长陈国栋和政治部主任王四海，正在马槽村一带，指挥部队阻击东进的敌人。而北面凤凰山一带，已有淳耀保安大队两个中队驻守，作为接应，正准备最晚后天中午赶到方里与你们会合。眼下，敌人三面包抄爷台山，步步为营，寸寸紧逼，虽然大有志在必得之势，但进展缓慢谨慎，步、炮协同，并不紧密。他们时而闪击，时而佯攻，每逼近一段，就停下来修筑掩体工事，不到十多里路，已战战兢兢爬行了将近两天。

综合诸多情报，你要求何建安的侦察连先行隐蔽下山，在西南方向袭扰敌人，滞缓其进击速度，同时掩护四连和你带领的营部通信排实施长途奔袭，直插方里镇夺粮。你选择随同四连行动，很重要的一个理由，就是你侄子任豹子的迫击炮排，编制在这个连里。"豹子，这次你要争气，把你那几发宝贝全部带上，至少要在敌人堆里，中心开花，端他两个楼子（碉堡）！"

任豹子站了起来，却面有难色半晌没有回答。"咋啦？"你问他，"你整天吵吵，想大干一场，机会来了，咋的，成哑炮啦，还是认尿啦？"

"二大，不，营长，看你说的，你侄子是不是孬种软蛋，你还不知道吗？"任豹子气鼓鼓地歪起脑袋，不服气地反驳你说，"总不能用拳头去对付敌人的炮楼子吧？"

"这个，咳，你个死心眼儿。"你忍不住教训了侄儿几句，"我知道，你们没有几发炮弹了，但敌人有呀，咱八路打仗，向来都是盯着敌人手中家伙的。告诉你吧，你如果连夺过敌人武器的信心都没有，那就难打败敌人了。你给我听了，我们正面的敌人，今天刚刚站稳，正在修筑工事，何连长已经侦察好了，他们那里有的是东西，六〇炮、迫击炮、掷弹筒、爆破筒、手雷、轻重机枪，应有尽有，就看我们有没有本事将它夺过来了！"你这样一说，不仅任豹子，大伙儿全乐了，一个个兴奋得嗷嗷直叫。"营长，你就说咱怎么干吧？"

"天黑之前，我们摸下山去从正面突击。"你俨然胸有成竹，详细说明了具体步骤，"我们熟悉地形居高临下，然后利用夜幕掩护，趁敌立足未稳出其不意，摧毁他们还没完全修好的一线工事，至少把他们赶到山脚下去。"

"对了，"你叮嘱何连长，"你听着，得手以后，千万不要恋战，要和四连三排，掩护我们，尽快打扫战场，清点武器装备。"回头，你又告知豹子说，"你们炮排，给我把眼睛瞪大，多扛几箱炮弹，和侦察连兵分两路，从碑子崾岘村下沟，沿常村沟向南疾驰，直指方里。地下党游击队在南庄子村东与我们会合，截获敌人粮食后，连夜往边区腹地运送。"

何建安迫不及待问你："那我们啥时候撤离？"

"我们这边得手后，会打三发红色信号弹，你们分别在东西两线攻击敌人的碉堡，力争速战速决，之后相机向北撤离，化整为零，穿插过敌人的防线。最晚，争取后天傍晚，在凤凰山南麓安家堡子会合。"

桃子请缨

队伍动员之后，分头准备整装待发，却见山后气喘吁吁爬上来俩人，你回头一看，心中一沉，不免皱起眉来。

"二大……"一声喜滋滋、甜蜜蜜的呼叫，将侄女任桃子送到了你的眼前，她身边是她们卫生队的柳队长。桃子蹦跳着一路奔来，气喘吁吁地突然刹住脚步，"啪"的一个立正，抬手却给了你一个马马虎虎实在不太标准规范的敬礼。"营长同志……"

"咦，谁让你们来的？"你脸色骤变，陡然严峻起来，极不悦意地扬起了浓黑的剑眉，"我已给你们下达撤离命令，这时候了，你们不赶紧下山，反倒跑上山来，这不是乱弹琴吗？"

"报告营长，我是请示教导员同意了的，这么多人出发执行任务啊，我们不随军行动哪能行呢？"柳队长这样解释着，回头望了桃子一眼，"只是，任桃子同志，她是自己要求，死活都要来的。"

"咳，真是要命。"你果然生气了，板起了脸，愤愤地说，"桃子，你这……咳，简直是添乱，胡闹！"不知为啥，突然有一种压力巨石般堵在了你的心口，这压力又瞬间变成了一种忧郁乃至焦虑，甚至让你隐隐预感到了某种不测。作为基层一线战斗指挥员，鏖战在即，这还是你从来不曾期遇的一种陌生心情。

"这丫头，真是！"你都不知道说啥好了。蓦然想到"疼爱"二字，对于侄女，你的爱何至于心疼，简直就是恐惧，几乎是有点发怵。你心里再明白不过，这次突击行动多不寻常！你要求侄儿豹子参加，那是名正言顺、无可非议的事。好钢要使在刀刃上，尽管你在心里，已经为侄儿多少担着一份沉重，可是领兵打仗，关键时候，甭说侄儿，即便亲生儿子，岂能让他堂堂男儿当孬种、乌龟样往后面缩？再说，血气方刚的任豹子，也不会让你过分明显庇护，行使出于亲情的特殊关照，或许，那还会让他感到是一种负担，以至于是耻辱。

可是眼下，原本你只有一份暗自为侄儿豹子的担心，突然生变，加倍负重，又增加了个侄女。这丫头啊，也真的是——不错，你本应为她自豪、骄傲，还真不愧是你们任家的血脉传承之人，明慧温柔之中不只有一种水软媚秀，骨子里更不失一种铁硬本质。一个玲珑秀美的天质丽人，居然散发出一副热辣辣九头牛拉不回来的陕西冷娃犟脾性。可是，毕竟，这一场战斗，你们父子、父女三个，不，至少是四个，都耗了在生死线上，你能想到母亲和兄嫂会怎样为你们寝食不安、日夜揪心？要不然，怎么会难为哥哥岁爷，自作主张，三番五次跑上山来，一再要换你回家。你不敢，也来不及往深里想。但侄女的再次出现，着实让你不得不多想，又不敢多想。忧心和焦虑，一时间纠缠和折磨着你。

"我们要干啥去，你知道吗？"你冷峻着可怕的黑脸，阴气森森地质问任桃子，突然提高了声音，杀气腾腾、斩钉截铁地命令道，"你和柳队长赶紧下山，我们不需要你们！"

"啥？看你说的哟，二大呀，打仗嘛，不要我们卫生兵能行？"这任桃子，不仅强按牛头不喝水——倔强得吓人，而且云淡风轻，依然一副天真无邪、不知天高地厚的烂漫样儿，嘻嘻哈哈地，好像不是去准备参加一次险恶的战斗，倒像是跟着大伙儿去游山逛景呢。"你们大家说，有我们医护陪伴，大伙儿是不是更勇敢、更踏实一些？"

小姑娘灵机一动，反倒争取别人的同情，目炬闪闪，左顾右盼，征询起旁边战士们的意见了。

"你这孩子！"你几乎对她束手无策，没有办法说服她了，还是刘教导员不失时机走过来插话。他说，"桃子，听营长的，这次是深入敌后打穿插，情况复杂，你一个女娃，真的就别去了。"

"不对，教导员，敌人可没有说他们进犯打过来，不打女人只打男人啊。再说，但愿我们是多余的来保驾你们，岂不更好？至少，也可以给大家鼓鼓劲，给你们打胜仗喝喝彩，包括，帮助你们打扫战场、搞后勤啥的。你可别忘了，我还会唱歌呢，人家都管我叫喜子，保证能给大家带来很好、很晴朗的心情。"

你真的有些尴尬无措了，当即目光相碰，和刘教导员相视而笑，迫不得已，只能算默认了。虽然笑着，你俩又都无可奈何地摇头。战士们看见你们松口，都忍不住鼓起了掌。

"喜子，那你就给我们唱一个壮壮行呗！"有人提议，立即有众声附和："对，只唱一个，你就回去得了。"

"啥？"任桃子急了，"那可不行，你们这是赶我走哩，我才不唱。"

说着，她又可怜兮兮、恳求地望着你和教导员。事实上，任桃子和她们队长的到来，确实给即将出发的战士一个不小的现实鼓舞，特别是美丽的桃子，活泼的性格，给了大战之前的大家一个难以形容的激励和温柔美丽的安慰，那是任何战前动员都无法企及的。还有，作为营长，尤其是你和你的侄子、侄女，与大伙儿共同出击、并肩战斗，这本身就是一种无声的震撼和感召了。

果然，战士们喊喊喳喳议论开了："人家营长的亲侄女哩，一个美得鲜花样的女孩，都无所畏惧地要参战呢，咱们男人、一个个爷们儿，还有啥好说的！"

你当然知道，自己再不能多说啥了。要再说，显然就会引发误会、引起负面效应，那还不是过分明显地袒护自己的侄女了吗？"这样吧，柳队长，你就随我们行动吧。桃子呢，何连长，你个小舅子，瞪着眼看啥？半天咋不说话？我嘛，可把桃子交给你了，无论如何，你该知道，怎样万无一失地保护好她？"

桃子不无得意，顿时脸放红光，咯咯地禁不住发出胜利的爽笑，把自己都开心地笑成了一朵鲜花。

"营长，看你说的，这是啥意思？"何建安其实从桃子的突然出现，就目不转睛一直追随着她。这个在他背上爬过，在野地里和他打架滚成一团，完全可以说是青梅竹马的小姑娘，早就在他梦里挥之不去。只是在今天，她的现身，也让他跟任营长一样，始料不及，当然也不无担心。换一个说法，他也极不情愿。不管怎么说，这是要去虎口拔牙，带着她，是怎么回事？他的手心一直捏着一把冷汗。他的本意，是拒绝桃子去冒险的，可是连营长也无法说服她，最终居然答应了她的要求，可心里竟和营长一样，隐隐地，有一种说不出的千斤巨石的重压。他终于直言不讳，说出了自己的意见："俺反对任桃子参加行动，战场救护，俺们都懂得一些，用不着一个女娃娃跟着，而且，互相都不方便。"

"不用再说啦，这是命令。"任英魁，你知道军中无戏言，一言既出，就要落地生根，岂敢朝令夕改。为此，你迫不得已，发了狠话："你听着，我再说一遍，论私论公，桃子，我都交给你，你给我把人照顾好了。"

没办法，何建安一咬牙关，也表态了。"既然这样，你尽管放心，赴汤蹈火，哪怕俺上刀山、下火海，粉身碎骨，也会保证桃子的安全。"

"哎哟，我说何连长，看你说的啥话，我可不是来给你添乱的，恰恰相反，我是为保护你们来服务的。"桃子据理反驳，头头是道地回敬何连长，"再说，我可不是没见过阵仗的碎娃娃。"

"反正，就这样啦。"你终于沉着脸道，"任桃子，既然你是战士，就得听从命令，一切都要服从何连长的指挥。"

"是。绝对服从！"任桃子装得一本正经，可眼角眉梢，仍然掩饰不住天性的调皮和开朗。她一边举手敬礼，一边兴高采烈原地转了个圈儿，对着你和大家伙儿说，"你们，二大，豹子哥哥，各位首长和战友，大家都要保重，等到我们胜利会合，我给你们好好唱歌，唱好多歌，慰劳大家。"

此时，对方的炮击声已然稀落，你当即发令，拉了何建安一把："咱们走，估计这会儿，兔崽子们贴着地皮，正往上爬哩。"何连长点头，又接着摇头，他跟在你身后，低声地咕哝："还是不该让桃子去呀。"你没好气地瞪大了眼，说道："我说内弟啊，这份儿上了，你还说这话干啥，咱们赶紧分头行动吧。"随后，你又抵近他的耳朵，再次叮咛了一句："真的，不管咋样，你可要把桃子给我带好。"

说完，你就目送桃子随着安子，转身隐进了一边的树林。从来没怯火过上战场的你，蓦地，情不自禁，右眼皮突兀地跳动了几下。你的脑海，总是闪现着一个小女孩的音容笑貌，久久挥之不去。"对，这不正是你家的黄毛丫头，初识文墨，有了一点点文化的小侄女吗？"

"咦，桃子呀，啥时出息了，长见识了，小嘴巴呱嗒呱嗒，一说一大套，说得比唱得都好听了？"

"咋啦，二大（爸），你不是要我好好看书学习，多认字嘛。我就要说得好，也要唱得好。"

"好好，说得好，也唱得好，反正叽叽喳喳像小鸟，一天到晚，到处都能听到你的嬉笑和欢闹。"

"那还不好吗？"她是你的大侄女，在你面前可永远都是小娃娃。每次见你，她都要奔过来，亲昵地拉起你的手，神气活现，悠扬舒放，像一支响亮的歌。"我说二大，我一高兴，你看是不是就张狂了，不知道天高地厚了，对吧？那是因为，我想飞，跟鸟儿一样，在天上翱翔。"

"你呀，真真个疯女子，如今翅膀硬了，整天喜眉笑脸，好像没有一点烦难事儿。"

"那是真的，在咱队伍上，心情好嘛，开心的事儿多，不笑都不由你。要不，人家咋都管我叫喜女子哩。"

就因为桃子整天喜滋滋、叫喳喳的，无愁无忧、无拘无束，很多人都管你这个小侄女叫"小喜鹊"。时或，你也随众，偶尔叫过她"小喜子"。至于你那个说话老爱打比方的小舅子，夸起你们的桃子来，那可是服装店里卖衣帽，一套又一套。说什么她的长相俊俏，像春天怒放的桃花，她的脾气温柔，像夏天的凉风，她的笑容像秋天的蜜桃，她的歌声热烈，则像寒冬的骄阳，总之，在他眼里，从不吝赞美桃子的美好词句，还真是占尽了四季常青，够得上"狗撵鸭子呱呱叫"了。

"我可警告你啊，小女子，别听安子瞎掰，什么战地女神呀，军中百灵啊，他可是夜猫子进宅，黄鼠狼给鸡拜年哩。"作为叔父，你不止一次故意板起面孔，警告小侄女，"小心骄傲啊，忘乎所以了，飘飘然晕晕乎乎了，你可就真会轻得飘起来，那样就会栽跟头摔跤呢。"

"二大，我知道嘛。"小姑娘倒是挺诚实。她对长辈从不会说假话。"我只是爱唱歌，在咱们队伍里，不会唱歌也想唱，我就觉得，只有歌声，能把人想说说不出来的一切给带出来。唔，对啦，不是有一句话叫'神采飞扬'嘛，我想，那神采，大概就像空气、春风、阳光，走到哪里，就把你跟到哪里；就像我走到哪里、唱到哪里，心里总会把咱们家，咱们任家堡子，还有奶奶、我父母、哥哥、弟弟和妹妹他们，带到哪儿……"

"那我呢，你就不想带我啦？"你故意生气，这样逗你侄女。"哪呀，怎么会呢？我不就在你身边吗？"她顽皮地嘿嘿乐着，"咱们的岁爷不都说过了吗，在队伍上，你就是我们兄妹的另一个大。"

"胡说。"你拉下脸唬她，"没大没小的，岁爷，也是你晚辈娃娃乱喊叫的？"

小喜子喜笑颜开，越发撒娇，挽住你的胳膊，摇来摇去，自顾开心地咯咯地笑着，弯下了腰。"看你，就知道笑，笑得可真好看。真是喜娃吃了喜娘的奶，长大还是个喜娃娃。"

"那当然了。谁叫俺娘名叫花儿呢，我不好看，咋对得起俺花儿娘，对得起咱家的五朵鲜花？"

"五朵？"

"是啊，奶奶和俺花儿娘，还有我们姊妹仨……"

你想想，此言不虚，确也如此。扩展了想，在边区，在抗日根据地的大后方，如花绽放的又何止你们一家人！虽然，历经战乱劫难，但人民在这里当家做主，创造着属于自己的历史，人人有希望、有盼头，也为希望和无限美好的未来憧憬而活着。想到这里，虽然夜晚寒凉的雨丝和湿气缠裹包围着你，而且有对方那些肆无忌惮的炮弹，青面獠牙的钢铁杂碎，随时都会光顾你、亲近你，甚至威胁你和你的战友们的生命，可你的内心却依然是温暖和敞亮的。

只是，这个主动撤离爷台山阵地的前夜，你心里还是很不爽利，极不舍弃。毕竟，这是我们的土地啊，一寸土地一寸金，血染的土地啊！这里，洒过你们的泪和汗，渗透着你们的苦与恨。身后不远，就是边区腹地。再往北边，就是马栏和延安。这不眠之夜，这拼杀之前，你不由自主，回想自己一路走来，虽然艰辛，但也欢欣。和你的侄女一样，留下历练的脚印，收获成长的艰辛。

那些过往的岁月，尤其是让你常常怀想、念念不忘当年的"陕公"……

那是一座熔炉，而你只是一块生铁；那是一片沃土，你却是颗幸运的种子。那时"陕公"的教员，多为革命前辈和有威望的革命教授、学者，他们既有革命理论，又富有斗争的经验，处处以身作则，言行一致，诲人不倦。你在那里见识了众多名人贤士，领教了何谓"学为人先，行为世范"的楷模，也明确了自己做人的志向与决心。大学习、大练兵、大生产，使你从根本上得到提高和锻炼，尤其是你多次主动超额完成开荒任务，最终，还被评为大生产开荒劳动模范，去了延安，光荣地出席了边区大生产模范表彰会，见到了毛主席、朱总司令等中央首长。

那时的边区，虽然缺吃少穿，还比较穷，但是有两样特产，歌声和笑声，那是从心房里迸发出来的本色之声。纵观全球，大概只有这块地方才有。那歌声和笑声的背后，正是如花绽放的青春和理想，享受着这片土地上最不缺少的无尽的明媚阳光。那阳光,就是人与人之间的真诚相见,是所有人之间的亲和友善相互滋养,是军民之间没有一点鸿沟的感情交融,是官兵一致没有任何官阶等级的透明和平等,是所有文明、文化激扬起来的原始生命力的勃发与张扬……

所有这些,在炮火袭扰的间歇,从深沉的夜暗中凸现出来,真切地感觉,立足脚下这块特别的土地,有一种不同于任何地方的踏实和安稳。这不仅是因为,这块地方原是你的出生地和养育你成长的故土,更因为有一种东西,一种可感而不可视,无形而巨大的真实存在——在氤氲你、滋养你,烘托环绕,时时刻刻在支撑着你。

天佑边区——你想到大生产运动中,人民群众那句真实的感叹和由衷的祝福:老天有眼,不灭我们边区,风调雨顺,也是天道酬勤啊!

边区土地的慷慨,是难以想象的丰赡富厚,新垦的处女荒地上,谁也说不清楚,咋会有那样惊人的丰硕收成:谁见过两尺长的谷穗、胳膊粗的玉米棒子、磨盘大的南瓜、半米高的大白菜、棒槌一样的萝卜和一窝能长出一大笼的土豆……

不是神奇,也不神秘,也许,这里的一切,只能由"神圣"二字概括和解释。只有神圣,才是产生快乐、歌声和笑声深沃的土壤。无疑,这都归结于边区的深厚沃土。

梦回连营

守卫爷台山的战斗,打得胶着难解难分。你死我活双方血拼的消息是一把火,传进你任仲魁、岁爷的耳朵,烧灼了你的心。表面上,你依然端的平静风波不兴,泰然处之乡绅般超脱。但内心的煎炙瞒得了别人,却瞒不过花儿岁婆,她眼见着你夜不安席,茶饭不思,一天天坐卧不宁。而她自己,同病相怜,又何尝不是一般地焦心!

"这咋处呀"——隐忍不住,她偶尔会吐出这一句话。这是本地口语"这怎么办"的意思。烦难忧心让她急头绊脑,果然抓耳挠腮干着急"没脚捏了"(没办法了)。古今中外,所有战事,无不是蓄满杀伤威力的炸药桶,引发它们,总会有根极不显眼的导火索,甚至是一两颗幽暗微弱的火星。这场战事,随着时光流逝,曾经涌现多种似是而非的版本,但都在一个极不重要的细节上,反复验证了武力冲突的偶发性质。据说,红方守军一匹不通世故(自然也不谙世事和人间是非利害之争)的战马,一天突然脱缰而去,懵懂跨越了戒备森严的分水岭——那道面目可憎的战壕，可白方坚持认为，红方这是"越界"，有意"挑衅"他们所谓的防区。彼此因之言来语去，最终发展为互不相容的拔刀相向，乃至于真枪实弹、飞机大炮一齐上阵，直杀得日月无光、天昏地暗……

不过，这只是民间口口相传、没有文字记载的"一种可能"。真正的"借口"，从来都是来自"借故生端"。尽管东一榔头西一棒子，欲盖弥彰地胡扯总是混淆视听以售其奸。此间，巧合发生的所谓"淳化事件"和"方里民意运动"，就成了国民党军进犯的"口实"。前者，是国民党驻淳化保安二团的内讧，团长刘文华等人不满国民政府省主席祝绍周安插亲信排除异己，愤而反戈率部起义，投奔边区加入了八路军；后者，是淳化方里镇群众不满驻军和乡镇污吏横征暴敛，起而反抗的群众运动。总之，狼要吃羊，终有"理由"。即使你站在河流下游，狼仍然会说你弄脏了它上游的河水。世界上没有和恶霸能讲通道理的事。希望强盗立地成佛只能是幼稚异想天开。欲和土匪讲文明的文明，只能是自杀式、自取灭亡的愚昧不明。就这样，一场旷日持久的内战，再次重演，形似兄弟阋墙，拉开了以强凌弱不道德的战幕。

七天七夜——红白灰黄的接火，都以箭头的形式，在爷台山次第碰撞打响。共产党投入的正规兵力，不过是红三团任英魁营长率领的六个连队，外加一个保安大队不足千人；而国民党军初次出战，就是三个整团上万人的部队。七天七夜——国民党军相继二十三次集中火力攻夺爷台山阵地，但都在连天炮火和血肉横飞的战壕前面，一次次被共产党军队击退败下阵来。黄色兵团有些恼羞成怒，后续部队源源不断，不遗余力，希望以爷台山为突破口，撕开边区南大门的防线。红方坚守阵地，拼死一搏，竭力自卫，打退了黄色国民党军海潮般一次又一次的进攻。

真不知道，那激烈战斗的场景该怎么描述才算真切实在，没有亲临战场的假想，难免牵强附会，让人感到虚假而贻笑大方。难免让身为作者的我每每却步，不能不痛切地感到。关于这场战斗完全真实的叙述，几乎就是一种恼人的折磨。倒是有许多个晚上，在绵延的梦境，我义无反顾走进了历史，身临其境，以一个普通士兵身份参加战斗，活灵活现，出现在我自己辽远真实的梦中。

因为是梦，每一次我看到的情景都不相同，这又让我理所当然整不明白，到底哪一次更符合实际情景。这不，眼下我又看到了我们的营长任英魁，他正和战士们斜倚在潮湿的战壕中，手里紧握上了刺刀的步枪。听，轰隆一声，又是一个炮弹在他们——也是在我身前炸响。我发现他的耳膜，好像对此已经没有什么反应，蓦地，他跃出了战壕——他要干什么呢？我一头雾水，只见他高大魁梧的身子，突然匍匐下去，在弹痕累累、被炸裂得松软发烫的黄土地上，简单地重复着一些动作，快速地往前蠕动，好似一条准备腾飞的猛龙，一起一伏，卧倒，侧翻，爬行，一遍又一遍，从一个弹坑，滚到另一个弹坑，最后，在靠近前沿的一个弹坑团缩起身子，接着又慢慢探出头，急切地举起手中的望远镜……

眼前的图景，一连串的举动，清晰逼真，栩栩如生，绝对不是梦境的洞悉和透视。就是说，完全跟真的一模一样，因为我很快就闻到一股令人窒息的焦灼气味，一股迎风吹来比马粪都臭的硫黄与硝烟混合为一的气味。我心里清楚，这就是战场的气味、搏杀的气味、生死决斗的气味，也就是彼时彼刻爷台山特有的气味。在这种气味的氤氲中，我自然而然想到了两只眼底充血的斗鸡，或两头虎视眈眈以头相抵的公牛，要不就是两只猘猘狂吠互相撕咬的疯狗。这是血腥的气味，是兽类歇斯底里的气味。总之，是要命的气味。

果然，一声号令，像从炸裂的胸膛猛然迸发出来：开火！

只见任英魁任营长抬起蒲团大手，旗帜样使劲一挥，冲锋号骤然而起，平地滚雷震山撼岳，随之就有一道闪电爆发，拽出一长串回声悠远黄铜质地的金属呐喊。军号声声，杀声阵阵。我分明看见任英魁从腰间拔出他那把二十响驳壳枪，最先一跃而起蹦出了弹坑。他身后是齐刷刷二百多号战士，猛虎下山一般，冲出了山头的环形工事，有的挥舞着鬼头大刀，有的端着上了刺刀的步枪，以排山倒海之势，雷霆万钧之力，向山下猛打猛冲横扫过去。枪声，手榴弹爆炸声和喊杀声响成一片，刚刚气势汹汹爬上山的敌人，眨眼连滚带爬溃不成军，退了下去。就在这势如破竹的关键时刻，任英魁突然大手一挥，命令部队停止追击。我愣怔了半响，才转过神来，似乎领悟了他的突击战术，他要打下山去，更要以进为退，但不解决武器给养，明显徒然而不可能。他们在山头坚守了七天七夜，虽然没有弹尽粮绝，但弹药确实严重不足。只此一个细节，就足以看出他历经百战粗中有细，头脑十分清醒。果然，他要求大家抓紧时间打扫战场，从漫山遍野的敌人尸体上搜集枪支弹药。他嘴里咕哝着，好像在说：以战养战，这是咱红军开创以来的传统，是被严峻形势逼出来武装和壮大自己最直接有效的途径。

我自以为是地认为，基本上了解和熟知了他完全可以称之为"任英魁三步战法的第一步"——首先诱敌接近，敢于刺刀见红，以拼刺刀为主，给敌人以我军弹尽粮绝的假象，同时让他们的美制火箭炮和各种山炮乃至头顶上的飞机轰炸，无法施展威力。敌人在威震关中、从不怕死的红三团一营勇士们的刺刀面前，招架不住，头一波进攻，就雪崩般退缩下去。七天前，还是烟菲青翠的田野和山坡，此时却铺满了血肉模糊的尸首肢体，绿色的草地，变成了血色海洋。国民党军又一次被击败了。此时黄昏铺满天空，西天余留一抹残阳的余晖，稀疏的树枝叶子震落，有些光秃秃的枝丫，居然悬挂着炸飞的尸体碎片，晃晃悠悠，恍若屠宰场那些鸡零狗碎、恶臭扑鼻的拍卖商品——咳，无论如何，战争都是人类可诅咒的罪恶。杀人者在毁坏世界，救人者在修补世界。总之，非此即彼，置身战争之中，谁又能超然地安闲于进逼眼前的你死我活？唯有炮灰资格的诸公，才会去恭维杀人者的毁灭行动！很快，被压制下去的敌方，又重整旗鼓蠢蠢欲动了。任英魁招呼退守到战壕里的战士，尽可能保持体力和节约子弹。我听到他喊："多准备手榴弹吧，好赖，我们也要回赠人家一些礼物！"

我估计，这就是他的第二步战术。他要尽可能有效地杀伤其主力。阵地上静悄悄的，一时陷入万籁俱寂死一般的静谧，敌我双方都不发声，黑夜彻底降临，随同夜色一起光临的，还有淅淅沥沥的缠绵雨丝。灰蒙蒙的天际线下，只见乌泱泱一大片、一大片的国民党军人头，黑云浓雾般团聚攒动着，这里那里，偶尔有星星点点的亮光晃动，那是他们头顶的钢盔，在幽邃的夜光中鬼火般闪耀。时或，又像雨天河面上泛起的水泡，旋生旋灭一晃而逝。这般情景，让我情不自禁，想起某些古老文明的华夏成语，比如水火不容、水深火热，等等。那短暂的瞬间，让我切身感到，我真的临场在即，一切不只是梦，而是再真实不过的战场实境了。不过，萦回在我脑海深处那些残余的理性判断，却仍然心有余悸，非常希望这就是梦，哪怕，仅仅是一个穿越的梦魇，一个令人觳觫的噩梦。我记起来了，在一部什么小说，有人曾经侃侃而谈，似乎断言："所谓战争，都是政客的游戏，没有赢家，大家都是被骗了的。"这话很不恰当，但一遍又一遍在我大脑中冲撞激荡，我好像也很服膺和认同这种观点。猛然回头，忽然看清，就在我身旁三尺远的地方，有一棵被炮弹截去树冠的树桩上，飘忽着一束乱糟糟的茅草，定睛细看，我当即不寒而栗！

天，哪里是什么茅草，而是一个贴在树桩上不完整的人头，那丝丝缕缕茅草样的头发下面，居然是一张脸——不，是半张，面孔上面，有一只孤零零大睁的眼睛，正哀婉凄绝地盯视着我，让我如芒在背，如鲠在喉，禁不住难过得要咆哮起来……

倏地，又一颗炮弹直射过来，又一颗，又是一颗！随着震天撼地、接二连三的爆炸，突然平地而起，跟爆炸的声音一样，爆发出一声声悲愤已极的哭喊。那声音有点沧桑老迈，同时伤筋动骨，也的确像在泣血哀号："住手，都住手吧！你们，你们，不肖子孙，发疯了吗？"

我四顾茫然，并不见一个人影，正迷惑谁在呐喊绝叫，就听到"喊里咔嚓"一声，眼前一棵百年老柏树就被炮弹斩断，粗壮的树枝弯曲，颓然垂下来，很像一个扶着腰身战栗的老人，那白得残目的断茬，恍如流出了醒目的鲜血。扑跌在地上的一团树冠，则像老人恨铁不成钢的大手，哭天抢地拍打着烟尘滚滚、灼热疼痛的大地。

不错，果然是它在叫喊。它呻吟着，挣扎着，悲伤欲绝不忍直视。我恍然想起它高贵尊严的名字——轩辕柏。对，黄陵乔山，我们中华儿女的"人文初祖"，亲手栽植的千年柏树，倘若不是，至少，也该是它的后嗣子树、孙树、重孙树吧？

看它痛不欲生的神情，我也要肝胆俱裂、痛不欲生了。

"别打、别打了！难道，不这样内卷平躺窝里恶斗，真的就不行吗？你们，可都是纯种的中国人啊，为啥，愚蠢到家，自己拿自己人开刀、没完没了，自相残杀？"

这句话，当然不是出自我口，也不是老柏树悲天悯人的唏嘘不已。我回头一望，随着又一声"喊里咔嚓"尖锐刺耳的骤响，我旁边一棵遒劲的松树被拦腰炸断。这是一棵形似华山绝顶的凌云苍松，或者黄山之巅标志性的迎客松树，可惜它秀挺的身姿，一时间摇摇晃晃不堪疼痛，瞬间就垂下了，同样哀哭不绝地呻吟起来："造孽，造孽呀，不要……打啦！"

突然，我好像炮弹一样被弹射了出去，一下子就蹦出了壕沟，向着山上和山下，向着天地之间所有生灵人畜，大喊大叫起来："听见了吗？听见了吗？山上的松柏、草木和黄土，都在喊话了，赶快停下，停下，别再打了呀！"

可惜，没有人理我。这和平的声音、正义的声音、理性的声音，谁也没听到，鬼都没有听到，却正好有一颗炮弹，似乎作为回应，理直气壮地径直飞来，我清楚地看到它宛若一只无翅的大鸟，拖着优雅、弧形的弹道，兴高采烈地照直向我扑了过来。

"趴下！"有人大喝一声，不顾一切将我扑倒在地，只听见一阵嗡嗡回响，接着便是"轰隆"一声欢呼雀跃的爆裂，我习惯性地耳鸣随即发作。之后，就听到狂烈的大风，从春秋战国和秦汉时代不绝其声，呼啸而来，越过长平之战，越过垓下之役，越过许多尸横遍野、血流成河的疆域，在"战士军前半死生，美人帐下犹歌舞"中，渐渐尘埃飘落，亦步亦趋，悠悠然归附于大地怀抱。

"近了、近了。"不错，过了许久，我隐约听到有人低语，"50米，30米，20米，15米……"

我抬头眺望，往山下看去，原来是国民党军的士兵懒洋洋地又蹭上山来，他们的行动非常迟缓散漫，犹如怕踩死脚下的蚂蚁，一寸寸极不情愿地向上摸索着挪动像软体动物虫豸一样。他们手里的卡宾枪一弹不发，大概也是依样学样，得了你任英魁近战战术的诀窍，不想多费子弹，只有大炮似乎给他们继续打气壮胆，依然在山头四周左右两翼，这里那里，一声一声，助威式炸响。

"打！"猛然，山头堑壕，密密麻麻的手榴弹脱手而出，像一群庞大的乌鸦急速飞过天空。霎时，这些飞翔的铁拳，就在茂密的国民党军人群中遍地开花，连绵起伏、凌空爆炸了。横飞斜穿的弹片，挟带着震耳欲聋的怒吼，扇动着死亡浓重的晦涩气息席卷而下。惊慌失措的国民党军士兵，无法找到安全庇护的掩体，很多人便同时被几颗手榴弹直接命中，身首异处的尸骨也就四分五裂，遍地狰狞了。

千余颗手榴弹，在一场战斗中也许算不了什么，但在一两分钟内，在如此狭小的扇形山坡上，产生的杀伤力无疑是可怕的，同时对于那些执迷不悟、怙恶不悛的冒犯者，是不是也是淋漓痛快的教训，很解人气的？那一刻，我心里暗自庆幸，不得不佩服你任英魁啊！你算不算一个英雄，姑且勿论，但实在也应该是一个很会打仗的淳化人，一个延安抗大出来的战斗专家。虽然，你没有拿破仑奥斯特里茨的辉煌显耀，没朱可夫莫斯科保卫战的卓勋建树，也没有林彪平型关大捷的美中不足，但我还是要为你自豪，也为我自己而骄傲，不管真实的你和虚假的我——我们共同参与——即使在不同时间以不同方式——参加的这次战斗，是否果真如此，反正，我坚信不疑，造就了你如是这般标准的样子，好样的样子，好汉的样子。

战斗输赢胜败的结局，早已经摆在那里，我这样想当然地写你，自然也不为过。当然，我的初衷并不是要当什么英雄，甚至也不希望你——任英魁营长，当那种要用流血牺牲去赢得的英雄。这样付出代价的荣誉宁肯缺失，宁无毋有。我想，我和你，其实更需要和向往一片大地，一片浑莽的土地，简朴的田野，恬静的村庄。那里没有战壕，有的是深沟清幽的泉水、山坡上安闲吃草的绵羊、悠然地甩着尾巴的猪狗、脚踏实地耕种土地的牛马骡驴。当然，也没有硝烟的味道、尸臭的味道。自然，也没有大炮和枪声的搅扰嘈杂。耳边呢，尽是令人神往的小鸟的啼啭，蜜蜂的嗡鸣，秋叶的沙沙细语。而我的肩上，所荷的当然只能是镰刀和锄头，绝不是枪，也不需要枪……

唔，我是不是在呓语？如果我没有离题万里，也许就是逸出了梦境？不，夜还是黑的。那是——是夜，墨黑墨黑的漆黑。突然电闪雷鸣，顿时倾盆大雨。机会来了，是国民党军的机会。他们依然如故，还是拱猪式的打法，在连续不断的炮火虚张声势的掩护下，企图利用下雨的天时攻占山头。他们兵分数路，一步三滑，泥猪样记吃不记打，继续向主峰阵地一步步、挤挤挨挨拱了上来。

不用问，你自然也开始分兵。按预定计划，命令各连收缩阵地，分别从老庄子、孟户梁、小丘几个方向，迅速朝主峰集聚靠拢。你把四连三排的掷弹筒班和重机枪班，特别是任豹子的迫机炮排，尖刀一样，全都摆在了主峰正面阵地，准备给敌人最后狠狠的一击。

"叭!"随着一颗红色信号弹腾空而起，主峰阵地的勇士们明白，最后的进攻，也是即将开始的撤退——一场战斗的两种形式，居然同步开始，同时打响。各种武器的准星，都无声地对准了前方。夜空又一次雷鸣电闪，正是那一瞬间，照彻山川大地的亮光，让山坡上遍地泥猪样蠕动着的国民党军，暴露无遗，恰好给了你和你的战友一个捕捉目标的天赐良机。

又一声——声色俱厉地喊："打!"随着你威严果敢的命令，最后一批手榴弹脱手而去，敌人掉头，缩成一团，向山下滚去的时候，正好又被掷弹筒准确无误地接连炸中。当他们缓过气来，再次回头，卷土重来，十多挺轻重机枪同时开火，弹雨和暴雨，同时溅落在敌人的头顶，打得狼烟四起，一时草木皆兵，鬼哭狼嚎，全都抬不起头。你适时把何建安喊来，让他从右侧突破，直插敌后，形成包剿之势，迷惑敌人，然后猛打一阵，再立即撤出战斗。然后——继续南进，赶往方里镇西侧，实施你们的夺粮行动。

你这边刚刚交代完毕，正下令撤出阵地，受到重创的国民党军又死灰复燃，增添了新的梯队，开始了新的进攻。这是一帮银圆烟土激励起来的亡命之徒——国民党军所谓的精锐之师。他们一律赤裸脊背，大有决一死战的架势，如同群狼发飙，呜呜地嗥叫着，前呼后拥，顾头不顾尾，不要命地攻上山来。你高喊一声："准备，继续战斗!"

这时，教导员贴近耳边及时提醒你：切勿恋战，应该适时转移，赶快执行奔袭任务。

"二大，你们先走，让我来对付他们!"任豹子及时赶来，他告诉你，"我们刚才缴获了三箱炮弹，反正，带不走这么多……"

"太好了，那就给我狠狠地打，给这伙丧心病狂的家伙一点颜色看看!"你没等侄儿把话说完，满意地连连点头，"打他一箱子出去，完了就随我们，从东边沟道撤出。"

二十多个枪支弹药满负荷的战士，组成了殿后收尾分队。大家隐伏在战壕耐心等待出击。敌人的先头尖兵冲上来了，已听见急促的喘息和脚步。就在此刻，你率领他们一跃而起，端着刺刀，从工事中飞身而出，迎着弹雨密集的火网席卷过去。那群亡命之徒，很快被逼退到山脚下面。"豹子，瞄准他们的辎重和大炮,给我……狠狠地揍!"

豹子憋了许久,终于可以一展身手,他和炮班长几乎同时重复着命令。"放!"

爷台山下炮声隆隆,火光四起天摇地动。你回眸一瞥,虽忙于撤离,但是仍难得炫耀地骄傲了一次:"瞧吧,这次,我们豹子可是真发威了!"

/ 第十六章 /

甜蜜的痛

任桃子无疑是俗世难得一见最漂亮的姑娘,而且,也是这个世界几乎没有过的最钟情的姑娘。她的美,说国色天香都不为过。这形容虽然拾人牙慧有点古旧老套,但对于她却恰如其分。

别忘了,她娘叫啥名字。

是的,第五花儿的女儿,那只能是花了。要不,你怎么解释她周围总是蜂飞蝶舞的一派繁荣景象?谁又能说,这些采花的天使是误打误撞搞错了对象?豆蔻年华十三四岁的某一天,她曾不胜其烦,一边忙不迭地用手驱赶在她甜蜜可人的脸庞嗡嘤翻飞的蜜蜂,一边嘟囔着向她的祖母木匠婆袁氏诉苦:"婆,看这些蜂呀,讨厌死啦,咋总缠着我干吗!"

"这还不好吗?"木匠婆喜眉笑脸,也努力把自个儿多皱纹的老脸绽放成一朵霜打的菊花,她说,"瞧我孙女,长得多心疼人啊,小脸儿水嫩水嫩粉嘟嘟的,多可爱呀,咋能不招蜂引蝶?"桃子却不胜腻烦,苦眉愁脸:"去,我烦死了哩。"

"丫头,你可别烦,这是你的福气。"老祖母当然要语重心长地提醒她,"只是,眼看你慢慢大了,也得提防着点才是,这些个狂蜂浪蝶,一旦爱上你,一不小心,可是会蜇疼你哩。"

"哼,谁敢!"懵懂少女并不能领会慈祥的祖母语义双关的谆谆告诫,只是一味地逞能显摆,"再骚扰我,我就拍死它们。"

"瞧瞧这疯女子,满身还长着刺哩。"旋即,木匠婆就爱嗔地回敬了大孙女一句,"看你疯疯癫癫不着调的样儿,不知到时该嫁给哪一个缺心眼的男娃?"坐在木匠婆旁边做针线活的牟水琴听了,忍不住插一句赞美:"咳,也不知谁家的男娃,才能有福娶上俺们桃子呀。"她的语气里,分明渗透着充分的羡嫉和隐约饱满的期盼。

"我才不嫁哩，为啥要嫁给别人？"

"又说疯话了不是。"祖母瞪她一眼，本能地行使起她老人家启蒙开智的天职，"小娃娃不懂，难道，你以后不成家啦？"

"成家，为啥要成家？"情窦未开的桃子，虽然也有一种未成年女孩撒野使性的顽劣，但是偶尔也不乏刨根问底的钻牛角尖，"婆，你说，啥叫个成家？"

这个天真烂漫的女孩，一切还都很糊涂，木匠婆也就顺水推舟，顺便对牛弹一次琴。"啥叫成家？你个傻丫头，看见咱家那头灰驴了吗？"老祖母神秘莫测地眨眨眼，"成家嘛，给你咋说好呢？就是那棵槐树上拴着一头驴，然后，在那棵槐树上，再拴一头驴。"

"然后呢？"桃子还不理解，继续追根究底，"你哄我哩，这咋的是成家呢？"

"然后，"木匠婆四顾没有旁人，一下子笑眯了眼，乐呵呵望着牟水琴，含蓄地说，"然后就看见两头驴子旁边，有一天突然多了一头不用拴的、活蹦乱跳、跑不了的小毛驴……那颜色也许是灰的，也许是黑的，都说不准。"

在老人家情不自禁的一片开怀大笑中，桃子噘起了樱桃小嘴，莫名其妙地大喊大叫起来："婆，你骗人、骗人，都是胡说。"

无拘无束的她，正是不知天高地厚任性淘气的，乡下人形容这样的童年，正是风中的旗，浪中的鱼，十三的丫头小毛驴，美其名为"四欢"。"找俺妮子姐去呀，不跟你们玩了。"桃子觉得祖母的话枯索无味，爽叫一声，便脚底下踩了弹簧一般一蹦三跳，摇着两根牛角样的小辫，跑开了。

再说岁爷的任家大院，自从住进了河南女人娘仨，原本就不寂寞的土坑坑院子，徒然又多出一份热闹。许多年后，当这个荒坟似的大院子坍塌颓败、满目凄凉，常常只有岁爷一人独守着那份透彻肌骨的空旷寂寥时，他那思绪纷纭的脑海，潮起潮涌，就会不断有一群娃娃的喧闹和鸡飞狗跳驴撒欢的热闹。那经久不息的欢声笑语，直接抖搂着撩猫逗狗的年纪，似乎从来不知道什么是苦是愁。他们有的，是一份独一无二的纯正，清澈响亮，只有惠风和畅，没有风起云涌，真正是一片晴空万里世外桃源。一朵花开，一只鸟飞，一只蚂蚁拖着一只苍蝇的大腿，一只屎壳郎在土堆里打滚……现实世界任何一点细微的发现和变化，都会让他们十二分惊奇，大呼小叫，接着就是叽叽喳喳，手舞足蹈，乐不可支。那原是一种蓬勃、旺盛、蒸蒸日上、欣欣向荣，不可遏制的生机，会让任何一个忧郁哀戚的人顿时开心，释然轻松起来，常常连"一分为二"都会被强烈地感染和吸引过去，忍不住瞪大疑惑不解的眼睛，摇着卖乖讨好的尾巴，瞎凑热闹，直到活蹦乱跳汪汪欢叫，惊奇不已。

无疑，笑声最清纯、最尖锐嘹亮的，当数天生金嗓门的桃子姑娘，只是她还远远不是娃娃头儿。一群孩子无形中分为两拨，一边是虎子豹子和安子以及村里的其他男娃，一边是妮子带领的桃子、杏子和梅子三姐妹。偶尔也会不自觉地合在一起，那时候的主心骨人物，基本上是年龄最大、最沉稳内向、几乎是细声细气绝对从不咋咋呼呼的妮子，不经意间，她的影响力至少对于一群半大不小的人，一时半会儿尚难以精准估计。甚至连说话，不仅是桃子，久而久之，他们不知不觉也都跟着"妮子姐姐"（当然，后来有一阵子，已经不好意思生涩地改口叫二娘了）开口闭口，说起河南口语里的"俺们"了。

　　在没头没尾的日子里，孩子们厮混熟了，不知不觉亲密无间，也不知不觉渐渐长大。隐隐约约，男女之别和异性间的矛盾、排斥与吸引，时不时就会不加掩饰显山露水泄露出来。原本心眼活泛的何建安，一路跟随母亲牟水琴和姐姐妮子逃到陕西，历练和经见比起岁爷的孩子们显然多出许多。他对桃子这个人见人爱的丫头，不知不觉也就有了一种特殊的感情，常常忍不住，总爱端详桃子那张确实值得一看的脸蛋。

　　"看啥嘛，看，有啥好看的？"

　　"看看，把你啥看少了不成？"安子也会嬉皮笑脸，跟她插科打诨，"俺就是要看看，你脸上到底有没有长出一朵花来？"

　　"去你的吧，你脸上才长花呢，小花狗的花，花里胡哨的花。"桃子每每不留情面，但有啥事却不爱喊虎子豹子两个哥哥，反而爱叫何建安，而且总是理直气壮，一副颐指气使的架势。"安子哥，咋不帮我喂猪呀，快把驴拉到大门外边拴着去……"

　　她知道自己长得惹人喜爱，特别在安子面前，就有些得意忘形："好啦，再看，我可要收钱呢，就像进戏园子看戏，要买票呢！"未及说完，自个先自鸣得意，忍不住笑弯了腰。"嘿。"安子顺势揶揄，"把你想了个美。别忘了，下回呀，再从枣树上跌下来，可别要俺往家里背。"

　　"咋，偏要！"她也有耍赖的时候，"就要叫你背，把你往死里压！"有一天，她正打扫院子，突然就大叫起来："安子哥，快来看，快点……"安子正在吃饭，一撂碗筷，就从他家住的那孔窑洞里蹦跶出来。"唔，这咋的啦？"桃子一脸苦相，"快，快看……看俺脸呀！"

　　安子扑哧一声乐了："是咋的啦？"

　　"你看看呀，"桃子不由得皱起眉头，牙缝里咝咝地吸着冷气。原来，一只太过钟情于她的蜜蜂，在她娇艳细嫩的脸上，殷勤探看反复不已，也许是动了凡心，不打招呼，也不经她允许，就来冒犯狂吻不止，结果被她不经意间挥手一拍，居然残酷地扼杀在她花瓣似的脸上。不过，蜜蜂壮烈殉职之前，不言而喻，毕竟被动地进行了勇敢的最后还击，狠狠地蜇了她一下。何安子闻讯而出，立即奋不顾身抢上前去——撮起嘴来，名正言顺，就是一阵猛啄吸吮。这场战争，很快惊动了姐姐妮子和安子的母亲水琴，以及花儿娘和祖母木匠婆，她们应声走出窑门，老老少少几个女人围着她团团乱转，又是询问，又是安慰，又是用热毛巾消毒清洗，用蜂胶蜂蜡给她敷贴，一刹那，忙了个一塌糊涂。

那几天，安子特别上心，每天第一件事就是朝圣般先去看桃子的脸，问候她是否还疼，但桃子一反常态，用方头巾把脸包裹得严严实实，怎么也不愿露给他看。"去，难看死了，还看什么？"

可不，她被蜂蜇了的半边儿脸，肿得像发面团。安子就关切地问："咋样，还很疼吗？"虎子和豹子，两个大屁眼的哥哥，却说风凉话，竟然幸灾乐祸，虚情假意地安慰娇气的妹妹。"没事，这可是甜蜜的疼哩。"

"就是。"豹子大大咧咧，也附和着哥哥虎子，像一个跟屁虫儿。这也难怪，哥儿俩好得跟一个人似的，这不是比喻，原本就是花儿娘一胎所生的孪生兄弟嘛。

秋天的一个斜阳辉映的后晌，一群男人在大门外头麦秸垛的后边，看着孙秃子拉来一头黑叫驴（公驴），给岁爷家的灰草驴（母驴）配种，岁爷把一帮子娃娃轰赶蚊蝇般驱散开来，还让虎子、豹子和安子守在麦秸垛前面，不让他们凑过来瞧看热闹，可桃子却不服气，偏要凑过去看个究竟。虎子哥哥只好变着法儿来哄骗她。"看啥嘛，两个驴打架，很可怕的，你们女娃，千万别看。"

很快事毕，孙秃子将他们家的黑叫驴牵了出来，好奇的桃子不知深浅，竟跑过去问他："孙叔，你们家的黑驴，欺负我们家的灰驴了吧，这怎么行？"

"瓜（傻）女子，你还不懂呢。"孙秃子别有深意地嘿嘿坏笑，"啥叫欺负，它们巴不得受活着哩。"

"受活？"桃子更加茫然懵懂，不知所云，"啥叫受活？"

"这个……"孙秃子也听说桃子被蜜蜂蜇过，于是脱口就说，"就跟你被蜂蜇了一样，是一种甜蜜的痛哩。"

桃子的脸一下子红了，红成了一朵鲜花，不，是一片云霞。旁边的安子，脸也红了，红得像火炭烤过一样，看上去都有点焦灼。他的心突然兔子一样，没有节奏和规律狂跳起来。那一刻，他们其实已经彼此相爱，但却浑然不知。

不过，对于何建安，桃子确实早就有了一份特别隐忍和温柔的情愫，之所以隐忍，是因为她同时对他又有一份好像无法克服的胆怯。尽管自从她一直当作姐姐的二娘因为难产去世之后，辈分上的障碍，已经对她失去了实质性的约束，但是二娘之死的阴影，却一直阴霾似的笼罩着她，使得她既渴望爱，又不敢大胆地走向爱和接近爱，尤其是，她随后处在绝对多数的男性军旅中，一颗敏感而又备受煎熬痛苦的少女之心，经常翻腾着甚至比战争本身更加荒谬可怕的恐怖，令她不得不在对爱的美好向往与对爱的恐惧之中，自己和自己展开殊死的搏斗。

参军之后，两个曾经朝夕相处的年轻人，物理距离虽然拉大，但心理距离却突然隔山架岭更贴近了。好在何建安和虎子、豹子，都跟着任英魁在一个部队，驻扎在马栏山区，一边学习训练，一边开荒种地搞大生产，桃子得空，就会以探望二大和两个哥哥的名义，顺便去看望安子。她们卫生队的女同伴，曾经从她的言谈中敏锐地觉察出一些端倪，就直截了当地问："喂，你老挂在嘴边的安子，是你什么人，该不会是你的相好——哈哈，未来的小女婿吧？"

她一听这话，原本好看的脸蛋，立马会锦上添花，变得绯红，灿若明霞，显然是藏不住地泄露了心中的秘密。只是，她嘴上绝不肯承认，而且灵机一动，马上会变出一个冠冕堂皇的"挡箭牌"来："胡说啥，他是俺叔，俺二娘的弟弟。"

不管怎样，这时候的小女兵任桃子蓓蕾绽放，那匀称的身条，甜美的长相，清澈纯净的大眼，人如其名的人面桃花——桃子脸和桃花颜，那回眸一笑百媚生、着实扰乱人心的美貌，实在美得有点狂野嚣张，令人沉醉而且治愈。没过多久，人们就发现，比起她亲亲的二大任英魁连长，她这个所谓的安子舅，更关心和体贴她，这个眼睛细小而脑瓜十分灵活的河南籍小兵，甚至比桃子的两个哥哥虎子、豹子都来得殷勤。没早没晚，一有空儿，总能看见他给任桃子送这送那，没有个完。那份黏糊劲儿，几乎尽人皆知，傻子也会看出个七厘八分。这对于任桃子来说，自然也是心知肚明的事情。何况，这姑娘虽然文化不是很高，可天生悟性不差，好像有一种能够看穿事物的眼光，会透过任何表面现象看到事物的实质，尤其是老天赠予她不可思议的美丽，难免让众多正当年华的男性，为她痛苦，神魂颠倒，也迫使她的那份洞察力，被动性地磨炼得更加敏锐。

秋日里某个薄暮时分，何建安兴冲冲地来找桃子，给她带了自己采摘的一大包红玛瑙似的酸枣。任桃子惬意地品尝着又酸又甜的野果子，突然想起在家时她被蜂蜇的事来。"你漫山遍野乱跑，就不怕被野蜂蜇了？"她告诉何建安，"野蜂可不比土蜂，蜇了不光会疼，更会死人！"何建安说："别说得那么可怕，你忘了咱们村的孙秃子了吧，他可是说过，那种蜇呀，总归是一种很受活的甜蜜呢！"

这句话，虽然经年累月，可对于几年后一对心有灵犀、情投意合的男女，却是一种再明白不过的爱情启蒙了。任桃子一听，不禁一颤，立即变得不自在起来。"你，真坏……"

"俺，咋的坏啦？"安子左顾右盼，环顾四下无人，便有点放任感情地辩解，"咋，那会儿，可是俺给你……要不，也让俺甜蜜地……蜇你一下，咋样？"

说着，居然真的将头紧贴过来，直逼桃子秀色可餐的脸蛋。"别、别、别胡来啊！"桃子灵机一动，就使出了她"看家"的"挡箭牌"，"使不得，记住，你可是俺舅哩！"

安子盎然亢奋的情绪霜打了似的，一下子就灰败和萎靡下去。桃子却扬扬得意，一时间笑得花枝乱颤，声音迤逦，犹如划过天庭的鸽哨，清脆、响亮而又悠远。可是，桃子与安子之间萌发的爱情幼芽，一旦被他们彼此觉察，首先就有一个足以令他们难堪到令人恼火的障碍：这样子，会不会是不伦之恋？

他们彼此不约而同，都会在心里纠结一阵。小时的他们两小无猜，压根儿不理会什么辈分。在桃子看来，叫安子舅或者喊他哥哥，都是一回事儿，不过是一个称呼罢了。安子该背她过河照样背她过河，该陪她一起爬山照样陪她上山砍柴，该扶她上树掏鸟蛋照样乐此不疲给她当人梯，支撑在下面。安子呢，有啥好吃的，首先忘不了桃子，用他娘水琴的话说，安子吃个虱子，也会给桃子扯一条腿。桃子也一样仗义，有好吃的，一定忘不了留一点给安子。

十几岁的年纪，爱情还没有生长成熟，他们可以无所顾忌地并肩躺在金色的麦秸垛上，仰望星空，分担月亮姐姐愁容里的惆怅和忧郁；可以亮开嗓门吼唱民谣，以及无忧无虑地学狗叫鸟鸣。那时节，他们不知道自己的身体里会有火，即使桃子贴在安子的背上也感觉不到。可后来，他们离开了，分别了，见不到了，反而一想起彼此，就浑身冒火，脸都烫得不行。

安子是有心计的小伙，他有理由要求桃子别叫他叔。

"那叫什么？"桃子明知故问，"你说俺叫你啥好？"

"叫哥呗。"

"胡说，你就是俺舅，俺二娘的弟弟，我不叫你舅还能叫啥？"

"她殁了……咱俩，不再是亲戚了。"

"不是亲戚，还是仇人不成？"

"当然不是仇人，应该是……亲人。"安子别有用心蓄谋已久，终于以突然袭击的方式说出了久经考虑的话，"俺说的是，咱俩应该是男女之间，那种最亲的亲人……"

"去，谁跟你是亲人，想得倒美。"她嘴上这么说，可是言不由衷，身子一软,没有骨头似的,不由自主就跌进了安子宽厚的怀抱。想亲亲想得我手腕那个软,呀呼嗨,拿起个筷子我端不起个碗,呀呼嗨;想亲亲想得我心花花乱,呀呼嗨,煮饺子我下了一锅那个山药蛋,呀呼嗨……咱二人相好一呀一对对,铡草刀轧头不呀不后悔……

那些贴心话,那些野调调,切近又悠远,是独一份属于何建安的震撼与感觉,几十年过去,依旧在他的耳际披拂缭绕,徘徊不去,整整回响了漫长的一生。因为后来没有多久,他就跟着他的姐夫任英魁去了延安。几年后,当了八路军排长的他,又跟随任英魁,与虎子、豹子一道,跨过黄河,到了晋察冀抗日前线,做了一个中国男儿一生为之骄傲的无悔选择:打鬼子、杀倭寇!

太行山上的那些浴血奋战的日日夜夜,生死线上的何建安偶然得空,就会情不自禁想起桃子,想起那一张花朵似的漂亮脸蛋。有一次,他甚至在急行军的夜路上,高一脚低一脚地走着,还迷迷糊糊做了一个亦真亦幻的梦。他看见一只蜜蜂抖动着透明的翅膀,嗡嘤着照直飞了过来,突然,就像出膛的子弹,砰一声,眼看射中了桃子那粉红娇艳实在引人瞩目和让人想入非非的脸。

他一个激灵,只一眨眼,却又看到,居然还有一张男人的嘴——真的是男人的嘴,黑乎乎、毛茸茸的,正在恣意妄为疯狂地贴向桃子那张美轮美奂的脸——那个只应审美而绝对不许亵观和侵犯——神圣的地盘。

他的心中忽地一下,立即有一种火辣辣的失落,以及酸溜溜的妒忌,几乎要窒息他的呼吸。从那一刻起,从那次急行军的夜奔被搅散和"走失"的梦里,他已然清醒:不用说,任桃子就是他生命的一半。那三四年艰难困苦的烽火岁月,他只给桃子端端正正写过一封金贵的信,上面就一句铁锤砸石头、火星四溅滚烫的实在话——"你千万,要等着我。"

那时候的桃子,也到了延安,不久又南下洛川,参加了卫生兵的学习集训。心地善良单纯的姑娘,不免常常惦念在前线作战的二大和两个哥哥,同时也惦念着安子。她断然没有想到,一个突然的事变,居然让他们有机会重逢,再一次走到了一起。这就是背信弃义的国民党军对边区南大门爷台山的进犯。

天下这么大,可、可是我们……几年的分别,任桃子的口头用语,已经幡然更新,不仅不怎么说"俺",甚至也不怎么说她从娘胎里带来的本地话"呃"了。第一次见到当上侦察连长的何建安,任桃子掩饰不住内心奔涌而出的欢欣,她上下打量着又高又壮的何连长,先忍不住被他浓密的胡楂子给吓了一跳。

"瞧你,变了个人似的。"紧接着,她就连声说好,又变得像个小姑娘似的拍着手说道,"我们像走了个大圆圈,从赤水出发,又回到赤水来了,除了我大哥哥虎子,咱们又和我二大和我豹子哥,在一起了。"见她言语中流露出对大哥虎子明显的惦记，安子就压低声悄悄说道："你不用担心，虎子安全着哩，要相信他，如今他担负了更重要的工作，也会锻炼得更智勇双全。"

七天七夜，爷台山的御敌之战，不期然地让任桃子也经历了前所未有的沙场浴血。作为战地救护卫生兵，虽然没有冲锋陷阵在最前沿，但二大的通信员小马，还有她那个铜川籍同学的牺牲，已经给了她极大的创痛与震撼。她的心在颤抖：战争就是流血，就是死人，就是活生生的一眨眼间的生离死别啊！

这期间，她几乎无时无刻不揪着心，为二大，为豹子哥，也为安子。救护所里，从主峰阵地每抬下来一个伤员，她都要第一个抢上前包扎救护，心里其实暗自祈祷，咱们的人不要受伤、牺牲，任何一个都不要！当然，更不要她最牵挂的几个亲人，包括安子哥……不，是安子舅，不不！还应该，是……哥……

这样的念头，就一直环绕和伴随着她。在部队撤退前的最后出击中，她坚持要上前线，跟着突击队出征，很大程度上不能不说，正是她二大、豹子哥和安子，牵着她的心啊！"我要和他们在一起，随时准备为他们服务。"

曾经有那么一刻，在这个纯洁质朴而又美丽的姑娘心中，忽然升起了一种神圣伟大的母性情怀，包括她的二大在内，她恍然觉得，他们全部都像自己的孩子，她要以一只不顾一切保护幼崽母狮的悍勇，尽其可能、倾其所有，保护他们！

可、可是……她怎么也想不到，这时候，她在她二大的心里，是多么纠结不安；在她豹子哥哥的眼里，又是怎样有苦难言！他们不能因为她是自己的侄女和妹妹，就坚决拒绝她的请战。只是，二大最终做出——让她跟随安子行动的命令，却有点出乎她的意料，尽管这也在情理之中。在安子看来，这不只是郑重其事、沉甸甸的一份重托，一种莫大的信任和光荣，最主要的是，他应该能体会到，这也是他曾经的姐夫对于他和桃子的关系的一种默认和寄托。

他俩之间，尽管曾经有一个辈分作梗，但因为他妮子姐的去世，其实已经不是障碍。当营长的姐夫一天天年长，再婚的确成了家族殷切的希望，也是他真诚的祈愿。他看到营长哥哥，那个向来处事不慌的岁爷，甚至一反常态，急不可耐赶到了阵地，来催促这桩婚事，在这生死未明的绝杀之际，人们居然有心谈论男婚女嫁，并非怪诞无稽之谈，说到底，也是一种生物的本能，面临生死存亡的去留危境，即使动物的厮杀啃咬，哪一个又不是为了自己种群的生存发展、生息繁衍呢？

难道，这不是造物主赋予的天然权利吗？

不错，这就是天经地义。一向善解人意又处处先为别人着想的曾经的姐夫，能够在这种关键时刻，做出这种临机应变的特别安排，也是隐含了对安子某种隐秘的幸福期许。也就是说，他对他曾经的小舅子和他心爱的侄女的未来，显而易见，已经规划出一幅足以展望的内心愿景。

这一点，他何建安，笃定心中有数，也应该是心知肚明的。

心灵黑洞

东方欲晓，天色微明，你们一路奔袭，就赶到了方里镇西的弧形沟圈，刚刚隐蔽下来，鱼肚白的天际线上就升起三颗红色信号弹。这表明营长"虎口夺粮"的出击已经大功告成，眼下，要轮到你们实施第二步计划——总撤退前，"狠狠地捅一下敌人的勾子（屁股）！"你将队伍悄悄散开，让三个排瞅准目标分头攻击，至少捣毁一个碉堡，而后化整为零再向边区一带撤退。你亲率一排，猛冲猛打到方里镇内，直捣敌人最大的中心炮楼。任桃子自告奋勇，也要随你一道行动，你有过一刹那犹豫，最终还是点了点头，算默许了。

镇子东侧，营长已经发起进攻，作为呼应，你们也很快接近敌堡，在机关枪和手榴弹的掩护下，爆破组的战士越过堑壕，将炸药包抵近碉堡底部，转瞬一声惊天动地的爆炸，伴随着碉堡里敌人的狼哭鬼叫，整个儿一锅端起，就送到天上去了。大家迅速打扫战场，携带缴获的武器弹药，转身就朝第二个目标——镇子西头另一座炮楼奔去。这座炮楼在镇子半里地外，因为早有地下党内线策应，远远看见中心炮楼已被捣毁，立马就挂起了白旗，一个班的士兵全部举手投降。此间，方里镇东西一线此起彼伏，接二连三响起轰轰隆隆的爆破，彰显你们的奔袭连连得手，相继有十三个炮楼已被摧毁。你们正准备有序撤离，忽然右翼枪声大作人喊马嘶，放眼望去，只见旷野狂飙突起，半天黄尘滚滚漫卷而来。情况不妙，你眼见有一线散兵马队疾驰过来，立即大喝一声"疏散"，急令部队化整为零，迅速隐蔽。你知道这是胡宗南的骑兵一师，几天前你已听闻，他们正从彬州、旬邑一带入侵边区，没想到会如此迅疾而至。出发之前，你们也曾设想应对不测，但主要考虑了周围敌人的布兵，未多料想他们的骑兵会骤然赶来。不过，营长确实反复叮嘱，万一被敌冲散陷入重围，就地化整为零，利用沟壑纵横的天然地形各自为战，自卫自救开展游击战斗。他甚至要求大家，万不得已就脱掉军装、掩埋枪支、化装成老百姓——总之，要机动灵活，相机而行。

营长现身说法，以他在晋察冀抗日游击战的经验，郑重告诫大家："兵不厌诈，只要能安全脱身，化装成敌军，千方百计，蒙混过关，学学孙悟空，钻进铁扇公主的肚子去折腾，都不失为良策妙计！"

是时天色大亮，薄雾轻笼，被敌骑冲散的那一刻，你带了几个人，急忙隐藏在镇西小村的土场上，那里有一堆玉米秆，你当即指挥大家换装，穿上了从敌人尸体上扒下的军服，准备分散突围。你左顾右盼，却没看到任桃子，不由得有些慌乱。一个战士说，刚才还见到她在那边一个土坑里，正为一名腿部受伤的战士包扎伤口。你拨开玉米秆，当即就要过去寻找桃子，可迎面扑来一阵旋风般的嘈杂，有人将你猛然朝后拉了一把，你又重新藏进了玉米秆里。透过玉米秆的缝隙，蓦然回头，就看见几个敌兵正拉扯着任桃子从旁边走来。

你激灵一震，听见自己脑袋"嗡"一声，身子便不由自主摇晃起来，同时下腰身子一弓，立马就要将自己箭一样弹射出去，不料一阵"踏踏"的马蹄声疾驰过来，马上的兵丁挥舞大刀卷一股旋风，紧随其后，又过来两个军官模样骑马的人。完了！你心里咯噔一沉，眼前一黑，几乎同时脑子木然，像挨了一闷棍，昏昏沉沉，便不知该如何，马上冲过去吗？可你知道，不仅救不了桃子，也许连他们几个人都要丢命。可这样眼睁睁地看着敌人把桃子掠走，呃，又怎么了得，天……

你觉得有啥在胸部堵塞，同时有一种尖利的锥刺在那里钻动。天，这不是在剜我的心吗?！你听见你在问你：桃子是谁？发小、战友？不不，她就是你的心哪，你心心念念的姑娘，任家堡子村黄土坑坑飞出来的一只金凤。她是你的青梅竹马，还是你的未来和幸福啊！

你不明白，明明看见桃子已经换上了敌人的军服，怎么一下子就被敌人给认出来了。莫不是他们看见了她那惊艳于世的美貌？咋办、该咋办呢？

"冲上去，跟敌人拼吧！"有人提议。"不行，那样，既救不了桃子，反而会惹怒敌人伤害她。"同时，又有人在背后争论。何建安，安子！你没觉得自己出了一身冷汗，头脑已经混乱如麻吗？一筹莫展之际，你咬了咬嘴唇，脑子闪现出一个不该有的侥幸念头：但愿——你想，如果能遇上虎子——这是除了你和任英魁极少几个人才知道的绝密内情。你不得不把拯救桃子的希望，寄托在不切实际而且是违反保密规定的空渺的幻想上。可惜，这种幻想，很快就被现实的残酷给击碎，给撞破了。就在你们几个踌躇不前的时候，一队敌兵，悄然从背后扑了过来。

"不许动！"有人生硬呵斥道，"把手举起来！"

"自己人、自己人！"你听到身后的战士赶紧解释说，"我们，也是来抓'共匪'的。"

"哼，别做戏了。"有人命令你们，"把枪放下，早看见你们蒙混过关，是化装的共产党了。"何建安，你竟然束手无策，无奈地摇了摇头，瞬间便一筹莫展，沮丧到底了。浑蛋啊！你骂自己，一个和日本人都交过手、曾经天不怕地不怕的八路军侦察排长，你不知道，自己今天何以鬼迷心窍，在自己最爱的人面前，何以乱了方寸，处置失当失去阵脚，该出手时为啥犹豫不决，不能果断出手，居然，连自己也搭赔了进去。天哪，你的心在流血，流出了一个鲜红的黑洞，那里有声音在怒吼嘶叫：我真可耻，大王八蛋！

你和桃子，被同一支敌军俘获。这是一支特别秘密机动队，以至于敌团长于云鹤都蒙在鼓里。他的直接指挥是刚被委任上校副团的陈国央，他们的名称叫作"战地巡导督查别动队"。当然，这也不是陈国央的发明，他的背后是无限忠诚于党国的牛师长。牛师长耳提面命，私下多次提醒新官上任的陈国央："两军对阵，最担心的，不是对面看得见的敌人，而是我们内部的奸贼。"自从到这个加强团给于云鹤当副手，陈国央这只猎犬，就闻到了一些不祥的气息。他对于西安长官部派来的这个年轻特派员，除了耿耿于怀，还感到疑窦重重，甚至觉得于团长也甚怪异，有一种说不出的暧昧不明。自从攻打爷台山，一个名不见经传的小小山头，虚掷了上万发金贵的美制炮弹，效果却令人遗憾，他觉得，至少有人在跟他暗里捣鬼，不想让他赢得夺取边区第一功的头彩，显然，不就是怕他把团座的位置给顶脱了吗？不管咋说，美式大炮的准头，还会有问题吗？大概，有问题的怕是火炮的诸元，决定开炮的时间段和指挥官的头脑吧，难道他会把这些军事秘密透露出去？他不敢往深里想，但又不得不多留一手提防。毕竟，在长期"反共"事业中磨炼爪牙，他还是长了一些见识。那些"吃里扒外"暗中跟"共产党"串通一气的"奸贼"，他见得也不老少。他们往往是想扒他的皮，可他却看准了，总要吃他们的肉。

瞧瞧，看咱们谁更厉害！他这样想。如此这般，当这个陈国央循着枪炮声的激烈爆炸，匆忙赶往方里镇的时候，正是"天助我也"。他不无得意地想，骁勇的骑一师也按牛师长的指令，飞快地同时赶到，正助我一臂之力。嗨嗨！当他看见被骑兵冲散的共产党流窜部队，居然在匆忙中偷换党国军队的服装，就忍不住嘲笑：你们，嘿，居然也给老子玩这一套老掉牙的把戏，是不是，靠这些鬼把戏，你们捞到过不少好处，可是今天，哼，你们打错了算盘。

这时候的陈国央真可谓志得意满，一时间耀武扬威。他听闻爷台山共产党守备部队已经撤离主峰，而胡长官的十万大军，正排山倒海向"匪区"长驱直入，心里明白，功败垂成，在此一举。即使淳化县的那个小喽啰伪县长，不也都欢欣鼓舞、兴高采烈地公开许诺了吗！为犒劳国民党军队，竟然"奖赏"，让他们侵占之后"放抢三天"！也就是说，烧杀抢掠，完全可以为所欲为。

就在这个节骨眼儿上，他还抓到了几名妄想假扮国民党蒙混过关的"共产党匪徒"。对,还有一个女的,咦,非常漂亮,跟仙女一样,你说这样的美人儿,咋就会出在共产党里面,真是投错了胎、吃错了药、生错了地方,我得好好开导、开导,教训、教训她,争取……噢……嘿嘿……

人生在世的两极现象,在这里不期而遇,昭彰凸显出来了。丑和美不幸遭遇狭路相逢,猪八戒不期然邂逅了玉兔精。一个肥头大耳满脸横肉无恶不作的"反共"铁杆,龇牙咧嘴,发起威来凶神恶煞,能把鬼给吓死;一个是人面桃花相映红,人间天仙般的任桃子,美得能致人死命,至少,是让人魂飞魄散的女八路。

两军对垒,你死我活,誓不两立。同种同族的双方,又要上演一场啥样黑白对决、善恶较量的大戏?

诡计多端的陈国央,自然没有及时将自己的战利品报告给团长于云鹤,倒并非全为了贪天之功据为己有,老奸巨猾的他,要通过对这一男一女,穿了国民党军服的共产党分子分别审讯,来验证他许久以来居心叵测的猜疑。于是,他迫不及待,开始单独审讯女俘虏。咳咳,一个天生小美人儿呀!除了狂妄傲慢,他心里痒痒难忍,更有一种老马熟途的淫邪欲念止不住泛涌上来。哼,李志胜,乳臭未干的毛头小子。你以为你是谁?凭上司赐予的特派员身份掩饰包装一下,就可以在我面前指手画脚吗?我倒要剥开你的画皮,看看你到底是姓"国",还是姓"共"?"大黄,去'请'李特派员过来。"

陈国央一张邪恶狰厉的大脸浮出一层阴鸷的诡诈之色,他有意把那个"请"字语气拉长,说得咬牙切齿,又低头对手下一个心腹跟班耳语几句,露出一丝杀气腾腾的冷笑。接着,又踌躇满志地对那个被他唤狗似的叫作大黄的细瘦高个炫耀道:"等着瞧吧,我要你们,嘿嘿,看一出好戏。"

那个所谓的"大黄"不是别人,正是他培植的亲信,长期驻守官镇雕堡内的"黄鼠狼"。这家伙跟他实在臭味相投,一丘之貉、一副德行。对上是狗,对下是狼,对人无异于是鬼。在他巡查防守期间,百般谄媚摇尾乞怜,给他塞了不少"黑拐"——除了金银财宝还有对李志胜的怀疑,因之被陈国央器重,以加强巡防督查为名调到自己身边。亦所谓物以类聚、人以群分。如此这般祸国殃民的一对害虫历史地走到了一起,在国民党军随后侵占边区关中赤水、淳耀一带,整整十八天时间里,他们为虎作伥,更狼狈为奸,肆无忌惮杀人放火。

再说此时的虎子,足有两天两夜一眼未合,他没有睡意,是因为神经紧绷,一直牵系着二大他们的突击行动。尽管,有关情报他已经通过地下交通传送,但截获敌人粮秣毕竟是一次极大的冒险行动,虽说不是"黑虎掏心",至少也是在敌人腹地"中心开花"。他已经听到我们部队一连摧毁了方里镇十三个碉堡,还策应了一部分国民党军投奔边区，这消息使他心中甚为欣慰。不过，敌众我寡，加上蒋胡不断增兵，特别是紧急调动了凶悍的骑兵一师，悍然扩大侵犯边区战事规模，就不能不让他心意悬悬，暗暗地捏一把汗。其时，他刚听马排长报告，说陈副团长的巡查督导大队俘获了两名"八路"，心里焦灼，正不安地猜测是谁会"被俘"？突然见"黄鼠狼"一脸阴笑，闯进门来"请"他。一种不祥的直觉立即告诉他，此中必定有诈——陈团副心怀鬼胎，绝对没安好心。

果然，他一走进那顶帐篷，不由得就暗自吃惊，深深倒吸了一口凉气：哦！居然是，桃子……妹妹……

他极尽努力，才抑制住自己没喊出声来。眼前的妹妹，似遭霜打雪欺，花容失色一脸憔悴。久别重逢，他嫩生生的小妹，居然被粗暴地五花大绑，紧紧捆缚在帐篷中间的立柱子上。看她不屈地高昂着头，嘴唇紧抿成一道坚毅的横线。在他走进帐子的那一瞬，桃子仅仅用冷静的目光，不认识似的瞥了他一眼。虎子的心里猛然一缩，如同刀搅针刺，恨不得马上就冲过去解救妹妹。可是，当他看到陈大脸正用一副淫邪狡诈的神情打量他，马上就命令自己镇定下来，装作压根儿不认识桃子的样儿。

"嘿，怎么，还是个……女的……"他回头望着陈国央，用一种调侃的语气不屑地说，"这个女共产党，倒还很年轻嘛？"

"岂止年轻。李特派员，她还很漂亮不是吗？"陈大脸一脸妖邪鬼气，直勾勾不错眼珠地盯着她看："小样儿，哼！他们自以为穿上了咱的军服，就可以以假乱真，掩人耳目，这一套，哼哼，小儿科了，你说，是不是……大特派员？"

"那是的，你陈团副火眼金睛啊，要不，牛师长和胡长官，怎么会器重你呢？"

"器重？那是不假。"陈大脸诡谲地笑道，"不过，这又哪里比得了你李特派员，我们这些人，都老朽了，你才是党国的精英，未来的希望啊。"

"陈团副过奖了。"虎子一正衣冠，径情直遂地质问，"这事，报告于团长了吗？"

"自然是要报告的。不过，你是上面派来的特派员，不应该先请示你吗？"说到这里，陈国央一变口吻，已经含讥带讽开始轻狂起来了，"怎么着，年轻人，我不就是该先听听你的意见，该怎么处理这个漂亮又死硬的女共产党呢？"

"呸，你们的末日到了！"突然，桃子将头一扬，喊了一声，她直视虎子一眼，便心里亮堂一切都明白了——果然，哥哥是打进了敌人心脏，难怪二大一直说，不要打听虎子哥哥，他有特殊绝密任务。她下定决心，即使牺牲自己，也必须全力保护虎子哥哥不被暴露。就在虎子向前朝她靠近的当儿，她果然就向哥哥吐了一口唾沫。"日本鬼子都快完蛋了，你们这些吃里扒外、祸害自己人的反动派，也长久不了……"

虎子心里一阵震颤，对于妹妹的举动自然心领神会，于是狠了狠心，向前一步，一咬牙关，就高高举起轻轻落下，很"扎实"地扇了桃子一个耳光。桃子一愣，心有灵犀，当即狠狠咬了一下自己的嘴唇，一缕殷红的鲜血，便从嘴角呈辐射形状喷射出来。兄妹俩心照不宣、天衣无缝的这一手合作，当即让陈大脸颇感意外，他连忙制止虎子道："哎哎别、别动粗，特派员，毕竟，她还是个女的，你看，又长得这么让人心疼……"

"那又怎样，拉出去！"虎子故作声张，突兀地大喝一句，"就地枪毙！"

"枪毙谁呀？"这时，团长于云鹤应声而至，他突然进来，装作不明就里，茫然问道，"特派员，处决共产党嫌犯，可得慎重一些，要报告上司才行。"

"团长。"陈大脸悻悻然凑近，假模假式地说，"还没来得及向团长报告，我只是，咳，只是想审讯完，再请示您。"

"是吗？"于云鹤突然将手一挥，"我看没那个必要，审讯什么，没看她穿着谁的军装吗？咱们自己人，还审讯什么，立马，放她走人。"他的态度急转直下，一百八十度急转弯，竟转得不动声色，话说得平静冷峻而又风波不起，这可让在场的人都如雷轰顶，茫然无措，冻僵似的，全愣住了。"怎么，听不懂我的话吗？"

"这……"陈大脸更是莫名其妙，只是将眼睛盯着于云鹤骨碌乱转，像不认识他似的，期期艾艾，半响，话不成句地说，"这……这恐怕，不妥当吧……"

无论如何，于云鹤这个意外的拍板，让他的属下确实吃惊不小，他们大眼瞪小眼，偷觑了半天，好一阵子哑口无言，因为一时分辨不清他的话是真是假，居然一个屁都放不出来。原来，是虎子临时示意，让马天野排长向于云鹤及时报告了此事。而且，团长也已得知，陈国央这个流氓色鬼，不仅故意不报告他，反而对女俘的俊美垂涎三尺，明显有着急不可耐的非分之想和无法遏制的不轨企图。如是，在政治和军事对峙的表象之下，一场善恶美丑的尖锐对立，就在他的眼前活灵活现展现开来。这个世界，大概常常会有水火不能相容、冰炭不得同器的极端冲突，问题只在于，你是置身事外，只做冷眼旁观的看客，还是爱憎分明，敢于出手仗义执言地参与了。

果然，常在西安妓院混迹的陈国央，面对国色天香的女俘，垂涎欲滴而不能得手，这让他不能不心生暗恨。一计不成，又生一计，立即拉来特派员参与审讯，其一箭双雕之险恶用心不言而喻。因为他不止一次对他的亲信暗示，这个特派员"大有来头"，明确坦言，对之"不太放心"，甚至直言要对其进行试探,"密切监视和予以关注"。

应该说,这个"反共"老手的眼睛还是很毒辣的。于云鹤一走进来,就正好碰到陈国央自以为是不可一世的样子。于云鹤先是望了一眼桃子,看见她的衣服前襟果然有被撕扯开裂的迹象,犀利的目光忍不住刀子样向陈国央的脸上横扫过去,只这一眼,就尖刀一样神圣地刺进了这个刚刚擢升团副的官迷小爬虫骨子里。他看见他色眯眯地垂涎于面前的桃子姑娘,心里突然泛起一种伴着剧痛、很想呕吐的强烈感觉。眼前,这个官场得宠的新贵胃口大开,让他忍不住想,除了急不可待想在战事上大展身手,这家伙酒色财气,还真样样贪婪精通,居然一概不拒,恨不能一口将整个世界都吞到他肚子里去。这种人,说到底,就是彻头彻尾一个动物标本,看他面对桃子龇牙咧嘴,又跃跃欲试的神气,宛然一只狼面对小羊,杀气腾腾地咆哮:"就是你,从下游,把我的河水给弄脏了的。"

"团长,别看她年轻,可是个死硬的'共产党'分子,真不是我们的人。"陈国央立眉瞪眼,试图掩饰刚才想对桃子动手、动脚、动歪心思的不恭举止。可惜,这种装腔作势的表演,很不耐看,也不经看,立马就能被一眼看穿。于云鹤鄙夷地扫视了他一眼,掉转过头,眯起眼睛,柔声地问桃子道:"你……多大了?"

"十八。"桃子瞥了他一眼,仍然高傲地高昂着头。

"十八。"于云鹤沉吟,摇头晃脑,"多好的青春华年啊!"陈国央立即见机行事,涎着脸凑上前来,嘻嘻笑道:"就是的。尤其是……女娃嘛,女娃十八变,越长越好看嘛。"他见于云鹤不理睬他,目光掩藏不住,不自觉地又流露出好色贪淫的贼光。"都说,十八的姑娘,一枝花呀……"

于云鹤扭头,瞥了他一眼,自言自语般,似乎是情不自禁,轻声吟哦了一句:"比我的婷婷,还小一岁……"

这句话,胜过一记响亮耳光,让陈国央不胜难堪,一时间,有点无所适从,抬不起头来,眼神满是被鞭子抽打过的狗的无奈与怅惘。其实,在于云鹤的心里,还有一句话没有说出口来:怎么,她怎么竟这般像我女儿婷婷。他心里莫名地痉挛搐动,好像被什么揪扯住,当即拉下了脸,严峻地对陈国央发号施令,不容置辩地重复了两个斩钉截铁的字:"放人。"

"什么?"陈国央的双眼圆瞪,放射出彻底不解的疑惑之光。于云鹤再次严肃郑重地说:"没听明白吗?放了她!"

"这、这……"陈国央简直不敢相信自己的耳朵,他连连摇头一再强调,"她可是……女八路、女红军啊!"

"是吗？就算是女红军、年轻的女八路，而且，还应该说是一个正当韶华非常漂亮的女红军，又怎么样？"于云鹤的脸上，一时间堆积起沉重刚硬的铁色，用一种鄙夷和嘲讽的口吻说，"但她不是羊，不是羊羔；而我们，也不是狼，不应该是狼，更不是杀人不眨眼的魔鬼。"

"这……"陈国央自觉后背发凉，倒不是畏怯于云鹤这个匪夷所思的命令，而是执行这个命令那明摆着的严重后果——他知道，这可不是闹着玩的，私放共产党要犯，那是要杀头的。他犹疑不决地望着于云鹤，终于结结巴巴，吐露出自己的隐忧。"上头知道了……可、可怎么得了……"

"你不用怕。李特派员不是还在这里吗，当然，应该由他去给上司报告，也用不着我们操心。"于云鹤略一皱眉，冷静地说，"再说，天塌下来，还有我这个大个子嘛，你放心，保证与你无关。咱们国共两党、两军，你来我往，分分合合，反复无常，一个女孩子家能左右什么？兵戎相见也好，握手言和也罢，这都是男人们的事。"说着，他环视一圈跟随的官兵，发出了最后的严令："都给我听好了，放她走人，送她安安全全回那边去，谁敢动她一手指头，我就以军法论处，要他的命！"

他手下的一帮随从听得目瞪口呆，一时不知所措。于云鹤随即点名，要那个警卫排长马天野去押送桃子，对，应该说是护送桃子。马天野啪的一个立正敬礼，立即奉命行事。于云鹤随即拧过来脸，郑重其事地对虎子道："特派员，这是你的事，我们不便插手，不是还有一个男人嘛，你妥善处置，及时请示报告西安行营吧。"

再说这马排长，他带了一个班的士兵，执行了一项特殊任务：释放桃子。眼前的一幕，让他震惊，确实有点错愕不已。就在他跟随于团长走进审讯桃子的帐篷时，不期然就眼前一亮，不由得一下子张大了口。因为，除了桃子夺人眼球、更夺人魂魄的花容月貌，以及对于世上所有男人——甚至包括女人在内所具有的美得无法形容的杀伤力以外，更吸引他目光的，是桃子酷似另一个人的长相。这个人——准确地说，还没有完全长成为女人的女孩——对他来说，一直都好像在梦里相见一般，朦胧模糊，同时又异常清晰逼真。她占据他的心，虽然相处短暂，可是印象深刻，简直就像刻上去似的，怎么也磨灭不了。这是真的。当他第一眼看见桃子的时候，第一个本能的反应，就是看见了梦中那个女孩儿，一个已经长大成熟版的梦中女孩。在梦里，那个女孩儿很亲近真实地叫过他哥哥，还将一把把红透的甜杏，不容分说，塞满了他的口袋。后来，那个月光之夜，甜蜜的一刻，就成了他日复一日永远的梦幻、温柔的仙境。

一路上，马天野小心翼翼，在护送桃子的途中，无论如何，他也想象不到，眼前这个美得可怕的女红军，其实就是他相见恨晚，一直萦念不已的那个女孩的姐姐，任杏子的姐姐。他想不到当然也不会问她。但有一种本能，让他在这个女红军面前，将一颗东北大男人的心，变得分外柔软——柔情似水、温情脉脉。他一路嘘寒问暖，送吃送喝，千方百计照料着桃子，唯恐有所不周。夏夜尽管溽暑未消，可是气候时有反常，渭北旱塬的深夜，忽然冷风飕飕，让人不禁凛然，心生胆寒。满心怜香惜玉的马排长，毅然决然，坚持将自己的军用风衣披在了桃子的身上。无论如何，这是一种真纯善意的表达。至于这个人，这个东北籍的国民党军排长，到底政治倾向如何，是红军的卧底密探，还是具有抗日爱国之心的进步青年，至今无从知晓。但有一点不容置疑，那就是，即使当时的国民党军部队，也并不是铁板一块，全都是一抹儿如陈国央之类如狼似虎之徒，就如同再漆黑的夜晚，这里那里总还有一丝儿天光要透射出来；相反，即使再明亮的白天，也难免阴云密布，以及有阴暗龌龊的角落。大概，这原是这个不可理喻的世界本来的样子，一切都是相对而言，一切都是相辅相成，一切都是对立而统一的。

　　对于这个押送，或者说护送桃子返回边区的国民党军排长马天野，他和他带领的兵，特别是他此时此刻的所思所想，这时候的桃子，无可置疑，一无所知。骤然临之，她也不得而知。她感到事态发展有点魔幻，甚至来不及细想，从他和安子被俘，到意外见到大哥虎子，以及大哥将安子带走，解救出去，突然又被于团长意外释放，这一幕幕剧情变化莫测，太让天真单纯的她不可思议。不管怎样，当她被送回边区，越过那道封锁线的堑壕，回到自己的土地上时，心情激动，难以言说。那里，尽管看不清是哪个村庄，反正不是她的任家堡子，但她似乎已经看到她家那个在花团锦簇的春天里到处蜂飞蝶舞的地坑院子；看到热炕头上，端坐的祖母一脸带褶子的慈祥微笑；看到了父母和弟弟妹妹；同时也看到了自己生病时睡在花儿娘腿上懒洋洋的那些下午，还有妹妹们的嫉妒，祖母的关爱呵护，专门给她偷偷塞进手里一个煮熟的鸡蛋，以及她和花儿娘，没大没小地拌嘴逗乐，她是如何带着甜蜜的调皮和快意的捣乱，揶揄她娘那个小个子的岁爷男人——

　　"你只管放心，你的碎个子老汉，没人看得上，他不会被别人抢走。"

　　她看到了许多许多，当然也看到了安子——她安子舅，不，他不让她叫他舅，那就叫安子哥吧——她坚信，他一定会被大哥设法营救出去，而大哥——她已经从二哥豹子某种神秘的暗示中，明确无误地得知，他无疑是受党指派而打入敌营的"内线"。三天前，她在阵地的坑道里，见到了二哥豹子，不是以妹妹的口吻，几乎是用姐姐般的关切，不无担忧地反复叮咛他注意安全……

"这里危险，你一定要多留心那些飞过来的炮弹。"

可是二哥似乎没有听见，穿过炮火连天的硝烟迷雾，专注地盯视着远方，好像是自言自语地沉吟道："比起孤胆英雄深入虎穴，这里，又算得了什么。"

桃子望着二哥豹子，突然心里一紧，像被什么揪扯撕裂，从二哥焦虑的眼神和死死盯视南边迷茫的目光，她已经完全心领神会，他内心有一份放不下的惦念。毋庸置疑，那也是她的惦念，她桃子对大哥虎子的惦念。唯一没想到的是，她会被敌人俘获；更想不到，突然又被敌人释放。当然，最最让她想不到的，是摆在她前面的不测厄运、可怕的结局、无法穿越的心灵黑洞——她侥幸回到了亲爱的边区，连一句辩解和表白还没有来得及细说，居然被"自己人"，淫邪万丈的民兵自卫队队长罗大麻子，给处决了。况且，用的是最原始残忍的方式，砍头抛尸！

而且，还让她背上了敌特间谍——一个永世无法洗白的罪名……

天哪！

后路在前

马连滩是个小村，在秦庄镇北边，距离爷台山正好是一颗美式榴弹炮弹的射程。你将自己的前线指挥部设在这里，是绞尽脑汁、颇费了一番心思的。这里西边距淳化县城尚远。南边是国民党军占领的方里镇。再南是嵯峨山的余脉闫家山。东侧一面是固贤。再往东，交界的是耀县，毗邻咸铜公路。稍微偏东南是三原县的洪水，相比冶欲河流经的淳化四十里黑松林，更便捷于直通三原县城和省城西安。你于团长布兵作战，向来以稳健而出名。就是说，开仗之前，你不仅会想到予取予夺前方的目标，至于这个目标有多大把握拿下，以及拿下之后又向哪里纵深进展，通常考虑得较少，甚至压根儿不去考虑，因为你知道，自己考虑也没有用，顶头上司会替你操这份心。你最关心的，脑子里头时刻保持清醒的，往往也是考虑更多的，就是万一失手败北的退却路线，也就是明哲保身的万全之策。你知道有人讽喻你为"狡兔"，意思显然，说你擅长考虑"三窟"。便是，又怎么样？头顶青天白日头，混迹国民党军二十载，耳濡目染你看都看会了上上下下党国精英们屡见不鲜的处世之道。

比如这次攻夺爷台，你知道这不过是国民党军进攻边区战略计划的"冰山一角"，幸运或者毋宁说不幸的是，让你摊上了打头炮的差事，从西到东，可以说重兵压境，胡长官已经部署十几万大军。一句话，孰胜孰负，很难预知。因为这种撩猫逗狗式针对边区不仁不义"兄弟阋墙"的"军事摩擦"，已经不止一次，以往好像结果都不怎么美妙，无论如何，毕竟是国共合作、共同抗日的蜜月时期，这样明目张胆实质上的大举进犯，似乎在道义和名分上都站不住脚，也说不过去，从而已经在舆论界大栽面子先失一分。虽然，整个大局你把握不了，即使局部，你也是履行军人的天职有令必行，但绝不像陈国央那样求胜心切，杀气腾腾，非要争夺头功而不肯善罢甘休。总之，你做事向来沉稳，比较注意留有"后路"，这同样也是你二十余年军人生涯、南北征战的经验所在。

刚才在审讯室，只一句话，你就放了那个漂亮的女兵，引得大家莫名惊诧，更把那团副陈大脸搞得面红耳赤、狼狈不堪，有点下不了台。看那样子，还差一点要当场和你反目成仇。

怎么，难道是我一时冲动，做得是不是有点过分？你回到房里，暗自思忖，这种明显的放纵和袒护，会不会授人以柄。毕竟，两军对垒，那女孩可不是普通百姓，尽管你有意往中统或军统的"特情"上扯，好给自己一些开脱，但显然又不能完全否认她就是敌方阵营的人。你在顾虑：我这样做，给自己留下了麻烦，又该怎样收拾？尽管，我非常讨厌陈大脸的流氓做派，而且是过分色狼充满淫欲的丑恶嘴脸。

你一时有点忐忑，心神不定。你喊勤务兵过来，给你沏了一杯热茶，然后低声交代，要他去作战室看看，如果李志胜回来，马上让来见你。

外面的大路上烟尘滚滚，正有拖挂着一门门大炮的汽车，向北边缓缓行驶。乡校土墙的周围，可看到正在巡逻站岗的哨兵。你向外瞭望了一阵，目光撤回房间，有点怅然无所适从，一时不知干什么好。顺手在桌子上拿起一本书，这是上头秘密印发的《剿共手册》，里面记载着十多年前蒋委员长的训词。你静静地翻开书，却没有心思看里面的文字，而是从里头拿出几张信纸，又放下书，喝了口茶，然后就那么站着，似乎有些心神不属，反复阅读着那封信。

这是女儿婷婷的来函。作为《中央日报》军情要闻栏目的记者，女儿没说军情方面的内容，却在信里给你透露了一则高层的"传闻逸事"。那是她的同行深入"匪区"延安，对毛泽东的一次不许公开发表的采访报道。由于这篇报道不只透露了国共两党的未来前景趋势，还涉及内容的丰饶有味、风趣和幽默，听说已在陪都不胫而走，悄然传播开了。重庆方面防民胜于防川，已经如临大敌，正在秘密查禁这些"造谣生事"的"不刊之论"了。

事情是这样的。《中央日报》的记者问毛泽东：眼见抗战胜利在即，今后共产党是继续与政府合作，还是准备另起锅灶。一贯谈笑风生的毛先生诙谐地笑道，这个问题倒是问得很好，不过应该是去问蒋先生才对，作为总统，他如果给我们饭吃，我们乐得享现成福、吃现成饭；他要是不想给我们饭吃，我们总得想办法不是，民以食为天嘛，反正，不能饿死。

记者又问：万一他不给你们饭吃，你们会不会打起来，而打起来，你认为你们有多大的把握能够打赢？毛不矜不伐，浅浅一笑，我们是不愿意打仗的，从来都不愿意，谁不喜欢和和平平过日子，打仗是要流血牺牲，要死人的。我们跟日本人打了八年，已经打够了。我们中国人之间还要开打吗？当然，如果国民党政府还要像过去那样不给我们活路，把我们从南撵到北，一定非赶尽杀绝不可，我们也是没有办法的。不过，我劝蒋委员长还是不打的好，要打——毛泽东摇摇头坦诚直告：可实在对他不利啊！

记者惊讶，这话从何说起？毛泽东伸出一个指头，在窑洞里那张简陋的原木桌子上写了个字。你看，他那个"蒋"字，不是将来的将加了个草字头嘛，也就是说他不过是个草头将军罢了，打日本人不行，打我们就更不行了。

记者恍然，接着又问，那你这个"毛"字呢，又该作何解释？

当然，我这个毛嘛，是一贯被人小看的，甚至是蔑视的，好像不值一提，一群小毛毛兵，不是有人还骂我是毛匪吗？但我看未必。要说我这个毛，可不是那个毛，不是毛毛草草的毛，更不是毛手毛脚的毛。这是一只按兵不动的手——反手。就是讲，非要逼得我抬起手来和他较量，那也是易如反掌的……

瞧这些话，大有"谈笑间，樯橹灰飞烟灭"之浩气，读之，不能不让人凛然一震，无形之中，就能感受到那种无坚不摧的自信与力量。问题是，女儿给你传达这些违禁的"流言"，言外之意，显然是别有用心的。几个月前，你在重庆和女儿晤面，父女之间，就有过龃龉，至少也是一次不太愉快的交谈。你们从抗战形势，到国共很可能的分裂内战，都有属于父女之间隐秘的深入探讨。作为庐山炮兵训练营出身的你，一个团级职务高级教官，突然被国防部破例擢升进衔少将，同时令你前往胡宗南手下，担任配属了美式榴弹炮和野炮精良装备的河防部队团长，女儿劝你借故辞职，不要赴任，原因是苏联已经出兵，而美国连续向日本投掷了两颗原子弹，在日本人大势已去的情况下，国防部如此重视炮兵建设，用意显而易见，都是为内战做准备的。可是，你虽然不否认这种可能，但又觉得，没有说得过去的充分理由违抗军令，多少还有点侥幸心理和走着看的心态。没有想到，上任不久，就立即从河防抽调，直奔爷台山。

国共必有一战，中国命运的决战。女儿明确无误地说，一直以来，老蒋主张"攘外必先安内"，必欲置共产党于死地而后快。这已是不容争辩的事实，问题在于，谁将在这场事关中国命运的决战中获胜。婷婷的分析是一针见血的：政府推行"三个一"政策，强调"一个政府，一个领袖，一个主义"，这只是自己单方面的如意算盘，从"四一二"到"五次'围剿'"，已经喊了多少年，结果越"剿"越强大，而国民党则越"剿"越腐败，党国的那些精英们，在他们口口声声高喊拥戴总统"三个一"的英明决策下，也更加自觉地实行着自己的"三个不断"——不断升官、不断发财、不断娶姨太太……

哼！说到这里，你于云鹤就有点面红耳赤，不敢正视女儿的眼睛了。明媒正娶的大老婆所生的这个掌上明珠宝贝女儿，现如今已长大成人，出落得花枝一般，也自然而然成了你心中最柔软的一份怜爱。可是二十年前，跟她一样美得令人怦然心动、忍不住垂涎欲滴的那个漂亮的武汉女人，可怜见现在已经人老珠黄，被你弃如敝屣，冷漠以待，几乎全忘记了。在女儿看来，至少，你也是那种"不断娶姨太太的人"，单是在重庆，就供养着三个争风吃醋的美人。后院常常起火，闹得昼夜不宁，庆幸有这么个机会，倒是让你得了一个短暂的解脱，干脆跑到陕西赴任，多少也图个暂时的耳根子清净。

不错，那些打情骂俏的声音、打麻将输多赢少的声音、千方百计争相在你腰包里搜钱的声音，渐渐远去了。可女儿的声音，一种清脆悦耳，同时又惊世骇俗的声音，却一直伴随着你。十四年抗日，不就是磨刀石嘛。婷婷说，你看看共产党，积极抗日，前赴后继，不惜流血牺牲，又广泛发动群众，不断壮大抗日武装力量，现在已经是百炼成钢，刀子越磨越锋利了；相反，看咱们国民党军，消极抗日，步步退缩，处处保存实力，结果却让刀子慢慢生锈，剩下的只是金饰的漂亮刀鞘，徒有虚名。如今的共产党虽然头戴跟咱们一样的青天白日国民政府帽徽，但比起他们当年头戴红五星时可是今非昔比，大不一样了。

你还记得，女儿那天跟你无所顾忌大谈这些"不合时宜"的话题，是一种怎样庄重严正的神情，她简直激情难抑，美丽的大眼一直闪闪发光，充满着毫不掩饰的向往——虽不能至，而神往之。"爸爸，你没到过延安，没到过陕甘宁边区，可你多少也应该知道，作为你们仇视的对手，那里到底是什么样子！兵家常说，知己知彼，百战不殆啊！"

"你也没去过，你说什么样子？"你反问女儿，也装得振振有词，"你们当记者的要有头脑，不能人云亦云，听风就是雨，万不可被赤化分子洗脑。"

婷婷不服，说她讲的都是事实，这也是政府允许公开发行的《新华日报》发表过的。比如，毛泽东对陕甘宁边区的评价，他就敢拍胸脯保证，他们那里，也就是你现在炮口所指的对面，"是全国政治上最进步的区域"。你听过他说的"十没有"吧：一没有贪官污吏；二没有土豪劣绅；三没有赌博；四没有娼妓；五没有小老婆；六没有叫花子；七没有结党营私之徒；八没有萎靡不振之气；九没有人吃摩擦饭；十没有人发国难财……

"不足为信。"你理所当然给了女儿一个"理所当然"的驳回，"无非是自我标榜罢了。"但你心里却愕然震惊,清醒地感到,这"十没有"旷古烁今,几乎就是前无古人后无来者的绝唱!毛泽东掷地有声、百倍自信的语气,那种水银泻地、无孔不入的渗透之力,逻辑上坚刚实在、无可置疑的强劲之气,都足以劫掠人心而不得不令人佩服得五体投地。

果然,你看见女儿连连摇头,给了你一个意味深长不同寻常的微笑。你从那嫣然一笑中,受到了摇撼心魂的惊吓。对于这个从北京上学流落到武汉,又被迫从武汉迁徙到云南,最后上完西南联大的乖乖才女——对于她政府官方报纸记者身份以外的身份,你做了一个胆战心惊的猜测。"你……女儿呀,可不要跟着那些自由派文化人,瞎起哄哟。"

你自然明白,女儿多次有意无意地给你说过,她曾参加重庆那些民主人士的聚会,乃至出席过中共代表和《新华日报》举办的记者招待会,也多次光顾八路军重庆办事处"周公馆"。她说政府里不少高官也曾在那里露面,而且对于她特别崇拜的那个被人誉为周铁嘴的美髯男子,一说起来就情不自禁,热情洋溢,眉飞色舞,甚至滔滔不绝,不吝褒奖之词。说那人就是人中之龙,道德至上,爱情专一,情操高尚,令人折服……

于云鹤你忍不住想,当年"西安事变",你还在庐山受训,曾经就对张、杨二将军的大义之举,也给予内心的默许同情和期待。后来隐隐觉得,国共两党,从一开始就难解难分,可以说你中有我、我中有你,这使你不能不身在官场多长心眼、多留份心。不久前发生的"淳化兵变"和所谓的"方里民意运动",虽规模不大,但是暴露了国民党军内部互相倾轧、内讧火并的糟乱实质。那个率领一百多名部下,投奔边区参加八路的刘文华,居然还得到了共产党不计前嫌的特别器重。你于云鹤自然不是傻子,不管女儿有没有被共产党赤化,或担任对手策反的另一种秘密使命,有一点,女儿的言外之意是明确和清晰的,那就是,国共争夺天下,最后的殊死较量,毕竟在所难免。问题仅仅在于,到底最后鹿死谁手而已。

答案,其实已经在其中了。女儿也许是对的,国民党把取胜的宝法,押在他经过抗日养精蓄锐的八百万军队身上,而军队把取胜的筹码,则押在美式装备的大炮飞机及原子弹身上——可惜这一点,已经被毛泽东一语道破天机,做了最轻蔑的战略蔑视:"帝国主义和一切反动派都是纸老虎,原子弹也是纸老虎。"

问题是,毛泽东说这个话,为什么就这么自信,这么有底气?不需要女儿提醒,你早已看得一清二楚,共产党的信心就是来自人民,来自经过几十年战争唤起了觉悟的百姓,特别是他们的打土豪分田地、土地改革和不同时期的减租加息，老百姓看到了希望，获得了利益，就自觉自愿地跟共产党走，为自己的利益而战斗——自古得民心者得天下，这一点道理，你还是看得清的。可眼下，你明明白白知道自己的处境微妙，进退维谷。如果说老蒋是把自己的命运和前途押在美国人的撑腰打气上，那么，你就是把自己的未来前途命运，拴在老蒋的战车上了。你真的要死心塌地让他们当枪使，为他们做炮灰吗？你在苦苦思索，也在深深忧虑。咳，"危楼还望，叹此意、今古几人曾会？鬼设神施，浑认作、天限南疆北界。一水横陈，连岗三面，做出争雄势。六朝何事，只成门户私议……"

情不由己，你脑海里忽然浮现出几句古词，这可是你年轻时爱不释手的南宋陈亮《念娇奴·登多景楼》里的句子。你在心里对自己说，有一点，我看得清楚，也不能不看清楚，我这个加强炮团，被上司特别倚重，在开到淳化来的同时，也来了两个特殊的助手。陈国央巴结的是牛师长，尽管他在你面前迫不得已装得孙子样恭敬顺从，实际上已经不把你放在眼里，看他蠢蠢欲动的样子，就单等拿下爷台山，领取头功，进而威胁并一举取代你的位置，这些全都碟子打水，一望而知。

只是，突然从长官部派来的这个年轻英俊的特派员，手握尚方宝剑，让你不得不颇费思量，究竟是什么"来头"，细思极恐，你甚至会出一身冷汗。难道，长官部的指挥中枢，也会有"红"的因素渗入不成？天，你不敢胡思乱想。但你得防备，上层人物的钩心斗角，很难捉摸，他们的脾气和心思都难猜透。唯一可行的办法，就是边走边瞧着，不妨骑驴看唱本——但一定得是本：本质，本相，不是表象。是的，你对自己说，我不能缺心眼儿，更不能死心眼儿，得审时度势，见机行事。关键是，不能把事做绝，得想着自己的后路。识时务者为俊杰呀！

中国人不打中国人，要打就打日本鬼子，打不上日本鬼子，咱就打老天爷——枪口抬高，炮下留情。如今日本人眼看败局已定，世界大势所趋，反法西斯战争全面胜利在即，你心里不断盘算的，就是把眼下这些包藏祸心的美制炮弹，怎么名正言顺给消耗掉。进攻爷台山的战斗一打响，你就最关心那些炮弹的弹着点："不惜一切，把山头给炸平，共产党再厉害，还能比钢铁硬吗？"

你这样叫嚷着，是的，凶神恶煞般声嘶力竭地叫嚷着，狰狞恐怖的样子装得比陈大脸还杀气腾腾。可你毕竟是穿过无数枪林弹雨，一个久经沙场历练的老狐狸。你心里说，我即使不算老奸巨猾，至少也应该是心有城府吧！兵不厌诈。你一箭双雕，有意无意地试探李志胜的"来头与真相"，不着痕迹地将规定好的射程与炮击时间，透露给年轻的"特派员"。步骤进展很顺，也很有效果。

你这样想，还真有点自以为得计：不管怎样，把这些漂洋过海来到中国的洋炮弹，给他"耗损"在爷台山上——即使让这个无辜的山头受点委屈，大不了，让它的顶峰开花，让海拔矮上一两米也罢，总比纵深打到山后老百姓的窑洞和房屋上好吧！

总之，我于云鹤能量有限，能做到的也就是这些了。顺便，把这些洋炮弹送给你们，也好让你们掌握美国人暗中支持我们的铁证。你接着顺水推舟，又特地对李志胜委以战区前线特派督查员之重任，给他设定了必要的活动空间和相对宽松的条件，果然使其如鱼得水，游刃有余。这几天，连续在交界地区来往自由，如入无人之境。这样，你对于这个年轻人的判定，就有了最基本的掌握，你甚至已经看出，李志胜本身也心知肚明，深谙你对他的试探与怀疑，关键是表现得毫无惧色，不留痕迹。那言谈举止，明显就是在告诉你——我就是钻进铁扇公主肚子里的孙悟空，怎么样？你是要借给我铁扇子，还是叫我要你的命？啥叫棋逢对手？你于云鹤不得不承认，也不得不服，在某种意义上，已经不是你掌握李志胜，而是李志胜在掌握你。遗憾的仅仅是，你这个对手实在太年轻，而且还让你束手无策。

爷台山能不能拿下，或者何时能拿下，对你其实都不重要。重要的是，你个人何去何从，要么缴械投降，要么负隅顽抗，反正，在你个人命运的这盘棋上，你已经被"将死"了，后路在哪里，出路又在哪里，最终的生路呢，更是没有着落。总之，一个职业军人，只应该把枪紧紧握在自己手里，绝对不该让别人把自己当枪使，更不能稀里糊涂当炮灰，死了还当个冤死鬼！在这一点认知上，你和这个来历不明的年轻人，似乎已经心照不宣。真人不露相，露相非真人啊！总之，我得沉得住气，引而不发，不见真佛不烧香。总之，你已经看清，你的"后路"就在前面，你不得不把希望寄托在眼前这个"特派员"身上了。

你当然懂得，这就是女儿婷婷反复提醒你的，所谓的"识时务者为俊杰"吧！

隆隆的炮声又响起来了，按照你既定的时间，新一轮针对爷台山顶峰的炮击又开始了。你踱步到门口，想看看李志胜为何还没有到，迎面，却见陈国央怒气冲冲，大步朝你走来。"团长，我想不通。"陈大脸一脸恼怒地撞将进来，大有兴师问罪之势，其疾言厉色的神情，有些张牙舞爪，与平时在你面前装得毕恭毕敬的形象，判若两人。"你怎么……哼……"

"有话里面说。"你也拉下脸来，将陈礼让进屋，指了指桌子前的一把椅子说，"我知道你要说啥，是嫌我把那个女共产党嫌疑人给放了对吧？"你此时心里在想，这个草包，毕竟还有一点可爱之处，他喜欢直来直去，至少对你，不掖不藏不来阴的，总比放暗箭要好提防一些。陈听你这么一说，口气突然就缓和了。"是的，团长，你这样明目张胆亲共纵共，难道就不怕上司追究？两军交战，针锋相对，这可是通敌之嫌啊！"

"难为你提醒，也感谢你，毕竟，没说我这就是通敌之罪。因为你心里也明白，目下怎么说国共还是合作抗日时期，虽然军事摩擦，仍然是内部纷争，至少，还是友军吧。你也知道，委员长还正在积极主动邀请毛泽东去重庆谈判，我们不能搞得太明目张胆、剑拔弩张，你死我活。"你仰脸沉吟道，"不是还有一句话说，自古至今，两军交战，不斩来使嘛？"

"团长，你搞清楚。"陈大脸急眉赤眼，大叫起来，"她可是战俘，我们的俘虏。"

"不错，正因为是俘虏，我们才放了她。"

"这我不明白？"

"你应该明白，你没看最近的报纸嘛，共产党八路军，总司令朱德和副总司令彭德怀连续发表文告，公开致电蒋委员长，污蔑我们进犯了他们的防地，陕甘宁晋绥五省边区联防军司令贺龙，副司令徐向前、萧劲光等人，也在通电全国，指责我们在进犯他们的防区，可我们偏偏却抓住了他们的人，当作俘虏放了回去，不是更能有力回击他们的挑衅，这不恰恰是他们越界，进犯我们的证据吗？再说，不杀俘虏，也是国际法通行的规则。"

"什么国际法？"陈大脸满脸不屑，"哼，你难道傻了吗？这可是我们中国的事情。"

"中国也是世界一部分呀。你别忘了，我们国家，也是国际反法西斯同盟一员。不管我们是国民党还是共产党，都应该遵守这个法则，你不应该忘记，你自己说过，你也骗过共产党的三块大洋的事吧？"

陈大脸一时尴尬，满脸羞怒。这是他的软肋疮疤，当年十多岁的他，在江西苏区就当过红军的俘虏，他没有像大多数俘虏留下来当红军，但拿了红军发的三块银圆，溜回了家。"不管怎样，我恨他们，我跟共产党不共戴天，我不会投降他们，要跟他们誓死战斗到底。"

"这我知道，你给我说过，你原本阔人子弟，跟红军素有深仇大恨，因为农会烧了你家的房子，分了你家的田地，你们一家连夜坐船逃跑，结果在赣江里翻了船，十几口人，只逃出来你一个。这我理解。"你说着，意味深长地笑了。

"你只记得，是红军搞得你家破人亡，但忘记了你说过的，你爷爷和父亲怎样在家乡实行欠一罚十，逼迫交不起驴打滚租子的农户走投无路，甚至把他们一整家一整家人捆绑沉塘，活活淹死。你说过，你爷爷被人叫作活阎王，你父亲被人叫作活剥皮，你还说过，你要发誓报复，让他们把你叫成活见鬼吗？"

"我说过这样的话吗？"

"你不说，我怎么会知道呢？"

"不管咋吧，团长，看在咱们共事的份儿上，我就不告你的黑状了，但你必须知道，你的行为，就是对党国不忠，你忘了蒋委员长老早就说过，对于共产党分子，宁肯错杀三千，也不放过一个吗？"

"这我知道。但要看在什么情况下，当年，你不是在江西苏区就参加了还乡团的清剿嘛，茅草过火、石头过刀、人要换种，这一方面，咱们比日本人不差什么，弄不好，日寇的三光政策，是效仿咱们的也未可知。对啦，我们不说这些，我可以明确告诉你，你完全有权，向上司报告这一件事，我不会认为你是越级，更不会当成告黑状的。"陈国央仍然心气不顺，颇不服气地将他的大脸歪向一边，胸口剧烈地起伏着，呼吸粗重地喘着浊气。你淡定地端起面前的茶杯呷了一口，最后轻描淡写地说了一句，就立马让陈大脸哑口无言了："你可要知道，这个女共产党，绝不是随随便便穿一身国民党军军服的。别忘了陈兄，国共合作，还没结束，此间无论军方还是政界，中统还是军统，都有很多秘而不宣的'自由人'来往，你有必要，打破砂锅问到底吗？"

陈国央被这句话给噎住了，不禁瞪大了双眼，一时尴尬，狼狈得一塌糊涂。"反正，团长，你放走那个女的不妥，而且让特派员独自去处决那个男的，似乎……"你听出了陈团副的意思。"怎么，难道，你觉得我让李特派去处理，也不妥当，你可别忘了，那正是他职权范围的事？"

你们两人的交谈正僵持着，随着一声响亮的"报告"，报务员手持一纸电文走了进来。"团长，西安来电。"

"念。"你坦然点头。

"于团听闻，你部所报事宜获悉，值此两军交拼针锋相对之际，释放女俘，以彰我军仁慈大义，并未挑起事端之口实，而是对方破坏统一抗战之实证，此事处置得当，以期扩大我仁德正义之师影响，特予你部以通令嘉奖。只是急需努力，加紧褫夺爷台，给共方以理所当然有力回击，最晚明日之内，务必占领山头，不得延误。"

陈国央侧耳细听，贼眉鼠眼一阵子眼珠子乱转，他心里嘀咕：这个来电还真是正当其时，来得确实恰到好处，好得像假的一样。可你听了这份绵里藏针的"电令"，无来由地心中一沉，忍不住拧过头去，木木地看着墙上的军用地图，那上面用黑色箭头标记着炮击爷台的进攻态势。许久，你听到自己喃喃自语,完全没有想到,那一刻,自己会变成一个与现实毫不相干的唐代人(曹松),正神神道道地从时间的深处走来,而嘴里念念有词,到底说了些什么,连自己也不清楚:泽国江山入战图,/生民何计乐樵苏。/凭君莫话封侯事,/一将功成万骨枯。/传闻一战百神愁,/两岸强兵过未休。/谁道沧江总无事,/近来长共血争流……

诚然,你没听到自己旁若无人的沉吟、唏嘘,但陈国央听到了。他那双阴险凶狠的三角小眼,杀机四伏地凝睇着你的背影,心里正含怨喷毒,沸腾着咬牙切齿的恶魔诅咒:哼,于云鹤,你给我装神弄鬼吧!咱们都不过是强盗装正经,各自想拳经罢了,我不信,你还能放下屠刀立地成佛。告诉你,我陈国央,可不是任人愚弄的大傻子,没那么好糊弄。我倒要看看,你和这个李志胜嫩犊子儿,能玩出什么花招,我总会搞清你们的庐山真面目的,咱走着瞧。

可惜,他这些包藏祸心的腹语,你却浑然不觉,一点也没听到,也是听不到的。

/ 第十七章 /

人间俗常

四十过半刚近五十，正当壮年的岁爷，除了祖宗遗赠天然生成的高辈分，还因为先天生就的男性雄勃令人称羡以至遐迩有名。任家堡子和附近十里八乡私下里暗流涌动，就有一句妇孺皆知的口头禅：余豪财的手段任仲魁的"蛋"。是说余豪财狠毒跋扈，与此相提并论，则是岁爷的阳刚、壮伟乃至圣怪，如同他们之间的恩怨世仇由来已久，相互纠结又各逞其雄。

精于算计的余豪财，曾经称霸一方的这个地主，因为在爷台山反击战后期参加民兵而死于非命，迷乱的人生便笼罩了一种扑朔迷离——他的死又因为陟罚臧否莫衷一是，很快就一风吹过无人记取。就是说，相比岁爷的"那啥"，他的那点零碎破事，其传播力与辐射半径以及持续的热度，都天差地别。说到底，这也只能归咎于乡土文化下里巴人的草根情趣，拐弯抹角，总要形而下地沦陷到裤腰带以下的缘故。言说，当初岁爷新婚之夜，客人刚走，便迫不及待丢掉布衫急三火四滚进了新娘的被窝。老实巴交的岁婆花儿未及提防，伸手一触吓了一跳，还以为抓住了他一只胳膊，"妈呀"一声尖锐怪叫骇人听闻："乖乖，简直，就是一根棒槌。"

要说，这也怨不得她大惊小怪，在此之前，第五花儿纯净俊美的丹凤眼目力所及，男性特征的那个天使般的"神器"，只不过是一只惹人怜爱、玲珑秀美的宜兴小茶壶嘴儿，打死她也没有想到，洞房花烛，她却看到一个面目狰狞的不速之客，生气勃勃又蠢蠢欲动。当然，日后的岁月持久严酷的杀伐征战，岁爷的"那啥"也由于机理衰减，由慢慢的年轻稳定和坚挺，也让生活磨损削弱，变得萎靡不振，渐渐力不从心而垂头丧气了。只是岁婆花儿情怀依旧，对于男性特征的"那啥"，她的钟情依然如故，仍然不变地停留在处子般的小茶壶嘴水平，典型的表现，就是对于她的双生儿子——襁褓中的一对小玩意儿，爱得一往情深、深到一塌糊涂，常常会禁不住轮换着亲他们那小壶嘴儿，就像他们轮换着要叼她胀鼓鼓的两只乳房那样贪婪和爱不释手（嘴）。

诚然，夫妻间这些隐秘私事，枕头边缠绵缱绻的悄悄低语，也难免会被门外墙根的耳朵兴致勃勃地劫掠而去，以致泄露无遗并添油加醋带出浓烈的荤腥桃色，接着便不胫而走，慢慢地声传出去，越传越远，越传越神，神乎其神。于是，在毫无节制的民间口头文学的恣意夸张、形容、比喻种种修辞手段的渲染之下，岁爷的"那啥"就有点出神入化，畸变为非人间的俗物。不知不觉，岁爷的"那啥"就在堡子里刮起了一阵一阵旋风。风闻既起，而且强劲持久。最有实证效验和说服力的根据，就是岁婆花儿惊艳乡里的特别产出：头胎孪生——任虎、任豹的"横空出世"。

"乖乖，难怪……"村里人不服都不行了，让他们不信更不可能。因为，至少在任家堡子这已是"空前"奇迹，会不会"绝后"也不好说，反正是——"太厉害、太争火了！"

"人碎鬼大，'锤子'就像檰把。"人们窃窃私语，都这样议论岁爷，"难怪听说，有人还叫他'黏怪'哩。"所谓鬼大，不仅说他脑子好使，皱褶儿多，几乎特别强调男性的雄起；而锤子和檰把，不过采用两种实用工具的复沓比喻，形容我们已经不言自明的岁爷的"那啥"了。总之，讹传、怪话、嘲谑、打趣，在村子风靡一时。在一个相当长的历史时期，"棒槌"和"檰把"这两个名词，几乎成了村人背过岁爷，对他的青春魅力和血气方刚另一种未必贬损的特殊赠予。庄稼汉的田间地头，一歇下来，最热衷的莫过于两性话题的放飞想象和淋漓尽致的激情发挥。岁爷，也就成了他们持久不衰的谈资。他们不免要尽情渲染，杜撰加工，那漂亮的岁婆，自然被岁爷每晚的威猛强势和坚持不懈的战斗，折腾得苦不堪言，实在都有点招架不住，他们想当然地，无中生有，曝出一些莫须有的、当然也是忍无可忍的埋怨："你个棒槌，咋这么欢实？说你胖就喘气，给一滴水，就没完没了地兴风作浪……"

集体创作，集思广益，自然让精力旺盛的岁爷，也有了不乏灵感乍现、以至脱口而出冷幽默式的"对白台词"："你难道不觉得，也挺受活？"

"滚。"据说，健硕秀挺的岁婆花儿，慢慢也有了不堪重负的哀怨不满，道是："人家男人，把力气都使在了庄稼地里，只有你，连吃奶的劲儿一起，全使在了我的身上……"

那岁爷的回答，自有打不倒的满嘴歪门邪道而强词夺理——也是顺手拈来，水到渠成，张口即是："他们嘛，可只能收获麦子、谷子，我却收获的是儿子、女儿。"

人间俗常，饮食男女。如此随心所欲的编排，尽管虚实无据不得而知，但在妻子面前，岁爷偶尔流露骄傲，一不小心，也会独自炫耀自己的品种如何根正苗壮，如何优良旺盛。而岁婆花儿则依然怨声载道，少不了狠气他把自己如此急促速成，转眼之间就糟蹋成了一只呼儿唤女、咯咯鸣叫的母鸡婆。包括任虎、任豹那一对双黄蛋儿，她一口气为他生了八九个儿女，比母鸡下蛋还来得顺当。要不是其中有夭折的，用岁爷老娘大木匠婆夸张的说法，就是，净添些吃饭的嘴，怕是买饭碗都来不及哇。

　　不管咋说，家境殷实和人丁兴旺，的确曾是岁爷未能脱俗的平庸人生和农民理想。十七八岁，就开始为人之父的他，自然天成，很快便儿女成群。人口没有节制地增长，吃饭确实是个恼人的俗常问题。他的妻子，我们的花儿娘，因为身材高挑顺溜，与他的低矮猥琐形成鲜明对照，因此人们只管称大个子岁婆，就像很少有人叫他冠冕堂皇的任仲魁一样，基本上不谙她的尊姓大名。好在她的娘家父母心里清楚。父亲第五鸿源是个雇农，家境贫困比他家席面子强不到席底下，好在岁婆土镇的舅家殷实富足，打小疼爱她的外公外婆，隔三岔五，就支使舅舅给他们家一点口粮上的接济，以帮忙渡过春荒。说起来，任仲魁、任岁爷，也是跟着父亲任大木匠，通过给花儿姥爷打制那具著名的寿棺，也才月亮占太阳的便宜，顺便沾上一些光的。换句话，他的人生也是从此得缘，开始有了光芒。

　　那时节，他的启蒙教师爷常先生黎明，在镇上创办农民夜校，负责上课和主持夜校的正是女扮男装的武欣华，这位后来化名"红霞"的老师，比岁爷大不了几岁，总是习惯冒充，以"大哥"的姿态，而不是大姐、更不是教师的身份跟他说话。她欣赏岁爷的质朴、诚实和刻苦用功，更对岁爷的弟弟——那个未曾出生，就阴差阳错让她给起了大名的任英魁，不由自主另眼相待，更多了一份亲如家人的亲和、偏袒与爱护。经过岁爷弟兄向她讨要那一吊零五文铜麻钱，他们之间成了"不打不成交"的铁哥们儿，关系日渐融洽，几乎亲密无间。任英魁虽然敏感，曾怀疑武欣华冒充男人，但未敢说透，只是对她特别顺从，经常跑前跑后，帮她挑水、扫地，表现得十分乖巧伶俐，就分外赢得这个特殊老师的青睐。至于岁爷，因为有常先生在先的详尽介绍，另眼相待自不用说。常先生抬举，高看岁爷一眼，时常邀他一起外出，探访镇上有头有脸的一些场面人物，花儿的外公就是其中之一。那时的岁爷，也是近朱者赤，不知不觉依样学样，有意无意效仿常先生的言谈举止，不再粗鲁冒失，连他自己都没有觉得，竟然渐渐变得温文尔雅起来。还记得那次随常先生赴约在花儿舅家吃饭，他不期而遇了梦中常常搅扰他不得安宁的姑娘——那个他曾经背过她翻沟、发誓要娶她为妻的花儿，那时正袅袅婷婷端茶送水，帮着外公招待客人，忽然眼睛一亮，没想到大名鼎鼎的常先生，带来个小跟班儿，不是别人，竟然是和她暗送秋波早有过眉来眼去的小木匠。第五花儿十三四岁豆蔻年华，大姑娘青葱一根，水灵灵的，擦肩而过都会闻到一股不可抵挡的水蜜花粉气味。久别重逢，岁爷一个嫩芽芽后生，充满梦幻色彩的眼睛难免狠毒长刺，一瞥之间，就蜂采花蜜，黏上了花朵儿似的第五花儿。

也是姻缘天定，他们互相渴慕，早已钟情，只是没有机会挑明罢了。这岁婆花儿，尽管斗大的汉字认不了一筐，却认识在夜校发奋学习，偶尔还充当先生的任仲魁，夜里睡不着，以至睡得很死很踏实的时候，都常常会有一个个头不高、闷不作声的青皮后生，总不倦息地在她眼前打照面儿，晃来晃去晃个没完。他那件标志性的白粗布褂子，将虽然矮小但却精悍干练的他，幻化成被风吹拂的缠绵云朵，他的故乡在天上，却把影子投射到她香甜如蜜、直流涎水的梦境，飘来飘去、飘去飘来，怎么着也不肯悄然隐没云帆远去……

就是说，他们两个互相倾慕，其实早已心心相印。岁爷从河沟背回岁婆花儿惊世骇俗的"壮举"，事实上的"猪八戒背媳妇"行动，几乎就是不言而喻，面向这个世界勇敢地宣告了他们的关系。可惜这一切，要从他们的心愿和梦想出发，堂而皇之走进现实，既需要时间，更需要时机，还需要跋涉一段不太明朗、看不甚清的路程。好事多磨。第五花儿娘家的家境，日渐拮据，父母原本也不敢有让女儿攀高枝儿的奢求，他们听说过花儿嘴里曾经念叨过的小木匠，如何心有城府，如何"黏怪"，也曾准备寻找机会顺水推舟，将女儿嫁出去，但遭到花儿外婆的反对。倒不完全是嫌贫爱富，觉得不门当户对，只因外孙女长得乖巧，一直视如掌上明珠，感觉岁爷个子矮小，与他们花朵样的外孙女不太般配。世俗凡间，难免以貌取人，好在花儿的外公颇具文化底蕴，也算开明人士，尤其是和化名黎明的常先生多有交集，也从侧面了解到先生心目中的岁爷，据说还不乏慧根灵性。

"孺子可教。他不是驴粪蛋儿面面光的样子货。"常先生不乏热忱，正儿八经介绍他的得意门生——至少，认定是他喜欢和看好的一个人品质地俱佳的青年。他说："我给他赠送了个鼎鼎大名，祈愿人中之魁，不求大富大贵，起码在做人上面，想必，是担当得起的。这一点，我几乎可以拍胸脯保证。"

有这一番评价，花儿外公心里有数，虽没明示，基本上是认可了岁爷。

有道是谋事在人，成事在天。要不，怎么说岁爷和他的花儿，原本就是一桩天作之合的婚姻？恰在此时，大灾之年降临秦地旱塬，花儿家缺吃少穿，只为多省一口饭给娘家父母弟妹，兰心慧质的她，无意中就效仿了岁爷那个可怜的三姐叶儿。只是，她没有自我捐弃，甘愿饿死，而是自我打发，自找活路，勇敢地"敢作敢为"，不经托媒提亲，就把自个慷慨奉献，主动送上岁爷家门了。

"不是我自己作贱，是世事让我活得低贱呀。"第五花儿这般不无自嘲、贬损和揶揄自己，"反正，我脑子也是被门缝夹了，掂不来好坏轻重，好端端一朵鲜花，就这么稀里糊涂，心甘情愿，插到你这泡牛粪上了。"

听得出来，她这么说，自然是针对岁爷一个人，也算是她自找台阶让自己下，但心里总归是乐颠颠、甜蜜蜜舒坦着哩。得了天大好事的岁爷，可想而知，哪还不甘当"牛粪"，高兴得合不拢嘴，梦里常常都会不由自主笑醒过来。

"你笑个啥，笑我差了窍，是个不识数的瓜（傻）女子吗？"

"哪里、哪里。"岁爷涎着脸皮嘿嘿答道，"笑你有福气啊！鲜花碰上了牛粪，那还不走大运，你会营养丰富长势良好，更加茁壮美丽，好到让人从眼里面拔不出来呢。"

"你别胡咧咧，净给我灌迷惑汤，我不过念记你挣死巴活，将我背上过一回沟呗。"

"那也是投桃报李，你懂不懂？"岁爷有点卖弄，不无炫耀地说。

"啥个桃呀李的，又跟我咬文嚼字，显得你有文化墨水是吧？"岁爷立即解释："我不是还记着你那碗辣蒜羊血饸饹面嘛。古人说，受人滴水之恩，当思泉涌相报嘛。"第五花儿迷人的丹凤眼登时放光，修长的睫毛颤巍巍忽闪忽闪，樱桃儿小口喜滋滋朝上翘起，当即十分享受地说："这还差不多吧，看来，我没看错人，你这小木匠啊，倒不是个狼心狗肺的白眼狼。"接着，她又凤眼圆瞪，立马逼问他道，"就凭你怎这小个个，又能怎样报偿我呢？"

"你可别门缝看人，小个子往往还成大神呢。"岁爷几乎是信誓旦旦，拍胸脯道，"来日方长，你走着瞧吧，我会一辈子守着你，白头到老对你好。"

"行。"岁婆也说得高调坦诚，"那我，就等着你，慢慢哄我高兴吧。"

他们这鲜花牛粪的一唱一和，算不算琴瑟和鸣也未可知。反正，总是情投意合却不假。凡间俗人的日子，大概都有里子和面子，也好比他们的白天和夜晚，说起来漫长无边，过起来还真经不住咋过（消费），夫妻合欢，谈笑之间，日月替嬗，秋去冬来，儿女们接二连三，黄土地里冒出来一般，不知不觉荒草野长，一个个转眼就成了半大小伙和姑娘丫头，岁月也在他们夫妻的脑门上面，毫不留情地犁下了一道道若隐若现的蜿蜒小路。有一阵子，因为刮风下雨，任家堡子的娃娃去镇上读书上学，实在太不方便，于是村上就地开办了小学。人们扳着指头细数，全村也就数岁爷的文化最高，他就被大家伙理所当然公推当了小学"先生"。学校是一孔黑乎乎的旧窑,岁爷面对的却是一双双求知若渴亮晶晶的黑眼,他很自然地想到了当初常先生教他读书认字说过的话:学文化,就是给人一双特别的眼,心灵的眼。由此,任仲魁,我们的岁爷雄心壮志毫不讳言,公开宣称,他要把包括自己儿女在内全村所有娃娃,都培养出个人样来。办法,就是让他们不分男女,尽可能多读些书。

"文化正心,化愚启智呀,你们懂吗?"好几个晚上,他点灯熬油,亲自为村小木刻打造出一副匾来,上下联是"天下第一等好事还是读书,世上几百年承家无非积德",遒劲的横批匾额则是"耕读传家"四个大字。"天不下雨天为空,人不读书不如猪。"他逢人"念经",言必称"文化","染于苍则苍,染于黄则黄啊!"

有人问他:"'文化'到底是啥,该不是天上的星星,看得见摸不着,又能有啥用?"

"那可不尽然。'文化'嘛,其实就在我们身边,或者说,我们每个人其实都生活在'文化'中。"岁爷列举看得见的例子,那是乡村文化春节期间最通常的表现:明明家无隔夜之粮,为啥,你还要在空空荡荡颗粒无存的柳条囤上画饼充饥,贴一条"余粮万担"或"五谷丰登"的红帖;你那塞满破烂棉絮换洗衣服什么杂物的躺柜,也不寒碜,外面偏要贴个方斗形状的叠字,曰"黄金万两";破落的地坑院子雨雪交加昏暗不明,院子里还照样要贴上"满院春光""吉星高照";哪怕槽头空旷,一无牛驴猪羊,也不短缺一帖"六畜兴旺"和"牛羊满圈"心理祈望……

岁爷说了,"就算'文化'是星星。咋啦,到夜里,不先把你要哄睡着,美美地做一个梦;挨到天亮,再把你哄醒来,继续去见太阳。"他煞有介事,也郑重其事地说,"你们可记住了,'文化'跟空气一样,虽摸不着,但跟空气一样重要。"

又有人问他,那咋样,才能有"文化"呢?"学呗。"他十拿九稳,非常自信肯定地说,"先从学说话开始。"

大家哄笑。"除了哑巴,谁还不会说话?"有人不服。岁爷反驳他:"那可不一定。说话可是有学问的。关键,要看你怎么说,说得好不好?没听人说过吗?话有三说,巧者为妙。人长嘴为啥,可不光是为了吃饭,五官眼鼻耳口舌,嘴就占了两样,最主要的就是为了说话,说话就是通心窍,就是听得见的'文化'。"

村里人想想,还不得不折服他。因为他们毕竟承认,岁爷说话不只有道理,而且常常风趣,好听,也好玩。一个春雨霏霏的上午,岁爷没顾上穿泥屐子就匆忙出了门，结果在村道上不小心滑了一跤，身子骨瞬间失去平衡，摔了一个仰八叉，引得街旁的村人开心大笑。狼狈不堪的岁爷，有点恼怒，难得一见，很不客气地回敬了村民一回，只是他一张嘴，却说出了一段顺口溜：春雨贵如油，下得满街流。滑到我任仲魁，笑傻了一群猴。

说完，他不失文明儒雅，打一个拱："不好意思，有所冒犯了，惭愧。"村民们傻了眼，不得不甘拜下风，纷纷称赞他"智敏"（才思敏捷）。他们说："咱岁爷那可了得，作诗不用打底稿，张嘴就来，简直比呼吸空气还简单。"也有的嘲弄他说："岁爷嘛，放出的屁，都是有平仄韵律的。"接着，就有人起哄道："岁爷。你可真是有'文化'，这本事，是咋整出来的？"

岁爷也不客气，直说："那当然，我跟'文化'，上辈子就是亲戚，有缘分嘛，跟亲娘舅一样的血缘关系。"

话虽这么说，但总体上，他还是不肯轻易显山露水的。他注重的是和光同尘，是在虚空宁谧中浑然无物深造自得，颇能体会到王阳明的知行合一朴素哲学。他知道自鸣得意往往是虚张声势，而好为人师基本上无缘德高望重。用他自己的话说，就是造化由自个儿。敲不响的钟，那就不是钟。叫不醒的人，只能是装睡不愿醒的人。学习还在自用心，先生不过是引路人。对于孔夫子"修身、齐家、治国、平天下"的世传格言，他深以为然，自认为独得天机，抓住了为人处世的要旨与真谛。通俗易懂地将"苦其心志、劳其筋骨"以及"戒淫漫、去险躁"的千古箴言、谆谆教诲，一股脑植入和灌输进了流行乡村的四句口头禅里：越吃越馋，越睡越懒。刀不磨要生锈，人不学要落后。

他的第一个学生，就是他的弟弟。牛不喝水强按头。对于这个喜欢舞枪弄棒远胜于潜心学习的小五，他的办法就是"治性"，常常是宁肯自己多干农活儿家务，也要将他反锁在窑里习读诗书。至于他的儿女，就更不例外，在老大、老二、老三、老四，一律经由私塾初识文墨之后，他先先后后，送他们分别进入了镇上、县城和省城的学堂。接着，把老五到老七三个子女，网罗进了村上他执教的小学堂读书。

望子成龙、望女成凤的初衷并没有错，只是不知不觉，革命风起云涌，一时如得神力天助，仿佛有呼风唤雨的超人本领，开始席卷渭北旱塬的黄土地了。穷人们纷纷揭竿而起，知识分子，特别是青年学生，更随声附和，掀起惊天狂飙、盖世飓风！偌大世界，再也放不下一张平静的读书桌了，男男女女，都开始热衷于"武装起来"扯旗造反。他的三男一女，眼看长成成人和半成人的一对双生儿子，以至老三、老四，全都摩拳擦掌跃跃欲试，很快各奔前程，一窝蜂着魔中邪一般，不同程度自觉不自觉地，投入其中了。剩下的一男二女，毕竟是一群整天叽叽喳喳、围着第五花儿要吃要喝的小鸡雏子。

革命并不可怕，可怕的是，高喊革命的人并不同心同德，他们忽而同仇敌忾团结一致，忽而又分庭抗礼势不两立。刚刚打得你死我活、白刀子进去红刀子出，转眼之间又握手言和、称兄道弟。这情形直看得庄稼人眼花缭乱瞠目结舌，也弄不清谁是谁非、谁正谁邪，尤其是花儿岁婆，毕竟村妇一个，总觉得她的这群不孝子女，好像是在玩一种残酷可怕、以命赌注的过家家儿戏！她为此只能胆战心惊，难以自处。

要命的还是任家堡子一带，虽属"苏区"，不前不后，恰好处在红色边缘地域，一些地方弯弯曲曲，与国统白色辖区犬牙交错，咬合得骨肉相连、难解难分。一会儿红的出去，一会儿白的进来，已经是司空见惯，随时随地可能发生的事情。反反复复的进退扯锯，非常现实地调教了这里原本淳朴忠厚的庄户人，也学精学乖、学鬼学坏了。人们两面三刀、四面讨好，逢人说人话、见鬼撒鬼腔。自此浇风易渐，淳化难归。在变幻莫测的应接不暇之中，人们明哲保身，即使睡觉，也睁着眼支棱着耳朵，随时谛听风吹草动，也随时准备逃跑开溜。这就催生了当地曾经流行一时的土话，不分青红皂白，一律将这种禳灾避难的被动行为叫作"跑贼"了。

尖锐对峙的两大派别，让更多的人左右为难、进退失据，更不敢轻言偏谁向谁、爱谁恨谁。任仲魁任岁爷脑瓜子灵活，俨然以乡绅自居，加上人们怀疑他背后有高人指点，竟公开宣称他是"骑墙主义"无党派人士。不过，这些掩人耳目的鬼话，连他自己都不敢过分自信。他自称赞成革命但不入党，积极参加打仗（民兵自卫队），自愿放弃教书，据说纯粹是厌烦了当娃娃头，而宁肯投笔从戎，去当兵"混饷吃粮"。在一个月黑风高伸手不见五指的秋夜，岁爷悄没声息，不辞而别。因为他常常有昼伏夜出的习惯，岁婆花儿都没感到怎么异样。等过了十天半月，大家感到事情蹊跷，还是双生儿子在村上人的传言中得知，父亲十有八九，是找他们的二大去了。人们传说他们的二大如今了得，好像是随从一个李老汉的啥游击队，正在渭北一带打土豪、分田地，领着穷人闹翻身。岁爷的母亲大木匠婆和媳妇花儿一听，顿时慌了手脚。虎子豹子儿子见她们急得抓耳挠腮，热锅上的蚂蚁般团团乱转，双双自告奋勇，适时挺身而出。

"娘，婆，我们两个去找我大和我二大吧！"

两个加起来还不足十八岁的小男人，明显已经生出了不安分的野心，岁婆一语道破天机："别说你们去找你们先人了，怕是要依样学样，翅膀没硬，就想飞吧。"

"咱家不能没男人呀。"大木匠婆感叹，却又表示，她要去找找岁爷。她对岁婆说，"我得去找你男人回来，这家里老的老、小的小，一河滩的事儿，他不能一甩手走了不管，万一他也跟着老二一起去革了命，咱娘儿们，可指望谁过日子呀。"

两个女人商议后的最后决断，是两个双生孙子，陪着木匠婆出发，去找他们的父亲岁爷。婆孙三人背着干粮水罐铺盖卷儿，在渭北旱塬上沟沟岔岔转悠了十多天，一直奔到石门关，也就是当年秦始皇大儿子，那个名叫扶苏的大将军镇守的边关，都没见到一个游击队的影子。他们疲惫不堪，返回家里，进门一看，不由得喜出望外，岁爷比他们还早一天回到了家，正在院子里照料牲口。

"你这是给我折腾个啥呀？"大木匠婆没好气地一顿训斥儿子，"整天胡成神，活活地要你老娘的命，咋的？"岁爷当即满面愧疚，赶紧搀扶老娘回到窑里，然后轻声细语给娘叙说了他的这次"离经叛道"不辞而别。"你老二眼看快三十的人了，我知道娘心里最惦记啥。这兵荒马乱的日子，老二还不成家，我想他不能老是待在队伍上吧，就想去换他回来，好成个家，早早给他自己，要几个娃娃……"

这一说，木匠婆肚子里的气就消了一半。"你咋不早说？"

"我这不是怕办不成吗？"

"这么说，你真没有办成？"

"咳，先别说人家部队领导是啥态度，咱那老二，火暴脾气，三句话出口，就呛得我回不上话来，肚子也胀得像鼓一样。你听他咋说，回去干啥，成家？哥你傻啦，我都向党发过誓了，随时要准备牺牲，还要娶哪个女的活守寡，那不是坑害人家吗？你听，这就是他说的话。"

"那么，"木匠婆垂头丧气地问，"这事，就这么瞎啦？"岁爷转而嘿嘿一笑："当然不是，那是他胡说哩。咱们党和部队首长，可是讲道理的，他们答应适当时候，就让老二回来。关键是要赶紧给他物色好对象。"

"对象？"木匠婆头一次听说这个名词，不明其意，"那对象是啥？"

岁爷说："娘，不就是媳妇吗，不过是没过门的媳妇一种叫法。"木匠婆不由得一声浩叹："可这对象，又到哪里去对向（象）呢？"

岁爷安慰母亲，随口说了一句无关痛痒的话："吉人自有天相，娘你也别发愁，说不定，那媳妇正在路上，也慢慢地朝我们家正走着哩。"他说着，忍不住望了一眼正在锅台上忙活的岁婆花儿，木匠婆正好瞅见了他们夫妻两个暗送秋波的眉眼传神，苦笑着摇头。"你以为你弟弟，也有你的福分，会有一个主动找上门来的贤惠媳妇，我就怕他，没这个命呢。"

"那可保不定哩。"岁爷说，"我好像梦中看见，有个远路上来的女人，好像还不是一个人呢。"岁婆将嘴一撇："你就吹吧,把你说得跟神一样。"其实,那时候,那个名叫牟水琴的河南女人,确实正在逃荒的路上,亦步亦趋,向着渭北被叫作边区的地面上来了。

隆冬天一个晚霞烧红西天的黄昏,岁爷的弟弟果然赶回了家。已升任红军正规军连长的任英魁,回家不仅完婚,还说要保送侄儿,去边区的列宁小学和师范分别读书,一次就带走了岁爷的孪生儿子。又过了几年,天晓得怎么搞的,弟弟虽然升官当了营长,却把三个侄儿侄女都带进了部队,遗憾的是,他们并没有在一起当红军,老大虎子,年轻气盛,端的心野,也是人各有志,为取仕途,竟私自逃离,到了省城西安,后来还当了国民党军的少尉排长。家庭的变故猝不及防。弟弟任英魁匆忙成婚不久,那女方因为难产,居然母子双双不保,这使弟弟心灵受伤,打击不小,也使全家人很久一段时间陷入悲恸而不能自拔。岁爷眼瞅着弟弟、子女、四个人四分五裂,各奔西东南北,如同当时内忧外患、国共对峙的古老中国的困难局面,让他日益提心吊胆,内里熬煎,却只能哑巴吃黄连,不能也不敢对任何人言明。如此,他冷不丁会时常陷入幻觉,不管是白天独自发呆,还是夜里沉醉梦境,都会以一个第三者的切入角度,每每扪心自问:难道,你心里装的就是个糟乱的世界不成?

大雾清晨

任英魁的再婚大礼,真是"生不逢时",各种情况赶在一起,"迫不得已"攒聚到了爷台失守撤退的特殊日子,岁爷只好"见缝插针"抓紧速办了。一家人紧锣密鼓忙活,给老二筹备好了梅开二度的二茬婚礼,不管咋说,也是提前看好的吉日。可这一天从早到晚,他们等啊等,一直等到日落月升夜幕降临,才从东面的沟坡上影影糊糊等来了一群人。那是一支溃不成军的队伍,稀稀落落的样子叫人直想到啥叫"散兵游勇"。也是无巧不成书,他们还确实是营长任英魁的队伍,他们撤离时与敌遭遇,敌众我寡,仓促、慌乱之间,眼看要被包了"饺子"。紧急时刻,火烧眉毛的任营长不得不命令以连排为单位,化整为零,实施突围。

撤到任家堡子方向的这个连队,正面迎敌抗衡了一阵,迫于敌人强大的火力弹压,连滚带爬,顺势从一面沟崖跳了下去,最终七零八落,已经剩下不足一个排的兵力,伤亡很大。侥幸存活和能跑动的轻伤员顺着沟道的河渠,一阵晕头转向急奔,一口气越过七道山梁,最终三五成群爬上一道沟坡,误打误撞竟跑到了任家堡子岁爷的村上。十多个衣衫褴褛、疲累已极的男人,拖着没了子弹的三八步枪，晃荡着几天几夜没吃没喝空荡荡、轻飘飘的身躯，游魂野鬼一样漂泊到了岁爷的地坑大院。此时，这里正等着款待宾客，准备任英魁回来圆房成亲。几桌不咋丰盛却还算充足的饭菜早已齐备。厨间飘出阵阵诱人的饭菜香味，这气味儿，一下子俘虏了几天没有好生进食的那些辘辘饥肠。伤兵里有个腹部轻伤尚有指挥权威的副连长，岁爷在阵地上见过这个形容消瘦的彬州人，他听说弟弟的队伍已被打散，而弟弟暂时还没有下落，再问儿子豹子和女儿桃子，终究也没问出明确去向。

"好了，赶紧弄饭。"岁爷顾不得许多，二话没说，赶紧命家人一起上手，招呼这些从死尸血泊脱身的落难者吃饭。"都是自己人，先吃饭再说！"

虽然，他也知道，革命不是请客吃饭，但毕竟还懂革命终归是要吃饭的，而且，这是革命首先要解决的根本问题。人是铁饭是钢，一顿不吃心发慌。那种体验他是体验得够深刻了。老二任英魁不也是吗，当初询问教师爷革命的好处时，头一句话，不就是能吃上饭吗？人在挨饿时，双腿抽了筋似的面条样稀软，甭说扛枪、行军、打仗，走路都没有劲挪开步子。再说，这也不是请客。请客多少都带了点生分在里头，通常是应对外人、生人，甚至是敌人的套路。眼下，这些死里逃生的可怜人，你岁爷说得没错，可都是自己人，自己队伍上的人，而且，还是他弟弟部队被打散的同志和战友。这里没有客气和作假，就像平时区大队的游击队员，边区地下党来来往往的包袱县长、担笼书记的什么领导和交通员，他们一来，一概宾至如归，打老远，就从大门洞子口喊叫上了——"花儿嫂呀，这多日子，甭提多想你了。"第五花儿哼哼地用鼻子一笑，就会不痛不痒地骂他们一句："我还不清楚，你们一准，又是嘴贱了吧？"他们也会老老实实如实坦告："是啊，做梦都想着你做的荞面饸饹煎汤面哩。人不想，胃都要想呢。这方圆几百里，就数嫂子你的面食赢人嘛！每一回，都和得软软的，擀得薄薄的，切得细细的，油泼辣子煎汤臊子，叫人吃了一碗还想第二碗，今日吃了，明日里还念顾。"

此言不虚，还真是由来已久，毫不夸饰。任家堡子任仲魁"屋里的"——也就是岁爷的老伴，第五花儿的手工擀面，那是细软的、绵长的、回味无穷的，也是日新月异跨越万水千山、生生不息的——有多少打从他们家地坑院子走出去，最后当了县长、专员、厅长、省长，甚至是国家部长的边区老革命，地位变了，穿戴光鲜了，住宅阔绰了，生活舒坦了，山珍海味吃得腻味了，可恒久不变的，仍然是每每总会自觉不自觉地，念想起第五花儿那一碗油汪汪的煎汤面啊！说他们做梦都想过，绝对不是夸张。许多退休住进干休所的老前辈、老革命，遇到老区淳化前来看望他们的人，劈面就会问："任家堡子那花儿，还活着吗，还能擀臊子面吗？"

这当然是闲话，也是不得不说的后话。总之，岁爷一家，忙不迭支应着伤兵们吃喝，把窑院所有人都动员起来，弟弟那个穿红着绿，准备当夜成婚的准新娘，自然也没闲着，出出进进端饭送水，诚心诚意，伺候这些逃难似的不请而至的战士。招待客人的席面，设在岁爷平日做木工活计的那孔昏暗的窑洞里，两个席口（宴席桌子）本来是临时凑起来，用于婚宴的两张八仙桌，围满刚从生死线上脱逃下来的不速之客，他们一个个蓬头垢面不说，好几个还这里那里血肉模糊，程度不同地负有伤情。端饭送水的准新娘，一身簇新鲜亮的打扮，像一束皎洁柔美、款款跃动的月光，让人们不由得眼前一亮，尤其是她这天为出嫁刚刚细心开过的脸盘，水洗样清澈有光，更吸引着一帮死里逃生潦倒落魄的男人。有个头部受伤的排长，因为眼睛一直追逐，紧盯新娘光鲜的脸蛋，从她手上接饭碗时居然失手，撒了一碗喷香的浇汤面，幸亏倒在了桌子上，而没有烫着新娘。

准备成婚的新嫁娘，也被人唤作喜娘，她的名字恰如其分正叫月儿。对于岁爷一家人早已不是陌生人，其实就是常来常往的四表妹。早先，她许配给了旬邑一家开油坊的殷实人家，十六岁那年，待字闺中的她约定成亲的日子，正邀亲朋打理梳妆，就在那一刻，突然传来一个令人绝望的消息，月儿那个未曾谋面的男人，外出收账遇劫，被一帮白匪军污蔑暗通红军，不仅被抢走了身上所有银圆，还被开枪打死。仍然是个处女的月儿，打小得宠于她的大姑，也就是岁爷的老娘，遭此不幸之后，木匠婆更多一份怜悯同情与不幸的侄女。几年前，在岁爷弟媳因生产不幸身亡后，老娘就一直惦记着老二续弦再婚的终身大事，满心希望亲上加亲，自然就瞅准了月儿，拿定主意非她不娶。可恨这战乱年代，几次三番，只是将老二从部队叫不回来。好不容易约定这个日子，从早到晚，非但没盼回来老二，还招来他手下一帮子"吃客"，也难为他们吃了败仗，尽管不带礼品来蹭饭，总归是她儿子的部下，也就无怨无悔，自己认了。好在岁爷认识其中几个人，非常时期，家里人和新娘也都不拘礼数规程，好生款待了营长的部下。一家人心里也多少有点安慰。对新娘来说，她一直钟情的那个将要成为自己丈夫的二表哥，虽然没有及时赶回，可毕竟他的部下已经出现，战争年代，又在边区红、白拉锯的边沿地带生存，这情况已经习以为常，她只能安心等待他的出现。

这天晚上，乱哄哄的任家堡子和人来人往的岁爷家的地坑院子里，许久才平静下来。子夜时分，吃饱喝足的伤员们也开始休息，副连长吩咐在大门外的崖背上设了岗哨，那位撒了饭的排长主动请求自我处罚，负责查岗担任警戒任务。于是，部队就地歇息，岁爷抱来麦秸，在几孔闲窑打了通铺，让大伙儿好好休息缓一口气。副连长已经听岁爷说了，他和弟弟约定这一天怎么也要回来，简单举行个仪式，把终身大事办了。也满心希望任营长回来，一伙伤兵七嘴八舌，嚷着要等营长回家，好喝他的喜酒。夜已深沉，院子唯有一孔窑洞彻夜亮着一根妖冶的红烛，那是给任英魁留着当作洞房的窑洞，门口贴着巧手的河南女人剪出的大红双喜剪纸。可惜，全家人，外加凑巧以慌不择路特殊方式，不期赶巧来为他们营长"贺喜"的一群衣衫褴褛、灰头土脸的部属，一直等到鸡叫天亮也没有等到营长出现。因为大雾弥漫，早晨起来已经是半晌午时分。远处隐约传来一阵阵枪声，副连长因为没见到营长归来，赶紧集合部队准备开拔。他给岁爷也交了底，估计营长带人继续向北撤退，他要岁爷赶紧收拾一下，最好和乡亲们一起，钻山沟隐蔽。

队伍在大门外的麦场上集合，清点人数，正待开拔，从地坑院子突然暴起一阵女人凄厉的哭喊，先是一两个人的疾呼号叫，很快就吵吵嚷嚷，飙起一片大合唱似的嚣杂怒吼，长短粗细、轻重急缓、丝丝缕缕，混杂聚合，成了一种可怕的悲怆交响曲，如同烟火雾气端直从地坑院子升腾而起，喷薄而出。很快，就看见岁爷气势汹汹地奔上崖背，当他站在队伍前时，大家才看清楚，他手里正握着一把平日里用来挖窑洞的镢头。"先别忙着走！"岁爷少见地亢奋激动，义愤填膺地吼道："谁干的好事？咱们可是革命队伍，是毛主席的兵啊，不是祸国殃民的国民党匪兵，更何况，那是我表妹，是你们营长的喜娘，怎么，就能干出这种丧尽天良的事情，这事不说清楚，咱们，可没有完……"

大家都愣住了，一时鸦雀无声，全屏住了呼吸。那位副连长，很快就明白了怎么回事，他气愤已极，霍地从腰间拔出了手枪。"是谁？给我站出来，这不但是给我们部队抹黑，简直就是欺负我们，营长——欺负营长，也就是欺负我们全营，跟国民党胡宗南一样……"

副连长暴躁如雷地吼叫着，手臂一扬，"咣叽"一声，打开了他那把驳壳手枪的机头，他没有发现，也忘记枪里面早没了子弹，就像岁爷和他热情有加的一家老小，仅仅喂饱了那些肠胃空腹饥饿的人，全然忘记，也没有意识到他们还患有另一种旷日持久的饥饿，性的饥饿。

"是谁，怎么，没人承认？"

麦场上的雾霭越发黏稠浓重，云山雾罩，人们全像浸润在一片漂浮移动的乳汁之中，咫尺之间，竟看不清脸面。影影绰绰，就见一个头上缠裹着绷带的瘦条大个，从队伍里迟迟疑疑，磨蹭着站了出来。半天，他嗫嚅道："对不起……是我……我……"

"王思耀，你……狗东西，你还是排长哩，就这德行啊，这么大的个儿，五尺男儿呀！"

副连长不知说啥好，只顾着挥舞着手枪连声咆哮。"我要枪毙了你！"

"毙就毙吧。"那人吭吭哧哧，拖泥带水地咕哝着，"反正，早晚一死，这些天，我们的人死得还少吗，我一个排就剩下了仨。是我一时犯浑，要杀要剐，随便，死在咱自己人手里，我也……不亏……"

"你还蛮有道理？我现在，就执行战场纪律，也替营长，报仇雪耻！"

雄狮般暴怒的副连长，举起手枪的手，突然被另一只手按住了。那是岁爷。他一字一句，也是咬着牙关，往外头蹦出了几个字："兄弟，给你节省一颗子弹吧，留着好打敌人。我兄弟无缘无故蒙受羞辱，还是让我这个当哥的来替他清算！"

事情是秃子头上的虱子，明摆地清楚。岁爷在冲上崖背上的大门口前，已经从表妹月儿断断续续的哭诉中得知，是一个头上缠绷带的家伙。悲愤交集的他，还想着那人想背着牛头不认账，负隅顽抗抵赖和狡辩呢。不承想，这家伙非但不怎么认尿，还头头是道，冒充起敢做敢当的英雄好汉来了。这让他不由得更加怒火中烧，大声嚷叫着，一步抢上前去，不容分说，一把揪住了那人的衣襟，另一只手则挥动着他那把明光闪亮的镢头。"你给我，滚远一点，别在我家大门口，腌臢了我的碾麦场。"

他气呼呼地拽着那人，转身一晃，就淹没在茫茫雾霾之中。

那人没有犹豫，泰然自若的样子，就那样视死如归，从容地跟随着岁爷往前面走。在岁爷家崖背后头的一堆硬木柴垛旁，岁爷厉声地呵斥道："跪下！"

那人迟疑不决，依然硬挺着不动，岁爷在他身后的腿弯处，狠狠踹了一脚，他才"扑通"一声跪了下去。"记住，"岁爷大声吆喝道，"明年今日，就是你的忌日。我记住你的名字了，王思耀，你有啥话，就给我说，我会托人，交代给你父母家人的。"

那人没有吭声，忽然从腰间拿下手枪，双手托起，递到岁爷面前。"我啥也没有说的，你就把这把枪，交还给我们营长吧。"

岁爷没有接枪，眉头一皱，却低下头来，忽然紧贴着那颗缠了染着斑斑血迹绷带的脑袋，急促地耳语，喃喃絮叨说："你给我听着，今日的事，到此完结，天知地知，你知我知。往后，不许你再给任何人提起。你看清了，身后不远，就是沟畔，你别声张，赶快给我滚远一点，顺着沟道往北，最好往马栏方向快跑，去找咱们的队伍，就说你们被打散了，找不到你们原来的人了……"

那人似乎没有听懂，愣愣地抬起头来，迷惘的眼睛，睁睁地注视着岁爷。

其实，不可思议的不止是他，还有岁爷自己。由怒不可遏，急转直下，一百八十度紧急转弯，突兀地变得平和冷静，怎么猛然之间，就好像一团燃烧正旺的火苗，被大雨浇灭，一切都烟消雾散了呢。究竟是何缘故，促成了他这种匪夷所思的急遽转变，岁爷自己也始料不及，更遑论解释和说清楚了。事实上，这已然成为今后漫长岁月中，他怎么也难以自圆其说的一个谜团。

"你个笨蛋，咋还没听清？"岁爷说着，飞起一脚，狠狠地踢了过去。那人就势一滚，翻身爬起，稍微迟疑了一瞬，倏地，亡命脱兔，撒腿开跑。眨眼，便被雾气吞没，踪影全无了。此间，蓦地，岁爷家硬木柴垛的后面，平地一声惨烈的绝叫，伴着类似劈裂干柴似的"咔嚓"一声，穿云破雾，悠悠然传至远方……

由此，岁爷无意间给自己清白无辜的多舛命运，又铺设了一条永远有口难辩、说不清楚的、又粗又黑的草蛇伏线，凶险跌宕，隐于不言，细于无间。当然也是很长很长的一个悬念……

岁爷空手而返，回到麦场的时候，端的好像仍然余怒未消，他拍拍双手，似乎还不解气地嘟囔道："听见了吧，我把你们那狗东西给劈了。不用收尸，也给你们省事了。咳，一声惨叫，怪我使劲太大，可惜我使唤了多年的一把镢头，镢把儿都闪折了。"他拍拍手，几乎是自语道，"这王八蛋，毁了我一把好镢头呀，我能不把它们一起从崖上推下沟去吗……"

许多年后，在浩如烟海渺渺茫茫的无边日子里，总有两条枷锁一样严酷的罪名，鬼魂一样，轮番套在岁爷的脖颈子上，纠缠和折磨他。一条是，他曾残害过一名八路军排长，居然是用老镢头劈柴似的，把人给挖了，听起来都令人毛骨悚然，这该是一桩多么骇人听闻、十恶不赦的弥天大罪呀，让他死上一百回，都不为过！另一条罪名，是对这一条罪名完全的颠覆和否定，因为那位被他劈死、推下深沟悬崖的排长，那个王思耀，神奇地死而复生，而且屈尊俯就，还曾亲自赶来为岁爷洗白平反，可惜不合时宜，他们不期然遭遇了一个不讲道理的特殊年代，那个后来高居要职、当了某市书记的排长，不仅没有帮助岁爷开脱罪名，还自我暴露了——自投罗网，成了混进革命队伍的流氓、坏蛋；而岁爷，则成了包庇和掩护混进我八路军害群之马的罪魁祸首……

那天早上的大雾，鸿蒙混沌，几乎笼罩了岁爷一生。到底是岁爷打鬼，打死了人？还是他救人，救起了个鬼？孰是孰非，进退失据，可怜的老汉，里外都不是人了。

问题是，这后来的事情，岁爷当下肯定想不到，也顾不上思量细想，眼下最让他做难的是，他苦苦等待着弟弟回家成亲，可弟弟回来，他又如何向那个

345

威名赫赫的营长同志交代？如果是敌人袭击造孽，倒还好说，那些禽兽不如的蒋胡匪军，杀人放火、强奸抢夺，令人发指的罪恶行径，早已罄竹难书，天下皆知。要命的是，这个王思耀，是自己队伍的人，还是弟弟的部下！棘手的局面，让他左右两难——几乎为难了一生一世，因为他暗中作梗，袒护了一个该死的人，那人偷偷地活了下来，却令一个本该好好活着、活出幸福的人——他亲亲的表妹和眼看就要成为弟媳妇的月儿，横生枝节，无端地要死不活了……

地坑院里，女人撕心裂肺的哭喊，不绝其声。

"不好啦大（父亲）、不好啦！"是二女杏子，急乎乎摇晃着一对羊角小辫，上气不接下气地奔跑上来，磕磕绊绊，吐字不清地呼喊："我月儿姨，她要跳井、上吊，一个劲地，碰头……不想活啦……"

支前之前

按下葫芦浮起瓢，灾难携着某些不易察觉的阴险预兆，接踵而至。春天的任家大院，原本沉潜在一片花海，地坑院和崖背四周，全被岁爷栽种的各种花卉树木笼罩，也被蜜蜂蝴蝶那些精灵着意纷闹。可是突然，却在一早起来睁开眼睛，就陷入了空阔无边的沉寂恬静。

莫名其妙。

岁爷，一个颇有文化气质的乡下老汉，除了爱书，也天生喜欢果树和花花草草，就像老天恩赐了他一个名叫花儿的女人，他也打心眼儿里像喜欢岁婆花儿那样钟情于他的那些花果树木。单是院子里就有十多个品种，花椒、梨树、杏树、桃树、李子等，难怪他的三个宝贝女儿，都依次取了这些树的名字。院子中间，还有一方半截土墙圈成的菜园苗圃，四边植有海棠、桂花、玫瑰和芍药，尤其是一株殊异的奇树，红白玉兰——一棵树上，居然能同时开出红白两色的花朵，如同那只具有神性"一分为二"的忠犬，与生俱来，就成了红白相间的边区形象代言物，一种生物性截然分明的鲜活标本。崖背上的枣树、核桃树、中槐、梧桐，间杂着依依垂柳和亭亭白杨，真是色彩缤纷，美美与共，共生共荣。阳春三月，桃李芬芳，微风轻拂，花香氤氲袭人，俗常农家的土窑洞地坑院儿，竟会拥有几分世外桃源，神人仙境的别致。平日里每天早起第一件事是扫院子的岁爷，这时候特意吩咐，不必清扫那些落在院子里的花瓣，任凭它们在院子里尽兴挥洒，着意飞扬。因为，院子四壁的土墙上，还栖居着一些特殊的住户，五六窝成千上万的土蜜蜂，抖动着勤劳的金色翅膀，来来往往，正在花香满园中忙碌，酝酿着它们寄意深长的甜蜜与幸福生活。

这些令人神往甜美的印象，无疑是属于虎子、豹子兄弟和他们那三个如花似玉的小妹妹的。家的印象，不管短暂久长，对于他们，也就是最先能够回想起来的任家大院鸟语花香春天的印象，当然，还有父母蜜蜂般勤劳、蜜糖般甜蜜的构想与自然本色的幸福韵味。任英魁多少是个例外，他能记得的是欣喜若狂地招揽那些不期而至的土蜜蜂的到来——庄户人相信，土蜜蜂在谁家落户，那就是一种吉祥如意大富大贵的征兆。他和哥哥岁爷，忙不迭地在院子四壁墙上，挖掘出方方正正供奉这些天外来客安家落户的蜂窝，那又是另一种前人栽树、后人乘凉，一种有期许的甜蜜，更是一种甜蜜的期许。

战事最为激烈的那些日子，一个非常值得后人研究和关注的平凡早晨，第五花儿迎着初露的晞辉，打开窑门走到院子里，突然感到这个熟悉的地坑院落，有一种说不出来的静寂寥落，寂静得要死，寥落得可怖。这种无由的感觉，让她对她生活的这个院落，产生了某种陌生和空虚感。平日的鸡鸣狗叫几乎敛声止息，包括那些一早起来就喜欢绕着人嗡嗡嘤嘤飞旋翔舞的蜜蜂……

咦！往日里的蜜蜂，为了酿蜜和筑巢，不管怎样冒险，都要采集人身上特有的汗酸气味，今天，咋的都歇工了呢？她有点怅然，形影相吊，伫立在院子当中，心神不定地东张西望了一阵，果然发现了问题所在：一院子整整五窝土蜂，全都寂然无声，似乎沉醉或者没有睡醒。这些世界上最辛勤早起的生物，为啥倏忽之间，就不知所向无踪迹了呢？花儿的心不由自主"咯噔"了一下，一个扯动全身心的抽搐随之而至，她忍不住打了一个暑热天里极其少见的冷战。再看那一个个土蜂窝酒盅般大小的进出洞口，仍然没有一只蜜蜂来往进出的影子和动静。愣怔了半天，她终于惊惊慌慌地喊了一声："我说，他先人呀，快来看看，这是，咋的啦哟？"

她是在喊岁爷。岁爷眨巴着惺忪的睡眼，忙不迭地系着衣服纽扣，一边慌慌忙忙跨出了窑门。老老少少，一院子人，也都闻声起床，纷纷从窑里探出头来观望。"喊啥喊啥，大惊小怪。"

不错，他也看到了院子里的异样，回身搬过墙角的一架木头梯子，急忙攀登上去，待他使劲儿挪开蜂房沉重的土坯盖板，竟也不由得讶然失声了："唷，这是咋啦？"

原来，蜂房里一只蜜蜂都没有了。准确地说，是没有一只活着的蜜蜂。蜂巢空空荡荡的，但见下面层层叠叠、密密麻麻的，却净是一片蜜蜂的遗体。岁爷非常诧异，赶紧下来，又将梯子搭上另一窝蜂房查看，居然是一个模样，五窝土蜂，齐齐地查看一遍，全看完了，也全是一般情景。岁婆花儿也难以置信，爬上去看，一看那场面，她就顿感不寒而栗，又是一阵痉挛般的战栗。眼前，简直就是一个微缩的酷烈战场，展现着难以想象的血肉横飞殊死搏斗：那些蜜蜂横躺竖卧，每一个都是壮烈殉难的英雄姿势。不是个对个地抱着一只僵死的蚂蚁、苍蝇、蚊子、臭虫；就是几个，或是十几个，甚至几十个滚成了一团，对付着一只凶狠的壁虎，一只恶毒的蝎子，一条悍然入侵的蜈蚣、蚰蜒；要么就是群起而攻之，团团包围拧成一股绳儿，和一条恣肆冒犯的菜花蛇同归于尽。此番场景，虽不见刀光剑影、血流成河，但确确实实尸骨如山、触目惊心！这些勇敢的战斗者、牺牲者、献身者，为了它们共同的甜蜜事业，为了掩护它们的蜂王、工蜂和大部队安全撤离，不惜一切，和它们那些八国联军似的不共戴天的敌人，那些不怀好意的觊觎者、以强凌弱的吞噬者、心狠手辣的侵略者，你死我活，进行了一场接一场，多么惊天地、泣鬼神的酷烈战斗啊！

花儿突然眼前一黑，浑身发软，赶紧顺着梯子下来。在她差不多要晕倒在岁爷的怀抱里时，情不自持，居然喊出了一句让岁爷也忍不住凛然一震的话——她没有像平时那样一惊一乍，爱喊叫老天爷——而是从内心深处，失魂落魄，爆发出了一句撕心裂肺的惊呼："我的……儿呀……"

不祥的预感，果然灵验。千百年来，任家堡子村人大都相信人有灵魂，他们本能地，差不多把它和良知良心当成了一回事儿，因为他们同时相信，这东西既然是神秘不可见的，那就只能指望它由看不见的神灵来主宰或拯救了。岁爷和他的岁婆花儿的灵魂，就在那一瞬差不多起飞了，翱翔了，就像那些蜜蜂一样，一夜间全消失了。他们的心，做父母和兄长的心，已经脱离肉身，再也按捺不住，比翼齐飞，双双赶往炮火硝烟之中的战场上，赶到爷台山去了。他们已经听到，他们的子弟的灵魂，急切地在呼唤。

"不好了啊，岁爷！"任家堡子年轻的村长兼治保主任就在这时，慌忙地跑来找任仲魁任岁爷。孙秃子手提那面年代久远，已经敲坏变了声调的破烂铜锣，满村吆喝，派粮派款，极尽周旋，支应差事。这时，仍然一如往常，每临大事，免不了上气不接下气，都要先跑来报告岁爷。"听说爷台……山……爷台山……都给丢了……"

岁爷在村里，向来固守中立，表面自称"无党派人士"。他虽然在村上，从来没有过一官半职明显头衔，实际上却是村上一个举足轻重的决策人物，大从公差税负，小到婚丧嫁娶，几乎无人不请教他。除了高高在上神位一样的辈分——大半村人都把他叫爷，人们崇拜的还是他的广闻博见，他的知书达礼——秀才不出门，全知天下事嘛！相比之下，秃子干的不过是跑腿动嘴费吆喝的苦差，只是，这个可恨的公差，又不能空缺虚位。为此，村上一度轮流坐庄，后来又交付运气决定，实行抓阄，秃子的村头，就是这样诞生的。

秃子哭丧着乌黑紫青的长脸——他有一张天生过长的马脸，不高兴时，那脸就更爱纵向延展，晃里晃荡，真像悬空的葫芦，"可怕得很哪，岁爷，听说那个国民党伪县长发话了，给国民党军许诺，只要打进来占了咱边区，作为犒劳，就让他们放抢三天，你说这，可恨不可恨呀？"

岁爷只是歪着头看他，没有答话。

"上面要咱们抓紧行动，赶紧隐蔽，把粮食、牲口啥的值钱东西，都藏好。最主要的，还要支援部队，要武装保卫咱边区哩！咱村嘛，还要出运输队、担架队，动员群众，筹粮筹款，磨面烙馍纳军鞋，咳，一件件事情，都起火带炮，催得死紧呀！"

岁爷仍然只管静听，他端坐炕头，还不吭声，手里仍擎着他那杆著名的三乡的铜头玛瑙嘴子长烟锅，一直吧嗒吧嗒，安详地吸着旱烟。跟秃子一道来的狗笨和骡蛋，三个人你瞅瞅我、我瞅瞅你，然后又齐刷刷拿眼睛共同瞅着咱们的岁爷。"听说仗打得邪乎，可怕得很啦！"骡蛋眨巴着刀刻似的小眯缝眼说，"死人就像麦个子（麦捆），横七竖八，撇了爷台山好几面山坡。"

"哼哼……是这样吗？"岁爷慢条斯理，将玛瑙嘴的烟锅从嘴里拿开，半天不语，突然将烟锅里烧透的烟灰，在砖砌的炕沿上咣咣一磕，竟咬牙切齿地说了这样一句居高临下的狠话："那就让他们……狠狠地打！"

这话是非不分、黑白不辨，严重的阶级阵线模糊不清，处在当初那个阶级斗争你死我活的特殊年代，放在随便哪个村庄别的地方，也就是说森然敌对的任何一方，都可以将他治罪处罚，以至当场枪毙。但这话却没有叫孙秃子、狗笨和骡蛋感到一点点意外，因为他们知道，外表平静安详的岁爷，心里倒海翻江，其实正熬煎着哩！他的大女儿任桃子跟着她的营长二大，还有个哥哥豹子，用岁爷的话说，"三个不省油的灯"背着他"偷偷"投奔了延安的警备一旅，一个为战地卫生兵，一个当了啥排长。让任仲魁任岁爷左右为难的，还是他那个双生儿中的另一个——究竟是老大还是老二，他还没搞清楚，反正，听说竟然跑到西安，加入了国民党军的正规部队。正是这种左右为难、夹缝中的尴尬处境——使他有了一种特殊的位置和特定的身份，加之生活在边区的边境地带，你还能指望他说什么呢？谁他都不敢得罪，相反，对谁，他都可以躲在家里偷偷地骂娘。

不过，这句本该令人心惊肉跳的"反动言论"，当时，却让另一个人感到了羞辱并为此怒不可遏，无疑，也在此后岁爷命运多舛的历史厄运中，一不小心，竟成了诸多罪名中一个不可抵赖、也无法推卸的定罪把柄。

"你个老东西，昏头涨脑，胡咧咧啥？"第五花儿的心火烧火燎，乱麻一团，难免要惦记那几个瞎飞乱撞的儿女的安危处境。她早早凑了过来，倚在门口，听秃子他们说话，正听到岁爷不痛不痒、二五不挂地胡咒乱骂，顿时就黑下脸来，没好气地厉声斥责："我就问你，那究竟谁……"她慌不择言，痛快了嘴，犹未止息，最终杏眼圆睁，还是把难听的话扔了过来。岁爷尴尬地嘿嘿一声冷笑，却并不惮自取其辱。"你这，不是明知故问吗，不都是我……除了我，你说，还能是谁？"

一句话，把包括他自个儿在内所有人都逗笑了，唯有第五花儿，气得脸色发青，直言咒他——"老不正经的东西，哼……"

秃子则借机行事，就此插空，终于说明了真实来意，其实，也是岁爷意料之中的事。明白说，就是要他出夫拉差，为火线去送粮秣，要么就去抬担架。"村子里这两天动静不小，差不多把能派上用场的老少爷们儿都派了出去。狗笨天生地不平，是个瘸子，骡蛋不足十五岁，是堡子西头五十六岁的秦石匠老来得子的命系系，一根独苗儿，三天前，他已经顶替儿子往前线去驮送弹药，临走撂下了话，说要是还派他儿去上火线，他回来可是要拼命的。"

岁爷自然早听说了，国民党军已经侵占了爷台山一带，又步步进逼，正一天天深入边区各村，边区东部几十个村庄陷落，所到之处烧杀奸淫，穷凶极恶，让百姓遭受着天塌地陷兵燹之灾。尤其是国民党军得寸进尺，又令6个师和3个团的兵力，继续向西北突进。我军被迫提出抗议，接二连三，紧急呼吁全国人民反对内战，要求中外舆论密切关注。与此同时，也理直气壮，开始筹谋自卫，组织反击，发誓夺回失去的地盘。

秃子乞讨似的，一直盯着岁爷不温不火的淡漠神情。"村子里实在是派不出人了。要不，再咋的，也不能劳你大驾，让岁爷你去充差啊……"

"我倒是想去，就是不知该为谁去当差呢。"岁爷闷头抽了半天烟，也想了半晌，终于点头称是，"是啊，你们看我这个家，乱得跟春秋战国一样，还嫌不热闹吗？"他的意思不言而喻，不是不想屈尊去当民夫，只是左思右想，不知道自己该为谁去援手；到底是去帮助弟弟和二儿子、大女儿，还是去支援穿国民党军服装的大儿子虎子？他说："我即使有天大的本事，也不能一只脚踩两条船，眼下两只脚踏着同一道犁沟，你叫我该往哪一边挪？"

他这一说，倒是为难了秃子。"所以，我宁愿再出一头驴去，我人，是不去的。"岁爷说得坚定，看来是不容置疑也不容置辩的了。

"他不去……我去！"第五花儿突然斜插过来，将吊在怀里奶头上的任虎崽往炕里头一推，义无反顾地说，"权当任家堡子没男人了，还不行吗？"

任仲魁任岁爷一愣，他看见秃子村长和狗笨、骡蛋惊骇地睁大了眼，他们忍不住面面相觑,暗里吐着舌头,登时就哑然无声了。再看当仁不让的第五花儿,他像不认识她似的,发现她眨眼老了好几十岁,不到五十的她,双鬓咋就让斑斑白发漂染了起来?菜色的脸上,尽管刚才倏忽一闪还飘过一抹红晕,但转眼又黯淡下去,让她显得格外羸弱憔悴。任仲魁、任岁爷极力追想着第五花儿年轻时的青葱水嫩,那明眸皓齿,那回眸一笑百媚生的俊俏样儿,仿佛被一阵风儿吹走。一件洗得发白、失去原本颜色的阴丹兰偏襟大褂,袖口和下摆,因为喂猪做饭没完没了的家务活儿,弄了些油渍麻花,天晓得于何日何时,她还扎眼地补缀上了深一块、浅一块的补丁。

第五花儿漠然地瞥了他一眼,挥手将一绺垂落耳际的头发,捋到了耳轮后边,她并没有怎么发狠使气,只不过是胸有成竹地说:"我才不管它红道、白道,敌呀、友的,我只知道,他们都是我亲亲的儿女,是我心上、肝上一疙瘩、一疙瘩掉下来的肉。逮着哪个算哪个吧,全能逮着,我就一个个将他们给拽回来!"

这番话说得入情入理,大义凛然也坚定不移,竟一时让四个大男人的八只眼睛听得张口结舌,目瞪口呆了。

"我说岁……岁……婆啊,那可是打仗啊!"村长秃子惊诧莫名,平常水滑流畅的大喇叭,这时说话都有些结结巴巴了,"不……可不是去赶集逛会……"

他剩下的话,干脆用目光代替了。那目光虚虚幻幻,水蛇一样在第五花儿的身上自上而下游弋一遍,然后提示性地泊在了她那双不大不小、走路仍然比不上彻底放开的"解放脚"上,随后,就发出一声似笑非笑的深长喟叹:"上百里地呢,甭说担架队要抬死人伤员,单是挣死巴活、攥着队伍翻山越岭,不分昼夜地跑路……嘿嘿。"秃子摇了摇他那明光锃亮的冬瓜脑壳,说:"还有,那羊肠小道的沟壑河渠,就要翻五六道呢,看你……能成?"

第五花儿一挺腰杆,眉宇间竟有几分巾帼不让须眉的女丈夫气。"自古,就有木兰替父从军、穆桂英挂帅和佘太君领兵,就你小看了我们女人?再说,你也知道,我们家桃子不正跟她两个不知天高地厚的哥哥,在那里乌眼鸡似的玩命昏斗着吗,谁知道,他们是死……是活……"

说到此处,她的声音顿时暗哑、颤抖,不由得低沉下来。这时候,十一岁的老五任杏子,跟七岁的老六任梅子,姊妹俩小鸟样叽喳着,飘然而至。因为战事纷扰,在边区列宁中心村小读书的小丫头,被迫停课待在家中。她们听到第五花儿要去支前上爷台山,一下子兴奋不已热情高涨,叽里呱啦扑了过来,拽胳膊抱腿,争先恐后嚷要跟娘一道前往。

"干啥、干啥?"第五花儿不胜其烦,忙不迭地挥赶着她这一群唧唧乱叫的小鸡雏儿丫头片子。"你们以为娘是耍去吗！那不是上你舅家走亲戚串门子，也不是去长贞寺逛庙会看大戏，都乖乖地给我听好了，特别是你，杏子，你已经半大不小该担沉了，从今天起，要带好弟弟、妹妹，好生照顾好你婆和你们的……先人……"

她说着，下意识地瞥了任仲魁即我们的岁爷一眼，然后掉转过头来，雷打不动地对村长秃子他们说："好啦，就这样定了，啥时走，只管叫我，都啥关节上了，还拖泥带水婆婆妈妈，真的不如我们娘儿们吗！"

她摊开双手，哄鸡赶鸭子一般催促秃子他们快回去打点，直到把他们撵出正中的窑门，看着他们东摇西摆晃荡着走向头门，才匆匆忙忙，一头钻进院子西侧的厨间做饭去了。

/ 第十八章 /

天生女人

岁婆的勤快麻利一如岁爷的沉稳旷达,在任家堡子都是家喻户晓出了名的。这自然也不算稀罕,农家村妇十有八九,都是出门地头垴畔,回家锅台案板,一个个陀螺般打转,一辈子苦吃苦做始终不得丁点空闲,只不过岁婆更胜一筹罢了。

"天生劳碌命呗!"有时,她会随口而道冷不丁撂出一句平常话,细想之下,倒是平中有奇惊世骇俗。"日子嘛,不就是根看不见摸不着的鞭子嘛,见天地不停点抽你。"她慨叹道,"一睁开眼,不是小的要吃,就是老的要喝,任你浑身长出手都支应不过来,你的手脚不麻利点,能行?"

她的感喟,就是她生活的写照。确实,一天到晚,她都脚手不闲。与其说那份自律自觉就像是逼出来的,而那份勤勉又像打哪儿借来,真不如说与生俱来完全是从她身子里长出来的。你瞧,她忙起来,简直勤快得让你目不暇接跑步都撵不上,你看着都眼花缭乱晕头转向。瞧瞧,她几乎同时出现在不同的地方。刚才还在厨间躬身扫地;转眼,又在井台上绞水;明明看她正在给核桃树下的一群鸡娃娃撒米喂食,怎么又在花椒树下伺弄起那几垄青翠欲滴的葱苗苗了!世界和她连成了一体浑不可分,院子的黄土地面和窑洞里尘土覆盖的地上,到处都深深浅浅布满她那清晰可见、半大不小的解放脚——梭子样特殊的脚印。自古文人,大都喜欢摇头晃脑故作高深,坐而论道,所谓生活本是教科书云云,看来此言不差。比如我们斗大的字不识一升的花儿娘岁婆,也许正是生活教会她节衣缩食,世事警示她珍惜安宁,命运安排她吃苦耐劳,挫折激励她坚强不屈的。

陕西关中,是为盆地,南有秦岭,北有嵯峨。渭河、泾河,把四面八方周遭的膏腴肥沃,汤汤水水,像一碗扑鼻喷香的羊肉泡馍,都端给了八百里秦川一铲平原，可怜见泾河北岸，一搭眼黄土漫漫，旱塬土坡，贫瘠枯焦，纵横的沟渠，全成了老辈人们脸上刀刻的皱褶。日子缺吃少穿自不待言，不期而至还有防不胜防的"意外"猝然降临，不是旱涝不匀的天灾，就是横征暴敛的人祸。20世纪中叶，这里地跨陕甘宁，分属边区与白区，不时刀光剑影狼烟突起，生长在敌我分水岭上的老少爷们儿，生了、死了、哭了、笑了，也在人生的道路上艰难跋涉、抉择，曾经演绎过一幕幕爱恨情仇的历史活剧。尤其干旱，自古就是陕西关中，特别是北部山区最常见的灾情，或轻或重，几乎年年都有。通常干旱的迹象，多出在五、六、七三个月，一般到了八月，秋雨连绵，就结束了。凭着五六月收获的小麦，旱塬上依然顽强地繁衍着一个个疏密不匀的村庄和熙熙攘攘的烟火人群。但是，这一年的春旱来得怪异诡谲，没等麦子返青就捷足先登，无情粉碎了旱塬人大旱望云霓眼巴巴的渴望。贫困的麦子挣死巴活地顽强生长，拼了老命，抗争着悲剧性的歉收命运，大多没有黄透就干死了。麦粒儿先天亏欠，又瘦又瘪，勉强收获上场，产量也低得让人心里直打寒战。有的，连种子都收不回来。有些上年龄的老人，至今犹记当年陕西关中的大旱，那场异常恐怖的灾荒年馑，同样席卷北山旱塬，收割走无数百姓的性命。

"往后的日子，可咋过呢？"人们愁眉苦脸，一声声浩叹，"总不能喝风屙屁去吧！"火红的日头傲睨于世，一天赛过一天地骄横野蛮。割过麦的麦茬地被暴烈的日头晒得炸开了三指宽的裂隙，玉米、高粱、荞麦、豆子，一应的秋粮，干瞪眼而无法下种。有人怀着侥幸心理，在干燥的黄土里撒下一些渴望的种子，幻想梦中有一场透雨让秋苗侥幸冒出头来；可惜，他们饱满的希望，全部骨感十分地落空了。过了几天，再去扒开犁沟的黄土，捡起那些苦命的谷种一捏，像在热锅里炒过了头，全成了被土焙熟的酥面。田野里的麦茬在铁板也似板结的地皮上闪着刺眼的寒光。心急性强的人，憋了一股蛮劲，直接用铁锨翻地，往往只能撬断那一个个胳膊粗的锨把。干旱蔓延，持续不降的高温热得人日夜喘息汗流不止。村东头的大涝池，只剩下池心一汪墨绿色的臭水，孩子们却仍然乐此不疲在泥水里抓青蛙，逮勺把儿（蝌蚪）玩。可是没过几天，涝池就完全干涸见底了。旱情威逼，一直僵持到八月十五中秋。这是播种小麦的节令。无心赏月的人们，全都陷入了漫无边际的慌恐之中。

我们的花儿娘，自然没有忘记，有个名叫苏半仙的神婆，每晚带着村里一群十五六岁的小姑娘，头戴白天编织的柳条帽圈，身披蓑衣，手拎水桶，端着水盆儿，总要去村西沟畔的关公庙，在那里洗碾祈雨。她们围住碾盘儿，用糜芒笤帚醮着水，一遍遍往碾上淋洒，也一遍遍转圈，围着碾盘边洗边唱："关老爷呀睁眼哩，碾杆杆里冒烟哩。十个女儿没下家（嫁）呀，千户人家断炊哩。

下雨吧，下雨吧，老天爷呀，我们给你磕头哩……"

朴素的祈雨歌，像游冶旱塬圪圪垴垴农人们无力的呻吟，男娃和男人们，都被禁止出门，他们缩在家里还不能偷看祈雨仪式。据说，是防止玉皇爷爷看见，地上尚有男丁就不会下雨。有人窃窃私语，暗中点破其中的玄妙缘故，"甭问，都是因为，男人是女人生的，女人是老天爷生的呗"。

可是，老天真的会可怜女人吗？是因为她们天生柔弱，还要承担生儿育女之天职，承载生命万物自然延续的机能吗？老天爷呀，那就请你动动怜悯吧，动动恻隐之心。你听见没有，所有祈雨的，老老少少的女人们，都肝肠俱摧，人人流连，纷纷抛洒着心酸的眼泪呀！

入夜时分，明月当空，苏半仙领着洗完碾子的姑娘们，用瓦罐从井里吊上来一罐凉丝丝儿的井水，一行人便鱼贯而入，走进了那关帝庙。她们点上两根擀面杖粗的红蜡烛，悉心摆上水果、面花一应供品，把盛满清水的瓦罐儿，敬献到同样在燥热中备受煎熬的关老爷的足下，泪流满面地祈求关老爷，动一动观音菩萨的慈悲心肠，出面向老天，求一求情，好下一场透雨拯救苍生。她们敬奉关老爷，是传说关羽当年升天，曾主动请求玉皇大帝司管人间风雨，为民赐福。故此，旱塬上的村村寨寨，无论村庄大小贫富，都会筹措修建一座关帝庙宇，又因塬上从来只要刮起西风便会下雨，故而，此关帝庙一般都在村子西头。

任家堡子的关帝庙，是一座五间宽轩敞的大殿，庙外有一株巨大的槐树，枝叶郁郁葱葱繁茂浓密的树荫笼罩着庙宇，有一种凝聚不散的阴湿之气。遗憾的是一次次祈雨，一次次求神，一次次拜关帝苗，旱情却依然如故，天上的太阳依然炸红，即便关老爷脚下瓦罐儿里的水，也很快蒸发干涸。天上依然没有下一滴儿雨星的意思。人们实在无法忍受渴盼下雨的焦灼。那些曾经怀着幻梦把麦籽儿撒进了干裂土地的农人，扒开灼热的黄土一看，干硬的麦粒也正像他们干裂的心，没有丁点活力。干旱，一直延续到腊月初上，突然就落了一场多年不见的大雪。大雪挟裹而来的是一种能冻掉鼻子持续的奇寒，地上的积雪，压根儿不愿融化，在风中都凝结成了带刃的刀片。西北风咆哮着，席卷大地，发出狼虫虎豹般让人失魂落魄的肃杀之声。

"天要杀人哩！"庄稼人哀叹着。许多人家无隔夜之粮，贫瘠薄凉的生命，也就永远止步在那个可怕的冬天。好不容易，挨到春回大地，可惜原野一片精光，连一棵草都长不出来。干旱凌霸春天又蹂躏过夏天，当那场隔年不见的透雨降下来时，人们已经不大关心或者无心操持秋田播种的事了。种子没有了，耕牛没有了。旷日持久，空前未遇的大旱，造成了闻所未闻、旷日持久的年馑，

第十八章

野菜野草刚一露头，便被人们连根挖去煮着吃了，树枝树叶刚绽开青头嫩芽，也被捋去下进了锅。先是槐树柳树杨树，接着是榆树楸树桐树，随后连臭味扑鼻的椿树也食之一空，接着就把一切树叶如蝗虫样扫荡净尽。饿死人的传言讣闻早已不足为奇。先是老人后是孩童，他们似乎更不经起饥饿折磨。最后，壮年人也一个个倒了下去。所有人的心思，人的所有心思，全都集中在一个"吃"字上面。邻村传来了令人毛骨悚然的消息，靠山的几个村子，人把路边饿死的人争相褫夺煮熟吃了；还有某家的女孩，半夜从梦中饿醒，听见爹娘正在有气无力窃窃私议，居然在商谈是先吃她姐姐，还是先吃她……

饥荒起盗贼啊！听说北面深山已聚集起几股梁子（土匪），专吃大户，找富人，打家劫舍抢粮杀人，土镇上的商贾富户人人自危，惶惶不可终日。盐店、粮店、杂货铺子，纷纷关门闭户躲避祸殃。有钱的大户人家，甚至偷偷买来枪雇人看家护院。五月的一个晚上，第五德鑫老汉，就是第五花儿的父亲，吃罢晚饭，正在和后院窑里的儿子商量，怎么再去他老丈人亦即花儿娘的外公家赊一些粮来，尽管他家吃了上顿也发愁下顿，可由于沾了个富户亲戚的光，外人的印象总不至于太穷。这天半夜三更，就听见崖背上响起杂沓的脚步，接着便有人直接从崖畔下来，德鑫老汉知道世道不好，赶紧捅醒身边熟睡的女人："可能土匪来了，赶快起来！"

老两口首先掀开躺柜盖板，急忙把花儿先塞了进去，那躺柜底层有一个暗道，连着下面一个拐窑。他俩正要往里面钻，轰隆一声，窑门却被人一脚给踹开了。花儿父亲德鑫老汉一转身子，"啪"一声刚合上了柜盖，土匪就手持短枪冲进门来，对准了他们："快拿硬（银）元出来，知道你是土镇财东的亲戚。"德鑫老汉连连摇头，"我家没银圆了，都买了粮食，好汉，一点粮食都在囤里，你们随便拿吧。"

"屁话，粮食的事还用你说，我问你，钢洋？"土匪狰狞地冷笑，那笑的模样如此狂放，恣肆掠夺兽性，让老两口不得不心慌意乱瑟瑟发抖。"快拿钱来，娘的，还给我装傻充愣不成！"第五老汉无可奈何，继续摇头："真的没有。"一个手持大刀的土匪过来，附在拿短枪的耳朵边嘀咕："当家的，好像拍到舅家门了。"这是土匪黑话，意思是碰见熟人。土匪头儿眼睛一横："管他，这年头，脑袋都拿着当球踢哩，做完了，放水。"头目的意思是不用回避，拿到银圆后杀人。土匪把大刀生生地架在德鑫老汉的脖子上了："快说，你要钱，还是要命！"

花儿娘哭着哀求——既求土匪饶命，转脸又求老汉给钱："他大，快说了吧，舍财，保命啊！"第五老汉将头一仰，用目光示意："那不，在天窗的窑硔子上。"一个土匪蹦上炕，举手从那里拿下一个陶罐，当下咣里咣当响着，却只倒出来七八个小钱。"不信你就这么几个?"土匪不依不饶,"还在哪里藏着钱,快拿出来,不然,要你的老命!"

"我小户人家,哪来那么多银圆,你杀了我,也没有了。"土匪头儿恼了:"放你娘的狗屁,你以为老子不敢杀你?"说着,恶狠狠地一咬牙齿,"老汉,别怪我们做事太狠,咱明人不做暗事,我们的人,被你认出来了,放了你,我们就得死对不。记着,明年的今天,是你两口的祭日,你就放心走吧!"

说完,土匪们一拥而上,一阵乱刀,可怜花儿父母,双双倒在了血泊之中……

半日过后,第五花儿从柜子下的拐窑里转转爬了出来,看到血泊里的父母,惨叫一声,登时晕厥倒在地上。等她醒来,邻家和门中的堂兄弟们,已经将父母盛殓在两口薄棺材中。再看家里,粮食、家具、好点的衣物,还有一匹骡子,几乎所有值钱的东西,都被土匪洗劫一空。十四岁的弟弟第五果儿,被土匪绑了手脚,蒙了眼睛,嘴里还塞了毛巾,扔进院子一角的旱窖,侥幸留下了活命。在亲友乡邻的帮助下,次日便匆匆下葬埋了父母二老。父母去世后的某天晚上,她和弟弟相依为命,两个未成年人守着一个黑乎乎的地坑院子,整夜睡不踏实,一闭眼就是噩梦,一个接着一个。家里,实在太恐怖了。

"救活人要紧!"家破人亡,姥爷发话,只好让舅舅暂且收留了他们姐弟二人。第五花儿虽然不通文墨,但是天资聪颖,心地善良,又复俊俏出众,世事纷扰,舅舅家树大招风,她看到了大有大的难处。没过多久,就向姥爷舅舅求告,希望他们暂且关照弟弟,待他长大好成家立业,自己则铁定主意,腋下夹一个粗布包袱,断然找她认识的小木匠来了——那个把她当媳妇背过的任仲魁,谁能说,不是她命中注定的男人?

"女人嘛,这年头了,还顾个啥脸面呢!"我们的岁婆花儿娘由此引发感慨,自有一番掷地有声的大道理,不由得就淋漓酣畅地抒发出来。"人活着,不就得先顾肚子吗,女人哪,不是就得靠肚皮养活自己?"

她这些识大体又颇不平凡的简明告白凌厉豪气,直击嘀嘀咕咕说她如何轻贱、"自找婆家"那些闲话的言论:"咋啦,我就天生贱命,脸皮厚呗,不就是送货上门吗,谁说,我不该把自个儿给嫁到你们任家堡子村来?"

饮食男女

岁爷天生缺陷,个子虽小,可村上人又不能不承认他"天生命好"。一文钱没花,娶了个如花似玉的俊俏媳妇,何况,人家姑娘还是天女下凡,从天上飘下来一般——主动送上门的。尽管灾荒年间，四邻八乡的人们还是当作坊间异事新鲜趣闻，不胫而走传播开来。"老任家，嘿，前世积了啥阴德哦！"

人们惊羡不已，村里那些光棍儿汉，更是看得涎水直流眼里出血："你们说，这岁爷，咋来的这般福分？"

庄稼汉们的新婚之夜，通常就是一个等待揭橥的人生命运大底牌，因为在新郎撩开新娘的红盖头以前，十有八九，大多尚未谋面。所谓父母之命媒妁之言，男女青年的爱情婚姻，全都掌握在父母手里，自由恋爱，则会被视为有伤风化大逆不道。要说岁爷有福，那就是他的意中人早就熟悉，而且是被他公开背过和抱过的，这不，姑娘找上门，还不是心有灵犀，天作之合吗！

在早，岁爷的娘，看着儿子一天天长大成人，也曾为他的终身大事操心。娘舅家里，也有一个待字闺中的姑娘，有一天，娘从娘家回来，就直言不讳问岁爷道："儿呀，你想不想要媳妇呀？"岁爷装愣卖傻，故意反问："要那干啥？"

"瓜儿子呀，男人，还能不娶媳妇，你没听那些碎子儿娃娃都会说唱：小胖墩儿，坐门墩儿，哭哭啼啼要娶媳妇。娶媳妇做啥？点灯，做伴儿；吹灯，说话儿；早起，梳小辫儿……"

"哟，娘，看你，可别闹了，我可不是小屁孩儿。"娘说："就因你不是小孩儿了，该成亲结婚娶媳妇了不是。"娘趁机大肆夸张渲染她娘家的侄女儿，"你那表妹可漂亮惹眼呢，长得像画儿上的七仙女，你还不悦意？"岁爷的头摇得像拨浪鼓："我才不要呢，我还想去马栏念书，如果到不了西安，今后就去北平念书。现在不兴父母包办，表兄妹儿女亲家人家会笑话，还是把七仙女，留给董郎为妻吧。"娘叹一口气："咳，我看你呀，读书、读书，将来非变成书呆子不成。"

岁爷虽然没有变成书呆子，但他沉迷于书本可真不假，只要能找到的书，都会如饥似渴，整夜整夜熬油点灯，看个没完。古典文学、四大名著、爱不释手，读了一遍又一遍；对文言文古诗词中的名篇《石钟山记》《师说》《劝学》《琵琶行》等，甚至能倒背如流，他还通过常先生黎明和红霞，阅读了朱自清的散文《踪迹》《背影》《荷塘月色》等名篇佳作，常常感动得闲洒暗抛涕泗横流，他甚至还做过一阵子文学梦想；读了鲁迅的《狂人日记》和《阿Q正传》、蒋光慈的《新梦》和《哀中国》，还有郭沫若的《女神》，他的思想，渐渐被引领到一个新的天地。他开始想着中国的现状，前途与命运。他幻想俄国十月革命的那一声炮响，也能在中国唤起这只沉睡的雄狮。他的那些忧国、忧民，不满现状的思绪，成天在心里翻腾、与日递增。那时，他还真的没有闲心考虑自己的婚事。尽管，他心里已经有了一个曼妙的身影，一个鲜花般的笑脸，一个随时随地都会发出银铃般清脆爽朗笑声的美女。

他没有想到，人间福祸竟是如此相互依存，有如手心手背相辅相成。灾荒之年兵连祸结，不幸的遭际却很幸运地给他送来了梦中的媳妇。那个幸运的新婚之夜，他用他并不强健其实还很孱弱的肩膀，毫不含糊，就把第五花儿，连抱带扛迎进了洞房。等到几个家人散去，第五花儿坐在炕沿，用异样的眼光，看着自己的这个小个子男人，眼光里充满复杂的感情，有温柔、安慰，也有心痛和母爱。而岁爷，看着这个美丽可人的大个子媳妇，平时能说会道的伶牙俐齿，还有所谓的风流倜傥儒雅文明全没了影，他搓着双手，手心则直冒着冷汗。夜渐深沉，花儿看着坐在那儿的新郎，忽然觉得竟有些遥远陌生。他是咋啦，当年背我时，天不怕地不怕的那股子泼辣劲儿，上哪儿去了？咳，我个半吊子，碰上个二百五，她瞅着凳子上垂头不语、一动不动的任仲魁，郑重其事地开了腔："听说全村人都把你叫爷，是不是，你也等着我，叫你一声爷呢？"

见他觍颜，满脸羞涩依然不语，花儿一拍炕沿，不客气地喝道："那好，你可记住，今晚，我如果叫你一回爷，往后，你可就是我的长辈。是长辈，可就别想好事上我的炕。"

"别别，"岁爷急了，脱口而出，"我不就是你男人嘛。"

"男人？那么，就请男人上炕呀，咋的，你还准备坐一夜不成，我可困了，我要睡了。"花儿把一对鸳鸯枕头摆好，拍着自己巧手刺绣的并蒂荷花陪嫁品，说，"要不，送你一个枕头，自己抱着睡吧！"岁爷扑哧一声笑了，他心里也在叫好：我这媳妇，还真的挺逗。随即，就有点怯生生地站起来，走到炕边，一跷腿，便盘腿坐在炕上。"你先歇着吧，今天累了一天。"他羞羞答答地说，"我想……看会儿书。"

"哟，我差点忘了，你是识文断字的人哩，怎么，今天，还要装神弄鬼？"新娘说笑着，就要推开被子下炕。"你要用功哩，那我得给你烧水泡茶伺候不是？"

"不不，不用。"岁爷把花儿推开，给她拉了拉被子，"我晚上不喝茶水。"那崭新鲜嫩的岁婆，也不勉强，自个儿转过头去只管睡觉。岁爷便凑近那根摇曳的红烛，哗哗地翻了几页书，可怎么也看不进去，自觉没趣，就脱了衣裤也躺下来。揭开岁婆的被子头，他的光腿伸进被窝，猛然撞到岁婆的光腿，身体像触了电，不由得打了个激灵。岁婆没有动弹，他也不敢动弹，悄悄往一边让了一点，深呼吸一口，心情很快平复，居然相安无事，就睡着了。

一连两夜都是这样，岁爷唯一感到安慰的，是从新婚之夜起，自己不再孤单，身旁有个人陪伴着他，心里踏实，暖烘烘的倒蛮舒坦。可是到了第三个晚上，他们睡下以后，他刚迷糊过去，就听到耳畔有轻的啜泣之声。

"咋啦?"他忙问岁婆,可她背向他竟抽泣得更厉害了,"你哪儿不舒服,病了吗?"

岁婆的啜泣瞬间变成了呜咽。他使劲扳过她的肩膀:"到底咋啦,你看你,哭得人心乱如麻,莫名其妙嘛!"

她转过身来,忍住抽泣问:"你是不是不喜欢我?"岁爷大惊失色:"这哪里话,谁说不喜欢你,刚刚娶你回来才三四天,我高兴还来不及呢,凭啥说我不喜欢你?"她沉默少顷,蓦地捶了他一拳头:"我问你,你娶我做啥?"岁爷故意装模作样:"这你都不懂吗?不是说,点灯说话儿,吹灯做伴儿吗?""就这?"岁婆拉下脸问,"你是真不懂,还是装不懂?我问你哎,你想叫我给你要不要娃?"

"咋不想要?"岁爷说,"咱家现在缺的就是人呀!"

轮到岁婆开始羞涩缠绵了。"你不给我个娃娃的样,我照啥样,给你生呀……"岁爷傻笑:"娃娃样嘛,好说,一半像我,一半像你,就成!"

"女人要生娃,可都是男人给的。"岁婆羞羞怯怯,进而又提醒他,"你不主动给我,我一个木瓜都生不出来的。"岁爷恍然,似有所悟,随口轻松地说:"看你,咋不早说?你说怎么给你,我这马上就给嘛。"

"你哟,真是木匠的儿子,木头木脑。"岁婆破涕为笑,咯咯笑着,伸出两根莲藕似的玉臂,一下箍住了岁爷的脖颈,顿时,便把她一双坚挺饱满的奶子,紧紧贴在他的身上,然后抓过他的一只手来,导向她的胸脯,随之示意让他揉搓抚摩起来。岁爷贸然闯进温柔之乡,不由得石破天惊"哎呀"一声,突然就魂飞魄散,浑身舒展得不像是自己了。

"这样美的好事,为啥你前三天不早说呢?"终于安静下来的时候,他不满地责备她说,"叫人白白耗费了……多少美好的日子!"

"滚,你还是装模作样,去读你的书吧。"第五花儿,一旦由一个花朵般的大姑娘,一夜被变成了名副其实的岁婆,也就不再那么缠绵悱恻柔情似水了。她不只反唇相讥,还振振有词地警告岁爷:"我可把丑话说在前头,这美事呀,哼,也就只限你跟我了,你若敢在别的女人跟前胡乱骚情,就当心你那二两惹是生非的……那啥玩意儿。"

话说得尽管严苛惨火,可对于正当盛年狂热如炽的岁爷和岁婆,毕竟如胶似漆,恩爱无比,还来不及呢。

去意徘徊

那天送孙秃子他们出门,岁爷并没有马上返身回家,他看上去像信马由缰,就那样散漫地走向了原野。他有个一以贯之的文明举动，任何时候，不论男女老少大小人等，但凡登门拜访他者，都要极尽礼数，一一打发，一律客客气气把来人笑容可掬送出大门。尽管他辈分很高，但并不居高自傲，也许是因为热爱文化，所以就更加自律、文质彬彬了吧。

在沟畔属于他家的十几亩果园、菜地和玉米田里，他转了差不多三圈；回来，又围着他家的地坑院子和窑畔，转了三圈。这是一座别具风格的庄户院落，正对大门洞子的地方，间隔了一道土坯筑成的影壁，迎面刻着偌大一个"福"字。后院紧靠崖面，是一排砖砌墙面冬暖夏凉的箍窑，窑院的两侧，则分别是羊栏猪圈鸡舍和马厩。岁爷倒背双手，在每一孔窑洞跟前都稍作停留，似乎在数点什么，或许是他的那些猪呀羊呀、牛马骡驴。然后，他走进某一孔窑洞，里面有他年迈的母亲大木匠婆，正在休憩，因为有客居他家的红霞大姐分娩，月子婆刚刚满月，他不便打扰，并没有多说什么，只是一如既往，小声问候了一声母亲，怕影响正在睡觉的红霞母子，就悄然告辞，退了出来。

岁爷回到正中间那孔窑洞，听见两个小女儿正在逗他们最小的弟弟，未满周岁的幺儿任虎崽玩耍，他从门里默默地望了一眼，目光撤退，不由得在窑壁正中"耕读世家"的匾额上浏览一眼，直看到那几个字让他恍惚眼花，接着便有点仓皇不及、不管不顾一头钻进了另一孔窑洞。这是他平素潜心静读、修身养性的地方。但今天他没有读书，相反，一本本地把那些书本全都归拢，细心地将折叠的所有书页一一抚平，随后整整齐齐码放在案几上一个插屏旁的小书架上。做完这些，他偏腿上炕，和衣躺了下来，顺手扯过一床被子，仰面向上，让自己彻底舒坦放松，好像要进入梦乡……

他当然没有睡着，这时候，打死也睡不着的。他闭上眼睛，在睡不着的睡觉中做梦。也许，还不是梦。在这种虚空的境地他恍惚得出个概念，这个概念和另一个概念联系，眼前就倏然一道闪光，他看到自己的过往被拍成了电影，他正在电影里观看自己生活的道路，尽管是一些片段，却真切实在，无法忽略。是的，他看见了人面桃花，一个身穿葱绿绸袄的妙龄女子，正眉目传情，给他暗送秋波。他看到她迈着细碎的步子，款款而至，风情万种地为他沏茶送水，擎灯扇风，曾经共剪西窗烛，红袖添香夜读书。他看到这个人的一笑一颦，一举一动，从眼前看到过去的虚幻，又从虚幻看到眼前的现实。接着出现了一幕。其实，他完全不用看就可以看见，她现在正干啥！唔，对，她在厨房窑里的案板前，正汗津津地揉着一大块面团。她分别给那些面团拌上焦叶、五香粉、芝麻油和鸡蛋，因为她知道，老大老二老三，还有他们的二大，四个人各个不同的口味。那些锅盔、干饼、石头馍全烙好了，她又轻轻地走进厅堂，默默地打开放衣服的柜子,她一件件折叠着、整理着老五老六老七一大摞花花绿绿的鞋袜衣裤,包括婆母和他岁爷的冬棉夏单不同的衣服,随后,又重新放进不同的格挡里去。只有自己的衣服,她浮皮潦草简单收拾了两件,单独用一个包袱捆绑,没有再放进柜子里面……

"银幕"上的夜色渐次深沉,乡村真的沉睡过去。这时的她,又走进东边的窑洞,蹑手蹑脚,动作轻盈,给两个丫头,这个拽拽被子,那个挪挪枕头,最后走过去,在那个脑袋后边留着一撮名曰"气死毛"最小的儿子那里,轻轻地爱抚了两下那圆鼓鼓的小脑袋,便轻手轻脚,退出了屋子……

她很像个梦游症患者。任仲魁真切地看到她,在院子里幽灵般转悠,那条小花狗太极即"一分为二",忠驯地尾随过来,在她脚底边殷勤地摇着尾巴。她俯下身去,像刚才爱抚她的小儿子脑袋瓜那样,安抚地摸了摸小太极仰视的狗头。她转到了后院,也像岁爷那样,在他们的羊栏、猪圈、鸡舍和饲养牲口的窑洞前面,静静地凝视,似乎在数点什么,久久地徘徊不去。

她是一个人,也是几个人,也许从来就不是一个单一体,包括她的身体,好像是别人借给她的。在先,家里还雇了一长一短两个男工和一个帮助做饭带娃娃的女佣,可是革命来了,她的那群随风倒转、趋从激进的儿女,一致主张平等博爱,反对剥削压迫,坚决要求辞退了雇工。这事摊上别人,纵使巧言令色能把死人说活,哪怕是岁爷也不例外。可是遇上她前世的冤家、现世的债主——这群从她肚子里钻出来的活宝,她也只有言听计从的份儿,而且彻底无怨无悔。

"谁让我是他们的娘呢?再说,娃们说得也在理不是!"她这样宽解自己。就此,家里地里所有活儿,便几乎全揽在自己日渐孱弱的身上。她曾经也金枝玉叶,转瞬却枯枝败叶眼睁睁一天天老去,美丽的眼睛虽然仍旧动人,但周围毕竟微带皱纹,光洁的皮肤显然已经松弛。这应该是个大写的镜头。任仲魁任岁爷看到这里,心头不由得泛上一点酸楚,眼睛,也忍不住潮湿起来。就在这时,他看见她终于走过来,迈着她特有的密集细碎的步子,走进他假寐"酣睡"的窑里。她看了他一眼,默默地注视了一阵,然后转身,轻轻地带上了窑门。小花狗突然叫了起来,大门外传来骡蛋压抑的叫喊:"岁婆,你真的是要去吗?算了吧,还是把你家的灰驴,给我们牵走吧!"

院子里没有回声,只听到那细碎的步子窸窸窣窣,急促移动。三寸金莲哪,不说是三寸金莲吧,最多,也是三寸半不正常的"解放"小脚了,一步、一步,踩得岁爷不由自主,心直颤抖!任仲魁知道是时候了,他的电影该收场了。他一轱辘翻身起床,从容地紧了紧裤带,没忘记把他那根铜头玛瑙嘴子烟袋锅,别进裤腰带后边，然后整衣系鞋，大踏步赶出了院子。

第五花儿忍不住回头，岁爷已经站在她的面前。

"嗨，天塌下来，也该由男人顶着，咱家里男人，还没死绝，用得着你赶路上阵！"说着，他不由分说，从妻子的肩上抢过那个胡麻织就、上面醒目地绣着一个"任"字沉甸甸的褡裢，当即，便驮在了自己的肩头。

"我是真心，自己要去的。"第五花儿喃喃低语，"这么大一个家呢，上有老下有小的，没有了我，你的日子照样儿过，还可以再娶一个年轻漂亮的女人呀；可没有了你，那我的天，不真的是要黑……要塌了吗！"话说到这里，她早已经带出了哭声，任仲魁也有些把持不住，他一把将他的花儿揽进怀里，几乎也是哽咽着说："瞎说，没有你，我照样不行。你要是真为你男人着想，就想想任家堡子的乡亲，今后会怎样把我看得一文不值。我是故意装出样子，给他们看的，我不能不去，更不能……让你去啊！"

说这话时，本来是抱着结发妻子的他，也抱着黄鹤一去不复返的决绝之心，想到此次一去，很可能就是生死诀别，他双腿一软，膝盖打弯，出溜着就要跪下去了。

"我是真的想他们呀，想得整夜整夜睡不着觉。"岁婆哽咽起来。"是啊！我不也一样吗？一个儿女一条心啦，个个都扯着我们的心，揪着我们的筋……"

不用说，这一对饱经风霜的父母，牵肠挂肚日思夜想，惦念的是谁了？

很多年后，随着岁婆年岁渐长，曾经儿女成群的岁婆，脑子也渐渐变得混沌以至于反应迟钝了，最显著的特点就是混乱，也就是她所说的，"拖泥带水婆婆妈妈"的了。她早晚召唤她的那些儿女，开口闭口，就会习以为常弄出张冠李戴的差错。比如她要叫杏子，一着急，就叫成了桃子，待到发觉改正过来时，这个矫枉过正的过程，就成了习焉不详的一大串点名：噢，桃子，不，杏子、梅子、虎子、豹子、穗子……

她的儿女们一听见她的呼唤，就齐声大笑："哈哈，我的娘，你到底在喊哪一个？"岁婆也不好意思，像做了天大的坏事，连声自谴自责，态度认真、真诚、真率，简直就是一个不得不被迫认错的小学生，窘迫的样子，又让她的众儿女看着好玩，嘻嘻哈哈，一个个幸灾乐祸，开心得十二分心花怒放。

久而久之，如许未必刻意制造的喜剧效应，真的就成了难以矫枉的习惯，就像那种故意学别人口吃的人，一不留神，自己也变得口吃起来，受到了咎由自取的惩罚。偶然清醒的岁婆，并不拖泥带水，更不阴差阳错地准确支使那个儿女，这一个就会反过来求证和确定："你到底在喊哪一个呢？"

这样的闹剧，给家庭带来的欢乐极其有限，特别是在漂亮的桃子、无畏的豹子和蒙受不白之冤的虎子相继牺牲之后，尤其是在她的虎崽，揪心揪肝地"掉包"换成穗子之后，很长一段时间，她老人家的这种点名式的呼儿唤女，就成了一种触碰伤疤的疼痛，长久的隐疼，揪心的灼痛，那一串串牵肠挂肚的乳名，每每不由自主流泻出口，随之而来，不管是岁婆自己，还是剩下的哪一个儿女，必然是鼻子一酸，炽热的泪也就阻挡不住地夺眶而出了。

　　这样的情景，当然也不会维持得太久，岁月累添，现实慢慢磨蚀，逼迫她不能不慢慢淡忘那些已经不在人世的儿女。不过，在他们一个个渐渐地淡出娘的口头语之后，却越来越多、越来越频繁地出现在娘的眼前——也像演电影一样，那是在另一个世界，是岁婆梦幻中的世界。在那个世界里，她呼唤她的儿女，仍然情不自禁会一呼唤一大长串，点名似的直叫得她热泪涟涟，痛不欲生……

　　"都是人生父母养的人芽，能够得上的，就要伸手帮持一把不是？"岁婆笃信她的为人之道，总像母鸡呵护小鸡，随时随地，都会张开翅膀，庇护她的儿女，尤其还能不分亲疏，尽力庇护那些家境困顿有难、外姓旁人的孩子。她老是这样子说："母鸡孵小鸡娃，可不会全用自己下的蛋的。"

　　那个？她最后的宝贝老儿子，用她可怜的虎崽以命相抵、换下来的穗子，不用说，应该就是她用别人的鹅蛋，孵化养育出来的小鸡雏子吧。

　　那个人是谁？

/ 第十九章 /

桃子回家

任桃子被砍了头,只留下一具光秃秃的身躯,脑袋怎么也找不见。

那颗人世少见、罕有其匹、玲珑可爱的头呀!

我们的岁婆,她亲爱的花儿娘,沉着冷峻而蜡黄失血惨白的脸颊,宛如敷上了一张揉皱的麻纸,往日闪烁慈祥光芒的丹凤眼里熄了灯一般,尽显昏暗空洞。她着人将女儿的无头尸首,用一床桃花被面包裹起来,不哭也不喊叫,任谁劝慰,都听不进去,只顾独自魂不附体四处兜转,漫山遍野,找了一遍又一遍,终于,在一处断崖根下的芳草丛中,见到了女儿的面——

那张超凡出尘的桃子脸蛋,居然光洁如瓷,光鲜依旧,一尘不染。脸上跟她一样,是一双死不瞑目、水灵灵的丹凤大眼,而且,风情万种地大睁着,瞪视着,一往情深,一览无余,瞪视着这个陌生的世界,坦荡给昏暗的天空看,清纯给沧桑的山沟看,无邪给淙淙的流泉看,安详给不哭不嚷、只是一个劲静静地泪流满面,模糊了双眼的母亲看。

"桃啊!"

母亲没有用沟渠底的泉水,只是用自己炙热的泪水——脸对着脸,悄无声息,默默地给她的宝贝女儿,浣涤了那张世所罕见的脸。人面桃花——她的桃啊!

她不声不响,也不慌不忙,缄默着脱下自己补缀了杂色补丁的大襟上衣,小心翼翼,将女儿的头颅细心地包裹起来,妥妥地包在她尚有体温余热的偏襟大衣衫里,随即贴在胸口,就这样,紧紧地抱在怀里,像怀抱一个襁褓里的婴儿。

"桃哇,咱们回家。"她低头扫一眼土地,那片绿茵如盖的草地上,因为浸染女儿殷红的鲜血而变得灰褐焦黑,凝重得像黑夜一样,密不透风也坚如磐石。

不！那就是黑夜，黑夜的眼。她回头告别，深深地瞥了那夜一眼，夜也隆重地接纳了她，并且将她也温暖地混淆到整个夜色里。

"桃啊，我娃……咱，不怕。"她默自说，柔弱的心说，"乖，娘就再生你一回。"

她的心几乎是一团浓聚的物质，坚硬得铁石一般，可话一落进去，就溅出一股灼热喷涌的血来。流血的絮语随风飘逸，也成了夜不可分割的一部分。

帮忙收尸的村人，渐渐走远，融入夜色。花儿娘就那样，高一脚、低一脚远远地尾随着，一步一颠，踽踽而行，默默地回到了任家堡子。

掩埋女儿的前夜，在灵堂摇曳着幽暗的烛光下面，她赶走了所有人，独自一人陪伴着她的女儿。她把那包裹女儿头颅的大襟衣服，一层一层仔细地剥开，展露，想再结结实实、刻骨铭心地看上一眼。

衣服打开了。可她，愣住了，吓住了，傻眼了！她像从噩梦中突然苏醒，逃脱出来。因为，那染血的衣服里，压根儿就没有她的桃子，没有她记忆中那颗玲珑的脑袋，那个人面桃花，那张足以惊艳世界的漂亮脸蛋。

女儿仰面朝天，那活灵活现大瞪双眼审视世事人寰的样子，明明从眼前惊艳地掠过来着，那是怎么来的？又到哪儿去了？她的女儿，她的桃子——她看青山一往情深多妩媚，青山看她心心相印应如是的宝贝女儿呀，你突然躲到哪里去了？你个爱笑爱闹爱调皮捣乱、跟你娘我没大没小的小丫头片子呀，又藏猫猫了不是……

灵堂前面，静谧宁馨充斥着喧闹的空间，只听见她自己急促呼吸，"咻呃"一声，瓶炸帛裂，霎时，就泪飞顿作倾盆雨了。白天和晚上，交替出现，窑洞与地坑院都在震荡摇撼。

其实，这仍然是想象。作者和读者一厢情愿，理所当然的合理想象。她流泪了，这个不假，但没出声，一丁点声息都没有出。就像润物细无声的潇潇春雨，真的没出声。因为一个木雕泥塑神佛菩萨样的乡村女人，在常识里是不会、也不该说话的。她没有出声，这是真的。就像她真的只是一个我们用艺术审美和合理想象虚构出的一个小说人物（但不是瞎说），我们只是给虚构一个真实的肉身以真情植入，于是她就成了我们共同的有声有色、有形有状、有血肉灵魂的——我们的花儿娘。

许久，我们脱颖而出——出神入化的花儿娘，如神如仙，也开始了她灵感突发、不可遏止真实的虚构，进入了她如得神助、伟大神圣的艺术创造。她眼前的大襟衣服里，裹着她体温的那些歌唱、欢笑，伶牙俐齿活蹦乱跳染血的泥土，那些绿草和黄土混合，捏扁揉圆女娲补天的创世原料，被重新包裹，敷了一层又一层白布，继而又用染成黑色的亚麻细丝，做了足以乱真的假发辫子。接着，又按照女儿留在她心中那个不变的人面桃花俊俏底样，一针一线，在那白布的脸面上，刺绣出弯月样修长的眉宇睫毛，一双极力大睁栩栩如生、波光闪闪娇媚的眼睛，还有秀挺的鼻子，薄施粉底胭脂，人面桃花的，樱桃小口。

最后一道，也是玉汝于成最艰难的"工序"。她闭上眼睛，屏住呼吸，疲乏地弯下僵硬的腰肢，直觉得心脏凄楚得发胀，膨胀得几乎要把胸膛爆裂开来，而且，心在那里面跳动得热火朝天。她浑身立马打摆子样滚烫灼热，像要临盆分娩，强烈的体感如期而至。只是，她一只手紧捏着五指，好不容易不再颤抖晃动，尽管那手指头僵硬如铁，而且越来越凉，冰凉冰凉。她把那针别回胸前的衣襟上面，稍许定神，这才终于揭开了掩盖女儿无头尸首的那床印染着缤纷鲜花的粗布床单。

"桃呀，娘……这就来了。"

我们的岁婆，创造神奇的花儿娘，就这样怀抱她为女儿重做的"头"，缓缓地凑近桃子失去头颅的脖颈，慢慢地、慢慢地，如同电影慢进的镜头，轻轻地将其安妥在那个位置。

"桃呀，"她终于出声，自言自语地咕哝，"你就是在这样一个晚上，这样的时辰，娘生下你的啊。今黑里，娘就……再把你重生一次吧。你忍住疼，我的乖娃哇……"

这个伟大的产妇，同时，也实在是一个了不起的自己的助产婆。她从衣襟上，依次拿下一根根早已穿好了棉线的银针，正要俯身将那颗"头"衔接缝补，"安"在血迹凝结成硬痂的脖根子上，却忽然听到一声哀婉的叹嘘："我的傻花娘呀，你白费那力气，做啥？"

她猛然一惊，眼前一道白光闪耀，竟自天窗狂风一样盘旋而入，就在紧贴窑顶的上方，居然鲜活逼真有一张美轮美奂、绝对惊艳于世而独一无二漂亮的脸蛋。不错，那正是这个世界绝无仅有的脸蛋，像一张巧夺天工仙女的脸谱。奇妙的是，那脸居然会有声有色地说话。侧耳细听，而且伴随着一连串脆生生的、不无揶揄讥讽的爽笑："娘，算了吧，你老人家，忙活啥嘛，你女儿没头没脑、徒有虚名呀。倒不如，就让这世上所有跟我一样漂亮的傻女人，从今往后呀，就都没头苍蝇、没头没脑，在世上乱窜去吧！"

"儿呀，你说的是啥……傻话？"花儿娘一时茫然，并不能全然彻悟女儿的话，这些没头没脑的疯话是啥意思，为啥不仅让她，还要让世界上所有漂亮的女人都没头没脑？不不，这是啥傻话哟？明显不像，也不该是她女儿说出的话。可是，那说话的语气、腔调，又完完全全、一丝不差，就是她心心念念的女儿，起起伏伏的声音和气息呐。

"桃呀……"一股翻江倒海的辛酸悲苦蓦然汹涌而至,将她海浪般一下子拍倒,让她身不由己,扑倒在女儿的身上。

惊天动地地号啕大哭。哭声荡起,满窑壁都唰唰地掉落土渣和泥皮了。须臾,整座院子也倏然腾起了连绵不绝的哭声,就像干燥的冬天,被野火点燃的荒山,此起彼伏,毕毕剥剥,无法遏止。

这一次的哭声,是真的吗?

也未可知。

但是我们知道,那一夜,夏末之夜,冬雷殷殷,夜黑如铁,空气爆炸,天地充斥着窒人鼻息、凶蛮骄横的腥咸气味。我敢打赌,整个中国,无论红区白区、北方南方,全都雨雪交加寒气逼人,让你牙齿打架,瑟缩冰冷得不成样子。而且我们必须知道,尽管再重复,任桃子如果算不上世界上最漂亮的姑娘,至少也是最漂亮的姑娘之一。也许,她压根儿就不应该是这个闹哄哄的混乱世界里的人,随着她一天天长大出落得出水芙蓉一尘不染,不要说她那天生丽质的美貌,会令任何一个轻薄儿郎神魂颠倒,打她出生问世就与生俱来,带着一种令人说道不清,但却侵肤入骨、迷惑人心的异质奇特的清新香气。至于她满月那天,曾有神人来为她命名的传说,早已融进任家堡子几代人的记忆中,更越传越神,神乎其神,早已载入乡村寓言的绝版之中了。

那天,大木匠婆并没有为孙女的满月特别铺排,首先是庄户人家日子简朴真不宽裕,其次新生儿是个女娃,尽管在先,他们家已有了奇迹般的双胞胎男丁,重男轻女的观念多少还有些掺杂作祟,当婆婆的仅仅是给月婆子的媳妇花儿饭碗里悄悄埋伏了两个鸡蛋,另外将两个鸡蛋打进饭锅的汤面条中,搅成了依稀可见、人人有份的蛋花花,又难得一回,滴了几滴比眼泪都金贵的香油,就权当给孙女的满月,做了一个小庆典仪式。一家人围着炕桌,热气腾腾,刚端起香喷喷的饭碗,谁也没有注意,窑门口不请自到,忽然来了个衣衫褴褛的叫花子婆。老婆婆灰头土脸,花白的头发,沾满了麦秸碎草,好像刚从哪里的柴火堆里睡醒过来。一只青筋暴凸的手,挂一根曲里拐弯比她自己至少高出半人的打狗棍,另一只手托着一只边缘狗啃了锯齿般脏兮兮的瓷钵。"恭喜东家啊,又添了人口。可怜可怜我这无家可归的老婆子,给一口吃食,填肚皮吧?"

木匠婆向来温良善厚,见这位婆婆跟自己年龄不相上下,不禁柔肠翻动、恻隐大发,赶紧接过她讨饭的钵子,先在水盆里仔细地清洗一遍,随后满满当当给她盛了一钵子面条,还让岁爷搬过来一张条凳,让她稳稳当当坐下来慢慢地享用。那婆婆人在江湖,经见广大,大大咧咧也不客气,遂将她的打狗棍往门边一靠,慢条斯理地挪过来坐下,缓缓地端起钵子,一边吸溜着细嚼慢咽,一边拿眼睛直瞅花儿娘,目光聚焦在她怀里叼着一只奶头吃奶的婴儿。有意思的是,那孩子见她看着自己,当即松开奶头,一对圆鼓鼓的小眼,光亮熠熠,像是久别重逢,目不转睛瞪视着老婆婆看了一阵,看着看着,俨然前世故交,忽然就咧开喇叭花瓣似的小嘴,咯咯有声地笑起来。那老婆婆一怔,停住筷子,豁牙漏气的嘴里脱口而出,居然吟出一句差点惹火全家痛殴她的叹息:"这个女娃,不是人……"

"哦,你在说啥?"先是岁爷瞪圆了眼,怒气冲冲,停住吃饭的筷子,而后全家人也都一惊一乍,不吃饭了,同仇敌忾地盯着那老婆婆。老人并不怯惧,依旧不动声色,紧一口、慢一口,品尝山珍海味似的,吞咽着面条。"咋啦,"她当然也看见不对劲了,"吃你家一点面条,犯得着这么如狼似虎,大眼瞪小眼地,仇恨我吗?"

还是木匠婆先开了腔:"你这老姐姐呀,我们好心待承你哩,你咋出口伤人,不说人话?"

"咳,东家,你急个啥?"老婆婆吧唧吧唧,翕动着她那张唇焦舌敝的瘪嘴,慢悠悠、懒洋洋地嘿嘿一乐,道,"饭要一口一口吃,话不也是要一句一句听吗?说话就像穿衣服,穿了上身穿下身,穿完衣服还穿鞋,鞋也得提起脚后跟不是?我说你这娃不是人,好似那仙女下凡尘哪。"

全家一听,登时释然,松泛了心。没想到,她紧接着,又来了一句不太中听的话——尽管这再惊不奇,却仍然让全家立眉瞪目,瞬时眼黑,又没办法给她好脸色看。只听她说:"天生就是贼一个……"

"啥,"岁爷几乎是怒吼道,"你这……"

"且慢,听我仔细道来呀:偷个蟠桃献母亲。这么着,不妨,你们就管她叫桃吧,蟠桃的桃,那可是仙人们享用的桃子哩。"

一家人眼前一亮,恍然大悟。最奇葩的是,那得了名字的小桃子,手舞足蹈,一时间欢天喜地乱咿呀踢腾,全然心领神会的样儿,看上去简直是得意忘形,竟然鼓涌翻腾,不肯安分地在花儿娘的怀抱里打起了滚。

"好啦。"那婆婆仰起头,将钵子里的饭连汤带面,一口吞咽干净,颤巍巍起身,就要离去。"饭也吃啦,事也办啦,不再惹你们嫌弃招讨厌啦。"

说罢,她抓起门边的打狗棍,径直出门,只一眨眼,就不见了人影。到这时候,一家人才蓦然想起,这婆婆来得蹊跷。既没从大门洞子进来,也没听到"一分为二"的报警狂吠,好像是从崖畔头上落下来一片桃花瓣儿,要么是突然飘逝的一朵白云,真真个来无影去无踪了。这情景直让大木匠婆惊讶得出了一

369

身冷汗。"天,这可不是个凡人啦。"她双手合一,连连作揖:"难不成,是观世音菩萨显灵到咱家了,专门给咱们送来个宝贝疙瘩,桃子娃啊……"

可惜这桃子终究还是有点生不逢时的背运,偏偏遭遇上这个战火连绵的乱世道,就好像一颗珍珠,不幸委落泥淖灰堆,好在尽管尘垢沾污多遮蔽,仍然遮挡不住她散发出天生美人的熠熠光亮。参军那会,她才十四岁,正是女孩子情怀烂漫、缤纷开花的大美春季。在部队的集体生活熏陶之下,她接受革命思想沐浴和滋润,学习文化而眼界开阔,慢慢地经见扩大,性格落落大方,人也随之出落得愈加山清水秀了。自古奇人多奇志。刚到部队,她最希望的就是有一杆钢枪。看见人家男兵,大生产开荒之余,训练射击练打靶,她就摩拳擦掌手发痒了,蹦蹦跳跳,像过年时抢着放爆仗,又兴奋又紧张,然后就跃跃欲试,冒冒失失地跑去找首长了。"干伯,我也要,放枪!"

怪不得,原来这首长还是她干伯哩。"你不行。"首长唬着脸不理睬她。"为啥?"

"你是女娃呀。"不用说,首长哪能不喜欢这个有点野性子的小女兵呢,他是有意跟她斗嘴,闹着玩儿。"女娃儿当兵,最多就是做饭洗衣,大不了,照顾个伤病员啥的,你还想打枪?"

桃子生气了。从来水样柔情,至纯至洁的小美女,居然有一肚子火气压制不住,不客气地就冒犯出来:"我是女娃,能怪我吗,我想当女人吗?要怪,就怪俺大、俺娘去吧,别找我麻达(麻烦)朝我净说废话……"

她的话没有说完,一片山呼海啸的笑声,就把她的声音给淹没了。她不知道自己惹下了啥祸,咋地一句话就把这些人都给搞翻了天似的,引逗得前仰后合,一个个乐不可支。左右环顾,看他们一脸懵懂,自己也不好意思,忍不住嘟嘟囔囔嘀咕了一句:"俺说的,不都是大实话吗?"

对啦,那时候,她还偶然会把我(呃)说成"俺",做梦的时候,也常常会和只比她大两三岁的二娘,在一起嬉闹打架。更多的情况,不是为了一口啥好吃的——对于好吃的东西,她从来都会礼让他人,先给祖母,后给父母,再给哥哥和弟妹,后来又增加了个妮子,她的二娘,也就是这个天上掉下来的小二娘来了以后,她只为了穿得跟二娘一样得体——起初唤作"妮子姐"的河南姑娘,虽然一穷二白,但摊上了个心灵手巧的水琴娘,即使再旧再破的衣服,也能穿出个像模像样的齐整端庄。那时候,桃子就会不管三七二十一,蛮不讲理,强横地在二娘身上扒拉好看一点的衣裳穿在自己身上。两个人因为年龄相差无几,尽管从姐妹一般厮混到现在,仍然没大没小没深没浅,常常滚作一体笑成一团。桃子不但要赖,要穿妮子的衣服,高兴起来,还要搂住她的脖子亲她的脸,故意嗲声嗲气,在她跟前卖乖撒娇。"谁让你成了我二娘呢,还不可怜可怜你侄女吗?"嘻嘻哈哈的她乐得手舞足蹈,"当俺二娘,不就得像一个娘的样吗?"

妮子在这时候,也会俨然长辈口吻,必定顺水推舟跟她调笑戏耍。"那当然了,咋的,都得把俺们桃子穿得像模像样才是,要不,咋对得起你这张让人心疼的脸蛋?"不过,有时,她又会正话反说:"可不能把你整治得太漂亮哩,那样人见人爱,个个动心,眼睛里都会长出钩子,恐怕野雀飞过来,都会把你给叼走呢。"

生性单纯、开朗、近人的桃子,却从亲见妮子分娩,就不自觉成了悲剧中的人物。目睹二娘艰难地生娃,没把娃娃生下来,却把自己给活活生死了,由此惊心动魄心惊肉跳,让她着实见识了啥叫"人生人、吓死人"的真实分量!那流血流泪,那嘶喊挣扎,把她看得浑身泛起鸡皮疙瘩,整个人打摆子一样瑟瑟发抖,一如风中摇曳的树叶老是收拢不住自己。生来风风火火,假小子样儿敢踢敢打敢咬敢骂的丫头片子,终于忍不住发自内心,叹息出一句天大的实话:"天不怕,地不怕,就怕女人生娃娃。"那些日子,小姑娘傻了似的,见人就嘟哝个没完:"真真吓死人啦!凭啥,这要人命的活儿,偏要女人来干?男人身强力壮的,就应该干呀。女人,不是专门生崽的母猪婆,这不公平!"

人们听了她这些不着边际的胡言乱语,权当她因为二娘去世而悲伤过度,没人计较她的不谙人情世故满嘴任性放炮。相反,望着她痛不欲生、涕泗横流的样子,更多的是软了九曲十八弯的慈悲心肠,又增加一份怜香惜玉的恻隐之情。漂亮的女孩儿,总是容易赢得人的心疼,桃子确实也是姊妹三个乃至整个任家堡子村——甚而是这个世界最俏的姑娘;她的妹妹杏子虽然弱柳扶风,也生得十二分秀媚,顶多是个俊秀罢了;至于三姑娘梅子,更没得和她大姐攀比,圆鼓鼓、胖乎乎的,还是个没拉开身条的生瓜蛋儿,至多,也就是个珠圆玉润,长得玲珑好看罢了。

问题是长相奇美的桃子,好像对于自己天生的美貌浑然不觉,比起她的漂亮脸蛋,她自个儿更欣赏和骄傲的似乎是她的头发。家里有一面不知啥年代传下来的碗口大的一面圆镜,也不知道是谁在啥时候摔坏成了三瓣,勉强被岁月蚀锈了的铁圈箍在一起。桃子很少从那里面去顾影自怜,仔细看过自己其实很值得一看的鸭蛋形姣好的桃子脸庞,倒不是因为弄不好角度,她在那面镜里,就会变成三副有些变形扭曲的面孔,就好像她们姐妹三个一下子同框,挤进了那面可怜巴巴面积有限的镜子。最主要的是镜面太小,无法让她看清楚自己长及腿弯、繁茂丰盛的黑发,这就决定了她总爱光顾河沟的那眼泉水,包括村东头杨柳环抱、绿荫掩映的涝池,她在那些地方,可以临水顾盼,把自己的秀发,细心地漂洗成一道磅礴喷涌的黑色瀑布,然后又晾干成一面迎风招展欢乐的旗帜。

不用说,她爱惜自己的头发,远胜过孔雀爱惜自己的羽毛。打小,祖母大木匠婆或者母亲花儿娘,乃至后来对她疼爱有加的二娘妮子,不管是谁,给她梳辫子的时候,哪怕只是掉下来一根头发,她都会大呼小叫,如同撅扯了她心上的哪一根筋。"咋搞的,咳!"

她会把那根落发,百般怜惜地缠绕在竹笋似的纤纤手指头上,几天不肯扔掉。"这是我的头发,你们不心疼,我可心疼着哩。"

也许,因为她的爱心过分偏袒,除了头发,对于女孩的其他穿着打扮,也就马马虎虎随随便便了。不富裕的家境,也只能让她只要是件衣服,不管是虎子还是豹子哪个哥哥或妹妹的,甚至父亲岁爷的母亲和祖母的,随手捡起一件挂在身上,也就算穿了衣服。这种随心所欲的随便,居然平中出奇,越发使她的美天然去雕饰,朴素平凡而又不可抗拒,美到毫不违和随手可以抓到,与任何人都没有了距离。

"看人家桃子,当叫花子,也是个花骨朵,穿麻袋片,都好看得让人不错眼珠子。"村上的人,都这样说。不过,这丫头打骨子里头带出来颇具男孩子气的顽劣与无惧,却直让祖母大木匠婆经常感叹:"她怕是个男娃娃,投错了胎吧。"

因为她爬树、翻墙、赶牲口、背粮,尽管力气不大,偏爱跟两个哥哥一争高下。尤其是她很小就跟二叔漫山遍野牧放拦羊,那扔胡基蛋(土坷垃)的本事,指哪儿打哪儿,简直百发百中,无人匹敌,即使与二叔相比也有过之而无不及。

"人凭志气虎凭山,放羊娃凭的是胡基蛋(土坷垃)。"二叔当年的耳提面命,余音绕梁,几乎不绝于耳,经常回荡在她的耳边。入伍不久的任桃子,很快,就一头钻进了北山深处,找到她二大任英魁。那里是关中地委所在地,因为她的文化底子比较薄弱欠缺,她二大多方联系,让她去了边区苏维埃政府创办的列宁小学补习文化。小丫头倒也学习认真,农家孩子人又勤快。在一边开荒大生产,一边学习训练的紧张生活中,她是一只让人喜欢的喜鹊。学习之余(她因为年幼稚嫩没有开荒任务指标),就在炊事班当下手,每天和一位老炊事员大叔,给在山上开荒种地的部队送饭。

"开饭喽!"不知是啥时候,小丫头清脆的呼唤,比响亮的军号更招人念想了。"大叔大哥们,快吃饭,吃饱了饭,再加油干!"

也不知道啥时候,人们忽然发现,这个黄毛小丫头,突然就由一只貌不惊人的小麻雀,变成了人见人爱、花见花开的小喜鹊。知道她名字的叫她小桃子,不知道的,干脆凭着印象和感觉,直接叫她小喜子了。小喜子大概天生就只会笑吧,任何时候,看上去都喜滋滋的,脸上总挂着两个极其对称的小酒窝,笑容在那里波光潋滟、尽情荡漾,而她熠熠生辉明亮的眸子,更比蓝天清澈响亮,那天真烂漫的笑声,尤似春风拂面温煦漫卷。他成了男人世界,大生产开荒劳动的某种原始动力,有人毫不掩饰,直接说她是军中天使、梦中之花。她到哪里走上一遭,不用开口,就是最好的宣传鼓动;一旦她金口难开对谁偶尔说上一句"你好样的",或者是"你够男人",那些战士,就会卖力气训练、开荒,争当劳动和军训模范。

后来,她小学毕业分到了卫生队,穿上了医护人员的白大褂,总见着她喜不自胜,比爱她实在值得爱惜的那张俊俏的脸蛋,更爱她的白大褂,早早晚晚,都洗得一尘不染,穿得平平展展。远远看去,宛若一朵洁白无瑕的云彩,至于近观,她就是乘着白云下凡人间的小仙女了。于是,又有人不胜爱怜地唤她"小白鸽"了。遇到有人这样叫她,她非但不会反感,还会"咕咕、咕咕"学着鸽子叫唤几声,单纯活泼,憨态可掬,惹得大家哈哈大笑。再后来嘛,不管在什么地方,只要"小喜子"不期而遇,突然出现,都会引起男性世界不易觉察,但确实暗流涌动的激荡人心的骚动。这情景让担任团长的高个子(高革志)和李大伯同志有所警觉,对于任桃子来说,这个"干伯"尽管不是生人,却有足以令她敬畏的一种不怒自威的肃穆,尤其有一种不可测度的神秘之感,那是因为这个"干伯"总是在夜暗时分,甚至深更半夜在他们一群娃娃的梦境之中,经常潜入他们家的地坑院子,而且他每每光临,岁爷大和二大,就像矮了一辈,对他毕恭毕敬,言听计从,差不多,他就成了他们家实质上主事的家长。这个神出鬼没也变化莫测的"干伯",她不清楚,啥时变戏法似的,居然成了他们部队的首长。虽然首长对她疼爱有加,可只要说一句话,就会让她颜面尽失,在他面前抬不起头了。

"喂,咱们的小乖蛋,我可提醒你,咱俩头一次见面,你就很不客气,回赠了我一份大礼物,至少有半个月吧,我抱你时穿的那件衣服上啊,可都是你的尿臊味儿。"

"干伯……"桃子立马会羞得无地自容,满面桃红彩霞飞扬。"当然啦,我也不怪你,你那会儿嘛,还咿咿呀呀不会说话呢。可眼下,任家堡子村的土坑坑里,居然飞出了金凤凰,伯可要为你操点心哩。"

教师爷李大伯不愧为高瞻远瞩的团首长,他确实明察秋毫,不由得为桃子足以扰乱军心的美貌,暗自熬煎,担起了心。"一天不见'小喜子'人就喜不起来，一天不听'小白鸽'咕咕叫，日子稀汤寡水，好像总缺了些啥味儿……"

部队里偶然冒气泡似的，传出诸如此类有口无心的议论，撞进了他这个团长的耳朵，使他不能不多出一份隐忧，就算是一种庸人自扰的预感与不测吧，总得留心重视不是。于是，他为此找到任英魁，当年他手下的"任二怪"，两个人商议的结果是，将已经调往卫生队的任桃子，适当做一些善意的限制，不管是送医送药，还是送饭送水，专门让她给女学员队送。没想到，这一招，更让桃子如鱼得水，如鸟投林，无比开心更欢畅和奔放了。都说三个女人一台戏。女兵队里，多了个小喜子，就近乎扬汤止沸，火上浇油，常常疯得要炸锅哩。随时随地，你听听，到处都能听到她们叽叽喳喳的笑声，曲不离口的欢唱。在缺少音乐的艰苦环境，没有多少现实娱乐方式的战争年代，尤其任桃子那清脆悦耳、穿云破雾的响亮歌喉，就更是此曲只应天上有，人间难得几回闻了。

这也难怪。她是鲜花，枝叶是她的家族。她是彩霞，天空是她的乡梓呀！

说不清楚

如果把桃子比作喜鹊，那部队确实就是她的安乐窝——喜滋滋、叫喳喳的理想雀巢。有人说桃子，这个小女兵丫头，整天乐呵呵的，好像就没有一丁点忧愁。说这话的人，只能说他或她还不了解任桃子，伴随年龄一天天增长，她的内心其实也一天天富饶繁丽了，其中的隐忧、思念、焦虑，只是被她顽强地克制和掩饰着，绝不轻易表露出来罢了。

她想祖母，想父母，想弟妹，还想曾经的二娘妮子和她的母亲水琴"婆"。在梦里，她常常和他们一起，生活在任家堡子和她们家的地坑院子。但是，最想念和暗里担忧与牵挂的，却是二大和两个哥哥虎子和豹子，尤其在他们与她分别的那几年，他们远赴黄河以东打日本鬼子以后，河东任何一点抗战的消息，都会引起她的牵念、揪心。其中，也包括另一个人，她的安子——叔，不，应该说是，安子哥才对。不知为啥，想到何建安，她总会有一种既向往又恐惧、朦朦胧胧的感情。她记不起啥时开始，似乎天下所有见过她的人，都会夸她漂亮，至少也会说她长得心疼或乖巧，只有一个人不夸她，即使两小无猜、朝夕相处的日子也不说。但他只说她的头发，说她的头发可真是好，每一次都说她头发好。好像她身上唯一必须肯定、值得夸奖的就是她的头发了。

"你就只爱……爱我的，头发吗？"

"嘿嘿，嘿嘿。"那人不语，只是傻傻地乐。一直痴呆地、诡异机巧地、乐不可支地——最终说的话，仍然是："真的，你的头发呀，确实是好……"

"好又咋样？"她生气了，噘起樱桃小嘴，"好就拿钱，俺剪下来，卖给你好了。"说着，就四处寻找剪刀。"别别，"那人还是傻笑，"千万别剪呀，一根头发，都别少了。"他哀求她，口气像是讨饶，别让她损坏了他的什么宝贝疙瘩似的。"那是俺的事，你管不着。"她挑衅说。嘴上铁硬，可心里最珍重的与其说是她的每一根头发，倒不如说是他的这一句话。参军之后，首长建议她剪成那种齐耳的标准式短发，她为此小孩脾气大发，唯一一次目无领导和纪律，狠狠哭闹了一场。"砍俺头都行。哼！"她倔得像一头初生不怕虎的牛犊，"但辫子，可不能剪。"

　　难得首长让了步，这个首长——在她刚满月时被她撒了一身童子尿，而且差不多是看着她长大的"干伯"李育民，其实心里也怜爱她的秀发，正若怜爱她人一样。就这样，破例儿允准她留下长发，但要求她工作时，必须将辫子盘拢在帽子里。后来，每当她洗头的时候，或者将辫子垂下来，让辫梢晃晃悠悠，飘荡在她妙曼的背后时，都千真万确，会让人当成一道引人入胜的风景。那辫子呀，可真的不辜负她，灵动飞扬，如同独具生命，不是让她任桃子，而是让一个世界，都显得光彩夺目、焕然一新了。

　　可恨人生多无常。谁也未敢想象，就是这样一个天生美人灵秀的头颅，拖着她诗意沛然鸟儿双翼般飞扬的辫子，竟然被人活生生从她那袅娜的身躯和耿直的脖颈上，"咔嚓"一声，砍了下来！哦！仅仅是眨眼的一瞬，她那秀美绝伦的脑袋，就像一只皮球弹跳起来，同时将两条辫子翼展般甩开，做着翱翔天地的大飞跃，从崖畔山顶上蹦跳着、弹动着、闪耀着、一路惊撼星辰尘埃，坠落得无影无踪……

　　那一瞬，被头颅带动一跃而起、矫健自如的辫子，在天地间奋力书写不屈，尽情抒发激愤，一下、又一下，弹起又落下，落下又弹起，划出一道又一道，惊天地、泣鬼神的弧线，把麻木冰冷的黄土沟崖，一记一记鞭挞得瞠目结舌抽搐战栗，以致神精分裂心惊肉跳。地老天荒的老天爷，也许是惨不忍睹实在看不下去，一时间阴惨惨、雾蒙蒙、昏沉沉、哀凄凄，将广袤无边的大眼——天眼一闭，登时，苍天大雨滂沱，如泣如歌，大哀大悲，幕天席地啊……

　　这样的场景，从岁婆花儿深夜独自为女儿再造身躯、修补头脑的那一刻，就成了一把尖刀，径直插进为娘的心，成了野兽的毒牙，不分昼夜、春夏秋冬，永无终期——刺痛和啮噬着她。花儿娘那颗衰老的心，苦难流血的心，直到陪伴她走完漫长的人生旅程九十三岁。

　　有多少个梦真难分的幻境之中，岁婆都看见她给女儿缝在脖颈和衣服领口上的——那一颗头，一次次松脱了，分离了，断裂了，那个轻飘飘的脑袋，拽着两根假模假式、可怜兮兮的假辫子，一路栉风沐雨，不停歇地飞呀、飞呀，一直，飘飞回到了家。

"哎哟，俺的个娘，咋搞的嘛！"她老是梦见，她的桃子在责怪她，"俺说了，不要缝嘛，你老咋不听呀，害得俺的脖子根儿，老是疼……"

唉，可怜的娃，我的桃啊！多少年来，这种历历在目的悲剧场景，深沉晦重的悲戚情愫仍然不死不灭，如刻如镂，浸淫在娘老子迷乱的梦境之中，漫溃在他们永无尽头的日子里头。是的，尤其是难得一言不发，更加沉默寡言的岁爷，这种熬煎与思虑，不可视的折磨与痛楚，差不多覆盖了他艰难竭蹶的后半生。从似是而非到明晰清楚，从亦真亦幻到确凿真实，从不可追忆的过去到难以把握的今后，从自身到他人，从至亲至爱到冤家对头，一切，都一潭死水，混沌难分。一切，都相互纠缠，无法厘清……

而且，无始无终。

有时，他好像置身事外，仅仅作壁上观——如同观摩别人的演出，聆听别人的故事；有时，又分明身临其境，正在经历——大多是，再一次重复性经历。自己的灾难与不幸。

有一阵子，他甚至都不敢闭上眼睛，一旦闭目他就会看见，而且总是看见，看见那个彤云低垂的昏暗日子，看见天地之间的亲密，正以野合的男女不可遏止的狂放与炽烈相拥相抱，契合得严丝合缝。而天生精悍而个头原本欠高的他，我们的岁爷任仲魁呀，就赖以拄其间哪。他就这样光荣又不幸地被压抑、挤兑、碾磨着，不死不活，欲死不得，欲活不能。他强烈地感到，有一种张力强劲的拉拽，还有令人窒息的压榨，自他的脚心真切实在地贯通躯体，直达他鼓胀发蒙的脑袋。他用了很大勇力，忍住突兀而出快要撑开眼眶充血的眼球，惊奇地发现，云雾缭绕的天上，居然长满了荒草和大树，树荫笼罩一条若隐若现懒洋洋的小河，明亮闪耀的潋滟波光之中还有几条活蹦乱跳的小鱼，正在天上的涣涣河水里面追逐嬉戏，自由飞翔。他紧咬牙关，一股恶臭含混在牙根痒痒的灼痛刺激之中，从不断肿胀膨大的头部触电般逆向放射，抵返他感觉脱臼、断裂，几乎就要分崩离析而去的双脚、脚踝、脚骨、脚趾。有风挟裹潮湿阴冷的氤氲之气，从天边漫卷而来，一个激灵，鞭子样抽打他的神经，终于让他蓦然清醒：显然，他并没有深陷云山雾罩的沉沉大梦，而是……头脚倒置，被悬空高吊在沟畔崖边的一棵大树上面。不知是从嘴角，还是从鼻腔，涌流而出一股股腥咸的液体，居然混合着浓烈的尿臊味儿，冲决着他黑森森、毛碴碴的短须，沿鼻翼两侧的脸颊深沟，汹涌地倒灌过来，直逼眼角，覆盖眼眸，让他眼前，瞬时霞色濡染，一片血红。

这是三百年前的任家堡子，曾经是渭北旱塬上普遍修筑的奇观。那时盗贼蜂起民无宁日，为求一方平安祥和日子，稍有实力的村庄都自卫自闭，用黄土夯实一丈宽厚的土墙，平地而起，建起一座座方方正正的土围子，也叫土城。后来，日久天长风雨摧残，岁月剥蚀，失于修整加固的土城墙，也都慢慢坍塌颓圮，只留下些残垣断壁，一如任家堡子西临沟畔的半堵城墙。又过去若许年间，老城墙一个劲儿颓丧败落，肢解分离，渐渐失去城墙的模样，就只变成了苇子壕旁的一堆土丘山包。岁爷清醒地看见，群魔乱舞，横行霸道，村庄被犁庭扫穴般凌辱践踏着，那是国民党军"暂二旅"侵占了堡子，搜寻"共产党"、红军，抓捕了一大群村民。他看见被绳索牲口样绑缚串联在一起的人群里，有母亲羸弱的身影，她步履蹒跚，被匪兵推搡着而行。

"记住，岁娃子，你是男人，顶天立地的汉子，只准流血，不许流泪，别哭……"他登时恍然，知道自己满嘴满脸，涕泗横流，其实，那不是口水，也不是鼻涕，更不是眼泪。而是滚沸的热血。这些全是真的，可又像在梦里。是梦里，为啥又有疼痛的感觉，伤心欲绝的血泪？是真的，为啥母亲——他那深受压迫剥削可怜的母亲，咋又有点不像母亲，慈眉善眼的木匠婆，怎会，突然，又变成了地主阶级余豪财余老大的母亲？

他看见她披头散发，衣衫褴褛，不，几乎是赤身裸体。她上身穿的不是对襟衣褂，而是五花大绑，蛇一样缠绕的粗壮的麻绳，胸前的绳上系一块木牌，上面歪歪斜斜地写着：通共赤婆。她背上是火，熊熊燃烧，蓝色的火苗蛇一样吐出橘红色的火焰，在一只扁扁的洋铁油桶里欢呼跳跃，翻滚蒸腾，恣肆地舔噬她披散凌乱的苍苍白发，她的细皮嫩肉，则发出被炙烤的吱吱的响声和刺鼻的焦煳味儿。她的下身，被天良剥夺了女人的尊严，青一块、紫一块、伤痕累累，三寸金莲赤裸的小脚，犁铧样深耕在鲜血淋漓的碎石子路上，两个背枪的白匪大兵，押解着她，推搡着她，向前挪动，直至走进他永不磨灭的记忆。

到底是梦、是真，又是谁的娘呢？他眼前一片模糊，只听到一个嘶哑的声音在哭喊呼叫着："儿子，我的豪财，别哭，别孬种样，记住你娘，我不会认尿，想治死你娘，是他们的……妄想！"

这分明，又不是娘的声音，可为啥，又揪扯着他的心疼？

难道是梦？是他的母亲在遥远的梦境给他的训诫。母亲的声音翻山越岭来到他的耳畔。他依稀想起一些什么事来，一些刻骨铭心的事，非常遥远地抵近眼前。而且混淆得一塌糊涂，比如仇人的母亲，忽然变成了自己的母亲，比如自己母亲的声音，却在频频发出仇人的名字……

是他记不清楚，弄不清楚，还是本来这一切，就不清楚？唯一清楚的是，他感觉到了真实的重压,好像全世界所有的苦难与不幸,都一股脑儿砸在了他的头上。这重压跟仇恨等量齐观,早已深入骨髓,万根千仇,至少有八千年了。他本能地觉得,原本个头矮小猥琐不展的他,正在一寸寸继续低下去、矮下去,一直被挤压进深厚的黄土层里,变成了土行孙,或者是土地爷……

不对,应该是被如来佛,压在了五行山下受难五百年的孙行者。

他记得,那一次解围,拯救全村百姓,可不是梦。那是他,当一回土行孙,要么说,当了一回孙悟空也不假。是他从被围困的村子偷偷溜出,翻山越岭,终于找到了大救星。是教师爷带了部队赶来,可惜一个营攻打一个旅,敌我力量悬殊,整整打了三昼夜,任家堡子久攻不下。凶残的"暂二旅",变本加厉报复百姓,逼迫村民修补城墙,重建碉堡,甚至以怠工和逃避罪名,枪杀了几十个村民。村人恨之入骨,却又敢怒而不敢言。这时,教师爷的部队突然接到上级撤退的命令,要求两天之内结束战斗。还是岁爷连夜赶赴马家堡,请求增援,最终搬来军分区一个迫击炮班,连续三炮,轰毁了碉堡,解放了村子,救出了乡里乡亲……

岁爷呀,全村老少,无不钦佩,无人不说:真是咱们村的神哪。

岁爷摇头:我有那么大的能耐吗,还是咱共产党咱们红军的功劳。

无论如何,村民总是认定,反正,岁爷功不可没,至少,是全村德高望重的爷。

可是我们的岁爷,你终究没有胜利者的一星半点自豪与骄傲,有的只是悔恨无穷,痛不欲生。毕竟,你的女儿,你聪明伶俐、最漂亮温柔的心爱的女儿,她不在了,据说,竟然是被地主余豪财给残害,被砍头了。天哪,怎么会是这样?彼时彼刻,就在沟畔,就在那棵大槐树下,一个出生在任家堡子村,当了八路军的女娃娃,他的桃子娃,她那秀美绝伦的脑袋,"咔嚓"一声,就那么简简单单,被砍了下来。随后,竟然被一只强悍、霸气、粗暴的臭脚,野兽般的爪子,爆发弹力,一脚踢下了深沟。

那脑袋,女儿的脑袋,呼啸着,腾空而起,弹射般飞奔出去,一路皮球一样弹跳着,决绝而浪漫地冲向沟底,转眼羽化升天化为乌有。只有那两根粗壮、漂亮、绝美的发瓣,分散开来,如同两只妄想抓住救命稻草的手臂,不,是两条奋力滑翔,在空中展翼的翅膀。他就是在那个时候,清清楚楚听到女儿——他的心肝宝贝桃子,撕心裂肺哀婉绝叫。那颗无与伦比的少女脑袋,在完成了一道轨迹清晰的抛物线后,在轰然溅落沟底之前和消失于这个世界之后,明明白白,惊天动地呼唤了他一声:大。

他登时就眼前一黑,心立即从体内蹦出,"砰"一声,彻底炸裂,碎成了八瓣。

那是他的桃娃。天哪，娘和桃娃还有他，三代人的极端悲惨，终究怎么会全压榨在他矮小的身上，揳进他拳头大的心脏？这有点不公，却好像天生命定。他想快死，一死百了，可是仍然死一样活着！让他惊奇不已的是，明明听说，是那个凶神恶煞的余豪财，最后被头朝下吊在树上，也被一刀砍了头颅，得到了应得的可悲下场，但他，却真切地觉得，自己也被吊在树上，同样背负天光云影，大头朝下，悲情地俯瞰着伤痕累累的大地；明明是余豪财的母亲被以"通匪"和诅咒国民党军之罪游街示众，点了"天灯"，又怎么会有母亲大木匠婆的身影，混同其中？

这是，怎么回事？

他觉得人世的爱恨情仇，革命的阶级阵线，全在这时模糊和搅乱了，包括真实的事件和传说的假想猜忌，全都搅成了一锅糨子。这时候的他，任仲魁，任岁爷，简直就是古老槐树上一片随风飘摇的叶子，一颗即将熟透随时都将坠落枝头青嫩的中国槐种子。头脚倒置的他，开始在沟谷吹来的天风中挣扎，希望双脚戛然断裂，饶恕他备受熬煎、痛楚，果断地别他而去。至少，挣脱开捆缚他双脚的那个可恶的绳套。他想坠落、飞离，幸福地跌入沟底，一命归西，也就权当升天，淡入头顶杂树繁花的天穹。这种天地苍茫，混沌一体的眩晕迷幻，由此，就开始纠缠他坎坷不平的一生，常常让他分不清上下左右，东南西北，从而也无所适从。

突然，就有一声凄厉的尖叫，被他的耳郭捕获，对，是众声喧哗，呼天抢地，声音不男不女，熟悉而又陌生，急切地嘶哑呼叫："救他，救救他，别让他……死！"

好像是娘的声音，五子的声音，虎子和豹子的声音，又好像是花儿和桃子的声音？他有点头重脚轻，昏昏欲睡，渐渐陷入失语、失忆。甚至，想不起他究竟是为何大头朝下，悬空倒置，被凌空虚蹈吊在沟畔的大槐树上？更不知道，谁会来救他，为什么救他？

许久，他开始恢复记忆，开始捕风捉影，追根溯源，费力回想。也许，这是另外一个世界，一个虚假和颠倒的世界，一个迷乱无序和荒诞不羁的世界？是的，那个身背煤油桶，被烈火焚烧炙烤，最后又被砍头的可怜女人，怎么会是娘，娘不是活得好好的吗？那么是梦？据说，梦中的一切，都有某种预兆，都与现实截然相反。那么，子虚乌有的娘的无妄之灾，似是而非的遇难，又预示什么？

但愿，那"咔嚓"一声，被人砍了脑袋的女儿，也是虚幻不实的传说——

但愿是假的，而绝对不是实实在在、铁一样坚硬的真事。那该多好！

那么，桃呀，你在哪里，快回家呀！

一大片、一大片，互不关联，没有逻辑，支离破碎的印象残骸，用虚假和不完整的钩沉，集聚起对他沉重而真实的压榨和喘不过气来的窒息。从此，他就不知道自己是在梦中死了，还是在现实世界依然活着。不知道被砍头、被烧死的是自己的亲娘，还是自己的仇人余豪财的母亲？他的心尖宝贝女儿，被可恶的余豪财屠杀，毕竟受到了应得的惩罚，可为啥，被吊在树上的却又好像是他。

也许都是，也许谁都不是，而是他一颗死去，已经化成僵硬石头的心。

桃啊，我的娃呀，你还能回家吗？

生死契阔

一年四季，除非下雨或严冬刮风飘雪滴水成冰，木匠婆几乎都喜欢坐在她家崖背那个土包包上。那棵饱经沧桑的枣树下面，多少年来，几乎就是任家堡子一处亘古不变的风景。她盘着腿，稳坐一块磨盘似的麦秸草编厚墩子，身边伴着一只笸篮，里头无非针头线脑，碎花布片，鞋底鞋样，顶针锥子，剪刀榔头，以及捻线的线坨坨啥的，全是做针线活儿的一应儿物件。有时吃饭，她也不回地坑院子里去。不是花儿，就是孙子、孙女把一碗饭给她端上崖背。好在庄户人家的茶饭简便之极，一碗面条或者一碗稀饭，外加两个馍馍就打发了。偶尔也可以看到，她的媳妇第五花儿，孙子孙女，包括岁爷也凑热闹，端着饭碗，烘云托月般趿蹴在她的周围，说说笑笑，边吃边唠嗑儿。村里也有人很会助兴，不失时髦地送他们一句赞赏。

"瞧咱岁爷，你们家，可真洋，这是在吃野餐吗？"

"崖背上多豁亮呀！"木匠婆神清气爽，一准会满面春光地告诉他们，"野地里畅快，你说，空气有多好哇。"可是任家堡子的人，基本上都心知肚明，木匠婆那样儿，眼巴巴地整天坐在崖背上，可不是在守望新鲜的空气，也不是无所事事闲看风景。她家院子崖背四周，年复一年，有的是挂在枝头繁复茂盛的天然财富。枣、梨、桃、梅李、柿子、核桃，单是杏树，就有甜仁杏、大接杏、荞面杏、苦仁杏、黄杏、青杏、梅杏，好多品种。枣儿也是圆枣、扁枣、马莲枣、狗头枣，数不胜数。紧靠崖背后面的地里，更有洋姜、生姜、黄花、红薯、香瓜、葫芦、木瓜、葱蒜和辣椒，等等。打从开春，直到树木谢花挂果，青涩毛杏或刚有指头大小鸽子蛋似的桃李什么的小果子露头，村上那些穿开裆裤子的小馋嘴猫，就开始鼠窃狗偷了。凡是树枝低矮够得到的地方，等不到完全成熟，他们就糟蹋得差不多了。等到瓜果成熟，更有胆子大的，一眨眼就偷空爬上了树，要么就潜进地头硷畔，不是摸瓜，就是摘果。

其实，村里人也心里有数，与其说木匠婆，包括他们一家人不错眼地，经心地看守那些瓜果菜蔬，莫若说他们看的是不该发生的意外和悲剧性事故。这样说绝对不是牵强附会。几年前，他们也曾自由放养，任由那些花果树木，原生态地自由自在尽情生长来着，果子也是谁愿意啥时去摘，就随他们去摘好了。可是有一天，老余家的那个有点横行霸道的哑巴儿，爬上了树顶，正要去够树杪上的几颗刚刚挂色诱人的大黄杏，不料"咔嚓"一声，那根不堪重负的树枝，戛然折断，哑巴娃一头栽了下来，打从树梢径直跌落在了岁爷家的地坑院子里，侥幸那里有岁爷打胡基（土坯）预备的一堆墟土，尽管没有摔死，但却摔断了一条腿。可怜一个哑巴娃，很长一段时间，走不成路，只能一步步蚰蜒似的蠕动爬行。蹊跷的是，倒栽葱地那么一摔，哑巴娃居然因祸得福，诡异地开始张口说话，虽说得磕磕绊绊，不很顺畅流利，总归不再是"哑巴娃"，而由此被人顺势改口，叫成了"爬爬娃"。

余豪财原本想要借此缘由，进一步跟岁爷家结怨衔仇，准备没完没了闹一场官司，基于眼前突兀奇迹的出现，听到这哑巴变成了瘫子，忽然石破天惊，呜哩哇啦说开了话，余豪财就大骂一声"日怪"，百思不解，至少，也算看到不幸中有一点意外的侥幸，从此，也就偃旗息鼓，慢慢地善罢甘休了。

"甭照（找）岁爷……麻达（麻烦）……"那娃的舌头，艰难地在口腔里盘绕打转，半天，向他的恶霸老子费力吧唧，嗫嚅出一句话："是哦（我）嘴豺（馋），不关人家的啥屁屎（事）……"

那娃舌头僵硬，话说得含糊不清，但基本上连蒙带猜，人还是能听懂的，特别是他的通情达理，善解人意，突然变得脱胎换骨换了个人似的，更让村上人刮目相看，不敢小觑了。老天有眼，公道自在。人们吃惊，都说"爬爬娃"真行，身体虽有残疾，但顶天立地，还说了一句真正男人的话。尽管如此，木匠婆和她的儿子岁爷以至全家，都有些忐忑、愧疚和不安。本来，他们就不是那种吝啬抠门之人，每年瓜果成熟，总要邀请全村人来收获分享。木匠婆和花儿，还把她们晒干后用蜂蜜腌制的杏干与桃脯，每每分送村中大人小孩品尝。其中馈赠最多的，也就算是"爬爬娃"了。

就这样，慢慢地，崖背上的枣树下，不知不觉，坐得最多的人，变成了第五花儿咱们的岁婆。有时，是她们婆媳两个人，轮换着值守。到后来，院子里住进了河南来的水琴母女和儿子何建安，办起了热闹的织染坊，坐在那里的人，

第十九章

381

就增加了妮子和桃子诸姐妹。再后来,她们家来了那个名叫红霞教村民认字的啥"亲戚",特别是偶然会有南边白狗子们偷袭进村,那里的枣树上,就多了一片缺了犁头的旧犁铧。枣树下,常看见的,则是手持红缨枪的杏子和她们儿童团里的娃娃。

不用说,她们守望的,当然不仅是树上的果子和地里的那些菜蔬。

又过了许多个年头,人们依然能看见,枣树下又坐着满头白发的木匠婆了。

有时候,她会从白天,一直坐到晚上繁星满天,夜阑人静,依然不见她回家。偶然间,那里还会有遏制不住压抑的恸哭,幽幽暗暗,从树下曲曲折折流转传播,哽哽咽咽绵延至远,声声句句牵扯庄户人家柔软善良的心。

"五子啊……虎呀、豹呀……桃子呀……"

很低很低的呼唤,泣血和泪,却穿透力极强,叫人听得字字心颤,句句断肠,不能安寝,难以入眠。终于有一天,村庄的上空,传来一声声哀婉不绝的呼唤和回应。那是风靡至今,依然兴盛不衰的引幡叫魂,是召唤亲人亡灵归来的殷殷呐喊——英娃子,回来!——回来了!虎娃子,回来!——回来了!豹娃子,回来!——回来了!桃娃娃,回来!——回来了!霞姑娘,回来!——回来了!虎崽呀,回来!——回来了!……

老奶奶木匠婆,一走一颠,在前面有板有眼地叫,一边从胳膊肘弯挎着的竹篮子里,颤颤巍巍不断撒出一张张中间剪了方孔洞眼的圆形麻纸冥票,像蝴蝶在她身前背后随风盘旋起舞。尾随在她老人家身后的,是一个笨头木脑、长着一颗小蒜头的瘦弱男孩,他在那些翩然飞翔的纸精灵的环绕中,手举一根迎风颤抖的纸幡,一声接一声,给老人的叫魂,发出代替死者虚假的回应。

回来了!回来了!回来了……

呼唤在旷野里回荡,在村路上踟蹰,最后,在窑坑院里声息盘旋,久久不肯湮没退去。那男孩的脑勺后面,也蓄有一撮当年岁爷一般的"气死毛"头发,他有些大逆不道,总是疑心重重,脑壳子里一直萦回着各种各样、由他心造而臆想出来捉摸不定的幻象,以至最后发展到层出不穷的一连串幻觉的出现。

那孩子每次担当这个角色之后,总是心神不安,心里总有一只猫爪子在隐隐抓挠,挠得他心惊肉跳,经常做梦。这梦不分白天黑夜,在某些特殊的地点、环境和夜晚,都会猝不及防地出现,从而让他产生一大堆古怪念头。而这一切,则与他曾经得以观瞻的发现有关。那是一只家藏最隐秘的黑油漆木匣,那木匣子里,最吸引他注意力的,莫过于几张影像模糊的照片,上面泛黄褪色的身影,几乎难以辨识的面容,却会在他的臆想中立即清晰起来,鲜活生动起来,好像重生再世,蓦然回到他的身边,久久拂之不去。

冷不丁，还要三番五次，闯进大脑皮层，左右他的遐思、回想与驰骋想象。这时候，孩子多半是既紧张又胆怯，既充满探询究底、不可抑止的兴奋与激动，又担心某种不可预知的隐秘与危机现身亮相，让他措手不及难以提防。那份忐忑，宛若触摸一只百变人生的魔盒，最终，孩子确信，他的任何思想，都在黑夜的阴影中，多多少少，见到过一些无以名状的东西，包括耳朵在深更半夜，常常会无由地听到一种令人毛骨悚然的叩击门窗的声音。

对于这些超自然的事物，尚不能作出解释的他，只能无可奈何，认为也是非自然的现象。他甚至相信灵魂不死和生命轮回变化，因而一度极其郁闷，同时，每每专注于大难临头的默想。许久以来，他都在极力回避和死者直面以对。

其实，那黑油漆匣子里，装有点心、洋糖、核桃和干枣，都是些足以让人能流口水的丰富的诱惑——孩子原本以为，它们躲藏在这里头，无非是防备馋嘴猫的他去偷吃罢了，天知道，其实也可能是为了敬献给那里面躲藏着的不散的阴魂。它们和那些放在里面看得见的五角星军功章，以及写着"革命烈属"字样的木牌子，或许与他有一些尚且说不清楚的关系吧。

孩子就这样没头没脑地遐想，瞎想。

深冬夜半，院子里的某一孔窑洞，忽然灯火通明，人声鼎沸，孩子被惊醒，大声怪叫不止。岁爷和一家人都闻风而动，依次从睡梦中爬了起来。

"咋啦，穗子……"

"有人，很多人，他们在叫我哩！"

花儿娘点起了灯，映照窑内，却是空的。既没有一盏灯，更没有一个人。然而，孩子却顽固地坚持，说他确实听到了，是一种凄厉奇谲的喧闹。有哭有喊，声嘶力竭的呐喊；还有讪笑，阴森森，瘆人的冷笑。

孩子没有撒谎。那些使人惊讶的事情层出不穷，只是被大人们充耳无闻或视而不见罢了。那是一些灰色的幽灵，每到凌晨三点，就会不期而至，准时出现；一旦破晓鸡啼，它们便隐身而去，显得十分活跃，又十分离奇。它们的行迹一再证明，一旦离开躯体的灵魂，如何自由自在，来去无阻。它们一次次显灵归来，令人惊恐不安，又实在匪夷所思，有点太无组织纪律性和无政府主义……

孩子的话，终于吞吞吐吐，传进了岁爷的耳朵。他什么也没有说，心里却有了一份期待、期盼。又有一天晚上，夜半更深，他果然听到窑洞里面的锅碗瓢盆开始响动，水缸里有人稀里哗啦地往外舀水，接着便是风箱被人使劲地拉动，咣里咣当响声大作。可一到公鸡打鸣，一切便都安歇杳然，无声无息，也无影无踪了……

这样的闹腾，假以时日，反倒让岁爷慢慢地喜欢和渴望了。他自称脏腑很硬，这些闹鬼的把戏求之不得，甚而醉心于这份惊奇的发现，特别喜欢听到亡灵们经常用他的语言讲话。包括那声气腔调都十分相像。似乎在这个世界上，不明所以的地方，还活着另一个自己，另一个任仲魁，另一个岁爷。这就让他一分钱不花，凭空获得了一份踏实的存在感觉，一份接近于甜蜜的亲昵，如同当年他一分钱没花，就获得了一个堂堂正正任仲魁的大名。

　　"阴间的亡灵，不过是系在你们钓鱼竿上的死鱼罢了，用不着害怕。"有一天，他曾这样明确地劝慰家人。显然，这些手法在摇唇鼓舌的黑匣子里，已经被时光牢牢锁闭禁锢，需要我们用最温柔的感情去叩击他们的脑袋，好让他们安歇和清醒一些。他这样说，家里人却像在倾听天书，一愣一愣，因为，真的都听不懂。"也不要亵渎、嘲笑，只需钓它们上钩就行。"

　　家里人听着，已经觉得不是岁爷在说话了，也许，正是那些见不到面的可怜的灵魂在发言哩。于此，全家人都好像患了流行性感冒，一个个头重脚轻，昏昏沉沉如坠梦境。至少，有一年多的时间，一家人与其说是与梦为伴，睁眼闭眼，不仅能看到自己在梦中的形象，而且还能互相看到别人在梦中的形象，看到家里熙熙攘攘，满院子人头攒动，就像当年织布开染坊时的鼎盛气象。但是，由于真假交错混杂，家里人老是在欢乐与失望、怀疑与肯定之间，左右摇摆不定，包括岁爷在内，谁也无法确认现实和虚幻的真正界限，更因为他们常常劈面相遇，每每多为曾经熟识的亡人的面孔，就不如说是与鬼魂为伴了。而且，这种令人纠结阴阳倒错、真假混淆折磨人的日子，也不知要到何年何月方才终了。

　　长久以来，岁爷家的女人，从少时记忆中的石匠婆祖母，到母亲大木匠婆，乃至他的老婆，美丽贤惠胜过她自己名字的第五花儿，至少这三代女人，都坚信不疑地虔诚笃信，人是有灵魂的。虽然，谁也记不真切，石匠婆祖母和木匠婆的母亲，在那漫漫长夜、更深人静吹灯拔蜡之后，于黑乎乎的窑洞，漫不经心吟唱似的，讲那些稀奇古怪的鬼魂故事的时候，究竟有没有人勇敢地直面，确切地看到过一次鬼魂的面孔和影子，但家里人包括岁爷自己，至死都还绝对记得，在听那种令人毛骨悚然的故事时，他们是如何紧紧地闭着眼睛，直到缩头缩脑，如同用黄土掩埋死人那样，把自己用被子严严实实地埋（蒙）住。要么，就是尽可能地把自个儿蜷缩起来，大气不敢出一声地依偎在母亲或者一贯娇宠他的祖母的怀里，然后，就乖乖的一声不吭，很快进入他扑朔迷离、恍兮惚兮、难以把控的梦境。

　　这种情景，持续到了岁爷他们家的第五花儿时代以后，至少他自己，已经能够从黎明先生教给他的《国际歌》里，通晓并确信无疑了"从来就没有什么神仙皇帝"，至于鬼魂一说，也就自然而然——早已被他排挞，归为否定与排斥之列了。可惜，这却不能包括他的花儿，就是说，他老婆花儿，不仅始终不渝，一直相信鬼魂，或者叫作灵魂这种神秘莫测的东西，还经常千方百计，给他找寻出证据引征。

"灵魂是有气味的。"她确信无疑，就这样说。

"是啥气味？"岁爷冷嘲热讽，不屑一顾地反驳。"那得看是谁的魂哩。"岁婆一本正经，说得跟真的一样。"好人坏人，当然是不一样的？"

"哟，咋个不一样法？"岁爷进而追问，存心要让她说出个七长八短的道道来。"你总是见过的，总不会胡说八道吧？"

"那当然了。"岁婆胸有成竹，还真说得绘声绘色，"真"得跟真的一样。

"好人的魂嘛，总归是香花蜂蜜味儿，坏人的，自然是毒草狗屎味了。"她进而强调，这气味，其实无处不在，随时随地，都会空气样萦绕在他们的身边。她坚持说，"你只要相信，它就会呼之欲出，随叫随到。"

她说，每每想到她那个美若天仙的桃子，立即就会嗅到一种特别清新沁脾熟悉的气味，那是她的宝贝女儿用皂角洗过头发，从她那锦缎似的一头茂密的乌发里散发出来的，那是淡淡的早春桃红李白鲜花的气味；如果她突然闻到，有一股野地里鲜嫩的麦萍萍草气息扑鼻而来，她就知道，那必定是被冤枉枪毙了的虎子儿回来了，他打小就喜欢吃包括麦萍萍之类的甜草，也是因为经常偷吃蜂蜜没少被她给训斥过的（想到这里，当娘的就难免心如刀割，泪如雨下！）；尚或，有一种紫花苜蓿青嫩的气息，在她身边氤氲，缠绵悱恻，不用问，她相信那必然是她的豹子儿了。这个当过八路军炮排排长的儿子，她怎么会想到，竟然偏偏会被一颗炮弹炸得无影无踪？但她相信，儿子的魂在，魂归故里，就飘散在他们家的地坑院子角角落落，她这个儿打小喜欢在紫花苜蓿地里打滚嬉闹，捕捉蝴蝶，或者在崖背上的桂花树下给她采摘桂花，带着一身香馨回家，吃她给他们做的最爱吃的苜蓿菜馍蘸酸辣醋水。这两个儿子，同胎同胞，却口味殊异，一甜一酸，截然分明，那是她绝对不会弄混淆的。

不仅如此，第五花儿还郑重其事地宣称，灵魂也是有形有状有声响的，当然也是看得到、听得到的。有个闷热的午后，一只调皮捣蛋的小花猫，舔完自己的爪子，大概感到无聊，居然殷勤备至地开始舔起正在酣睡的穗子儿的手心，穗子儿一惊一乍，大哭着醒转过来，正在锅台边忙活的岁婆花儿，急忙奔到炕头上来，一把推开小花猫咪，还没等她开口，猛一抬头，就看见天窗里飞进一道红光，一个女人特别婉转柔和的声音，抢在了她开口之前，气喘呼呼，急切

第十九章

询问:"哟,穗子啊,你咋啦、咋啦?"

花儿一怔,这不是红霞的声吗!难怪人说,母子连心,这一连,可是生死无天界呀!

"嫂子啊,难为你了。你的大恩大德,我娘儿俩,怎么也无法报答,几辈子能还清啊!"红霞那纯正清爽的嗓音,只是稍稍比惯常暗哑了一些。红霞哀叹:"为了留住穗子一条小命,你竟然把虎崽,唉……"

她哽咽了。花儿将哇哇啼哭的穗子抱在怀里,一边拍打安抚着他不要害怕,心头搐动,咯噔一下,蓦然就悲从心起,哭出了声。两个女人的哭声,立即合二为一,水乳交融,分不清阴阳彼此,谁是谁了。

岁爷自诩是一个中国特色的土布尔什维克,本想用他坚定不移的共产党人的无神论观点提醒岁婆花儿,那不过是她心里深层活动的外化和显现。可是,有一天上午,岁爷去东边放农具的窑里,拿一副备用的牛轭头,走进窑洞幽暗的顶头,他在那堆杂物的灰尘飞舞中翻找所要的器具,忽听得一阵"咕噜噜"吸水烟袋的声音自门边炕头上旋起,他回眸望去,竟看见是他的弟弟,那任英魁身穿灰布八路军装,正将两条打着绑腿的双腿盘腿屈膝,挺着腰杆笔直地坐在那儿,一口口吞云吐雾,吸水烟锅。"你不用怕,哥,我只是路过,抽空回来看看你,没别的意思。"

"路过?"岁爷一惊,直感到自己的心像石头落在了浮不起来的水上,一个劲直线地往下面坠。

"是路过呀。"那声音说,"路过人间,顺便回来看看。我实在是想你,忍不住了,可我知道,我没有脸回来见你,我没办法给你和嫂子交代,我把侄儿侄女,虎、豹和桃子,没有给你带好……可是……"

他将铜水烟锅圆柱形的烟嘴子,"咣当"一声,往下一顿又拔了出来,熟稔地凑在唇边,"噗"的一下,吹起烟丝儿燃后的余烬,似乎很惬意地舒了口气,说:"我顺便要告诉你,哥,那小穗子,就是红霞大姐的儿子,你好生用心抚养,但早晚要找到他的生父,一定要归还给人家的好……"

岁爷一愣,眼睛一眨,正要上前攀谈,问弟弟个究竟,却突然发现,炕头上早已空空荡荡,刹那间,就不见了弟弟的踪影。岁爷鼻子一酸,喉头一紧,一下子哽咽起来。

他不知道,究竟是弟弟在阴间另一个世界,还念念不忘惦记着他,还是他触景生情,在这孔和弟弟从小一同睡过的窑洞,止不住地突然又想起了弟弟,或者在太阳明晃晃的大白天里,他做了一个不可思议的真梦。总之,思忖良久,他拽起粗布褂子业已破烂开花的一只袖头,一边颤颤巍巍地擦拭着浑浊的老泪,一边细若游丝地喃喃自语:"我当然知道,不管他是谁的儿子,反正,我都会当成我儿子的。"

他好像是在对已经销声匿迹不存在的弟弟说话,也好像是在对自己信誓旦旦地表白:"谁说,难道,他不就是我亲亲的儿子?"

打这以后,那孩子这样想:究竟是哪一天,因为什么,惊动了黑匣子里的鬼魂?难道,是我的好奇心和馋嘴,惹怒了他们?属于他们的供品美味,是容不得别人染指的吗?

夜深时分,狂野的西北风发出无人理解、更无人理喻的怒号,狰狞可怖的窑洞门户,敞开在迷蒙的月光之下,更显得虎视眈眈……

窑里没有点灯。岁爷坐在炕沿上头,一袋接着一袋狠抽旱烟。烟锅里的火星,一明一灭,映照着苍白孤独的他,望着"无穷大"这块裹尸布遮天蔽地地抖落下来,把这个奇幻的家庭,变成了幽灵们的生活,严严实实地给笼盖住了。果然,窑壁边的躺柜上,那只黑匣子"咔嚓"一声,一抖,一跳,就活动起来了。

"有谁在这儿?"

"我。"

"你……谁啊?"

"任英魁。"黑匣子呜咽一声,悲悲切切,喊出来一个字:"哥……"

一窑人无不惊悚,一个个失魂落魄。岁爷却神情自若,不动声色:"五子,你要咋样?"

"我……上次急促,跟你只说了几句,还想跟你聊聊。"

他们兄弟二人,开始隔空对话,守着生死两端,不停地絮叨,喁喁交谈。岁爷一直不依不饶,整整一夜,对他这个幽灵的弟弟,问个没了没完。末了,他说:"算啦,咱们都累了,各自安歇吧,别再费精神了……"

那黑匣子里支吾了一声,言听计从,顿时安静(如能看见,一定是低眉顺眼),悄没声息,便不再言语。

他们就这样,在凄惨的空寂中窥伺彼此的声息,静听黑暗中游来游去的呼吸……

浓影重重,怏怏不乐,为之轻轻发抖。在不见底的黑夜里迷失方向。又不时看到有样子可怕的斑斑光点,萤火虫般跳跃蠕动,把永恒的"天窗"照得通体发亮。外面的院子渐渐发白,公鸡终于又亢奋地叫起来。东方欲晓,天亮起床,岁爷人老多忘事,一句话都没记住,他跟弟弟整整一夜,说了些啥,就像水面上大写历史,只记得有那么回事,但无法看见内容了?

第十九章

387

也是在那一刻,他耳畔长歌当哭——亦长哭当歌,却是真真切切回响起了秦腔《下河东》,一段蜿蜒曲折的历史之哭,大唱词来:

无一日王不哭先行/王好比轩辕黄帝哭苍圣/又好比尧舜哭众生/夏禹王哭父死非命/夏桀王又哭关龙逄/商汤王哭的老伊尹/纣王天子哭商容/周文王哭的伯邑考/周武王又哭姜太公/成王哭的周公旦/康王也曾哭召公/郑庄公哭的考叔勇/齐王又哭老晏婴/赵王哭的廉颇将/魏王又哭孙百灵/吴夫差哭的名辅将/哭王翦本是秦子婴/吴广哭的是陈胜/楚霸王乌江岸边哭范增/汉高祖被困荥阳哭纪信/汉文帝痛哭周勃老陈平/汉武帝哭的霍去病/王莽又哭徐世英/汉刘秀哭的姚子况/汉献帝宫院哭董城/曹孟德哭的典韦将/江南孙权哭吕蒙/刘备哭的是关公/小阿斗又哭诸葛孔明/隋文帝哭的太子勇/杨广被困哭杨林/唐李渊哭的元霸勇/李世民又哭小罗成/李克用哭的打虎将/黄巢寺外哭柳空/斩黄袍王哭郑三弟/下河东王哭御先行/耳内忽听得有人声禀……

广播匣子恣情泛滥的悲怆苦情,把咱岁爷从似睡非睡半休眠的状态摇撼醒来,他的脑海油然而生,情不自禁,竟有几句由来已久的现成唱词,热乎乎、硬生生,炒豆子般蹦跶出来。道是:帝王将相千古事,悲欢离合说不清。天若有情天睁眼,有谁哭咱老百姓?

/ 第二十章 /

事先死去

"我说过的,其实,我早已死去。而且不止死了一次。"岁爷这句话,是多年以后他真正死去——或者说是他最后与世长辞,由梅子姐姐转告我的。她手里有一份岁爷写给我的等同"遗言"的长信,特别要求她等到他最后一次真正死去,才可以转交给我。我对这封信的关注,远不及对他命运多舛的人生,或者说,是他那些曾经多次"死亡"的兴趣。就像他还在娘肚里时便有人叫他爷那样,他一出生还没来得及睁眼看这花花世界一眼,就仓皇地昏死过一回,闹得当时的一家老小失魂落魄彻夜不眠。后来,在漫长的孩提时期,他曾有过动辄被气死晕厥的怪病,可怜大木匠两口理所当然,给他的后脑勺蓄上一撮名为"气死毛"的头发,以充分有效随时拯救他猝然发生的"死去活来"。这百试不爽的奇技淫巧世代相传,都曾被他的子孙承袭不已。

灾荒之年,他几次三番为一家人谋取食粮而不得,曾在雪地昏死过去,从那儿一路踉跄,直走到阎王殿前奈何桥上,却被那些刁钻的小鬼们无理地拦住去路,还骂他枉为男人挺不起脊梁,是一块麻绳穿豆腐提不起来的稀松软蛋。小鬼们训斥他,"你木匠大已经甩下一家人,你不管,谁管?"在命悬一线的生死绝壁前沿,他有幸被一双奇大无比、扭转乾坤温暖的大手挽住,引导他穿越黑暗一往无前,直奔前途那熹微之光,把脑袋别在裤腰带上,无数次死里穿越而不自觉。

我当然忘不了我的岁爷,他曾经说他怎样被扒了上衣,五花大绑在官镇碉堡下层那一根木立柱上,立柱是刚砍伐来没有剥皮的一棵槐木树干,表皮疙里疙瘩毛糙粗粝,青面獠牙一般,恶狠狠地咬他赤背的皮肉直抵不堪痛楚的肋骨。岁爷横竖不招供村里的粮食在哪儿,谁是暗地"通共"的"红匪",只是一个劲装聋卖哑,反反复复说一句话:"把他个什!"

敌连长黄鼠狼劈头盖脸，每抽他一柳条子，他都只说那句"把他个什"。这句话意思含混，神秘莫测，直让对方丈二和尚摸不着头脑。"说什么屁话？"敌连长忍不住大声说："叫你给我耍赖，说什么鬼话！"

"把他个什……"岁爷嬉皮笑脸，居然调侃那"黄鼠狼"，"你说得对，就是鬼话，因为，我已经死啦。"

他说得风轻云淡比陶渊明还超然世外。这句话不卑不亢，不轻不重，不紧不慢，奈何那根柔韧青嫩的绿色柳条子打他一下，他就重复一遍，身上血迹斑斑已染成红色，他依然死不改口，还是那一句话，只是那一句话。最初，那句话从他嘴里习惯性冒突出来，似乎带有某种成分的庆幸和欣赏，像置身事外不关痛痒看别人的拙劣表演；后来，就有了居高临下的鄙夷和不屑一顾，且含有充分轻蔑鄙视的味道；再后来，简直就成了不动声色的寻衅挑逗，猫陪老鼠的嬉闹，或者是大人怂恿不知天高地厚的小屁孩儿恶作剧张狂发疯……

"把他个什！"他软硬不吃，仅仅觉得脊背硌得生疼。后来，那个湖南口音矮个子兵，闯了进来——他永远忘不掉的矮个子兵啊！那兵十足谄媚，低头在"黄鼠狼"的耳根子边嘀咕了一阵，那连长疲惫不堪地擦一把汗，扔下手中已经断裂成几段的青色柳条，就钻进他那个阴暗的套间里去了。湖南人给他松了绑，拎过来一只长条木凳子让他坐下，一边给他擦拭身上的血迹，一边用别扭的湖南话安抚他说："有点误会，你别见怪，他是弄错了人。其实，你是不是'共产党'有什么要紧，现如今国共合作，我们本来，就一家人，得是。"那人给他递个眼色，接着有意放大音频夸张地说："其实，我们知道你是'共产党'，更知道你是我们委派你打进他们那边去的，这个我们清楚得很。唔，对了，你不是还有个外甥，叫李志胜对吧，他可了得，是西安行营长官部派来的少校联络官，他年轻有为，可受胡长官的器重呢……"

那黄鼠狼连长一听这话，急眉赤眼跑了出来："你咋不早说，这不是大水淹了龙王庙嘛！"他悻悻然点头弯腰，忙着给岁爷赔礼道歉："唉呀，对不起，真的不知道哇……"

再后来，就是在碾麦场上，他突然又被官镇上的那帮贼兵给捆绑了。当时走进场畔南面的胡同，那位湖南人舍生救命，放了他一回。让他终生不得安宁的是，他至死竟然不得而知，那个救命恩人的名字。再到后来。他的生命，体量有限、矮小懦弱的生命，一次次被儿子虎子、豹子，女儿桃子，弟弟任英魁，恩师黎明和知音红霞大姐，一次次带走，他们一遍遍替他而死，让他每每生不如死，柔肠寸断，噬脐不及而百身莫赎啊！

我记得清楚，那会儿家里已经拉上了会说话唱戏的广播匣子，岁爷喜欢听秦腔，一听就会走神，好像不知身在何处。听，那里头好不热闹，正唱着高亢悲怆的《杨家将》：一门忠烈杨家将/热血报国好儿郎……/金沙滩里一仗败/我杨家折得真悲哀/我大哥身替宋王命不在/我二哥乱箭赴郁台/三哥马踩肉泥块/五弟落髪在五台/我六弟替宋掌兵帅/七弟高杆乱箭牌/我的父李陵碑前一命坏/群阳阵失却八郎来/将你儿失落番邦外/一十五载未回来……

秦腔大戏荡气回肠，不待听完，岁婆花儿倒不动声色，他却独自小孩似的掩面低泣，热泪涟涟难收难禁了。年与时驰，意随日去。梅子姐姐告诉过我，随着一天天看得见的老衰力微，我们的岁爷，并不一直都很英雄好汉。况且，她用诗人的语汇比兴，就是："一场暴雨豪袭过后，树上萎落无数叶子。不独在秋天落叶，也不尽所有落叶都是黄叶。"我们的岁爷，他既不惧死，也充分准备好随时随地地死。但生命之树偏让他接受寒凉酷暑反复折腾，稀里糊涂活到100出头，他自己都忘了活了多少，是普查人口来人的核实，一翻籍册大吃一惊："咦，咱这还有个长寿佬呢！"

消息传开，媒体蜂拥而至。省城一个医学专家专门来探讨研究岁爷长寿的秘诀，最后，发布了权威人士不容置疑的权威性结论："当行则行，当止则止。"这八个字玄而又玄匪夷所思，让人丈二和尚摸不着头脑，但最终还是有人拐弯抹角，经过一番周折，才打通专家的关节，让他透露出秘不可宣的健身长寿要旨。原来，权威说的是房事——年轻力壮时尽管放开纵情享受；但一上年纪就要及时止步，且不可纵欲贪心……是为真经。打听的人质疑："不止是男女之事吧？"专家的回答模棱两可："那就靠你的悟性想去。"如是秘诀箴言，终于曲曲折折传进岁爷仍然管用的耳朵，却让他嗤之以鼻，唯有报之一笑。有人贪心不足想打探个究竟，他只昏昏沉沉回答了俩字："不懂。"

也许他并非装聋卖哑，其实是以其昏昏不能使人昭昭。因为这时，他自己也常常难以分辨到底是在阳世，还是在阴世活着？就见整天躺在炕上，不吃不喝，不拉屎尿，活死人一个，目光直呆呆地盯死在头顶的窑壁上，眼珠子都不错一下，一盯就是一整晌午。那地方，好像有一枚固定在那里的铁钉，要不就是一只发誓不想苟延残喘活下去的苍蝇，与他分庭抗礼，默默地与他顽强对峙。

岁爷在想什么呢，不至于，连心思都僵死了吧！

也许，他正在寻思咋个样死，选一个啥方式比较合适。体面与否已经无所谓，要紧的是要省事、方便，不给别人留麻烦。

可是，别人，别人还有谁呢？剩下的都是死老婆病娃，年轻有力的都走了，打仗去了，革命去了，当官去了。至于仗有没有打赢，官有没有当上，革命有没有成功，那是另一回事。反正，都走"那啥"去了。死了的、活着的，全都一走百了不见人影。不管是他的弟弟五子，那个大名鼎鼎的营长、革命烈士、任英魁同志，还是他的儿子虎子、豹子，和女儿桃子，都说走就走，一点点声息都没有。尽管，他们都曾在这院子出生，在这窑洞住，在这炕上睡，一点一点，不知不觉地长大，哭哭笑笑生活过，吵吵闹闹或嘻嘻哈哈鲜活生动地"过活"过。可他们都走了，被一个死字毫不留情掠夺走了、劫持走了、携带走了，带到不知什么地方去了，一星半点痕迹都没有了。好像他们压根儿就没有到这个世界来过。他们那么年轻、壮健、有力，应该说还很标致、英俊、漂亮，毫无愧怍，被四邻八乡的村上人称为"人样子""人尖子""人稍子"，那么招人喜悦，却都永不回头，义无反顾地走了！

我呢，咳，一个半死不活缺胳膊少腿的废人，还值得糟蹋粮食、死皮赖脸，赖在这世界上吗？

岁爷在生死间隔的刀锋上，不得平衡，便顺理成章进入了有意识的自我毁灭。自己结果自己。早年，惊恐莫名的战争岁月，如同荒凉耸立的绝壁，不知不觉被时光抻长荡平，缓慢地转变成耐人寻味、悲壮坚韧的沉思曲了。岁爷残肢不全的身子，几乎无处不疼的煎熬，像在一夜间消失殆尽，他就肯定无疑地确信自己活得太多，活过了头，活得游离于现实世界。寿比南山的长命，并没有让他有丝毫惬意和满足，相反，更让他郁郁寡欢甚至愁肠百结。

"咳，把他个什，这哪儿是活着，只不过是活受罪罢了。"

似乎得到天启，他忽然脑洞大开，豁然明白敞亮：我活着，并不是我，原来是为了那些曾经拯救过我因而不该早去的恩人。他们像神一样护佑、亲近和温暖过我——我的那些至亲至爱的亲人、同伴、朋友——我活着，就是现世报地来赎罪的。他们尘缘未了，没有终老千年，我的义务大概就没有尽到——吃人嘴软，拿人手短，拿人钱财，替人消灾啊！何况，我受恩惠于他们的是慷慨赐予我无价的生命——把他个什，难怪，上帝不让我死，阎王爷也懒得派遣索命小鬼，打上门来把我接去。原来，是我的债务——我的花儿说得对，作为人的人情债，没还清啊……

想到这里，岁爷一咬牙关，驴打滚就地一个翻身，颤颤巍巍坐将起来，用那只战争洗劫剩下来残疾孤独的右手，顽强地撑起终究不可屈服的腰杆，决绝地掸去衣服上屈辱的灰土——那些每时每刻魔鬼样轮番折磨和摧残他残肢断臂的所有疼痛，也都挥之而去，随之，驱赶得无影无踪……

这时候，由于过分劳累，他的守护天使，已经在他身边浑然睡去。这是他三个女儿中最小的女儿梅子，我的梅子姐姐。我的两个姐姐一个被砍了脑袋，死了；一个被爱情俘虏和毒害，疯了。年龄最小的她，常常把父亲的残肢断臂，抱在怀里为其取暖，不分昼夜，关照着他的吃喝拉撒起居饮食。她太累了，以至于歪倒身子，就沉沉大睡得浑然不觉，一个姑娘家的呼噜，居然能赛过男子汉的如雷鼾声。在岁爷看来，这鼻息的震荡，本该是他的安魂曲才对，却不合时宜，变成了催眠和抚慰他的摇篮曲，这无论如何，已经是他心中永无安宁、流血滴泪的痛。

小女儿梅姑娘的孝义之举，却没想到，招来的居然是"跟父亲睡觉"——一个奇耻大辱，一个洗不脱的污名化诽谤——可诅咒的人世！人言可畏啊！给一个人扣上一个罪名，跟扣上一顶帽子一样容易，至少，比放屁来得方便，张口就是。何况，污蔑诽谤、构陷和谋害，这些人性之恶，随时随地都在作祟，几乎遍布人间用不着大惊小怪！重要的问题是，究竟有没有一种真正的法律，能够准确甄别罪愆的真伪和定夺程度的轻重，特别是能够澄明罪名背后真实的渊薮与滥觞。世界上，没有绝对合体的衣服，即使量身打造，也难能做到巧夺天工、天衣无缝。

罪名和法律呢？

于是，他开始惩罚和处决自己，用一根绳子勒自己脖子。可悲的是，居然没有足够的力气，让绳子紧缩到窒息的程度；他随即改用剪刀，趁岁婆不在，一剪子扎进胸脯，遗憾的是，竟然只扎到了骨瘦如柴的某一根肋骨，剪刀被鄙夷地反弹回来，奇怪的是，那胸部既没流血，甚至连胸脯上那一层奸猾的老皮都没有戳破。无声的嘲笑，就这样击溃了他硗薄残损的自尊，等到他再一次捡起剪刀，继续行凶时，曾经被常先生形象逼真形容为"五个兄弟哥们儿"的手指，却极不配合，竟然毫不容情，连一把骄傲的剪刀都向他宣示罢工，懒得去握紧了⋯⋯

我们的岁爷，自杀未遂。他悲哀地发现，自己已衰微到一只手用裤带勒不紧自己脖子的悲惨地步，残酷的老年失败战胜了他。猛然翻身，他滚下了炕，想把自己跌死拉倒。扑通一声，却惊醒了沉睡的梅子姐姐。

"大，你咋啦，咋跌到地上去啦？"梅子赶紧跳下炕道，失神落魄地抱起他。从来没哭过的他，哽咽了。我们的岁爷愧疚不已，啜泣着说，"把我娃连累的，唉，要害到啥时候，才是头呢？"

"大，你咋说这话哩，我孝敬你，还来不及呢。"梅子姐姐说，"我不累，因为，我不是一个人照管你呀，还有我哥哥、姐姐他们呢。他们虽然没了，但有我替他们尽孝。他们几个人的力气和心思，都聚在我的身上，我真的，不累⋯⋯"

这话说得轻描淡写，却字字句句，重锤一样砸进了他的心。几十年来，他曾经坚信不疑的生存观念，就这样被轻而易举，被修改了：谁说，死是容易的？不，活下来，才是最难、最难的，比登山、上天，都难啊……

　　就在这时，梅子姐姐的儿子，被人抱回来，就放在他的身边。梅子姐姐放下孩子，一摸他刚才睡觉的褥子底下，天，一片水滑冰凉。她急忙出去，到柴火窑里抱柴火烧炕。她的臭蛋蛋娃，伸长胳膊哭着要让她抱，不愿坐在炕上，似乎害怕看见岁爷那半死不活的样子，一定恐惧得毛骨悚然吧。梅子姐姐没有理会孩子。可她刚一离开，臭蛋蛋娃就往炕沿上爬，一只小手，已经抓空，眼见就要栽下炕去，就在这一瞬间，是岁爷，天知道——你突然打哪儿冒出一股劲来，一把就将臭蛋蛋娃给拉住了。孩子惊吓得哇哇大哭，你却心里一松，不意间露出天真的笑容。

　　唔，是的，他知道他抓住了什么，不知不觉，浑身有了一股子力气。看来，老了，废了，也并不是没一点儿用嘛。起码，我看娃娃，比那一只狗、一只猫还顶事吧。不经意这么一抓，他真的抓住了自己的救命稻草。从此，他一如既往，每天在大门外的墙根下晒太阳，他的面前，永远放着一包打开的水果糖、几包启封的香烟。

　　"抽烟的，点烟。不抽烟的，吃糖……"

　　他反复这样招呼和礼遇村里的老少爷们儿，看上去，酷似圣徒每天必做的功课，其实，却是践行和落实一种告别乡亲众邻们特别的诀别仪式。

意味深长

　　于云鹤的作战指挥室相当简朴，一切都显示着临时凑合的仓促，这和惯于讲究铺排的国民党军风格，有些显得不太吻合。推门而进，对面墙壁正中，挂着蒋中正的戎照，很有些虚张声势肃杀之气，照片下方一个临时征用当作办公桌偌大的案板，上面堆满文件和常用物品。座位后面，一溜头摆着几个木箱，除了他的随行衣物，还有些比较重要的随军零碎，仓促不及，凌乱地堆放在那。

　　于云鹤正在案子前俯首阅读文件，这是机要员刚刚送达的一份绝密电报，来自西安行营新的作战指令。他仔细看过，思忖少许，低声嘱咐机要员："让李特派员来一下。"

　　须臾，门外传来一声清脆坚定的报告，一身戎装的李特派员，就出现在门口。

"快进来吧。"于云鹤站起来招呼这个年轻的军人，对于他的敬礼没有还礼，只是很随意地做了个请坐的手势，然后将那份电报递给他。"长官部急三火四，等得不耐烦了，这已是今天第三份电令，要我们三日之内，务必拿下爷台山，为纵深攻城略地占领匪区扫除障碍，咳，真是高高在上，站着说话不腰疼哇。"不知为何，于云鹤抑制不住一腔牢骚，竟毫不掩饰，当着李志胜的面信口开河了。"看看，你们这些手握指挥棒的大人发号施令，比吐一口大烟泡都来得轻松省力。"

他说的是"你们"，无疑包含来自"上方"的特派员。"你们岂不知，上边的动一动嘴，下面的人哟，何止是要跑断腿呢？难道，你们还不明白，对面的陕甘宁边区，早已不是十年前江西的红军根据地了，那时都没将人家赶尽杀绝，眼下今非昔比，还想置人于死地，谈何容易？"年轻的李志胜随声附和道，"是的，不下来深入前线，还真感受不到共产党的顽强，他们的防守非常严密，虽不至于固若金汤，毕竟让我们的飞机大炮都奈何不了，几乎就是举步维艰，实在很难推进哩。"

"这就对了。"于云鹤苦着脸说，"你特派员眼见为实，可不是我们无能和殆战啊！实情，你该给上峰报告清楚，是我们的老对手出现了新情况，他们不仅擅长运动战、游击战，大概经过这些年抗战的历练，似乎也很能打阵地战和防御战。这是我们不能不正视的现实。"

"我明白你的意思。"李志胜点头，郑重其事地回答，"你放心，我不仅是来督战的，咱们使命一致，都是来效力的。"

"好，不是我赞赏和美誉你，你不仅年轻有为，还特别能设身处地，为别人着想，这一点，在我们党国的军队里还真是凤毛麟角。我也受你启发，问你一个私人话题，怎么，听说你还没结婚，那么，有女朋友了没有？"李志胜摇头。"眼前大战正酣，实在顾不上考虑个人私事。"

"倒是实情，佩服你啊，年轻有为，一心为党国事业操劳，想必，前途未可限量。"

"前途？"李志胜略显迟疑，微微笑道，"我真还不知道自己有啥前途可奔，只希望尽快结束战争，尤其是赶走日寇，让民众有个和平生息的环境。"

"是的。"于云鹤点头应和，"《孙子兵法》根本上就是提倡慎战、慎兵，用以安国全军，以图铸剑为犁。兵戎相见、生杀予夺，总是违背世道人心、天理伦常的事。可惜，我们力小身微更人微言轻，左右不了乾坤，只能任人驱策啊。"李志胜望着于云鹤的眼睛，发现他的眼睛也正好紧密地注视着他，目光中，显然有一种困兽犹斗的焦虑和穷途末路的沮丧。"年轻人，如此迫不得已、而无可奈何的大环境之下，原谅我倚老卖老，说一句不该说的话，抓紧想想自己，打点小算盘，安排好自己的终身大事，也许，不失为一条以退为进的正经去路。其实，我就是这样再三再四提醒我女儿的。可惜你们这些年轻人，晚一辈的人，很难理解我们的良苦用心，尤其在这兵荒马乱的年代，人身性命朝不保夕，更应该多留一份心思，为自己着想。"

"你女儿……"

"是的，跟你年龄相仿，一个很不听话的孩子。"于云鹤说着，突然从桌子上的一堆文件中翻出一张照片，"对啦，她跟我来信说过，你们可能有过往来交集。"

"是吗？"李志胜接过照片一看，忍不住豁然朗笑出声，"噢，是于洁呀，我们在行营高参班，一起受过训的，她现在……"

"唔，在国防部三厅，还一直在打听你呢。"李志胜一惊一乍："哦，她钻到郭沫若手下去了，变成文化人了，那可要刮目相看才行啊。"两人正谈得投机，只听有人敲门，陈国央副团长随声进来了。"团长，听说长官部又来电了，是催我们吧？"

"不错，我正要找你商议，你看咋办？"陈国央大咧咧地将帽子往案子上一摔，"咋办，上万发炮弹都打出去了，共产党军队阵地依然如故。我想知道团长是怎么想的，咱们的炮弹再多，终是填不满爷台山的沟沟壑壑对吧？"

"老陈，你这话是啥意思？"

"我是想说，我们的炮都打三天了，守山的共产党部队好像没有伤筋动骨遭到多大损失嘛，相反，我们一次次的步炮协同猛势进攻仍然不显效果，老是拿不下这山头啊！"

"听你的意思，是我指挥失误？"

"当然……不是……"陈国央意味深长地冷笑了一声，说，"不过，我总觉得，我们的炮弹弹着点，有点失去准头，怎么一个劲儿往山沟里打呀？"

"照你的意思，炮弹该往哪里打好？"于云鹤站起来，不客气地瞥了陈国央一眼，道，"共产党再蠢，总不至于站在山头静静地等我们去轰炸吧。他们的战壕和掩体，又没有修在山顶，你不让我的炮弹落在山洼洼去，落在哪里好呢？"

"反正，总是效力不大呗。"

"这个问题怎么说呢？要么是空军的侦察机为我们提供的方位、角度有问题，要么是我们的火炮诸元、设计参数不准确。"于云鹤眉头一皱，顿时拉下了脸，干脆迎面一击，给了陈国央一个猝不及防的"当头炮"："你总不至于怀疑，是我在故意捣蛋吧?"

"哪里、哪里,我只是觉得,我们没办法向上司交代……"

"这个,我就管不着了,反正,牛师长给你的死命令,你也给人家信誓旦旦拍了胸脯,相信,你陈团副,是会有说辞的。"陈国央嗫嚅半天,最终却没有说出话来。突然转身,意味深长地扫视了李志胜一眼:"特派员,这事,你可是见证之人,我们并没有怠慢。"

"水无常势,兵无常形嘛,胜败难料,我们还是再继续努力吧。"李志胜欣欣然安慰着他,别具深意含蓄地笑了。

惊悚一刻

那个早上发生的事,李志胜肯定一辈子难以释怀。二十八岁的第五良虎,参加革命整十四年,其中六年化名"李志胜"打入国民党军担任中共卧底内线。这种隐秘使命无异于刀尖上跳舞,仿佛一枚骑线印章,随时的挪移都有扯裂的危险。尤其在边区的"边界",红白参差犬牙交错,水火不容而严峻对峙的双方,开宗明义,都给了这类人一个统一口径的共同称谓——"骑墙主义"。这个命名,既不全指"中立人士",又与"双料间谍"尚有区别,它难免有些含混其词,而且在脱离当时当地所处环境的特殊情况下,很容易被人误读误解,甚或混淆于左右摇摆、两面三刀的投机钻营机会主义分子:即举起左手"拥护共产党",举起右手"服从国民党"。

事实上,自从1936年"西安事变","张、杨"的东北和西北军联手"兵谏",促成"国共"二次合作"停止内战、一致抗日",两党的互相渗透和控驭,在某种程度上已经是公开的秘密。你中有我,我中有你。而且双方都心知肚明,还特别留心和提防着另一种防不胜防的情形,那就是:你变成我,我变成你。这一点,第五良虎同志,不,是李志胜,无疑了然于胸,自当审时度势,时时警惕小心。不过,他被陈国央特意"请"到临时刑讯室时,推门而入的一刹,他的内心毕竟受到了空前震骇,那一瞬,他头脑"嗡"一声,有如当头挨了一棒,心里一沉,极力稳住自己的情绪。突然看见妹妹桃子被绑缚在那里,震惊之余竭尽猜想,一个八路军女卫生兵,忽然穿起国民党军服装,却又被羁押在这里,一望可知,妹妹不同于他,穿上这身黄皮,无疑是双方交战中不得已而为之的"兵不厌诈",一种战术上的需要。一个明确的判断电光一闪,便掠过了脑海:妹妹桃子,是不幸被俘虏了。

他脑海鼎沸急速翻腾,恨不能马上过去解开捆绑桃子的绳索。尽管他极力控制自己情绪，希望镇静自若装得事不关己，可脑门上还是渗出一层细密的冷汗。好在任桃子从容镇定，临事不乱，似乎早有预料，并没有因为突然见到亲爱的大哥而显得惊异、激动和慌乱，反而满脸冷肃，全然不认识似的，只轻蔑地飞快瞥了他一眼，便扭过头去。

"咋样啊，李大特派员，"陈国央话里有话不无讥诮地含沙射影，"想必，你不会认识她吧？"李志胜被这句话提醒，全力控制住自己怦怦颤抖的心跳："此话怎讲？听陈副团长的意思，我好像一定要认识她才对，是吧？"

"不不，请别误会。"陈国央狡黠地一笑，"我是看见你一进门，就不由自主吃了一惊，眼神里似乎大有深意，不同寻常啊？"

"呵呵，陈副团长，这你倒说对啦，我真的吃惊，眼前一个青春靓丽的女兵，到底是打哪儿来的，既然一身咱自己的军服为啥还要捆绑起来？对啦，还有，我看陈副团长你的一双眼睛，也够辛苦，一直没清闲着啊，自我进门，不也滴溜溜不停地在人家身上乱瞅，几乎要黏上吗？"

"这……你也没有说错，爱美之心，人皆有之。我想不通的是，这么一个如花似玉的美人，怎么搞的，偏偏会是那些穷鬼共产党里的一个女兵？看来，她很喜欢我们的服装，若果真能够成为我们阵营中的一员，那可是名副其实的军中之花啊！你说，这是不是一件两全其美的好事？"

"这么说，你叫我来，是劝降她？"

"是啊，我们虽然拿下了爷台山，可是损失也有点太大，死伤上千人马不说，还让他们劫了我们的军粮，真是可恶！可我们却只抓了一男一女两个'共匪'。那个男的嘛，我看，就枪毙他吧。可这女的，嘿嘿，你说杀了，是不是实在可惜，毕竟，男人都怜香惜玉，这么一个世间尤物，处死她，大概老天爷也不会允许，你说，是不是呢……"

虎子听着，一腔热血直冲头顶涌去，他觉得自己的头快要爆炸了，恨不得马上过去，一把扭下陈国央肥硕的脑瓜。心里正焦灼如何搭救妹妹，不料桃子突然抬头，"噗"的一下，朝着他啐了一口唾沫："你们这些丧尽天良的遭殃军，不打日本，专门欺负老百姓，算什么英雄好汉？"

虎子蓦然一惊，知道这是妹妹有意在保护他，多年不见，他既为妹妹的成熟进步感到欣慰，又为她机智灵活为他着想心生感动。此时却见于云鹤于团长急匆匆走进来，他身后，紧跟着警卫排的马排长，这个机警的年轻人，只向他眨了眨眼，就已经让他心知肚明，于团长何以会"消息灵通"及时出现。尽管如此，虎子心里虚悬，仍然没底：难道，还能指望于团长解救妹妹吗？他表面不动声色，但心口骤然冰凉，心脏好像突然被绳子紧紧地给勒住，几乎都透不过气来，而脊背上则蛇一样蹿过一股凛冽的寒气。大脑瞬间空白，一团纷乱如麻的思绪被猝然临之的惊慌失措扫荡得一干二净。他暗自咬紧牙关，极力让自己镇定、再镇定！千万不要显得惶恐不安和束手无策。但他决心要避免妹妹惨遭毒手，即使拼上性命，也在所不惜。可问题是，即使拼了性命，是否就能救下妹妹呢？也许，他设想，这时候，当着于团长的面认了妹妹，就说她是为了来找他，特意蒙混过关，穿了一身国民党军军服。可是，她和何连长——他知道何建安已经是八路军的侦察连长，两人为啥会一起被俘，怎样才能说得圆通清楚，让于云鹤没有疑虑，心服口服？左右为难之际，正不知如何是好，直觉双腿发软，浑身直冒虚汗，那股寒气穿透腹腔，弥漫全身，禁不住让他心生一阵阵惊悸颤动。就在这时，始料不及的事情发生了，于云鹤团长看都没看他一眼，相反，直视了陈团副片刻，却石破天惊，发出一声不可违抗威严的命令："放了她。"

"团长，这……使不得吧？"陈国央连连摇头，一副桀骜不驯的样子，"这可是，'共匪'女兵呀！"

"女兵。她首先是个女孩。"于云鹤笑了，笑得冷风簌簌冰雪寒彻，脸上一时间也冰河铁马，肃杀得让人胆战心惊，"我十几万大军，已经掩杀过去，还怕对方一个女兵吗？"

"这这……"

"再说，作为国民党军中一个炮兵加强团的副手，你至少也该懂得，战争中，还有比大炮更具杀伤力的武器！"陈国央眨巴着他的小眼，疑惑不解地问："你是说，特工……"

"比武器更厉害的是人。"于云鹤倒剪双手，轻微摆头，端的庄重肃穆无可置疑的样子，"再可怕的武器，也要人来操纵，在一些特定条件下，一个人的力量，远抵过千军万马。陈副团长，其中的奥妙，你不会不理解吧？"

"奥妙？"陈国央一时哑然，他那锥子样尖利的目光，不由得在于云鹤的脸上探询地逡巡，又在第五良虎李志胜的脸上闪烁着游走。他心里嘀咕，奥妙是什么意思，难道这个漂亮的共产党女兵，会是身负特别使命的党国潜伏人员？他可是听说过的，戴大老板（戴笠）的军统组织特别行动，曾经将一车一车受过特别培训的党国精英，青年学子、男女特工，秘密输送，打入陕甘宁边区，单是潜伏延安执行"斩首、剜心"任务，针对毛、朱、周、刘等领导的暗杀团，就有千余人，此举一度引发延安共产党混乱不安，内部进行的肃反甄别"抢救运动"，就曾造成不少冤假错案。

"怎么，我说放人，没听到吗？"于云鹤斩钉截铁的喝令，把陈国央从迟疑中惊醒,他迫不得已,急忙点头称是。"行动啊!"他拧头对马排长说,"听团长的。只是,上峰追究下来,我可不管。"于云鹤的脸色肃然冰冷似铁,毫不留情反驳他道:"你们只管说是我的决断,大不了,把我也当'共匪',砍头而已。当然,我可不是没有底线——底线懂吗?底线就是内外有别、男女不同。你们听明白了吗?身在军中,敌我自然是要分清楚的。"陈国央自然听得明白,这话来得绝决果断,其威慑多少是捎带给他的,他有点目瞪口呆,几乎不敢相信自己的耳朵了。"那么,请问团长,那个男'共匪',又怎么处置,也放了吗?"陈国央假惺惺地请示于云鹤,眼睛则滴溜溜地眨巴,在团长的脸上继续试探性打转。

"这个,就交由李特派员去处置吧,他是战区巡视督查,这是他的职责所在。李特派员,你就以战区巡查名义抓紧审查甄别,亲自去处理他吧。"

李志胜、第五良虎——虎子,猛然惊醒,他无疑听懂了于云鹤的言外之意,飞快地扫了桃子妹妹一眼,转身时又像无意间瞥了马排长一眼,就出去执行于团长的命令了。危情瞬息万变,虎子一时不知怎样才能兼顾妹妹和"处决"安子。没有万全之策,他只好在心里默默祈祷,把释放桃子妹妹的事拜托那马排长了。对于安子,他心里有数,也许于团长让他来处理他,就是个一箭双雕的考验,当然,也不排除于团长又有意为他提供一个解救安子的机会。就看他怎样见机行事了。突发情况急转直下,让他对眼前发生的一切有些吃不太准,更觉出驾驭的难度。于云鹤团长决定释放妹妹桃子,究竟出于怎样的考虑?而让他大权在握,何去何从,独立去决断安子的生死大事,于云鹤是不是在考验或试探他的"可靠"与"忠诚"?是的,在此千钧一发之际,事关得丧存亡的关节点上,只有他——第五良虎同志,心里有数,知道那"可靠"与"忠诚"的真正所指。至少在当下,他知道自己有负重托,没能圆满完成预期任务。在两军交战期间,接受党的委派,比之掌控敌人前沿部队军事情报,更重要和急迫的任务,是要千方百计促进于云鹤这个"大炮筒子"能够倒戈,在阵前起义反正。可惜,截至眼下,他的有意"渗透"和促进,虽不能说毫无收效,但确实远远不够。一方面,于云鹤显然还在举棋不定,徘徊踌躇;另一方面,他也没有和盘托出自己的真实身份,包括明朗显豁的劝降意图——因为,这样的时机把握和决断,尚在他的直接领导手中。

总之,火中取栗,都是很棘手的事,他必须做得不留破绽,滴水不漏。他带领一个班的士兵,将安子从另一间屋子押解出来,一边往自己的手枪里填压子弹,一边漫不经心地"训斥"安子:"共匪,听着,给你最后一分钟考虑,你若投诚,荣华富贵,一辈子进天堂,还是一意孤行,继续选择对抗?如是后者,那就只能去上西天了？反正，想回你们边区，是没门的事，除非下一辈子。而且，我告诉你吧，国民党军队已经全线推进，占领了你们的赤水、淳耀一大片地区，你就是逃跑，也跑不出我们的占领区。"

安子抬头，瞅着眼前的虎子，心里开水一样滚沸：他是在给我亮耳朵呢。"你们枪毙我吧，只是……只是，不要伤害我们的卫生兵，那是国际红十字会规则，不容许的……"

虎子拉下脸道："这由不得你，也由不得我。你先回答我，到底投不投诚我们国民党？"

"下一辈子吧。"安子不假思索，神情沉静轻松自如地说，"下一辈子，我当国民党，像孙悟空钻到牛魔王肚子里那样，把你们从里头闹腾，全部撑死！"

"枪毙！"虎子斩钉截铁，有意狐假虎威地大喝一声，"将他押往前面的沟圈，枪毙拉倒。"

喊着，他捷足先登，第一个冲上前来，亲手拽住捆绑安子的麻绳，往前一推，押解着就走。那作风凌厉，步伐迅疾，旋风般就将那班萎靡不振的士兵甩开一大截子。"记住，我枪一响，立马倒地，滚下沟渠逃跑！"

他一边悄声叮咛安子，一边松了其背后捆绑的绳结。沟圈旁边是一片乱坟岗子，虎子将安子推上一个坟堆，让他面朝自己站定，飞快给他使了个用意明确的眼色，接着后退回几步，正好等到那班士兵尘土飞扬地跑步赶到。他呼喊他们站成一排，等候命令，准备举枪。忽然又回头对他们说："今天，让我先来，好久没有枪毙人了，看看我的枪法如何，如果不能一枪毙命，剩下的就劳驾弟兄们了。"

话音刚落，他一抬手，就"啪"地放出一枪。安子应声倒地，一骨碌滚下了坟堆，再一翻身，挣开了捆绑他的绳索，又一个驴打滚儿就势一跃，就从十几丈深的沟圈跳了下去。虎子带领一班士兵，冲上前来，朝着深沟巨壑，盲目地胡乱开了一阵子枪，就振臂一呼，吆喝着收兵回营了。

但是，他没想到刚走出不到一箭之地，一队人马迎面飞奔而来，为首的人肥头大耳，哈哈一声大笑，当即勒马，挥臂招呼跳下马来的士兵，将虎子围了个水泄不通。

"不错、不错！"陈团副得意扬扬地摇头晃脑，"特派员果然办事麻利，身手不凡呀！只是，请问，你处决的共匪在哪儿呢？"

"已经枪毙了。"虎子镇静自若，指了指沟圈，"顺便，扔进沟里喂狼去了。"

"哼，喂狼，嘿嘿，你可真是狼狈为奸啦。可惜，你这个精明透顶的小狐狸，终究露出真尾巴了！"他张牙舞爪，一脸横肉的阔脸勃然色变，大叫一声，

"把他绑了!"

"你想干啥?"

"你心里清楚,私放共匪,还问我想干啥?"陈国央手执一根马鞭,在自己的高腰皮筒靴子上潇洒地抽了两下,"你放心,大特派员,它会告诉你,我想干啥。告诉你吧,年轻人,你跟我玩阴招还有点太嫩。我盯梢你,可不是一两天了。任虎子,哼,八路军的第五良虎同志,嘿嘿……"

李志胜,不,我们的第五良虎,就这样陷于敌手,被逮捕了。

/ 第二十一章 /

小白马呀

　　上小学时，我最爱上音乐课，也就是学唱歌。唱歌让人心情舒畅，作业简单，没有压力，最主要的是教歌的是个女的，而且是我们那所高小唯一的女老师。女老师虽说不上多么漂亮吸引眼球，关键是年轻、干净、整洁、利索。一身上白下蓝的朴素装束，总给人爽心悦目的舒适，宛若荒草丛里偶现一朵小花，尽管朴素如常貌不惊人，毕竟物以稀为贵——还是不由自主，要让人眼前一亮的。

　　我们全班只有三个女生，可以说基本是一色男娃，而且，大多数像从羊圈里滚爬出来，脏拉吧唧邋里邋遢，几天都不洗脸者大有人在，更多"鼻吊"，也就是鼻涕虫，常常出溜下来以至于眼看就要"漫过黄河"（越过嘴巴），也无非是抬起手腕，顺势用衣服袖头横扫一下。久而久之，再看那袖子头，就都油光闪闪明渍发亮了。

　　但是，只要女老师难得一次上音乐课，（一周仅有两节）大家都会不自觉地注意纪律和卫生了。有人会早早去擦黑板，同时把讲台的讲桌也擦得干干净净。女老师名字有点土气，是山里面一种可以充作假冒水果的野果，叫马茹茹，她的丈夫却洋气得很是了得，一个端公家饭碗的干部，虽然只是公社里的党委秘书，尽管不是党委书记，可他一旦光临我们学校，不仅马老师高兴，整天板着黑脸的我们那个盛气凌人的校长，都会骨头轻贱得简直要飘飞起来，立马屁颠屁颠，亲自跑到大门口去迎接他。从此，似乎约定俗成，秘书同志每每必先到校长办公室喝茶聊天，谈笑风生，然后，才会大驾光临，宠幸马老师那间宿办合一的房间。

　　在我们一伙儿碎子儿娃娃怯生生的眼里，这个马老师的男人，岂止是官，差不多就是神了。他很有公家人派头，当然也很神气。我那时是学习委员，在迫不得已要送全班作业本、需要去轻叩女老师那扇神秘的房门时，总是有点杌陧不安、提心吊胆。有一天，我进了门去，见到老师的男人正恣意地跷着二郎腿儿，面朝纸糊的顶棚天花板，舒适惬意地躺在女老师铺着花布床单的炕上。他当时穿的啥衣服我想不起了，但记住了他朝天高高架起来的那一双脚，脚上穿的是一双几乎透明的肉色丝袜，猛然看去像没穿袜子，再一细看，其实又明明是穿了袜子的。我那时孤陋寡闻少见多怪，真的是第一回见识这种像没穿袜子的袜子，目光一定发呆，傻子样迸发贼光，磁石吸铁样完全给吸引住了。所以，就一直惊奇地盯着他脚上的袜子。那个大人物公社党委秘书同志，当然一眼就看穿了我被冷冻住一般的木瓜样子，于是，便忍不住有些扬扬得意，带着几分着实的矜伐、炫耀和讥嘲，取笑着问我："咋啦，没见过吧，这叫尼龙袜子，是我前几天去咸阳买的。"

我羞愧难当，无地自容地忍不住点头，承认自己太乡巴佬。别说我真的是头一回见这种袜子，也是头一回听说"尼龙"这个神奇的名词，包括"咸阳"这个地方，也似乎遥远得在几千年以前的秦朝，高邈得如同在另一个星球之上。不知为啥，我当时心里痒痒的，突然很想摸一摸他的袜子，好在最终我还是给强忍住了，没敢去摸。好在，秘书同志毕竟为人和蔼礼贤下士，他郑重其事，也是不无善意地对我说了几句很有煽动性质"励志"的话，由此，便永远铭记在我的心头。"好好念书吧！将来，要争取走出这穷乡僻壤的落后小山村，去大城市工作，那里好东西、好吃好喝穿的用的，什么没有？说不定，还可以娶到城里漂亮得跟花儿一样的姑娘，给你当媳妇哩，你说，美还是不美？"

我正为难，不知该说美还是不该说美，因为对我来说，这些都闻所未闻还是破天荒的事儿。这当儿，马老师就回来了。她给她男人介绍我，说我是班长兼学习干事。在说到我的名字和岁爷任仲魁的关系时，我发现他们两口子的眼神异样，交流着某种不言而喻的隐喻，我明白无误地领会到，他们之间必定有一席话，显然不便当着我的面而言明。自然，那些话又必定与我有关系。见此情景，我还算是知趣懂事，马上告退，走出了马老师的房间。

他们夫妇在我走后，到底说了些啥与我相关的话，我永远不得而知，但马老师教给我们的歌儿，那首像极了山村野小子打滚撒欢的歌儿，却一路狂飙，陪伴我（应该是驮着我）狂奔了好几十年，让我至今淡忘不得。对啦，那首歌儿，就叫《小白马呀》。虽然，那马不是唐僧西天取经骑的白龙马，也许由于也是马老师的马，我仍然能在沧桑岁月半个世纪之后，还可以完整地唱出它来：少先队员顶呱呱，翻身骑上小白马。小白马呀快快跑，快快跑呀小白马……

几十年过去，遗憾的是，我虽然清晰如昨，仍然记着那些活蹦乱跳的歌词，可我至今可怜巴巴就是整不明白，为啥要骑上小白马？也弄不清，为啥还要小白马一个劲地跑呀跑，不停歇地瞎跑个没完没了？特别是这么两句，因为这两句歌词，还特别强调——在此处要求不断地被重复着反复去唱的：小白马呀，快快地跑呀，快快地跑呀，小白马呀！然后又是：跑呀跑呀，跑呀跑呀，（接连重复两遍）最后又是：翻身骑上小白马！（戛然而止）

我记得岁爷说过，当年有一个名叫关大胡子的什么游击队长，曾经有一匹著名的战马，因为那马还有一个悲壮惨烈的故事，但那匹马不是白马，更不是小白马，而是一匹英姿勃勃的枣红大马，高头俊骨，浑身炭火似的毛色闪闪发亮，真的威武雄健得很呢！我的女老师，她和她教给我们的"小白马呀"，到底有些啥故事，我好像有许多话要说，但将开口，却又不由得感到空虚，乃至恐慌，最终，竟说不出个什么道道。

唉，小白马呀，跑呀跑呀，快快地跑呀……

由于这匹任性的"小白马"，在农村那些高脚牲口里面，我不知不觉，竟给了马一份特别的钟情和渴念。当时有个插队到内蒙古为抢救集体财产（木材）而献身的知识青年金训华，在宣传他英雄事迹的报纸上，有一张他和马的照片，我记得我曾特意剪下来夹在本子里，当作明星式的偶像崇拜备至。还有一首尽管不怎么会唱，但却特别爱听的《骏马奔驰保边疆》。特别是让我崇拜的作家张承志的小说《黑骏马》，更让我喜不自胜，爱不释手甚至魂牵梦萦。总之，这种本性良善驯顺并竭力服务于人类的生物，绝对是我们的朋友，我虽不能有，却心向往之。做梦都想拥有一匹矫健可爱的大马。可惜，那时我们村上——已经是生产队时期，太穷，别说一匹马，像样的驴都没几头了。而在我最初的亲密接触中，除了面相和善的羊，居然只能是蠢笨混沌的猪。

那时，我好像还小，大概是因为岁爷腿脚不灵便，队上特意让他经管几头猪。我就成了他最得力的帮手。暑假期间，一头刚买回来不久的小猪崽子颇为可爱，我偏袒它，每次都特殊照顾喂它吃精饲料，打回来的最嫩的野菜野草，也先供它享用，所以它长得很快。后来开学，每周回来，我都特意去看望它，喂它青饲料吃。年终，队上决定把它杀了，给社员们分肉过年。我正在喂养，听说这个消息，便把猪藏起来——藏在家里的一只黑拐窑里。他们问我，我只说没见。全村人动员起来找猪，都说，难道猪会飞了不成。一再问我，我非但不承认还撒谎说，也许是飞到天上去了。最后，猪还是给找见了。是愚笨的猪憋不住寂寞，哼哼唧唧，自我呻唤把自己给出卖了。

杀猪的那天，我躲得远远的，听见猪失魂落魄尖锐刺耳地高叫着，我竟丢人现眼忍不住哭了。当然，最后，我们家也分了猪肉，花儿娘岁婆和杏子、梅子姐姐忙碌着包猪肉包子，故意问我想不想吃。我摇头说不想。小梅姐姐就把出锅的鲜肉包子塞到我鼻子下面，故意捉弄，让我闻着勾引馋虫。"说真话，到底香不香？"

我忍不住一个劲儿吞咽口水，最后只好老实承认，说"香"。杏子和梅子姐姐开心大笑，还故意撩猫逗狗挑衅我："你哭一下，再哭一次你的猪宝宝，就给你吃。"我吞咽着口水乞求她们："还是让我吃、吃了，再哭好吗？"她们就讥笑我，是个"假慈悲的真馋猫……"

不好意思，我怎么跑题，突然从马又说到猪了呢？

白马非马

参军之前，未满十八，我就被"吐故纳新"入了党，公社书记先是让我给他当通信员，提水打饭，跑个腿。后来发现我还比较勤快能干，尤其是爱看书读报，抽空也爱在公家不花钱的办公用笺上抄抄写写，就让我作为机动人员，也加入了"清理阶级队伍"专案组。专案组加上我也就四个人。有一个抽调来的六六届高中毕业生，跟我一样都是临时工性质，不拿工资，但在队上给记工分。不一样的是他文化高，而且已经结婚，而我只是个初中肄业，刚上到初二没多少文化水平的半吊子。另外两个，一个红脸膛儿名叫张洪喜的是公社的武装专干；一个爱唱秦腔自乐班的黑脸曲友发是民政助理。他们都是有职有权的人，自然，被任命为正副组长。别看这个小组人少，还是七凑八拼捏合在一起的临时性组织，但当时对很多人威胁很大，一旦认为你历史有"污点"、有问题，或者家庭成分偏高表现不好，特别是有什么不合时宜的"反动言论"，随时都可以由专案组交给公社专政队武装基干民兵，管制、监督、批斗、劳改，立马就失去了自由。这个专政队何其了得，它们是长牙齿的，随时都会咬你一口。但他们难免钟馗杀鬼，也常常误杀好人。我敢说，就是难免黑白难辨好坏不分。

有一天，他们派我去邻县高硷镇搞外调，实际上是抄一份当时油印的传单，据说，那传单上有我们公社过去参加过国民党的一些"漏网分子"，因为在边区时代，这个邻县的高硷镇因为距爷台山不远，也曾经和我们家乡一起，划归关中特委管辖的赤水县，过去有很多事都搅和在一起扯不清楚。这原本是一件很重要的任务，但没想到，他们认为也很简单，就让我独自前往。我当时心里有点发怵。因为我知道，去那个高硷镇有三十多里路不说，还要连续翻两架大沟，我们把那种沟叫连裆沟——就是一沟翻过紧接着又是一沟，像一个人的两条裤腿，沟路陡峭，崎岖不平，净是弯弯曲曲羊肠小路。因为山大沟深人迹罕至，倒是豺狼虎豹屡屡出没，让人提心吊胆，经常有庄户人家的猪羊鸡鸭，被野兽叼去的传闻。我们村上，一个姓米的老三因为住在沟畔，他的三岁小儿在大门口玩耍，眼瞅着一只狼突然光顾，叼起孩子就钻进了沟。米老三当时正在炕头吸烟，丢下烟锅，鞋都没来得及穿，光脚板追了出去，一口气追了几道峁梁和沟渠，最后，只捡回来孩子一只沾着鲜血的小鞋……

想起这件事情，我一个人虽然手持一杆矛子（红缨枪）为自己壮胆，但走在空无一人的两架大沟里头，还是头皮发麻，毛发直竖。下坡，我几乎是没命般撒腿跑的；上坡跑不动，就一边爬坡，一边手握矛子，准备随时对付出没无常的野兽。等我赶到高砭镇上，衣服全部湿透，头发上都往下滴着汗水。恐惧就那样一直紧紧揪着我的心，把它提得高高的悬在半空，都快要堵在喉咙眼上。我记得岁爷的一句话，他告诉过我，一个人走山路或者夜行，尽管往前面看——理由很简单，因为后面的路你已经走过去了，即使有鬼，也是在追赶着你，怕的是前面的路，或者曲里拐弯，或者坑坑洼洼，如果有塄坎、陷阱，就会绊倒你，想跑脱就难了——这些富有人生哲理的大白话，后来，就不知不觉，成了我为人处世坚信不疑的信条，但在我年幼无知的当年，也只能就事论事、简单肤浅地理解，并没有完全吃透和领会它的精髓要义。

我在迂回曲折的山路上踽踽独行，几近亡命脱兔，因为我下意识里总觉得身后有个什么东西，影子样远远地觊觎着我，好像随时都会伸出尖利的爪子给我致命一击，但我始终强忍着，不敢掉头后顾。好不容易上了塬畔，可以看见地平线上冒出的村庄、烟囱和树木，也渐渐能听到前方村镇的人声狗叫——真的是狗叫，只是汪汪的狗叫，忽然从我身后突兀而起，直到这时，我才忍不住回过头来——我发现竟然有一只狼，在紧追不舍，尾随着我——不，我眨眼再看，却不是狼，而是一只狗——明明白白，居然是"一分为二"，我家的那只"太极"忠犬！天哪，它何时随我而来！我简直有一种说不出的感动，我怎么就没有想起它，实实在在存在的它；而它，却没有忘记我，那样忠实、坚定，锲而不舍。它追上了我，气呼呼汪汪地低吠了两声，热切地抬起头凝望着我，然后在我的裤腿上蹭了蹭头，最后，就殷勤地跳到了我的前面，邀功讨好地摇着尾巴……

这只忠犬——天知道是第几代"一分为二"，岁月老去，可它和它的祖先一样驯顺和听命于主人，却始终如一，坚贞不渝。那天，好在要办的事情简单，也遇上一个热心肠人，他给我找到一些红卫兵散发的油印传单，让我吃了饭，随即抄了一下，事情很快就办结了。问题出在最后抄写的那份传单上，我抄着抄着，忽然眼前一闪，出现了一个熟悉的名字：任仲魁。我一下子愣住了。天哪，我的岁爷，他咋会加入国民党呢？不，这绝对是诬陷。我这样相信，而且坚定不移。

于是，稍许迟疑，我就理所当然将岁爷的名字给越过去，省略了。我怕那人发现，赶紧又把那些传单交还他。接着，就让他在我抄写的名单上签字盖章。我因害怕他会详细核对原文，心里止不住咚咚激跳，那样就会很容易发现，我少抄写了任仲魁的名字。但谢天谢地，他没有细看，只是粗枝大叶马马虎虎扫了一眼，就将公章"啪啪啪"地一连串盖在抄写件的每一页，并将所有页面切口，错开排列，将一枚大公章横压在折叠的骑线茬口。

天色将晚，那人建议我在镇上住下明天再回，他怕天黑沟里不安全。我坚决拒绝坚持要回。出乎意料，回去的路上，因为有"一分为二"陪伴，我自然不用再害怕有野兽出没，但我心里，却又被另一种隐约的恐惧占据，满满当当地填塞着，让我一想起来，就后脊梁发冷。大天白日的，太阳明晃晃地依然当头照着，可我觉得，依然有一种鬼鬼祟祟、鬼影般的东西追随着我，笼罩着我。因为我想到，虽然我没有抄写那份传单上岁爷的名字，但那份传单底子，可还在高硗镇上，万一有人发现，可怎么办？我忧心忡忡，直接回到家里，悄悄告诉了岁爷，希望他一口否认此事，也给我一点脚踏实地的心理支撑。可是我没想到，他居然不假思索，一口回答我："这是真事。"

原来，当时上级党组织特批，任家堡子由于所处地理位置特殊，要求村里几个地下党员，秘密地集体加入国民党，目的就是方便工作，掌握敌情。但是，在那个红卫兵造反年代，这里面的内情是说不清。所以，我坚决要他"咋的，都不敢承认"……

岁爷没有答应，也没有反对，只是沉默不语，一个劲猛吸旱烟，从嘴里不断冒出一股股缭绕的青烟。不久，这一起"一脚踩两只船"的"两党公案"，不了了之，也无人深究，而我却因为在公社里跑腿儿混事，被幸运地破格"吐故纳新"，很快就入了党，当然是"伟大光荣正确的中国共产党"。除了赶上时势机遇，还因为公社书记，老早就是边区地下党的一个领导，他和岁爷一同"闹红"，一起"跑交通"，也因为此人比较精明能干，嘴头子利索能说会道，解放后，很快就当了乡长，又由乡长当上了后来的公社党委书记。他和岁爷是老关系，岁爷家就曾经是革命年代党一个地下活动的联络点。过去，书记还不是书记而是边区游击大队年富力强的副政委时，每次一来岁爷家，几乎就等同于回到自己家。进门不管三七二十一，先甩脱鞋子上炕，然后头往炕里头的被垛子上一枕，便开始理直气壮，吆喝起我的岁婆花儿娘了。"嫂子，给咱做些煎汤面，擀得薄薄的，切得细细的，多浇些油泼辣子，咦……嘻……"

说着，口水先就盈满了口腔。他就这样常来常往，一来就跟岁爷没完没了窃窃私语，有时一谝就是一个通宵，吃睡自然都在岁爷家里。因此，也可以说，他是看着我长大的。有一次，他如实告诉岁爷，有些显摆的供认，说他的儿子高中毕业，被县上分配到咸阳市工作，但他要求儿子到山区淳化来锻炼，于是，就当了我们公社的党委秘书。这种父子在一起工作的情况不多，尽管是阶段性的，但知情的人很有意见。特别是公社里的干部，只是他们仅仅在背后龇牙咧嘴咬咬耳朵，却没有人敢挑破，说也白搭。岁爷也有意见，他可是不掖不藏的，直截了当，就指着鼻子训他。"你能把你儿子弄到身边工作，咋不能把穗子也弄过去，你难道不知道，他可是根正苗红，革命下一代？"

书记说，"这我知道，娃不是还小吗？"岁爷眼睛一瞪："都十六七岁了，把他个什，还小个什？再说，小不是还可以长大的嘛！"

如此这般，我就被特殊关照，到了公社，也见到了我的音乐老师的男人，那个穿肉色尼龙袜子的帅小伙子。用如今的话，他也是个官二代吧。

后来的故事，就有些恐怖，甚至惨不忍睹。随着"文革"风暴一天甚过一天地剧烈，专政队的矛头很快集中到公社领导的层面，大小批斗会也是一场连着一场召开，书记和几个正副社长，统统被揪了出来。有几个还被剃了阴阳头，每天，几乎都要戴上纸糊的高帽子押解到各村游斗。在一个黎明时分，我起来撒尿，发现书记直挺挺站在他办公室的门口，胸前和背后依然挂着两块白木牌子，分别写着他的罪名——"反动走资派当权者"和"国民党特务残渣余孽"。我见他脚踮得很高，头垂得很低，依然保持着"低头认罪"的标准姿势，正要走近，询问他是否需要打水洗脸，往前挪了两步，才看清他的脖子上勒着一根麻绳，麻绳就绑在头顶的门框横梁上面。

他就这样上吊死了。他的死，当时被定为遗臭万年"畏罪自杀"。据说，他就是当年暗地指示边区那批地下党员，集体加入国民党的"罪魁祸首"。而这些人，当时大部分已经是公社和各大队的支书和队长，有一些还在外地做了大领导，解放后担任了重要职务。因为他自杀的那段时间，不断有从各地赶来，让他出具证言材料的革命造反派外调人员。跟岁爷不同，书记绝口不提此事，也坚决拒绝给来人出具证言材料，始终如一就是三个字"不知道"。最不可思议的是，公社书记的"现行罪名"之一，竟是他"怂恿儿媳"宣扬资本主义复辟，其"确凿罪证"谁也没有料到，居然是清白无辜的马茹茹老师，教给我们唱的那首《小白马呀》。

"为啥是小白马？为啥不给学生教唱革命的'大红马'？"有人正气千秋大义凛然，如此义正词严揭露批判。他们认为，"小白马"就是曾经万恶的白匪军

第二十一章

409

的"残余势力"和"不散的阴魂",让我惊愕得情不自禁吐舌头的是,那些嚷嚷着乱叫乱喊的"小将"之中,竟有一半是我的同班同学,其中几个最活跃的积极分子,曾经因为公开骂我"掐来的娃"、是"野种",和我打过好几次架。公社书记千不该、万不该反唇相讥,顶撞一帮无法无天的造反派——"天知道,你们这都是哪儿跟哪儿呀!"他居然敢问红小兵:"你们这究竟是赵高的'指鹿为马',还是公孙龙的'白马非马'?难道,红军队伍里就没有白马,还是不允许有白马?而马回回和胡宗南的马队,难道里边就没有一匹红马或枣红马?"

那帮乳臭未干乱起哄的小人,哪知道什么是赵高和公孙龙?他们只知道强词夺理一说二打三叫喊。就这样,他对牛弹琴的反问,理所当然招来一顿拳打脚踢,一时口鼻流血的他,只好缓和口气,说了一句大实话,不承想,更加惹怒了一帮不知天高地厚的小毛孩。"你们呀,当然,"他嗫嚅说,"你们不知道,因为打仗那阵,你们还不知在哪儿呢!估计十有八九,不在你娘肚子里蹬小腿,就在你们老子的大腿上转筋哩。"

好,这话,又成了他侮辱"革命小将"的"新罪行"。没办法,他只好缄默"闭上臭嘴"。无奈,也只能被动接受"欲加之罪,何患无辞"的局面。有一件可怕的事牵扯到了我,那就是我去高磴镇抄回来的名单,当时的黑脸民政助理如获至宝,非常看重那份材料,从此便不再翻看戏本,当然也无暇自乐吼秦腔,因为那份传单上,就有书记等一大批人的名字。除了岁爷,他们都遭到不同程度的批斗和纠缠。我心里发虚自感怯惧有罪,开始不敢正视民政助理那张黑青的长脸,尤其是他那对锥子样老在我脸上扫来扫去锐利的目光,我总怕他窥透藏在我内心的秘密。我回到家,偷偷地给岁爷透露了我心中的忧虑。岁爷一听,脖子一梗,十二分硬气地说:"穗子娃,你给我记住,不要松了心劲。任何时候,只要心劲不死,人就会有活路的。"

那些天,他正给我考虑"出路"或者叫"活路",显然超过他岌岌可危的处境。对于他的所谓"历史问题",相反坦然以对好像压根儿不放在心里。"你别怕。"他依然坚持对我说,"那些事,都是真实事儿,我不怕承认。"他理直气壮道,"实事求是嘛。"他说,"我怕啥,当初入我们的党,就发过誓的,杀头坐牢,权当屁事,革命嘛,打一开始,我们就准备好了掉脑袋的。"接着,他朝我"风趣"地一眨眼睛,脸上堆起一片山横水纵林木荒的苍凉笑容。"儿呀,你放心吧,你大,我不怕死,一直不怕。你想想,你爷爷、你二大、你两个哥哥、桃子姐姐,还有红霞……常先生高团长李教师爷,那么多我的熟人、亲人,都上那里去了,我经常做梦,跟他们混在一起,那里那么温馨,那么安逸,那么绝对让人心驰神往,我怎么会害怕呢?真的,我不怕死,但我现在还不想死,不能死,有很多事没有做完,没有处置妥当,包括你呀,穗子,我尤其,放心不下……"

他说到这里,神情黯然,少顷,又忽然亢奋起来,倔强地扬起他光秃秃的脑袋,一开口,居然就是一大篇慷慨激昂——简直有义薄云天之豪气、无可辩驳的说服力,也许,就是一篇天经地义的大道理:"儿啊,天下事合久必分、分久必合,国共两党来回折腾,也不是一天两天的事,我们党的领袖毛泽东、周恩来、朱德等领导人,大革命初期,北伐战争以前,不但加入过国民党,还在里头担任过非常重要的职务。再说,你们这些小毛孩子,还真的不懂,真的要认真学习马列主义。咱们共产党闹革命,最终目的是个啥?不就是消灭阶级剥削和国家吗,当然也包括政党、军队和法庭,包括消灭我们的共产党,这可是马、恩说的话。"

这些话,让我陌生和震惊,无法理解也难以领受,心里怀疑,他是不是因为接受批斗、精神分裂而更加忐忑不安了。最终,我用眼下一句现实、实用的话,一个不容回避的难题,顶住了他义正词严的辩驳。我问他:"那么,人家问你,究竟是哪一个人指使你们集体加入国民党组织的,你咋个回答?"他眉头一皱,果然沉默,一时显得心事重重,勉为其难了。我知道他心里七上八下,正在打鼓——你不说,说不过去,你过不了关。你要如实地说,那不是出卖了别人吗?!

我的岁爷就这样缄默着,不再慷慨激昂和义愤填膺。记得那是个贼冷贼冷、能冻掉鼻子的冬天,由于公社书记"自绝人民"的去世,一些别有用心的人,居然开始拿我当靶子。他们将我划入"走资派书记"重用的红人一列。适逢开始征兵,一个寒气侵骨的深夜,难以入眠的岁爷,有点难舍难分地劝告我说:"儿呀,我想好了,解放军是个大学校,现下没有更好的办法,你最好的出路,就是去当兵,这样也许会避免许多麻烦事情。"

其实那阵子,我已经没有多少心思留在公社里混日子了,也就积极报名应征参了军。离开家乡的那几天,地方的革命运动正如火如荼,我还是担心我的岁爷随时被牵连,就动员他以看病的名义临时躲避愈来愈紧的风声,找了一辆蹦蹦车,连夜将他送到爷台山下的一个远亲家里。

参军临别,公社算网开一面给了我面子,开了欢送会。会议室没几个人,就是我们的那个专案组班子。我发现黑脸民政助理,一对鼓凸的眼珠老是在我脸上扫来扫去,似乎要发现什么。大家围坐在一起,说了一圈客套话后,民政助理,对,他当时已经当了革委会副主任,就要求大家活跃气氛出节目,他先带头唱了一段秦腔《辕门斩子》;然后就叫老高中生唱一段,老高中生推辞他不会唱秦腔，最后没有办法，自报家门，朗诵了几句外国诗，说是一个名叫惠特曼的美国人作的。我只记住了最后几句话，听起来像呼口号似的，那诗是这样的：失败的人们万岁！沉没在大海里的战舰万岁！沉没在自己深海里的人们万岁！

当即，革委副主任就黑下脸："嗨，年轻人，这是啥话哟，失败的人怎么还能万岁？而且，还是美帝国主义的人，你们的屁股可是要坐正，要有坚定正确的政治方向才对头。他突然话锋一转，扭头问我，穗子，你说是不是？"

我急忙点头称是。"我可要提醒你，"他继续说，"到了部队，你一定要在政治上站对队。尤其是你那个岁爷嘛，背景很不咋的。啊，怎么说呢，他可是一个历史很复杂的人……"

我听他这样一说，心里又忍不住打起了鼓，怦怦地可劲儿跳。好在红脸的武装专干李洪喜，因为直接负责征兵，对我的政审签了"合格"保证书，他帮我赶紧岔开话："相信穗子，不会有错的，接兵的苏排长同志，可是对他很满意呢。"

接兵的那位湖北籍小排长，一个多月来，就和我滚在一间房的一铺炕上，我们早已混得烂熟。苏排长连忙点头，还带头鼓掌说，他代表部队，欢迎我作为新兵唯一的党员，入伍建功立业为人民做出更大贡献。黑脸副主任的表情，于是又由阴转晴，云开日出很开朗了，就对我下命令似的说："那好，最后，就让穗子唱一段秦腔，你要是不走，我原来还打算教你唱自乐班哩。"

我感到实在为难唱不出来，他也许看在我已经是人民解放军一名新兵的面子上，说饶了我，不必唱秦腔，但不论如何，要唱点啥，就是表示一下对大家的感谢。我犹豫片刻，就在这时，突然不知打哪儿冒出来的二杆子劲，竟然斗胆，唱起了有歌功颂德"白匪军"之嫌的——马茹茹老师给我们教的那首《小白马》来。少先队员顶呱呱，翻身骑上小白马。小白马呀快快跑，快快跑呀小白马……

刚唱两句，也不知何故，我忽然情不自持喉头发紧，一下子哽咽着，唱不下去了。

红嘴白牙

那个年头，神州中国，苍茫大地，正史无前例漫卷一场旷日持久的红色风暴。我到如今仍然不得而知，自己是该庆幸还是遗憾，反正，风暴来袭，我却有意无意，躲进了避风港而得以逃离风暴眼。但有一点我很清楚，那就是——

它正是我的岁爷"蓄谋已久",或者叫处心积虑的愿望。至于他老人家那一段非同寻常的时光,究竟是咋样苦挨苦撑、咬紧牙关挣扎过来,我只能依靠梅子姐姐的来信,还有几个与我比较要好同学往来书信,若明若暗,了解一些鸡零狗碎、影影绰绰的片段。

对我们岁爷的"批判斗争",一夜间突然升级,据说是从给他剃"阴阳头"开始的。可以想象,刚烈的老爷子,刚巴铮硬,肯定不从。"试问,你们这样糟蹋我,究竟为啥?"

"为啥?你嘛,哼,这你还不明白吗,既参加共产党,又加入国民党,红白两搅,典型的骑墙派,房顶一根草,风吹两边倒。是人是鬼,一半对一半,该没冤枉你吧!"

"就算这样子吧。"岁爷正色声言,"既然这样,那这个牌子我不能戴。"

"为啥?"红卫兵问他理由。他指着上面的字:"你们这上面只写了'国民党残渣余孽',这不才是一半吗?要写,还有另一半,要同时写上'爷台反击战烈士之父兄',而且,还要用红字写上,要不,我就一头撞死给你们看!"

"你还以死威胁我们不成?"

"你们给我来黑的,难道就不允许我来红的(流血)?"岁爷傲睨凡尘,疾言厉色,"你们要学钟馗,我就给你一个实体(尸体)活靶子,冤死鬼。"这下把他们给难住了,也镇住了。几个人碰头,嘀咕了一阵,还算聪明,转头对岁爷说:"算了,饶你一次,下不为例,今天就不给你戴了。"

"哼,我看你们,还有啥花招?"岁爷居然幽默开了,连声唱喏:"小老鼠,上灯台。偷油吃,下不来。该!碎崽娃子,嘴上没毛,办事不牢。想必,你们的娘老子当年糊涂,大概是闭着眼睛制造出你们的。"

"老东西,你怎么骂人?"

"骂你们是轻,黑白不分、是非不明,我这会儿手里要是有枪,保准重新革命,一个一个,崩了你们,也是替你们娘老子还一份孽债。"岁爷说得激愤,仰天长啸,"世界,咋就会突然乱了规程,披着人皮的人,咋全不'合辙',既不说人话,也不办人事了。咳,牲口不'踏犁沟'还会来抽棍呢,这人呢,要不讲理,我看,神都没有办法。"

一帮不知深浅的愣头小子,据说束手无策下不了台,倒逼得他们幕后的狗头军师不得不跳出台面。他是以"反戈一击"修正主义和坚决支持"革命小将"的名义,最早被结合进"革命造反"领导班子的"革命干部"。如果说,当年他担任任家堡子村长时是出于无奈,而此后见机行事一路钻营,风生水起,直至当上公社副社长,却完全是他积极主动、持续努力的结果。这个人善于伪装，投机钻营更趾高气扬，还因为他曾兼任公社武装基干民兵营营长，一直手握枪杆，得到造反派的青睐与器重，几乎在全县头一个被结合进"公社革委会"。他虚与委蛇，尤其善于察言观色，也很会见风使舵，经过边区十几年风风雨雨的历练，更使其变得四面圆滑、八面玲珑、十二分精于算计，很自然就一路顺风顺雨，草鸡变凤凰，官运亨通一节节青云直上了。他当初是以青壮年纪过早脱毛而著名乡里，而今却是难得一见，第一个在全县范围戴上假发头套而尽人皆知，就像他自从解放以后混上端公家饭碗的差事，立马就和他的并不难看的媳妇水莲离婚，另娶了一个更不难看而更年轻的未婚女人，而他要求离婚的理由，并不是因为水莲没有给他生下一男半女，恰恰相反，是因为水莲在爷台山之战的第二年，奇迹般竟给他真的生下一个男娃。

　　让人们始料不及和感到不可理喻的是，人民公社春风得意的孙副社长，这个精灵般油嘴滑舌的大喇叭，泥鳅样水滑闪动的孙秃子孙茂才，对于他的糟糠之妻，居然能给他生出儿子，不是感到喜出望外而欣喜若狂，相反居然牙根痒痒莫名地愤怒，因为他直接怀疑，这个意外之外的儿子，"绝对"和任仲魁任岁爷有关。根据就是那次支前行动。可恶的是，村上居然也有人煽风点火，风言风语传说那次支前，他媳妇跟着岁爷一路形影不离互相照料，简直到了亲密无间的程度。孙秃子甚至也对别人扬言，说那个儿子并不像他，倒是真的有几分很像岁爷。这时，立马就有某些拍马溜须之人，趋炎附势之徒随声附和，说，"就是，越看越像，越长越像。"

　　这一桩风流公案，一直悬而未决，难免不钻进岁爷的招风耳朵。有意思的是，他听了此话，并未大光其火，反而不置可否，倒是嘿嘿一乐，显得无比心安理得、舒坦快意。"世上的坏人，往往把别人想象得比他自己更坏。"他说，"你咋能指望狗嘴里吐出象牙？他们的坏心肠比他们的一生还长，他们带给这世界的丑恶一定要比他们活得更长久。你想让他们看到别人的好，哪怕只是一点点，都比看到日头从西面升起来还难哟！"

　　终于有一天，他对老伴我的花儿娘说了这样一段话。梅子姐姐在写给我的信中，曾以《乌有之乡的真实笔记》为题，把我们岁爷的这些话，做了进一步阐释。他诘问说：革命，难道是让人死吗，死去活来，变着法儿折磨你吗？显然不是！革命是要人活的。战士除了战斗，不是也要吃饭睡觉，也要谈恋爱结婚生子吗？在那个手里握了一杆枪的人看来，人人都应该是活靶子，就像警察眼里的人，往往看上去都像罪犯，习惯使然，思维定式，本性决定。这个世界，反复证明着这样一些颠扑不破的真理——从表面看，善恶不分，无所谓好人坏人。好人永远是被欺骗、愚弄、压榨、盘剥的奴隶；好人所以好，是因为没有坏人的卑鄙无耻、阴险狡猾、残酷无情和狼心狗肺。好人就是一张洁白无瑕的白纸，坏人才是强权褫夺白纸，并且能在上面恣肆汪洋胡乱涂鸦的霸主。在这个游戏规则被少数人制定和把控的世界上，白云苍狗，没着没落，只有强权蛮族得意忘形和欢宴之后，才能"邀请"穷人进餐，欣赏你们享受残羹剩汁，并且要求你们畅谈幸福感觉无与伦比多么美妙。然后，等你们一个个把生命慢慢磨成死亡，他们就可以宣布大功告成。事情就是这样，能给我们开安眠药的人，总把酣睡留给了他自己。世界鲜见你想睡觉，会把自己枕头递给你的人。

人哪，一旦心坏，那还有药救吗？梅子姐姐吁天长叹，带替岁爷这样写道：舌头杀人不用刀！那些信口雌黄的人，伤天害理、血口喷人的人，寡廉鲜耻登峰造极的人，你拿他们有啥好办法呢？他们的嘴，说不过你的时候，就会使用手、脚，拳打脚踢，还不算解恨，直至想要扒光你的衣服羞辱你，给你家的门楣上涂屎抹尿。村上人说得好，人无廉耻没法可治，狗无廉耻给块骨头。要不，干脆就一棍子打死。可我们眼下，既没有骨头赏赐，更没有力量还击。

梅子姐姐说，看来，制造无限光明和制造无边黑暗的，都是人心，这就是我们赖以生存的现实社会。我们党的最高理想远大目标，何时才能得以实现？就是说，最终达到阶级、政党，包括国家军队与法庭不可抗拒地自行消亡，人类社会理应也必将回归更高级、更完美、更科学和更合理的共产主义形态，完成从原始共产主义到高级共产主义曲折漫长的过渡阶段，以实现不可阻挡的历史闭合？

一个人的义愤填膺抵近沸点和白热化的程度，居然还能若隐若现，透露出具有一定勘探深度的思考力，说出这些让我反复阅读、却并不能完全理解和领会似懂非懂而若明若暗的大道理，她的文采和诗意潜质，只能让我给我的梅子姐姐以隔山架岭遥远的致敬和真心的折服。但是，我的那几位比较要好、曾经一直怜惜和尽力保护过的同学，就不一样了——正如同从小学到初中，我就一直遇到的几个特别仇视、诋毁和不时无端恶语相向，与我誓不两立，动辄羞辱，骂我是"野种"和"掐来的娃"的"同学"一样——我不明白，我何以生活在这样二元严重对立的冷热世界之中？如今，半个世纪一晃而去，这两类所谓的"同窗"，但未必都是"好友"的发小少年，也都跟我一样，大多日薄西山老弱病残，个别已经溘然逝去，我有意回避，不在一部以虚构为特色的小说作品中，披露他们真实姓名，但其中几个诚实善良的"老同学"，我不能忘记，更不能不记叙他们在道义和人性方面，曾经给过我的同情与支持。当然，他们写给我的来信，就直白和具体得多。而且，正由于他们既不虚构更不含糊其词——如实的反映和真实描写，更让我触目惊心而寝食不安。

因为有孙秃子的背后操纵鼎力支持，我那一帮所谓"知根底"的同学，对于我岁爷的斗争和迫害，就更加肆无忌惮和丧心病狂。他们将他抬到批斗大会的台子上，不顾他伤残截肢的左腿，居然拿走他的拐杖，要他"金鸡独立"。条件是，跟上他们的节奏高喊口号，才允许他拄上拐杖。开始是喊"万岁"口号，岁爷竟敢坚不开口。

"你为啥不喊万岁？"

"神龟虽寿，犹有竟时。请问，谁能活一万岁？"岁爷瞪圆眼珠子问，"山呼万岁，这是彻头彻尾、封建衣钵老货色，既不符合科学规律，更是一种愚妄和无知。你们难道不觉得，自己是在犯罪，是变着法儿骂人吗？"

"你胡说，果然是个老反革命。"

"千年王八万年鳖。你们这才是含沙射影，诅咒我们尊敬的某些人，你们走州过县、上省城、去北京，咱们哪怕去找毛主席评评理，你们敢不敢去？"

没有人说敢。但有人敢喊"打倒"。对，他们嚣叫，让他喊打倒！我们的岁爷仍然不喊："我不认识，也没见过那些人，凭啥，要打倒人家？再说，你们这样喊喊叫叫，大声咋呼，人家就会倒吗？你们是不是饭吃多了，撑得慌，才不饿肚子有几天？"没有回答他的话，只有竖起一片森林般的手臂和紧握的拳头："打倒反革命两面派坏分子——任仲魁！打倒……"

我们的岁爷一愣，嘴角浮出一丝笑，随即灵机一动，"咕咚"一声，立马便就地倒了下去。

"起来、起来！谁让你倒下去的，想得美，便宜了你？"

"不是你们要打倒我的吗！"岁爷火了，"你们说话，还是放屁？"

会场开始沸腾，一片哄笑，此起彼伏迅速蔓延。难怪许多年后，岁爷一直不肯把那几年的遭遇说成"什么什么革命"，也闭口不谈咋"批判斗争"。"那是战斗，继续的战斗。"他这样说。可让我们感到，那是他一个人的战斗，是继续爷台山之战的战斗。战斗已经短兵相接、刺刀见红。有些人恼羞成怒，瘦长的驴脸，气成了赤红的猴子屁股，怎么也坐不住。他岔开五指，装模作样地梳理了一下被风吹乱的假发，假模假式地一招手，将我那几个鹰犬样的走狗同学，召集到"主席台"他的桌子前面，终于发出了不可一世的号令："别跟他扯没用的，赶紧让他交代具体问题。"

他把一张歪歪斜斜画满字的白纸，递给一位打手型造反头头，那个袖子挽到胳肢窝的造反司令，看了一眼那张纸上密密匝匝，像一堆纷繁糟乱的树枝的汉字，被孙秃子那只笨得跟脚一样的手，胡乱涂鸦，写得七扭八歪丑八怪的样子，要多难看有多难看，可是，仅仅因为他是出自眼前"领导"之手，就被马屁精的司令不失时机,先当作书法经典赞美了一通。可惜,他太没有眼色,不小心却拍在了马蹄子上。

"行了、行了!"孙秃子不屑一顾,拉下脸来训斥他:"别啰唆没用的那些废话,抓紧办正经事儿。"飞黄腾达的年轻司令,热脸贴了冷屁股,大庭广众面前讨了个没趣,悻悻然回到台前岁爷的跟前,便开始装腔作势,照本宣科——宣布和落实我们岁爷所谓的罪行。

"你,是不是利用给边区跑交通的机会,在省城里逛妓院,你,有没有乱搞女人,那个红霞,到底跟你是啥关系?河南女人牟水琴呢,是不是你的小老婆?还有,水莲的儿子,是哪里来的?你收养的穗子,到底又是谁的种……"

岁爷一概不予回答。他像一尊半身雕像,端坐在高台的地上——他虽只是坐着,与站在台下的学生娃娃们一般高,可他的神态却超然世外,不可冒犯的尊严,更高过所有人。"还有,你听着,"有人揭发,"你竟然跟你的亲女子睡觉,钻一个被窝,有没有这事?"

"打倒这个,臭流氓……"

"打倒这个,老畜生……"

孙秃子一个眼色,几个手握皮带的造反兵一拥而上,劈头盖脸,就抽打起我的岁爷。"住手,你们这些,真正的……畜生!"

一个苗条瘦弱的人影,突然而至,飞快跳上台子。"你们这些疯子,怎么,想看笑话吗?我告诉你们,我就是跟我大睡觉来着,没有柴火烧炕的晚上,我不仅跟我大盖一床被子,而且总是要抱着他冰冷的身子,给他取暖,这些都是真的,你们还想知道些啥?"

"你、你,那你跟你大,有没有,干那个事?"这一句伤天害理的话,刚一落地,只听到"啪"一声,闪电般一个巴掌,就贴在那个坏东西的脸上。那副嘴脸立即有了颜色,鼻子嘴巴,都流出了血。梅子姐姐被人扯住,摁下了头。疯狂的反扑者,却声嘶力竭地哭喊着叫嚣:"扒下老东西的裤子,今天,就当场骟了他这个'老叫驴'(公驴)。"

疯狗样的几个学生娃娃,居然真的扑了上来,七手八脚,揭开了一个陈旧的伤疤,一块人类文明最后的遮羞布。但被羞辱的却不能说是我们的岁爷,因为上千人的会场,千百双眼睛,看到的是一个老人胯裆里挂着的一个塑料瓶子,瓶子里插着导尿管。被世人传说得神乎其神的我们岁爷的"那啥",原来销声匿迹,早已被那颗罪恶的爷台山炮弹给削去了,他的神圣的命蒂所谓的"圣",人小鬼大的所谓的"鬼",好像惧怕这个非理性的世界发疯着魔,竟然可怜巴巴,缩头缩脑,早已深陷于腹腔深处隐匿而去,那地方变得像女人一样，一马平川……

这出人意料的情境，对那些满城风雨传说他如何流氓、如何畜生的人，无疑又是一记响亮的耳光，响遏行云到让他们哑口无言，自觉地闭上了他们臭气熏天的嘴。

"你们要遭报应的！"有人终于被激怒了。是一个白发苍苍的老人，跳上台子，左右开弓，三下五除二，拨拉开几个挥舞拳头的愣头小子，他大喊一声，"谁敢'武斗'岁爷，我今天就跟谁拼命！"

这个忍无可忍，突然暴跳如雷的人，一蹦三跳，不是别人，是任家堡子一个八路军的老排长——老羊倌余景才。他和岁爷有过多次生死之交。也是这个昏暗不明的世界上一个难得一遇——有良心良知的地主家庭出身的好人，他和实实在在贫雇农人出身丧尽天良的坏蛋孙秃子恰恰相反，给我们这个现实世界，提供了一个无论如何都值得研究他几千年几万年的鲜活范本。人生啊，为啥就这么天壤之别、不能同日而语呢？

老羊倌余景才，挥舞着他在收复爷台山战斗中被炸断两根指头的大手，暴怒地吼道："我着实告诉你们，谁今天敢再动我们岁爷一个指头，我就砸碎谁的狗头，我是替他的虎、豹儿子，桃子女儿，还有他的弟弟任英魁营长，来收拾你们！"

"当然，"他说，"还有我自己。"他举着那只残了两根手指头的铁拳头，目眦欲裂，眼睛瞪出了血："当年，要不是岁爷用身子掩护我，他怎么会失去一条腿，炸成个残废人？而我……"老羊倌忽然大放悲声，"要不是他，哪有我的小命，丢掉的，哪会只是两个不值钱的指头？"

他的话，一下子震住了那群嘶喊"造反有理"的小毛猴。人群里，有几个灰头土脸的老农民，也跟着挤上台，拉起他们各自不知天高地厚的娃娃的手，不容分说，就往会场外面拽："你们胡闹个啥，那岁爷，是你们敢惹的人吗？老鼠亲猫屁，没死（事）找死；老虎嘴上拔胡须，逞能不要命。"

"就是，当年胡宗南的蒋匪军，都不敢轻易惹火他哩！"他们不约而同，都这样说。

/ 第二十二章 /

根在泥土

　　许久以来，我的身世对于我都是一个扑朔迷离的哑谜。只有一点，是肯定无疑的，那就是，我无疑是边区的后人，我身上绝对流淌着这里虽贫困土气，但却具有历史感的男人和富于质朴感情与幻想的女人们的血。

　　而我，则是铁了心要永远沉潜在他们之中，就像云摆不脱天空，鱼注定活在水中。没有什么理由，也不存在什么选择。因为，我就是他们中的一个。我知道世界上有无数女人，但每个人只能有一个母亲。对我来说，当然也不例外，但又不完全如是。事实上，我有两个甚至好多个母亲。我不是胡说八道，虽然她们不可能同时生我，但绝对可能，也一定是同时养育了我。我当然相信，她们就是一片土地，是土地上一条已经流逝而不存在的河流，同时又是一条川流不息不断奔涌而来的河流。不错，这条大河，至今仍在我的身上湍涌。我都不用呼吸，就能嗅到河水略带青草和黄泥土的膻腥气息。

　　据说，母亲（或说母亲们）就是在那河边怀上我的。但传说版本支离破碎。由于父亲的缺席，更缺少那种舍生忘死的异性合作与亲密无间的爱欲暴力。我只能借由想象呈现，在呈现中回忆。如果是影视出镜，我想，大约会是这样的场景吧：河水清幽，缓缓湍动。母亲来到河边汲水，要不就是来洗衣服，反正她袅袅婷婷一路赶来，已经娇喘吁吁香汗淋淋。她的脸色潮红艳若桃杏，细皮嫩肉如花似玉。母亲往河边只那么惊世骇俗地一站，当即就看到了一个人影。那个人时而影影绰绰、缥缥缈缈，亦真亦幻若即若离；时而清新逼真栩栩如生，如花俊美精致的五官，绝对令世间所有人与物都在她面前为之失色。这女人，让她心生艳羡爱慕，还多少有点嫉妒。

　　忽然，她脚下一滑，身子摇曳立即大吃一惊，因为她终于看清，那个人，正是她自己。母亲被自己感动得热泪盈眶。柔肠转动之际仔细临水照镜，顾影自怜，一阵甜蜜的期许和着隐约的感触不期而至，向她温情款款地蓦然袭来。那是一朵鲜花对自己的慷慨庆祝和不吝享用；是一阵春风对自己的多情抚慰与脉脉钟情；是一首赞歌唱给自己无须发表的含蓄褒奖与肯定。母亲定睛细瞅，发现重叠在她的影子下面，要么说，就是在她的背景之后，居然出现了一双硕大无比的脚印。一望可知，那是个男人坚实粗粝的足迹，像两只小船，历历在目，错列河中。因为塑造过三寸金莲小脚而大受其苦，从而一生对脚特别敏感的母亲，忍不住叫出了声。"天，这是一个怎样的壮汉、大神、伟男？"

她继而想象，有这样奇特大脚的男人，非神即圣，一定十二分高大魁梧，绝对是顶天立地的英雄。假如，自己能终生寄托并依侍于他……母亲突然脸颊发烧，不由得怦然心动了。就在这时，一只黑背白肚的喜鹊儿"叽喳"一声掠过她的头顶，同时有一颗不知名的种子，滑翔着飞落下来溅在水中。光可鉴人的平静水面，顿时泛出一圈圈发散扩张的涟漪，冲淡了母亲的倒影和那双神秘的脚印。母亲就在是在那一刻，倏然一震，空前绝后感受到某种兴奋、缠绵、晕眩和欢愉。而我，也就在那一刻钟，根植在她的心中。

"儿呀！"真的，母亲确曾无数次对我宣谕，和别的孩子不同，她说，"儿呀，娘孕育你的，不是子宫。而是，心灵……"

当然，你有权说这纯粹是扯淡胡诌，是想象虚构梦话呓语，是美丽谎言童话故事。但是我坚信不疑。这是我必然的定数，就像我相信麦子是从泥土里长出来的那样，千真万确而具体真实。如若不是这样，难道，叫我真的去相信那些——流言蜚语！

那是一些伴随我成长历程、一直阴风鬼火般在我身前身后不舍追逐，窜来窜去的造谣惑众，真正子虚乌有真实的杂音、确凿的胡说八道。我始终不屑理会，当然也羞于启齿。他们说，我是某一个大雾弥漫潮湿的秋日早晨，母亲被某种不可阻遏的势力强暴的恶果。这些胡编乱造，喧得有鼻子有眼，简直跟真的一样。你可以想象，那是一种魔幻诡异彻底的荒诞不经。他们说，母亲还沉溺在梦中，忽然看到大水漫灌，汹涌而至冲进窑洞，一群鱼鳖海怪跳跃上她的炕头，直至淹没了她。于是，就有了我。

这些不经之论。你相信这些不靠谱的胡扯吗？

还有人说，根本不是这样。那是在一个夏天麦收忙罢的黄昏，母亲从一片辽远的麦茬地走过。走着、走着，突然脚下一歪栽了一跤。待她低头一瞧，原来，脚下是一颗麦穗，籽粒饱满，结实充盈而又神秘莫测——因为，就在那一瞬间，麦穗儿嘤嘤啼啼，眨眼就奇幻地变成了一个男孩。他们说，那就是我。

于是，就有人有板有眼也有根有据，骂我"野种""杂种"，说我是"掐来的娃"和"捡来的崽"……

"别听那些嚼舌头的,等我去撕烂他们的臭嘴。"杏子姐姐拉起我的手,一边给我擦拭脸上那些不值钱的液体,一边弯下腰背起我往家里走,一边喁喁絮叨:"回头,等姐姐收拾他们,给他们点厉害看看,哼!"

"就算是,那又有什么!小穗子,你要真是娘在地里捡来的,那我就是娘从梅子树下捡来的,杏子姐姐也就是她在杏树下捡的。"梅子姐姐吐气如兰,贴着我的耳畔哄我睡觉,就总是这样拍着我,安慰我。她人小气量大,活得像神仙,才不管我是掐来还是捡来的,一句洒脱,超凡入圣:"反正,你是大、娘,爱得放不下的小穗子呗。"

"我的儿呀,你不就是娘,亲亲的儿……是娘的,虎崽儿吗……"我的娘,花儿娘,她抱着我,疼着我,总是这样说。可是,她怎么说,我是他的虎崽儿呢?虎崽儿是谁,而穗子又是谁呢——岁子,也许就是碎籽吧。这里,理应指的是小儿子。也许穗子就是我,另一个我;也许,我又是另一个穗子,正在讲述我和他的故事的叙述者。讲那一场荒唐得像一个噩梦似的战争,及其相关的陈谷子烂糜子,一大堆老掉牙的故事——

再听听,我的岁爷是怎么说。"把他个什。"他一如既往漫不经心,一抿嘴巴就超凡脱俗跳出了尘世。大不了,拿开嘴边的旱烟锅子,轻描淡写吞云吐雾一样,吐出来一句无关痛痒的调侃:"都是狗咬星星,瞎汪汪哩。"

偶尔,除非心情烂脏正不赶巧,他是绝口不骂那三个字的。

夏日的某天正午,岁爷的老伴我们的花儿娘依次支使杏和梅姐,要她们帮她拉风箱赶紧烧火做饭,其时,大门外头的崖背上,忽然响起迎娶新娘的声声唢呐,两个不安分的野女子,一瞬变成了脱缰野马,比赛着往外面跑。正跪在大案板前条凳上推着擀杖擀面的花儿娘,眼见火苗焰息没人来拉风箱,从来不擅长骂人的她,突然无师自通,不无惬恨地嘟囔着,就吼出了声。"翅膀硬了啊,一个个成了精,使唤不动咧……"

岁爷打从井上挑回来一担水,进窑正往水缸倒水,灵敏的耳朵一下子逮住了这一句话,忍不住扑哧一声责问:"哟,你骂谁呢?"花儿娘不怀好气,一边将擀好的面折叠起来,准备切面,顺手抓过宽大的切面刀,咣咣地在案板上剁了两下,豪气万丈地发泄道:"你说我骂谁?"她气哼哼地数落岁爷,"我就骂你哩,不都是你个老狗,作下的孽。"

岁爷一愣,警惕地朝窑外瞭了一眼,晃见院子没有人影,涎着脸皮嘻嘻笑问:"你骂我……唉,那她们的妈,是谁?"花儿娘肩膀一耸,红嘴白牙醒目一闪,差点把自个儿逗乐,贼不打自招地承认说:"当然是我,还能是谁。"回头,她将嘴一撇，不无嘲弄地警诫岁爷说，"你还咋呀，小心老娘我，哼，一刀剁了你那一疙瘩二两臭肉，喂狗！"说罢，一不做二不休，故意将切面刀在案板上剁得大响，可惜终没有拿捏得严谨，先把自个儿给逗笑了。

一向口德端正，即使在花儿娘跟前也一如既往不苟言笑的岁爷，居然也被她给整乐了，他用扁担钩子，捞起两只木桶的横梁，边朝外走边怪嗔地白了花儿一眼，竟是幸灾乐祸地讥讽她道："真出息了，活到这把年纪，还学会了骂人。"

花儿不服："咋，就你们男人会骂人吗？当然，你不会骂人，就装你的斯文去吧，还管得了别人。"这句话不经意提醒，却不仅使岁爷岁月钩沉，在遥远的记忆中回想起一次偶尔的耳闻目睹，尤其对所谓的斯文雅致又有了别具深意的了解。那是大生产时一个秋天，换工互助的村妇们正围坐在场上，嘻嘻哈哈说笑着钎剪谷穗。岁爷牵了一头叫驴（公驴）驮运收获回来的谷子，在卸驴驮子的时候，不知是哪个妇女眼尖嘴快，一瞥之下，扫见了那头叫驴春情勃发，竟情不自禁惊呼出声："哟，你们快看，那……驴……圣……"娘儿们哗然，随之又腾起一场自得其乐放荡的笑声。笑声歇止，又有某个妇道人家直言不讳，不以为然地弹劾起大家的狂躁，几乎是故作镇定地发声回应："有啥可笑的，咱们女人一辈子经见的那玩意儿，归总起来，还不像晒了一场的谷穗穗吗……"

岁爷不好意思，牵起叫驴转身，立马就走，身后潮起潮落的笑声，拍打着他的后脑勺儿，直让他深刻不忘，记住了那一个特别的字眼："圣。"

先贤古圣，有什么人，可曾如此这般解读这一个"圣"。他想了半天，只恨自己读书太少，真的没有见过。这个又雅又俗的字眼，竟出于一群乡野村妇之口。从此，他为人和动物那个羞于直白的器物，再恰当不过地找到了这个惊世骇俗的专用名词。信马由缰的思绪里突然跳出《道德经》里的一句箴言："大而化之谓之圣。"把他个什，他在想，这一个"圣"，难道不就是根本。一生二，二生三，三生万物。万物负阴而抱阳，冲气以为和。化俗常为不凡，化腐朽为神奇。原来，它已经囊括一切，一切都含有它。得传一个字，胜读十年书。正当盛年的我们的岁爷，恍然悟到一个跟他一样年富力强的"道"：生就是伟大，活才是造化。

"把他个什，生命脆弱也短暂，你要不负此生啊！"他常说，"你不是风中的树梢墙头的草，不是下到锅里的软面条，给我硬挺住啊！"这话，起初是对孩儿们说得多，后来慢慢地被日子提炼打磨成了精简（也是经典）版，掐头去尾，就剩下了十个字："把他个什……给我硬挺住呀！"而且，只是给他自个儿说。不用嘴说,是用心在肚子里喊叫,无非提神鼓劲命令自己,咬紧牙关拼命地生活下去。直至百岁,他仍然说我不怕死,没理由怕死!可是他,还是阻挡不住衰老。包括我们的花儿娘也一样老了。梅子姐姐无奈地说,咱们似乎不老的岁爷可真的老了,而且她也说,怎么也没有想到,咱们的岁婆花儿娘,好像比她的碎个子男人老得还快,快得让人措手不及,也不可思议难以预料啊!

原来的花儿娘,似乎源自娘胎,天生就有一种动中求静的秉性,总要给自己寻找一些闲不住的事做,好像只能在手脚不停点的忙活之中,方可得享内心踏踏实实的一份安闲满足。果然,她勤快得让人目不暇接,跑步都跟不上,几乎同时出现在不同的地方、几个窑洞,院子的井台,核桃树下椒叶丛旁。喂羊、管猪、叱鸡,世界和她连成一体浑不可分。院子里漾动的浮尘和轻薄的灰土上面,到处布满她撒播种子样深深浅浅的特殊脚印……

还有,一辈子借别人一根针,都会准时记住及时归还的岁婆,不吭不哈,凡事都会多想一层,那就是宁让自己吃亏,也不让别人说半句闲话。可是,到了晚年,突然糊涂,见啥拿啥,不管在谁家的地里还是院里,就好像在自己家地里和院子一样,这里拔几棵萝卜、白菜,那里摘一把辣椒、豆角,要么就是顺手牵羊拿别人一个笤帚,顺一根木杈,抓一把柴火,一下子惹得满村怨声鼎沸,人见人摇头,眼见眼讨嫌。包容一点的人哀叹一声她老啦,一朵花儿要凋谢啦;也有眼黑促狭的,甚至有爆粗口骂她"老不要脸""不死的害人精",如此等等,烦不胜烦。可是过了一阵儿,骂她的那些人又开始说她的好话了。原来,他们发现,岁婆即使老得犯浑,糊涂得找不着自己家门,甚至有时都不知道自己是谁,但随手拿了别人的东西,好像还从来没有拿回自己家来。她一如既往,习惯成自然地如同当年守在鸡窝跟前,单等母鸡下蛋咯咯叫唤,然后抓起热乎乎的鸡蛋,就给在沟道暗窑里养伤的八路军战士送过去那样,急切地送给没人照料的瞎子,送给行走不便的跛子,而且跟过往一样,她从自家拿出的这些东西,送给别人的总是最多。吃的、用的、见啥送啥,往外齐拿。好像见不得那些东西,好像那些东西跟她有仇,与生俱来就不是她家里的财物。而她这种"败家子"式的行为做派,简直出于本能,而且已习以为常,你不想让她往外拿,挡都挡不住。烧锅的煤铲子,扫院的大扫帚,锅灶上正使用的瓦盆马勺、筷子和碗。好在左邻右舍,得知她犯了糊涂,好心的邻人就把她硬要送给他们的东西,(她坚持说那不是自己家的而是人家的)又打发孩子们,悄悄地给她送回来。

二月里的一个寒夜,梅子姐姐发现,不知啥时,花儿娘竟将她和面用的瓷盆子掇过来要当夜壶，正要往里面撒尿，这才一身冷汗地感到事出蹊跷，极不"对火"（反常）了。原来那个干净利索、精细讲究的娘，果然老了——真的老糊涂了！天哪。又有一天，她听见娘在窑里和什么人吵架，声色俱厉中，还有一份惶惑惊惧："你，是——谁？咋跑到我家来啦！说话，说话呀——你说些啥，我听不清！你歪个啥……脾气，还蛮大哇……给我蹬鼻子上脸？嗯，说啥，我听不清……"

梅子姐姐推门，扑进窑去，两眼不由得发直，愣怔了半天，突然就哭起来了。"娘啊……"

原来，我们的花儿娘，正对着立柜上一面玻璃插屏，惊魂未定地和镜子里的自己较真。

"娘啊……"梅子姐姐过去，一把抱住了娘，"娘，你咋啦，咋都……不认识你自己了呀？"娘转过身子，突然朝后一闪，挣脱了梅子姐姐的双手，后退一步，大惊失色地望着她："你……谁啊？"

梅子姐姐的哭声戛然而止，眼睛和嘴巴都拼命张得老大，脸上更是茫然若失，刹那间，便堆积起一眼望不到头的陌生与惊诧。半天竟出不了一声。"我不是做梦，不是做梦吧……天！"

一股凉气从心里端直蹿起，直冰到梅子姐姐的脊背，又由脊背飞蹿到牙根——她不由得浑身瑟瑟，打了个寒彻周身的冷战。从此，娘和她，就变成了一对朝夕相处却讳莫如深，陌生的母女。可惜这一切，岁爷浑然不知。在他看来，他的"花儿"是开不败的，当然也是不会老的，睁眼闭眼，到处都是"花儿"鲜活的痕迹。只要他在世上存在一天，随时随地，都有"花儿"生动的笑容闪现；梦着醒着，全是"花儿"熟悉的气息漾动……

但现实无情，家里有一对老人，老到了自己都不认识自己的地步，已经够凄凉、辛酸和悲观了，还有一个为爱情坚贞不屈到失魂落魄、半疯半傻半痴呆的老处女——我们那不幸的杏子姐姐，这一切就使得虽然出嫁成家，有了几个孩子的梅子姐姐，不堪苦重久久难以走出这个荒山野谷般的地坑院子。

一筹莫展的梅子姐姐，并没有陷入无法突围的困厄重围，乡村中学语文老师又兼颇具才华女诗人的她，很实事求是地直面生活，把自己稳稳妥妥嫁给了一位朴实本分的农民，也基本上使两个家庭合二为一，等于毫无怨尤，承担了赡养父母和照料杏子姐姐的全部义务。所以，她屡屡致信给我——既不是诉苦，也不是求援，只不过是通告家乡的一些情况，特别是提醒我，有一件重要的事，眼看，已经到了需要当面告诉我的时候。其实，她说的事，并不是什么秘密，我早已料到，那不过是我的岁爷，他下决心要告知我——我真的不是他的儿子，就如同他健在和清醒于人世时，反复多次、明白无误地告诉过我：别信那些不安好心的人胡说八道——你就是我的儿子，亲亲的儿！

他那时不允许任何人说我是"捡来的娃"，更不容任何人诽谤和诋毁我，什么"野娃""杂种"——他曾不顾斯文儒雅，站在崖背上的枣树下面，面向全村老小，一蹦三高，高音喇叭似的宣称："谁再敢捕风捉影，杂呱我家穗子儿，我任仲魁就坚决和他拼这条老命！"如此这般，他和我的花儿娘，以及我的杏子、梅子姐姐们，自然异口同声、坚信不疑，都将我视同己出，毫不动摇地认为，我就是他们最亲的儿子和她们亲得不能再亲的弟弟。他们所有的这一切苦心经营不懈努力，全都为了一个共同的目的，那就是丝毫也不想让我贫困的自尊和脆弱的感情，受到一丁点伤害。

只是，在我参军之前，我的岁爷还很清醒理智的时候，与我经常高谈阔论，鼓舞我坚强勇敢（比如他说：一个人，打断骨头还连着筋呢——不死不服输，哪怕只有一口气，也要咬着牙关往前爬！还如他说：一个人不怕被人打倒，怕的是打倒后，你自己爬不起来，如此等等）。我那时，也坚信不疑，因为革命和战争，因为接二连三不依不饶的厄运，百炼成钢地锤炼和打击，早已铸就了我的岁爷不屈不挠的意志和坚如磐石的定力。按说，这也是顺理成章的事。我的"论理家"岁爷，闻名遐迩地"能说"，本身在蓬头垢面的乡下人中就是一个"鹤立鸡群"的奇迹存在，尽管知道他一些来路"根由"的人，都会自然而然联想到，他不过是有意无意，秉承了他那"教师爷"常先生，亦即后来战争年代的"高个子"团长李育民的衣钵而已。当然，他的夸夸其谈、一大通"歪理"，往往"歪打正着"，切中时弊要害，至少有时还会暴露出他某些真实的情感情绪出来。

比如那一次，我曾偶然听到过的，他就这样有点灰心丧气地说——

"像我这般早该死了的废人，究竟为啥，还要不值一提地活着？"

他当时确实是毫不动情、自我谴责来着："我是不是，有点死皮赖脸？"

他这些高谈阔论，还真的"不值一提"，我还记得，它们当即就被一字不识的岁婆花儿娘脱口而出的一句反讽讥嘲，不堪一击粉碎得烟消云散了："还债呗！还不都是你老任家，八百年前的孽债。"岁爷立马哑口无言陷入沉寂。岁婆却有些不依不饶："咋地啦？哑巴啦？咋不神神道道啦？"

她这连珠炮似的节奏密致紧凑的"三问"，劈头盖脸砸了过来，很有些巾帼英雄不让须眉的气势，淋漓酣畅横扫千军如卷席，可一回头，看到忧心忡忡可怜的老汉，落落寡欢地垂下了花白的头颅，尤其是那双迷离的眼睛，像吹熄的蜡烛顿时失去一丝恍惚的微光，又止不住怦然心动生出怜悯，终于温言煦语春风和婉地宽慰起他来："吃饭睡觉，安生过你的日子吧！难得如今不再糟乱，提心吊胆地'跑贼'打仗，没完没了地闹活就知足吧，老头。一夜能稳稳妥妥睡到天明大亮，不就是福嘛。"

谁说不是呢？我的花儿娘，难道说的不是事实？不管怎么说，战争总是人类极端困局的死胡同，是时不时上演的巨大不幸与悲剧。反对战争热爱和平，难道不是人类共同的梦想？可如今的战争，至少在我们幸福的国度里，仅仅是只供和平无休无止来消费了。它变成舞台上的艺术，变成作家出名的故事叙述和影视明星们一夜暴富天下知的摇篮，取之不尽用之不竭的天然宝藏，就像我们辽阔的大地不断勘探和开发出来的那些滚滚财源一般，源源不断的煤炭、石油、天然气以及各种金属与非金属矿藏，令人眼花缭乱也欢天喜地，升官发财也腰包鼓胀。

哦，今天，我们的后辈，一代天骄，终于可以把战争当成最刺激、最亢奋、最喜闻乐见、最炙手可热、最能赚钱和乐此不疲的娱乐游戏，从而流连忘返、醉生梦死了。有声有色、有形有状、炮火硝烟、轰轰烈烈、冠冕堂皇的伟大时代哟——骄傲吧，母牛们！（典出《百年孤独》）可是，我心中的无尽悲痛，又在哪里安妥？

当我得知，我的岁爷前所未有、正在遭受青红不分、不可理喻的人生大磨难时，我真后悔自己像逃兵一样可耻地选择了当兵。我连自己最亲近、一辈子感恩不尽的那个人都保护不了，还遑论啥保卫祖国的稳定与安宁呢？

可是，当我把自己决心转业回乡的消息，写信报告我的岁爷时，他却莫名其妙，决绝地让梅子姐姐回信转告我说："回北京去，这地儿，不属于你。"

我惶惑不安。这又从何说起？雨在水中，根在土里。谁说，我不是任家堡子人。

于无声处

我想念我的任家堡子，我的任仲魁任岁爷的地坑大院。但我并不知道，强横的大自然每天都用看不见的大手，漫无节制粗暴地改变着这个地坑院子潦倒不堪的尊容。崖背四周的草木毫无约束地任性疯长，把它们撒野的枝条和贪婪的触须，蛮不讲理更无章法，纷乱披挂得到处都是。土崖四壁的黄泥皮土坷垃，在风吹雨淋各色外力的侵凌剥蚀之下，几乎每时每刻都在剥离、崩塌、溃落。成群结队的黑蚂蚁流水般在院里湍涌漫漶。无忧无虑的灰老鼠大摇大摆穿越窑门槛下的通风口，在院墙根下荒生漫长的杂草丛中尽兴地嬉闹。院内每一孔弧形的窑洞满目疮痍,活像豁牙露齿的老人大张的嘴巴,露风又露气,老态龙钟又瘦骨嶙峋,没有一点可供观瞻之处。显然,它们一概都被这个世界无情弃绝,正在安安静静地坐以待毙,颓然无望地慢慢地等死。

偶尔,有一只痛苦的母猫,或因失恋找不到渴想的配偶,不间断地发出一阵阵春心勃发而撕心裂肺的惨烈怪叫,然后就在绝望中淹死一样渐渐沉寂下去,几乎再也听不到什么活物些微的声息。当然,也是偶然,会有一只爱管闲事瞎凑热闹的什么土狗,遥相呼应,隔山架岭跟那只母猫打情骂俏,有一阵没一阵地汪汪大叫上一会,直到声嘶力竭自感没趣,再悻悻然敛气息声。毫无疑问,这只愚鲁的笨狗当然不是聪明伶俐的"一分为二",甚至连它们的后代都不是。自从结束了那场你来我往、相互扯锯的战事,收复了那座注定要被后人敬仰和传颂神圣的山脉,或者说,自从岁爷的虎子、豹子和桃子,接二连三溘然离去,自从他们最小的弟弟虎崽被花儿娘慷慨地捐献出去,以命易命,换了另外一个八竿子打不到的婴幼小儿穗子,自从岁爷那当营长的弟弟英勇无比地捐躯战场,还有浩气长存的红霞,为保全任家堡子村人无畏地献身之后,整个任家堡子就好像集散人去的土镇街道,一片荒寂落寞狼蹿进来都没人撵,一下子空旷得让人惊悚不安,以至于后脊背瑟瑟地战栗发凉。岁爷的地坑大院,更荒山空谷一般,已经绝少有鸡飞狗叫的热闹景象了。

地坑院西北角,那个比较背风向阳比较暖和的墙旮旯里,有一段时间,两具暂且苟活出气的尸体——这是他们辛辣自嘲的个性用语,跟白昼轮回坐庄,憋着一股死牛劲儿,每天如期而至,与日落日息持久角力。尽管他们的挣扎无人问津似有若无,也半死不活毫无意义,可是,他们仍然日复一日在那旮旯坚持着、呻吟着、声唤着。连说话的声音,都似有若无细若游丝,微乎其微到苍蝇蚊子般徒劳的哀鸣,嗡嗡嘤嘤时断时续。他们的交谈,有时像自言自语昏天黑地的梦呓胡话,有时又像互相攻讦斗嘴打口水仗。如同两个不甘寂寞百无聊赖的顽童,前言不搭后语地谈话,没有固定内容和程式更缺少题旨中心,不过是东拉西扯,天南海北,也谈不上连贯和生动,当然也无法引人入胜。而且,他们常常没有说出口的心里话,比之喃喃絮语更汹涌澎湃,就像大海连天接地的波涛,不经意地就自然而然吞没和驱散了撞向岸边喧哗纷扰的朵朵浪花。

不过,有一点是共同和确定的,他们都被这个世界边缘化了,尽管一老一小,年龄悬殊阅历参差,但都活得有些不耐烦,尤其是那个老的——老家伙年迈体弱实在太老。看那苍颜鹤发一脸老核桃壳的硬线条皱纹,仿佛被日头烘烤得太久,只剩下一具形销骨立的人干,匆匆忙忙落荒而逃,打从时间不知发端

的尽头，偷偷流窜过来……

　　年轻点的那位，偶尔会抬眼偷觑一下相对无言的老者，目光立即闪电般躲藏起来，不知是不敢、抑或不忍直视对面老人残损潦倒的样子。年轻人神思不属，无论如何，内心却正嘈杂闹腾不得安静：咳，这是咋回事呢，俺这阵儿，理应是坐在俺爹的对面啊，陪他老人家才对。可，可俺爹却早早去了，一去不回头了；眼前的老叔，就是岁爷吗，此时此刻，在他面前的，难道不该是他的弟弟，他的儿子、女儿，陪伴着他说话拉呱，孝敬于他。可，可他们，唉，却都……

　　年轻人怔忡不安，仰面朝天，满怀凄恻地看见天上湿漉漉，竟然是一片不可透视的模糊，仿佛游之而过、历之而来一个浑浑噩噩、窈窈冥冥的洪荒世界，那里忽然魂儿渺渺、影儿幢幢，在一片模糊的云翳之中，渐次清晰，稳稳当当走出一个人来。唔，那不是俺爹吗？他的心，怦怦跳动着呼喊：他怎么还活着，不，不，他不知道自己想说什么，最终他想，但愿活着。那当然好。可是，别活成眼前的老叔——岁爷的样子。

　　他忍不住又偷觑一眼，只见那岁爷睡思不定，依然昏沉，迷迷糊糊，半闭着眼打盹。俺爹，跟你的个头也差不离呢，但他力气却大，曾经被人叫作"大碌碡"家贫力气大的他，力大无比罕有其匹，可真叫个奇人。十六七岁，就在豫西和陕甘一带，遐迩闻名过了一阵。俺听说过，邻村几个平时好狠斗勇总爱找他碴儿的小混混，因为吃过他的苦头，纠集起来，蓄意撩猫逗狗来寻衅报复。俺爹正在场上，帮俺祖父摊场晒麦，看见手持棍棒的他们张牙舞爪，一步步紧逼过来，理都没有理睬，只是顺手将一件破马甲甩下了身，然后伸出两只手手，抠住身边一块重达数百斤、横卧场畔的青石碌碡，轻轻摇晃了一晃，腰都没弯，就地竖立起来，再后，他轻蔑地看了下那伙人一眼，一个轻灵的蹿跳，轻盈似猴一般，悠然地消闲着，圪蹴在碌碡上面。那伙人见状，一时失眉掉眼，大惊失色，畏首畏尾，互相交换眼神，对望一瞬不得不黯然止步。少顷，便知趣地转身，仓惶地抱头鼠窜了。由此，他就得了这个"大碌碡"的外号。有人问过俺爹。你年龄恁小，个子也不太高，咋这么有蛮劲呢？不是蛮劲，那是巧劲。"大碌碡"的俺小个子爹，嘿嘿一笑：这有啥说的，俺们是男人呀？

　　男人？人家故意逗他玩儿，你知道男人和女人有啥不同吗？爹疑惑不解，眨巴着眼望那个人。这个问题，还真不好回答。

　　你就记住，那人眉头一皱，忽然笑道，男人尿尿一条线，女人尿尿一大片。

　　噢。他似乎懂了，又似乎不懂。为啥，男人尿尿站着，女人却要蹲下？

　　你个小坏蛋。那人骂他，却是开心一笑，仍然耐心地回答他，这你还不知道吗？因为，男人比女人，多长了一根尾巴！

尾巴？他赶紧伸手，去摸自己的屁股。没有啊，俺咋没有？

你胡乱摸啥，在你前面胯裆里看啦。记得当时很多人笑。正是那狂放热烈的哄笑，让爹到老到死，都记住了那人的话。后来，爹把那话也传给了他："明白了吧，尾巴长在前面，才是男人。长在屁股上的，不是野兽就是畜生，像牛驴猫狗，那个样儿，懂吗，小子……"

是的，那就是俺大，不，俺们河南那儿，叫爹。爹的力气不小，饭量更大，祖父去世早，爹和祖母二人相依为命，家里经常缺吃少穿，时不时就断了炊烟。有一天，祖母好不容易东借西凑，借了别人一升豆面，做了几个人的饭，原本是请人来拉土粪，到地里面备春耕的。那天夜里，爹实在太饿得慌，趁祖母去外村借牛，忍不住一个人把准备下的饭菜给吃了个精光。随后，他自己驾辕当牛，不到天明，竟把数十车土粪，一夜之间全送到了地里。祖母回来路过地头，只见满地粪堆和他拉车时蹬踩下的醒目的脚窝。而大汗淋漓，正坐在地头歇息的爹，不得不如实禀告祖母，是他把要雇人的饭全吃了，但也用不着求人和借牛了。祖母听罢，一阵隐隐心疼，忍不住抱住爹，娘儿俩痛哭了一场。

爹还有个特长，就是会甩麻鞭。那鞭子用三股胡麻编织搓成，足有小胳膊粗，长及丈五，鞭梢还系一根红头绳儿。常常见他抡圆胳膊，转几圈身子，猛然收回在空中一抽，就是一声震天炸响。他练习摔鞭的准头，从树上的桃、杏、枣，到夜间的香火、烟头，几乎百发百中，一抽一个准点。因为从小受雇，爹曾给邻村一个富户漫山遍野放羊，他翻沟溜渠、爬树上墙，猴子样敏捷机灵，不知不觉，又练就一身飞檐走壁的绝活。加上爹的脑瓜聪明记性又好，虽不认识多少文字，只听了几回堂戏和野台子自乐班，就能像模像样吼出来几段陕西的经典秦腔。豫陕交界，住的都是地坑院子，说话基本相同，听戏秦腔、豫剧兼而有之。那年夏收季节，俺爹赶羊路过一块麦地，突然听见有人疾呼救命。声音来自路边一堆待运的麦捆子后边，是一个女子的哀哀哭喊。爹一步跃上前去，登上了旁边一丈多高的塄坎，就看见一个身着绸缎的中年男人，正光着屁股压在一个姑娘的身上。那男人气呼呼地说，只要你依了老爷我，你偷拾俺家的麦穗俺就不计较了……

俺爹听得分明，心中火起，一鞭子舒展甩了过去，只听见一声连滚带爬的惨烈鬼叫，那人仰面朝天正暴露出他那丑恶的玩意儿。爹顺手轻轻再加了一鞭，结果却惹出一场改变他命运的大祸。那男人紧捂裤裆的双手，不仅给削去了三根指头，鞭梢过处，如针似刀，居然触及那家伙胡乱骚情的小命根蒂。那男人原是横行乡里、欺压穷人的一个恶霸，人称罗四爷，绰号"黑蠹虫"。据说，从此寻医问药求神拜佛，怎么穷折腾瞎挣扎，男人那玩意儿都没治好。从此，也和爹交恶不共戴天。仗着有钱有势，勾结官府军警，意欲置爹母子死地而后快。他们三番五次寻衅报复，到处寻找和捉拿俺爹，爹和俺娘——也就是被爹救下来的那个水一样温柔的女子，因为感恩不尽，最终以身相许，后来，就成了俺娘——此后十多个年头，就到处躲避"黑蠹虫"来。再后来，就是爹的娘、俺的祖母溘然去世，爹和娘拖儿带女，也就带着俺和姐姐妮子四处流浪，最后一路西行，来到陕西地界。可是，不曾料想，俺爹竟一命呜呼，那么个强壮的男人，曾经一人吃光过几个人饭的大肚皮男人，因为一路每弄到一点吃的，总撒谎自己吃了，硬是节省给俺和姐姐与娘，结果，活活地饿死在逃荒要饭的路上……

年轻人想到这里，哀叹一声，不由得又一次抬头望天。天上那阵儿放牧过来一堆羊群似的白云、灰云，如同负载着那些难以忘却的往事，把它们全写在高远的苍穹之上。须臾，稀稀落落地有几星子雨点砸下地来，落在干裂的黄土院子里，瞬间就被吸干不见了影迹。他依然望天，再次感叹：俺呀，咋就像这雨点儿哩，咋就正好落到了你们这任家堡子，落进了你岁爷的地坑坑大院子了？

他摇着头，不胜感伤颓丧。咳，好不容易跟上俺营长出去闯荡了一圈，天知道，最后头破血流一败涂地，简直，还像落荒一样还是流落，归结到了你们这里。

是吗？那个苍老疲惫的声音终于发话。听你这口气，把他个什，倒是，哦……让你受委屈了？

委屈？咳，委屈的不是俺，是俺……营长，还有……

说这些干啥？苍老的声音，虎老余威在，毫不容情，制止和训斥他：没有话说，就闭上你的臭嘴。他赧然笑了。许久，黯然神伤，却不由自主抹起了溢出眼角的泪花花来。这是不轻弹的男人眼泪。无论如何，他是俺，曾经的姐夫啊！

他想起了他们的营长，他们的那一个营。是的，因为出身卑微，俺们基本都来自穷苦百姓，所以也少有官场虚伪习气。尤其俺们营长，不论在身体、性格、人品和心地，都有令人折服的明显优势。他是全营第一把枪手，能够像古书上说的神奇英豪百步穿杨，甚至能在十丈外瞄准一只松鼠的眼睛。同时，他又很懂得野外生存的一些独特奇妙的绝招，比如在雨地里生火，黑夜中追寻野兽，空谷内找到山泉小溪。营里有人赏他一个"地理鬼"外号，都愿意对他言听计从服帖顺从。况且，大家本来就喜欢他，这就使得他的威望建立在了普遍认同和心甘情愿的基础之上令人折服。他的命令，从来说一不二，而大伙儿也可以做到令行禁止绝无二心。

可惜，是他，他何建安愧对于他，没有完成亲爱的营长如山的重托，犯下了悔恨终生、难以弥补的错失。如果说，营长对不起他眼前的这个哥哥，没有把豹子侄儿保护好给弄丢了，永远地丢了；那他，就是把自己最心爱的人儿给断送了，不但害了美若天仙的桃子，还等于害了打进敌营的虎子，李志胜同志。如今，面对他们的父兄相对无言的岁爷，他心如汤煮，愧疚深深无地自容啊！

俺说个啥呢，浑身是嘴，也说不清了。真是应了跳到黄河也洗不清的那一句老话。

那就别说，那些废话，说了多少遍了。我们老陕，有一句实话，话说三遍淡如水，再说三遍打臭嘴，你难道要让我扇你的嘴巴子？你那些失荆州、走麦城，提不上串的破事，少给我啰唆，鬼都会听烦的。

年轻人惶惑地抬头，却见对面的岁爷并没有言语一声，他微闭眼睛，似乎已经深眠，可他的耳边又分明听见岁爷慢条斯理，看似训责实则语重心长，明显在娓娓地安慰和勖勉他：要说，就说你那五马长枪，过五关、斩六将吧。

也没啥好说的，都陈谷子烂糜子了。他故意顶撞他，可还是不自觉地，又打开了话匣子，重新唠叨开了：其实，你都知道。那年，俺跟上他，先上的马栏师范，后来才参的军。当时大生产搞开荒竞赛，俺们的劳动热情可真叫高涨！那是另一个世界，另一番景象。虽不能说男男女女人人都长得十分漂亮俊美，但人人都精神焕发斗志昂扬，且十二分和气单纯，特别善良，每一张脸都笑模笑样仿佛开了朵鲜花，说起话来全都跟孩子一样涂了蜜糖，让人听起来心情舒畅。

俺营长那时还是连长，他率先垂范当然要给大家做好样子，干起活儿真是不惜护力气，一天开荒开到一亩多地，晚上上床都上不去，要人往上扶。关中地委召开大生产英模会，还给他奖励了一件白衬衣。后来，他又出席了延安的劳模英雄会，毛、朱、刘、周等首长接见了他。我呢，自然不甘落后，后来，一天也开挖过一亩半荒地。不久，俺们的生活大有改善，大伙儿正准备大干，争取更大的丰收哩，可国民党就找碴儿搞摩擦了。接着，爷台山就吃紧了。俺们跟着营长调过去了。这期间，红三团扩军，把赤水县保安中队也扩进来，编了一个加强连，主要是当地的子弟兵，清水源上的人最多，记得连长叫雷天荣，副连长叫党生禄。当时听说，梁干桥的队伍内部打开了，打到弹尽粮绝，有一部分人就起义反正，跑到俺们边区来了，他们拿的枪是中正式步枪、双环马步枪、歪把子轻机枪，俺们得了这些装备，喜出望外，美得不亦乐乎。

431

有了充实枪弹的队伍，那还不跟有了粮食的饥民一样吗？俺们带着这些武器装备，跟着营长一道过黄河了。要说，那些年出生入死，仗没少打，血也没白流，俺们隶属一二〇师，征战吕梁山，跃马同蒲线，在黄河以东，长城以南，多次和日寇交战。抗日救亡的战斗虽然惨烈之极，但老实说，打起来也令人无所顾忌酣畅淋漓，这些异邦的野兽闯进俺们的国家，烧杀抢掠，难道我们能手下留情、任人宰割不成？

可是，俺们从山西撤回来生产整训，没想到还会和国民党军打仗，不管咋说，这是中国人对中国人，心里很不是滋味！当然，别人欺负到俺们头上，骑在脖子上拉屎撒尿，总不能忍气吞声干受对吧，俺们是被逼出手。国民党军总是蚕食俺们，一口一口地吞并咱们边区，也是欺人太甚，兔子急了还咬三口呢。比如在铁王那一仗，俺们打得最漂亮。部队当时驻在桃渠河，那里还驻着赤水县政府，敌人摸过来突然就把铁王给占了，是陕西保安第七团，有一千多人，下午刚赶到，但俺们获得情报，当晚就包围了他们，趁着他们立足未稳，一上去就开打了。俺们营三个连，营长指挥一连从北向南打，另一个连由南向北打，还有个连，就是俺们侦察连，从西往东打……

这次战斗，后来写进了俺们十师的战史，俺们警备旅组织人写的（1952 年，旅撤销了，改成了炮十师）。俺还记得，当时俺们冲进敌人的房子，他们还在被子里蜷着睡觉，最可恨的是，有几个当官的，像回到他们家一样，还毫无顾忌强占了村里的女人，一个个居然心安理得、安妥舒坦得忘了在啥地方，竟然脱得一丝不挂，光着屁股，就给俺们从被窝提拎了出来。这一仗，俺营长的指挥，可真叫英明到位，俺们总共伤了十三个人，没有一个牺牲。地方政府也安排配合得极好。这是俺们旅即后来的十师，最典型的一仗。团长高革志，我们叫他高个子，表扬我们营干掉敌人一个团，是小老虎吞下一个大块头象。

后来，打方里镇，那是俺们营长在爷台山，以攻为守的一次大行动，为了把敌人掠夺百姓的粮食给夺回来，俺们出其不意，干了他们一家伙。战斗开始还比较顺，俺们分兵围攻，一家伙缴了两门八二炮，当即，就把敌人赶下了爷台山的制高点。那些枪弹，八挺机枪，成箱"发洋财"的子弹，还有俺们搞了敌人一些衣服，穿上了敌人牛屎黄的军服。晚上出发前，习仲勋、张宗逊、王世泰、高革志等首长专门赶过来，给俺们鼓劲，说明"前指"有多重视。俺们在撤出敌人丢失的阵地之前，发现敌人又从侧面绕了过来，他们以为俺们还在碉堡里，趁势想来一个反包围。营长将计就计，叫大家赶紧把敌碉堡的油灯全都点亮，放在那些射击孔里，假装俺们有人把守，然后俺们金蝉脱壳，赶紧撤离，敌人紧随其后，便扑进了碉堡。另一部分敌军，还以为是俺们在里面呢，外面的就跟里面的接上了火，一时间，自己对打自己，打得难解难分，特别热闹。而俺们这时，早已悄悄摸进了方里镇，很快联系上了地下党，迅速端掉了敌人的粮库。那个惊喜，特别是收获真叫人过瘾。主要是小麦，那些驴和骡子，本来就驮二百多斤，我们硬给驮了三百斤，人能背一百斤的背一百五，剩下的拿不走，当即就分给了村上的百姓。群众一哄而上，人背驴驮，很快就把粮给搞完了。

俺们正准备撤退，不承想敌人的骑兵突然出现，从西边冲杀过来，就把俺们一下子全冲散了。当时，不少人负伤，桃子那阵就给伤员忙着包扎。俺们退到一个名叫常村的土场上，敌人迎面截住了俺们，俺们一边抵抗，一边撤退，那里有个沟圈，大伙儿不愿当俘虏，全都毫不犹豫纵深跳下沟，后来就打零散了，只有少数人顺着沟渠道，绕过爷台山，跑到凤凰山，找到了老部队。大部分人与俺和桃子一样迷了方向，不幸跟敌人正面遭遇，从此就再没见到，俺们营长……

他啰啰唆唆地说着，不断吞咽唾沫，说得口干舌燥，忽然听到岁爷一阵山呼海啸的呼噜，心里说，哦，这不"呼噜神"又来了。他不胜悲悯，摇了摇他那已经寸草不生的光头。他也不知道，自己无数遍在他老人家跟前，说这些早就说不清楚的陈年旧事，到底所谓何故？是想洗白自己，还是想讨好于他？好像都是，又好像根本不是。他舔了舔干裂的嘴唇和嘴角的一星点白沫，一下子哑然，陷入了无边无际的沉思默想。我这是不是害怕——害怕屁股后面的"尾巴"被他看见：桃子的死，还有虎子，难道能说与俺无关？即使岁爷，他能原谅我，俺能原谅自己吗？再看眼前这岁爷，昏天黑地只知睡觉。不知是真睡还是假寐，反正一听他说起那些战斗，一提起营长和桃子与虎、豹儿子，他就会打瞌睡。到最后，他在家里已经有了一个睡神的别号，每到吃完早饭，他就困不可支，必须小眯一会儿。即使不上炕去，坐在那把破旧的木圈椅上，残腿盖一床薄毯，也要去梦乡神游一趟。

在他没回到他身边以前，每每听说，他还要让人给他念书或者读报纸，那样子看上去颇为贵族绅士。至于念什么全不在乎，像是装模作样完全摆谱儿。摆给谁看？没有观众，纯粹的形式，反正就让别人给他念，逮住什么念什么，逮住谁就让谁念。孙子或重孙，外孙或外人，轮流担当。结结巴巴，吭吭哧哧，怎么念都行。他眼睛不行了，要的只是耳边有声。孙子或重孙们就应付差事，他们身边随便抓住什么读物，就给他大声念：大象为什么是长鼻子？长颈鹿为什么脖子很长？螃蟹为什么会横着走？兔子的眼睛为什么是红的？如此等等。开始念的时候，声音昂扬亢奋，渐渐减弱，一直缓慢无声，戛然而止。

这时候，必然是他们听到了爷爷、祖爷或太爷的呼噜声，他们知道"睡神"降临，便如释重负到解放，撇下手中的书本报纸之类，去找伙伴们玩藏猫猫。有时，他们不愿再念下去，就托说有人来找他们，顺势开溜。这时的岁爷，就会低声咕哝一句，发个依然陈旧不堪的牢骚："把他个什……"

然后，他真的就看见有人来了。都是他那些故知旧交，大部分只是过往人的亡灵再现。于是他和他们交谈甚欢，没完没了。但不出声，只是神交，最相投契。岁爷果然老糊涂了，既聋且昏，齿落舌钝，更阴阳倒错。但他又一直自知者明知人者智，绝不龌龊邋遢窝囊，到死都人模人样，一点也不马虎自己的形象。好像是他根深蒂固的癖好，无论何时，他必须正襟危坐，穿得衣帽整齐，特别是要把脸修饰得干干净净。他对他们说，你们啥时都可以来看我，但有一条，任何时候都不要鬼里鬼气，只是不要吓着了娃娃们。他坚持说，十岁以下的孙子重孙，看得见阴间的活动人形。他让他们一概不要埋汰沮丧。"做鬼，也要做得和善端庄一些，就算是不太可爱，也不要狰厉可恶。"他一本正经，反复这样强调。可他与他——眼前的年轻人，并没有说话，一直没有。其实，他也没说。他们相对枯坐，只是枯坐，无言地枯坐。坐到天干物燥，内里起火，熊熊燃烧；坐到日落月升，灵魂风暴潮起潮落……

看上去，他们像一对木头人儿，能够整天整天就那样不说一句话。但他们都能持久顽强地举着头，心迷神驰看那日影儿飘移，升沉起落。南飞的燕子飞去了，又归回来，又飞走了。崖壁上的酸枣叶子，由黄变绿，又由绿转黄。头顶，除了崖畔头上巨大的树冠遮蔽到地坑院子上头，初冬的秃枝，在萧萧冷风中瑟瑟作响，偶尔，几只觅食的麻雀，慌忙地从空中飞过。很快，一切就归于沉寂无声息了。

天上没了一丝云彩，可地上却为啥会有点点雨滴，杂沓斑驳洒在他们胸前的衣襟上了？

借助"天目"

很长时间，生活对岁爷来说，好赖有点填饱肚子的吃食，一张勉强不受冷冻的床或土炕，再就是有书看，他就会心满意足、幸福无比了。他的极简朴素足以和走村串巷贫穷无着的游僧类比。只有求知若渴的愿望是"穷奢极欲"的。书对他何其重要，别人无法知晓体会。那是他生存的另一维世界，那个世界，也是他认识现实世界的主要途径。嗜书如命，书读多了，慢慢地就连现实世界也让他觉得变成了一种参照和印证，一种书本世界的外延、拓展或补充。他经常生出让自己都为之惊愕的奇异幻觉,那就是,他不是活在现实之中,而是活在书里,只有书是真实的,身外的一切反倒虚幻缥缈,变成一种迷离惝恍不可触摸的梦境。

他不懒惰,干农活儿也不惜护力气,但在生产队时代,仍然被人——多半是队长诟病"奸猾偷懒"或爱"磨洋工"。当然,这是极个别的现象,也难免是对他心有成见、始终不怀好意的某些人的看法。也许,按照常人常理人家没冤枉他。比如锄地,他就有点徒有虚名,至少要拄着那把锄头当拐杖,别人说说笑笑,早都锄到地头那边去了,回头一看,他还在半垄田里呆立发愣。不了解真情的人都说,他作难了,毕竟是个残疾人,能出来劳动挣工分已经很不易了。但却鲜为人知,他是突然转移视线,注意力集中在了一片毛豆青绿的叶子上,从中惊异地发现了人手的脉络和掌纹。这种天然图景,尽管微观很不起眼,不足挂齿,但却完美绝伦引人入胜,让他称奇不已,也不可思议。要不,他就是全神贯注于一只奋力前行的蚂蚁,不无震撼地欣赏它的毅力,居然顽强地拖拽一块体积大于自身成百上千倍的猎物。还有,那些倏然间掠地而过忙碌觅食的麻雀,在头顶啁啾着振翅滑翔的黄莺,嗡嗡嘤嘤在花间采撷蜜汁的工蜂。他顿时神来意转,自觉置身一个无比幸福曼妙的世界,一个三维立体的画面,满目皆是出神入化的自然景观,他整个人当即就被带入蜂飞蝶舞的富丽繁华,心情极其舒展花一样绽放,陶醉于那些奇异的小生物翩然的起舞、轻微的震颤与婉转啼鸣的歌喉之中……

这样想着,他就觉得自己已经是这个世界上最浪漫、潇洒和幸福的人了,哪怕是最幸福的阿Q,也没有什么不好!如果说真的有所谓的"天堂",他认为,他已经走了进去。当然,所有这一切都源自书,感恩于书。说到底,书才是他真正的天堂。他爱书,也跃跃欲试,甚至梦想,总有一天也想能写出一本书。可惜种种原因,但一直是梦。有一次,他在一个亲戚家发现了一本书,一看作者介绍,情不自禁,竟至于一时激动,眼泪都流出来了。"好啊、好啊,这可是咱这地儿的人写的,他父亲我认得的。我们这穷乡僻壤,终于出了个写书的人……"

那本书给他的惊喜出乎意外,令人费解,只有他知道,那是他终生愿望的某种嫁接,是他梦想的曲折映现,虽不是他自己写的,可是一方水土养一方人呐!他逢人就说:"把他个什,可不要小看了咱们这地方,不是照样出人才吗?"

那本小书被他借去,专宠专爱一读再读,远远超过了书本自身的价值。就是说,已经明显叫人感到,他是过分偏爱抬举,甚至着意鼓吹和标榜也难说清。不仅如此,他还专门跑到作者的老家,从其父母那儿要到作者的电话和单位地址。专门写信给那位寂寂无名的业余作者，不遗余力地鼓励作者："好好写，别管旁人咋看，现在的人啊，鼠目寸光急功近利，悲哀，可怜，那是他们的事。你必须多长个心眼，洞开你灵慧的'天目'，注定没错。"

他依然是一个死不悔改的书痴，一个一往情深的读者。在并不怎么爱读书的乡下人眼里，甚至是一个怪人、另类。有人甚至说他精神有问题，是个书痴，是一个不通世故的"上年人"，就跟当年他的爷爷一样。按说，书读多了，他应该变得更深沉，就像他小时候那样。可是他却相反，没有了所谓"腹有诗书气自华"的那份纯粹高雅。他侃侃而谈，心直口快，直抒胸臆。常常谈锋很健，乃至锋芒毕露。虽然，有时还写些顺口溜式的所谓的"诗"，但绝不会无病呻吟，吟风弄月；更不会冒充高深，装神弄鬼。

有段非常时期，他不理解，也非常不屑言必称最高指示和动辄山呼万岁的风气，觉得实在是一种虚伪透顶而不胜其烦。终于，有一天冒天下之大不韪，居然公开阻挠大伙儿别喊万岁。这在当时，几乎是大逆不道"死罪"的顶级忌讳。可他却滔滔不绝，自有一番"奇谈怪论"："这没有道理。"他说："毛主席都反对喊万岁呢。那明显是封建社会、遗老遗少热衷的腐朽丑恶劣货。"

有人反击，说他胡说。他说："你们不懂。老人家心里再明白不过，嘴甜之人必藏奸啊！所谓，'宁交抬杠的鬼，不交嘴甜的贼'，这是他的原话。这和他老人家喊'人民万岁'是两码事。人民是滔滔江河，不尽之流，千年万载，奔腾不息，应该是副其实。倘若喊某个人万岁，乃至万万岁，显然言过其实，既反科学，又不客观，无非肉麻拍马，溜须谄媚，虚夸不实罢了，村妇老农也都知道'千年王八万年鳖'呢，想想，这不是变着花样贬损骂人吗？"

这就是岁爷大谬不然的"万岁论"，就因为这个严重的"反动言论"，他吃了大亏，也因言获罪而遐迩闻名，愈加货真价实，更"岁"爷了。他不仅嘴上"犯事"，还有荒诞不经的行为。在绿军装、红袖章风靡的时代，他反其道而行之，找了一件老式大襟清代子民的褂子，而且将里子反穿，最显眼的是，居然把领袖的像章，故意别在胸膛右侧。

"你为什么这样子做？"别人质问。

"为什么？"他辩解说，"因为过去我是'左'派正面人物；现在相反成了右派反面人物。你们说，这有错吗？"经过大会小会多次批斗，他参加会，享受了特殊的待遇——被人抬着游街。他倒蛮高兴："辛苦你们了，甘当我的腿，也算你们颇有眼色。"某天，有人发现，他在自己的眉心画了一个大红点儿，便嘲弄他说："你还卖俏，美化自己呢？"

"不，"他道，"你们不是高叫，要打倒、枪毙我吗？这叫弹着点，我标出来便于你们好一枪瞄准,叫我别太难受,也别浪费人民的子弹……"

好在,岁爷被历史反复击打、摧折,但没有打倒,更没有被摧毁。他骄傲地说:"能打倒我的人还在寻找生他的娘哩,除非我自己倒下,谁也别想轻易扳倒我,那是笑话。"别人问他:"你咋有这么大的心劲?"

"看书呗!"他说,"书能让哑巴说话,让瞎子见到太阳,让聋子听到天籁之音。只要多看书识字,你的心劲,就不会死,心不会死,人就有的是活路——天无绝人之路嘛。"

他像神一样高抬起手臂,指向天空,能让人想到所谓的上帝:"你想活得好吗,就去看书吧,就像你想高飞,就要像蜂鸟拼命地去拍打自己的翅膀吧!"有人摇头,鄙夷地一笑:"老疯子,神经病。"他依然如故不予理睬。继续终生视文化为神圣至尊盛事,对于读书学习,生出了近乎宗教式的敬畏之情,每每读书写字,必先洗手焚香,恭恭敬敬静心敛神,绝不轻慢亵渎。可惜,他的学生里头,并没有几个能成为跟他一样热爱文化的人,被他讽喻为"朽木不可雕也"的孙秃子就是其一。难为岁爷,一辈子没少在这二货身上用心用力。教他认字,比登天还难,正经知识,他转身就抖落得一干二净。相反,歪门邪道却学了不少。刚学会认几个字,他就给人卖弄,还把小学生拦住考问:"喂喂,学生娃们,过来、过来,考你一下,看你念书,念得咋向(咋样)?"

他在地上画了一个大——又一个太,"啥字?"学生娃说,"这还不简单!是大和太。"

"不对,前面是女人,后面的,下边多了一点是男人。"

"再问你,啥东西,能爬出来个人,飞不进去一个鸟?"娃娃们依然摇头。有人就插话,"孙秃子,你个二流子、坏水水,闲扯犊子,净问娃娃们一些啥鬼话!"

"嗨,你这话,可就不对了嘛,饮食男女,天造地设啊,娃娃们连这个基本的常识都不懂,那咋长大做人哩?"振振有词,听起来还蛮有道理,好像还不完全是歪道理。于是,更野路子的理论就产生了,他居然人五人六教训人了。

多少年以后,岁爷看见孙秃子一般那些大大小小当了官的革命者,对待群众裂眉瞪眼的样儿,心里就一阵紧似一阵地发疼,像针扎,似刀戳,如油烹。熬煎得他睡不着觉。"革命才胜利几天,咋就变成这个样了?"岁爷不解。他不无痛心疾首感慨万端。"你看他们,对上级像狗,对下级像狼,对平级像鬼。当官不仅当上瘾,还当出了一身毛病,除了比他官大的,全世界的人他好像都理所当然认为,是自己的卫兵,见了他全都应该无一例外地'立正',而后耐心地等待他赦免性地恩赐一声'稍息'。"

"是的。"有人赞同岁爷的观点,"也许吧,他们不吃不喝,不拉屎放屁,已经真真成了神。"也有人附和:"我看是比神还神的神,凶神恶煞的大神!"岁爷点头:"不错,大概是比大神还大的神。"孙秃子闻言,老大的不高兴了,开门见山,也颐指气使径情直遂地质问岁爷了:"你说的,那是啥神?"

"神圣的神。神圣的圣!"秃子不解:"圣是个啥?"岁爷也躁了,不想给他好脸色看,冷若冰霜地回敬他:"你说是啥?!"他破天荒地、前所未有气急败坏了一次,立马气冲牛斗地训斥他:"你忘了吗,几百年前,我就这样说过的。"

"驴圣,哈哈!"孙秃子憨笑一阵,遂奚落他:"难为你了岁爷,咬文嚼字地,到底是识字断文的文化人哇,能把驴尿叫成驴圣,没有听说过的。那么说,人呢,你的那家伙呢?"岁爷肃然,十分庄重地说,"一样。都应该叫'圣',圣人的圣,神圣的圣。你真的不懂?"孙秃子摇头,"不懂。"岁爷大咳一声,腾清喉咙,侃侃而言:"天地之间,万物之源,生命之根呀!记住,以后,别把'那啥'叫得那么白气,难听,玷污了人的耳朵……"

自此,岁爷的"圣",便在十里八乡口口相传,不胫而走,以至于"圣(盛)名"不衰,流传至今。岁婆得知,依然轻蔑辛辣地赠他一句讽刺:"你这下,可是大圣了,想不到,可真大哟。"

"那当然了,"岁爷说,"我就是大圣,跟孙猴一样。"岁婆撇嘴:"呸,真是,山中无老虎,猴子称大王了。"

神圣的神

"人生对半、半藏农具半藏书;守正如一、一边耕耘一边读。"这是岁爷给自己"卧室兼书房"的那孔窑洞自撰的一副楹联。横批:"学海泛舟。"岁婆不解,善意地揶揄:"整天抱一本书,看你,能当饭吃不?"岁爷蹙眉,怅然摇头:"咄,妇人之见吧!确实当不了饭,但可以当营养啊!"

"屁个营养。"

岁爷深表遗憾:"你真不懂啊,是特殊的营养,养心的营养。"岁婆轻蔑,嗤之以鼻,却是不明觉厉,任由他装神弄鬼,天玄地黄水自流了。但有不屑者如孙秃子之流,每到他家,撞见他手捧书卷孜孜矻矻,几乎以面贴书,费力扒劲的怪样,毕竟也会不知所谓热潮冷讽,杂呱挖苦他几句的。"咋啦岁爷,你这么贪婪,莫不是在吃书哟?"

"滚远。"岁爷并不急于将书拉开,冷笑一声,"你懂不懂,世道人心啊,爷这是在看你。"孙秃子嬉皮笑脸搭讪:"唔,我懂。你老总说读书认字等于多长一只眼睛,让我瞧瞧,你的第三只眼,到底能看到些啥?"

"你想要看啥?"岁爷反诘,古人云,"书中自有颜如玉,书中自有黄金屋呢!"

"你不是说,念书人的那只眼了不得,能看到过去,也能看到以后,能看到肉眼看不到很远的地方,能看到人心里去,还能看到别人在想啥吗,那好,请你老看看我现今儿,也就是现在,正在想啥?"岁爷嗤之以鼻:"你啊,哼,一肚子闪闪发光、五颜六色的花花肠子呗……"

"此话怎讲?"

"当官发财,还有各种荣誉光环笼罩,外加三句不离肚脐眼下那地儿一丁点俗事,你说,还有个啥?"孙秃子碰了个软钉子,尴尬中有点晦气:"岁爷,你老这样不行,总糟践我,还叫我,咋活人?"岁爷说,"本来嘛。不就开个玩笑嘛,你还当真。不过依我看,你小子参加革命,还真出息了不少。相信我的话吧,早晚发迹还是会春风得意马蹄疾的。"

"你是说,我会有一匹马?"孙茂才孙秃子有点懵懂,将信将疑,"是公马,母马,啥颜色马?"岁爷忍俊不禁扑哧笑了:"这说不准。也许,不止一匹,公马母马,还是黑马白马,也说不准。但我敢断定,你有马,不是骑马,就是拍马;要不,就是又骑马、又拍马。"孙茂才终于灵醒,恍然知道这话的弦外之音和其中某些不那么正宗的胡豆怪味,一脸逼仄地苦笑着摇头:"得,我服啦岁爷,难怪说读书人眼贼,要我看,嘴更毒呀,骂人不带脏字,却长着獠牙呢!"岁爷赶紧申明:"见谅、见谅啦,未来的大领导,宰相肚里能行船,别跟老朽计较,一般般见识嘛。"以岁爷的威望与人品,这当然不是信口雌黄,随便跟孙茂才磨牙打诨。对于孙秃子,岁爷不仅是村里的长辈,是有文化的人,最主要的,用孙秃子的话说,还是"拉他入伙"的人——不错,很长一段时间,他都把岁爷介绍他入党革命,叫成"入伙",这倒不是他庸俗"白气",而是岁爷特别叮嘱,算一条纪律。不用说,这与他们所处的边区交界特殊位置和环境,以及那时不能公开身份的时代背景,不无关系。

介绍孙茂才入党,虽说不是盲目行动,但岁爷确曾有过顾虑,可工作需要,组织暗中考察,认为孙茂才毕竟贫雇农出身,虽然不乏流气,总觉可以培养控制使用。加之,他能说会道脑子润滑,又喜欢人五人六抛头露面,比较适合应酬红白两方场面上的事务杂差。最主要的是,村上那些老实巴交的农民大多守旧保守,而且胆小懦弱,凡事明哲保身缩头乌龟打着不走牵着后退,这才造成村上的公差官事没人担当互相推诿,只好被迫轮流"坐庄"。孙茂才虽然也是瞎猫撞上死老鼠自己抓阄捞来个"官差",总体看还比较积极胜任,经过红霞同志代表地下党多次考察，最终批准由岁爷单人单线，负责培养发展和使用。一晃这已是多年前的事了。往事像一场模糊的春梦，但都是些一鳞半爪、支离破碎的残片，像一根驴尾巴甩来甩去，总抓不住，勉强抓住，也只能被动地跟在驴尾股后面让驴拖拽着往前面走。

岁爷怎么也没有料到，自从他发展了这个孙茂才，在隐秘的地下工作中，从他那里所得到的协作帮助，远不及他时时处处带来的负担和压力。至少，这个爱咋咋呼呼的大喇叭，还缺少一些对党和革命运动基本的常识，这就难免要让他多操一份心，时不时，旁敲侧击，给一些警示和提携。

"岁爷，咱这革命，到底，要做啥吗？"岁爷想起，最初跟他密谈时孙茂才满脑袋糨糊的重重疑虑。"你说呢？"孙秃子白眼一翻："我看……就是吃粮、当兵，娶媳妇呗。"对啦，那会儿孙秃子正为媳妇熬煎，做梦都等着迎亲成家娶妻生子哩。"你这是狗戴嚼子胡勒（嘞嘞）。我给你说，革命嘛，首要一条，就是改造人的性情，不叫你这样的货色好吃懒做，总当二流子。"

"嘿，你这是哄我哩。"孙秃子自以为是连连摇头，"我听说过了，革命，就是打土豪、分田地，就要让人吃肉喝酒，过上好日子，对不？"

"这看怎么说呢，像你这怂样，整天东游西逛，凭空想着天上掉馅饼锦衣美食送上门，那还不是癞蛤蟆想吃天鹅肉——做梦娶媳妇，就算革命，也难办到。"

"照你这么说，革命，不给分媳妇？"岁爷鼻子一哼哼："你净想好事，那就慢慢等着去吧。"许多年后，岁爷还记得他以谝闲传（调侃说闲话）的方式，渗透性和秃子的那些谈话，恍惚觉得孙茂才无意之中透露出一个至关重要的问题：那就是，改造人。借用诸葛亮的话，就是"治性"——"淫慢则不能励精，险躁则不能治性"。江山易改，禀性难移，这可不是一朝一夕容易的事。他还想起伟人的一句话，"严重的问题是教育农民"，其实，又何止是农民，如果天下人，一事当前，先都替自己打算，只知中饱私囊而不顾及他人和大多数人，甚而为了一己贪欲，幸福和快乐，不惜损人利己压迫和剥削别人，又何来"共产"和"大同"，那流血牺牲闹革命，不是白搞了吗？是谁说的——无产阶级不仅要解放自己，还要解放全人类；只有解放全人类，无产阶级才能得到最后的解放？

是常先生常宇浩，要么，是武欣华（红霞）。对，应该就是他的"教师爷"——他和弟弟，包括儿女们的启蒙者。那时的边区大生产，曾经同时开展过一个"改造二流子"运动，那是一个意义深远，非同一般的革命性创举，不仅解放了劳动力，关键是改造了人，让那些游手好闲的流氓无产者成为自食其力的劳动者，成为有一定思想觉悟和人生境界的新公民。也许说到底，这才应该是革命最本质的意义所在。换句话说，二流子也并不等同农民，或者压根儿就不是真正的农民，所以，就有个更严重的问题，大概还在于接受农民教育，在劳动中历练，得以改造成人。记得当时村上有人就曾经提议，应该把孙茂才划入此列，而且，孙秃子的亲娘首先就主动要求，要将她儿定为"二流子"给予帮助。原因是这孙秃子总是借口村上"公差"，要奸溜滑躲避劳动不肯下地，他娘拿他这个甩手掌柜没办法治，就求助村上要管教他。最终，是岁爷出面给老婆求情，说了一番道理，解释他是为大伙儿奔波操劳，"是干正事"，不能和真正的"二流子"相提并论一般看待。他娘看在岁爷的面子上，虽然让了步，但心里仍然有气，因为那时给村上跑事没有报酬纯粹是义务。老婆不知他儿子其实入了共产党，好赖也是在为国为民做贡献，肚子里当然十二分憋屈。岁爷呢，又回头去劝勉孙茂才，让他尽量多担待，抽空种好家里的地，不要把公事当借口，光会动嘴不干活。"革命说到底，不就是要唤醒每个人沉睡的理性和正能量吗？"他给孙秃子开始上大课了："希望你做一个真正的人，有价值的人，不白活的人啊。"孙秃子只是阴阳怪气应付他："我知道，你岁爷不想让我当'二流子'，却要我做'三种人'，这样加码，不更难了吗？"岁爷无奈只好慢慢来。他深知，江山易改，禀性难移，每个人身上的惰性和贪婪，都带有胎记的本能属性，也是冰冻三尺非一日之寒啊。他隐隐感到，这比任何一种暴风骤雨式的革命都道路漫长、艰难险阻，而且随时随地都可能变得消极、颓丧以至堕落腐败。果然，岁爷对孙秃子的苦口婆心，白费口舌效果不大——"大"的，倒是孙茂才的做派和架势，他那时官虽不大官威倒不小。随着担任村长时日既久，除过在岁爷面前，都一概大大咧咧居高临下，脾气日渐其长，慢慢就学会了打官腔，恨不得让天下人都晓得，他是个了不起的大人物。除了真个儿怕死不假，几乎就天不怕地不惧，连说话的声频都大气得吓人。为此，有人适时送他一个大喇叭的新绰号倒也恰如其分。总见着他高喉咙大嗓门一贯放荡不羁，绝不肯收敛一点他的万丈豪情，人还没见影儿，彪悍粗放的吆喝，已先风魔地飙进了地坑院子和土窑洞里。

要说，孙秃子的流氓无产阶级、典型坏脾气，还是从家里养成的，他只要回家发现饭菜不好，就砸锅甩碗，母亲可怜到讨饭都没有个破碗，用的是一瓦片当碗折两根树枝做筷子，他却没事一样压根儿不理，只管饿了回家朝娘要吃的，困了回家去睡，日子过得没一点光景，还好在外面吃喝嫖赌，总跟不三不四的女人胡乱骚情。在某种意义上说，这也和他的成长经历、备受磨难不无关系。他六岁死爹，七岁就下地干活儿，赤脚在布满冰碴儿的地里学犁地；八岁，给邻村一个天主教堂被叫作米虎子的英国传教士当仆童，一天只吃一顿冷剩饭，用辣得钻心的尖椒当菜下饭。冬天酸菜，夏天苦瓜，苦辣酸涩，唯独没有一点儿"甜蜜"记忆。有一次他不堪忍受逃出来，没吃没喝没有地方睡觉，把自己用绳子在树枝上捆了三整夜，还差点被马蜂给蜇死。也许，无意之中，他就不自觉地践行了这种极端自我反常的处世准则，不仅是对过去吃苦挨饿的补偿，简直可以说是一种恶狠狠的蓄意报复。他好说大话，也擅长自吹自擂，无形中被人叫成了"孙大吹""大喇叭"。后来进了县城，当了官，忘了自己的苦难过去，贪污腐败，果然背离了参加革命的那份初心。

相比于孙秃子，岁爷又是完全不同另一类人的样本。几乎可以说，他活着就是"虚无"——但不是虚伪。比如吃饭，每顿端上炕（桌）来的木盘子里，模样丑陋的杂合面黑馍馍旁边，差不多总有几个白一点的馍馍，但这白馍约定俗成，天定是给岁爷的祖母和他娘吃的，他和岁婆花儿以及孩子从来看都不正眼去看，好吃一点的菜肴，他们也一概是敬而远之的，除非祖母和娘逼着他们非得分享一点——即使这样，岁爷总是不动筷子，只让孩子们听话，按照老人的意思，象征性分吃一点。看到他们吃了，他比自己吃了还显得高兴。日久天长，习惯使然。在好吃食、好招待面前，他向来"缺"之不恭，不是谨慎地保持一种天生带来的矜持，就是严以自律的约束，吃得文气拘谨，要么就将自个儿躲得远远的，有意识当一个业余看客，只有以主人和一家之主身份招呼大人孩子都"吃饱、吃好"，全都抹了嘴巴放下碗筷，他才会心安理得，敞开肚皮，稀里哗啦行云流水，把所有碗碟盘盏风卷残云，舔舐得一干二净——这时候，他会尽显一个农民与生俱来不忍目睹、亦不甚文明卫生的寒酸悭吝——那就是常常会伸长舌头，把那些碗碟舔得光可鉴人，几乎都用不着刷洗。用他女儿梅子的话说，他已经是"一个活得没有了自己的人了"。

和岁爷相反，孙茂才也有"没有自己"的时候，不过那是他的软肋，他的短处。暑天一个闷热的晚上，他跟着岁爷悄悄摸到官镇敌人炮楼边观察动静，等待掩护几个通过封锁线奔赴延安的同志。炮楼里的守兵偶尔胡乱放枪，既是给自己壮胆，也是想告诉游击队他们并没有睡觉，希望不要扰乱他们的好梦。趴在堑壕里的孙秃子，听到那炒豆子般的枪响，突然就怕冷似的浑身筛糠，风中树叶样止不住颤抖起来，别说他已经身不由己，牙齿都管不住了，不停地咯咯打架，随之，就又是憋尿又想拉屎，接着便是水葫芦一连串按捺不住砸脚后跟的稀松臭屁。"亏你还是个男人。"岁爷悄声笑他。孙秃子人软嘴不软，更不服："咋，你就不怕死？"

"怕。谁说不怕。"岁爷说，"只是怕没用啊，屁用都不顶。你没听人说，屁是屎的头，风是雨的头，生是死的头。你到这人世上来了，从娘肚里出溜出来那天就是在死，慢慢地，一天天地死，一年年地朽，你阻挡得住吗？反正，早晚都是一死，就么回事。"孙秃子还是不服："不管咋说，哪个人，不想多活些年头？"

"你记住，越怕死的人越容易死，越想多活的人往往活得更少。"岁爷冷笑，还是他那句常念叨的老话，"我问你，多活多少是个够，千年王八万年鳖终是有个头，谁能把这个世界霸占住，老死不离开？"孙秃子终于点点头，想想也是，很快，居然安静下来，不那么害怕了。要说孙茂才，打心里最服气岁爷的，莫过于他曾经说他会发迹当官的那个预言。解放后不久，他果然从村上混到了乡上、公社，又从公社爬进了县政府，最终，还在县府办公室里混了个副主任。可惜不久，就在"五反、三反"中，因为挪用公款、乱搞女人，栽了跟斗。岁爷拄着拐杖，一路颠簸去看他，两人言来语去，隔着铁栅栏，曾有过一段不留情面、措辞严厉的交锋。当然，主要还是岁爷问他——这是一段飘过历史天空无须加引号，也没有着落的对话，也许现在看起来"挺逗"，只能收获一种引人发笑的别样情绪——

当初，你为啥闹革命来着？/混口饭呗。/这是不对的。革命不光为个人仅仅混一个肚肚圆。要为天下所有的受苦人，吃饱、穿暖，还要不受人欺负！/得是？/你忘啦，我给你说过，咱共产党，就是要共产，不是搞私产，用马克思的话，就是消灭私有制，建立公有制，实现人类大同境界，是让所有人，高高兴兴，都过上好日子。/得是，可咋样，才能过上好日子？/那就要……搞革命。/革命？/对，革命。/革命，干啥，我真的还没弄懂？（孙秃子装聋卖傻，故意跟岁爷嘴皮子打架。）/翻身做主人呀，建设新中国。/新中国？/对头，新中国。/那……旧中国，咋办，就那么不要了？/嗨，那自然就没了。/没有了，跑哪去了？/不是就摧毁了、打倒了嘛！/（孙秃子坏笑，故意打岔：）打哪去了？/嗨，踩脚底下了嘛，你咋个死脑筋！/就是说，像死人一样，埋在脚底下的土里面了？/基本上差不多吧，就那意思。/这么说，那西安、上海和北京，还有很多很多那些好地方，得是，就去不成咧？/咋去不成？/不是都死了，都埋了？/嗨，你真是，一根筋呀，那不过是比喻。比喻，你不懂？/我懂，旧的不去，新的不来呗！/噢，就像个你，刚一当官享福，就休了乡下粗手大脚的黄脸婆，进城娶一个花朵一样的女学生？/嗯嗯。/你是胡整、胡扯啊，千错万错，错在了这……脑袋壳里没文化……/你有文化，又顶啥用？到头来，可怜，半个残废人！/唉唉，我跟你，真说不成……/（这秃子，真轴，天知道，革命一场，他咋还是从前的想法。）/岁爷，我懂。你说的道理当然好，可是几千年的中国，

443

第二十二章

我就知道从没听说过穷人能当家。当也当不好。朱洪武是穷人，打的就是为穷人的旗子，可做了皇帝没几年，也就变了，还不是为他们自己那一伙人，老百姓还是老百姓。放羊娃出身的李自成，也是，开始喊着为穷人，笼络了不少庄稼汉，"朝求升，暮求合，天下穷人难存活。早早开门拜闯王，闯王来了不纳粮。"可那闯王，打到北京坐龙椅，屁股还没坐热乎，小算盘就打得叮当响，很快露了馅，敛财谋利，争夺金银财宝、还争妓女，自己内部的人，先闹哄得乌烟瘴气难收场，四十二天的天朝啊，腐败堕落得快马难追。我把这世事早看透了，千里做官，为了吃穿，轮到谁，还不是一个样？有权的哄没权的听话，有钱的哄没钱的做梦，小老百姓自己哄自己傻乐活着罢了！

……

岁爷听了孙秃子这番"高谈阔论"，不由得两眼放光刮目相看。"哟，别说，你还真的大有进步，知道得不老少哇。可别知和行只是两张皮。"岁爷进而讽喻，"行，佩服，看来，你这秃瓢里还有些干货。活命哲学、生存密码，让你发挥得淋漓尽致啊！"

"难道，我说的不是事实？"岁爷摇头感慨："是，没错。至少，跟你的实际情况非常默契。"可他心里不由得叹息，怎么说呢，这大概就叫农民革命的局限性吧。他想起他们当年参加革命，私下里曾经流行甚广的一段顺口溜，道是：跟着红军闹革命，先苦后甜不受穷，单等革命闹成功，进城去娶女学生，油头粉面嫩生生，个个赛过穆桂英，吃香喝辣逛风景，美得没说，嘿，像做梦……

"革命"就这样，曾经吸引着一些投机性贼强的人，客观实际，因利而动。他们中不乏穷光蛋、老光棍，一门心思等着天上掉下肉包子，不用劳动，光靠斗争，就能吃香喝辣分享胜利果实。他们不知道，共产党叫穷人翻身，更要洗心革面。要靠自己吃苦受罪，努力奋斗，流血牺牲，才能创造新生活。"一个人不想付出，就想享福，这是懒汉二流子思想。"他启悟孙秃子，"我以你的入党介绍人身份要求你，还得好好学习，要争取思想上入党进步。不然，就是当了干部，早晚都会变质，腐化堕落，跟李自成一样，栽大跟头。"

"是吗？"孙秃子不以为然，"我看未必，只要当官，手中有权，就没有办不成的事情。这天下，第一等轻省事、一本万利的事，除了当官掌权，你说说看，还有哪样能比得过？"

"这我承认。"岁爷说，"权力确实无所不能，关键，还要看你办啥事情，好事还是坏事。如果不读书、不看报、不学习、不提高，整天只知道开会念讲稿，混日子不劳动不用脑，你就等着瞧吧，就是当了官，也不是个好官，兔子尾巴也长不了。"孙秃子不服气："我不信，当官不就是耍人，还要劳动，那谁还会喜欢当官?"

岁爷自有他根深蒂固的土理论,他正经地强调说:"穷苦、老实和劳动,不是我们的短处呀,天经地义,那才是我们的资格,就和从前封建社会不中科举不能做大官一样,不爱劳动的人,革命就不能让他掌权力。这种资格是受苦受难换来的。脱离劳动,不就脱离了群众,那你的官,给谁当呢?"

"你的话不对。"孙秃子反驳岁爷道,"你不是读书人嘛,孟子都说了,劳心者治人,劳力者治于人呢。当官就是动心眼,咋能说是不劳动呢?"

这一场无意的思想较量,口角论争,似乎没有输赢。关键是岁爷的理论让孙秃子听得浑身都不自在,他理所当然认为岁爷是嫉妒他,这一份堵心的话从此装进心里,慢慢就发了酵。多少年过去,他终于逮住"反戈一击"的好机会。那时他已经"平反"官复原职,渐渐羽翼丰满,又当了县府办副主任,自然还记恨着岁爷曾经教训和讥刺他的话。突然有一天,一帮子愣头青,居然冲进岁爷的家,不问青红皂白,就将岁爷抬到县上去批判。为首的还是岁爷一个所谓的远房亲戚,声称自己阶级立场十分分明,坚决要和岁爷划清界限斗到底。

一场批斗会斗下来,岁爷的思想依然如故很清醒,可惜残废的身躯遍体鳞伤,已经折磨得奄奄一息快断气。岁婆花儿赶到了县上,抱着老汉可怜的头,又是哭诉又是骂,闹了个天翻和地覆不留情:"头顶生疮、脚底流脓、坏透了天杀的来刀子货啊,心比炭还黑,咋把人往死里整?"

"不要骂……他们。"岁爷轻轻摇摇头,"费那口舌,不值,伤不到人家一根毫毛。"

"咋,把人打成这样了,骂一句,还不行?"岁爷依然是摇头。"唉,不是不想骂,是怕脏了咱的嘴。"有人听说了岁爷的这番话,忍不住就摇头:"迂腐啊,这就是读书人,毕竟是弱者,秀才遇到兵,有理说不清。"岁爷一辈子,受再大的委屈受多大的苦,终了还是清高优雅不俗气,金口玉牙虽不至于气若幽兰,但绝对清洁卫生不吐一句骂人的脏话。果不其然,他自己也说:"英雄好当,圣人难做。咱还是管好自个儿吧?"小女儿梅子那会年轻气盛,当然义愤填膺,只是不解也不服:"啥意思,难道只能忍气吞声地活?"

"这你不懂?"岁爷长叹一声呻吟道,"圣人无己,天下为公啊!别人咋胡来是别人的事,你不能把书……给白念了。"岁婆不念书,自然也不服:"那就这样让人欺负,任人糟蹋,这亏,可吃大了。"岁爷摇头说:"记住,吃亏是福。福祸相连。人做事、天在看,世上一物降一物。你放心,作恶终会有报应,人不报应、神报应。"

"你不是说，没神吗？"岁婆撇嘴，反唇相讥讽刺他，"咋，又信神了？"

"是的。"岁爷说，"我只说没有鬼神那种'神'，但是没说没有神圣的'神'。"

"不明白。"梅子也摇头。

神就是圣。圣皆天理、公道和良心。岁爷告诫她，记住了，儿啊，仁者爱人！

/ 第二十三章 /

喋血染庄

这个村名叫染庄。不幸的名字有何渊源,因何而起不得而知。至少在1945年7月那个暴虐闷热的午后,名副其实血浸泪染惨不忍睹,令人胆寒。

国民党军侵占村庄,形如一阵飓风突至,从这里遮天蔽地席卷而过。血与火,洗劫了村庄,可真不是形容。黄昏薄暮——已经是第二个黄昏时分,任英魁和他带领的突击队只剩下了十一个战士,他们从沟里悄悄爬上塬来,蹑步走进村子,一个个腰酸背疼直不起身子,昏昏沉沉,差不多都有些头重脚轻。身后的那个沟叫常村沟,当时敌人的骑兵冲杀过来,他们猝不及防地仓促抵挡了一阵,但见敌众我寡难以持久招架,任英魁当即下令撤退,赶紧钻到深沟道里暂时隐藏避其锋芒。好在沟路陡峭,弯弯曲曲,正是所谓九曲十八弯的羊肠小道,这让敌人凶悍的骑兵难以驰骋,无从施展,他们不愿也变不成"山羊",于是,就在村子里如狼似虎烧杀抢掠,无所顾忌地涂炭生灵了。

两年以前,任英魁在山西晋城一带抗日,曾经目击日寇所谓的"铁壁合围",穷凶极恶的日本鬼子"扫荡"而过,铁蹄践踏生灵涂炭,惨不忍睹,让他永生难忘。那是些人类里头异端禽兽所为的极端行径,实在惊心动魄,让人难以置信又不得不信。可是,两年以后,无论如何他也没想到,竟然是在大后方的陕甘宁边区,他进入血洗过的染庄子村,目睹蒋胡匪帮大开杀戒制造出来如此令人发指的滔天罪行,在他惊骇不已的同时,恍惚间一时难以分辨身处何时、何处,分不清是再次面对日寇蹂躏的河东晋城,还是本该和平安静的黄河西岸、边区南部边缘的无辜村庄。

目力所及,这个伤痕累累的村子,到处是惨遭杀害的罹难者的遗体。地头的茅草棚,土崖下窑洞边,烧毁的麦秸垛旁,血迹斑斑的街道土路上,血腥的场面横七竖八,正是尸横遍野怵目惊心。赤裸的、血淋淋的人体,塞满了村道土路，蓦然抬头，连树上也吊着人；低首再看，墙脚柴垛，尸首叠压，居然堆积如山，似乎进入阴间地狱……

空气被腥风血雨打劫，萧疏阴沉中萦绕着如磐鬼气，悠悠然笼罩着整个染庄村子。猛然，有一声两声突兀的怪叫，划过安详的天穹，扔下一个接一个飘忽跃动和弹跳蹲行的黑影，仿佛魂魄盘桓不去——耳边，竟是黑老鸹那惊心动魄、令人毛骨悚然的声声悸动惊叫……

任英魁踟蹰向前，艰难地迈出一步，刚抬起的脚步就僵在了半空，不知该往哪里着落了：眼前，有一张苍白的面庞，没有血色的脸上，白得像搪瓷一样，奇怪的是眼睛却又大又亮，以至于发出玻璃反光似的灼目寒光。那张嘴，嘴唇很薄，牙齿像大理石，皮肤上缀满了麻点、洞眼和疤瘌。这是个死去的老人，仰面朝天，喉咙被骇人地割开，脸颊备受摧残，给刀砍得翻出一棱一棱白肉，像多出来的嘴巴大张着。曾经的血液从那些伤口流出，已经变得紫黑污浊，浸染他下巴颏上那撮山羊胡须，使其凝结上翘，成了直戳蓝天铅块一般的牛角形状，简直就像不屈的喉管喷发出的愤怒吼声！老人一头蜷曲、松软的头发，灰白参半，稀疏而凌乱地披散在头顶，越发使那张看上去恐怖古怪的面孔，酷似盯在瘦骨嶙峋的木杆子上。那颗伶仃的脑袋，和脖子只连着一层残缺的皮肤，一阵风就能让它们彼此脱离，遽然分家。他身上有一件灰白的裯子，因为被血濡染，斑斑点点，千疮百孔早已衣不蔽体。忽然，那张悲愤已极面孔，忽忽悠悠，竟转动起来……

任英魁诧异，定睛望去，原来是一双鸡爪样的小手，正在颤颤巍巍、怕烫般试探着，轻轻地，在抚摸那一张面目全非可怕的脸！

"爷，爷爷……"孩子哭得有气无力，十分无助，小手无力地乱抓乱挠，一张小脸五麻六道，脏得失了原形，同样沾着酱紫色的血迹。他在哭死去的爷爷，眼看上气不接下气，也快要哭死过去。

"娃娃，你家，还有啥人？"任英魁走近，俯下身问，"快回家去，别让家人操心。"

"我爷……被坏蛋杀了。"娃娃扑闪着失神的大眼，眼里没有泪水，只有惊魂未定的恐惧，"我家里人，都被，杀了，呜呜……"

任营长的目光，追随着孩子惊魂未定的眼神，再次投向村道那些受难村民横七竖八的遗体，一股令人绝望的腥膻之气顿时窒息，俘获了他，而且穿透他的身躯，恣肆汪洋地从他的鼻息里喷薄而出。于是，整个村子，都在那股怪异的味道中膨胀和飘浮起来。血红血红的夕照，躲躲闪闪，怯惧地沉没进了铅色的远山背后，夜色鸟儿一般，呼啦啦地腾空而起，渐渐地，星星也像溅上天空的血点，炫亮、跳闪，惊愕而又诡异地瞠视着他。他觉得，自己整个人差不多就要像一堵岌岌可危的土墙就便要垮塌下去，脚步开始不稳，东摇西晃，犹如踩在棉花垛上，样子则酷似典型的阔少爷和流氓二流子的步态。他实在疲惫至极，像一个空心的稻草人，或者，简直就是个沿街乞讨的叫花子了。他默默地向前迈动着沉重的步伐。但他毕竟心里尚且明白，他不是去讨饭，而是向命运祈求一种最简单不过、最可怕的本事——善杀的勇气，以及复仇的膂力。

在这条血迹斑斑的乡村土路上，他声嘶力竭高喊道："快，快抓紧干，帮乡亲们忙……能灭火的，灭火，能救人的，救人，抓紧行动，赶快转移，敌人……还会，返回来的。"

他听到了自己的声音，断断续续十分吃力，异样苍凉孤独，当然还很悲愤，以至于成了别人的声音——仿佛是别人的声音，陌生模糊，听起来遥不可及，轻飘飘地，就在那被血污和夜淹没的土路上空，悲怆幽暗地飘动，起起伏伏，时有时无……

这时，一个人影迎面走来，踉踉跄跄，"营长……"

是炮兵排的四川籍小老兵，他扑跌着走到他的身边，胸口剧烈地起伏着大喘了口气，又费劲地吞咽了几口唾沫，半天却没说出一个字来。

"你……"他恍然如梦，也不知该问什么，目光落在眼前的四川小老兵身上，只见他一身灰土血污，真的有点难以辨认。四川小老兵双手空空，无助地摔打着不管用的两只胳膊，双腿则像僵直打不过弯的棍子，直戳戳杵在他的面前："营长，我们，排、排长，咳，还有……陕北娃……都，没见了……"

他哆嗦着，情不自禁打着寒战，有气无力地说。

"你……你，你还问我？"任营长没听明白四川小老兵的意思，忽然急火攻心，气不打一处来，他竟恶狠狠地训他，"你问我，我去问谁？你们，不是一直，在一起的吗？"

"是……是在一起来着，可是……龟儿子的，大炮，咳……"

四川小老兵怅然若失，像是在极力回想遥远的往事，支支吾吾，结结巴巴说了半天，也没说出个名堂。"老子记得，我们那时，正在任排长的指挥下，瞄准了龟儿子们的炮楼，我们先是打掉了东边的那个楼子，一炮，就干掉了；后来就打村西南角那个，费了两发炮弹；打西边那个炮楼，已经是第四个了，刚打了一发炮弹出去，忽然就看到西面来了敌人，黑压压的马队向我们扑过来时，我们赶紧收起迫击炮，排长喊叫我们撤退，往东边的沟道里去……"

"到底咋地了呀？"四川小老兵又费劲地咽了口唾沫，"咳，营长，东边的沟畔，距离我们也不远，最多二三十丈，排长指挥我们下沟。我们三个人刚跑到

449

那儿，正准备跳下沟畔，只听'唰'的一声，没整清楚，打哪飞过来一发炮弹，也是迫击炮弹，不偏不倚，突然，就在我们身边，炸了……"

"人呢？"任营长听得骇然一惊，急切地追问，"你们人呢，都到哪儿去了？"

"格老子我，被炮弹的爆炸一下子推倒，记得排长，好像是扑在了我的身上的，我们是一起扑跌进沟壕里去的，可我醒转过来，咋找也不见了他的人影，排长和陕北学生兵娃，都不见了……"

任英魁一听，身子不由自主地摇晃，"咚"的一下，他就一屁股瘫坐了下去。他绝对不知道，他已经真实地被吓呆了，这句话像一记闷棍，劈头盖脸，"闷"得他一时晕头转向，茫然失神没了主张。再看四川小老兵和身边围拢过来的几个战士，也像是吓傻一样，木桩子似的，直直地站着，一动不动。

许久，也许只是一瞬，一阵女人的哀哭飘进他的耳朵，很熟悉的哭泣，让他感到十分像母亲木匠婆的声音，又觉得其实是嫂子第五花儿的哭声。任英魁蓦然一惊，定了定神，这时，才分辨清是村道上有人嘤嘤恸哭，他抬眼望去，看见两个身穿粗布大襟衣衫的中年农妇，她们弯腰撅腚，费力吧唧，正呼哧呼哧，拖着一个男人还未完全咽气僵硬的躯体，正一步一步艰难地挪动。这两个女人面容憔悴，身体孱弱力不胜逮，一边哀哀恸哭不止，一边无助地搬动着躺在地上的男人。从她们断断续续的呼喊中听得出来，死了的男人（准确地说，是正在死去的），是她们的丈夫或弟弟。她们将男人拖在一块墙旮旯的平地上，双双泣不成声，却显得平静迂缓，神情木然，很快开始为那奄奄一息的男人整理衣衫。

男人看上去年纪很轻，但他的身子木石一般，直挺挺地，却不再勃发活力。那被炮弹撕扯得支离粉碎的衣服，早已破烂不堪。一条土灰色裤子不知怎么褴褛得那么彻底，几乎没了一点形状。

男人很快不动。他就这样死了。接着，就和村上众多不该死去却无法复活的男女一样，被埋葬在了村庄边上一块让人难以辨认，从而会自然而然被人遗忘的荒坟土岗的角落里了。从来无惧无畏所向无敌的任英魁，突然毂觫一震，某种不祥的预感，也像一颗黑色炮弹端直瞄准向他袭来，毫不容情轰然炸裂。

是的，豹子，他们，活不见人，死不见尸，到底去哪里了呢？

虎、豹罹难

任英魁目睹染庄那些实在不忍目睹的场景，止不住寒从心起，浑身战栗。他不能不联想到侄儿豹子，当然还有牺牲了的其他同志。

天哪！他不由得想，不能不想：这让我怎样向教师爷交代，怎样向哥哥岁爷、嫂子花儿，还有娘，交代！

"人、人！快，集合，我们的人！"他呼吸急促，噩梦惊醒一般，突然脾气火爆，像有火星点燃了滴血的双眼，那样子十足一副随时玩命跟你没完没了刺刀见红决斗的架势。他双手舞作，喉咙里发出兽类喷血的哀号，听起来令人毛骨悚然，就像烧红的烙铁悍然贴向化脓的伤口那样不堪忍受："国民党……蒋胡匪帮！"

这如雷炸响的咆哮，震撼着渐渐聚拢而来的老乡。拄着拐杖颤颤巍巍的老爷子，还有头上缠裹着不同颜色头巾的老太婆，包括在她们怀里惊魂未定、哭哭啼啼的小孩子，他们全像遇到了坏天气的一群柔顺的绵羊，扎成了一堆，战战兢兢，为每一阵响动提心吊胆，当即就吓呆在了那里，一动不动。他们被动地等待命运的裁决。人群中，一个失魂落魄的女人，赤裸双腿，木然地站在那里，她垂手而立，身上只披了一件老式男人的布袍，那布袍子大而无当，气泡样笼罩着她苗条单薄的身躯。女人直勾勾地瞪视着他，怕冷似的浑身哆嗦。整个人看上去已经濒临死亡绝境，只有痴呆僵硬的眼眸，时或涌现着闪亮晶莹的眼泪，仿佛还在无力地表明，她还勉强地活着……

任英魁忍受不了这种眼神，他羞愧难当，不好意思地别过头去。呈现在他眼前的，更多是刚刚经过的那场厮杀，一次出生入死，惊魂动魄，一切依然历历在目。

那是子夜，他们一营赶到方里镇粮库那个地方，当地地下党组织，已经安排好了地方保安团和民兵自卫队接应他们。守卫粮库的敌军，只说是一个排的兵力，但他们很快发现情报并不准确，实际上接近一个连了，而且，附近不远的辛留、大明寺几个村子，还有敌人的大部队频繁活动。此外，粮库前面的山头，尚有敌人明雕暗堡未发现的火力网。这种情况提醒他不能恋战，必须以快制快、速战速决。他当即决定，先带人配合地方武装，把粮食抢夺到手，赶紧运往边区。这是他们第一等的中心任务。

他命令豹子，用迫击炮轰了地堡。两个排左右夹攻趁机而上，粮库很快就被拿下。紧接着协助民兵，组织民工搬运粮食，牛车、驴车、独轮车齐上，加上人背肩挑，连夜行动，当即就将粮食运往边区后方的凤凰山了。

然而，夺粮行动，很快就被附近敌人觉察，他们疯狂反扑，很快就拼命追踪了过来。为了掩护粮食和民工，任英魁带人全力阻击敌人，结果四面受敌，不幸陷入敌人的重兵包围。不久，敌人的骑兵火速驰援，又杀气腾腾地赶了过来，转眼，形势急转直下，原本完全可能的突围，变得十分艰难，陷入无望。

特别是敌骑兵师疾风暴雨般横扫而过，他们的队伍，眨眼就被冲得七零八落，全失散了。身为营长，对于他来说，除了和敌人短兵相接刺刀见红，已经没有什么可选择的了。当然，对于他来说，在这个世界上，也没有什么可怕的事了。

他预先就曾要求大家，在村子北边的树林集结，可到晚上六七点钟的时候，敌人突然迂回，掠过一个山坡，杀了一个"回马枪"过来。只听耳边马蹄哒哒，雨点般劈面而来。任英魁清楚地看见，那是一堵迎面扑来移动的土色城墙，正是由屎黄军服和褐色面庞组成的气势汹汹的战阵，狞厉嚣张，犹如沙尘暴飚起的立体冲击波涛，大有排山倒海不可阻挡之势。发疯着魔的敌骑兵军，快马钢刀，一路挥舞砍杀过来，他和他的突击队迫不得已匍匐在地，仓促地应战，集中火力拦截着敌军的飞速逼近，尽管使许多敌军人仰马翻，纷纷落马坠地，但终因敌强我弱，无可回避，只能迎面而战，开始短兵相接、刺刀见红浴血肉搏。

一个满脸胡须的大块头，刚从马上滚落下来，就手持大刀嗷嗷怪叫，迎面向任英魁劈来，当即，就和他扭打在了一起。任营长用了全身的力气，几个回合，才将那具野兽般的躯体制服在了身下，推开敌人那张日晒黝黑、石头样变形的麻脸，他拼出全力，狠劲抓、挠、掐他的脖子，用尽全身力气，直看见那人双手抽搐起来，渐渐气绝而亡，他才气喘吁吁，像走完了很远的路，慢慢翻身，站了起来……

随后，他急令大家撤退，钻进了旁边的常村沟。

一天一夜过去，他们重新集结，爬出了沟道，再次出现在面目全非的染庄子村。接着，又在附近的方东、强村、官庄、上长社，沟东的柳林沟、贵家村，悄悄搜寻失散的同志。所到之处，目力所及，毛骨悚然，全是敌人难以尽述的血腥暴行。任英魁惶遽撤离，他匆匆赶路，又自然而然，禁不住想到了他的任家堡子村，无疑，那里也会在劫难逃被敌人踩躏。他心里忍不住一阵隐隐作痛。遗憾的是无法赶回去救援乡亲，特别是他无法去面对哥哥嫂子，因为他无法给他们说清，侄子豹子和侄女桃子的下落，当然还有安子，他也无法给曾经的岳母水琴交代。

"找，快继续找！"

他发出命令，却只有稀稀落落几个士兵站了过来，他认出了通信员小秦，一瘸一拐，凑近到他的身旁，他没顾上询问小秦的伤势，只是一个劲儿地叫喊："快找，找我们的同志，活要见人，死要见尸……"

村庄被浩劫血洗的阵阵悲风，沉重地压碾过无边的旷野，时不时地，这里那里，就有撕心裂肺的哭声，浮泛而起，漫卷而来。死去亲人的乡亲们，一边在掩埋他们的遗体，一边痛哭流涕，骂不绝口，纷纷诅咒着千刀万剐的国民党和"蒋该死"。任英魁清点突击队牺牲的同志，他让小秦仔细统计，分别记录下伤亡和失踪人员的名单，随后带领大家，将光荣牺牲的同志，在村东的坟场，及时挖掘了一些浅浅的土坑，暂时做了掩埋。

村上已有人主动出来，清理敌人的尸体，他们拖着那些该死的遗体双腿，一具一具，扔下了沟道旁的一个自然土壕。横七竖八的尸体，很快就将土壕给填满了。正是那些肉体，那些可怜的炮灰们的无谓的僵尸，仿佛预示了眼前的一切景象，这情形也使他深感震骇恐怖。后来这个村子的人，从此对这个地方有了一个新的叫法——死人壕。胆小的人，白天也绕着土壕走，晚上更没有人敢去接近。多少年后，据说三更半夜，常常还会爆出鬼哭狼嚎凄厉的怪叫，不明真相的人误闯到此，就会莫名其妙，遇上所谓的"鬼打墙"，就是费力扒劲走上整整一夜，到清晨鸡鸣东方破晓，才会发现自己竟然还在原地打转。

任英魁和剩下的那几个战士，一直在村子周围盘桓，不断在扩大半径继续寻找。一连三天三夜，他们昼伏夜出，就是没找到几个自己的人。他有些于心不甘，关键是既没找到豹子，也没找到桃子。除了他的侄子、侄女和安子，依然没有其他同志的人影。敌人却在不断袭扰，到处杀人放火。他只好带人迂回，慢慢向边区腹地撤退。

一路的撤离，缓慢而又艰难，主要是因为有受伤的同志，需要精心照料，所以必须昼伏夜出，避开敌人隐蔽潜行。同时，他们仍然没有放弃努力，一路仍在不断探听，继续寻找失散的同志。为安全计，任英魁要求大家脱了军装，简单打扮成逃难的群众，哪里有枪声，就往哪里接近；听到哪里有死人，或准备杀什么人，就立即秘密奔赴那里打听。

按照事先约定，他们一营的同志，只要不走失方向，都应该北上去凤凰岭下集结。可惜，只是任英魁还不知道，他们营突击队的一部分溃散的同志，居然爬沟溜渠，歪打正着，窜到了他们任家堡子，而且在那个晚上，还在正准备等候他归来成亲的地坑院里，发生了一件不该发生的事情。这件事将和他的命运一样荒诞不经，不由自主，让他无缘再见那个等候他成亲入洞房的表妹月儿，也由于这个难以把握的突然变故，他一辈子就此错失良缘，再没有回到他那个地坑院子里去，更没有再见到他朝思暮想的母亲大木匠婆，还有他永远也无法再见到的，亲爱的哥哥嫂子和侄儿侄女……

他们一行，赶到县城北边的小镇铁王，传来一个雪上加霜的不幸消息，消息来源，不是占领边区的国民党军和伪县政府，相反，是我方边区散发出来的一份严正公告，言称，为"报复"国民党军背信弃义侵犯我边区的非人道行为，边区政府将以人民的名义，与适当时机，处决一个被我方俘获的国民党军少校特派员，以示杀一儆百和以儆效尤。"消息"确证，这个人曾是胡宗南西安行营长官部专门派往前线的督查员，是个死心塌地、为国民党反动派卖命的忠实走狗，他的名字叫李志胜。

任英魁将那张公告传单只看了一遍，便听头脑嗡嗡轰轰不断膨胀，突然如同雷击一声炸响，他就蒙了。

虎子，他……怎么会呢？！

他一时胸闷气短，感到天旋地转，明显觉得自己，已经粉身碎骨、化为乌有。眼前一黑，当即就咕咚一声，一头栽倒在了地上。

老天爷啊！他呻吟道。

不共戴天

7月末那个伸手不见五指的夜晚，岁爷翻山越岭，摸黑急行了一个通宵，黎明时分，终于赶到了马家山村。这里是陕甘宁边区关中特委下属的赤水县委所在地。县委召开紧急会议，以往惯例，这个会议应该是各区党的负责人参加，但一区红霞同志正处产褥期，就由她的助手——地下党支部副书记任仲魁出席了。

临战之前，箭在弦上。会议紧迫，非同寻常可以想见。特委书记习仲勋、县委书记郭文学，还有支前特委总负责人黎明分别讲话。中心内容是通报国民党反动派入侵边区后的烧杀抢掠种种恶行，紧急部署和动员全县人民迅速行动，武装自己，保卫边区。会议要求细化并抓紧落实支前各项工作，全力配合主力部队，准备自卫反击，收复被敌占领的失地。与此同时，延安新华社已发通电，面向全世界，公开报道了国民党军入侵边区的事实真相，呼吁世人关注，谴责国民政府蒋胡匪帮破坏和平的阴谋诡计。

此刻，任英魁营长尚不知晓，他们面对的形势何等严峻。国民党军的"重头"部队，兵力雄厚最为庞大。"第一战区"长官胡宗南，总计统辖24个军80余万人，但长期对日寇基本不发一弹，固守河防西岸，被舆论界戏称"武装保卫陕甘宁边区"的蒋匪王牌主力，却对边区虎视眈眈，蠢蠢欲动，明目张胆悍然发动了大规模的强势进攻。大军碾过，铁蹄之下生灵涂炭。蒋胡36军暂编59师，从河南河防前线紧急调来16军预备3师，已由东向西，从方里、秦河全部入侵爷台山地区；其36军暂编15师，则由西向东，经甘肃正宁、隆德入侵淳化赤水境内十里塬、高崖头、烧锅咀和铁王一带；此时，另有胡宗南部下钟松率领的第36军8万余人，也自北向南，从榆林方向朝延安步步逼近。显而易见，他们东西合围，南北夹攻，吞并边区的狼子野心昭然若揭。特别是以爷台山为突破口的由南向北大举进犯，妄图一举扫除中共关中地委和军分区这个延安的天然屏障。

这之间，东西长80华里，南北约20华里的44个被蹂躏的和平村庄，已经像一个被打倒横卧的巨人，头枕方里和秦庄爷台山，背靠旬邑师家道石门关和马栏，两只脚分别蹬在彬、淳交界的泾河滩和彬、旬交错的丈八寺一带。这个"人"横亘在淳化浑朴的大地之上，扼守着陕甘宁边区南大门，肩膀是卜家和铁王，上身是县城、车坞和通润镇，腰部是北城堡、十里塬和马家，下身是胡家庙、官庄和黄埔。整个"人"被置于铁蹄践踏之下，踩得遍体鳞伤不复完肤。这个叫作淳化的"人"，也被命名为赤水，但在入侵一方的词汇里，压根儿就没有客客气气地称谓过红区或边区，而是咬牙切齿、一以贯之地被诬为"匪区"。

这个"人"挣扎着，不肯屈服地要站起来，挺起身来——即使一时站不起来，躺着，也要用他的血肉之躯，承受住暴虐和打击，因为他知道，在他身后的凤凰山背面，就是关中特委，而在马栏关中苏维埃政府的后面，三百多里远，就是延安。当时的县委书记郭文学，一个地道的淳化人，在已经由马栏前移到凤凰山的关中地委和临时成立的前敌指挥部里，按捺不住悲愤的情绪，一面抹鼻流泪，一边嗓门嘶哑着，向特委书记习仲勋和前敌司令员张宗逊表态，把自己的胸脯啪啪拍得山响："我们淳化，就是个血肉之躯真汉子，砸锅卖铁都不在话下，只要咱们部队尽快反击，赶走白匪这群妖魔鬼怪，别再让老百姓受害，豁出一切，都值得了！"

就在这一天，岁爷开完会，尚未赶回任家堡子，村里已经闯来一队张牙舞爪的"白狗子"，这是群众赠予国民党军的别称，有时也叫他们"蒋匪帮"。他们来得突兀迅疾，像一阵旋风烟尘滚滚，眨眼奔涌而至，就出现在了村头。当时，岁爷家头门外的土包上面，站在那棵枣树上"放风"的杏子，这个富有放哨经验的儿童团长，百倍警惕，远远就眺见了目力所及的村南大约五里之外，忽见一团古怪的黄尘烟柱，向北边迅速蔓延过来，小姑娘立即报警，敲响了那片铁犁铧。铮然有声的犁铧，钢硬的金属音质穿云破雾，是一段无限延长、没有停顿和节奏的"急管繁弦"，听到这事先规定为"特急情报"的犁铧叩击，第一个奔出岁爷家地坑院子的，是栖居在岁爷家刚生娃娃的一区地下党负责人红霞。她头上还包裹着月子婆宽大的红布头巾，但在腰里早已系好了一根牛皮腰带，上面难得一见，别着一把醒目的20响驳壳手枪。按照提前约定和曾经多次演练过的"跑贼"预案，村民们各个飞快奔出家，靠近沟畔的人家，按要求急速奔下沟去隐藏，老弱病残行动不便的就近集中，纷纷相互搀扶彼此照应，直接奔来岁爷家的地坑院子。

　　这时的岁婆花儿，奶头上一左一右，还叼着两个正在吃奶的娃娃，一个是她的老生儿虎崽，另一个是红霞缺少奶水的初生婴儿，他比虎崽小近半岁，还差三天才满足月。岁婆将两个孩子分别往婆婆木匠婆和小女儿梅子怀里一塞，赶紧开门，将三十多个老人小孩迎进家里，她们进了拐角岁爷开掘的一孔窑洞，很快就隐藏进了这个窑洞的秘密通道。最后撤进通道的是红霞和杏子。她俩躲在伪装成饮牛石槽的通道背后，掩护乡亲们从通道往沟道里撤退。敌人像洪水猛兽，尽管来势汹汹，可赶进村子却基本上扑了个空，除了几户比较特殊的人家，任家堡子村差不多人走家空，全都空荡荡地一无所有了。既没多少活人，也没搜到粮食。气急败坏的国民党军不甘心，便开始挨家挨户疯狂"扫荡"了。找不到值钱的东西，他们就见啥砸啥，还在锅里盆里拉屎撒尿撒气，要不就点着麦秸垛，拆卸门窗攫取木料，连炕席都不放过，卷起来就拿去烧火。为寻找粮食，一个个窑洞被他们挖得千疮百孔。没找到几头高脚大牲口，就端着枪满村赶猪抓鸡，撵狗杀羊，追捕到手，当即就杀了架在火上，等不得熟透，便一窝蜂争抢，饮血茹毛般狼吞虎咽开来。

　　出人意料的是，整个任家堡子，遭受荼毒损失最大的不是别人，竟然是余豪财。余大头吃亏，在于他过分自信，自以为他暗通款曲，没少巴结国民党军和"奉献"钱粮给"自己人"，这个一贯横行乡里的土地主，十拿九稳认定了国民党军不会怎么着他，正悠哉安之若素地躺在炕上抽大烟过瘾，不想突然鸡飞狗跳一阵骚乱，院子里就冲进来几个贼眉鼠眼的国民党军匪兵，一个个歪戴帽子斜瞪眼，大呼小叫踢开了窑门，不管三七二十一，直把乌溜溜的枪杆子黑洞洞的枪口瞄准了他，余豪财也不客气，赶紧把自己的枪高举了起来——可惜，那只是一根烟枪，他尽管晃着它连声大嚷"干啥、干啥"？其中的一杆枪，就已经顶在了他的脑门儿上，"干啥，快给爷们儿，拿钱！金银珠宝，更好！"

　　余豪财原本是一只欺软怕硬的菜狗，深知秀才遇到兵，有理说不清，何况自己肚子里除了吃喝嫖赌也没多少墨水，算不上秀才，也只得好汉不吃眼前亏，临时抱佛脚，急忙翻身起床，诺诺地点头哈腰，"好说、好说，弟兄们不知道吗，咱们可是……自家人啦。"

　　匪兵们明火执仗，但回答倒也合情合理，"正因为是自己人，你们现在，才应该多为党国作贡献呀。看看你们村上，风刮了似的，十室九空，穷鬼们跑得一干二净，你让咱们兄弟，喝西北风吗？"

　　余豪财听罢，一时恍然，知道在劫难逃，至少这次又得放一次"血"，于是一咬牙关，喊叫他那个妖精似的小老婆，赶快拿银圆出来，可这个小老婆比他还吝啬倔强,一根筋地拧拧巴巴,想动不想动的样子,只拿一对勾魂摄魄的骚眼,在那几个匪兵的脸上扫来扫去,幻想着用她的美人计征服他们。"哟,弟兄们呀,可别把我们当财神爷了,种庄稼的土农民,哪来啥的,银圆金圆?"

为首的匪兵显然色胆大于财胆,色眯眯的目光,已经在那小老婆的圆鼓鼓的屁股上蛇信子样滴溜溜蹿来转去,眼看口水都要流出来。忽然,闯进来一个拿手枪的小官,大喝一声,"绑起来、绑起来,捆到院子里的树上去,再拿不出钱,就毙了!"

余豪财还算聪明,一看情况不妙,扑通一声先跪下了。"快拿钱去呀,"他朝小老婆嚷叫,"你看着,要老子命吗?"

那当官的依然不改口喊道,"绑走绑走!"几个匪兵七手八脚,就把余财主立即给架了出去,捆在了院子里的一棵核桃树上。那骚女人见大事不妙,这时才失急慌忙翻箱倒柜,从里面找着藏起来的银圆。

这厢里闹腾的时候,余豪财的老娘,早已经在旁边的窑洞里忙活开了,她和余豪财的大老婆大沟子,也就是爬爬娃他娘,正手忙脚乱,掀开放在窑顶头自己的棺材盖板,把一些积攒的金银细软值钱宝贝,慌里慌张地往里面掖藏。老太太精明一世,很知道国民党军不像共产党的军队那么讲理和客气,就是批斗他们也不会过分胡来,所以赶紧将自己用心准备了多年、最担心她死时穿不到身上去昂贵的老(寿)衣,也一一地赶紧套在身上,这里便拉过来一只方凳,蹬了上去,转眼爬进了棺柩,两腿一挺,双臂伸直顺平,用假装死僵的身子,踏踏实实压住了她那些金银珠宝,接着就飞快使眼色给余豪财的大老婆,让她赶紧抹鼻甩泪,大放悲声,哭丧起来。

不承想,老太太这一手过分简单,也有点小儿科天真幼稚可笑,小聪明误了大事情,或者叫作偷鸡不成反蚀一把米——结果,当然大大超过一把米。匪兵们闻讯而至,洪水猛兽般冲将而至,当即就戳穿了她的小把戏,不仅搜罗尽了她的宝藏,连她身上锦缎质地的老衣寿服,也顺手扒拉下来。这一切,还不算完,紧跟着又闯进来几个匪兵,看到捞财没有得手,一时兽性大发,居然光天化日之下,干起了畜生兽类伤天害理的勾当。余豪财的老娘和她的大沟子大老婆,一个个因为平日不缺吃穿,养得丰腴白胖,居然双双未能幸免。而在这旁的窑里,那个当官的匪徒,也正抱着余豪财的妖精小老婆,迫使其委曲求全、半推半就,干起了好事。

余豪财的老娘因为被扒得赤身露体,几乎一丝不挂,她不堪其辱,一边破口大骂不止,一边不顾一切豁出去了老命,只头一低,便向那些匪兵们撞了过去。匪兵更加恼怒,干脆一不做二不休,点燃了窑里面的一堆柴火,将那抬不

第二十三章

走的柏木寿棺，一把火点着，打发了个干净利索。匪兵们满载而归，撤出来时，连声叫骂不绝的余豪财，已经喊破喉咙，嗓子喷血，一时间晕厥过去，不省人事。"天杀的，国民党土匪！难道，不知道我是谁，我是地主呀，你们急疯了吗……"余豪财自己这里先气得发了疯，不管不顾，骂不绝口。"兔子，还不吃窝边草呢！瞎了眼了，自己人，你们，也坑害吗！"

他绝对没有想到，当然也不会想到，几天后，他用同样的话，怒斥过那个民兵队长罗大麻子，这让他的阶级阵线，混淆不清，都不知道何去何从了。"天哪，这天下，还有没有讲理的地方？死国民党，娘的，我和你们，不共戴天。"

劫难之后，这余豪财不假思索，此后转身，掂起了一把大砍刀，即刻就加入了乡上的民兵自卫大队。后来，他每每咬牙切齿，回答别人的疑惑不解，总这样说，"人做事，天在看，你们懂吗？你们问我，谁介绍我来参加革命？不是共产党，不是八路军，不是……你说错了，我是个地主不假，也欺负过穷人。但是你们不知道，恰恰相反，是国民党反动派，是那些蒋介石匪军，逼我来参加革命的哇。"他痛不欲生，几乎是咆哮着吼道："我明白告诉你们吧，我活到这份儿上，总算活明白了。我这个地主，也算个剥削阶级欺负穷人的坏蛋，但我不是国民党，也不是反动派，我现在才懂了，我永远恨的只能是坏人、恶人、没有人性的人，不管啥党、啥派、红军、白军，这些，我才不管！"

余豪财吼叫着，嘴角就红的、白的搅和着，喷出了白的唾沫和红的血沫。"你们不知道，那些如狼似虎的王八蛋，烧杀抢掠还不说，是怎样欺负我们的女人的？那些野兽啊，连老人，都不放过！就因为我娘骂了他们挨千刀的、不得好死，要红军回来收拾他们，他们就认定我娘是共产党婆子。我娘抢天呼地，直骂自己说，我只恨我不是共产党哩，那样，就能把你们消灭干净，剖腹剜心，即使我变成鬼，也要把你们，一个个咬死。"

余豪财说得声泪俱下，几度哽咽，他昂起高颧骨、翘鼻子和黝黑的脸，龇着雪白的牙齿，"你们知道不，他们就那样把我娘五花大绑拉出去游街示众了。他们脱光了她的衣裳，将一个方铁油桶捆在她的背上，然后还点着，拉着她满街道杀鸡给猴看，直至把她活活折磨而死；有几个没来得及跑的村中老人，看不下去，小声嘀咕了几句，说这些兵确实跟咱的（八路）军队真不一样，他们听见，也一同绑了，就在麦场上严刑拷打，还给他们脸上撒尿，后来，就全给枪毙了。"余豪财挣扎扭动，发出刺耳的长声尖叫："……嗷嗷，你们说，这些东西，是人生父母养的吗，不杀尽他们，天理难容啊！"

蒋胡匪兵的暴行，彻底激怒了边区边缘地带人民与之不共戴天的仇恨。边区44个村庄，被血洗"扫荡"的情形，跟任家堡子村大同小异。每一个村子，都有几十口锅全被砸烂,没砸烂的,也给锅里拉上了屎。能搜到的粮食,更是被他们抢得一粒不剩。牛羊猪鸡,所有见到的牲畜也全被拉走。井绳、农具,不是拿走就是烧毁。有的群众陷入绝望,走投无路,以至于自寻短见想上吊,居然都找不到一根绳子。难怪,当时的赤水县委书记是怎样地愤慨不已。他说:"我们淳化人,已经豁出了身家性命和全部家当,支援部队反击,哪怕全县人死完,也不能再让白匪们,向延安靠近一步!"

老百姓果然恨得牙根流血,眼里喷火,早等待边区政府和军队一声令下,收拾这些狗杂碎了。哪里还用得着什么战前动员。后世的淳化(原赤水县)县志办编辑人员,在搜集整理这段历史事实的时候,不约而同有一个观点:人生浮云过是虚。从某种意义上说,正是国民党蒋介石的倒行逆施,"帮了"共产党的大忙。他们的本意,原本是想在抗战即将结束之时,反攻延安,进而一举"剿灭"共产党,孰料适得其反,恰恰是他们——他们的贪得无厌和反攻倒算,促成了人民的进一步觉醒和团结,成就了共产党的伟大胜利。

岁爷耳闻目睹蒋胡匪帮的入侵,深恶痛绝他们野兽般无忌地到处杀人放火,不由得又要想起弟弟说过的——那些关于日本鬼子,在河东屠杀我们同胞、罄竹难书的种种罪行,从来不信神鬼的他,也终于跟他娘木匠婆一样,怒不可遏地高叫了一声"老天爷啊"——"这是做的啥孽啊!"他说,"他们到底是中国人,还是日本鬼呀,烧杀抢掠,咋这般惨绝人寰,对自己同胞也搞起了'三光政策',实在是,天理难容啊!"

第二十四章

老天有眼

国民党军进犯任家堡子,除了地主余豪财一家,全村妇孺老少上千口人,因着早有准备,更因正在岁爷家坐月子的红霞组织村民紧急撤离,通过岁爷家的暗道及时躲进后沟隐蔽的"官窑",故而损失相对轻微,也仅仅是稍微轻微。因为三天过后人们回村,看到的情景仍然让他们大惊失色,一辈子都要刻骨铭心。村庄遭遇台风地震一般,被纵火点燃的麦秸垛,余烬袅袅还冒着青烟;被拦腰砍断的树木,七零八落的残枝败叶壅塞在村巷街道;再看地坑院子,不是墙倒就是窑塌,窑洞门窗被挖得千疮百孔,水井也被报复性用碡磕封堵了个死严;井绳掠走,辘轳弃置,连老人们的棺材也被抬走了不少;所到之处只见狗头、猪骨头、鸡毛和粪便,一片狼藉无处下脚;窑里面的水缸、面柜、案板、锅碗瓢盆,一应家什用品,都砸得稀巴烂无一浑全。显然,正是村民坚壁清野让他们找不到粮食和值钱的东西,才让他们恼羞成怒急疯了头、气红了眼,彻底妖魔兽变,完全魑魅魍魉丧尽了天良和人性理智。

"这些天杀的,畜生……"

村民叫苦连天,骂不绝口。村西山神庙的废墟上,有六具血肉模糊的尸体,身上居然被泼了屎尿,阵阵恶臭引来成群结队的苍蝇恣意翻飞,发出低沉的轰鸣。他们被一根绳子牵连,只有一个男人,其余都是妇女和孩子。目击惨烈现场,村人不禁毛骨悚然。惨遭洗劫的村子了无生机,悲愤至极的村民咬牙切齿徒呼奈何。红霞当即召集党员骨干,布置放哨警戒,组织群众互相帮助开展自救。一连数日,东边天际不断传来时隐时现的殷殷雷鸣,人们知道那是两军交火的炮声,报告我军反击,正在打响收复爷台山的战斗。老少爷们有了指望,纷纷竖起耳朵,谛听着那轰雷的炸响,不约而同舒一口恶气,七嘴八舌,发自内心爆出一句句粗粝的诅咒:"狠狠地打,把这些狗东西,快撵出边区吧!"

就在这时,像是从天而降,也似乎"天遂人愿",村头的胡同口,突然就地出现了一支八路军部队。"猴"在岁爷家崖背枣树上放哨的杏子,看见那些身着灰布八路军服的人,不由得喜出望外眼前一亮,一个蹦子蹿下枣树,就欢天喜地一路嚷叫,奔回了地坑院子,"霞姨,快,咱们的队伍,回来了呢!"

村头胡同口,有一孔充作村公所的"明窑",这时,村长孙茂才骂骂咧咧,正在那里不干不净地嘟哝着,懒洋洋地清扫着窑里的垃圾灰尘,整理那些被国民党军蛮横"扫荡",弄得乱七八糟的桌椅板凳,蓦然抬头,看见胡同深处走来一支八路军队伍,他探出头,搭眼一瞧,先是一怔,竟感到有些奇怪、蹊跷:我们的主力,不是在打爷台山吗,这会儿,鸦雀无声,咋突然会出现在村上?他虽然心生疑窦,可毕竟看到了自己人,脸上欣喜掩饰不住,有如久旱盼云霓,兴冲冲打开门就迎了上去。"喔,同志,可把你们盼回来了!"他扔下笤帚,拍了拍手,胳膊伸得老长,马上就迎上前去了。"欢迎、欢迎!唉,那帮子不是人的王八蛋国民党军,真不是好货,可把人,给祸害惨了。"

队伍里面,打头是个身宽体胖的首长,闻声驻足,神情显得冷峭肃然,门神样立在门口,却没有握他伸出去尴尬的双手,只是淡淡地、小心谨慎地从头到脚,把他仔细打量一番。"你是……"

"噢,我是村长,孙茂才。"首长样儿的那人,微微颔首似笑非笑,脸上拢起一堆横肉,僵硬的肉棱子不无嘲弄挤出一丝冷笑:"知道,知道,人家都管你……叫孙秃子,对吧?"

"没错、没错。"孙秃子点头哈腰,僵硬地应酬着,心里却老大不乐意,这是咋说话的,初次照面,咋这么不客气,真把你们当自家人了?可是,他们来历不明,也没任何人提前透信打个招呼,真是有点那个,接待不接待呢?他心里嘀咕,面子上还是热情洋溢,赶紧将首长往窑里面礼让。"哎呀,快请,进屋,我这儿,马上就给你们去打水、弄饭。"

"不用张罗。"首长倒是豪爽,一抬手制止了他,随即紧跟他旋进了窑里,却又一挥手,示意他身后的人,全把守在了门外。在孙秃子搬过来的一只凳子上,他慢悠悠坐下,稍事镇定,口气又变得委婉客气起来。"唔,你们,最近很辛苦啊?"

"是,"孙秃子点头,又急忙改口说,"不,还是同志们,辛苦。"

"告诉你吧,我们这次来,有特殊任务。你也知道,我们的主力,正在攻夺爷台山,为支援前方打大胜仗,我们在后方还要搞好肃反,抓紧清除敌特和叛徒内奸。怎样,你就先谈谈你们村上的情况。"

"村上……"孙秃子嗫嚅道,"这个,我不知道咋说?"他的眼珠子骨碌一转，无意中发现，那位首长给外边守卫的士兵正使眼色，而那几个士兵，让他忽然觉得似曾相识有一些眼熟。他终于吞吞吐吐地试探着说，"请问首长，那你们，是哪一部分的，部队？"

"哦，这个，你应该懂，军事秘密，就别问了。"那首长一脸肃穆，眨巴着眼说，"天地良心，这么说吧，咱可都是革命同志，毫无疑问，绝不会有假。"孙秃子一连声地诺诺，心里却咚咚地打起小鼓，脸上也不由得浮现出阴云不散的疑惑表情。"当然，过去，我们还不熟悉。不过，一回生、二回熟吗？你也是穷人对吧，我现在就告诉你，我也是穷人出身，天下穷人，是一家嘛，对不对？"

——"当然、当然，这话，当然没错。"忽然，一个声音由远及近，如同天降，在那人的耳边嗡嗡作响，"可是，穷人，未必等于都是好人，这个，你也清楚。"那人听到这句话，愕然一怔，忍不住掉头，左顾右盼，忙不迭地一阵东张西望，只见面前的孙秃子只是诚惶诚恐地一个劲点头，并没有再张口说话。可是，他明明真切地听到了这个异样的声音，似在言之凿凿，正怒怼他。他停了停，定一定神，终于认定不过幻觉，是恍惚之间他耳畔骤然飘起的某种神秘的声音。

"告诉你吧，我真是泥腿子的贫雇农呢，我父母租种的是地主水田，累死累活，一年到头，苦吃苦做，养不活一家大小。我六岁时，家里就让我给地主家去当猪倌了。我放猪，但是，我可不想变成猪，宁肯当狗也不变猪。你知道为啥吗？猪到头就要挨宰，一刀就结束了小命。狗就不一样了，只要你乖巧一点，会讨好主人，殷勤地多摇摇尾巴，主人好赖都会赏你一根骨头，有时，上面还会带有很多肉呢。不瞒你说，我打小脑瓜机灵，很有眼色，颇能来事，懂不？所以不久就赢得地主三姨太的青睐，很快，就做了她随身使唤的小伙计，沏茶、打水、送饭、跑腿什么的。你可是没有见过的，那三姨太，嘿，长得有多水灵，多勾人魂魄，多让人，啧啧……"

"哦哦！你还真行。可就是，太厚颜无耻，这不是吗？"幻觉中的神秘声音，再次出现，在耳边嗡嗡萦回。那首长诧异，再次回眸，接着又四处打量。心想：妈的，是谁，竟敢骂我，吃了豹子胆不成？他看看孙秃子，见其依然低眉顺眼压根儿不动声色，忍不住高声喝问："谁在外面说话？"

"报告长……官，不，首长，外面没人说，说话。"首长再次眨巴小眼，那是一对锥子样诡诈的三角小眼，又拨浪鼓似的摇了摇头，心说：日怪，难道，是老天在跟我捣乱不成？

"是的。就是老天，你的天爷。你没听错。你难道不知'人在做，天在看'

吗？现时，我就正在看着你哩！你确实是个穷人，可也是个下流坏子，一个善于投机钻营的变色龙、小爬虫？参加农会和赤卫队，没几天就摇身一变，把自己变成了狗。人模狗样的'狗'，一番巧言令色和乔张做致，你就成了地主豪绅阔少爷，还撒谎你们家被红军赶尽杀绝，'翻船倒灶'全淹死在了赣江，甚至恬不知耻，把自己偷睡人家地主婆，说成是那女人原本就是你的小妾，你说，你是不是太厚颜无耻……"

首长显然不淡定了，他站起来，透过窑门，东张西望昏暗的天空，频频摇头晃脑，好像要驱魔赶鬼，惊慌失措于那奇幻的声音。可惜结果适得其反，那声音反倒更清晰、更锐利、更亢奋了——"呸，亏你花言巧语能言善辩，给自己两张面具，成了一个两副嘴脸的妖怪！你对红军说自己一无所有，是个水洗般彻底的无产阶级；可对白军，又自吹自擂，是富家子弟，是红军天生的敌人。你到底有几个你，是人，还是鬼呢？为什么不敢扒一扒自己的根子，翻一翻自己的老底？"

那首长颓然坐了下去，一时闷闷不乐，有点不胜其烦地质问孙秃子："水呢，你刚才不是说给我们打水去吗？到你门上了，咋连一口水，都喝不上？"

孙秃子一听此言，倒是凛然一震，感到惊诧，十二分不对味儿。我们的同志，可从不骂人的呀？！他当即畏首畏尾，低声下气地小声嘀咕："唔，是是。可刚才，首长你，不是说，不用了吗……"

"是吗，是我说的吗？"他有点蛮不讲理，忍不住暴露出气势汹汹的本色。

"这也难怪，你这种狗人，记吃不记打。随时健忘又怎会记得过去的你呢？可我知道，老天知道！"如雷轰顶的声音，再次不依不饶，回响在他的耳畔，"那一年，你们赣州战乱频发，还暴发了可怕的血吸虫病，你家大人小孩全被感染，一个个骨瘦如柴，面如黄土，最后相继挺着大肚子一命归天。只有你，有幸在地主家躲过一劫。后来，全国民众响应北伐，你家乡的农民也纷纷'闹红'开始暴动。穷得叮当响只有一只讨饭破碗的你，眼见打土豪、分田地，还分地主老财的'浮财'，直馋得你心痒难耐，按不住三番五次黏在赤卫队的屁股后面苦苦哀求，这才参加了'革命'。你巧舌如簧又惯于见风使舵，假以革命图谋私利。直至无所顾忌地强奸了你垂涎三尺的土豪小老婆。但你被赤卫队精光哧溜地从地主婆闺房的牙床提拎出来，进行了严肃的批评和处罚后。你垂头丧气心生不满，终于转身逃跑，投奔了国民党军……"

"那又怎样？"那首长觉得委屈。"识时务者为俊杰呀！"他自言自语，低声喃喃，"我也是，不得已而为之嘛！"

"不。"那神秘声音义正词严，继续居高临下，在他头顶连连炸响，"根本不是，你本性使然，初心使然。你认的死理就是实用主义，肚子比面子要紧。一口咬定，虽然流氓不一定无产，但无产一定会流氓。你居然说，流氓和无耻，其实就是一对难兄难弟。这就是你的逻辑，你信仰和践行的真理。"那首长有些神色慌乱，脸色愈加苍白，忽而又显得黑青，可他却在心里，仍旧在无力地抵赖和强辩："我说的不对吗？事实，就是这样子嘛。"

神秘声音说："不错，这次你说对了。因为这就是事实，你们那伙人的事实。物以类聚，人以群分啊。有道是，鱼找鱼，虾找虾，乌龟配王八，这之后，你不是就很快找到了你的江西老表嘛。你那个同乡牛师长，当时还是个小连副，你凭借机警奸猾，颇有手腕，一去，就捞了个班副，看你那时，嘿，得意忘形啊，真是不知道天高地厚。从此，你死心塌地做了牛师长的忠实鹰犬。你跟着蒋介石的白匪军'围剿'红军，带领地主还乡团屡次反扑苏区，疯狂杀害了多少农会干部和人民群众！"

这……那人还想挣扎反驳，一肚子不服气在心里滚动：这又，又算得了什么，走遍天下，天南地北，不管啥党啥派，看穿了，不就为"升官发财"这四个字奔忙吗？我又有啥错？

神秘声音说："对啦，升官发财，吃喝玩乐，不正是你的所作所为处世哲学？你这个两手沾满革命鲜血的坏蛋，自从投靠胡宗南手下你的江西老表牛师长，从赣南'追剿'红军到达陕西关中，死心塌地，更是无恶不作。你敲诈百姓、抢夺民财、克扣军饷，发过多少洋财你能记清楚吗？你一双色迷迷的贼眼，总在猎犬似的搜寻漂亮女人。你娶过几个老婆、搞过多少女人，自己还知道数吗？"

那首长灰蒙蒙的脸，贪婪而又神经质地颤抖起来，他有点晕头转向，驱赶蚊虫一般忙不迭不停地挥手，可惜那声震如雷、实在可憎的声音仍旧不绝于耳，直击他的神经中枢，让他听得不寒而栗，心惊肉跳。他陌生地望着天，光阴距离它既遥远得无边无际，又近得不能再近。

"你这个恶贯满盈的坏蛋，对，还是个诡计多端的恶魔，善于逢迎巴结，精通钻营捣鬼，驻防西安，不过小小连副的你，三个月就使坏顶替了连长。俩月不到，又阴谋得逞当上了营长。一个满脑子鬼点子、一肚子坏杂碎的好色之徒，吃喝嫖赌毒'五毒俱全'的人，更是炙手可热不遗余力效忠主子的走狗，你效法蒋介石'石头过刀，茅草过火，人要换种'的所谓'剿匪攻略'，还自创一套对付共产党人恶毒之至的'应对之策'。因为你认为，穷鬼扯旗造反闹革命不过是穷得发了疯，这些人数虽多但不足为患。最可怕的不是这种疯子，而是另外一种傻子，因为那些傻子，不是一般傻，是傻到家的绝顶大傻子。你说他们很多人，出身并不苦，甚至家里很有钱，参加革命就是脑子中了邪，相信外国的一个马大胡子的话，不但发誓要解放自己，还要实现共产主义解放全人类！这种傻子死心眼，为了他们心中的信念和理想，不怕上刀山、下火海，一个个都是不要命的死硬派、二杆子。所以，你认为他们最难治，砍头要命都没用。你的办法是'泼水、扯火与抹黑'三大独门儿阴损招。你这个具有狼性和狐狸机警的狗（人），为了大捞一把资本取代于云鹤，不正在侵犯爷台山的战斗中一心要抢夺头份功吗？你的嗅觉果然非同人类特别灵，从李志胜的身上，很快就闻到了你自以为是的那种'傻子味'，猎犬样一直暗中盯梢和跟踪，企图反制这个来自上峰有点春风得意的年轻人，果然你踌躇满志逮了个'正着'，得意扬扬地抓住了一个'内鬼'共产党的卧底，你还要顺藤摸瓜，张牙舞爪地抓住于云鹤和这个特派员的'把柄'，进而撼动李志胜在军队里的大靠山，老谋深算的你，还想以假乱真冒名顶替来到任家堡子村，妄想清除他在家乡联系所谓的'根'，你是不是自以为得计，神不知鬼不觉对吧，可惜你瞒得过人瞒不过神，瞒得过地瞒不过我——告诉你，我以无所不知老天的身份，已经听到了你在说，嗨嗨，果然不出我预料，你李志胜有恃无恐放走了那男八路，没想到螳螂扑蝉黄雀在后，哼，栽在了我的手吧？哼哼，等着吧，等我先收拾了你们边区那个美女区领导，再来对付你个乳臭未干的特派员……"

"你咋会知道，我的根由底细，这多的事？"阔脸胖身子的那首长，看起来有点不安，不由自主身子在颤抖，惊悸不安地打了个寒战。但很快，他就镇定自若，又心安理得地坐了下去。但神秘的声音，依然如雷轰响回荡在他耳际："我不仅知道你的过去，也知道你的现在，还知道你已经不远的将来。你啊，狼行千里吃人，狗行千里吃屎。不正在惦记着任家堡子的任仲魁吗？你知道这个人家不仅有一窝子共产党，而且还有一窝子美人呢。你改头换面来这里，不就是要'一锅端'，不仅要消灭那些死硬的共产党骨干，还要'抹黑'他们的形象，搅得人间是非不分、真假难辨，人鬼混淆一潭浑水，到死，让他们连个革命烈士的正经名分都混不上，还要让他们千古留骂名吗？不就是你的'泼水、扯火与抹黑'么？不过你也得小心，多行不义必自毙，恶有恶报，你的终结也在前面等着你哩，别忘了机关算尽光害人，会反误卿卿性命的……"

"去你个×！"那首长倏地勃然大怒，他暴跳如雷、不可一世地昂起他硕大的脑袋瓜，"去球，就算你是老天爷，老子可是天神地煞全不怕，阎王爷也拿我没办法，我看你，又能咋？"他这一嗓子，可把孙秃子吓坏了，大惊失色的他，战战兢兢地说："首长，你这、这是咋啦？"

"喔，孙村长，"那首长好像从遥远的往事里长途跋涉赶回来，倏忽匆忙地缓过神,"哦,我知道,不久前,你还和土镇国民党军的黄连长喝过酒,有没有这档子事儿?"

"这……报告首长,我是冤枉的,是他们逼粮催款,把我绑去的。"

"噢,那可让你受惊了!"那首长猛然拔出腰间的手枪,"啪"的一声拍在面前的桌子上。"你真的没给他说什么,比如,你们村上的地下党,还有在你村生娃娃的区委书记武欣华,特别是副书记任仲魁,包括他在部队的弟弟和子女?"

"没,没有说……什么,什么……都没说。"孙秃子看上去惊慌失措,两腿禁不住怕冷似的直筛糠,瑟瑟地抖起来。"那就好,我相信你,你放心,我们不会给你找麻烦。"那首长狡黠地嘿嘿狞笑道,"既然你没有说,说明你觉悟高,革命意志强,是个好同志、好党员。对不对?"孙秃子受宠若惊,又不知该咋样回答。那人接着说,"这样吧,我刚给你说过了,我们是关中军分区的肃反锄奸队,要认真甄别每一个在边区秘密为党工作的地下党,及时发现和清除钻进我们革命队伍的坏分子。现在,你就赶紧去通知,让党员都到这里来集中。你有没有听明白?"

事出反常必有妖,孙秃子毕竟也不笨,明显感到很蹊跷,村子处在边界线上,党的活动从来都是走单线,没有明目张胆集中公开活动过。可是看着那大脸首长咄咄逼视地望着他,就想趁机脱身赶紧找红霞同志去汇报。"那好,请首长,在这儿稍等,我去看看,有几个人在。"没料到,那大脸首长徒然又变了卦,只说不麻烦你跑了,我们一起去。正说着,杏子和儿童团的几个娃娃,急乎乎地跑过来,孙秃子就喊她去叫红霞。杏子人小警惕性可不小,瞪视着眼前的"八路军",直觉得不顺眼,一个个咋眉瞪眼的,全跟她见过的八路军不一样,有的站,有的蹲,东倒西歪在胡同口,还有几个,居然毫不回避就在路边上撒起了尿。杏子想起红霞姨刚才的话,让她先侦察,动脑子,注意分清好坏人。于是,她灵机一动,连忙答应说,好的,我现在就去。可那位大脸首长却喊叫了几个兵,让他们紧紧跟上了她。杏子几个一路小跑着,远远甩开了那几个兵,一口气来到她家的崖背上,就站定在了枣树下。"你们赶紧回家吧,通知快跑贼!"她对几个小伙伴说,转身就上了树,当即,就使劲敲响了树上的犁铧。

"当……当当当,当……当当当……"这样的响声,是他们预定的最危机报警,凡是党员、骨干、民兵,都会闻讯而动马上藏了起来。红霞在院子听到了报警,知道危机有情况,要是在往常,这时无疑都是岁爷出面去应对,但今天岁爷去支前,她必须出面察看,独自处置了。"可能是敌人来骚扰。"她轻声告诉了岁婆,当即从炕头的被垛里拔出了枪。出窑正要冲到院子的头门去,就被一拥而上的几个"八路"兵，拦头截住了。"同志，你们，是哪一部分的？"红霞觉得很奇怪，忍不住在他们身上、脸上审视着。那位大脸首长疾步赶过来，挤眉弄眼，一脸鬼笑地问她道，"看来，你就是武书记，这里党的负责人？"

"你们是……"红霞诧异的是，她没有收到一点消息，更没有人通知咱们的部队回村来呀！她开门见山，接着问来人，"请问，你们找负责人有什么事？"

那大脸首长颇为不高兴，勃然变色拉下脸，二话不说，一挥手，就怒气冲冲嚷叫道："将她的枪下了，给我绑起来！"红霞说："慢，这是……咋回事，你们谁清楚啊？"

"告诉你，我们是边区'边保处'的，有人举报你通敌，现在，我宣布，逮捕审查你。"红霞坦然一笑道："胡说，你们搞错了吧？"

"哼哼，你放心，绝对不会错！"那大脸首长冷笑着，振振有词道："你埋伏在我们边区边缘上，不就是为了通敌的方便吗？唔，听说你还在这里养了儿，对啦，你们去给她把儿子抱过来，以便一起受审查。"红霞岂能不觉出反常呢。她镇定地说："可笑，你们凭什么这样子胡来，把手续拿给我看？"大脸首长哼了一声，并不理会她，只是一挥手，几个士兵拥上来，一左一右，就挟持了她。

这时，从院子的窑洞里，传来一阵孩子急促的婴啼声，岁婆花儿赶紧把红霞的儿子抱起来，正要按在自己的奶头上继续给喂奶，几个士兵却一阵旋风地闯进来门，他们举着枪逼问道："快，把那女人的儿子，交出来！"

岁婆本能地朝后闪，用自己的身子护住了怀里的孩子，一个士兵跑过来，就要抢夺那孩子，岁婆一个激灵，整个身子触电般瑟缩着，猛然一震颤，须臾，牙关一紧咬，迫不得已转过头，用下巴示意着，指了指站在旁边的婆婆木匠婆（她怀里正搂着她的老生儿虎崽），镇定自若，冷冷地说："那个……是她的……儿……"

两个如狼似虎的兵，闻听此声，不容分说，就从木匠婆的怀里，一把夺去了虎崽，抱起来就走。"不，不！"木匠婆恍然，大概意识到出了啥事情，眼前发黑，身体一晃，当即就跌倒在了炕道里。

虎崽被抱出院子时，红霞已经被那伙士兵押解着，推搡到了村西沟畔边的那个小土包。"我告诉你，有人揭发，你就是潜伏在我们共产党里的特务，知道我们许多党员的名单和秘密，现在，给你三分钟，说清了，就放你回去，要不然，哼……"

大脸首长说着，走下了土山包，回身举枪，瞄准了红霞。瞄了一会儿，却没有开枪，只把枪口始终对着她，反复把玩着他那支勃朗宁手枪，将子弹夹拨出来又装进去，接着，傲慢地指点着她的头："你应该知道，我们锄奸队的霹雳手段吧，那可是绝不客气，更不含糊容情的。"

红霞心里在盘算：这些人，若不是冒充我们军队的敌人，至少，也是我们内部一伙变节投敌的败类。她不慌不忙，抬手理了理头发，大义凛然地说："党的秘密，怎么能随便对你们说？难道，你不知道我们党铁的纪律吗？"

"好啦，别一口一个我们党呀、党的，我要正告你，你必须明白，共产党已经不信任你，你就是被他们给抛弃了，怎么样，如今，你还信你那个党吗？"

"笑话。"红霞一听他这话，心里顿时有了数，她轻蔑地扫了大脸首长一眼说，"你们可以杀我，夺我的命，但不能轻蔑我们党，当然，也动摇不了我坚如磐石的共产主义理想与信念，夺不走我对共产党的忠诚和热爱！"

"也许吧。其实我知道，摧毁一个人，特别是共产党人的信仰，确实比攻占一座爷台山还要难千百倍。"那大脸首长连连点头说，"这我倒相信，所以嘛，我就是想让你知道，我们今天就代表共产党来铲除你，也等于，你们的党永远开除了你，你就是死，也死得不甘心，死得不明白，不但自己得不到安宁，也得不到你们自己人的认可和同情，相反，你还会被他们唾骂，遗臭万年，而且，还要给你的后人，带来永世洗不脱的罪名与耻辱，真是贻害无穷啊，哈哈！"那人得意忘形地晃着大脑壳，不怀好意地诡笑道，"这个，你大概没有想到吧？"

"是的，现在我明白了。"红霞朗然一笑，"谁还不知道，披上羊皮的狼仍然是狼，怎么也不会变成羊。敌人就是敌人，不管以啥名义出现，都是敌人。最危险的敌人，难道不正是打着革命旗号，以同志和战友名义出现的敌人吗——尤其是，藏在我们内部的敌人、假扮成我们自己人的敌人，披着羊皮的狼！"

"你说得再好，又有啥用，我不信，你会真的能无怨无悔？"

"你放心，我们真正的共产党人的心，你永远读不懂。党在我的心里，任谁也夺不走，因为你永远听不到心中这声音！"

"好啦，就算我夺不走你心中的党，可我却要夺你的命！对，还要杀鸡取卵，彻底斩断你们的根！"那大脸将手一挥，命令那个抱孩子的兵，"把她的儿子也交给她，让她们娘儿俩一起，去见阎王！"

应允之地

任家堡子村西紧靠沟畔，有过一片枝叶纷繁的苇子壕，芦苇春季发条拔节，夏季披花长高，待到秋天株连根结密不透风，就成了郁郁葱葱一个遮天蔽地的隐秘世界，常有狐狸、豹子以及野兔在此隐匿，偶尔偷袭和猎获鸡鸭猪羊家禽家畜。苇子壕边，是村子连通外界的官道。打那儿朝北，再走三十六里，是赤水县一区所在地呼家坳。再向北走二十三里，就是县府所在地马甲岭，再走一百多里，就到了红色苏维埃边区关中地委所在地马栏山了。村子左右两侧，被两条沟壑自然切割，而后在村南交汇，形成一个拐把形的夹角。在当年边区赤水县的版图上，它就成了一把深入白区形象的"尖刀"。而每次来自西安方向"刮民党"大举进犯，也就首当其冲，每每最先重创伤害这里了。可想而知，倒霉的村子在当时要承担怎样的风险，又要付出何等沉重的代价。当然，那都是些陈年往事。后来的红色革命史学家们，给那时红白对峙的局面，赏赐了个极其形象逼真、然而阶级阵线模糊、是非观念暧昧、很不革命的定语，叫"犬牙交错"。

如今，站在村西沟畔，如果移步登上胡同西侧，驻足那个馒头似的小土山包，猛然往下一瞧，你不小心就会被惊吓一跳，霎时出一身冷汗。原来山包紧邻，后面壁立千仞，竟是一面深不可测的悬崖。当然，这是站在任家堡子村位置上的景象，如果你站在沟对面的荆庄村，再看这边的断崖，除了可以眺望历历在目的任家堡子田原风光，倾听鸡犬之声牛哞马叫，只需稍加留心，你就可以清楚地看到，对面悬崖峭壁之上，一幅活灵活现的崖画栩栩如生，形同镶嵌上去一般赫然在目——那是一幅浑然天成的美女肖像。一双眉清目秀的面孔，完全由沟壑凹凸不平的崖壁以及上面的草木苔藓，巧夺天工地"描绘"出来。正是这个缘故，很久以来，这地方尽人皆知，是被唤作"霞姑崖"的。也就是说，那崖、那画、那女人，可是有名有姓有故事的。几十年来，任家堡子村的男女老少，方圆几十里路的外乡人，全都有如深谙牛郎织女星一样，通晓这个"霞姑崖"的来历。那些赶集歇脚的挑夫，沟畔放羊的牧童，砍柴割草的小伙，下沟洗衣服和剜野菜的姑娘媳妇，上塬下沟，常常坐在对面的沟畔小憩，饶有兴趣地欣赏大自然这鬼斧神工的杰作，翻来覆去重温和消费那一段历久弥新的"寓言故事"。

瞧，那就是"红霞"。那里，是她弯弯的眉，清清楚楚的两道，像弯弯的月亮。不，像两座拱形的石桥……

唔！看到了，那儿是她的眼睛，睫毛闪闪的，像粘上去的，不光打卷，还在风中，微微地颤动着呢。

对了，还有她的鼻子、嘴巴，全都，跟真的一样……

他们常常一坐老大半天，七嘴八舌，评头论足，极尽想象与神往之能事，不由自主沉醉于对面崖壁上那个"乡间美女"的遐想。就像她的名字，曾经的——"红霞"，绚烂多彩，却也虚空灵动。她伴随日出日落，不知疲倦地映照着任家堡子人简朴平凡的生活，却只能是一种意义、审美观念与理想存在的象征。她一直活在任家堡子人的心中,诠释着贞女、义女、烈女的内涵,标注着巾帼英雄的真实内容。很多老人记忆犹新,这个妙人在任家堡子村出现时的情景,至今犹在眼前。冰天雪地的大背景下,她怎样一团火似的跃动,被岁爷家的灰色小毛驴给驮进了村子,以至于引起了这个寂寞的山村,怎样空前绝后的一次喧响轰动。那时的她,至多三十五六岁的样子,可长得水泽鲜亮,一张桃花脸有模有样,从头巾里露出来一绺刘海儿,遮掩着光洁细腻的脸庞。特别是一身红袄红裤,还有那红头巾,迎风飞动超凡脱俗。那一身装束不仅让她显得端庄雅致,更显得比实际年龄还要年轻,同时又不乏彰显某种超越年龄、尚且掩饰不住的干练成熟。尤其是她那双彻底不留余地的"解放脚",那一蹦一跳,一个翻身下驴的矫健英姿,那走路昂首挺胸的袅娜风景,都会让庄稼人,自然而然联想起他们对男人和女人、一种基于朴素认知的格言:仰头婆娘低头汉!

就是说,这个不同凡俗的闯入者,一举一动,一笑一颦,果然掩饰不住地散发出了她女丈夫的气概而引人入胜。当习惯低头沉思、不声不响的"黏怪",同时也是他们全村德高望重的岁爷,含糊其词地宣称,那是他的一个远亲的时候,全村人不仅看直了眼,还交头接耳——一石激起千层浪,唤醒了庄户人许多异彩纷呈的花式揣测。有人偷偷在咬耳朵:"该不是,咱岁爷从西安城的青楼里赎回来的风尘野婆娘吧?"

"瞎说,那可是咱岁爷接来的女人,还信不过?"立即就有人制止和反驳了,"祸从嘴出,快别多嘴多舌。八成,与咱北边的红色政府有关,咱们可都要长点心眼,多操点心。"

要说群众的眼睛,还真是雪亮,明镜一片。那时的"国统区",正严防所谓"匪患",把守得死严。东西二百多里,曲曲折折,蜿蜒迂回,翻沟架岭地挖通了"封锁沟",三里一关卡、五里一碉堡,荷枪实弹,全是如狼似虎的国民党军,不分昼夜巡逻执勤。他们被边区县大队关大胡子的游击队,狠狠重创过几回之后,对于来往红白交界的各色人等,更是盘查之细,恨不能扒皮抽筋。动不动鞭打枪毙,更让常人谈之色变,望而生畏。然而,唯独岁爷和他家新来的这个女眷亲戚红霞,居然还能自由往来,照样牵着那头皮实耐劳的灰驴,去官镇、出口镇、奔西安,忙他的粮食籴粜、跑他的布匹贩卖。时常,就见得那红霞满面春风骑在驴上,一颠一颠,跟随他一起山前山后奔波,简直如入无人之境!其中的谜底,众说纷纭,有说是红霞的美貌,迷惑了那些把守边界的丘八大兵,也有说是岁爷使的银圆暗中作用征服了他们。总之,岁爷和红霞,每次出去,都能平安无事地归来。倒是在岁爷的家里,差点出了大事。那是岁爷的那个姓关的"表兄",隔三岔五,经常光顾他的地坑院子。有人看见,他只要一来，就和红霞钻进了一孔窑洞，没完没了，嘀嘀咕咕，而岁爷明显回避他们，冷不丁，还看到他站在崖背上，装模作样遛弯，村里大多数人心照不宣，就猜到了他这个表兄和那红霞的关系非同寻常，至少，猜得出他们都是在干什么事。

　　正是端午节那天，那"关表兄"提了一兜粽子，说是给岁爷"追节"来了，不期遭遇突然来袭的白军，他们闯进了村，说要搜捕共产党的什么"探子"。全村人被驱赶到村东头的大槐树下，然后让各家各户自己认领自家的人。父母认子女、妻子领丈夫，眼看轮到了岁爷家，那个来自边区的"表兄"，不动声色，正思考如何行动脱身，只见一身村妇打扮的红霞，飞快扫了岁爷和村人一眼，大大方方，走上前去，一把扯住那姓关的胳膊，气咻咻地埋怨开来。"哎呀，娃他大呀，叫你去沟里挑水去呢，你咋到这儿看热闹来了？"说着，拽住"表兄"就走，却被一个立眉横眼的军官，拦住了去路。"他……是你啥人？"军官疾言厉色喝问红霞，却贼眉鼠眼，眼珠子骨碌乱转，一个劲死盯着她姣好的脸蛋。"呔，你盯着看个啥哟，我脸上有花吗？这是我家的懒汉男人，家里等他挑水做饭呢……你看看他，偷奸溜滑，跑到这儿来啦。"

　　红霞说着，两道弯弯眉毛一挑，向那阔脸的军官妖媚一笑，她那细皮嫩肉的俏脸蛋上，真正开出了一朵风情万种的花来。那白军军官一时痴迷，看得五迷三道，已经有点魂不守舍。他色眯眯地望着红霞挽着她的男人，从他身边大摇大摆、不慌不忙地走了过去。正想要再说什么，冷不防，却被红霞掉转头来的一双放电的凤眼直刺过来，又剜了一眼，立马就目光发直，哑口无语，僵呆在了那儿，只留下望其项背吞口水的份儿。"这小娘们儿……嘿，勾魂，还真是个妖精！"半天，他才醒过神来，眼巴巴地说，"咦，真是惊为天人啦，这任家堡子，尤其这任仲魁家的土坑坑烂窑洞，简直就是个……美人窝嘛。"

　　陪在他身边的"黄鼠狼"连长，见他这位长官色眯眯的样子，恋恋不舍地从红霞的脸庞上错开了眼珠，狼狈不堪地吞咽了一口唾沫，立即殷勤备至地凑近大脸长官的耳边，一脸谄媚坏笑，小心翼翼地邀宠说道："这个嘛，团副只管放心，给小弟几天时间，一定把她，给你请过去，让她，嘿嘿，好好地伺候你。"

　　果然，后来的日子，那"黄鼠狼"三天两头，总窜进任家堡子，一来就带一班士兵，把岁爷家的地坑院子，围了个水泄不通。然后就死缠硬磨，一定要红霞陪他说话、喝酒、吃饭……

　　这些要求，红霞尚可接受，只是茶余饭后，这家伙死乞白赖，竟然直言不讳，要求红霞陪他睡觉。"你可别蹬鼻子上脸太无理啊！"红霞拉下脸说，"青天白日的，你不能做伤天害理的事，这是我娘家，我还有孩子，你不能欺人太甚！"

第二十四章

471

那"黄鼠狼"见红霞翻脸，居然不吃她那一套，也厉色大喝，"来人，将这个共匪嫌犯，给我绑走。"岁爷那天不在家，一院子婆娘娃娃，听见这边窑里的动静，都慌了手脚，不知所措了。她们大呼小叫，一片哭喊，围着"黄鼠狼"，不让带走红霞，却被几个匪兵连连推倒在地。红霞被他们押着，走上大门洞子崖背以后，村中有人闻讯赶来，红霞看见人群中有村长孙秃子，正探头探脑地张望她，却不敢上前出面阻拦，她直接叫道，"孙村长，国民党军队随便抓人，你怎么不管一管？"孙秃子只摇了摇头，无可奈何地说，"我怎么管，他们不听呀……"

这孙秃子无疑是听懂了红霞话里有话，暗暗使了个眼色，让村上的两个后生，悄悄溜出了村，赶紧去寻找县大队去了。红霞被匪兵们拉拉扯扯，走过胡同边的苇子壕，那"黄鼠狼"拔出手枪，突然威逼问红霞，"从不从我？"

"从你什么？"红霞知道他啥意思，疾言厉声地质问，"你想干啥？"

"干啥？""黄鼠狼"一声冷笑道，"还要说明白嘛，我要干你，你说干啥？"

红霞一听，眉头一皱，随即问道："你知道不知道，强扭的瓜不甜，你如此无礼，还捆着我的手脚，让我怎样伺候你呢？"

"黄鼠狼"略一思忖，点头诡笑："那也是的，反正，你逃不出我的手掌心。"

他命令手下，当即解开了捆绑红霞的绳索。"好，你们在外面给老子守着，谅她有啥能耐，也插翅难逃！"

说罢，他蛮横地推了红霞一把，就将她拽进了密不透风的苇子壕里……

人们说，那红霞被迫走进苇子壕时，脸上曾经不易觉察，露出过一丝高傲的微笑。但当她一个人走出来时，却给了人们一个始料不及的震惊：那一刻，她变了个人似的，踉踉跄跄，满脸怒火，杀气腾腾。她那不停颤抖的双手，紧紧握着一把滴血的剪刀，而身上雪白的衣衫，袖口和前襟上，都染着紫黑脏污的斑斑血迹……

守在苇子壕外面，正站岗放哨的一帮白军士兵全都大吃一惊，他们很快明白发生了什么，接着就"哇哇"地叫着，一拥而上，将红霞团团围住，当即，又重新将她捆绑了起来。据说，有士兵钻进苇子壕里，看见了他们无恶不作的连长"黄鼠狼"，酷似一头挨宰的猪，正赤身裸体，仰面朝天，躺在芦苇丛的一片血泊中，已经气绝命亡。他那肥厚多脂的肚皮上，有五处伤口，还都汩汩地往外流着令人掩鼻的腥臭黑血。特别是他的下身，男人的"那啥"，已经被剪刀痛快淋漓，无情地剪成了两三段溃烂的"萝卜"……

几个六神无主的匪兵，忐忑不安地押送红霞朝胡同南走去，他们不知道该怎样回去"交账"，给坐镇官镇的那位杀人不眨眼的陈副团长交代，虽然抓回来一名共产党女犯，但连长"黄鼠狼"一命呜呼，总不好办。沿着深邃的胡同，几个人犹犹豫豫地向前磨蹭。突然，胡同两边的麦田，几声清脆的枪响匝地而起，迎面冲来一队便衣打扮、荷枪实弹的汉子，足有一百余人，刹那间，就将他们团团包围。

"缴枪不杀！"一片参差不齐的嚣杂聒噪，"我们八路，优待俘虏。"

红霞可谓不畏浮云遮望眼，抬头细瞅，脸上骤然腾起一片疑惑阴郁，她多么希望是八路军，是自己人，也就是说，是她正望眼欲穿关大队率领的县大队，赶来解救她啊！可是，出现在眼前的这些装模作样的"八路"让她诧异，实在隔膜，不得不在心里打上一连串的问号。县大队，在凤凰山一带集中，正准备配合主力部队打响收复爷台山的战斗，上百里地，何以会如此迅疾，如同天降神兵？其他部队，最近并没有在附近出击的任务。再说，她心里有数，在边区一带活动的我党武装力量，至少连排以上的干部，几乎没有她不认识的。可眼前的这些人，竟没有一个似曾相识的面孔。再看看他们，一个个鬼头鬼脑，横眉裂眼的样子，更让她心生疑窦，感到蹊跷。

"我们是'边保处'特别行动队，专门对付敌特和变节分子，是来清洗、锄奸的，你知道不知道？"为首的"首长"矮个子大脸盘，脸上居然扣着一副茶色眼镜，而眼睛背后的目光闪闪烁烁，总像在琢磨啥不可告人的阴谋诡计。他说，"我们今天，就是来甄别和审查你的，你要好好配合。"红霞一听，心里一惊，知道这帮人不怎么正经，因为他们翻的是要不得的"老黄历"，使用的还是边区早已彻底纠正过的一度"肃反扩大化"的极左语汇。"狼外婆"的尾巴，果然暴露无遗了。

"审讯"红霞的临时"法庭"，就在村西的苇子壕边上。村子里被喊来烘场子的几十个老弱病残，稀稀拉拉围拢在一边。茶色眼镜大脸矮个子，坐在一张刚从村里搬出来的八仙方桌后面，神气活现地喝问："我知道，红霞是你的化名，而你并不是共产党干部。他转脸面向村民喊道，乡亲们，村民们，你们可要认识清楚，她是国民党打进我们边区来的探子、叛徒、内奸和特务。"

村民们嗡嗡起哄，一片质疑："不会吧，她可是好人，我们都认识她。"

"你们不要乱嚷嚷，她伪装好人，欺骗你们，别上她的当。"

红霞冷笑一声，凛然地蔑视了他一眼："是谁伪装好人，大家心里清楚。你这一套，又能唬住谁呢？只管空口无凭，胡说八道，装什么大尾巴狼？"

"我凭什么，你说我凭什么？只一点，我就定死了你的罪。因为你并不知道，驻守官镇的黄连长，他是我们共产党的卧底、内线，自己人，就像你是国民党派遣，打入共产党的内奸一个样，可你，居然杀害了他，简直是十恶不赦、死有余辜!"他说着,忽然一拍桌子,站了起来,从腰里拔出了盒子枪,吹胡子瞪眼地大嚷:"你太可恶,我们一定要为我们的黄连长兄弟,报这个仇!"

"黄连长,哈哈,任你把魔鬼说成天使。你问问这里的百姓,谁不知道这个'黄鼠狼',他要是共产党的地下党员、好同志,那不是说,日头也会从西边出来吗?你连三岁孩子都哄不了的!"红霞继而凌厉紧逼、严词问:"咋样,露马脚了吧,你的真面目还要怎样来掩饰呢?让我告诉你吧,我们边区的老百姓,都会发自内心唱两首歌,一首是在白天公开唱另一首是在晚上悄悄地私下唱,你会唱哪一首呢?"

大脸矮个子不屑一顾地说,"你别耍花招,反正,你现在是共产党的敌人,死有余辜的叛徒,下一辈子,都翻不了身的。"

"哼,可笑。我已经翻身了,早已经解放了。"红霞昂首挺立,突然引吭高歌,真的唱起了歌:"共产党,向太阳,照到哪里哪里亮;哪里有了共产党,哪里人民得解放……"转而,她问那个大脸矮个子道,你还想听那另一首歌谣嘛:"国民党,像月亮,照得大地起寒霜;哪里有了国民党,哪里百姓就遭殃……"

她的歌声红白分明,高下立判。混沌的天地云开日出,当下都豁然开朗了。彼时,东方一轮旭日渐渐升起,红霞昂头,仰望一眼金碧辉煌的太阳,只见她坚贞自信地仰天大笑着,欢畅之至,猛然将挽在脑后的发髻,全部抖散开来,像一面迎风飘展、猎猎舞动的旗帜。她突然想到宋代郑思肖的一句诗:日近望犹见,天高问岂知。随之紧闭嘴唇,目光灼热,充满弹性和忧思,鄙夷地扫了一眼那个假装好人的"眼镜蛇"。她那身洁白的衣衫,飘逸地飞扬闪动着,衣服前襟上大片的紫色血团,宛如足下升起熊熊火焰烘托起她,映衬着她秀美绝伦的面容和矫健脱俗的倩影。彼时彼刻,她将一腔真爱紧紧搂抱胸前,任胸部起起伏伏,已然升起一轮同样喷薄而出的骄阳,她感到全身被那轮光芒四射的太阳,激情磅礴热气腾腾地,暖和照亮了。

"起来,不愿做奴隶的人们!起来,全世界受苦的人!满腔的热血已经沸腾,要为真理而斗争!旧世界打他个落花流水,奴隶们起来、起来,不要说我们一无所有,我们要做天下的主人……"

谁也没有料到,她会突然放开喉咙,高唱起《国际歌》来。歌声飞扬,如狂飙突降,如万炮齐鸣,似霹雳炸响:"唱呀、唱呀!"她俨然命令"茶色眼镜","你接着唱呀,你要是能接着唱出三句,我就甘愿接受你所谓的审判。怎么样,露马脚了吧,为啥不唱?"

那大脸"首长",满脸惊恐惶惶不安,一时恼羞成怒束手无策,显然,他不知如何应对是好?

"唱呀、唱呀！"周围的村民群情激愤，也纷纷应和不断高喊："不唱，就说明你们不是八路。"

狼狈不堪的大脸，舞着手中的短枪，一时语无伦次，言差语错，气急败坏地威胁着村民："不许喊、不许喊，你们都是共产党，都给我安静、安静，否则，老子手中的枪，可不客气，更不会……认人！"

"你唱不出来吧！"红霞一脸鄙夷，咄咄逼视着他，"告诉你吧，每一个真正的共产党员和革命群众，都会唱这个歌，都会用歌声证明，自己是伟大的共产党的一员，而不是反动的国民党败类，你以为换一身我们老百姓的衣服，或者穿上我们八路军的军装，就会成为共产党吗，可笑！"

"那……那不一定。"黔驴技穷的"茶色眼镜"，使出了他最后的招数。"你别嚣张，我可掌握着你的底细。你曾是西安八中学生领袖，后来被国民党收买，派到延安，原本是要你接近中央领导，暗杀朱、毛、周、刘等人，后来，因为你的前任丈夫东征死了，你动摇了，不久，又和赤水县大队的关山河结婚，有意在任仲魁家这个据点长期潜伏，以便给我们胡宗南胡长官搜集共产党的情报，你说，是不是这样？"

"哈哈，是啊！你说对啦——就是你们的胡长官嘛。就算是吧，我正是要搜集你们的胡长官，还有你这样的走狗爪牙的情报呢。你等着瞧吧，我为你们效劳的日子，也就是你们灭亡的日子。"

"哼，你别猖狂，还要灭亡我们，我现在，就先把你灭了。"

"要杀要砍，随你的便。"红霞义正词严地声明，"记住，我是共产党员，绝不是打进共产党的内奸叛徒。不管你们是冒充我们八路军，还是'边保处'，只要你们胆敢伤害任家堡子村一个百姓，就证明你们是一帮彻头彻尾的国民党匪徒。"

那帮人将她押解到村西沟畔，让她高高地站在那个馒头似的小山包上。她迎风伫立，英姿飒爽，望了望北山马栏和延安的方向，大叫着高呼："打倒白匪！打倒国民党反动派！中国共产党万岁！"

她的呼喊在深沟巨壑之中引起连锁反应，一阵阵回响。就在"茶色眼镜"举枪的那一刹那间，只见她一跃而起，飞一般纵身一跳，眨眼，就像一朵轻盈的白云，消失在了万丈沟壑的深处。

大脸扑过去，朝着沟底，连开数枪。而随着枪响的一瞬，任家堡子村的沟畔，忽然云蒸霞蔚，一片玫红的雾霭，突然就从沟底冉冉地升腾而起，整个村庄，像浸濡进了虚幻的仙境之中……

人们由来已久，一直这样传说。

曾几何时

红霞，真名武欣华。中共陕甘宁边区关中地委妇女委员会主任，兼关中军分区赤水县大队政治委员——对，她生命历程在任家堡子最后的故事，经年累月，在村民的口头版本中多有出入，众说纷纭的多种样态，时有相互抵牾矛盾之处，有的甚至难以自圆其说。诸多传说，因为缺少统一口径和官方标准版本，无法把握哪种说法，更符合历史贴近真实？大多只能陷入道听途说揣度想象，即使有据可查努力考证，也勉强是支离破碎的捕风捉影，这就让想知道她的人迷离惝恍难以辨析，从而只好迷途羔羊，彷徨无着裹足不前了。

覆水难收啊。看来，人确实永远无法不走样地回到绝对回不到的曾经和"过去"，就像人永远无法死而复生。这就给追忆逝水年华和莫衷一是的文学描述，余留了诸多头绪的可能性和宽泛无边的想象维度。可叹无能为力的人类，大概也只能勉为其难，将它命名为文化或艺术，从而纳入另一个童话天地，虚构的界阈，进入编织的神奇里去。真相，从来就有多种，从来不会只是一种。所以，几乎没有什么虚假之说，有的只是另外的真相。历史，大概也像沙滩作画，一张脸谱，转身而去，如刻如镂的面目，就会被潮起潮落的浪涌，瞬间吞没一把抹平。能留下的，只能是对往昔依稀的追忆，对逝去的漠然凭吊。曾经的风华绝代，或者是风花雪月，也都明日黄花，全部像水面上写字，来不及细细体会，就被时光逐出了语言的家园。而驱逐出语言，也就等于被驱逐出了历史。

然而，这个世界的存在，毕竟拒绝冷眼旁观，更注重务实的探求和伟大的热情。谁又说不是？

武欣华的故事中，也就是红霞昙花一现的生命中，有一个萍水相逢、不可或缺，但同样是昙花一现的男人，他名叫关山河，曾经以手使双枪左右开弓而闻名边区。这个特务连出身的侦察员，一度以任仲魁岁爷表兄的名义，往来关中地委和军分区与任家堡子之间，担任游击纵队长黎明和红霞夫妇与岁爷的联络员。不止一次，关山河被岁爷以亲"表兄"名义掩护脱险，也曾多次被急中生智的红霞以"夫妻"名义遮人耳目摆渡危难。曾几何时，红霞丈夫黎明先生手下的这个"孤胆英雄、得力干将"，究竟有没有或者有几次曾经奢望，他还会和红霞同志有一种革命同志与战友之外更亲密的关系？这个问题的答案，显然不得而知。但是，在这个什么事情都可能发生的世界上，谁也不敢断言，能够完全排除它的现实可能。一个不争的事实是，这个后来蜚声边区、担任了赤水县游击大队长的"双枪队长",后来又销声匿迹三十年零四个月又二十一天,居然,又以共和国某部副部级首长的面貌出现。

回想当年,跟随过李育民以及常先生黎明同志在边区打游击的他,前往延安学习受训,突兀地带回了一只牛皮革的公文挎包,那挎包来自山西抗日前线八路军某部,要求转送县大队政委红霞同志。挎包上血迹斑斑,还被子弹洞穿了好几个窟窿。里面有一份"阵亡通知",是由战地收容单位确认,牺牲者为营长李育民同志。一纸通知,就这样残酷无情,没有任何商量余地,戛然而止,终结了一个坚强的革命者无法完成的故事。年轻的游击大队长,陪着久经考验的区妇委会主任兼大队政委,洒下了男儿有泪不轻弹的一掬同情的热泪,帮助她将出生不满三岁的女儿,寄养在了旬邑一户老乡家里,就跟她朝夕相处,又一起继续并肩战斗了。

战火纷飞的年代,人生的两极,总是比和平安宁时期更凸显眼前而逼临思考。提着脑袋干革命的关山河,忽然明白了一个最坚硬现实的道理,在随时准备流血牺牲的同时,也得随时考虑,给自己一个完整的人生交代。是的,我也要留一条根脉在这世上,就像李育民同志一样。至少,也不枉此生。中意的女人,远在天边,近在眼前。他开始以男人特有的坚毅韧性,体贴入微而又不着痕迹,开始了默默无闻、持久而热烈的进攻,直到那一团火红的朝霞,终于感天动地敞开怀抱,将他霞光万丈地沐浴其中……

谁也没有想到,就在他们满怀喜悦与期待,迎接一个错误的生命呱呱坠地降临于世的时候,那个确凿无疑"牺牲"了的李育民同志,却突然魔幻般现身。当然,他们彼此没有见面。不知道一年前,他就回到了陕西。"死去活来"的他,已经被任命为副团长以至团长。当他得悉,他的红霞已经和关大队长结为伴侣,许是有意回避,或者另有难言苦衷,很快更名为"高革志",随即,就又投入了保卫边区的战斗。这些情况,任家堡子村的百姓不得而知。他们只知道名叫红霞的女人,由于和岁爷任仲魁的关系,在村子很快就成了一个公开的秘密。她果然不是岁爷的什么"亲戚",更不要说是岁爷的什么"新欢"。她是边区政府一个重要领导。岁爷在得知她这些身份的时候,已经是那个风雪天他带领弟弟五子,去豹子沟见她的十多年之后了。这期间,她遭遇了前夫常先生的死去又复活,经历了与关山河的相遇和结合。虽然,她曾经多次前往旬邑寻找她那个寄养的女儿,但由于这家人因为躲避兵燹战火,多次迁徙转移,不知钻进了哪一个大山深沟,再也没打听到消息,从此竟音信杳然,彻底断绝了联系。

红霞再孕妊娠,她断然选择在了岁爷家"坐月子",一半原因出于她当时担负的工作需要,县大队多次开会,为配合反击敌人对边区的侵犯,商量以游击战为主，袭扰官镇的守敌，牵制敌人并伺机捣毁他们的碉堡。尽管这里处于边区边缘，危险系数更大，但她认为，最危险的地方也会有灯下之黑，往往也最安全。另一半原因，很大程度是大木匠婆和花儿娘的一片盛情美意，她们希望能给予她一个女人的特殊时期所需要的特殊照顾。包括牟水琴在内，三个女人，一再表示，要伺候好她和孩子。更何况，岁爷也给她打了包票，因为有他的特殊窑洞的地下暗道，表明万一不测，可以紧急避险，钻山沟也来得及。

更密集的故事风景，让他们目不暇接也猝不及防。措手不及的是，敌人的突然大举进攻。更为可怕的则是，他们居然冒充"八路"，妄图打入我们的革命阵营，施行所谓"掏心"之术。中国人相信"物极必反"的朴素真理，历史也一再证实了"善有善报、恶有恶报"的逻辑铁律，那个怙恶不悛的陈大脸，心肠歹毒的陈国央，万万不曾想到，他为虎作伥，既想一鸟在手，更想众鸟在林，继续"驾轻就熟"，故技重演，第三次假冒"八路"，假借"共产党"名义，出现在任家堡子，欲图彻底"剜根""铲除"岁爷一家，可他并不知道，自己已经在不知不觉为自己挖掘好了坟墓——因为关山河大队长，也为他已经预设好了除魔降妖的"口袋"。这个为非作歹的亡命之徒，一心飞黄腾达的跳梁小丑，不久，就和他那一伙"假八路"，再也走不出任家堡子的那条土胡同了。

当然，杀害红霞和随后杀害虎子，还有几乎同时发生的桃子牺牲的事情，对于别人，至多是一些骇人听闻的传说，可这对我的岁爷，我的花儿娘，对他们却是喋血至痛，至死难忘的致命打击。后世的人们难以想象那种悲惨不幸，更无法进入那种残酷的现实情境。像误入迷宫，那些可怕的故事若明若暗，断断续续，让人听得不明所以，更多的是不言之言，不信之信。很快，就在日月嬗递之中变得模糊，产生了多种故事的变体，以至于成了关于故事中的"故事"。

真相确有多种，从来就不是单一体物种，既不可能原模原样，更不可能没有一丝一毫的变更。它无情地诉诸文学不只要叙述已经发生的事情，更重要的，也许是描写可能发生的事情。尽管，我依然如故愿意后退，退到最底层的人群中去，退向背负悲剧的边缘，向内转向人物最忧伤、最脆弱的内心，甚至是命运的背后。我更相信，那些前言不搭后语、鸡零狗碎的道听途说，相信那些已经长成老爷爷和老婆婆的当年的未成年人，当时被大人们抱在怀里、惊恐不安地看到过的，那一幕刻骨铭心、永生难忘的场景——

那里，有一个排不但穿着八路军装的所谓执法队，还有混迹其中自称边区"安保处"的便衣队，那些人臭汗淋漓，表情木呆，提线皮影样被动地端起了上了刺刀的汉阳造步枪，冷若冰霜地瞄准了被他们堵截驱赶，羊群样围困在山神庙下的村民。大多数是行走不便的老人，怀抱婴儿的妇女，以及吓得哇哇直哭的儿童。有两个民兵样子的人,将红霞拉扯过来,站在土山包人群的前面。手拎盒子枪的大脸头儿,再一次催逼红霞:"快讲,你是不是暗中投靠国民党的叛徒?"

……

"不是。你难道不是为了方便通敌,才在这里生养孩子?"

……

"胡说。"人群里有人大声呼喊,"她是好人,不是反动派,你们弄错了?"

"我看,是你们有意包庇她。你们再喊,跟她一起……枪毙。"红霞一直鄙视这些人的举动。那二十六把明晃晃的枪刺,刀尖上折射着太阳刺眼的毫光,她因而确信无疑,自己随时都会染上热气缭绕的鲜血,而枪刺下比黑夜更幽暗的那些黑洞洞的枪口,只要大脸一声鬼叫狼嚎发令,就会毒蛇猛兽般喷发出一股股夺命的火舌。就在那一刻,她几乎一眨眼间,就看到了无论如何不愿看到的那个可怕场景:村民一个个像被镰刀收割的谷子,垂着沉重的头颅,一片片仆倒下去……

不行,这事绝对不能发生。只要我活着,就不能发生这不该发生的惨剧!

"既然你们称是自家人,是八路军,就应该懂得并证明出来,八路军可是从来不滥杀无辜,更不会伤害百姓的。"她向前跨出一步,说,"好吧,我就承认了,任你们怎么说吧,要杀要剐,随你们便,但你们,必须保证不伤害一个村民,放了他们,一切,由我一人承担!"

"不,不是一个。"大脸"首长"冷酷地狞笑着,"你不是还有儿子吗,怎么能说,是一个呢?"他将手一挥,凶悍地喝令:"将她的儿子,给她抱着。"说着,眼睛直视身后花儿娘的怀抱,一个随从走过来,要抢夺花儿娘怀里的孩子,但她转了半边身子,遮挡起孩子,毅然转过头来,目光凛凛,凌厉地大喝一声:"你敢,这是我的儿子!"

"你的?"大脸威胁道,"谁来证明?"

"你胡咧咧啥,还要啥证明?我难道,会抱别人的娃娃!"此言一出,惊世骇俗,我们的花儿娘,就让我们恍然领知,世界上热血滚沸的旷达豪放之亲情,居然会以冰冷如铁的刻薄与极端自私的形式表现出来。因为,在吼出这一声断喝的同时,她决绝地望了身旁抱着另一个孩子的大木匠婆。

"不……不要……"这喊叫声,几乎是同时从红霞和木匠婆的嘴里迸发而出。可我们的花儿娘,目光像一道耀目的闪电,立即劈断了她们的叫声。木匠婆怀里的孩子,被两个"自己人"抱过来,塞给了红霞。

"推上去,枪毙。"大脸一本正经发出命令。红霞不容分说,被推上了土包上的高台。大脸紧随其后爬了上去,正要举枪,红霞高呼口号,只向前跑了两步,便纵身跳下了沟畔的悬崖……

红霞跳崖。关键时刻,岁婆花儿以自己的虎崽,替换了穗子,留下了一个麦穗一样卑微的我。有人说,红霞跳崖时紧紧抱着怀里的孩子,掉进了深沟,虽然背部中了大脸的枪弹,但当时还没有死,在随后村里人下沟去找她遗体的时候,发现她在身下手抓黄土,挖了偌大一个土坑,她应该是活活被疼死的。在村民到达之前,一个在沟里放羊的外村老光棍羊倌,见证了这惨不忍睹的一幕,老汉最后听到红霞临终前念叨了一句细若游丝的嘱咐。她说,"娃儿不是、穗子,他是虎崽。花儿,大恩人啊,只是我,报答不了……她了……"

可惜的是,放羊的老光棍,把这些话用耳朵吞进了心里,然后就烂在了自己的肚子里。他自我消化、独占,如同他把虎崽独占成了他捡来的儿子。

这就是历史,改变一个人命运的历史。跟说笑话一样简单。多少年后,岁爷还是知道了这件事情,但他只是摇了摇头,事不关己,淡淡地感喟了一声:"人家羊大爷,也不容易,他需要虎崽委屈,养老送终,咱咋能要回来呢……"

后来,红霞跳崖的地方,就被村民叫成了"霞姑崖"。

再后来,不知不觉,人们又叫成了"下沟崖"和"峡谷崖"。如今,还有多少人知道"霞姑的故事",更别说,她还是被穿了我军军服,冒充"边保处"的保卫人员,以清除内奸名义杀害的。

红霞的故事慢慢淡忘,只是她的穗子,没忘。代替穗子去死的虎崽自然也没忘。尽管,关于她的牺牲,版本不一,多有出入,但结果毕竟无出左右。因为,我就是结果,不容置疑。还有虎崽,也是结果,不容置疑。此外,还有陈大脸的死,与关大队长的黄鹤一去不复返,生死不明地离去,以及李育民死而复生地出现,包括最终在胜利前夜的英勇就义,都是结果,无可置疑。

还有一点,也许更不可置疑,那就是:在曾经的过往中,我们最应该引以为鉴的经验,大概莫过于防备挂羊头卖狗肉的江湖骗子。他们,总是以各种非常革命的面貌出现,破坏革命事业。这是一种打着红旗反红旗的敌人。他们以极左面貌出现,兜售极右货色,以表面上极左的"低级红",给革命涂抹实质上的"高级黑"。这类内鬼蛀虫,源远流长,最迷惑人,危害最大。

/ 第二十五章 /

杀人诛心

虎子被关进了淳化伪县府大牢,陈国央、陈大脸迫不及待,一阵风似的赶来,连夜进行审问。

"第五良虎,哈哈,好一个大特派员。难道,你还要装吗?好一个共产党'卧底'!"他以胜利者的倨傲,趾高气扬地"训导"虎子,"怎样,你是个聪明人,难道,还要受皮肉之苦?我看,趁早,痛痛快快,把你那个'线'的'底子'交代了吧。"

"对不起,我确实叫过第五良虎,但我不是什么共产党,更没有啥'线'和'底子',你别乱来。"

"你呀,装,给我装吧,背着牛头不认赃,抵赖是没用的。"陈大脸诡秘地狞笑,"你们村上的孙茂才,他请黄连长喝酒,把你三岁穿开裆裤时的事都抖搂出来了,你和你弟弟,难道不是一起跟你二大,那个在八路当营长的任英魁,一起参加共产党八路,这,还会有错?"

"没错。"虎子冷笑,"可这,又能说明什么?你陈副团长,早年在赣州,不也参加过红军吗?后来改弦易张变节投降国民党,难不成,这也是罪过?"陈大脸对于揭他老底,颇显尴尬恼火,但很快就摇了摇头,极力地装出满不在乎的样子。"哼,看来,还真不能小瞧了你,难怪,你被什么隐匿很深的高人利用,蛮有心机,佩服、佩服!"陈大脸点着一支香烟,慢条斯理地吸了一口,随即吐出一团混浊的烟雾,而他那张阔大的黑脸,也随即笼罩变模糊了。"你对我的底子倒拾得蛮清,很符合潜伏特工的特征。"

虎子嗤之以鼻,冷冷地说:"我可正经告诉你陈副团长,孙秃子是啥人你知道吗?一个二货。二货你懂吗?见人说人话,见鬼说鬼话,你居然信他胡说八道。他打小,就跟我家有过节呢,偷偷砍伐我家一棵大槐树还不认账,我跟他打过架，他能说我的好话吗？"

"言之有理！"陈大脸摇头晃脑，"我早就说了，你一来就征服了于团长和我。我承认，你年轻有为，脑瓜灵活，又伶牙俐齿。你就随便编吧，怎么圆就怎么编。可我得警告你，看在我们这一段共事的分儿上，我给你留足面子。你要是不识好歹，那只能怪自己太不通人情世故了。"

"悉听尊便。"虎子扭过脸去，干脆不再理他。冷场。预料中的僵持，陈大脸早有准备，也不再纠缠，丢下一句好自为之，便悻悻而归了。这家伙嗅觉灵敏，也算诡计多端。他来了个缓兵之计，目的却在于放长线钓大鱼的。果然，他去寻求帮助了。自从他们连续数日炮轰爷台，可又久攻不下，这个死心塌地的反共分子，也是当年的红军叛徒，就疑心生出了暗鬼，偷偷摸摸，捕捉一些"端倪"了。虎子呢，就不可避免被这家伙暗中跟踪，悄悄给盯上了。于云鹤和李志胜释放俘虏何建安和桃子，陈国央就嗅到一些"反常"，他怀疑其中有诈，立即给他马首是瞻的牛师长参了一本。"螳螂捕蝉安知黄雀在后！"他不无得意地向他的后台表功："这可是老鼠拖木锨，大头在后边呢。"他一口咬定，第五良虎不过是露出头的一根线索，国民党西安行营胡长官身边，难保没有更大的共产党"潜伏"。邀功心切的他，决心抓住虎子不放，发誓要"连根"挖出背后的"大人物"。初审虎子，碰了鼻子，陈国央决定不再闪面，只暗中操控打手，要给虎子点"颜色"瞧瞧。一连几天，虎子受尽酷刑。但他抱定决心，无论如何，也要保护卧底胡宗南身边的我党重要"内线"，他自然死不承认自己是八路卧底。

陈国央无奈，便要求上司派人来审。如此，国民党省党部，就派来咸阳公署专员乔维钦、少将指挥官赵易昌，专程来淳审问虎子。可是，不管敌人怎样审问，他始终守口如瓶，矢口否认自己和共产党有关系，敌人被迫再次亮出孙秃子的所谓"证词"，逼他就范，反而使他更加镇定自若，清楚了敌人已经黔驴技穷，拿不出什么新招数，禁不住哈哈大笑了。"你们上当了，像我这样的人，共产党信得过吗？我说过了，孙秃子和我家仇隙很深，他这是借刀杀人，栽赃陷害，你们，难道，不怕别人当枪使？"

然而，乔维钦心狠手辣，赵易昌更是杀人不眨眼，两个都是穷凶极恶的魔王。他们文斗不过，便来武行，继续对虎子施行惨无人道的折磨。不断动刑，给他上"土飞机"、坐"老虎凳"，生生地折断了虎子的一条小腿。钻心的疼痛，使他一次次昏迷过去，他们又一次次用冷水将他泼醒。坚贞不屈的虎子，对敌人的酷刑嗤之以鼻，从昏迷中苏醒过来，他依然唇枪舌剑，辛辣地嘲笑和蔑视敌人的黔驴技穷："瞎了你们的狗眼，老子出生入死为党国，真心尽忠十多年，只知道头可断，血可流，中国人的志气不可丢，要想污蔑栽赃我，还是死了你们的心。"

敌人恼羞成怒，又把一根根竹签揳进他的指甲缝，每揳一根，都要逼问他一次"谁是你的后台"？

"这还要问吗，蠢猪！"虎子忍着剧痛，仍然威武不屈地说，"我就两个后台。"

"快说，是谁？"刽子手竖起耳朵，急不可待地逼问他。

"除了蒋总统，不就是胡长官吗？"敌人不堪虎子的戏弄，暴跳如雷，更加变本加厉地拷打他，虎子皮开肉绽，还是紧咬牙关，任由皮鞭雨点般落在身上，带起的鲜血飞溅了一地。他虽然被捆绑得不能动弹，但吐一口带血的唾沫，继续骂不绝口痛斥着凶残的敌人："你们，这些坏蛋，打错了主意，告诉你们，严刑拷打，只能摧残我的肉体，丝毫无损我的意志和信念。我可以明确告诉你们，虽然我不是所谓的共产党，但我是一个有良知的中国人，我做的一切问心无愧，我只有一句话，任你们咋样冤枉我，休想让我低头胡说八道。"

敌人见虎子头脑清醒，又意志如钢难以制服，在陈国央的授意下，决定再次升级刑罚，对他使用电刑，目的是寄希望于他在半昏迷意识混乱的状态下，不知不觉，"泄露"出内心的秘密。他们把电线接到虎子的身上，随着电流的冲激，虎子果然失去知觉很快瘫倒在地。乔维钦和赵易昌两个魔头，一齐上阵，亲自逼问，欲擒故纵，玩起冒名顶替的花招，反复"诱供"虎子说出实话。

"志胜啊，记住咱们卧底的纪律，任何时候，都别暴露我们的领导，我们深入虎穴，在长官部的地下党活动，事关生死大事，可是绝对的秘密……"虎子只管紧闭双眼，干脆顺水推舟，装出懵懂无知的样儿，只是死不开口。最终，早已将生死置之度外的他清醒过来，突然破口大骂陈大脸，骂他公报私仇，是民族败类；骂乔、赵二人瞎了狗眼，不识好歹，不辨黑白，是党国罪人！同时又信誓旦旦地声言："我只要不死，一定要去胡长官那里，控诉你们陷害忠良的胡作非为。"

就这样，铮铮铁骨，一身浩然正气的虎子，先后五次受刑，虽然折磨得死去活来，终究，没让敌人从他嘴里得到一个字想要的东西。硬的手段失败了，敌人又来软的，他们给虎子封官许愿，好言相劝，劝他说出给共产党做工作的情况，就会青云直上，要官有官，要钱有钱。敌专员乔维钦，还把虎子请到办公室，假装斯文，满面堆笑，先递烟，后端茶，拍着虎子的肩膀，假惺惺地套起近乎来。"第五兄弟，你年纪轻轻，前途无量，为党国做了不少工作，我们全都知道。最近，在边界地区活动频繁，一时失误，中了共产党奸计，也在所难免，只要洗心革面，改过自新，把你知道的共产党情报说出来，保你安然无恙，没有啥事。"

虎子说："我很想说，可惜，我不知道。"

"你还是不相信我呀。"乔维钦拍胸部说，"你放心吧，像你这样年轻有为，当个县长也不为过，这可是你光宗耀祖的大好时机，不要错失良机，遗恨终生哟。"虎子听了哈哈大笑，他清楚敌人已经无计可施，也不再想跟他们继续纠缠。"我活了快三十岁，走南闯北，上过前线，打过日寇，救过国家，从来没有做过对不起民众的事，这就是我最大的光宗耀祖了。要杀要剐，随你的便，但要我胡编乱造，疯狗样咬人，你们趁早，喝口凉水，打断妄想的好！"

乔维钦和赵易昌再次轮番出马，一个个一无所获，垂头丧气败下阵来。他们自知遭遇到一个棘手的对手，又怕万一弄错得罪胡长官而心有余悸，言称省城公务繁忙，又将虎子交还给了陈国央。陈大脸尽管脸大，这回可没了面子，束手无策之际，绞尽脑汁，便使出了他无事生非、造谣诬陷的惯常伎俩。他电告牛头大师长，添油加醋，说了一大堆虎子蔑视牛师长的坏话，惹得牛大头火冒三丈，大发雷霆，暴怒之下当即下令，以共产党奸细名义处决虎子。"管他承不承认，宁肯错杀三千，也不放过一个，这是蒋总裁的密令，你只管执行，有啥事有我兜着，回头，我会去给胡长官禀报说明。"陈国央得了这道"圣旨"密杀令，大脸上的小眼睛飞快地眨动起来，心里更是越发不可收拾的嚣张气焰。

他说："虎子这种人，已被共产党彻底洗脑，他把信仰共产看得比他们父母都重要，把他们的组织看得比他们的生命都宝贵。既然这样，我们何不黑虎掏心，将计就计，来个'以毒攻毒'、斩草剜根？"

他那个牛头马面的靠山，一时开窍，恍然大悟，不无赞赏。"我知道，你又要演戏，只是，别演砸就行。"

"当然，师座放心，我就要以'共产党'的名义来收拾他，这样，不但会让他死得有苦难言，也给那些迷信共产党的贱民看看，跟着共产党瞎起哄，会得到什么报应。如此一来，他们的所谓坚贞、忠诚、不屈，都将合情合理，死在他们共产党的历史里，永远得不到承认和洗白，死，都要遗臭万年，永世不得翻身。师座，这您知道的，杀人不过头点地，杀心，才能除根系呀！"

他自以为得计，说着说着，忍不住，就满口白沫，志得意满地开怀大笑起来。

黑白人间

乌云如磐，覆压头顶。红霞殉难的第三天，深谙杀人诛心之道的陈国央，果然故技重演，再次穿起八路军服，押解第五良虎回到任家堡子，他要在虎子的家乡，当着全村百姓"杀一儆百"。上午的天空，一片阴森昏暗，薄凉的仲秋凄风，夹带着丝丝缕缕苦涩的冷雨，恣睢地横扫着渭北浑莽的旱塬，鞭挞着寥落的村庄和荒寂的大地。虎子在一色儿灰色军服的一群冒牌八路押送下，步履蹒跚地走过来。队伍中独有他一人一身国民党军军服，表面上看，不用说，他就是个应该千刀万剐的国民党匪军军官。是的，表面上，他正是国民党的少校军官李志胜。可恨黑白人间，自古至今，又有多少是非混淆、善恶颠倒，寄希望历史澄清，期待着未来评说！

青山遮不住，毕竟东流去。国难尚如此，我何惜此头？第五良虎被挟持着，一边踉跄前行，一边抬头望天，忽然想到，同样是这样一个雨雾蒙蒙灰色的秋天，他和弟弟豹子，双双跟随母亲花儿娘，去土镇走亲戚的情景。那是母亲给她舅舅的孙子去过满月，他们弟兄，一对掰不开的活宝、打不散的冤家，争相要跟娘去财东老舅爷家打牙祭，混几天好吃好喝。手心手背都是肉，花儿娘只要求他俩别太"馋痨丧眼"，给她丢人现眼，最终才算答应，把两个馋猫似的双生儿一并带上。娘做了一个名叫"大狐睿"的花馍，用一个罗面的筹子装了，又用一块大红包袱布捆绑好了，就让他挎在肩上，又从自家菜地摘了一篮时鲜菜蔬，让豹子挎着。两个穿戴和样子几乎一模一样的半大小子，本来就惹得人惊羡莫名，不错眼珠儿看个没完，实在赚足了路人的眼球，而他们的花儿娘，更是风姿绰约，异常鲜亮耀眼。她把自个儿悉心倒腾一遍，浑身上下，收拾得姿姿楞楞，腰肢柔软地骑在他们家的小灰毛驴身上，硬生生成了一道绝美的风景。

天色昏暗，乌云暧霾，行露未晞，可抹了头油的乌发，陪衬着花儿娘光洁姣好犹如月盘的脸庞，依然出尘超凡仙女一般。两个儿子望着他们的花儿娘，双双觉得风光有派、引以为耀。跟着如此这般一个实在好看赢人的亲娘，当儿子的幼小心灵，都吃了蜜糖一样甜丝丝的，忍不住就有几分得意扬扬了。那得意也好像在说：看，我们的花儿娘，真的跟花儿一样呢。给这样美丽的女人当儿子，那还有啥亏欠的呢？他们有的是幸福、快乐，欢喜无比，即使吃糠咽菜，受苦受累，也是值得的；即使为了她去死，也是心甘情愿，绝不后悔的。

那次难忘的出门做客，让十三岁半的孪生子，自觉一下子长大成熟了，像个男子汉了。温驯和顺的小毛驴，也通人性，根本用不着牵引驱赶，咯噔咯噔，稳健而踏实地走着它熟悉的土路。两个同样让人眼红的儿子，忽而一前一后，忽而一左一右，不用别人赞赏，自己都明明白白，他们就是娘的御前保驾、贴身侍卫。在土镇灰尘飞扬的街道上，他们娘仨一路招摇走过，一时点亮了多少滴溜乱转爱管闲事的眼睛，它们聚光一般从他们身前紧追不舍，热切地环绕流连，转而眺望着他们的背影，一直目送他们走进老舅爷那高门槛黑油漆的大门。

虎子怎么也没想到，正是在老舅爷家，他们兄弟见到一个人，一个平生对他俩影响最大的人。这个人当然不是他们的舅爷，那个当年讥讽他父亲岁爷"癞蛤蟆想吃天鹅肉"的老财主，毫无疑问应该是革命对象，尽管他同时又是他们花儿娘的外公，尽管，不知什么时候，他忽然摇身一变——或许根本没变，又成了当地一个倾向革命的开明绅士。这一切不算惊奇，让他们大开眼界，深感欣喜的，是老舅爷接待的那个特殊客人。这个人看上去年龄不大，只是一脸的疲惫颇显沧桑。头发茂密，皮肤黝黑，中等个头儿，体格稍欠健壮，一身灰布衣衫显得宽大空荡而不合体，只有眉宇清朗，特别是那双深邃的大眼，里面总像有掩藏不露的内容。他很"入乡"，又不见得怎样"随俗"，既是前来贺喜，却又不近人情两手空空。见面中规中矩，一个抱拳作揖，就算真诚道贺给老舅爷尽了礼数。

这样一位"不速之客"，偏这老舅爷见他，全然另眼相待，竟有毕恭毕敬之态。人们一律敬他，以"老李板"称呼，无疑属于商贾之列。见他儒雅温文，举止潇洒倜傥，孰料竟是一员带兵武行之人。大概所谓人以类聚、物以群分罢。虎子兄弟很快得知，他们这位老舅爷曾是清末一个秀才，因在土镇为人正派主事公道而深受众望，这"李老板"带兵驻防土镇，曾获老舅爷多方鼎力支持帮助，也算志趣相投，惺惺相惜。如此这般，两人一有闲暇，便把酒言欢，谈古论今，渐渐成为忘年挚友、莫逆之交。宴席之间，那"李老板"一眼扫过，目光便落在了虎头虎脑的虎子、豹子两兄弟身上。

"过来、过来，坐到我旁边来。"他伸出手，一手一人，把弟兄两个一左一右，一见如故地按坐在了他的两边。那双特别有神的眼睛，顿时就笑得波光粼粼、喜气荡漾了。"咳，小伙子，认识我不？"

虎、豹二人实实在在，双双摇头。"可我认识你们，只是，尚分不清谁叫虎子，谁叫豹子？"他拍着双生兄弟的肩膀，神态怡然，和颜悦色："怎么，不相信吗？你们的碎个子大任仲魁，还有你们的大个子二大任英魁，可都是我的老交情、好朋友呢。早听说了你们两个活宝，还没顾上去看看你俩，一晃眼儿，咋就成了两个半大人了，天，这是吹气球长大的吗？"

大家哈哈大笑。

"宝贝疙瘩，成双结对，人丁兴旺，福耀门第哇。"

"是的，有苗不愁长啊！"老舅爷也抱拳回礼，眉飞色舞地迎合着"李老板"。"他们，两个半大小子，加起来也能顶一个大人用了。"

"不，我俩，个顶个呢，就是俩人。"虎子虎里虎气突然发话，唐突地接过老舅爷的话茬儿，不知打哪儿，冷不丁冒出一股子二劲，居然敢当面反驳德高望重的老财主了。这让老舅爷一时讶然，瞪大了眼，但却罕见没有生气，相反满面笑容，伸出大拇指，敞怀大笑起来。"行，有种。还真跟你们的岁爷大，有一拼呢。"老舅爷对"李老板"说，"当年，任仲魁就是这个倔头劲儿，才把我外孙女连哄带骗，给搅缠走的。"

"外公。"花儿娘端菜过来，装作不悦，撒娇地嗔怪她的姥爷，"我可是主动找上门去的，不能说人家连哄带骗。"

"好好，算你外爷我老糊涂。真是女大不中留，留下结冤仇。我知道，你对我和你外婆不满对吧？当年，逼着你缠脚，哭天喊地，没少淘神。所幸你没有屈从，要不，该多受多少苦啊！真是，也怪你姥爷我旧思想、老脑筋，顽固保守，害得我娃吃了不少苦，跟不上社会的发展哟。正是，时也，势也，多亏碰上那个冒失鬼任仲魁，人小鬼大，从中捣乱，才没让你变成三寸金莲的小脚婆娘，免了一生的痛楚。看来，你和他，还就是有点缘分。这不，如今儿女一大群，叫人羡慕不已，我也满心里高兴啊。"

饭后喝茶，那"李老板"依然将虎、豹拢在他的身边。兄弟俩只长耳朵不长嘴，听了许多他和老舅爷唠嗑的新鲜话，那是他们平时听不到，而且一下子也不能完全听得懂的新鲜话——当然，也绝对不是新"闲话"。后来，在他们兄弟参加了革命漫长的日子里，随着年龄见长，视野开阔，这些新鲜话，实实在在"开启民智"，成了启蒙他们的最初教育。

许多年前，南方有个名叫孙文的人，立志救国救民于水火，他发起复兴会，组织国民党，主张联俄联共扶助农工，坚持与共产党真诚合作，反帝反封建反军阀统治。他广纳人才，举贤任能，一个来自湖南名叫毛润之学识渊博的青年天才，被他举荐，担任了国民党宣传部的负责人；还有一个名叫周恩来年轻有为的旷世奇才，被他任命为他亲手创建的黄埔军校政治部主任。那时，这两个人讲课，坐在台下听讲的，有个名叫蒋介石的家伙，在孙先生不幸逝世之际，窃取了国民党的军政大权。这个曾经混迹上海滩十里洋场的江洋大盗，可是个心狠手辣、惯于阴谋诡计的独夫民贼。他发迹后，党同伐异，排斥异己，视毛、周等共产党人为寇仇，大开杀戒，欲斩草除根而后快。

"李老板"说，这草头蒋军，却不可小觑，他非常精通表演，表面上道貌岸然，一本正经，言必"君子之道礼义廉耻"，端的跟神仙圣人一般，可内里包藏祸心，吃人不吐骨头。他不但有杀人不眨眼铁硬的"脏腑"，还有瞒天过海的骗人招数，你们怎么也想不到吧，有时，他简直像孙悟空七十二变，有"分身"之术，因此，从他的老婆——那个将他似乎看管得很严、口口声声亲得发嗲，喊他"达令"的富家淑女，到全中国、全世界的普罗大众，都被他骗得晕头转向。为什么呢，因为他有几个替身，很多时候人们看到的他，并不是真正的他，包括在很多公众场合，冠冕堂皇抛头露面的他，都是"假他"。"真他"呢，这时候早已瞒着老婆，和他的秘密情人鬼混去了；要么，就是出入青楼烟馆吃喝嫖赌无所不为去了。

"你们瞪啥眼，娃娃们，""李老板"说，"这世界就这么离奇古怪，它常常是黑白不分、一潭浑水呀。"虎子、豹子两兄弟毕竟涉世未深，有感"李老板"一席醍醐灌顶之言，让弟兄俩大眼瞪小眼惊诧莫名，也大长见识，开始转动脑筋，思索一些"现实"的大问题了。"这么个坏透顶的人，咋会大权独揽，成了国民党的头头，中国人的领袖？"

"这话问得好啊，但这个问题的答案需要寻找，需要我们共同寻找。"

"我们？"

"是的，包括你们兄弟，甚至不止一辈人，很可能，要一辈接着一辈人去思考，去寻找和解决呢。"

虎子禁不住皱起了眉头，他望了豹子一眼，发现他跟自己一样，也是一脸的迷茫不解。"你们感到不好懂对吧？""李老板"微微含笑，轻言细语谆谆告诫他们："其实，这就叫世界，大千世界，无奇不有。好人坏人，脸上都没写字，只能靠我们自己去辨认了！"老舅爷深以为然，也随声附和，频频点头。"所以，人这一辈子啊，需要高超的辨识力。""李老板"说，"人生好似一台戏，戏台上演白脸奸贼的人，生活中未必是坏人；相反，扮演忠臣良将角色的，不一定就是好人。不管是在戏里还是戏外，很多人难免是要反串角色的，就像我们很多共产党人，就曾经和国民党合作，在国民党里做事，他们往往都是戏骨高手。相反，我们党里面，有时也会混进一些坏人，装得比任何人都革命，往往是以革命的名义，破坏革命，搞反革命。而且，这比那些明火执仗的反革命更加危险和可怕。当然，坏人毕竟是坏人，不管怎么表演，怎么装模作样，就像雄鹰总是雄鹰，土鸡即使戴上雄鹰的冠冕，它仍然还是土鸡，终究，都是会原形毕露的。"

虎子听着，扑闪扑闪，眨着大眼，忍不住又问："那我们的人，要是在国民党里干事，这不等于是钻进了哈尿坏蛋贼窝子，也变成坏人了吗？""李老板"眉头一缩，庄重地说，"你可记住，真正的好人，在坏人堆里也是好人；彻底的坏人，再怎么装好人，那也是坏人。所谓真金不怕火炼，疾风方知劲草啊。"只见他感慨系之，一时浮想联翩，接着又说："其实，也很简单，这就叫假的就是假的，伪装终要剥去。从历史上看，最可恨的，都是那些伪装成好人的坏人，比如秦始皇殿下的赵高，宋高宗身边的秦桧，乾隆御前的和珅，都是些冠冕堂皇、装成好人，其实人面兽心的恶魔。所以，人在这个世界上生存，最担心也是应该最当心的，就是提防这种披着羊皮的狼，变成美女的蛇。"

"那么，既然有装成好人的坏人，有没有装成坏人的好人呢？"小小第五良虎，似乎被这些颇为高深的话题，深深吸引而不能自拔，当即扑闪着一双明亮如炽的大眼，忽然就向"李老板"提出了这样一个猝不及防的问题。"小伙子，你咋会有这种想法？""李老板"果然有点意外，看他喜笑颜开，更多好像还是感到十分欣慰。"不错，娃娃，不愧是任仲魁的儿子，你这个小小脑瓜，还算精明机灵。可这个问题，我不想回答，就留给你自己思考吧。但我要问你，你觉得，我是个装成好人的坏人，还是个装成坏人的好人呢？"

虎子茫然摇头，如实坦言："说不上来。"他又回头来问豹子，豹子心直口快，也直言不讳，"你肯定是个好人呗，哪能是个坏人？"

"李老板"哈哈大笑："那可未必，世上自称好人的多了去了，又有几个会说自己是坏人的呢，你老舅爷说得对，坏人脸上，没写字呀？"弟兄两个顿时语塞，他们互相瞧瞧，又瞧着"李老板"，渴望他的答案。"那么，我问问你们，现在的军阀民团，你们觉得是好人，还是坏人？"

这个问题很明显，弟兄两个虽然年幼，但没少听军阀民团到处催粮要款、抓夫摊丁欺压穷人。他们几乎异口同声地说："当然，他们是坏人呀。"

那么，现在让你们舅爷告诉你俩，"我究竟，是个啥人吧？"

"孩子们，'李老板'今天没穿军服，他可是个货真价实的军阀民团分子！"

双生兄弟四眼相对，惊得吐出舌头，接着，双双连连摇头，又表示不信。"李老板"认真地点了点头。"你们舅爷没骗你们，我如今的官衔，正是陇东民团军骑兵第六营营长。"

"骑兵？"

"是的。孩子们，你们可要替我守住这个秘密，而今，我就是身在曹营心在汉的关老爷，你们要知道，在这个实在并不太好的世上生存，好人就必须像坏人学习一些本事，以便以牙还牙、以毒攻毒，否则，你只能做坏人俎上的刀下肉，随时被他们砍头，夺命啊！"

……

时光一晃，七年零八个月十三天，不知咋样不知不觉就过去了。只是至今想起，第五良虎还清楚地记得，"李老板"那天说到"砍头夺命"，突然顿住，声音暗哑，神色严峻冷硬，情绪骤变，肃杀得有点难以自控。他端起面前的茶杯，大概想镇定自若一点，可是端茶杯的那只手，却不听指挥地颤抖起来，嘴还没凑到茶杯，茶水就荡漾出来，一下子洒在了他的胸前。那个"李老板"，大有"来头"得老李同志，原来进过黄埔军校，参加过北伐战争。"四一二"后，秘密潜回陕西，策划和领导渭北农民运动，先后参与和领导了渭华、旬邑、淳化等地农民起义。为扩大革命武装力量，他打入敌营开展"兵运"，通过关系，取得了陇东民团军骑兵第六营营长一职，最终策划该营起义，使革命武装力量扩展到了两千多人……

许多年后，成为他们兄弟二人"首长"的高革志团长，正是这个"教师爷""李老板"。不过，在他们告诉父亲岁爷，说老李同志如何了得，发自内心表达油然起敬之情时，他们严厉的老子，却毫不容情训斥了他们一句："胡说，没大没小。教师爷也是你们叫的吗，他可是我和你二大的恩公，你们该叫他'祖师爷'才对。"

让心去哭

从那天起，第五良虎就记住了父亲岁爷的训责，更忘不了"祖师爷"耳提面命，反复开悟他的谆谆教导。"战胜敌人，除了真枪实弹对着干，最有效的办法，就是学孙悟空，钻进铁扇公主的肚子里，闹腾她个翻江倒海，这可是以一当十、当百、当千，以少胜多的绝对手段。"

七年后，就在他被敌人冒充共产党枪毙的最后时刻，情不自禁，想到自己和陈国央扮演的角色。他们不约而同，不自觉地变成了"祖师爷"口中的现实版"孙大圣"：一个装成好人的坏人，和一个装成坏人的好人。唯一有所区别的是，一个由来已久，已经潜入对方的"窠臼"深处；一个只是临时起意，权宜之计，有点东施效颦，照猫画虎仓促模仿，又搞了一次拙劣的"复制"。

任家堡子就在眼前，从小到大，故乡的往事，也一幕幕在虎子的脑海里涌现。不管怎样，他终于回家了。尽管是最后的回家，年轻的他，也算叶落归根。他望着熟悉的村庄、沟壑、田地、树木，躲躲闪闪的村民，猜猜狂吠的土狗和惶惶不可终日的鸡鸭和不谙世事飞来飞去的雀群。他自己都感到奇怪，他的心情，居然会静如止水没有一点波澜。

"特派员同志，我知道你现在想什么，你不承认自己是共产党奸细也好，那就让我以革命的名义，以八路的身份来送你上路吧。"情绪亢奋，难以自抑的陈大脸，扬扬得意地骑在一匹黑马上，居高临下，对着虎子幸灾乐祸地叫嚷起来。"啊哈，对不起啦，小伙子，别说，你现在跳到黄河也洗不干净自己，就是死了变成鬼，啊哈，都铁定的是你们共产党的敌人了！"他穿的那身不合体的八路军服,紧巴巴地束裹着他肥硕的身躯,隆起的大肚子简直要撑得裂开,而他此时的口气,也正像一股臭气冲破了憋胀的尿脬,不断从嘴里喷了出来。"可悲啊,年纪轻轻,你何必死心眼非要一条道儿,走到黑呢?"

"那你是不懂得。"虎子鄙夷地瞅他一眼,冷冷地说,"一条道儿走到黑不怕,怕的是你不继续往前走。天黑终有天亮时,再往前走,不就天明了吗?"

"天明天黑,反正,你都看不见了。"陈大脸也冷笑一声,"我再劝你最后一次,你唯一的出路,也是活路,就是交代你卧底的后台。"虎子一瞥嘴角,也说,"我也最后告诉你一次,别痴心妄想。我心里有灯,就不怕世界黑暗。相反,因为你的心是黑的,你眼里的世界就难免是一团漆黑了。一个叛徒,变成了走狗,你未曾想过吧,不管是共产党还是党国,你最终都会是一个被唾弃的人渣。"

陈大脸的胖脸勃然变色,由猪肝色真的变成了紫墨黑。

"反串八路军,嘿,你都不觉得可笑吗?"虎子言辞切切,不留情面地挖苦他道,"别以为婊子脱裤,提起裤子就能成淑女。你也该撒泡尿照照自己可憎的面目,哪一点像八路的样子?让我再赠送你一句话吧,记住,画虎不成反类犬,真的,你就是一只断了脊梁骨的癞皮狗,不,连狗都不如。"

虎子的话正中关节要害。事实上,一个彻头彻尾的反面人物,无论如何乔装造致装神弄鬼,担当正面角色,那只能产生鹦鹉学舌的怪腔、东施效颦的丑态,而令人不齿。此时虎子的眼里,这个肥大臃肿,一身厚膘和一脸横肉装腔作势的怪物,就不伦不类,要多丑陋有多丑陋,要多恶心就有多恶心。几天没见,他那个阔大的脸盘竟变得那么胖,那么宽,那么蠢,两个腮帮子的赘肉,丰厚富饶,都多余到了摇摇欲坠的地步,几乎就是勉强贴上去的一样。他想,这个特殊生物,在当今这个荒凉年代和这个广漠浩大的世界里,不就是个罕世的奇迹存在么。

"你要是不觉得自己太可笑,那可就太可悲了。"第五良虎鄙视陈大脸厚颜无耻的行径,义愤填膺,一针见血地讥讽他说,"你这样枉费心机,不觉得无聊吗?假的就是假的,伪装总要剥去的。你真不自知之明,难道不晓得,装成什么人你都是坏人吗?"

陈大脸彻底被激怒了:"李志胜,你清醒一点,死到临头你还嘴硬!现在你就是孤家寡人,共产党的敌人,党国的叛徒,里外不是人,死活,都是个鬼了!"

"哈哈!我李志胜不管是什么党派,都无愧于心,我自信首先是个堂堂正正的好人。我只想告诉你,天下者,公众之天下;国家者,庶民之国家。人生一世，即使百年，不过历史长河倏忽一闪。为私者一时得偿，为公者万代流芳。这就是我信仰的人类至高科学真理的基本立场。我为它死，无怨无悔。行啦，混蛋，开枪吧，你这个狗熊、佯装好人的坏蛋！"

阴险毒辣的陈国央，蛇蝎心肠贼头贼脑，不停地眨动他辽阔的大脸上那一对细小的老鼠眼睛，环顾四周，看着远远聚拢的任家堡子村民，就开始了他张牙舞爪的训斥喊话了："任家堡子的村民们，你们认识这个人吧，这可是你们村子长大的反动派。前天，我们在这里处决了暗里通敌的女特务，有人竟说我们是假八路。那么今天，我要让你们看看，我们是不是真八路，因为，我们要处决一个真正的国民党胡宗南的得力干将。"

陈大脸喋喋不休，飞沫四溅地喷吐着恶臭熏天的浊气，对全村老少宣布完虎子所谓的"罪行"，接着又转过头来，装模作样对虎子说，"李志胜你听清了，我代表边区政府和人民，现在处决你这个罪恶滔天的国民党反动派，你还有啥话好说？"

虎子昂头挺胸，深情地扫视了一眼被迫赶来围观的男女老少："乡亲们，你们知道我是谁，我是任仲魁你们岁爷的儿子，你们看清了，我穿的是国民党军的军服，确实是国民党军，但我不是坏人。我不是红军、八路，但你们要看清了，穿八路军军服的，可不一定就是真的八路。"

"胡说！"陈国央声嘶力竭地喊道："住嘴，你这家伙，你就是坏透了的国民党反动派，你从小投奔八路，但后来叛变，投奔国民党军队吃香喝辣，一直在大城市里享福，人模狗样！说吧，你是不是经常去西安的妓院寻花问柳逛窑子来着？"

"那是你经常光顾的地方。"虎子反唇相讥，"因为，你是卑鄙无耻的杀人犯，是拉大旗作虎皮的假八路。我还不知道你吗？你其实不是一个人，而是一个幽灵，一个恶鬼之魂！"

"你还说我是假的，哼，那好，就让我给你来一点真的看看。"说着，他翻身下马，竟气急败坏疯狗样扑上前来，挥起胳膊左右开弓，直扇得虎子口鼻流血，方才住手。虎子脸上的血涌流不止，他因为双手反剪背后，无可奈何，一任长流。"流吧、流吧！混蛋，你瞧，我这些本该献给党国的鲜血，却愚蠢之极，从鼻子嘴巴里流了出来。咳！这不是盗窃国民政府吗？唉，我确实有罪，简直是监守自盗，是犯罪、犯罪，使国家受到了这么大的损失！"

"到这会儿了，你还给我装洋蒜、演假戏？！"陈大脸拍拍他左臂上的臂章说，"你说我是假八路，那你不就是真国民党吗，你身上穿的是国民党军服，咱俩的区别，不是一目了然的吗，你还能抵赖得了？"

"可笑。天知道你咋长了个猪脑子,头脑子那么简单,穿啥衣服,不是很容易吗?"虎子辛辣地嘲讽他,"你想用这一套卑鄙手段陷害我,可惜白费苦心了。看看你自己,看看你的部下,有几个像真八路?"随从陈大脸的"八路战士",全都闷声不响,有的低头耷脑叼着烟卷,有的歪眉斜眼心不在焉,一副吊儿郎当的样儿,就像被潮水卷起来,冲到沙滩上一堆无精打采、毫无生命气息的鹅卵石。陈大脸别过头去,看到他们的样子,也觉得太挂不住面子,不由得恼羞成怒,吼了一声:"都准备好了。"

他将手一挥,那些乌合之众的行刑队,就懒洋洋举起了似乎异常沉重的步枪,把乌黑的枪口,一齐瞄准了虎子。

"儿呀……"忽然,谁也没有料到,第五花儿发疯般冲了过来,"要想打死我儿,先把我打死,知道吗,他……不是坏人!"

"老太婆,你让开了,你儿子你最知道,他不是坏人,可是个比坏人更坏的国民党反动派,不是吗?你给我记住,他这样死去,八辈子,跳进黄河也洗不清了。"他耀武扬威地喊道,"准备执行……你们都,让开、让开!"

村民们潮涌上来,有人说情,纷纷央求,说村上人可以证明,全村人都可以保他,他和他弟弟,都是参加了红军的,娃真的不是坏人。陈大脸轻蔑地笑道:"这我知道,但他后来叛变了,投了国民党,你们知道他是干啥的吗?他可是给蒋介石、胡宗南干事情的,是侵犯边区的密探、急先锋。"陈大脸得意扬扬地反问虎子:"这个,你也不承认吗?"

"反正,"花儿急忙喊叫说,"我娃是好人,你们不能杀他。"

"你是他娘,你说了不算。再胡搅蛮缠,就将你与你儿,一起枪毙!"

"你枪毙好了,反正老娘也不想活了……"花儿说着,就一头向陈大脸撞了过去,村上有人赶紧拉住了她,她身后是杏子、梅子和抱着穗子的大木匠婆,还有那一片撼天动地、山呼海啸的连绵哭喊。

可是,枪声响了,虎子,第五良虎,李志胜,缓缓地,倒了下去……

他倒在了他出生、成长、奔跑和怀想过的这片贫瘠的黄土旱塬,倒在了这浑朴的大地之上,他年轻的血,染红了身下亲爱的土地,亲娘的土地。

儿子虎子"临在",一眼就瞅见了路畔土塄上兀立的母亲,他曾经这样高呼着喊道——有点大逆不道,直接呼唤着娘的名字叫道:"花儿……第五花儿……我的娘啊,你别难过。你儿,我没做一点点坏事,别相信他们胡说八道,我不是叛徒,更不是坏人!再过二十八年,我还是你的虎子。下一辈子,我还给娘你……当儿……"

凛冽的冷风绝情地扑面而来,将那嘹亮亢奋的喊叫,拦腰撕裂、揪断,扯成了破烂碎片，丝丝缕缕，变成了风中飘忽不定、洋洋洒洒的细密雨脚，一点一滴，无声无息，不断线地殷勤汇集，全都堆砌到了第五花儿安静慈祥的脸上，毫无知觉、不动感情地变成了冰雪消融的滚滚热泪，流淌、流淌、无声地流淌着。泪水清冷地残留在她脸上的皱纹里，之后斜着流向嘴角，她尝到了泪水的苦咸血一样的味道。接着，就是那一声慈善、温和与仁爱混合为一体的"手下留情"的绝响，让花儿有了非同寻常的幻觉错感，她像在梦里看到，并不是儿子，不是她的虎子，而是自己，随着那阵枪响，缓缓地倒下去，幸福地，死去了。她很庆幸，似乎还很惬意她的心，已经被那声枪响骤然洞穿、当即击碎，化为乌有。只是她的魂——孤苦伶仃地守在她的身边，战战兢兢，替一个不是花儿的女人，在嘀嘀咕咕、一阵阵痉挛般地呻吟着、唏嘘着：心啊，瑟瑟颤抖，不过就拳头大的一块肉蛋蛋嘛，你咋就盛得下一个世界大的痛苦与重压呢？既然已经万箭穿心，那你就碎了吧，碎成沫沫、渣渣，彻底死僵僵吧！

须臾，她就醒过来了。她对她的魂蛮横无理、暴跳如雷地咆哮道：来吧，还有啥毒招儿，都一起来吧，妈来个屁哟，不就是个死吗！老娘，我还硬挺在世上，看你们能咋!？

她的双眼，直勾勾地望着刑场，同时又直戳戳地越过刑场，望着天地远方，天地相接的地平线上，若隐若现，是一脉黛色山峦，连绵起伏，长线奔行，迤逦而来闯进她的视野。毫无疑问，她是对着那浑莽的山脉在说：我生了我的娃娃，他们每一个，也都是我。我早就豁出去了，我娃愿意弄啥就弄啥，爱咋活就咋样儿活。谁把我看上两眼半，想咋?！我没了虎子，还有豹子；没了儿子，还有女子；没了儿子、女子，还有儿女他们的，老子；没有他们老子，还有个，我！你们有种，都冲我……来吧！来吧！！

真的，不死的花儿又回来了。她挥手拨开那个不是花儿的她，英勇顽强、坚贞不屈，又一次说：去他的……屁哟！

其实……

其实，我们的岁婆，第五花儿，什么也没有说，也没有什么花儿以外的花儿和花儿的什么魂魄。她临风飒立，冷冷地望着这一切，像一块没有感觉的石头，不动声色，沉默无语，更没有所谓的柔肠寸断、悲痛欲绝的无谓挣扎。她或者压根儿就没有在这个不要脸的、蛮不讲理的混乱的尘世上生活。这里的一切，与她事不关己、高高挂起无动于衷。也许，她生活在另一个世界里呢。要么，她本身就是一个无所不包的世界。寒风吹过，冷雨袭来，把她脸上的皮肤拉得很紧，似乎随时都会崩溃坼裂。她的眼眶特别凹陷，空洞洞地，像是丢失了瞳仁眼珠。除了额头上的皱痕，像是攒眉怒目的狮子，还有头顶挣脱出发髻束缚，那几缕灰白杂糅的头发，正在迎风抖索，瑟瑟颤动，除了这些，她几乎就是一尊纹丝不动的雕像。

她什么都没有做。

确实没有。一个目不识丁的农村妇女，又能做些什么、说出些什么呢？真的没有。有的，只是一个名叫郭群的糟老头子、不入俗流的所谓的狗屁作家，一厢情愿、想当然地一番异想天开、东拉西扯。而且不知羞耻，心甘情愿，代替没有哭喊流泪的她，声嘶力竭地抢天呼地、要死要活地，泣血流泪……

不，不要这样，让心去哭！

就在这时，他确乎真切地听到岁婆花儿的默默自语，也是悄悄对这个悲惨的世界，不甘屈服地低语：吃刀子咽剑，把眼泪，往肚里流吧。

死里穿行

岁爷昏沉沉地挪动着沉重的步子，感觉是在梦中被什么给绊住了腿，双腿灌铅，邦硬邦硬，已然僵死，感觉告诉他，不是自己的腿了：我的腿哪儿去了？

脑子闪过这样偌大一个问号，觉得那问号揪心地疼痛着，于是又在疼痛窒息中昏迷了过去。那情景犹如喝醉了酒，晕晕乎乎直感觉自己还在梦里行走着哩，走得趔趔趄趄，身不由己，拖也拖不动地拖着别人的腿，他就用很不友好、使唤不动的别人的腿，在尸横遍野的阵地上，颠踬、蹀躞。

他走得踉跄，那样、那样地艰难吃力，双脚简直是粘在了地上，深一脚浅一脚的，被某种类似陷入沼泽深潭的泥淖，牢牢地吸附和重重缠裹着。有一阵，他其实是很清醒的，他知道自己并没有做梦，因为他真切实在地看到了一种世界，一幅场景：那里，天昏地暗，一个一个的死人，麦个子似的，横卧疆场，别说是人，胆小的鬼，都会被再吓死一回。有爬的，卧的；有仰面的，侧身的；有舒展的，蜷曲的；有四仰八叉肠子肚子外露曝泄的；有缺胳膊少腿，半个脑壳子破裂，脑浆白花花溢流在外面的；还有少耳朵缺鼻子的。全都是不成样子的人，血糊淋漓不成人形的人，支离破碎只能叫作肉块块的人。偶尔，也有肢体完好而面目无损、似乎没有受一点损伤只像睡着的人。不过，他们都东倒西歪地，横七竖八，其中混杂着不同军服，摆出了不同形状。有的胸口还插着对方没有拔出来的刺刀。有的死死地揪着对方的一撮头发或者是一只耳朵。有的亲密无间如同拥抱，紧紧地死贴在一起。有的破砖烂瓦堆聚叠加在一起，或头脚相抵，或脚手分离，又不分彼此，柴火垛似的胡乱摞码，偎依在一起……

这里，放眼望去，有的是充足和富裕的鲜血，无声地汩汩流淌，豪气漫漶，浸濡着这一片贫瘠荒凉的土地。天色向晚,黯云低垂,头顶不断有一阵阵嘎嘎哀号的乌鸦,黑色闪电般急骤的影子,很低姿态地贴地掠过山冈。雨停了。风也息了。整个山坡,似乎沉寂,世界好像也死去了。死得僵僵的了。现在这里没了枪炮声,没了敌人,也没了朋友。只有已经远去的死人,以及心惊胆战望着死人的活人。只有人,只剩下了人,这个地方的人,这个世界的人。

他×的,人啊……

"抬担架的,嗨,人在哪儿?"有人像招呼他们,直戳戳不拐弯地吆喝:"你们担架上的,死的,还是活的,有气没有?"

"我们……哼,我们可不是掩尸队的……"

"活的,赶紧抬走;死的,直往沟里面扔!"有人哼哼着,鼻腔嚷嚷,伤风感冒似的回答。岁爷突然惊醒,是一阵过电似的尖炙的钻心疼痛,将他从麻木中拽醒过来。他发现,竟然是自己,躺在那副担架上面。这是咋啦?他在极力回想,原本,他不是支前来抬担架的吗?咋整的,居然成了被人抬在担架上的人?他挣扎着,挺起了上半个身子。"停,停下,这是……咋回事儿?"

有人毫不客气,重重地将他重新按倒在担架上面。"别动好吗?你还,要不要命啊?"

"我……我弟,五子,你们看到了吗?"

"你受伤了,都成这样了,走不成了,还操心你弟!"一个男人粗声大气,依然毫不客气,在训责他,"还是……先保住你的命吧!"

"叔……任叔,我是桃子的同事,见过你的,你可能记不得了。"又是一个女人柔柔弱弱的低语,在他的耳际回响:"你的腿要扎紧呢,你忍着点,不然……"

"我找,我弟。"岁爷费力地睁大了眼,"你们……营长,叫任英魁,是死,是活,他在哪儿?"一群人呼呼隆隆奔跑过来,唧唧喳喳的人群,有个声音急促地嚣叫着,日娘捣老子地谩骂着:"你们这些哈尿,咋地能这样胡乱整?不分敌我,咋把咱们的人,也往沟壕里乱扔,你们,瞎了眼吗?"

却也有人胆正气壮,居然口出狂言,理直气壮,很不耐烦地回敬那人:"人都死了,还分个啥你的、我的?死了,全一个样,不都是鬼!"

那个谩骂的声音,开始起火带炮了,带着杀气横扫过来,"再胡说,我枪毙你们!"

顶撞的声音,被强行弹压下去,变成一阵嗡嗡轰轰蚊子般的嘟嘟嚷嚷:"人多棺材少,不叫我们扔到沟里赶紧埋了,大热的天,这么多的人往哪儿放,两三天就会腐烂,那时臭气熏天,谁还敢往这地儿靠近……"

这也难怪，掩尸队临时征调，全是从附近村里动员来义务埋人的农民，他们极不情愿的样子，二五不挂，不管不顾，依然我行我素，懒洋洋、慢腾腾地，将一具具尸体，拖死狗烂猫样、不加分别地拖拽着——有的拖着双脚，有的拖着胳膊，拖到了沟边，基本上是用脚一踢，让尸体滚落进了沟壕。"这死的也太多了，"有人哀叹，"沟都要给填满了呢！"

抬着岁爷的担架，拐来拐去、东闪西躲，费力地绕过那些掩尸的人们。"我弟呢？"他有些绝望了，"我弟弟呢，活，我要见人，死了，我要，见尸啊！"

抬他的人倒很听命，他们又开始在阵地上兜转，寻找开了。

"叔，叔，你别找了。"一个孩子的声音，跳跶过来，直戳他的耳膜，那声音稚嫩哀婉，期期艾艾，祈求着他，"叔、老叔，你可要顶住啊，我们营长，他、他已经光荣……光荣了……"

"停，停下！这娃，你说……些啥？"

"营长……牺牲了，这是他……留下来的，他给我交代，一定要把这东西设法交给你。"是一个年轻的娃娃兵——他营长弟弟的又一个通信员。通信员将一个牛皮革的公文包递过来，塞进他的手里。娃娃兵说："这里，有他的一顶军帽，还有，他给你的留言，是一封信。"

"信？"

"反击战打响前，他写的遗书。"

"他……他说了些……啥……"娃娃兵没有迟疑，急忙打开了公文包，摸出了那封信。"念。快给我，念。"岁爷急切地催促道，"娃，念吧、快念。"

哥呀！对不住你哥呀，实在没脸见你、见嫂子、见咱娘了。虎子入了虎穴，豹子我没保住，桃子最终，也没有逃过厄运，我是没办法向你交代。就是死了，也没脸见你呀！侄儿侄女，也是我的子女呀，我没有保护好他们，一个都没保护好，我真是有罪的呀！今生今世，我真是没法给你交代，实指望下一世，下一世，我还你的情义，再补偿吧。你不要找我了，一具肉身不值得，我已魂归故里，我们回家，在梦里……见吧……

岁爷的头嗡嗡作响，感到轰隆一声，天地都爆炸了，炸成碎片了。突然，不知打哪来的一股神力，他猛地一个鲤鱼打挺，从担架上翻滚下来，他趴在地上，双手狠命地挖抓着那些松软湿润、沾染着血腥污秽的黄土。浑身痉挛地颤抖着，只见他头颅捣地，拼命地在地上砸啊、砸啊，捣蒜似的一个劲砸着，像是要把大地撞开一道缝隙，好一头钻进去。转眼，就在地面上砸出偌大一个坑来。

"天哪，我的天哪，这太不公、太不公啊！"面朝大地，哀痛欲绝的他，却一声声呼喊和诅咒着天,"老、老天,难道,你瞎了眼,真的,要灭绝我一家吗?啊、啊……"

几个人都愣住了。抬担架的,给他包扎处理伤的,男的女的。久久地,在那里惊呆,注视。人们无语,是因为确实找不到什么合适的话来安慰他了。一切的语言,都是苍白和多余的,都是狗屁不通的空话、鬼话。让一切语言也都死吧!

"岁爷……爷……"许久,有个冒冒失失的声音,莽莽撞撞、跌跌绊绊地发话了:"别、别、别这样呀,岁爷。咱还要活人哩嘛!人死×朝上,活不过来了呀,就算了。咱得让杀不死咱的人,睁大了眼,看看,看咱们,就是不能趴下,就是能硬扎起来,得是?!"

岁爷忽然就木然了,不动了,僵住了。巨大的虚无,如临深渊。他觉得自己正往下坠落,手无处抓挠,脸颊紧贴泥土,耳朵本能地直竖,样子极像要倾听无边大地的呼吸起伏,倾听地心深处的喁喁絮语,情急紧迫的呼救:这是谁?声音这么熟悉,又这么陌生?

天哪,居然是"怕怕娃"!悲痛到快要窒息、喘不过气来的他,恍然听出来了,想起来了,也记起来了。是前天晚上,那个伸手不见五指的黑夜,有一个悄无声息的人,尾随着他们,说要跟他们一起来抬担架的。有人还嘲弄地奚落他:"你个'怕怕娃',还敢上阵场。""怕怕娃"再不吭气,只是傻乎乎,低声地自娱自乐,嘿嘿傻笑。

"狗日的,这是会来枪子的,会死人的,你咋地不怕了,黑天半夜地出来,还当是耍哩嘛!""怕怕娃"仍然不语,仍然低声地,嘿嘿傻乐。

老天啊,日他妈,居然是这个"怕怕娃"?咋地,竟是这个"怕怕娃"呢?!

这个小时候别人放鞭炮都捂着耳朵、怕得要死,赶紧藏在人身后的胆小鬼;这个在他家大杏树上掉下来,摔坏了腿,好长时间只能在地上爬——被人都叫成"爬爬娃"的残废人;这个后来多亏邻村那个神奇的"捏骨匠",给他治好了腿,勉强能行走干轻活的地主的大儿子……哦!余豪财,他会是他的儿吗?我的不共戴天的,仇人!不,他不是余豪财的儿。地主余豪财的儿,说不出这样硬气、攒劲的话。他的话粗理不粗。就像他大(父)余豪财那大哈尿,坏人换一身好人皮,居然也人模狗样,参加了民兵自卫队。但是,余豪财啊!

须臾,他突然翻身坐了起来,用手拨开凑上前来抬担架的人。"娃,"他召唤"怕怕娃",像是看到一个奇迹,眼里放出了异样明亮的光芒,他抹了一把胡子拉碴、沾满泥土和泪水的脸,招了招手说,"你给叔,折一根树杈去,你娃都能站着走了,你岁爷,我还能日塌了嘛。你说得对呀,娃,他妈来个屁,杀不死的咱，就是要硬扎扎地，活给……他们看。你们，走吧，都赶紧去抬别人吧，这担架，我用不着的……"

疼痛杀死了岁爷身上的某些生理组织，却也意外激活了他一度麻木的神经。很多记忆碎片，纷至沓来，很快在他的脑海里麇集聚合，活灵活现地拼凑凸显出一双眼睛。那是一双虎彪彪的浓眉大眼，掩映在稠密的闪闪长睫之下。眼睛每一眨动，都会见底见性，活生生放射出主人内心的丰富和言语行动的凌厉睿智。"就这样定了。"那人抹了一把下巴上毛扎扎刺猬样的胡须，几乎是用他炯炯发光的眼睛说话——对岁爷郑重其事地说——说得果断、从容、镇定，无可置疑和不可撼动："就是你了，任仲魁同志，组织上已经决定，由你顶替红霞同志。我们知道，这阵子，你连遭不幸，这种时候，让你挑起一区党的工作这副重担，有点残酷不近人情，可是……可是，革命斗争呀，本身不就是残酷无情的吗？敌人已经大动干戈，把刀架在了我们的脖子上了，我们不能稍微松懈，不能消极被动，无所作为，任凭敌人烧杀掠抢，胡作非为！我们要反抗、要斗争，要化悲痛为力量，坚决回击敌人丧心病狂的侵犯，把他们尽快赶出咱们边区！"

那是县委的郭书记，大名郭文学。他那些话，一句一句，像榔头砸到了铁砧上，全部火星四溅地楔进了他的心坎儿，煎炙焦灼，疼得他心惊肉跳，一愣一愣。郭书记反复叮咛，目下正处于敌我混战，相互攻夺交错，尤其任家堡子，又在边区对敌斗争刀尖位置，他要岁爷切忌公开暴露自己的真实身份，仍然坚持秘密开展工作，场面上的具体事务，一概交由孙秃子利用合法身份去抓落实。

岁爷回到村子的时候，儿子虎子和女儿桃子牺牲的噩耗，已经阴云密布，笼罩了整个任家堡子。红霞的献身和小儿子虎崽的罹难，又成了雪上加霜的另一层血淋淋的残酷不幸，尽管他还不知晓豹子和弟弟任英魁的安危下落，可那种如山沉重的悲伤，喘不过气来的窒息，已经给了他最坏的心理暗示。从来不会骂人的他，突然开始歇斯底里，疯狂地诅咒开："天要灭我呀，那就来吧！"他咬牙切齿，不懂得怎样发泄才好，总之，是把能想到、最恶毒的语言都使出来了："不就是个死吗，来吧，老子，也不活了，我早就活够了，够够的了……"

这些声音，在他内心汹涌、澎湃、裂变、燃烧、滚沸、怒吼、咆哮、雷霆一样轰击着，火山一样喷发着，洪水猛兽一样激流滚滚，天翻地覆，几乎要把整个世界炸裂得七零八落、焚尸扬灰、如齑如粉，冲毁得一干二净，寸草不生、片甲不留……

只是，在他心里。那里，是一个无与伦比广阔的世界，是一片浩瀚空渺的宇宙所在。表面上的他，却是一具纹丝不动的木雕、泥塑。他端坐在炕头，除了吧咂、吧咂地不断抽烟，把一口口浓烈的烟草焦煳气味儿，变成一缕缕袅袅升腾的青烟雾岚，倾泻而出，不间断地释放出来，再就没有任何的反应了。

悲痛欲绝，躺在炕上起不来的母亲大木匠婆的呻吟，他几乎充耳不闻；几天几夜不吃不喝也不睡觉的老伴儿花儿，几度昏厥，死去活来，他好像也视而不见；哭成了泪人儿的女儿杏子、梅子束手无策，惶惶不可终日，他也不管不顾。最忙碌的，是那河南女人牟水琴，她成了这个家临时的顶梁柱，唯一的精神支撑。她招呼村邻，男男女女，出出进进，自觉地在为这个不幸的家庭，尽自己一份宝贵到至高无上的义务。女人们洗衣做饭、照料鸡猪牲畜，帮忙整理打扫庭院窑洞；男人们则在悄声细语，商量安排着虎子、桃子和红霞的后事。

这阵子的孙秃子，主动担当派上了用场，他跑前跑后，嘴上再也吐不出不三不四的废话和下作卑俗的顺口溜，他一本正经，俨然像换了个人，指手画脚，调配分派着全村的男女老少，主动扮演起了一言九鼎大总管的角色。三个遇难者的葬礼，统统免去了乡俗中的繁文缛节。这也是岁爷的意思，眼前的环境、形势和任务，也容不得有什么讲究。有村上人前来报告，下沟为红霞收尸的人们，找了几天，仍然没有找到抱在她怀中的虎崽。像哑巴和石头一样的岁爷，终于吐出了一句狠话："除了红霞，用一口棺材盛殓，虎子和桃子，只用芦蓆裹了，赶紧下葬。"

刻不容缓，快结快办！他给孙秃子的话是："民兵游击队，自卫警戒，发动群众磨面蒸馍，组织妇女赶做军鞋，儿童们放哨，最要紧的，是马上组织担架队、运粮队、救护队，三天以后，按时出发，最晚两天后，必须赶到爷台山雷家岭，集结……"

"以牙还牙，以血还血！"岁爷忽然起身，变得轻盈而敏捷。他跷起腿，将烟锅在鞋底上磕掉了灼热的烟灰，旁若无人地轻声嘀咕了一句，轻得几乎自己都没听见。接下来的几天几夜，他彻底变成了一个虚晃的影子，一个游弋不定、无处不在，随时出现在不同场合的幻影：在乡亲们忙着藏粮食的暗窑里，在挑灯夜战赶着为部队磨面的磨道里，在各家各户不停点烧锅烙锅盔做军用干粮的厨灶间，在赶着制作支前担架的木工厂，在妇女们用牙咬着针头线脑、穿针引线熬油点灯缝制军鞋的热炕头……

他一言不发，人们也一概不跟他搭言，连一声感叹也不发出。乡里乡亲，男女老少，全都相望一眼，只是一眼，那眼里蓄满了亮晶晶的泪点。岁爷果然成了一个只见其人不闻其声虚无的影子，只在他的身边，前后左右，一直跟随着一个实实在在的生命实体，就是那只连续几代都一概名叫"一分为二"的忠犬"太极"。它好像是岁爷的监工，也好像是他的贴身保镖和形影不离的亲信与随从。岁爷东家出西家进，就那么沉默地移动着，不分昼夜。这是一个戴着眼镜的影子，不吃不喝不睡觉，总是机械地忙碌着，不停脚步地奔走着，好像一旦停下来，就会不存在了。他那双眼，在那些积聚起来堆得跟山一样一口袋、一口袋的军粮上扫视，在捆绑好的担架和预备下的棺材板上，一遍遍检视，在一个个紧张劳作的军鞋验收点上，忘返逡巡。

终于，回到了他的地坑院子，灯火通明的窑洞里，他的影子时而被拉长又转眼被缩短，忽瘦忽胖，时而变成了古里八怪扭曲畸形的麻花样子，投射在弧形的窑壁上，好似传说中的鬼魅形象。他那双奇怪的眼睛，仅仅是那么不经意地一瞥，就发现了躺在炕上的老娘不见了——再看，她抖索着一头纷乱的白发，正跪在案板前的板凳上，跟几个村妇一起揉面团子，她老人家咬着牙关，紧紧地绷着皱纹密布的老脸，似乎用尽了全身的力气，一下一下，把那些柔软的面团子，反复揉搓挤压，样子不像是为了烙出充作干粮的锅盔，而是要活生生地再一次塑造出某一种生命的载体。偶尔，她会抬起手背，在额角和眼帘上抹一下，把一种悲伤的酸泪和苦涩的汗水，擦在自己弯曲伛偻的前襟或袖头上。

窑洞里只有忙碌的声音、人们极力屏息着呼吸的声音、拉风箱的声音和灶火炉膛里劈柴噼啪炸响呼呼燃烧的声音。岁爷，到底还是看到了他的那个人儿，他那可怜憔悴、失了大形状的花儿——她居然活过来了，活得不声不响、不卑不亢。正是她，稳稳地坐在炉膛的灶口前面，一只手木然地拉动着风箱，另一只手还抽空准确无误地往炉膛里续添柴火。她的怀里，半敞开的衣襟前面，一只乳头上，还吊着一个男娃贪婪的小嘴。那是幸运和不幸的"碎子儿"（穗子），那里往常还有一个比他稍大的虎崽，跟他手脚相抵，争夺着两个饱满的乳房，可如今，可怜的虎崽，突然就……就像，虎子和桃子以及红霞，突然在这个世界上消失，无影无踪……

岁爷觉得心里很堵，他命令自己打住，再也不能继续想下去了。他麻木地望着大家默默地忙碌，无意中看见，牟水琴正系着围裙，在锅台和案板之间挥汗如雨，高高地绾在后脑勺儿上的那一头乌黑的发髻，光溜溜纹丝不乱，像倒扣上去的一只黑瓷碗。她一只手执铲，另一手飞快地配合，翻倒着锅里的锅盔。烙熟的锅盔，散发出一股诱人的麦面清香。她脸上的表情，也是没有表情的那种表情，很隐忍，也很恬淡。这个经受过大灾大难的外省女人，除了言语不多的说活中偶或还能带出来几句没有完全改变的河南口音，吃饭穿衣、纺线织布、干家务和农活，一切入乡随俗，差不多彻底任家堡子化了。或者说，更接近任仲魁家里的人了，她的勤勉、严谨、克己和善待他人，像极了另一个第五花儿。尽管，由于她的女儿妮子曾经嫁给任英魁，她在这个家里的辈分陡然提高了一个档次，但她在心里，一直把自己当作与岁爷和花儿平起平坐的一个知己。尤其是女儿妮子难产去世之后，她依然如故称大木匠婆为姨，等于在事实上自觉降级了自己的身份。她爱这个家的孩子，视同己出，他们的不幸也成了她的不幸，同样他们一家人的心念意悬，也是她耿耿于怀的深刻惦记。何况，她唯一的儿子安子，此刻，也跟着曾经的女婿任英魁，以及他的侄女桃子、侄儿豹子，一起在前方打仗，她为他们的安危揪心，都在情理之中，仅仅是不愿意表露出来而已。

岁爷看见，在锅台前当下手的居然是幼小的梅子，她的个头儿才刚好与锅台一般高低，小小的年纪，承受着跟大人一样的悲痛，她的眼睛因为痛哭已经红肿，可是一边帮着大人收取和摆放锅盔，一边还不时擦拭着眼角涌溢出来亮晶晶的泪珠。岁爷胆怯，已经不敢直视他最小的女儿那桃子一样红肿的眼睛了，他惶遽地一个转身，逃跑似的奔出了窑洞。

走到庭院，他才恍然觉得，适才应该给牟水琴说些什么话才好，因为安子和弟弟与豹子一样，这时候也是生死未卜，下落不明。他感到愧疚的是，好像是自己家的不幸，带害了牟水琴，也让她无辜地成了他们家的一部分不幸。一时间，他不知道该说些什么话，更不知道该干些什么事了。支前的物资和驴马驮子，全筹集齐当，出勤的人员，也基本上落实到了各家各户。他在院子里茫然地兜转了一圈，不声不响，踅进了往常做木工活的那孔偏窑，只一会儿，就见他走了出来，手中拎了一把颇有年份的老斧头。

就这样，他好像找到了某种记忆，记忆中的某种支撑。接连几个晚上，他蹲在院子里饮牲口的石槽边上，借着上玄月的亮光，端出了准备打磨它一万年的韧性与恒心，把一把父亲大木匠留下来的月牙状老斧子，磨了又磨，磨刀霍霍向猪羊，一遍又一遍，直磨得月光如水照缁衣，洗练出一道弯月的白银与寒雪样惨亮犀利耀眼的毫光。

老斧头一闪一闪，似乎正发出铮亮的呻吟与呐喊。

/ 第二十六章 /

夜色温柔

　　岁爷人生最后一段所谓偎香倚玉的风流艳史，如果不是命运蓄意捉弄，就只能解释为一个似有若无的旖旎春梦了。梦是一种以毒攻毒最具杀伤力的武器，可以不费吹灰之力，粉碎一切狂想谵妄。但也并不灵验万能。比如一个人做梦在采摘鲜花，一觉醒来，竟然奇迹再现，那束明艳照目的鲜花果然盈盈一握，就捧在他（她）的手里。迷离惝恍的梦幻，遭遇冰冷铁硬的石头，该粉身碎骨的又会是谁呢？岁爷的这个梦醒，姗姗来迟，蜿蜒漫长，比较曲折。还需要踯躅前行，走过很长一段路程。

　　若干年后，当他从村人有意无意的闲言碎语中得知，孙秃子就是那个被他曾经"预言"果然飞黄腾达当了副乡长的孙茂才，一口咬定，说他的前妻程水莲"意外怀孕"诞生的儿子，"借的"是他的"种"，也就是说，实际上是他任仲魁的儿子了。这话，让岁爷不仅出了一身冷汗，还惊讶得差点要掉了下巴。"这些，都从何说起呢？"

　　传言合情合理而且有根有据。爷台山之战的前前后后，在那段有限的时间里，他蒙受了无限的悲伤，接连失去了三个儿子一个女儿，外加一个兄弟，尽管还有两个女儿，毕竟没有顶门立户的儿子娃了。至于用虎崽冒名顶替下来的穗子，虽然是个男娃，但归根结底是外姓旁人的种和根苗。他们老任家的香火，岂能中断，需要正宗的血脉延续。由于接踵而至的丧子之痛和接近半百的更年期不期而至，岁婆第五花儿，终究失去旺盛的生育功能。如此这般，一向绯闻不断的岁爷借机支前，天赐良机拈花惹草，"艳遇"一次，那还不是自然而然顺理成章吗？简而言之，悲情氛围氤氲，岁爷人生最后一次"出轨"，显然势所必然，一切无懈可击，一切水到渠成，一切有鼻子有眼不言而喻。立时三刻，就将百口莫辩的岁爷，一棍子打进了比黑夜更深更黑的沉沉昏暗和重重黑幕无底洞中。

回想出发支前的那个朦胧之夜，岁爷一生可真恍若如梦。那是区上组织的统一行动，当晚，打区上来了个领队的毛头小伙子，在一片黑压压的人群前面，打着一只白光闪烁忽明忽灭的手电筒，电筒照着一张白纸上开列的名单，清点人头的声音刻意张扬，嗓门调儿像鸭子怪叫，浓重的夜色里，被他叫喊的每一个名字，都荒腔走板有了异样的扯裂。村长孙茂才站在他身边，指手画脚帮着吆喝。点完了名，他那喜欢呼喊乱叫咋咋呼呼的大喇叭声音，就习惯性开始人五人六地教导开大伙儿了。"你们都听好了，这次去支前，要听区上统一指挥，我有更重要的事去不成了，咱村上具体就由岁爷招呼。也是没有办法，你们都晓得人手不够，这一回有年纪大的，有妇女同志，还有些身体多少有些毛病不很得力的半劳人员，所以，大家要互相携程，保证完成好任务。"

　　"奸驴爱叫不上套。"有人暗中嘀咕，显然针对孙秃子有感而发。这也难怪，他的声音一贯虚张声势很不地道踏实。尤其黑夜让人视觉受限，故而放大了听觉和嗅觉的捕捉功能，岁爷印象深刻的，竟是意外捕捉到的一种女人身体挥发出的特殊气味。他还没来得及开口说话，区上那位年轻人，却抢先开了腔，"唔，岁爷，你真的，是要去吗？"

　　岁爷冷冷地笑了，没有回答，什么话都没有说。这是啥意思，我人都在这了，不是真的，难道还做假不成？他的话憋在了肚子里，不想弄清究竟是对他的关怀或者是迟疑。"这一回呀，你老该不会，嘿嘿，又是去喊你的营长弟弟，回家成亲吧。"

　　话音未落，"啪"地一响，一束白炽的手电光，端直照射过来，刺得岁爷睁不开眼，不得不伸手遮挡住自己的脸。

　　"这是干啥！"是一个女人，叫喳喳地嚷道，"咋这样子，跟岁爷说话？"岁爷听出来了，这是程水莲的声音，也只有村长老婆，大概这时才敢表示不满，挑战区上不知轻重的年轻人，勇敢地出面袒护岁爷。

　　"开个玩笑，岁爷，你别计较。不管咋地，老将出马，一个顶仨，就是把您老人家劈成两半，不是还有一半，起码，还是咱边区革命的红色军属嘛！"公鸭嗓门的年轻人到底还是年轻，这话说得不知深浅，聋子都能听懂对岁爷的某种压迫与伤害，言外之意，给人一种想象的空间，似乎他不明不白还真有什么嫌隙存在？处在边区边缘这种倒霉的特殊地带，岁爷当然明白，一个人如果不能得到自己人的完全信任，将会意味着什么不幸。对于岁爷来说，这些最敏感的话题，即使稍微沾一点边，都将是戳心窝子的刀子，无异于砍杀人的毒剑。毋庸置疑，都很容易给人一种叛徒内贼变节投敌的嫌疑。而这一点，正是边区对面那些诡计多端的敌对阶级，诚如大脸陈国央之流，处心积虑挑拨离间，陷害忠良想要达到的理想效果。岁爷有一肚子屈辱，一肚子愤怒，一肚子深仇大恨，却无处发泄。他只能一忍再忍，默然以对，吞刀子咽剑，并不去理会，就全接纳了。

可在之前，岁爷虽有过人的涵养和胸襟博大的包容，毕竟又是个颇有文化素养的农民，一个很会饲养和保护自己的智者。比如他懂得用干净的黄土面儿，或者绽放紫花的刺棘叶子揉碎止血；用饱含乳白汁液的蒲公英茎叶泡水，当茶止咳化痰；用雄黄抹耳郭防止蚊虫钻进耳朵；用晒干的艾蒿点燃了来熏蚊子。他甚至掌握了在黑暗中捕猎蚊子的"绝技"，即使狡猾的蚊子悄无声息前来偷袭，他都能凭感觉蓦然挥手空中拦截，用指头捏住——而不是把它拍死在自己脸上。这种"绝技"几乎到了出神入化的地步，就好像他的皮肤长出了许多只夜猫子眼，就在它们即将靠近他的皮肉那闪电般俯冲的刹那，等不到那些可恶的坏蛋安全着陆，来染指他神圣的皮肤，他只是一抬起手，比闪电更加迅雷不及掩耳，一个致命绝杀——仅仅是拇指和食指一合，就擒住了它们，然后一捏、一捻、一团，将其搓成尘埃般一星点微粒，潇洒地抛向暗夜的炕道之下，让它们顿时踪迹全无，烟消云散。

"叫你给我讨厌！"他往往是以胜利者的姿态，悄无声息，在心里不无骄傲地蔑视它们一句："真是成了精了，敢来欺负你爷！"那份精细能让神仙称道，那份明快会让世人叫绝，那份凌厉敏健令人眼花缭乱，更能叫耍把戏的魔术师甘拜下风。可是面对如此不白之冤和石头一样堵在心口的巨大压力与窒息，他好像只能忍辱负重，只有招架之功，而无一点还手之力。

"谁的人生不受伤！"偶尔，他会这样舔着伤口自我安慰，"哑巴不说话，心里会有数；瞎子不点灯，拐杖能指路。谁的难过，谁忍受吧。"那时候，他的内心一定是在刮风下雨，一定有点随遇而安和无可奈何，很像最后那次支前的情景。

那是赶路的第二个晚上。乌云笼罩，月黑风高，已经有些瘆人的仲秋之夜，凄惨阴沉的天空，冷风习习，夹杂着一阵阵筛尿似的绵稠雨丝。村上确实人手有限，送军粮和担架队集中在一起，满打满算才凑够三十个人，里面还有几个上了年纪的老汉和身体比较强壮的妇女。这是三十个来自三十个灰蒙蒙黄土覆盖的地坑院子尘土一样的农民，他们说话行动——如果必要，也要战斗——他们凭的是红色边区的名义，也将要和这片土地同命运、共患难，永远守在一起。

任家堡子男女老少，三十个人的这个支前队伍，人不歇肩、马不停蹄，提心吊胆地躲避入侵敌军的巡逻搜捕，专拣偏僻的沟渠山路，日夜兼程匆匆疾行。那天，翻过小池沟，到了一个名叫小庄子的村子，人困马乏又饥又渴，岁爷让大伙儿在村外的小土场暂歇，就为大家生火做饭，去找水了。山坳里一片西瓜地里，种瓜的老汉，既不愿给他们说出水井的位置，也不愿卖给他们西瓜。任岁爷好说歹说，给多少钱，他也不卖，一个瓜也不卖。老汉一听他们是去爷台山支前，竟然突兀地暴跳起来，那份怒不可遏简直两眼喷火，一时气急败坏，俄而又声泪俱下，搔胸顿足脚，只顾一个劲呼天抢地大声诅咒不止："哪里是人生父母养的，一群土匪、畜生、野兽，把个村子糟蹋完了。抢走了粮食，赶走了牛羊鸡猪，连狗都杀掉吃了，还给人锅里拉屎，把水井都用碌碡给堵死了，说要活活饿死、渴死我们。你说这黑不黑心，我们百十口人的村子，一下就给杀了十三口人，你说，可憎不可憎，嗯……"

岁爷听着、听着，两腿打战，忍不住潸然泪下，无奈摇头，正要转身离去，老汉一把扯住了他的胳膊，将他拉进看瓜的庵棚，鼻涕眼泪地慌忙擦了一把，气冲牛斗地训斥开了岁爷。"你还要买瓜，你看地里还有瓜吗？我难道不知道，你们是弄啥去吗？远天远地地翻沟过梁，不就是帮助咱队伍去收拾那帮乌龟王八蛋坏尿去吗？你还有脸说买瓜，你们把命都豁出来啦，我难道，把良心也哈（瞎）完啦？"

老汉如此暴躁决绝的陈情表达，终于让岁爷明白了他的真意，只见他把庵棚里一堆瓜蔓杂草用脚踢开，露出了几十个光溜滚圆的西瓜。"拿走，全部拿走！"老汉简直是下达了威严的命令，"你们吃好、歇好，明天早早赶路，别耽误去支援咱们的队伍。"

岁爷眼热心动，平生头一回领略了一种别具一格、最有深挚大爱的呵斥与训责，而这种以恨的形式充分宣泄出来的爱憎分明，对于感情粗粝的农民岁爷其印象就格外深刻。也许，还不只是他，因为就在那时，他身后传来一阵喊喊蹙蹙的叹息唏嘘，原来，是跟着他过来的几个男女，其中的一对父子使他出乎意料，居然是余豪财的弟弟和他那个腿脚还不怎么利索的儿子"爬爬娃"，这个曾经的"哑巴"，因为偷他家的杏从树上跌下来摔坏了腿，却意外地呜呜啦啦，开始开口说话，骨折的腿还没好利索，居然一瘸一拐，硬要跟着队伍来送军粮。至于他的二大余景才，那是地主余豪财家一个二五不挂的甩手掌柜，因为上过师范，有一些文化，对于发财致富，自称略懂一二。倒是跟岁爷有一些共同语言，很投机地能说上些话。隔三岔五，两人经常会抽空在一起拉呱。这一次，蒋胡的反动军队入侵边区，给这个地主家带来的灭顶之灾，几乎和岁爷家的遭遇不差上下。他的娘被匪兵残害，他哥余豪财的大老婆和小老婆双双殒命，余豪财奋起抗争，一气之下，也报名参加了民兵自卫队伍。岁爷为此曾经疑惑的，发自内心感叹不已："难道，天下事真无常态，天下人也真无常性吗？"

跟随余家叔侄父子一道过来的两个妇女，是牟水琴和程水莲，这两个异父异母异乡异地走到一起的姐妹，用她们的话说，是前世有缘（这也是孙秃子经常挂在嘴边的借口），自从牟水琴走进岁爷家的地坑院子，尤其在她纺线织布还能染布大显身手之后，程水莲就成了她离不开的下手，而程水莲则自称是她的学徒，除了吃饭睡觉不在一起，她们简直就是形影不离的亲姐妹了。村上也有风言风语传说，都讲牟水琴和程水莲黏得热乎，很大程度是看着这个河南女人，不让她那个爱拈花惹草的村长占牟水琴的便宜。但牟水琴坚持要来支前，却是岁婆的心理期待——她希望牟水琴能关照一下他的老汉任仲魁，毕竟老汉已不年轻，尤其他一儿一女和直接领导红霞遭遇不幸，心里重压着山一样的巨大悲痛，他沉默寡言，却磨刀（斧头）霍霍，分明是要去找敌人拼命。岁婆原本是要把这个悲惨的家，一股脑儿地托付出去，交给牟水琴的，为了她剩下的那个尚不明生死的儿子豹子，她豁出去一把老骨头，也要去见一面。只是牟水琴婉言规劝，好说歹说，好不容易，才打消了她的念头。"这使不得，这个家哪能没有你呢？上有老娘木匠婆，下有两个女儿杏子、梅子，特别还有那个穗子儿——你能舍得自己的虎崽，既然替换下来了穗子儿，就要对得起红霞，把娃给她养大成人！还有，我也有儿子，唯一的儿子，我的安子，至今下落不明，我也要去找他呀……"

　　女人之间的托付，岁爷并不清楚，支前任务紧急繁重，男女老少三十个父老乡亲，以及十多头牲口担负的使命非同寻常，包括大伙儿的吃喝住行一路的安危，他不能不多操份心。还是那位卖西瓜的老人主动跟了过来，帮着岁爷，将他们支前的人和牲口，分别安置在路边的一个茅草场房和附近的两孔敞口窑洞，他们打了地铺，铺上麦秸，就囫囵着安歇了下来。村民们就着西瓜，吃了些各自带的干粮，就东倒西歪，困不可支地纷纷倒头睡去。岁爷既没吃东西也没睡觉，他靠在场畔的一个视野开阔的麦秸垛旁，只管一袋接一袋地闷抽旱烟。他脚前绣着"任"字的麻布裌裆上，放着一块锅盔馍和一块西瓜，那是水琴和水莲分别送过来的，他记不清是谁送来西瓜，又是谁送过来锅盔馍，也分不清她们两个谁到底是谁。总是很有礼数地谢忱一句，含含糊糊，咕哝说他不饿，就把她们打发走了。天上有一阵没一阵，继续箩面似的筛下来牛毛细雨，他竟浑然不觉。这时，有一个黑影向他悠悠然挪移过来，是余景才，他悄声劝岁爷去场房里睡上一会儿，缓一缓劲儿，还告诉他，几个身体强壮的村民，已经在轮流值守，在村子外站岗放哨，让他放心。岁爷也只说他睡不着，反倒打发余景才，赶紧去抓紧歇息。

　　子夜时分，雨过天晴，正是星宿罗胸，山河寓目。深蓝的夜空，这里那里孩子眨眼似的，不断浮现出一颗颗亮晶晶的星星。他嘴角叼着早已不冒烟的烟锅，全神贯注地仰望着那些神秘莫测的星星。望着望着，恍惚间打了个盹儿，进入了一个如梦之梦：他看见了他的百灵鸟样的可爱的女儿，看到了桃子无比娇美的小脸蛋上两个迷人的小酒窝，特别是那两只闪闪发光的眼睛，正一眨一眨对着他撒娇，没大没小地喊他岁爷。还有虎子，不，好像还有豹子和虎崽，他们都在挤眉弄眼，逗他开心。忽然，远远地，似有若无，传来一个清脆悦耳的声音，没错，那是红霞，她款款一笑，大大方方地向他伸过一只手来："英特……"

"纳雄。"他赶紧回答，他们彼此紧紧一握，不约而同道出了那两个神秘的字眼："耐尔。"尔后，他们会心地笑了。他觉得那双手很细腻绵软。他不时宜地想起了村民说荤话时的那句顺口溜来："绵绵手，甜甜口，拽上妹子，山沟沟里走……"

突然一个激灵，他感到寒彻入骨，不禁打了个冷战。一无遮拦的露天土场，变成了白晃晃一望无际的雪野。"哥，咱们这是要到哪儿去呢？"他听到他的声音，坚决而肯定地说，"还用问吗，那纸条上不是写明了吗，豹子沟。"冰天雪地，冻得他牙齿咯咯不停地打架，可他心里有一个温暖的召唤，一个敞亮明确的期待，是常先生，不，是李育民，他要去见他的启蒙老师，他和他弟弟的教师爷，那个如今当上团长的"高个子"……

"岁爷、岁爷！你咋地啦？"是女人的声音，一左一右，两个女人。急切地呼唤着他。"呀，不得了啦，他昏过去了。"那女人说着，抱起了他，轻抚着他的额头。"岁爷发高烧了，呀，烫得跟火炭一样，这可咋办？"另一个女人拉住了他的手，怜惜地道，"好几天了，他不吃不喝，心里太吃紧了。这不，真倒下去了。"

"给他，喂西瓜吧？"

"瞧这嘴，牙咬得死紧，怕都撬不开哟。"

"要是有点水，给他泡点馍馍也好啊，可现在……"村头那儿猝然而至，泛起一阵锅碗桶盆的磕碰声，人马山气的，一片幢幢黑影，裹挟着杂沓错落的脚步，唰啦唰啦地直奔这边的场房，忽悠着飘移过来。"西塬上来的乡党，快都起来，喝口热乎汤水，暖暖身子吧。"

一个苍老耿直的声音，招呼大家。是卖西瓜、送西瓜的老汉。"咳，对不住你们，村子被那些狗贼洗劫一空，我们齐掠（搜寻）些吃的，做了些不成样儿的便饭，大家填填肚子，好吃饱了赶路，抓紧去豹子沟集中。"

原来，老人家一夜没睡，他招呼村上几个青壮年给任家堡子的牲口，不声不响喂草料，又动员人摸黑下沟挑水，还筹集了几户人家坚壁清野、暗藏下的有限的口粮，拿出了他们宝贵的保命粮，给他们烧了稀粥、米汤和面糊糊——几样不同的饭菜，明白无误地告诉人们，他们已经倾尽所有，尽了最大的努力。任家堡子三十个老少爷们儿，一个个爬起来，感激得稀里哗啦，也吃喝得稀里哗啦。在那稀里哗啦的山呼海啸响动里，岁爷慢慢苏醒，发现他居然躺在两个女人不停倒换的肘弯子里，他被她们像婴儿般环抱着，又是喂水，又是喂饭，又是急切地呼唤和款款地安慰，正是忙了个不亦乐乎一塌糊涂。是时，他怦然心动不觉眼圈濡湿。

"把他个什，这是咋回事儿。"他满面羞惭，不好意思地掩饰自己的狼狈惶遽，一咬牙挺直了身子，口中喃喃自语，竟说了一句谁也听不懂的"鬼话"。

"泉涸。鱼相处于陆。相濡以沫，不如相忘于江湖啊。"

"岁爷，你在说啥？""爬爬娃"凑过来，歪着脑袋，瞪着懵懂的眼睛不解地问。岁爷喁喁而道，"不是我说，是老先人说。男人是山，女人是河；河转山不转。"

"老先人？"

"对，老先人还说，女人是水，男人是鱼，鱼死水不死。"

风流云散

收复爷台山的战斗，石破天惊一般，让结婚十年"不抱窝"的俊俏媳妇程水莲，意外获得一个令人刮目的"胜利成果"：她突然诞下一个宝贝疙瘩儿子娃。千年铁树，一朝开花，这桩叫任家堡子人龇牙咧嘴的"新闻"，与其令人称奇，不如说让人生疑。全村妇孺，老少咸知，她男人差不多是一个阉驴，自己都毫不讳言公开承认，他已经是不中用的"太监式"样子货男人。令人瞠目和不可思议的是，以前的村长如今荣膺副乡长的孙秃子、孙茂才，又怎么会突然如得神助、大显身手了呢？

相当长一段时间，这个横空出世的娃儿，可是一石激起千层浪，给战事平息不足一年、难得恢复简朴平静生活的和平村庄，带来了持续绵长而汹涌热烈的切切嘈嘈。一句话，人们怀疑这娃娃来路不正。有好事者闲来无事，掰着指头仔细掐算，敲定了这娃娃得之于爷台山反击战打响那会儿——某一个艳情飞扬的晚上。直接的铁证就是程水莲的志得意满，她简直大言不惭公然宣称，她儿子大名赫赫，就叫"野战"（也许是夜战），而乳名则叫个"叭叭"（用嘴配合打枪的手势），这无异于形象逼真、有声有色地坦白，她就像中了枪弹，忽然就被朝思暮想的神弹无比幸运地给击中了。像中彩一样，不，还是像中枪弹，甚至像挨了炮弹——就像倒霉的岁爷，以及既倒霉却也幸运的余景才，被炸中致残那样。问题自然而然来了，那么，谁又是向她"开枪"的人，而她，又中的是谁的"子弹"，或曰"炮弹"呢？

乡民的想象力并不匮乏。流言蜚语飞短流长，几乎不用啥排除、筛选和淘汰的逻辑推理，全都不约而同，类如蝗虫般"嗖嗖"飞来，枪林弹雨一般，一齐向岁爷铺天盖地发射过来："不是他，还是谁呢？"

有人旁证，他是村上最后那次支前的领队，那天晚上，在小池沟旁那啥村的麦场，被两个带水字的女人左拥右抱，揽在怀里，舒服得跟国王一样，这可都是一起支前的乡亲亲眼看到的事实。是夜，星光灿烂，诗情画意，夜短情长，金风玉露一相逢便胜却人间无数，他能像柳下惠坐怀不乱，那才叫怪？风起云涌的嚣杂喊魇中，第一个清楚不过、从而亦坚信不疑的人，正是当时还是程水莲名义丈夫的孙茂才。他的第一个应激反应，就是暴跳如雷，果断地甩出了两个屈辱的字：离婚。

好在这对于他，也几乎是天赐良机，因为此时他早已暗谱款曲，勾搭上邻村一个黄花闺女，眼下正嬲缠得如胶似漆。借此就坡下驴，岂不是一件喜出望外的好事？向来处事机诈，泥鳅般滑头的孙秃子，庆幸自己那次具有远见卓识，没有豪情万丈去带队支前，否则，不会送命，也可能像岁爷闹个终身残废玩完。他那天动员老婆程水莲参加行动，内心就盼望她一去不返，甚至消失了才好，没想到，这骚货还因祸得福，竟怀了个野种回来。还用问吗？他心里再明白不过，正如同他经常挂在嘴边，不留余地艳羡岁婆花儿能生娃娃，包括总想蹭近牟水琴沾一点光，程水莲也没在枕头边少夸奖岁爷的能干，同时无不鄙夷讥诮他孙秃子"不顶用"。这一切的一切，都跟他头上的头发一清二楚，稀落得都能数清楚是几根毛了——尽管，他当上副乡长之后，几乎一夜间就改头换面，生出了一头乌黑浓密的黑发——尽管，那是他专门赶到县城，花五十块大洋买来的假发，可毕竟，春风得意的他，一下子就年轻了许多，轻盈得像一个吹胀了气的猪尿脬。

风流韵事，尿脬打人，虽然不疼不痒，无奈臊气难闻。奇怪的是咱们的岁爷，对这些胡说八道无动于衷，即使咱们的岁婆花儿，也不过将嘴一撇，转过身云轻风淡，不留痕迹地吐一口唾沫而已。倒是外乡人的河南女人牟水琴有些愤愤不平了，这个少言寡语的女人，低声咕哝了一句："咋那么多捕风捉影、爱嚼舌头的人呢？"

出乎意料，第一个最不能淡定并终于小丑样蹦跶出来的，不是别人，仍然是孙茂才本人。他一头虚假的乌发，双手伟人般叉腰，迈着趾高气扬的官样阔步,终于咄咄逼人,走进了他再熟悉不过的任仲魁、任岁爷的地坑院子。孙副乡长打上了门兴师问罪,自然就单刀直入用不着拐弯抹角了。"任仲魁,你说老实话。"他拉长黝黑阴森的刀子脸,冷若冰霜地逼问:"这个娃,是不是,你老东西的,哈种?"

"你说呢?"岁爷用鼻子哼笑,沉着冷静得出奇,"你给娃要找先人吗,太感谢你抬举我老汉了,但愿,能轮上我才好。"

"哼,你别装洋蒜,虫子钻进核桃里,冒充好人(仁)。"

岁爷继续哼笑,"我看你呀,也是白眼狼戴眼镜,猴子穿上人衣裳,不但充好人,还想当山大王。"岁爷反唇相讥,给了他个不客气的兜底:"你想咋地,是想认人家娃,又怕人家不给你对吧。如果要我代替那娃做决断,可是宁跟要饭的娘,不跟当官的大(爸)的。"

"我看你,哼,这是革命一场没捞上官,有怨气,对党不满?"

"哟,你刚戴上假头发,咋就立马又开鞋帽铺,批发帽子,还兼顾卖小鞋?"岁爷一针见血讽刺他,"行啦你,狗球上屹蚤冒弹(叮咬),扯的啥闲蛋(淡),难不成一当上官,就立马政治得上纲上线唬人了!"

"本来嘛,就是你的错。"孙秃子也不示弱,当即东拉西扯,开始揭岁爷的"老底"。"你别忘了,你可说过的,共产党是穷汉党、穷人党,是为穷人的翻身解放当家做主奋斗的党?"

"咋地,这话还有错?"孙秃子冷笑,"没错。可你还说过,国民党,也是为国为民忙活的党,就像他们的名称标榜的那样。"

"我说了,那又咋个样?"

"你当时给我打的比方嘛,说他们的区别,简单讲,国民党是站着尿尿的男人,高高在上,趾高气扬尿得高,几乎要让世人把他们的尿当成普降天下的甘霖雨露哩;而共产党,就比较低调,女人拉尿要蹲着,直入土壤接地气,全都亲近了庄稼肥了地。"

"没有错。我还说过呢,所以还是咱共产党厉害。道理明白不用讲,你想想,再厉害的男人,哪个不要女人养?"

"你这就是反党、反革命!你把党比成了女人。这么说,难道就不要男人了?女人再厉害,没有男人来配合,别说生男人,屁都生不出。"

岁爷苦笑着摇头:"你呀,狗咬耗子揽了个宽,说话不踏犁沟还占地盘,当副乡长呢,就这水平,我看你,够丢人。"孙秃子不依不饶,直言不讳质问岁爷:"你老实说,那个骚货的儿,是不是,你下的种?"

"你说呢?"

"哼。我看保准是,村上人都传疯了,说那小东西,越长越像你牺牲的虎子、失踪的豹子,更像你那个替换下红霞儿子的虎崽儿,我看,就连那穗子儿小东西,也越长越像你,这些,还不算是你作孽吗?"

"就算是吧。你把人家水莲都休了,既升官又发财,还娶了黄花闺女新媳妇,咋啦,还不满足?"岁爷抽了两口烟,突然玩世不恭地说,"反正,我的三个儿子都没啦,你副乡长真心要抬举我,再送我个儿,也正好给我养老送终,我就谢忱你好了?"

这场闹剧中,岁爷原本"心是看客心",只想当观众,没想到看着、看着,不知不觉,突然就"奈何人是剧中人"了,莫名其妙地赋予了他角色,还要投入、深入,把一个捡来的角色,栩栩如生地演活了。可惜两个人你来我往地口水仗,唇枪舌剑好一阵,到底没争出个子丑寅卯来,依然不知道程水莲的"叭叭"娃,究竟是谁的儿?这厢里,他们难解难分正在瞎掰扯,忽然节外生枝,半路却杀出来个"程咬金"。不仅是他俩,全村人都大跌眼镜干瞪眼了。但听岁爷家的大门"吱扭"一声响,活生生挤进来一个怒气冲冲的人,紧跟他,又挤进来一个人,不,应该是三个——后面女人的怀里,还抱着一个虎头虎脑、东张西望的小男人。当年的"怕怕娃"(爬爬娃)和他现今的儿子"叭叭娃",成了他现实猎艳的活广告。人们没想到,谁也没想到,程水莲最后竟然跟"怕怕娃"成了家,曾经一个爬行者,神奇地挺起了弯曲的腰杆子做人了,"这是我的娃,我的乖蛋蛋、我的心尖尖。"

"爬爬娃"从水莲怀里接过来"叭叭娃",骄傲地对孙秃子讲,"甭给岁爷胡寻事,这娃跟他一分钱关系都没有,他真是我的娃,你还想咋?"

原来,孙茂才一纸"休书"终于抛闪了的程水莲,听说他找上门去要羞辱岁爷,当即拽着"爬爬娃",抱起她的"叭叭娃",照直就奔岁爷家来了。"走,不能让岁爷给咱背黑锅。"她对"爬爬娃"说,"娃他大,咱明人不做暗事哩,敢做就要敢当,现在就去告诉他秃子,这事和岁爷没关系,少给岁爷泼脏水、找麻达。"

这名正言顺的一家人,走进来往孙茂才的眼前"雄赳赳、气昂昂"地那么一挺立,孙秃子虽然横眉立眼地瞪着他们看,毕竟理亏心虚先自损了半截子张狂劲。"你们,想干啥?"他有些虚头巴脑、畏首畏尾了,只是煮熟的鸭子嘴还是挺硬的:"淫妇与奸夫,一对乌龟、王八蛋。"

"你骂谁?""爬爬娃"早已不是过去的"怕怕娃"了,当然更不傻,他扑过去,一把揪住了孙秃子中山装的衣服领,粗声大气地喊,"你再骂一句,我就……就让你,也变成……'爬爬娃'。"

"你松开手,我,我不跟你、跟你这,粗野的蛮子、疯子、瓜瓜娃,打交道。"被他贬为"瓜瓜娃"以及傻子的"怕怕娃",也曾经被人叫作"爬爬娃"的这个大男人,如今既不怕任何人,也不再爬着走路了,而且他的个头儿意外地蹿高,身子骨壮实得像柱子,凛凛一躯,只往干瘪单薄的孙秃子旁边一站,就浓荫覆地般大面积遮盖了他。孙副乡长虽然官至万人以上了,但是他打死也不愿意相信,与他老婆有了孩子的,竟是这么个提不上串的残废人。无论如何他不能相信,同样是男人,"爬爬娃"居然还有那一种需要,一度连腰都挺不直的他,那啥东西,还能正常管用吗?他预先就否定了这种可能性,相信了村上人的瞎猜疑,认定这不过是岁爷做了个手脚,使了一个金蝉脱壳的诡计,给自己在村上找了个"替罪羊"罢了。问题是,他那个曾经的老婆程水莲,无论如何他也不相信,这淫妇,居然一口咬定了,这个娃跟岁爷没有关系,竟死心塌地,甘愿给岁爷来打掩护。最让他下不了台的是,昔日在他面前低眉顺眼的程水莲,如今竟敢虎视眈眈,跟他对着干,那寸步不让和针锋相对,简直就像边区军民曾经寸步不让,针锋相对国民党反动派的进攻——勇敢顽强、不屈不挠一个样。

"你管不着!"程水莲简直像换了个人,理直气壮地说,"打开天窗说亮话,我就告诉你吧,这娃娃既不是你的,更不是岁爷的,他只是我的。你想要儿子,要了这么多年,一味怪罪我是个不下蛋的母鸡婆,我就是要让你看看,到底是你无能,还是我下不出来蛋?"

孙秃子不死心,再三执意追问程水莲,要她老实坦白到底是谁的儿,那程水莲只是面不改色心不跳,泰然处之,说得斩钉截铁,自始至终只是那句话:"哼,这你管不着。你可以管天管地管全乡老百姓,管不住老娘生娃娃放屁!咱们解放区,婚姻讲自由,你可以休了我,我咋就不能找男人,难道要我给你活守寡,甘当陪葬品。反正,老娘可不愿白来世上走一趟,我也要给自己留一根苗,你还想咋,杀我剐我吗,哼,办不到……"

第一个回合,孙秃子就在程水莲两口子面前败下了阵,尤其是见他们两口子抱着娃娃,理直气壮跟来给岁爷开"罪责",不免就心虚气短双腿打战,假发下面都渗出了汗。

"好啦,"岁爷见他自取其辱,眼看理屈词穷难收场,随即发了话,"你们别闹了,好让我老汉清净一下。"狼狈窘急的孙秃子,冷冷地瞥了水莲和"爬爬娃"一眼,当即甩下一句咬牙切齿的狠毒话:"你们,就等着吧,往后,有你们的好果子吃。"

"你啊,操你十二条多余的心吧,"水莲接过话,嘴角浮出一丝轻蔑的笑,

"整天谋恋着拈花惹草想好事,你当心吧,总会有一天,要栽在女人身上,让你翻不了身,就净等着……将来,吃枪子儿去。"

窘迫尴尬的孙秃子,不再恋战,一拍屁股,甩袖而去,灰溜溜地出了岁爷家的地坑院。村上人到底还是要大开眼界了,不得不佩服这世界,还真的说不清,放在几年前,打死也不敢相信,"爬爬娃"还会变出人模狗样来,没想到风水轮流转,世事大变脸,如今的他脖子一梗,连说话都刚刚的——难怪,他把他的那个儿子娃,又取了个乳名叫"刚刚"。看来,他真是铁了心,要打算硬扎几辈子。任家堡子村女人中的头稍子之一程水莲,就算是委屈下嫁,一朵鲜花插在了狗屎上,反正,人家臭得贼美挺舒坦,幸福的样子任谁看两眼半,干瞪红眼没办法。自有人耍弄,故意埋汰他:"'爬爬娃'哒,你还真能爬呀,连村长的媳妇都敢撬,而且,还撬出来个活宝贝,要说,你比孙秃子可厉害得多!"

"嘿嘿,那是没说的,""爬爬娃"会说话也敢说话,"他呀,嘿,不过是嘴上的马王爷,没有个屁本事。"又有人逗他:"'爬爬娃',水莲对你咋向吗?"好事的村人,总想打听人家一些酸故事,更希望听一些荤情节,得到的回答,都是照直不拐弯,实打实的结实话:"咋向,美得个,太太。"

"咋一个美法?"

"嘿。吃豆腐、掐奶奶,抱在怀里放不开,把个人,受活的,要死咧。"

有人就嗤笑他:"到底还是个瓜瓜(傻)娃。"也有人称道:"瓜人有瓜福啊。"

总之,"爬爬娃"把一个程水莲爱得要死要活,把一个喜从天降的小儿子,更爱得不知天高地厚该往哪儿放,捧在手心怕摔,含在口里怕化,见天地不是扛在肩上,就是骑在他的脖子上。就连他二大余景才都说,"真是人不可貌相,海水不可斗量哇,我家的脉气,还没有被糟蹋尽,没想到我们的'怕怕娃'(爬爬娃)居然是个敢作敢为的真男人。这血液,多少,还有我哥一些横行不羁的霸气,没有丧失净尽的元气哩"。

乡下人都信"人算不如天算"的话,难得程水莲也说了算一次。神都没料到,她的话一语成谶二十八年半,一个阴郁的礼拜三,孙秃子果然因奸杀人被判了死刑。他在爷台山下杂草丛生的临时行刑场,悲惨地被处决了,执刑的人不算是生人,那个英气逼人的刑警名"野战",居然是与他失之交臂、差点成为他儿子的"余叭叭",任家堡子村的那个"刚刚"小青年。青年人后来透露说,临刑前,他们给几天不吃一口饭的孙秃子,特意款待了一餐绝佳好饭菜,可惜他一口也没吃,只说他想拉屎,行刑队就伺候他拉了大半天,他稀松瘫软地提不起裤子,颓丧无奈一个劲儿直摇头。这个吃人饭、不拉人屎的人,最终,说了一句大概是他此生唯一一句结结实实,人的话:"我这一辈子,他×的,也就像拉屎,挣死巴活地,折腾了一大场,结果呢,只是,放了个屁……"

心比天大

　　孙秃子的人生结局,全村人始料不及,包括众人嘴里"坐着比站着高"和"闭着眼比睁着眼看得远"的村中"活神仙"——岁爷,也都失了神奇仙气,没了个先见之明。庄户人说得对,猫老了不逼鼠,狗老了等着死,日头爷老了背到山后头去。岁爷不仅老了,还残了呢,他还能心明眼亮、高瞻远瞩、预卜未知不成?何况,他原本就是一个简单浑朴的人,也只能回到他本身去,沉入他孤独幽暗的自我里去。外界对于他的事,种种传闻乃至神奇演绎,最多不过是浮上生活水面的油花花,斑斑点点,闪闪烁烁,不无光彩炫丽,毕竟轻薄虚弱,甚至其来有自,难免浮光掠影混迹其中了。至于村人抬举他的所谓"高与远",不过是哄一个年高德劭的长者高兴,轻飘飘不摊任何本钱、口惠而实不至的空头"头彩"而已。

　　岁爷,真的会飘飘然、晕乎乎升到云端里去吗?倘是,那他就不是我们认识的岁爷了。恰恰相反,他像一块石头,一块死硬的料礓石,"咕咚"一声,早已沉底,潜进另一层更"深"的水里去了。那是与孙秃子截然相反,而他心甘情愿自觉地滚(归)回心的方寸之地。他在那里默默守静,也被静谧悄悄滋养。身体条件的局限,他不愿也不爱在外界的喧嚣中,无谓地消耗残余的生命。他感受"守静笃"的怡然,"甘美的宁静,来吧,啊,来到我的心怀(歌德)"。他从没感受过,原来恬然安静,竟如此深刻富有,如此纯洁幸福。啊,他想,只有这心,才是真正的金子,和它相比,外界的扰攘嘈杂都不过是泡沫、泡影,随口就能吹走的幻影。他念生念灭,不追不随,绝不再贪图享受水中捞月,梦幻的徒劳……

　　他的深思与熟虑,就是代替他不健全的双腿,自由徜徉,漫步于明朗壮丽的日子去了。

　　在地平线以下的地坑院里,在那孔黑糊糊的土窑洞里,他见心见性,刨根问底,不倦地捕捉某些事物的来龙去脉,如同钻进地底,探寻一棵树的根茎触须。比如孙秃子和孙秃子现象,他多么希望就这个问题——一个秃子头上再明显不过的"虱子",能够当面就教于他的启蒙恩师,聆听黎明同志李育民教师爷即"高个子",明晰而又透彻的条分缕析,谆谆教诲。但眼下,他只能求教于一个不会说话的老师——那些被黎明同志誉为"贴心教员"、能够打开"天窗"

的"天书"。在那些敞开怀抱、展翅欲飞的书页面前,他在一步步接近于"流氓无产者",接近于"小资产阶级农民自发势力的汪洋大海"。他在那波涛汹涌的大海边,徘徊不前,看沧海横流,看大浪淘沙;"临水照影",看孙秃子,也看他自己。

这个孙秃子,擅长日鬼、捣蛋的哈尿二货,竟然跟随革命大潮沉渣泛起,成了人精。权力到手一切全有,他尝足了呼来唤去大权在握的甜头,酒足饭饱之余,甚至直言不讳袒露胸臆,大谈自己的从政感受:"我看革命嘛,也就这么回事,国共两党争权夺利不亦乐乎,千军万马攻城略地血雨腥风,说到底,还不都是为了'升官发财'这四个字?"

如此心路历程,真算得上鲜活生动,这就难免他也有点耀武扬威了。他扶摇直上九万里,一路顺水又顺风,官运亨通地由村长而副乡长、乡长,由副局长、局长而副县长,一直到头一名被造反派"解放"而"三结合"进入县"革委会"成为副主任,由此,时来运转,挺胸意气昂扬,走路昂首阔步。俨然灵虚高蹈,一副神气活现的派头。他走到哪里,都会引发起莺歌燕舞,哪里都会有新增加的神秘而又神奇闪电般入职的漂亮的女打字员、动人的女电话员、声音清脆悦耳让人心生非分之想的娇滴滴的女广播员,包括有沉鱼落雁之容而魅力无限的女服务员,以及具有闭月羞花之貌、秀色可餐脉脉含情之更甜蜜可人的女炊事员,当然,还有风情万种、万人仰慕和垂涎不已的妇女主任,等等。尽管,不断有风言风语、污蔑诽谤不实之词,一直形影不离,跟踪和伴随着他不断见长、凯歌高奏的康庄仕途,他依然故我,是一个不管风吹浪打,胜似闲庭信步的官场"不倒翁"。任家堡子那些依然靠土里刨吃食的庄稼娃们,羡慕之余,也只能看上他两眼。有的,最多是在赞扬声中,捎带着骂他一句"命好",就跟他回到任家堡子村,早已权当是走在异乡荒芜的土地上那样,村中的老少爷们儿,对于高高在上风光无限而遥不可及、难于向迩的他,也全当陌路生人,无非打个照面,匆匆过客外乡人罢了。

反正,井水不犯河水。村里人说,他当他的官,咱做咱的民,他上天入地咋成神,咱百姓犯不着蹭他的热乎劲。只有一个人,时或还息事宁人,替他说几句体谅的话。"高处不胜寒哪,当官,也有当官的难。"这个人居然是岁爷,竟然是岁爷!"亲不亲,故乡人呐,乡党见乡党,两眼泪汪汪哦。"

可村里就有人不客气地怼岁爷:"他的两眼,哼,怕是不喷火、流血,就烧高香了呢。"其实,人家是替岁爷说话。可老汉照样不以为然,照样为他声言。"唉,他的难言之隐,也窝在心里肚子胀气着哩。有道是,不孝有三,无后为大嘛。他这辈子,在女人身上虽然比在革命上还费老了心思,可怜见的,毕竟是水中捞月，一场空呀。"

岁爷的惋惜之情，自然流畅，打他内心真水不香、毫不掺假的真诚中也深水不响地渗漏出来，他那一声不动声色、柔韧绵软的叹息，千回百转，居然具有能将百炼钢化为绕指柔的无形无状、千钧之力。都说人心是杆秤，谁道乡下无高人？果然，就有人也来替岁爷"圆场"说"公道"话了。

"甭看他人残废了，咱这岁爷呀，坐着，都比孙秃子站着高；闭着眼，也比别人看得远。苦难不幸，成就他变成了肢体不全的'活神仙'，宅心仁厚，就像一座沉默的爷台山。"结语，那人给出了他八个字的评价："人比山高，心比天大。"

此言不虚。岁爷人小，但却始终不渝，一辈子像是自然本能地亲近和坚守一个"大"字：大气，大量，大胸怀，或许老天造就，诚心要让他这种为人处世的"大方"，用来弥补他生理个头儿的不足吧！只要和他接触一两次，你就会不约而同，感受到他的那种浩博广大的气韵。这气韵最大的亮点，就是忍辱负重和百折不饶。其实，岁爷也是当过官的，他曾经担任县政协副主席，可后来，很快就辞职不干，原因说是自己干不了啥大事，白吃空饷，于心不安。可回到村上，却自掏腰包，到处求人筹钱，直到卖了自己的柏木寿棺，为村里解决饮水困难，铺管道引泉水上塬。有人硬是不解，直接问他，你行动不便，都自身难保，难道不打算过日子了吗？

他怎么回答？

"我是不想听别人说闲话。"原来村上有人说，解放不解放，对咱都一样，照样要下到深沟，一身臭汗去挑水；照样东山日头要背到西山，撅着沟子（屁股）伺弄庄稼种地和纳粮——岁爷能忍受一身伤痛没日没夜的折磨，但受不下这样的话。"我既然是党员，就不能不为党干些力所能及的事。"他说："不然，我心不安，也在世上活得没脸面。"

他这些话阳光正气，当然没错。问题是，他有没有看到，革命，也很现实地给某些人搭了个登天的梯子，他们登堂入室——高升于天，不如天堂，雄踞云端，看不见了尘世的烟火人气和尘土飞扬。原来的他们，也是从黄土、红土和黑土地的泥里水里摸爬滚打长大起来的，也是从受压迫剥削、被欺凌侮辱的血泪中挣扎着挺起身的，但是自从进入"天堂"，他们已经不食人间烟火，自然成仙成神，甚至乾坤倒转，成了他们父母的"父母官"。他们高唱过"从来就没有神仙皇帝，要创造人类的幸福全靠我们自己"，那响遏行云的嘹亮战歌，果不其然，他们创造出了幸福，同时也把自己创造成了人类"从来没有的神仙和皇帝"。事情就这么复杂，也就这么简单。资本垄断，神圣不可侵犯的私人财产，贫富差别的巨大鸿沟，等级森严的官民差异，贪污腐化，化公为私，吸毒嫖娼，找小老婆、扬名立万，锦衣美食，吸金和叛国卖国。他们曾经无情扫除和荡涤的那些东西，卷土重来，几乎又翻了"个儿"。

岁爷到底有没有感到：英特纳雄耐尔——革命前后，是何其相似乃尔？！

对一些人来说，革命和战争年代带来的是伤痕累累，几乎洗劫了一切。诚如岁爷，战争夺取了他半个家人，还有他的半个生命，半个感情，半边身体，又给他的身子里嵌入和增加了许多累赘、无法清除的附件，包括大小不等的残余弹片、渣滓，以及由此引发的诸多暗无天日到生不如死，却说不清楚的痛楚。但对某一些人，比如孙秃子等人，革命似乎还有一种恩宠，正像它毫不留情地夺走了岁爷的半截子腿之后，又赏了他一根形单影只的拐杖，让他成为奇形怪状的两条半腿的残疾人，而且更不讲情理地褫夺了他作为男人的"那啥"玩意儿，只补偿性让他羞于启齿地穿上了个大裆裤子，以遮掩下腹插上的导尿管和随时准备接尿的塑料袋子——可对孙秃子，却不是这样，他非但毫发未损，原来不长毛发秃马勺般的光脑袋上，还加冕似的幸运备至，又增加了一堆荒草野长的假头发。

命运啊，你不能不承认这个大变活人、无所不能的魔术师。

当年，十六七岁的毛头小伙子孙茂才，被三十而立的任仲魁，反复动员和说服，先后不下二十回，勉勉强强被他带领，去参加了边区扩红和入党积极分子集训班。那是红色根据地照金附近的一个大院，大得有点出奇，院子每一面有十几孔窑洞，参加集训的后备队员娃娃兵，分别划为不同连排班组，从早到晚操练上课。规定铁的纪律，没有最高首长批准，谁也不能私自跑出窑坑大院的黑漆大门。大门口一天到晚，都有正规部队荷枪实弹的士兵轮换站岗，全天候把守。来自关中分区的政治教员，给这群基本上还不识字的庄稼汉子弟，一边扫盲认字，一边给他们灌输最便于理解和接受的革命道理。

"从此一心闹革命，坚信我们会成功。"教员的授课深入浅出，通俗易懂。而且无限憧憬，津津乐道地反复强调——好像并不是说说玩笑："只要西安一解放，进城去娶女学生。"

岁爷那时囿于传统保守，自认为组织上入党但思想上还未完全入党，一听这话，心里就毛乱有了想法，他抽空去找领导坦白，强调他已经结婚，并且有了好几个子女，不太符合革命条件，再加上家里上有老妈、下有妻儿，一大群张口要吃饭的"冤家对头"，无论如何，请求组织批准让他回家，在村子里就地革命，顺便也侍弄地里的庄稼，特别是卧床不起生病的木匠婆老妈。最终，他果然被获准，理由是因为尚未成年的弟弟任英魁，已经入伍，等于来接替了他。

离开集训班,一位首长来看望他,原来是他的启蒙恩师。那个改名李育民的常先生黎明同志,还特意赠送他两本"天书"——《共产党宣言》和《矛盾论》。

"还记得,我们唱英特纳雄耐尔吗?"

他的教师爷年龄虽然不老小,但说起话来,仍然神采奕奕精神焕发,亲切可爱得像个娃娃,不,像他的大哥。"记住,革命不分先后,也不分场合地点,关键,是在这儿啦。"他指着心口道,"你个黏怪,可别因为人长大了,成家立业了,就丢掉了小时候的那股子空灵劲呀!不管在哪,我希望你,一直做'大拇哥儿'。"他晃着他的大拇指头,一再正告他:"这两本书,你可仔细保存好了,别让你那不识字的花儿,拿回去撕了糊墙,或者让我干娘,拿了剪鞋样子啊!"

岁爷拍胸脯保证:"这你只管放心,一回生二回熟,它们就像你一样,已经是我的忘年之交、老哥们儿啦,即便人离,心也不离开它。"教师爷满意地笑了,龇开因为吸抽劣质旱烟叶子而熏得发黄变黑的牙齿,摇头之后,又频频点头:"好书有好味,入心入耳,醒脑开窍,胜过好娘们儿呀。"

他没有说错,只是,书虽然好,却没预料到,这将会是一场别样的战斗,需要耗费他一生的心血,去吞食和消化它。始初,岁爷参加革命,是隐蔽性的,红白交织犬牙交错的特殊环境,也不允许暴露自己的身份,组织上更有铁的纪律约束,要求他上不告知父母,下不泄露给妻子儿女。秘密入党,包括参加党的活动,全是在非常状态下十二分的隐秘事情,容不得一星半点马虎闪失,否则,就有随时被国民党军逮捕和砍头的危险。那时联络,也是单线进行,开会很少,学习或传达上级指示文件,自然不许记笔记,全凭脑子好使。这也正好合了当时还文化尚浅、知识有限的岁爷的实际情况。慢慢地,形势开始变化,尤其在组织上将他秘密输送马栏培训之后,他一下子觉得,自己真的成了睁眼瞎子,那些用粗糙的马栏造黄草纸印制的、上面布满密密麻麻汉字的文件,成了让他头大发木,无论怎样龇牙咧嘴也啃不动的骨头了。不过,岁爷没有怯懦,更不会打退堂鼓,岁爷之所以成为岁爷,就在于他有一种"顽头",与生俱来,他好像就喜欢和世间那些难缠的事体较劲。

"不就是些伸胳膊撂腿、张牙舞爪的碎蚊子(文字)吗!"岁爷发奋时,往往有一种不动声色的咬牙切齿,唯一能见识到的神情,就是眉头不经意地微微一挑,他那并不很大的眯缝细眼,登时聚精会神,发出一道尖锐的亮光。"我就不信,狼是马变的,看它是吸我的血,还是我要它的命!"

别看他话说得吞云吐雾、豪气万丈,实际上,也许这才是他毕其一生,最终难分伯仲胜负、真正漫长的战斗。一个人的战斗。一个人和自己不屈不挠的战斗。风平浪静而惊心动魄,以至严酷殊死。这是他的赓续不绝,也是他的始料不及。在早入门识字,他的底气很足,除了偶或参加培训,请教边区组织集训的文化教员,还有他身边那些流动不定的老师。他们包括已经有了相当军中职务、偶尔回家的弟弟任英魁,他的曾经在村上上学大小不等的几个子女。他在他们回到家中,饭菜端上炕桌就餐之前的短暂时刻,毫不留情地要求他们先完成他们的义务授课——他把提早准备好的树叶一样写满生字的小纸片儿——掏出来,正大庄严地接受他们的指教辅导。

革,革命的革。/战,战斗旳战。/跑,跑贼的跑,不不,炮火的炮,不是足字旁,是个火……

岁爷频频点头,心领神会,诚惶诚恐,诺诺应声,反复不已,念念有词,同时也如饥似渴进入状态,自然也顾不得吃饭。每当此时,便是岁婆花儿娘责以烦言、大发牢骚的时候。"还吃不吃饭吗,你不吃,也不让娃们趁热乎吃?"

岁爷只有在这时候,才会表现得低眉顺眼而又谦卑虚心,他会满面歉疚、孩子似的招呼他的孩子:"快吃快吃,你们有功,没白念书,都会给大,教认字了。"受到他口头褒奖的儿女,这时也会沾沾自喜而显得得意扬扬。只有花儿娘嘴巴一噘,白眼一翻,不屑一顾。"看看你先人吧,猪鼻子插大葱,装神弄鬼,能出个啥洋相(象)?"

花儿娘这样冷嘲热讽,这也难怪,在没有文化的人眼里,要么是不认识文化,看不见文化;要么,干脆就认为自己就是文化,这也是生活常规,反复教导我们的最基本的认知。只是任凭花儿娘怎么杂呱,已经改变不了岁爷爷习以为常、既定的"修炼"了。睡前饭后,岁爷的课程一如既往,似乎也雷打不动。时日累加,不知不觉,这种授课,就有了不同性质的变化。他的读书从认字变成了解词,而且孩子们不无惊诧地发现,他们讲给岁爷的字词释义,往往失之浅薄,远远地落后于岁爷领会的境界。不耻下问地求教,就这样不易觉察,潜移默化,变成了岁爷的宣谕教诲。"世界是物质构成的,物质就是娘老子,它会生出来精神;精神会影响物质,也会变成娘老子而生出新的物质。"

岁爷望着大眼瞪小眼、不知所云而瞠目结舌的子女,继续探索他神秘的世界,那是一个泥腿子农民,惊喜莫名的意外发现。"事物,懂吗?它是会变化的。变化是有条件和规律的,量变会引起质变,内因会决定外因的……"

孩子们摇头,如实回答"不懂"。即使他已经当了营长的弟弟,和两个儿子偶尔回家,也对他的话一知半解,似懂非懂。这就叫岁爷慢慢地犯难了。他时常半夜醒来,翻开书本,读一段书,会沉思默想,木雕泥塑一样直直地坐着发呆半天。昏黄的煤油灯,橘红发蓝的微弱灯光,将他矮小粗壮的身体无限放大,在拱形的窑壁上，扭曲变幻，投影成妖形怪状的巨兽或者是童话世界的妖魔鬼怪，只是他自个儿浑然不知。

"无产阶级的胜利和资产阶级的灭亡，都是不可避免的。"他有点走火入魔，喃喃自语，"无产阶级失去的是枷锁，而他们获得的，将是整个世界。"花儿娘不满意了，"亏先人哩，鬼念桃木橛，深更半夜的，熬油点灯，神神道道，发个啥疯哟！"

孩子们终于敬畏，不敢直面和动问他们显得有些神乎其神的父亲，只能试探性地转弯抹角问他们的母亲，"我大，他念的是啥书呀？"他们的母亲满肚子怨气鼓胀不已："鬼知道，他念的是个什么天书？"

"岁爷，你整天手不离书，是要成神还是要成佛吗？"村里也有人出他的洋相，就有人跟他半开玩笑半当真地探问："你先能不能告诉我们，这共产党和国民党的区别，到底在哪儿？"

"在哪儿，你说在哪儿？"岁爷反问他们，"你们白在咱们边区生活了这些年，不说别的，单从对咱百姓说话的声气，你们心里没有数吗？"这还用说吗！村人立马领会，一个是粗声大气、狼吼鬼叫的呵斥咋呼，比如"穷鬼们，你们给我听好了"；一个是和风细雨，温柔可亲的问询抚慰："老乡们、大爷大妈父老乡亲们"，等等。单从这态度上，就迥然不同泾渭分明了。乡亲们纷纷点头，不能不承认："那倒是的，咱共产党的长处，就是和百姓亲，那真诚的甜言蜜语，把人能哄得站着睡着；国民党呢，哼，实在是凶神恶煞、立眉瞪眼，把人训得都能吓死。"

"不错，共产党是穷人党，百姓的党，苦人的党。国民党是官僚地主豪绅资本家的党。问题仅仅是，就怕共产党一旦得胜掌权，会不会成为新的官僚地主豪绅和资本家再来剥削穷人了。共产、共产！'消灭私有制、实行公有制'崇高伟大的奋斗目标，会不会因为共产党变成资产党、私产党、家族党或情人党、哥们党，沦落成一句欺世盗名的空话？"

会不会呢？这些话，岁爷没有说出口。也没力量说出口。但这个问号，在他心里面横着，一直猫爪子般抓呀挠地，让他杞人忧天，坐立不安，常常无事生非，闹腾得头疼恼根，整夜失眠睡不着觉。他熬油点灯，刺啦刺啦翻书不停，辗转反侧，总像有放心不下天大的事情，那份不为人知的伤筋动骨的痛苦，与现实生活毫不相关、不着边际的唠叨，除他之外，就只能有一个人知道，当然，还是第五花儿，他的老伴儿。"你这是咋的啦，神神经经的，要上天入地？"岁婆忍无可忍，免不了又习惯性地刺他一句，"难道，真要成神不成？"

"妇道人家，这你不懂。"岁爷煞有介事，一出口就是一段高深莫测的至理名言："无产阶级不但要解放自己，还要解放全人类；只有解放全人类，无产阶级才能得到最后的解放哇。"我们的岁婆并没有听懂，也不会理解这些高谈阔论，她只从岁爷山高水长的瞎折腾和魂牵梦绕的劳神中，明白了神思不属的他，早已经走火入魔，不知道自己姓甚名谁了。"我看你呀，少胳膊缺腿的，也不自量，真是披着被子上天，张（狂）得没有领了。"

岁爷却并不因此沮丧晦气。"我肯定是要上天的，"他若有其事地道，"再说，早晚，那也是我们的家呀。"

/ 第二十七章 /

咱们的山

八日,任英魁带领重整旗鼓的三团一营,终于争取到收复爷台山主阵地的主攻任务。"这没说的,我们一营失去的,当然要由我们夺回来!"

半夜,山川沟渠一片模糊。簌簌冷雨被风扬起,迎面撒向隐秘急行的队伍。子夜时分,任英魁和打头阵的一连,踏着泥泞湿滑的山路,静悄悄接近了敌人的前哨阵地。这是一个名叫胡家咀的地方,因为雨夜更深,敌人的哨兵几乎没有察觉,就被尖兵班两名战士一跃而起,悄无声息地扑倒在地,他们只将刺刀在那哨兵的眼前晃了一下,对方就唯命是从乖乖地缴了枪。后面的部队,随即跟进,很快抢占了前沿壕沟。壕沟对面,有一个简陋的棚屋,里面亮着摇曳的烛光,几个士兵歪七扭八正围着弹药箱,喷云吐雾吸烟,优哉乐哉,哗啦哗啦地在搓麻将。看他们那份安逸自得,真拿自个儿当成了这里的主人。任英魁放下手中的望远镜,示意部队继续埋伏在屋子外面,他抬腕将手表凑近眼前,极力分辨着表盘上的指针,耐心等待总攻击开始。

十二点整,天空准时升起了三颗红色信号弹。任营长一个手势,几十个战士端着枪刺直逼棚屋,结果一弹未发,就让守卫这个前哨阵地敌军的一个排,一个不落全部当了俘虏。此刻,只听得一阵手榴弹的连续爆炸,那是三连,按照他的指示已经绕过前沿阵地,从山下的要岘村直插爷台山主阵地了。二连这时乘敌不备,也抢占了山下距敌雕堡不远的一个独立屋,他们检查枪械弹药,也准备向山头发起攻击。守备爷台山主阵地的国民党军,除了胡宗南所属暂编五十九师三团三营又一个重机枪连,还特别配属了该团的二营四连。这个加强四连,是国民党军固守阵地有名的所谓"常胜军"。战前刚从甘肃临洮、岷县一带镇压"民变"归来,因为屠杀人民"有功",牛师长特意给每人奖赏了四万元伪币,他们这次主动要求上爷台山守主阵地上的主碉堡,又受到牛师长特别器重，给每人再次奖励了一万元。这是一伙死心塌地的亡命之徒，他们的徽章内侧，特意印有"党卫"二字，意在效法希特勒"党卫军"，以表肝脑涂地为蒋介石的法西斯统治卖命。任英魁已经获知，在早撤离爷台山时，俘获并最终被杀害的高团长即他的"教师爷"，正是这伙蒋胡爪牙，加上此前他们"以进为退"夺取方里粮库牺牲的诸多战友，新仇旧恨铭心刻骨，如火燃烧焦灼于胸："以血还血，以牙还牙，我不亲自干掉这帮王八蛋，就对不起牺牲的同志，特别是我参加革命的引路人啊！"

前敌指挥部的首长，答应了他打头阵、当主攻的请求，张宗逊司令和习仲勋政委，同时提醒他：但你必须清楚，你们面前，可是一块块难啃的骨头！

"哪怕是一块块铁，我们也要把它啃下来！"他立下毒誓，誓死和他的一营以硬碰硬，要跟这伙穷凶极恶的对手刺刀见红，短兵较量了。风雨甫停，东方露出鱼肚白。兄弟部队在四面八方不同位置，也开始向守敌发起了猛烈的进攻，枪声爆豆般集群炸响。守卫主堡的"党卫"匪徒，突然蜂拥而至，妄想夺回独立屋和棚屋，进而将我军压制到沟壕里去，以减轻对他们主碉堡的威胁。任营长明白，独立屋是全歼爷台守敌的立足点，如若丢失，对我方攻击极为不利，或将影响整个战役。战士们也都清楚坚守独立屋的意义，他们时而在屋内射击敌人，时而冲到屋外与敌人拼搏刺刀见红。敌人主碉堡的机枪，泼水样扫射过来，二连伤亡越来越大。连长郑和不幸中弹牺牲，正由一排长范文生接替指挥。由于敌人火力严密封锁，弹药一时接续不上，战士们只好从牺牲的战友身上和敌人的尸体上，搜集子弹和手榴弹。任英魁心急火燎，立即带了一连两个班过去支援二连，经过一个多小时苦战，敌人冲出来的一个排，被全部歼灭在独立屋外面。

任营长随即转向靠近三连的营指挥所，就在他刚要进入营部的时候，忽然发现，爷台山守敌通往敌方里镇师部指挥所的电话线，正被我方通信员剪断，他眉头一动，一个念头飞快掠过脑海，当即又命令通信员，赶紧将电线重新接上。

"跟敌人的接在一起？"通信员不失聪明伶俐，似乎明白了营长的意图。

"没错、没错。"任英魁走进指挥所，摇通了电话，听到里面一阵嗡嗡乱响，马上佯装十万火急，喊叫起来："师部、你是师部吗，我是山上守军，对，山下攻击得非常凶猛，他们真的是不怕死哟。不过，对，我们又将他们打回去了。什么，阵地，阵地还在我们手里。"对面电话里的长官，拿腔拿调地正给他打气："那就好、那就好，你们沉着应战，我会力争给你们调派援兵，最晚明天，就会赶到，师长命令你们，无论如何，要坚守住阵地。"电话突然中断，少顷，那边才传来敌师长的声音:"山上的,给我听着,只要你们守住山头,我一定给你们奖励,告诉弟兄们,仗打胜了我请客,让你们全部到西安的怡红院,去玩小姐。"任营长也装腔作势,马上对着话筒连声感谢,"信誓旦旦"地表示:"请师长放心,敌军根本不是我们的对手,他们的伤亡很大,我们的阵地坚如磐石,我看不要援兵都行,不能让他们跟我们来抢功领赏对吧。"

任营长笑着挂断了电话,这一招还真叫绝,巧妙地迟缓和迷惑了敌人,为我军主力部队夺取整个战役胜利,赢得了充裕的时间。事后首长得知这个细节,都不约而同、不无惋惜地怀念他道,难怪高革志同志说过,他是个"二怪",可惜了一个有勇有谋的战将啊!

彼时,由于敌人迟迟没有援兵赶到,东西两翼的敌人阵地,很快就被我们占领。但是,爷台山主峰阵地的战斗,还在十分激烈地进行着。一营的战斗减员也在不断增加,团首长打电话询问,任营长仍然信心百倍地回答:"不拿下主峰,我们绝不下火线,这是在我们家门口打仗,我们不仅要为牺牲的同志报仇,还要为边区人民争脸!"放下电话,任英魁习惯性地大喊一声,"我说豹子,该你的炮弹发言了!"话刚出口,猛然醒悟自觉失言,一阵心酸悲从心起,眼前和过去牺牲的同志、战友与亲人,好像全部集中在了他的身边。应声而来的炮排长又一个陕北兵娃,只因为营长呼喊他侄儿的那声叫喊,眼里顿时蓄满了点点泪花。"营长放心,我们,马上开炮!"

上午十时许,随着一营的迫击炮声,我们主力部队的山炮,也开始向主峰阵地连续轰击了。爷台山头,立即被硝烟弥漫。兄弟部队三五八旅八团二营、新四旅十六团,全部投入了攻击主峰的战斗。任英魁重新调整了一营的兵力和火器,他打出了最后的一张"硬牌",将战斗力最强悍的六连,作为尖刀连压了上去。可是部队刚冲上去,就被一阵枪弹的疾风暴雨阻挡住了。守敌居高临下,加之碉堡修筑在断崖峭壁之上,分三层由"党卫"四连火力威猛的重机枪排把守。而且,敌人守军指挥所,也设在这里。

战士们奋不顾身冲了上去,但冲到崖壁下面,就受到敌人的阻击纷纷倒下。他们就这样一批一批冲上去,又一层一层倒了下来。

"机枪掩护!"任英魁将斜挎在身的公文包卸了下来,顺手甩给了身旁的通信员,"这个,记住交给我哥,你告诉他,这山,是咱们的山;我光荣了,也就是家里的光荣,是爷台山的光荣。"

"营长,你不能上!"几个战士一起喊道,"有我们呢!"

"对,你们等着,在我后面,搭人梯往山上冲。但现在别抢。我是淳化人,就是为这块土地生的。如果光荣了,告诉副营长顶替指挥,还有,千万不要费事,把我就地,埋在山上完事……"任英魁说罢,抢过身边一个战士手中的炸药包,一头冲向崖底,很快,一声震天撼地的轰响,敌人的主碉堡,转眼就倾塌下来,机枪声登时哑然。

"营长……"

"为营长……报仇!"

战士们冲上了山头,与敌人展开了肉搏。阵地上黑烟滚滚,刺刀闪闪,喊杀震天。一小时后,敌"党卫"连土崩瓦解,主峰上敌人的五个连队和一个营部,全部被我军歼灭。

爷台山反击战取得完满胜利。打扫战场,战士们看见营长任英魁仰面朝天,躺在那个断崖之下,他的浑身沾满了鲜血,脸上却十分清爽干净,尤其是一对虎彪彪的眼睛,眼眸微微含笑,正全神贯注,深情地瞪视着旷远高深的天空。日上中天的天空,阳光穿透战火硝烟,正暖暖地沐浴在他的身上。

这是1945年8月14日正中午之时。

同一时刻,背负青天的杲杲骄阳,正逡巡在任家堡子村他家的崖背上,多情的阳光,不无温婉曼妙,将它柔和的光线,透过大杏树的斑驳枝叶,小心翼翼地泼洒在木匠婆身上。就在她的五子任营长抱起炸药包冲向敌地堡的一瞬,阳光之下,佛像般打禅静坐的老人家,怀抱一个蜷曲熟睡的孩子,突然,老人家身不由己,无端地凛然一震,她眯起眼朝天上望去,就见天际一个黑点,照直向她斜刺过来。接着,"哇"地发出一声瘆人的怪叫。是一只鸟,一只不祥之鸟——乌鸦。木匠婆怦然心动,不由自主地一声惊呼:"我的……儿啊!"

她感到诧异,为自己的失态而惊讶。往常,她习惯惊呼的是"我的天",怎么,今天……

她怅然地望着杏树对面的大槐树,那上面筑有三个硕大无朋的鸟巢,这是一棵很有些资历的老树,要五个小伙伸展胳膊,才能合抱住粗壮的树干,高大的树冠直触蓝天,宛若巨大无比的遮阳伞。这棵树长在岁爷家的崖背上面,因为靠近村上的土场,浓荫之下的阴凉地面,就成了任家堡子人不约而同歇脚乘凉和谈天说地的集散之地。紧靠大槐树不远的崖背上,就是那棵几乎同样粗壮高大的甜仁杏树,因为它结出的杏子冠盖全村,又甜又大,而且每年成熟最早,也成了全村人观注的焦点。岁爷及其家人,从来只将此树和它独特的果实,当成天赐村人的口福,不管是谁,只要愿意,随时可以上树摘取,或在地下捡食。这两棵大树,也是鸟儿们趋之若鹜的天堂,大杏树上也有三个硕大的雀巢,但那是喜鹊窝。那些黑头白肚长尾巴们和它们乐此不疲的"叫喳喳",总让人们当成是吉祥的使者、报喜的歌唱。与此相反,乌鸦就不太受人待见。也许它知道自己的嗓门让人生厌，平时总是三缄其口，偶然才张开弯曲尖锐的红嘴"哇"地一声呼叫，却总让人不禁毛骨悚然，联想到什么霉运和不测。

大木匠婆有些头晕，眼前一阵阵发黑："是谁，捂住了我眼睛，干啥？"

"哈哈，你猜是谁？"声音像春天开放的花朵，有芬芳气息，又像秋天熟透了的蜜桃，清甜诱人。"桃啊，你个，疯丫头……没良心的，多久，没回来看你婆了？"

她懵懂地东张西望，并不见桃子的影子。"别藏猫啦，快让婆看看我娃，又长高了不是？"她费力地眨眼，又眨眼。却见面前直戳戳地分明站立着两个挺拔的小伙。"哟，这是谁呀？"

"婆，你老糊涂啦，不认识我哥儿俩啦？"

"你俩，狗东西呀，长得这样儿了，叫你婆老眼昏花，更认不出谁是谁了？"

"你猜猜看，我们穿的衣服可不一样啊。"

"噢，这穿黄狗屎衣服的是虎子，邋遢得像从灶灰堆爬出来的，一准儿是豹子娃了？你们回来了，你二大呢？还有，你大，去找你二大了，咋地，没有见他……"

"娘，我在这儿，我回来啦。"一群喜鹊叫喳喳地，一路飞翔，在她头顶的天空盘桓，清亮的啼啭和自由滑翔的弧线，引领着她的目光舒展，穿过那些精灵们雀跃的矫健身姿，她看到了湛蓝的碧空和轻盈如絮如棉、千姿百态的云团。"五子呀，你在哪儿，娘没……看见你呀？"

"娘，我在山上，也在天上。咱们的山，也就是咱们的天，咱边区，解放了的天……"

"你呀，真不懂事，咋地，都应该回来，再成个家呀，你哥不是去喊你了嘛，你没见他吗？你可苦了你表妹月儿，那娃娃，多么贴心，多好的一个，好女人啦……"老人家说着，突然眼睛一闭，身子就顺着树干萎缩下去。最后，她的头一歪，花白的头发，披散下来，遮住了苍白的脸。那脸上，有两颗泪滴珍珠般砸了下来，滴在了她怀里睡着了的孩子脸上。那孩子一声突兀的哭喊，夺口而出，惊动了四野。"婆、婆……"

很多人没听清，那孩子在喊叫个啥。有人说，"那熊娃娃一个劲哭叫'佛、佛'干啥？"

天终于完全放晴。走出几十里地之外的官镇集市，都可以远眺到岁爷家崖背上的大槐树和大杏树。此时此刻，院子里有正在低头觅食的芦花公鸡，忍不住警惕地抬起头来，东张西望一阵，而率领着一群毛茸茸线团儿似的可爱的小鸡雏儿的老母鸡，却一惊一乍扇起翅膀，叽叽咕咕，召唤它众多的孩子，赶紧过来藏在它的羽翼之下，它们怕是将乌鸦当成了老鹰。只有那头饲养用来过年杀祭的黑毛公猪，无动于衷，依然如故，躺在浊污的猪圈里呼呼大睡。那只花猫领着一只幼小的黑崽，这时小心翼翼，蹑步从卧伏在院墙根下，那"一分为二"抬起疲惫沉重的眼皮，不屑一顾，瞅了它们一眼，继续进行着它的深呼吸运动。这个世界的每一样东西，好像都泰然处之，各不相关，活得那么滋润悠游自在，但是除过了人。

反正"殇"啦

战斗的惨烈、血腥和恐怖，自然在战斗之中，但战斗的殽棘余悸，蚀骨伤痛，无疑都沉淀在战斗结束后无限岁月中。这情形正如死者不是死者的不幸，而是生者的不幸与灾难一样。

1945年7月27日到8月14日，这段一晃而过的特殊日子，爷台山失而复得，一场规模有限的局部战争的胜利，不期而遇，融入了世界东方反法西斯战争的伟大胜利——8月15日，日本帝国主义宣布无条件投降。穿过八年烽火连天的抗日战争，又刚刚经历爷台山反击枪林弹雨浴血奋战的边区军民，群情沸腾欢欣鼓舞。在庆祝胜利的山呼海啸滚滚浪潮中，岁爷任仲魁却惶惶不可终日，日甚一日，承受着剜心掏肺的极端绝望与哀苦。

他失去了一条腿，一根大拇指，半块耳朵，以及……

只是，在他清醒地意识到自己失去这些肢体零件的时候，他才蓦然惊醒，所有这些，实在算不得什么。

战斗结束，抢救伤病员的忙碌才刚刚开始。野战医院临时设立在老庄子几孔废弃窑洞。所谓病床，只是借用老乡家的门板。岁爷不知道自己在哪，准确地说，也不知道自己是否活着。窑洞靠近窗户的地方，有两只方桌拼凑起的台子，上面铺一床血迹斑斑的白布单子，他这时就躺在那台子上。两边分别围着两个男人和两个女人，都是一脸惶恐、惊慌失措的农民。他们呼呼隆隆将昏迷不醒的岁爷抬进来，接着就急不可耐地嚷叫起来，"同志，快、快救，岁爷，他……受伤了……"

他们的喊叫，被一阵突兀而起杀猪般的尖叫给截断了，窑洞里头另一张床旁，一个医生和两个护士正在给一个战士截肢。"忍住、忍住啊！"医生是个半老头儿，手擎着一把钢锯，正"咯吱、咯吱"锯木头样锯那战士的半截胳膊。那战士继续"唉哟、哎哟"叫喊着，渐渐地昏迷，晕过去了。

"娘吔，咋、这样整呢？"四个农民中，一个大惊失色的结巴子，忍不住战栗起来。年老的医生倒是麻利，很快将那只断胳膊处理完毕，返回身来，就走到了岁爷跟前。"他咋的啦？"

医生好像也是本地人，用淳化话问，"哪个村的，是支前的吗？"

"西塬上，任家堡子村。"有人答他，"抬担架的。"

"噢，"医生点头领知，口气不无戏谑嘲讽，"抬担架的，却被别人给抬了下来，让我看看，伤在了哪？"

医生拨弄着岁爷的腿。岁爷费力地睁开一只眼睛，只用眼白晃了一下。"嗯，"医生说，"还活着呀？"一个蓬头垢面、神情凄郁的女人，不满地回敬了医生一句，"看你说的，啥话"。

岁爷呻唤了一声。苍白忧郁，没有一点血色的面孔，更显得苍白忧郁了。医生将岁爷的腿，翻来覆去查看了一番，无可奈何地说："乡党，没有办法，你也得截肢，否则，失血过多，命就难保了。"岁爷急促地喘着粗气，不胜泼烦微微摇头。

"怎么，你不想截，那怎么行？"

"我……不想……活……"医生冷笑一声，没理会他，当即招呼一个瘦小女兵，"准备止血，马上手术。"

医生拉上一道布帘，两个农妇被赶出去，他命令两个男人，帮助他按住岁爷的腿和胳膊。很快，就从布帘子背后，传出来那种令人毛骨悚然"咯吱、咯吱"扯锯的声音。奇怪的是，岁爷没有喊叫一声。他那时紧闭双目，狠狠地咬着牙关，渐渐不知不觉，一切变得凝寂、噤声。身下那个无底的深渊，不可视的黑洞，好像有无数双手伸了出来，正将他往下面拽，而他则紧咬牙关，拼命挣扎，像一个淹留河面的人不甘心被急流浪涌吞没。就在这时，一个亲切而熟悉的声音，仿佛从遥远的地方汹涌而至，断断续续撞进了他的耳郭，他听出来了，那是父亲大木匠，给他唱过属于木匠的儿歌："扯大锯，拉大锯，锯下木头做枕头，枕着枕头好睡觉，一觉睡到天大明……"

他的眼前，恍惚锯齿上下扯动的缝隙，正在喷雪吐雾，纷纷扬扬飘洒出雪白如粉的锯末。一种令他窒息的彻骨疼痛，电流样从下身放射到全身，他一时头晕目眩衰竭无力，胸口发紧而心似乎已经涌到喉咙口，直觉得整个窑洞，都在浮悬飘动中旋转开了。有一个悲恸粗犷的男声，忽然抑制不住地啜泣起来："岁、岁爷……"

那男人，热泪肆涌一时不能自已。随后便听到"咕咚"一声沉重落地的闷响，那"咯吱"声也戛然而止。矮小瘦弱的女兵，吃力地捧起岁爷半截血糊淋沥的断腿，正要往外面走，医生却轻声细语喊住了她："等等，问问老爷子，要不要，看一眼自己的腿？"

　　岁爷好像是被这一声询问即时唤醒给救活了。他突然大瞪双眼，但却固执地将头往旁边一偏，连看也不看一眼，就倔强地，差不多用了浑身的力气，甩出了一句吼叫，"有啥……好看？"他声色俱厉地叫道："让它……走人！"

　　医生和护士不约而同一个怔忡，他们经见了多少生死场面、伤残流血，却活生生地被这一句话，猝不及防，给震撼了。"老爷子，真有……你的！"

　　医生扠挲着沾满鲜血的双手，僵在那里。这次出于真心，完全被慑服地感叹道："噢，硬扎，你是个……歪人（厉害）。"医生吐了吐舌头，说。话音未落，一直安静努力忍耐的岁爷，突然暴跳如雷地咆哮了一声——平生最不屑说粗话脏字的他，居然石破天惊，第一次无所顾忌，爆了一回粗口，"我歪个……尿……"

　　这句话出口，并没有马上刹车，而是势如喷薄，往日只说"那啥"用以文明替代的那个"尿"字，此刻却立即无所顾忌，不吐不快，一吐而不可遏止，连珠炮般倾泻而出了，"尿、尿、尿……娘吔，我的……尿……疼死我哟，我憋……尿……尿啊……"

　　医生浑身一抖，终于听出原委，他低下头，仔细往岁爷的交裆里一瞅，不由得倒吸一口冷气。"哟，你这里，也伤着了！"

　　他俯下身，尽力翻转岁爷的身子，由不得连连摇头："不好，下身、臀部、腰部，多处受伤。护士，快来，先尽量清除皮肉里的弹片渣滓。"说着，他叹了口气，不无遗憾和责备地说，"你这是，咋搞的呀？"

　　"咋搞的！"岁爷却好像来了精神，咬牙切齿，绝望至极地尖叫："你说咋搞的，我沟子（屁股）上没有长眼，你也别，费事，赶紧，给我脖子，来上一刀，算尿……"

　　这喊叫震动，杀伤力不小，当即便让窑内的两个男人和窑外两个女人，同时不由自主，大放悲声了。"哦，岁爷……"

　　这些男女，热泪浸濡他们的眼睛，鲜血浸染他们的姓名。他们都是跟着岁爷一起支前来的任家堡子人：地主家出身的余景才和他的侄子"爬爬娃"，流落陕西的河南女人牟水琴，村长孙秃子的老婆程水莲。刚刚发生的事情，对于他们恍如隔世，仿佛已经成为遥远模糊的往事。彼时，他们正小心翼翼，在阵地上扒死人堆，那些光荣牺牲的战士，与他们曾经以死相搏的敌人，不分彼此，公平合理地搅在了一起，阶级阵线、敌我分界、社会地位、身份差异，突然就在这个不久前还剑拔弩张、严重对立的战场，失去了实在意义，留下的，仅仅是人间的善恶、喜悲，需要疗救的伤痛和灵魂安悟的抚慰。那一刻，所有死者，已经和他们告别远去，他们只寻求那些还在喘息具有生命征兆的伤者，那些还艰难挣扎活着的人。陈尸荒野的战地一片狼藉。可惜，岁爷他们的好心不得好报，生死阵仗之中，他们稀里糊涂，还要做一次淳朴善良的"东郭先生"，当然，也多亏了岁爷反应及时，高叫一声"不好"！先是将身旁的牟水琴推下身边的弹坑，又在那程水莲惊恐莫名发呆之际，飞起一脚，将她踢爬在了地下。"快进……坑里！"

余景才和他侄子，听岁爷失声喊叫，倒是马上抱头，应声仆倒在地，就在那一瞬间，一声倏骤霹雳，似要撕裂天空，岁爷也就随着那声巨响，一下子张开了双臂，大鸟样忽闪着一跃而起，将他们叔侄二人，尽力压在了身下。

事情就这么简单，一切发生在转睛之间，可他们并不知道，是怎么回事。

"反正，岁爷，是你，救了我们……"多少年来，余景才叔侄和水琴、水莲，一直这样念叨不已，可每一次，都受到岁爷的据理力争，甚而毫不容情地反驳。"不是、那么回事。他说，我得实话实说，是我，带害了你们。"

"此话，咋讲？"

这个，你们知道。他反复强调和解释，"我上当了，带害了大家。再说，我在阵地上流连，其实是在找人，找我豹子，还有五子，我弟弟他们，也让你们在那，耽搁得久了。"

他说的是真情实话。听他说话的人，虽然不由自主，心口顿了一下，揪了一下，但一回想，仍然觉得，这话咋说，还是改变不了岁爷关键时刻毅然决然，掩护他们不容争辩的事实。岁爷的坦诚，倒让他们更其终生感念，难以释怀。那时，那个被截掉一只胳膊的战士，从疼痛中缓过神来，从岁爷的口中，听到了豹子的名字，立即警觉地竖起了耳朵。"唔，你说的，可是任豹子吗？"他似乎用了很大的力气，或者说是极大的勇气，才嗫嚅道："他是，我们的排长。"

"你，认识豹子？"岁爷急切地扭动笨拙的身子，显然想欠起身，但最终，只是略微抬了抬头。"娃呀，你排长，他……咋的啦？"慌忙中，他已经急不择言，顾不了许多，径情直遂地追问："他……活着吗？"

小兵娃子哑然，顿时神情黯然垂下头去，须臾，只见他的双肩，止不住地抖索开来，那只健全的左手臂，向脸上横向摸拭过去，接着，就从窑里传出压抑不住嘤嘤的啼哭。岁爷刚刚抬起的头，颓然跌落在了床上，他心里猛然一抽，再一次晕厥了过去。

还用找吗？他的意识，此刻却清醒地告诉他，果然如此！"豹子啊，难道，你就这样……没啦？"

豹子儿，最让他担心的下落，真的是这样吗？为了豹子这个最终的"下落"，我们的岁爷不分昼夜，早已魂不守舍，不，是魂不附体，已然失魂落魄，不知所向了。他像一个流离失所的乞丐，一只四处漂泊的野狗，现在，终于飞蛾扑火，找到了这个实在可怕的"下落"。那个满口四川口音的小兵娃子，只哭不语，大概是实在不忍心告诉他豹子儿的底细。最后，还是他，在昏迷中清醒地催促叫道，要求他单刀直入，直接用简单明了的语气，直戳戳不拐弯地"给我一个真相"。他几乎是命令他说，"娃呀，我还再指望啥吗？"

残酷，想象不到的诡异邪魔，不可理喻的残酷啊！这结局太过骇人听闻，使他后来一直不敢告诉岁婆花儿。豹子并没有失踪，而是壮烈地牺牲了，当场就牺牲了，牺牲得让人不可思议。那时，大家都撤退到了沟畔，为便于转移，他指挥两个小兵，将迫击炮赶紧拉下沟拆卸掩藏，敌人的一颗炮弹，似乎就是瞄准了他，端直飞了过来，只听到"噗"的一声，并不剧烈沉闷的炸响，一片烟尘和着地上的乔木落叶，冲天而起，模模糊糊，就看见只有一顶军帽似的东西，跟着风凄木落的那些东西，一起飞升、飞升，盘旋着飞升，直至变成了一朵诡异的黑云，很快，就那样决绝地、缓缓地、悠悠然，散漫地飘走了。走得奇谲而安闲，就像天上有人，匆匆忙忙过来，把他给接走了，连一声招呼都来不及打，让人心生遗憾，眷恋不已，又心有不甘。

"老叔啊，别问啦，别费心啦。"那兵娃子摇一摇头，不胜痛楚哀恸地说，"太可怕呀，飞啦，一眨眼，飞啦。我亲眼看着，我们排长……被炸飞啦，像一口气，一下子，就吹没啦，啥子，都没啦……"

"这就是打仗哇。"他不无遗憾地感叹道，"真他娘格老子的，残酷，太残酷哇！"四川小兵娃子，毕竟是走过二万五千里长征路年轻的老兵，他安慰岁爷，"老叔呀，别难过啦。你也知道的，我们出来当兵，随时随地，都在准备着牺牲，你得接受。不接受也得接受，这没办法。开始嘛，我们谁也不敢相信，咋一眨眼的工夫，就一下子，没了人影儿呢？一个大活人呀，娘老子格，一点东西、一点影子，都找不到。活要见人、死要见尸，怎么会呢……唉！"

他沉默了许久，大概觉得这样直不楞登，如实禀告一个寻找儿子下落的父亲，一点不打弯儿描述当时的惨烈情景，实在有点太不近人情吧。他试探着，换了一副平和的口气，接着又委婉了一点地唠嗑说："想想，的确有些后怕，我们当炮兵的，当然，心里老想着怎样瞄准，怎样把敌人一炮给他干掉，偏偏没有想到，居然会有一颗炮弹，他×的，就端直弹射过来，一眨眼，就把老子个，排长……咳……你说哪有这么巧的事，没有啊，从没听说过的，是不敢让人相信的呀，你说，是吧……"

完啦。这就是豹子失踪的"细底"，到底有多少人知根知底，知道这个"细底"？谁也闹不清楚。反正，岁爷打听到的，包括此前他弟弟任英魁营长能查询到的人，没有一个这样说过，他们只说，确实是，失踪了的，反正是……殁啦。

岁爷的脑袋像火烧，心脏就要炸裂开来，喉头发干，双眼昏蒙，极力抑制自己没有晕厥就地栽倒。"反正是，殁啦。"

岁爷也这样给岁婆这样搪塞。怎么殁的，在哪儿殁的，殁了的人，那个啥……在哪儿？他不敢细说，也不能细说。桃子、虎子，还有虎崽，一个个走了，他怕他的那人，撑不住这样天塌地陷的打击，他自己也都摇摇欲坠，快支撑不住了，他还敢说啥呢？

有泪就往肚子里咽吧！他艰难地嗫嚅："反正，人是……殁啦……"

那一刻，他脑子出现的是这样的诘问：难不成，真的是善骑坠于马，善水溺于流，善饮醉于酒，善战者殁于杀，怀刀剑者必死于刀剑之下，而征服者必被人征服吗？他记不清这是谁说的话，记不清是他打哪本书上看到的话，总觉得这是一个魔怔，一个怪圈。人生，难道真的有所谓命运一说？他的儿子豹子，打仗也像豹子一样凶猛的豹子，怎么牺牲得也如此凶险暴烈！

后来的任家堡子人，每每提到任豹子的牺牲，几十年如一日，一直都使用了一个特殊的字眼——殇。

"豹子嘛，那孩子，咳，'殇'啊。"

"殇"没有"死"的苍白，没有"亡"的凄惨，没有"丧"的无遗，没有"殁"的哀怨。一个"殇"字，柔肠缱绻温情宽善，实在是任家堡子独一无二——独一份的人间轸念啊！感谢你，我们乡村文明历久弥新的典范语言。

兵结祸连

那阵子，爷台反击箭在弦上，百事缠身的岁爷，正奔波于任家堡子与县政府马家山一带，不分昼夜忙于备战，此间，他还不忘寻找弟弟回家完婚，他万万没有想到，婚事没有办成，还出了桩不该出现、难以启齿的混账"酸事"。他有心狠狠收拾，严厉惩罚那个犯浑的排长，反复思虑又下不了手。毕竟，还是自己队伍的人，"家丑不可外扬吧"，唉！他想。

那混蛋排长，喝了他们营长缺席到场的喜酒——酒壮尿人胆，一时冲动，不知天高地厚，竟心血来潮，干出伤天害理的浑事，可要真的将他给劈了，用镢头挖了，他咋地能下得了手呢？他想，那我，不是也犯了罪吗？

可是，饶过了他，却要让未出面的弟弟蒙羞，更要委屈月儿表妹。他左右为难，真不知道，该咋办好。"唉，谁让咱活在这乱世道呢！"

但是，他又不能不寻找弟弟，寻找弟弟其实也是在找他的豹子和桃子。自从听闻弟弟的队伍被蒋胡马匪的骑兵冲散，他实在寝食难安，不能不为他们叔侄的下落揪心。趁着在县政府参加战前动员会，他就开始四处打探，悄悄搜罗他们的音信了……

命运，真是一颗炮弹吗？多年以后，岁爷在长夜难眠的苦苦思索熬煎之中，都会随时随地扩展想象，苦思冥想这样一个无法解脱、更无法诠释的世纪难题：命运的炮弹，溅落在了密集的人群，难道，只会吞没一两个人吗？不。他同时就回答了自己：战祸连绵，是人杀人，也是天杀人，每一次激战，连死带伤，不都会殃及众生，偌大的一片性命嘛！是的，天下雨，能淋湿的，绝对不会是我一个人。但是，他没有想到，即使刮风下雨，风骏雷神也会驾轻就熟聚堆儿——天灾人祸，难道也会轻车熟路，集中起来，接二连三，砸在某些倒霉蛋一个人的头上？

就比如他。

就在他翻山越岭，在爷台山北麓一带寻找弟弟和儿子豹子、女儿桃子的那些天，他怎么也不会想到，灾祸的另一只魔爪，已经悄悄伸到了他的任家堡子村，劈头盖脸，落在了他任仲魁的头上：狡诈阴毒的敌人，居然假以"八路"的名分，不仅在他家门口处决了他打入国民党军做内线的虎子，还冒名顶替，以所谓锄奸队"正大光明"的行动，残害了他一生敬若圣贤哲人的人生向导、直接的顶头上司红霞大姐！那时候，他当然还不知道，为了保住红霞大姐的儿子穗子，她的花儿，居然大义凛然，做出了何等感天动地的壮举——悄无声息，竟然将他们的老生儿子虎崽，"掉包"！猝然临之而不灭大义，做了慷慨的顶替……

祸不单行。一切不幸几乎同时发生。就在那几天，他当然更不得而知，他心爱的长女桃子，竟然会被民兵自卫队的"自己人"，用大砍刀——砍了脑袋？！

匪夷所思的是，那个从小欺凌他的地主老财余豪财，不仅参加了民兵自卫队，而且穷凶极恶反攻倒算，居然是他——杀害了他的女儿！

接踵而来的可怕现实，让他真的一时不敢相信，这就是他生存的所谓人间！万恶的地主阶级异己分子，传说他在边界线上巡逻，正好遇到被马排长释放回边区的桃子。昔日的仇人余豪财，看见桃子穿的是国民党军军服，便"理所当然"捆绑了她，不由分说，一顿拳打脚踢。桃子反复解释，说明她是八路军战士，可是他们根本不听，当然也不相信。桃子无疑痛骂恶霸地主余豪财才是坏人，是混进革命队伍的反动派。余豪财怒不可遏，一气之下，抡起手中的大刀，就……

天！天理难容。他的心在流血，在呐喊。还会有这等事！居然是民兵自卫队杀害了他的桃子，居然是当了民兵的余豪财做下的恶！据说，那余豪财还振振有词、蛮有歪理，说他杀的就是祸国殃民的蒋匪军，明明白白穿着黄狗屎军衣服的国民党军女匪，跟那些侵犯边区的坏蛋一模一样，为啥不能杀她？据说，在桃子破口大骂他地主坏蛋反动派时，确实有几个民兵劝阻过余豪财，让他把桃子押送边区政府审判，可当时，敌人正在纵深进犯边区，一连占了几个村庄，烧杀抢掠，很多人气不过敌人在边区的暴行，同仇敌忾，最终，大伙儿把气全撒在了桃子身上，以所谓国民党军密探女间谍的罪名，就地便处决了……

这出悲剧发生三个月零十二天后，据说，那个终于幡然自新的敌团长于云鹤，投诚了延安的八路军，当他得知桃子姑娘的不测遭遇后，痛悔不已，愧疚深深，连声自责，只怪自己觉悟太晚，原本好心想解救桃子姑娘，不想，最后居然被"自己人"误会，惨遭荼毒。此后一年零三个月零二十一天，那个返回边区的我军卧底马天野排长，得悉由他亲自护送返回边区的桃子姑娘，蒙此大难，也曾捶胸顿足痛心疾首，后悔自己当时考虑不周，以为到了边区地界就安全了，没有一直护送她找到后撤的八路军部队，不仅让桃子蒙受不白之冤，还丢了如花灿烂的宝贵生命。

对于岁爷，所有这些，都是题外之话，他只觉得不可理解、不能理解，也不敢想象。天哪，这是咋一回事?!他们，咋能这么胡来，难道瞎了狗眼，自己人都认不出来？何况，很多都是一个村子的人，真的会，敌我不分……

总之，这消息无疑又是一颗极量级炸弹，胜过炸得他残肢断臂、生不如死的那颗炮弹，无情和凶残，如那颗炸飞他儿子豹子的炮弹，反正，全部要把他给彻底地炸毁而不肯罢休。有一阵子，他真切地觉得，自己也成了一颗炸弹，一颗包藏祸心、凶险无比的炮弹，他就在那段至暗的日子，轰然一声，就爆炸了，把自己给爆炸了，炸得四分五裂，片甲不留。很长一段时间，他恍惚感到，自己已经不在人世。活着的只是一副臭皮囊，一具僵尸，一堆了无生命的空壳碎片，一些灰飞烟灭的渣滓粉末。

唉，人生。多少个不眠之夜，他翻来覆去瞎想：这人啦，每个人生下来，心里大概都有一个说一不二的皇帝，可惜连皇帝自己手里，也没有一把能够限制住世间一切的标准尺度。人生的第一声哭啼，确实不是诗歌，但却真的是有两个字，贯穿在其中的，那就是：无奈。

所以，你必须管束自己，必须顺从，顺从自然，顺从规律，顺从你不得不顺从的一切方圆规矩。就算你是皇帝，也不可能完全为所欲为，说到底，你终究也不过是凡胎肉体，是星辰大海宇宙空间里一介子民，一粒灰尘啊！

岁爷这种无可奈何的无助之感，正是在得知他的爱女桃子惨烈之死油然而生的。特别纠结闹心的是，随着生活的急流在时间中逐渐沉淀，慢慢显豁水落石出的真相，眼前的世界，不但让他陌生可怕，而且让他迷茫怅惘，更加不理解了。那起悲剧的反转，难以置信而又不能不信的情节、细节，越来越使他惶惑郁闷而不能自拔，直至有一股狂野不羁、直想轰毁整个世界的蛮力、张力，弯弓一样窝在心里，萎靡不振舒展不开。他想不通，就算他女儿披了一件蒋匪国民党军的风衣外套，穿了一身国民党军士兵服装，就必然被认为是国民党军的人吗？为啥不问一问，她因何穿敌人的衣服——他相信，桃子不可能不说明的。退一万步讲，即使她是真的叛变投敌，还有个"缴枪不杀、优待俘虏"的政策，咋地就能随随便便，凶残之极，砍了她的头呢？

　　桃子，他女儿的死，是一块砸在他心里咋样也化不开的石头。

　　最先传进他耳朵的说法，尽管让他痛不欲生，毕竟还在他粗浅领会关于"阶级斗争学说"范畴之内，而能够勉强得以逻辑解释。砍杀女儿桃子的毕竟是地主，正是余豪财，让他很容易想到了阶级报复。这个同村熟人，不共戴天的死敌，早在他和弟弟为他们家放份子羊时，就结下了不可调和、解不开的压迫剥削与反抗斗争的历史恩怨，可恶的余豪财，伺机向他任仲魁举起屠刀，大开杀戒，都应该是顺理成章的事。可是后来，更多的说法，却变了样，而且被村里乡亲目击，在在证实。他们说，这个横行乡里曾经作恶多端的地主，并非杀害他女儿桃子的凶手，恰恰相反，正是他，为了袒护和拯救桃子，才和民兵自卫队队长罗大麻子撕破了脸。他当时换岗下来，听说罗大麻子淫心大发，正把桃子禁闭在他睡觉的窑里，欲行不轨，余豪财突然暴跳如雷，一股旋风直奔过去，破门而入。眼前的景象，让他大吃一惊。但见桃子倒背双手，被紧紧捆缚，口里塞着毛巾，拼命挣扎不得出声。她披头散发，已经衣衫不整，被罗大麻子压在了身下，而罗大麻子正伸出爪子扒她的裤子。余豪财一个箭步抢上前去，抓住罗大麻子的衣领，老鹰抓小鸡般提拎了起来。"畜生，你怎么能伤天害理，干这种事？"

　　余豪财怒吼着，出手就给了罗大麻子一记狠狠的老拳，打得对方趔趄着，"扑通"一声，倒在了炕沿下面。

　　"你，疯啦，竟敢打我。"罗大麻子翻着白眼，怒气冲冲地爬起来说，"老余，你个地主，敢对我动粗，不想活啦。别忘了，是我允准你当民兵的。这个小妖精，是蒋匪军你看不见吗？你要袒护她，就是跟敌人一个鼻孔出气，这是阶级立场，你懂不懂。你赶紧，给我滚出去。要不，我就开除你当民兵……"

　　这几句话，非但没有镇住余豪财，反倒激起了他更大的愤怒，激活了他许久的积怨。须知,他过去财大气粗,不光在任家堡子,即使在方圆几个村子,都是说一不二。也许他突然找回了过去横行霸道的感觉,也许眼前还重现了国民党军践踏任家堡子,尤其是血洗他家惨不忍睹的一幕:家产被烧杀抢掠一空,媳妇、姨太,包括老娘,居然都被凌辱致死!余豪财飞起一脚,将正要从地上爬起来的罗大麻子,又踢倒下去,转身过来,就要动手给桃子姑娘松绑。

"你个王八羔子,胡作非为!"余豪财骂骂咧咧,喊道,"兔子还不吃窝边草呢,连你恩人的女儿,都不放过,你还是人吗?别说她是我打小看着长大的孩子,是我们任家堡子村的姑娘,就算她是国民党反动派,我也不准你动她一根指头。你这个民兵队长,狼心狗肺,不分青红皂白,跟国民党军那些土匪,有啥区别,这样的民兵队伍,老子不干也罢!"

"来人、来人!"罗大麻子大声呼叫,打门外当即冲进来几个愣头愣脑、五大三粗的小伙子。"把他……绑、绑起来,这个地主老财,反动派,他要劫持这个、女特务……快、快给我绑了……"

于是,一个不分青红皂白、坏了良心的罗大麻子,转眼变成了几个不分青红皂白不明真相的木偶机器人。"给我吊起来,头朝下,吊在外面沟畔那棵杏树上,我要让这个吃里扒外的狗地主,见识见识,我们民兵自卫队的厉害!"

这时的桃子姑娘不知怎地,翻身爬起,竟然将嘴里塞的毛巾给吐了出来,她声色俱厉地大声嚷道:"我告诉你们,我是警备旅红三团一营卫生员,你们不要敌我不分胡乱来,咱们的部队暂时撤离,正准备收复爷台山呢,你们这是在帮敌人的忙。"

"别听她胡说,堵住她的嘴。"罗大麻子气急败坏,亲自上手,重新堵上了桃子的嘴。他顺手在窑门背后操起一把大刀,吆喝着几个民兵:"将她就地处决,这是敌人派来的特务。"有两个民兵,小心翼翼地问:"真的,要杀她吗,万一……弄错了呢?"

"错不了的,敌人把我们边区几十个村子都占了,不杀了她,还等着她带敌人来杀我们吗?"他说着,恶狠狠地推搡着桃子,将她绑到门前的沟畔,返身对倒吊在杏树上的余豪财挥了挥刀说:"看着,狗地主,你和她,都是这个下场。"

"罗大麻子,你……不得好死!"

罗大麻子冷笑一声,顿时大怒,挥起大刀,就向桃子砍了下去……

这个恶魔,看着桃子的头颅,弹跳着滚下了深沟,杀气腾腾地转脸问余豪财:"你看见了吧,老子杀你,也是杀一只小鸡,不费力的。不过别急,你先吊着,尝一尝乾坤倒悬的滋味……"

无论如何,最初,岁爷怎么也不能相信这个说法,不肯相信!但女儿桃子,确实又是跟地主余豪财，一先一后——被砍头的。这个铁的事实，让他不可思议，不愿接受又不得不接受。余豪财的反常行为，跟他本人的突然参加革命一样，尽管有一些客观原因，类如他母亲被国民党军残害致死，他小老婆被蹂躏强奸，以及他的家被洗劫一空，但仍然让人感到有些突兀异常，很不自然。至少，也给人一种逼上梁山和迫不得已而为之的投机之嫌。虽然说革命洪流泥沙俱下，林子大了，难免啥鸟都有。只是岁爷的感情和心理，无法容纳和接受这个冷硬严酷的现实，犹如白馒头上沾染上了人血，肉包子里看到了狗屎那样不可理喻。

岁爷行动不便，他的肉体已经衰弱垂危，但他的思想却依然旺健、睿智敏感。他仍然想继续去寻找，至少是找他的仇人。找那个王八蛋瞎了狗眼的民兵自卫队队长罗大麻子，他一定要去问问，他怎么会忘恩负义，这样对待他任仲魁的女儿，他又是怎么混进革命队伍来的？果然，那天晚上，他梦见自己变成了无所不能的孙悟空，像孙悟空那样变成了一只虫子，钻进了罗大麻子的肚子。那是一段曲里拐弯漆黑幽暗的隧道，犹如他开挖深掘的地下拐窑通道，周围是轻软的不确定的富有弹性的结构，又湿又滑，像雨天里泥泞崎岖的沟路。他摸索着前行，希望抓到罗大麻子的蛇蝎心肠，看看究竟是黑的还是红的。这个混账王八蛋，他要揪住他的心问问，是谁给了他草菅人命的权力？不管咋说，我们是边区，是光明世界，不允许黑白不分、是非不明对吧？

可惜，他怎么也没找到那颗心，大概那个心早已经被狼吃了吧！反正，这一点，做父亲的他和临死前的女儿桃子的认知与判断，绝对不谋而合，好像心灵感应，冥冥之中早已沟通。所以，他也是替女儿讨一个说法：我们相识久矣，前世无仇，后世无怨，反而，我对你多有恩惠照顾，凭啥，你却对我女儿这么残忍？

他的心在激越中痛楚地跳动，像他断了的腿，那是他胸口一块无法弥合的巨大的伤口。真的——他很想、很想，去跟罗大麻子拼命！

可他还是晚了一步。有个人捷足先登，已经替他去完成了这个使命。这个人突如其来，从天而降。他就是侦察连连长何建安。他不幸与他的心上人任桃子一起被俘，又庆幸被桃子的哥哥第五良虎巧施计谋，全力搭救。当时在刑场上，李志胜给他使过一个眼色，然后朝天一声枪响，他立即心领神会，随即鹞子翻身，一个扎猛，便跃进了身后的沟圈。好在土崖不高，下面又是被雨水泡湿松软的虚土，使他毫发未损安全着地，也安然脱身。何建安一身泥土爬起来后，第一个念头就是"虎子险啦"，他这样明目张胆"处决"他何建安，显然破绽百出，是无法遮人耳目的，看来，也是急不择路、破釜沉舟了。安了从虎子的眼神中，已经明显读到了孤注一掷的决绝。同时他也读懂了虎子眼里更重要的内容——一种不用暗示的殷切提醒：赶快，去找桃子！"对不起了，你没有你们那位女同志的幸运，我们无法送你回去，却要送你上路。但愿，你们，终究会在另一个世界，相会……"

何建安怎么会听不懂虎子这些话呢？别说桃子是他妹妹，她更是他安子两小无猜的发小玩伴，青梅竹马的恋人。

我不能也不会辜负虎子的一片真诚善意，得赶紧去寻找和接应，已经被放回边区的桃子。他同样用一个明确无误的眼神，回答了虎子的提示。

"我们国民党已经全面攻占爷台山，正在大举推进你们共匪的地盘，可惜，你既不能为我们的胜利欢呼，也不能为你们的惨败哀鸣了。"

"你们不要高兴得太早，谁败谁胜，出水还看两腿泥哩！"

"谁败谁胜，可惜你都看不到了。"虎子说着，一个劲给他眨眼，目光越过他的头顶，示意性地望了望他身后的深沟。

"别啰唆了，开枪吧，老子怕死，还会当八路吗？"

虎子果然开枪了。在他栽进深沟之后，似乎过了片刻，才听到他们行刑队朝着沟下胡乱打了一阵排枪。何建安躲在崖下，枪声一停，他就立刻顺着弯弯曲曲的沟道，朝边区奔去。他的心情异常扯裂，并不知道桃子的释放，是真是假，更不敢想象，虎子由于他的脱身，会不会暴露而遇到危险。他辗转数日，直至跑到边区政府马家山，最后才在那里，打听到桃子不幸遇害的消息。

民兵自卫队队长！他记住了那个名叫罗大麻子的坏蛋。"×的，这还有王法吗，这是鬼子还是蒋匪？不砍了他的脑袋，我还要脑袋干啥？"

失去了生死依恋的对象，但不可战胜的爱情力量非但没有失去，反而突然华滋勃郁，爆发出势不可当的沉雄劲锐。热血冲上了何建安的头顶。他发疯了。紧跟着发疯，他就百无禁忌，以至"利令智昏"，自动脱离部队而失踪了。三天中他没喝一口水，只啃了一个馒头，一口气翻越了八条河二十三座山，走了五百六十五里路，抱着不灭罗大麻子誓不为人的决绝信念，将军人的严明纪律和一个革命者的党性原则，统统丢弃，挥之不顾，只剩下一个久经战火考验的侦察连连长，一往无前的所向披靡，向前、向前，下山猛虎般，向他着命中注定的猎物，奋不顾身，扑了过去！

第四天的中午，残杀了任桃子和余豪财的那个罗大麻子，酒足饭饱之后，正在民兵队部的窑洞虎啸龙吟般呼呼大睡，他怎么也不会想到，自己的死期已经逼临门外。土窑洞门口站岗的民兵，挡住了杀气腾腾、两眼喷火的八路军侦察连连长，何建安只问了他一句，"想死还是想活？"那民兵眼见来者不善，心

第二十七章

539

里登时明白了一半,直说不关我的事,就顺从地让开了门。何建安挥起大刀,给他亮了一句身经累世的郑重警告:"你听着,我这把大刀,在吕梁山砍过十三个鬼子的脑壳,我今天专门来取你们大麻子的狗头,要祭献我们冤死的八路军女兵,为任桃子报仇!"

睡在里面的罗大麻子,听到门口平地而起的嘈杂喊话,一骨碌翻身起床,酒劲早已飞到九霄云外,他刚要下炕,伸手捞取搁在炕头的那把罪恶的大刀,只见眼前一道白光闪过,带出"咔嚓"一声切剁萝卜干脆利索的声响,他在人间最后的声音,就永远憋屈在了腹腔里。

何建安一刀下去,真是毫不拖泥带水,便让罗大麻子硕大的脑袋,恋恋不舍地和他那浑莽粗悍的躯体,身首异处分开了家。罗大麻子那布满麻点毛扎扎的脑袋上,一张绿柿子脸骤然染红,两只眼睛凶巴巴的眼珠子,还骨碌碌地在转动哩。蓦地一股黑血蒸腾从脖根子滋了出来,何建安一个紧急避闪,才使那些混浊的液体没有溅在身上。那些本该献给保卫边区的鲜红的热血,愚蠢地从罗麻子脖颈的断裂处奔窜出来。唉,我实在是打劫和盗窃了革命的血、苏维埃的血吧,血流着、流着,不停地流着,使革命遭受了不应该有的损失。何建安忽然生出这样古怪的想法。这时,"革命"从窑门口蜂拥而入,靠着窑壁,站着大吃一惊,那些弯曲的胳膊肘,端着手里不同型号的枪支和长短不等的梭镖。"革命"穿的是非制式色调杂乱的农民的衣裳。"天哪,你这是……干啥?"

一个须发花白的老者,头上朝后挽着一条黑乎乎的白毛巾,脸上跟涂过酒糟或酱菜汁子似的五麻六道,大概好多年没洗过。再看他大裆裤,宽裤腿,腰里蟒蛇样缠裹着一条拧成绳的布腰带,一个愚蠢的大鼻子坟堆样朝上翘起,毫无过渡地镶嵌在额下,额角慢慢消失在那张不信任的脸微微发黄的秃顶之间。他拐棍似的挂着一杆没上刺刀的长枪,手脚并用摇橹样晃荡摆动,像是要给他身后的人开路。"你,你可是咱八路的人,你这……不是反攻倒算、反革命吗?"

他也是矮个儿,却没有岁爷的精悍轩昂,看上去也不强壮,好像只剩下了最后一口气,说话的声音衰弱到接近于蚊子般的嗡嘤,但他的样子总还能让人将他当作带领一群徒弟的行业师傅,或者是杂牌乐队不咋地道的指挥。说到底,他毕竟是用宁静的声音,把一种锋利的语言给吐露了出来,这已经很能说明,他在这里代表了革命的某些权威,至少是仅次于罗大麻子一个说话算数的长者。其他人惊恐不安,眼睁睁看着这人头落地的浴血场面,又不约而同拿眼睛去瞟老者与何建安。何建安转圈瞅大伙儿一眼,将染血的大刀在鞋帮子上蹭了两下。"恶有恶报,他滥杀无辜,这是他,应有的下场!"

他说着,抬起脚来,把那个在地上晃动、死不瞑目的肮脏脑袋,狠狠地赏了一脚。这时候的他非比寻常,眼睛里既有侦察连连长的胆汁和鲜血,行动又鲁莽凶悍,粗野得像猛狮,脖子梗得像公牛。他那微微颤抖紧握刀把的那一只手,似乎攥着被冤死的革命战士任桃子,以及走向革命的地主余豪财无以倾诉的苦痛,当然,还有他注定要报仇雪恨的殷殷呐喊,尽管他的行为已经沦为无理性、无组织无纪律、无政府主义野蛮的个人英雄行为。自此以后许多年,他就在人间蒸发了。很久很久生死不明。他的母亲牟水莲几乎哭瞎双眼,也像岁爷那样满世界漫无目的地去寻找他。但她始终没找到儿子的下落,直到有一天,贫病交加,终于一去不复返,倒在了比她生命更加曲折漫长的——寻儿的路上。

归于尘凡

岁爷带领的那群任家堡子村人,是在日本宣布投降后的第七天回村里的。他去支前,原本是去抬伤员的,没想到他也成了伤员,最终被村上人给抬了回来。

"把他个什!"伤痕累累的他,这时候,就只能说这样一句二五不挂的圆楞子话了。他疼晕过去,又疼醒过来,只会说这句话。这句他说了一辈子谁也搞不清到底是啥意思的话。当时,他们在一个名叫孟户梁的地方,新四旅两个团的兵力,正向爷台山主峰发起进攻。岁爷打听,弟弟所在警备旅红三团,已经去老庄子那个地方担任了主攻山头的任务,他向部队首长请求,前往那里去支援部队,但没有得到允许,理由是那边正打得胶着激烈,为担架队的安全,暂时让他们在孟户梁等待任务。可是没过多久,方里镇那边的敌人援军赶过来了,这边的阻击战随即打响。岁爷带着村民隐蔽进战壕,等候着激战的间歇去阵地抢救伤员。敌人连续三次进攻均被击溃,他和余景才叔侄以及水琴、水莲,便冲过去在死人堆里开始扒拉,寻找咱们队伍的人。此间,一个国民党军军官模样的家伙,捂着流血的胸部向他们求救,余景才问岁爷,"咋办,也抬下去吗?"

"抬吧,救命要紧。"岁爷随口解释,"只要停止交火,还不都是中国人嘛!"他的后面,有村中人提醒喊道:"那是敌人,让他死了才好,不要抬他。"

"瞎说!"岁爷回头瞪他们一眼:"咱们有政策的,不虐待俘虏,懂吗?"

他和余景才将担架放在地上,就要去抬那个要死要活、哇哇直叫的国民党军军官,刚俯下身,岁爷大吃一惊,因为那军官的手正从胸部移开,而手里正握着一枚吱吱冒烟,拉开了弦的手榴弹。

"快,趴下!"

岁爷一跃而起,不容分说,就将余景才和"爬爬娃"尽力扑倒,压在了身下。接下来一声轰响，他就什么也不知道了。等他醒过来，已经浑身是血，无能为力地躺在了担架上面。

"咳，丢人！"他咬牙切齿痛恨不已，却只说一句话，"把他个什！"

战地救护所给他做了手术，他得知余景才虽然在他身下，因为个头儿太大，也被炸伤了一只手。"唉，都怪我，"多少年后，他一直对余景才抱憾终身，"是我瞎了狗眼，没看清呀，好心被当成了驴肝肺，差点把你也给毁了。"

"岁爷，你这样说，叫我咋有脸活呢？"余景才每每感喟，"你救了我一条贱命，还不就是我的再生父母嘛……"

1945年8月14日，部队在爷台山下隆重举行追悼大会，沉痛悼念英勇牺牲的烈士。同时召开军民联欢庆功表彰大会。余景才代替岁爷，上台领回了任英魁、任豹子的立功勋章，也为任家堡子村扛回了一面"支前模范"红旗。那面红旗没有展开，据说是用它包裹着整整六块木牌，到底是一些啥，当初没人关注，后来，则成了村民们猜不透的"秘密"。他们回来了，热热闹闹，也悲悲切切，村民们把光荣和不幸一齐迎接了回来，赶上合村老少，正给岁爷的老娘大木匠婆举办丧事。行动不便的岁爷，忍着失去一条腿的剧痛，趴在母亲的坟前，给他娘送终。出殡的那天，他坚持要把弟弟任英魁和儿子豹子的立功勋章，还有几块木牌牌，一起献给母亲——他想让永远回不了家的弟弟和儿子，陪伴母亲。最终，还是余景才出面劝阻说服了他，才没有将那些东西埋进坟墓。

人们记得，大约就从那时开始，岁爷和这个地主家的二小子竟成了莫逆之交。只是很多人并不知道，他们两个很久以前就有交往，虽说还没有达到肝胆相照的程度，但确实就有点惺惺相惜、同气相求的意思。那时节的余景才，不太听他娘的话，也和他哥常常"尿不到一个壶里"，除了他看不惯他哥贪财霸气，尤其不屑他挖苦空心思，出租放贷盘剥乡亲。为此，他娘嫌他"不务正业"，不好好在村上帮他哥发家致富，只管一门心思上学去城里"逛荡"。当家的哥哥为此常常"断供"，克扣他的学费，日久天长，兄弟二人积怨颇深。有一次，他从县城回来要学费，正好碰到哥哥余豪财逼迫岁爷兄弟赔偿放份子的"羊债"，余景才出面说情无用，最后是以减少给他学费作为条件，方才免了岁爷弟兄剩余的赔偿。余景才一直隐瞒，没跟岁爷说过此事，多年以后岁爷才得知详情。这件事，让岁爷对时下盛行不衰的唯成分论和阶级斗争观念产生质疑，因为他在余景才身上豁然开朗，似乎看到了这个世界原本就有的另一种模样。那就是，富人并不全是为富不仁的恶霸，而穷人也未必一律都是淳朴厚道的"善茬"。

这两个出身不同，但都喜欢读书的人，由此慢慢相互认知和体贴，居然成了精神上的同盟和伙伴。村上人的解释倒很实际,也很哲理。他们说:"这不见怪,有个唐僧取经,就有白龙马来驮他;有个刘智连打天下,就有瓜精送盔甲嘛。"

物以类聚,人以群分。只是这岁爷和余景才,他们自己也分不清楚,谁是唐僧,谁是白龙马;谁是刘智连,谁又是瓜精了。但是因了余景才,战事过后许久,痛定思痛,岁爷却大梦初醒一般,突然想起了身边的一个人:牟水琴。

多日没见她人了。他神情恍惚,依稀记得,当时撤离战场,还是余景才告诉过他,说水琴要去找他儿子,她的儿子何建安一直没有下落,她自然放心不下,是死是活,一定要打听个究竟。同去支前的村里人,尤其是跟她形影不离的程水莲,也同情她。做母亲的心,最牵挂的,不就是自己的孩子吗,何况自从她女儿何妮子不幸去世,她就心心念念,一心指望着儿子何建安了。可是这一离去,一晃小半年了,她们母子双双依然杳无音信。岁爷惊醒过来,痛定思痛,只恨自己木讷自私,经过一连串地动山摇的麻乱事,一连串身心俱裂不幸的打击,他恍然醒过神来,竟然把身边这个默默无闻、一直为他们家做奉献的外省女人,给忽视了,给疏忘了。他愧疚之余,痛悔不及对自己说:"我这不是王八蛋嘛!"

他问自己,人家在这个家是一个啥,客不客、主不主的,不声不响,做了多少事,我咋地就忘了她,轻忽了她。问题还在于,只有他知道,他之所以突然想到牟水琴,并不是因为关心她,至少,不是完全关注她。他是因为想到一个许久以来未曾顾及实施兑现的"阳谋诡计"——一个曾经闪念而过、没有及时抓住的、渡人渡己的功德小担当。曾几何时,他在任家堡子村的男人中,掂量了一圈,一直想给水琴选一个合适的能过日子的男人。不用说,他选的这个人,就是余景才,只是还没有恰当的时机挑明,分别给他俩说合。水琴那会儿,基本上就是他家一个成员。她一个人,很少自己单独开火做饭。是岁爷的娘不允许,也是花儿不让她开。事实上,水琴也顾不上。她在全力纺线织布、染布,有空还要帮花儿做家务活。因为女儿曾经嫁给任英魁,她和木匠婆就成了一辈人,可又和花儿亲丈得像姊妹。女儿去世后,间或也不改口,仍将木匠婆叫一声老姐,而对岁爷和花儿,则用的是一个她独创的词——:"他叔"和"他姨"。相反,杏子、梅子那些个孩子,则一概叫她"水婆婆"。"水婆婆"更喜欢村上人称呼她"染织娘",只是对岁爷单独吐露心曲,不无自豪地悄悄说过,"不管咋的,俺也是咱革命的人"。

将心比心,岁爷愧疚,他真的很少想到牟水琴的心里,是怎样熬煎,时时刻刻思念挂牵着儿子,尽管她默不作声嘴上绝少提及。一个历经沧桑而富有内涵的女人啊！如今，她一去不返无消息，反而让他越来越多地想起她。那一年冬天，有个自称徐掌柜的中年人，曾经来村上找他，说是在关中道上跑布匹买卖，手上有一大匹布想要漂染，听说岁爷家有染房，就特地来找他谈生意。岁爷当时不在家，是牟水莲和花儿商议决定，爽快地答应下了那批巨大的生意。后来岁爷才悄悄耳语告诉了两个女人，这徐掌柜可不是普通商人，他是陕甘宁边区关中分区的后勤部部长，那批布料要染成军服用的灰色。"这下你们该知道这些布多重要了吧？"

两个女人一个心思，当即兴奋异常，神采飞扬，看她们脸色绯红，一下好像年轻了十几岁。牟水琴对岁爷同样悄悄地誓愿说，"他叔你只管放心，俺会用心染好每一寸布，保不定，俺安子和虎子、豹子他们，还有他二叔、桃子，都能穿上俺染的布呢。"

是的，就是那会儿，平日只会干活不说话的牟水琴，兴致勃勃、简直是骄傲无比，悄悄自炫了一回："这么说，俺也是革命的人哩。"

十天后的一个傍晚，那个自称徐掌柜的分区后勤部部长张志秦，来到任家堡子，看到岁爷家码放得整整齐齐的土灰色军服布料，高兴得直竖大拇指，连夜就将布全拉走了。过了几天，他们又运来第二批、第三批军用布料。此后，岁爷家的地下大织染坊，就成了边区关中分区一个秘密军用布料印染点，牟水莲也大显身手，凭借这桩手艺，一直默默为边区做着特殊的贡献。岁爷家自从开办染坊，整个村子都红火了，红火得如日中天。那人欢马叫，那络绎不绝。家门口前的土场上，成了一天到晚不散场的集市，总看见人头攒动，咿咿呜呜，喊喊麼麼。村上人喜出望外，唯一不高兴的，就是摇着拨浪鼓走村串乡的货郎担子了。而"边贸"这个词儿，早于新中国成立十多年前，就诞生在了任家堡子村人的口头上了。

牟水琴带给整个任家堡子的勃勃生气，与苦难生活中那种稀有真实的充实感和极其有限的欢乐，像一缕温煦的金色阳光，从阴云密布的云隙间透射出来。人们心里有了暄暖，对于边区的未来充满希望，如同吃了定心丸，感到有了主心骨的存在。手工织染业的兴起，使岁爷家的氛围也升温和热闹起来，不仅在任家堡子，包括土镇、官镇一带，也小有名气。尽管，不过是家庭作坊式的原始规模，仍然不可避免，给人留下了暴富——至少，也是比较殷实的印象。"我们的岁爷啊，他这阵儿……嘿，可是发大了。"

村人不无羡嫉，还有更具体的窃窃私议。他们如此描述："就说嘛，咱岁爷，天生就有女人缘，你看这水琴，真是他捡来的一个大元宝。"人们说他有"眼福"，不少光棍汉，都觊觎水琴，包括那个"吃着碗里瞅着锅里"不安分的孙秃子。终于，岁爷心里不能不为水琴的"归宿"打算，他不好直接问水琴，就让岁婆花儿试探水琴的口气。没想到水琴一句话就结了尾。她说："他姨啊，俺儿还没有成家哩，俺这辈子，也就只等着抱孙子了。"

后来，就是支前，收复爷台山的战斗，庸常生活的一切盘算都打乱了，全搁置了。眼下，可怜她连儿子都没影了，你叫这个流落异乡的外省女人，孤苦伶仃，情何以堪啊！

/ 第二十八章 /

瞎了狗眼

岁爷这辈子，除了一句谁也不解其意的"把他个什"，暮年残疾的他，常常毫无来由，还爱骂一句"瞎了狗眼"。地坑院子的西北角旮旯，是他终年享受阳光的老地盘儿。一般情况，他就坐在那里闭目养神，像在打瞌睡，但猛然会摔响炮似的爆发一句，往往首先惊动不明真相的"一分为二"，它惯常卧伏在他那条形只影单的独腿前面，好一似忠于职守的贴身卫士，冷不防，被岁爷不分青红皂白痛斥一句，真的是不堪其辱，委屈到家。这时，它会迅速反应，回过头来，两眼痴痴地喷射出无辜被抽了鞭子的委屈怨恨情绪，祈求主人给它一个说法。"呜……"它低吼一声。

"看啥，你看？"岁爷与其息息相通，却也灰心丧气，颓然地掷给它一句安抚："我是在骂自个儿哩，咋啦，还不行吗！"他心里有一个一直无法解开的"结"，一个疑惑不解的"死疙瘩"，就像他眼里的泪早已被内心的火焰烘干，但火焰尚在。革命一辈子，最终，他觉得自己越来越糊涂了。一不小心就把阶级阵线弄得一塌糊涂，常常分辩不清楚。"把他个什，咋会是这样的呢？"

可现实，无情地证明，尤其是余家兄弟和罗大麻子的最终结局，都让他无法正确解读深入骨髓的那个阶级观念，以至于阶级斗争学说：世界上的事，看来不是一成不变。矛盾的双方，在一定条件下都会向它的反面转化。这是谁说的呢？挺有道理，却也深奥，挺难让人心领神会，也挺难让人接受。

现在，他坐在这四四方方的土坑院里，领会着一个成语：坐井观天。这个"井"，这个深坑里，黑洞洞犹如倒置横放的腌菜瓷瓮的一孔孔窑洞，可有他一镢头、一镢头挖掘时挥洒的汗水，有他不舍昼夜为之付出的心血。在他独自鏖战埋头挖窑的持续奋战中，出现过一个不计报酬，给他义务帮忙的"阶级兄弟"。这个人名叫罗哈松，因为长得腰粗膀圆，阔大的瓦盆脸上，撒满了鸟屎样的斑点，智慧的村人就送了他个"罗大麻子"绰号。

罗大麻子是经纪人世家出身，他大（父）和岁爷的大木匠父亲交往颇深。许多年前一个风雪之夜，大木匠从外村錾磨子回来，路过任家堡子村外颓败的土城墙根，听到一阵痛苦的微弱呻吟，循声走去，发现了一个奄奄一息的男人，他捂着肚子，一团稀泥样缩成了一坨，好似一只即将毙命的小狗。大木匠将他背回了家，热汤热饭伺候，让他睡在热炕上暖和身子，这让罗大麻子的父亲很快就缓过神来。自此，他将大木匠看作救苦救难的现世菩萨，常常以恩人称之。他是山外平原上的小商贩，国统区里的日子不好过，就独自摸进边区来讨生活。此人脑瓜儿活，待人谦和，就是有点好吃懒做，外加好色、好抽（烟土），有点二流子气，挣下几个钱，很快就挥霍一空。有一次，他从集上喜滋滋地赶回来一头牛，但没过两天，就为买烟土卖了。他一直打算回山前去接老婆孩子，却一直没有盘缠，就这样，住在岁爷家大门外侧的窑里，在任家堡子懒散地待了下去。

天下穷人，同病相怜，本是一家。整天东跑西颠，赶集逛会，忙经纪生意的罗哈松，时而会赶来任家堡子。大木匠也曾给过他一些有限的钱粮接济。岁爷父亲生前，尽管家里经常无隔夜之粮，但只要罗哈松来家，还是千方百计给他弄点吃的，有时，大木匠婆甚至能把刚刚从鸡窝里掏出来、金蛋蛋似的宝贝鸡蛋，做给他充饥。肚子一填饱，罗哈松身子就懒得动了，岁爷老人孩子一大家，外加牟水琴母子，他不好意思要求在人家炕上睡觉，就摇摇晃晃出了大门，干脆躺进了大门外的偏窑，也是牟水琴母子三人临时住过的柴草窑。那时候，岁爷正在为他家族未来的振兴，遐想憧憬而陶醉着，满脑子装的都是弟弟和两个儿子革命成功，回来成家立业的大事。他的理想，就是每个人（男人）至少要有两孔宽敞的大窑，这样算来，他的任家地坑院，可能就是任家堡子村最阔气的大院了。罗麻子虽住在了岁爷家大门外的偏窑，但他不是常住户，有一阵没一阵地，行踪不定，有点儿野，十天半月不照面，一回来，就会到岁爷家山南海北闲谝一通。他喜欢说古论今，据说跑遍了淳化境内的名胜和古迹，一说起秦始皇的林光宫和后来汉武帝在此基础重建的甘泉宫，全都头头是道，好像那就是他家过去的大宅院。说起秦皇汉武大兴土木，在淳化修建陪都避暑，一年至少有三分之一的时间泡在那里看风景，什么楼台亭阁，离宫别馆，如何鳞次栉比，美不胜收，就像他亲眼见到的一样。只是有一点，他没有胡吹，几十年前，在淳化这个沟壑纵横的几条黄土旱塬上，你很容易看到一座座颓败的土城。城都不大，一般不过百十亩地，四四方方，城墙坍塌残缺，地老天荒地矗立在空旷的莽野之上。城皆空城，除了城郭的形状，城里城外，全都夷为平

第二十八章

地，种上了麦子、谷子、玉米或大豆等各种庄稼。这样的土城，也许被人曾叫作过"堡子"和"土围子"，或其他不为现今所知的名字，但可以肯定，很早以前，这里也是满满当当的人间烟火，类似于现今的居民点。稍微展开想象，就依稀可见那时的人来车往，鸡鸣狗吠，一派繁华热闹景象。作为淳化的后人，也是这块土地上出生并长大到如今的老人，我记忆中侥幸还有夯土城苑的印象。我暗自推断，它们曾经是这里原住民早期的家园，而且这种居住方式至少说明了两点。其一，很早以前，这里并不十分贫困，人们筑城而居，房舍样式也许还有皇家城垣的遗风。至今，许多村名尚能佐证当年的显赫地位，比如梁武帝村、相屋村、御泉堡等，无不带有帝王将相的上古遗风。其二，秦代以降，大修长城以御匈奴南侵，也可能是促成这种土城民居方式诞生的直接原因。后来的村庄，大多都有这种民卫性质的防御围墙，有的就叫作堡子，也有继续沿用城的称谓，还有合二而一混为一谈的，比如皇城堡、北城堡等等。但是也说不清，大概也无人考究，这里的民居风向，何时逆向发展，由在地上筑城盖房，转而下沉向地下挖坑打窑，但有一点，可以肯定，那就是百姓的日子并不富裕，甚至趋于每况愈下，因为住这种窑洞，无需多少木料，打个洞子，用泥抹平，安上门窗，盘好锅灶和土炕，就可以栖身居住，而且冬暖夏凉，十分经济实用。

有一点，罗哈松比岁爷看得长远，他曾不无诚恳规劝岁爷："不要在这土坑坑下大力气了，不要多少年、多少代，这种土拨鼠样的地窑窑，肯定要淘汰的。"岁爷听了只是笑，觉得他的话无非是给自己游狗一样吊儿郎当的生活找借口罢了。过日子，咋能不实实在在，稳稳当当，造个安乐窝呢。所以，他基本上就是一个人在战斗，为自己家庭的未来在战斗。而且，大多是在夜里战斗，没有挑灯的夜战，是摸黑的劳作。罗哈松曾经大惑不解地问起过他："就算你晚上不睡可以，可夜里一抹漆黑地，你能看得见吗？"

"我心里有灯。"他含混地回答，"你只要在夜里待下去，光亮慢慢就会渗出来，就像在地里挖井一样，挖到一定时候，水就会冒出来的。"

很长一段时间，岁爷这个"夜猫子"，就是在他家的地坑院子打拼过来的。他和黑暗战斗，和沉重的黄土搏击，他在手掌心吐口唾沫，抡圆镢头，把它们挖下来，就像把一个个顽敌放倒、再放倒，接着又一担一担，从大门洞子把它们挑上崖顶，很像要让这些千年黄土，重见天日翻身解放。累了，就暂且坐下，喘一口气。困了，就抽一袋旱烟，慰劳一下自己。还真叫作披星戴月而不辞劳苦啊！偶尔，也会有人来给他打个下手，除了他的岁婆花儿娘，还有住在大门侧窑的罗哈松。但很快，就会被他都一股脑儿轰走。"你们去睡吧，这里的事，你们插不上手。"

人不求人品自高，岁爷当然不会轻易求别人帮忙，尤其是罗哈松，除一件事，就是给他弟弟瞅媳妇。要给五子续弦的念头由来已久，一直就是岁爷年复一年，绷得很紧、而不得舒展的一根隐性心弦，一块难以治愈的心病。"你四处赶集逛会，交往的人多，这事，你能帮得上忙。"

"那没说的。"罗大麻子连连点头，一口应承更乐而为之。岁爷当然也懂礼俗，千方百计，东挪西凑，给他筹措必要盘缠花费。岁爷则一心急着为弟弟成家打窑洞。西面的两孔新窑，就是这样打出来了。窑被粉刷一新，盘上了炕，安上了门窗，在战乱中断断续续，好不容易收拾停当。任家堡子人，虽然赶上了兵荒马乱的年代，又不幸地处在红白交界扯锯战的兵燹之地，但并没妨碍村里人成家立业、结婚生子的人伦之常，就像地里的庄稼，尽管晴晦无常，天旱雨涝不均匀，无论丰歉，多少而已，总是要耕种的，也多多少少，总会有收成的。人生一世，草木一春。人，其实也是一种庄稼嘛。岁爷最臣服母亲那句著名的训导："人留子孙草留根呀！"而他给越来越难得一见的弟弟，只要见面，或者托人捎话，重复最多的就是，"你不能白到世上来一趟啊！"对于孑然一身而无子嗣的弟弟，他耿耿于怀，心中愧疚，不仅是他长兄如父的情感使然，还因为父亲大木匠生前多次殷殷嘱托过的——"照顾好你弟，要操心，给他成家！"

相比岁爷，弟弟应该是父亲的最爱。因为他是父母接连生了几个子女，都不幸夭折后侥幸存活的男娃，和岁爷相差了十岁。尤其是他与岁爷不同，一生下来，就显得与众不同，大手大脚。后来竟吹气球似的狂长，很快就超过了他这个哥哥，显得人高马大，气宇非凡。对于父母来说，自然是一份意外的惊喜，他们昵称他为"大汉"，这个"大汉"儿子，虽然也让"碎汉"的哥哥不无羡嫉，但说到底，也算弥补了他矮小瘦弱的缺憾，也让他多少获得一种安慰。相比父母，对于弟弟的爱，也许岁爷还要更多一分。在他的记忆中，自从有了弟弟，他的怀抱和肩膀上，就再没轻松过，也可以说，弟弟就是在他的背上长大的。父亲经常走村串户，给人做木工活儿，母亲忙于家务，爷爷奶奶年事已高，不胜其哭闹扰烦，晚上睡觉，都是他陪弟弟。弟弟个头大，胆子却极小，黑夜里窑洞有一点老鼠窜动，他就吓得直哭。这样的夜晚，常常是他紧紧地抱着弟弟睡觉。白天，他要去沟里割柴，有时也带着弟弟，到了沟里，茅草旺盛的地方，往往坡陡路窄，为了防止弟弟滚下深沟，他要先挖出一个大坑，把弟弟放进去，让他先坐安稳，自己才开始割柴。柴割好并不马上背回，而是亮晒在坡上，先将上次晒干的柴草捆起来，在背上脊背之后，还要将弟弟背到背上，让他坐在柴草捆上，然后沿着蜿蜒曲折的羊肠小路，赶回家去。

第二十八章

549

弟弟从小就很懂事，对他的依赖和尊敬，绝不逊对于父母的。长兄如父，尤其是在弟媳生产母子不保、双双亡故之后。正因为这样，任家堡子村任何一家人婚嫁生子，都会成为岁爷内心的刺激，让他忍不住怦然心动，一次次想到父亲的嘱托和弟弟悬而未决的终身大事。枪林弹雨的烽火岁月，老实说，他操心自己还未成年而在行伍里的儿女，还不及对弟弟的担心更为沉重和剧烈。虽然弟弟一再推辞，说眼下不是考虑个人问题的时候，以炮火连天、战事不断、随时都有流血牺牲的危险为借口推辞，但岁爷则愈将此当成压力，当成要他争分夺秒再婚成家，赶紧给自己留个一男半女、也少一份人生遗憾最有力的理由。

他的想法不无道理。最了解他心思的人，当是他的邻人罗大麻子。这个特殊的邻居，情形类似有钱人家看家护院的门客厢房。这孔窑洞在岁爷父亲老木匠的手上，原本是堆放农具杂物和柴火的。自从来了个赶不走的罗大麻子，就无限期无偿地给他用了。不久，罗大麻子大概也感怀岁爷收留居住之恩，还真不负重托，果然给岁爷的弟弟，找来个好"向"，不过不是本地人，而是他山前的一个什么远房亲戚，将他叫表叔。因为他将老木匠叫哥，岁爷只好在他这里矮下了辈分，居然把他也叫表叔，为的是和那姑娘取个同辈。可是好事多磨，谁知罗大麻子的这个表侄女到底真假，反正过了好久没了音信。延宕既久，正好就遇上了国民党军进攻爷台山，战事正酣，哪里顾得上寻找罗哈松，多亏他娘大木匠婆颇有主见，及时给弟弟物色了他的月儿表妹。再打听大罗哈松的消息，竟然说他"得道高升"，已经当上了乡里的民兵自卫队大队长。罗大麻子由一个能说会道的文商人，摇身一变，忽然成了一个手握钢枪和大刀的"武将军"，有人曾说，这与他在爷台山反击战打响之前，被侵占了边区的国民党军抓了又放很有点嫌隙，当时被抓的四个民兵三个都被枪杀，只有参加民兵没有多久的罗大麻子，奇迹地被释放了，而且很快，他就把当时分散隐蔽的民兵召集在了一起，自封大队长当起了头儿，还专门在边界一带"巡逻执勤"。他的行踪和表现，让人疑窦丛生，但因为不久他的脑袋也被人砍下，当皮球样当场踢下了深沟，这个疑问便再无人过问，成了历史性的不解之谜。

当然，岁爷至死百思不得其解，要说桃子被余豪财残害，他还能信，可事实是，余豪财不仅没有害他女儿，相反还因为"见义勇为"，为了保护桃子，跟罗大麻子针锋相对、据理抗争，最终竟被罗大麻子也砍了脑袋……

丧尽天良的罗大麻子，何以如此恩将仇报，蛇蝎心肠，让他实在不可思议，人心如渊，何其黑暗幽深？两辈人对其恩宠有加的罗大麻子，怎能对他女儿桃子起歹心呢？兔子都不吃窝边草呢。真想不到，他居然还不如地主出身的余豪财，简直是一条丧尽天良、喂不熟的狗哇——我的桃哇！天杀的罗大麻子，他居然是砍了孩子的头啊！知人知面不知心，人啊，这世界上最可怕的动物？

思绪乱麻百般纠缠，比残肢断腿的疼痛更折磨他，辗转反侧昼夜难眠。后来，他走进了一个似曾相识的地方，像一个曾经梦过的梦。可是有人告诉他，什么梦呀，全是真真的事情，是他们瞪大失神的双眼。那些人里面，居然有余豪财——你可看清了呀，冤家。余豪财仍然是虎视眈眈恶霸地主的样，但他却说，我是看不下去那货，算你瞎了狗眼，喂了一只黑白不分混眼子狼狗！他要糟蹋桃子，我能不管吗？怨我出手太慢，咳，没有救下桃子，反而给这狗东西……唉，算是我晦气透啦，真是，做鬼，都不甘心啊！

岁爷不知道该说啥好，是埋怨他，痛恨他，还是该感谢他？只觉得胸闷气短，肠子都要爆炸开裂，双眼充血，要迸出来。就在此刻，他眼前出现了一棵大树，杏树，痛楚地耸立在沟畔，树下是个来自敌占区的八路女兵，难以置信地穿了一身国民党军服，就因为那罪恶的军服，被五花大绑按倒在树下，她刚要不屈服地高高扬起头，"咔嚓"一声，就那么简简单单，惊心动魄，被砍了下来，踢下了沟。那颗无与伦比的少女脑袋，在完成一道轨迹清晰的抛物线后，在轰然溅落于沟底之前，明明白白，惊天动地的呼唤了他一声：

"岁爷，我的……大呲……"

他登时就眼前一黑，心立即从体内飞蹦而出，砰的一声彻底炸裂，碎成了八瓣。那是他的桃娃。天哪，娘啊，我的桃娃，三代人的极端悲苦愁恨，何以全部压榨在了他矮小的身上。这有点不公，却好像天生命定难以撼动。他想快死，一死百了，可求生不能，求死不得哇！

这时候后的他，任老大，任仲魁，形同古老杏树上一片随风飘摇的叶子，一只半生半熟随时却将蒂落，坠下枝头酸涩的青杏。他感觉自己头脚倒置挂在树上，要么就是他成了树，开始在沟谷吹来的天风之中，东摇西摆，无望地挣扎，他希望这种天地苍茫，混沌一体的眩晕、迷幻与颠倒，由此梦魇一般如影随形，成为一种凌空虚蹈，超尘出俗。可是，突然一声凄厉的尖叫，被他耸立的耳郭敏锐捕获，声音不男不女，熟悉而又陌生，来自遥远而又陌生浑噩不明的人世：

"救他，救救他，别让他……死！"他终于渐渐地想起，这个他是谁了，为什么救他，他怎么会救人，是救我的桃子，还是救我？

"别动……你……不要动！"不男不女的声音嘶哑颤抖，全部生命喷发出来的哭腔，凄厉地穿云破雾，好像血液汹涌，不由自主在空中震动。"求你，饶了他，罗大队长，求你，别这样啊，本乡本土地，抬头不见、低头见啊！"

……他好像看到了那个罗大麻子，罗大队长，虽然一张黑麻子脸，但并不难看，因为浓眉大眼和高鼻梁骨，甚至可以说十分豪气英武。对了，让他记忆深刻的，还有那双翻毛皮鞋，强悍有力，象征严峻的正义与凛然的原则，一跺脚，都会引来地动天摇。"放开……放开我！"

"哼，没门。你个臭地主，算哪根葱，凭啥……给她求情？长得好看，还是和她有一腿私情？我看你，就是个反动派，彻头彻尾，反革命！"

这是罗大麻子的声音，尽管声音若断若续，在空中打秋千似的荡悠，他还是恍惚之中一下子就敏锐地逮住了这个强悍的声音，以及，所代表的那个如雷贯耳的名字：罗哈松。

他代表革命，代表政府，也代表毋庸置疑的正确。作为他的身份、地位和功勋证明的翻毛大皮鞋，传说来自河东抗日前线，还是一位八路军的战利品，这位身负特殊使命的民兵自卫队长，只要他一跺脚，那就是对一个人生杀予夺的最后判定。眼下，他很清楚，也许就是他任仲魁、岁爷的最后时刻。除了一死，别无生路。除了这个结局，他什么也说不清楚——这世上的事，又有多少能说清呢？别说自从盘古开天地，三皇五帝到如今，眼下刚刚发生的一切，他都说不清楚。能说清的，也许只有老天。可是天不发声。要么，还有这棵杏树，杏树，你能见证，你可以说些什么呢？

——你可别指望我说啥。杏树摇头，也把他摇得风轮样在空中打转，更加地头晕目眩。杏树说，老弟，除了人头落地，我可什么也没有看到？无非是眼下沟畔崖头前的这一伙人，还真是一些上好的看客，他们缩头缩脑，袖手旁观，大睁双眼，目光发直地瞪着民兵大队长的鬼头大刀，挥起挥落，让一个来自敌方的黑发飘逸的脑壳，切萝卜似的，一下子就身首异处，滚下了沟。这样令他们神经刺激本该亢奋不已的场面，也许一辈子都不会期遇一次，但他们只是谨慎、谦恭地表示惊讶，看到一颗人头"咔嚓"一声砍下，便都胆怯地瑟缩着"咿呀"一声，同时向后倒退一步，只害怕那飞溅的鲜血晦气地喷涌，扑上他们的身躯。没人逃离，也没人抗争或者表示异议。他们麻木地等待着什么，等待这出残酷的大戏继续残酷，如同等待一出戏剧的高潮。我想，他们或是等待，等一个胆敢破口大骂罗队长畜生的反革命坏蛋地主恶霸余豪财，怎样在罗大队长那把鲜血染红的大刀下，也"咔嚓"一声，闭上臭嘴巴，也未可知。

咳，老杏树哀叹一声，说：下面的事，你也都知道呀。你听，余豪财满口喷血，还在继续叫骂不休："罗大麻子，不得好死！"

"哼，那就把好死，嘿嘿，先让给你吧，老地主，你走好了啊！"话音刚落，只见那罗大队长手起刀落，人头落地。老杏树说，我身子一抖，枝条就舒展地伸张被开脱了、被解放了。只听见余豪财的脑袋，在飞下深沟的一瞬，嘴还一个劲地死硬，他只是死不甘心、断断续续留下来一句话，道是："罗麻子……我祝你八辈祖宗！"

"好啊！"罗大队长倒是宽容地一笑，笑得十分公式化却又温文尔雅，"哼哼，我倒要看看，你的×，能有多长！"

寻找光亮

许久以来，岁爷那些出生入死的冒险经历，死而复生的传奇神功，还有虚实难辨的一大堆故事，笼罩着我的苍白记忆，也潜移默化无数次沉入我青涩年轮深沉的梦中，直至溶进我汩汩流淌的血脉律动。其中，诸多让我耳熟能详、却也似是而非、时常混淆颠倒的名词、数字、山水、地理，乃至男女姓名，更加剧了我认知这块沟壑纵横、看上去伤痕累累的黄土地。那些依稀模糊遥远暗淡的历史片段，经常颠三倒四，甚至是互相矛盾纠结的转述，就更让我疑虑重重、举棋不定，老虎吃天无法下爪，何况，我那是啥老虎，充其量，怕是连一只狗叼老鼠多管闲事的狗都不如呢，或者，干脆就是一直胆战心惊、贼眉鼠眼的老鼠罢了。

好像有个啥人说过，有一百个读者，就有一百个"哈姆雷特"。我常常就这样误打误撞，会陷入类似"魔圈"。岁爷健在那阵，我压根儿没有意识，自然也想不到问他什么，包括他出生的传说，他的儿女们先后离去的真实经过。还有相当一段时间，至少在家乡那块土地出现频率最高的，一些互不关联或者藕断丝连的称谓物语：1945、边区、根据地、苏维埃、国统区、红白交界、扯锯战、游击队，自然少不了赤水县、马栏镇、爷台山、冶欲河、清平塬，以及梭镖、土枪、大刀、火炮，等等叮当作响的各类兵器，其中不乏毙命、死亡、鲜血、尸首、骷髅头之类让人觳觫恐惧避之唯恐不及的狰狞词句……

这一大堆拉拉杂杂的纷繁物事，有如秋日枯黄的落叶随风飘零，越积越厚，我的岁爷任仲魁老先生好有一比，他不时会像兔子从树林蹿将出来，神出鬼没蹦蹦跳跳，偶尔也会像神话里的土行孙鬼鬼祟祟，蘑菇般自地下冒突而出，人模狗样地指点迷津，跟你东拉西扯——不错，他曾经唠叨过一些往事，而且是专门和我一人唠嗑，早早晚晚，和尚念经一样嗡嗡不已，讲得我烦。可是，等到我希望知道得更详尽、更准确、更全面时，却不见他人影儿了。他终于双腿，不，一条半腿一蹬，上天入地，化为乌有了。

这个玩笑开得有点残酷。我好像就剩下一条路可走了，那就是去求神拜佛。在我们任家堡子那儿，传承下来一种程式固定的说法，但凡认为神圣尊严极其尊贵的东西，都会以"爷"冠名，而所谓的"爷"亦即"神"的同义反复。我清楚地记得——绝对不是在飘忽不定无法琢磨的梦境，而是真真切切，在长满玉米秧子浓绿森森的庄稼地头，我的岁爷像牵狗一样牵着不肯安分随时想挣脱他而胡跑撒野的我，靠近支稳了身子的拐杖，抬起手来遥指远处，也就是那座苍苍茫茫逶迤起伏的大山，以一个长者无可置疑的权威诲训，要我明白并且牢记："懂吗，穗子儿，咱这爷台山的爷台，就是神台。早先上面的庙里，供奉着降妖除魔、神通广大的大神祖和他的忠臣良将八大金刚，可惜啊，后来，爷庙毁在了连天炮火之中。"末了，任老先生满腹经纶，哀绝无奈地浩叹一声，"唉，穗子儿啊，从那时起，爷将不爷啊，神就被人，给赶跑和代替了。"

我曾经不无天真，反复纠缠追问过他，"如今那些神呢，他们都躲到啥旮旯里去了？"任仲魁任老先生始终没有回答，仅仅是神秘莫测微微一笑，便不了了之。我相信他不至于回答不上，绝对是不便或者是不屑而已。他是享誉四里八乡的能人，尽管大多数人对他只是敬而远之，不愿亲近、也难亲近，但对于六岁的我，却永远无法拒绝于千里之外。因为，在相当一个历史时期，我其实就是另一个他，是他拴在手上、踩在脚下的半截影子。正如他一直觉得我不过是一个混沌未开、狗屁不懂、长不大的小屁孩儿。

我至今仍然认为，他脾气乖张古怪率性而为，是一个惹人笑骂、让人眼黑的现世活宝老顽童。一辈子的身后，都不得清爽干净，总是有不间断的飞短流长风起云涌。有人骂他老倔头、老贱货、老风流、老骚情、老公狗如此等等，直击心尖，不堪入耳。传说还有人咬牙切齿，背地里将他捏成面人泥塑，然后用针尖枣刺荆棘之类，深深地扎他的脸、胸、腹，尤其集中于他的命根裆部。

不遭人妒是庸才啊！岁爷何等高人，一方神圣啊！他听后不仅不恼不火，不惊不乍，不恨不羞，相反，竟有如吃了一副开心良药，仰首望天，放开喉咙，哈哈大笑，要不是肢体残缺，弄不好都会手舞足蹈。"一咒十年旺，神鬼不敢撞呐！"他说，"这是孝敬和抬举我老汉哩！"

我一直纠结，我这凡俗的岁爷，居然能神鬼不惧，他到底是一个怎样的人？我持之以恒寻觅现成的明确答案，一晃竟半生悾惚，遗憾的是至今未能找到。只一点我敢保证，并始终坚贞不渝、坚信不疑，那就是即使岁爷死了，也不会变成鬼的。他名副其实胆大包天，曾无数次自我标榜，鬼都能被他吓死！在我的印象之中——到底是记忆之井还是梦幻的荧屏，反正亦真亦幻说不清楚，总之，岁爷常常是天马行空、独往独来，不管是春夏秋冬黑夜白昼，他说来就来、说走就走，真所谓来去自由如入无人之境。正因为经常三更半夜、夜不归宿，他名正言顺的妻子，也就是我的岁婆花儿娘，曾经不无怨恨地直呼他为：活鬼。

夜暗如磐，他果然像暗夜精灵，如鱼得水得天独厚，猫头鹰样，天生适应夜间出动。据说，有人像撞见阴魂不散的死者，活灵活现地撞见过他，因为他夜里最常光顾的地方，恰恰是任家堡子村外、老城根边紧靠沟畔的那片苜蓿地。他在那片连绵起伏的坟茔之间流连忘返，如同赶集逛街东张西望，久久徘徊不去，口中唠唠叨叨、长吁短叹，时或又疯疯癫癫、笑骂歌哭。偶尔时断时续，还掺和出女人般的发嗲呻唤，喁喁低语……

可想而知，这些令人汗毛直竖、后心发凉的传言，在我一穷二白、少不更事的心田，投下了多么浓重的阴影。它使我胆战心惊，坚决拒绝跟随他欢天喜地，继续再去那片离奇古怪的坟地穴头撒野发疯。遗憾的是，我意志薄弱极不坚定，太容易动摇。我记不得有多少次，曾被他一两句甜言蜜语的引诱，就给"俘虏"而去，正如同我难以准确计算，从生到死，他究竟死过几次，但记得他曾不厌其烦，反复说过的一句跟没有说全无区别清水煮萝卜的淡话："很多活着的人，其实啊，一生下来，就死去了。"

后来我才发现，这句话还真的颇具哲理，但愿不是他的自我写照。有段时间，我曾将它认真写在了笔记本的扉页，当成纯粹信条、金科玉律，用以鞭策自己不要行尸走肉白活一世，不要成为只会消费食物，拉屎放屁制造粪便垃圾因而等于没活的废人。后来，我又渐渐醒悟，事情绝非如此简单纯粹。这句充满宿命意味的箴言，囊括了岁爷那些为人诟病、非同寻常的故事，那是他风雨人生的启幕和多舛命运的肇始。这件事情，或者说至少在这件事上，我的恍然大悟，并未受益岁爷神神道道的耳提面命，它主要来自任家堡子村那些豁牙漏齿的老人，他们年复一年，圪蹴在阳坡下面，七嘴八舌、口口相传，勤劳勇敢地翻晒着陈年往事。他们告诉我，岁爷落草时，就几乎奄奄一息。他那个因为频繁"怀娃"却一直生不出一个男娃、从而早已对生育缺乏期待与热情的母亲，自己动手，干脆利索地剪断了岁爷柔韧的脐带，转手，就把他交给了哀怨声声的婆婆。岁爷那位冷漠的祖母，凑近炕栏坎上那盏昏黄的豆油小灯低头一瞅，发现岁爷眼皮耷拉，嘴唇乌青，顺手捡起炕沿一块脏兮兮的小棉垫子，浮皮潦草地将他胡乱一裹，随后腾出一只鸡爪子样青筋暴突枯朽的老手，用手背在岁爷的鼻子下试探了一刹，然后用一种幸灾乐祸的口吻，轻描淡写地祝贺岁爷的母亲说："得，算你白忙活了，有出的气、没进的气哟。这宝贝，也不知是个啥样的龙胎贵体，阎王爷好像有些反悔不舍，不情愿让他投胎转世咋的！"

总之，岁爷那会正像他所说的，一出生，就已经死了，起码是昏天黑地啥都不知道了。反正，这个老掉牙的故事，翻来覆去，被闲极无聊的村民在嘴边炒作，也让我早已听烦。烦得透透的了。许多年后，知书达理的任炕洞成了遐迩闻名的儒雅乡绅任仲魁,为了显示声名显赫的岁爷理所应当的一份体面与出类拔萃的文明程度,他理直气壮推陈出新,不无自嘲地宣称自己:"我是从黑暗炕洞里爬出来的狗,用一生变成个寻找光亮的人。"

很长时间,愚不可及的我,对"寻找光亮"这句很平常的话不得其解,用乡下人的比喻,就是十足地道的"狗看星星、不知道稀稠"。但是,同样意思的另一句话,我还懂得:"穷人即使没有星光引路,至少还有手里的星火——灯笼火把,以至旱烟锅一明一灭的幽微闪烁。希望,总是存在着的,既在前头,也在手头。"这话,好像还不是出之岁爷之口,它的始作俑者和村民们一段牵强附会的传说有关,他们说岁爷的两个儿子,虎子和豹子,是同时死的。那个潜伏在国民党胡宗南部队的上尉(一说是少校)特派员,在爷台山和他的孪生弟弟相遇,国民党军俘获这个和他相似的八路军排长,严刑拷打,逼他承认他哥哥是卧底,弟弟却宁死不屈。国民党军有意让哥哥审讯弟弟,并动刑拷打弟弟,弟弟故意激怒哥哥,哥哥闭着眼睛打他,实在于心不忍,装作腹痛发作,滚翻在地,敌长官发怒狂吼:不信我的三尺大铁锅,煮不烂你的犟牛头!于是,敌人继续毒打弟弟,打得半死,又想出残忍之极歹毒手段,让每个兵割一块老二的肉,给他们攻打山头爷台山阵地死去的人祭奠,放进棺材以泄私愤。最后,让哥哥去剜弟弟的心,哥哥接过刀子,返身捅死了那敌军官。最终,兄弟二人,双双被敌兵拉到土场上去,当着村民的面,被处死了……

我宁愿相信这个残酷的故事,有点东拉西扯,也许是村人信口开河的杜撰。但故事中的人物,和他们最后牺牲时的表现,震撼心魂,让人不敢淡漠轻视。他们说,弟兄两个临死前呼唤村人:"黑暗就会过去,光明就在前头,咱们的人要往一起想,拧成一股绳,彼此要想到别人,不要,光为自己着想……"那弟弟说:"许多的事,许多不幸和悲剧,坏就坏在了光为自己着想上了。大难临头各顾各,最终是谁也救不了谁的,《国际歌》,懂吗,怎么唱的,'要创造人类的幸福,全靠我们自己'。"哥哥说:"注意,这里是讲的是'我们',不是你,不是我,是我们。所以,要'全世界无产阶级联合起来',要'团结起来到明天''英特纳雄耐尔,就一定要实现'!"

我曾经询问岁爷,这些说法是否真实,他摇摇头,前所未有,表现得云淡风轻,而且,那口气好像还与己无关,看上去不只是十分淡定,简直就是不屑一顾。

"我不清楚。"他冷冷地回答我,"都是些歪嘴和尚,胡说八道。"

那阵子,他最关心的,就是自己的院子,院子里吃喝拉撒最平常的日子,没有一点仙气和神秘的生活。像村子里每家每户,庄前屋后几乎都有属于自己的各种树木花卉。我们已经知道,岁爷家的窑顶上,也有几棵大小粗细不等的杏树,结出的杏子,形状颜色包括口味,都迥然不同。每年春天杏树开花,一片花团锦簇、如云如雾,笼罩着窑坑院子。这个季节的任家堡子,掩映在花红柳绿中宛若仙境,到处蜂飞蝶舞,流溢着神秘的花香和清新沁脾的草木气息。居住在窑坑院子里的庄稼人,由于天然接近泥土深层,他们也像那些植根于大地的植物,几乎就是从土里面生长出来,连呼吸和血液,都带着浑浊醇厚的泥土气味和赭黄颜色。岁爷和他的乡亲,从来就认为,他们不过是这个小小生物圈里浑然天成、不可分割的一部分。晴天的太阳,就是他们至高无上的祖宗神明,(他们管它叫"日头爷"),雨天的潇潇雨丝,是滋润他们与大地万物的甘霖嘉澍。秋天的落叶和枯萎的草木,将整个村庄和田园覆盖起来,天高云淡,金风送爽,使天地显得更加旷远深邃。冬天的冰雪,银装素裹,把世界紧紧拥抱在怀,而他们享受冬眠一样,在冬暖夏凉的窑洞里,安静地喝茶抽烟,惬意地舒展在热炕上,放松筋骨、纵情梦境。又一轮春天来到,南归的燕子呢喃不休,在半圆形的窑间檐下衔泥造窝,灰鸽子也咕咕叫着,呼朋引类,开始在岁爷为它们在窑院崖壁上开凿的小方洞里,酝酿爱情,繁殖后代。还有,不要忘了,岁爷院子的崖壁上,与众不同,共有向阳洞开的六只土蜂方洞——它们是在岁爷爷爷那一辈上,自己飞来这里安家落户。乡间传说,土蜂有一种择善而居的天生本能,他们有幸降落谁家庭院,本身就是这家人品高洁行止善厚的上等标志。村里也只有两三家人享有这种天赐的恩惠。每年收割蜂蜜,都是岁爷的独门绝技和专事职责,他除了给蜜蜂们留足过冬的储备,割下来的蜂蜜,差不多要送遍全村,特别是赠送老人化糖水而饮用,止咳润肺、延年益寿。自己呢,只留一点以便过年时烹饪油炸蜜糖果子送人,从来没有以出售蜂蜜赚钱一说。蜂蜜们似乎也善解人意,归随厚道,从众簇拥,越来越多蜂拥而至,迫使岁爷不断在崖壁上开凿出新的蜂窝,并且操心不同季节关照它们。他用木棍在蜂窝里为它们搭建宅舍,制作泥坯(中间留一圆孔以便出入)作为门扉,以防野虫侵害蜂窝,偷食蜂蜜。到过岁爷家地坑院子的人,都会记得,踏入他家大门,就会有嗡鸣起舞的蜂群,在你身前身后翻飞,岁爷每每都会提醒来客不必害怕,它们绝对不轻易进攻人类,不过是想采撷一些人的汗味酿蜜而已。

我的花儿娘岁婆,也跟岁爷一样,每次用蜂蜜油炸出来的面果子,几乎要送遍全村,尤其是有老人的人家,一户不拉。最后,给自己剩下的,往往让孩子们每人分不到一个。"蜜多不甜,尝一尝就行了。"她若无其事地教育我们说,"记住,越是好吃的,越不能当饭吃,让你们都塞饱了肚子,那好吃的,还有啥好味道?"她一直奉行的是"利他节制",而非"利己放纵",只不过,从来不以高调的理论言辞说教。她只是做。她在全村的威望，几乎不逊于岁爷。困难年代吃大食堂，全村人众口一词，举荐她当炊事员，并掌控保管钥匙和执掌分饭的饭勺。这差事，是份金不换的信任重托，却让她和家人吃尽了苦头。往往饭锅分光了，自己的孩子，却眼巴巴地分不到——她从来不让我们插队或提前打饭，更不给我们先打。最后饭不够了，无奈之下，只好铲几片锅巴，分给我们。不承想，这却成了她陪伴岁爷，站台子挨批斗的"罪状"。有人说，那锅巴又脆又硬，当然最能充饥，于是就骂她是"假善人"；也有人替她回击那些屁话——他把儿子任虎、任豹和女儿桃子，还有虎崽，都献出去了，世界上，还有这等"假善人"吗？你们也当一当这种"假善人"，试试！

她只不言声，随那两派面红耳赤争吵得不亦乐乎、不可开交。她只记着打理那个要求众多的家庭，白天按时擀面做饭，晚上把一个个土炕烧热。那个用来擀面的大案板，比双人床还要阔大，她每每跪在案板前的原木长条凳上，和面、揉面、擀面，以至于最后切面。这案板用两寸半厚的枣木打造而成，样子略呈鱼脊拱桥形状，这种木料质地密致，厚重坚固，颜色经过反复摩挲使用，已经显出深沉稳健的枣红本色，这是家里几代女人为之倾情、特别钟爱的家什物件，也是农家女人，作为家庭衣食掌管地位、权力的独特象征。我的花儿娘就是个老保姆，替家人忙了一辈子，总是随时候命听任使唤，总是要分神操持各种家务琐事，总是要满足他人的需要、要求、愿望，应付各种状况和危机，在生活这种漫长的碾磨下，默默承受直到生命终结。

当然，村子里几乎家家一样，一辈辈小脚或解放的大脚女人，跪在案板面前，不遗余力，为一代代男儿女儿、合家老少的饭食，从早到晚，一日三餐，忙碌不停。从花儿娘到祖母和邻家婶子大嫂，农家妇女跪着做饭的形象，深深刻进我的脑海，一辈子都难以忘掉。那柔韧光滑而又筋道爽口的手擀面条，也是我至死念念不忘的终生所爱。当然还有自腌酸菜和自酿的酱醋，包括卤水点的豆腐，过冬的玉米榛子、炒面、酸辣白菜。乡下的生活，最舒贴不过的是，几乎一丝不着地仰躺在凉爽宜人的竹席子上闭目静养，然后乐此不疲，云天雾地的神游无疆。那种想入非非，半是回忆，半是瞻望，半是半睡半醒、亦真亦幻的梦境闯荡，信马由缰，轻而易举，跨越阴阳隔绝生死界域而自由来往，随时抵达你想到的地方，见到你想见到的亲人朋友，并且和他们海阔天空，纵论人世，情景交融，融洽相处。

朝闻道，夕死可矣！生斯长斯，吾爱吾庐。相信那只"一分为二"具有绝慧天性的狗，都能做到这一点吧！地坑院子一天到晚，吱哩哇啦叫唤着，婆娘娃娃蒸蒸日上的朝气蓬勃，难道不是一种朴素的生活光亮。也许目空一切、自恃清高的我，应该学做一条狗。其实我就是一条狗。是我的岁爷忠实的走狗。狗不嫌家贫，儿不嫌娘丑。仲夏之夜，月明星稀。大汗淋漓中，昏昏欲睡的我，颠三倒四，至少有三四回，重返了那个荒僻苍凉的沟边小村，任家堡子，我的出生之地。头一回，我发现我比我弯腰驼背、肢体不全的岁爷还要沧桑老迈；第二回，却看见自己比虎背熊腰的儿子，还要虎虎有生、壮伟帅气；第三回，既不像大老子棺材瓢子般年老身衰，也不像儿子血气方刚，不可一世，方兴未艾，更不像想象中的孙子青葱一根，天真烂漫萌态可掬，不可思议的我，真的，就变成了一条狗。那是我再熟悉不过的一条狗，一条黑白相间的花狗，应该属于雄性，不大不小，不老不少。它应该是我，虽然呼哧呼哧、急促地吐着猩红的舌头，贪婪地吮吸着夜深人静、大地氤氲升腾的一丝看不见的凉气，难得心安理得匍匐于阒无人寂的沟畔。眼前一片囫囵天地。我耷拉着脑袋，茫然地瞪视前方，下巴懒散地抵在蜷缩无力的前爪子上，空洞的目光游移不定，傻呆呆地、望眼欲穿地望着黑漆漆的难以洞穿的深沟巨壑。远处山峦重叠，轻岚笼罩天地一色。

　　我真的是十足地道的"狗看星星不知道稀稠"，真的不知道，我在眺望什么，眼前扑朔迷离的暗夜景象，全都亦真亦幻，把我和大千世界、万事万物变成了虚无缥缈不可捉摸的深梦。只有一点是肯定的，无疑的，那就是我的忠犬形象，还有目光远接天边、即使白天也看不到的大山，一座并不高耸入云、颇为俗常的黛色山脉，一座很有名声也富有故事、十分牛气的山脉。大概是由来已久的神气、神奇和神性，构造了它至尊的名称：爷台。

　　我知道，这就是方言中神灵高居的处所。我的眼前，真切地闪亮着，热烈地闹腾起来了。那是正午时刻，太阳地里，土场上面，是摊成煎饼样的一片待碾的麦子。牛和驴，还有几只温顺的绵羊，都在麦场边的树荫下，昏昏欲睡。大杏树下鼾声连连，此起彼伏，东倒西歪着几个赤身裸背的庄稼汉子。老先人岁爷的黑脸墨面，像一口黑锅，厉害的样子能把鬼吓死，也把屁都能吓凉。我想起了言辞锋利的鲁迅，曾经透彻犀利地说过，"死亡是凉爽的夜晚。"照说，活着，那么，也该是热烈的白天了。而我的岁爷，却是在白天与晚上交替的黄昏时分走的。他走得很"一分为二"，就像我们家那一条历史悠久、惊世骇俗而不凡的狗。他死后，那"一分为二"，三天三夜不吃不喝，最终"合二而一"，一命呜呼，也死在了他的脚下。

　　但是，我没有死。我不如狗，仍然死皮赖脸地活着。你说我，是不是很无耻，很不要脸，嗯？！

沾亲带故

人生就是一本糊涂账。说难听点，也是一潭五颜六色混浊的水。我发现这个"隐秘"，不仅因为原本我就是一头在浑浊污水里打滚求生的蠢猪，还装模作样狂妄自大，想沉淀和净化出一片澄明的世界。这也与扑面而来的生活，与接踵发生的一连串莫名其妙的事体相关。当然，如果我要说，这世间最大的声音不过是无声，最多的语言其实是无语，最挚情的深爱就等于是没有了爱，还有，尘世最真切的恩惠福报，根本无须言表，而且，往往是其来有自，常常产生于铭心刻骨的深仇与大恨。听我这么瞎说，你一定会合情合理地认为，我这个所谓的"发现"，不过是一个疯子一派胡言罢了。

缤纷花开，桃红杏白时节，偏居世界一隅的任家堡子，突然闯进来一个怪物。这是村子有史以来第一次见到的吉普汽车。这个会跑的小绿房子，在春旱无雨的乡间土路上卷起一股浓烈的滚滚黄尘，撒野般东拐西窜，径直停在了村子最西头一端，也就是我们岁爷家崖背上那个土场的杏树下面。村上的男女老少，包括他们身边的牛羊马驴，所有长眼睛的生物，都将目光聚焦在了这个陌生的闯入者身上。当然，也有见多识广者说，在县城偶然撞到过这稀罕物儿，说是新来的县长专用的"轱辘车"，即使官运亨通的孙茂才孙副县长，尚坐不上呢。

车门打开，首先下来一个一身中山装打扮，堂堂正正，面带和善笑容的男人。接着下来一个虽不至于珠光宝气，但的确穿着时髦洋气，而且头上像蹲着一只卷毛狗、头发梳成了一堆刨花式的大波浪女人。再下来一个——是半个，半大不小七八岁，东张西望虎头虎脑的男孩。三个人或者说两个半人，也许因为不认识村里的人，只是面带和善的笑容，客客气气，只向四周围拢过来大惊小怪的村民，彬彬有礼地点一点头，随即大包小件地拎着、背着，呼呼隆隆地下了岁爷地坑院子的大门洞子。有胆大的大人小孩儿前呼后拥，看耍猴似的，也跟着他们涌进了岁爷家清冷的院子。大多数村民，则站在崖背四周，伸长了脖子，外带竖直了耳朵，在"聚焦"和关注院子里的情境。这时，人们蓦然回头才发现了开那个四轱辘的年青"车把式"，不慌不忙，走了出来，又不慌不忙，将小绿房子屁股后面朝上推开的小门。接着，就从那里又拖出来了带有两个轱辘的一个怪物。年青的"车把式"人倒开朗和蔼，主动向村人们介绍，说那叫轮椅，是专门孝敬咱岁爷的。于是，人们的注意力，开始由这一大一小两个"轱辘车"，转移到了这几个不明身份的来人身上。

"是的。他们是哪一级官呀？又和咱们的岁爷有啥褡裢（关系）呢？"

那一刻，措手不及来得诡异，当时名叫穗子儿的那个我，还赖在岁爷身边的热炕头上，死狗样正睡懒觉，岁爷没有残废的耳朵，听到从大门洞里鱼贯而入闹哄哄的响动，就不客气地拍打了我一巴掌，把我从梦中唤醒过来，可惜来客真不客气，径直就闯入了岁爷睡觉的窑里，这让光屁股的我，只好来不及遮丑，狗一样乖乖缩在被窝里不敢动弹造次。来人进门也不搭腔，只见那个官员模样的男人，"扑通"一下，就抢先面朝炕沿，跪了下来，紧接着就是那半大的男孩，也依样儿画瓢，跪在了他的身后，只是那个女人，直愣愣地盯视岁爷，端详了半天，摇撼着一头泡沫似的卷发，没头没脑地冒出一句话来。"老了，唉，真的老了！"说着，她也毫不犹疑，更不顾惜自己簇新的衣裤，直接跪在了脏兮兮的土炕道里。"大表哥，你不认识我了吧？我是，没死的，月儿啊……"

只这一句，她就哽咽着说不出话了。过了半天，她才缓缓地抬起头，拧身望着身边一直垂首下跪、而没有抬头的一大一小，一个半男人，她恶狠狠瞥了那大男人一眼，对岁爷说，"他就是那个千刀万剐的、天杀的，坏蛋！你还骗我呢，说你把他劈硬柴样，给'咔嚓'，劈了。这个狼心狗肺的，良心还没有被狗吃。要不是你劝说我，咱们死的人实在太多，不能再死，要我一定得挺住，活下去，我……"

女人抽抽噎噎，话不成语的道白，没有说完，就让那男人和他的儿子，鸡捣米似的，在地上的磕头，把话给打断了。

"快、快，别这样啊！"我们的岁爷，一下子慌了神，迷茫地舞爪着手，不知怎样才好，最终，他什么话也没有说，居然跟来人一般，泪流满面，泣不成声了。只有趴在被窝里的我，不，还有那个半大男人，大惑不解地左顾右盼，看看女人又看看男人，也看看那个跟我一样傻乎乎的男孩，"狗看星星不知稀稠"，双双沉陷于这梦般的幻境之中。

人生如大梦，胡为劳其生，而且，时常还梦连着梦。寒露过后的第一个日落黄昏，接着又发生了一件事。也算怪事。那天，忽然刮起西北风，天气冷得出奇人伸不出手。天一黑，花儿娘就打发我穿过大门洞子，去关头门，我是家里唯一脚腿健全的男子汉，可惜，我丢人现眼，却是姐姐们笑话的一个十足成色的"屁胆子"，每每畏葸不前，总惮于那深邃的黑漆漆的大门洞子，幻想那里躲着掏心挖肺、青面獠牙长头发、专门吃小孩的鬼怪。还有门外的柴火窑（那里已经很久没人居住），也许藏着什么狐狸精和狼外婆。岁爷就在正对大门他住的窑洞炕头上，点起一盏煤油灯，一边就着灯火抽水烟，一边为我壮胆，目送着我。有时，还要叫梅子姐姐在院子迎接我。我就顺着从窑门射出来的那束灯光铺就的光明"地毯"，提心吊胆，去关大门。

正是那一天，我磨磨唧唧，走到大门口跟前，用力合上两个铆着大泡钉、沉重的大门扇，踮起脚来，正要够着去插门闩，打从坡坡头上，骤然旋起一阵疾风暴雨式的脚步，"咚咚咚"地，踩得地动山摇，直接冲将下来。紧接着，只听见"咣"的一声，直接撞开了巨大的门扇，差点把我撞个屁股蹲地。那个人毛茸茸、黑乎乎地看不清面目，肩上扛着一根浑圆的原木，好像对这院子犄角旮旯了如指掌，径直奔到岁爷当年做木工活儿的窑洞门口，身子一闪，又是"咕咚"一声，就放下了那根硕大的木头。随后，他也像那根木头一样，"扑通"一下，就跌坐在了窑门槛上，扯风箱似的，呼哧、呼哧，直喘粗气。

"你……你，是谁？"

我和梅子姐姐，这时已心惊胆战，蹑步凑到他的跟前，梅子姐手里还拿着一根吆鸡赶猪拢火使的长柯杈。来人却不言语，只顾抬起袖头，擦着额头热气腾腾的汗水。夜色苍茫，他那仰面朝上的脸颊，毛扎扎的，只见两只醒目的白眼仁儿，星子般一闪一闪。花儿娘用手遮风，从窑里端过来煤油灯，一粒豆星大的蓝色火苗，摇曳不定地凑近前来，影影绰绰，映照着那人的脸，老大半天，花儿娘才大惊失色，喊出声来："哟，你是……安子……"

紧接着，就是一连串的殷勤关切和热切探询了：你这是，打哪儿来？这些年你都在哪儿？你咋没穿军装？你扛了这木头要弄个啥？你有没有，遇见，你娘……

这个当年叱咤风云的何建安，出生入死的侦察连连长，只是傻傻地望着花儿娘，好像发誓不说话，一句都不愿回答。那些话，就像是问到了不会说话的土崖上面。

"还问啥！"岁爷在窑里喊，"快去给娃做饭呀。"这安子听见岁爷的声音，立马站了起来，走进了那边的窑洞。他见了岁爷，端端正正站在那，不错眼珠地望着他。许久，只是弯下腰，深深地向岁爷鞠了一躬。花儿娘在瓮里舀水做饭，他马上蹲到灶口坑前就去生火。锅里的水刚刚烧开，他又立即起身取壶朝热水瓶里面灌水，灌好水，他又赶紧先给岁爷的宜兴茶壶续上热茶。一切做得娴熟老到，行云流水，不露丝毫痕迹，就好像昨天才离开，一切熟悉、熟稔、熟练得让人眼花缭乱要掉下巴。

从这天起，这个突然归来的怪人，每天第一个起来浇水、喂猪、扫院子，鬼吹火般团团地转，恨不得将所有的活儿，全部揽过来包干。忙完这堆家务，就把他自己闷不作声，定在了做木器活儿的窑洞里头。岁爷使过的那些生了锈的锯子、刨子、锛子、凿子，一应家什，全被他翻腾了出来。他解木头，刨木板，又凿、又刻、又镂、又雕琢，没黑没明，没头没脑，不吭不哈，除了吃饭和睡觉,就是不停点地干活儿。只是仍然不说一句话,谁也不知道,他要干啥,他也不给人说,他是要干啥?

岁爷有时"滚"过来,把那张轮椅和他自己一起,靠在做木工活儿的窑门边上,那样子是想和他拉拉呱,说些什么话,可他只会淡淡地笑,仿佛决意要当哑巴。冬日的阳光,柔弱无力地从崖畔那儿斜斜地辉映下来,映着窑里、窑外,一明一暗,一忙一闲,一老一小两个人儿。沉默代替了一切话语。斧头、锯子那些家伙什的劈里叭嚓、吱吱咯咯的聒噪声,似乎表达了他们要说的全部内容。

你是没赶上?我知道,你就差了一步。你紧跑慢跑,想赶来救虎子,只是晚来了那一步;你东奔西颠找桃子,找到的却是残害桃子的罗麻子,是不是?你杀了人,知道不是杀了一条狗,违了纪、犯了法,不敢找回部队去?你东躲西藏,耽误了大事情,没赶上收复爷台山的那一仗,仇没报、怨没申、气没出、命没偿,你心里有愧说不出,对不住你营长对你的重托,没有保护好我们的桃子,是不是?你为桃子也为你,痛不欲生、失声嚎哭又失语——由此,变成会说话的聋哑人,是不是?

那也罢。我权当和哑巴在聊天,希望聋子听唱歌——唔,你听到了吗?真的有人在"嗷"歌——你要是我的哥哥了,你招一招手;你不是我那哥哥哟,走你的路……

那不是广播匣子里在见天地吼,是杏子,得了瓜(傻)爱症。唉,是谁害得我女儿,五迷六道、疯疯颠颠撒不清!她跟你一个样,一个如疯如痴,一个装聋卖哑,都是秦地老陕人的哈毛病,一根筋。

啥?你说啥,到底说话啦?把他个什,啥叫喝凉水塞牙缝,倒霉进了骨头里?牙疼长,腿疼短,打碎牙齿往肚里咽,打断骨头还连着筋呐!

那有啥,心放宽,胆放大,天王老子都别怕。大丈夫,男子汉,砍头全当风吹帽,脑壳掉了,不就是碗大个疤。啥,你可不是多浑虫,不会小狗披了张老虎皮,装模作样充大猫!

你别说,我看你呀,脑子没有被门缝夹,一定是给驴踢坏啦。在这乱世道,不在乎你是哪党哪个派,要紧的是,天道和人心。不管谁,都不能干伤天害理、人神共愤的事。否则天怒人怨哪!没听人说吗?人做事,天在看——人恶人怕天不怕,人善人欺天不欺。人算终不如天算呢,不丧良心地活下去,你就是,真正的大赢家……

两个人忽而兄弟,忽而叔侄,没大没小,无牵无挂,言来语去,东扯西拉,甚而至于嬉笑怒骂,一会儿狂妄自大,神鬼不惧,傲睨天下,就像吃了龙胆虎心豹子肝;一会儿,柔情似水,肝肠婉转,慈悲为怀,又成了再世的观音化身活菩萨。彼此笑着、说着,说着、笑着,忽而又哭了;哭着哭着,转而又笑了。孩子一样率真无邪,无所顾忌,无拘无束,淋漓酣畅,优哉乐哉,心无挂碍,直乐得逍遥自在,赛过活神仙,就一点儿,没有掺假……

其实呀,他们什么话也没说,一直没有说。一个在埋头干他的活儿,一个在静静地看着他干活儿。有时也看天,看云,看崖头的酸枣树干枯的红果果,在风中一颗颗摇落坠在院子里,被母鸡和那一群不拾闲的半大小鸡仔,追逐着不停地啄着。

岁爷这种安静的生活,其实却不很安闲,他好像一直在委托城里的大表姨、二表姨,还有什么扯得上、扯不上的老关系,在悄悄操作什么大事情。那些人,就是时不时便来到家里的"远路上的客"。口粮紧缺的困难年,会突然有人给他送来城里的洋面粉,坐的还是任家堡子人第一次见到的"屎巴牛"小卧车(轿车)。还有一个西安莫名其妙的二表姨,曾经托人专门给我们的岁婆花儿娘,送来一架脚踏缝纫机,也是任家堡子村第一个惹人眼红的稀罕物。她在一封信里面,报告了岁爷一个好消息,让人丈二和尚猜不透,说她已经按照岁爷的嘱托,好不容易,在北京打听到一个什么"姓关的大人物",到底找这个人干什么,她却没有说。不过她许诺,说"大表姨",也就是月儿两口子,只能叫岁爷坐起来,用不了多久,她还发誓要让岁爷站起来。村里人不知道这个"小表姨"何许人,都说城里人,说话没边际,牛皮吹得比天大。至于在村里,来家光顾最多的人,早已不是高升到县上当领导的孙秃子,而是少了一个指头和耳朵的余景才,隔三岔五地,他不是给岁爷和岁婆编织一双毛袜子,就是送来一块肥羊肉,甚至还给岁爷他们敲制了一个铜火锅。岁爷的日子,什么也不缺,只是在小女儿梅子姐姐出嫁后,单单发愁杏子姐,人都说她得了花痴病,这"痴病"咋地都治不好。

花儿娘曾试探,有心撮合,想让安子和杏子,凑到一起成个家,岁爷一句话,就让她断了那念头。"他俩啊,不是能捏到一块的泥,是两个不沾水的土坷垃。"

果不其然,终于有一天早上,院子里没听见那个勤快的假哑巴起床扫院子,也没人喂猪喂鸡鸭。岁爷的轮椅滚到木工窑,就见炕沿上,整整齐齐排列了四块柏木雕刻画,上面的人儿,眉眼逼真,栩栩如生,鲜活超绝——一搭眼,就知道他们都是谁:"俺的营长任英魁,俺的兄弟虎子和豹子,俺的最爱任桃子……"

雕刻板下,用纸写了一行规规整整的字:"俺把他们装在心里了。俺现在,去找俺的娘。"

岁爷把穗子也就是我喊过来，对我说："好好把他们收起来。安子是来尽孝心，表诚意，证明他没有坏良心。"

那个懵懂年龄的我，只管对岁爷（包括我的花儿娘）的话，唯命是从不反嘴，言听计从，我用布细心地包好了四块木雕板，将其稳稳妥妥，收藏在桐木柜里。

没多久，西安果然来了两个人，非亲非故地，专门给岁爷送来了"一条腿"，他们看着给岁爷装上了假肢后，岁爷就真的"神奇地"站起来，开始用双腿走路了。

"善有善报啊！"村上人不无感叹道，"这世界，毕竟还是有知恩图报的好人哪。"

听了这些话，我也一心想给我的岁爷和花儿娘做些啥，但日思夜想，一直想不到该做啥最好，倒是经常做着一种奇怪的梦，那就是常常在梦中觳觫地震颤，看到自己活生生从沟畔失足跌下去。那一刻，我全身抽搐，真切地感受到马上摔死沟底的恐惧和绝望，猛然梦魇醒过来，又会庆幸和释然，骤然意识到，不过就是个噩梦吧！我把这些梦，说给花儿娘，她也和我一样很庆幸，直说小孩子做这种掉下沟的梦，说明是正在发育，长个头。

许多年以后，我总是因为自己没有真实地掉下沟而死一回，深感愧惜和懊悔。这情形，正好如同小时候的花儿娘，每每做了好吃的饭，比如炸油糕，做麻糖，压饸饹，都要打发我给村上的老人挨家挨户送，还特别关照那些婆婆婶婶老妈子，直到很久以后，我才搞明白，她要我这样做，并不是希望我传承她和岁爷他们那种不自觉的（几乎是天然和本能的）遗传性乐善好施的心，其实是要我回报那些曾经给我喂过奶水——一个村庄里的母亲们。

这让我恍然，也让我扎心，我的脉管里，尽管没有岁爷和花儿娘的血，单凭我吃着她的奶，吃过村上众多母亲们的奶，我能不是她们亲亲的儿子吗？

我不知道，我为花儿娘和我的这些母亲该做点啥？只是，等到切肤地意识到，自己该怎样报答我这些真正的再生父母时，却无能为力，想不出好办法，剩下的，也只能丧尽天良，说一句狼心狗肺虚情假意的话：那就等着，等我下世为人，再说吧。

忽然在一个落泪的冬季里，我的岁爷和花儿娘，他们都双双变为尘土成了细细的灰。给我喂过奶的任家堡子村那些母亲，差不多，也都零落成泥碾作尘，阻挡不住时光的催逼，一个一个，相继去了另一个世界。在许多许多场梦里，我的心，只为他们摇撼又瓣碎，多年后，那里结出了朵朵悲伤的花，全是我不忍触碰的遗憾。

心形杏仁

秋日的渭北旱塬，却不断回响起一阵阵春雷动地的轰鸣。人们终于盼来了全面大反击的解放战争。边区封锁线上，那些耀武扬威和一直虎视眈眈的碉堡，一个个被端掉了。曾经上十成百人用性命都拿不下来的炮楼子，主力部队用三匹马拖来的大炮，只用了一发明光锃亮的炮弹，就这样"轰"的一声，被炸飞了！整整十二年，我们这个首当其冲、地处边区边沿的任家堡子，终于等到这一天。那些不可一世、自然也横霸无比的土围子，到底还是遇上了它致命的克星。就在这个楸树枫树张扬红叶的深秋季节，在我们心惊胆战、饱受它威逼欺压十二载之后，也在我们任家堡子人扬眉吐气的遥相逼视下，转眼就土崩瓦解、灰飞烟灭了！几乎每一天，边区的地盘都在急剧地扩大着，边区的界线也越来越模糊了。这时候的任家堡子村不论白天或晚上，都热闹得像过节。队伍连日向南开拔，特别是从村路上烟尘滚滚，碾砸过去的那种威猛凶悍的大炮，呼应着百姓内心迸发出的欢呼。连续多天，岁爷也闲不住了，他拄着拐杖，头不挨枕头地昼夜不停地从村东头跑到村西头。成百上担的军粮，收集了上来，他又按各家人头分摊下去，要求限时磨出面粉做干粮。妇女们除了白天给队伍烧开水做饭，晚上还得加班缝制军衣，赶做军鞋。"队伍上需要啥，只要有就只管拿。"走东串西的岁爷，和队伍上的人一样，不断重复的都是同一句话："保管好纸条，将来就找咱们新政府去要吧……"

村前村后和打麦场，到处架的是行军锅灶，军马吃草饮水的各种木桶、石槽与盛器。军队刚开走了一批，轰隆隆又开来一批，每一拨新来的带的兵器大家伙，都有庄稼人没见过的新玩意。最开心的是一群穿开裆裤子的小屁孩儿，追前撵后，跟当兵的讨子弹壳。胆子大的，还缠着人家要摸枪摸炮。那些日子，岁爷家那鬼气森森的地坑窑院，空前绝后，热气腾腾像开了锅。有一天晚上，窑里、院里、大门洞里，整整睡满了三个连的兵。光烧开水，就用光了积攒三年的两个麦草垛。全家人磨面做饭，都没个实闲。你可以想象，在这样的早上，这样的时辰，喜悦和庆幸，又怎能不约而同，当然也是情不由己，鲜花般开上庄稼人灰头土脸的脸？

可惜的是，花儿娘却未能感受这份喜庆和兴奋。她和村中的大多数妇女，永远是生活主流的配角，同时又永远是生活中饮食起居、无数破烦碎事的主角。其实，岁婆花儿娘，这一天比岁爷起得还早，也许是村里头一个开始在灶间忙活的女人。她这天要烙两斗面的锅盔，这是说一不二的岁爷，派给她的"官活儿"。岁爷非常严肃和认真地说,"多给你派了一斗面的活儿不假,可这支前的事儿,咱不带头,还能让别人抢先不成?"岁爷接着又强调说,"得抓紧干呢,晌午,就得送到打炮楼的队伍上去。"

岁爷说罢,就拄着拐杖转出了家,爬上崖畔,也跟村中的老少爷们儿,一起凑热闹远远地眺望打炮楼了。正在灶口给花儿娘烧火的杏子姐,"霍"地站起来,也要奔出门去。

"回来!"花儿娘喝道,"你不给我帮忙,去哪里疯?"杏子姐姐不悦地收住脚步,气鼓鼓地瞪圆了一双明眸闪闪的杏子眼,撑嘴道:"咋?我也要去看……打炮楼呢。"

"你就会野,没看见我忙得昏天黑地吗?"花儿娘说。杏子姐姐不服,一本正经反驳:"我咋是去疯?你难道不知道,今个儿,可是轮到咱们……出口气了,咱要为……我哥哥、姐姐……报仇……"杏子姐姐理直气壮,但说到"报仇"两个字,已经很有些迟疑犹豫,小心翼翼生怕触动结痂的伤疤似的胆怯住了。尽管如此,花儿娘的身子,还是无由地猛然一抖,手上的饼子,也就顺势掉进了锅。老半天,她僵在那里,像失去了知觉。她心里当然知道,杏子姐姐说的啥,那是她心里的疼。可就在这时,与锅台连为一体的炕上睡醒了我,而且,不足三岁的我,那天又很不争气尿在了炕上。平常,给我擦屁股的事,都是杏子姐姐无怨无悔甚至是乐此不疲的工作,可这天,她一反常态,既没能引起她即时的怜爱,更没引起往日不忍我哭出一声的宽容与慷慨,只是冷冷地,瞥我一眼,就撒腿跑出了窑。不过须臾之间,她又小鸟似的惊喳喳地跑回家,边跑还边喊叫道:"过队伍,又在过队伍了,娘,有大炮,许多个大炮,是马拉的大炮……"

"乱叫唤啥?"岁婆花儿娘很生气地瞪了她一眼:"又不是没见过大炮,乱吱哇啥,看你个疯女子,越长越没出息了。"杏子姐姐却不理,慌里慌张地扑到躺柜前那面破了镜面的圆镜前,急忙搔首弄姿扒拉几下头发,又掀起木柜盖子,从里面抽出一件粉红花衣衫,惶惶地换在身上,接着又在柜里面拎出一个鼓鼓囊囊的小布包,只对花儿娘说了一句:"娘,我晚点回来。"话音未落,人就扭头撒腿跑出了院。后来的情况,就成了杏子姐姐故事的续集,也算是,她爱情悲剧的序幕了。

简单说,就是马排长来了。不,他如今是马连长,而且是西北解放大军某部的炮连长。在这种全村热闹、人人手忙脚乱的喧嚣中,爱情这种最原始普遍、无处不在、也无孔不入的人类感情,自然也不甘示弱,正看不见地、偷偷摸摸滋生蔓长着。军爱民、民拥军,军民鱼水一家亲哪!咱解放军还用说吗?任何一个最小的士兵,都会赢得任家堡子花季村姑们的纯情与芳心。任家堡子的风水养女不养男，原本就是出产美女的好地方，谁说深山窝窝飞不出金凤凰？沟畔的苜蓿地紫花正开，芬芳迷人。蜂飞蝶舞的美妙秋色，姑娘们在那里采摘二茬子嫩苜蓿，军官和战士也爱去那里散步或放战马，他们彼此亲密无间，说个没完，笑成一团，最后，也闹成一团，甚至于，滚成一团……

　　那里头，就有情窦初开的杏子姐。正当豆蔻年华的她，早已出脱成崖畔上一朵惹人眼红的山丹丹。她的美眉俊眼和白里透红的小脸蛋，真是巧夺天工，自然超出了当年的第五花儿，而那风摆弱柳的细腰肢，也直让人想起逝去的美女任桃子。那个壮壮实实、年仅二十三岁的马连长，被杏子姐姐迷得神魂颠倒，更遑论，他们还是久别重逢的一对。几年前，那个月光柔媚的夜晚，他们在岁爷家崖背上的杏树下，就曾纯真无邪地认识过了。当时卧底国民党军的排长马天野，给杏子姐姐亲手系上一条军用的牛皮武装带，像一根生命线，要不就是所谓的爱情线，紧紧拴住了杏子姐姐的心，以至于到死，她都系在腰上不肯丢弃；而杏子姐姐则猴子般轻捷灵敏，乘着月夜多情美意而清亮如水的月光，攀在杏树上，给马排长娴熟地摘下熟透的大甜杏，整整装满了他国民党军军服的两口袋。这眼下，当年穿国民党军军服的马排长，转眼变成了人民解放军的马连长，犹如明朗的秋日阳光代替了朦胧的夏夜月色，杏树上早没了让人垂涎的大甜杏，但有情窦大开的杏子姐姐一颗挚情饱满的少女之心——天知道，她从啥时候开始，就给这个已经长出了浓密胡子、威猛高大的马连长，悄悄地攒下了一小袋甜仁杏核。那些宝贵的寻常物，全是心形的模样，而且还天然自带"双眼皮儿"，酷似杏子姐姐那明眸皓齿一双水灵灵的大眼睛。

　　在任家堡子休整的那三天，马连长随意支开了跟屁虫似的老围着他屁股打转的通信员，自己则无怨无悔，甘愿变成了一刻不停、老围着杏子姐姐兜圈子的跟屁虫。长胡子的马连长，骑着一匹拉炮的高头白马，他在雄赳赳、意气轩昂的大马上，只是一弯腰，就如同拎起一只驯顺的小绵羊，一下子就从人群里，把杏子姐姐提拎起来放在他胸前，进而紧紧地揽进了怀。杏子姐姐觉得浑身发痒忍不住咯咯咯摇铃铛似的笑。大白马撒开了长腿，好一阵兴高采烈地狂奔，杏子姐耳边呼呼生风，随着马的颠簸和跃动，感到了从未有过的一种陌生欢畅和惬意，那感觉鼓荡她，扇动她，简直就要让她飞起来。八月里的凉风，让她感到是灼热的，身后的怀抱是灼热的，那个长胡子的脸，呼出的气息也是灼热的，热烘烘的她，觉得自己就要被什么点燃了，整个的人都要着火了。突然，那马就前蹄腾空，几乎要直立起来了。她和那个胡子马连长，一起滚下了马，倒在了那片盛开紫花的苜蓿地。半人高的苜蓿丛，蜂飞蝶舞一片繁荣好气象，青草的气味清新浓郁又醉人。大白马一往情深，贪婪地吞噬着紫花纷纭、开始结籽茂盛的苜蓿草,很快就吃饱了肚子。大概是吃得太饱、太酣畅淋漓、太过瘾,干脆在地里打起了滚儿。那情形正如同铁嘴钢牙的马连长,"咯嘣、咯嘣"用牙磕碎坚硬无比的甜杏核,快乐畅意地咀嚼着一颗颗口留余香的杏仁儿,吃着、吃着,两个人也不知咋地,就驴打滚似的,学着大白马的样,在苜蓿丛中,笑成一气,滚作一团了⋯⋯

炮连在第三天的黄昏时开拨,跑来和杏子姐姐告别的年青的马连长,不顾体面地眼睛哭成了两只红肿的杏,他一边哭鼻抹泪一边指天誓日对杏子姐姐说什么。杏子姐姐又摇头又点头,光流眼泪不说话,泪珠子一串一串地,就像她乌溜溜往下顺的长辫子。

马蹄声碎,军号声咽。队伍渐行渐远,慢慢地,拉断了杏子姐姐缠绵悱恻的多情视线。开始,她还站在崖畔上张望,后来,站累了,索性就坐在了那儿,望着、望着,不吃不喝,也不愿回家睡觉,整整望了三天三夜,也坐了三天三夜。她用她的一往情深和铁石心肠般的固执,为自己打造了一个终生敲不碎、也砸不烂的不变形象。第四天,当人们把她强制性抬回家,她已经开始发烧说胡话了。花儿娘赶紧张罗着,就要给她去叫魂,却被岁爷一声断喝,给制止了。"算啦,还嫌不够丢人现眼吗?"

害上了恋爱病的任杏子,一直都认为,那个亲了她嘴的长胡子的骑兵马连长,就是这孤独的世界上唯一的男人,也许还是唯一的人。前者,她寄希望自己与这个男人结成这个缺爱的世上唯一真爱的一对人;后者,则觉得只要能够想他、念他、看见他、亲近他,自己都可以不是人,不是女人——即便是只狗,一只猫,或者他喜欢的什么动物、植物,以至于物件都能成。比如他骑的那匹威风凛凛的大白马,要么,就像他爱不释手的那支二十响的驳壳枪,任凭他的意志扣动和摆弄,发出凌厉的呼啸。总之,到死,她都认为,她任杏子一辈子最懂得爱,为了爱情,也毫无保留、奉献出了全部的心血和激情与忠诚。也许,可怜的她,中了爱情的剧毒了,到死都没有把年轻人的一时冲动和持久绵长的真挚感情区别清,压根儿不知道,什么是爱情,更没有找到爱情在哪儿。

反正,从此以后,我的杏子姐,面对这个糟乱的大世界,也就只有一种与之抗衡的方式了,那就是无言以对,把自己变成一个会说话的哑巴,就像家里曾经来过的,那个会说话而坚决一言不发的哑巴一个样。她的目光是凝滞的、空洞的,又是凝聚的、冷峻的,能够洞穿一切具有无比杀伤力。尽管,这种杀伤不会危及任何人,当然不包括我们的岁爷和他的岁婆我的花儿娘,他们是这把冰冷的刀子直接受伤者,也是这个木头人唯一的庇护人。杏子姐姐几乎每天都坐在崖畔的杏树下,不言不语,无思无欲,一动不动,俨然一具木雕泥塑。

起初，到了饭点，岁爷或花儿娘，后来就是慢慢能跑腿的穗子儿我，要不就是梅子姐，会叫她回家去吃饭，大多数情况，她都是叫不动的，有时就拉扯她，但常常也并不奏效，她几乎纹丝不动，目光直呆呆，不认识似的、陌生地瞥上我一眼，挣脱开我的手，依然如故，打禅般继续枯坐着。有时，似乎为了逃避家人惊扰和催促，干脆跑很远，躲在野地某个静僻的角落，继续她蜕变石头人的日程与功课。我们全家人，漫山遍野寻找得多了，习以为常，干脆也不找，任她坐到日落天黑，大概肚子也有点饿——或许，她从来不知道饿，仅仅是某种隐秘的惯性使然吧，才会影子一般悄无声息，孤魂野鬼般地潜回家。

日久天长，一佛出世，任家堡子人便暗自许诺了她一个字的最新称呼：神。

"我的个神呀！"他们交头接耳、窃窃私语着："可怜的杏子，七魂出窍，恐怕不是这个世界的人了。"在杏子姐姐的眼里，不用说全世界和全村子的人她都不认识，就是我们岁爷家的人，她都恍然隔世不认得了。除非看到了我，她的眼睛偶然还会跳闪出一星点的亮，甚至还拉拉我的手，那是由于，此前我一直被她背在背上，或抱在怀里的缘故，但随着我一天天变大，她抱在怀里的，就只是一只小布袋子了。我知道那里面装的啥，因为我偷偷地看过，并砸碎了几个，吃了里面的甜杏仁。她好像有觉察，从此，日夜不离身，吝啬地将那小布袋塞进她的大襟衣服里，外面，就用那根永不下身的牛皮武装带，紧紧地系着，鼓鼓囊囊，像怀了孕。这样子，她就成了任家堡子村一个独有的形象代言人，只要看见一个长相十分俊俏却十分呆痴的女人，穿着花衣服，却不男不女系着一根牛皮武装带，不用细打问，就知道她是谁了。

多年后的一个后半晌，趁她上茅房，我终于又一次打开了她那个宝贝似的小布袋，却发现里面的甜仁杏核，全变戏法似的变成了人的脸，一个个脸上浓眉大眼睛，"嘴巴"下还画着黑胡须。我顺手摸出一颗来，砸碎了那杏仁看，却意外发现，已经发霉变黑味儿变苦了。不几日，岁爷收到一封野战军某部的来函，据说是长胡子的马连长阵亡的通知书，他早在几年前，在解放兰州的战役中就牺牲了。信上到底还说了啥，只有岁爷一人知底细。但是，这个晴天霹雳的消息，告诉给杏子姐姐时，她什么也没有说，一句都没有说，却突然狂风一样卷地而起就跑了，没头没脑地冲出了地坑院，就在崖背上的野地里狂奔起来了。

太阳明晃晃地照着她，刺得她睁不开眼，乡间那绿色植物掩映的贫弱细瘦的小土路，变成了一条闪着亮光飘忽不定的带子，她高一脚低一脚，像在云上起伏地飞。杏子姐姐啊，你踉跄着，磕磕绊绊，使劲地跑啊跑！一个声音就在你耳边尖锐地嘶叫着："不活了，不活了！"黑夜突降了，潮水般从你身后紧追不舍地赶上来，淹没了眼前，淹没了你和世界的一切，只是那声音，越来越高亢和响亮,响亮到刺穿你耳膜,让你惊悸和心跳,止不住浑身战栗了。你用无言的声音,高亢地诅咒着:"×来个屁哟,我,不活了……"

杏子姐姐被人们追赶上,抬回家,她基本上是死了。她用死亡作抵押,说了一通坚如磐石的"话":"他没有死,你们都在哄我!"

她的根据钢铁般铮硬,坚实得确凿。"你们不是都说过,李干伯死了吗?结果他回来了,骗得红霞姨好苦,结果信以为真,又跟上了个姓关的;你们不是说安子哥死了吗?害得水琴大娘去找他,结果他娘没有回来,安子哥却回来了……"

她指天誓日道:"我不信、不信,死了都不信。打死,我都不信。"都说岁爷家的儿女,典型陕西人脾气,全是一根筋。除了虎子、豹子和桃子,这话,被杏子姐姐,再一次,不幸地印证了。

"先人的害呀!前世,欠下了谁的孽!"花儿娘含着泪,对天浩叹说,"一个死心眼,偏偏碰上个缺心眼,你说,咋能不折磨死人哟!"

杏子姐姐仍然在崖背上的杏树下坐,直到把自己枯坐成一块不会说话的爱情活化石。她给自己的心,裹上了一层蔑视一切的铜墙铁壁坚厚的甲胄,不消说人间的任何诱惑了,即使雷霆风暴,任何声息都穿不透。面对女儿灾难性的爱,没有文化的花儿娘,又一次叹了一声,却给出一句不乏文化品格和极具真理属性、深彻朴素的感喟道:"唉,爱得不好,就是害啊。"

家里人索性放弃了徒劳无用的强制她,她成了个天不管地不收、无人理睬的域外公民了。她走火入魔,一天到晚,怀里依然抱着那个花布衫子改作的小布袋,鼓鼓囊囊地,紧紧地抱在怀里面,如同抱着一个娃(村中就有人说,她是想要个孩呀,莫非想成瘾症了?)。但很少人知道,那袋子里装的,是一对对完全一个样子的甜仁杏核。一颗颗杏仁儿,被她的双手摩挲得圆润发光,通体透亮全像玛瑙珠子样。最奇特的是,它们那坚硬的外壳上,不仅画着一张张男人的脸,而且许多个硬壳,已经在鼓凸处被手指磨穿,都裸露出了里面的心形甜杏仁,酷似一双双望眼欲穿的眼。也有顽劣的村童,抢过去细细数过个儿,竟然一对、一对,全都是偶数;还有淘气的也像我一样,冒犯地偷抓过几个,砸碎想吃里头的杏仁,结果依然发现那些糟糕的杏仁儿,竟然耐不住岁月的侵蚀,不仅变黄发乌,而且味道变得苦涩难咽,比苦杏仁还要苦……

一个漆黑如墨的深夜里,广播匣子正唱着杏子姐姐过往最爱听的"走西口",她深居简出的那孔窑,突然神秘莫测传出一阵阵呻吟与嘶喊,接着,就听见一个若有若无微弱的婴儿啼哭声,宁静的院子,泛起了一阵阵的骚动,但很快,又复归了宁静。第二天早饭,花儿娘少见一脸的肃然,几乎是专门针对已经上小学的梅子姐姐和屁事不懂的我,正式宣布了一件大事情,她说:"娘在沟畔的苇子壕,捡柴火捡到了一个男娃娃,如果能活下来,那以后,他就是我们家的人。"

"那么,他今后就是……我们的,又一个弟弟吗?"才思敏捷的梅子姐,当即就问我们的花儿娘。"胡说。"花儿娘十分明确地回答,"这就算,给你姐姐抱养的娃,你那么聪明,咋就不知道,他是你们的外甥?"

爱情之墓

到过任家堡子的人,都熟悉村西的苇子壕。就在沟畔,当初红霞就义和虎子蒙难的土包旁。壕对面是苜蓿地,地穴头是村子的另一维世界,这里的常住户终年不见天日,永远安分守己守望着他们鲜有惊扰的美穴地。平日,这里安详静谧,没有谁轻易去打扰他们的老先人。近邻一侧,就是那片野性十足、浓密得风吹不透的芦苇荡。因为地势低洼雨水积淀,更有野鸭和不知其名的飞禽走兽出没其间,让人感觉神秘、威严和阴森。一般情况下,村人都绕着走,绝少有人光顾那苇子壕的。

除了一个人。或者说,是过往年代的一个爱情活化石。如果在半个多世纪以前,你来到任家堡子村,总会看到她。她形容枯槁面如土灰,神情凝滞而衣衫不整,一头纷乱如麻的白发遮蔽着她神秘莫测的面容,通常情况下,你只能远远地看见她一个瘦瘦的轮廓和安静的侧影。她就那样子日复一日、成年累月地盘腿打坐,几乎一动不动,像一尊能呼吸喘气的雕塑。很长一段时间,有人说她害了无法可治的相思病,还有人说她实际上怀有身孕,在等待等不回来的那个男人。她从来不和任何人打交道,除了家人,也渐渐无人关注她的存在,她几乎变成一个传说中缄口不语的聋哑人,一个浑浑噩噩不问世事,更不明事理的大傻子。可以想象,任何一个家庭,摊上这样一个没有出嫁的老处女、傻女子,不算灭顶之灾,也是极大的悲哀与不幸了。

不用说,杏子的大,我们如牛负重的岁爷,心里生长着怎样看不见的疼痛!可怜的老汉,拖着行动不便的残腿,四处求医问药找偏方,也东托西求找亲友,希望给杏子姐姐治好病,或者找个安妥的人家嫁出去。我们的花儿娘,更是求神拜佛,三天两头磕头烧香,做梦都祈愿着女儿及早能康复。可惜,神仙似乎已麻木,老天爷无动于衷不显灵。只是有一天,那是个初春的日子,打从省城西安来了个干部模样的女人,她带着一个眉目清秀的小伙,说是她的儿。这母子俩专程来看望咱岁爷,岁爷把她叫"他姨",他对家人说,这"姨"在边区工作过，就像当年我们有过个"他舅"，都是革命"认下"的好亲友。这姨是接到岁爷的求助，专门来接杏子姐，说好到西安去看病。一家人费尽心思，好不容易将杏子姐姐哄到汽车站，可她趁去厕所，居然翻过墙豁口，转眼又逃得不见了影。那"姨"只好叹声气，留下一些钱，让岁爷好生关照她。

再后来，那小伙子还曾多次单独来过岁爷家，不过，他已经不再是小伙，不知不觉间，他已经由青年进入了开始秃头的中年。又由灰暗的中年，不声不哈变成头发花白的半老头。他的每次来，似乎都是在证明："天时人事日相催，日月无情迫人老"这句话。有一次，他还带来他一个五官精致的小女儿，那孩子漂亮得不像话，在依然穷乡僻壤的任家堡子村，她美得实在很虚假，叫人只能相信她来自电影的银幕或者说是一幅什么宣传画。但是有两件事却是实打实的真实，一说是，她像害怕老虎豹子一样害怕岁爷家土炕上的跳蚤和虱子；再就是，像害怕魔鬼似的，害怕已经白发苍苍、形容枯槁的杏子这个傻婆婆了。

村上的人渐渐打听到，这个西安人，其实跟岁爷家真不是啥亲戚。只不过是他母亲，也就是先前来过的那个女干部，据说解放初期和岁爷有交往。庸常的日子有如流水，白驹过隙，转眼到了某年中秋节，天气已经转凉。这天早晨，穗子像往常一起来先到了杏子住的窑洞里，看她睡觉的土炕还要不要烧。可是一进窑，却看到炕上空空如也没了人，连被褥啥的全没了。穗子喊来一帮人，院里院外找了个遍，接着又村前村后、满坳满地去寻找。最后，还是他自己，就在村西头苇子壕，看见了他可怜的杏子姐。曾经美若天仙的大美人，一改往常的邋遢肮脏相，穿戴整齐地坐在被褥上，如雪的白发在晨风中微微地颤动，紧闭的嘴唇构成一道细细的凹痕。她头枕着壕沟的土塄坎，素面朝天，入定似的仰望着朝霞染红的半边天。她的脸上，是许久不见的安详与淡定，薄薄地覆着一抹柔情蜜意的笑，整整一夜都和她温暖如春地贴在一起。也许她最后看到了一张军人的大胡子脸，那脸微微地笑，却笑得并不怎么甜美……

她当然已经走了。是安详地，坐着走的。穗子在入殓安葬他这个可怜的老姐姐时，想起了西安的那个人。那人曾经郑重其事地要求他，说杏子姨——他一直是这么称呼杏子老人的——要是"老了"（殁了），一定要通知他前来送葬。他说那是他母亲生前反复叮嘱他的唯一紧要的一件事情。第二天下午，西安那人便带着他女儿——他的女儿这一次除了带来了她女婿，还带来一个刚满三岁的外孙女。据西安那人说，他母亲三年前临终，要他一定要记住，千万要把一个自己枕了差不多一辈子的枕头，到时放进杏子的棺材。她要求他信守诺言，直到最后放进棺材，才能和穗子一起，拆开看那枕头里的东西。

祭奠之夜，哀乐声声。穗子和那西安人，当着全家人——其实也就是他们两家的儿女和亲戚，拆开了那个布枕头。枕头里是一床包裹婴儿的薄棉被，棉被里夹着一个红色塑料皮儿小本。小红本被西安人眼尖手快的女儿，一把抢在手里，她随意地翻着、看着，不由自主就念出了声——

儿子，这是你和你妈妈的故事。就是说，你有两个妈。作为你的第二个妈，我原本早就该把你归还给你的亲生母亲，可是她不幸精神失常了，又哪里能关照好你？再说我孤苦伶仃，也舍不得让你回乡下。我过去骗你，说你爸死得早，事实是，我至今都没结过婚，而你爸，我压根儿，就不知道，他是谁。我得到你，完全是一个偶然的机会。也许这是我一生注定的福分，同时，也是我一生中唯一的罪过。为了你，我不得不把这件事情的真相，迫不得已放到最后，再告诉你。

1950年秋，那年我21岁，跟随留守延安的最后一批干部南下，我们是要到西安充实城市管理力量的。有一天，我们徒步到了淳化任家堡子村，这里是根据地的边界，群众基础好。当天晚上，我们就歇在那里。那个晚上月亮很亮，我们住的地方是地坑院窑洞。半夜我出窑小解，发现崖背上有人影晃动，我不由得紧张，问了一声谁？那人应了我一声，竟说出了我名字。原来是和我们一起的一个同志。他走来对我说，这里过去红白交界，尽管已经解放，情况还是很复杂。他说他不放心大家的安全，是特意出来巡夜放哨的。说着，还拍了拍他腰间那把手枪，说他刚才看见，村西头的苇子壕，好像有人鬼鬼祟祟活动，很难说清，或许是坏人。一听有"坏人"，我当即便附和他去追，蹑手蹑脚，悄悄向苇子壕走去。可刚到那里，那同志却一把拦腰抱住了我，他嘴里粗重地喘着气，苦苦求我不要声张，说着就将我抱起扔在了芦苇丛里，接着就压过来手忙脚乱扒我裤子。我刚想大叫，他一下就骑上我身，用嘴死死地，堵住了我的嘴……说实在话，要不是他以这种野蛮的、突然袭击的方式待我，也许，我就是另一种态度了。我在革命队伍所受的男女平等的教育和影响，很强烈地反感他这种侵犯人权和不尊重女人的做法，这让我难以接受。所以，尽管当时我已经意识到无力挽回，可还是本能地反抗、挣扎、抗拒着他。我求他放开，说，不然我就要喊人！他得意地嚷，你喊吧，鬼都没有一个。他猛然转身，伸手就抓起他扔在一旁的手枪，恫吓我说：你不从我，你就死吧！

可就在这时，意想不到的事情发生了。我突然听到"咣当"一声，那同志手中的枪，被人给打落在地。"你个不要脸的，做什么孽？"一个威严阴沉的声音呵斥着，像从我旁边地里冒出来个人，正举着一把明光闪闪的铁锨，虎虎有势地站在那儿。我趁机翻过身来，一把抓过了地上的枪，双手紧握，没顾得多想，就照着那个正向我反扑过来的人，扣响了扳机。他扑通一下应声倒下，当即抽搐了几下就不动了。这时，我才发觉，我铸成了大错。天，这怎么办？我赶紧提起裤子，跳起来，警觉地问旁边的那人："你……是谁？"

"我是这村子的……爷，任仲魁。"那人惊惊惶惶，话不成句地说。"你……你……怎么能……"我一时语无伦次，不知该说什么好。就在这时，却听到一声微弱的婴啼，自那爷身后传来。扭头一看，才发现那里有一只草笼，里面的婴孩哀哀啼哭着，已经蹬开了包裹他的小被子，赤条条地袒露在那。"哟，把他个什！"那个人突然说，仍然结结巴巴的："他、他，怎么，又……活了？"我以为他讲的是要强暴我的那位……同志，可仔细一看，那个不该死的人，确实是死了，真真的，轻易就死了。而那爷却惶恐不安地说，"他、他本来是死了的啊！"

"这是……"我实在不知道怎么回事。那人哀叹着，生硬地回答我，"唉，让你给碰上了，这可是我们家见不得人的事？你想，我能让没出嫁的女儿，在娘家养娃吗？她活得不如人，但不能不是人。这娃生下来，半死不活又没奶，今晚上眼见他已经没气息了的呀，我就拐拉出来，想把他埋了。可是……"

我这时才发现，他原来有残废，只有一条腿，眼看就要倒下去，马上用手中的铁锹撑住了身子。我说："你，还要怎样？"

他不吭气，只管摇头。"他没大（父），他妈，又生不如死，你说这，可咋办好？"

"你总不能……将他活埋了吧，不管咋说，这是一条命啊！"我当时，突然不知打哪来了一股勇气，冲过去就抱起了那嗷嗷哭叫的孩子。我指着那个同志的遗体说："要埋，你就把他埋了。这孩子嘛，千万，别害了他。算我的，行吗？我向你保证，我宁肯一辈子不结婚，一定把他，养育成人。"

说完这句话，像是害怕他抢走，我抱起那孩子转身就走。我没有再回村子，而是一直向南，向西安方向，连夜就走了。我是逃走的。后来的事，就不用多说了。回想我的一生，也许，这是我唯一做的一件像样的人事。亲爱的儿，你现在可以将你的襁褓，归还给你的亲生母亲了。同时，你还要向组织交出这个小红本子，好让他们知道，当年南下的工作队，突然失踪了一名男干部，是怎么回事……

西安人的女儿，念到这里，已经了然自己父亲可怜的身世，自然也明白了他们赶来送葬的这个更加可怜的疯女人，原来，就是自己的亲祖母。这女儿泣不成声的时候，她的父亲即那西安人，则紧紧地抱着那床婴孩小被子，一下子跪倒在了杏子姐姐的灵堂前面，声泪俱下，喊了声"妈……"

第二天早上，按照乡俗，西安人和他的女儿、女婿，以及外孙女，披麻戴孝，为疯女人杏子，出殡送葬。杏子的弟弟穗子，为此一下子升格成了舅舅和舅爷。但他似乎并没有因此而感到多少欣慰，相反好像更加伤心欲绝了。在安葬完苦命的老姐姐之后，他扑倒在坟前哭得死去活来。毫无疑问，他的悲悼之情，也源远流长，那是来自战争蛮不讲理的劫掠与无辜者的悲惨殒命。人类愚蠢和罪恶的战争啊，它要你的命，无非惊天动地枪林弹雨，或者杀声震天刀光剑影，于那血淋淋的一瞬毙命而已。可它要夺走你心中的爱，却可以不动声色于漫无边际的岁月深处，静悄悄地用软刀子杀人，一刀、一刀，慢慢地凌迟处死，直到送你进入坟墓。这是战争伸出来的另一只看不见的魔爪，比之有形有声的杀戮，这个隐形杀手，并不仁慈和宽容多少，而只会更加残忍、狰狞。

也许，西安人不禁想到他可怜不幸的生母，还想到为他终生未嫁、默默付出了孤独一生的养母，后来，在给杏子姐姐的坟头立墓碑时，他坚持不在上面镌刻名字，而只是用了"爱情之墓"四个大字。

/ 第二十九章 /

恍惚百年

　　这个人绞尽脑汁，不舍昼夜，废寝忘食而梦魂牵绕。他是只老鼠，却偏要学老虎吃天，发誓写一本书。写一本尽可能关涉和囊括一切"可能"的书。不是在白昼尘埃飞扬的舞台上模仿激情，而是要无惧地在无尽的黑夜探访自己的心魂。我知道这个人，你面前的这个人。我比他自己更了解他，了解得更深刻透彻。他哪里是在写作，不是。当然也不是胡扯。说创作似乎也不精准到位。也许是和自身的魔障博弈。他要写的，很可能就是一本深入思考无字的梦幻之书，或者说，是还没有形诸文字的神奇天书。当然，也是关于岁爷，关于爷台山的。

　　他胸有成竹，十分明确把握自己要写什么、其实却又不知真正想写什么——甚至，压根儿，就不是为了写些什么，仅仅是为了发泄一肚子憋屈胀气——某种说不清楚，而无以发泄的烂脏情绪，他才懒洋洋无所用心，在纸上鬼画符乱涂抹了。总之，写的就是天空。其余则是天气，阴晴无定。至于写的是啥，看不见，摸不着，也如只可感知不可触摸的空气。他就这样写了删，删了又写。一遍又一遍，没完没了，没黑没明。如此无休无止，反反复复折腾。倒不是要证明，或者是要考验自己，到底有没有耐力和韧性，也不是处心积虑，一厢情愿，想培养自己具有某种凡人稀有的素质。恰恰相反，他憋足了劲，甘于如此持久地无效劳作，不仅是想认识所谓耐心，包括毅力，究竟是一些什么东西，而且蓄意要以自己随心所欲的横霸、狂野和粗暴践踏，以至于毁灭这种不算什么玩意儿的窳劣"货色"。正是在这种信马由缰——而不是天马行空的狂欢抒发之中，他往往陷于迷途，丢失和找不到自己。同时，又觉得世界正通过各种不可视的毛细血管，点点滴滴，注入他的躯体，就像给他的血管打点滴输液。

于是，他假设自己回到一个并不存在的"老地方"。那里很可能就是曾经独具样态的渭北旱塬地坑院子。与他同行——要不就是随他一起前往的，头一个人，就是任英魁。这是一个对他来说非常陌生但又十分亲近的人。陌生，是因为他们从未谋面，虽然他很想知道关于他所有详尽的生平故事，特别是他牺牲前后，指挥和参与战斗的具体情节，然而很不理想，尽管不能说一无所知，但确实知之甚少，少到即使使用想象弥补，用虚构扩充，都有点举步维艰。许多年前，自从他以花甲之人，虔诚地跪伏在那个英年早逝三十而立的烈士墓前，这个陌生的叔父，就开始与他朝夕相处息息相关了。

无疑，这是任英魁任同志最后一次归来，走进他再熟悉不过的地坑院子。细数起来，离开这个家的十四五个年头，他越来越稀薄地在梦中光顾这地方。因而，一切熟悉，一切刻骨铭心，又都变得疏离、陌生，浮泛起来。比起彼时迫在眉睫的敌情，更多好像还不是敌军来犯的压迫，倒像是那些不知不觉逝去的时间，给了他一种近乎残酷绝望的压榨和伤害。尽管，村子还是村子，毗邻沟畔面貌基本依旧。院子也还是院子，四四方方一个土坑，四壁凹陷进去，是烟火熏染、黑不溜秋放大的空洞眼睛般的窑洞。站在院子里朝上张望，一块被崖面切割成方正规矩的蓝天，记忆中不仅有一团团白云悠闲地飘然而过，时不时，还有一群群叽喳乱叫的麻雀，以及出双入对、尾翼剪刀形状的燕子，春来冬去俗常地滑过。当然，还有鸡鸣、狗叫、猪哼哼，牛嚼干草驴撒欢。尽管，一切看上去依然如故，一切都似乎很隐蔽地埋藏在他身体里面，可毕竟，物是人非，今非昔比。那些还说不清楚的乡愁别绪处心积虑，一直挨到今天，才对他发动突然袭击，致命的摧折：奶奶去世了，妈妈不在了。哥哥和嫂子都老了，侄儿侄女们，死的死、嫁的嫁了。一座空落落的土坑院子，还会有什么？

是的，土坑院子也被填埋了，被推土机无情碾过，夷为平地了。一切，都荡然无存了。

曾经，有过一个名叫何妮子的年轻女人，那么短暂地进入过他旖旎的梦境，也曾那么虚幻地给过他一个真实的幸福，包括那个没有来得及出生就事先夭折的孩子。据说，还是个虎头虎脑的男娃儿。如果——当然是如果，一个不切实际的假设，倘或那孩子能活下来，于今即使成不了第二个虎子或豹子，至少也有一杆枪高了，不用说，也该喊他一声"大"了。也许——这无疑又是另一个假设，他本来就是个懦夫、软蛋，未曾出世，就被这个多灾多难的世界给吓蒙了，被红白交界爷台山的炮火硝烟，给窒息了。生不逢时，他向往的光明世界，风和日丽，阳光灿烂，百花盛开——未来没来。他倒是天才聪明，干脆来个息事宁人的决绝了断，好不自在逍遥。所谓人世，对不起，这乱糟糟的地方，也就免了"打卡",对不起,爷们,拜拜吧……

后来。后来哥就来了。我的老哥哥哟,又上山了。两军交锋,战火纷飞,流血牺牲,旋即,他居然催我旧梦重温,回去洞房花烛夜再婚。真有点荒诞,黑色幽默。不是假设,他是真的带着使命上爷台的,那是母亲大木匠婆不可违拗的严令,不用说,还有一个名叫月儿的表妹,在望眼欲穿地,眼巴巴,等他。表妹是他家的常客,也是他儿时的玩伴。他们手牵手玩过老鹰抓鸡,玩过猫逮老鼠游戏,他们在紫花纷纭的苜蓿地打滚,扑跌蝴蝶蚱蜢,在大杏树上绑上井绳荡秋千,双双起舞,共同把欢乐和笑声一直送上天边云影。月儿妹妹的笑脸是如何皎洁如月,曾在他日渐丰满的男子汉的梦境中忽忽悠悠,升沉起落。他曾仰望那轮圣洁的月盘,常常无缘无故,为此辗转而睡不安。但是,他没想到,突然会有一天,那轮月亮跌落,隐没在了另一座山后的另一个地坑院子;更没有想到几年以后,月亮又重新露脸,而且,是专门为他等待着月盈圆满。

"哥,你咋又来了?"

"哼,我压根儿,就没有走。"

"咳,你看你……"

"我咋的啦?你不回去,我咋能走,我给你说得亮亮堂堂,明明白白,我是换你来了,不耽误,你们的事。"

"笑话。哥,我们是革命队伍呀,咋能说走就走,说换人就换人,那不乱了套吗?何况,当下正紧火着哩,这是前沿阵地,随时,都有……生命危险。"

"行啦。"哥哥不容分说,打断了他的话。"别给我上大课啦,革命,我不懂吗?看你说的,我没看见你正打仗吗?"说着,顽固的哥,气呼呼往下一蹲,一屁股坐在战壕一个弹药箱上,就像平时总是圪蹴在大门外碾麦场的青石碌碡之上,不慌不忙,从腰间掏出他那根玛瑙嘴子旱烟锅,慢条斯理地用火镰、火石打火,一边慢悠悠地抽着闷烟,有一句没一句,数落开你这个一营之长。"你别忘了五子,是谁引你进革命门的。革命不是要命。恰恰相反,是要保命。即使非死不可,保不了命,起码,也要尽量想办法,留下命根子才对吧。就像咱庄户人种地,无论咋样荒年歉收,哪怕吃糠咽菜,总得留下种子吧。这道理,你还不明白,没有种子,哪来收成。没有收成,你吃风屙屁,咋过日子?"

"哥,你,再别犟了。"他觉得哥真跟他是一个德行,犟起来总认死理,九头牛都拉不回去。"革命总得要流血牺牲,我们参军入党,这都是发了誓的,你叫我现在回去,岂不是临阵脱逃?"他说着,不容分说抵近哥哥,伸手就拽他起来。可他这个岁爷老哥,却不依不饶,竟推他一把,眼睛大睁,愤愤不平地继续训他。"你可以不怕死,可以光荣,我阻挡不住,也不能阻挡。我只要你留下种子，你不懂，我的意思？难道，还要我把话说到啥程度？我看你呀，你这个营长，还差成色——把革命的精神，就没吃透！毛主席咋个说的，消灭敌人的目的，就是为了保存自己；只有保存自己，才能更有效地消灭敌人。你不能把革命的一点本钱，一点命根根系，都输掉哇！"

当哥说着，使劲儿咂一口旱烟，居然盘起腿来，就像稳坐在家的热炕头上，从嘴里悠然吐出一口淡紫色的烟雾。"再说，"他讲，"你不回去，我给咱娘，没法交代，更何况，家里把一切都准备停当，人家新娘子，对，就是月儿妹妹，都到家了，战乱时期，咱不讲究，你回去几天，把事儿一办，就那么作难吗？"

"你说得对哥，我回去，一定回去。我向你和娘，一万个保证。"你信誓旦旦，给哥哥承诺。缓和了口气，即刻又说，"但当下节骨眼上，要回去的是你，你一定要清楚，你的位置，不在这山上，而是在，村上。"

"村上？"

"对。哥，那里比这里更重要，此刻更需要你。你要明白，我们在这里打仗，就是为了争取时间，抵挡敌人，让乡亲们早做准备，赶紧隐蔽。我们顶不了多久，这是秃子头上的虱子，明摆的事情。你赶紧回去，组织和动员群众后撤，往北边投亲靠友，能藏多远，就走多远。同时，还要组织民兵自卫队，准备打游击战和敌人周旋，还要支援前线部队。事多得很呢。真的，不信你看，你先往回走，我们用不了三两天，就要撤退，要保存主力，准备随后大反击，这可是秘密。军事秘密。总之，我答应你，你也回去告诉咱娘和月儿妹妹，等收回爷台山，咱再说成亲的事。眼下，坚壁清野，你赶紧回，应对匪军入侵，事紧火着哩。"

说这话时，任英魁的头顶，呼啦啦飞过几只嘎嘎乱叫的黑鸦，它们的翅膀在山顶划过一道黑色闪电。任英魁忍不住抬头观望，乌鸦飞来，预示着敌人进攻的信号——乌鸦被惊动后来报信了。在灰暗天空的背景下，那些黑鸟的叫唤让任英魁不寒而栗，升起一种凛冽的惊悸。乌鸦的身影，压倒了一切和平的美好事物，增加了这个世界的阴森沉郁之气。有一阵子，任英魁，对，是他，沉默着，明确体验着鸟群逃逸隐藏的某种危机，一如山雨欲来之前的风暴前奏。

"俗话说，常听盛世之言，常观危机之相哩。快回去吧，哥，算我求你。"蓦然转头，他好像看到了某种契机，因为侄女桃子飘然而至，像一只灵动的白鸽，匆匆跑了过来，给他递上一块香喷喷的葱花大饼。任英魁再一次苦笑，看见哥哥仍然一动不动，不理会他的恳求，他接过侄女递来的大饼，随手撕下一半，自己先吞了一口，然后递给了身边的战士。"你们看看，我侄女多体贴我，不像我哥，真是开玩笑嘛，这啥时候，还要为难我，叫我回去娶媳妇呢。"他爽朗一笑，挥手赶小鸟一样轰赶着侄女，"桃子，给你个任务，赶紧把你大，送到山后，让他跟上支前民工，赶快回家。"

桃子看到他二大虽然笑着，可铁青的脸上，依然清晰地云集着凝重的肃杀之气。他嘴里因为吞咽食物，而含糊不清地反复叮咛她："赶紧，赶紧呀，让安子护送，先把你大，和那些支前的民兵和老乡，送下山去。"

敌人又打炮了。炮声打断了他的话。"打得很凶嘛，这些王八蛋，他们很快就又会攻山头的，同志们，按照预定方案，我们准备行动。"言罢转身，他又叮咛了岁爷一句："哥，咱们后会有期，你们……好生，保护好了自己！"

当时的岁爷，目睹眼前的战事纷争，有点无可奈何束手无策了。他一个劲唖巴着旱烟锅子，心里自感时运不济，他和弟弟，其实都有点相信命运。所谓运去金成铁，运来铁成金啊！看来，敌人就是敌人，狂妄总是在失败之先，傲慢天定在毁灭以前，他们自以为是，百分之百，笃定了的，他们要占领山头，要所向披靡，绝对优势压倒我军，然后，就在我们主动撤离的爷台山上，忘乎所以，手舞足蹈，欢庆他们梦幻的胜利。任英魁为此，很有一点气不过了，当然，他已经盘算好了，即使撤出阵地，也要结结实实，咬他们一口，叫他们虽然占了山头，也要提心吊胆、不得安生。他十拿九稳，将负责断后的三连，埋伏在主峰后的豹子崖下，特意命令侄儿任豹子，豁出去两颗迫击炮弹，迎头痛击，给他们送一点"欢迎"的意思。趁着炮弹在主峰爆炸引起的恐慌不安，猝不及防，突然"回马"，也杀他个"猝不及防"。

任豹子早已手心痒痒，他心领神会，就在完全撤离下山之前，立即带了他的三个炮兵，悄悄在半山坡上占据有利地形，瞄准，果然一炮命中，把在山顶的敌群炸起了一片鬼哭狼嚎。任英魁就在这时，带着三连冲下了山，直逼敌军大部队一个加强步兵营，打了他们一个措手不及。除了个别兵连滚带爬侥幸逃脱，那个气焰嚣张之极的加强营，几乎全被聚歼。任英魁命令，火速打扫战场，快意地"接受"了蒋介石运输大队长的精锐尖刀部队，送上门的美式装备——六挺机枪，四箱迫击炮弹，一百多支卡宾枪，还有手雷、炸弹、上万发子弹……

"就算我们守山头是失败了吧，可赢得这个失败并不比赢得胜利容易，甚至，更困难和艰巨得多呢。"他一边组织三连紧急撤离，一边对身边的战士们说，"等着瞧吧，我们的便宜，是不好占的。眼下，咱们暂时放弃爷台山，正是为了最后夺回爷台山。看见了吧，我们刚才，就先来了一个小小的预演。"

有人接过了他的话，说得更明确简练："这就叫欲擒故纵，诱敌深入吧？"任营长深感认同，高兴地点头，"你们能这样认识，就算对了，这比我们打一个胜仗还重要哩。"战士们齐声回答："我们相信党中央、毛主席的决策，一准没错。"

任英魁忍不住笑了,连连称好。他终于深信,他这些战士——大多是本地淳化人子弟,显然已经绝对认识到了,自己是为了自己和家乡人的利益在浴血战斗,而不仅仅是在为抽象的理想和那些空喊的口号而战斗。他们满怀必胜信心,即刻行动,开始去实施攻打方里镇的夺粮计划了。

岁爷任仲魁,被女儿桃子和两个战士连拉带拽,告别弟弟,离开山头的那一刻,看着弟弟作为一营之长的果敢干练,心里油然升起一股热流,那是从一个有一定文化的农民心头萌生的感慨:人生啊,假如担心风暴袭来和收成欠佳,无疑连播种都提不起勇气,如此,你的生命,难免轻贱稀薄,看起来,就一定是一片荒凉空旷一无可取了。但是,他没想到,这是弟弟留给他最后的印象,尽管不失英武豪气,却是哀伤痛苦的印象。他不知道,本来他和弟弟还有机会再见,也就是说,弟弟还有机会回来和月儿表妹成亲,但是却真实地发生了许多意想不到的事情。想不到敌人的骑兵师狂飙东进,冲散了突袭成功的任英魁他们;想不到撤退时儿子豹子会遽然失踪;想不到女儿桃子和侦察连连长何建安会陷落敌手,虽经曲折被救,最终却不明不白死于非命。还有,另一个隐身敌营的儿子虎子,因为解救妹妹桃子和何建安,被狡诈的敌军陈副团长窥出破绽,受尽严刑拷打,最终,壮烈牺牲……

这一连串的打击,让他心如刀割,不堪忍受却不能不忍受。此后几十年,岁爷的脑海,经常会出现他始终无法透彻直视的场景,那里面有许多回忆的复现,更多的是许多不切实际、又无法断念的"如果"和"假设"。那些源源不断的假想,遭遇的却依然是一个地老天荒、依然苍老无涯的问题:假如弟弟任英魁他们,不在爷台山阻击,苦战七天七夜;假如他最后撤退之前不以攻为守"咬"敌人一口,去方里镇夺回粮食,又会是怎样的结果?对于他,任英魁营长,他们就不会与敌人的骑兵师遭遇,豹子他们,就不会在冲散后突然失踪——就因为豹子是死是活的下落不明,弟弟才无法正视,因为无法给哥嫂交代,也不敢回家。相反,假如不是这样,他任英魁也许会及时赶回家去,跟他从此永远再没有相见的月儿表妹见上一面,甚至于如愿成亲。当然,也许,不会有侄女桃子的遇难,不会有侄儿虎子的暴露和牺牲,不会有一连串连锁反应的厄运,强加在他们任英魁一家人的头上。可惜,人生没有如果,更没有假如。

七天七夜,如果不是他们在爷台山,顶着敌人的炮火浴血奋战,日夜坚守,边区政府的准备反击,边区群众的从容撤退,就难以实现。那样又将会增加多少群众生命财产的牺牲和损失,这一笔账,到底该怎样,才能算清?

假如不是这样。黄连投进苦胆胎。谁能体察到,那种彻里彻外的苦滋味?

人类的战争，说到底，仍然是人与自己生命本体的搏斗，战争的进程，追随生命的存在永远就没有结束，也不会结束。即使战火止息，战场如坟墓般死寂。但人心活着，战争就活着，只是形态不同。岁爷活了一百零六岁，没有一天不在进行战争，他的地坑院里，他的土窑洞里，到处是战争的象征，是战争的备忘录和战斗者的签名。没一个物体，不在回味中向他暗示。没有一个假象，不在每一个具体物体上和他说话。不管是真是假，是虚是实，都在他脑子里打架。这时候，他就知道，他还没死。他和他的战争，还在继续，依然存在，在激烈鏖战。

存在是什么？他听到一个声音在回答：存在，不是某一个人的经历。存在是高山大海，星辰宇宙。存在，是所有的喜怒哀乐、生离死别，这并不需要特别高强的理解力和感受力。只是韶华易逝，壮志未酬，伤病残生，万千愁绪，忧国感时，毕竟，令人扼腕哀悸。于是，白了头发，伤了身体，失了流年。万里长城万里空，百世英雄百世梦啊……

颠沛诗魂

梅子进入奶奶级的年龄，对于父亲的怜悯显然多于同情。岁爷进入耄耋之年，她也一天天步入黄昏迟暮。父母晚景，身边本来就缺少得力人手伺候饮食起居，还有一个整日神情恍惚，几乎和现实世界完全隔绝的杏子姐姐。这个终生未嫁、却一直怀着少女情怀的疯狂女人，不仅无法指望她给家里帮上啥忙，还时不时要为她分心，操劳一点她非正常人的低端生活。在梅子来说，毕竟是一母同胞，息息相关的血亲。己亲之中，虽然还有一个特殊的弟弟，可惜当年那个曾经的穗子，远在城市，是远水不解近渴的隔绝，况且还有"三高"心脏病等困扰。现在只有她独当一面，基本常住娘家，全力照顾他们的生活。要说生活，可真是一双无情的大手，经年累月，已经把她这个女儿变成了父母的父母，饮食起居和生老病死大小事体，一股脑儿，都无法推卸地堆积在了她的头上，也理所当然，不能不由她悉心关照了。那个曾经生养和培育她的人，那个同他娘花儿相濡以沫、同枕共眠了六十八年的男人，那个她在任何人之前最先认识和熟悉的人，原本就亏欠海拔的矮小身躯，如今更枯藤老树昏鸦，萎缩得蜷曲不展，身上不分冬夏，常裹着一件黑色褪成了灰白的老棉袄，棉袄的领口蘑菇样露出一颗燃烧余烬，同样灰白谢顶的脑袋，他就这样僵卧炕头，静若处子一动不动，往往跟窝成一团的铺盖卷混同一起，很容易被人忽略。有时一天半晌，总不见他出一丁点儿气息，安静得跟死去样浑然无二。

"太岁爷爷,你还活着哩吗?"偶尔,梅子的重孙会这样问那个将死未死的老人。老人嗫嚅半天,蚊子一样哼哼了一句:"我……死而未了。"

"啥叫,死而未了?"

"瓜娃娃,"岁爷含含糊糊地咕哝,"等你们,碎崽娃子,来收尸呗。"

"收,收到啥地方去嘛。"小家伙兴致勃勃,也许是故意逗他。"问阎王爷吧。总会有办法的,你们都是活人,还能被尿憋死?"孩子无语,应该不是被一个"死"字给呛住了。他微微摇头,又哄着那娃:"别怕,瓜娃,死人保不准比活人还活泛得多,你想想,阎王爷,你们都找不到,他也就都管不上了,谁还有本事挟制你吗?"听他的意思,虽说不至于是独往独来的行空天马,差不多也是个横跨阴阳两界,天不管地不收的自由民了。看起来,他心里并不糊涂,深知那阴阳两隔的世界,并不比穿行在战壕横亘、布满地雷鹿砦的红区和白区艰难多少。尽管奔赴永不现身的彼岸,免不了要费些周折,如同跨越那道魔障般的"封锁线",必然要跟那些阳世的恶魔、阴间的小鬼打些交道,但他确实胸有成竹,早准备好了对付他们百试不爽特殊有效的武器,在过去,是亮闪闪呪啷作响的银圆、蛊惑人心的大烟土和偶尔迫不得已大显身手的短枪和手榴弹;眼下,则是鬼使神差的冥币、鬼画符的元宝、符咒和驱邪打鬼的桃木拐棍。

"把他个什。"他慨叹着。

其实,他也明白,这也算不上特别的能耐,只要愿意,还有很多绝妙高招,以供往返于截然不同的这两个世界使唤,甚至都不用身体力行自己亲自闪面露脸,为了省却跑冤枉路的麻烦,几乎可以托人捎话,或者借尸还魂——以至于借助大千世界万类物象,代为传递——比如从一片云彩、一棵树上、一只嗡鸣不已的蚊子嘴里,发出你的声音,毫无障碍地传达给特定的对象,就像使用手机,给世界每一个角落,畅行无阻地通话那样信达、便捷。不错,在他看来,神界与尘世,人间与鬼蜮,原本就是不可分的浑然一体,正像为公、为私,从根本上界定真假革命,红区、白区,彰显国共两党而截然分明,尽管二者之间,尚存在不可逾越的鸿沟,包括各据一方人为的碉堡线以及两边虎视眈眈、双双敌对的红军与白军、八路与国民党,但是九九归一,终归都是一个老先人身后不会变种的中国人。封锁线下,仍然是相互渗入、彼此抱拥、息息相关和紧密衔接的,深厚而宽广的黄土地呀!

但是,在小字辈的眼里,他的这些思想和感情实在隔膜,阻挡不住山高水长依稀遥远,虽然,从辈分上他们也许应该叫他太爷、祖爷,或太姥爷,可是谁还那么较真细心,将心比心,去条分缕析猜度他的心思?他们全都知道,被他们呼叫和逗笑的这个人,压根儿也不在乎他们叫他什么,甚至连他自己动辄挂在嘴边那句莫名其妙的"把他个什",也已经渐渐淡漠,渺然远逝了。

所谓晚辈,岁爷的后人,满打满算,不过是梅子的孙子、外孙或者顶小的重孙、重外孙罢了,可有时,又似乎纷纷扰扰,根深叶茂,还有不少旁逸斜出的远亲近友,包括那些来自山外省城的"知己故交",说到底,他们也是家族大树不同分杈上结出的累累果实。只是,岁爷在他们的眼里,也尽现俗常不惊不奇,无外乎一个落满灰尘老掉牙的古董——真的,就像是一个什么物件,比如一个有点年代的老式茶壶,一个碰撞得残缺不全的瓦罐,等等。

总之,接连几天,岁爷都会不吃不喝,不屙不尿,当然也不言不语,那情形近乎一种生物性的死亡,或者是植物性的活着。他好像极力地克制自己,绝对不想给这个本来就够繁杂纷扰的世界,再增添哪怕是气若游丝一般——最细微的一丝儿惊扰。很长一段时间,包括岁婆在内,恍惚之间,人们的潜意识中,都已经自觉不自觉地,删除了他在这个浩大的世界小小不言的存在。也许,还包括他自己。当然,这不包括梅子,只有她,确信不疑她们的岁爷还活着,至少,是依然活在他自己的世界里面。

那天,她偶然看见父亲微微睁开白多黑少迷茫的眼睛,惊奇地发现,那眼里因为某种休眠而充分积攒、蓄势待发的神韵,跟他两颊愈加突出的颧骨一样,也更加凸显了出来。那眼神如同一星天光,遽忽一闪,就闭上了。然而,也正是在这种时候,她听到一种近乎听不到的语言,在闭上眼睛的同时,微乎其微,从纹丝不动的腹语中泄露出来。那吐词是断断续续的,也是模模糊糊的,没有章法与逻辑连贯。内容云山雾罩不着边际。有时会粗话连篇,俗到鄙陋见底,有时会诗意葱茏,雅致深邃,以至缥缈虚幻,朦胧晦涩犹如星际外族,而非尘世人类的语言。"荞麦面,四棱子,吃了放屁拧绳子……"

梅子心会。得知老爷子的味蕾还没有安息。他打小就独宠荞麦面食,不是饸饹,不是搓搓,而是岁婆擅长的,做起来又快又省事的四棱子面条,一辈子都快慰着岁爷柔软受活的肚肠。"忠义人一个个画成图像/一笔画一滴泪好不心伤/幸喜得今夜晚风清月朗/可怜把烈士一命皆亡……"

喃喃絮语,非吟非唱,一段《赵氏孤儿》的"挂画"牵肠挂肚,哼唧者语焉不详,脸像忧郁的阴沉木头,麻木不仁又似无所用心,聆听者怦然心动,胸臆膨胀倒海翻江,眼前便竞相一一闪过那些至亲至爱至熟悉的脸庞:二大五子、大姐桃子、虎豹双雄两个孪生哥哥,还有年幼的小弟虎崽,以及令人怀想的红霞阿姨……

想着想着,浑然不觉,她已经心如刀绞,泪湿春衫了。"平生只流两行泪/半为苍生半美人……爱情,是怎样死去,怎样步上群山,怎样在繁星之间

第二十九章

585

藏着了脸……"

她不知道，这是借喻，还是自况？要么，是借别人的酒，浇自己的块垒？"穷人没有星光引路／至少，手里还有星火！我开始用双手掂量生活，更看重果实而非花朵……无论你是参天大树还是地上的小草，你都代表了自然的一部分。"

生涩的诗，尽管脆弱幼稚，但却清新耀目，如今，我已经苍老衰颜，连诗神也不值一顾……"走吧，人间的孩子，走向那荒野和河流，与一个精灵手牵手，因为这个世界悲伤太深了，而你不懂……"

梅子终于明白，她不是在读天书，也不是在听呓语。但她，不能不怀疑她的岁爷，会有如此广大的阅知面，尽管他爱看书，也可以说阅人无数，但基本上，只是局限在政治方面，至多涉及一些大众哲学基本常识。什么时候，他还会阅读诗歌，尤其是比较生冷晦涩的外国诗歌？于是，她进而怀疑，也许她听到的，不是父亲岁爷的声音，而是回响在自己心灵深处的某些袅袅余音。"我很庆幸／那些你并未参与其中的日子／曾经依然有一些光落在我肩上／时而温柔／时而暴虐／就像你轻轻撑着岁月的摇橹／划过春天时我久坐的堤岸……／／随着年龄的增长／梦想便不复轻盈；／我曾经风华绝伦……／我所学的所有语言／我所写的所有的语言／必然要展翅／不倦地飞翔／绝不会在飞行中停一停／只是我，累了／原谅我，不再陪伴……／／淡看世事去如烟／铭记恩情存如血……"

她在等待。但不知等待什么。反正，她知道，等待是需要耐心的。所有的等待，无论是"等待戈多"，还是等待死神，全都一样，必须有充分必要的耐心。她从某本书中，曾经得到醍醐灌顶式的启迪（应该承认，多半来自博尔赫斯那些比较费解晦涩难懂的小说），人类的故事，大概都是不可避免，经受了这样的过程：先有假想虚构，然后成为真实，尽管不可能百分之百在现实中兑现，因为即使确有其事，也难免它在生成、演化与衰减过程中出现莫测的变化而难以把握，至此，最后，又由铁一般的确凿真实，逐渐衍化，或者叫作生发出新的假想与虚构。她想，这大概也适应历史以及至今仍然赓续的革命与建设吧！正是在这一段不太明晰确定的时间长河，她觉得自己，好像真的比较抽象地领悟了这个世界：现实是真实的虚，文学是虚假的实。然而，扭身而过，她还是想从一片废墟上寻找翅膀上的光。

那么，她的岁爷，承受着如此多的灾难、打击与不幸的父亲呢？她清楚她面前的这个濒于老朽的男人，一个创造她生命的原始生物，并不是神灵，普通得不能再普通，一个仅仅有一点天缘而能够读书识字，有了一点文化的农民。但对她来说，却需要充分的认识和体察，充分的关照和审视。这个人，尽管不信宗教，不管是国教还是洋教，一概不信。可他，还是凭借自己质朴本色的颖悟之力，借来了神和上帝的非凡眼光，然后将它们收束在自己的眼中，浑然一体。他说："把他个什，人世里所有的争斗，说到底，还不是狗咬自己影子吗？正儿八经，又滑稽可笑……"

这个"岁爷"，她的岁爷。有时居然会格言警句妙语连珠，有时又口出狂言，或者是胡说八道，但更多是不发一言，默自缄口。她怀疑自己，也是他的另一个版本，自小就喜欢想入非非，要么就是打牙撩嘴。那时节的她，还是扎着羊角小辫的黄毛丫头，似乎天生就擅长伶牙俐齿——经常爱跟别人"抬杠"，也就是乡下人所说的"顶能"。正是小人得势抓破天无知无畏的年纪，没大没小，也依样学样，照葫芦画瓢，竟然在娘面前，也胆大妄为，跟着姐姐们叫她们的大（父亲），任仲魁同志——"岁爷"。

"咳，我咋养了一群疯子！"花儿娘哀叹着，猜不透是啥心情，"没大没小，一伙瓜娃娃，还不叫人笑死。"梅子当然记得，大姐桃子参军前，曾经把大叫过岁爷，那时，她们的花儿娘就拉下脸，嗔怪地训斥过一句"贫嘴"，大姐一吐舌头，喜滋滋地怡然自得，倒像是受到表扬。二姐杏子也这样叫过，花儿娘听见已经不再骂她"贫嘴"，不自觉地升级"变调"，成了一句"贱嘴"，二姐听得快意，像得了什么奖赏，几乎是被人胳肢了腋窝，随即乐得疯癫前仰后合，爆发出一串银铃似的大笑。待到她叫她大岁爷，已经不是简单取乐，大概与生俱来，她独有的、特别聪慧的语言天分，颇为能言善辩，即便迫使花儿娘赏她一句"犟嘴"，非但不惧斥责，反而会得寸进尺言来语去，能够持续地跟娘——狠斗一阵子嘴玩。也许因为三个如花似玉的女儿她为最小，也最受得宠，更有点掂不来轻重，在娘面前放胆无忌。"咋啦，岁爷就是岁爷嘛，这样叫了，难道就不是我大？叫了岁爷，也伤不了你个碎老汉个啥，你就心疼啦，是吧？"

"你个碎女子，还给我嘴硬，看把你给惯成精了，真欠收拾！"花儿娘不得不把脸绷紧，板成一块冰冷的黑石板："他是你老子，是你大！"梅子会扑哧一乐，"我也没说不是俺大，看把你慌得个啥哟，别人叫得，我为啥，就叫不得？"说到急处，她更肆无忌惮，口无遮拦了，"叫一声岁爷，又怕个啥嘛，会把他叫得缺了胳膊，还是少了腿不成。"

"小心，我撕你的嘴！"花儿娘恨铁不成钢，瞪大一双依然好看的丹凤眼："一个小娃娃哟，嘴里有毒哩，你知道不，瞎胡咧咧，等到你老子真的缺了胳膊少了腿，你就伺候他吧，看不累死个你……"

许多年后，不幸的是母女俩的信口开河、一番随意率性的调侃，竟然，一语成谶——岁爷缺胳膊少腿的晚年照应，果然历史性地落在了诗人梅子姐的身

第二十九章

上，而且终于使她不堪重负，常常徘徊在轰然崩塌的一念之间。她那时少不更事，并不知道她和我们的花儿娘，竟然都成了她命运的预言家，更其疑惑不解，她和娘的这种天赋本能、神奇异禀，究竟是咋来的？于此，思绪万千，多少回忆突骤而至。诗人任小梅，没齿不忘的是一次炒豆子，原本应该是做炒面的，征用太急，来不及了，马上等着往前方送。花儿娘那天心急火燎，看样子有点心不在焉手忙脚乱。娘喊她来烧火，她却只顾拣吃蹦在锅外面的零星豆粒，一不留神让柴火溜出灶门，居然引燃了灶间过道的柴火。花儿娘破天荒大骂了她一回，骂得她失魂落魄、刻骨铭心，而且，不能不半信半疑妇人口中有毒焰，出口伤人也杀人！"该死的，你能干啥，只知道吃、吃、吃，饿死鬼吗？"当娘的，心慈手软，平时温婉得吃斋念佛一般，没想到突然发火，却急不择言而不可收拾："你个馋嘴女子，不信就把你能饿死？这豆子，也能随便吃？慢说你弟弟还空着肚哩，眼睁睁瞅着锅里面，难道，你不知道这可是军粮？前面打仗的人，还都饿着肚子呢！那里面，有你姐姐、哥哥和你二叔，他们都饿了好几天。"话说到这份儿上，原本也就该打住头。不料，人在气头上，身不由己，嘴也不把门了，鬼使神差地，竟又说了几句多余的话："咳，都是些不省油的灯啊，天生讨债的鬼。你瞪啥眼，瞪，这么恨气我，咋不也跟他们一起成神，都去送死？"

最末这四个字，刚一出口，首先把她自个先吓了一跳。梅子永远会记得的，花儿娘登时一愣，大惊失色就呆住了，仿佛被魔法钉死在了那儿，木木地立定，半天目光发直，魂飞魄散不知所措了。她慌忙站起，刚喊了声娘，只见花儿娘浑身一阵颤抖，"哇"的一声，竟大放悲声，哭了起来："儿呀，我的，桃呀，虎子，豹子！呸呸！"她突然抬起手，啪啪地径直狠抽起自己的嘴巴："我这该死的臭嘴，该死的、该死的，我咋能，咒我的，娃……"

母女俩抱头痛哭时，心有灵犀的梅子姐姐心如刀割泪如雨下啊，她蓦然截获了一种可怕的预感，由此觳觫胆战心惊：难道，会永远再见不到虎子、豹子两位哥哥和桃子姐姐？当时，她还没想到，她还将失去二大，失去弟弟，还有好多、好多，不该失去，至亲至爱的人……

天黑了。那一瞬，暮色四合，铺天盖地，苍老的浮云里，奔窜着天空忧伤的叹息。梅子姐想起了老子的话：夫慈，故能勇。接着，又想起孟子的格言：亲亲而仁民，仁民而爱物。她安慰自己，也相信这些话。一个人，只有慈悲为怀、善良宽容、热爱人民，才能有勇气战胜一切困难、一切艰难险阻。那天晚上，她在空荡荡的任家大院里，用她发轫的诗心与少女纯良的爱，为所有的生命祈祷。她一个人枯坐到深夜。月辉似银，夜凉如水。她抬头望着无家可归的月亮，心里在问：月亮姐姐，你能睁开闭着的眼睛吗？今夜，我这来看你，不是以诗歌的名义，而以一个活着的鬼，只希望让这些文物古迹般的印象，变得神圣一些。是的，你应该看到，看到人间的角角落落，看到许多身穿不同时代时尚，或者俭朴衣着的男女，他们走来走去，或笑或嗔，或忧郁凄恻，或亢奋恼怒，有的是侧目，有的是直视，有的不无好奇驻足，有的举目，一往情深凝眸，仿佛要从你的脸上，读出遗忘已久的子孙后代的姿容，要么就是读到令人赏心悦目的诗句。他们心驰神往，苦苦追怀失去的幻梦。你和他们，不期而遇，加上不经意的会心一笑，才是这些世间货真价实的珍宝，是这里最值得一睹芳华神圣的风景。可惜这些，与俗人的目光无缘分。他们难得一见，因为，他们的眼里，本来就有眼无珠，从而空洞无物。是的，即使那些所谓诗人，《历次革命中的诗人》，又怎样呢？能听到雨果在他的《颂歌集》中怎样呼吁吗："诗人要在大地之上安慰锁在铁链中不幸的大众。"

那么，又有几个能称得上诗人的人，能做到呢？苍老的浮云啊，你在天地之间，都遮蔽了些啥？是李白、杜甫、白居易吗？我只看到一些古迹，它们作为历史的见证，历史的眼睛，今天借助这些眼睛中的风景，历史的回忆，请看看呀、看看，看看它们变得有多生气！不是生气勃勃的生气。对，是愤怒愤懑的那个"生气"，是义愤填膺。你看那些个故事，一个个是怎样在唤醒中讽喻人们"神性"的认知。比如闻名于世的华清池，人们摩肩接踵，买了昂贵的门票来，能否在这一潭历史的浑水中，看到杨贵妃洗澡后的矫情出浴？而唐玄宗，又是如何厚颜无耻为所欲为戏弄他儿媳妇，并最终以皇权的名义"名正言顺"，铁腕夺人之爱，据为己有？《长恨歌》恨的是谁，又在恨什么？神圣的诗歌，为何俯首称臣，低三下四，低下高贵的头，居然鄙陋地将肮脏污秽不堪的乱伦，不遗余力吹嘘成千古传奇的爱情故事？诗人的加冕礼，就这样卑躬屈膝，甘愿谄谀奉吗？诗的使命与初心，是不是早已背离大地的庶民与苍生，那些无助地呻吟着、挣扎着、泣血挥泪的生命？不错，我们曾经有过作为和思索，有过思索和作为的人们，可惜都已经漫流，稀释得像洒落在石头上的雨丝。"这世界的悲伤，太深太厚，而你不懂。是的，走吧，人间的孩子，走向那荒野和河流，与一个精灵手牵着手。至于我，除了梦想一无所有。那就把我的梦，铺展在你的脚下吧，但愿你轻点，别踩破我的梦……"

叶芝你说得对。还有托马斯·品钦，你的《致命尖端》描写的那种诡异的微型末日感，悄然盘桓脑际久久挥之不去，以至于让我终日沉浸在关于这本书的介绍与解读而不能自拔。眼里和心里，同时扬风搅雪周天寒彻一片凄迷。好在春天依然如约而至，一切仍旧无比美好。看来，我没有弃绝这个世界的理由，也不认为这个世界,看上去亏待了我。不是,我只觉得太累,看不懂这个世界。也为自己缺乏一种重审生命之美的超然,而感到自己的惶惑不安。是的,一切美好,但却致命流血。我的故国有的是惊世格言:刺客都是自养的。人都是自己的掘墓人。人类希望逃离地球,基本上,是一个无法自赎的徒劳挣扎和痴心谵妄。明天的表情图谱,有多少真假难辨的双面人,他们身上的多面体,正如同黑蜘蛛或蜈蚣肢体的多触角,不可预知,究竟要伸向哪里?美国内华达州51区,那个巨大的军事雷达站禁区里,美军秘密研制的时空穿梭旅行和心灵控制术,还有确有其事的普林斯顿大学,关于"全球知觉试验计划",就算是有一天会大获成功,归根结底,也无非是现代文明一场"自作孽、不可救"的演绎,一次"未被终结的人机离婚闹剧",势必短命夭折,匆匆收场。

我们无计可施,也无计可逃。哪怕之前的"千禧虫"危机,被证明不过是一场虚惊。哪怕大部分人,尚不明白阿富汗塔利班摧毁巴米扬大佛意味着什么,即使纳斯达克的大崩盘足以让曼哈顿的创业者,在那个春天心惊胆寒,还是很少有人,从全球资本主义和现代性的历史运动轨迹中,审视人类社会那些突如其来的灾变、战祸、暴乱、冲突和坍塌,把紧盯肉体狂欢的迷离目光,投向威尼斯屹立千年,突然倒塌的圣马可钟楼,投向发生在遥远的西伯利亚的通古斯大爆炸,以及神圣的巴黎圣母院诡异不明的天火劫掠……

够啦。既然万物皆有联结,或迟或早,我也无可遁形。请原谅我引用所有人类智者的灼见,正如我追捧克尔凯郭尔的金句,"青春,不过南柯一梦罢了;爱情,不过梦中幻影罢了"!尽管,我不希望别人认为我的呓语,渗透了绝望情绪,更不必瞎猜我的婚姻破灭,以及家庭鸡飞狗跳。压根儿没有的事。我不是女性主义者,也无意指斥男人。二战以后的男人,已经可怜到失落、猥琐,而女性意识则不受约束,得以漫无边际膨胀,这都终于使男人可悲地成了多余的老男人,要么,就是无用的新男人。生为男人和女人,与生而为人一样悲哀与不幸。就是这样。我只希望人们知道,我还推崇加缪的极端信条:真正有价值的哲学问题只有一个,那就是自杀。但我不会像陀思妥耶夫斯基那样自轻自贱,"因为一贫如洗,我就第一个准备侮辱自己",更不会学杜拉斯的厚颜无耻,"我不当作家,就去当妓女"。好了,对不起,我要睡去,长眠不醒,请不要惊扰我。一个终归葬于诗魂的——鬼魅女人。

嘘,不说了,说这些憨话干啥?可是她又说,在这个不要脸的世界上生存,你必须在学会充分的要脸,自尊自重的同时,还得恰如其分地学会不要脸,学会无耻。只有学会了无耻,方可确立起你自己真实的物质性或曰物理性的高尚,哪怕只是表面上的正人君子。人,毕竟不是在自然,而是在自身中,看到一切是美好而有价值的，爱默生如是说，是不是有点片面呢。梅子姐就这样扪心自问：难道，人不就是主客观的统一体？自然绝对影响人，客观外在，谁说不对人的心情意志、审美，产生不言而喻的作用？这应该是唯物主义的起码常识吧。唯此，世界进入心灵时才是生活，出来，才会变成真理。可惜，我们的诗人，既没有走进去，也没有走出来。她为自己立法，毫不心软容情，果断地判处了自己的死刑。她说她是骆驼，同时也是沙漠。

那么，压死骆驼的那根稻草，究竟是什么呢？如果骆驼死了，沙漠也会死吗？难不成，死的，会是她的，那个不幸的儿子！

她的小儿子，一个小有厨艺的小伙，精明帅气，又飒又美，被岁爷推荐给了他认识的老首长，一位当年在边区任家堡子一带活动的老革命。作为"历史性的报偿"，老首长破例将其"特招入伍"，就在身边贴身服务，做了首长特供小灶的高级厨师。首长十分器重，不管走到哪里视察公干，包括出国考察，都会带着他和专职医生，以及营养和健康两名护士，当然还有司机和警卫员等一干人马。那是社会结构中一个鲜为人知、宝塔顶尖上的微型世界。里面的人儿和他们的饮食起居，全都豪华精致、高贵富卓得让普通人挣死巴活也想象不到，自然也高不可攀难以企及。老首长的口味，比较奇特诡异，私人生活光明磊落而又神秘隐蔽，除却口腹之欲，一切烹调，更要突出壮阳健肾基本目的。因为首长在表面上严谨，忠实恪守一夫一妻的法度天规，尽管只有一个名正言顺的夫人，但背地里连他自己也说不清，还有多少个替补夫人、夫人之外的夫人，这样的外室，遍布首长权力覆盖的所有半径，包括海外异域，因为他常常"因公"跨出国门，所以并不古怪稀奇。奇怪的只是首长那笑容可掬的好脾气，仅仅属于他顶头的上司和身下的美女。至于对他身边工作人员，轻则训斥谩骂讽刺，重则拳脚相加，体罚开除。梅子那个名叫伟红的儿子，因为一次煲汤不合首长新宠的口味，不仅被那个威名赫赫的首长痛责一顿，还诡异地被那个能当首长孙女的女星反咬一口，竟然说他调戏了她，还毫不客气扇了他一个耳光。那耳光当即扇灭了他眼前所有的光芒，也扇死了他心中所有的理想与希望。那天晚上，他写了遗书，用手机传给了远在家乡的妈妈，只讲给她一个人真相。随后，就义无反顾从那个举世闻名的都城一间最高档次的客房，破窗而出，跳下了楼……

首长和官方给她家的解释是，因为打扫卫生，不慎坠落，按照因公伤亡对待，但不算烈士。原因，是她儿子本身违反规定，没有落实安全防护措施。但是，梅子姐姐收到儿子的短信，则分明写了这样一段意味深长的话："我们无权无势的小老百姓，难道非得用自己的热脸，去贴权势者的大肥屁股吗？我不明白,人啊,为啥不能活得明白一些、灵醒一些、自己一些……"

从那天起,梅子就知道,自己也已经随同儿子,一起死了。哀莫大于心死啊!

真正的情感其实是这样,它是如此伤筋动骨,以至于不忍说,不敢说。它是暗河潜流,是沉睡的火山,但当它无法自控宣泄出来,你会被它的炙热灼伤。那些戏剧性过强的叙事,本质上都看低了生活,于是去编造一个浓度更高的世界。我们应该通过重新被生活触动,为看似麻木不仁背后的丰盈感动,甚至是,惊慌失措。发生了这件悲剧,我自然要专程前往安抚梅子姐姐,猝不及防的是,她问我是否知道,北京的那个人,那个位高权重的贵人,那个姓关的官大人,最终的下场?但是,没等我回答,接着她又替我说出了答案。"你也许可以预料,尽管他位高权重,但在我们这个绝对不会容许藏污纳垢的党和国家权力机构,最终废弃的,只能是咎由自取的他自己。只是,你毕竟应该知道,他究竟是谁,与你有什么关系?"

"莫非是,我……我不用猜都知道了。"但我无言以对。不胜哀恸的,自当还有岁爷,他那时苟延残喘,还勉强活着,活得恍恍惚惚。听闻这个剜心事件——终老天年的他,没有做出究天人之际、通古今之变的圣哲判断,仅仅神志不清,也语焉不详地咕哝了一句莫名其妙的呻吟,让他余生孑遗的零落后人缘木求鱼,捕风捉影猜测了半天,方才抓住了一点词头话尾。他说的是,"该完的完了,但没有死;不该死的死了,但没有完。"

被梦勾留

时间就是个修道成仙的老爷子,一如既往,也一往无前,四平八稳地在三维空间踱着它丝毫不差的方步。就算你火烧眉毛,神追鬼撵,它依然慢条斯理,绝不会照顾你的情绪快进一分一秒;相反你悠游自在苟且偷生,它也不会欣赏你的养尊处优,缓慢出一个节拍。它在钟表上嘀嗒行进,呼应你心率的跳动,从容地延伸过去,也高瞻远瞩,指向未来。岁爷就是这样,他常常恍惚,觉得自己也是表盘那滴滴答答的秒针,或者说,就是时间,不疾不徐,和光同尘,神一样飘忽在这个虚伪糟乱的世上,日复一日,年复一年,在人生凄冷的晚霞中踽踽独行,走永无尽头的路,用他的一只脚,一条半腿和一根硬邦邦的枣木拐棍……

此间,他头朝里躺在暖烘烘的炕上,头底下是他枕了几十年油渍麻花、亮得发乌很有资历和故事的砖头——正是那只砖头,在一个深更半夜,被他一不小心用头顶下了炕，砸碎了炕道里当尿盆的瓦罐，被一家人当成枪响，匆忙起来"跑贼"——无巧不成书，居然还"歪打正着"，真的逃避了一次白匪摸进村来的偷袭——上演了跟他表妹"屁大个事"、闹得全村虚惊一场——正好相反的"活报剧"。他那只伤残孤独的手掌，不甘寂寞地回来，顺势垫在干瘪的脑袋下。脑袋便歪仄起来，使那掌心紧贴在了左边的耳廓。随即他便惬意地紧闭上了眼睛，似乎睡得深沉，又似乎只是假寐。忽然……他就听到了一种类似鼓点奇异的声音——这是啥？他自问，但很快，他便清晰地做出了准确无误的回答：是心在跳。他捕捉到了自己的心，你听：咕咚、咕咚、咕咚，像行军的队伍，整齐有力的脚步，又像轰隆、轰隆，自远天透迤而至的雷声。只是，那独份儿的跳动，稳健、规整、有条不紊，不慌不忙，又如闹钟的秒针，极富规律和节奏，阻挡不住地，向前迈步、挺进、移动……

这意外的捕获，神秘、高贵，又不乏离奇，几乎使他骇然惊异之余而喜出望外。一时间，他差不多已经确信无疑，他的心——默默无闻，陪伴他一个多世纪漫长岁月而不求闻达、不谋利禄——平凡伟大和吃苦耐劳、埋头苦干的心呐，其实，不是长在胸脯下面，而是不知不觉，偷偷摸摸，不知何日何时，悄悄潜进了他的耳廓。就像娃娃们藏猫猫、捉迷藏那样。这倒是很有意思的事，他一时兴奋不已。他被这隐藏太深，妙不可言的现象，被他自己姗姗来迟的意外发现，长久地，给吸引住了。

这个……这个精灵，天使！他因为害怕稍微一动而惊扰了乖觉淘气的它，于是，便耐心而持久地坚持一种姿势，动也不敢稍稍地挪动一下，以至于那只担当使命倒霉的手，被自己沉重的头颅都给垫僵硬了，压麻木了。这种简直等同童话、童趣一般幼稚可笑的徒劳之举，有某种深入探索的强劲魅惑，使他终于恍然，原来，自己之所以如此专注、执着，硬挺着这种笨拙固定的姿势，并不是因为好玩，不是为了逗自己高兴。不是那么回事！他是要听听自己的心，悉心地聆听那嘭嘭跳动的心——同时，又好像是嚓嚓行进的心，到底——在给他絮叨什么，想给他诉说什么；要不，就是从容不迫、也急如星火，似乎要赶往什么地方去——到底，是要去何方神圣之地呢？

一个人，哪怕你活千年万岁，要想劈面撞上一回自己，就像在镜子面前遇到了自己——尤其是像在彩色 B 超图像里那样看见自己活蹦乱跳的心脏，那还不是千载难逢、稀罕至奇的事吗？不容易呀！百多年来，岁爷记不清楚，也弄不清楚，到底从何时起，他好像就在寻找什么东西，苦苦地寻觅，不辍地努力，眼看，结结实实就要追寻过一生，却什么也没有找到。因为，他把自己整糊涂了，尽管他非比常人酷爱读书和思考，或者说，一根筋地爱死钻牛角尖，但是，终归没弄清楚,他到底寻找的,是一个啥?莫非是,他记不清了,到底是谁说的:一心中国梦,万古下泉诗?有一阵,他恍惚觉得,一切事物都反常了,真真地,整个儿,打了颠倒,这让他一不小心,就产生出一种信以为真的虚幻错觉——比如,把思想上准备要干的事情,确信无疑地当成已经干过的事情。这情形宛若夜深人静他内心的烦乱,闹哄哄的,像是进了集贸市场,吵得他整夜睡不着觉;可等到鸡叫头遍,窑口上方的天窗透进熹微之光,他的花儿雷打不动地黎明即起,又开始在锅台灶口呱嗒、呱嗒拉着风箱生火做饭,他却隔着一堵尺八高的炕墙,在这厢的热炕头上,呼噜呼噜会见周公,睡得死沉死沉的,怎么也醒转不来。一通酣睡,好不容易赶吃早饭休止,他晚上想好的那些事情,比如要在翌日去某孔窑洞外的窑砭子下面,再新垒几个鸡窝,好让春天里孵化出来的小鸡雏子,尽早落巢下蛋,结果是第二天他满院子转悠,拄着拐杖东瞅西瞅,在每孔窑壁下寻找那些压根儿不存在的鸡窝和小鸡们刚下的蛋。

"谁把鸡蛋给掏走了?"他疑惑不解地大声嚷嚷,"还有鸡窝,我新砌的那么多鸡窝,是谁捣乱,给搬走了,啊,是谁?"

岁婆听了也直摇头。"浑老头子,真是活见鬼了!"那时,她的花儿早已不在人世上晃悠,就是说,她已经变成了人们传说中的阴间鬼。可是他偏偏就真切地听见,她精灵一般嘀咕一声,并不认真理会他的发疯着魔。当然,也有相反的情形,有时,他一觉醒来,又会把干过的活儿,做过的事,当成正在心里酝酿准备、着手实施的计划,其结果,往往是把自己又吓一大跳:"怎么,这个破草笼子,啥时候,是谁,给修好的……手倒是快捷,可干活儿的手艺,唉,还真的是差远去了!"

他不无遗憾地哀叹。

"你昨日整整捣鼓了一天,还能是谁,像你一样,有闲心去捣鼓那个破笼!"

又是岁婆。他听见她不厌其烦,一如往常,神经兮兮地唠叨,真是鬼灵精怪无所不知、也无所不在,她顺便就提醒了他一句,"你真真是老瓜(傻)了,不死的老鬼,还死乞白赖,活在人世上瞎混个啥……别自以为能识字明理,自作聪明,其实,还不是一个真实不假的糊涂老头儿!"

他不服气。"瞎说!"他硬不承认他做过的事。倔强地拧巴着脑袋,固执得像一头犟驴:"简直胡说八道,我干的活儿,我会不知道?再说,我也不会把活儿干得这么粗糙,不入人眼,根本不像人干的活儿……"

岁婆一皱眉头,远远地,隔着另一个世界,看他顽固不化,又极像一块死不开窍的石头,她认定他,果然是把日子给过颠倒了。人说老小老小,越老越小,难不成,他还要活倒回去——直小到成为刚出生的婴儿?她感到可笑,又心里可怜，便原谅了他：也好，要是能让他返老还童，那就这样颠倒下去吧。她继续往下面想，要是那样——日子都能够反转回去，我不就可以见到我的虎子、豹子、桃子、虎崽……还有，年轻时盛开得花儿朵儿似的——我自己了吗？

是的，第五花儿，她还记得，那就是她——当年她的父母在心中、在口头反复祈愿和真诚祝福的那一朵盛开不败的生命之花。她就这样痴迷地想着：我不是在做梦吧？一个人死了之后，就是说，变成了鬼的人，也会做梦吗？

怎么不会？阴阳相隔，虽然被一个土馒头似的墓冢隔离，岁爷却是真切地听到了他的岁婆——第五花儿的呢喃低语。人生如梦，梦若人生啊！他发出感慨之时，大多时间，也正好是沉浸在迷离惝恍的大梦之中不能自拔。不，应该是恋恋不舍，挥之不去。那是个妙不可言的神秘之境，他在那里可以任意来去，想见谁就能见到谁，而且，大多是早已仙逝的至亲故旧。时光在那里逆转，不用回忆，就可以重睹烟消云散的过往，他和父母、祖父母、弟兄姐妹以及他牵肠挂肚的儿女，随时团聚，相见甚欢。他和黎明、红霞再次相聚，当然再无需接头暗号——英特——纳雄——耐尔，差不多可以直言不讳，畅所欲言……

只是，他一直不知道，那神秘向往之境，究竟在哪？

如此这般，不管是早上睁开眼来，抑或随时在他头昏脑涨醒转过来，老大半天，他不知道身在何处？眼前，真实凸显的现实世界，竟变得陌生，甚至可怕，完全跟梦里的世界截然不同。刚刚从那个阴阳相通、万象纷呈、烦乱如麻的地方溜达出来，他还一下子适应不了他每天都生活在其中的这个现实世界。这个真实的世界，让他感到怪异，诡谲，不可理喻，也难以接受。反倒是那些梦中的影像残片，让他念念不忘，流连忘返。

"把他个什！"这不，他又犯糊涂了，"我这是，在哪儿呀？"

"在哪儿，在你家呗，还能在哪儿？"不可思议，他听到的，依旧是岁婆讥笑他的声音，"难道，你还在天上不成，你个老东西呀，真是，越活越没息了。"

"天上，哼，那里要真是仍然打打杀杀，整天乱糟糟的样子，不去的也好。"他咕哝道，"可……可是，这也不像是在地上，不像我们过的日子！"

"你个老不死的。"岁婆说，"我看你，确实是活得太多余了，自以为读了那些没用的书，认了些鬼画符的字码，其实，清醒的时候，比糊涂还糊涂呢！"

她那独特的奚落、调笑，永远像开花一样烂漫和鲜艳的声音，不是在他的耳朵里听到的声音，而是烙印在他脑海里面、装在他身体里面，成为他生命不可分割的一部分的声音——这是整整装了九九八十一年的声音。就是说，他和她，自从在她那个阔绰的舅舅家里见第一面，他们实质上就在漫长的岁月煎熬中同类项合并，融为一体，合二而一，变成一个人了。至少，也是潜意识中精神的连体。尽管在外观形式上,难免还是要以一个人分成两半的情形出现,但这并不妨碍他们随时随地都能够倾听到彼此的声息——声息相求的声息,心心相印的心音。如同他们气味相投,很容易猜透对方的心,是那样稀松平常,自然而然。那种默契,常常表现为无须言明,就能说出对方的想法,以至于在很多私密和公开的场合,他们情投意合,会很可笑地一个提前说出另一个正想要说而没来得及说出的话。这时候的他俩,各自变成了对方肚子里无所不知的蛔虫。用岁婆一句比较尘俗地道、经常贬损岁爷的话:不抬沟子(屁股),我就能知道你放啥颜色的屁;而岁爷心有灵犀,有的是现成的反唇相讥:你不用抱窝母鸡样咯咯乱叫,我准能猜中你下啥模样儿的蛋……

你们瞅瞅,这一对人儿,就这样老死不相分开,即使鸡飞狗跳斗了一辈子嘴、掐了一辈子仗,俩人的密切配合,仍然会像双胞胎一样默契,简直是天衣无缝。到头来,即使他们不在一起,隔了很远,甚至于生死离别,阴阳相错,也不过如此而已。此生此世,他和她,已经没了空间的阻隔,只有息息相通、相濡以沫在一起生活的时间。

在时间的长河里,死后的岁爷,终于如愿以偿,见到了他的岁婆。两个阔别已久的老人,终于再度携手,渡过苦海,到达彼岸了。"你个鬼精灵似的……花儿……"他深呼吸一口,舒缓而又曼妙地喃喃道:"真的,要丢下我不成?"

那是三九寒冬一个明朗冷清的早晨。垂垂老矣,黄昏晚景的岁爷,揖别而去,长辞了这个世界——他在人世完美地兜了个圈子,最后依然落脚,终结在了他出生的地方。偌大的地坑院子,显得虚无缥缈,梦幻一般,空荡荡地,然而却虚晃晃闪动着一群年轻的身影——那是他曾经因为不堪政治压力和经济负担,决然自缢,先他而去最小的女儿——女诗人梅子的后人:女儿的女儿和儿子,也是他外孙的孙女和外孙女的儿子。

那时候,突然就起风了,窑院里的树木摇曳,枝叶婆娑,影影绰绰,一时间人声鼎沸,很有点意想不到的嘈杂与热闹,恍惚间,睽违的情景,大可和当年在院子里织布纺线、作染坊时的盛况好有一比。最后的岁爷,分明是感觉到了,心灵感应到了某种回光返照的熙攘纷闹。那是一种空前绝后的甚嚣尘上。他的周围星云密布,层层叠叠,围绕着数不清的人群、人脸、人眼。他左顾右盼,忙不迭地寻找着他最熟识和最希望看到的那些面孔。果然,岁爷欣喜若狂了,他终于见到了他熟悉得不能再熟悉的过去——他活着和死去的所有亲人,所有在阳世奔波和在阴间隐匿的亲朋好友,他的儿女,包括他的弟弟,当然,首先是他的花儿,还有他娘,他的大木匠大,他的祖母袁氏……

"喔,原来,你们都在这啊。"他喜出望外,忙不迭地迎上前,长长地舒一口气,"你们……叫我劳神,好难、好难找哟……"他沉吟道,"唉,真的,我想你们来着。想了很久、很久。现在,我终于来了,来看看你们……如果你们不嫌弃我,我就不想走了,你们,就把我留在这里……好了,就这样吧,你们,都忙你们自个儿去吧……"

他把自己安顿下来,就像他平时那样,随随便便,往那儿的地脚旮旯一蹲,却把自己的命狠狠地检视分析了一遍。谁说,命运不是个模子呢?就如同打糊基(土坯),泥土铲进青石砧板的木框模具,就要有人跳上去用脚踩实,接着提起安了木把柄硕大的石头锤子,一下复一下,直到砸结实,砸成一块有棱有角、方方正正的土糊基。人嘛,不正是这样慢慢地,击打夯砸,捶打出来的吗?直到,夯砸和塑就得有形有状,有模有样。

问题是,你能不能经得起这样的挤压捶打,而且最终弄成一个什么样子?

那时他就在想,我这一辈子,稀里糊涂,就算完了,也就这样子匆匆忙忙地给交代了。可我,到底是个啥样儿呢?

那时,他的目光既是内敛的,也是散漫的,扩散到了很远很远的地方;他的心情是自审的,他的心事是探索和研究型的。就如同一辈子爱沉思默想,爱漫无边际地胡思乱想,爱探究他压根儿用不着操闲心、也没能力去过问的许多闲事情。

他想起一句很乡俗的自嘲:撒一泡尿,照照自己。这句话的本意,原是骂那些不自量力的人,他现在用来骂自己了:撒泡尿……唉,羞先人哩,我拿啥撒尿?我把人活到啥成色上了,丢人卖骇,连撒尿的本事,都没有了。我还是个人,是个男人吗?男人尿尿一条线,是谁说的?你任仲魁,还能尿多高?肚子里插一根导尿管,人活到这个份儿上了,你还活一个啥——那啥?

应该是到站了吧?我想见我的启蒙老师,我的常先生李老哥哥——高瞻远瞩的高团长。我的教师爷,咱们还唱"英特纳雄耐尔"吗?"这是最后的斗争"吗?而我们,又将何去何从,能否奔到明天去……

你说啥,让我去请教马恩列斯毛?咳,我算老几,又有啥资格和底气!

话不能这么说。教师爷仍然是不变的教师爷,出口还是一篇大道理。我说黏怪呀,我的好兄弟,历史当然是人民创造的,但同时也是英雄创造的。这是上帝的宣谕,百分之二百正确。是政治家、史学家无可辩驳具有普世性的真理。但对于具体的人,个体的人,一如你和我,也许说,是历史创造了人才更贴近事实和真相。不是说时势造英雄吗,时势也造狗熊。时也时代,势也势能。历史发展的大潮流、大规律,浩浩荡荡难为逆转。人在其中犹如江河泛舟,遇上风平浪静那是你的好运,你会飞黄腾达,高高在上,不可一世,乃至成为人人仰视、个个艳羡的圣人、正人和君子；相反呢，遇上急流险滩、狂风骤雨，你会惊恐不安，提心吊胆如丧家之犬，惶惶不可终日，乃至翻船倒灶，葬身鱼腹，直至变成水鬼和冤魂……

教师爷说，记住吧，一个人面对历史大趋势和大潮流，就算你有三头六臂也没有用，你只能顺势而为、俯首称臣。回天乏力，又如何力挽狂澜。如若恣意妄为，脑子不灵光，思想不清醒，就只能成为逆历史潮流而动的跳梁小丑，罪不容诛的反面角色了。

这话说得硬扎而又戳心。就是说，你不管是死还是活，这辈子你都交代给了历史这个打糊基（土坯）的木模具了。你不过是一阵闷捶打成了糊基的土，好像连进过砖窑被大火烧烤的青砖都不是。看来，还是无比智慧的老娘说得对："拼死拼活胡成精，我看你们，难成神……"

无法排解的忧患，难以形容的痛楚。是从啥时候开始，从那个很长很长的夜晚起步，这日子就没有了尽头，黑透的夜晚漫长无比，似乎一天都没有亮过。突然间，他就这样迅速地斑驳，不可抗阻地衰老了下去。岌岌可危的样子，简直就是一堵快要垮塌的土墙。早上看是一个样子，晚上看又是另一个样子。这个和那个样子，全都是奈何不了多少时辰朝不保夕的破败样子。看看自个儿的头顶，稀疏的头发和形成鲜明对比的满腮毛毛糙糙茂盛的胡须，眨眼就能生出一根一根的白发白须来。

弥留之际，他仍然被梦勾留，大睁着空洞的双眼，继续做梦。他不但能看到自己在梦里的情景，还能看到别人梦中的情境，看到那些梦中的人物走来走去和自己梦中的人来来往往，彼此寒暄交流，像逛集市。他看到一个被叫作穗子儿的孤儿，被他收留，不，是他的花儿用自己的亲生骨肉，另一个叫作虎崽的儿子"狸猫换太子"那样，挽救下来。自此，他一直耿耿于怀，就像亲儿子一样，放心不下他。

因为那是红霞的儿子，是他一生敬重的大姐、同志和领导的骨血。这是一份债务，他必须寻找并交还给穗子的亲生父亲，这是他的使命和义务。尽管那孩子一直拒绝承认这个事实，下意识排斥他还会有一个高踞云端、远在天外神话寓言般的所谓父亲。为此，他借口要旅游观光饱览祖国大好河山，让那孩子不辞辛苦，多次告假，陪同行动不便的他，上西安、奔郑州、逛北京……每到一处，必先访问民政部门，专为寻找一个永远找不到的人。只是，他始终也拒绝相信，那人会人间蒸发、无踪无影……

他看到，那孩子继续陪他在游览。他们到关中诸景点逛了一大圈，看了乾陵和兵马俑，他给孩子说了两句话：无字太有字，不存永存世。

孩子问他："是啥意思？"

还记得，你是怎么说的？"举头三尺有神明，脚下三尺是宝库。"你哀叹一声感慨道，"真是一片福地与厚土啊。只是，看起来，秦始皇比武则天天资聪慧，更明智，他给他和他的将士不立碑、不书传，却建了个地下宫殿——阴间大王国，也就成就了另一个永世遗存又不被俗世发现的新天地、大世界。一个永远不醒的大梦想啊。奇思妙想，旷古铄今，真乃空前绝后人之精，罕有的大奇迹。"

孩子没说话，但他听到了孩子心里的话。我的岁爷啊，谁能说，他这不也是一种大彻悟、大觉慧。原来这土生土长，本身就是一种大聪明、大智慧，也是一种大隐藏、大收纳，就像土里土气、土到了家的渭北旱塬的地坑院庄子，本身就在大地的怀抱里，始终和大地骨肉相连、融为一体不可分，这就让它势必把无限的可能、无限的生机与无限的宝藏尽揽于胸，当然还有无限的未知数、无限的变量与无限的希望，含蕴其中了。孩子终于说，"大地啊，原来是一本无所不包的大厚书，是一个包罗万象的万宝箱、聚宝盆。"

"不错。"你点头，"不管走到哪儿，不管啥时候，爱你的土地吧。"你听到自己走进了孩子的梦里，这样喁喁地说。那梦中的路，依然是夜路，是暗淡的星光下一条灰黑的带子，走在上面的你，一脚深、一脚浅。任家堡子的夜，那份儿沉寂蝙蝠一样挥动翅膀，在沟壑和山塬上，起起伏伏地飘荡冶游，像寻找家园失落的魂魄。你觉得浑身一概地酸软，一概地疼痛，但仍然有一种蛮横的力量，不允许你倒下去。那一刻，你冷暖自知，曲直自度。度过了漫长的四季，春夏秋冬，直至漫漫一生。

突然，有一种尖锐紧迫的哭，无助又无告，似从心底直刺出来，犹如一把穿透腹腔的尖刀，带出了全身心的血和泪，又似一只绝望的手，在挥舞，在求救，在扯拽，在抓挠。纤纤小手如春笋，那是他的桃啊！不，是你的桃。你可看见了，你的女儿没有死。窑里院里，炕上地头，到处都有她小鸟一样的翩翩飞动，欢快嬉闹的影子……

"我们的岁爷啊！"桃子就在你面前，仍然是那个淘气调皮的小丫头，穿着小时候阴丹蓝的小裇子。她在安慰和关心你："好我的大哩，不要太劳累自己呀，你不要命啦？"

"去，你这傻娃娃，我还有命吗？"这时候，你的眼睛比你提早休眠了，目光呆痴，直勾勾地——你的眼睛已先死去。油尽灯灭。你已然看不到了正在无望地凝视着你的那一圈年轻的脸——小女儿梅子，那些个陌生的二代和三代人。

"姥爷；太姥爷爷；祖太姥爷……"娃娃们纷纷乱乱，忙不迭地呼叫你。

"五子啊……虎、豹、桃、杏、梅，虎崽啊……"

弥留之际，(你)他缓缓地张大了口，用没有声音的声音，吐出了这一串字眼。他依然木着，好像永远混沌，彻底谢绝和挥别了清醒的记忆。少顷，他那凹陷的眼眶艰涩地挣扎着一眨，霎时竟挤出一些晶莹的液体，那些俗常的物质，沿着他的眼角缓缓流了下来，他的嘴唇微微翕动了，枯木朽株般干瘪的脸上，油然浮现出一丝欢欣的笑容。他最后说的话，估计，八成已经是站在了奈何桥上的自言自语，但绝对没有说出声来，只有干瘪的嘴巴、皱裂起皮的嘴唇，似动非动，象征性地嗫嚅了一下。

他的眼眸，最后闪亮了一下，瞥了这陌生的世界一眼。"你们听，他说啥？"梅子女儿的女儿说着，靠前走了一步，竖起了耳朵。"他什么也没有说。"梅子年过半百的女儿，最终确定，权威性地摇了摇头。可她那十岁的孙子，却煞有介事地辩驳道，"我听到了，祖太姥爷说，他看见了……看见了，今后……"

大家忍不住笑了，都不以为然，频频摇头。可那孩子还是固执己见，依旧坚持着重复。"他说，你们呀……穗子儿们，碎崽娃子，一满地，都有福咧。不管你们已经出生，还是正在你们爸爸的大腿上转筋，或者是在妈妈的子宫里撒欢，我全都看得见的。我看见了你们，还看见了你们的儿女，他们一天天长大，长大，也在长沉，沉得跟山一样，所以，我想抱都抱不住你们，想背也背不动你们咧，哪一个都抱不住、背不动咧。你们就好自为之，往前面走吧。人生啊，有多美哟，生活，终究是好着哩，而且会越来越美，越来越好……"

大家都轰然笑了。

"你该不是在背诵作文吧？"听说，这孩子是班上的语文课代表，尤其擅长作诗和朗诵，就有人夸奖他说，"好想象力，将来，没准儿跟你太姥姥一样，又是个诗人。"

/ 第三十章 /

乡村道场

任仲魁。任家堡子村的老古董,在人间烟火世界磨磨唧唧、拖泥带水,整整 106 年零 3 个月零 19 天。这当儿,乡下已经大力推行殡葬改革,实行火化,梅子的后人谨遵他的遗嘱,不重复开追悼会(他活着的时候已经开过多次——排练、演习,理应算数),遗体告别也省略了。从那时起,生命在岁爷身上,也提前撤退得差不多了。原本就矮小衰弱、形象猥琐有失伟大的他,现在更虾腰曲背,团成了一粒弓形的蚕豆瓣,至多像一个在母腹中蜷曲不展的婴孩。

躯体不全的半个岁爷,死去以后,毫无疑问,骨灰当然是要回归乡梓的。据说,岁爷有话,他要等待一个特殊的时日。这样,他的骨灰被抱回来的那天,人们看到的只是个四方盒子,很小很小,很不起眼,如同他一生貌不惊人而个头低矮,一个寓意鲜明的象征。那一天赤日炎炎,正中午时分,岁爷回村的时候,天上晕晕乎乎,高悬着一只独眼龙般喷射炽白毒焰的烈日,酷热难当的乡野,忽然,就莫名其妙旋起了一阵龙卷风来,好端端地、平白无故,竟刮得飞沙走石、天昏地暗。地上的庄稼草木,连根拔起,甚至于鸡鸭猪狗,也都被旋转着掠走了不少。奇怪的是,岁爷的那个小小的盒子,就放在迎接他的门前灵牌供案之上,居然连同上面的包布都纹丝不动,包括迎迓他的招魂幡和一应花圈挽帐,都稳如泰山,岿然不动。如果这些现象还算不得稀奇,更为蹊跷的事就在后面瞬间发生了!也就是一眨眼工夫,土场上供桌前那块地头磴畔,突然,就冒出了一棵大树,一棵枝叶繁茂、婆娑漾动的参天大树——槐树。

说是冒出来的,是因为压根儿没人发现,那棵槐树,究竟是怎样追赶着不居的岁月,由一棵羸弱的小树苗,慢慢地长大起来,然后在一夜间,变成了一棵连天接地、浓荫如盖的大树。这个不该省略的漫长过程,至少,浓缩了有千百年的样子,甚至于不止。这棵树绿荫如云,遮天蔽地,几十里之外,均可得见，它郁郁葱葱，雄踞于世，竟似一仞巍峨挺立的峰峦。由于它来得神奇突兀，几天时间，很快就有人敬畏为神。时见三五成群村民乡党、善男信女、扶老携幼，趋之若鹜结伴而来。他们焚香燃烛，放炮送匾，作揖磕头，直至给树身、树枝披红绸挂黄缎，手串念珠，金纸元宝，无非是祈福祈寿、祈财祈禄，其状虔诚，诚惶诚恐。

为了确证它的权威和归属，任家堡子人几乎不约而同众口一词，笃定了这棵神树必是岁爷昭昭，再世显灵。时值三伏天气，日光暴烈、尘土发烫的正午，两个六七岁光屁股的男娃，正在大槐树下乘凉，玩尿泥捕蚂蚱，就见那棵神奇大槐树枝丫摇晃，一阵喧响，忽然抬头，竟活灵活现，从树上荡悠悠——翩然落下一个人来——说他是人，其形其状，却俏薄轻灵，宛若皮影——原来是一个身似浮云又很实在的怪人，他居然能叫得出娃娃们的名字，还说他是来找他的花儿——他前世的老婆。两个孩子，仔细分辨，又见此人分明是个女人模样，或者说不男不女的样子。总之，他（她）神秘莫测，诡诈地一笑，就像一阵溽暑热风，漫溰出一道云烟雾迹，倏忽一闪，就潜进人间烟火任家堡子村的街巷去了。

人们口口相传，并坚信不疑这个传说。理由充足、根深蒂固、历史悠久、亘古不变——乡下人老八辈，都一概认定，十岁以下的孩童，在许多特定情况下，别具只眼，是经常能看见鬼魂魅影的。人们传说得有鼻子有眼，基本上确定，那必是当年老不死的岁爷。甚至，有人煞有介事，说他们在半夜三更，的确听到过岁爷在村庄的上空，瓮声瓮气地说话——他说他以幽灵的名义发言，声明他一直活在这个世上，还大言不惭，说他虽然渺小卑微，但毕竟代表了久远历史所有人类的苦难和悲痛。当他明确无误地宣称说，我已经活了八千岁的时候，蹊跷的是，还有一种声音立即反驳，跟他的放胆狂言，针锋相对、较开了劲。

另个声音，另一副腔调。互不相让，咄咄逼人。但都再熟悉不过了。

那声音说，这八千年，你一直都在耿耿于怀，沉浸在对于宿敌的仇恨与怨毒之中，就像一只鸡雏躲在蛋壳里面，蛋壳破了，从里头跳出来个人，那就是你，任仲魁……

你胡说，完全是污蔑我！

一场雷声不断、轰轰作响的争吵，时常在岁爷的村庄上空，季风一样漫卷肆虐，正像他活着时，总在自己的头脑中反复无常经常干架一般。他是正方，也是反方。这种较量旷日持久，屡屡刮过。有时也像雨点，淅淅沥沥，遍洒村庄的角角落落：你以为，狮子会因为水蛇而坐立不安吗？我看你，就是不死的邪魔。

何以见得，你血口喷人？

你瞅瞅吧，去照照镜子，看你的眼里，就知道全是能把眼泪烧干的怨毒，能把地球毁灭的怒火……

自此，这个村庄，就很不幸地魔道"闹鬼"，开始不安静了。传说，出了许多诡异的事。有人亲见，岁爷重生再世，在他那个不存在的地坑院里进进出出，还遇上了各种身份不同的路人和乡民，干部或学生，他在不断讲述一些并不存在的过去的故事。那些过去的岁月，在沉寂中烟尘滚滚，起伏沉没，渐渐弥散开去。最终全都九九归一，成了历史。而历史，此刻，正好像躺在坟墓里一样，只能以怀想的心情做一些不着边际的谵妄。众说纷纭中，人们说，这个岁爷不同于曾经的那个岁爷，因为已经是一个变成女身的男人，他（她）郑重其事地声言，他的重生再现，轮回转世，绝不会骚扰别人，只不过是想重整河山，修补生活的残缺，乃至要重生再造一回他的儿女，包括，他的花儿和他自己。更为奇葩的是，后来，他果然把这些人一个个都再找（造）了出来，像符咒一样呼唤了出来，可惜村子里没有一个人认识他们，尽管这些人一个个都讲了他们的故事，大家都不可思议，只认为是一窝妖精。人们纷纷报案，要求依法惩治。无奈政府拿这种子虚乌有没影儿的事，也束手无策。于是，便有许多人敏锐地感到了不祥与晦气，开始不愿在村上居住。渐渐地，他们三三两两，陆陆续续，真的就削尖了脑袋，不惜贷款举债，一窝蜂地跑到城里去了。慢慢地，竟抛荒了这个不吉祥的村庄。剩下手头拮据，无奈留下来的村人，为讨得安宁吉利，几个人聚首商议，依了老先人的古法套路：以毒攻毒，祭起了打鬼捉妖的狠招。

终于，在一个伸手不见五指的夜里，他们凑钱，请来远村老态龙钟衰迈的神汉神婆，让他们摆下道场。这两个糟朽的奇人，呼风唤雨，招来一些奇形怪状的纸样人，忽悠忽悠招摇在手上，一会儿说是火烧，一会儿说要油烹，大汗淋漓，不知疲倦地折腾了大半个晚上，做足了功夫，言说果然弄死了那个变成女人的男人，而且他的所谓子弟，也一个一个尽被烧死、毒死、淹死。随即又煞有介事，给他们找来一大堆根由故事，确定了一个个不能得罪亡灵的烈士或英雄名分，算是草草了事，平息了风波。那些名字，几乎全部涵盖了当年岁爷的兄弟、子女、亲戚、朋友，包括最后在京城高官家里轻率地自绝人世的梅子之子。

唯有杏子例外，大概因为疯魔，而被人遗忘得一干二净……

需要补充细说的，还有也许不值一提的——关于岁爷当初火化时的一些细节。我们已经知道，矮小衰弱的岁爷，死的时候，弯腰曲背，团成了一个弓形的蚕豆瓣儿,像一个在母腹中蜷曲婴孩的他,被推进焚尸炉时,正好碰上一个傲慢冷倨、不知深浅而脾气鲁莽的司炉。小伙子看见,白色被单(当然没有覆盖国旗党旗的高规格待遇)严严实实,覆盖了个猥琐不展的小小身躯,自以为是个夭折的儿童,便不无惋惜,冒冒失失问了家人一句:"这娃,有多大了?"

"这娃?"家人苦笑,顺水推舟,冷冷地白他一眼:"106岁了。"

司炉诧异。鼻腔拖出一声蜿蜒曲折的"嗯……"其迢远悠长,似乎比106岁还要幽邃深旷。火化完清扫骨灰,司炉听见炉膛里咣啷作响,是一阵金属的磕碰之声,小伙子抑制不住怦然心动:十之八九,估摸着是未能熔化的随葬珍品,不是金银饰物,也许是烧不化的玉器珠宝吧?

他贪婪地翻检、扒拉了好大一阵,大大小小,竟拨弄出来了5块大小不一、扭曲变形、状貌丑陋的铁渣碎块。家人过来领取骨灰,见他扒来拨去,眼睛直勾勾地长出了铁钩子也似,目不转睛地瞪视着那堆稀奇古怪的破烂玩意儿,就直言不讳,向他毫无保留,抖搂出了烟尘泯没的陈年底细。"对不起,这可不是什么值钱宝贝,是来自几十年前爷台山反击战,一颗炸弹的残渣余孽。"梅子女儿的女婿双手一摊,慷慨地说,"喜欢,你就只管拿去好了。"

年青司炉不屑一顾,立眉瞪眼,活见鬼般将嘴一撇,做了一个标准的鬼脸,他从鼻腔深处居高临下,威严地喷出一个轻蔑的"哼"字。接着,他拍了拍戴着雪白尼龙手套幽灵似的双手,不胜厌恶,当即拧身,绝尘而去。

"破破烂烂。"他用鼻子鄙夷地哼了一声:"谁个疯了,会稀罕这?"

八月十五

老舅爷正襟危坐副驾位置,他真的老了。老态龙钟,苍颜鹤发,随着车体飞扬晃动,犹如着火的霜雪。车自蜿蜒山路盘旋而上,风越来越显张狂,呼呼嚣叫,山路边濡染红黄颜色的草木秋叶,随着车轮转动恣情旋舞。老舅爷怀里是一只红布包裹的方木盒子,被他贴心地抱在胸前。凉风习习,从车窗的缝隙蜂拥而入,他却一再拒绝,把窗玻璃关严。

倔老头儿!

他全然充耳不闻,一心专注,凝视前方,那张爬满斑点多皱的老脸,苦巴巴地映现着冷峻、庄重以至威严。一双昏花的老眼,却在不时眨动,迷离的目光,情急意切,应接不暇扑面而来的田园风光。他似乎在不动声色,寻找什么。

"八月十五。"他吟哦道,"不,可不是中秋那个八月十五。记住这个八月十五,是公历八月十五。哦,又是八月十五!你们还记得吧,那小穗子,可是反复多次,告诉过你们?这是什么日子!"是的,我正是要考考他们。或者,是提醒。就像提醒我自己,已经不是当年的小穗子。年轻人啊,拍拍脑袋,想一想呀!还有,并不完全年轻的他们——是的,如果想不起来,那就不止是拍拍脑袋,而应是拍拍胸膛,问问良心了。时间真是插上了翅膀,一晃,七十年哪,一阵风就吹过去了。我们还记得他吗?每年的这个时候,他都要烦躁、发飙,心焦,火烧火燎,毫不容情地搅扰我们,总要弄得鸡犬不宁、举家不安。真的是那样,每年的这个时候,他都要上山来的。不管晴天阴天,不论刮风下雨,倔强得像一头驴。你胆敢阻挡,说他一个"不"字,你敢稍微表示一丁点儿为难情绪,哼!滚一边去!他准会说难听话,刻毒的话,怎么难听、怎么刻毒,就怎么说。"把他个什,不用麻烦你们,王八羔子,我不要你们陪,更不用你们抬。我还有一条腿呢,爬,也要爬上山去。"

谁敢违拗他的意愿,那不是自找难堪、自取其辱吗!他是谁呀?是不是神的神。是一个是爷不是爷、人人都管他叫爷的爷啊。至少在任家堡子,至少在他这个家族和亲戚圈子,是不敢得罪,也没人愿意得罪的太上皇呢!老舅爷将目光收回车内,只那么一瞬,一瞥,他稍微仰头,斜睨了一眼车顶的反光镜,就那么一眼,全看清了车后面一帮男女诡异的神情,哑口无言,却在不动声色地挤眉弄眼。这一车人,是亲不是亲,都是"自家人",无疑都和我们的岁爷,脱不了干系。包括省城的"大姨""二姨""老表姨",或者他们的后辈什么的。大家伙全都鸦雀无声,庄严十分,人人端的一脸铁板铮硬的表情,即使小梅姐姐那个戴红领巾的小重孙子,还有什么二姑奶奶已上初中的小重孙女,一车十七八个人,一律像他们一色儿黑色衣裤,臂缠黑纱而胸佩白花的衣着打扮,让整个空气的流动,都显得黑色凝重,十二分肃穆。

不错,这是最后一次为你送行啊!八月十五,我们再一次送你上山。只是,无法确定,你这次是来探望,还是来寻访,莫非,一如当年,是来"支前",配合征战?

"我要寻找,寻找!小穗子,你给我,记牢,把他个什,你个小兔崽子,别那样二五不挂,别把我的话,当耳旁风哟。你只记住,我要寻找、寻找!寻找到死……死,也要寻找……"

呔。这老家伙。我的亲人哪,你真是顽固不化、死不瞑目吗!

"当然,把他个什,你不懂啊,良心是不能睡觉的。更不能假装睡着。即使死,也要睁着眼睛!"

车厢里面安静极了,没人吭声,只能听见他们微微的呼吸喘息。

咳,我知道,你们的心里,其实全都隐藏着、腾跃着闪亮的语言。不错,你们毕竟懂得，适用于思想发言的特定时刻，语言就只能是嘈杂和喧闹了，心灵活动，本就该蔑视和排斥那些实在是多余的多嘴多舌！你瞧，这苍凉迷茫的世界，已经是很喧闹了。由于爬坡，汽车发动机不得不竭尽全力轰轰作响，还有曲曲折折的弯道，一会儿倾斜，一会儿颠簸。风呢，仍在车外继续狂放，似乎铁定了心，非得要召唤人们躁动起来，跃跃欲试，从心底爆发，吼出些什么。初秋的早晨。气压很低，半阴不晴，太阳透过天空灰蒙蒙的淡云，在雾霭沉沉中有气无力，焕发着清冷浅薄的黄光。盘山路节节升高，在一个四十五度的转弯的斜坡，不得不减速了。老舅爷回眸，稍一偏头，就居高临下，看见了河沟下面那条窄瘦的小河。冶欲河。紧贴县城东侧，静谧优雅地潺潺着，那份缠绵悱恻，恰似一个含情脉脉的青春少女，安恬宁谧，闪闪烁烁，把自己幻变成一支岁月柔曼清亮的歌谣。冶欲河。仅仅是这个命名，细思极恐。真是太有深意的一条小河啊，你要警示大千世界的人们，也许，并不逊于大海的深沉广阔。

"你个，碎崽娃子，你一定要走出去的，你必须走出去！把他个什，你咋这么犟呢？难道，还要我给你下跪不成？"

"我为啥要走？不，我要守着你哩，哪儿，我都不去！北京、上海、西安，去他的吧。什么，国外？饶了我吧。那是他的宝贝儿女的天堂，是他换了一个又一个小老婆的向往。与我，有屁相干？我不是他的儿，我是……"

"住嘴！你不懂。把他个什，你懂个屁！咱就不说那瞎了心的哈尿罢。可我得对得起你娘啊。对得起红霞。不论你红霞娘，还是你花儿娘，都给我说了，反反复复，在梦里托说过了。要让娃得走出去呀！走出这狭小憋屈的任家堡子村，走出淳化这黄土旱塬的山沟沟，就像冶欲河一样，顺着大山沟底四十里的黑松林，默默地走吧，奔流出去。当然，不是要你去当官发财。既然，你不想背靠你亲老子那棵大树乘凉，去当那种吃香喝辣、尽情享乐的官二代，那就闯出去，独自经州过县，天南海北，去大千世界，经受一下风和雨嘛。我们吃糠咽菜没好饭，我们补丁摞补丁穿破烂，榨干了人油、咬着牙关过的苦日子，都为了啥？让你熬油点灯学文化，说到底，还不是为了你一个明白，要在这世上活得值呀！这可不全是为自己，就像你二大，你虎、豹哥哥和桃子姐，还有你娘、红霞。他们，把命全别在裤腰带上，抛头颅，洒热血，干革命，求解放，能说，他们都是为了个人吗？"

"你甭说啦，我知道。"

"你知道个什，你知道，咱们是人，来到这人世上，就得干点人事情嘛！就得千方百计，竭尽全力，干点对人有用的实在事嘛！不管你到哪，最当先的，是不要窝了自己的个性，哪怕你只是一根蜡烛，总得点亮自己，不能浑浑噩噩、一事不做、一事无成，白活一世嘛……"

这老头儿呀，咳！这声音哪，就这样一路驱赶、催逼着我，让我好生不敢停顿脚步。读了高中又上大学，还一心想让我冲到北京去上清华，好说歹说，最后，才勉强同意我选择军旅，学医考了四医大（第四军医大学）。

"罢罢罢，"他屈服了，"只好这样吧，救死扶伤，能够积德行善，也差不了多少。"他总算有点心满意足。对我来说，关键图的是在省城里工作，距离老家不太遥远，随时都能回来看望看望他。不，应该说，也是回来看我自己。看我天造地设、不能选择的出生地，看那个代替了我而被人扔下沟却侥幸没有摔死的虎崽老小哥，看我亲生的娘和比亲娘还亲的花儿娘、水莲娘，任家堡子村所有给我悄悄喂过奶、活着和已经死了的——许许多多的娘……

商务车又一个转弯。"看，那是烈士陵园。"终于有人说话了，是二姑生前没有见过面的那个伶俐可爱的重孙女。清明节，我们到那里去扫过墓。女孩子说，"那里，有二姥爷的一块墓志铭呢。"

不错。我知道，那块墓碑上，清清楚楚，镌刻着任英魁的大名。镀金的魏碑体字，还注明他牺牲时只有三十岁。六十岁的我，曾经多少回，在我年轻的长辈墓碑前，跪拜祭祀？不过，我更清楚，他压根儿就没有埋在那儿。

"唉，你二大，我那可怜的兄弟啊，收复爷台山的那一天，他抱了一包炸药，像炸毁敌人炮楼那样……也炸毁了自己。"他摇着头，不胜哀痛地说，"听说过血肉横飞这个词吗？是的，哪里还能找到他的人呢？八月十四号，山头夺回来啦，我们胜利啦！第二天，追悼会和庆功会合在一起开了。赤水县政府，送来阵亡通知书，要我去领人，结果，抬回了一个空棺材，里面放的是一套新军装，还有军功章，一块烈士纪念牌。唉，埋了吧，埋了吧！我不能不坚强，一挥手，看都不看，只说一句话，早就料到了这一天。他的坟，就是做了个摆设样，不属于寿终正寝，自然而然，又按照村规民俗，进不了首蓿地那儿的祖坟去。潦潦草草，埋到了村外沟边的野地里。反正，是个衣冠冢、空空坟，没过多少年，就被平整土地，扒平种上了庄稼。"

"是啊，我听说过，还是你私下做主张，把那一套军服与勋章烈士牌，全部当人给埋了。多亏部队有底册，后来，才补发了勋章和烈士纪念牌。"

"有个什么用呀？他最终，没来得及留下一男半女。终生，都是我欠下的债……"

唉。看到了，那个烈士陵园的纪念碑，在这山沟半坡上，从上往下看，就是一根刚硬的针，静静地，深深地，搜进了半山凹凹那片梦魂不惊、小小的大世界里。那是活人的念想，是缅怀的祭拜，是崇高的敬仰，也是亲人的伤怀啊。

虽然，二大没有埋在那里，却能在那里找到他镀金的名字，这已经是一种庆幸和荣耀了。可是，既没有埋在那里，又在那里找不到他们名字的那些人呢，那许许多多无名的烈士呢，能不能，就说是一种悲哀呢？这我知道，最终没有找到尸首的，还有永远失踪了的任豹子，不过，好在他的名字上了烈士名录纪念册。可是桃子呢，那个美得让人心疼的小女兵，身首异处的美人儿？当年的岁婆，终未找回她绾着柔软的头发、乌黑辫子玲珑的头颅，至今不知下落且不说，关键是，究竟是烈士还是叛徒，仍然无法界定和下结论。至于她的大虎哥——化名李志胜的"两面人"，还能一证清白、还他一个英雄孤胆、深入虎穴共产党卧底的真相吗？还有，对，还有那女人，人和名字都像满天朝霞一般灿烂的她，居然被冠冕堂皇冒充革命名义的敌人逼迫着，跳沟英勇就义的她，又究竟要去哪，为她讨个公道、正义、准确的说法？那时候江河日下，那时候也泥沙俱下。那时候风起云涌，那时候也鱼龙混杂。那时候我们不懂眼泪，不懂得代价，更不知道，历史，还会有它泪浸血染的痛苦与折磨，还会有夜黑风高、迷雾重重的委屈和埋没……

是的，无奈的老舅爷。你尽管感慨万端，却只能一筹莫展。这世界，苍茫浑朴，需要沉淀，需要有正确科学的标准，来划分人类的丑恶美善，需要有一种类似生化检验的手段，认识和把脉历史与现实的种种病灶与疑难。人生啊，就像这山路十八弯，一圈又一圈，缠绕着绵延。黑夜再长，总会有黎明来到。汽车，山重水复，突然便跃上了塬畔嘛。回头再看那县城，山岚笼罩，灰头土脸，沧桑得令人心颤，宛然遗落山川沟道一个颠顶的山寨，或者，一片支离破碎的秦砖汉瓦，以文物的姿态和面貌，镶嵌在苍凉古老的黄土高原，寂寞隐秘的皱褶缝隙之间。噢，这攀缘向上的山路，已经将它抛闪在了身后。如果，这也算是上山的话，那我们要奔赴的那一座山，拔地而起的乔山，应该就是山上之山了吧？那么，乔山南端的这座海拔1313公尺的主峰呢，它又该属于形而上还是形而下，哪一种高岸？

人们常爱登山观景，追逐名山大川，但也常常忽视脚下的山。眼前的这块土地，山地，有人以血肉之躯捍卫过它。也有人冰天雪地，开山掘石，啃冷馍、吃冰雪，挖鱼鳞坑植树造林，用青春美化过它。还有人鸡犬之声相闻，代复一代，默默生活在它的周围，日出而作，日没而息，自觉不自觉地，以生命绵长的日子为代价，不即不离，世代守望着它……

不管怎样，不管是在梦中幻化，还是逼临客在的目下，在老舅爷可怜促狭的视野里，天下的任何山，说到底都没有这座山美。那些山要么就是太大、太雄伟，要么就是过于平淡无奇，或者太野、太幽暗，或者太缺乏野性、太驯化、太明亮，最终太令人失望遇不到自己。

车子在乡间坦平如砥的硬化道路上开始疾驰。行道两旁有摇曳多姿、盛开的格桑花随风起舞。塬上的风更加峭厉，精神抖擞，摇晃着原野被初霜侵染得火红金橙的树叶。昔日硝烟远逝的战地，渐渐逼近。飞吧，就让我飞去，云烟一般。咳，可怜的老人，一辈子没坐过飞机，一条腿又不得远足。如今，你已经完全自由和解放了。对不起，我的亲人，如果我没有理解错的话，你不就是留下遗嘱，一定要来一次无腿远行和无翅飞翔吗？

我说的对吗？可是，这最后的远足和无翅膀的飞翔，真不是艺术想象！一切为了安妥，为了名正言顺、合理合情、合乎法度，我们却不能做到尽善尽美，尽我们的心意。

老舅爷情不自禁在想。他想起从村上、乡上到县上，寻求一份循规蹈矩的所谓合法手续，要经过万里长征、多少关卡门径：前提是承认你是个老党员，同时又得承认，你这个党员的特殊，因为至今，不，是至死，没有人证明，你入党这一件铁定的事实。而且——可怕的"而且"，你还有国民党员之嫌，甚至于，特务奸细的疑点。没人作证，无法澄清！这就让你和我们一起作难，让你活着的时候，与死了以后同样作难。历史，如果像小葱拌豆腐那样一清二楚，该有多好，如果像碟子打水，一眼能望到底，该有多么省事！不费吹灰之力，也没有千古遗恨……

微弱的申请和卑怯的索求，经过几次三番的求告无门和杜门谢客——门卫和保安层层把持，森严壁垒如临大敌——普通百姓的进入造访，咋就这么艰难？再看那门人保安，一脸奴隶主的严峻，让他再次生动见识了见怪不怪的国人通病，最大的恶：恨你有、笑你无嫌你穷，又怕你富裕幸福比他强的典型嘴脸。想想当年的边区干部，哪一个不是随便进入百姓人家，而马上就会有热茶、热饭送上前来，还会有热炕热被窝给你温暖，他们几曾盘查、审问，黑脸冷面，拒人于千里之外？

老舅爷闭目养神。他想起了在政府门口的一次"神遇"，终于见到了一个拿事的小官。他简洁而清晰地诉求了他的祈愿。黑脸冷面的阴沉木，一脸浅薄无知的傲气，咄咄逼人地问："你是，干什么的？"

"我……省城，一个退休的医生？"

"医生？哼，退休的省长，又怎么样？"他听得懂那言外之意：落架的凤凰，不如鸡——他们认的是在架上的鸡。人情冷暖，世态炎凉啊！他很荣幸，官场的通病又接着给他上了一课，那就是"看来头"，想必把《红楼梦》贾雨村的"护官符"心领神会得非常透彻到位——遇人初见，先打量和研究对方的身份、

第三十章

身价，然后再选择是给对方跪下，还是让对方给他跪下。老舅爷终于决断，不再准备"跪求"，他找到了可乘之机，那天一早，他穿了正装，西装革履，系上领带，装得人五人六，随即跟着上班的公办人员，径直闯进了领导办公室。眼前的情景，冷不丁，倒是吓了他一大跳：他没想到，阔大的办公桌后面，正襟危坐，肥头大耳的，正是一个表情清冷的男人，一尊会动作的泥菩萨佛像，脸上绝对零下四十摄氏度的冷肃，隔着两米宽的桌子，足以让人感受扑面而来、逼人窒息的森森寒气。

男人衣冠楚楚，很不耐烦地从手中正在把玩的手机上，傲慢地抬起头来。"唔，你是，干什么的？！"

男人大概也有点受惊，阴死阳活叱责。

"你不是领导吗？我来，就是找你。"

那人朝他不无厌倦，或者说还相当怜悯地看了一眼，想理不想理地、懒洋洋地点了一下头，算是打了招呼。那是有钱人向穷人打的招呼，是吃饱了的狗向癞皮狗打的招呼。他看见那人的眼睛里，发出一种因为他在请求允准的等待，就像常常被拦在大门口外面，那些等待允许进来请求的破烂人一样，明显能感到那人，有一种实权在握、掩饰不住的、幸福的光芒。旋即，那人倏而又攒紧了眉头，好像有一肚子郁郁不得其志的尿臊味儿，冲天怨气。"我，哼，副的。"他埋怨他，"你……进办公室，好歹，也通报一声，连门，都不敲一下，就直通通闯进来，你不觉得……"他听到了"副的"这人，语调十分不快，而他的心情，也实在快乐不起来。他的眼睛，一眨不眨地迎视着"副的"如芒如刺责备的目光。"不，我不觉得。这是我们人民交给你的工作。难道，我说错了吗？"他也冷冷地凛然坦告："我从你这栋办公楼的传达室门敲起，已经整整敲了半个月门了，建议你化一个装，然后到你的传达室，试一试，去找你自己。"

对方有点怔忡。打量这个年龄不小的老头，看来有啥来头，估摸着不是一只平地上窝的野兔，表情立马收起了习惯教导下属的架势，变色龙般一转，那张富卓有余、宽阔无垠的大脸，立即映现出官场上低眉顺眼、谄媚上边来人那种通行不二的奴顺模样，他有些尴尬地一笑，口气也变得委婉柔软起来。"请问，你老……有啥事情，就直接说吧？"

"你肯定是共产党员吧，我给你来讲一个故事：英特、纳雄、耐尔……"还好。"副的"耐着性子，认真听了他十几分钟的简要陈述。

"噢，八月十五。这算个啥啥事嘛！""副的"如释重负，舒了口气，竟然用了一句乡间的俗语来安慰他："碎碎个事嘛，还让你老，这么费心。"最后，他很大人大量地递给了他一张名片。"要什么手续，你只管去就是，谁要阻拦，或有啥子困难，你只管打我的电话，全没有问题的。不管咋说，老前辈嘛，最后的遗愿，碎碎个，事……"

老舅爷听了，没有感谢，牙关紧咬，很想很想日撅（斥责）他几句。碎碎个事，难为你当领导了，把泰山说得跟鸿毛一样轻盈！但最终，他还是忍了，没有开口。

碎碎个事，哼，什么事大?!

地势越高，风越强劲犀利，简直是粗犷彪悍。官僚主义，衙门作风，也是风啊，此风，断不可长！久逝的往事，难免让他心荡神移。眼前的图景，却又不能不欣欣然直面以对。哦，这不，已经到了。心往神驰的地方，现今，它叫作战地公园。严峻的历史和浪漫的现实，正是天衣无缝，契合得浑然一体，不着痕迹。过去与现在，夫妻一样，在这里酝酿甜蜜。上午的阳光，穿透密林的层层树冠，把一道道、一束束的光芒投射下来，沐浴着穿林而上的他们。老舅爷走在前面，一步、一步，从容稳健，拾阶而上，登攀着林间迂回曲折的羊肠小道。

八月十五！他在想，绵绵思绪在心中沸腾不已。那是爷台山重回边区的第二天，在胜利的欢呼和庆典之中，更大的喜悦，从天而降，随风而至！

八月十五：凶残之极的日本帝国主义侵略者，终于放下了屠刀，无条件宣布投降。这是我们淳化人的胜利，中国人的胜利，也是全世界热爱和平、反对战争正义的人们永远的胜利！这么重大的具有历史转折意义的伟大事件，能是个"碎碎的事"吗，能忘乎所以，以至麻木不仁、无知无觉吗？

今天的风很大，是秋风扫落叶的金风。风凄木落，正所谓高枝低枝风，千叶万叶声啊！

终于爬上了山顶，巍巍爷台，岿然不动。

亲爱的老倔头啊，好风凭借力，送您上青云啦！

老舅爷在山头挺直了身子，岿然不动地站定，他执意要找一棵最高的树，四季常青的松树。树下，就是他们简朴的送别仪式。人们没有跪拜，一致面向那红布包裹的方木盒子，静静地伫立默哀。

最后，还是老舅爷，怎么也不听大家劝阻，一意孤行，要自己亲自爬上树干，爬到最高的地方去。他果然还行，身手矫健，三下五除二就爬上了树顶。他在不停摇晃的树上，居然能站得稳如泰山，接着从胸前悬挂的方盒子里抖索着，一把把抓起那些灰白的粉末，随后，将手臂和五指庄重地伸展开来，那些生命的原子形态，立即重获新生，迎风翔舞，随风撒播，连同他喃喃的自语、泪湿的吟哦，款款地被风接纳，吹送到了四野八荒、旮旮旯旯、地角天涯。

"我的，岁爷，你的小穗子……给你老送行来了。难道不是吗，我可是您，亲亲的儿呀……"

"我记着呢。你说得明白。一点也不含糊。你曾告诉我说，要我清楚，爷台山是山不是爷。你说过：我死了，就扔到山上去，不是我做精做怪想要成神，我是去还债。不是为别人，是为我兄弟。我欠了我五子一个家，子孙后代，长长的，一脉人哪……"

狂风继续。满山黄金，橙红与翠绿，在这片鲜血和泪水浸泡过的土地上，装点此关山，层林尽染，壮美无边，今朝更好看。

"这延绵的山脉，已经属于你，今后就是你。"对头哩！它属于我们的岁爷。我们站在山上，难道还要再找山吗？就像你，本该就是我最本真伟大的父亲嘛，还用得着去费尽心机，满世界寻找什么亲生的父亲？

是，你在山上，你也是山。你在天上，在天之下。天地之间，飞扬一种包含深沉的坚韧与力量，彰显一种备受磨难的旷远与阔大。你是屈辱，也是光荣！你是永恒，也是遽忽。一生一世，天地良心，日月同辉，自清自明……

西风狂烈，草木颤抖。大风呜呜呜呜地，形象逼真，也像是哭，满天都是，绵延不绝的回应。

"抬起头吧，小的们！"大风呜咽，嘶嘶、缕缕，揪扯着一种若隐若现、断断续续的声音，悠远而又粗粝，辨不清是树上老舅爷小穗子的呼唤，还是遥远苍老的老岁爷的叮嘱，正升上天空，迎风起舞——已然飘过了莽林与山野："瞅紧点吧，只要看到一星儿闪光，一丝儿祥云，你们，也就是，看到了神呢……"

许多年后

许多年后，任家堡子振兴新农村的现代化建设，掀起了新高潮，一排排整齐划一的新农舍，风光鲜亮，迎接着他们的新郎新娘新人式的新住户。截至二十一世纪二十年代初，村民已经全部乔迁，进住水泥钢筋玻璃门窗宽敞轩亮的新宅子，他们永远告别了——往昔八辈子老先人们蜗居的土拨鼠窝一样的地坑院子土窑洞。

清明之前，村上开始复垦老庄基地，早已拿工资端了铁饭碗年青的村干部们，引领两台大功率的推土机，轰轰隆隆，声势浩大地开到了岁爷家的地坑院里。这里已经荒草萋萋，土窑坍塌，满目苍凉、鼠蛇出没鬼唱歌了。即使晴天白日头，太阳当头明光光，村民也嫌僻背偏狭、阴森鬼气，无人来光顾了。

施工开始，推土机就要落下巨大的铁铲，村长突然喊叫暂停。原来，他看见院子里斑斑驳驳的土墙照壁子上，隐隐约约，尚存着依稀可见的两行大字。

"咳，这可是咱村可怜的老文物了，等等……"他将手机递给推土机手，让他以此为背景，给他们几个村领导合一张影，留作纪念。"从此，这个很有年份的玩意儿，就只能留在我们的手机里头，它可要在这块大地上彻底消失，无影无踪了。"

细看那条标语，墨迹斑斑，还能辨清刷写的内容："共产主义是天堂，人民公社是桥梁！"

不错，这些口号，毕竟都过时了。照完了相，他们开心地嬉笑，忍俊不禁地胡乱杂呱（说调皮话）起来。一个说："你们看，岁爷嘛，这一下啊，就算是个一无所有、彻底的——无产阶级革命家啦。"一个说："共产党的天塌不了，社会主义的桥垮不了，尽管，岁爷一家都死光光了，旧庄基地，也给推平了，不也是很值得吗？"另一个附和说："反正，如今，咱农民富了，国强了，老汉远大的革命理想，也总算实现了……"

"就是，就是嘛！"他们喜气洋洋，不亦乐乎，哈哈大笑。于是，年青的村长，豪情万丈，潇洒地大手一挥，推土机就怒吼着，喷烟吐雾，彪悍地向前开进了。喧闹之中，时断时续，忽然地就听到了有人在放声歌唱，歌声飘忽，悠悠然由远抵近，起起伏伏，直撞进了他们的耳郭。那是一首对他们来说，实在有点太过遥远、陌生，陈旧得没办法说的老调调了，只听到——"社会主义好/社会主义好/社会主义国家人民地位高/反动派被打倒/帝国主义夹着尾巴逃跑了/……坚决跟着共产党/要把伟大祖国建设好、建设好/……"

歌声从曾经被村人唤作"霞姑崖"的沟壑塬畔一侧蹿将出来，飞跃、跳跶，又被迎面兀立的土崖阻挡折返，引起"哇哇哇"的回响。听上去，就像有两个人一唱一和，踏歌而行。这也不足为怪。从古到今，住在沟畔的乡里乡民，都非常熟悉，并将这般自然情景，拟人化地叫作"崖娃娃"喊叫。

"噢，"这时，终于有人说，"那不，快看，该不是疯子……杏姑婆吧……"有人立即反驳："胡说，那疯子，殁了多年，怎么会看到她？再说，她生前别说唱歌，多少年了，你见过她说过几句话吗？"

"是的。"有人摇头否认，"怎会是她，再听听，是不是，耳朵听岔了音？"

"不，真的，是有人在唱，明明是，女人的声嘛，你们，不该长猪耳朵吧。"

村上主政的年轻人，七嘴八舌地争辩着。但那歌声依旧，而且愈加清晰响亮起来。这时，他们不约而同，循声望去，果然，远远看见，沟畔那里的苇子壕边，真的有个女人，不，应该说是两个。女人长发拂动，一袭洁白如雪的连衣裙更显其窈窕婀娜，俨然玉树临风飘飘欲仙。她在沟边自由徜徉，时而信步，时而驻足，一只手执一束野花，另一手牵引着一个蹦蹦跳跳，头顶朝天羊角小辫的小女孩儿。

"瞧，你们快瞧，那女人，还真的很像疯子杏婆婆哩。"有个小伙子说着，还故意失眉吊眼，过分夸张地向他的同伴们吐了吐舌头："大天白日的，该不是，撞见了……鬼吧？"

"胡说，那是西安来的女人。"有人便提醒他，"你难道忘啦，杏婆婆可是有儿子的，那是她的孙女和重孙女。她们每年清明，都回来给杏婆婆上坟。如今，岁爷家的老庄子地坑院，坍塌破落，没了形状，也没了一个人。她们呀，也就只能在沟圈晃荡一阵，看看风景罢了。"

歌声油然，再次响起。年轻人这回是听真切了，确实是那一对母女，一唱一和，一接一应。准确地说，应该是教授一句、学唱一句。女人的声音，昂扬顿挫中带有某些平和沧桑，而女孩的回应，则稚气萌嫩单纯甜亮，正合上所谓的"雏凤清于老凤声"一说。看那母女两代，面朝深沟巨壑，舒展歌喉，尽情绽放，顿时，便引爆了沟圈那里的"崖娃娃（哇哇）"，沉睡许久的热烈奔放和激情回响，它们接二连三，浪涌一般，一波一波，一声一声，一句一句，执拗地、准确地、一丝不苟地赶过来，殷勤重复，由此合奏，汇成了气势磅礴的众声合唱。

于是，那声音亢奋飞扬，展翅翱翔，沐浴着清新闪亮的金色阳光，豪情万丈，御风而行，有似穿越时光隧道与浑莽的远山远谷排挞而来。此时此刻，仰望天穹，历史的天空斑斓多姿，不期然而然铺满了纷纭富丽的象征；每一朵云彩和每一缕熏风，都好像在为一切事物暗示，在向一切颖悟微笑，在向所有的深思睿智致敬，向理解力高超的人们说话。

果然，空气中充盈着饱满的声音。虽然断断续续，有点支离破碎，有点缥缈虚空、有点扑朔迷离，可侧耳聆听，仍然令人感念不已和怦然动心。"好、好、好……"

但听那迤逦蜿蜒的声韵余音袅袅，嗡嗡不已，正悠悠然在天地间回荡。

/ 附：我《上爷台》/

1. 如果你相信所谓神性，相信她无所不在、无所不知，甚至无所不能，就能够理解《上爷台》也是她的产物，如同我们所有人一样，无疑都是自己父母给世间的遗赠。照此推论，这本书不是我的，理所当然是我父母的神来之笔。高下优劣姑且不论，反正有一点"神"。我其实有几个真实姓名，还有不少随心所欲、欲盖弥彰掩饰真名实姓的假名和梦想出人头地的笔名，但在这本书里，好像天生命定，我只能叫作"穗子"，也许是"碎子"，或者"岁子"。人生若是一本书，或者说，世界本是一本大书，那么，完全可以认为穗子就是作者。每一个现实生活的人其实都是自己人生故事的作者，同时，也是自己故事里的人物，包括故事的讲述者。

2. "岁爷"和"爷台山"，是这本书使用频率颇高的两个核心词。有关这老爷子，还有关于爷台山之战那些回忆与铺排到底有什么意思？遥想当年，诗人艾青在《爷台山》那首诗里曾如何激情澎湃，如何爱憎分明，又如何义愤填膺、无可辩驳地宣称："爷台山，是我们的山！"诗人笔下，这一座再普通不过的山脉，象征正义、公理、和平、自由和神圣不可冒犯的尊严。当然，对我来说，这座山无可争辩，几乎就是一个人了——岁爷。这个再普通不过的农民，算不算革命大潮中的觉醒者，尚难定论，但无疑他是一个参与者，尽管他一直没有飞黄腾达，更不可能青云直上有什么惊天动地的作为。但他始终如一，是一介草民，是一个如鸵鸟样深深埋头于社会基层、芸芸众生之中的坚毅的探索者，是一个不屈不挠、默默承重的砥砺前行者，是一个奋不顾身舍生取义的罹难者。他质朴实在，自带渭北旱塬农民纯朴敦厚的天然本色，面对扑面而来的疼痛、苦难、屈辱与不幸，都会本能地以山的包容和坚挺，统统地拢过来，扛起来，扛在他并不高大、并不威猛的身上，整整扛了一辈子。最终，轰然倒下、泯没于世，但那无可置疑的是倒下的山、不死的山。

这就是他的故事。他的故事也就是他的命。一个原本与世无争、地地道道的农民后代，最初不过是想跟父亲任大木匠一样，学个手艺，养家糊口，传宗接代，过最平静安逸、质朴无华的小日子——三十亩地一头牛，老婆孩子热炕头，外加一点小手艺，有吃有喝不发愁。这是世世代代、一脉相承的农民意识，也是一厢情愿的美好憧憬。但现实无情，不通人性，更不遂人意。几乎与生俱来，"岁爷"们生存的世界，即使在封闭孤独的山区小村，依然不可避免存在不公，存在欺凌、剥削和压迫。贫富差别，好人坏人、恶人善人、统治人的人和被压迫剥削的人，就在身边严峻地对立存在着。他们无可选择，被泾渭分明地划入无助和混沌愚昧之列：命里只三升，不敢争一斗。孰穷孰富，老天决定，天就是命。命的背后，是一位至高无上的主宰——神。也是乡民口中的"爷"。革命水到渠成、不期而至，让他们有机会亲历了天翻地覆。原来，一切都可能翻一个个儿。那些"岁爷"们本能地响应，天然地挺身而出。他们奉献儿女家庭，乃至自己的身家性命。疾风暴雨风凄木落，他们经受了伤筋动骨的洗礼。风暴过后归于平静，在默默无闻的庸常生活里，他们——还是他们，就像土地还是土地。不一样的是，他们浴火重生。历史纵深与现实直面的对比之下，高下立现，黑白分明，至少赐予了他们两重天地，霄壤之别的感觉。那是生命飞扬、思想和心灵解放与"重生"的感觉。

3.《上爷台》是我的天定使命，更是我的屈辱和伤痛。同样，还是我的岁爷一生艰难苦恨繁双鬓，是他百年多病独忍受的默默负重。毋庸置疑，岁爷对于我，就是恩重如山的一座巍峨大山，一座高山仰止的精神昆仑。试想，一粒抛撒人间孤苦无依的"野种"，在其勉强发芽抽穗时最需要的是什么？不错，阳光雨露。无疑，岁爷和我的花儿娘，就是我命中的滋润和天神级别的护佑。他们挺身而出，适时地站了出来，不仅用自己的亲生儿子，换取了我在人间苟活的资格，还像参天大树一样遮风挡雨，以纯洁高贵的爱心，一路陪伴我的成长。岁月长河漫无边际，有多少阴风鬼火的昼夜、急流险滩的跋涉，岁爷都用他并不高大的身躯，立在我的前面，呵护我艰难的人生羁旅。不管明枪暗箭、中伤陷害，还是流言蜚语、说三道四，我的岁爷和花儿娘，都一如既往、一口咬定：我——穗子儿，就是他们亲亲的儿。不错，很长一段时间，他们其实都暗暗地为一件事不遗余力。他们付出着两种努力：那就是千方百计，想证明我就是他们的儿；同时，也千方百计寻找证明，我其实不是他们亲生的儿。只是他们并不知道，是不是他们的儿，压根儿就不是我关心的事。我所关心的，说到底，其实也只有一点，那就是我至今都整不明白，到底是什么原因，让我可怜的岁爷，至死说假话比说真话都来得坚信不疑——首先是他自己，一如既往地要弄假成真，然后是希望别人都无一例外，信以为真。他们不仅要我确信无疑，还要让村庄所有人确信并不存丝毫疑虑。这就是我和我的岁爷任仲魁，以及他的老伴儿——我的花儿娘的故事，其实，也是关于我——遗落人间——"穗子"的故事。这一切，无疑与20世纪那场天翻地覆的革命有关，与那场不该发生的爷台山之战有关。诚然，不言而喻，革命给广大人民群众带来了自由和光明的生活。对一些人，它无疑是登天的福祉，是高官厚禄和荣华富贵。可对另一些人，比如"岁爷"的边区和边区的"岁爷"们，却是陪伴终生、鲜为人知的牺牲、奉献与痛苦。这显然不太公平。革命犁庭扫穴、荡涤不平，天经地义。可是，假如它在催生新的公平的同时，却让新的不公平在公平正义冠冕堂皇的遮蔽之下滋生蔓延，直至不断深化和扩展；剥夺剥夺者，用一种等级制代替另一种等级制，换汤不换药，新鞋换旧鞋，重新走老路，真的很合理吗？这正是我无法回避，只能直面以对的世纪之问。至于我究竟是谁的儿子，最终都是要归还给历史的，还有什么探究的实质意义呢？

4.《上爷台》草蛇灰线，有好几条故事线索，也由此变换出几种不同视角的观点和不同风格的讲述。阿·加彭铁尔说过："作家的责任，就是告知公众民族的历史。"但小说诉诸公众民族的历史，当然不是严格意义的历史复制。尽管，岁爷是个不同于一般意义上的农民，他读书识字，参加革命，流血流汗，受伤致残，特别还付出了儿女、弟弟几个亲人的生命，同时，又为革命党人——抚养后代——用自己亲骨肉换取其生存于世。作为中心故事，爷台山战斗，也是整个小说丰富的历史背景：围绕那场战斗的前前后后，他们的牺牲与付出，从而影响了他们的一生一世。中心人物岁爷，及其他的子弟儿女，以及围绕他们的相关人物和事件，构成了整部小说的重点。首先是关于岁爷的正面描述，其次是传记式颇有纪实风格的战斗进程，再次是"我"即叙述者第一人称的主观介入，三条线交叠复沓，各个呈现，浑然一体，又别具风格。显然是想努力写出人物的丰富性和复杂性，写出生命与爱，一群坚强自在者的世俗生活与气韵神魄。巴尔扎克说过：人与人的距离，比不同动物之间的还大。不同动物有不同的身体，象大蛇细，鸟飞鱼游。其实，人和人的差异不过在于精神，不同精神，不过是符号操作和概念运算的不同系统，应该不会拒绝融会贯通。我只担心，无所不在、至小无内而至大无外的穿凿缺乏阳光映照，会成为吞噬人类历史的黑洞。

5. 一个作家，如果最终写不出像样的东西，岂不和一个种不出庄稼的农民一样徒劳一生？所谓宏大叙事，无非是作品的出发点、立场、观点和情怀萦念。比如我的岁爷，我一直问他，解放后为啥不去当官，答案其实是现成的——不具备条件。解放初期他已经失去了身体资格，成了不完整的"废人"。后来就更无法介入官场，因为他是一个不清不白的人，既是革命者、烈士的父兄，又是参加过国民党的"反革命残渣余孽"。最主要的，他的儿子虎子，无疑是深入虎穴的地下党，但同时，又一直被误认为是蒋匪军敌特。其身份标识无人澄明确证，成为历史难以治愈的致命伤痛。从而，也是小说偏重的一大着力难点。一个作家，应该从最细微的个体入手，去把握时代的本质，应该从社会淹没的不幸者——边缘人身上给出命运的影像和普遍存在的精神困境。小说诞生于孤独的个人，这无疑是伟大作品的基础。批判只是勇气，而接纳才是真正的能力。向内开掘，更多地发现个体真理，在作品中锻造出那个伟大"孤独的个人"，唯有这种文学，才会因为有内在价值而深具力度。诚如屠格涅夫曾经宣称：文艺比科学更能成为全人类的财富，因为是"思索着的灵魂"。精神就是人拜自己。这是从人本身的角度来讲。把神的空手掌填满，就是把自己的空手掌填满。鸡蛋碰石头，肯定不会出现第二种可能，恰恰因为这样，文学家才应该把深切的目光投向鸡蛋。以自己放大的影子，去挡住别人的光芒遮蔽。这景观独特犹如岁爷的人生，每一步都在苦难上行走，每一步又都不停止在苦难上，而是执着地、默默无闻坚毅地，超前奔走。水乳大地，历史轨迹往往行差踏错，世态炎凉不期而至变幻莫测，事物发展的混乱逻辑，是非观念的黑白倒置，期待着《上爷台》的瞩目。

6. 人生机诈奇诡，世事往往事与愿违呈现异化样态，走向不以人的意志为转移的悖谬结局。用老百姓最澄明见底的通俗话表述，那就是："修桥补路瞎眼窝，杀人放火子孙多。"为什么好人无好报？这只能留作无解之谜，成就千古"天问"。文学，无论如何应该拨乱反正，还人间正道、德行与善报一份公正大义，至少，应该给人一双洞明世事真相、明亮澄澈的眼睛。否则，那就是睁着眼睛说瞎话，文学也就只好在荒漠冷寂、无人问津的索然无味之中自取其辱，自甘堕落于无用、无稽和无聊了。那样的话，文学，当然包括小说，也许就会真正死去。这一点刘震云可能是说对了，不是人们不爱读书，而是作家写不出好书。作为灵魂工程师的作家们的这种无能为力，至少是岁爷不允许的，是爷台山不允许的，也是躺在烈士陵园里的那些先辈，那些英烈，死不瞑目，决然不应允的。毫无疑问，岁爷的山，也是岁月的山、时光的山、理想与信仰的山。百多年来，历经风霜雪雨侵袭剥蚀，山摇地动震撼颠覆，仍无可置疑，也必将千年百代，耸立于世。当然，我因之依然相信，只要山在，"石头"还在，人类社会存在，文学艺术之火种，就永远不会熄灭。

7. 歌德说：长篇小说就是一部主观的史诗，它的作者被允许按照自己的方式去探讨世界；关键在于他是否有自己的方式，其余都是次要的。陈忠实倡言"寻找属于自己的语言"，应该没有过时。卡尔维诺说，"小说与其说是作家在讲述故事，毋宁说是在锤炼语言"。作为作家的资本和工具，给语言结结实实镀金炫亮，也需要提防矫情的虚伪怯惧。因为同时"内容为王"，尤其是寻找自己独特的结构和表达方式，无疑才至关重要。一部长篇小说，洋洋洒洒几十万字，整得大江大河浩浩荡荡，但如果给上帝（读者）拿不出十几个乃至几十个独一无二的"干货"，那就是垃圾、废话，失败和可耻。至于对我，再贫瘠荒凉的土地，都将不失为母土，都具有重要意义，因为她是我人生的根基，是我的避风港。至少，我因此不会觉得无根。时代在变，我亦努力在变。于今小说的故事叙述，假如还墨守成规、四平八稳地按老套路行进，那就在读者之先抛弃了自我。小说不能没有故事，但只为编织故事，纯粹与商业影视争宠、博取眼球和收视率，很可能就失去了小说原本的品格。如果说故事是小说不可或缺的骨骼，那么思想感情和审美升华，才是小说的血肉与灵魂。作家的作文与做人，无疑该独树与高标高度统一。从这个意义上说，诺贝尔文学奖也不是唯一，更不是高峰，在此之上，那些拒绝诺奖的宇宙超人，才配称文学大神，值得惊愕和仰视。我承认自己也曾有过梦幻野心，一如我也曾张狂与年轻，可惜随着一天天昏聩老朽，便只剩下一个话痨成瘾胡说八道，也信马由缰放任自流的键盘侠了。有文友曾教导我，小说之虚写得很真不算高手，只有将实虚化又令人折服，才叫了得。我惭恧并惶恐于我的浅薄笨拙、力不胜逮，唯愿能够少许"濡染"《悲惨世界》的深刻、《静静的顿河》之宏阔、《约翰·克里斯多夫》的通彻、《百年孤独》的奇谲、《红楼梦》的中国神魄，以至"朝闻道，夕死可矣"！尽管，我不确定，自己是按照自己的方式观照和探讨了这个不确定的世界，但我毕竟可以确定，文学是活在尘世的灵肉人生，而文字，正以生命绽放之花，向她致敬。

8. 我的边区，是我的痛。我是边区的后人，自打记事，父辈就在地畔、炕头，将他们过去的事不厌其烦、一遍遍地讲给我听，直讲得我头昏脑涨、瞌睡打盹。但他们仍然要讲、不断地讲、顽强地讲。当然，它们不叫作故事，而叫作"故经"（不虚之经历）。如今，当我恍然想起，并重新迫切需要聆听他们讲述，也渐渐地觉出这些"故经"对于生命的要义，可讲"故经"的他们，却一个一个不辞而别,一去不复返地走了,到另一个世界去了。这让我心里有一种难以释怀的痛,常常不禁潸然。阿多尼斯是怎么说的,"我有我的人民,他们以无常养育我,并在我的废墟和翅膀上,寻找光"。

我的父母,我的先辈,我的亲人哪……

郭　群

2021年11月8日竣稿于秦都咸阳

2022年三稿于清明/端午节改于西安